dtv

Man schreibt das Jahr 1587. Die junge Barbary, Trickbetrügerin und Taschendiebin in London, bekommt es mit der Obrigkeit zu tun. Und zwar mit der allerhöchsten: Königin Elizabeth selbst hat Pläne mit ihr. Denn ihre Spione haben ihr ein hochinteressantes Gerücht zugetragen ... Barbary soll sich für das verschollene Enkelkind der Piratenkönigin Grace O'Malley ausgeben und den sagenhaften Erbschatz des Clans für die chronisch in Geldnöten steckende Königin nach England holen. Barbary allerdings fühlt sich niemandem verpflichtet als sich selbst. Doch dann wird sie in die aufflammende Rebellion unter Hugh O'Neill hineingezogen, und mit ihrer Kaltblütigkeit ist es vorbei. Inmitten von politischen Intrigen, Freiheitskampf und Kriegsgreueln erlebt Barbary die Schönheit und Tragik Irlands – und ihre große Liebe.

»Ein packender und mitunter höchst amüsanter Roman, ein bewegter Abschnitt der irischen Geschichte, dargestellt aus der Sicht einer Frau.« (The Times)

Diana Norman wurde in Devon geboren, begann ihre schriftstellerische Karriere beim ›Daily Herald‹ als jüngste Reporterin der Fleet Street, war später als freiberufliche Journalistin tätig und hat bereits eine Reihe von Romanen veröffentlicht. Sie lebt mit ihrem Mann und zwei Töchtern in Hertfordshire.

Diana Norman
Die Piratenkönigin

Roman

Deutsch von Hanna Neves

Deutscher Taschenbuch Verlag

Von Diana Norman
ist im Deutschen Taschenbuch Verlag erschienen:
Tochter der Insel (20001)

Für Trixie

Ungekürzte Ausgabe
Dezember 1996
3. Auflage Februar 1998
Deutscher Taschenbuch Verlag GmbH & Co. KG,
München

Titel der englischen Originalausgabe:
›The Pirate Queen‹ (Headline, London)

Umschlagkonzept: Balk & Brumshagen
Umschlagbild: © Gary Blythe
Satz: Alinea GmbH, München
Gesetzt aus der Aldus Roman 10/11,25·
Druck und Bindung: C. H. Beck'sche Buchdruckerei,
Nördlingen
Gedruckt auf säurefreiem, chlorfrei gebleichtem Papier
Printed in Germany · ISBN 3-423-20115-0

Prolog

In der letzten Stunde vor ihrem Tod tat Maire ni Domnall, was sie konnte, um die Zukunft des einzigen Kindes, das ihr geblieben war, zu sichern.

Mit gewohnter Autorität befahl sie ihre ohnehin schon frierenden Mitgefangenen aus ihren Hemden und Umschlagtüchern, ließ alles zusammenbinden und ein Seil daraus knüpfen. Während die anderen damit beschäftigt waren, zog sie das Kind in eine Ecke.

»Sag mir, wer du bist.«

Das Herunterleiern des Stammbaums dauerte ein paar Minuten.

Maire nickte: »Merk's dir. Sag mir, wo der Schatz ist. Leise.«

Flüsternd nannte das Kind einen Ort und seine Kreuzpeilung.

Maire nickte. »Merk's dir.«

»Aber ich will lieber hierbleiben und mit dir sterben, Mutter. Bitte.«

Maire schlug auf die kleinen Hände, die sich ihr entgegenstreckten. »Selbstsucht, Selbstsucht. Nun – durch Munster zurückgehen ist unmöglich.« Das Kind hatte ohnehin nur eine winzige Hoffnung, durchzukommen, aber in der Ödnis, die die Engländer aus Munster gemacht hatten, hätte es gar keine. »Geh in Richtung Hafen, und such dir ein Schiff, am besten eines, das nach Westen segelt, aber vielleicht hast du keine Wahl. Für deine Überfahrt bezahl hiermit.« Es war ihr gelungen, ihren königlichen Gold-Torques vor den Häschern zu verbergen. Sie hätte sie damit bestochen, um ihr Leben zu retten, hatte aber mitangesehen, wie ein anderer Gefangener sein Leben mit einer Silberdose erkaufen wollte, worauf die Engländer behaupteten, sie sei gestohlen, ihm die Dose wegnahmen und ihn dann trotzdem hängten. Sie steckte den goldenen Halsreifen dem Kind unter das Wams und knöpfte es sorgfältig zu.

»Nun denn. Bevor wir dich durchschieben, werde ich zu schreien beginnen. Das ist nur, um die Wachen abzulenken; du mußt nicht glauben, daß ich Angst habe.«

Zum ersten Mal log Maire, und das Kind wußte es; der letzte Faden ihres gemeinsamen Lebens dröselte sich auf und überantwortete es ganz dem Irrsinn, der sie umgab. Das kleine Gesicht, bisher starr vor Schrecken und Mut, wurde weich. Maire sah es und verlor beinah selbst die Fassung. Sie überlegte, ob es vielleicht für sie beide besser wäre, zusammen zu sterben, anstatt das Kind allein Gott weiß welchem Schicksal auszusetzen. Nein, das war es nicht. Sie wollte ihm gern einen letzten frommen Spruch mitgeben, als Versicherung, daß Gott zuletzt doch gütig war und die Heilige Jungfrau sie alle ganz gewiß beschützte – aber wozu das Kind noch einmal belügen. »Überlebe«, war alles, was sie sagte.

Der Wachturm war kein Gefängnis. Man hatte die Leute hier nur deshalb untergebracht, damit die englischen Soldaten, erschöpft vom Hängen so vieler Männer, Frauen und Kinder am Tag zuvor, sich eine Nacht lang erholen konnten, bevor sie den Rest aufknüpften. Doch gab es in allen drei Stockwerken nur Schießscharten anstatt der Fenster, und selbst diese hatten in der Nische davor eine neu eingelassene Eisenstange. Mit dem Dolch aus ihrem Stiefel hatte Maire in dem älteren Mörtel der Schießscharte zwei Steine gelockert und dankte ihrem Gott, daß ihr Kind den schmalen Schädel und die zierlichen Schultern ihres Clans besaß.

Sie legte dem Kind das Seil in die Hände und schob ihm den Rest zwischen die Beine. »Als ob du dich vom Rahnock 'runterläßt«, erklärte sie. »Halt dich ganz fest.« Sie zog sich an der Eisenstange hoch und sah hinaus. Sechzig Fuß unter ihr schritt ein gewissenhafter Posten seine Patrouille auf dieser Seite des Turms ab, hin und wieder schaute er herauf. Sie fing an zu schreien. Das war leicht; aufzuhören würde schwer werden.

Sie sah, wie der Posten den Kopf zu ihr nach oben wandte.

Vielleicht würde er sich gar nicht rühren; er hatte schon zu viele schreiende Frauen gehört. Aber der Schrei aus ihrem Mund erlöste die anderen Gefangenen von ihrer Hoffnungslosigkeit in den Luxus der Panik. Mit einem Schlag vibrierte der Turm von ihrem Entsetzen, als wären seine Stockwerke übereinandergestapelte Töpfe voller Bohnen, die pfeifend überkochten.

Der Posten lief jetzt zu den Eingangsstufen in den Turm. Sie durfte keine Zeit verlieren. Maire hob das Kind empor, zwängte seinen Schädel zwischen Wand und Eisenstange, drehte den siebenjährigen Körper so, daß die Schultern seitlich vor dem Schlitz waren. Es war mühselig, das Seil um das Kind herum nach draußen zu schieben, aber es gelang ihr rechtzeitig. Sie sah das Gesicht im Mondlicht, aus der kleinen Nase lief ihm Blut in den Mund. »Halt ganz fest, mein Schatz.« Das zärtliche Wort war beinah ihr Verderben; das Kind klammerte sich an sie, konnte sie nicht verlassen. Maire zischte: »Überlebe, hab' ich dir's nicht gesagt?« Das Seil schwang hin und her, als das Kind in die Tiefe glitt, wo Maire es nicht mehr sehen konnte. Türen schlugen in den unteren Geschossen, Männer überbrüllten das Geschrei, in das Heulen der Hysterie mischten sich Schmerzensschreie.

Eine Frau krallte sich in Maires Arm. »Mein Sohn auch.«

Maire blickte hinab auf den Jungen, den man ihr entgegenstreckte. Ein typischer Munster-Bauer mit großem Schädel. Sie würden ihn nicht rechtzeitig durchzwängen können, bevor die Soldaten hier waren, die auf diese Weise erfahren würden, wie ihr eigenes Kind geflohen war, so daß sie es zu früh verfolgten. Sie nickte. »Gleich.«

Von der Treppe kamen Fußtritte. Maire spürte das Seil erschlaffen, sah eine winzige Gestalt quer über den Hof in den Schatten einer Lafette tauchen, innehalten, über die Hügelkuppe gleiten. Sie holte ihr Messer heraus und durchschnitt den Knoten, so daß das Seil hinunterglitt und ungesehen am Fuß des Turms zu liegen kam. Dann hob sie das Messer, für den Fall, daß die Mutter aus Munster sie vielleicht angriff, aber die Frau hatte keinen Kampfgeist mehr. Schluchzend fiel sie in sich zusammen.

Die Tür ging auf, Soldaten stürzten in den Raum und prügelten und knüppelten alles nieder. »Soll ich mir jetzt die Kehle durchschneiden«, fragte sich Maire, »und mir die Demütigung ersparen?« Aber Gott, falls es einen Gott gab, hatte etwas gegen Selbstmord, und die Ewigkeit unter den Menschen aus der Unterschicht zu verbringen, die die Hölle bevölkerten, war sicher die größere Demütigung.

Die Engländer begannen noch in derselben Nacht, die Gefangenen zu hängen, aus Furcht, daß die Hysterie in einen Ausbruchsversuch münden könne. Während sie in der Schlange auf den Galgen wartete, befreit von der Bürde ihres Kindes, hatte Maire Zeit, zornig zu werden, und fragte den Mann vor ihr, der Englisch konnte, ob er wüßte, warum sie gehängt würde.

»Wegen Hexerei, hieß es vor Gericht«, antwortete der Mann abwesend.

»Was heißt das?« fragte Maire, die den Ausdruck nicht kannte.

Der Englischsprechende erklärte, es bedeute, jemand habe sie als gefährliches Weib denunziert, um sich selbst vor dem Galgen zu retten. »Aber ich kenne doch niemanden in dieser Gegend«, beteuerte Maire, wie schon in ihren unübersetzten Rufen während des Massenprozesses.

Der Englischsprechende zuckte die Schultern, während er die Stufen hinaufschritt. »Daß wir Iren sind, genügt, um uns alle zu hängen«, sagte er.

So kam Maire an den Galgen für ein Verbrechen, an dem sie nicht nur schuldlos, sondern über das sie auch ahnungslos war. Sie starb rasend vor Zorn, aber anonym. Die Engländer hatten schon Probleme damit, ihre Opfer zu zählen, von den Namen konnte keine Rede sein.

Dennoch erfuhr Elizabeth I., Königin von England, etwa sechs Jahre später von Maire ni Domnalls Tod.

1

Ein alter Mann, unscheinbar bis auf die Amtskette um seinen Hals, schlurfte durch die Bittsteller in der Galerie, die ihn anplapperten, es aber doch nicht wagten, ihn am Ärmel zu zupfen. »Mylord, würdet Ihr sie erinnern …?« – »Mylord, ich warte schon seit …«

Er hätte taub sein können. Übrigens war sein Gehör wirklich nicht mehr das beste, sein Augenlicht auch nicht. Erst knapp vor der Tür zum Gemach der Königin bemerkte er, daß sich ihm ein Hindernis in den Weg stellte in der Gestalt des Captain of the Guard, sechs Fuß hoch, in eleganter stählerner Rüstung.

»Wer naht sich dem Anblick Ihrer Majestät?« Vom Zeremoniell her war dieser Anruf korrekt, doch der Captain kannte den alten Mann natürlich. Walter Raleigh liebte gefährliche Spiele. Damit hatte er auch das Auge der Königin auf sich gezogen.

In der plötzlichen Stille sahen die Bittsteller den alten Mann innehalten, als hätte ihn die Frage verwirrt. In Wirklichkeit fühlte er mit ihm, diesem jungen Aufschneider und allen diesen jungen Aufschneidern, die er über die Jahre hatte kommen und gehen sehen. Verwegenheit war's, was ihnen die Gunst der Königin eintrug, aber eben diese Verwegenheit wurde ihnen unweigerlich zum Verhängnis. Nie wußten sie, wann sie aufhören sollten. Wenn er die Energie dazu aufbrächte, würde er es diesem hier klarmachen. »Nehmt Euch in acht«, würde er ihm sagen, »die grauen Männer sind es, die an diesem Hofe überleben, die vorsichtigen, die verläßlichen, die, die sie zu Tode schindet, was aber besser ist als der Tod auf dem Block.« Aber es war ihm der Mühe nicht wert.

Was er in mildem Ton sagte, war: »Der Lord Schatzkanzler, gerufen von Ihrer Majestät.«

»Passiert, Lord Schatzkanzler.«

Durch die Türen, durch die Kammer, die die Galerie vom Heiligtum trennte und in welcher Höflinge, die nicht Dienst hatten, sich aufhielten, durch die inneren Türen, und in den Geruch, der heutzutage jeden Raum, wo sie war, durchtränkte: ein arabisches Gebräu, ihr von Hatton dargebracht mit den Worten, dies sei dasselbe Parfüm wie jenes der Königin von Saba, als sie Salomon besuchte, oder irgend so ein Unsinn.

Während er sich verneigte – vom Niederknien war er seiner Arthritis wegen entschuldigt –, kniff er die Augen zusammen, um zu sehen, wer bei ihr war. Black Tom. Ach du liebes bißchen, das hieß Irland. Heute morgen fühlte er sich Irland gar nicht gewachsen. Er verneigte sich noch einmal: »Mylord Graf von Ormond.«

»Mylord Schatzkanzler.«

Ihre Stimme fegte die Höflichkeiten beiseite. »Der Mohr, Burghley.«

Ihre langen Finger, weiß und spitz wie Spargel, gehörten dem Pflanzenreiche an. Sie waren ganz ruhig, wie ihre Augen. Bei einer so lebhaften Person war das beunruhigend, planvoll, aber Burghley kannte jeden Trick in ihrem Arsenal. Irgendwo in seinem eigenen Körper, so gebeugt in Nacken und Schultern, als zöge die Kette dort ihn mit dem ganzen Gewicht seines Amtes nieder, war Liebe für sie, hätte die Königin nicht seine Sehnsucht, sie zu finden, längst erschöpft. Aber wenn sie »Burghley« sagte, war es ernst. An guten Tagen war er ihr Kobold. Mohr?

»Master Raleighs Mohr. Vor sechs Jahren. Ihr ließet ihn hängen.«

Er erinnerte sich. »Ich ließ ihn nicht hängen, Phönix.« (Phönix war zur Zeit die bevorzugte Anrede.) »Aber ich weiß, daß der Arme bei einer der übereifrigen Exekutionen in den irischen Desmond-Kriegen umkam.«

»So. Zur gleichen Zeit, da man so eifrig anderer Leute Mohren aufknüpfte, scheint man auch ein Subjekt gehängt zu haben, das Uns von Nutzen hätte sein können.« Sie neigte ihren Kopf unter der Perücke dem Grafen von Ormond zu. »Da nun auch der Lord Schatzkanzler bei uns ist, könnt Ihr die Details berichten.«

Sie bestand, wie üblich, aus scharf gezeichneten Umrissen: harter Schmuck, steife Halskrause, spitzes Mieder, eckige Krinoline, die heute einen Rock in Zitronengelb und Grün trug, ein giftiger Schock vor der verhaltenen Pracht des Gobelins im Hintergrund. Je älter sie wurde, je unlösbarer ihre Probleme, um so mehr beruhigte ihre Erscheinung das Volk durch Entschiedenheit. Damit tarnte sich eine Persönlichkeit, die über wichtigen Entscheidungen brütete wie eine Schildkröte vor zu vielen Salatblättern.

Der Mann, der jetzt vortrat, Thomas Butler, Zehnter Graf von Ormond, war ein Relief in weichem schwarzem Samt, im Kontrast zu der hellen Haut, die durch die Schwärze von Haar und Bart schimmerte. Dennoch gab es eine Ähnlichkeit zwischen ihm und der Königin: die gleichen hellblauen, vorstehenden Augen, der gleiche Gesichtsschnitt, ähnliche Sommersprossen. Vor drei Generationen hatte eine Boleyn einen Butler geehelicht und damit den beiden einen gemeinsamen Vorfahren beschert. Sie freuten sich beide an ihrer Vetternschaft, Elizabeth ebenso wie Black Tom. Öffentlich hielt sie sich viel darauf zugute, daß sie ihres Vaters Tochter war, aber privat bevorzugte sie die Familie von Anne Boleyn. »Mein schwarzer Gemahl« nannte sie Ormond; einer ihrer Kosenamen, die jenen Klatsch hervorriefen, den sie so liebte. Nichts genoß sie so sehr wie Spekulationen über ihre Sexualität. Insgeheim dachte Burghley, wenn er überhaupt daran dachte, daß sie doch immer nur mit allen spielte. Ihr Hymen war wahrscheinlich so intakt wie eh und je, wenn auch schon etwas welk.

Die Natur der Beziehung zwischen beiden war ihm gleich, solange sie sie nur glücklich machte; die Ormonds waren Protestanten und als einzige Grafen Irlands der englischen Krone immer loyal ergeben.

»Wir haben hier eine ganz spezielle Sache, Mylord«, sagte der Graf, »eine Connaught-Sippe betreffend, die O'Flaherties. Ihr habt vielleicht von ihnen gehört?« Trotz seiner perfekten englischen Aussprache hatte er den Tonfall eines Iren.

»Ist es ihr Name über den Toren von Galway?« fragte Burghley. »›Vor dem Zorn der O'Flaherties möge der Herr uns bewahren‹?«

Aus dem Augenwinkel sah er, wie Elizabeths wimpernloser Blick gefror. Die Kenntnisse ihres Schatzkanzlers in irischer Genealogie waren ihr ein Dorn im Auge, denn die ihren waren äußerst dürftig; Irland als Gesprächsgegenstand war ihr zuwider. Sie schützte Langeweile vor.

Sie schritt von ihnen fort und blickte aus dem großen Fenster, durch das die Morgensonne Rauten auf den Boden malte.

»Ja, eben diese. Doch Gott hat Galway nicht immer vor ihnen bewahrt. Eine barbarische Sippschaft. Nun gut. Vor etwa sechs Jahren verlor der Tanaist der O'Flaherties seine Frau.«

»Nicht daß sie starb, Burghley«, rief Elizabeth vom Fenster her. »Er verlor sie. Wie schlampig.«

»Sie stritten«, fuhr Black Tom nickend fort, »und die Lady verließ ihn und nahm ihre zwei Söhne und eine Tochter mit. Der O'Flaherty nahm an, sie sei zu ihrem Clan zurückgekehrt.

»Welchem?«

»Den O'Connors.«

Burghley fuhr sich mit den Fingern durch den Bart. Die O'Connors waren, früher einmal jedenfalls, der königliche Clan von Connaught, in vergangenen Zeiten nannten sie sich Könige von Irland.

»Der O'Flaherty hatte vor, sie zurückzuholen, sobald sich's ergab, sobald er nämlich das nächste Mal die O'Connors überfiel.«

Der lange Fuß der gegenwärtigen Königin von Irland war zu hören, wie er, gereizt über die Anarchie ihrer westlichsten Untertanen, auf den Fußboden klopfte.

»Doch als es soweit war«, fuhr Black Tom fort, »stellte sich heraus, daß sie gar nicht dort war, sondern zu Schiff nach Spanien.«

Mit der Erwähnung ihres gewaltigen Feindes kam ein Element hinzu, das durch seine Massigkeit für den Augenblick die Perspektive dieses Raums veränderte, es erhob sich über den Anwesenden in einer Weise, daß sie leicht und schwerelos erschienen, wie kleine Zweige, die der Sturm verweht. Selbst der

Ausspruch »Verrat!« von der Frau am Fenster war nur wie das Quieken einer Fledermaus.

»Verrat in unserem Sinne, Madam«, erwiderte der Graf von Ormond höflich, »nicht in ihrem. Diese Menschen scheren sich nicht um unseren Zwist; sie treiben Handel mit Spanien, sie würden mit dem Teufel selbst um Schwefel handeln. Nach einer Weile entschloß sich der O'Flaherty zu einer Suche, weniger nach seiner Frau als nach den Kindern. Alle Schiffe, die von seinem Land nach Spanien gingen, mußten Erkundigungen einziehen, er fuhr sogar selbst, doch fand er keine Spur. Ein Jahr verbrachte er im Zorn und dachte, das Weib hätte sich irgendwo mit einem Liebhaber vergraben, obwohl er sich inzwischen selbst ein anderes Weib genommen hatte.«

Vom Fenster her erklang ein Schnauben. »Barbaren.«

»Dann fiel ihm ein, er sollte vielleicht seinen Stolz vergessen – es könnte ja ihr und den Kleinen etwas zugestoßen sein. An diesem Punkt kam er zu mir.« Die Augen des Grafen flackerten zur Cousine, während er zu Burghley murmelte: »Wir sind entfernt miteinander verwandt.«

Burghley nickte. Durch den seiner Meinung nach verderblichen irischen Brauch der Versippung und Verschwägerung war in Irland eigentlich jeder mit jedem irgendwie verwandt. Wieder einmal kam ihm zu Bewußtsein, obwohl er es nicht laut aussprach, daß durch ihre Mutter die Königin von England das gleiche Blut in den Adern hatte wie jene Clans, die sie verachtete. Auch Black Tom sprach es nicht laut aus.

Die Nachwirkungen der Desmond-Kriege boten für jemand, der Vermißte suchte, keinen günstigen Rahmen. Halb Munster war vermißt. Ganze Familien waren vor dem Krieg zwischen den englischen Machthabern und den aufständischen irischen Lords unter Führung des Grafen von Desmond geflüchtet. Ihr Land war verwüstet; Tausende waren verhungert; weitere Tausende getötet, manche von anderen Iren, die meisten von den Engländern, die auf die Idee gekommen waren, Munster sei am besten zu unterwerfen, indem man es gänzlich entvölkerte.

Die Geschichte von Black Toms Suche nach dem entlaufenen O'Flaherty-Weib würde sich offenbar länger hinziehen, daher bat Burghley Elizabeth um die Erlaubnis, sich währenddessen setzen zu dürfen. Manchmal war sie ihm gegenüber recht fürsorglich, heute aber nicht. Doch er nahm ihren Seufzer als Zustimmung und holte sich einen Stuhl. Seine Gicht setzte ihm sehr zu.

Ormond hatte seine Agenten auf dem Kontinent und in Irland auf die Suche geschickt, »da ich selbst wenig Zeit hatte«, aber Burghley fand es merkwürdig, daß eine so hochstehende Persönlichkeit sich überhaupt diese Mühe machte. Wohl doch eher zum Nutzen der Ormonds als der O'Flaherties, das war klar. Der Schatzkanzler begann in jener geistigen Kartei zu blättern, die seine Informationen über den Westen Irlands und über seine Clans enthielt.

»... und dann stellte sich heraus«, hörte er Ormond sagen, »daß eine Kogge, wie sie die Clans des Westens manchmal benutzen, vor mehreren Jahren an einem abgelegenen Teil der Halbinsel Dingle gestrandet war, und eine Dame, ein Kind und ein Matrose die einzigen Überlebenden waren.«

An diesem Punkt, sagte Ormond, hätte er den Mut verloren. Die Bewohner von Dingle folgten, wie die meisten Bewohner der Westküste, dem altehrwürdigen Brauch, Schiffbrüchige, die an Land kamen, abzuschlachten, um das Wrack für sich selbst behalten zu können.

»Aber einer meiner Agenten, der zufällig in Cork war, stieß auf einen englischen Siedler aus der Stadt, der eine Geschichte aus dieser Zeit zu erzählen hatte. Ich ließ ihn zu mir bringen.«

Was der Siedler aus Cork Ormond erzählte, war Folgendes: Sechs Jahre zuvor war er einmal aus der Stadt hinausgegangen, um sich bei einem Wachturm an der Küste ein Massenhängen von eingefangenen Iren anzusehen. Er sah die Rebellen gerne sterben, erklärte er Ormond, deshalb blieb er dort, obwohl es sich bis in die Nacht hinzog, verzehrte den Proviant, den seine Frau ihm eingepackt hatte, und genoß das Schauspiel im Schein der Fackeln.

Daß er sich an diese Hängung besser als an viele andere erinnerte, die er später sah, lag daran, daß sich unter den Gefangenen ein Mohr befunden hatte und auch eine rothaarige Frau.

»O'Flahertys Frau war rothaarig«, sagte Ormond.

»Rothaarige gibt's viele«, warf Burghley ein.

»Dem Bericht zufolge«, sagte Ormond, »war das ein besonderes Rot, wie eine Fackel, ein Aufleuchten –«

Die Königin mit der roten Perücke schnappte vom Fenster her: »Sollen wir uns den ganzen Tag über rothaarige Schlampen unterhalten?«

»Jedenfalls«, beeilte sich Ormond, »fiel meinem Siedler auf, wie diese Frau starb; nicht weinend und betend wie die anderen, sondern fluchend und spuckend. Sie hatte ihn, nachdem er sie sterben sah, so neugierig gemacht, daß er zu der Schlange derer ging, die warteten, bis sie an die Reihe kamen, und sie nach ihr ausfragte. Er war schon lange genug im Lande, um etwas von der irischen Sprache zu verstehen.«

Wenn man bedachte, daß die Menschen in der Warteschlange vermutlich andere Dinge im Kopf hatten, hatte der Siedler recht viel erfahren: nämlich daß die Rotschopfige beharrlich beteuert habe, sie wisse nicht, wessen man sie beschuldige, sie sei unschuldig, von edler Abkunft, eine irische Fürstin, eine Freundin Englands.

Die Gestalt am Fenster verließ dieses, trat zu den Männern und pflanzte sich vor Burghley auf. »Lassen Unsere Abgesandten in Irland es derart an Achtung vor Unserer Person fehlen, daß sie unschuldige Frauen hängen?« Es gehörte zu ihren größten Ängsten, daß sie die Kontrolle über ihre eigenen Behörden verlieren könnte. »Warum haben sie ihr beim Prozeß nicht zugehört?«

»Sie konnte kein Englisch«, sagte Ormond leise. »Niemand verstand, was sie sagte.«

Elizabeths Augen füllten sich mit Tränen. In einem ihrer unvorhersehbaren Anfälle von Mitgefühl war aus der verräterischen Schlampe eine unter furchtbaren Umständen gefangene Geschlechtsgenossin geworden. »Gott sei ihrer Seele gnädig«, sagte sie. »Der Richter, der sie verurteilte, wird abberufen und muß mir Rede und Antwort stehen. Was geschah mit dem Kind?«

»Sie sorgte dafür, daß es entkam. Einige ihrer Mitgefangenen sahen, wie sie ihm einen Torques gab –«

»Einen Tort?«

»Torques. Ein irischer Halsreif, Majestät. Aus Gold. Dann ließ sie das Kind an einem Seil durchs Fenster hinab. Mein Siedler war so interessiert, daß er der Sache weiter nachging und entdeckte, daß viel später ein kleiner Junge, auf den die Beschreibung aus dem Wachturm paßte – rothaarig war er wie seine Mutter –, an Bord eines Schiffs nach London ging, aber da das Schiff schon abgesegelt war, konnte er nichts weiter in Erfahrung bringen.«

»Er hätte die Sache melden sollen.«

Ormond ließ unerwähnt, daß sich zu jener Zeit die Hungersnot sogar in den der Krone treu ergebenen Gebieten verbreitet hatte und der Siedler aus Cork alle Hände voll damit zu tun hatte, sich in einer Stadt, in der täglich fünfzig Menschen vor Hunger starben, überhaupt am Leben zu halten. Aber er hielt den Mund; Elizabeth wollte nicht an die Desmond-Kriege erinnert werden, die sie Geld und Menschen gekostet und ihr Demütigung eingetragen hatten, noch wollte er derjenige sein, der sie daran erinnerte. In dieser chaotischen Zeit wäre es zwischen ihnen fast zum Bruch gekommen; sie hatte Beamte und Generäle gesandt, die von der Lage in Irland keine Ahnung hatten und die völlig falsche Auffassung vertraten, die vielen altenglischen Lords, deren Familien seit der Zeit Henrys II. in Irland lebten und während der Reformation nicht die Religion gewechselt hatten, seien Feinde, weil Katholiken, und Katholiken, weil Feinde. Das hatte ein bislang unbekanntes und sehr gefährliches Element von Religionskrieg in das Land gebracht. Es hatte ansonsten treu ergebene Männer zur Rebellion gegen die Krone getrieben. Beim Versuch einer Vermittlung zwischen beiden Seiten war er, Ormond, obwohl selbst Protestant und unnachsichtig im Kampf gegen die Rebellion, der Kollaboration mit dem Feind beschuldigt worden.

So bösartig hatten einige von Elizabeths Beamten gegen ihn intrigiert, daß sie ihn seines Amtes als General in Munster enthob, ihn aber doch wenigstens nicht vor Gericht stellen ließ. Sie standen jetzt wieder auf freundschaftlichem Fuße zueinander, aber mit Elizabeth konnte man nie vorsichtig genug sein.

»Schön, schön«, sagte sie jetzt und schlug ihn mit dem Fächer leicht auf den Arm, »wir sind der Sache also auf den Grund gegangen und werden dafür sorgen, daß jene, die für die Hinrichtung der armen Lady verantwortlich sind, bestraft werden. Weiß dieser O'Flaherty, daß sie gehängt wurde?«

»Nein, Majestät. Ich hielt es für klüger, nur vom Schiffbruch zu berichten und ihn annehmen zu lassen, sie sei ertrunken.«

»Viel besser, viel besser«, sagte die Königin. »Wir wollen ihm ein Zeichen Unseres Mitgefühls und Unserer Gunst zukommen lassen. Was sagt Ihr, Burghley?«

Der Schatzkanzler beobachtete den Grafen von Ormond. »Ich vermute, die Sache ist noch nicht ganz zu Ende, Phönix«, erwiderte er. »Ich nehme an, der Graf macht sich Gedanken um das Kind.«

»Das Kind? Das Kind? Aber da wir sechs Jahre lang nichts von ihm gehört haben, müssen wir wohl annehmen, es ist tot. Angenommen, es ist gut in London angekommen, könnte denn ein freundloser kleiner Junge, ein einfacher Ire, in der Stadt überleben?« Elizabeth liebte ihre Londoner (das beruhte auf Gegenseitigkeit), aber sie machte sich keine Illusionen über ihre Lebensbedingungen.

»Doch wenn er's tat, Majestät …« entgegnete Ormond.

»Wenn, wenn«, rief die Königin ungeduldig. »Wenn Wünsche Pferde wären, würden Bettler reiten. Und wenn schon!«

»Dann wäre er für uns von beträchtlichem Nutzen«, sagte Burghley. Er richtete sich auf. Er wußte jetzt, worauf Black Tom hinauswollte, und war ihm auch schon einen Schritt voraus. »Sollte er noch am Leben sein, dann ist er ein Anwärter auf die Führung der O'Flaherties. Mehr noch, er ist verwandt mit allen großen Clans des Westens, den O'Donnells, den O'Burkes, den O'Connors und anderen Clans, die im Norden und Westen ein Bollwerk für uns bilden könnten.« Er wandte sich an Ormond. »Oder mißdeute ich die Lage?«

»Nein, Mylord, das tut Ihr nicht.« Der Graf betrachtete den Alten voll Respekt. Hier war einer der wenigen Höflinge Elizabeths, der etwas von der irischen Komplexität begriff. Ein Jammer, daß er dafür nicht zuständig war. »Dann ist da noch die Großmutter.«

»Ah«, sagte Burghley und fuhr sich wieder durch den Bart. »Die Großmutter.«

Elizabeth brachte dieser Austausch zwischen den beiden Männern in Rage. »Großmuttert mir keine Großmütter vor! Wollt Ihr mir weismachen, Ihr möchtet diesen Gassenjungen finden und aufziehen, weil er eine Großmutter hat?«

»Keine gewöhnliche Großmutter, Phönix. Diese ist die Anführerin eines Volkes großer Seefahrer, oder man könnte auch sagen – eine Piratin.«

»Eine Piratin?«

»Und zwar eine tüchtige, Majestät, die niemand anderem dient als sich selbst. Bei uns ist sie bekannt als Grace O'Malley. Wenn man sie gewinnen könnte ...«

Elizabeth fluchte beim Tod Gottes. »Laßt es auf sich beruhen, Burghley. Eure Spione haben Besseres zu tun als nach einer Piratenbrut zu fahnden, die man besser Gottes Obhut empfiehlt, wenn sie nicht ohnehin schon dort ist. Es gibt in unserer Flotte schon genug Piraten, ohne ihrer Zahl noch widernatürliche Irenweiber hinzuzufügen.«

»Dennoch hätte ich sie lieber auf unserer Seite, Phönix, als auf der von Spanien.«

Wieder brachte das Wort Riesenmaße in den Raum, so daß es schien, als verlöre er unter diesem Gewicht seine Balance.

Die Königin stellte sich mit beiden Beinen fest auf den Boden. Sie stellte sich immer ihren Feinden. »Reichlich spät, kleiner Mann. Wir haben offenbar ihre Tochter gehängt.«

»Schwiegertochter, Phönix. Ein verzeihlicher Irrtum, noch dazu einer, von dem sie nichts weiß und der uns auch noch nützen kann, wenn wir das Kind auf unsere Seite ziehen.«

Das war die neueste Politik im Umgang mit den Iren, nämlich der Versuch, hochgeborene kleine Iren an Kindes Statt anzunehmen und sie als Engländer aufzuziehen, so daß sie, sobald sie ihr irisches Erbe antraten, dies im Wohlwollen gegenüber England taten. Soweit die Theorie. Der einzige, bei dem das bisher zu klappen schien, war der junge verwaiste

Hugh O'Neill, den Sir Henry Sidney unter seine Fittiche genommen hatte.

Aber London nach einem Kind durchkämmen, das würde Ausgaben für bezahlte Spione bedeuten, und wenn es etwas gab, was die Königin von England weniger leiden konnte als alles andere, so war es Geldausgeben. Ihr Schatzkanzler erkannte, daß sie, wie üblich, die Entscheidung auf die lange Bank schieben wollte. Ihr Rheumatismus plagte sie. Sie schritt zurück zum Fenster. Jeden Moment konnte sie sie beide jetzt entlassen.

Er sagte: »Das Kind ist Erbe eines Schatzes, Majestät.«

Aus dem Augenwinkel sah er Ormonds Kopf hochfahren. Ach du liebes bißchen, glaubte Black Tom, er wüßte das nicht? Das war's doch, worum es dem Mann gegangen war, Schatz und Einfluß. Deshalb hatte er die Suche nach dem Jungen überhaupt aufgenommen, deshalb war er jetzt damit zur Königin gekommen, seit er wußte, daß das Kind sich in einer Stadt aufhielt, wo er, Black Tom, es unmöglich ohne Hilfe finden konnte. Der Graf von Ormond wollte dieses Kind. Burghley sollte es für ihn finden, damit er es adoptieren konnte. Ach nein, ach nein, du liebes bißchen.

Die langen Schuhe hielten inne in den Sonnenrauten, die durch das große Fenster auf die Fliesen fielen. Sie legte den Kopf auf die Seite. Im Geiste tastete sie über Schlösser, riß sie Truhendeckel auf. Ihre Finger zuckten im Griff nach Kelchen, Monstranzen, wühlten in strahlenden Karbunkeln, mondbleichen Perlen, zahlten ihre Schulden und ihre Truppen, durchschnitten mit Gold die Nachschublinien ihrer Feinde.

»Eines Schatzes?« fragte eine plötzlich honigsüße Stimme.

»Madam, es ist eine Besonderheit des großmütterlichen Clans, daß ihr Oberhaupt einen großen Schatz erbt. Dieses Kind könnte der Erbe sein.«

»Lord Schatzkanzler«, sagte die Königin, »findet dieses Kind. Der arme Knabe hat genug gelitten. Er braucht Unseren Schutz. Findet ihn. Schnell.«

»Ja, Phönix.« Er verbeugte sich voll Genugtuung vor dem Grafen von Ormond, der den Mund öffnete und wieder schloß. Er verneigte sich vor dem königlichen Rücken und begab sich langsam rücklings bis zur Tür. Es war schließlich doch kein so ermüdender Vormittag gewesen.

Er näherte sich gerade der Tür, die sich für ihn öffnete – der Captain of the Guard hatte wie üblich von der anderen Seite mitgehört –, als die Frau am Fenster seinen Namen rief.

»Ja, Majestät?«

»Was unternahmt Ihr bezüglich Master Walters Mohr?«

Sie vergaß niemals etwas. Unwillig fiel sein Blick auf den grinsenden Captain. Der schwarze Spitzbart und Schnurrbart, die sich um seinen Mund kräuselten, vermittelten immer den Eindruck, als ob Walter Raleigh lächelte, auch wenn dem nicht so war. Im Geiste sah Burghley dieses krause Gesichtshaar um sein breites Grinsen, während Raleigh beim größten Massaker mitmischte, das Engländer je an unbewaffneten Menschen vollbracht hatten. Schwerter waren in Hals und Bauch jedes Mitglieds der Garnison von Smerwick in Irland gestoßen worden, die sich alle schon ergeben hatten, alle um ihr Leben flehten. Zugegeben, die meisten waren spanische Invasoren, dennoch war das keine Episode, die Englands Namen mit Ruhm bedeckte.

Der Lord Schatzkanzler starrte ins Gesicht des Captain of the Guard und stellte sich vor, wie es schwitzte vor Anstrengung, eine so große Zahl an Menschen zu töten.

»Der Mohr, Burghley«, kam die Stimme aus dem Privatkabinett.

Der Lord Schatzkanzler verneigte sich in ihre Richtung und nickte Raleigh zu. »Ich fand einen anderen für ihn«, sagte er.

Burghley schlurfte durch die lange Galerie zurück, wo die Bittsteller und Höflinge warteten und murmelten und einige von ihnen gegen eben jenen Mann, der jetzt an ihnen vorbeiging, intrigierten. Aber er war ihnen allen überlegen: Raleigh, Ormond, Leicester, selbst Walsingham. Er hielt zu viele Fäden in der Hand, wußte von zu vielen Leichen, wo sie begraben waren …

Zurück in seinem Amt, fand er den Tisch überhäuft mit Briefen, Befehlen, Beschwerden, Bitten um Beförderung, Anweisungen seiner Schwester hinsichtlich ihres Begräbnisses –

wahrscheinlich würde sie sie alle überleben –, Berichte seiner Spione, Dispute mit dem Kommissariat.

Er rief einen seiner Schreiber zu sich und schickte ihn auf die Suche unter den irischen Staatsakten. »Sieh in der Korrespondenz zwischen Sir William Drury und mir selbst nach. Vor sechs Jahren.«

Der Königin Befehl, den Richter, der O'Flahertys Frau gehängt hatte, zurückzurufen, würde wohl durchkreuzt. Sir William Drury war dafür verantwortlich gewesen, und Sir William Drury war tot. Seine Amtszeit in Irland hatte ihn umgebracht. Irland richtete sie früher oder später alle zugrunde.

Als die Papiere kamen, breitete der alte Mann sie auf dem Tisch aus, nahm sie eines nach dem anderen hoch und hielt sie dicht vor die Augen. Endlich fand er die Stelle, die sich auf den Massenprozeß bei Cork bezog.

»Dreihundertundsechs Personen wurden bei diesen Sitzungen hingerichtet«, hatte Sir William geschrieben, »darunter ein paar gute; zwei für Hochverrat, ein Mohr, und zwei Hexen nach dem Naturgesetz, weil wir sie nach sonst keinem Gesetz dieses Königreiches richten konnten.« Darauf folgte der übliche Kommentar zu den Iren, die Hunde waren, »und schlimmer als Hunde, denn Hunde verhalten sich nach ihrer Art, aber diese sind von aller Menschlichkeit entartet ...«

Lord Burghley hörte zu lesen auf. Sein Überdruß an allem, was mit Irland zu tun hatte, rührte nicht nur von der dringlichen und komplexen Natur der Probleme dort, den ungeheuren Kosten für den Schatzkanzler, nicht einmal von der unbezweifelbaren Barbarei seiner Menschen, sondern von der Verrohung, die dieses Land in jedem Engländer bewirkte, der dorthin gesandt wurde.

Vernünftige, angesehene Männer standen hier in seinem Amt in London und hörten seinen Rat, wie dieses Land mit fester, weiser Hand zu regieren war, segelten ab mit festen, weisen Absichten und schrieben dann Briefe nach Hause, in denen sie sich vor Haß auf seine Menschen nicht mehr beherrschen konnten.

Er verurteilte diese Männer nicht. Sie waren nicht mit genügend Geld ausgestattet, um Irland entweder durch Freundlichkeit zu befrieden oder aber im Anschluß an einen sauberen Völkermord die tote Bevölkerung gänzlich durch englische Siedler zu ersetzen. Der ewige Kompromiß zwischen diesen beiden Alternativen zermürbte die Männer und zwang sie zu einer Grausamkeit, die Lord Burghley gern als etwas dem englischen Charakter Fremdes angesehen hätte.

Erst neulich hatte er zur Königin bemerkt, seiner Meinung nach litten die Iren unter der englischen Herrschaft nicht weniger als die Menschen in den Niederlanden unter den Spaniern. Er hatte das als eine Ansicht vorgebracht, als Grundlage für eine Diskussion. Aber die Königin hatte sich über die Maßen darüber aufgeregt und ihm eine Parfümkugel an den Kopf geworfen. Sie konnte ihn mit ihrer Fähigkeit zu Schuldgefühl immer noch verblüffen. Derartiges hatte er lange hinter sich. Die Menschen trugen an dem, was sie anrichteten, keine Schuld – schuld war nur die Erbsünde und das Mahlen des Rades der Geschichte, von dem die Menschen immer nur einen Abschnitt sehen.

Das Gehirn des Schatzkanzlers hätte sich eigentlich gern der philosophischen Frage gewidmet, ob ein Land, das kein Gesetz gegen Hexen kannte, zu rückständig war, um sie als Übel zu erkennen, oder zu fortgeschritten, um ihre Verbrennung zu wollen. Aber wie gewöhnlich war dafür zuviel zu tun.

Dennoch ging er nicht sofort an die Arbeit, sondern zog sich zum Fenstersitz empor und betrachtete die Welt außerhalb des königlichen Hofes.

Von hier aus konnte er über die Gärten von Somerset House sehen, über das reizende Flußtor hinweg zum Fluß selber, wo die Kohlenkähne bis nach Whitehall hinauf ruderten und die Fährmänner unaufhörlich zum Südufer und wieder zurück fuhren.

Einer plötzlichen Regung folgend, schob er den Riegel hinunter und öffnete den Fensterflügel, obwohl sein Arzt ihn vor feuchter Luft gewarnt hatte. Sofort stürzten sich frische und üble Gerüche auf seine Nase, und seine Ohren dröhnten von Lärm: Vogelstimmen, Rufe aus den Ruderbooten, Kirchenglocken, die zu Taufen und zu Begräbnissen läuteten, Rufe der

Straßenverkäufer, der Klang einer Stadt, die ihre Grenzen gesprengt hatte.

Er beugte sich vor, um hinter den Bäumen zu seiner Linken die Biegung zu sehen, wo die Strand Lane Menschen, Abfälle und Abwässer zum Fluß hinunterspie. Die Aristokratie beschwerte sich ständig über die Strand Lane, den einzigen Zugang zur Themse für das gemeine Volk zwischen den sieben Palästen, die hier das Flußufer einnahmen. Strand Lane war so ... gewöhnlich. Der Graf von Arundel, Besitzer des Palastes nebenan, bedrängte die Königin jedes Jahr von neuem, sie möge die Gasse doch sperren lassen, beschwerte sich über den Aufmarsch der Dirnen und darüber, daß kleine Jungen die überhängenden Äste seiner Kastanien um ihre Früchte erleichterten. Zu Besuch weilende Botschafter, die im Park von Somerset House lustwandelten, bemerkten pikiert, daß es hier stank und daß unziemliche Gestalten die Mauern erkletterten und sie verhöhnten. Aber Elizabeth nahm wie immer ihr Volk in Schutz, genoß im geheimen die Verärgerung der Botschafter und dachte nicht daran, die Gasse sperren zu lassen.

Der Bengel dort an der Uferböschung, der graue Kuchen aus dem Flußschlamm formte – war er der kleine verschwundene Ire? Wie alt würde der Knabe jetzt sein? Vierzehn? Fünfzehn? Oder war es vielleicht der etwas ältere Junge ganz vorn auf der Landzunge, der seine Wunden vorzeigte und vorbeifahrende Schiffe anbettelte? In den Plänen des Schatzkanzlers hatte diese Frage nicht mehr Gewicht als tausend andere, die Neuorganisation des Hoflieferantentums zum Beispiel. Aber auch nicht weniger.

Es war nicht Optimismus, was Burghley darauf beharren ließ, Irland dadurch Frieden zu bringen, daß man seine Menschen zivilisierte. Es war Verzweiflung. Irland war gefährlich, ein Vakuum, das Spanien mit seiner ebenfalls katholischen Religion leicht füllen konnte.

Nicht zum ersten Mal wünschte Burghley, er könnte die vergangenen vier Jahrhunderte neu aufrollen und alle Fehler vermeiden, mit denen seine Vorgänger die Iren zu einem verhärteten, widerborstigen Volk gemacht hatten. Er wünschte, er könne seine Königin von ihrem negativen Kolonialismus abbringen, der vor allem auf Spaniens Schaden abzielte, nicht aber auf den Nutzen der Iren. Aber das würde Geld kosten, und sie knauserte wie immer. Sparsamkeit am falschen Ort, dachte der Schatzkanzler. Schon kämpfte man in den Niederlanden gegen Spanien. Bald mußte man sich vielleicht in England selbst gegen eine spanische Invasion wehren. Wenn dann Irland zur gleichen Zeit rebellierte …

»Fehlt Euch etwas, Mylord?«

Er blickte sich um und sah, wie die Schreiber alle zu ihm hersahen. Offenbar hatte er laut gestöhnt. Er schüttelte, an seinen ersten Sekretär gewandt, den Kopf. »Armageddon, Percy.«

Percy trat interessiert zu ihm ans Fenster. »Wo, Mylord?«

Burghley schickte den Mann zu seinem Schreibpult zurück und widmete sich wieder der Aussicht. »Bin ich denn der einzige, der das sehen kann?« fragte er sich. Nun, er konnte nichts anderes tun, als solche Ziegel, wie Elizabeth sie ihm überließ, zu Englands Schutzmauer aufzubauen. Einer davon war der junge O'Neill. Seine Erziehung bei den Sidneys, dieser englischsten aller Familien, in Penshurst, diesem englischsten aller Herrenhäuser, hatte dem Jungen offenbar die richtigen Werte vermittelt. Damit wäre Ulster gesichert. Wenn er nun das gleiche im Westen erreichen könnte … Connaught war der größte Unsicherheitsfaktor in dem Durcheinander namens Irland.

Er machte sich nicht allzu viele Hoffnungen auf den Schatz, der die Aufmerksamkeit der Königin gefangengenommen hatte, aber wenn dieser kleine O'Flaherty überhaupt zu finden war, dann *mußte* er gefunden werden.

Aber in London! Einhunderttausend Menschen wimmelten in seinen Mauern, und davor tummelten sich noch mehr. Die Waisenhäuser der Klöster, die das Kind vielleicht aufgenommen hätten, waren mit der Reformation verschwunden, hatten ein Vakuum hinterlassen, das elternlose Kinder in die kriminellen Kanäle saugte, die die Stadt unterminierten und vergifteten und zu denen auch seine schäbigsten Agenten kaum Zutritt fanden. Nichtsdestoweniger mußte dieses irische Unterpfand gefunden werden.

Aber was wußte er schon von diesem Kind, außer daß es rothaarig war und zu irgendeiner Zeit einen irischen Torques aus Gold besessen hatte? Nun, man mußte es eben versuchen. Er würde die Suche noch heute in Angriff nehmen.

Ein Pfeifen in seiner Brust erinnerte ihn an den Rat seines Arztes. Er schloß das Fenster, schloß die Gerüche und Geräusche aus und kletterte hinunter in die federdurchkratzte Stille seines Amts.

2

Es war eine wunderbare Stadt; zu diesem Zeitpunkt die wunderbarste auf der Welt, nicht wegen ihrer Sauberkeit, nicht wegen ihrer Architektur, sicher nicht wegen ihrer Geistigkeit, sondern wegen ihrer Freiheit. Der großen Kunst stand es frei, im Ameisenhaufen von London zu blühen, und den Puritanern stand es frei, zu versuchen, sie daran zu hindern. Ein Mann durfte katholisch sein, solange er kein Papist war, aber im großen und ganzen hatten die Engländer im Protestantismus eine Religion gefunden, die zu ihnen paßte, und in Elizabeth eine Königin, die sie verstanden.

Trotz der Furcht, die sie hervorrief, kam die Drohung einer spanischen Invasion den Engländern auf merkwürdige Weise gelegen, vermittelte ihnen das Gefühl, eine Nation zu sein, und bescherte ihnen einen fix und fertigen Nationalcharakter. Keß waren sie in ihren eigenen Augen, draufgängerisch, voller Ideen, kämpferisch auch mit dem Rücken zur Wand: wir zusammen gegen eine feindliche, aber nicht ebenbürtige Welt.

Ausländische Botschafter, die die englische Hauptstadt besuchten, waren sprachlos angesichts der Vitalität der überfüllten, unhygienischen Straßen, des vergnügt brodelnden Lebens der Slums, wo schon ein Schluck Wasser das Todesurteil bedeuten konnte. Sie entsetzten sich über die Menschenmenge, die Elizabeth auf ihren Umzügen auf vulgärste Weise zujubelte oder sie manchmal beschimpfte – und ihre nicht weniger vulgären Antworten; es war Frechheit, es war Majestätsbeleidigung, es war der Geist von etwas Neuem, der da aus der englischen Flasche stieg, den man nie wieder in die Flasche hineinbekommen würde, und, so man ihm nicht Einhalt gebot, eine Ansteckungsgefahr für den Rest der Welt.

Die Londoner waren Akrobaten ohne Sicherheitsnetz. Wenn es Arbeit gab, arbeiteten sie. Wenn nicht, hungerten sie eben. Verfolgt von nicht weniger unternehmungslustigen Krankheiten, konnten sie mit der entsprechenden Portion Schlauheit und Ellbogentechnik die Strickleiter packen, die über ihren Köpfen schwebte, und bis hinauf zur Spitze klettern.

Vermittels einer anderen Art von Schlauheit und Ellbogentechnik lebten jene, die auf diese Dinge weniger Wert legten, davon, die anderen zu bestehlen, zu betrügen und hereinzulegen.

Und wenn es je eine Gans gab, die sich zum Rupfen anbot, dann der Junge mit den großen grünen Augen und der ländlichen Kleidung, der eines schönen Sonntag morgens auf dem Weg daherkam, welcher die drei Felder, die zu Lincoln's Inn gehörten, diagonal kreuzte.

Offenen Mundes betrachtete er die anderen Passanten und die Spektakel rund um ihn, die Puppenspiele, die Süßigkeitenverkäufer, die Feuerfresser. Er glotzte auf eine Gruppe junger Jurastudenten, deren Seelen eben erst in einem vorgeschriebenen zweistündigen Gottesdienst in der runden Tempelkirche erbaut und jetzt beim Würfelspiel mit einem Bettler eifrig wieder verdorben wurden. Der Hausierer verlor; nach einem Blick hinauf zu dem glotzenden Jungen flüsterte er seinen Mitspielern erleichtert zu: »Hier gibt's eine andere Gans für Euch zum Ausnehmen, meine Herren, statt meiner.«

Wölfisch grinsend musterten die Studenten diesen neuen Fang. »Spielst du mit?« fragten sie.

Ängstlich, aber fasziniert fragte der Junge zögernd: »Und was ist das denn für ein Spiel?«

Die Studenten unterdrückten ihre Freude. »Wie heißt du?«

»Barbary, Sirs.« Er strahlte entzückt über ihr Interesse. »Bin von Norwich herunter mit Gänsen, und hab' sie am Hühnermarkt verkauft, und jetzt würd' ich gern mein Glück in der Stadt probieren.« Er sprach im Tonfall von East Anglia, der jeden Satz in eine Frage verwandelt.

»Wieviel hast du für deine Gänse bekommen, Barbary aus Norwich?«

Stolz entfaltete der Junge ein Tuch und zeigte ihnen die drei Nobeln, die in dieser schmierigen Behausung nisteten. Die Studenten kamen zwar aus guten Familien, wurden aber von ihren Vätern keineswegs so verwöhnt, daß sie bei der netten Summe von drei Nobeln nicht hätten zugreifen wollen.

Barbary wurde eingeladen, hockte sich zu ihnen, tat dankend einen tüchtigen Zug Ale und ließ sich die Regeln erklären. Aus der Nähe sah er noch kleiner und jünger aus als zuvor, vielleicht noch nicht einmal in der Pubertät; aus seinem Jäckchen, das ihm viel zu klein war, ragten die Handgelenke hervor wie Hühnerbeine.

Der Hausierer seufzte und stand auf. »Die Einsätze sind zu hoch für einen armen arbeitenden Menschen«, sagte er. »Viel Glück, Bursche.« Er warf dem Neuen seine Würfel in die Hand. »Nimm du sie, denn mir haben sie keins gebracht.« Damit hob er seinen Sack auf den Rücken und ging seiner Wege.

Leichte Sommerwolken zogen über ihren gebeugten Köpfen dahin, die Würfel blinzelten mit ihren Augen auf dem Brett, und die Nobeln gingen, wie sich's gehört für Nobeln, in die Hände der Noblen über. »Du hast verloren, Barbary.«

Aber jetzt hatte der Junge Blut geleckt. Er schniefte und bettelte. Er wollte sein Jäckchen, seine Kappe einsetzen, alles, was er hatte, für einen einzigen letzten Wurf.

Der Weichherzigste der Studenten wollte nichts davon hören: »Nimm den Gänsepfad heim, Barbary, wie es paßt für eine Gans. London ist nichts für dich.«

Aber Barbary jammerte weiter und zog schließlich von seinem nicht allzu sauberen Hals einen fleckigen Metallring, der in Spiralen endete. »Ich setze das hier, eine Dame hat mir's geschenkt.«

Das Ding wurde herumgereicht. »Das ist so wenig edel wie er selbst.« Aber der Sohn des Königlichen Eichamtvorstehers kratzte mit dem Daumennagel daran, biß hinein, riß die Augen auf und erklärte, er würde mit allem, was er hatte, dagegensetzen. Der Weichherzige wollte nicht mitmachen und wurde deshalb verspottet. »Du bist ein Weib, Philip.«

Auf das Brett kamen die Münzen, die sie mitgebracht hatten,

der Gewinn vom Hausierer, die drei Nobeln und Barbarys schmierige Halskette. »Wer zuerst zwei Dreier wirft, gewinnt.«

Die Würfel fielen in beliebigen Variationen. Dann rollten Barbarys Würfel aus seiner Hand, klapperten, schwankten, fügten sich zu einem Paar, einem sauberen Paar, jeweils drei Augen.

Der Sohn des Königlichen Eichamtvorstehers fauchte: »Zeig mir einmal deine Würfel.«

Aber da keuchte eine Gestalt heran und schrie ihnen im Vorbeirennen etwas zu. Es war der Hausierer, und er rief: »Verzeiht, meine Herren, aber die Bulldoggen sind los.«

Die Bulldoggen von Lincoln's Inn gingen auf zwei Beinen und waren keineswegs weniger gefährlich als die Hunde des Proktors, die die Studenten von der Universität her kannten; und weder jene noch diese Hunde hielten viel von Studenten, die sich ohne Erlaubnis Ausgang nahmen und dann auch noch dem Spiel ergaben. Eine Sekunde später wälzten sich vier wohlgeborene Hinterteile über die hintere Mauer ihres Inn; Barbary dagegen rannte mit Spielgewinn, Würfeln und Halsring hinter dem Hausierer her, einem Mann, der offenbar wußte, wohin er rannte, nach seinen geschmeidigen Wendungen durch Hintergassen und Durchgänge zu urteilen, so schmal, daß nur Dünne Einlaß fanden. Barbary war dünn; er hielt Schritt.

Hintereinander rannten sie am Ship Inn vorbei, mit seinem Publikum von eleganten Trinkern, die sich hier drängten, seit die Königin es dem tanzenden Sir Christopher Hatton übereignet hatte, aber am Ende von Ship Lane war auch die feine Welt zu Ende. Die Musik der Spielleute auf der Galerie des Ship verlor sich und wich einer Stille, in die der Hausierer drei Töne pfiff.

Hier, wo die oberen Stockwerke der Häuser die Gasse überwölbten und in einen Tunnel verwandelten, standen sie vor einem Portal, das vielleicht weniger erlaucht war als jenes des Temple Bar einige hundert Yards südlich, aber viel wählerischer, wen es einließ. Es war ein Grenzposten, der einen Paß verlangte. Mit seinem Pfiff hatte ihn der Hausierer eben vorgewiesen. Wer diese Paßnoten pfiff, fand Einlaß in eine geheime Stadt, die den

Passanten des Temple Bar verborgen blieb. Für Eingeweihte waren das die »Bermudas«, ein Ort, wo das Gesetz des Magistrats nicht galt, wo ein System von Straßen, Unterschlupfen, Abkürzungen denen, die sie nutzten, zu ähnlichem Zwecke dienten wie einst die römischen Katakomben den frühen Christen, die sich dort ihren oberirdischen Verfolgern entzogen.

Man konnte durchaus auch ohne den Erkennungspfiff in dieses Labyrinth Einlaß finden, aber es war zweifelhaft, ob man dann je wieder herauskam.

Der Hausierer hörte Barbarys Schritte hinter sich, drehte sich um, packte ihn am Wams und zog ihn in einen Hauseingang.

»Her damit.« Die Würfel, Spezialanfertigung eines gewissen Herrn namens Bird in Holborn, wurden ausgehändigt. Außerdem die drei Nobeln und Barbarys Gewinn. Der Halsring war schon wieder an Ort und Stelle, unterm Kragen verborgen. »Ist das alles? Ich hätte sie auf über vier Pfund geschätzt.«

Die Studenten hatten fast fünf Pfund ergeben, aber das erwähnte Barbary nicht. Der Hausierer hatte seine Einlage zurückbekommen und hundert Prozent Gewinn dazu. Vierzig Prozent davon mußte er dem Chef des Ordens abliefern, der Rest würde aller Wahrscheinlichkeit nach von ihm versoffen werden. Barbary, der Trunksucht mißbilligte, rettete ihn also vor einem Alkoholexzeß. Auch das hielt er nicht für erwähnenswert.

»Was hast du ihnen geklaut? Und streit's nicht ab, du kleiner Langfinger.«

Unterschiedliche Gegenstände aus dem Besitz der vier Studenten kamen aus unerwarteten Teilen von Barbarys Kleidung ans Licht: ein Taschentuch, zwei Federkiele, und zwei Eicheln.

»Eicheln?« Der Hausierer zog ihn am Ohr.

»O ja«, sagte Barbary, und seine indignierte Ironie äußerte sich jetzt im Londoner Dialekt, »ich hätte sie wohl erst herausfischen sollen und nachsehen, was es war, nicht? Das hätte ihnen sicher gefallen. Ich hielt sie für Knöpfe.«

Über ihren Köpfen ging ein Fensterladen auf. »Bist du das, Wilkin?« rief eine weibliche Stimme. »Botschaft vom Mann für Barbary. Er ist am Karren und braucht einen Kalfakter.«

»Mädchen oder Junge?« fragte Wilkin.

»Mädchen.« Einige Kleidungsstücke wurden von der Besitzerin der Stimme heruntergeworfen und landeten auf ihren Schultern.

»Pferdemist«, fluchte Barbary. »Mädchen sein ist blöd.« Aber eine Vorladung des Aufrechten Mannes war königlicher Befehl. »Und dreh dich gefälligst um. Bin ich nicht schon genug gedemütigt?«

Während er sich die Mütze vom Kopf riß und eine blonde Perücke aufsetzte, die Hosen mit einem Reifrock verdeckte und das Wams durch ein blaues Mieder ersetzte, beschäftigte Barbary jedoch weniger seine Demütigung als der unauffällige Transfer einer hübschen kleinen Zunderbüchse, die noch vor wenigen Minuten dem habgierigen Sohn eines Königlichen Eichamtvorstehers gehört hatte, aus der männlichen in eine weibliche Gewandtasche.

Der Hausierer wandte sich wieder um und sah vor sich ein Mädchen, das statt in Holzschuhen jetzt barfuß ging und daher kleiner als der Junge vorhin war. Meergrüne Augen blickten unter blonden Löckchen hervor, wie es unschuldiger kein Mädchen je gekonnt hätte. »Gib uns einen Kuß«, sagte er.

Aus Barbarys Rosenmund drangen unweibliche Ausdrücke. »Wo ist der Aufrechte?« rief er hinauf.

»Schon unten bei der Fleet Bridge. Schnell, läßt er dir ausrichten.«

Wilkin der Hausierer blickte Barbary nach, wie dieser durch die Grange Alley in jenem Netzwerk verschwand, das ihn beim Fleet-Graben herausbringen würde. Er rannte mit der Schnelligkeit eines Jungen, aber typisch weiblichen Hüftschwüngen.

»So ein Glück, daß er bei uns gelandet ist«, sagte Wilkin halblaut. »Sonst wäre er womöglich noch Schauspieler geworden.«

Unter den Spektakeln, die die Straßen Londons unausgesetzt boten, stand das Auspeitschen von Bettlern hoch im Kurs, denn es verband das Zufügen von Schmerzen mit der erhebenden Gewißheit für die Würdigen, daß man den Unwürdigen nichts durchgehen ließ. Der Bettler, der hinter dem Karren herstolperte, an den man ihn gebunden hatte, und dabei von zwei Konstabeln ausgepeitscht wurde, war ganz eindeutig einer der Unwürdigsten: ein kräftiger Mann in den besten Jahren, von dessen Rücken jetzt zwar mit jedem Peitschenhieb sein eigenes Blut fließen mochte, dessen grindverkrustetes Gesicht aber sicherlich mit Blut vom Schwein oder Schaf verziert war. Kenner von Bettlertricks erklärten den weniger gut Informierten, daß die ekelerregenden Schwellungen auf Nacken und Armen des Bettlers aus Lehm waren und bereits abbröckelten, ebenso seine verschiedenen Bandagen. Und auch seinen Lungen fehlte nichts; sein Brüllen übertönte das Rattern der Wagen auf dem Pflaster von Ludgate Hill, das Gelächter der Menge, an der er vorüberzog, und den Spott der kleinen Straßenjungen, die neben ihm herrannten. Die Konstabeln waren ebenso energiegeladen wie der Bettler und hieben auf ihn ein mit dem Schwung von Männern, die in der Börse des Bettlers mehr Geld gefunden hatten, als sie selbst in einem Monat verdienten.

Doch jetzt kam zwischen den Beinen der Zuschauer ein kleines Mädchen herausgeschossen, das mit seiner hellen Sopranstimme selbst das Brüllen des Bettlers übertönte. Schluchzend warf es sich auf ihn: »Vater, o Vater.« Einer der beiden Konstabeln schleuderte es zur Seite, so daß es auf die Straße stürzte, aber es stand sofort wieder auf und rannte neben ihnen her, die kleinen Hände gefaltet, während es die Konstabeln anflehte, den Mann, den es Vater nannte, zu schonen. »Oh, ich weiß, er hat Unrecht getan, aber einst war er ein guter Mann.« Oben am Kamm von Ludgate Hill gab es wie immer einen Verkehrsstau, und das Kind nützte die Pause und wandte sich bittend an die Konstabeln und die Menge gleichermaßen: »Er wurde in den Niederlanden im Kampf für unsere Königin verwundet und fand seither keine Arbeit mehr, oh, erbarmt euch seiner, ihr guten Leute.«

Tränen strömten ihr über die Wangen, und die Londoner, die ebenso schnell sentimental wie zornig werden konnten, riefen den Konstabeln zu, sie möchten den Bettler doch sanfter schlagen.

»Er wußte nicht mehr ein noch aus«, rief das kleine Mädchen, umschlang den Bettler mit beiden Armen und stürzte wieder hin, als die Konstabeln es, diesmal weniger grob, fortschoben, »denn meine Mutter ist tot, und so muß er allein für meinen kleinen verkrüppelten Bruder und für mich sorgen.« Der kleine verkrüppelte Bruder war ein Klassiker. Der jüngere Konstabel hielt im Schlagen inne. »Ich wußte nicht, daß er einen verkrüppelten Kleinen hat.«

»Den haben sie alle«, erwiderte der ältere Konstabel. »Los, mach weiter.« Aber auch bei ihm tat, wenn nicht das Geflenn der Kleinen, so doch der Stimmungsumschwung in der Menge seine Wirkung, und er handhabte seine Peitsche jetzt mit weniger Nachdruck.

Der Bettler und Barbary schätzten mit der Erfahrung von Experten ab, wieviel sein Rücken noch aushalten konnte und an welchem Punkt der Reise quer durch London die Hiebe ihn tatsächlich zum Krüppel schlagen würden. Bis Cheapside ging es nur um schneidenden Schmerz, aber bei Poultry, wo sie von Enten- und Gänseherden aufgehalten würden, schnitten die Lederpeitschen schon in den Muskel. Bis sie ihr Ziel erreichten, den Tower, waren die Verletzungen nicht mehr gutzumachen. Andererseits ermüdeten auch die Arme der Konstabeln, sie waren dann dankbar für jede Ausrede, nachlassen zu dürfen.

Auf dem Weg um den Friedhof von St. Paul's herum zum Paternoster Close hielt Barbary, während er weiterhin gekonnt wehklagte, nach einem Rühr-Gehilfen Ausschau. Einen Geistlichen brauchten sie, aber keinen hiesigen Prälaten oder Kanonikus – die waren gegen die allgemeine Londoner Schlechtigkeit schon zu abgehärtet, um mit den Übeltätern noch Mitleid zu empfinden. Ein freundlicher, unbedarfter Reverend vom Land war's, den man jetzt brauchte.

Als sie am Nordtor der Kathedrale vorbeikamen, ging der Lärm der Stadt in vokalen Weihrauchschwaden unter, heilig, herrlich: das mächtige *Spem in alium,* das der vierzigstimmige Chor von St. Paul's für den Geburtstagsgottesdienst der Königin probte. Einen Augenblick lang entfaltete sich vor dem Universum, in dem Barbary lebte, ein anderes, das er nicht verstand. Die seltsamen Worte, die in solchen Momenten immer in ihm aufstiegen, dröhnten ihm in den Ohren: »Halt Adam, Eva scheu«. Zum hundertsten Mal zerbrach er sich den Kopf über ihre Bedeutung, und dabei versiegten seine Tränen: wirklich weinen, das war eins der wenigen Dinge, die Barbary nicht konnte.

Eine ruckartige Kopfbewegung des Bettlers brachte ihn in die Gegenwart zurück, eine zweite lenkte seine Aufmerksamkeit auf einen Geistlichen, dessen rotwangiges, verwundertes Gesicht und derbes Schuhzeug ihn als Provinzler auswiesen. Barbary rannte zu ihm hin und zog ihn am Ärmel: »Die Güte, die ich auf Eurer Stirne lese, sagt mir, daß Gott Eure Gebete für meines Vaters Seele erhören wird, wenngleich er gesündigt hat wegen seines schweren Schicksals. Sir, ich bitt' Euch, erbarmt Euch seiner Bußfertigkeit.« In Barbarys Ausdrucksweise und Akzent mußte er ein Mädchen erkennen, das für ein besseres Los geboren war.

Der Geistliche war ein guter Gehilfe. Der Appell an seine und Gottes höhere Autorität versicherte ihn wieder seines eigenen Wertes in einer Stadt, die ihn teils abgestoßen, teils fasziniert, aber jedenfalls vollkommen verwirrt hatte. Er ging neben dem Bettler her. »Beklagenswerter Mann, bist du bußfertig?«

Der Bettler schwor es eilends, so daß der Geistliche seinerseits die Konstabeln beschwor, nicht durch zu heftige Schläge den Mann von seiner Reue abzulenken. Von da an konnte Barbary sich ausruhen, abgesehen von gelegentlichem Händeringen oder einem gut plazierten Gewimmer. Die Konstabeln erklärten knurrend, sie gehorchten doch nur dem Befehl des Friedensrichters, der Geistliche aber konterte, er gehorche dem Befehl Gottes, und so endete die Reise zum Tower unter dem Geleier der Stimme des Gehilfen und mit weniger als einem Peitschenhieb auf hundert Yards.

Am Tower Hill wurde der Bettler bis zum Einbruch der Dunkelheit an den Pranger gepflockt. Eine Hängung und Vierteilung am Tag zuvor ließ einen einfachen Bettler am Pranger als kleinen Fisch erscheinen, und abgesehen von einem beiläufigen

Krautkopf und vier verfaulten Eiern, die aber fast alle die rührend tapfere Tochter auffing, wurde der Bettler kaum beworfen. Die größte Gefahr bestand darin, daß ihn das Predigen des Geistlichen zu Tode langweilte, denn dieser ließ den ganzen Nachmittag nicht locker. Aber schließlich ermüdete er doch und ging fort, um die Stadt zu besichtigen. Unten am Fluß, wo die Masten so eng beieinanderstanden wie Schilf, sangen die großen Schiffe ihren Sirenengesang in Barbarys Ohren. »Halt Adam, Eva scheu«, sangen sie, und er wanderte wie im Traum auf sie zu, bis ein scharfes »Verlaß mich nicht, Tochter« ihn zurück zu seiner Pflicht rief.

In theatralischer Pose warf er sich vor dem Pranger nieder und zählte im Geiste den Gewinn des Tages. Außer der Zunderbüchse und seinem eigenen Gewinn aus dem Würfelspiel hatte er auch noch dem jüngeren Konstabel eine Medaille, einem Händler in Cheapside einen Apfel und dem Geistlichen Sixpence geklaut. »Gute Arbeit, Barbary.«

Gegen Einbruch der Dämmerung leerten sich die Straßen, und sie blieben allein. »Du hast dir verdammt lang Zeit gelassen«, sagte der Bettler. Mit dem herausglotzenden Kopf und den Händen, die durch die Löcher im Brett des Prangers wedelten, sah er aus wie ein Hund. Genau das war er auch nach Barbarys Meinung.

»Hab' aber deinen verdammten Rücken gerettet, oder vielleicht nicht? Ich mußte Wilkin am Lincon's Inn Fisch zutreiben.«

»Wieviel?«

»Zwei Pfund und Sixpence.«

Der Aufrechte Mann trug seine vierzig Prozent in sein geräumiges geistiges Kassabuch ein. »Nicht schlecht«, sagte er. »Und du machst dich gut als Puppe.« Er fuhr sich mit seiner fetten Zunge über die Lippen. »Schade, daß du keine bist.«

»Dafür würd' ich mich schön bedanken.« Alle Mädchen des Ordens wurden, sobald sie alt genug waren, dem Aufrechten Mann für ihr erstes Sexualerlebnis übergeben, ein Vorgang, den man »Zureiten« nannte; dann waren sie reif dafür, als Huren dem Aufrechten Mann neunzig Prozent ihres Verdienstes abzuliefern. Nein, im Frausein lag nicht viel Gewinn, fand Barbary. Höchstens die Pocken.

Eben wurde der Tower hinter ihnen für die Nacht geschlossen, schwere Tore fielen dröhnend zu, Schlüssel rasselten. Gebrüllte Kommandorufe deuteten die Ablösung der Wachen an, ein paar Männer, die heute nacht frei hatten, schlenderten durch das Pförtchen hinaus und scherten sich um den Bettler am Pranger ebensowenig wie um die geteerten Schädel, die hoch oben auf Stangen zur Schau gestellt waren.

Barbary mampfte seinen Apfel und betrachtete die Schädel, die dort oben steckten, solange er sich erinnern konnte, und sich jetzt vor dem schwindenden Licht des Augustabends abhoben wie faulende Mohnkapseln. Die Schleiereule, die oben im White Tower nistete, flog mit schwerfälligem Flügelschlag über die Mauer und setzte sich auf einen davon, um ihre nächtlichen Manöver zu planen, wodurch der Schädel wie mit einem grotesken Helm verziert wurde.

»Was haben die da oben denn getan, hm, Abraham? Daß man sie derart aufgespießt hat?«

»Hochverrat gegen Ihre Majestät«, grunzte der Aufrechte. »Graf Desmond und seine Kerle. Irische Rebellen. Braten in der Hölle, alle miteinander.«

»Scheiß auf sie.« Von den zwölftausend Wörtern, um die die Renaissance die englische Sprache bereichert hatte, benutzte Barbary beklagenswert wenige. Er bewunderte die Königin, die einmal beinah selbst geköpft worden wäre, sich aber geschickt aus der Schlinge gezogen hatte; und jeder, der es auf sie abgesehen hatte, würde es mit Barbary zu tun bekommen. Barbarys Meinung nach hatte Elizabeths Thronbesteigung den Orden um ein höchst begabtes potentielles Mitglied gebracht. Erst letzte Woche hatte er in einer Bude billige Gipsabgüsse des königlichen Profils gesehen, hergestellt aus Anlaß des bevorstehenden königlichen Geburtstags, und sich bei diesem Anblick derart von Patriotismus überwältigt gefühlt, daß er einen stahl.

Eine achtunggebietende Gestalt keuchte den Hügel herauf, und der Aufrechte hob mühsam, aber hoffnungsvoll den Kopf; es war Zeit, daß die Konstabeln kamen und ihn freiließen. Aber es war nur der Gehörnte Dick, sich einen Bauch haltend, der nicht unbedingt fürs Rennen geschaffen schien. »Foll hat einen Gimpel, Abraham«, stieß er hervor. »In einer Stunde legen wir los, aber der Frankist ist ein harter Brocken, wir brauchen vielleicht einen Drücker. Foll sagt, sie braucht Barbary.«

»Mist«, knurrte Barbary. »Muß ich denn alles in dieser Stadt erledigen?«

»Barb, du bist der Beste«, erklärte der Gehörnte Dick. »Können wir ihn haben, Abraham?«

Der Mann ließ sich des längeren aus über treulose Gefolgsleute, über die Möglichkeit, die ganze Nacht der Willkür irgendwelcher vorbeikommender Extremisten ausgeliefert zu sein, und über den moralischen Verfall pflichtvergessener Konstabeln.

Dick fiel ihm ins Wort: »Der Frankist hat Geld wie Heu, Abraham. Goldene Schnallen auf seinen Tretern.«

In der Seele des Aufrechten Mannes kämpfte aufrechte Gesinnung gegen Selbstsucht – und gewann. »Nimm ihn mit.«

»Bin ich Bub oder Mädchen?« fragte Barbary und hüpfte neben dem Gehörnten Dick her.

»Bub, sagt Foll«, erklärte Dick. »Am liebsten Chorknabe. Hast du die Fetzen für einen Pfaffenmogler?«

Barbary ging im Geist seine über die ganze Stadt verstreute Garderobe durch. »Ich hab' alles«, sagte er.

Der »Pudding-in-the-Cloth« in den verwinkelten Gassen der Bermudas war in der Sprache des Ordens eine »fahrende« Schenke, nicht wegen seiner Beweglichkeit, sondern weil es immer wieder ratsam schien, vorübergehend zu schließen und Namen und Pächter zu wechseln. Aber ganz gleich, welcher Name gerade auf dem Schild stand, die Stammgäste kannten das Etablissement als den Pudding, und sie wußten auch, daß, unabhängig davon, wer gerade als offizieller Inhaber auftrat, die wahre Wirtin die Galoppierende Betty war, dieser furchteinflößende Fleischberg, der von einem geschnitzten Stuhl mit den Ausmaßen eines Thrones auf einem Podest am Ende des Saales aus alles, was sich hier abspielte, genau im Auge behielt.

Die Schenke war alt, aber geräumig – der Galoppierenden Betty zufolge die ehemalige Stadtresidenz von Henry Percy,

Vierter Graf von Northumberland. Von einer Galerie im Obergeschoß gelangte man in viele Einzelzimmer, die Küche lieferte einfache, aber gute Speisen, der Keller war bestens bestückt, das Ale stark. Weniger augenfällig waren zwei Schränke mit doppelten Rückwänden auf ein Gewirr von geheimen Stiegen hinaus, das mehr Ausgänge und Eingänge als ein löchriger Käse hatte und mindestens einen unterirdischen Korridor, der in einem gänzlich anderen Haus wieder das Tageslicht erblickte.

Der Pudding, schwer zu finden für die, die ihn nicht kannten, war von Wachtposten bewacht, die einen Schnüffler des Magistrats vierzig Schritte gegen den Wind erkennen und ablenken konnten wie eine Insel aus Magneteisen die Kompaßnadel. Am meisten geschätzt waren jene Kunden, die nur einmal kamen und auf verschlungenen Pfaden, die sie später nicht mehr nachvollziehen konnten, hierhergeführt wurden, auf daß man sie rupfte, ausnahm, schröpfte und jedenfalls auf jede erdenkliche Weise von ihrem Gelde trennte.

Was die Stammgäste betraf, so hatten nur die Spitzen des Ordens hier Zutritt. Die Galoppierende Betty pfiff – und das manchmal buchstäblich – auf bloße Maderer, die Wäsche stahlen, auf Taschelzieher, die Börsen schnitten, und die ärmeren Flitschen. Diese mußten sich mit den schäbigen Kneipen am Fluß begnügen und dort ihrem Suff und ihren diversen Tätigkeiten an gewöhnlichen Matrosen nachgehen.

»Keiner kommt hier rein, so er nicht Künstler ist«, war das Motto der Galoppierenden Betty; nur den Aristokraten des Ordens war es gestattet, im Pudding ihrer Arbeit nachzugehen. Sogar der Aufrechte Mann mußte seine Fetzen ablegen, wenn er die Taverne betrat, obwohl er einen großen Teil ihres Gewinns einstrich.

Barbarys Können hatte ihm Zutritt zu diesen Spitzen der Gesellschaft verschafft, und so näherte er sich dem Pudding voller Vorfreude auf die Begrüßung durch die Galoppierende Betty, die bei seinem Eintritt ihr Kinn in seine Richtung hob und damit nichts anderes sagte, als daß er trotz seiner Jugend bereits zur Elite seines Gewerbes zählte. Und außerdem war es hier überhaupt gemütlich. Aus den wegen der Augusthitze geöffneten Türen und Bleiglasfenstern drangen Lautenmusik und das Gemurmel jovialer Geselligkeit. Der Duft von brutzelndem Kapaun, von Kerzen und Parfüm übertönte den Gestank der Gosse davor.

Poll und Doll saßen in einem der Koberfenster, aber nicht auf die vulgäre Art, wie gewöhnliche Dirnen ihre Kunden lockten – die Galoppierende Betty hätte das nie zugelassen –, sondern in fröhlicher Unterhaltung begriffen; die Verlockung ging von ihren fächelnden weißen Händen aus und vom süßen Wohlklang ihrer Stimmen. In diesem Licht ließ das leichte Rouge auf ihren Wangen sie frisch und hübsch aussehen.

Barbary verschmähte die einladend offenstehende Tür und quetschte sich lieber durch den schmalen Gang zwischen dem Pudding und dem Nachbarhaus, das dem Aufrechten Mann gehörte, in den Hof dahinter. Das war die Kehrseite des Puddings, eine stinkende Pfütze, wo zwischen gesprungenen Pflastersteinen Unkraut wuchs und Fliegen sich auf menschlichen Exkrementen und dem Kot des skelettdürren Hundes sammelten, der hier hechelnd an der Kette hing.

Barbary rannte eine hölzerne Treppe in den ersten Stock hinauf, die in einen Lagerraum mit Ausgang auf die Galerie führte, von wo man durch die Balustrade in den Saal hinuntersehen konnte, ohne selbst gesehen zu werden. Der Raum war voll, die Unterhaltungen laut, aber nicht vulgär. Barbary nahm die Situation da unten in einem einzigen Rundblick auf, schätzte Gruppen ab, ordnete die unbekannte Kundschaft ein. Der fette Knacker in der Ecke bei Foll mußte der Freier sein, nach den goldenen Blokhannsen auf seinen Schuhen zu urteilen. Die jungen Dackel, die mit Soth Gard und Harry Agglyntine Karten spielten, sahen aus wie Landadel mit Taschen voller Asche; nun, mit vollen Taschen würden die nicht abziehen. Gybbin erklärte seine Alchimie einem Landjunker, der bereit schien, zu glauben, man könne Gold auch aus Gänseschmalz gewinnen. Die beiden Freier bei Poll und Doll waren ältliche Geschäftsleute; Barbary, der nie ein Gesicht vergaß, erkannte in dem einen einen Greisler aus Shoreditch. Soweit war alles in Butter.

Die einzige Person im ganzen Raum, die Barbary nicht einordnen konnte und die er deshalb beunruhigend fand, war der Kerl bei Moll. Er war in gutes schwarzes Tuch gekleidet, dürr wie eine Baderskatze, hatte ein Muttermal auf der Nase und führte etwas im Schilde. Und zwar nicht mit Moll. Der Mann spielte Geilheit, drückte ihren Arm, lächelte, aber dabei glitten seine Blicke ständig durch den Raum. Barbary sah, daß Moll unruhig war. Die Galoppierende Betty betrachtete den Mann mit jenem Mißtrauen, das sie allen entgegenbrachte, deren Anwesenheit im Pudding nicht restlos zu erklären war. Sie wußte nicht, wer er war, und das störte sie.

Sich in den Schatten drückend, damit der Freier ihn nicht zu früh sah, schlich Barbary lautlos die Treppe hinab. Unten in der Halle war jemand, mit dem er sprechen wollte, jemand, mit dem er immer sprechen wollte. Da fuhr aus der Dunkelheit der Arm des Gehörnten Dick heraus und hielt ihn fest: »Hast' die Mogeln?«

»Klar.« Er ging weiter. Für den Orden waren alle Dinge »Mogeln«. Das Ordens-Rotwelsch spiegelte ein Gewerbe, in dem nichts war, was es schien, ein mißtrauischer Slang, in dem Ringe Pfoten-Mogeln waren, Schürzen Wampen-Mogeln, Hüte Birnen-Mogeln, Schweine Grunz-Mogeln, Enten Quack-Mogeln und ein Garten oder Obstgarten ein Duft-Mogel.

Die vollbesetzten Tische als Deckung nutzend, schlich sich Barbary an Foll und ihren Freier an. Der Kerl war besoffen und hatte das Können-wir-nicht-wo-hingehen-wo-wir-allein-sind-Stadium erreicht, und Foll reagierte darauf mit Ach-wenn-wir-nur-könnten-aber-was-ist-mit-meinem-Mann in ihrem besten Noch-nie-untreu-gewesen-Gekicher. Barbary zog ab; Foll war sein Liebling unter den Puppen, eine Könnerin in ihrem Beruf. In einer halben Stunde würde sie losziehen. Im Vorübergleiten pfiff er drei Töne, um ihr zu sagen, daß er und der Gehörnte Dick auf dem Posten waren. Foll lächelte dem Pinsel in die Augen.

Vorsichtig schlängelte sich Barbary seinem Ziel entgegen und ließ sich dort neben Robert Betty, seinem Freund, zu Boden gleiten. »Wer ist der fremde Mogel? Der hat's auf dich abgesehen.«

»Der hat's auf alle abgesehen. Keine Ahnung, wer das ist.«

Robert war nicht interessiert, sondern vielmehr in ein Buch vertieft. »Long sagt, er ist ein Spion.«

»Für wen? Queer Cuffin?« Queer Cuffin war der oberste Friedensrichter.

»Weiß nicht.« Robert wurde ungeduldig. »Long sagt, er weiß nicht, wer der Knacker ist. Halt die Klappe, ich will lesen.«

»Ich werde auch bald lesen. Der Jackman gibt mir Stunden.«

»In was? Ale saufen?«

Der Jackman, ein Ex-Mönch, bezog seit der Auflösung seines Klosters eine Pension, die er ausschließlich dem Bemühen widmete, damit seine Leber aufzulösen; demselben hehren Ziele führte er auch den Erlös seiner Tätigkeit als Fälscher zu. Barbary verbrachte den größeren Teil seiner Unterrichtsstunden damit, den Alten nüchtern zu bekommen, aber trotzdem machte er solche Fortschritte, daß es sie beide überraschte.

Barbary war gekränkt. »Ach ja, hab' vergessen«, sagte er geziert, »ihr Nonnenfürzchen seid ja soo verdammt heilig.«

Die Schüleruniform der Grammatikschule St. Olave's von Southwark, die Robert Betty besuchte, war den früheren Klosterkutten so ähnlich, daß das die ewigen Spötteleien, denen der Junge ausgesetzt war, nur noch schlimmer machte.

Roberts große Hände schlossen sich um Barbarys Kopf und fingen an, ihn gegen die Wand zu schlagen.

»Sag, es tut dir leid.«

»Es tut mir leid.«

»Sag, es tut mir leid, Mylord Robert.«

»Es tut mir leid, Mylord Robert.«

Wenn Robert zornig war, war nicht mit ihm zu spaßen, und Barbary sah keinen Vorteil in Stolz oder Stoizismus, wenn man ihm gerade weh tat. Außerdem standen sich die beiden so nahe wie Brüder. Beide waren Rotschöpfe, Robert allerdings der dunklere, eindeutig respektablere, und beide waren sie Findelkinder.

Robert war der Ältere, und er tat sich schwerer, weil ihm sein Leben im Orden zuwider war; er haßte es, verachtete es, sehnte sich nach Höherem. Seine Aufnahme in den Orden war Anlaß eines Streites zwischen dem Aufrechten Mann und der Galoppierenden Betty gewesen, der nie wirklich beigelegt wurde. Unter den Ordensleuten war er heute noch Legende.

»Unsere Betty ist ja immer formidabel«, sagte der Gehörnte Dick gern träumerisch, »aber, Barb, damals hättest du sie sehen sollen.« Der Gehörnte Dick hatte bei der Geschichte eine löbliche Rolle gespielt, deshalb erzählte er sie auch so oft. Er war es nämlich, der an einem Wintertag bei St. Benet am Paul's Quay in einem Schneehaufen diese rotgoldene Mütze gesehen hatte. Natürlich glaubte er nicht wirklich, daß es Gold sein könnte; dem Gehörnten Dick passierten keine Wunder. Aber als Optimist, der er war, ging er hin, zog daran und stellte fest, daß es Haar war, darunter kam ein Gesicht zum Vorschein, dann Arme, Körper, Beine eines kleinen Kindes, das sich in aller Ruhe dem Geschäft des Sterbens widmete. Was es bis jetzt daran gehindert hatte, waren sein Wams aus Schafsfell und seine warmen Hosen aus gutem Wollstoff.

Während Dick das Kind nach Wertsachen durchsuchte, fing es schwach zu wimmern an, und Dick, besorgt, der Pfarrer von St. Benet könnte herauskommen und ihm irgend etwas anhängen, stopfte das Kleine unter sein eigenes Wams und nahm es mit zum Pudding, um dort die Suche in Ruhe fortzusetzen.

Es war noch früh, keiner war da außer dem Aufrechten Mann, und der schlug auf Befragung sofort vor, man sollte dem Kind die linke Hand abhacken.

»Das war auch ganz vernünftig, Barb«, erklärte Dick dann hastig. »Er hatte ja recht, das Kleine würde sowieso eingehen. Nahm man ihm die linke Pfote ab, dann starb's nur um so leichter. Blieb es aber doch am Leben – und wir wollten das unsere dazu tun, Barb –, dann stell dir vor, was sich für eine Karriere vor ihm auftat.«

Daran war wohl kein Zweifel. Ein Bettelkind mit nur einer Hand weckte Mitgefühl und öffnete Börsen; ein bettelnder Erwachsener mit nur einer Hand, der sich als einer von Elizabeths kriegsversehrten Veteranen ausgab, konnte üppigen Profit erwarten, eine Art Bußgeld von all jenen, die wußten, wie herzlos solche Versehrten sich selbst überlassen wurden. Von diesen Einnahmen stand dem Aufrechten Mann ein ordentlicher Prozentsatz zu. Aber gerade in diesem Moment waren von der Galerie donnernde Tritte zu hören gewesen, dann ein Schrei, und herunter sauste die Galoppierende Betty und brüllte, das Kleine sei ihr eigenes lang vermißtes Kind, denn das hatte ebenfalls rotes Haar.

»Na, Barb«, flocht dann der Gehörnte Dick ein, »wir wissen natürlich alle, daß die Galoppierende Betty zu ihrer Zeit Kinder in Hülle und Fülle hatte und fast alle irgendwie verlor, so oder anders, aber das da war erst sechs oder sieben, und Betty war schon sehr viel länger über die Zeit des Kinderkriegens hinaus.«

Darauf wies der Aufrechte Mann mit seiner üblichen Logik denn auch hin und unterstützte seine Argumente mit ein paar Hieben. »Sagt er: ›Geh, Dick, hol ein Tranchiermesser und etwas Pech.‹ Aber ich konnte nicht, denn Betty hielt mich zurück, und sie wurde immer größer. Sie schwillt an, sie kann das. Hast du je einen Oliphanten gesehen, Barb? Ich auch nicht. Aber stell dir einen vor. Stell dir was Riesiges vor, dann mach's noch riesiger. Sie packt mich an der Gurgel und wirft mich gegen die Wand, und dann nimmt sie den Aufrechten und wirft ihn gegen die andere Wand, und dann nimmt sie das Kleine und steckt es sich ins Mieder und sagt: ›Na los, holt es euch doch.‹ Also, ich nicht, Barb, das kann ich dir sagen. Und der Aufrechte auch nicht. Sagt er: ›Dein lang vermißtes Kleines, soso? Meinetwegen steck dir's an den Hut.‹«

An Bettys Busen langsam wieder erwärmt, dann mit in Bettys eigenem Maule vorgekautem Fleisch genährt, blieb das Kind am Leben und wurde heimlich vom Jackman getauft, und zwar auf den Familiennamen Betty nach seiner angeblichen Mutter und den Taufnamen Robert nach dem Grafen von Leicester, für den die Galoppierende Betty, nachdem sie ihn einmal in einer Prozession gesehen hatte, eine schwärmerische Zuneigung empfand.

Keiner zeigte besondere Neugier an den Umständen, durch die ein kleiner Junge in einer Schneewehe fast zu Tode gekommen wäre. Erstens einmal galt es im Orden überhaupt als unschicklich, sich für die Vergangenheit der Mitglieder zu interessieren, und dieses Taktgefühl saß so tief, daß es sogar die Kinder miteinbezog. Außerdem quoll London über von kleinen Waisen, deren Eltern auf Arbeitssuche hierhergekommen und an den Krankheiten der Stadt gestorben waren oder deren Väter in den Krieg gezogen und sie bei Müttern zurückgelassen hatten, die sie nicht ernähren konnten. Noch dazu hatte die Galoppierende Betty irgendwelche Spekulationen keineswegs gefördert, sondern ihre eigene Legende um den kleinen Rob gesponnen, eine nebulöse Geschichte, wie er sich selbst aus der Hand von Entführern befreit hatte, um zu ihr, seiner wahren Mutter, zurückzukehren – und falls jemand fand, dieser Version fehle es an Glaubwürdigkeit, so hütete er sich, das laut zu äußern.

Falls der junge Rob sich selbst an sein früheres Leben erinnerte, redete er zumindest nicht darüber. Barbary wußte, daß er lange unter Alpträumen litt, und erriet, daß Rob das Leben im Orden, so sehr er diesen auch haßte, immer noch jenem vorzog, das vorangegangen war. Die Galoppierende Betty genoß es, sich im Alter noch ein Kindlein zugelegt zu haben, aber der Aufrechte Mann vergab Robert seine eigene Niederlage nicht und vergalt es ihm in Worten und in Hieben, wo immer sich die Gelegenheit ergab. Die anderen Ordensmitglieder hätten nichts gegen ihn gehabt, wäre er ihnen nur auf halbem Weg entgegengekommen, doch als er älter wurde, wurde er immer hochnäsiger und hatte für sie und ihren Lebensstil nichts als Verachtung übrig. Die einzige Betrügerei, zu der er Begabung zeigte, war beim Kartenspiel, was in einigen den Glauben stärkte, er sei tatsächlich ein hochgeborenes Kind. Andere sagten, die Galoppierende Betty hätte ihn verzogen. Das tat sie allerdings wirklich, und zwar in solchem Maße, daß sie, als der Junge den ungeheuerlichen Wunsch äußerte, zur Schule zu gehen, einen ihrer Kunden aus dem Vorstand der St.-Olave's-Grammatikschule dahingehend erpreßte, daß er Robert in die jährliche Quote von Schülern aus den Reihen der »schuldlos Verarmten« aufnahm. Da er ein Nachzügler war, älter als die anderen Schüler und aus »familiären« Umständen, die er nie erwähnen durfte, war er auch dort ein Außenseiter und Ausgestoßener. Aber er verbiß sich in seine Lektionen, denn für ihn war das der einzige Paß zu einem anderen, besseren Leben.

Von der Galoppierenden Betty abgesehen, war Barbary der einzige, der ihn gern hatte. Durch das gemeinsame Überleben der Kindheit kannten die beiden einander durch und durch, und Barbary wußte, daß der nach außen schweigsame, hochnäsige Robert auch eine abenteuerliche, humorvolle und unterhaltsame Seite hatte.

Aus eigenem Antrieb hätte Barbary die Ausbildung durch den Orden nie in Frage gestellt; er kannte nichts anderes, und er war begabt dafür. Das Ordenstraining vermittelte ihm eine Tarnfarbe, die ihn aus Schwierigkeiten heraushielt, und mehr verlangte Barbary vom Leben nicht. Seiner Meinung nach war Robs Auflehnung pervers, wie Ausschlagen gegen die Sporen, aber gleichzeitig lag darin etwas Bewundernswertes, ja Exotisches. Und Robert war die einzige Menschenseele, die davon wußte und es verstand, wenn Barbary beim Anblick eines Schiffs oder bei Musik »in die Cherubim« entrückt wurde und diese merkwürdigen Gefühlszustände bekam.

Dann kamen ihm wie von weither die Worte »Halt Adam, Eva scheu« in den Kopf. Alle hatte er schon gefragt, was sie wohl bedeuteten, aber jeder schlug etwas anderes vor. Der Jackman erklärte, es bedeute eine Warnung vor der Sünde.

Robert war ebenso von Schiffen begeistert, aber seine zweite Leidenschaft galt der Literatur, der Poesie ganz besonders. Er verbrachte soviel Zeit wie möglich in den Schauspielhäusern, nachdem ihm Barbary lockere Bretter in ihren Wänden gezeigt hatte, wo er hineinschlüpfen konnte, ohne zu bezahlen.

Der Zauber der Schiffe, erklärte er Barbary, lag für sie beide darin, daß sie der Ausweg aus dem Orden waren, ins ferne Cathay, ins El Dorado, der Weg zu Gold, Aufstieg und Ruhm, wie schon zuvor für Roberts Helden Drake, Hawkins, Raleigh und Frobisher.

Aus ihrer Freundschaft zogen sie beide Nutzen: Barbary mogelte und trickste und stahl doppelt soviel, um Roberts äußerst mittelmäßige Erfolge zu bemänteln, und dafür half Robert Barbary bei der Erweiterung seines Horizonts. Aber jetzt entwuchs Robert ihrem Bund ebenso schnell wie seinen Kleidern – schon war er einen Kopf größer als Barbary. Sein Bart sproß Verachtung gegenüber Barbarys glattem Kinn, sein Stimmbruch verhöhnte Barbarys beharrlichen Sopran. Er war ein Fremder geworden. Oft – wie auch jetzt – ließ er merken, daß ihm Barbarys Anwesenheit auf die Nerven fiel.

Barbary reagierte auf Kränkungen, indem er vor den anderen und vor sich selbst so tat, als merke er nichts. »Das macht Barbarys Latz nicht naß«, sagte er voll Würde – tatsächlich hatte ihn noch keiner jemals wirklich weinen sehen –, entfernte sich und ging zum Gehörnten Dick.

Im Durchgang zwischen dem Pudding und dem Nebenhaus warf sich Barbary in sein Chorknabenhemd. Aus dem Schatten heraus konnte er mit Dick beobachten, wie Foll unter allerlei Beteuerungen den Freier die Straße hinauf zum Ort des Stelldicheins lockte, das heute das Haus des Aufrechten Mannes war. »Doch wenn nun mein Mann heimkäme ... Haltet ein, Sir, denn Ihr habt mir vor Lust schier den Kopf verdreht. Oh, um meine Tugend, die ich bis jetzt ein treues Weib doch war ...« Sie hörten den Pinsel schnaufen.

»Der kommt zu schnell, wenn sie nicht aufpaßt«, flüsterte Barbary.

Dick, der schon mehr Kundschaft erpreßt hatte, als die See Heringe besaß, schüttelte den Kopf. »Foll weiß schon, was sie tut.«

»Warst du je verheiratet, Dick?« fragte Barbary, als das Paar im Haus verschwunden war. Dick schüttelte noch einmal den Kopf – »Gehörnt« bezog sich auf seine Profession, nicht seinen ehelichen Stand.

Im Haus des Aufrechten Mannes fiel eine Schlafzimmertüre zu, und gewandt jedem knarrenden Bodenbrett ausweichend, schlichen der Gehörnte Dick und Barbary die Treppe hinauf und bezogen im Stiegenhaus Posten. Dick flüsterte: »Du trittst erst auf, wenn es nicht anders geht.« Es war dies die erste Ordensregel: wann immer möglich, das eigene Gesicht für ein anderes Mal aufheben.

Sie konnten Foll quietschen und den Freier grunzen hören. »Jetzt, Dick«, bettelte Barbary. Er wollte die arme Foll nicht bestiegen wissen.

Aber Dick war vor allem Künstler. »Tausendmal hab' ich dir's schon gesagt, Barb«, flüsterte er, »laß ihr Zeit, bis er mit nacktem Hintern dasteht. Ein Freier in der Hose hat immer noch die Nase vorn.«

Er drückte ein Ohr gegen die Tür, hob die Hand hoch wie ein Chordirigent, gab dann den Einsatz, holte Luft und drückte die Tür auf. »Da bin ich wieder, mein Schatz. Aber, aber – was geht denn hier vor?«

Barbary, der durch den Spalt zwischen den Türangeln spähte, sah die gehißte Flagge des Freiers augenblicklich in sich zusammenfallen. Der Gehörnte Dick war glänzend wie immer, wie er von Verblüffung über Empörung zu stammelndem Zorn überging. Foll richtete ihr Leibchen und setzte sich fest auf die Kleider des Mannes. Manchmal rannten sie ja damit davon.

Aber dieser hier, kaum daß er den ersten Schock verwunden hatte, wehrte sich. Er konnte doch nicht wissen, daß die Dame verheiratet war, sie hätte ihm was vorgemacht.

Barbary rückte seine Perücke zurecht. Die Situation verlangte nach einem Drücker. Er trippelte ins Zimmer. »Was ist denn hier los, Vater? Wer ist dieser Herr? Hat er Mutter etwas getan?«

Der Anblick des verstörten kleinen Engels, Chorknabe wie sein eigener Sohn – ein Umstand, der bei Foll nicht auf taube Ohren gestoßen war, als der Gimpel damit prahlte –, traf in seiner Unschuld den Freier mitten ins Herz. Der arme Kleine zog seinen Vater am Ärmel, wie sein eigener Junge das schon tausendmal getan hatte. »Sollen wir ihn vielleicht vor die Arches bringen, Vater?« Bei der Erwähnung der Arches, des bischöflichen Amtes zur Bestrafung – und Bekanntmachung – von Ehebrechern, brach dem Gimpel der Schweiß aus. Von da an war er Wachs in ihren Händen.

Der Gehörnte Dick war nicht leicht zu beschwichtigen. Glaubte der Herr vielleicht, seine Ehre als Ehegatte könne von einem Mann, der sein Weib entehrt hatte, gekauft werden? Doch als immer mehr Münzen aus den Taschen des Gimpels klimperten – Foll, die sie bereits durchsucht hatte, gab ein

Signal, als sie wirklich leer waren –, erwies sich's, daß dem offenbar doch so war.

Endlich machte sich der Gimpel aus dem Staub, ärmer, aber reich an guten Vorsätzen. Die gebrochene Familie hinter ihm wischte sich die Augen. »Eine reife Leistung, da kann man uns allen gratulieren«, sagte der Gehörnte Dick, »und darauf einen guten Trunk. Aber steig du zuerst aus deinen Mogeln, Barb. Man kann nie wissen.«

Als Barbary wieder auf die Straße trat, wartete dort Robert Betty auf ihn. »Barb, ich brauch' die Halsmogel. Ich geh heute abend Fisch belinken.«

»Wo?« Robert hatte angefangen, sich mit seinen Kartentricks außerhalb der Bermudas zu begeben, anstatt seine Opfer auf heimatlichen Boden zu locken, was in Barbarys Augen ein unnötiges Risiko bedeutete.

»Geht dich nichts an. Her damit.«

Barbary überreichte ihm den Halsring. Der war immer schon ihr geheimer gemeinsamer Besitz gewesen und hatte sich als unschätzbares Lockmittel bei ihren Tricks erwiesen; das zusätzliche Geld, das er ihnen eintrug, behielten sie für sich.

»Bist ein guter Junge, Barb. Benewohl.« Barb konnte zwar Roberts Gesicht nicht sehen, spürte aber, daß dieser sich mit dem Wort aus dem verhaßten Slang des Ordens für seine Unfreundlichkeit entschuldigen wollte.

Als er der großen Gestalt nachsah, wie sie sich die Gasse hinunter entfernte, erkannte Barbary, daß nicht einmal Robs Gang mehr der des Ordens war. Wenn die Ordensmitglieder nicht gerade beim Linken oder Gimpelleimen waren, dann hatten sie nie den Gang von selbstsicheren Männern und Frauen; immer gingen sie fast auf Zehenspitzen, um jederzeit davonflitzen zu können. Aber Roberts Stiefel knallten voll Arroganz aufs Pflaster, als gehöre er zur Gentry. Und das war nicht vorgetäuscht. Es schien, als kehre er zu seinem natürlichen Stil zurück, der zu seinem Wesen paßte. »Wer dich auch ausgebrütet hat, Bursche«, dachte Barbary traurig, »es war keine von den unsrigen.«

Eben wollte er sich wieder zum Pudding wenden, als er aus

dem Augenwinkel eine Bewegung sah und sich wieder umdrehte. Ein Schatten folgte Robert. Als Robert um die Ecke bog, bog auch der Schatten mit. Barbary folgte ihm lautlos. Wenn er sich nicht sehr täuschte, dann war das der Knacker, der Robert im Pudding so angeglotzt hatte. »Und was hast du Klette wohl vor?« fragte sich Barbary. Wenn Robert nicht einmal seinem besten Freund sagte, wohin er ging, dann wollte er sein Geheimnis gewiß erst recht nicht mit einem Fremden teilen.

Wer die Klette auch war, sie beschattete jedenfalls nicht zum ersten Mal. Der Mensch trug leichtes Schuhzeug und machte seine Schritte so, daß sie mit Roberts Schritten genau zusammenfielen. Hinter ihm stimmte Barbary die seinen genau mit denen der Klette ab. Wie Marionetten von verschiedener Größe in der Hand desselben Marionettenspielers bewegten sich die drei Gestalten mit einem Abstand von jeweils zwanzig Yards im Gleichschritt Richtung Westen.

Wegen des Tempos, das Robert vorlegte, kamen sie sehr schnell voran, und Barbary merkte, daß es nicht mehr lange dauern würde, bis sie die Bermudas hinter sich gelassen hatten. Jetzt mußte er schnell handeln. An der nächsten Ecke bog er von der Route der beiden anderen ab, rannte durch Cutty's Lane in Fenner's Yard und stieß im Laufen schrille Pfiffe aus.

Aus dunklen Hauseingängen quollen Gestalten hervor und folgten ihm. Unverzügliche Folgeleistung beim Notruf eines seiner Mitglieder war eine der strengsten Ordensregeln. »Rob Betty hat eine Klette«, keuchte Barbary im Vorbeirennen. »Abklauben, aber ohne Gewalt.« Er spähte den Caspar Cut zu seiner Linken hinab und sah Robert am anderen Ende durch seine Mündung gehen, zwanzig Sekunden später gefolgt von seinem Schatten. »Wir können ihn knapp vor Long Acre erwischen.«

Robert Betty, noch immer ohne einen Schimmer von dem, was hinter seinem Rücken vorging, trat jetzt von Lamb Court in Long Acre hinein. Die Klette hinter ihm wollte eben dasselbe tun, da fingen plötzlich vor dem Ausgang des Court Säulen zu sprießen an, die vorher nicht dagewesen waren. In dem schwachen Licht waren sie menschenähnliche Skulpturen, reglos und stumm, und sahen gar nicht aus wie Männer, denen man in finsterer Nacht allein in einer Hintergasse begegnen möchte.

Die Klette blieb stehen und wandte sich um, aber in ihrem Rücken waren bereits ähnliche Säulen gewachsen. Sie trat zur Seite, um die Hindernisse zu umgehen, aber eine der Säulen bewegte sich und versperrte ihr den Weg. Da sprach die Klette scharf, wenn auch mit leichtem Zittern in der Stimme: »Laßt mich durch. Ich bin ein Vertreter der Staatsgewalt.«

»Was du nicht sagst«, dachte Barbary. »Und was will die Staatsgewalt von Rob Betty, möchte ich wissen?« Diese Frage gestattete Barbary sich im Eingang des Lamb, von dort behielt er den Eingang zum Court im Auge. Roberts Schritte waren in Richtung Drury Lane verhallt, Stille war wieder eingekehrt bis auf das Trippeln einer Ratte eine Mauer entlang und das Rascheln der Klette, als sie einen weiteren Ausfall durch die Säulen versuchte, aber noch einmal zurückgehalten wurde.

Endlich pfiff Barbary Entwarnung, und die Säulen entsäulten und verzogen sich und überließen den Court der Klette und dem unsichtbaren Barbary, der sah, wie die Klette sich umblickte und dann erleichtert die Schultern fallen ließ. Als der Mann den Gebrauch seiner Beine zurückgewonnen hatte, eilte er los und rannte auf Long Acre hinaus wie ein Hund auf verzweifelter Suche nach der Fährte. Barbary beobachtete ihn, wie er nach allen Seiten die Ohren spitzte, dann aber die Hoffnung aufgab und beschloß, nach Haus zu gehen.

»Und jetzt sehen wir einmal, wo das ist, nicht wahr, meine kleine Staatsklette?« Lautlos federnd folgte Barbary ihm.

Die Begegnung mit den Stützen der Ordensgesellschaft hatten die Nerven der Klette so erschüttert, daß er sich immer wieder umsah, ob sie ihm nicht folgten. Nur ein Fachmann konnte ihn jetzt beschatten, ohne entdeckt zu werden. Barbary war dieser Fachmann, und diese Probe seiner Geschicklichkeit machte ihm die Verfolgung durch das schlafende London zum Hochgenuß. Er tanzte sie. Die Hitze des Tages hatte sich zu einer angenehmen Wärme abgeschwächt, die jede Bewegung des Körpers wohlwollend umfing. Üble Gerüche waren ein derart natürlicher Bestandteil der Luft, daß Barbarys Nase sie gar nicht wahrnahm, dennoch sog sie den nächtlichen Duft von Levkojen auf einer Fensterbank genüßlich ein, als er sich zum Schutz vor einem Blick der Klette schnell darunterstellte. Sein Spürsinn nutzte die Strömungen der Nacht, um sich ins Hirn der Klette einzuschleichen, so daß er schon vorher wußte, wann der Mann sich umdrehen würde und wann nicht, was Barbary das Gefühl gab, ihn zu beherrschen.

Allmachtsgefühle stiegen in ihm auf. Er war ein Jäger, eine Katze, die die zum Tod verurteilte Maus noch ein bißchen spielen ließ. Er konnte die Sterne zu ihrem Versteck am Firmament verfolgen, ohne daß sie's merkten. Glaubte die Königin vielleicht, über London zu herrschen? Heut nacht nicht. Heut nacht hatte sie abgedankt zugunsten Barbarys aus dem Orden, der Männer mitten in der Bewegung erstarren lassen konnte, wenn es ihm beliebte, und mit einem Pfiff wieder erlösen.

Nam et ipsa scientia potestas est, hatte der Jackman ihm einmal gesagt. Wenn Barbary auch das Latein nicht mehr wußte, so war nun doch dieses Gefühl gegenwärtig. Wissen ist Macht. Es gab niemanden in dieser stillen Stadt, der sie so gut kannte wie Barbary, dessen Füße jeden Zollbreit ihres Bodens erforscht hatten. Er war ihr König. Dieser Kletterich da vor ihm, wußte der vielleicht, daß in der Shoe Lane, die sie gerade durchschritten, ein Sprung vom Aufgang zu Müller Smiths Haus einen auf ein Fensterbrett im ersten Stock beförderte, ein weiterer die Möglichkeit bot, mit den Armen den vorspringenden Balken eines Lastenaufzugs zu umklammern, so daß man mit einem kräftigen Schwingen der Beine über den Giebel hinüber aufs Dach gelangte? Nein, wußte er nicht. Erdgebunden, nervös und unsicher setzte der arme Klett seinen Weg nach Osten und dann nach Norden fort, während Barbary sich von Traufe zu Firstbalken über die Dächer schwang und sich gelegentlich kopfabwärts hängen ließ, um nur ein paar Fuß über dem Kopf der Klette dieser ein Gesicht zu schneiden.

Wenn es noch eines Beweises bedurft hätte, daß der Klett sich nicht gut auskannte, so näherten sie sich jetzt Clerkenwell, das sie schon zehn Minuten früher hätten erreichen können. Barbary spähte über das Gesims des »Türkenkopf« und sah, wie der Mann innehielt, um sich zu orientieren, in Richtung Turnmill Lane schritt, dort vor einem schmalen Haus stehenblieb und klopfte, da-da-dit-dit-dit. »Klopfzeichen«, dachte Barbary, »was bist du doch für ein schlaues kleines Klettlein.« Mit ein paar Sprüngen und Klimmzügen war er oben auf dem Dach des Hauses, hörte, wie die Türriegel von innen weggeschoben wurden, und das Knarren der aufgehenden Haustür. Er wartete auf ein Losungswort, aber zu seiner Enttäuschung gab es keines. Die Tür fiel zu, die Straße unter ihm war leer. Einige Zeit lang kroch er von Fenster zu Fenster, aber alle waren fest verriegelt, und es war nichts zu hören. Wem gehörte dieses Haus? Der Klette? Sein Zögern vorhin machte das nicht sehr wahrscheinlich. Wem dann? Das ließ sich herausfinden. Zwar befand man sich hier längst nicht mehr in den Bermudas, aber irgendein Mitglied des Ordens würde das schon wissen. Doch diese Forschungen hob er sich für morgen auf. »Für heute hast du deine Pflicht getan, Barb.«

Plötzlich fühlte er sich erschöpft, von aller Macht verlassen. Ein elender Schmerz stieg in seinem Rücken auf, er fühlte sich auf einmal furchtbar schwer. An einem Bleirohr ließ er sich hinab und machte sich auf den Heimweg, im vollen Bewußtsein, daß dieser weit und er ihm nicht gewachsen war.

Wie viele Ordensleute lebte auch Barbary außerhalb der Bermudas. Schlupflöcher, wo er einmal eine Nacht verbringen konnte, hatte er in der ganzen Stadt verstreut, oft ohne daß deren Besitzer davon wußten, aber nur einen Ort nannte er sein Zuhause, und wenn er sich krank fühlte – und das tat er jetzt –, dann wollte er nur dorthin und sonst nirgends; ein krankes Tier war verletzbar außerhalb seines Baus.

Das Problem lag darin, daß sein Zuhause am Südufer des Flusses lag. Barbary kannte allerhand Wege über die Themse, ohne Maut zu zahlen – über die London Bridge, unter der London Bridge, heimlich an der Fangleine einer Fähre, ja, er war schon über den Fluß geschwommen –, aber sie alle erforderten eine Anstrengung, die er heute nicht mehr leisten konnte. Er schleppte sich zum Fluß hinunter und dann den Fluß entlang und wartete auf einen Einfall. Entsetzt erkannte er, daß es kurz nach Mitternacht war; auf dieser Seite der Brücke regte sich nichts bis zum Morgengrauen, und so lange konnte er nicht warten, er fühlte sich von Minute zu Minute elender. Der Schmerz wühlte in seinen Eingeweiden.

Dann fiel ihm ein Berufsstand ein, dessen Mitglieder noch vor der Morgendämmerung den Fluß frequentierten. Ein etwas zweifelhafter Stand, so wie sein eigener; der Aufrechte Mann hatte einmal erklärt, daß sie eigentlich dem Orden beitreten sollten. Erschöpft zwang Barbary seine müden Beine zum Laufen, vorbei am alten Kloster der Black Friars und in die Wildnis der Werften und der Kais dahinter. Und wirklich waren an einem der Kais schwarzgekleidete, schwarzgesichtige Männer und Knaben eben dabei, einen Kahn ins Wasser zu schieben.

»Hilf mir über den Fluß, Meister«, bat Barbary ihren Anführer.

Der Mann trat nach ihm, ohne ihn überhaupt anzusehen. »Schleich dich, du mieser Bettler«, antwortete er. Die Angehörigen seines Berufs galten nicht als Süßholzraspler, aber diesmal nahm es Barbary wirklich übel.

»Barb, ich geb' dir folgendes Rätsel auf«, sagte er laut. »Wann legt ein leerer Kohlenkahn in der Finsternis vom Nordufer des Flusses ab? Und wann ergeben dreißig Säcke fünfundsechzig? Und würde nicht der Cuffin gern die Antwort kennen?«

Er hob sich auf den Zehen, bereit loszurennen, als der Mann sich umdrehte. Die Lösung dieses Rätsels war, daß nur falsche Kohlenschiffer in leeren Kähnen von der Nordseite noch vor dem Morgengrauen hinüber auf die Südseite des Flusses fuhren. Dort trafen sie die echten Kohlenhändler, die Köhler, die vom Land kamen, kauften deren Kohle auf und begingen damit die strafbare Handlung, den Markt zu kornern. Dann setzten sie, noch immer in der Dunkelheit, wieder über den Fluß und füllten hier die Kohle um, dabei füllten sie zuerst Schlacke in die Säcke und taten erst obenauf etwas echte Kohle. Angetan mit den Gewändern und dem Akzent von Provinzlern, zogen sie dann durch die Vororte und verkauften der Bürgerschaft zweieinhalb Scheffel Kohle für vier. Wie Barbary angedeutet hatte, waren die Friedensrichter an einer Unterhaltung mit diesen Männern äußerst interessiert.

Barbary pfiff den Ordenspfiff, während der Kohlenmann noch überlegte. Diese Leute gehörten zwar dem Orden nicht direkt an, kamen aber oft genug in seine Nähe, um das Signal zu erkennen und zu begreifen, wann sie es mit einer Person von Bedeutung zu tun hatten.

Der Kohlenschiffer gab sich geschlagen. »Steig ein«, knurrte er.

Barbary verbrachte die Überfahrt ins Heck geschmiegt, weit weg von den Ruderern mittschiffs. Dabei tratschte er mit dem Steuermann, dem Sohn des Kohlenbosses, den er schon länger kannte und dessen Augen oft nicht nur vom Kohlenstaub geschwärzt waren.

Sobald sie das Südufer erreichten, wurde eine Laterne angezündet, und als Barbary an Land stieg, fragte sein Bekannter: »Hat dich jemand in den Hintern gestochen, Barb? Da ist Blut auf deinen Hosen.«

Barbary rieb sich den Rumpf. »Ja, ich war in einer Rauferei«, antwortete er, »und hab' mich einem Kerl auf den Kopf gesetzt.«

Solange die anderen ihn sehen konnten, stapfte er großspurig dahin, dann erst fing er zu stöhnen an. Der Schmerz stürzte sich mit verdoppelter Wucht auf seine Eingeweide, aber noch ärger war seine Verzweiflung, die ihn schreien ließ: »Nie hätt' ich das gedacht. O Gott, o Gott, was soll ich jetzt nur tun?« Der Ton seiner Stimme scheuchte unsichtbare Sumpfvögel aus dem üppigen Schilf, eine Ente flog aus dem Gestrüpp, aber sonst war weder menschliche oder göttliche Hilfe in Sicht, denn dieser Teil der Lambeth Marshes war ein menschenleerer Ort, erst teilweise dränagiert, Heimat nur von Wasservögeln und sonst höchstens ein paar Galgenvögeln. Die wenigen festen Wege, die da hindurchführten, waren jetzt unter dem Augustgras verborgen, aber Barbs Füßen waren sie vertraut; mechanisch folgte er den verschlungenen Pfaden bis zu einer kleinen Anhöhe, wo ein brennendes Binsenlicht im Fenster einer Hütte ihn willkommen hieß.

Würgend vor Schmerzen, schleppte sich Barbary durch die Tür und warf sich auf die Gestalt gleich dahinter, so daß er den Einbeinigen um sein Gleichgewicht brachte. »Laß das, ja?« knurrte der und stützte sich gegen die Wand, aber Barbary drückte den Kopf gegen die Brust des Mannes und keuchte vor Demütigung und Schmerz.

»Will, o Gott, was soll ich tun? Die Blutung ist über mich gekommen. Ich will das nicht! Ich bin erledigt! Oh, Will, das tut so weh.«

Will Clampetts Gesicht wurde verschlossen, mehr aus Verlegenheit als Überraschung. Barbary hatte vielleicht nicht damit gerechnet, aber Will hatte offenbar seine Vorbereitungen getroffen. Er machte sich los, ging zu einem Wandbrett, nahm ein paar einigermaßen saubere Leinenstreifen herunter, reichte sie Barbary, stapfte zu dem Ledervorhang, der Barbarys Schlafecke vom Rest der Hütte abteilte, hob ihn hoch und deutete dahinter. Wie ein Hund, den man in seinen Korb scheucht, kroch Barbary auf ihren Strohsack. Der Ledervorhang fiel herab. Ein paar Minuten später wurde er wieder hochgehoben, und Will reichte einen Becher mit einer übelriechenden dunklen Flüssigkeit herein. Dann blieb Barbary allein.

Nie wieder würde man ihre Menstruation erwähnen. Indem sie überhaupt davon sprach, hatte sie bereits das Gesetz des Hauses gebrochen. Will Clampett war unter Umständen zu einem Gespräch über Feuerwaffen, Schießpulver, Ballistik, Metallurgie, das Wetter, ja sogar ihre Finanzlage bereit. Alles andere war »persönlich« und daher tabu. Barbary wußte das, hatte nichts anderes erwartet, aber es trug nicht dazu bei, ihr Gefühl der Verlassenheit zu mildern, ebensowenig wie das üble Gebräu in dem Becher ihre Krämpfe linderte.

Bis zum Morgen krümmte sie sich vor Schmerz und Hitze, aber vor allem vor Grauen über eine Zukunft, die von einer gnadenlosen und gänzlich unerwarteten Weiblichkeit beherrscht zu werden drohte.

3

Soviel Barbary wußte, war sie mit sieben auf die Welt gekommen.

An das, was vorher war, hatte sie absolut keine Erinnerung; ihre Information darüber bestand aus nur vier Punkten: daß sie wahrscheinlich Holländerin war; daß sie eine Waise war; daß Will Clampett, als Soldat Ihrer Majestät der Königin Elizabeth in den Niederlanden, sie dort gefunden und adoptiert hatte; und daß sie damals an einem Hirnfieber litt, das ihre Erinnerung an alles Frühere gänzlich ausgelöscht hatte.

Dieses wenige erfuhr sie erst, als sie schon älter war, und auch dann nur in dem bescheidenen Ausmaß von einer Auskunft pro Jahr in jener einen Nacht, da Will sich betrank. Will betrank sich jedes Jahr am achten November. Das übrige Jahr rührte er Alkohol kaum an, aber am achten November war er unweigerlich betrunken. Barbary hatte keine Ahnung, warum, und ihr graute davor. Nicht, daß Will gewalttätig wurde wie der Aufrechte Mann oder albern wie der Gehörnte Dick oder sinnlos lallte wie der Jackman; vielmehr wurde er soweit zugänglich, daß er eine persönliche Frage beantwortete, und Barbary packte immer wieder panische Angst vor dem, was sie da vielleicht erfahren könnte – aber fragen mußte sie trotzdem.

Sie war nicht sicher, ob er ihr auch wirklich die Wahrheit sagte. Als sie von ihm wissen wollte, warum sie sich nicht an ihre Kindheit erinnern konnte, und er antwortete: »Hirnfieber. Hat dein Gedächtnis gelöscht« – da war das nicht völlig richtig gewesen. Das Hirnfieber, wenn sie denn wirklich Hirnfieber gehabt hatte, hatte gar nichts gelöscht, sondern nur eine Nebelwand aufgerichtet zwischen ihrem Leben mit Will und allem, was vorher geschehen war. Hinter dem Nebel lauerte etwas so

Schreckliches, daß ihre Hände zu schwitzen begannen, wann immer die Umstände sie zwangen, sich ihm zu nähern. »Frag nicht«, hatte Will ihr von Anfang an gesagt, und das war ihr ganz recht. Es half, daß im Orden sich keiner für die Vergangenheit des anderen interessierte. Aber gelegentlich erschien ihr ihre Herkunftslosigkeit als ärgerliche Schlamperei, die sie erst recht zum Fragen reizte.

»Wo hast du mich gefunden, Will?« hatte sie am achten November vor drei Jahren gefragt. Wills Kopf rollte herum, seine Augen suchten einen Fixpunkt, um sich daran festzuhalten, und fanden ihn endlich im Wasserkessel. »Niederlande«, sagte er. Das war insofern eine Erleichterung, als es so unerwartet kam. Sie fühlte sich nicht als Holländerin. Aber das mußte für ein Jahr reichen. Sie brachte das Gespräch auf Wills eigene Vergangenheit, für sie nicht weniger mysteriös als ihre eigene. »Hast du dir dort das Holzbein zugelegt?«

Will Clampett hatte ihres Wissens sein rechtes Bein im Krieg verloren, und zwar, als eine Kanone, die er auf ihr Ziel einstellte, plötzlich in die Luft ging. In welchem Krieg, wo, ob zu Wasser oder zu Land, das hatte er nie gesagt.

Will starrte den Kessel mit zusammengekniffenen Augen an. »Schweinehunde«, sagte er, und mit diesem Ausdruck meinte er nie den Feind, gegen den er gekämpft hatte, sondern die eigene Seite. Wills Verbitterung gegen Königin und Land ging tiefer als bei den meisten anderen Veteranen. Mit dem Verlust seines Beins war auch seine Stellung als militärischer Eisengießer im Dienste Ihrer Majestät dahin. Andere Männer waren ähnlich verwundet, ähnlich entwurzelt; der Orden war voll von verkrüppelten Bettlern, die sich immer wieder lauthals empörten, man habe sie mit dem Versprechen von Pensionen in den Krieg gelockt, und als sie nach Hause gehumpelt kamen, war davon keine Rede mehr. Aber selbst diese Männer jubelten der Königin zu, ließen sich von ihren kriegerischen Reden mitreißen und brüllten nach dem Blut der Feinde, und beim Klang der Pfeifen und Trommeln begannen ihre Augen zu funkeln. Wills Augen nicht.

»Scheiß auf die ganze Bande«, sagte er. »Auf *sie* und auf

alle«, setzte er hinzu und sprach von der Königin mit einem Haß, der die patriotische Barbary schockierte. Aber woher dieser Haß eigentlich kam, war nicht aus Will herauszubringen. Jetzt hielt er sie wieder zurück, indem er ihr mit einem unsicheren Finger drohte. »Geschäftsvereinbarung«, sagte er warnend.

Das sagte er immer. Ihre Beziehung beruhte auf einem geschäftlichen Vertrag. Er half ihr, damit sie ihm helfen konnte. Sie brauchte einen Beschützer, er brauchte einen Träger und Boten. Wenn ein Kunde je fragte: »Wie schaffst du das denn mit einem Bein, Mann?« dann grunzte Will: »Hab' immerhin eins mehr als du«, womit er sagen wollte, ihm stünden auch Barbarys Beine zur Verfügung.

Wegen seiner Grobheit und auch des hohen Preises des Rohmaterials für seine Gewehre waren die Kunden rar. Hauptsächlich lebten sie von dem, was Barbary nach Hause brachte.

Barbary war mit ihrer männlichen Rolle als aufsteigendes junges Ordensmitglied bisher recht zufrieden gewesen. Ebenso zufrieden war sie mit Will; aus ihrer Geschäftsvereinbarung war gegenseitiges Vertrauen gewachsen und schließlich sogar – obgleich sie einander nie mit Gesten in Verlegenheit brachten – Zuneigung.

Auch hinter der Nebelwand gab es Glück. Sie ging ihm nicht nach, aus Angst, es könne das Grauen mit hochkommen, aber manchmal, zum Beispiel fast immer, wenn sie Musik hörte, lichtete sich der Nebel, ein schemenhafter Horizont stieg aus einer funkelnden türkisen See, und eine Stimme sagte: »Halt Adam, Eva scheu.« Dann kam immer das Schiff ins Bild. Es war von einem Typus, wie sie ihn nie gesehen hatte, mit fünfzehn Paar Rudern und einem Lateinsegel; sie hatte Ausschau danach gehalten, gehofft, es würde eines Tages die Themse heraufsegeln. Als sie unter Matrosen und Kapitänen und Schiffsbaumeistern danach fragte, lachten sie über ihre Beschreibung und erklärten, ein solches Schiff existiere nirgends als nur in ihrer Einbildung.

Einem Matrosen war sie einmal begegnet, einem Hanseaten, der nickte und sagte: »Ja, ja, so ein Schiff ist mir einmal untergekommen. Große Galeere, mit beidem, Ruder und Segel. Das Scheusal wollte uns rammen.«

»Wo?«

Der Kerl kratzte sich den Kopf und überlegte, als käme so etwas jeden Tag vor. »Berberküste? Ja, dort war's. Dort geh nicht hin, Junge. Piraten. Lauter riesige Kerle.«

Damit kam sie der Sache nicht näher.

Ganz zu Anfang hatte Barbary die männliche Rolle nicht bewußt gewählt, sie war ihr vielmehr aufgedrängt worden. Will Clampett, befangen in allen persönlichen Dingen, und dazu zählte alles, was sich auf das weibliche Geschlecht bezog, hatte sie ein ganzes Jahr in den Knabenkleidern herumlaufen lassen, in denen er sie gefunden hatte. Wo sie herauswuchs, tat er einen Schnitt, dort, wo's notwendig war, setzte er einen Flicken ein. Mit nicht viel mehr Geschick schnitt er ihr das Haar.

Man konnte es daher dem Aufrechten Mann nicht übelnehmen, daß er, als er eines Tages in ihre Kellerbehausung schaute – damals lebten sie noch in den Bermudas –, das Geschlecht des winzigen Lumpenkerls darin falsch einschätzte.

»Genau das richtige«, sagte der Aufrechte Mann und bot Will eine Tagespacht von einem Penny an, wenn er seinen Schützling mit zum Betteln nehmen durfte. Will litt gerade an einem seiner Anfälle von Wechselfieber und steckte zu tief im Delirium, um sich irgendwie zusammenhängend zu äußern. Es war eine ziemlich verzweifelte kleine Barbary, die sich dazu bereit erklärte – seit zwei Tagen hatten sie nichts gegessen –, aber selbst damals bestand sie, jung, wie sie war, auf einem Lohn von zwei Pennies.

Schon an diesem Tag, wie an allen folgenden, riet ihr ihr Instinkt, ihr Geschlecht geheimzuhalten. Auf der Straße urinierte der Aufrechte Mann, wann und wo immer ihm danach war, und ermunterte Barbary, es ihm gleichzutun. »Hol ihn raus, Junge«, grunzte er und holte seinen eigenen raus, »gib ihm Luft«, aber sie beharrte darauf, sich nicht vor anderen zu entleeren. »Will sagt, das ist persönlich«, piepste sie, wenn der Aufrechte Mann sich dann über sie lustig machte. Obwohl Will in den Bermudas ein Neuling war, verschaffte ihm seine

Schweigsamkeit wie auch seine Geschicklichkeit in der Herstellung von Feuerwaffen Respekt, und der Aufrechte Mann wollte ihm nicht zu nahe treten, auch wenn er ihn höhnisch »Puritaner« nannte, ein Ausdruck, den Barbary nicht kannte, da Will Religion entweder auch für »persönlich« hielt oder gar keine besaß.

Als Diebeslehrling war Barbary ein Riesenerfolg. Ihr leuchtendrotes Haar über dem weißen Gesicht übte auf Herzen und Börsen eine magnetische Wirkung aus. Der Aufrechte Mann brummte, mit ein paar Narben mehr und einer Pfote weniger hätten sie noch viel mehr Erfolg, aber Will donnerte diesem Vorschlag ein »Nein« entgegen, also begnügte sich Abraham damit, dem Jungen Reizsubstanzen – wie etwa zerdrückte Hagebutten – auf Arme und Beine zu schmieren, so daß er sich aufkratzte, bis er blutete – das mußte eben reichen.

Als sie älter wurde und tiefer in den Orden hineingeriet, segnete Barbary die kindliche Intuition, die sie damals ihr Geschlecht vor dem Aufrechten Mann verstecken ließ. Abraham »hatte sie am liebsten ganz jung«, wie er selber sagte, was bedeutete, daß er seinem *droit de seigneur* über die mannbaren Mädchen in seiner Sektion des Ordens oft vorgriff und sie noch vor der Pubertät vergewaltigte. Was ihn besonders reizte, war Wehrlosigkeit, und da er sich auch die mädchenhaften, schüchternen unter den Jungen öfter vornahm – Abraham war ein Mann, dem selbst beim Anblick einer hübschen Ziege der Mund wässerte –, entwickelte Barbary ihre Kratzbürstigkeit als besondere Tarnfarbe.

Da der Aufrechte Mann unfähig war, sich auszudrücken, machten Worte ihm großen Eindruck, also feilte Barbary an einer flüssigen, blumenreichen Fluchkunst. Einerseits gab sie ihrem Chef keinen Grund, sich über sie als Ordensmitglied zu beschweren, andererseits zeigte sie ihm durch ihre Frechheit, daß sie ihn nicht fürchtete. Sie trat großspurig auf, sie prahlte, sie räusperte sich und spuckte in einer Karikatur von männlichem Bravado. Sie flirtete sogar mit den Puppen.

Zusätzlich dazu entwickelte sie sich zum Experten in der Kunst der Selbstverteidigung. Fachleute, die es ihr beibrachten, gab es ja genug. Mit zehn konnte Barbary ein Messer werfen und damit auf zwanzig Schritte eine Hummel aufspießen; sie wußte, auf welchen Punkt am Hals eines Mannes man drücken mußte, damit er das Bewußtsein verlor, und an welcher Stelle zwischen den Beinen ihn ein Tritt vorläufig außer Gefecht setzte. Das Beste war, daß sie's auch verstand, Situationen, wo diese Fertigkeiten gefragt waren, überhaupt zu meiden.

Im Lauf der Zeit überlagerte ihre zweite, männliche Persönlichkeit vollkommen ihre eigentliche Natur. Als Knabe stand ihr ganz London offen. Sie konnte gehen, wohin sie wollte, erlöst von den Korsettstangen und Unterröcken, in denen die Körper der anderen Mädchen gefangen waren.

Da sie nun alle Regeln mit Erfolg gebrochen hatte, glaubte sie, es gebe keine. Den Herrn über das Universum, dachte sie – wenn sie überhaupt daran dachte –, würde sie ebenso hereinlegen wie alle anderen auch. Vor den Gesetzen der Natur mußte es doch ebenso Schlupflöcher geben wie vor den Gesetzen der Menschen. Das Gesetz, dem alle Frauen unterworfen sind, dem »Besuch der Cousinen«, wie die Dirnen die Menstruation nannten, das galt doch sicher nicht für sie. Gleich vom Anfang ihrer Zeit im Orden an hatte sie die Offenheit und Verletzlichkeit des weiblichen Körpers gegenüber jedem Eindringling erkannt. Sie hatte Goll nach einer von Bettys Abtreibungen unter furchtbaren Schmerzen sterben sehen. Sie hatte mitangesehen, wie Coll sich aus einer kaum erblühten Schönheit in eine alte Frau von sechzehn verwandelte, die einen Balg mit durch die Straßen schleppte. Aber in Barbarys Fall mußte es eine Ausnahme geben. Barbarys Latz würde das nicht nässen. Sie würde immer so weitermachen wie bisher, im Orden immer höher steigen und zuletzt dem Aufrechten Mann ordentlich in den Arsch treten.

Doch heute nacht mußte sie einsehen, daß es keine Ausnahme gab. Der himmlische Queer Cuffin hatte sie geschnappt, hatte seine Hand gehoben, sie dieser demütigenden blutigen Folter unterworfen, sie zu lebenslänglich verurteilt.

Gegen Morgen ließ der Schmerz etwas nach. Barbary schritt im Geist ihre neue Gefängniszelle ab, wie der Bär in der Grube in Southwark nach einem Ausweg schnüffelnd. Sie konnte so weitermachen wie bisher; die Brüste, die sie bisher nicht zur Kenntnis nehmen wollte, flachdrücken, daß man sie nicht sah. Damit konnte man durchkommen. Aber wie lange? Wie lange, bis das bartlose Gesicht zum Gespött wurde?

Aber es gab doch auch bartlose Männer. Der Jackman war so einer. Man muß durchkommen damit, durchkommen, durchkommen um jeden Preis.

Zum ersten Mal überhaupt versuchte sie, sich ein Leben außerhalb des Ordens vorzustellen. Als Frau dabeizubleiben, das war ein Gedanke, bei dem ihr alles hochkam. Aber war's denn draußen besser? Barbary schielte in einen Wissensvorrat, gewonnen aus ihrer Beobachtung von Marktweibern, diesen armen, hart schuftenden Frauenzimmern, denen sie in ihrer Zeit als Taschendieb die Börse zog; aus dem Getratsch der Dienstboten über ihre Herrinnen mit ihren aufgezwungenen unleidlichen Ehemännern und dem ewigen Kinderkriegen – und entschied, daß es auch dort nicht viel gab, was sie reizte.

Die einzige Person, die sie gern sein würde, war die Rom-Mort, Königin Elizabeth höchstselbst. »Aber diese Hacke werden sie dir nicht anbieten, Barb.«

Gut – aber was dann?

Die Morgendämmerung kroch durch den Ledervorhang ihrer Kammer, und mit ihr Wills Stimme: »Na, bleibst du denn den ganzen Tag im Bett?«

»Und wenn schon!« schrie Barbary zurück. Wenn das Weibsein wirklich derart deprimierend war, dann blieb sie am besten ein für allemal im Bett. Scheiß auf alle miteinander! Aber dann stand sie doch auf, denn sie langweilte sich im Bett, und außerdem war sie hungrig.

Sie trat hinaus auf den Hof hinter der Hütte und pumpte sich einen Eimer Wasser aus dem Brunnen hoch, der zu einer klareren Quelle hinabreichte als die von Vieh durchtrampelten Bäche des Sumpfgebiets rundherum. Einen Teil goß sie in einen Krug für die Bedürfnisse des kommenden Tages, den Rest schüttete sie in ein Lavoir, um sich die blutgetränkte Unterwäsche auszuwaschen. »Beschissene Cousinen«, fluchte sie dabei,

»wie lang bleibt ihr denn überhaupt?« Sie hatte keine Ahnung, wie lange diese Blutung dauern würde; aber in ihrer männlichen Rolle konnte sie ja wohl nicht gut fragen. Sie überlegte, ob Will es wohl wußte, hielt es aber eher für unwahrscheinlich, und außerdem war das ja wieder einmal eine persönliche Frage.

Das morgendliche Flintenkonzert in der Ferne rief ihr ins Bewußtsein, daß heute Sonntag war, wenn die Frommen in die Kirche gingen und die Wildvogeljäger in die Sümpfe kamen, um Vögel zu erlegen und die Bewohner dieser Sumpflandschaft zu quälen. Das Parlament versuchte seit Jahren, durch immer haarspalterischere Verordnungen den Gebrauch von Handfeuerwaffen einzudämmen. In den Tagen Henrys VIII. hatte man befürchtet, die Engländer würden dadurch die Fertigkeit im Gebrauch des Langbogens verlieren. 10 Pfund Strafe. Inzwischen hatte man sich zu der Erkenntnis durchgerungen, daß man diese Waffen wohl nicht so bald wieder loswürde, versuchte aber, den Gebrauch von Schrot zu verbieten, teils wegen der Verschwendung und weil dadurch mehr Vögel starben, als ein Mann auf einmal essen konnte, teils weil dadurch bei Unfällen fast ebenso viele Engländer wie Vögel umkamen, hauptsächlich aber deshalb, weil man damit nicht zu zielen brauchte. Wie die letzte Verordnung besagte: »Mit diesem Mittel zerstöret man jegliche Genauigkeit des Zielens, als welche im Krieg ganz unerläßlich ist ... und soll aus obengenanntem Grunde, wie vom Parlament verordnet, keine Person an keinem Ort mehr Schrot oder Hagel verschießen als jeweils ein Korn auf einmal.«

Dieses Verbot setzte sich auch nicht besser durch als seine Vorläufer. Engländer aller Stände oder wenigstens die, die sich eine Flinte leisten konnten, drangen in die Sümpfe ein und streuten hier mit Schrotkugeln um sich wie lebendige Pfefferstreuer. Zielen konnten sie im allgemeinen überhaupt nicht. »Tote Vögel vom letzten Sommer schießen«, so lautete Wills Beschreibung.

In dieser einen Angelegenheit stand Will auf der Seite der Regierung. Das Schießen mit Schrot war unwissenschaftlich. Mit ihren Flinten verletzten diese Jäger eher einander als ihre fliegende Beute. Will war sonst kein grausamer Mann, aber es bereitete ihm doch eine gewisse Befriedigung, wenn einer dieser Sonntagsjäger sich Nase oder Finger abgeschossen hatte und von seinen Gefährten blutend an Wills Hütte vorbeigeführt wurde, nachdem ein Gewehr wieder einmal nach hinten losgegangen war. »Laßt Euch das Geld zurückgeben«, rief Will ihnen dann nach, »und geht zu einem besseren Büchsenmacher.«

Wills Gewehre gingen nie nach hinten los. Jenen, die er für Barbary und für sich selbst gemacht hatte, mangelte es zwar an den von den Sonntagsjägern geschätzten Verzierungen – »Hurenkracher« nannte Will diese Stücke mit ihren Ziselierungen und Einlegearbeiten –, aber siebenmal aus zehn traf die Kugel auch das, was sie treffen sollte. Will verwendete gutes Metall, falls er es bekommen konnte, bohrte einen schnurgeraden Lauf, wog das Pulver für die Patronen mit gewissenhaftester Genauigkeit ab und achtete sorgfältig darauf, daß jede Bleikugel aus seiner selbst erzeugten Gußform ganz genausoviel wog wie die andere.

Die Witwe Dawkins, die gelegentlich bei ihnen erschien, um die Hütte aufzuräumen und Will zu bewegen, sie zu heiraten, hielt ihm immer wieder vor, er könne es als Büchsenmacher zum reichen Manne bringen. »Geht doch auf Kundenfang«, sagte sie in ihrem schweren Bristoler Akzent. »Verlaßt doch diesen Schmutz hier.«

Aber Will hörte nicht darauf. Handfeuerwaffen lagen ebensowenig in seinem Interesse wie Kundenfang. Ja, es stimmte, er arbeitete an einem Mechanismus, den er die »Clampett-Snaphaunce« nennen wollte; insofern eine Verbesserung des Radschloßgewehrs, als man dabei auf den Gebrauch von Pyrit verzichten konnte – aber das nur deshalb, weil der Aufrechte Mann ihn dafür bezahlte, daß er eine Büchse entwickelte, die im Dunkeln nicht mehr durch das Aufglühen des Zünders die Position des Schützen verriet.

Wissenschaft faszinierte Will, ganz gleich, welche. Wenn Barbary hörte, daß in Paul's oder auf der Exchange ein wissenschaftlicher Vortrag angesagt war, dann sagte sie's Will, und

Will ging hin, ob es nun um höhere oder niedere Mathematik ging, um Chemie, Navigation, Buchbinderei oder Dränage.

Was ihn besonders aufbrachte, war der Mangel an Wissenschaftlichkeit in seinem Spezialgebiet, der Artillerie. Denn seine eigentliche Liebe galt der Kanone, eine Leidenschaft, die Barbary sonderbar fand, schließlich war es eine Kanone gewesen, die ihm das Bein weggerissen hatte.

»Die Italiener machen das wissenschaftlich mit der Artillerie«, sagte er, »während wir einmal das Ziel, einmal danebentreffen, meistens daneben.« Die altmodische Einstellung der englischen Militärs regte ihn auf. In ihrer ritterlichen Tradition galt der Zweikampf von Mann zu Mann für ehrenhafter als die Beschießung aus der Entfernung. Es war ihnen sogar gelungen, die Königin davon abzubringen, daß sie dem Gewerbe der Büchsenmacher eine eigene Zunftordnung verlieh.

Will zufolge war aber jede andere Form der Bewaffnung sinnlos geworden, seit die Mauern von Konstantinopel vor hundert Jahren unter der Beschießung durch Sultan Mohammeds II. Kanonen gefallen waren.

Nicht aus Patriotismus wollte Will die Kanonen verbessern, sondern nur aus der zornigen Überzeugung, daß eine Verbesserung möglich war und sich bloß niemand die Mühe machen wollte. Und so nahm er sich eben selbst dieser Entwicklung an. Da er keine Gießerei hatte, stellte er in seiner eigenen Esse kleine Modelle her. Der Boden ihrer Hütte war ein Schlachtfeld von Miniatur-Bombarden, -Feldschlangen, -Basilisken und -Falkaunen, die alle funktionierten, wenn auch manche besser als andere. Einer der Gründe, warum Will und Barbary die Bermudas gegen die offene Weite der Lambeth Marshes vertauscht hatten, lag darin, daß Will unbedingt jedes Stück testen wollte; die damit verbundenen Explosionen waren zwar klein, hatten aber dennoch die feindselige Ablehnung ihrer Nachbarn bewirkt.

»Unwissenschaftliche Stoffel«, grummelte Will, als ihr Hausherr, den Beschwerden nachgebend, sie aus der Wohnung warf.

Tapfer trat Barbary bei den Attacken der Witwe Dawkins

auf den Zustand ihrer Hütte für ihren Vormund und Beschützer ein. »Schmutz?« äffte sie nach. »Das ist kein Schmutz, du alte Fledermaus.« Barbary konnte Witwe Dawkins nicht ausstehen, und Witwe Dawkins konnte Barbary nicht ausstehen. »Das ist Wissenschaft.«

Es war vor allem sehr ungemütlich. Ein Tisch und zwei Stühle waren weit und breit das einzige Zugeständnis an menschliches Wohlbefinden, überall sonst türmte sich Metall. Retorten, Waagen, Maße, Quadranten, Astrolabien, Globen, Hammer, Bohrer, Meißel, Rohre, Drähte, Rollen, ein Destillierapparat – für den 8. November! –, Gußformen, Eisenblöcke standen überall herum und vermittelten den Eindruck eines unordentlichen Geräteschuppens im Zustand der Versteinerung.

Das bißchen Kochen, zu dem sie sich aufrafften, geschah auf der Esse, die sich Will in der Scheune nebenan gebaut hatte. Will und Barbary erfreuten sich weder eines Backofens, wie er ähnliche Hütten wärmte, noch wurden sie von zutraulichem Geflügel umgackert. Wenn sie Brot brauchten, kauften sie welches, und hatten sie Appetit auf Eier, so holten sie sie aus den Nestern der Wildenten und Wildgänse, und wenn es sie nach Geflügel gelüstete, so schossen sie's.

Aber Schmutz war das nicht. Barbary kannte Schmutz: darin arbeitete sie. Schmutz, das war der Aufrechte Mann. Schmutz war das, wozu die Dirnen gezwungen waren. Barbary akzeptierte Schmutz als Teil des Ordens, der zur Ordnung der Dinge gehörte – aber daß sie Schmutz als solchen erkannte, das kam von ihrem Leben mit Will Clampett. Wenn sie Prediger die »Reinheit des Geistes« rühmen hörte, dann dachte sie dabei nicht an Heilige noch an Jungfräulichkeit noch an den Himmel, sondern an die unaufgeräumte, verrostete, mit Metall vollgestopfte Hütte in den Lambeth Marshes. Hier war Reinheit. Wenn sie hier eintrat, ließ sie Gier, Lust und Narrheit, woran sie ihren Lebensunterhalt verdiente, hinter sich und begab sich auf eine Insel von solcher Reinheit, daß sie ihr, so gut sie sie auch kannte, doch auch ewig exotisch schien.

Den Dingen auf dieser Insel konnte sie mit ihren Schwindelkünsten nicht beikommen, und das fand sie irgendwie aufregend. Hier herrschte die Ehrlichkeit der Mathematik. Hier erlebte sie Augenblicke geistiger Befriedigung, die an die perfekteste Durchführung eines ausgeklügelten Tricks heranreichten. Hier fanden sich ewige Wahrheiten, die man beweisen konnte, wie der Lehrsatz des Pythagoras vom Kreis, den Will ihr einmal erklärte. Hier erfuhr sie als einer der ersten Menschen von ganz England, daß eine Kanonenkugel nicht etwa eine gerade Linie beschrieb und dann herunterfiel, sondern daß ihre Bahn in einer Parabel verlief. Barbary hatte zwar noch Schwierigkeiten mit dem Lesen, aber dafür wußte sie, daß eine Kanone ihre größte Reichweite bei einem Winkel von fünfundvierzig Grad erreicht. Nicht unwichtig für die Erweiterung ihres Horizonts (sie neigte zu dem Glauben, Engländer könnten von Ausländern nie und nimmer etwas lernen) war die Information, daß es ein italienischer Mathematiker namens Tartaglia war, der diese Dinge entdeckt hatte.

»Er hatte viele verrückte Ideen«, erklärte Will, »aber auch ein paar großartige. Dieser alte Italiener erfand den Schießquadranten.«

So abgetrennt vom gewöhnlichen Leben war die Reinheit von Wills Welt, die einzige Reinheit, die sie kannte, daß Barbary niemals auf die Idee gekommen wäre, sie mit dem Töten von Menschen zu verbinden. Will ebensowenig. Menschen starben – oder verloren ihr Bein –, wenn eine Kanone zur Unzeit explodierte. Bessere Kanonen waren wissenschaftlich.

»Ich seil' mich ab, Will«, rief Barbary jetzt und ging. Nie sagte sie Will, wohin sie ging oder warum, und nie hätte Will gefragt. Er mißbilligte den Orden, obgleich das Geld für seine Versuche einerseits von Barbarys Ordenstätigkeit stammte, andererseits von der gegenwärtigen Patronage des Aufrechten Mannes.

Es gab eine Menge Arbeit. Der Rattenmopser arbeitete jetzt in Paul's, wo der Gottesdienst viele Menschen anzog, und sie hatte versprochen, den Baldower für ihn zu machen. Die Zunderbüchse, die sie den Dackeln von Lincoln's Inn geklaut hatte, war wieder in Umlauf zu bringen – da mußte sie bei Dowzabell ordentlich auf den Putz hauen, damit ein guter Preis heraussprang. Aber der oberste auf der Liste war Robert Betty. Ihm sagen, daß man ihn verfolgte; herausbringen, wer die Klette war.

Diese Klette bereitete ihr Kopfzerbrechen. Mit einem Abgesandten des Magistrats konnte man fertig werden, aber wenn der Klett tatsächlich, wie behauptet, ein Agent des Staates war, dann zog damit ein neues, düsteres Element in die Bermudas, und ganz von ferne stank es nach dem Rad.

Es war noch früh am Morgen, aber die Sonne ließ schon ihre Muskeln spielen, um bald jene Hitze herabzugießen, die die Themse fast stillstehen ließ und die Stadt unerträglich machte. Abgesehen von den knatternden Flinten in der Ferne war es ganz still in den Marschen, Enten und Teichhühner hatten ihre Jungen im Schilf in Sicherheit gebracht. Sie würde schwitzen in ihrer Samtmütze, dem Samtwams und der wollenen Hose. Die ganze Ausstaffierung hatte sie in ihrer Diebszeit einem Tuchhändler in Westminster geklaut und hielt sie jetzt als Sonntagsgewand in Ehren. Heute trug sie das Zeug nur aus dem einen Grund, weil man in den weiten Hosen den Umriß dieser neuen Unannehmlichkeiten zwischen ihren Beinen nicht sah. Barbary blieb stehen und schüttelte die Faust gegen den Himmel. »Du und deine blatternarbigen Cousinen!« schimpfte sie.

Ihre Geduld wurde in Southwark auf eine weitere Probe gestellt, denn als sie sich der Brücke näherte, sah sie schon die üblichen Schlangen von Karren und Menschen, die darauf warteten, hinübergelassen zu werden; nicht so schlimm wie an den Wochentagen, aber immer noch schlimm genug. Zum tausendsten Mal wünschte sich Barbary, daß Wills berufliche Tätigkeit nicht gar so explosiv wäre und sie nicht an einem Ort leben müßte, der ihrer eigenen Arbeit so gar nicht förderlich war. Die Brücke war ohne Zweifel eines der ganz großen Weltwunder; nirgends sonst, behaupteten die Londoner stolz, wölbte sich eine derart gewaltige Brücke über einen so großen Fluß wie die Themse. Aber die stolze Länge von dreihundertundfünfzig Yards war ja nicht das Problem; das lag vielmehr in ihrer Breite. Wegen der vielen Häuser, die die Brücke zu beiden Seiten säumten, und der Läden und Stände, die sich vor diesen Häusern drängten, war der Übergang an manchen Stellen gerade noch zwölf Fuß breit und dadurch ein äußerst schmales Nadelöhr zu einer der größten Städte der Welt. Jedes Jahr nahm der Verkehr vom Kontinent herüber an Umfang zu und ebenso der Stau und der Unmut der Händler und Fußgänger. Auf der London Bridge konnte man mehr Gotteslästerungen in mehr verschiedenen Sprachen hören als irgendwo sonst außerhalb der Hölle.

Barbary benutzte sonst meist eine ihrer Ausweichrouten über den Fluß, aber heute wollte sie ihr Sonntagsgewand nicht gern einem nassen, schmutzigen Boot anvertrauen und auch nicht bei Sprüngen von einem der Pfeilerköpfe, die die Brücke knapp über dem Wasserniveau stützten, zum nächsten gefährden.

Während sie noch in Gedanken versunken dastand, erfaßte sie plötzlich eine neue Sorge beim Anblick eines beleibten, ehrbar wirkenden Mannes, den der Brückenstrudel eben ausspie: es war der Gehörnte Dick, und er wirkte hier derart deplaziert, daß sie ihn im ersten Augenblick gar nicht erkannte. Dick auf dieser Seite der Brücke zu erblicken, das war für Barbary ein ebensolcher Schock wie Dicks Anblick sonst für die Ehebrecher. Der Gehörnte Dick war Stadtmensch durch und durch, der nur einen Fuß vor die Mauern Londons zu setzen brauchte, um die Nerven zu verlieren, so daß Barbary ihn in all den Jahren, die sie einander kannten, nie südlich des Flusses gesehen hatte. Er wischte sich das Gesicht und blickte mit einem Ausdruck um sich, als rechne er jederzeit damit, daß sich die Einwohnerschaft von Southwark in Wilde verwandeln und vergiftete Pfeile gegen ihn blasen könnte.

Als er sie sah, stieß er einen Seufzer der Erleichterung aus. »Schlechte Nachrichten, Barb. Für Rob ist ein Sucher angeschlagen.«

»Ein Sucher? Für Rob? Du meinst Rob Betty?«

»Schsch.« Dick stieß Barbary mit dem Ellbogen in die Rippen. Wie fast ganz London traute auch er dem Sekretär Walsingham zu, seine Spione überall zu haben. Die offiziellen Bekanntmachungen, daß der Staat einen Übeltäter suche, wurden im Friedhof von St. Paul's affichiert und waren eigentlich der höchsten Klasse von Übeltätern vorbehalten, den Hochverrätern und den aufwieglerischen Priestern. Der letzte Sucher hatte die Auslieferung zweier Rekusanten verlangt, Edmund Campion und Robert Persons, die sich vor den Behörden versteckten und unter dem Schutz von sympathisierenden Familien im ganzen Land weiterhin die katholische Lehre verkündeten. Campion war erst vor wenigen Tagen in einem Haus in Berkshire ergriffen worden und wurde eben jetzt im Tower unter der Folter verhört.

Dick und Barbary stellten sich wieder auf der Brücke an, und inzwischen erzählte er ihr alles, was er wußte, aber in Rotwelsch, falls ihnen jemand zuhörte. Der Sucher war kurz nach Morgengrauen angeschlagen worden, schon nach wenigen Minuten wußte man davon in den Bermudas, und nach weiteren Minuten war bereits jedes einzelne Mitglied des Ordens auf der Suche nach Robert Betty, um ihn zu warnen.

»Kein Weg von ihm«, sagte Dick. »Könnt' ja den Dunkelmann in deiner Trauf' gesucht haben.«

Nein, erklärte Barbary, er hatte keineswegs die Nacht bei ihr verbracht.

»Warum wollen denn die Cuffins mit ihm tanzen? Womöglich wegen Widersinn?«

»Halt die Fresse«, schnappte Barbary. »Widersinn« bedeutete Hochverrat. Sie hätte ihr Leben darauf verwettet, daß Rob weder Königin noch Vaterland verraten hatte. »Sie haben eine Klette auf ihn angesetzt.« Während sie endlich die Brücke überquerten, berichtete sie Dick über die Ereignisse der gestrigen Nacht.

»Wie sah die Klette aus?«

»Groß, dürr, Gesicht wie ein Essigpinkler.« Barbary rief sich den Mann, der Rob Betty gefolgt war, noch einmal mit vollkommener Schärfe ins Gedächtnis und bemerkte erst jetzt etwas, das sie gestern in der Aufregung nicht registriert hatte. »Drisch mich, Dick, er ist siebenseitig.« Der Mann war auf einem Auge blind.

Sie begaben sich auf kürzestem Weg zum Pudding-in-the-Cloth.

Am Morgen nach den Ausschweifungen der Samstagnacht war der Pudding üblicherweise so munter wie ein Leichnam, aber an diesem Sonntag erdröhnte er von der Raserei der Galoppierenden Betty, die bei der Suche nach ihrem Adoptivsohn keinen Stein auf dem anderen ließ. Männer und Frauen, seit Sonnenaufgang unterwegs, kehrten jetzt mit Informationen heim, die mehr als dürftig waren. Robert hatte seine Ziele in der letzten Zeit geheimgehalten. Aber eine positive Nachricht gab es.

»Ap Powell sagt, Rob hat in den letzten Nächten im Klepper unten in Greenwich als Freischupper gearbeitet«, teilte Wilkin Barbary und Dick mit, als sie sich in den Wirbel stürzten. »Vielleicht is' er ja noch da. In der City is' er jedenfalls nich', könnt' ich wetten.«

Barbary drängte sich zur Galoppierenden Betty vor. »Ich geh, Bet.«

Die Galoppierende Betty zahlte es Ap Powell gerade heim, daß er sie über den Umgang ihres Sohnes nicht schon früher ins Bild gesetzt hatte. »So was ist nicht schön, Barb«, grunzte sie.

»Du hast recht, Bet«, sagte Barbary tröstend. »Aber wir bekommen ihn schon. Laß Ap los.«

Betty blickte empor zu dem Mann, den sie hoch über ihrem Kopf hielt, ließ ihn auf einen Tisch hinabfallen und wischte sich die Hände. »Du gehst und rettest ihn, Barb, mein Junge. Du hast ihn gern, genau wie ich.«

»Ja, Bet. Das tu ich.«

Betty strich sich ihren dünnen Bart. »Komm mit mir rauf«, sagte sie. Barbary folgte ihr hinauf ins Schlafzimmer, einen Raum voller Brokatgehänge und Spinnweben, den Betty, die zu ihrer Glanzzeit auch Sarazenen empfangen hatte, ihren »Haarum« nannte. Sie packte das schwere, holzgeschnitzte Bett an einem Fuß, schob es weg und hob das Brett, auf dem es gestanden hatte, hoch. Dann holte sie aus dem Hohlraum darunter einen Lederbeutel heraus und sagte: »Das gibst du ihm. Schwör beim Grafen von Leicester und dem Gedärm, was ich dir rausreiß', so du's nicht tust.«

Barbary schwor bei ihrem Gedärm und Robert Leicester.

»Sag ihm, er soll nach Frankreich, bis ich hier wieder alles in Ordnung bringe. Ich schick eine Nachricht an Mussjöh Puscher.« Der Orden war international, und Monsieur Pousser aus Calais lieferte dem Pudding den größten Teil seines geschmuggelten Weines. »Fahr am besten auf dem Fluß.« Betty ließ das Bett wieder auf das zurückgelegte Brett fallen und hob ihre Stimme, so daß man sie nicht nur unten, sondern in ganz Bermondsey hören konnte: »Sag Walles, ich brauch' seine schnellste Wassermogel.«

Angesichts des Zustands der Straßen, auf denen sich der schwere Verkehr von und nach Greenwich abspielte, erreichte man den Ort auf einem Skiff den Fluß hinab tatsächlich genauso schnell wie auf einem schnellen Pferd und fiel bei weitem nicht so auf wie beim Passieren der Mautstellen. Walles' Ruderer beugten ihre Rücken über ihren Rudern mit der Hingabe von Männern, denen die Galoppierende Betty deutlich gemacht hatte, sie würde ihnen widrigenfalls die Haut von besagten Rücken abziehen. Walles selbst stand an der Ruderpinne, um die Strömungen und Untiefen des Flusses, die er wie seine Westentasche kannte, bestmöglich auszunützen. Barbary hockte sich in den Bug und schenkte zum ersten Mal dem Leben auf dem Fluß keine Beachtung.

Wenn Robert Betty sich mit den Hochseekapitänen herumgetrieben hatte, die ihre knappe Zeit an Land meist in Greenwich und Deptford verbrachten, um die Ausrüstung ihres Schiffes zu überwachen – und Barbary war sich jetzt ganz sicher, daß das der Fall war, weil Rob wohl hoffte, daß sie ihn vielleicht mitnähmen –, dann steckte er jetzt vielleicht deshalb in der Klemme, weil die Kapitäne selbst oft in noch viel größeren Klemmen steckten. Ihre Politik war einfach und brutal: Sie wollten Sieg und Wohlstand für ihr Land, Ruhm und Reichtum für sich selbst gewinnen. Das paßte aber nicht immer zur Politik der Königin, die auch noch andere Dinge zu berücksichtigen hatte. »Falls man das eine Politik nennen kann«, hatte Barbary einen Kapitän einmal knurren hören. »Eigentlich mehr ein verdammt wetterwendischer Wind.«

Es war jedenfalls ein häufig drehender, stürmischer, heißer, dann wieder kalter Wind, der den einen Kapitän, der die Silberschiffe Philipps von Spanien plünderte, mit den höchsten Ehren belohnte, und den nächsten, der das gleiche tat, einsperren ließ. Der am Morgen Befehl gab, in See zu stechen, und ihn am Abend wieder zurücknahm. Die Königin erwartete von ihrer Flotte augenblickliche Ergebnisse, wollte aber nicht dafür zahlen, erwartete Heldentaten von Schiffen ohne Mannschaft und Proviant, forderte Kühnheit, bestrafte Draufgänger.

Und alle segelten sie nahe an diesem Wind. Der Glanz, der erst vor kurzem auf den goldenen, weltumsegelnden Francis Drake gefallen war, entfachte in Männern wie Raleigh, Frobisher und Hawkins den rasenden Wunsch, ihn zu übertrumpfen, und so ließen sie sich auf gefährliche Unternehmungen ein, die ihnen, je nach Erfolg, die Gunst der Königin eintrugen oder auf immer entrissen. Frobisher hatte sein ganzes Vermögen darauf gesetzt, nicht nur Gold, sondern auch die Nordwestpassage nach Cathay zu finden. Gefunden hatte er Inseln aus Eis und ein Erz, das er zuerst für Gold hielt, doch es war nur Pyrit. Er war noch immer in Ungnade.

Als die Königin bei Drakes Heimkehr das Schwert hob, wußte niemand, ob sie ihn damit zum Ritter schlagen oder ihm den Kopf abhacken würde, so furchtbar waren die Kränkungen, die er auf seiner Weltumseglung den Spaniern zugefügt hatte. Elizabeth liebte die Spanier nicht, aber sie wollte auch nicht in einen Krieg hineingezogen werden. Mendoza, der spanische Botschafter am englischen Hof, hatte deshalb noch immer Schaum vorm Mund. Aber die Fracht der *Golden Hind,* nämlich eineinhalb Millionen Dukaten, machte aus ihrem Kapitän keinen Piraten, sondern einen Helden. Wenn Rob, dachte Barbary, tatsächlich mit Herren wie diesen speiste, dann wahrscheinlich eben doch mit einem Löffel, der bei weitem nicht lang genug war.

Sie näherten sich jetzt Deptford, und das Leben und Treiben auf dem Fluß nahm sie wieder derart gefangen, daß sie ihre Sorgen vergaß. Ohne sich um das dritte Gebot zu scheren – das taten nur die Fischerboote, denen Unglück drohte, wenn sie am Sonntag hinausfuhren –, lavierten Kohlenschiffe, ein Koloß voll Getreide und Bauholz aus dem Baltikum, eine Weinschaluppe aus der Bretagne gegen das bißchen Brise nach London hinauf, bevor die Ebbe einsetzte.

Nach dem südlichen Ende der Schlinge, die die Themse um die Isle of Dogs bildet, fanden sie sich gegenüber der Königlichen Werft. Auf den Hellingen befanden sich die Skelette von Kielen, die nach neuen stromlinienförmigen Plänen gebaut wurden. Zwei alte Galeonen wurden gerade ihrer reichverzierten Vorder- und Heckkastelle beraubt und erhielten eine bessere Bestückung mit Kanonen. Im Hafen lag ein riesiges Kriegsschiff mit einhundert Fuß langem Kiel und einem Gewicht von gewiß achthundert Tonnen, seine segellose komplexe Takelage zeichnete sich wie das Netz einer wild gewordenen Spinne vor dem Himmel ab, der lächerliche Einhundert-Tonner daneben wirkte dadurch noch viel kleiner und schäbiger. Aber das kleine Schiff war es, dem aller Aufmerksamkeit galt. Das Schiff war übel zugerichtet und schrie nach dem Kalfatern, aber Ruderboote umkreisten es wie Wespen, und auf seinen Decks wimmelte es von Schaulustigen.

Wie ein Mann lüpften Barbary, Walles und seine Ruderer die Mützen und schwenkten sie vor der *Golden Hind.*

Die Meile von Deptford nach Greenwich war mit Schiffen vollgepfropft. »Wenn der alte Sturschädel Philipp das hier sähe«, bemerkte Walles, »dann wüßte er, daß er uns nicht besiegen kann.«

Einige Schiffe machten sich bereit zum Anlegen, Kanonenschüsse dröhnten, Matrosen pfiffen inbrünstig, um dem Himmel einen kräftigeren Wind zu entlocken. Barbarys Blick fiel auf eine unbekannte rot-grüne Flagge, die schlapp vom Heck eines großen Schoners mit Namen *St. Barbara* herabhing. »Wessen Schiff ist das?«

Walles kannte auf dem Fluß alles und jeden; er stahl hier seinen Lebensunterhalt zusammen. »Martin Frobishers Schiff, Antonio von Portugals Flagge. Unterwegs auf die Azoren, um den Dons ihr Gold abzunehmen.« Er klopfte sich mit dem Zeigefinger auf die Nase. »Das Ganze ist aber angeblich streng geheim.«

Also wollte Frobisher bei seiner Königin wieder in Gnaden aufgenommen werden, indem er von den portugiesischen Azoren aus die spanischen Schiffe überfiel.

Die Azoren, dachte Barbary. Tropische Inseln. Sie bevölkerte sie mit dem Inventar, das sie aus Erzählungen von Reisenden kannte: Palmen, Kamele, Affen und Elfenbein, Oliphanten und Seejungfrauen. Würde sie mit Frobisher mitfahren, wenn er jetzt käme und sie höflich bäte, doch mitzukommen und in der Sonne zu baden und zu warten, bis die spanische Flotte vorüberkam? Würde sie wohl mitfahren?

Er fragte sie wirklich. »Barbary! Barb! Komm an Bord.« Er überlegte es sich anders. »Nein, bleib, ich komm runter zu dir.«

Von der Heckreling hing ein Seil, und daran schwang sich jetzt der zur öffentlichen Fahndung ausgeschriebene Rob Betty herunter, immer noch laut rufend. Knapp über ihnen hielt er inne, mit einem Arm am Seil hängend, mit einem Fuß am Schiffsrumpf abgestützt, das andere Bein und den Arm zur Begrüßung ausgestreckt wie ein Seestern. »Grüß dich, Barb! Salve, Walles!«

»Voll wie eine Strandhaubitze«, murmelte Walles. Barbary war nicht dieser Meinung, allerdings hatte auch sie ihn noch nie so gesehen; Rob war trunken vor Freude. Er schien gar nicht überrascht, sie hier zu sehen.

»Barb, ich seil' mich ab. Frobisher hat mich aufgenommen. Wir segeln mit diesem Portugiesen auf die Azoren.« Er ließ sich noch weiter herunter, bis seine Füße auf der Ruderbank neben Barbary standen, ließ dabei aber das Seil nicht los und grinste sie mit soviel Wärme an wie schon seit vielen Wochen nicht.

»Ich hätte mich schon verabschiedet, aber Frobisher hat sich ganz schnell entschlossen. Wir segeln, um die Flut noch auszunutzen.«

Benommen reichte ihm Barbary das Lederbeutelchen der Galoppierenden Betty. Achtlos stopfte er es sich in den Hosenbund. »Ich hab' an Betty einen Brief abgegeben, er liegt beim Klepper. Bring ihn ihr, sei so lieb, Bursche.« Da fiel ihm was ein. »Barb, komm doch mit.«

Ein zornroter Kopf beugte sich über die Schiffsseite, und

eine wütende Stimme ließ sich im breitesten Yorkshire-Dialekt vernehmen: »Wenn du nicht stante pede an Deck bist, du rostschädeliger Frischling, dann schneid' ich das verdammte Seil durch!«

Rob Betty erstrahlte in reinstem Glück. »Mylord, ich komme.« Barbary beobachtete ihn, wie er ebenso schnell hinaufkletterte, wie er nach unten gekommen war. An der Heckreling angelangt, hielt er inne, riß sich etwas vom Hals und warf es hinunter in Richtung Skiff. Barbary streckte die Hand aus und fing es: es war der Torques. Sie legte ihn um. Rob winkte und war verschwunden.

Das Skiff entfernte sich schnell aus der Gefahrenzone, während die *St. Barbara*, nur ein Focksegel gesetzt und von zwei Pinassen geschleppt, sich langsam in den Fluß hinausbewegte.

»Hat gar nicht erfahren, daß er ausgeschrieben ist«, bemerkte Walles. Barbary schnitt ein Gesicht; im Sturm der Gefühle darüber, Rob zu finden und ihn dann fortgehen zu sehen, vielleicht auf immer, hatte sie den Grund, aus dem sie ihn eigentlich gesucht hatte, völlig vergessen.

»Na was«, fuhr Walles fort. »Keine Zeit. Auf den Azoren kann er übrigens genausogut untertauchen wie in Frankreich. Besser sogar. Kann sich auch noch ein Prisengeld holen.«

Sie sah dem Schiff nach, wie es den Fluß hinunterschlich. Rob verließ sie; eine Freundschaft, die ihr soviel bedeutete, war von Rob zusammen mit seiner ganzen Vergangenheit einfach abgeworfen worden. Sie hatte Angst vor dem Schmerz, der jetzt in ihr hochstieg; wenn sie ihm nachgab, irgendeinem Schmerz nachgab, dann würde ein Damm brechen und die Flut ihren Verstand wegschwemmen. Müde drängte sie den Schmerz beiseite. Damit mußte man später fertig werden. Sein Pech. Barbarys Latz machte der nicht naß. Gemessen spuckte sie aus. »Soll er sich ausstopfen lassen. Und sein Schiff gleich mit. Jedenfalls ist das nicht das Schiff, auf das ich warte.«

»Bring deinen Arsch zum Anker. Wir fahren zurück.«

Durch die Lücke, die der Schoner gelassen hatte, konnten sie an Land Greenwich sehen, das sich am Flußufer hinter den Palastanlagen zusammenduckte und fast gänzlich aus Läden für Schiffszubehör und Kneipen bestand. Das erinnerte Barbary an Robs Abschiedsbitte: »Ich such am besten den Klepper und hol Bettys Brief«, sagte sie. »Wall, möchten deine Burschen eine Erfrischung?«

Walles schüttelte den Kopf. Er wollte noch vor Einbruch der Dunkelheit nach London, und was Erfrischungen für seine Jungs anging, so führte da das eine sehr schnell zum anderen. »Sause du nur los, und hol den Brief, und komm wieder zurück.«

Todunglücklich den Kai entlangwandernd, suchte Barbary die Wirtshausschilder nach den Umrissen eines Pferdes ab. »Zum hohen Roß«. Das mußte der Klepper sein. Rob war doch noch so stark mit dem Orden verbunden, daß er nichts bei seinem richtigen Namen nannte.

Eben wollte sie in die Kneipe, als sich ihr zwei große Gestalten in den Weg stellten, der eine dick, der andere dünn. Eine fleischige Hand packte sie an der Schulter, eine magere Hand riß ihr den Halsreifen so grob herunter, daß etwas Haut dabei mitging.

»Rothaarig, ganz richtig, röter geht's gar nicht mehr«, sagte der Dicke.

Der Dünne verglich die Halskette mit irgendwelchen auf einer Schiefertafel festgehaltenen Angaben. »Gold.« Er biß hinein. »Verschlungene Enden. Er ist es. Robert Betty, ich verhafte Euch im Namen Ihrer Majestät, der Königin Elizabeth.«

»Weg mit euch«, schrie Barbary, sich wehrend. »Ich bin nicht ...« Sie fiel in sich zusammen. Jesus, es war wirklich ernst, wenn die Königin an allen Flußhäfen Wachen aufstellte, nur um einen jungen Mann mit roten Haaren und goldenem Halsring zu verhaften. Nun hatten sie zwar den falschen geschnappt, aber wenn sie sie darauf aufmerksam machte, dann würden sie nach dem richtigen suchen. So langsam, wie der Schoner vorankam, dachte Barbary, konnten sie ihn sogar noch in Tilbury abfangen. Aber wenn man diesen Schlaumeiern noch ein oder zwei Stunden lang etwas vorspielte, dann war Rob auf See in Sicherheit. Sie ließ ihren Mund einfältig erschlaffen: »... nicht schuld an gar nichts.«

»Ja, ja, das sagen sie alle. Kommt mit jetzt, Ihr kommt mit uns in die Stadt.«

»Ins Bridewell?« fragte Barbary. Dort war sie schon einmal gewesen. Und wieder herausgekommen.

»In den Tower.«

4

»In Befolgung der Wünsche Ihrer Majestät sowie Eurer eigenen Instruktionen, Mylord«, schrieb Sir Owen Hopton, Lord Lieutenant des Towers von London, an den Lord Schatzkanzler Burghley, »gab ich dem Gefangenen Betty Unterkunft im Prinzenturme, wie es Personen von Stand zukäme. Doch obgleich ich, Eurem Wunsche entsprechend, bei seiner Befragung die äußerste Zurückhaltung walten ließ, ergaben doch Erkundungen, wie sie für alle, die hierherkommen, gelten, daß er ein Schurke und Tunichtgut aus der untersten Schicht ist, ohne alles Wissen vom christlichen Katechismus, als ich nicht zu beherbergen gewohnt bin.

Er ließ sich's einfallen, unseren Vertrauten zu beschuldigen, dieser habe ihn fälschlich für Robert Betty gehalten, auch kenne er keinen Mann dieses Namens, und bot mir vierzig Nobeln an, wenn ich ihn freiließe, welche, wie er mir versicherte, gewisse Freunde von ihm aufbrächten.

Euer Belieben in allen Dingen, Mylord, aber Untersuchung und Entfernung dieser Person zu befördern wäre eine große Erleichterung für Euren ergebenen und hochachtungsvollen Diener O. Hopton, Kt.«

Mit anderen Worten: Sir Owen Hopton beschwerte sich darüber, daß der Gefangene Betty eine Herabwürdigung des Towers darstelle.

Zwar jagte schon der Name des großen, säulenbestandenen, über der Stadt aufragenden Kolosses den Londonern Furcht und Schrecken ein, aber es war immerhin ein königlicher Palast, auch wenn es der Königin nicht beliebte, sich darin aufzuhalten – verständlich angesichts des Umstands, daß ihre Mutter hier hingerichtet worden war. Der Tower war nicht nur Gefängnis, sondern auch Zeughaus und die größte Kaserne für die Stadtgarnison. Die Gefangenen, viele an der Zahl und der unterschiedlichsten Verbrechen beschuldigt, waren doch bisher ausnahmslos von guter Abkunft gewesen. Edmund Campion, dem gerade in diesem Moment die Aufmerksamkeit des Foltermeisters zuteil ward, war vielleicht ein verfluchter, die katholische Messe lesender Priester, aber immerhin gebildet und von guten Manieren. Und doch hauste er im »Little Ease«, der schlimmsten Zelle im ganzen Tower, wo ein Mann weder liegen noch stehen konnte; während ein Gossenjunge, der kaum der Sprache der Königin mächtig war, sich dort räkelte, wo Prinzen von königlichem Geblüt ihr Rendezvous mit dem Block erwartet hatten.

Sir Owen erhielt umgehend Antwort von Lord Burghley, die ihm aber wenig Freude machte. Der Inhalt lautete, kurz gesagt, der Gefangene Betty solle bleiben, wo er sei, man wolle ihn ein bißchen schwitzen lassen. Daraus ging nicht hervor, wessen man den Gefangenen Betty beschuldigte, noch wie lange man ihn schwitzen lassen wolle. Doch da ihm bekannt war, welche Amtsbürde der Lord Schatzkanzler auf seinen Schultern trug, fürchtete Sir Owen, es könnte lange dauern.

Und damit traf er ins Schwarze. Körperlich gesehen, hatte Barbary nie solchen Luxus gesehen, hatte gar nicht gewußt, daß es so etwas gab. Sie hatte einen Raum für sich, daher konnte sie ihr Geschlecht weiter verbergen. Ihr Zimmer war klein, aber mit Holz vertäfelt, sie hatte ein Himmelbett und eine Matratze darauf, wenn auch kein weiteres Bettzeug. Unter dem Bett stand ein Nachttopf, den jeden Morgen eine Dienerin in Begleitung des Wärters holte und geleert wieder zurückbrachte. Es gab einen Schrank für die Kleider, Tisch und Stuhl; in der Wand eine Nische mit Waschschüssel und Krug. Kein Kamin, aber ein Kohlebecken, wenn auch ohne Feuer. Das winzige Fenster befand sich hoch oben, sie mußte sich auf den Stuhl stellen, um in den Hof hinunterzusehen, aber es war verglast und bot Aussicht auf einen gepflegten Anger, wo die unterschiedlichsten Menschen hin und her gingen. Das Essen kam regelmäßig; Brot und Ale zum Frühstück und eine warme Mahlzeit am Nachmittag, die vielleicht nicht immer vom Allerfeinsten war, aber doch alles, was Will Clampett je erzeugt hatte, weit in den Schatten stellte.

Aber das Fenster war von innen vergittert und die Türe versperrt. Es war eine Zelle. Dicke, glatte Mauern und Tore, gewaltige Bauten, Zugbrücken, Eisen und Stein verbanden sich zu einem monströsen chinesischen Puzzle, dessen Mittelpunkt ihr Körper in diesem kleinen Raum bildete. Irgend etwas regte sich im Nebel von Barbarys Erinnerung, als man sie hineinstieß und den Schlüssel zum ersten Mal hinter ihr umdrehte. Das hier war ihr eine Nummer zu groß; damit wurde sie nicht fertig, es war zu riesig, zu ernst, kam zu nahe an irgend etwas Furchtbares, das gleich hinter der Wand ihrer Erinnerung lauerte. Hier konnte sie sich nicht durchschwindeln.

Keuchend bemühte sie sich um Beherrschung. »Barb, halt die Ohren steif.« Drei Tage wollte sie das Spiel noch mitmachen und ihnen dann sagen, daß sie nicht Robert Betty war. Bis dahin war er ihrem Zugriff längst entzogen. Mehr konnte ein Freund nicht verlangen.

Eines stärkte sie: Der Orden wußte, wo sie war. Die siebenseitige Klette und ihr Kumpan hatten sie auf dem Flußweg zum Tower gebracht, und sie hatte gesehen, daß Walles mit seinem Skiff ihnen bis hierher gefolgt war. Sie bezweifelte, daß selbst der Orden sie aus dem Tower befreien konnte, aber wenigstens fühlte sie sich nicht gänzlich verlassen.

Ihre grenzenlose Angst versuchte sie mit Frechheit zu bekämpfen. Auf dem Stuhl stehend, die Nase ans Gitter gepreßt, rief sie jedem anzügliche Worte nach, den sie den Anger überqueren sah, oder sang zweideutige Gassenhauer. Wenn die Wärter ihr die Mahlzeiten brachten, dann lümmelte sie auf dem Bett wie ein Sultan. »Stelle den Fraß aufs Brett, guter Mann, und verschütte nicht die Sauce.«

Am dritten Tag verlangte sie, den Chef zu sprechen. »Den mit der Blechdose«, erklärte sie dem verdatterten Wärter. »Den, der mir gleich am Anfang hier die Würmer aus der Nase zog.«

»Wenn du den Kommandanten meinst«, antwortete der Wärter, »der kommt nicht auf Pfiff zu einer kleinen Rotznase.«

»Selber Rotznase«, gab Barbary zurück. »Hol ihn her. Sag ihm, hier gibt es Schmiere, vierzig Nobeln, wenn er mich gehenläßt. Ich habe wichtige Freunde.« Sie konnte sich nicht vorstellen, daß irgend jemand eine solche Summe ablehnte. »Sag ihm, mich haben sie schuldlos eingelocht.«

»Das sagen sie alle«, erwiderte der Wärter.

Ihr Halsring war bei dem siebenseitigen Bastard geblieben, ihr Gewinn aus dem Spiel mit den Studenten in einem geheimen Versteck in der Hütte in den Marschen, aber wenigstens die geklaute Zunderbüchse steckte noch in ihren Hosen.

Sie zog sie heraus und ließ sie mit schlauem Lächeln auf ihrer Hand balancieren. »Das ist für dich, wenn du ihn holst«, erklärte sie. »Sag ihm, ich bin nicht Robert Betty.«

»Hab schon eine«, erwiderte der Wärter, »und ihm ist's gleich, wer du bist.«

»Aber ich kann nicht hierbleiben, ich hab' nichts getan«, rief Barbary erstickend. »Wie lang dauert's, bis sie mich rauslassen?«

Der Wärter zuckte die Schultern. »Die meisten bleiben hier jahrelang drin, und einige davon haben auch nichts auf dem Kerbholz.«

Damit ging er hinaus, und der Schlüssel drehte sich wieder von der anderen Seite im Schloß.

Nachdem Barbary sich beim Treten gegen die Tür die Zehen wundgeschlagen und beim Versuch, sie aufzukriegen, die Fingernägel abgebrochen und beim sinnlosen Brüllen die Lungen ausgeschrien hatte, legte sie sich auf den Boden, eingerollt wie ein gefangenes Tier, und gab jeden Lebenswillen auf. Essen kam und ging unberührt fort. Der Nachttopf wurde abgeholt und wieder gebracht. Die Wärter gingen auf ihren regelmäßigen Inspektionen ein und aus, Barbarys Körpertemperatur sank, ihr Atem ging immer flacher.

Man informierte den Kommandanten, dieser kam und schnalzte mit der Zunge und rief den Arzt des Towers, der den Körper auf dem Boden mit dem Fuß anstieß und ihn für moribund erklärte. »Beachtet das Haar«, sagte er. »Es ist bei diesem Ton der Haut oft der Fall, daß die Körpersäfte ins Haar emporsteigen und damit dem Körper jedwede Widerstandskraft entziehen. Wir Ärzte nennen es Incardinitis.«

»Soll ich dem Lord Schatzkanzler also mitteilen, sein Gefangener sterbe an rotem Haar?« fragte Sir Owen gereizt.

»Laienworte, Laienworte«, gab der Arzt zurück, ein Mann, dessen Gewand nach zu vielen verschütteten Harnproben roch. »Wir können, wenn Ihr das wünscht, zur Anregung des Herzens ein Teil Belladonna geben, aber meiner Meinung nach wird der Junge nicht überleben.«

Die Tür fiel hinter ihnen zu und wurde versperrt, mit dem Echo der letzten Worte des Arztes blieb der Geruch nach Urin zurück.

Durch das Fenster fiel ein Sonnenfleck auf den Körper am Boden und wärmte ihn. Ihre Nase kitzelte ein Halm, der sich in den Binsen verfangen hatte, ihren Hunger weckte eine Schale mit gestockter Suppe auf dem Tisch, die darauf wartete, daß der Appetit des Gefangenen zurückkehrte. Mit einem scharfen, belebenden Schmerz stachen die Worte des Arztes in Barbarys Unterbewußtsein. »Nicht überleben.« »Überlebe.« Ihre Lider bewegten sich, gingen auf. Dann ihr Mund. »Das siehst du falsch, du alter Pißpott«, flüsterte Barbary. Sie schämte sich. Sie trank ihre Suppe.

Es gab englische Städte, die weniger Einwohner hatten als der Tower bei vollzähliger Belegung; durch die Zellengitter drang das Leben in allen seinen Klängen und Gerüchen. Die dröhnenden Stiefel der Wärter, das Klirren der Schlüssel, das abend- und morgendliche Stampfen der exerzierenden Soldaten, Schüsse aus Handfeuerwaffen, das Donnern der Kanonen hinter dem Zeughaus, Gebete, Kirchenlieder und Predigten. Pferdehufe auf Kopfsteinpflaster, das Hämmern der Schmiede, das Zischen der Essen, der scharfe Geruch von heißem Eisen auf dem Horn der Hufe. Brotbacken, Brauen, Mummenschanz zum Vergnügen der Familienquartiere, Trompeten, der Rummel der Akrobaten. Gesang, Dudelsack, Lauten. Abwasser, Regen, Sonne auf Staub. Fluchen und Schreien, Kommandos, spielende Kinder, im Wind flatternde Wäsche, gegen Fahnenstangen schlagende Flaggen, tratschende, kichernde Weiber, die Rufe fahrender Händler, röstendes Fleisch, kochender Porridge, Liebesgeflüster, Babies, die ihren ersten Schrei ausstießen.

Der Tower war England, ein rotbackiger, duftender englischer Apfel mit einem Wurm in der Mitte, wo ein Folterknecht neben dem Rad saß und alles festhielt, was der daraufgeflochtene Mann hervorstieß, dem man die Gelenke aus den Pfannen zerrte.

Die Wärter waren stolz auf ihren Tower. Zuerst begegneten sie Barbary wie die alte Dienerschaft einer Familie dem irrtümlich eingeladenen ungezogenen Gast. Wie der Kommandant waren auch sie an eine bessere Schicht von Gefangenen gewöhnt. Doch als sich Barbarys Benehmen besserte – es brachte ihr nichts, gegen den Stachel zu löcken –, wurden auch sie freundlicher, einige schlossen sie sogar ins Herz. »Na klar hast du kein Feuer«, wurde sie von Wärter Pobble belehrt, als der Herbst immer kühler wurde. »Feuer kostet extra. Bewegung kostet extra. Schreibzeug kostet extra. Kerzen kosten extra. Besuche extra. Extra Essen ist extra.« Er schaute auf Barbarys blaue Finger. »Mal sehen, ob ich nicht eine Decke auftreiben kann.«

Der ekligste der Wärter war einer, den sie niemals sah. Er kam in den frühen Morgenstunden, wenn der Tower noch in tiefem Schlafe lag, lang nach dem letzten Rundgang durch die Zellen.

Barbary erwachte, weil sie jemand hinter dem Judas in ihrer Türe hörte. »Na, was ist?« Sie haßte diesen Sehschlitz. Sie hörte schweres Atmen. Dann Flüstern. Der Flüsterer sagte, sie solle ihre Hosen runterlassen, er sagte ihr, was sie tun sollte, sobald sie unten waren. Er beschrieb ihr, was in der Folterkammer geschah, sprach in rhythmisch hervorgestoßenen, abgegriffenen Sätzen. Übelriechende Worte drangen in den Raum wie Gestank.

»Bei Gottes Nägeln«, seufzte Barbary, »einer von denen.« Die Puppen hatten oft solche Kundschaft. Sie stieg von ihrem Bett herunter und ging zur Tür. »Du möchtest, daß ich mich schrecke, was? Da wird dir warm unterm Nabel, ja? Na, dann hör mir einmal zu, du ochsenschädeliger, hammelhandelnder, fieselziehender Hurensohn du, ich leb' zu nahe am Wald, um mich vor Eulen zu fürchten. Schieb dir das in die Pistole und piß es.«

Das Flüstern brach ab. Barbary hörte trostlose Tritte sich den Gang hinunter entfernen. Angewidert ging sie zurück ins Bett. »Und dafür zahlen wir unsere Steuern?« fragte sie, die in ihrem Leben dem Staat noch keinen Groschen gegeben hatte, und schlief ein.

Der Flüsterer kam zurück, wenn auch nicht zu ihr. Zwei Nächte später hörte sie ihn am Judas der Nachbartür, gleiches schweres Atmen, gleicher Schmutz, aber diesmal drang aus dem Raum dahinter ein wimmerndes Echo. Eben wollte sie ihrem Mitgefangenen zurufen, sich doch nicht zu fürchten, da erkannte sie, daß das Wimmern im gleichen Rhythmus mit dem Flüstern geschah. Barbary spuckte aus. »Zwei Fieselzieher.« Nun gut, es ging sie nichts an, auf welche Weise die anderen sich vergnügten.

Sie fragte sich schon seit längerem, wer ihr Nachbar eigentlich war. Sonst war die Etage leer, aber in den Raum neben ihr wurde ebenfalls Essen gebracht, der Nachttopf wurde geleert, aber von dem Bewohner hatte sie noch kein einziges Wort gehört.

»Wer haust nebenan?« fragte sie Wärter Viney. Viney gehörte zu den Menschen, die nie gern was hergaben, am allerwenigsten Information. Er erwiderte: »Herr Geht-dich-nichts-an.« Da mußte sie also warten, bis Pobble Dienst hatte oder Morgan.

»Zerbrich dir über den nicht den Kopf, Bub«, sagte Wärter Morgan. »Das ist eine mickrige Jammergestalt, sonst gar nichts. Raunz raunz plärr plärr, was anderes fällt ihm nicht ein. Halt ein Ire, was kann man da anderes erwarten?«

»Wie ist sein Name?«

»Weiß gar nicht, ob er einen hat. Vielleicht John? Dem Grafen von Desmond sein Sohn jedenfalls.«

»Was, von dem Verräter, der mit dem Kopf auf der Stange? Was tut denn sein Sohn hier?«

»Wenigstens nichts Böses. Hier wächst er immerhin als Christ auf, fern von Rebellion. Steckt übrigens nicht viel Rebellion in dem Jungen. Ein armer Hascher, den keiner besucht.«

Barbary war empört. »Also um mich drängen sich die Besucher ja auch nicht gerade.«

»An dir ist nichts Jämmerliches, Bub.« Wärter Morgan war ebensowenig wie die anderen Wärter Zeuge jener Momente, da Barbary um Will Clampett und Rob Betty weinte und nach Freiheit stöhnte.

Morgan schloß die Tür und blieb im Zimmer. Barbary sah ihn mißtrauisch an und bereitete sich innerlich auf einen Kampf vor, aber Morgan war nur vorsichtig. »Das ist gegen die Bestimmungen«, sagte er, »aber es hat sich jemand nach dir erkundigt und mich sehr freundlich gebeten, dir etwas zu bringen.«

Barbary packte ihn am Ärmel. »Wer war's?«

»Na, na, beruhige dich. Ein anständiger freundlicher Herr. Hat sich wirklich nett mit mir unterhalten.«

Der Gehörnte Dick. Gott segne ihn. Dick sah auf zwanzig Schritte, wer bestechlich war und wer nicht. »Was hat er dir gegeben?«

Morgan nahm seine Mütze ab und entnahm ihr ein verknotetes Tüchlein. »Schadet doch nichts, wenn du dir damit ein bißchen die Zeit vertreibst, sagte der Herr. Ich kann auch nichts Schlechtes dran sehen. Hab selber nichts gegen ein Spielchen ab und zu, und zum Teufel mit den verdammten Puritanern.«

Würfel, dachte Barbary. Bitte, laß es Würfel sein.

Es waren Würfel. Fünf Stück, die besten aus der Werkstatt von Meister Bird in Holborn, dem unvoreingenommenen Auge so rein wie ein Quintett unschuldiger Jungfrauen. Mitten unter ihnen nistend zwei Nobeln.

»Danke, Morgan. Ich danke dir vielmals.«

»Gern geschehen, Bürschchen. Dann werden wir einmal spielen, was?«

»Klar«, sagte Barbary.

Kaum war Morgan gegangen, stürzte sie in das bißchen Licht und ließ die Würfel über die Hand rollen. Zwei davon waren ganz normale Würfel für den allgemeinen Gebrauch. Die anderen drei waren Spezialausführungen, zwei davon um eine winzige Spur länger an der Stirnseite, so daß sie übers Brett rollten, ohne je eine Fünf oder eine Neun zu zeigen; der letzte kunstvoll so beschwert, daß er in der Hand des Könners je nach Bedarf ein As oder einen Sechser warf.

Barbary hüpfte auf dem Stuhl und sang vor einem dunkler werdenden Himmel ein Loblied auf den Gehörnten Dick und den Orden. Würfel? Welch trübes Auge sah darin Würfel? Nur Würfel? Diese fünf kleinen Gestalten waren Feuer und Essen, Licht und Gesellschaft. Sie waren Extras, Geld, Macht. In ihnen lag ein solcher Zauber, daß sie sich mit der Zeit in große, herrliche, Türen aufschließende Schlüssel verwandeln würden.

Doch ohne die geistige Nahrung der Bildung, daraus ihr Gehirn Nahrung schöpfen konnte, wäre Barbary, nicht gewöhnt an Stille und Einsamkeit, trotz der Gabe der Würfel bald schlimm heruntergekommen, hätte nicht, und zwar bald darauf, ihr Nachbar Besuch von seiner Mutter erhalten.

Barbary hatte bis in den hellen Vormittag geschlafen – sie ließ sich gehen –, als sie von den ersten je im Prinzenturm vernommenen Lauten hektischer Aktivität geweckt wurde. Ein Energiebündel war hier hereingeschossen, erhob die Stimme und stampfte mit den Füßen.

»Jetzt schaut ihn Euch an«, rief eine Frau sehr laut. »Schaut Euch den armen Buben doch einmal an. Ist das ein junger Mann im Besitze der Gesundheit? Gebt Ihr ihm auch wirklich was für sein Ohr?«

»Madam«, war die Stimme des Tower-Kommandanten zu hören, »seine Ohren kosten dieses Land ein Vermögen, von seiner Nase und seiner Verdauung gar nicht zu reden. Erlaubt, daß ich Euch die Apotheker-Rechnung vorlese: vier Unzen Salbe für sein Ohr, vier Unzen Pflaster, ebenfalls für sein Ohr, zwei Purgantien, zwei parfümierte Pastillen für die Nasenlöcher –«

»Und was nützen sie auf dieser Rechnung? In seinem eignen Leibe sollten sie sein, nicht auf einem dreimal vermaledeiten Pergamentwisch. Und noch was: Macht er auch genug Bewegung?«

»Madam, er weigert sich –«

»Und die Erziehung? Soll der Anwärter auf das Land von Munster wie ein wildes Tier aufwachsen – he?«

»Seine Ländereien sind eingezogen, Madam, aus Verschulden seines Vaters, wie Ihr wißt.« Sir Owen verlor langsam die Contenance. »Ihr selbst seid nur durch Glück der Todesstrafe entgangen.«

»Glück? Glück, so, so. Immer dem Hof nachlaufen und um mein Essen betteln, das ist Euer Glück? Mein Sohn eingesperrt, meine Töchter am Bettelstab, das soll Euer Glück sein? Hättet Ihr denn gern ein Weib, das Euch weniger treu wär' als ich meinem eigensinnigen Gatten?« Mit jedem Fragezeichen wurde ihr Akzent noch stärker.

»Aber ich bin weder Rebell noch Verräter, Madam.«

»Dafür ein verdammt ungehorsamer Diener der Krone, ja, das seid Ihr, und das melde ich Ihrer Majestät, die doch Befehl gab, *Befehl,* daß mein Sohn als ein englischer Gentleman erzogen werde. Na, die tun mir aber leid, die englischen Gentlemen, wenn das die Art ist, wie man sie erzieht.«

Sir Owen war ihr nicht gewachsen. Barbary hörte ihn beschwörend sagen, er täte »sein Bestes«, und »unter solch schwierigen Umständen«, und dann trat er den Rückzug den Korridor entlang an, verfolgt von der laut schimpfenden Nachbarsmutter. Barbary lief zum Fenster; Mütter schreckten und faszinierten sie. Diese war ein ganz besonderer Anblick.

Der Anger war voller Marktweiber, die nach Aldgate strömten, aber die Nachbarsmutter war nicht zu übersehen, obwohl sie gekleidet war wie eine Gemeine und schäbiger als die meisten. Eleanor, Gräfin von Desmond, stand vielleicht nicht gerade im Zenith ihres Glücks, aber sie strahlte ein derart rabiates Selbstbewußtsein aus, daß ihr die Leute lieber aus dem Weg gingen. »Du bist dein Geld wert«, sagte Barbary zu sich selbst. »Du könntest Eisen schwimmen lehren.«

Sie preßte die Stirn ganz fest ans Gitter, schielte die Wand entlang nach links und sah durchs Fenstergitter ihres Nachbarn eine anämische Hand in müdem Winken auf und ab gehen. »War das deine Mama?« rief sie.

Die Hand verschwand, aber nach ein paar Augenblicken antwortete eine matte Stimme: »Wer bist du?«

»Der Name ist Barbary«, rief Barbary, »vorübergehend im Tower untergebracht. Und du, bist du Ire?«

»Vorübergehend?« fragte die Stimme wimmernd. »Wann kommst du raus? Warum bist du hier?«

»Keine Ahnung mal zwei«, versetzte Barbary, »aber du kannst mir glauben, ich bin voller Zuversicht. Ich steh ja auch nicht mit leeren Händen da.«

»Zuversicht«, wehklagte die Stimme, »ja, die hatte ich auch einmal.«

»Aber hör doch auf«, sagte Barbary. »Mit so einer Mutter? Die bringt dich doch hier raus, klarer Fall.«

»Sie brachte mich rein. Sie und mein Vater.« Die Stimme begann zu schmollen. »Warum blieben sie denn nicht der Königin treu? Sollen sie doch beide zur Hölle fahren.«

Barbary war schockiert. Wie die meisten Waisenkinder hatte auch sie eine stark idealisierte Vorstellung von den Beziehungen zwischen Eltern und Kind.

Wenn man allerdings bedachte, daß der Kopf seines Vaters hoch oben auf einer Fahnenstange stak und seine Mutter in Fetzen gekleidet war und ihr Brot von der Königin von England erbetteln mußte, dann lag der Junge wohl nicht ganz falsch mit der Annahme, sie hätten irgendwo danebengelangt.

»Wie heißt du?« fragte sie weiter. »John, stimmt's?«

Aber der Nachbar hatte genug, für heute war's mit der Unterhaltung vorbei. Sie wurde in den nächsten Wochen fortgesetzt, in kurzen Schüben, wenn's dem Herrn Nachbarn paßte, und das war nicht sehr oft. Sein Name war nicht John, sondern James, aber er verweigerte jede Antwort, wenn Barbary ihn nicht mit »Mylord« anredete, denn, so behauptete er, hätte man ihn nicht um sein Erbe betrogen, so wäre er jetzt James FitzGerald, der sechzehnte Graf von Desmond, aber warum er auf einem Titel bestand, dessen er sich doch schämte, das überstieg Barbarys Horizont.

Aber sie tat, was er verlangte, denn sie sehnte sich nach menschlicher Gesellschaft, und sie hatte wie alle Engländer eine Schwäche für die Aristokratie. »Das muß ich den Puppen erzählen, daß ich mit einem echten Lord geschwatzt habe«, sagte sie zu sich selber, »auch wenn ich ihn nicht sehen kann und auch wenn er mehr tot als lebendig ist.«

Zugegeben, der Junge hatte Grund zur Verbitterung. Mit acht hatten ihn die Engländer als Geisel für das Wohlverhalten seines Vaters in Beschlag genommen. Als der Graf rebellierte, wurde James zunächst in der Burg von Dublin eingesperrt und dann nach England gebracht und in den Tower.

Seither hatte man ihm beigebracht, an allen seinen Leiden seien nur seine Eltern schuld. Und so haßte er sie denn pflichtschuldigst. Seine englischen Bewacher stellten ihm alles Irische als wild und unzivilisiert dar, den römischen Katholizismus als die Religion des Antichrist, und so verabscheute er sein Land und dessen Bewohner und investierte das bißchen Leidenschaft, das in ihm steckte, ausschließlich in den protestantischen Glauben.

Ein etwas netteres Kind hätte vielleicht Mitgefühl erweckt, aber James war fast abstoßend weinerlich, was wiederum Barbary nicht überraschte, die im Orden zu viele mißhandelte Kinder kennengelernt hatte, um noch zu glauben, aus Leiden entstehe Charme. Es klang fast wie Stolz, als er Barbary erklärte, er sei vom Tag seiner Geburt an krank gewesen. Und mit, wie sie meinte, irregeleiteter Hartnäckigkeit war er seither nie gesund geworden. Es war das seine einzige Hartnäckigkeit. Seine Krankheiten verkörperten seinen einzigen Anspruch auf Aufmerksamkeit; ohne sie hätte man ihn gänzlich vergessen. Sogar seine Mutter vergaß ihn, von kurzen Ausbrüchen abgesehen. Auch ich würde ihn vergessen, dachte Barbary, wenn ich jemand anderen zum Reden hätte.

Er war außerdem ein schrecklicher Schwarzseher, überzeugt, daß er eher früher als später im Tower sterben würde. »Wie die Prinzen«, erklärte er Barbary. »Die starben in diesem Gebäude, vielleicht sogar hier im selben Raum. Getötet vom Plantagenet.«

»Ja, ja, der geht wieder um«, sagte Barbary vorsichtig. Ihre Geschichtskenntnisse waren minimal.

»Das ist keine Krankheit, du Analphabet«, höhnte James. »Das war ihr Onkel. So wird's mir auch gehen.« Aber warum er ermordet werden sollte und von wem, das konnte er auch nicht sagen.

Langsam kam die Kälte. Am Morgen war der Anger draußen vor ihren Fenstern vom Frost noch weißer als der Himmel. Der Tower, wo man auch im Sommer nicht eben schwitzte, schien im Winter steif und starr zu werden wie die Knochen eines alten Mannes. »Zeit für Extras, Barb«, sagte sich Barbary.

Bisher hatte sie sich, zur Überraschung der Wärter, mit Dicks Nobeln noch keine Extras gekauft; sondern sie statt dessen in Kleingeld verwandelt, das sie bei den kurzen Spielen mit Wärter Morgan, wenn er ihr das Essen brachte, langsam verlor. Manchmal gewann sie, aber meistens verlor sie. Deshalb hatte Dick das Geld ja gesandt: damit sie's verlieren konnte. Kein Angler, der sein Geld wert ist, läßt sich aufs Würfeln ein, um jedesmal zu gewinnen – das konnte den Fisch nur vertreiben oder, noch schlimmer, mißtrauisch machen. Aber Morgan saß nach seinen Erfolgen fest am Haken.

»Eigentlich sollte ich dein Geld ja gar nicht nehmen, Kleiner«, sagte er und steckte einen weiteren Haufen Pennies ein.

»Zu gut für mich«, sagte Barbary kopfschüttelnd. »Schad, daß wir nicht mehr Spieler sind, dann könnte ich vielleicht auch mal gewinnen.«

»Na ja«, erwiderte der weichherzige Morgan, »an manchen Abenden sitzen wir ja unten in der Wachstube beisammen. Ich sehe keinen Grund, warum du nicht dabeihocken solltest. Auf eigene Gefahr natürlich.«

Im Winter, wenn die Offiziere ihre warmen Quartiere nicht gern verließen und oft auf die vorgeschriebenen nächtlichen Rundgänge verzichteten, ließ die Disziplin im Tower um einiges nach. Schlösser, Ketten, Zugbrücken wachten ja ohnehin über die Sicherheit, deshalb durften innerhalb dieses undurchdringlichen Panzers diejenigen unter den Gefangenen, die beliebt, vertrauenswürdig oder wohlhabend waren, den Wärtern durch ihre Unterhaltung und die eine oder andere Flasche die Langeweile der Nacht vertreiben. Barbary stieß zu einer Gesellschaft, zu der die Nachtwärter gehörten, drei oder vier Soldaten, die hier regelmäßig am Kamin Zuflucht vor ihren öden, eiskalten Kasernen suchten, ein Paar hochgeborener Rekusanten, ein Gelehrter und Buchdrucker namens Stokes, der Pamphlete gegen die Verbindung der Königin mit dem Herzog von Alençon unter die Leute gebracht hatte und noch nicht pardonniert worden war, ein Kapitän Askwith, ein Freund Frobishers, der zu nahe am Wind gesegelt war, und Sir Philip Efferton, ein unbedeutender Höfling, der eine der königlichen Hofdamen geschwängert hatte und hier darauf wartete, daß Ihre Majestät es vergaß.

Es war eine heitere Gesellschaft. Unter normalen Umständen hätten der Höfling, die Rekusanten und auch der Buchdrucker sich mit Pöbel wie Morgan, Pobble, den Soldaten und vor allem Barbary niemals gemein gemacht, aber das Leben im Gefängnis erzwang demokratisches Verhalten, so daß sie sich in schulterklopfende, joviale Kumpane verwandelten.

An diesen vom Kaminfeuer erhellten, von Aledunst durchzogenen Abenden spielte man meistens Schach oder auch die eine oder andere Kartenpartie. Sir Philip gab mit seinem wohlklingenden Tenor Balladen zum besten, die Soldaten konterten mit saftigen Landsknechtsliedern.

Mit Barbarys Auftreten verwandelten sich diese Abende, ohne daß die anderen wußten, wie ihnen geschah, in ein einziges fröhliches Würfelspiel.

Barbary führte sie am langen Zügel. Zum Gesang trug sie ihre anzüglichen Lieder bei. Ohne ihre Informationsquelle zu nennen, erzählte sie haarsträubende Geschichten von den Puppen und deren berühmterer Kundschaft.

Während sie so zur Unterhaltung beitrug, ohne sich irgendwie aufzudrängen oder aber durch Zurückhaltung Aufmerksamkeit zu erregen, schossen die Würfel so leicht wie Mondstrahlen zwischen Ärmel und Handfläche hin und her; die gezinkten, wenn sie an der Reihe war, die harmlosen, wenn sie sie einem Mitspieler weitergab.

Mit gleicher Geschicklichkeit schätzte sie die Gesellschaft bei sich ab, wußte, wer Verluste ohne Verdacht hinnehmen würde, wen sie durch Gewinne bei Laune halten mußte und auch wann und wieviel, und dabei stiegen ihre eigenen Gewinne in sporadischen und unauffälligen Sprüngen immer weiter an.

Sie hatte das Spiel und die Gesellschaft in der Hand wie ein Jongleur mit gleichzeitig vier Bällen in der Luft, so geübt, daß sie selbst kaum bemerkte, wie gekonnt das war. Ebensowenig empfand sie Gewissensbisse, diese Männer zu betrügen; sie dachte einfach nicht darüber nach. Sie hatte sich schon vor Jahren die Auffassung zurechtgelegt, daß Gott und Gesellschaft und Gesetz und überhaupt alle, die den Orden als kriminell verdammten, seinen Mitgliedern eine Alternative hätten bieten sollen. Sie hatte nicht darum gebeten, in den Tower gesteckt zu werden, sie hatte auch nicht darum gebeten, auf die Welt zu kommen. »Überleben« war das Spiel, das in dieser Wärterstube und draußen in der Welt gespielt wurde, und sie spielte es auf die Art, die sie am besten kannte.

»Du gewinnst, Barbary«, brummelte Wärter Pobble. »Schöne Zustände sind das, wenn die Wärter den Gefangenen zahlen.«

»*Quis custodiet ipsos custodes?*« Das war Sir Philip, der mit seinem Latein protzte.

»Zahlt mich in Kohlen, Master Pobble«, sagte Barbary gnädig. Sie ließ die Wärter ihre Spielschulden in Extras bezahlen, die sie sich beschafften, indem sie die Lieferantenrechnungen fälschten; selber kostete sie das gar nichts. Barbarys Zelle wurde langsam gemütlich.

»In welcher Währung soll ich dich bezahlen, o Barbary?« fragte schäkernd Sir Philip, der, der neuesten Mode entsprechend, mit allem flirtete, was sich bewegte.

»Bargeld«, erwiderte Barbary knapp. »Was war denn heute da unten auf dem Anger wieder los? Hier kann man ja nicht einmal in Ruhe sein Mittagsschläfchen machen.«

»Campion«, gab Pobble zurück. »Verdammt, drei und eins. Wurde nach Westminster gebracht für seinen Prozeß. Master Askwith, Ihr seid dran. Ich persönlich würde den Schuft ja ohne Prozeß hängen.«

»Sehr richtig, ich auch«, sagte Askwith, »so wahr mir Gott helfe. Meine Herren, ich gewinne. Der hatte bei der Exkommunikations-Bulle seine Finger im Spiel, weiß Gott, und wenn er's noch so sehr abstreitet.«

»Die gehören alle gehängt«, sagte Wärter Dawson. »Und die Därme herausgeschnitten.« Barbary legte den Kopf schief; wenn Dawson den Mund aufmachte, hörte sie immer sehr genau zu. In seiner Stimme lag ein merkwürdiger Unterton. »Die Leute aufhetzen, daß sie unsere Königin umbringen, diese Satane. Nun gut, nachdem offenbar sonst niemand aufsteht, mache ich jetzt die Runde.«

»Bist ein guter Kerl, Dawson.«

Schlechter Kerl Dawson, dachte Barbary und sah wohlwollend zu, wie der Wärter seine Laterne ergriff. Dawson war der Fieselzieher, da würde sie doch ihren Gewinn drauf verwetten. Wenn die Zeit reif war und nach wohlüberlegtem Einsatz von Erpressung und Bestechung würde Wärter Dawson ihr aus dem Tower hinaushelfen; er wußte es nur noch nicht.

Sie schenkte der Gesellschaft ein strahlendes Lächeln. »Noch ein Spielchen, meine Herren?«

Die Unterhaltung wandte sich einem Thema zu, das sie alle beschäftigte: der Sicherheit ihres Landes und der Bedrohung durch Spanien. Irgend etwas Schreckliches war im Anzug, daran gab's keinen Zweifel. Im letzten Jahr hatte die große Glocke von Westminster einmal ganz von allein geläutet. Im Juni waren die fürchterlichen Gewitter gewesen. Eine achtzigjährige Frau hatte ein Kind geboren, ein Ungeheuer mit einem Kopf wie ein Helm, acht Beinen und einem langen Schwanz. Ein Rudel Jagdhunde war in den Wolken über Wiltshire ganz deutlich zu sehen gewesen, in Somerset waren ganze Kompanien von schwarzgekleideten Männern über den Himmel marschiert – Morgans Vetter zweiten Grades hatte es selbst gesehen.

Sir Philip Efferton wurde immer rastloser, als die Omen sich häuften, und verlor fünf Shilling an Barbary, ohne es zu merken. »Bei Gottes Wunden, wenn es zum Krieg kommt und ich nicht kämpfen kann«, rief er. »Hat Ihre Majestät mich vergessen? Ich schreibe noch eine Petition, jetzt gleich, auf der Stelle.

Leuchte mir, Pobble.« Er hastete hinaus aus der Wachstube, Wärter Pobble hinter ihm drein.

»Wunderbare Petitionen schreibt er, die gehen einem wirklich zu Herzen«, sagte Morgan. »Hat mir neulich eine vorgelesen. Mir liefen die Tränen nur so runter. Poetisch. Schade, Barb, daß du nicht mal eine schreibst.«

»Hat ihm bisher aber nicht viel genützt«, bemerkte Barbary trocken. »Außerdem kann ich noch nicht alle Buchstaben.«

»Dann lern sie, Junge. Unser Sir Raunzelot bekommt einen Lehrer, seine Mama hat das durchgedrückt. Befehl der Königin an den Kommandanten und vier Pfund vier Shilling pro Jahr für seine Stunden.«

»Vier Pfund vier Shilling aus der Staatskasse, nur damit das irische Rebellenbalg lesen lernt«, murrte Stokes. »Bei mir lernst du das Alphabet um den halben Preis.«

Barbary wippte auf ihrem Stuhl hin und her und überlegte. Ihre ersten Stunden beim Jackman hatte sie aus keinem anderen Grund genommen, als um Robert Betty in der Welt, in der er sich bewegte, nicht ganz aus den Augen zu verlieren. Rob gelüstete es nach dem Alphabet, also mußte sie mithalten. Nun, Rob würde ja eines Tages zurückkommen; daran glaubte sie fest. Und würde er nicht den Mund aufreißen, wenn sie ihm als Gelehrter entgegentrat? Und war's nicht Betrug vom Allerfeinsten, wenn sie denen, die sie hier einsperrten, ein Schnippchen schlug, indem sie den Tower als Schule nutzte? Stokes, ein hitzköpfiger Spieler, stand ohnehin in ihrer Schuld. »Na schön, Master Stokes«, sagte sie. »Zufällig hab' ich diesen Winter freie Zeit zur Verfügung.«

Diesen Winter öffneten sich für Barbary noch andere als nur physische Schlösser, und andere als hölzerne Türen schwangen sich auf. Sie durfte sich im Prinzenturm ziemlich frei bewegen, nahm am Vormittag Stunden in Stokes' Zelle, erhielt am Abend Tanzlektionen von Sir Philip Efferton und nahm am Nachmittag teil am Unterricht von James, dem Erben der Grafschaft Desmond.

Die Wärter, so dachte Barbary, bezahlten ihre Spielschulden recht großzügig, indem sie ihr soviel Freiheit ließen.

In Wirklichkeit hatte ihr Bildungstrieb die Zustimmung der höchsten Kreise. Wärter Viney hatte den Kommandanten über den Handel zwischen Stokes und Barbary ins Bild gesetzt, und der Kommandant hatte darüber dem Lord Schatzkanzler berichtet: »Mylord, es scheint, daß der Gefangene Betty höher hinauswill, als ihm zukommt, denn er lernt Schreiben und Lesen von einem anderen Gefangenen, der durch die Wechselfälle des Spiels, i. e. des Würfelns, in seiner Schuld steht, und hat mit ihm zu diesem Ende eine geheime Vereinbarung geschlossen. Da Eure Exzellenz diesem Gefangenen viel Nachsicht erweist, möchte ich nicht eingreifen, ohne von Eurer Exzellenz entsprechende Anweisungen zu erbitten.«

In die gnadenlos über Lord Burghleys Schreibtisch rollende Flut hochamtlicher Korrespondenz brachte Sir Owen Hoptons Brief unerwartete Heiterkeit. Er beantwortete ihn sofort. »Man stelle dem Gefangenen Betty alle Mittel zur Verfügung, auf daß er bei währender Gefangenschaft seine Bildung erhöhe, und wer auch immer seinem Geiste Nahrung zu bieten hat, möge dies ungehindert tun.« Nach kurzer Pause fügte er eine geniale Nachschrift hinzu: »Und möge man Betty im Glauben lassen, er habe sich diese Freiheiten selbst erkämpft, sie beruhten nicht etwa auf unserem Befehl.«

Barbary durfte also ihre verschiedenen Studien in dem Glauben fortsetzen, daß sie sie sich gleichsam unter der Nase der Autoritäten erschwindle. Wie Burghley ganz richtig annahm, wäre sonst ihre Ausdauer wahrscheinlich bald erlahmt; sie liebte die Bildung nicht um ihrer selbst willen, sondern weil sie damit ihre Schwindel-Karriere bei Menschen höheren Standes fortsetzen konnte und weil das Vergnügen, der Gesellschaft damit eins auszuwischen, ihren Stunden einen lockenden Glanz verlieh, den sie sonst nie besessen hätten.

James von Desmond protestierte, als sie sich in seine Stunden beim Lehrer Jennings einschlich: »Ich will nicht mit Gemeinen in einer Schulbank sitzen. Ich werde mich beim Kommandanten beschweren. Ich werde an meine Mutter schreiben. Das ist *mein* Lehrer, nicht deiner.« Von Angesicht zu Angesicht war der junge Graf noch weniger anziehend als seine Konversation versprach; er sah verquollen aus, hatte eine gelbe Haut und viele Pickel. In seiner Zelle stank es.

»Ich schneide dir nichts ab, Stink-Ohr«, sagte Barbary grob. Die größere Freiheit war ihr zu Kopf gestiegen. »Ich setze mich dazu. Master Jennings hat nichts dagegen.« Nein, hatte er nicht; das garantierten die zwei Shilling Schmiergeld, mit denen Barbary jede Woche seine Handflächen salbte. Der Kommandant, den James beschwor, mischte sich nicht ein, und auch die Gräfin von Desmond antwortete nicht auf die Briefe ihres Sohnes, hatte sie ihm ihre jährliche Portion Aufmerksamkeit doch bereits gewidmet.

James war vielleicht ein Schwächling, aber nicht in Latein. Jennings war für den Lateinunterricht zuständig, und das war's ja auch, was Barbary vor allem lernen wollte, denn die Predigten, die sie in Paul's Cross manchmal zufällig mithörte, hatten in ihr den Glauben geweckt, dies sei die Sprache der guten Gesellschaft.

Merkwürdigerweise fand sie sich im Lateinischen auch leichter zurecht als im schriftlichen Englisch, teils vielleicht deshalb, weil der Jackman als alter Lateiner ihr bereits die Grundlagen beigebracht hatte, teils aber auch, weil ihr die Satzstellung keine Schwierigkeiten bereitete, so als hätte sie früher einmal schon Ähnliches gehört. Mit James als Konkurrenz fühlte sie sich angespornt, ihn zu übertrumpfen, und schrieb bis tief in die Nacht hinein mit quietschendem Griffel auf ihrer Schiefertafel Deklinationen.

Englisch beim Buchdrucker Stokes war eine andere Geschichte. »Warum schreibt man das denn nicht so, wie man's spricht?« murrte sie. »Latein ist viel vernünftiger.«

Stokes schnaubte vor Verachtung. »Die Zeit des Latein ist vorbei. Das ist ein Trick der Papisten. Die Volkssprache, mein Sohn, das ist die Sprache der guten Christen. Und mir ist es egal, wie du's schreibst, solange du es nur richtig sprichst. Die nächste Zeile im Lesebuch, Master Barbary, und wieder einen Penny ab von meinen Schulden.«

Stokes war kein Schulmeister und fühlte sich daher nicht verpflichtet, seine Stunden entweder besonders langweilig oder besonders erhebend zu gestalten; ihn erfüllte Begeisterung für das geschriebene Wort, und Barbary begriff zum ersten Mal, wieviel politische Macht darin lag.

»Haben nicht Stubbs und ich und andere allein mit dem Wort das Volk gegen die Hochzeit Ihrer Majestät mit diesem katholischen Franzmann aufgebracht?« trällerte er. »Und haben wir sie nicht verhindert?«

»Und wurde Stubbs daraufhin nicht die Hand abgehackt?« trällerte Barbary zurück. »Und hat es Euch nicht in den Tower gebracht?«

»Tugend hat ihre Märtyrer«, antwortete Stokes glücklich. Er empfand seinen Aufenthalt im Tower als Kompliment. Er hatte ihm die allgemeine Aufmerksamkeit eingetragen; puritanische Kirchenmänner wetterten von der Kanzel gegen seine Einkerkerung, und John Day hatte ihm ein Exemplar der englischen Erstausgabe von Foxes *Actes and Monuments* zugeschickt, besser bekannt als das *Buch der Märtyrer*, mit einigen bewundernden Sätzen vom Autor selbst signiert. Und so erkämpfte sich Barbary ihren Weg zur Bildung, nachdem sie mit dem Lesebuch fertig war, in der Folterkammer von Foxes Prosa, unter den Schreien protestantischer Heiliger, daß ihr das Haar zu Berge stand und ihr Fleisch erschauderte, wenn ihnen das ihre auf den Knochen schmolz.

»Ja, das wäre auch mein Los gewesen«, bemerkte Stokes fast mit Bedauern, »unter der Blutigen Maria. Gott schütze Ihre Kostbare Protestantische Majestät Elizabeth.« Er trug seiner Königin nichts nach.

»Amen«, sagte Barbary dazu, »sobald sie mich freiläßt.«

Zwei Tage später war unten auf dem Anger wieder einmal einiges los, als man Campion und seine beiden Gefährten fürs Schafott, Sherwin und Briant, gefesselt nach Tyburn schleppte. Wärter Pobble, der einen Sitz in der ersten Reihe ergattert hatte, berichtete am Abend der Würfelpartie über die Hinrichtung und zeigte ihnen seinen Rock, wo Blut draufgespritzt war, als man Campion das Gedärm herausriß und in den Kessel warf. »Eine prachtvolle Hinrichtung«, sagte er, »und verdient. Keine Reue, und blieb seiner Religion treu bis zum Ende. Die Holländer waren auch dort.«

Die holländischen Akrobaten bildeten gerade das Tagesgespräch von ganz London; der eine war über zwei Meter groß, der andere ein Zwerg, der zwischen den Beinen des anderen durchgehen und eine Gagliarde tanzen konnte, »obwohl er sein Lebtag keinen guten Fuß noch das geringste Knie besaß« und auch keinen Arm, sondern einen Stumpf, auf dem er einen Becher balancieren und in die Luft werfen konnte, und dann mit besagtem Stumpf wieder auffangen.

Der Schmerz über das, was ihnen da entgangen war, warf einen Schatten über die Stimmung in der Wächterstube, und die Würfelpartie löste sich bald auf.

Später am selben Abend betraten maskierte Gestalten in höfischer Kleidung Barbarys Zelle und hängten Will Clampett an den Füßen an einen Balken. Seine Eingeweide strömten ihm aus der Nase, bis sein Körper leer und verwelkt wie ein Herbstblatt war, das im Luftzug zitterte und davonflog. Barbary sprang hoch und versuchte krampfhaft, es zu erhaschen, bevor es aus dem Fenster schwebte, aber die Gestalten traten ihr überall in den Weg, und in einer lässigen Parabelbahn flog die geäderte Hülse, die einst Will Clampett war, durch die Gitterstäbe hinaus und entschwand auf ewig ihrem Blick.

Keuchend setzte Barbary sich auf. Es war ein Traum gewesen, aber Träume waren Omen. Sie hatten Will getötet. Das war der Grund, daß sie nichts von ihm gehört hatte. Will war tot, Will, das einzige feste Element in ihrem Leben, war daraus verschwunden. Und selbst wenn er nicht getötet worden war, so hatte doch sie ihn umgebracht; ohne das Geld, das sie heimbrachte, war er sicher verhungert. »O Will, laß mich nicht allein in dieser furchtbaren Welt.«

Und wer waren die Gesichter hinter den Masken? Wer zum Teufel waren »sie«, die die einen umbrachten und andere grundlos in den Kerker steckten? Und sie dazu brachten, sich daran zu gewöhnen.

Sie setzte sich auf. Das war es, was sie taten, sie hatten ihren Widerstand gebrochen. Genau wie bei Graf Stink-Ohr, der sich schon so daran gewöhnt hatte, daß er seine Kerkermeister liebte. Und auch sie war durch Gewöhnung schon völlig zahm geworden, oder warum sonst hatte sie Dawson noch nicht die Daumenschrauben angesetzt? All das Lesen und Schreiben und die Holzpaneele und Kohlen- und Kerzen-Extras.

Sie stürzte aus dem Bett, packte den Kerzenleuchter und schlug damit gegen die Tür, schrie nach dem Kommandanten, nach Freiheit, nach Will.

Morgan war es, der nach einer Weile kam und gekränkte Platitüden durch den Schlitz flüsterte. »Na, Barb, Bub, ist das vielleicht eine Art? Will schläft, wer immer er ist, der Kommandant auch und ich auch, wenn's erlaubt ist. Ihre Majestät die Königin läßt dich hier festsitzen – warum, weiß ich auch nicht –, und Ihre Majestät die Königin wird dich freilassen, sobald es ihr paßt. Schlaf jetzt, sonst gibt's keine Extras mehr. Dawson? Den wirst du eine Weile nicht sehen. Der ist in die Katholischen Zellen verlegt. Dort ist's jetzt ziemlich eng, mit den vielen Namen, die Campion und die anderen unter der Folter ausspuckten.«

»Warum willst du denn überhaupt hinaus?« fragte Stokes beim Vormittagsunterricht. »Das ist deine Universität, Junge, und glaub mir, die ist weit gemütlicher als manche andere. Du hast doch ein Hirn, Kind, also lerne, es zu benutzen.«

Doch als zehn Tage später seine Begnadigung durchkam, da verließ der Buchdrucker die Universität des Towers von London ohne Abschied, ohne einen Blick zurück.

Nachdem Barbary ihr Gleichgewicht wiedergefunden und noch ein bißchen mehr an Widerstand verloren hatte, begann sie an Stelle der Englischstunden jetzt Unterricht in Navigation bei Kapitän Askwith.

Askwiths Verbrechen hatte darin bestanden, daß er ein Schiff seiner Katholischen Majestät des Königs von Spanien überfiel, den Elizabeth noch immer besänftigen wollte. Wie Askwith sagte: »Hätte es verdammte Dukaten an Bord gehabt, so hätte sie mich zum Ritter geschlagen. Weißt du, was die Fracht war? Blätter. Eine Fracht aus Knollen und Blättern, ich bitte dich. Ich warf das Ganze natürlich über Bord.«

Aber wenn Kapitän Askwith auch keinen guten Blick für Fracht haben mochte, so war er doch ein erfahrener Navigator, und durch ihn segelte Barbary im Geist über ein Meer von fliegenden Fischen und herrlichen Sternen.

Sie lernte Himmels- und Seekarten lesen, mit Flaggenstock und Astrolabium umgehen, aber vor allem anderen lernte sie Bewunderung für den Mut der englischen Seefahrer und ihrer heldenhaften Schiffe.

Im späten Frühling, als sie sich in ihrer Gefangenschaft schon recht gut eingerichtet hatte, kam plötzlich der Befehl, sie hinauszulassen.

5

Sie holten Barbary nachts und durch das Tor der Verräter aus dem Tower. Eine Generation zuvor war ein anderer Rotschopf auf dem gleichen Weg hineingebracht worden, um nicht die Aufmerksamkeit der Menge zu erregen.

Und so wie die Prinzessin Elizabeth damals Angst gehabt hatte, man würde sie drinnen im Tower ermorden, ebenso hatte Barbary nun Angst, man würde sie draußen ermorden. Unbewußt reagierte sie genau wie Elizabeth: sie machte Sperenzchen. Wenn sie sie schon um die Ecke brachten, dann sollten wenigstens ein paar Leute davon wissen.

Sie mußten Barbary die Stufen zum Ruderboot hinunterstoßen, und wenn sie nicht gerade schrie wie am Spieß, dann pfiff sie den Erkennungspfiff des Ordens. Mit Gewalt mußten sie sie ins Boot zerren. Als sie unter dem Fallgitter des Towers durchruderten, hörte sie von irgendwoher am Ufer die drei Töne des Antwortpfiffs.

Barbary schätzte die Größe der beiden Livrierten ab, die sie eskortierten, fügte die Muskelkraft der vier Ruderer hinzu und entschied sich gegen einen Ausbruchsversuch. Statt dessen pfiff sie um Hilfe. »Zu gefährlich«, kam die Antwort. »Wir behalten dich im Auge. Bene dunkeln.«

Auch euch eine gute Nacht und viele davon, dachte Barbary und spuckte aus. Der Orden hatte ihr nicht geholfen, solange sie im Tower war; und er ließ sie auch jetzt im Stich.

Es war eine wunderbare, nach Frühling duftende Nacht, aber in Barbarys Augen voll Unheil; der dottergelbe Vollmond, ihr Freund in so vielen Abenteuern, warf seinen Schein nur auf Todessymbole, glitzerte auf den Hellebarden ihrer Eskorte, auf einem Kreuz in einem Friedhof am Fluß, auf den Schädeln der toten Piraten an der Seemauer von Wapping, an der die Flut leckte.

»Wo bringt ihr mich hin?« schrie sie die Männer im Boot an und sank zurück, als die keine Antwort gaben. »Und warum?« Aber es hatte keinen Sinn, sie wußten es wohl selbst nicht. Auch Wärter Pobble, der sie geweckt und zu den Stufen am Wasser geführt hatte, wußte es nicht. »Verhör, nehm ich an«, sagte er. »Sag jetzt die Wahrheit, Barbary, und widersage dem Teufel. Nichts kann dir passieren, wenn du die Wahrheit sagst.«

»Wenn sie mir sagen, welche Wahrheit sie wollen, sage ich sie ihnen gern«, versicherte sie ihm. Sie blickte zurück auf den gewaltigen Tower, der noch immer die Sterne verstellte. Armer alter Pobble, sie würde ihn vermissen und Morgan und alle anderen, die sie hatte manipulieren können. Verglichen mit dem, was sie jetzt erwartete, Gott weiß, was da auf der schwarzen Themse vor ihr lag, schien ihr der Tower wie ein Zuhause. Na schön, nur den Latz nicht naß machen. Energisch drückte sie sich die Mütze auf den Kopf. »Ihr würdet mich wohl nicht bei den Lambeth Marshes aussteigen lassen, oder?«

Die Lichter, die jetzt an Steuerbord vor dem Bug auftauchten, waren die Fenster von Greenwich Palace. Eine Sekunde lang dachte Barbary, sie würden sie schließlich doch hier freilassen, irgendeiner verrückten Bestimmung folgend, man müsse sie dort wieder laufenlassen, wo man sie festgenommen hatte. Statt dessen ruderten sie sie zu einem Schiff, das an der Wassertreppe des Palastes vertäut war. Sie erkannte es; jeder Einwohner an der Themse kannte die königlichen Barken.

Hilf Gott, dachte Barbary. Sie blickte zur reich verzierten Heckkabine empor, um zu sehen, ob der königliche Wimpel dort flatterte. Nein, tat er nicht.

Man jagte sie eine Strickleiter hoch und zog sie über die messingne Heckreling, zwischen den Ruderern durch, die mit hochgezogenen Ruderblättern auf ihren Plätzen saßen. Der Mondschein nahm den königlichen Livreen jede Farbe, aber sie roch den metallenen Geruch der Goldtressen, mit denen sie geschmückt waren. Schon schob man sie eilig über das Deck und ein paar Stufen hinunter in die Kabine.

Zum Teil hoffte, zum Teil fürchtete sie, daß die Königin darin sei. Das wäre, als würde man Gott leibhaftig erblicken. Statt dessen drängten sich Schreiber in der Kabine, die dieses Prunkgemach in ein Amt verwandelten; sie stellten Schreibtische auf, packten Schreibzeug aus, öffneten Kisten, sortierten Pergamente. Sie wurde auf einen Stuhl gegenüber dem größten Schreibtisch gedrückt. Eine Stimme befahl: »Sagt ihnen, sie sollen ablegen.«

»Ablegen, ablegen.« Der Befehl wurde die Treppe hinauf und das Deck entlang wiederholt. Die Kabine leerte sich, Barbary, hinter sich eine Wache, blieb allein zurück und blickte auf zwei Schreibtische, hinter denen je ein alter Mann saß. Sie erkannte sie beide und verlor darüber beinahe die Fassung.

Der eine von ihnen, der ältere, war der unscheinbare, aber unvermeidliche Schatten hinter der Königin bei jeder königlichen Prozession, der Lord Schatzkanzler Burghley. Der andere war in den Straßen Londons nicht ganz so bekannt, aber der Orden machte es jedem seiner Mitglieder zur Pflicht, zu wissen, wer er war. Ganz am Anfang ihrer Lehrzeit hatte der Aufrechte Mann Barbary zu einem Haus in Seething Lane mitgenommen, wo sie warteten, um einen Blick auf seinen Besitzer zu werfen. »Brenn dir das Gesicht dieses Mannes fest in deine Glotzen«, hatte der Aufrechte Mann zu ihr gesagt, »denn wenn du je ihm oder einem seiner Leute in die Quere kommst, dann reiß ich dir besagte Glotzen aus der Birne und spiel damit Murmel.«

Barbary hatte ihre Glotzen ganz weit aufgerissen. Es gab nicht viele Menschen, vor denen der Aufrechte Mann Angst hatte. »Wer ist das, Abraham?«

Der Aufrechte Mann spuckte aus. »Er ist die Folterbank, nicht mehr und nicht weniger. Er ist überall, wie die Pocken. Guck dir seine Riech-Mogel an. Diese Riech-Mogel kann die Feinde der Königin in ganz England, ja in der ganzen Welt ausschnüffeln. Einmal gerochen, sind sie schon verbrannt.«

»Aber wir sind doch der Rom-Mort nicht feind, Abraham.«

Der Aufrechte Mann gab ihr eine Kopfnuß. »Und deshalb, du kleine Laus, halten wir uns auch von Seiner Exzellenz Sekretär Walsingham fern.«

Und jetzt ist's passiert, so wahr mir Gott helfe, dachte Barbary. Hab's mir mit dem Sekretär und dem Lord Schatzkanzler von England verscherzt. Aber wie nur? Die Barke setzte sich in Bewegung, und die Laternen in der Kabine, die über den Schreibtischen hingen, schwankten gleichmäßig schaukelnd im Takt der Ruderer hin und her. Ihr Schein fiel auf die Schreibtische und dann auf einen Gegenstand auf dem Schreibtisch des Sekretärs: den Halsreifen.

Barbary wurde von Panik ergriffen. Das verdammte Ding. Der blöde Halsring war's, der sie und Rob Betty in die Tinte brachte. Er war gestohlen, klar, das mußte es sein. Vor Jahren schon, lang bevor sie ihn in die Finger kriegten. Sicher hatte er einem Großen gehört, vielleicht der Königin selbst, und endlich war die Nase der Königin in Gestalt Walsinghams darauf gestoßen. Was stand darauf, wenn man der Königin ihre Halsmogel krampfte? Hängen? Vierteilen? Ihr war der Halsring schon immer unheimlich gewesen. Jetzt sah er ganz fremd aus; jemand hatte ihn geputzt, so daß seine Spiralen und Verschlingungen in barbarischem Gegensatz zu den geschmackvollen Amtsketten der beiden Alten hell aufleuchteten.

Alle Geräusche rund um sie her waren rhythmisch; der tiefe Schlag der Trommel für die Ruderer, das Klatschen der Riemendolle oben auf Deck, das Kratzen der Federkiele unten in der Kabine – beide alte Männer schrieben. Kein Wort wurde gesprochen.

Trotz ihrer Panik erkannte Barbary etwas. Sie ließen sie dünsten. Sie blinzelte. Aristokraten mochten sie ja sein, aber sie benutzten den uralten flämischen Trick, den Gimpel, der auf den Leim gehen sollte, zuerst schwitzen zu lassen. Und mit Stil, das mußte ihnen der Neid lassen.

Der Halsreif wurde in dem schwankenden Licht immer größer und glühte in immer tieferem Gold.

»Gehört das dir?«

Barbary fuhr zusammen; Herr Sekretär Walsingham hatte

gesprochen. Er klopfte gegen den Halsring. Allein schon sein Gesicht, das er ihr jetzt zuwandte, war ein gräßlicher Anblick: dünn, verzerrt vor Ärger und Schmerz.

Sie bemühte sich, ihren Atem zu beherrschen, und antwortete ausweichend: »Kann ich nicht sagen.«

»Hat dir niemand je gesagt, daß du vor Höhergestellten die Mütze abzunehmen hast?« herrschte Walsingham sie an.

»Kann ich nicht sagen«, antwortete Barbary, immer noch vorsichtig.

»Nimm sie ab.«

Widerstrebend nahm Barbary ihre Mütze ab. Sie hatten keine Zeit mehr für einen von Pobbles Haarschnitten gehabt, die Vorladung zum Verhör war zu schnell gekommen, deshalb war ihr Haar länger und lockiger, als ihr lieb war. Von der Mütze mitgezogen, stand es wie in einer Aura von ihrem Kopf ab. Die Farbe war beunruhigend, sie zog alles Licht in der Kabine an sich und ließ alles andere im Vergleich dunkler erscheinen.

Lord Burghley dachte: ein brennender Busch. Das erinnerte ihn an einen Baum auf Theobald, der ihn jeden Herbst von neuem mit seinem tiefen Rot überraschte. Jeden Tag, bis die Blätter abfielen, dachte er, es kann nicht mehr röter werden, aber jeden Tag vertiefte sich das Rot noch mehr. Er blickte von dem Jungen weg und dann wieder zurück und war von neuem beeindruckt. Das Haar schien alle Farbe aus dem schmalen Gesicht gesogen zu haben, das, wie der Schatzkanzler bemerkte, bartlos war, der Junge konnte also nicht älter als dreizehn, höchstens vierzehn sein. Er sah älter aus, zweifellos das Ergebnis des verderbten Lebens, das diese Gossenjungen führten. Er seufzte über diese Verderbtheit, aber der Seufzer kam mechanisch. Er fand es in seinem Alter immer schwieriger, irgend etwas aufrichtig zu verurteilen; ja überhaupt irgend etwas zu fühlen. Übrigens, wenn der Junge käuflich war, dann paßte ihm das um so besser.

»Also – wie ist dein Name?«

»Harry Smith, Euer Ehren«, antwortete Barbary munter. »Marktfahrer aus Cheapside, zu Euren Diensten.«

»Auch bekannt als Jim Pettit, Harry von Holborn und Barbary Clampett«, schnappte Sekretär Walsingham. »Lügen ist zwecklos.«

»Was wollt Ihr dann wissen?« Frechheit war ihre einzige Waffe gegen die Angst, die sie zu zerstören drohte.

Der Lord Schatzkanzler hatte bisher kein Wort gesagt, wodurch er beinah so furchterregend wirkte wie Walsingham. Sein Gesicht war sehr, sehr alt, mit einem langen, glatten Bart, aber trotz seiner vielen Falten prägte es sich nicht ins Gedächtnis. Mißtrauen, Puritanismus und Blasenprobleme hatten Walsinghams Gesicht gespitzt und geschärft, aber Burghleys reiche Erfahrungen hatten sich nicht in sein Gesicht eingegraben, sondern es eher geleert. Von tiefen Hautfalten umhangen, blickten seine Augen auf alles, sei es Gutes, sei es Böses, mit einem abwesenden Desinteresse. Die einzige tröstlich menschliche Schwäche lag in seinen Händen, die sich grünweiß vom prachtvollen Samt seines Gewands abhoben und an den Knöcheln ebenso geschwollen waren wie die des Jackman. Manchmal rieb er mit der einen Handfläche gegen das Daumengelenk der anderen Hand, genau wie der Jackman.

Du hast die Gicht, mein guter Schatzkanzler. Barbary fing sich schon wieder. Bei Gott, die wandten wirklich den flämischen Trick an. Nach dem Dünstenlassen kam die Heiß- und Kaltwasserbehandlung. Der Schrecker und der Lächler. Walsingham kalt, Burghley heiß. Der eine setzt die Daumenschrauben an, der andere beruhigt. Hunderte Male hatte sie's mitangesehen, ein paarmal auch selbst gemacht. Gut, auf irgendeine Art, die sie nicht ganz verstand, waren sie und Rob bei diesen sonderbaren Vögeln hier schwarz angeschrieben. Aber irgendwo, ganz schwach, ganz im Hintergrund, war da ein Geruch nach Fisch. Etwas war faul.

Der Lord Schatzkanzler machte zum ersten Mal den Mund auf. Freundlich, nett, wie's seiner Rolle entsprach: »Schenkt dem jungen Mann doch Wein ein.«

Wein wurde in einen sehr hübschen Kelch geschenkt – dafür könnte man leicht zwei Nobeln bekommen –, und der Geruch nach Fisch wurde stärker.

»Ich würde Euch gern eine Geschichte erzählen, Master Barbary«, sagte der Lord Schatzkanzler mit einer Stimme, die so neutral war wie der ganze Mann. »Sie betrifft einen jungen irischen Fürsten, der vor einigen Jahren nach einem Schiffbruch verschwand.« Seiner Ansicht nach war es zu diesem Zeitpunkt keineswegs nötig, unwesentliche Nebensachen wie erhängte Mütter zu erwähnen. »Man nahm an, er sei umgekommen. Aber vor einer Weile erhielten wir die Nachricht, er sei noch am Leben, und zwar irgendwo in London, unerkannt und ohne Wissen um seine Herkunft.«

Barbary nickte. Vielleicht war der Wein vergiftet. Vielleicht hatten die beiden Alten gern Knaben für Ihr-wißt-schon-was. Gleich würden sie anfangen, schmutzige Sachen zu reden oder sich zu entblößen.

»Da nun ihr mütterliches Herz vom Schicksal dieses Prinzen gerührt ward, bat unsere erhabene Königin mich und den Lord Sekretär hier, nach ihm zu suchen. Wir wußten von ihm nicht mehr, als daß er rotes Haar besaß und einen Torques. So wie diesen hier.«

»Na bitte«, sagte Barbary. Konnte sie es bis zur Türe schaffen, bevor sie sie packten?

»Und einer der Agenten unseres Lord Sekretärs entdeckte einen jungen Mann, auf den diese Hinweise paßten, in einem Wirtshaus in jenem Bezirk der Stadt, den man die Bermudas nennt. Beim Versuch, dem jungen Manne zu folgen, verlor er ihn aus den Augen.«

»Unfähigkeit«, sagte Barbary verständnisvoll. »Gebt diesem Agenten einen Tritt in den Arsch, Euer Ehren. Aber nur weil der junge Mann den Halsring hatte, muß das nicht heißen, er hat ihn gestohlen. Vielleicht hat er ihn gefunden.«

»Master Barbary«, bemerkte der Lord Schatzkanzler geduldig, »Ihr mißversteht mich. Der Torques oder Halsreif war ein Hinweis auf den jungen Mann, nicht der junge Mann auf den Torques.«

»Ah ja«, sagte Barbary. Mit dem Blick schätzte sie den Abstand zur Kabinentür ab. Sie konnte an Deck und über Bord sein, bevor die beiden »Gott steh uns bei!« sagen könnten.

»Wir ließen ihn zur Suche ausschreiben und unsere Agenten

in den Häfen nach ihm Ausschau halten. Im Pool, Deptford, Greenwich.«

»Aha«, sagte Barbary, »wahrscheinlich haben Eure Männer gesehen, wie er mir vom Schiff herunter den Halsring zugeworfen hat. Das kann ich erklären. ›Bring das bitte Ihrer Majestät‹, sagte er zu mir, das waren seine eigenen Worte. ›Gib –‹«

»*Vergiß den Halsreif.*«

Der Schrei erschreckte sie beide so, daß sie Sekretär Walsingham verblüfft anstarrten. Dieser griff, schwer atmend, nach einer grünen Medizinflasche auf seinem Schreibtisch und goß sich eine Dosis ein. »Bei meinem Herrgott, Burghley«, sagte er dann, »man vergißt so leicht, wie ärgerlich die Verschlagenheit der kriminellen Klasse sein kann.«

Lord Burghley nickte seinem Kollegen begütigend zu und wandte sich wieder an sein Opfer. »Ja, vergeßt doch den Halsreif, Master Barbary«, sagte er ruhig. »Wir halten ihn nicht für gestohlen und würden selbst dann der Sache nicht weiter nachgehen. Robert Betty hat von uns nichts zu befürchten. Ihr auch nicht. Versteht ihr mich?«

Begreifen schimmerte in den grünen Augen auf, und gleichzeitig Überraschung: »Rob ist kein Ire; er ist so englisch wie Ihr oder ich.«

Der Lord Schatzkanzler tat einen Seufzer der Erleichterung. Es hieß, der Junge sei intelligent; nun, er war auch schnell von Begriff, sobald er einmal den kriminellen Standpunkt hinter sich ließ. »Soviel wir wissen, ist er ein Findelkind. Wo er zur Welt kam, ist nicht bekannt.«

Woher wußten die das alles? Hatte der Herr Sekretär das der Galoppierenden Betty aus der Nase gezogen? Den Aufrechten Mann bestochen? Der Orden gab keine Informationen über seine Mitglieder, nur weil man nett darum bat. Schön – ja, aber – Rob Betty, ein irischer Fürst? Nie. »Wozu braucht Ihr denn überhaupt diesen Prinzen?«

»Wir möchten ihn wieder in sein rechtmäßiges Erbe einsetzen«, erklärte Lord Burghley vorsichtig.

Na, aber sicher, na klar doch, du durchtriebener alter Schatzkanzler. Der Fischgeruch war jetzt sehr stark. Die Kerle brauchten einen irischen Fürsten für ihre eigenen Zwecke. Keiner tat etwas für den anderen ohne Grund. Das hier mochte eine königliche Barke sein, aber es hatte was von den Bermudas. Barbary fühlte sich wie daheim. Ein Trickster unter Trickstern, ein Gimpelfänger unter Gimpelfängern.

Sie wußten es selbst nicht, aber die Gesichter des Lord Schatzkanzlers von England und das Barbary Clampetts, getrennt durch sechzig Jahre und einen Schreibtisch, sahen einander in diesem Moment ziemlich ähnlich. Masken der Ausdruckslosigkeit. Spielergesichter. »Durch die Lappen gegangen, was?« sagte Barbary. »Das Schiff ist fort und er mit ihm.«

»Nein.« Das war wieder die schneidende Stimme von Sekretär Walsingham »Er ist uns nicht durch die Lappen gegangen. Wir fanden ihn am Kai in Greenwich. Ein junger Mann mit rotem Haar und einem goldenen Torques. Wir brachten ihn in den Tower in Sicherheit.«

Um den Burschen wieder zu sich zu bringen, mußte der Wächter ihn schließlich ohrfeigen. Nur auf ein Kopfschütteln des Schatzkanzlers nahm Walsingham davon Abstand, ihn ebenfalls zu schlagen. Nervosität, Gier, Ehrgeiz, damit hatte er ja gerechnet, aber nicht damit, daß dieses Produkt der Gosse krampfartig mit den Beinen zappeln und sich fast kranklachen würde. Wußte der Junge denn etwas, was sie nicht wußten?

Barbary rang um Beherrschung und wischte sich die Augen. Die meinten es ernst. Sie, ein irischer Fürst. Gott steh uns bei. Woher hatten sie nur diese Schnapsidee?

Sie riß sich zusammen. Es *war* ernst: Wäre sie wirklich ein Junge gewesen, hätte sie sich sexuell für die Rolle dieses königlich-irischen Moorläufers geeignet, dann würde sie jetzt darüber, daß man ihr etwas derart Bedrohliches aufzwingen wollte, in Panik verfallen. Aber angesichts der realen Verhältnisse hielt sie die Trumpfkarte in der Hand. Sie konnte aussteigen, wann immer es ihr paßte. Sie konnte ihre Karten aufdecken – na ja, oder im Rahmen des Anstands einen Teil ihrer Anatomie – und beweisen, daß sie kein Mann war, weder irisch noch sonst was.

Aber noch nicht jetzt. Zuerst mal sehen, was dabei herauszuholen war.

Über den Schreibtisch begegnete ihr Blick den verschleierten Blicken von Lord Burghley. Er war derjenige, mit dem sie sich verstand, so wie es geplant war. Aber ihr Instinkt sagte ihr ohnehin, daß er es war, der hinter dem Ganzen steckte. Ich weiß, daß du weißt, daß ich nicht euer lang gesuchter Prinz bin. Und du weißt, daß ich weiß, daß du weißt. Walsinghams Leute haben ja gesehen, daß Rob mir die Hals-Mogel zuschmiß. Du hast also gewichtige Gründe, warum du deine Hand auf diesen Fürsten legen willst, und nimmst jeden, der grad zur Hand ist. Rob Betty am liebsten, aber wenn das nicht geht – mich.

Matt der Kanuff fiel ihr ein, der erfuhr, daß seine Frau Geld geerbt hatte, nachdem er sie erst ein paar Tage zuvor um die Ecke gebracht hatte, und so mußte Foll einspringen und sich als seine Frau ausgeben. Du magst der Lord Schatzkanzler von England sein, dachte sie, aber was du da tust, ist ein Matt-der-Kanuff, oder mein Name ist nicht Barbary Clampett.

»Und was habe ich als irischer Fürst dann so zu tun?«

»Euer rechtmäßiges Erbe antreten.«

Na bitte, da haben wir's. Matt der Kanuff. »Um es dann Euch zu übergeben, nehme ich an?«

Sie hörte Walsingham zischen: »Warum verschwenden wir unsere Zeit mit dieser Gossenratte?« Der Lord Schatzkanzler seufzte noch einmal. Er hatte soviel Arbeit vor sich; ohne die Anwesenheit seines Kollegen wäre die ganze Sache sehr viel glatter vonstatten gegangen. Es hatte ihn ohnehin überrascht, daß Walsingham auf diese Fahrt mitkommen wollte, nun ja, wahrscheinlich hatte der Sekretär in dem Haus, dem sie jetzt zustrebten, seine eigenen, persönlichen, Angelegenheiten zu regeln. Walsingham hatte nicht viel übrig für Burghleys Pläne mit diesem Jungen, hatte überhaupt für ganz Irland nicht viel übrig, seine Sympathie galt eher jener Denkrichtung, die vorschlug, sie doch ohne viel Federlesens gleich alle umzubringen.

Lord Burghley sagte milde: »Mein Sohn, Ihr seid Erbe riesiger Ländereien und Führer eines auf Abwege geratenen Volkes. Nichts anderes wünschen wir, als daß es sich wieder mit seiner huldvollen Königin und der Euren, Ihrer Majestät Königin Elizabeth, versöhnt, um ihr in Frieden und Freundschaft zu dienen. Als ihr Führer und Ihrer Majestät treuer Untertan sollt Ihr sie wieder in den Schoß der Herde zurückführen.«

»Oh«, erwiderte Barbary. Politik. Aber etwas Asche müßte sich doch irgendwo lockermachen lassen, bevor sie Fersengeld gab. Vorläufig konnte sie ja einmal mitspielen. Aber zuerst sollte sie vielleicht noch herauskriegen, welche Karten die alten Knacker in der Hand hielten. Sie sagte: »Mit Eurer Erlaubnis, Exzellenz, aber ich bin kein Ire. Ich stamme aus den Niederlanden. Mein Ziehvater hat dort gedient. Dort fand er mich.«

Sekretär Walsingham fuhr dazwischen. »Clampett hat in Irland gedient. *Dort* hat er dich gefunden.«

»Er wird doch wissen, wo er diente, oder?«

»Er lügt.«

Es war das erste Mal, daß sie erlebte, wie Geschichte umgeschrieben wurde. Es verschlug ihr den Atem. Lügen war ihre ureigenste Domäne, aber das hier war was anderes, hier wurde eine Tatsache ausgelöscht und durch eine politisch passendere ersetzt.

Sehen wir doch einmal, wie weit du gehen willst, du alter Sekretär: »Ich will nicht Ire sein. Was ist, wenn ich's nicht tu? Was macht ihr dann?« Sie zog die Schultern hoch.

Der Lord Schatzkanzler wandte sich wieder seinen Schreibsachen zu; das war Walsinghams Bereich. Der Sekretär der Königin sagte: »In diesem Fall müßten wir annehmen, daß du dein Vaterland nicht liebst. Wir müßten annehmen, daß du einem verderblichen Einfluß ausgesetzt warst, daß irgend jemand dir in deiner frühen Jugend aufwieglerische Gedanken beibrachte.«

Will? War das Will, der im Netz dieser vielen Silben gefangen war?

»Wache, Master Barbary braucht frische Luft. Bringt ihn an Deck.«

Sie wurde aus ihrem Stuhl herausgehoben und heraus aus der Kabine und die Treppe hinaufbefördert. Die Luft oben an Deck duftete zart; im Mondlicht glänzten der Fluß und die Reihen der Ruderer. Sie hatten aufgehört zu rudern. Barbary war unten in der Kabine so beschäftigt gewesen, daß sie das Stillstehen der Barke gar nicht bemerkt hatte. Das Schiff war an der Steuerbordseite an einem Landeplatz vertäut, die Tür an der Heckreling geöffnet und eine Landeplanke angelegt. Hierher verfrachtete die Wache Barbary. Am Ufer, dort, wo eine schmale Gasse vom Fluß heraufführte, drängten sich Männer mit Stocklaternen um einen Galgen. Meist hing von solchen Galgen die in Eisen geschlagene Leiche irgendeines Flußpiraten, die mit jeder vorüberziehenden Brise eine stinkende Warnung gegen Übeltäterei von sich gab. Dieser Galgen war zwar leer, aber wohl nicht mehr lang. Eben wurden zwei Hanfseile darumgeschlungen. Eine doppelte Hängung stand bevor.

Merkwürdige Zeit für eine Hängung. Barbary begann zu keuchen. »Wer sind denn die Baumelmänner?« Würde einer davon vielleicht sie sein? Die reglose Wache antwortete nicht. Das Ufer sah im Maienabend unwirklich aus, wie eine Kulisse. Die flackernden Lichter neben dem Galgen fielen auf die verzerrten Gesichter der beiden Männer, die jetzt mit zappelnden Beinen und wild durch die Luft fahrenden Händen am Seil hochgezogen wurden. Der eine war der Gehörnte Dick. Der andere Mann hatte nur ein Bein zum Strampeln; das linke stand in einem unnatürlichen Winkel ab, es war ein künstliches Bein.

»Will«, schrie Barbary. Die Wache hob sie am Gürtel hoch, so daß sie beim Versuch, über die Laufplanke zu Dick und Will zu rennen, sich plötzlich frei in der Luft schwebend fand. Strampelnd und um sich schlagend wurde sie wieder hinunter in die Kabine gebracht und auf den Boden geschleudert. Sie rappelte sich hoch, um zur Türe zu kommen, wurde aber noch einmal hingeworfen. Sie kroch zum Lord Schatzkanzler hin, ein heulender, schreiender Bittsteller. »Aufhören. Sagt ihnen, sie sollen aufhören. Ich tu alles. Hängt sie nicht.«

»Hängt wen nicht?« fragte der Schatzkanzler gütig und mild.

»Ich flehe euch an«, weinte Barbary.

Der Lord Schatzkanzler wandte sich an einen Bedienten, der bisher im Schatten gehockt hatte. »Meine Empfehlung an den Kapitän, und ich lasse fragen, ob jemand gehängt wird.« Barbary schlug um sich, um wieder an Deck zu gelangen, aber ihr

Wächter hielt sie fest. Durch ihren Alptraum hörte sie das Echo: »Gehängt? Gehängt?«

»Will«, schrie sie.

Ein unregelmäßiger Schritt auf der Treppe, und dann kam ein Matrose hereingehumpelt. Vor sich her stieß er einen kreideweißen Gehörnten Dick. »Ja, Mylord?«

»Wird denn jemand gehängt, Master Corbet? Der junge Mann hat anscheinend den Eindruck gewonnen, es sei eine Hinrichtung im Gange.«

»Eine Hinrichtung, Mylord?« Master Corbet grinste zu Barbary hin. »Nein, Mylord. Das würde Ihrer Majestät nicht gefallen, wo's doch ihre eigene Barke ist. Wir hielten nur, um die Ruderer zu wechseln.«

»Um die Ruderer zu wechseln«, wiederholte Lord Schatzkanzler beruhigend zu Barbary. Sekretär Walsingham bedeutete dem Kapitän, er möge Dick wieder hinaufbringen. Bevor er hinausging, grinste Master Corbet Barbary noch einmal zu, legte den Kopf schief, steckte die Zunge heraus und zuckte mit dem Hals in einer unsichtbaren Schlinge.

»Das war nicht Will, Barb«, sagte Dick mühsam vom Eingang her. Barbary nickte. Der Matrose hatte ein Holzbein, das bemerkte sie, als er wieder ging. Bei einer vorgetäuschten Hinrichtung mußte er im Mondschein genauso aussehen wie Will Clampett.

»Seht Ihr?« sagte der Lord Schatzkanzler zu Barbary. Barbary nickte, stand vom Boden auf und stolperte zurück zu ihrem Stuhl. Die Barke war wieder in Fahrt, als hätte sie nie angehalten, als läge alles nur an der Unvernunft ihres Herzens, das nicht im Takt der Ruderer schlug. Sie wischte sich die tropfende Nase am Ärmel trocken. Sie nahm's dem Schatzkanzler hinter seinem Schreibtisch nicht übel, selbst dem widerwärtigen Walsingham nicht. Sie beide verkörperten eben die Amtsgewalt, und in Barbarys Welt war die Amtsgewalt so launisch wie das Wetter, sie besaß das Recht, Folter und Tod aufzuerlegen – das war immer so und würde immer so bleiben. Genausogut konnte man Mitgefühl von einem Hurrikan erwarten.

Sie hatte gefragt, und die Amtsgewalt hatte geantwortet, und die Karte, die sie ausspielte, war ein Trumpf. Und darauf stand, daß sie Will oder Dick hängen konnten, wann immer es ihnen beliebte. Dick wegen seiner Gaunereien und Will wegen Hochverrat oder wegen aufwieglerischer Reden – und bei Gott, die führte er, aber das war eben so seine Art. Einen höheren Trumpf gab es nicht. Sie hatte gefragt, und die Amtsgewalt hatte ihr ein Bild gezeichnet, so klar und deutlich wie das Porträt der Königin vorn am Schott. Der Lord Schatzkanzler von England und der Lord Sekretär von England mochten sie ja sein, aber in Wirklichkeit unterschieden sie sich nicht vom Aufrechten Mann, sie waren nur besser gekleidet.

Zitternd holte sie tief Atem. »Und wo ist Will, wenn Ihr mir die Frage erlaubt?«

»Ihr sprecht von Master Clampett?« fragte der Schatzkanzler, als erwähnte man Will jetzt zum ersten Mal. »Ich bilde mir ein, daß wir für ihn auf eine Weise gesorgt haben, wie sich's der Mann selbst besser nicht wünschen würde. Er arbeitet in einer Kanonengießerei. Dort werdet Ihr ihn bald selbst sehen, denn die Gießerei gehört jenem edlen Herrn, dem Ihr als Knappe dienen werdet, nämlich Sir Henry Sidney.«

»Ich – als Knappe?«

»Gewiß. Nun, da wir Euch endlich gefunden haben, müssen wir Euch, wie auch schon andere irische Adelige, auf Euren neuen Stand vorbereiten, Euch die Weise der Fürsten lehren, so daß Ihr, sobald Ihr den Euch zukommenden Platz an der Spitze Eures Volkes einnehmt, Eure Untertanen im Gehorsam gegenüber der Königin unterweist, die ihr Souverän ebenso ist wie der Eure. Wie es scheint, habt Ihr an Irland keine Erinnerung ...«

Wen wundert's, dachte Barbary, da ich noch nie dort war.

»... und müßt seine Sitten und Gebräuche kennenlernen.«

Barbary, dachte Barbary, die machen aus dir einen Schauspieler. Und dabei hast du dich immer bemüht, respektabel zu bleiben. Walsingham hatte sich längst wieder seiner Schreiberei zugewandt. Jetzt hatte Burghley freie Hand.

»Ihr müßt lernen, was Macht bedeutet und wie Ihr sie zum

Ruhme Gottes und Ihrer Majestät nutzen könnt. Reichtum wird Euer sein …«

Hätte Barbary ihre Bibel besser gekannt, dann wäre ihr nicht entgangen, daß man sie jetzt auf den Gipfel eines hohen Berges brachte und ihr alle Königreiche – oder eines zumindest – dieser Welt zeigte und all ihren Ruhm und ihre Ehre versprach. Und wenn jetzt der Schatzkanzler bei der Aufzählung von Burgen, Tributen und Ländereien, wie sie Fürst Barbary zustünden, neben typisch englischen Landsitzen mit rotbäckigen mützenziehenden Landleuten, mit Ställen, Obsthainen und Milchmägden auch englische Orte wie Nonsuch, den Tower und Burghley House vor ihrem Auge erstehen ließ, dann war seine Unkenntnis eines Landes, das er nie besucht hatte, vielleicht ebenso daran schuld wie Barbarys. Vielleicht. Vielleicht auch nicht.

Barbary lauschte und spekulierte. Du glaubst, du hast mich, du alter Schatzkanzler. Vielleicht stimmt das ja auch. Und vielleicht habe ich ja gar nichts dagegen, wenn der Erste Minister Ihrer Majestät mir Reichtümer offeriert. Und schon gar nicht angesichts der Karten in seiner Hand und wo auch ich noch ein As in der Hose habe. Schön, Alter, für Will und Dick und ein bißchen Profit spiel' ich mit.

Sie sah Burghley einen Blick auf das Stundenglas auf seinem Schreibtisch werfen. »Aber wir dürfen unserem jungen Prinzen nicht zuviel auf einmal zumuten.« Er erhob sich und hüstelte leicht, um Walsingham zu erinnern, er möge sich seinem Gruße anschließen. Walsingham tat es zischend.

Der Lord Schatzkanzler von England und der Sekretär der Königin verneigten sich vor Barbary Clampett aus den Lambeth Marshes, die sie an der Nase herumführten, von der sie an der Nase herumgeführt wurden und mit der sie Seite an Seite auszogen, um das Volk von Irland an der Nase herumzuführen.

Barbary erhob sich nicht weniger zeremoniell und verneigte sich ebenfalls.

Einen Moment lang empfanden die beiden Oberschwindler, der alte und der junge, der höchste im Land und der niedrigste, füreinander jene tiefe Bewunderung, wie sie nur wahre Könner hegen. Barbary blinzelte dem Schatzkanzler zu: »Habt Ihr je daran gedacht, das Gimpelfangen zu lernen, Euer Ehren?«

Jetzt ließen sie sie an Deck und zum Gehörnten Dick, der dort auf einer Rolle Schiffstau hockte und sich den Hals rieb, aber noch immer einen achtunggebietenden Eindruck zustande brachte, etwa wie ein Kaufherr, dem man übel mitgespielt hatte. Sein Gesicht war, wie immer, so ausdruckslos wie ein Teller Porridge, und seine kleinen Äuglein blickten mit kritiklosem Einverständnis in die Welt. Im Gefängnis von einer Mutter geboren, die später für den Mord an ihrem Zuhälter gehängt wurde, hatte er, wie er immer sagte, schon sehr früh die Fähigkeit verloren, sich zu wundern. Barbary schien er bisher ein Teil der natürlichen Kulisse ihres Lebens, er war ihr eigentlich nie wirklich aufgefallen. Sie konnte es selbst kaum fassen, zu welch zärtlichem Beschützerdrang seine Verletzbarkeit sie getrieben hatte.

Er sah wirklich sehr mitgenommen aus. Seine behäbige Taille war durch Einkerkerung im Bridewell, fast genauso lange wie Barbary im Tower, erheblich geschrumpft. »Zwei Schulterklopfer haben mich geschnappt, gleich nachdem ich den Wärter schmierte, damit er dir die Beinchen gab«, erklärte er ihr. »Die wollten alles über dich und Rob wissen, wie alt, wo geboren, was für Eltern, der ganze Stammbaum ab Jesse. Na, ich wußte doch nichts, oder, Barbary? Und was ich wußte, spuckte ich nicht aus, obwohl die so gierig darauf waren, daß sie mich versohlten.«

Versohlen bedeutete Auspeitschen. »Tut mir leid, Dick.«

»Kannst nichts dafür, Barb. Aber was die herausbrachten, das haben sie vom Aufrechten Mann. Den haben sie eine Woche später geholt, und der hat gesungen. Dem haben sie nämlich auch mit Versohlen gedroht.« Entschuldigend sah er sie im Namen Abrahams an. »Barb, du mußt es von seiner Seite sehen. Sie haben ihn ja erst vor kurzem am Karren gepeitscht, seine Striemen waren noch nicht verheilt.« Dick sah kaum je bei irgend jemandem einen Fehler, nicht weil er so tolerant war, sondern vielmehr einer von denen, an denen die Kirche verzweifelt: farbenblind gegenüber dem leuchtenden Weiß des Guten und dem Tiefschwarz des Bösen. Seine eigene Weigerung, seine Freunde zu verraten, hielt er nicht für besonders mutig oder standhaft, sondern nur für den Ausdruck seiner Fähigkeit, gerade zu diesem Zeitpunkt Schmerzen zu ertragen, wozu der Aufrechte Mann eben nicht fähig war.

»Weiter.«

»Das war's schon. Als nächstes war ich auf dieser Wasser-Mogel, und gleich darauf kam der Galgentanz.«

Es kümmerte ihn offenbar nicht, was sie denn hier tat, weshalb er hier war, warum er in dieser schönen Nacht am Themseufer eine vorgetäuschte Hinrichtung über sich ergehen lassen mußte. So was passierte eben, nichts zu machen, das war nur eine weitere Fortsetzung der dunklen Saga seines Lebens.

Trotzdem setzte ihn Barbary ins Bild, nach einem Blick auf die Ruderer, ob's auch keiner hörte. Das war sie ihm schuldig, und außerdem hatte sie das verzweifelte Bedürfnis, sich jemandem anzuvertrauen. Sie erzählte ihm alles.

»Du bist eine Pflaume?«

»Ja.«

»Immer schon gewesen?«

»Ja.«

»Na, da schau uns Äpfeln schwimmen zu!«

Er war überrascht, berichtigte sein Bild von ihr aber ohne Mühe und ohne daß es seine Einstellung ihr gegenüber verändert hätte. Für einen Mann, der vom Vortäuschen sexueller Eifersucht und Leidenschaft lebte, hatte er sehr wenig davon an sich. Rückblickend erkannte Barbary, daß Dicks Beziehungen zu den Puppen, aber auch zu den Männern und den Jungen des Ordens immer nur platonisch gewesen waren. Und noch bemerkenswerter war, dachte sie, daß niemand je eine Bemerkung darüber machte. Dicks widerspruchsloses Hinnehmen von anderer Leute Schwächen war so vollkommen, daß auch seine eigenen da hineinfielen.

»Glaubst du, sie lassen mich jetzt gehen, Barb?« Ihm wurde sichtlich immer mulmiger zumute, je weiter man ihn von seinem heimatlichen Territorium entfernte.

»Ich hab' gefragt.« Er hatte doch bereits seinen Zweck als

schauerliche Warnung für sie erfüllt, also warum ließen sie ihn nicht gehen?

»Und was haben sie gesagt?«

»Sie haben gesagt, man müßte eine ehrliche Arbeit für dich finden.«

Schweigen senkte sich herab, während beide diese neuartige Idee bedachten. Der Mond ging bald unter, die Trommel hatte ihren Schlag verlangsamt, damit die Ruderer nicht über die Sichtweite des Ausgucks hinausschossen. Sie fuhren hinein in die Finsternis.

»Dick.«

»Was?«

»Was würdest du dazu sagen, bei einem irischen Fürsten-Lehrling als Gehilfe einzutreten?«

6

Wenn es ein elisabethanisches Eden gab, dann war das Penshurst. Dieses Anwesen war im Besitz von Menschen, die die Blüte ihrer Zeit darstellten, ein Brennpunkt des edelsten Strebens, zu dem England fähig war, ein Treffpunkt seiner größten Denker. Dahinter versteckte sich keine Fäulnis: Was man sah, entsprach der Wirklichkeit, und alles, was man sah, war schön.

Barbary erblickte den Ort zum ersten Mal bei Nacht. Sie und der Lord Schatzkanzler und Sekretär Walsingham gingen an der Anlegestelle von Bord, dort trennte man sie vom Gehörnten Dick und schickte ihn in den Dienerflügel. Die Gäste wurden in Sänften verladen – für Barbary ein neuartiges Erlebnis, aber sie war so nervös, daß sie nichts davon hatte. Aus der Sänfte gelehnt, blickte sie Dick nach, den man zwischen den Bäumen davonführte: Er trat so vorsichtig auf, als bewege er sich zwischen heißen Lavabrocken. Er haßte das Land, und Ländlicheres als dies hatte er noch nie erlebt. Dabei war das Land hier im Park kultiviert. Den Kopf noch immer aus der schwankenden Sänfte gestreckt, sah Barbary, daß gehorsame Schafe das Gras zum weichen Teppich abgegrast hatten, Eichen und Buchen, von Schutzgittern umgeben, zu hohen Säulen herangewachsen waren und die untersten Äste erst über Mannshöhe begannen. Unter einer der höchsten Eichen verharrte eine silbrige Herde Rehe lange genug, daß es wie ein gebrochener Zauber war, als sie in hohen Sprüngen davonsetzten.

Nach einer Weile wurden die Gäste aus den Sänften in einen Hain geleert. Durch eine Allee von Bäumen näherte sich ihnen etwas, was aus der Ferne wie tanzende Schneeflocken aussah. Ein Flüstern wie Wasserrauschen schwoll an zu Gespräch und

Gelächter und dem Klang einer Mandoline. Die Schneeflocken wurden zu Laternen und Menschen in blasser Seide und Satin, heitere, prachtvolle Gestalten, die Barbarys Geist ein so herrliches Bild dieses Augenblicks einprägten, daß Zeit und Enttäuschung es niemals trübten.

Aus größerer Nähe erkannte sie, daß diese Gestalten zwar herrlich waren, aber verrückt. Alle trugen sie juwelenbesetzte Masken, von den Männern waren einige Ritter in schimmernder Wehr, einige Damen trugen am Rücken Flügel, es gab auch Zwerge, aus deren Mützen Geweihe sprossen. Ein riesiger Hund trug ein Halsband mit einer Art Joch dran, und daran waren links und rechts von seinem eigenen Kopf zwei zusätzliche Schädel befestigt.

Ein großer, kräftiger Mann trat vor, rief ihnen einen umständlichen Willkommensgruß entgegen und tauschte Verbeugungen mit Schatzkanzler und Sekretär. Barbary hörte Lord Burghley murmeln: »Nun, wie sieht's aus?«

Der große Mann senkte die Stimme. »So weit, so gut. Noch kein böses Wort von ihr bisher. Ist er das?«

Lord Burghleys Hand schob Barbary vorwärts. »Mylord, darf ich Euch den Fürsten von Connaught vorstellen, auch als Barbary Clampett bekannt. Master Clampett, das ist Sir Henry Sidney.«

Sir Henry musterte Barbary ohne Enthusiasmus. »Seid Ihr sicher?«

»Der Lebenslauf paßt. Er hatte den Torques. Fachleute haben ihn untersucht und für wahren königlichen Besitz aus jenem Teil des Landes erklärt.« Burghley schob Barbary noch einmal leicht vorwärts. »Zeigt ihn her.«

Barbarys mäßig sauberer Hals trug wieder den Halsreif. Sie nahm ihn ab und hielt ihn hoch, und rechtzeitig fiel ihr ein, daß sie auch ihre Mütze abnehmen sollte.

Sir Henry deutete einem der Fackelträger, sein Licht näher zu halten; dann blickte er von Barbary zum Halsreif und wieder zurück. »Für mich sehen sie alle gleich aus.«

Torques oder Iren? fragte sich Barbary.

Sir Henry schenkte ihr ein Nicken. »Willkommen, Donal

mac Owen O'Flaherty, und mögen wir einander ein so guter Stiefvater und Stiefsohn werden wie einst ich und Tyrone.«

»Lassen wir's auf einen Versuch ankommen, was?« antwortete Barbary höflich.

Sir Henrys buschige Augenbrauen fuhren in die Höhe, und Walsingham zischte wie üblich. Burghley bemerkte hastig: »Er hat bisher nichts gelernt als die Grobheit der Gemeinen, wie ich in meinem Schreiben erklärte. Aber er lernt schnell.«

»Wollen wir's hoffen. Weiß er, daß er der Königin vorgestellt wird?« Er winkte eine der Frauen zu sich. »Meine Liebe, hier bekommst du einen weiteren wilden Iren zum Zähmen. Donal, das ist deine Lehensherrin und Stiefmutter, Lady Sidney.«

»Nennt mich Barbary, Lady«, sagte Barbary und verbeugte sich.

Lady Sidney hielt ihre Maske ein wenig vom Gesicht weg, um zu nicken, und dabei zeigte sich, daß sie kein Gesicht hatte. Barbary schrie auf, obwohl Lord Burghley sie warnend an der Schulter packte. Unter der juwelenbesetzten Kappe war nichts, Schwärze, ein gesichtsförmiges Loch im Universum. Daraus erklangen jetzt die Worte: »Henry, sie wartet.«

Sir Henry nickte. »Wir befinden uns mitten in einer Fantasia«, sagte er erklärend zu Burghley, der durch Gesten sein Mitgefühl ausdrückte. Darauf trat Sir Henry einen Schritt zurück und rief mit seiner beachtlichen Stimme: »Mylords, Ihr habt den Fuß ins Feenreich gesetzt, allwo sich Ritter und Zauberer tummeln, Götter und Göttinnen, Dämonen und gar schröckliche Gespenster. Doch wir, die Bürger dieses Reichs, sind voll der Trauer, denn unsere Königin, Belphoebe, die jungfräuliche Herrscherin unserer Seelen, ward uns entrissen, und wir können sie nicht finden.«

Barbary hörte Lord Burghley seufzen; es war eine lange Fahrt gewesen, und er hatte fast die ganze Zeit gearbeitet. Aber dennoch ... er hob seine Stimme zu künstlicher Höhe: »Was muß ich hören, was mich schier vor Schmerz zerreißt? Unsre Feenkönigin entführt? So macht euch denn alle auf die Suche.«

Unter Barbarys verstörten Blicken fingen daraufhin der Lord Schatzkanzler von England, der Königliche Sekretär, der verschiedentliche Adel samt allen anwesenden Abenteurern, Gelehrten und Poeten an, unter Gesten des Schmerzes und der Verzweiflung herumzulaufen und unter Büsche zu spähen. Barb, jetzt wird's ernst, du bist unter lauter Irren gelandet, sagte sich Barbary. Sie streckte eine Hand aus und packte einen vorbeihuschenden Zwerg. »Was sucht ihr denn alle, Kurzer?«

Der Zwerg zeigte ihr die Zunge. »Die Königin natürlich.«

»Die richtige Königin? Von England?«

»Na klar. Und nenn mich nicht Kurzer, du gescherter Bauernlümmel!« Sprach's und verschwand.

»Sie steht dort drüben«, rief ihm Barbary zu. Jeder konnte sehen, wo Ihre Majestät war. Hinter einer Buche stand ein weißer Satinschuh mit diamantinkrustierter Schnalle hervor. Barbary tat ein paar Schritte, um besser zu sehen, und sah, daß der Schuh zu jemand gehörte, der sich in einer winzigen, offenbar ganz aus Blumen gemachten Laube versteckte. Die Königin? Die Königin. Barbary, deren Kenntnis von Spielen sich auf Würfel und Karten beschränkte, wurde ganz wirr im Kopf. Das war's also, womit sich die Herrscherin über den rechten Glauben ihre freie Zeit vertrieb?

Sie hielt einen großen jungen Mann fest, der eben vorüberwollte. »Dort drüben ist sie.«

Belustigt blickte er zu ihr herunter. »Sei still.«

Barbary zog sich zurück, setzte sich ins Gras und lauschte den herzzerreißenden Rufen von überall her: »Kehre zurück, o Phöbus! Zeige dich, o du Sonne unserer Augen!« Sie beobachtete den Schatzkanzler, wie er Äste schüttelte, als hätte die Königin sich oben ins Gezweig gehockt. Sie sah einen ganz veränderten Sekretär Walsingham meckern: »Wo bist du, o Diana« und mit Bedacht nicht zur Laube hinsehen. Sie sah, wie ein sehr gutaussehender, sehr großer dunkler Ritter in metallener Rüstung eine kichernde Hofdame mit sich ins Gebüsch zog. Dann fielen ihr die Augen zu.

Sie erwachte von lautem Rufen und Bellen. Der Hund mit den drei Köpfen hatte sich jetzt vor der Laube aufgestellt. Seine beiden künstlichen Schädel neigten sich bedenklich, und der richtige in der Mitte betrachtete trüben Blicks den jungen Höfling, der Barbary vorhin bedeutet hatte, still zu sein. Er hatte vor dem Hund sein Schwert gezogen und redete ihn im Lauf eines sehr langen Gedichts immer wieder mit »Cerberus« an. Als er am Ende war, hob er sein Schwert, und der Hund legte sich brav nieder. Der Höfling stieg über den Hund und holte die Königin heraus, die erklärte: »Sehr schön vorgetragen, Sir Philip.«

Trompeten ertönten, Hochrufe brandeten auf, eine Hofdame brach vor lauter Aufregung in Tränen aus, und alle knieten nieder und fingen an, der Königin Geschenke darzubringen.

Darauf begab man sich zur festlichen Tafel. Hinter Bäumen versteckte Musiker spielten, während die Gäste aßen. Auf Tischen, über denen Laternen in Gestalt von Sternen und Mond von den Zweigen hingen, waren Gerichte aufgestellt, die Barbary nicht einmal aus ihren Träumen kannte. Ohne daß sie überhaupt begriff, welch große Ehre das war, setzte man sie an den Tisch der Königin, wenn auch ganz weit unten. Während des Mahles riß sie Augen und Mund weit auf und aß soviel und so schnell als möglich, nach dem Ordensgrundsatz, immer gerade das zu ehren, was eben da war. Eine Hofdame zu ihrer Linken – es war die, die zuvor im Gebüsch verschwunden war – war ebenso neugierig auf Barbary wie Barbary auf die anderen Gäste. »Wer bist du?« fragte sie.

»Wichtig«, antwortete Barbary. »Wer sind alle anderen?«

Es war eine atemberaubende Liste. Der blonde, ziemlich füllige Mann am Kopf der Tafel war Robert, Graf von Leicester, der Schwarm der Galoppierenden Betty und Bruder von Lady Sidney. Bischöfe und Sidneys gab's zum Saufüttern – der eine, der Barbary den Mund verboten hatte, war Sir Philip, der älteste Sohn des Hauses. Barbary versah altbekannte Namen mit Gesichtern. Sir Christopher Hatton sah sehr gut aus und trank zuviel.

»Wer ist der Gefährliche da? Der mit dem Ohrring?«

Die Hofdame kicherte. »Sir Walter Raleigh.« Das war der, mit dem sie im Gebüsch verschwunden war. Barbary begriff, warum.

»Und warum hat Lady Sidney kein Gesicht?«

»Ach, die arme Lady. Sie hat Ihre Majestät gepflegt, als die

die Blattern hatte, und dann steckte sie sich selbst an. Die Narben sind ehrenhaft, aber furchtbar, wie man hört. Jetzt trägt sie eine Maske, damit niemand ihr einst schönes Gesicht sieht.«

In dem stärkeren Licht war Lady Sidneys Maske gut zu sehen, aus eng anliegendem schwarzem Samt mit Schlitzen für Mund und Augen. Es war schrecklich und faszinierend, zuzusehen, wie ihr Essen dahinein verschwand. Immer wieder schweiften die Augen prüfend über die Tafel, ob es den Gästen auch an nichts mangelte, aber so langsam, daß die furchtbare Maske dadurch noch unheimlicher wirkte. Nach einer Weile erkannte Barbary, daß an ihren langsamen Blicken die Erschöpfung schuld war. Die Königin saß neben Lady Sidney, sprach mit ihr, blickte aber kein einziges Mal zur Maske hin. Es gibt eben Dankesschulden, die man lieber nicht vor Augen hat, dachte Barbary.

Aber so faszinierend Lady Sidneys Nicht-Gesicht auch war, so war es doch die Königin, die vor allem Barbarys Aufmerksamkeit auf sich zog. Das ist die Königin, sagte sie sich. Das ist *unsere Königin.* Sie hätte enttäuscht sein können; das Gesicht war höchst lebendig, aber es hatte Falten, das Haar war offensichtlich eine Perücke, und ihr Benehmen war höchst unziemlich. Barbary hatte Dirnen mit besseren Manieren gekannt. Wimpernlose Lider klimperten, die schneeweißen Hände kokettierten – Barbary hätte geschworen, daß sie eine dieser Hände hinüberreichen und Sir Christopher Hatton in die Hose greifen sah. Einmal ließ sich Ihre Majestät gar dazu herab, die lateinischen Verse, die sie Sir Walter Raleigh zubrüllte, dadurch zu unterstreichen, daß sie ihn über den Tisch mit Brotkügelchen bewarf. Barbary erklärte sich's so, daß sie vom Geheimnis königlichen Vergnügens eben nichts verstand.

Nie zuvor hatte sie eine Frau gesehen, die ihr eigener Herr war; selbst die Galoppierende Betty war dem Aufrechten Mann untertan. Aber als Elizabeth Königin wurde, war ein Geist befreit worden, den keiner beherrschen konnte. Intelligenz, Ego, Stil, und das alles in einem Maß, das die Welt nicht mit einer Frau verbinden konnte, weil keine Frau das je zuvor gezeigt hatte. »Sie ist ein besserer Mann als alle«, war das Urteil des

Ordens über seine Königin, er brachte damit den allgemeinen Glauben zum Ausdruck, daß die Königin die Seele eines Mannes hatte, ein Glaube, der überall im Volk, niedrig oder von Stand, zu finden war, auch bei Elizabeth selbst.

Barbary war fasziniert. Elizabeth allein war die Beherrscherin dieser Nacht. Ihre Persönlichkeit war es, die sie alle in dieser läppischen Posse gefangenhielt, sie erträglich machte durch ihre merkwürdige süchtig machende Ausstrahlung, die sie alle in ihrem Dasein bestätigte. Barbary sah die Gäste, auch die gravitätischsten unter ihnen, wie Kinder um die Aufmerksamkeit der Königin wetteifern. Die Komplimente waren oft so blumig, daß man nur darüber lachen konnte, und dennoch waren sie ernst gemeint; alle dürsteten nach ihrem Lob, die Männer vor allem mit einer Gier, die der Lust nahekam. Aber du bist das Süßholzgeraspel schon wert, dachte Barbary. An dich reicht keine heran.

Als Lord Burghley sie an den Kopf der Tafel winkte und der Augenblick gekommen war, diesem Elementarereignis vorgestellt zu werden, da trugen Barbarys Füße sie nur mit Mühe über das Gras zu ihr.

»Das also ist unser irisches Findelkind«, sagte die Feenkönigin. »Recht klein, nicht?«

»Für unsere Zwecke groß genug, Ma'am«, murmelte Burghley.

Barbary kniete nieder und nahm die Mütze ab.

»Und außerdem steht es offenbar in Flammen. Sollten wir's wohl löschen?« Der Scherz rief wieherndes Gelächter der liebedienerischen Höflinge hervor, und Sir Christopher Hatton reichte der Königin zu diesem Zweck ein Weinglas.

Barbary blickte in ein Gesicht empor, das mindestens so stark geschminkt war wie Foll im Pudding-in-the-Cloth, nur weniger geschickt; dennoch wollte sie um jeden Preis einen Eindruck auf sie machen. »Majestät, laßt mich noch brennen.«

»Und warum? Hast du dich nicht mit den Gesetzlosen in meiner Stadt verbrüdert?«

Burghley hatte mit Barbary dieses Gespräch durchgespielt und sie gewarnt, daß dies vielleicht der kniffligste Moment war; allen Herrschern war Gesetzlosigkeit ein Greuel, Elizabeth am allermeisten. Barbary antwortete, wie Burghley ihr gesagt hatte: »Madam, verzeiht. Ich mußte überleben.«

»Ah.« Es war dies ein Appell, dem sich die größte Überlebenskünstlerin von allen nie verschloß. »Und was bekomme ich dafür, wenn ich dein Feuer nicht lösche?« Drohend hielt die Königin das Glas über Barbarys Rotschopf.

Wieder hatte Burghley ihren Text vorbereitet. »Armselige Gaben, doch alles, was ich habe – mein Herz, meine Seele und meine Treue.«

»Das habt ihr Iren mir schon öfter angeboten«, versetzte Elizabeth mit schmalen Lippen.

»Schon, aber bedenkt«, Barbary wurde redselig, »das waren wohl irische Iren, nehm' ich an. Ich dagegen, Majestät, ich bin englischer Ire. Das ist doch was ganz anderes!«

»Und wirst du dafür sorgen, daß dein Volk mich liebt?« Sie stellte das Glas hin.

»Ach, Majestät«, sagte Barbary, »bocksärschig, wer das nicht ohnehin tut.«

Die Königin blickte verwundert in eine Tafelrunde, die urplötzlich verstummt war. »Was meint der Knabe wohl?« fragte sie.

Sir Henry Sidney räusperte sich. »Eine Anspielung auf ›boggart‹, Majestät, ein zwergenhafter Kobold des irischen Aberglaubens; offenbar behielt der Kleine das Wort aus seiner verlorenen Kindheit.«

»Boggart, Boggart, Boggart«, wiederholte die Königin genießerisch. »Zwergenkobold. Das steht ihm. Nun gut, Master Boggart, ich nehme Eure Gaben an.« Maliziös blickte sie sich im Kreise um. »Wertvoller als vieles, was man mir heute abend schenkte.« Sie wandte sich zurück zu Barbary. »Und wirst du mein braver kleiner Boggart sein und deinen Stamm zurück in den Gehorsam hexen?«

»Majestät, das will ich.«

»Dann, Burghley, statte ihn aus, wie sich's für einen Fürsten ziemt. Er hat Unsere Gunst.«

Die Audienz war vorüber. Lord Burghley wischte sich die

Stirn. Es gab ein paar kitzlige Momente, aber im allgemeinen ging es besser als erhofft. Sogar einen Spitznamen hatte sie ihm verliehen. Niemand würde es jetzt noch wagen, seine Herkunft anzuzweifeln – niemand außer vielleicht den Iren selbst. Sogar in die königliche Börse hatte er sich eingeschmeichelt. Und das gesamte Feenreich, dachte Burghley respektlos, konnte eigentlich kein größeres Wunder produzieren.

Der königliche Besuch auf Penshurst, der schon zwei Tage dauerte, zog sich noch über drei weitere kritische Tage hin. Jeder königliche Aufenthalt über fünf Tage brachte den Gastgeber, wenn er nicht gerade zu den Allerreichsten zählte, in finanzielle Bedrängnis. Sieben Tage konnten den Bankrott bedeuten. Der Lord Chamberlain, Vorsteher des Königlichen Hofstaats, wurde oft bestochen, ihr die Abreise vorzuschlagen. Sir Henrys Jovialität wurde immer gequälter, als die Königin, die doch nach drei Tagen hatte abreisen wollen, ihre Abreise verschob, aber das änderte nichts an seiner freigiebigen Gastfreundschaft. Es gab noch mehr Phantasiestücke, es gab Jagd und Falkenbeize, Pantomimen, Gesang, Poesie – die drei letzten priesen alle die Vorzüge der Königin –, eine Bärenhatz, ein paar äußerst gewagte Narrenspäße und am Sonntag die Predigt eines hoffnungsvollen jungen Pfarrers, der gegen die »Sünde allzu großer Putzsucht« wetterte. Erst mittendrin fiel ihm offenbar ein, daß eine Zuhörerschaft mit einer Königin in ihrer Mitte, die rund dreitausend Kleider besaß und 405 Pfund pro Jahr allein für Spangen ausgab, für dieses Thema kein sehr offenes Ohr haben konnte, und da verschlug es ihm noch vor Ende seines Textes die Rede. Es gab ein Maskenfest, einen Ball, ein Turnier und einen Schönheitswettbewerb um den Titel der Maienkönigin. Elizabeth gewann.

Nur sie allein war unermüdlich. Sie führte die Jagd an. Sie hörte jedem Vortragenden genau zu, ob er nicht im Lateinischen oder Griechischen einen Fehler machte. Sie tanzte bis in den Morgen. Sie beantwortete die Verse der Dichter mit ihren eigenen.

Die Dienerschaft war am Zusammenbrechen. Panik breitete

sich in der Küche aus, wo es für die Bewirtung solcher Menschenmengen nach und nach an Vorräten fehlte und von wo Lady Sidney zwar ruhig auftauchte, aber mit Ringen unter den Augen, fast so schwarz wie ihre Maske. Wenn die Königin gerade nicht hinsah, schlichen sich ihre Höflinge abwechselnd fort, um nur ein bißchen zu schlafen. Der Graf von Leicester schützte eine Erkältung vor und verbrachte einen ganzen Tag im Bett. Unfreiwilliges Stöhnen entrang sich dem Lord Schatzkanzler, den seine Gichtanfälle quälten. Die sanitären Einrichtungen waren überlastet bis zum Platzen, und in den Duft von Parfüms und Potpourris schlich sich der Gestank nach Jauche.

Selbst Barbary, für die jedes Vergnügen wie ein neues Wunder war, begann zu ermatten. Das kam zum Teil von ihrer nächtlichen Unterbringung. Mehr als siebzig Menschen zusätzlich waren zu versorgen, von ihren Knappen, Knechten, Kammerdienern nicht zu reden. Natürlich schlief die Königin im Schlafzimmer von Sir Henry und Lady Sidney, wenn auch in ihrem eigenen Bett, das sie auf ihren Reisen immer mitnahm. Der Graf von Leicester hatte das zweitbeste Zimmer, der Lord Schatzkanzler und Sekretär Walsingham teilten sich das nächste, und danach war's ein Freistilringen, jeder gegen jeden, ein Kampf, bei dem, wie Barbary entdecken mußte, ein irischer Fürst, auch wenn man noch große Dinge von ihm erwartete, in der Rangordnung nicht weit oben stand. Nach zwei Nächten in einem überfüllten Zelt, in einem Bett zusammen mit drei Höflingen, suchte sie Sir Philip Sidney auf, den ältesten Sohn des Hauses, für den sie schon so etwas wie Freundschaft empfand. »Hört«, erklärte sie, »man hat mir einen Raum für mich allein versprochen.« Das war die einzige Bedingung, auf der sie im Gespräch mit Lord Burghley über ihre Lehrzeit unbedingt bestanden hatte. Ein Raum für sie allein, und den Gehörnten Dick als Kammerdiener.

Sir Philip hob die eleganten Augenbrauen. »Hat der Bettlerorden allen seinen Mitgliedern eine eigene Suite angewiesen, ja?«

Zugegeben, Barbary hatte schon an übleren Orten geschlafen, an Plätzen, die Ratten als ungesund gemieden hätten, aber nirgendwo hatte die Enthüllung ihres Geschlechts gedroht, während hier ihre Bettgenossen bereits forderten, daß sie ein Nachthemd anzog und nicht in ihren Tageskleidern schlief. Einen, der richtig aufdringlich geworden war, hatte sie in den Hintern treten müssen.

»Man hat's mir versprochen«, sagte sie stur. »Warum bekomme ich nicht ein Zimmer im Dorf, so wie Sir Walter?«

»Master Raleigh«, sagte Sir Philip, und dabei kräuselten sich seine Lippen wie die aller Sidneys, wenn der Captain of the Guard anwesend war oder erwähnt wurde, »wurde außer Haus untergebracht, weil wir nicht alle weiblichen Bediensteten gleichzeitig geschwängert wissen wollen. Das schafft Personalprobleme. Nichtsdestoweniger werden wir unser Versprechen einlösen, o du rotbedachter Ziehbruder.« Barbary belustigte ihn. »Man wird dir eine kleine Hütte auf dem Anwesen zur Verfügung stellen. Es kann aber deiner Aufmerksamkeit nicht entgangen sein, daß wir uns mitten in einer Heimsuchung befinden.«

»Wann geht sie wieder?«

»Das weiß Gott. Geduld, Geduld, irgendwann ist es soweit.«

»Kann ich denn nicht bei der Dienerschaft schlafen?« Eine große Scheune war eigens errichtet worden, um die vielen Bediensteten aufzunehmen. Der Gehörnte Dick schlief dort, auf einem bequemen Strohsack ganz für sich allein.

»Das kannst du nicht. Dein niedriger Geist muß sich endlich an den Umstand gewöhnen, daß du jetzt eine Person von Stand bist, ein englischer Gentleman von fürstlich-irischer Abkunft, falls das nicht ein Widerspruch in sich ist, und zwar einer, für den die Königin, Gott segne sie, offenbar eine Schwäche hat. Das hat eben auch seine Nachteile. Ich weiß übrigens nicht, worüber du dich beklagst; ich schlafe in einem Bottich in der Meierei.«

Die Königin war von Barbary so angetan, daß Master Boggarts Ausdrucksweise unter den Höflingen zum letzten Schrei wurde; man hörte elegante Herren ihre Beine als »Stößel« bezeichnen und ihre Taschentücher als »Wischer« oder »Schweinsäuglein« als Kosename anwenden. Als Barbary an ihrem zweiten Abend in Penshurst mit der Königin zusammen lustwandelte und diese den herrlichen Abend pries, stimmte Barbary zu: »Wahrhaftig, eine Nacht, um mit eines anderen Burgfrau zu türmen« und war überrascht, wie sehr das die Königin erheiterte. Innerhalb weniger Minuten wiederholte diesen Satz der ganze Hof.

Aber die Position eines königlichen Favoriten war auch sehr anstrengend, man hatte jeden Moment des langen und anstrengenden königlichen Tages zur Stelle zu sein, mit ständig geschärftem Witz, um Elizabeth zu unterhalten. Barbary sagte sich immer wieder vor, zu welch ungeahnten Höhen sie doch aufgestiegen war, um der Versuchung zu widerstehen, einfach umzufallen und zu schlafen. Die Königin ließ sie vollkommen neu einkleiden, ihre Gewänder wurden genau nach königlichen Anweisungen geschneidert – »in sanften Farben, Master Boggart, die sich mit Eurem Haar nicht schlagen«.

Schon bemühte man sich um ihre Vermittlung. Der junge Geistliche nahm Barbary beiseite und bat sie um ihre Hilfe, um nach seiner taktlosen Predigt die königliche Gunst wiederzuerlangen, und beschwor sie, dafür doch eine kleine »Gratifikation« annehmen zu wollen. Die Gratifikation stellte sich als Börse heraus, ihr Inhalt waren fünf Goldstücke. Die Gräfin von Oxford, die fürchtete, die Königin mit einem allzu warmen Lob des Ehestands verletzt zu haben, gab Barbary eine Perlenbrosche für ihre Mütze, damit sie ihr den Weg zurück in die Königliche Huld ebne. Sir Walter Raleigh schlug vor, Barbary möge ihre Position dahingehend nutzen, daß sie Geld borgte und es in eines der Schiffe investierte, die er zu einer weiteren Fahrt in die Neue Welt entsandte. Ein Poet, Edmund Spenser, ein Schützling Raleighs, ersuchte untertänig um die Gunst, ihr ein Sonett widmen zu dürfen.

Barbary nahm die Geschenke an, sagte »aber klar doch« auf alle Bitten und rührte weiter keinen Finger. Wie sie zum Gehörnten Dick bei einer ihrer seltenen kurzen Unterhaltungen sagte: »Ich mach' ihnen doch keine Schuhe, bevor ich nicht die Länge ihrer Füße weiß.«

Auch Dick brachte in Penshurst seine Schäfchen ins Trockene. Karten und Würfel waren zwar nicht seine Spezialität, aber im Vergleich zu der Dienerschaft, der er neue Spiele beibrachte, war er noch immer einsame Klasse. »Ich brauche nicht einmal zu mogeln«, erzählte er Barbary fast traurig. »Das ist doch Geld für gebrauchte Stricke.« Trotzdem wollte er sich gern abseilen. »Mir ist hier zuviel Gras, Barb«, sagte er nervös. »Gehen wir doch zurück, wo Straßen sind. Straßen sind einfach natürlicher. Das Gänsescheißegrün hier, wohin du auch blickst, da wird einem ja übel.«

»Das ist Gans-die-goldene-Eier-legt-Grün, sag' ich dir«, erwiderte Barbary. »Wir können noch nicht fort. Das würde Will nicht gut bekommen.«

Dem Gehörnten Dick war es gelungen, sich davonzustehlen und Will in seiner Arbeit in der Nähe von Robertsbridge zu besuchen. Sein Besuch brachte immerhin das Ergebnis, daß Will sich für den Augenblick keine Sorgen mehr um Barbary machte und umgekehrt Barbary nicht mehr um Will, obwohl Dick berichtete, daß die Eisenhütte ihn stark an die Hölle erinnerte. »Qualm, Schwefel und Gedonner«, sagte er, »aber der alte Will freut sich darüber wie ein Schneekönig. Der Kanonenmeister hält ihn für ein Genie.«

Barbary konnte es sich gut vorstellen. Sobald er nur wußte, daß sie in Sicherheit war, würde Will sich seiner Leidenschaft hingeben, ohne sich darüber den Kopf zu zerbrechen, wie und warum er von den Lambeth Marshes in eine Fabrik nach Kent verschleppt worden war.

»Barb, ich glaube, wir sollten uns schleichen«, ließ Dick nicht locker.

»Dann schleich dich.« Barbary verlor die Geduld. Für heute nachmittag war ein Turnier angesagt, das konnte man sich doch nicht entgehen lassen. »Aber ich bleibe, solange sie Geld gegen meine Wand pinkeln.« Sie schlug ihn auf den Rücken. »Dick, beiß die Zähne zusammen. Wir leben hier wie die Made im Speck.«

Barbary nutzte ihre augenblickliche Günstlingsposition vor allem zum Sammeln von Informationen. Dem Orden war immer sehr viel dran gelegen, über die politische Situation auf dem laufenden zu sein: wer gerade tonangebend war, wer Macht hatte, welche Gesetze in Vorbereitung waren, wer korrupt war, wer unbestechlich. »Wenn du's auf den Käs' abgesehen hast«, pflegte der Aufrechte Mann zu sagen, »dann mußt du wissen, wo die Fallen stehen.« Wenn sie denn schon eine Weile bei den Sidneys festsaß, dann mußte sie wissen, was was war. An Informanten mangelte es nicht; der ganze Hof war eine einzige Gerüchteküche.

Sekretär Walsingham war, so erfuhr sie, nur deshalb hier, um die Hochzeit seiner Tochter Frances mit dem jungen Sir Philip Sidney zu arrangieren. Sir Philip, so hieß es, liebte eine andere, aber sie war verheiratet.

Barbary hörte auch, daß Sir Henry Sidney ein paar Jahre lang am Hof persona non grata gewesen war und der gegenwärtige königliche Besuch eine Art Versöhnung darstellte. Sir Henry hatte sich als Statthalter von Irland den Unmut der Königin zugezogen, weil er während eines Aufstands angeblich mit den Rebellen zu sanft umgegangen war und außerdem – weitaus schlimmer – zuviel Geld ausgegeben hatte.

Die Anwendung härterer Methoden durch nachfolgende Statthalter, die genausoviel Geld ausgaben, hatte nur noch größeren Widerstand in Irland erzeugt, daher war sich die Königin ihres Urteils jetzt nicht mehr so sicher und ließ sich gnädig vom Grafen von Leicester dazu überreden, ihre Beziehung zu seinem Schwager wieder zu verbessern und Sir Henry die zweifelhafte Ehre ihres Besuchs zu erweisen.

Alles lief gut. Die Höflinge mit ihren feinen Antennen für Elizabeths Launen berichteten, daß die Königin sich bestens unterhielt. Die Sidneys erfreuten sich wieder ihrer Gunst.

Barbary war froh darüber. Man möchte ja nicht gern bei einer Familie von Verlierern aufgezogen werden, sagte sie sich.

Der tatsächliche Aufbruch der Königin zog sich fast so lange hin wie der ganze Aufenthalt. Sir Henry, Lady Sidney, ihr Gesinde, die Gäste, denen sie eine gute Reise wünschten, standen oder saßen geschlagene drei Stunden an den Toren von Penshurst zu Pferde, während Elizabeth einer Ergebenheitsadresse des Dorfbürgermeisters im Namen einer großen Menge lauschte, die sich dort schob und drängte, um einen Blick auf die Königin zu werfen. Sie verteilte Almosen, berührte die Skrofulösen und empfing die Geschenke ihrer Untertanen, oft nicht mehr als Wiesenblumensträuße, mit mehr Huld als die Juwelen und das Gold ihrer Höflinge.

Am Abend zuvor hatte sie noch oben auf einem bemalten Fort aus Holz, der »Festung der Vollkommenen Schönheit«, als Verkörperung der Tugend gestanden, obwohl ihr vorne weit offenes Gewand den unverhüllten Busen sehen ließ. Mit Geschossen aus Blumen und Blütenblättern bewarf sie die angreifenden Mächte der Begierde (Sir Philip Sidney) und deren Ziehsöhne (der Graf von Leicester und Sir Christopher Hatton), die die Festung mit blumengeschmückten Leitern zu erstürmen suchten. Dann hatte sie vor Vergnügen und gespieltem Entsetzen aufgeschrien, als das Feuerwerk begann – Sir Henry hatte für diese letzte Geste seiner Gastfreundschaft eigens Ridolfo, den italienischen Feuerwerkskünstler, angeheuert.

Jetzt regnete es, ihre Perücke wurde naß, und der weiße Mantel bekam Flecken, aber die Königin verhielt sich wahrhaft königlich. Geduldig hörte sie dem langweiligen Bürgermeister zu und war freundlich und gütig zu ihrem Volk. Ein bäuerlicher Chor sang das Lied »Komm zurück« so oft, daß die Zuhörer es bald auswendig kannten. Barbary sah, wie drei Frauen und ein Mann vor Aufregung, die Königin leibhaftig zu erblicken, in Ohnmacht fielen. Bresthafte Kinder hielt man über die Köpfe der Menge, damit sie an ihrem Blick vielleicht genasen. Ein paar aus der Menge wurden hysterisch. Mochte auch die Jungfrau Maria, die ihre Großeltern verehrt hatten, von der neuen Religion abgesetzt worden sein: Hier war sie in neuer Gestalt mitten unter ihnen.

Barbarys Herz bebte vor Bewunderung. Unvorstellbar, daß sie mit dieser Gottheit so vertraut geplaudert haben sollte. Unvorstellbar und unerhört wunderbar.

Am letzten Abend hatte die Königin sogar vorgeschlagen, Barbary nach London mitzunehmen, und einen Moment lang wiegte sich Barbary in den wildesten Hoffnungen, aber Burghley setzte sich mit seinem Widerspruch durch, wenn auch nur knapp. »Unser junger Fürst braucht Unterricht, Phöbus.«

»Ist Unser Hof denn so ungebildet, Burghley, daß er ihn nicht dort erhalten kann?«

Der Lord Schatzkanzler schluckte und beugte sich näher. »Madam, Ihr seid der größte Gelehrte unserer Zeit, aber auch Ihr könnt ihn nicht vor den Eifersüchteleien und Intrigen bewahren, die ihn am Hof bedrohen.«

Elizabeth nickte und wandte sich Barbary zu. »So müssen wir uns leider trennen, Master Boggart.« Sie war jetzt ganz die zarte kleine Frau. »So sehr bedroht bin ich von Anschlägen derer, die mich hassen, daß Ihr zu Eurem eigenen Besten hierbleiben müßt. Geb's Gott, daß die Intrige nicht auch diesen Zufluchtsort erobert und ich Euch unter Freunden zurücklasse und nicht unter Feinden.« Die lange königliche Hand umfaßte Barbarys Gesicht, und die königlichen Lippen küßten ihre Stirn. »Bleib mir treu, mein Boggart.«

Barbary stand im Regen und sah ihre Königin an und schwor sich, wie sie's zuvor getan, für den Rest ihres Lebens Königin Elizabeth ein treuer Untertan zu sein.

Eben kam die sechste Wiedergabe von »Komm zurück« zum Ende, und bevor der Chor noch eine siebente anstimmen konnte, spornte Elizabeth ihr Pferd an, dankte ihrem Volk, und damit begann der königliche Zug in Richtung London.

Die Sidneys nahmen Barbary in die Mitte und machten sich auf den Weg zum Haus zurück, vorbei an zertrampelten Blumenrabatten und einem völlig zerwühlten Rasen. »Sind wir ruiniert, Henry?« fragte Lady Sidney. Sie schwankte vor Müdigkeit im Sattel.

»Fast, meine Liebe, fast. Ich werde borgen müssen.«

Lady Sidney stöhnte.

»Und bei alledem hab' ich sie noch beleidigt«, fuhr Sir Henry fort. »Heute morgen bat sie mich, zurück nach Irland zu gehen.«

»O Gott, nicht noch einmal. Du hast doch nein gesagt?«

»Ich habe nein gesagt, es sei denn zu meinen Bedingungen. Mit dem Titel eines Gouverneurs, nicht eines Statthalters.

Dann müsse sie ihr Urteil, ich sei ein zu teurer Beamter gewesen, zurücknehmen – teuer, bei Gott, wo ich doch mit meinem eigenen Geld ihre Armee gefüttert habe, von der sie annimmt, daß sie von Luft leben kann. Sie muß mir genügend Geld genehmigen, daß ich meine Arbeit richtig machen kann, und in aller Öffentlichkeit zugeben, daß ich der beste Statthalter war, den sie je Irland regieren ließ. Irland regieren bedeutet mehr als nur Rebellen aufhängen.«

»Dem kann sie nicht zustimmen.«

»Nein. Wir sind wieder in Ungnade.«

Ein Schluchzen drang aus der schwarzen Maske. »Wie kann sie? Wie kann sie nur?«

Sir Henry streckte eine Hand aus, um seine Frau zu beruhigen. »Der Undank der Fürsten, meine Liebe. Sie schuldet uns mehr, als sie ertragen kann. Dir mehr als mir.« Er sah sich um, blickte über seinen verwüsteten Besitz, und seine stoische Würde brach zusammen. »Und ich veranstaltete ein Feuerwerk für sie«, stieß er wütend hervor.

7

»Er trat Euch *wohin,* Master Harington?«

»Zwischen die Beine, Mistress.« Haringtons Augen tränten noch immer. »Nur weil ich seine Handschrift kritisierte, die wirklich abscheulich ist, stürzte er sich auf mich wie ein Teufel.«

Die schwarze Maske wandte sich der unbußfertigen Barbary zu, worauf diese schrie: »Er ging mit diesem Stecken auf mich los!« In Barbarys Augen war Überfall eben Überfall.

»Das ist eine Gerte«, kam die Stimme aus der Maske, »und bei Gott, du sollst mir davon kosten. Kein Schüler mißhandelt in meinem Hause seinen Meister. Beug dich vor.«

Unter dem strengen Blick der Maske empfing Barbarys Hinterseite Meister Haringtons Rache ... –

»Schupft ihn rauf aufs Pferd, Burschen.« Brüllend wehrte sich Barbary gegen drei Stallburschen gleichzeitig. »Ich steige nicht auf dieses Vieh. Es schlägt aus.« Reiten hatte nicht zur Ausbildung des Ordens gehört.

»Es schlägt nicht aus. Rauf mit dir.«

»Nein.«

Dem Oberbereiter riß die Geduld. »Die Mistress hat befohlen, du lernst reiten, und reiten wirst du lernen. Ich dachte immer, ihr Iren wärt gute Reiter. Also, rauf mit dir ...« –

»Was muß ich denn immer knien? Sonst kniet doch auch keiner beim Essen!«

»Ihr seid Sir Henrys Knappe«, erklärte Thomas, der Haushofmeister, mit schmalen Lippen. »Es ist Eure Pflicht und Eure Ehre, Eurem Ritter und seinen Gästen die Fingerschale darzureichen, damit sie ihre Finger waschen können.«

Gereizt schlug Barbary die Serviette über die Schulter und

übte noch einmal das Darreichen der Fingerschale. »Warum schlecken sie sich nicht die Finger ab wie jeder andere normale Mensch?« –

»Boggart, ich hab's dir wieder und wieder erklärt. Auf die Spitze kommt es an. Beim Fechten gebraucht man die Spitze, man fuchtelt nicht mit der Klinge herum wie mit einem verdammten Krummsäbel. Sonst gelange ich sofort unter deine Deckung. So zum Beispiel.«

Barbary entfernte sich die Rapierspitze aus dem Wams. »Blödsinnige Zeitverschwendung, sonst gar nichts.«

Sir Philip Sidney schloß die Augen in einem Stoßgebet um Geduld und öffnete sie wieder. »Du erhältst hier Fechtlektionen von einem – das sage ich ohne falsche Bescheidenheit – Meister in dieser Kunst. Kaum eine Zeitverschwendung also. Stell dir vor, ein Spanier rennt dir mit erhobenem Schwert entgegen. Was tust du dann?«

»Ihn erschießen.« –

»Henry, es hat keinen Sinn«, berichtete Lady Sidney.

»Hab' Geduld, meine Liebe. O'Neill war ebenso wild, als er zu uns kam.«

»O'Neill war von Adel, wenn auch barbarisch. Dieser ... dieser ... Knabe ist ein ungezogener Rohling, ein Vandale. Er hat zu lange in der Gosse gelebt, um jetzt noch Benehmen zu lernen.«

»Harington ist zufrieden mit seinem Fortschritt im Lesen und Schreiben. Ebenso in Navigation und Latein.«

»Dann soll er sich doch irgendwo anders hin navigieren. Zurück in den Schweinestall, aus dem er kommt. Er ist ein störendes Element in unsrem Hause, Henry. Er hat Betsy *angespuckt*, als sie ihn baden wollte. Seine Ausdrucksweise ist abstoßend. Seinen Katechismus kennt er nicht besser als ein Heide, und ich habe Angst, daß er mir das Personal verdirbt. Und was seinen widerwärtigen Diener angeht ...« Schwitzend vor Ärger und der Hitze des Junitages, nahm Lady Sidney ihre Maske ab, um sich das Gesicht abzuwischen. Sir Henry stand auf und ging zum Fenster. Bei ihrer Hochzeit war sie eine Schönheit gewesen.

»Eines muß ich aber sagen, meine Liebe«, wandte er ein, »ich sehe zumindest keine Neigung zur Unmoral; nichts von dem etwa, was zwischen O'Neill und der Milchmagd passierte.«

Lady Sidney schnaubte. Die Verführung von Milchmägden war altes aristokratisches Vorrecht. Sie billigte es nicht, aber damit wurde sie fertig. Ihr eigener Bruder, Leicester, Robert, ihr zweitältester Sohn ... dazu waren Milchmädchen schließlich da. Master Barbary hätte ihr besser gefallen, hätte er solche Neigungen gezeigt, doch das konnte sie ihrem Gatten nicht sagen, der, da von geringerer Herkunft, dieses *laissez faire* der Elite nicht ganz begriff.

Sir Henry trat nahe an sie heran, seine massige Gestalt verdunkelte die Sonne. »Der Junge bleibt, Mary. Selbst wenn Elizabeth es nicht glaubt, bin ich doch ein treuer Diener der Krone, und wenn ich diesen Jungen zum Vorteil Englands bilden kann, so wie's mir mit O'Neill gelang, erweise ich England einen guten Dienst.«

Aber ich muß seine Manieren bilden, dachte seine Frau. »Ja, Henry.«

»Und Philip mag ihn.« Er sah Marys zerstörtes Gesicht weich werden, bevor sie sich die Maske wieder davorband. An der Tür zur Bibliothek wandte sie sich um. »Irland«, sagte sie, »nichts als Unglück haben wir davon. Ich wünsche dieses Land zur Hölle.«

Sir Henry hieb mit der Faust auf den Tisch. Niemand verstand es, nicht einmal seine eigene Frau. Er beherrschte seine Stimme. »Wenn Irland zur Hölle fährt, meine Liebe, dann fährt England mit.«

»Entweder wir seilen uns bald ab«, erklärte der Gehörnte Dick, ungeschickt Salbe auf Barbarys Striemen tupfend, »oder du bekommst einen Rostarsch.«

Barbary biß die Zähne zusammen. Sie begriff selbst nicht, warum sie sich gegen das Leben bei den Sidneys derart auflehnte; sie fühlte sich in dieser fremden Umgebung so im Nachteil, daß sie instinktiv dagegen rebellierte und dabei naturgemäß den kürzeren zog.

Sie fuhr mit dem Kopf herum und zischte: »Ist das Einschmieren oder Raspeln, was du da tust?«

»Hab' mich nie für eine Kammerzofe ausgegeben, Barb.«

Sie ließ sich zurückfallen. Verlieren. Darum ging's. Wenn sie sich jetzt abseilte, dann bedeutete das, daß sie verloren hatte. Und daß sie Gelegenheiten für Bildung, für Reichtum nicht zu nutzen wußte. Außerdem hing der Schatten des Galgens noch immer über Dick und Will.

»Wenn wir uns jetzt abseilen«, sagte sie, »und die fangen uns, dann knüpfen sie Will und dich auf. Mich vielleicht auch. Wir bleiben.«

Der Gehörnte Dick seufzte. Sein Quentchen Eigeninitiative wirkte nur innerhalb einer straffen Organisation, weshalb er auch als wertvolles Mitglied des Ordens galt. Jetzt, da er außerhalb gestrandet war, gingen die Regeln, die er brauchte und ohne die er nicht leben konnte, von Barbary aus. Wenn sie erklärte, daß sie blieben, gut, dann blieben sie eben.

Barbary zog sich die Hosen hoch, kletterte vom Bett herunter und ging zum Fenster. Sie hatten ihr doch nicht die kleine Hütte gegeben. Statt dessen bewohnten sie und Dick jetzt zwei Räume über dem Bogengang in den Hof an der Seite des Herrenhauses. Das Fenster hinter ihr ging auf einen gepflasterten Hof mit Geranienkübeln und Aufsteigeblöcken. Von hier konnte sie auf Lady Sidneys Kräutergarten und den Park sehen. Was in Penshurst Natur war, war wunderschön, was von Menschenhand gemacht war, wie hier in ihrem Zimmer, schlicht und geschmackvoll.

»Was stimmt da nicht?« fragte sie laut. »Oder was stimmt nicht mit mir?«

Es gab hier in Penshurst ein Element, dem sich ein anderes Element in ihr selber widersetzte, sie konnte nicht ergründen, was es war. Bei der Königin von England fühlte sie sich ganz unbefangen, mit Lord Burghley konnte sie umgehen, ja, sogar mit Walsingham. Aber die Sidneys, die weder Schwindler noch Opfer waren – die einzigen Kategorien von Menschen, die sie verstand –, die Sidneys blieben ihr ein Buch mit sieben Siegeln. Sie waren in sich vollkommen und boten Barbary keinen Anhaltspunkt für ihre Berechnungen.

Hinter ihr erklang Dicks milde Stimme: »Einmal hab' ich diesen Schwarzrock predigen hören, Barb, über einen Frankisten, der gegen den Stachel trat.«

»Wie ich Harington?«

»Nein, nicht diese Art von Stachel. Mehr wie eine Hecke, wo die Dornen rausstanden.«

»Na und?«

»Also, der Prediger meinte, das hätte ihm gar nicht gutgetan. Er wurde nur vollkommen zerkratzt dabei. Wie du, Barb. Du trittst gegen den Stachel.«

»Na und?«

»Hör auf damit. Geh die Hecke entlang und nicht mittendurch. Duck dich ein bißchen. Du bist doch nicht blöd, Barb. Der beste Eintreiber, den ich je hatte. Wie nennen uns die Frankisten? Schwindler. Das mußt du eben tun: täuschen, schwindeln.«

Sie drehte sich zu ihm herum. Er hatte zugenommen, und er trug den braunen gegürteten Rock, ein Geschenk der Königin. Früher einmal galt ihr seine Erscheinung als Inbegriff bürgerlicher Wohlanständigkeit; aber jetzt erkannte sie, wie schäbig er eigentlich aussah, mit Speiseflecken vorne auf der Brust und Schuppen in seinem Haar. Ich würde ihn nicht anders haben wollen, trotzte sie unsichtbaren Sidneys, nicht für Gold und gute Worte. Er war ihr Bindeglied zum Ordensleben, der einzige außer Will, der wußte, daß sie eine Frau war, aber ihm machte das viel weniger aus als Will; seine sexuelle Neutralität war so vollkommen, daß sie ohne jede Verlegenheit ihren Hintern vor ihm entblößen konnte, damit er ihr Salbe draufschmierte. Abgesehen davon hatte er recht.

»Du bist gar nicht so dumm, wie du aussiehst«, sagte sie. »Ich kann ihnen doch um den Bart gehen, oder? Ihnen ein X für ein U vormachen?«

»Keiner besser als du, Barb.«

Gut, dann würde sie's eben auf diese Weise angehen. Sie war ein Trickster, dann mußte sie eben mit allen Tricks arbeiten. Jetzt konnte sie gar nicht mehr verstehen, daß ausgerechnet sie mit ihrer gründlichen Ausbildung in den Künsten der Verstellung so ein Narr gewesen war, die Haare aufzustellen; solange sie sich nur vor Augen hielt, daß auch diese Sidneys nichts anderes waren als ein paar Frankisten, die man irgendwann in die Tasche steckte, so lange konnten sie ihr doch nicht imponieren. »Nur nicht klein beigeben, was, Dick?«

Sie wandte sich um und sah wieder zum Fenster hinaus. Der Park erstreckte sich in sonnenüberfluteten Lichtungen. Nicht übel, der Ausblick.

Es war nicht schwer. Ihr Ohr nahm den Tonfall der Sidneys ganz leicht auf, es fiel ihr nicht schwer, sie nachzumachen. Sie kopierte Sir Philips Gang, seine Tischmanieren, die Art seines Umgangs mit den Dienstboten. Bei Lady Sidney zeigte sie Interesse an Kräutern und Blumen, mit Sir Henry diskutierte sie höflich über Politik. Betts, den Pfarrer, machte sie dadurch glücklich, daß sie ihn um Unterweisung im Glauben bat. An Sonntagen hielt sie die Augen gesenkt und studierte die Bibel.

»Henry, er bessert sich. Er zeigt Anzeichen von beginnender Zivilisierung. Selbst Harington berichtet, daß er nicht mehr so halsstarrig ist – ich hatte bereits vorgeschlagen, mit dem Rohr sparsamer umzugehen.«

»Sehr weise, meine Liebe. Die Iren kann man nur mit der eisernen Faust unterm Samthandschuh lenken. Nie eins ohne das andere. Wie oft hab' ich's Elizabeth schon gesagt, nie eins ohne das andere.«

»Du hast recht, Henry.«

Sir Henry Sidney nickte. Er wußte, daß er recht hatte. O'Neill war der lebendige Beweis dafür.

Wenn Barbary viel später im Leben einmal an Penshurst dachte, dann immer als Hintergrund für eine Erinnerung an Philip Sidney. Philip, Tennis spielend. Philip, einen Pfeil gegen den Bogenschießstand von Long Meadow abschießend. Ein Sonnenstrahl, der in der von Heu flirrenden Stalluft Philip in Licht tauchte, wie er die Blesse seines liebsten Streitrosses streichelte. Philips Schuhe, die sich in der Luft zweimal kreuzten, bevor er nach einem Sprung auf dem Boden landete, der bei anderen Tänzern lächerlich aussah, aber, wie Barbary fand, nicht bei ihm. Philip, Cäsars Schriften erhellend, Licht bringend in das Grau, das Harington daraus machte. Philip, wie er, an einem Heuhalm kauend, ihr – ausgerechnet – türkische Politik erklärte.

Am besten erinnerte sie sich an ihren Besuch in Gamage Copse, einem Buchendickicht, in dem das Damwild des Parks Unterschlupf fand und wo es herankam und sich zahm von Hand füttern ließ. Philip, mit Spitzenkragen, Spitzenmanschetten, Hosenband über dem Knie, lässig an einen Baumstamm gelehnt, sein neuestes Gedicht an Penelope Rich rezitierend:

> When Cupid, having me, his slave, descried
> In Mars's livery prancing in the press:
> What now Sir Fool! said he – I would no less:
> Look here, I say! I look'd, and Stella spied,
> Who, hard by, made a window send forth light.
>
> Da mich, seinen Sklaven, Cupido erblickte
> Im Kleid des Kriegsgotts prangend in der Presse;
> Wie ist's, Herr Narr! rief er – auch mir gleichviel:
> Sieh her! sagt' ich – ich sah, da spähte Stella,
> Die nah bei mir Licht aus einem Fenster strahlen ließ.

»Es ist noch nicht fertig, aber der Anfang ist doch ganz gut, oder nicht, kleiner Boggart?«

Barbary seufzte. »Ganz so schlecht wie ›Arcadia‹ vielleicht nicht, aber es ist trotzdem Mist.«

Sir Philip Sidney rollte sein Manuskript zusammen und schlug Barbary damit auf den Kopf. »Geschieht mir recht dafür, daß ich meine Perlen vor die Säue werfe.«

»Sonst hört ja auch niemand zu. Warum schreibt Ihr nicht mehr Sachen wie ›My love has my heart and I have his‹? Das war gut.«

»Das ist der moderne Stil.«

»Übertriebene Künstlichkeit« – sie kannte bereits das entsprechende Vokabular – »wie der gräßliche Spenser.« Von diesem Edmund Spenser hatte sie genug, seit sie ihm einmal zuhören mußte, wie er ein endlos langes Zeug mit dem Titel ›Schäfers Kalendarium‹ rezitierte. Lady Sidney hatte ihr jedesmal, wenn ihr Kopf heruntersank, einen Puff gegeben. »Der und seine Jamben.«

»Boggart, du bist ein Spießer.« Philip blickte sie tadelnd an, so gut ihm das eben gelang an einem Tag, wo die Bienen im Thymian summten und die Buchenblätter im Sonnenlicht Penny-förmige Schatten warfen. »Spenser mag der Sohn eines Tuchmachers sein, aber er wird noch einmal ein großer Dichter. Größer vielleicht als ich.« Beim letzten Satz legte er seinen blonden Kopf nachdenklich schief und besann sich dann eines Besseren. »Das vielleicht nicht.« Seine gute Laute kehrte zurück, als er das Pergament wieder aufrollte und sein Gedicht noch einmal durchlas. »*Ihr* wird's gefallen. O Gott, Boggart, was für eine Qual ist es, zu lieben ohne Erfüllung. ›Nichts zu ersehnen als die Sehnsucht abzutöten.‹«

»Wäre sie nicht verheiratet, dann würdet Ihr Euch ohnehin nicht um sie reißen«, sagte Barbary. Worauf Philip ihr zuzwinkerte und einen Vortrag über Aristoteles begann.

Barbary saß im Gras und sah ihm zu und kämpfte gegen die Versuchung, seine Knöchel zu umfassen. Sie war nicht in ihn verliebt, aber falls Gott einen Stellvertreter brauchte, so wäre ihr Philip Sidney der Richtige.

Wahrscheinlich hatte auch er seine Fehler. Zum Beispiel war er der Ansicht, daß nur die Blauesten aller Blaublütigen Macht ausüben dürften, behandelte aber Bettler ganz wie seinesgleichen. Er haßte die römisch-katholische Kirche – er war zufällig zur Zeit der Bartholomäusnacht in Paris gewesen und entsetzt Zeuge des Massakers an den Hugenotten geworden –, zählte aber Katholiken zu seinen Freunden.

Nur Elizabeth wollte sich von ihm nicht becircen lassen. Vielleicht, weil er sie vor einer Heirat mit einem Katholiken gewarnt hatte, wahrscheinlicher noch, weil sie Angst hatte, er könne sie in den Schatten stellen, ließ sie ihn zu Hause zappeln, setzte sein unbestreitbares diplomatisches Talent nur zu den bescheidensten Anlässen ein, gestattete ihm nicht, fortzugehen und die Neue Welt zu erforschen, wie er das wollte.

Und das war schon in Ordnung, denn es bedeutete, daß Barbary nicht auf ihn verzichten mußte und auch nicht auf die Gesellschaft von Poeten und Mathematikern und launischen Philosophen und bedeutenden und merkwürdigen Männern und Frauen, die von seiner Anwesenheit angezogen wurden. Solange Philip Sidney in Penshurst residierte, kam die Welt nach Penshurst.

Aristoteles und das duftende Gras brachten sie zum Träumen. Sir Philips Stimme weckte sie: »Sagte ich dir schon, daß ich einmal deiner Großmutter begegnet bin?«

Sie streckte sich und gähnte. Sie hatte keine Großmutter. »Sir Henry erzählte, Ihr hättet sie in Connaught oder so empfangen. Ich glaube, er hielt sie für einen alten Drachen.«

»Kann sein.«

Sie blickte zu ihm empor, überrascht von einem besonderen Klang in seiner Stimme. Ein Reh nibbelte an seinem Ärmel und hinterließ eine kleine Schleimspur. »Ist sie denn kein Drachen?«

»Doch, doch.« Er kraulte das Reh zwischen den Geweihstumpen. »Ich glaube, wir müssen letzten Endes, wenn wir Irland befrieden wollen, alle Iren umbringen, aber weißt du, Boggart, sie hatte etwas Besonderes. Sie erinnerte mich an Elizabeth.«

»Die Königin?«

»Jawohl, unsere geliebte Königin. Es war wie ein Klang aus ein und derselben Riesenglocke. Fehler scheffelweise, aber zugleich etwas, das einem das Blut schneller durch die Adern jagte.«

»Na so was«, bemerkte Barbary. Sie war es nicht gewohnt, daß jemand von den Iren sprach, ohne sie zu beschimpfen oder als Idioten hinzustellen. »Ich werde Ihrer Majestät Mitteilung machen, daß Ihr sie mit einer irischen Piratin vergleicht – soll ich?«

»Einer irischen Piratin mit einem heimtückischen Enkel. Wenn du jetzt freundlicherweise dieses wandelnde Sofa besteigen würdest, das du Pferd nennst, dann könnten wir nach Haus zum Abendessen reiten.« Um Barbary doch noch fürs Reiten zu gewinnen, hatte Sir Henry ein Pony kommen lassen müssen, das er normalerweise nicht in seinem Stall geduldet hätte. Es besaß ein Bein an jeder der vier Ecken seines Körpers und außerdem die Neigung, im Gehen einzuschlafen. Philip behauptete, er kenne temperamentvollere Moskitos. Barbary gab dem Pony den Namen Spenser.

Sie verstellte sich jetzt so gut, daß man sie für ausreichend zivilisiert hielt, um mit dem wichtigsten Punkt ihrer Ausbildung zu beginnen: Lektionen bei Sir Henry Sidney über Irland.

Sir Henry beabsichtigte, nicht anders als Lord Burghley, Irland in ein zweites England zu verwandeln: die gleiche Einteilung in Grafschaften, die gleiche Verwaltung, regiert nach demselben angelsächsischen Recht.

Damit zählten sie zu den Liberalen. Irland war eben zu nahe. England konnte es sich nicht leisten, Irland in die Hände einer fremden Macht fallen zu lassen, noch konnte es Irland – was womöglich aufs gleiche herauskam – seine Freiheit lassen. Irland mußte eine englische Kolonie sein. Die Falken rieten zu einem Genozid an seiner widerspenstigen, aufrührerischen Bevölkerung, an deren Stelle dann englische Siedler treten sollten. So weit gingen Burghley und Sidney nicht, zum Teil aus Menschlichkeit, zum Teil, da sie's nicht für durchführbar hielten.

Hätten sie jeden männlichen Säugling, der auch nur das geringste Anrecht auf eine irische Führungsposition besaß, entführen und nach England bringen und im englischen Lebensstil erziehen lassen können, dann hätten sie's getan, überzeugt, daß jeder sofort die Überlegenheit des englischen Systems über sein eigenes anerkennen und in seine Heimat von dem Wunsch erfüllt zurückkehren würde, diese umgehend zu anglisieren.

Es war ihnen ohnehin allen ziemlich unbegreiflich, daß Irland nicht längst anglisiert war.

»Siehst du, mein Junge«, erklärte Sir Henry Barbary, »viele der irischen Barone sind Nachkommen jener Normannen, die Irland im zwölften Jahrhundert überfielen und zum Teil auch eroberten. Man müßte eigentlich annehmen, daß sie sich dort genauso entwickelt hätten wie ihr Mutterland hier.«

»Und warum taten sie's nicht?« fragte Barbary.

»Wenn ich die Antwort darauf wüßte«, erwiderte Sir Henry, »dann gäbe es kein irisches Problem. Ich selbst bin der Meinung, daß in der irischen Luft etwas liegt, was die Menschen so verstockt macht. Selbst Engländer, die erst im letzten oder vorletzten Jahrhundert dort ansässig wurden, sind heute nicht mehr von den echten Iren zu unterscheiden, die gleichen Umhänge, wirres Haar, Reiten ohne Steigbügel.«

Barbary hatte selbst keine Meinung über die Iren. Sie hatte, solange sie sich erinnerte, immer nur gehört, die Iren seien heimtückisch und beschränkt, und so glaubte sie es. Jene irischen Männer und Frauen, die sich dem Orden angeschlossen hatten, hatten sie in diesem Glauben nur bestärkt, denn sie waren im allgemeinen noch tiefer gesunken als die kümmerlichsten Ordensmitglieder. Sie waren immer betrunken und weinerlich vor Heimweh. Von seinem Aufrechten Standpunkt herab nannte der Aufrechte Mann sie »Papistenscheiße« und behandelte sie wie Hunde, und das geschah ihnen recht, warum waren sie auch Iren.

»Kennt Ihr den vom Iren und der Henne?« fragte sie Sir Henry, erkannte aber sofort, daß ihr da ein Fauxpas unterlaufen war. Irenwitze waren schlechter Geschmack, Sir Henry billigte so etwas nicht. Sie wunderte sich, daß er die allgemeine Einschätzung der Iren als Menschen einer niedrigeren Stufe nicht teilte. Seiner Meinung nach befanden sie sich vielmehr nur »auf einem Irrweg«. Begonnen hatte dieser damit, daß sie sich nicht von den Römern erobern ließen; verschärft wurde das durch ihre Ablehnung der normannischen Herrschaft, und alles zusammen hatte schließlich zum dritten und größten Irrtum von allen geführt, ihrer hartnäckigen Treue zum römisch-katholischen Glauben, wo England ihnen doch den Pfad zum Protestantismus wies. »Ein Volk, das noch im dunkeln wandelt.«

»Man muß allerdings zugeben«, fügte Sir Henry hinzu, »daß die Geistlichen, die ihnen das Licht bringen sollten, nicht gerade ein gutes Beispiel boten. Wahrscheinlich würden sie auch dem Papismus nicht mehr anhängen, hätten wir nicht den Fehler begangen, sie deshalb zu verfolgen. Damit wurde er für sie zum Symbol ihrer keltischen Nationalität. Der Gegensatz zwischen uns ist nicht von Haus aus ein religiöser, obwohl es inzwischen so aussieht. Es ist der uralte Gegensatz zwischen Angelsachsen und Kelten.«

Sir Henrys Haß galt den englischen Siedlern, die in Dublin das Heft in der Hand hatten. »Frömmler und Heuchler« nannte er sie. Sie waren es, die ihm mit ihrem Widerstand gegen jede Reform seine Arbeit als Statthalter der Königin in Irland zur Hölle gemacht hatten.

Und das war nun, zusammen mit dem verwirrenden Bild eines Landes, dessen einzelne Teile von Alt-Iren, Alt-Engländern, Anglo-Iren und Neu-Engländern beherrscht wurden, Barbarys Einführung in die irische Politik.

Doch mit der Ankunft des O'Neill wurde alles anders.

Sie, Philip und Philips bester Freund Fulke Greville waren nach Gamage Copse geritten, um an diesem herrlichen Oktobertag den Altweibersommer zu genießen. Philip und Fulke gingen, in eine Diskussion vertieft, unter den Bäumen spazieren, und Barbary mühte sich durch Philips Übersetzung von Xenophon, um sich auf eine Prüfung vorzubereiten, die Harington für nächste Woche angesetzt hatte.

Es schien nicht besonders wichtig, daß sie sich unter eine Buche gesetzt hatte, den Rücken an einen Blätterhaufen gelehnt, noch daß sie ihre Beine mit ihrem Umhang bedeckte, um sie vor der frischen Herbstluft zu schützen. Auch ihre Mütze hatte sie abgenommen, die Farbe der Herbstblätter mischte sich mit der ihres kurzen Haares, so daß es so aussah, als verdichte es sich rund um ihren Kopf zu langen Locken. Auf den ersten Blick sah der ausgebreitete Umhang aus wie ein Rock.

Plötzlich bebte die Erde unter Pferdegetrappel. Ein sehr großes Pferd verdunkelte die Sonne, und eine Stimme sagte: »Warum nur verdirbt sich eine so schöne junge Frau ihre reizenden Augen über einem Buch?«

Sie fuhr hoch, drückte sich die Mütze auf den Kopf, stampfte mit ihren Stiefeln auf und fluchte auf ganz besonders männliche Art. Philip und Fulke kamen herbeigerannt und schlugen dem Neuankömmling herzhaft auf den Rücken. »Hugh, darf ich dir einen Landsmann von dir vorstellen, Master O'Flaherty, besser bekannt als Boggart. Boggart, das ist der Graf von Tyrone.«

Hugh O'Neill wirbelte seinen Hut in einer verschnörkelten Verbeugung herunter. »Bin untröstlich«, sagte er, »diesen muntern jungen Herrn beleidigt zu haben, indem ich ihn für eine Dryade hielt. Schieben wir's auf meine altersschwachen Augen.«

Seinen Augen, dunkel unter rotem Haar (rot wie sein Bart), fehlte gar nichts. Und altersschwach waren sie auch nicht.

»Hugh«, sagte Philip, »warum sprichst du mit diesem scheußlichen Akzent, nachdem wir uns doch solche Mühe gaben, ihn aus dir herauszuprügeln?«

Der O'Neill grinste. »Mein Bester«, näselte er nun im feinsten Oberschicht-Englisch, »du mußt einem Heiden doch Zeit lassen, sich einzugewöhnen. Ich komm' geradewegs vom Schiff.«

»Und bleibst hoffentlich lange? Hier ist immer dein Zuhause.«

Sie stiegen in den Sattel und ritten in Richtung Haus, die drei in lebhafter Unterhaltung begriffen, während Barbary schweigend den Schluß machte. An diesem O'Neill war etwas Merkwürdiges, Fremdes. Irgend etwas stimmte nicht mit ihm. Die elisabethanische Hofkleidung war weiß Gott farbenprächtig genug, aber die seine ging um eine Nuance zu weit. Sein karmesinrotes Wams war grell, zu viele Schlitze, zu viele Lochmuster, sein Wams stand einen Zoll zu weit vor über einer sonst ganz schlanken Taille. Die Pluderhose in Schwarz und Gold war bombastisch dick wattiert, das Holländercape aus Silbertuch trug zu viele blaue Quasten. Barbary, schon lange genug bei den Sidneys, um zu wissen, was geschmackvoll war und was nicht, spottete innerlich über diese Provinzler-Karikatur des *dernier cri*, denn das war angenehmer als der unbehagliche Verdacht, die Sklaven des *dernier cri* würden vielleicht von diesem Provinzler karikiert.

Unbehagen, das war das richtige Wort für den Eindruck, den der junge Mann auf sie machte, und nicht nur, weil er sie einen Augenblick lang für eine Frau gehalten hatte. Gedanken, die zu seinen Worten nicht paßten, glitten hinter seinen Augen vorbei wie Haifischflossen. Er erinnerte sie an einen Gimpelfänger bei der Arbeit. Dort hinten unterm Baum hatte es einen Moment gegeben, in dem sie ein merkwürdiges gegenseitiges Erkennen gespürt hatte. »Dir traue ich erst über den Weg«, sagte sie zum Rücken des Grafen von Tyrone, »am Schustersonntag, wenn die schwarze Sonne scheint.«

In diesem Moment riß der O'Neill sein Pferd herum. »Ja, ich seh's!« rief er und breitete die Arme zu ihr aus. »Kein Zweifel. Der Erbe der O'Flaherties, mit den Zügen der O'Connors und den Farben der O'Malleys.«

»Hast du schon wieder deine Spione ausgeschickt, Hugh?« fragte Philip. »Boggart ist hier inkognito.«

»Als Überraschung für meine armen Landsleute, ja?« Der O'Neill grinste wieder. »Eine Überraschung wird er ganz sicher werden. Nein, keine Spione. Dein Herr Vater hat's mir geschrieben. Er meint, der junge Herr wird in Irland einen Verbündeten brauchen.« Und mit einer Geste zu Philip und Fulke: »Reitet nur voran mit euren hochgestochenen Gesprächen«, sagte er, »während wir irischen Moorläufer das Schlußlicht bilden, wie sich's gehört. Wir werden uns austauschen, Master Boggart und ich.«

Er paßte sein Pferd Spensers Tempo an, und die anderen beiden ritten voraus. Wieder fühlte Barbary sich unbehaglich. Die Bereitwilligkeit, mit der er sie als Erben der O'Flaherties akzeptierte, war mindestens so beunruhigend, als hätte er sie als Schwindler bezeichnet. Hielt er sie wirklich für einen hochgeborenen Iren? Steckte er mit Burghley unter einer Decke? Oder spielte er sein eigenes Spiel?

»Wie steht's mit den Lektionen?« fragte er freundlich. »Ist Harington noch immer ein Verfechter der Rohrstock-Philosophie? Erklärt Sir Henry Gott noch immer, was er alles falsch macht?«

Ihre Lippen zuckten, aber sie wollte sich nicht zu seinem Bundesgenossen machen lassen. »Ich lerne hier sehr viel«, sagte sie.

»Ich auch, ich auch«, erwiderte er, »sicher, das tat ich auch.«

Alles, was er sagte, klang irgendwie doppeldeutig. »Und was ist dein Taufname?« fragte er. »Nicht einmal in Irland würden wir ein Kind Boggart taufen.« Das war eine vernünftige Frage; es gab keinen Grund, sie nicht zu beantworten – aber alles, was sie zu ihm sagte, trieb sie tiefer hinein in ein ihr unbegreifliches Komplott.

»Barbary«, antwortete sie. »Jesus, was ist denn los?«

Hugh O'Neill war nach vorn auf den Hals seines Pferdes gesunken und schlug mit dem Kopf dagegen. Sie streckte die Hand aus, um ihm zu helfen, und spürte seine Schultern zucken. Der Mistkerl erstickte fast an einem lautlosen Lachkrampf.

»Wirst du damit aufhören?« zischte sie. »Verdammt noch mal, halt den Mund!«, und ärgerte sich sofort noch mehr darüber, daß ihre Grobheit sie nur noch mehr mit ihm verband.

»Barbary.« Er wischte sich die Augen an der Mähne seines Pferdes. »Na, ist das nicht ein schöner Name, und so verbreitet an der Westküste von Irland.«

Er machte sich über sie lustig. Wütend riß sie den obersten Haken ihres Wamses auf und zog den Torques heraus. »Willst du einen Beweis?« schrie sie ihn an. »Da ist der Beweis.«

Er drehte ihn in den Händen, hörte auf zu lachen, es sah aus, als hielte er mit dem Ding geheime Zwiesprache. Mit einem Nicken reichte er ihn ihr wieder. »Als Kind«, sagte er ihr, »sah ich ihn um den Hals deiner Mutter.«

Er wollte noch etwas sagen oder hatte es schon gesagt. Barbarys Kopf drehte sich. Sie waren jetzt in der Allee, die zum Herrenhaus führte, und im Bruchteil dieser Sekunde waren die Alleebäume blattlos und häßlich und das Haus eine Ruine.

O'Neill hatte gesagt oder wollte es sagen: »Es heißt, die Engländer haben sie gehängt.«

Aus Anlaß von O'Neills Besuch bei seinen Zieheltern gab es ein Fest. Wie üblich waren noch weitere Gäste in Penshurst: ein Sekretär des Königs von Navarra; Doctor Dee, der Alchimist und Zauberer der Königin; ein Botaniker aus Venedig; der Baron Alasco aus Polen, den Philip von seiner großen Tour auf dem

Kontinent her kannte, dazu diverse Poeten, Höflinge auf Urlaub und Mary, älteste Tochter der Sidneys und jetzt schwangere Gräfin von Pembroke.

Die Juwelen, mit Metallfäden durchwebten Halskrausen und Stickereien der Aristokraten an der Spitze der Tafel machten weiter unten den weniger glänzenden, weniger modischen Gewändern der Kaufherren und höheren Hofbeamten Platz, bis ganz unten das dumpfe Rostrot des selbstgewebten Leinens der Bauern vorherrschte, die Sir Henry, höflich wie immer, ebenfalls zu seiner festlichen Tafel lud.

Barbary brauchte heute nicht als Knappe zu dienen, sondern hatte den Ehrenplatz neben der Gräfin, gegenüber dem Grafen von Tyrone. Sir Henry erging sich gerade mit dem O'Neill in Erinnerungen, und sein neuer Schützling sollte aus berufenem Munde hören, wie vorteilhaft es war, die irische Barbarei zugunsten der Kultiviertheit des Englands der Renaissance abzulegen. Da seine laute Stimme mühelos den Raum füllte, hörten wohl oder übel auch alle anderen zu.

»Nehmt Euch an diesem Lord hier ein Beispiel, Master Barbary«, dröhnte er. »Seht ihn Euch jetzt an! Doch als ich ihn fand, war er nicht viel besser als ein Pferdeknecht, versteckt in den Mooren von Dungannon, gejagt von seinem Onkel, Shane O'Neill, Shane dem Großen Verstörer, der bereits Hughs Vater ermordet und seinem Bruder die Kehle durchgeschnitten hatte. Ja, das waren die ehrlosen Bruderkämpfe der O'Neills von Ulster.«

»Barbaren«, lächelte O'Neill die Tafel hinauf und hinunter, und Barbary fragte sich, ob denn sonst niemand bemerkte, daß seine Knöchel so weiß waren wie seine Zähne.

»Ich hoffe, mein Freund, Shanes Erben sind jetzt so weit unter Kontrolle, daß sie Eure Stellung nicht mehr bedrohen«, sagte Sir Henry.

»Sie sind aufs Haupt geschlagen, Mylord«, versetzte der O'Neill und lächelte wieder, und Barbary, die noch immer seine Hände beobachtete, sah sie sich zur Faust ballen, als hätte er Shanes Nachkommen einen nach dem anderen gepackt und ihnen mit eigenen Händen das Herz herausgerissen.

»Und hier steht er nun«, dozierte Sir Henry, »der unangefochtene Herr über den Norden Irlands, getreuer Diener Ihrer Majestät, Freund ihrer Freunde und ein so guter Engländer, wie nur je einer sein Schwert in eine Pflugschar verwandelte.« Es ging noch eine Weile so weiter, während Sir Henry seine Rolle als Pygmalion bei der Verwandlung des ungehobelten Iren in den gewandten und allseits beliebten Elisabethaner dartat. Und Hugh O'Neill lächelte dazu die ganze Zeit über das Lächeln der Galatea.

Das Licht drang nur mehr schwach durch das Maßwerk der hohen Fenster. Diener entzündeten die Kadelaber auf der Tafel und befestigten Wachsstöcke an der Wand, die Farben begannen zu leuchten, und die Halle duftete nach Rosmarin und Harz.

Barbary mußte immer wieder blinzeln, als könne sie dadurch ihre Verstörung durch das Bild loswerden, das heute nachmittag vor ihr aufgeblitzt war und die Proportionen von Penshurst verzerrt hatte und noch jetzt alles entstellte, was sie sah, so daß die Wände dieser Halle, wo sie Bildung und Benehmen gelernt hatte, plötzlich schief schienen, Sir Henrys gutaussehendes rotes Gesicht gedunsen wirkte und Lady Sidneys Maske, als bedecke sie einen grinsenden Totenschädel. Gern wollte sie glauben, daß Doctor Dee, der Schwarzkünstler der Königin, diesen unheilvollen Einfluß ausstrahlte, daß er allein die Nacht verhexte. Oder daß es nur am flackernden Licht lag.

Aber sie wußte, daß beides nicht stimmte; es war der rothaarige, dunkeläugige Mann ihr gegenüber, der aus Irland etwas mitgebracht hatte, das sie, und nur sie allein, angesteckt hatte, so daß ihr ihre ganze Umgebung krank erschien.

Er sagte eben bedauernd: »Ich wünschte, Ihre Majestät würde auf meinen Rat und auf den Euren, Sir Henry, hören, was die Verwaltung von Munster angeht. Habt Ihr dies schon gesehen?« Damit reichte er Sir Henry ein Papier, das nach Art der Flugblätter hinter großen Anfangslettern eng bedruckt war.

Sir Henry ließ sich seine Augengläser bringen und begann dann laut zu lesen: »Ein Hinweis auf das Benefizium, so in kurzer Zeit den jüngeren Zweigen adeliger Familien erwächst, die sich, dem Angebote Ihrer Majestät folgend, der Besiedelung von Munster annehmen ... Herren über große Ländereien ... Untertanen ... Korn, Vieh. Großen Nutzen ziehen jüngere Söhne und Verwandte von Gentlemen aus gutem Hause wie auch solche von geringerer Geburt ... Auf daß der englische Charakter der Kolonie erhalten bleibe, ist Heirat nur mit solchen Personen, die von englischen Eltern geboren sind, gestattet ... sind bloße Iren in keiner Familie aufzunehmen, noch Land an sie zu verpachten, noch ihnen Arbeit noch Unterschlupf zu gewähren ... ein wahrhaft gutes Land.«

Sir Henry blickte hoch. »Das ist Irrwitz. Falls Munster sich, seit ich's zuletzt besuchte, nicht vollkommen verändert hat –«

»Es ist noch immer ein verwüstetes Land«, sagte der O'Neill, »genau wie nach der Desmond-Rebellion, achthunderttausend Morgen Hunger und Elend. Und wie es ohne die ›bloßen Iren‹ bebaut werden soll, das weiß ich nicht.« Beiläufig fügte er hinzu: »Sir Walter Raleigh soll zweiundvierzigtausend Morgen davon erhalten.«

Sir Henry riß die Augen auf. »Zweiundvierzig*tausend?*«

»Von Lismore bis Youghal.« Der O'Neill zuckte die Schultern. »Schließlich breitete er seinen Umhang der Königin zu Füßen aus, damit sie darüberschreite.«

Sir Henrys Faust fiel auf den Tisch, daß alle Teller und Humpen hüpften. »Irrwitz«, rief er. Lady Sidney streckte die Hand aus, um ihn von hochverräterischen Äußerungen abzuhalten, aber er schüttelte sie ab. »Und ich sagte ihr doch, so könne man das nicht tun!«

»Keine Angst, Sir Henry«, warf O'Neill ein. »Es wird dem guten Sir Walter nicht ganz leichtfallen, seine vielen Morgen zu genießen. Einige davon sind, oder vielmehr waren, angestammter Landbesitz der MacSheehys.«

Sir Henry fing sich nur schwer. »Die MacSheehys«, murmelte er, doch dann erinnerte er sich. »Die MacSheehys«, sagte er noch einmal und wechselte einen amüsierten Blick mit dem Grafen von Tyrone. »Dann bete ich für ihn.«

»Was ich befürchte«, sagte der O'Neill, »ist ein weiterer

Aufstand. Vielleicht ist es machbar, das Ödland von Munster mit englischen Siedlern zu füllen, vielleicht auch nicht. Ihr und ich, Sir, wir wissen, daß diese Landschaft etwas anders ist als Somerset oder Kent. Aber die eingeborene Bevölkerung aus einem Viertel von ganz Irland zu vertreiben …«

»Irrwitz«, wiederholte Sir Henry und hob die Hand: »Dennoch, mein Sohn, mischt Euch nicht ein. Mit Ulster habt Ihr genug am Hals.« Er hatte gesprochen.

Der O'Neill verneigte sich im Sitzen und wechselte das Thema. »Leider muß ich morgen wieder fort.«

Die ganze Tafel protestierte. Lady Sidney sagte: »Aber, mein lieber Junge, wir hofften doch, Ihr würdet länger bleiben.«

O'Neill blies ihr einen Handkuß zu und schüttelte den Kopf. »Das ist eine Einkaufsreise; ich muß nach London, Tafelgeschirr kaufen, Wandteppiche und andere schöne englische Dinge. Ich möchte Dungannon zu einem echten englischen Herrensitz machen, ein neues Penshurst in Ulster erschaffen. Und ich brauche von Lord Burghley die Genehmigung zur Einfuhr von Blei. Wie Ihr wißt, ist die Einfuhr von Blei nach Irland verboten, denn man könnte ja umstürzlerische Kugeln daraus gießen, aber ich brauche es, um damit das Dach meines irischen Penshurst zu decken.«

Er erhob sich. »Bevor ich gehe, möchte ich als loyaler Ire einen Toast ausbringen auf Ihre Ruhmreiche Majestät und auf die Zierde ihres Reiches, die Familie Sidney.« Er hob sein Glas: »Auf Königin Elizabeth, mögen die Würmer sie bei lebendigem Leib verzehren. Und auf euch, meine lieben Sidneys, mögt ihr an eurer stinkenden Herablassung ersticken.«

Als Barbary nach einer Weile wagte, den Kopf wieder zu bewegen, blickte sie die Tafel zuerst hinauf, dann hinunter. Sir Henry hob eben lächelnd sein Glas. Die Gräfin von Pembroke neben ihr bemerkte: »Wie reizend!« Die ganze Länge der Tafel tranken gutgelaunte Männer und Frauen auf das Wohl der Königin und das der Sidneys. Alles war völlig normal; nur sie allein war verrückt geworden.

Verzweifelt blickte sie hoch und begegnete O'Neills Blick. Er nickte. »Ich sehe, der junge Herr kann noch Irisch«, sagte er.

Schließlich bemerkte die Gräfin neben Barbary: »Vater, Master Barbary fühlt sich nicht wohl. Ich glaube, er braucht frische Luft.« Und zu Barbary gewandt: »Soll ich Euch begleiten?«

Barbary schüttelte den Kopf. Sir Henry erteilte ihr Erlaubnis zum Verlassen der Tafel, und beim Hinausschlüpfen hörte sie noch das wiehernde Gelächter der Tafelrunde über des O'Neills Iren-Witze: »Tja, sagte Patrick, wie viele Meilen es von Waterford nach Cork sind, kann ich Euch nicht sagen, aber von Cork nach Waterford sind es achtzehn.« Bis auf die Terrasse hörte sie das Gelächter, bis hinunter zu den Stufen der Eibenpromenade, wo die langen Hecken im Mondlicht geometrische Schatten warfen.

Sie hatte ihn nicht verstanden. Sie *konnte* ihn nicht verstanden haben. Es mußte irgendein Unterton in seiner Stimme gewesen sein, der ihr den furchtbaren Sinn verriet. Sie konnte die irischen Worte nicht erkannt haben. Wenn sie das eine oder andere vielleicht erriet, dann deshalb, weil sie ein bißchen Shelta kannte, die Geheimsprache der irischen Kesselflicker, gesprochen von den irischen Mitgliedern des Ordens und manchmal auch vom Orden selbst.

Im Hintergrund hörte sie, wie in der Halle die Tafel aufgehoben und fortgerückt wurde, die Musiker ihre Instrumente stimmten und die Gesellschaft sich zum Tanz vorbereitete. Sie entfernte sich von den Geräuschen und raufte sich die Haare. Hier draußen flöteten die Nachtigallen, aber auch sie konnten die Welt nicht wieder einrenken. »O Gott«, rief sie laut, »ich bin Barbary Clampett. Ich bin keine Irin.«

»Doch, das bist du«, sagte ein Schatten.

Sie schrie ihn an: »Laß mich in Ruhe.« Er stand mitten vor ihr auf dem Weg, in seinen phantastischen Kleidern, die im Mondlicht schwarz und weiß waren.

»Du hast es verstanden.«

»Hab' ich nicht! Hab' ich nicht!« Sie wandte sich von ihm ab, unvernünftig in ihrer Panik. »Ich sag's ihnen.«

Sie hörte ihn antworten: »Sie haben eine viel zu hohe Meinung von sich selbst. Sie würden dir nicht glauben.«

Sie wußte, daß er recht hatte. Im Geiste sagte sie zu Sir Henry: »Der Graf von Tyrone hat Euch und die Königin gröblichst beleidigt« und hörte die Worte von seiner unerschütterlichen Selbstsicherheit abprallen wie Erbsen von einer stählernen Rüstung. Sie hätte weinen mögen darüber, daß die Sidneys so sicher waren, sich niemals zu irren. »Ihr habt kein Recht, sie zu verletzen.« Die Musik war jetzt in Schwung gekommen, etwas blechern aus der Entfernung, aber gut zu hören.

»Doch.« Er kam näher, nahm ihre Fingerspitzen in die seinen und hob sie empor. »Ich hab' eine Million Rechte, alle in Irland begraben. Das ist ein hübscher Rhythmus, den sie da spielen.« Er führte sie zwischen den Eiben dahin, beide hatten die Hände erhoben. Sie tanzten. Sie entriß ihm ihre Hand, aber er tanzte weiter, einen Ellbogen abgewinkelt, den anderen Arm elegant in der Luft, als begleite sie ihn noch immer.

Am Ende der Strophe drehte er sich um und kam wieder auf sie zu, die hohen Schuhe mit den übergroßen Schnallen klopften im Takt der Musik. Wieder faßte er ihre Hand, und sie zog sie diesmal nicht fort, denn sie hatte der Unwirklichkeit dieser Nacht nichts mehr entgegenzusetzen. »Es sind doch gute Menschen«, sagte sie hilflos.

»Und deshalb so gefährlich.« Er hüpfte jetzt den schwierigsten Teil der Gagliarde; Barbarys Tanzstunden hatten sie noch nicht soweit geführt, außerdem war ihr nicht nach Hüpfen zumute. Sie blieb stehen, während er um sie herumwirbelte und sie mit seinen langen Fingern elegant umwarb. »Ich höre, dein Ziehvater arbeitet in der Kanonengießerei. Das könnte uns in Ulster nützen. Wenn es dazu kommt.«

Er war ein Wiesel, das einen Vogel umkreiste. Sie riß den Blick von ihm los und sah sich um, nur um sicherzugehen, daß das Gras noch an Ort und Stelle war und nicht oben am Himmel, daß die Sterne nicht aus der Erde blinkten, daß dies hier das solide englische Penshurst war. »Laß mich in Ruhe«, schrie sie ihn noch einmal an. »Will würde nie … niemals würden wir dir helfen, du Scheiß-Verräter du.« All die Jahre war sie auf ihre Kunstfertigkeit im Fluchen stolz gewesen, und jetzt, in der Stunde der Not, ließ sie sie im Stich. Aber sie konnte sich nicht losreißen. »Du bist verrückt, einfach verrückt.« Sie blickte auf ihre langbeinigen Schatten, die sich über den Weg legten. »Du bist pervers. Sieh dich doch an, wie du tanzen willst mit einem Jungen.«

Im Haus wirbelten die Trommeln. Der O'Neill sprang in die Luft, kreuzte die Beine und landete direkt neben ihr. »Aber das tu ich doch gar nicht, oder?«

Sie wich vor ihm zurück, bis die Hecke sie aufhielt. Tänzelnd folgte er ihr. »Ich tanze mit einem ebenso geschickten Betrüger, wie ich selber einer bin, oder nicht?« Die Musik stimmte einen neuen Reigen an; Barbary ging sie bereits heftig auf die Nerven. Doch als er ihr seine Hand entgegenstreckte, nahm sie sie wie hypnotisiert, und gemeinsam schritten sie den Weg entlang. »Weißt du, *Master* Barbary, ich wollte diesen neuen jungen Fürsten sehen, den die Engländer erfunden hatten, um ihn Ulster in die westliche Flanke zu drücken. Und dann sah ich ihn unter einer Buche sitzend.« Sie drehten sich um und paradierten zurück. »Und ich sah auch, daß die Engländer einmal ganz ausnahmsweise niemanden betrogen. Diese Nase konnten sie nicht erfinden, die Haut nicht, dieses Haar nicht, und vor allem nicht diese Augen.«

Wieder ein Trommelwirbel, seine Hände schossen hervor, umfingen ihre Taille, warfen sie in die Luft und fingen sie wieder auf.

»Aber die Engländer sehen nicht, was ich sah. Und die Frage war: Wer war hier blind, der arme alte Hugh oder die Engländer?«

»Ich glaube, ich lasse diesen Tanz aus«, sagte Barbary. »Ich geh' wieder hinein.«

»Du bleibst hier, und du tanzt.« Ihre Finger lagen in seiner Hand wie in einem Schraubstock. Sie blieb, und sie tanzte.

»Und so erkundigte ich mich höflich nach dem Namen dieses jungen Fürsten. Und er sagte ihn mir. Barbary, sagte er.«

Sie drehten sich. Barbary spuckte: »Und was ist daran verkehrt?«

»Gar nichts. Ein schöner Name. Und sehr verbreitet an der Westküste von Irland, die der junge Herr als sein Erbe beansprucht.« Er lächelte. »Bei Mädchen.«

Er warf sie noch einmal in die Luft, aber als er sie diesmal wieder auffing, küßte er sie. Es war kein zärtlicher Kuß, es war eine Initiation; seine Zunge erforschte ihren Mund, während seine Hände ihre Taille hinabglitten, über ihre Hüften und Hinterbacken, um ihnen beiden zu beweisen, daß er sich nicht irrte, es war wie ein Stammesbrauch, ein Willkommensgruß und eine Einweihung. Und außerdem setzte er damit Teile von Barbarys Geist und Körper in Bewegung, die sie bisher für nicht beweglich, ja für nicht vorhanden gehalten hatte.

Er gab sie frei. Im Haus hatte die Musik geendet, die Nachtigallen behaupteten das Feld. »Wir hören voneinander, Master Barbary«, sagte er. Sie sah ihm nach, wie er den Gartenweg entlang auf die Lichter des Herrenhauses zuschritt. Dann setzte sie sich, weil ihre Beine nachgaben.

Am nächsten Morgen setzte Barbary ihren Lehrer Harington davon in Kenntnis, daß sie sich heute frei nahm.

»Kommt nicht in Frage«, sagte er. »Heute haben wir Mathematik.«

Als sie ihm erklärte, wo er sich seine Mathematik hinstecken könne, bedrohte er sie mit dem Rohrstock. Sie nahm ihn, brach ihn entzwei und gab ihn ihm zurück. »Ich nehme mir heute frei«, wiederholte sie klar und deutlich. »Ich habe schlecht geschlafen.«

Im Stall befahl sie einem Pferdeburschen kurz, er möge Spenser satteln, und verblüffte dann das lethargische Pony, indem sie es beim Ritt über die Parklandschaft nach Norden in Richtung Kirche zu einem flotten Trab anspornte.

»Schlecht geschlafen« war eine Untertreibung. Die ganze Nacht hindurch hatten sich die Ereignisse des vergangenen Tages in der Einsamkeit ihres Zimmers immer wieder von neuem abgespult, es war wie die Nachbeben nach einer Erschütterung der Erde, so daß sie aus jedem kurzen Dösen von einer neuen Welle geistigen und körperlichen Aufruhrs wachgerissen wurde, als könne ihr Verstand O'Neills Enthüllungen immer nur einzeln verarbeiten und reagiere immer nur auf die, die gerade an der Reihe war. Aber es waren so viele gewesen, daß sie miteinander um den Vortritt, den Anlaß zur größten Sorge, kämpften.

Daß die armen Sidneys eine Viper an ihrem Busen genährt hatten, war unbedeutend im Vergleich zu dem Umstand, daß sie zur Komplizin dieser Viper geworden war. War's Verrat, mit einem Verräter zu tanzen? Doch, das war es, wenn man die, die verraten wurden, nicht warnte. Einmal in dieser furchtbaren Nacht stand sie auf, wickelte sich in ihren Umhang und machte sich auf zu Philips Zimmer, um ihm alles zu erzählen, was sie wußte. Aber im Gang starrten die steifnackigen Porträts der Sidneys und Dudleys herrischen Blicks auf sie herab, keineswegs geneigt, ihr Wort, das Wort eines Gassenjungen, über das eines Grafen zu stellen, und sei er noch so sehr Ire. Der Stand war ein festeres Band als die Abstammung. O'Neill war Philips Jugendfreund; sein Boggart eine neue und aufgezwungene Errungenschaft.

Sie zögerte im Korridor, ging vor und zurück, sehnte sich nach der klaren Überlegenheit des Engländers über die schmutzigen Fremden, sehnte sich nach einer patriotischen Tat für Elizabeth, wollte wieder sicher sein, wo sie stand.

Aber sie wußte nicht, wo sie stand. Der O'Neill hatte ihre glückliche Gewißheit zerstört. War sie womöglich selbst eine dieser schmutzigen Fremden? Endlich schlich sie zurück in ihr Zimmer.

Jetzt blieb ihr nur mehr eines übrig. Sie mußte mit Will sprechen. Die Nebelwand, die so lange ein Schutz für ihre geistige Klarheit gewesen war, bekam Risse; für alle anderen war es ein schöner Tag, die Sonne beschien die Haufen von abgefallenem Laub, das noch vom Morgenfrost knirschte, Hagebutten sprenkelten die Hecken mit einem hellen Rot, Tautropfen glitten über Spinnennetze, aber Barbary sah alles wie durch einen Schleier. »Die Engländer haben sie gehängt«, zwitscherten die Amseln. Eine Bäuerin, die zwei volle Milcheimer trug, knickste vor Barbary, als diese am Pförtnerhaus vorbeiritt, und rief ihr munter nach: »Einen schönen Tag, Master Barbary. Es heißt, die Engländer haben sie gehängt.«

Wen gehängt? Die hängten ja alle möglichen Leute. Zum Beispiel Mary Cutpurse wegen Mordes an ihrem Baby. Wer immer sie war, sie hatte es wahrscheinlich verdient. Sie war nicht

Barbarys Mutter, denn Barbary hatte keine Mutter. Und warum hing dann jemandes Mutter am Hals irgendwo ganz hinten in Barbarys Bewußtsein?

Nur Will konnte es wissen. Bisher hatte sie nie den Mut gehabt, ihn zu fragen, aber jetzt mußte es sein. Beinahe unwillig gestand sie sich ein, daß sie den Mut, sich der Antwort zu stellen, erst vom O'Neill bekommen hatte.

Sie hatte ihn vor seiner Abreise nicht mehr gesehen, wofür sie dankbar war. Er war zu beunruhigend – sie bedauerte jede Frau, die sich mit ihm einließ. Nichtsdestoweniger war er auch der Herold einer neuen Lebensvorstellung, ein Versprechen, daß das Frausein, obgleich natürlich eine Katastrophe, doch auch seine vergnüglichen Seiten hatte. Barbary ertappte sich dabei, wie sie trotz aller Sorgen grinste.

Aber da war noch etwas gewesen. Seine Zunge in ihrem Mund gestern nacht, seine Hände, seine verdammte Unverschämtheit, seine Doppelzüngigkeit, die ganze Vielschichtigkeit dieses Mannes hatte nach einem anderen Land geschmeckt. Einem furchtbaren Land, voller Idioten und Mord und jähem Tod, und er war tänzelnd daraus hervorgegangen. Witz und Verrat lagen nah beieinander. Der verschlagene Hund war der tollkühnste Draufgänger, den sie kannte. Die Frau, die da ganz hinten in ihrem Kopf hing, war genauso, eine Kämpferin und Intrigantin. Es war Zeit, ihre Bekanntschaft zu machen.

Die größeren Städte Kents, vor allem aber die Häfen, haßten die Eisenhütten und Schmelzöfen, die in der Gegend von Wealden überall aus dem Boden schossen, und zwar vor allem deshalb, weil sie so viel Holzkohle verbrauchten. Ergebene Untertanen Ihrer Majestät beklagten sich in einer Petition nach der anderen, daß Englands Wälder verschwanden, daß es bald nicht mehr genug Bauholz für Häuser geben würde, für Mühlen, Brücken, Schiffe, Gewehrschäfte, Bottiche, Pfeile. Und auch mit der Jagd wär's bald für immer vorbei.

Barbary hatte neben Sir Henry gesessen, als Kaufleute aus Robertsbridge ihn am Gerichtstag flehentlich beschworen, die Gießerei dort zu schließen. Sir Henrys Antwort lautete, nicht nur würde er diese nicht schließen, sondern eine zweite in Panningridge noch weiter ausbauen. »Wenn Spanien uns überfällt«, erklärte er ihnen, »dann muß man eure Holzhäuser mit Kanonen schützen. Und hättet ihr eine Ahnung vom Eisengießen, dann wüßtet ihr, daß Birke eine bessere Holzkohle ergibt als Eiche.«

Das Panningridge-Projekt hing mit Will Clampett zusammen. Barbary fragte sich manchmal, ob Sir Henry sie so bereitwillig als seinen Schützling und Knappen aufgenommen hätte, hätte sie nicht Will als Mitgift gehabt. Sir Henry hatte den Wert des Einbeinigen sofort erkannt, ihn schnell zum Kanonenmeister befördert und erst vor kurzem von Robertsbridge nach Panningridge versetzt, um das dort bereits bestehende Hammerwerk zu modernisieren.

Barbary hatte sich nicht nur über die Will erwiesene Ehre gefreut, sondern auch darüber, daß Panningridge nur etwa eine Meile von Penshurst entfernt war. Sir Henry freute sich, daß er seinem Land bald erstklassige Artilleriestücke verkaufen konnte. Und Will war überhaupt im siebenten Himmel.

Um in Panningridge den Himmel zu sehen, dazu brauchte es schon ein sehr spezialisiertes Auge; die meisten hätten den Ort sehr viel tiefer angesiedelt. Der klare braune Bach, ein Nebenfluß des Eden, hatte einmal eine tiefe baumbestandene Schlucht gebildet, aber trotz aller Versprechungen Sir Henrys, den Wald nicht zu zerstören, waren die großen Bäume verschwunden, abgelöst von niedrigem Gestrüpp. Das obere Ende des Baches war zu einem Teich aufgestaut, groß genug, um als See zu gelten; gleich darunter stand der Schmelzofen, mit seinem Wasserrad fast einer Mühle ähnlich, bis auf den hohen Kamin daneben, der Ruß und Feuer spuckte. Zwei neue Schmelzöfen für das Gießen von Kanonen waren nach Wills eigenen Plänen angefertigt worden; rund um Objekte, die wie fette Obelisken aussahen, verkeilte sich ein dreißig Fuß hohes Gerüst. Dazwischen lagen Eisenbarren herum, die wie Kanus aussahen, und Berge von Holzkohle und Ziegeln.

Am höllischsten war aber der Lärm. Das Tal erzitterte unter dem Tosen des Wassers, dem Ächzen der Räder, dem Zischen des Feuers und dem dumpfen Schlag gewaltiger, wasserbetriebener Hämmer, die man bis nach Penshurst hörte. Alle Arbeiter der Eisenhütte wurden früher oder später taub.

Spenser bockte immer, sobald sie dem Ort zu nahe kamen, deshalb ließ ihn Barbary auf der Weide bei den Hüttenochsen stehen und stieg knirschend über die Schlackenschüttung aufwärts. Das war für die Füße nicht angenehm, aber die Straßen zu den Eisenwerken mußten hart sein, um die Tonnen von Holz zu verkraften, die hineingebracht wurden, und die Tonnen von Eisen, die herauskamen. Eine der vielen berechtigten Beschwerden gegen die Eisenwerke war, daß ihre ungeheuer schweren, von Ochsen gezogenen Wagen alle Straßen kaputtmachten.

Barbary sah ein bekanntes Gesicht und brüllte: »Matthew, wo ist Will?«

Matthew zog seinen Schutzhelm, den Blechhut der Hüttenarbeiter, und brummte: »Morgen, Master Barbary.« Dann deutete er. Barbary schritt auf die Obelisken zu, wo Will, der Kanonenmeister, mit Henri D'Arras, dem Schmelzmeister, stritt, aber wie einer den anderen verstehen konnte, war ihr unbegreiflich. D'Arras, den Sir Henry importiert hatte – die Franzosen waren Experten in der Eisenverhüttung –, bewegte seine rundlichen Hände mit gallischer Lebhaftigkeit, Will stampfte mit dem Holzbein auf. Barbary mußte ihn am Ärmel ziehen, damit er sie bemerkte.

»Probleme?« fragte sie Will, als sie ihn weit genug fortgezogen hatte, daß man sich nicht schreiend verständlich machen mußte.

»Von Eisen versteht er ja was, dieser Froschesser«, brüllte Will. »Aber nichts von Kanonen. Er will sie ungebohrt gießen. Altmodisch, unverläßlich. Heutzutage macht man eine Bohrform und gießt die Schmelze darum herum.«

»Ich will mit dir reden.«

Die Zahl der Orte, wo sie miteinander reden konnten, war nicht nur durch den Lärm eingeschränkt, sondern auch durch den Umstand, daß Wills Holzbein in weicher Erde leicht steckenblieb. Sie blieben auf dem Schlackenweg, bis er um eine

Anhöhe führte, dann stiegen sie einen trockenen Pfad in ein Gehölz hinauf, wo ein Dickicht aus Hainbuchen sie vor dem Lärm des Tales abschirmte und sie wieder Vögel singen hörten. Will schwieg, ihm gingen technische Probleme durch den Kopf. Sie wählten eine von Edelkastanien umstandene Lichtung und setzten sich, Will auf einen alten Baumstumpf, Barbary in die Farne.

»Es ist verschiedenes geschehen, Will.« Sie gab ihm einen leicht gekürzten Bericht über O'Neills Besuch. Als sie fertig war, blickte sie zu ihm auf. »Es ist an der Zeit, daß ich alles erfahre«, sagte sie.

Er hatte seinen Hut abgenommen, um sich am Kopf zu kratzen, ein Zeichen, daß er nervös war. Das lockige graue Haar stand ihm vom Kopf ab. Wortlos starrte er auf sein Holzbein; nicht weil er sich weigerte, ihr die Wahrheit zu sagen, sondern weil er dabei ins Persönliche geraten mußte, und dazu fehlte ihm das Vokabular. Sie wollte ihm zeigen, daß sie bereit war, und kam ihm deshalb entgegen: »Ich bin Irin, stimmt's?«

Er nickte. Barbary schloß in plötzlicher Verzweiflung die Augen; sie hatte so sehr gehofft, er würde es nicht bestätigen. Nun gut, jetzt gab's kein Zurück mehr. »Also in Irland hast du mich gefunden?«

Er nickte wieder.

»Will«, sagte Barbary flehend, »wenn das so ein verdammtes Frage-und-Antwort-Spiel wird, dann sitzen wir nächstes Jahr noch hier. Erzähl mir doch alles.«

Er sah sie stirnrunzelnd von der Seite her an – er mochte es nicht, wenn sie fluchte –, aber was er da in ihrem Gesicht las, verlangte nach Antwort. Er heftete seinen Blick wieder auf das Holzbein und beließ ihn dort. »Master Wingfields Artillerie«, sagte er.

»Das war deine Kompanie in Irland?«

Er nickte. »Ganze Kanonen, Stückwerk, ein paar Feldschlangen ...« Er wollte sich in technische Details vergraben, wo er sich sicherer fühlte. Aber Barbary ließ ihn nicht.

»Und du warst Kanonier?«

Ja, das war er und Little Bill sein Zweiter Kanonier, dazu fünf

Hilfskanoniere und fünf Jungen – das war die Mannschaft zum Laden und Feuern der riesigen, kaum beweglichen Königskanone, die sie die »Mausefalle« nannten, teils weil sie mit ihrem Hinterlader oft unvorsichtige Finger erwischte, teils weil das auch ein Euphemismus für das weibliche Geschlecht war. Um sie zu ziehen, brauchte man sieben Paar Ochsen. Sie wog achttausend Pfund, feuerte aus einem 8.45-Zoll-Kaliber ein Geschoß mit einem Gewicht von vierundsiebzig Pfund, und ließ sich auf dem glitschigen irischen Terrain eigentlich kaum manövrieren. »Befehl vom Statthalter«, sagte Will. »Aufschließen zur Belagerung an der Südwestküste vor einem Ort namens Smerwick.«

Wer war damals Statthalter von Irland? Barbary überschlug es im Geiste. Sir Henry? Nein, Will sprach von einer Zeit vor acht oder mehr Jahren; das mußte Sir Henrys Nachfolger gewesen sein, Lord Grey of Wilton. Aber sie wollte ihn wegen solcher Nebensächlichkeiten nicht unterbrechen; Will machte endlich den Mund auf, nicht allein ihretwegen, sondern weil vielleicht irgend etwas in ihm seit fast einem Jahrzehnt darauf gewartet hatte. Es geschah fast in Form von Stichworten, wie ein Mann, der etwas in sein Tagebuch notiert, aber die Sätze waren plastisch genug, daß sie ihm folgen konnte. »Schlamm bis hinauf zu den Haxen, unsere und die der Ochsen ... die Eingeborenen sahen wir nie, höchstens als Leichen und Skelette ... kein einziges Stück Vieh auf den Weiden, kein Schaf, kein Schwein ... Feind nie zu sehen ... Kreischen im Wald ... unsere Leute fingen an zu verschwinden.« Sie machte sich mit ihm auf den Marsch durch das vom Krieg zerstörte Munster, wo ein Soldat in der Reihe seinen Freund im Nebel anrief, nur um festzustellen, daß dieser schon verschwunden war.

»Vierhundert in der Kompanie, als wir loszogen, ungefähr die Hälfte kam in Smerwick an. Zwei von meinen Jungen fort. Hab' sie nie mehr gesehen.«

Er hob den Kopf zu Barbary, als erinnerte er sich plötzlich wieder an sie. »Dein Spenser war auch dort.«

Unwillkürlich blickte Barbary auf die Weide, wo sie ihn festgebunden hatte. Spenser? Will meinte Edmund Spenser – aber den begeisterten Poeten, der sie mit seiner Poesie in Schlaf gelullt hatte, konnte sie sich in dieser Umgebung genauso schwer vorstellen wie ihr Pony. Auch diesmal wagte sie ihn nicht um Erklärungen zu bitten.

Smerwick lag nahe der Spitze von Europas westlichster Halbinsel. Und dort war eine Abteilung von Spaniern gelandet, die man für die Vorhut einer spanischen Eroberungsarmee hielt, um die irischen Aufständischen in ihrem Kampf zu unterstützen. Sie hatten sich in einem Fort auf einem kahlen, windgepeitschten Felsen im Atlantik verbarrikadiert, bereit, zum aufständischen Grafen von Desmond zu stoßen und die Engländer aus Irland zu verjagen.

»Nur kamen sie ein Jahr zu spät«, sagte Will. »Desmond hatte keine Leute mehr. Hätte sie auch nicht ernähren können. Hatten schon unsere Soldaten kaum zu essen, aber seine waren am Verhungern.«

Aber da waren die Spanier, siebenhundert Mann stark, dicht gedrängt in einer stolzen Festung, von deren Mauern das päpstliche Banner wehte. Der Ozean schlug gegen die Felsen unter ihnen, die englische Marine schnitt ihnen zur See den Rückweg ab, und zwischen ihnen und dem übrigen Irland stand Greys Armee.

Kaum traf Wingfield mit seiner Artillerie ein, ließ Grey sie das Fort bombardieren. »Das war Montag, der siebente November«, sagte Will. »Wir fingen im Morgengrauen zu feuern an. Captain Zouche und Captain Raleigh haben die Gräben gegen Ausfälle verteidigt ...«

»Sir Walter Raleigh?«

Er hörte sie nicht, seine Ohren waren erfüllt vom Krachen des Ladens und Feuerns. »Ihr Antwortfeuer tötete Captain Wingfield.« Will war einen Augenblick still. »Gegen zwei Uhr nachmittags hatten wir ihre Batterie zum Schweigen gebracht, gegen drei brachen ganze Teile ihrer Schanzen über ihnen zusammen. Auf unserer Seite keine Verluste mehr, bis auf diesen John Cheke, Lord Burghleys Neffe. Kam auf seinem Roß dahergaloppiert, sein Schwert schwenkend wie ein Amateur, und schon hatte er eine Kugel im Kopf.« Will grunzte. »Grey machte sich fast in die Hosen, weil dem Lord Schatzkanzler sein Neffe hin war, und dann diktierte er einen Brief, daß der Junge ›ein so herrliches Bekenntnis seines Glaubens ablegte, wie es ihm kein Prediger im Reiche Ihrer Majestät je gleichtun‹ könne. Aber der hatte keine Zeit mehr für irgendein Bekenntnis, so wie sein Hirn überall herumspritzte.«

Montag abend ergab sich die Garnison von Smerwick. »Ein paar von ihren Offizieren kamen zu Waffenstillstandsverhandlungen heraus. Das waren gar keine Spanier, sondern Italiener die meisten, und Basken, alle vom Papst geschickt, dem alten Bastard, um die irischen Katholiken zu verteidigen. Armselige Kerle alle miteinander.«

Der Kommandant der Garnison war ein Bologneser, Sebastiano di San Joseppi, der sicheres Geleit garantiert wissen wollte. »Das gab Grey ihm nicht. Behauptete, er und seine Männer wären Piraten. San Joseppi sagte, er wäre ebensowenig Pirat wie Drake, als dieser Cadiz niederbrannte, und das brachte Grey mächtig auf die Palme.«

Die siegreichen, aber bis auf die Haut durchnäßten, Wind und Wetter ausgesetzten Engländer beobachteten die Waffenstillstandsverhandlungen. Irgendwann fiel San Joseppi auf die Knie und flehte um das Leben seiner Leute. Es seien auch Frauen in der Festung, sagte er, irischer Heerestroß, die keinem etwas getan hatten. Dürften sie wenigstens frei gehen? Grey ließ sich nicht erweichen. Die Garnison mußte sich auf Treu und Glauben ergeben.

»Auf Treu und Glauben«, wiederholte Will, »das hieß, kein Pardon.«

San Joseppi blieb nichts anderes übrig; die Garnison war seit achtundvierzig Stunden ohne Wasser. »Ein Fort ohne Brunnen«, schnaubte Will. »Amateure!« Doch als der Bologneser dann seine Männer aus dem Fort herausführte, geschah es mit hoffnungsvollem Blick, er konnte sich nicht vorstellen, daß die Engländer letzten Endes nicht doch Gnade walten lassen würden.

»Sie kamen heraus, zogen die päpstliche Fahne hinter sich her, riefen ›Mieserkord‹ oder so ähnlich und bettelten um Wasser. Die Iren unter ihnen blieben ganz still, die wußten, was ihnen bevorstand. Ein paar von den Weibern deuteten auf ihre Bäuche, vielleicht waren sie auch wirklich schwanger, ich weiß es nicht.«

Die ausländischen Soldaten mußten Rüstung und Waffen abgeben und wurden dann zurück ins Fort geschickt. Außerhalb wurden hastig Galgen errichtet und die irischen Männer und Frauen sofort aufgehängt. »Bis auf drei Priester, die auch bei ihnen waren«, sagte Will. »Die drei starben langsam.«

Es war so still auf der Lichtung, daß ein rotes Eichhörnchen an einem Baumstamm herunterlief, in den Blättern am Boden wühlte, eine Kastanie an sich riß und damit wieder forthastete, ohne die Gegenwart von Menschen zu bemerken. Barbary bezweifelte, daß Will es gesehen hatte.

»Grey setzte uns Kanoniere ein, ließ die Pikeniere draußen in Bereitschaft für den Fall eines irischen Angriffs«, redete er plötzlich weiter. »In zwei Gruppen, die eine geführt von Captain Mackworth, die andere von Captain Raleigh. Der Feind hatte sechshundert Mann im Fort gehabt. Wir waren zweihundert, sagte er, also mußte einfach jeder von uns drei umbringen, Hauen und Stechen. Und das wären ja keine Soldaten, die sich ergeben hatten, sagte er, sondern gefangene Piraten, das wären solche Papisten, die gute Protestanten, Männer, Frauen und Kinder ermordet hatten in der Bartholomäusnacht. Es war ein Dienst an Gott und der Königin, sagte er, unser Lohn wäre uns gewiß, im Diesseits wie im Jenseits. Schnaps wurde herumgereicht. Dieser Spenser sprudelte uns mit Lyrik an.«

Will stellte den Befehl nicht in Frage. Er schloß sich Captain Raleigh an, der wie er selbst aus Devon stammte und seine Sprache sprach. »Ich packte eine Pike und ging hinter ihm her und ließ Good Queen Bess hochleben.

Als sie uns sahen, rannten sie davon, aber es war ein kleines Fort, am anderen Ende fielen sie alle übereinander. Denen, die sich auf unsere Anordnung hinsetzten, rannten wir die Pike einmal in den Hals und einmal in den Bauch und zogen sie wieder raus. Hauen und Stechen. Sie waren nicht sofort tot, aber sie standen auch nicht mehr auf. Den anderen mußten wir nachlaufen. Die Offiziere nahmen das Schwert. Captain Mackworth, das ist einer, um den wir einen Bogen machten, der dreckige Schweinehund. Und er lachte auch noch. Captain Raleigh ging wie ein tüchtiger Handwerker an die Sache ran.«

Es dauerte Stunden. »Entweder gab's mehr von ihnen oder weniger von uns, aber wir brachten jeder mehr als drei um.« Sie töteten so viele, daß das Eisen ihrer Piken stumpf wurde, und man mußte immer heftiger stechen oder mehr als einmal, um durchzukommen. Die Arme taten ihnen schon weh. »Und wir rutschten aus in dem vielen Blut. Und die, die wir noch nicht hatten, schrien, und die, die wir schon hatten, husteten. Das kam dann, dieses Husten. Ich begriff nicht, warum sie so lange husteten. Dann war nur mehr einer übrig, ein Junge, und er saß nur da und wartete. Captain Mackworth wollte mit ihm spielen, aber Captain Raleigh hieb ihm sofort den Kopf ab.«

Barbary dachte daran, wie sie und andere Straßenkinder mit Hurrarufen neben den rot-blauen Kolonnen durch die Straßen Londons gerannt waren, im Takt zum unwiderstehlichen Klang ihrer Pfeifen und Trommeln bis dorthin, wo die Soldaten sich zum Krieg einschifften. Banner flatterten in der Brise, Harnische glänzten in der Sonne, Bischöfe segneten, Frauen winkten, Gott mit ihnen, Ruhm wartete auf sie. Auch sie hatte gejubelt.

Und seit sie ihn kannte, betrank sich Will an jedem achten November.

»Dann wurden wir an die Küste von Youghal geschickt, um einen Angriff der Iren zurückzuschlagen. Und dort ging die Mausefalle in die Luft.«

Little Billy, Wills Zweiter Kanonier, wurde bei der Explosion zusammen mit zwei Hilfskanonieren und einem Jungen getötet. Und ein Metallsplitter trennte Wills Bein ab. Da seine Einheit jetzt ohne Kommandant war und da Grey dank der königlichen Pfennigfuchserei auf den Luxus von Feldschern hatte verzichten müssen, konnte Will von Glück reden, daß er überhaupt eine Behandlung erhielt. Später fand er heraus, daß er sein Leben dem Captain Raleigh verdankte, der sich seines Landsmannes erbarmte und Will selbst ein Tourniquet anlegte und ihn dann die Küste weiter hinunterbringen ließ, hinaus aus dem Kampfgebiet, und einen Arzt bezahlte. Als Will wieder imstande war, mehr wahrzunehmen als nur seine Schmerzen, fand er sich in einer Hütte über dem irischen Hafen Kinsale.

»Und dort kam mir dann alles durcheinander.« Bis dahin war für ihn alles ganz klar gewesen. Was in Smerwick geschehen war, das war eben der Krieg, dafür waren seine Kommandanten verantwortlich, nicht er. Es war ein Krieg, in dem alles Englische Recht bedeutete, alles Irische Unrecht. Protestantismus gegen Katholizismus. Gute Angelsachsen gegen böse Kelten. Aber … »O'Kelly nannte er sich, war erblicher Leibarzt bei irgendeinem Clan. Und Mary, seine Frau. Gute Menschen, taten für mich, was sie nur konnten. Gegen die Entzündung verband er mir das Bein mit Moos, als es besser wurde, rieb er mir Alkohol drauf, damit der Stumpf sich verfestigte. Mein Gott, ja, die taten für mich wirklich alles.«

Und sie betrachteten sich als treue Untertanen Ihrer Majestät der Königin Elizabeth, und die kleine Stadt Kinsale war voll von Menschen wie sie. »Lauter ergebene Untertanen der Königin und alle so irisch wie Shamrock.« Und katholisch. Zu Wills Entsetzen fand er sich auf einem Bett liegen, über dem ein Götzenbild der Jungfrau Maria hing. Ein Priester war vorbeigekommen und hatte ein Weihrauchfaß über ihm geschwenkt. Kinsale befand sich zwar innerhalb des Pale und unter englischem Schutz, trotzdem herrschte hier wie in ganz Munster Hunger – aber für Will war immer genug da.

Sie schoben sein Bett zum Fenster, damit er hinausschauen konnte, als es ihm besserging, und die Schiffe beobachten, wie sie im Hafen ein- und ausliefen. Und da hatte er dann seine Erleuchtung, da fiel es ihm wie Schuppen von den Augen; von da an war für ihn alles anders.

Barbary erwartete etwas Großartiges, eine Vision, einen Engel, das Wort Gottes, doch was Will sagte, war enttäuschend.

»Ich sah, daß die Erde rot war«, erklärte er einfach.

An der Südküste von Devon, und ganz besonders rund um das kleine Fischerdorf Oddicome, woher er stammte, ist die eisenhaltige Erde leuchtend rot. Grellrote Klippen steigen wie ein Vorhang vor dem Meer auf, Pflüge hinterlassen lange rote Furchen in der Erde, die beim Trocknen ziegelrot werden, in den Genickfalten der Pflüger setzt sich roter Staub fest. Die Menschen von Devon sind den Anblick gewöhnt, nehmen aber seine Schönheit als ein Zeichen, daß Gott ihr Land mehr liebt als alle anderen. Auf seinem Zug mit der Kanone durch die sumpfige Wildnis von Munster hatte Will sich mit dem Gedanken getröstet, er täte es für England, und immer wieder hatte er das Bild von Gottes eigenem Land vor Augen. Wenn die bleichen, schreienden Irinnen aufgeknüpft wurden, dann deshalb, weil Gott eben nicht auf ihrer Seite war – er war auf der Seite der rosenwangigen Frauen zu Hause. Als Captain Walter Raleigh ihn ins Fort geholt hatte, damit er dort die Fremden töte, hatte sein Devon-Akzent Sicherheit und Vertrauen vermittelt. Man könnte sagen, Will tötete für eine Landschaft.

Aber als er nun aus einem Papistenfenster in einem fremden Land blickte, sah er die gleiche Landschaft. Das Meer in Kinsale war so blau, der Stein der Hafenmauer so grau, die Hügel fast ebenso rot wie zu Hause. Gott, dessen Blut Devon in England seine Farbe verlieh, hatte diesem Teil Munsters in Irland die gleiche Farbe gegeben.

»Ich bin hereingelegt worden, siehst du«, sagte Will zu seinem Holzbein. »Wir zu Hause waren nichts Besonderes, oder, wenn ja, dann waren die in Irland genauso besonders.« Gut, sie redeten eine andere Sprache und beteten auf andere Art zu Gott, aber Gott achtete nicht auf diese kleinen Unterschiede, wo er doch ihre Landschaft ganz gleich geschaffen hatte. Vielleicht gab es sogar in Italien und Spanien Gegenden, wo die Erde rot war. Im allerletzten waren doch alle Menschen gleich.

Dieser neue, erschreckende Internationalismus schien Will plötzlich so selbstverständlich, daß er überzeugt war, die Führer in allen Ländern mit ihrer höheren Bildung müßten das doch auch wissen. Und trotzdem hetzten sie die Unwissenden mit Parolen und Fahnenschwenken und Patriotismus auf, alles zu ihren eigenen Zwecken. »Wer hat was davon?« fragte Will, hob den Kopf und blickte Barbary zum ersten Mal an. »Nicht die armen Kerle, die ihnen hinterherrennen. Nicht wir, die Toten, Zurückgelassenen.«

Raleigh wußte es, Grey wußte es, Königin Elizabeth wußte es. Sie strichen den Gewinn ein. Ihr Feind, der Graf von Desmond, wußte es auch, und wenn er nichts einstrich, dann lag es nicht daran, daß er es nicht versucht hätte. Sie reduzierten die Vielfalt des Gleichen, die zu erschaffen Gott gefallen hatte und wofür dieser verdammt katholische irische Arzt, der Wills englisches protestantisches Leben gerettet hatte, ein Zeuge war, auf ein simples »Tötet den Feind!«. Sie brachten die Seelen ihrer willenlosen Instrumente in Gefahr. Auf ihren Befehl hatte Will wehrlose Männer getötet und mitgeholfen, unschuldige Frauen zu hängen. Er hatte Gott gekränkt. Seine Strafe war der Verlust eines Beins gewesen und daß man ihn aufgegeben und zurückgelassen hatte.

»Meine gerechte Strafe«, sagte er. Aber die, auf die Gottes Strafe sehr viel schwerer fallen sollte, sonnten sich in Wohlstand und Glück.

Über der Lichtung stand die Sonne jetzt genau im Zenith, Barbary starrte durch speerförmige Blätter, so zart und durchsichtig, daß man durch sie hindurch den Schatten der noch am Baum hängenden Kastanien sah. Sie war unruhig. Wills »persönliche Sachen« waren wirklich so persönlich gewesen, daß sie jetzt wünschte, sie hätte nicht nachgebohrt. Sie konnte seine Philosophie nicht verstehen; die ganze Weltordnung beruhte schließlich auf der Unterscheidung von Klassen und Ländern, von Gut und Böse, von Denen und Uns. Sie trieb ihn weiter: »Und jetzt zu mir, Will.« Aber sie hatte etwas in Gang gesetzt, das seinen Weg erst zu Ende gehen wollte. Will hörte sie nicht.

Als der Schmerz seiner verheilenden Wunde langsam abklang, hatte er schreckliche Alpträume, so nahe am Delirium, daß er Angst vor dem Einschlafen bekam. Er träumte nicht Bilder, sondern Geräusche, die sich zu unvollständigen Gestalten formten. Erstickte Laute drangen mörderisch auf ihn ein, ein dünner Hustenstab prügelte ihn, bis er schreiend erwachte. Er wollte fort von Irland, wie der Mörder fort will vom Ort seiner Tat; er konnte sein Mitleid und sein Schuldgefühl nicht mehr ertragen, der Arzt und seine Frau mit ihrer Freundlichkeit wurden ihm vollends unerträglich.

»Wir erfuhren, daß Desmond tot war. Getötet von einem Clan, den er einmal beraubt hatte. Sie schnitten ihm den Kopf ab und schickten ihn nach Dublin, und von dort sandte man ihn an die Königin. Der Krieg war vorbei, aber es wurde immer noch gehängt.«

Der Arzt polsterte Wills Beinstumpf aus und schnitzte aus einem Stück Sumpfeiche ein passendes Holzbein. Wills Hand fuhr zum eichelschalenartigen Kopf seiner Prothese. »Das da.«

Für Barbary war das Bein wie ein alter Freund. Wenn Will es nicht trug, lehnte es immer in einem Winkel ihrer Hütte, vertraut wie ein Besen. Sie hatte Witze darüber gemacht. Und dabei war es etwas so Fremdes. Wie Will selbst. Wie sie selbst. »Kommen wir jetzt zu mir oder nicht?« Wills Schrecken und Verzweiflung hatten sie angesteckt, sie wollte so rasch wie möglich zum Ende kommen.

Als er sich endlich wieder allein fortbewegen konnte, bot er der Familie an, für sie zu fischen, und da der Hafen von den vielen Hungernden bereits überfischt war, baute er sich in die Ruderbank eines Bootes eine geeignete Stütze für sein Holzbein und konnte so weiter hinaus in reichere Gewässer rudern. Draußen im Boot fühlte er sich als besserer Mensch. Seine Hände gewöhnten sich wieder ans Fischen. Es war immer ein kleiner Moment des Triumphs, wenn die Leine zuckte und er einen Fisch hereinholen konnte. Durch den Abstand vom Land konnte er in Ruhe darüber nachdenken, was er mit seinem Leben von jetzt an anfangen sollte. Die Armee hatte sich nicht mehr um ihn geschert; wahrscheinlich wußte niemand, ob er noch lebte, und offenbar war es auch allen egal. Raleigh war nicht zurückgekommen, er gehörte eigentlich ja auch gar nicht zu seiner Truppe; nach seiner einen guten Tat war er zurück nach England geeilt und war schon wieder der Günstling der Königin. »Aber selbst wenn der Lord Schatzkanzler mit einer Rente in der Hand aus den Wellen aufgetaucht wäre, hätte ich ihm ins Auge gespuckt«, sagte Will. »Zuerst die Rente genommen, klar, und nachher ins Auge gespuckt.« Seine Verbitterung hatte nichts damit zu tun, daß sich keiner um ihn gekümmert hatte, das war eben das Los des alten Soldaten, anderes hatte er nicht erwartet. Seine Verbitterung kam vielmehr daher, daß die Oberen, von Elizabeth abwärts, ihn zu einer Sünde getrieben hatten, von der er sich nie wieder frei machen konnte. Ihm war es gleich, ob er England je wiedersah, aber in Irland, dem Land, gegen das er so schwer gesündigt hatte, hielt es ihn erst recht nicht.

Als er nun eines Tages mitten in einem Makrelenschwarm angelte, der sich zu nahe an die Küste gewagt hatte, sah er einige Soldaten die Klippen über ihm absuchen. Es waren englische Soldaten; Will erkannte die Uniform mit den leuchtend blauen Röcken, die sie zu einem so hervorragenden Ziel für irische Scharfschützen machte. »Verdammte wandelnde Glockenblumen«, sagte er. Sie stachen mit ihren Piken in Ginsterbüsche und schoben die Farne auseinander.

Will sah, was sie nicht sehen konnten. Zwanzig Fuß unter ihnen hing ein kleiner Junge wie eine Krabbe am Felsen. Hose und Wams waren zwar aus braunem Leder, aber sein Haar hob sich in leuchtendem Orange von den ziegelroten Klippen ab, für die Soldaten ein leichtes Ziel. Vor Wills Augen verlor er unter einer Hand den Halt und schwang jetzt herum wie ein Pendel, wobei sich Brocken roter Erde lösten. Sofort schaute Will wieder zu den Soldaten hinauf; das Geräusch von fallenden Kieselsteinen mußte man doch hören – aber die Soldaten hörten nichts, sie riefen einander laut etwas zu. Jetzt riefen sie ihn an. Er ruderte näher zum Strand und legte eine Hand hinters Ohr. »Flücht – ling! Flücht – ling!« schrien sie, überzeugt, daß alle Fremden Englisch verstünden, wenn man nur langsam und laut genug sprach. »Hast ihn nicht gesehen, Paddy?«

Der Junge hatte wieder einen Halt gefunden, drehte jetzt den Kopf und sah Will an. Er war sehr klein. Will deutete in Richtung Kinsale. »Dort am Fluß versteckt er sich«, brüllte er. Wills gutes Englisch überzeugte sie von seiner Ehrlichkeit. Also rannten sie los in Richtung Bandon.

Will winkte dem Jungen und zeigte auf sein Boot. Langsam kletterte dieser herunter, hielt aber immer wieder inne und legte den Kopf an den Felsen, als schwindelte ihn. Als er endlich den Boden erreichte, versagten ihm die Beine den Dienst. Auf allen vieren kroch er über den Sand auf das Boot zu. Einer der

Soldaten kam oben auf den Klippen zurückgerannt, und das Kind war jetzt deutlich zu sehen, aber Will konnte nichts anderes tun, als es mit Gesten zur Eile zu drängen; er konnte sich ja selbst noch immer kaum bewegen. Der Soldat brüllte jetzt den anderen zu, sie sollten zurückkommen, und fing selbst an, die Felsen herunterzuklettern.

Will wußte, was er tun würde, wenn auch noch nicht wie. Das Kind, das so erschöpft und doch so entschlossen auf ihn zukroch, war die Buße für seine Sünden. Wenn er nur diesen einen kleinen Krümel aus dem kochenden Kessel rettete, dann stand in der Buchhaltung seiner Seele wenigstens ein Eintrag auf der Haben-Seite. Nie in seinem Leben hatte er etwas so inbrünstig gewollt, wie daß dieser kleine Junge nicht auch noch auf den Leichenhaufen käme, der Irland war.

Der erste Soldat war jetzt unten am Strand, andere schwärmten die Klippen herab. Der Junge platschte ins Wasser. Er konnte schwimmen, das war immerhin etwas; das Wasser verlieh ihm neue Kraft. Will fing an, den Verfolger mit seinem Fang zu bewerfen. Eine wohlgenährte Makrele traf ihn mitten ins Gesicht und schlug ihm den Helm herunter, so daß er stehenbleiben mußte. Will beugte sich über die Ruderbank und zerrte den Jungen ins Boot, dann ruderte er wie nie zuvor in seinem Leben. Am Strand lud jetzt einer ein Steinschloßgewehr, aber Will mit seiner Verachtung für kleine Feuerwaffen glaubte nicht an die Gefahr. Bis es abgefeuert wurde, waren sie ganz klar außer Schußweite, und er konnte seine Aufmerksamkeit dem Kind zuwenden. Der Junge keuchte, aber nicht nur vor Erschöpfung, und sein Gesicht war so weiß, daß sich die Sommersprossen dunkelgrün davon abhoben.

Will spuckte einen der wenigen Brocken Irisch aus, die er kannte: »Wie heißt du?«

Die Augen des Kleinen schlossen sich. »Barbary«, sagte er.

»Und was für ein Glück, daß ich dich gleich gefragt habe«, sagte Will zu seinem Holzbein, »denn du fielst sofort darauf in eine Ohnmacht, die ein paar Wochen dauerte, und als du wieder zu dir kamst, da wußtest du überhaupt nichts mehr. Da hätte ich dich womöglich selber taufen müssen.«

Barbary schüttelte sich und holte einmal tief Luft. »Wie hättest du mich denn genannt?«

Wills Gesicht wurde todernst, wie immer, wenn er einen Witz machen wollte. »Makrele.« Es war offensichtlich, daß ihm plötzlich sehr viel leichter war; der Schatten von Smerwick war zum ersten Mal ans Licht gebracht worden und hatte sich beim Reden darüber beinahe aufgelöst. Worte hatten ihm eine Gestalt verliehen, ihn zum Trocknen hinausgehängt, und Will war beinahe redselig geworden.

Aber indem er seine Schweigsamkeit aufgab, die ihn in Barbarys Augen immer so weise erscheinen ließ, hatte er sich als ein ganz anderer Mann gezeigt als der, der ihr bisher Stab und Stütze war; ein Mann voll Schuld und Irrtum und Alpträumen, verletzlicher, tapferer, komplexer. Eigentlich hätte sie ganz gern den alten Will zurückgehabt; diesen hier mußte man neu einordnen, und dazu fühlte sie sich plötzlich viel zu müde. »Und was passierte dann?«

»Im Hafen lag ein Bristol-Schiff vor Anker, das hatte ich bei der Ausfahrt gesehen. Der Kapitän war aus Devon und nahm uns stante pede an Bord. Fünf Shilling für die Passage zurück nach England, und keine Fragen.«

Inzwischen atmete das Kind nur noch ganz schwach. Die Frau des Kapitäns zog ihm die Kleider aus und entdeckte dabei zuerst den Torques und dann sein Geschlecht. Für Will, den eingefleischten Junggesellen, war es ein kleiner Schock gewesen, daß er sich da ein Mädchen an den Hals lud, aber im Kampf um das Leben des Kindes zählte das nicht mehr.

»Ein Kampf war's, obwohl du nicht viel Interesse am Leben gezeigt hast«, sagte er. Besonders bedrückte ihn, daß er nicht mehr zurückgehen und dem Arzt danken konnte, der *sein* Leben gerettet hatte. »Ging aber nicht«, sagte er. »Die Soldaten haben dich überall gesucht, hauptsächlich wegen dem Torques, nehme ich an. Und der Arzt war ein guter Mann, aber vielleicht hätte er dich doch verraten.«

Plötzlich streckte er eine Hand aus und berührte Barbary am Arm. »Geh jetzt nicht dorthin zurück, nachdem ich dich mit soviel Mühe da rausgeholt habe.«

Das versprach ihm Barbary gern. Es ging ja auch gar nicht um eine »Rückkehr«: sie erinnerte sich überhaupt nicht. Wills Erzählung hatte ihr Gedächtnis keineswegs belebt. Die Frau, die ganz hinten in ihrem Kopf hing, war noch immer nichts als eine dunkle Gestalt in noch dunklerem Schatten. »Also kannst du mir auch nicht sagen, ob ich bin, was sie behaupten?«

Will schüttelte den Kopf. »Die sagen doch, was sie wollen.«

Sie gingen zurück zur Eisenhütte, Will lebhafter, als sie ihn je gesehen hatte. Sie stand tiefer in seiner Schuld, als sie geträumt hätte; er hatte sie nicht nur aufgenommen, er hatte ihr das Leben gerettet und dabei sein eigenes aufs Spiel gesetzt. Sie wußte, daß sie ihm noch dankbarer sein sollte als zuvor, aber im Moment konnte sie gar nichts empfinden. In Wirklichkeit fühlte sie sich krank; jedesmal, wenn von Irland die Rede war, drängte sich ihr neues, furchtbares Wissen auf. Sie war gesund gewesen, bis diese aussätzige Hand sie berührte; jetzt war alles davon befallen. Den Prozeß der Desorientierung, gestern abend vom O'Neill begonnen, hatte Will vollendet, so daß sie sich jetzt selbst nicht mehr erkannte. »Wer bist du?« brüllte sie dieses Bild von sich an, so unvermittelt, daß der Schrei Spenser zu einem Zucken der Ohren animierte. Wer war dieses Kind, das in Will Clampetts Boot gekrochen war; warum war es vor englischen Soldaten geflohen, mit einem irischen Torques um den Hals?

Sie konnte sich nicht erinnern. Die Nebelwand zwischen der Frau, die sie jetzt war, und dem Kind, das sie gewesen, war so undurchdringlich wie eh und je. An keinem Punkt hatte Wills Erzählung irgendeine Erinnerung wachgerufen. Will hatte etwas angerührt – sie zitterte innerlich vor Entsetzen, war ganz krank davon –, aber der Nebel lüftete sich nicht. Und sie war froh darüber. Sie wollte sich nicht erinnern.

Allmächtiger Gott. Angenommen, sie war wirklich dieser verschwundene Fürstensohn? Angenommen, Lord Burghley und Walsingham hatten zufällig einmal ins Schwarze getroffen, und sie war tatsächlich dieser O'Flaherty? Nein, das ging nicht. Sie war doch eine Frau. Wenn sie in diesem Punkt schieflagen, dann war vielleicht doch alles Unsinn. Sie war überzeugt, sie hatten sie nur deshalb von den Straßen Londons geholt, weil sie zu der Rolle paßte, die sie ihr in Irland zudachten, und nicht, weil sie sie wirklich für den Richtigen hielten.

»Ohren steifhalten, Barb.« Nur nicht aufregen. Eigentlich war sie jetzt nicht schlechter dran als bisher, wo sie gedacht hatte, sie sei Holländerin, von Will im niederländischen Krieg aufgefischt. Schön, dann war sie eben ein Paddy, gerettet aus den irischen Kriegen. Was machte das schon für einen Unterschied? Die wirkliche Barbary, die sie gewesen war, seit sie zurückdenken konnte, war immer noch dieselbe, geformt von Will und dem Orden, heimisch in den geliebten, von Verbrechen verseuchten Straßen Londons, immer noch englisch, immer noch treuer Untertan Ihrer Majestät der Königin Elizabeth.

Als der Überlebenskünstler, der sie war, schlug sich Barbary alle seelenzermürbenden Fragen und Zweifel aus dem Kopf, denn sie wollte beide Beine fest auf dem Boden behalten. Den verwirrenden O'Neill befand sie als zu fremd, um irgendeine Bedeutung zu haben. Den neuen, verletzlicheren Will Clampett, dem sie eben gelauscht hatte, wollte sie einfach vergessen und den alten Will wieder an seine Stelle setzen. Sein Blick auf ein England, das so barbarisch war wie die Inquisition, das war, nun, das war nicht das England, das sie kannte. Und wenn es wehrlose Fremde umbrachte? Die Fremden verdienten es nicht besser, warum waren sie auch keine Engländer.

Mit Zähnen und Klauen zog sie sich zurück ins Vertraute, nutzte die Zeit, als wäre sie Sand, und bedeckte damit alle Scheußlichkeiten, die ein kleiner Ausrutscher enthüllt hatte. Besonders viel davon häufte sie über die gräßlichste Erkenntnis von allen, daß nämlich die geliebten Straßen Londons einem Geist, der bei den Sidneys in Penshurst durch Unterricht, Poesie, Bücher unendlich gewachsen war, keine Heimat mehr sein konnten.

Sie holte tief Atem und fühlte sich gleich besser. Dahin mußte sie zurück. Sie würde einen Weg finden, um wieder Barbary vom Orden zu werden. Zurück zum Pudding und zur Normalität. Irgendwie würde sie Will und Dick loseisen und mit ihnen in diese glückliche Unterwelt abtauchen, wo die neue, beunruhigende Lage ihr nichts mehr anhaben konnte, zurück in die Welt der guten alten Trickser.

Sie zerbrach sich über Mittel und Wege zu diesem Ziel noch immer den Kopf, als sie in Penshurst ankam und erkennen mußte, daß über ihre Zukunft längst entschieden war.

8

Die Menschen, die sich, ihre Familien und ihren gesamten Besitz im Hafen von Bristol in Schiffe luden, waren die Kolonisten. Ihren Berufen nach waren sie außerdem Böttcher, Maurer, Bauern, Schmiede, Bäcker, Bierbrauer und Tischler, aber was sie alle verband, war, daß sie es übernommen hatten, irisches Land der Krone für Ihre Majestät die Königin Elizabeth zu kolonisieren.

Wenn es ihnen gelang, die Wildnis von Munster nach dem Vorbild einer englischen Grafschaft umzugestalten, dann würden sie dort viel mehr Land besitzen als die Grafen, die bisher ihre Herren waren, und es wurde viel Wind darum gemacht. Überall auf den Kais konnte man Schiffsführer hören, die immer wieder brüllend erklärten, es sei einfach kein Platz mehr im Laderaum für Zisternen, Betten, Kessel, Schäferhunde, Milchkühe, Matratzen, Familienbilder – und in einem Fall sogar einen senilen Großvater, der bewußtlos und zum Sterben bereit im Sarg lag –, und Kolonisten, die nicht weniger laut zurückschrien, sie würden all dies keinesfalls zurücklassen.

Agenten der Regierung drängten sich durch die Menge, beschrieben Milch und Honig, die dort auf die Kolonisten warteten, und erinnerten alle in widersprüchlicher Weise daran, daß zwar »die bessere Art von Iren sehr höflich, gastfreundlich, verläßlich und kräftig« sei, die Siedler sie aber keinesfalls heiraten oder zur Arbeit anstellen durften.

Aus dem oberen Fenster der Taverne »Golden Hind« blickte der Schatzkanzler von England besorgt hinunter in das Gewimmel. »Ich hätte gern mehr Adelige gesehen, mehr jüngere Söhne aus guten Familien, die sich an diesem Unternehmen beteiligen.«

»Die machen sich vor Angst doch in die Hose«, dröhnte der Mann neben ihm. Seine Stimme war von ebensolcher Fülle wie er selbst, sie brachte die Zinnkrüge der Taverne an ihren Haken zum Scheppern. Die Menschen unten auf dem Kai hörten zu streiten auf und blickten empor. »Wir haben aus Irland eine Latrine gemacht, in die kein Gentleman mehr hineinpissen will.«

Lord Burghley unterdrückte einen leicht gequälten Blick. Sir John Perrot war nicht gerade seine erste Wahl, aber im Moment gab es niemand Besseren für diesen Posten. Seit Grey während seiner letzten Amtszeit in Ungnade gefallen und zurückbeordert worden war, hatte Irland keinen Statthalter mehr gehabt, und Elizabeth hatte sich widerwillig dazu überreden lassen, Sir John mit dieser Aufgabe zu betrauen. Er kannte Irland, und aus irgendeinem Grund mochten ihn die Iren, wie sie alle Exzentriker mochten oder vielleicht, dachte Burghley, weil er – als einziger weit und breit – selbst die Iren mochte.

Gern verkündete er lauthals, daß er die Frucht eines Fehltritts von Heinrich VIII. war. Mit seinem kupferroten Bart und seiner Leibesfülle war er dem alten König wie aus dem Gesicht geschnitten und hatte auch dessen Neigungen und Manieren geerbt. Sein Benehmen war ungehobelt, seine Ausdrucksweise gänzlich ungehemmt. Der königliche Blick gefror, wenn er Elizabeth mit »Schwester« anredete – gottlob wußte sie nicht, wie er sie nannte, wenn er sich über sie ärgerte. Aber er war unkonventionell und großmütig, und wenn irgend jemand die Wunden, die die Desmond-Kriege geschlagen hatte, heilen konnte – Lord Burghley hielt das für fast unmöglich –, dann nur er.

Sir John erklärte dem jungen Mann neben ihm gerade dröhnend seine Irland-Politik. »Von jetzt an wird kein Bauer mehr als Knecht behandelt, kein Knecht als Leibeigener, keiner darf von seinem Herren unchristliche Strafen erhalten. Na, mein junger Lord, wie findet ihr das? Ihr irischen Lords habt eure eigenen Leute genauso schlecht behandelt wie wir. Sollen wir die irischen Bauern in gute englische Freisassen und Yeomen verwandeln? Mit der alten Unterdrückung aufräumen, was? Na, was sagt Ihr dazu?«

»Gott steh uns bei, Sir John«, antwortete Barbary mit breitem Cockney-Akzent, »wer will denn da noch Lord sein?«

Das trug ihr einen Prankenhieb auf den Rücken ein, der sie fast durchs Fenster geschleudert hätte. »Ha, ha«, röhrte Sir John, »Ihr gefallt mir, junger O'Flaherty. Wir beide werden uns schon vertragen.« Er wandte sich an das vierte Mitglied ihrer Gruppe. »Was sagt Ihr dazu, Sir Richard? Sollen wir Humor nach Irland bringen, ja? Wo Gelächter, da keine Unterdrückung – oder was meint Ihr?«

Sir Richard Binghams Lippen wirkten nicht, als seien sie mit Lächeln oder gar mit Lachen vertraut. Ihrem Aussehen nach zu urteilen war das einzige, was ihn je belustigt hatte, der Tod seiner Mutter gewesen.

Barbary konnte sich nicht vorstellen, mit Sir Richard je gut auszukommen. Aber dennoch würde sie, sobald die Flut einsetzte, mit ihm und Sir John nach Dublin segeln und von Dublin mit Sir Richard quer durch ganz Irland in den Westen reisen, nach Connaught, dessen Provinzverwalter er war und wo sie ihre Karriere als Führer der Clans des Westens antreten sollte. Am Schustersonntag, wenn die schwarze Sonne scheint, dachte sie.

Ihren eigenen Plänen nach hätte sie es eigentlich gar nicht bis hier kommen lassen dürfen, aber der Ruf von Lord Burghley hatte sie in Penshurst in Gestalt eines Sekretärs und zweier Bewaffneter ereilt, und eine knappe Stunde später befand sie sich bereits auf dem Weg nach Chatham. Dort bestieg sie das Boot nach Bristol, von wo die Flotte der Kolonisten nach Dublin absegeln sollte. Man hatte schon alles für sie gepackt; das bißchen Zeit, das man ihr noch ließ, verging mit Dankes- und Abschiedsworten und letzten Ratschlägen von Sir Henry Sidney.

Sir Henrys Abschiedsgeschenk hatte sie sehr gerührt: eine volle, klimpernde Börse und das Pony Spenser, »obwohl Gott verhüte, daß die Iren ihn für ein Beispiel englischen Pferdeverstands halten«.

Keine Sekunde hatte sich ihr eine Fluchtmöglichkeit geboten; und da Will Clampett noch immer als Geisel für ihr Wohlverhalten bürgte, hätte sie's auch nicht gewagt. Sie tröstete sich mit dem Gedanken, daß Sir Henry seinen Kanonenmeister aus Respekt vor dessen Fähigkeiten sicher vor Unbill schützen würde. Sie hatte keine Zeit gehabt, sich von Will zu verabschieden, aber Philip hatte ihr versprochen, zu ihm zu gehen und ihn ins Bild zu setzen.

Auch zu irgendeiner Entscheidung über den Gehörnten Dick war keine Zeit gewesen. Auf dem Ritt nach Chatham unterhielten sie sich darüber. »Dick, du bist ein Schatz, daß du überhaupt so lange bei mir geblieben bist. Aber jetzt geh zurück in die Bermudas.«

»Ich laß dich nicht gern allein unter den Iren, Barb.«

»Das ist ja nicht für lange. Ich hab' einen Plan.« Der war ihr gerade erst in den Sinn gekommen.

»Was dir immer für Pläne einfallen, Barb«, bemerkte Dick bewundernd. »Was?«

»Pirat. Ich will Pirat werden. Mit der Marie, die man mir als Schmiere bei Hof zusteckte, und den fünf Guineas von Sir Henry hab' ich genug Zaster, um mich in ein Schiff einzukaufen. Und aus Burghley kann ich sicher auch noch was rausquetschen, wetten? Dann seil' ich mich in Dublin ab, segle mit dem nächsten Schiff zurück nach England, hole Will ab und bin über den Kanal, bevor sie papp! sagen können. Vielleicht trete ich den See-Teufeln bei. Wenn ich Will habe, steh ich ja schließlich nicht mit leeren Händen da: soviel, wie der von Kanonen versteht, da sind wir jedem Freibeuter willkommen.«

Sie schüttelte diesen Plan mitten im Reden aus dem Ärmel, verfiel aber sofort selbst dem Zauber einer Idee, die alle ihre Probleme lösen würde. Vielleicht konnte sie sich sogar ein eigenes Schiff leisten; und in den Docks von London kannte sie genug alte Seebären, um eine Mannschaft auf die Beine zu stellen. Doch, das ging. Diese angebliche Großmutter in Irland war ja auch Piratin, sie wäre also nicht der erste weibliche Kapitän. Die sieben Meere. Meerjungfern. Ihre eigene Herrin sein, das eigene Schiff segeln. Zum ersten Mal seit dem Verlassen der Bermudas kehrten die Cherubim wieder. In Penshurst war das nie passiert, aber jetzt, in der Salzluft der kentischen Küste, hörte sie wieder die Musik, sah sie vor ihrem inneren Auge die seltsame, fremdartige Galeere draußen auf See auf sie warten. Und wieder befahl eine Stimme: »Halt Adam, Eva scheu.«

Der Gehörnte Dick schwieg, es schüttelte ihn wie einen Sack Rüben auf seinem trabenden Pferd. »Kein Bedarf für einen erfahrenen Klemmer im Piratengeschäft, oder, Barb?«

»Kaum.«

Er nickte. »Ich werd' ja auch schon auf der Fleet-Brücke seekrank.«

Sie war gerührt, daß er sich überhaupt die Mühe machte, eine Ausrede zu suchen. »Mach dir um mich keine Sorgen, Dick. Und um dich selber auch nicht, bei der vielen Asche, die du in Penshurst eingesackt hast. Nein, nein, geh du nur zurück zum Aufrechten Mann.« Sie hatte ihn mit diesem Vorschlag nicht deprimieren wollen, sah aber, daß er genau diese Wirkung hatte; Abraham war ein unberechenbarer Herr, und der Gehörnte Dick hatte die letzten Monate gelebt wie die Made im Speck. Aber sie wußte auch, daß der Gedanke an Irland ihn noch mehr deprimierte. Sie selbst übrigens auch.

»Also, Barb«, sagte Dick nach einer Weile, »bis Bristol komm' ich mit. Wollte immer schon die Gegend dort kennenlernen.«

»Du Lügner du – du magst doch keine Gegend außer der Stadt.«

»Schon, aber –«

Schließlich hatten sie sich vor ein paar Minuten unten am Kai doch verabschieden müssen. Sie konnte ihn vom Fenster aus sehen, wie er, hinter irgendwelchen Ballen versteckt, darauf wartete, daß das Schiff absegelte und er ihr winken konnte, bis er sie nicht mehr sah. Ihretwegen hätte er jetzt schon fortgehen können. Sir Philip Sidney, Will Clampett und der Gehörnte Dick – ein Trio, wie es gemischter kaum hätte sein können, dachte sie, aber der Abschied von jedem einzelnen der drei brach ihr fast das Herz.

Der Lord Schatzkanzler Burghley hatte sie am Kai erwartet. »Es sind bestimmte Dinge vorgefallen«, erklärte er, »die es ratsam machen, daß Ihr mit den neu ernannten Verwaltern Irlands reisen sollt, denn von diesen beiden Männern wird das Gedeihen unserer Pläne vor allem abhängen.«

»Ich brauche Geld«, war darauf Barbarys knappe Antwort.

Der Lord Schatzkanzler kannte keinen irischen Agenten, der nicht nach Geld schrie. Irland verschlang Geld. Der Pyrrhus-Sieg der Desmond-Kriege allein hatte Elizabeth, wie sie täglich betonte, eine halbe Million Pfund gekostet. Aber natürlich würden die habgierigen Clans diesen jungen Mann eher als ihren Anführer akzeptieren, wenn er sie mit Geschenken überhäufte. »Das ist für die Reisekosten«, sagte er – »das« war eine erfreulich schwere Börse. »Und die Königin hat gütigst eine Truhe mit kleinen Aufmerksamkeiten bereitgestellt, mit denen Ihr Euren Gefolgsleuten die Treue zu ihrer Königin lohnen sollt.« Ziemlich schäbige Aufmerksamkeiten, dachte er. Hauptsächlich die weniger geschmackvollen Geschenke an Elizabeth, die sie bei Besuchen von Gilden, Zünften und Gemeinden erhalten hatte, aber den Eingeborenen stachen sie vielleicht ins Auge.

Barbary schenkte ihm ihr schönstes Lächeln.

»Diese Truhe befindet sich in der Obhut von Sir Richard Bingham, der ebenso Ihrer Majestät über jeden Penny Rechenschaft ablegen wird, wie Ihr ihm dazu verpflichtet seid.«

Barbarys Lächeln verlor etwas von seiner Schönheit. Und nun, da sie den Mann persönlich kannte, ließ sie jede Hoffnung auf die Truhe fahren. Da konnte man ja noch eher einer Rattenfalle ihren Käse entlocken.

Sir Richard bemerkte gerade: »Ich bin sicher, daß die Iren auf Furcht sehr viel besser ansprechen als auf Humor, Sir John.«

»Sieht Euch ähnlich«, antwortete Sir John grob, wandte sich vom Fenster ab und hin zum Tisch, der sich unter einer üppigen Mahlzeit bog. »Sollen wir essen, meine Herren? Was haltet Ihr von einem Abschiedsfrühstück? Wer weiß, wann wir wieder Derartiges vorgesetzt bekommen. Soviel man hört, gibt's nicht einmal in Dublin viel zu essen.«

»Ja, ja, das stimmt«, nickte der Lord Schatzkanzler. »Sehr bedauerlich. Die Iren fragen sich schon murrend, wozu sich ergeben, wenn die Engländer sie auch nicht füttern können, und das hat bereits zu neuen Aufständen geführt.« Er wandte sich an Barbary. »Leider mußten die Behörden auch Eure Großmutter festsetzen. Sie wartet in der Festung von Dublin auf ihren Prozeß.«

»Grace O'Malley im Gefängnis?« dröhnte Sir John Perrot und versprühte dabei Kapaunstückchen um sich her. »Das wird ihr nicht gefallen. Eine phantastische Frau. Ich war dabei, als sie mit ihrem Clan ankam, um ihren Treueschwur zu leisten. Als Gegnerin eine Wildkatze, aber trotzdem ein superbes Weib. Wirklich hinreißende Titten.«

Sir Richard kräuselte die Lippen. »Wenn sie der Krone den Treueschwur geleistet hat und jetzt trotzdem rebelliert, dann gehört die Schlampe aufgeknüpft.«

Ein Schinkenknochen schlug mit solcher Wucht auf den Tisch, daß das Geschirr in die Luft hüpfte. »Bei Gottes Gehänge, Mann«, brüllte Sir John, »ist denn die Hanfschlinge Eure einzige Medizin für alles? Es ist genug gehängt worden. Jetzt ist Schluß damit!«

Der Lord Schatzkanzler schloß die Augen. Es war jedesmal das gleiche, ganz egal, wen man nach Irland schickte. Wenn die englischen Verwalter Irlands in den Kampf gegen Desmond auch nur halb soviel Energie gesteckt hätten wie in den Kampf gegeneinander, der Krieg hätte kaum eine Woche gedauert.

Zu seiner Erleichterung trat gerade in diesem Moment eine Ablenkung durch die Türe ein, eine Frau mit viel Gepäck, einem Kleinkind, einer verzweifelt dreinschauenden Dienerin und einer Menge häuslicher Probleme. War dies das richtige Zimmer? Waren sie die richtigen Herren? Eine Truhe mit dem feinsten Bettzeug aus bestem Leinen war abgängig. Diese Diener heutzutage. Dabei hatte sich das Kleine eben erst von einer Mandelentzündung erholt; sie selbst befand sich wieder in interessanten Umständen, und würden sie ihr daher bitte versprechen, daß das Schiff nicht allzu heftig auf und ab schaukeln würde. Ihr Gemahl würde sich, sobald sie in Dublin waren, selbstverständlich dafür erkenntlich zeigen. Wer er war? Aber sie kannten doch sicher Master Edmund Spenser, erst kürzlich zum Regierungsbeamten in Munster ernannt? Und ein aufstrebender Poet. Die Königin persönlich hatte sein Werk gelobt, hatte sie ihnen nicht davon erzählt?

Barbary war noch nie einem Menschen begegnet, der bei so bescheidenem Äußeren soviel Aufhebens machen konnte wie Machabyas Spenser, genannt Maccabee. Sie war klein, zart, von dunklem Teint, mit schwarzem Flaum auf der Oberlippe und strahlte eine solche Konfusion aus, daß sie alle um sich herum ständig aus dem Gleichgewicht brachte. Andererseits sicherte ihr ihre Verletzlichkeit den Schutz der Wohlerzogenen. Der Lord Schatzkanzler von England rückte ihr einen Stuhl zurecht, während der Statthalter von Irland ihr das Kind abnahm und ihm mit den eigenen Fingern bestes Ale ins Mäulchen träufelte. Nur Sir Richard blieb ungerührt, bis auf ein leichtes Zusammenpressen der Lippen, als Mistress Spenser ihn einlud, auf seiner Reise in den Westen auf »Schloß Spenser« Station zu machen.

»Ein Schloß, Madam?«

»Das ist es, Sir Richard. Und dazu dreitausend Morgen Land, neben unserm Nachbarn und guten Freund Sir Walter Raleigh.« Falls sie hoffte, mit dieser Freundschaft die Anwesenden zu beeindrucken, dann mißlang das gründlich; der Name des königlichen Günstlings rief, wie üblich, bei seinen Mitbewerbern nur Zurückhaltung hervor.

Während die beiden anderen sich noch mit Mistress Spenser befaßten, zog Lord Burghley Barbary hinaus in den Flur. »Ein letzter Punkt, mein Sohn, doch einer, der Ihrer Majestät sehr am Herzen liegt. Es könnte sein – das heißt vielmehr, man weiß, daß der Clan O'Malley eine Art von Schatz zusammengerafft hat. Zweifellos durch Piraterie auf den Meeren Ihrer Majestät. Es ist dem Clan unmißverständlich klarzumachen, daß dieser Schatz Eigentum der Krone ist und dieser daher unverzüglich zu retournieren.«

Vielleicht sah Burghley in Barbarys Auge Gier auf die Marie aufflackern, denn er legte ihr warnend eine arthritische Hand auf die Schulter. »Sir Richard weiß davon und wird Euch beim Zurückholen dieses Schatzes beistehen. Wir haben Eurer Großmutter Pardon angeboten im Austausch gegen Angaben über das Versteck des Schatzes, aber bis jetzt hat sie nichts sagen wollen. Sir John wird Euch Zugang im Gefängnis zu ihr gestatten, damit Ihr als ihr Erbe ihr Vertrauen gewinnt und ihr begreiflich macht, daß sie dem Galgen nur entgeht, wenn sie Euch das Geheimnis anvertraut.«

»Und wird sie's? Dem Galgen entgehen, meine ich?«

Lord Burghley zuckte die Schultern. »Unter Sir Johns gemäßigter Herrschaft wohl schon.« Der Griff auf Barbarys Schulter verstärkte sich. »Denkt daran, daß wir als Pfand für Euer Wohlverhalten Master Clampett haben und daß Ihr die Liebe der Königin besitzt. Handelt in ihrem Sinne in der Frage des Schatzes ebenso wie in allem anderen, und es soll Euer Schaden nicht sein.«

Barbary ging im Geiste immer noch die verschiedenen Möglichkeiten durch, wie sie ein eingesperrtes Piratenweib zum Reden, wilde Iren zur Herausgabe eines Schatzes und Sir Richard Bingham zum Stillhalten bringen konnte, als sie schließlich an Bord ging.

Der Name der *Elizabeth Gallant* war sehr viel eindrucksvoller als ihr Äußeres. Man bezeichnete sie als Kriegsschiff, aber das einzig Kriegerische an ihr waren die hohen, altmodischen Bug- und Heckaufbauten. Das Schiff war klein, ebenso breit wie lang und stank nach Häuten, seiner letzten Fracht. Sir John Perrot schüttelte den Kopf und brüllte Lord Burghley zu, dessen Schatzamt das Schiff gestellt hatte: »Ein Kriegsschiff nennt Ihr das? Das Ding ist wohl aus den Rosenkriegen übriggeblieben! Da werde ich in Dublin einen schönen Eindruck machen, wenn ich in diesem Wurmkübel ankomme!«

Doch alle großen Galleonen mußten in den Häfen bleiben, um England gegen die Armada verteidigen zu können, die Philipp von Spanien jederzeit ausschicken konnte – aber auch das war für Sir John Grund zum Ärger. »Die sollten alle draußen auf hoher See sein und die verdammten Spanier angreifen, bevor sie uns zu Hause überfallen. Ist denn meine Schwester so ein Zitterhintern, daß sie niemals angreift und sich immer nur verteidigt?«

Barbary blickte sich im riesigen Bristoler Hafen um und

fand, daß die *Elizabeth Gallant*, Wurmkübel oder nicht, immer noch sehr viel vertrauenerweckender wirkte als die Sammlung von Barken und Barkassen, einige davon sogar ohne Decks, die die Kolonisten über die Irische See bringen sollten. Der Laderaum hier war sogar groß genug für ihre gesamte Ausrüstung, die Dienerschaft, die Pferde und Pferdeknechte, die Sir John mit sich führte, sowie für Sir Richards kleineres Gefolge.

Beim Anblick von Barbarys Spenser zwischen seinen eigenen prachtvollen Jagd- und Streitrössern prallte Sir John zurück. »Bei Gottes Gemächt, was ist das?«

Barbary mußte zugeben, daß ihr Pony etwas mitgenommen aussah; die Reise hatte ihm schon bisher nicht behagt, außerdem gefiel es ihm nicht unter Deck. »Mein Roß«, antwortete sie, »und so leid es mir tut, es ist nicht zu verkaufen.«

»Und schisse es Gold durch ein Trompetenrohr«, versicherte ihr der Statthalter, »ich würde es nicht haben wollen.«

Mistress Spensers fehlende Gepäckstücke einzusammeln und sie selbst, die weinerliche Dienerin Barker und das Baby in der Heckkabine unterzubringen stellte Sir Johns Geduld auf eine harte Probe. »Ich habe schon ganze Armeen in weniger Zeit verproviantiert.« Endlich aber konnte er die Flagge aufziehen lassen und dem Kapitän den Befehl zum Ablegen geben, was er mit den Worten tat: »Setzt meinetwegen diesen Heuschober in Fahrt.«

Barbary stand mit den anderen an der Heckreling und suchte den Kai nach dem Gehörnten Dick ab. Obwohl sie das irische Element, das sich an ihre Vergangenheit hängte, immer wieder verdrängen wollte, brachte ihr dieser Moment die volle Erkenntnis, daß sie alles bisher Vertraute verließ, um sich in ein Land zu begeben, wo dem Kind, das sie einmal gewesen war, Böses zugestoßen sein mußte. Man brachte sie zurück an den Ort hinter der Nebelwand; klar, sie wollte so schnell als möglich wieder abhauen – aber vorläufig hatte sie Angst. Nie schien ihr England teurer und teurer noch der Gehörnte Dick. In ihrem inneren Aufruhr wählte sie ein Omen: Geschah es, dann würde alles gutgehen; geschah es nicht, dann erwartete sie eine Katastrophe. Das Omen, das sie wählte, war ein Abschiedswinken des Gehörnten Dick, aber sie konnte ihn nirgends entdecken.

Lord Burghley stand am Kai, als könne er diese absegelnden Samen der künftigen Kolonie von Munster zum Gedeihen bringen, indem er zusah, wie der Wind sie ihrem Samenbeet zutrieb. An den anderen Kais winkten ebenfalls schreiende Menschenmengen den Abfahrenden ein Lebewohl nach, aber nirgends sah sie einen braun gewandeten, gebeugten, schmerbäuchigen Trickster.

Eine Gestalt neben ihr an der Heckreling beobachtete das immer kleiner werdende Bristol ebenso trübsinnig wie sie selbst. »Na, hoffentlich ist Irland das auch wert«, brummte sie.

Barbary stieß einen zustimmenden Seufzer aus, dann fuhr sie herum. »Du durchtriebener alter Saftsack!«

»Ich konnte dich wirklich nicht so ganz allein wegfahren lassen, Barb«, erwiderte der Gehörnte Dick ruhig. »Und dieser Sir Bingham gefällt mir gar nicht. Ein Essigpisser allererster Güte.«

»Bin selbst nicht von ihm begeistert«, stimmte Barbary zu und klopfte ihm auf die Schulter, »aber du bist trotzdem ein alter Saftsack.« Sie schluchzte fast vor Zuneigung und Freude. Das Omen hätte besser gar nicht ausgehen können.

Drei Stunden hinter Lundy wünschte der Gehörnte Dick bereits, er wäre nicht gekommen, aber das wünschten sich inzwischen alle. Beim Anblick der rund vierzig kleinen englischen Schiffe packte die Irische See die Wut, sie runzelte ihre Wolkenbrauen zu einer schwarzen Wand und stellte sich ihnen mit der Gewalt eines Orkans in den Weg. Mit ihrer altmodischen Takelage konnte die *Elizabeth Gallant* nicht nah am Wind segeln, daher krängte sie bei jeder Wende, als wollte sie dem Stiefel eines aus einem Bedlam für Riesen Entsprungenen ausweichen, der kreischend und heulend um sich trat. Das Meer schien seine Dichte zu verändern, es knallte in festen Wasserbrocken auf die Decks, daß deren Bretter erzitterten, und zerfloß erst dann in Wasser, das sich unter der Heckreling in die Speigatten ergoß. In der Heckkabine krallte sich Maccabee Spenser an ihr Kind und an Sir John, der sich seinerseits laut fluchend an einem

Sparren festhielt. Barker, die Dienerin der Spensers, hatte sich zu einem Ball eingerollt. Zwischen heftigem Gekotze erinnerte der Gehörnte Dick einen Gott, den er seit Jahren nicht beachtet hatte, inbrünstig an seine Existenz. Barbary hatte sich selbst in eine Ecke festgeklemmt und wünschte nichts sehnlicher, als ebenfalls Dicks unerwartete Geschicklichkeit im Beten zu besitzen. Ihr Blick fiel auf Sir Richards Gesicht und blieb daran hängen; seine Lippen waren zusammengepreßt, aber von allen Passagieren in der Kabine hatte er offensichtlich am wenigsten Angst. Von irgendwem hatte sie gehört, daß er früher einmal ein eigenes Schiff hervorragend kommandiert hatte. Sein Blick begegnete dem ihren und glitt ohne Interesse weiter, aber sie hielt ihren Blick auf ihn geheftet, denn seine Sicherheit gab ihr Stärke. Ein Schwein zwar, aber ein tapferes.

Da brach die Kabinentür auf, ein Matrose stand im Türrahmen, das Wasser, das er mit hereinbrachte, schäumte um seine bloßen Füße. »Kompliment vom Kapitän«, überbrüllte er den Wind und das Baby, »und er läßt ausrichten, unten im Laderaum sind Fracht und Pferde los. Alle Mann zu Hilfe.« Der Matrose bot Barbary ebenso Trost wie Sir Richard, denn auch er sah zwar besorgt, aber nicht von Panik erfaßt aus. Vielleicht hatten alle Matrosen zu jeder Zeit ihren Frieden mit Gott gemacht, einfach für alle Fälle. Das hätte sie sich auch gewünscht, aber sie wußte ja gar nicht, wer Er war. Dann begriff sie, was der Mann sagte: Sie sollten alle hinaus auf Deck, hinein in den Orkan. Das war's, was Männer taten, tun mußten, und zu solchem Zweck war sie ein Mann.

Der Gehörnte Dick versuchte aufzustehen, kotzte und wurde von Sir Richards Stiefel verächtlich auf den Boden gedrückt. Er war zu nichts zu gebrauchen. Sir John Perrot klaubte Maccabees festgekrallte Finger von sich ab und transferierte sie auf den festgenagelten Kabinentisch. Die Sorge um seine Pferde überwog jede Furcht vor dem Sturm. Barbary erwischte ihn am Gürtel, und mit Sir Richard als Drittem im Bunde kämpften sie sich hinaus aufs Deck, hinein in das Rasen von Sturm und See. Ganz kurz fiel Barbary der Rest der Flotte ein, und sie fragte sich, wie es wohl den Passagieren in den ungedeckten Booten ging; dann forderte ihr eigenes Überleben ihre volle Aufmerksamkeit.

Eine Leine war zwischen der Kabine und dem Hauptmast gespannt, aber obwohl sie sich daran festhielten, wurden ihre Füße immer wieder nach einer Seite weggerissen, so daß sie durch das tosende Wasser torkelten wie Betrunkene, ein oder zwei Schritte weiterstolperten und dann wieder nur mehr an der Leine hingen. Der Regen peitschte ihnen fast horizontal in die Augen. Der Matrose konnte Sir John gerade noch davor bewahren, durch die halbgeöffnete Luke in den Laderaum zu stürzen. Mit Barbarys Hilfe schob er den Statthalter bis zur Leiter, die dieser dann hinunterstieg. Von unten drangen Schreie von Männern und Pferden und wetteiferten mit dem Geheul des Sturms. Der Matrose bedeutete Barbary mit dem Daumen, jetzt sei sie dran auf der Leiter. Sie kniete nieder, klammerte sich noch immer mit einer Hand an der Leine fest und tastete mit der anderen nach der Leiter. Als sie die Sprossen spürte, ließ sie die Leine los. Aber genau in diesem Moment, und bevor sie noch mit der zweiten Hand danach greifen konnte, tat die *Elizabeth Gallant* unter einer Riesenwelle, die von Steuerbord heranschwoll, einen gewaltigen Satz. Barbary griff mit der freien Hand nach Sir Richard, aber der war nicht da. Die Zeit stand still zwischen der Sekunde, da sie gleich fallen mußte, und der nächsten, da sie tatsächlich fiel, und so konnte sie ganz klar denken: »Dieser Mann ist noch einmal mein Verderben.« Dann schlug sie mit dem Kopf gegen die Luke, stürzte zwanzig Fuß tief hinunter und brach sich beim Aufschlagen auf dem Boden des Laderaums ein Bein.

Schmerz. Lärm, noch schrecklicher als der Schmerz. Der Lärm ebbte ab, der Schmerz nicht. Dazwischen eine Stimme: »Laternen. Richte ich selbst ein. Schienen. Ausziehen. Daß er kein Wundfieber kriegt.«

Nur halb bei Bewußtsein, spürte Barbary ganz tief unten die drohende Gefahr und fing an, wie wild um sich zu schlagen. Sie brüllte, es fehle ihr nichts, sie lasse sich nicht ausziehen, aber der Schmerz und die Stimme blieben unerbittlich. Und ebenso die Hände, die an ihr zogen und zerrten und Knöpfe öffneten.

»Hör auf mit dem Getue, Bursche. Keine Zeit für Schamhaftigkeit. Schneidet mir sein Hemd auf. Und die Hosen auch. Ja, so.«

Sie hatte früher oft Alpträume von Nacktheit gehabt. War das jetzt auch einer? Sie hörte das Schweigen, spürte den Luftzug auf der nackten Haut, die schreckliche Entblößung. Sie hörte, wie sie nach Luft schnappten. Gelächter. »Großer Gott – er ist ein Mädchen.«

Im Palast von Whitehall zerriß Königin Elizabeth mit ihren langen weißen Spargelfingern das Papier mit dem Bericht aus Irland. »Ich will seinen Kopf. Ihren Kopf. Ich werde ihr Master Boggart geben, dieser widernatürlichen Schlampe. Jesus. War je ein Fürst so verfolgt und umzingelt von Verrätern, wie ich es bin!«

Die beiden Männer blieben vorsichtshalber auf den Knien.

»Burghlay, Ihr seid schuld.«

Der Lord Schatzkanzler hatte es ja gewußt, daß sie's ihm ankreiden würde. Dreißig Jahre Erfahrung mit den königlichen Wutanfällen gaben ihm den Maßstab, mit dem er diesen hier einordnen konnte. Eindeutig unter dem Anfall bei der Nachricht von Leicesters Vermählung mit Lettice Knolly – damals hatte sie fast den Verstand verloren –, immer noch weit unter dem Gebrüll und Geschrei, das auf die überhastete Hinrichtung von Maria Stuart folgte, als sie von Entsetzen darüber befallen wurde, was der Rest der Welt nun von ihr denken würde. Nein, das heutige Stampfen und Zähneknirschen reichte in etwa an den Anfall damals heran, als Katharina von Medici verkündete, Elizabeth sei für eine Heirat mit dem Herzog von Anjou zu alt. Das war Rage, Empörung darüber, daß man sie lächerlich gemacht hatte. Damit wurde er schon fertig.

»Und du, Ormond. Was ist das für ein Komplott, das du gegen mich ausbrütest, zu dem dir diese … diese Dirne nötig schien?«

Der Schwarze Tom beugte den Kopf, während sie ihm Fetzen des Briefs auf die Schultern schleuderte, von wo sie harmlos zu Boden flatterten. »Kein Komplott, Cousine, ich nahm nur an … wir alle nahmen an, es hätte einer der Jungen den Schiffbruch überlebt und nicht die Schwester.«

»Ihr nahmt an. Ihr nahmt an. Weil wir das schwächere Geschlecht sind, nehmt ihr an, daß wir die Wechselfälle des Geschicks nicht überleben können. Können wir aber. Ich kann's. Euren Pfuschereien zum Trotz. Ich werde euch noch beide überleben.« Sie beugte ihr Gesicht ganz nahe an ihres hinunter, so daß sie beide die Risse in der Schminke rund um ihren Mund sehen und ihre noch verbliebenen Zähne riechen konnten. »Ich will sie aufs Rad geflochten sehen, Burghley.«

»Dürfte ich vorschlagen, Phönix –«

»Schlag mir keine Vorschläge vor, kleiner Mann. War der Crumpet in diese Täuschung eingeweiht?«

»Clampett, Majestät. Ja, ich fürchte, er war's.«

»Auch er wird aufs Rad geflochten.«

Die beiden blieben auf den Knien, während sie auf und ab stolzierte. Lassen wir ihr eine Minute lang die Freude, Boggarts Knochen krachen zu hören, und beginnen dann mit der Schadensbegrenzung. Nach Ablauf der Minute begann der Schwarze Tom ganz leise: »Große Königin, dieser Master – Mistress Barbary kann uns immer noch von Nutzen sein. Wenn sie nicht der Enkel des O'Malley-Weibes ist, dann doch die Enkelin und hat als solche vielleicht immer noch Zugang zu dem Schatz.«

Wieder verlangsamte das Zauberwort – wie schon einmal zuvor – ihre Schritte. Der Lord Schatzkanzler nahm den Ball auf: »Und sie ist jetzt ein Atout auf dem Heiratsmarkt, Phönix. Wir können einen verläßlichen englischen Gatten für sie finden, der damit Anspruch auf das Land der O'Malleys und O'Flahertys erwirbt.«

Sie fuhr mit boshaftem Grinsen herum. »Hab' ich dich, kleiner Mann. Nach irischem Gesetz sind Frauen nicht erbberechtigt, hast du mir selbst einmal erklärt. Daher hat auch ihr Gatte keinen Anspruch.«

»Euer Gedächtnis ist makellos wie immer, Phönix. Da wir aber die englische Rechtsprechung in Irland etablieren wollen, muß hier unser Gesetz und Brauch zur Geltung kommen, nicht der ihre.«

Sie kniff die Augen zusammen. »Das Geschöpf hat mich in aller Augen zum Gespött gemacht.«

Sie kannten sie gut. Der Graf von Ormond erhob sich und half dem Lord Schatzkanzler auf die Beine. Das Schlimmste war vorüber. »Unmöglich, Majestät. Ihr seid die Sonne und der Mond. Und wer weiß denn schon davon? Gottlob geschah's ja, bevor wir sie den Clans als ihren Fürsten vorstellten. Kaum einer weiß von ihrer Existenz. Der Mann Clampett plaudert ganz gewiß nicht, um seiner selbst und um ihretwillen. Die Sidneys ließen sich genauso täuschen wie ich selbst und werden das nicht aller Welt auf die Nase binden. Und Sir John Perrot hält sie in Erwartung Eurer Anweisungen in seinem eigenen Haus unter Verschluß.«

So träufelten sie Logik auf den verwundeten Stolz, bis sie besänftigt war. »Gut, gut, zieht Uns aus der Affäre, wie Ihr wollt. Aber verschafft mir diesen Schatz.« Während die beiden unter Verbeugungen rückwärts aus dem Saal schritten, konnte man sie wahrhaftig lächeln sehen. »Schließlich«, sagte sie, »hat das kleine Ungeheuer aus dir, Burghley, noch einen viel größeren Narren gemacht als aus mir.«

Der Captain of the Guard sah nachdenklich drein, als er ihnen die Türen des Königlichen Kabinetts öffnete und schloß. Der Lord Schatzkanzler hoffte inbrünstig, Raleigh möge jedes Wort gehört haben und sich von der Karotte, die er ihm vor der Nase baumeln ließ, versucht fühlen. Es war schließlich eine beachtliche Karotte; Erbin eines Schatzes, Anwartschaft auf irische Ländereien und Macht von einem Ausmaß, daß selbst Sir Walters gegenwärtiger Besitz daneben fast verschwand. Es war durchaus ein Preis, der diesen aufgeblasenen Abenteurer um seinen kühlen Kopf bringen könnte. »Geh hin, und heirate sie, mein Sohn«, beschwor Lord Burghley ihn wortlos. »Geh hin, und mach dich selbst zum König von Connaught, zum König von ganz Irland. Dieser hübsche Kopf wird auf einen Pfahl aufgespießt am allerbesten aussehen.«

Neben sich hörte er jetzt den Grafen von Ormond wüten. »Sind denn Eure Agenten blind, Burghley, daß sie Schwanz von Schlitz nicht unterscheiden können? Man hat mich dort drin zum Narren gemacht. Mein einziger Trost ist, wie sie selbst gesagt hat, daß Ihr ein noch viel größerer seid.« Damit schritt er davon, um seine gekränkte hibernische Ehre zu hätscheln, und ließ den Lord Schatzkanzler allein in sein Amt zurückhumpeln.

Ach du liebes bißchen. Immer diese Aufregung, ob man sich jetzt lächerlich machte oder nicht, wen scherte das denn schon? Ob die Leute über ihn lachten oder nicht, das war ihm schon sehr lange gänzlich gleichgültig. Er hatte schon größere Witze als diesen überlebt.

Doch als er jetzt an einem der hohen Gangfenster vorbeikam, erkannte er plötzlich, wie komisch das Ganze wirklich war. Von hier oben hatte er einen schönen Blick zur Flußfront der Paläste entlang dem Strand und auf Somerset House, wo er sich damals aufgehalten hatte. Lebhaft stieg Master Barbarys Kopf vor seinem inneren Auge auf mit den Sommersprossen, dem überwältigenden Haar, den Trickster-Augen. Dann setzte er diesen Kopf auf einen weiblichen Körper und war selbst überrascht über eine plötzliche Woge der Bewunderung für den unbezähmbaren Mut des menschlichen Geistes. »Ich fürchte, du wirst es jetzt nicht leicht haben, junge Frau«, sagte er zu diesem Bild, »aber du hast uns alle hereingelegt.« Zum ersten Mal seit Jahren zog sich seine Brust vor Erheiterung zusammen. Zu seinem Schreibtisch zurückgekehrt, ließ er noch immer ein pfeifendes, quietschendes Lachen hören, das den Schreiber Percy so in Unruhe versetzte, daß er schnell um die Medizinkiste und eine Flasche Balsam rannte.

Sie verstand jetzt, wie sich ein Mann nach der Kastration fühlen mußte: gedemütigt, herabgesetzt; ausgestoßen aus der wunderbaren Gesellschaft der Herren der Schöpfung. Der Zaubermantel, der sie geschützt hatte, war von ihr genommen und hatte eine schändliche Unvollständigkeit enthüllt. Sie hatte ihren Mut verloren; der hockte am anderen Ende des Tunnels, der in ihren Körper führte, und zitterte vor Eindringlingen.

Sie war nicht mehr sie selbst. In einer Dachkammer von Sir Johns Flügel auf der Festung Dublin lag sie im Bett, ihr Kopf ragte aus einem von Sir Johns Nachthemden heraus wie aus einem Zelt, und sie weigerte sich zu essen.

»Komm schon, Barb«, bettelte der Gehörnte Dick, »iß doch was von dieser guten Sülze. Da ist irischer Knorpeltang drin oder so was ähnliches, sagt die Köchin. Damit du eine große starke – Dame wirst.« Beim Versuch, den Löffel zwischen ihre zusammengepreßten Lippen zu zwängen, wurde er von der spuckenden Barbary mit Knorpeltang-Suppe angeprustet. »Nein, das ist aber nicht nett, Barb. Was hast du denn davon? Ich bin von der ganzen Sache auch nicht grad begeistert, aber wir müssen die Ohren steifhalten.« In Wirklichkeit fühlte er sich verlassen und hatte mindestens soviel Angst wie sie. Eine hilflose, verschreckte Barbary ließ ihn führerlos zurück.

Die Tür flog auf, und herein trat Sir John mit einem Armvoll Kleider. »Na, wie geht's uns heute?«

Der Gehörnte Dick erwiderte entschuldigend, es ginge ihnen heute nicht so gut. »Wir haben Kopfweh, Sir John.«

»Dein Glück, daß du noch einen Kopf hast, Mädchen. Burghleys Antwortschreiben auf meinen Brief entnehme ich, daß die Königin ihn am liebsten abschneiden würde, und Burghley sagt, wenn du ihr nicht den Schatz der O'Malleys bringst, dann tut sie's auch. Na, was ist damit? Ihr habt Zeit, bis das Bein gesund ist, Mistress Barbary, und dann setzen wir Euch Eurer Großmutter vor. Um Euretwillen hoffe ich, daß sie sich nicht verstockt zeigt. Na, was sagt Ihr?«

Er wartete nicht auf eine Antwort, die Barbary ihm ohnehin nicht gab, sondern warf die Kleider auf eine Truhe. »Du«, sagte er zum Gehörnten Dick. »Steck sie da rein. Die sind von Mistress Spenser. Von jetzt ab residiert ihr bei den Spensers. Erzbischof Loftus, der bigotte alte Furz, hat läuten hören, ich hielte mir auf dem Dachboden eine Geliebte, und beschwert sich bei Burghley über meine Unmoral. Bei Gottes Hoden, ich hatte ganz vergessen, was für ein neidisches hinterfotziges Höllenloch dieses Dublin ist. Wie geht's der Haxe?«

Er schleuderte die Bettdecke zurück und hob das Nachthemd hoch. Schnell preßte Barbary eine Falte davon fest zwischen die Beine, was Sir John ein Schnauben entlockte. »Großer Gott, Mädchen, dafür ist's zu spät, ich hab's schon gesehen.« Er klopfte auf den Verband, fand ihn fest, dann testete er die Beweglichkeit ihrer Zehen. »Zumindest hab' ich dich vor den verdammten blutgierigen Salbadern bewahrt. Was verstehen die schon von gebrochenen Gliedern? Ich habe mehr Brüche auf der Jagd gehabt als heiße Mahlzeiten und hab' sie mir fast alle selber eingerichtet. Die Haxe wird so gut wie neu, was sagt Ihr dazu?«

Wäre Barbary nicht gar so trübsinnig gewesen, hätte sie vielleicht Dankeschön gesagt. Der Gehörnte Dick war voll des Lobes über die Art und Weise, wie Sir John nach ihrem Sturz zuerst Ordnung im Laderaum geschaffen hatte, dann den Bruch in Barbarys Schienbein für einen glatten erkannt, das Bein so lange gedreht, bis die beiden Enden ineinanderpaßten, und es zwischen zwei Brettern geschient hatte, bevor sie wieder zu Bewußtsein kam, und das alles in einem Schiff, das nach den Worten des Gehörnten Dick die ganze Zeit über versucht hatte, geradewegs in den Schlund der Hölle zu hüpfen.

Als die *Elizabeth Gallant* schließlich doch noch in den Hafen von Howth einfuhr, schickte Sir John seine Bedienten sogleich an Land nach Beinwellwurzeln. Lordkanzler, Bürgermeister und Gemeinderat von Dublin und all die anderen zivilen und militärischen Honoratioren, die in voller Wichs und Montur eilig aus der Stadt geritten waren, um den neuen Vertreter ihrer Königin willkommen zu heißen, mußten warten; der künftige Königliche Statthalter mußte erst noch zermahlene Beinwellwurzeln auf das gebrochene Bein einer verzweifelten rothaarigen jungen Frau auftragen. Der Verband war rasch so fest geworden, als wäre er aus Stein, juckte wahnsinnig, hielt aber das Bein wie in einer Klammer. Sir John klopfte noch einmal darauf. »Hart wie des Teufels Ständer«, sagte er. »Wir müssen ein paar Krücken auftreiben.«

Unter den Kleidern auf der Truhe wühlend, fischte er ein in Segeltuch gehülltes Paket heraus und warf es ihr aufs Bett. »Das kam mit Boten von Penshurst«, sagte er. An der Tür wandte er sich augenzwinkernd noch einmal zurück: »Eins muß ich sagen«, sagte er, »Ihr habt das netteste rote Gewürzgärtlein, das ich je in einem Monat aus lauter Sonntagen gesehen hab'.« Und damit war er fort.

»Du hättest dich wenigstens bedanken können«, sagte Dick vorwurfsvoll. »Man kann nie genug Freunde aus dieser Klasse haben.«

»Ich *bin* ja auch dankbar, verdammt noch mal«, brüllte Barbary ihn an, »aber mein Gewürzgärtlein hätte er nicht erwähnt, wenn ich ein Junge wäre, oder?« Hier lag der wunde Punkt. Sir Johns Verhalten ihr gegenüber hatte sich verändert: von der jovialen Kameraderie, die er dem jungen Mann entgegenbrachte, zu einer augenzwinkernden, leicht feindseligen Bevormundung des jungen Mädchens. Das hatte nichts mit ihrem Betrug zu tun. Der englische Apotheker, den man zur Untersuchung ihres Beins gerufen hatte und der keine Ahnung hatte, wer sie war, verhielt sich ganz genauso. Seine abtastende Hand war viel zu weit den Schenkel hinaufgewandert, wo der Bruch doch am Schienbein war. Er hörte erst damit auf, als Barbary ihm erklärte: »Noch ein bißchen weiter, und ich breche Euch das verdammte Handgelenk.« Als Frau durfte einen offenbar jeder Dahergelaufene beleidigen.

Der Gehörnte Dick rang mit dem Paket. »Brief dabei«, sagte er dann. »Lies ihn, Barb.«

Der Brief war von Sir Philip Sidney und begann: »Teurer und werter Boggart«, war also wahrscheinlich noch vor Eintreffen der Nachricht über ihren Geschlechtswandel abgeschickt. Sie überflog ihn. »Er sagt, Will wirft Kanonen wie ein Karnickel seine Jungen, und was in der Schachtel ist, kommt von ihm, mit Gruß und Kuß. Philip sagt, Will sagt, nach Gebrauch an ihn zurück zur Auffrischung.«

»Was soll das heißen?«

»Das schreibt Philip nicht. Aber dafür schreibt er, daß er Frances Walsingham heiraten wird, er hat schließlich erkannt, daß sie doch seine einzige wahre Liebe ist. Das wär's also für Penelope Rich. Er möchte, daß die Königin ihn in den Niederlanden kämpfen läßt.«

»Gott schütze den guten Herrn und führe ihn sicher heim.«

»Amen. Schauen wir, was in der Schachtel ist.«

Zuerst kam eine Schicht rostbraunen Tuchs, das Barbary als Bestandteil von Wills altem Wams erkannte. Darunter Stroh, und darin vergraben … »Oh – Gott segne dich, Will.« Es war eine Handfeuerwaffe.

»Sieht merkwürdig und irgendwie gefährlich aus«, bemerkte der Gehörnte Dick. »Was ist das?«

»Der gute Will, ach, der Gute. Das ist die Clampett-Snaphaunce. Ich wußte ja, daß er es schafft.« Das Ding sah wirklich merkwürdig aus, es war auch, soviel Barbary wußte, auf der ganzen Welt das einzige in seiner Art. Holländische Wilderer hatten angeblich vor kurzem etwas Ähnliches entwickelt, ein Radschloß mit Flint auf Stahl anstelle des Pyrits, da es ihnen nicht paßte, daß die Glut aus dem Luntenschloß im Dunkeln ihre Position verriet. Aber Will hatte die Idee aufgenommen und verfeinert und mit handwerklicher Präzisionsarbeit eine achtzehn Zoll lange Version hergestellt. Der Schaft war nach unten leicht gebogen und – typisch für Will – ohne jede Verzierung. An zwei Haken unter dem Lauf aus Stahl hingen ein Miniatur-Ladestock und ein Pfropf. Kleine hölzerne Zylinder, aneinandergereiht wie zu einer groben Perlenkette, enthielten die Patronen, winzig kleine Würstchen, jede mit ganz genau dem gleichen Gewicht an Pulver und Kugel wie die andere.

Dick nahm eine heraus und drückte das steife Papier am Kugel-Ende. »Bißchen klein, Barb«, sagte er. »Einen Kavallerie-Angriff wirst du damit nicht aufhalten.«

Barbary schielte den Lauf hinunter bis zum Zug. »Vielleicht nicht, aber der nächste Schweinehund, der mir zu nahe tritt, der kriegt den Schock seines Lebens.« Jetzt war sie wieder sie selber. Wie Dick richtig sagte, auf größere Entfernung und gegen eine Rüstung war die Clampett nutzlos, nicht einmal zur Entenjagd würde sie taugen, falls der Vogel nicht friedlich wartete, bis man nahe dran war. Aber das war auch nicht ihr Zweck. Die Clampett diente ihrer persönlichen Verteidigung, war ihre eigene Geheimwaffe; sorgfältig gezielt, fällte sie ihren Mann auf ein Dutzend Schritte. Und dafür hatte Will, besorgt um ihre Sicherheit in Irland, ihr die Clampett auch geschickt, das wußte Barbary. Sie hatten ihr ihre Männlichkeit genommen – Will Clampetts Pistole hatte sie ihr zurückgegeben.

Jetzt schnaubte sie: »Na schön, her mit den blöden Fetzen.«

Die größten Schwierigkeiten beim Anziehen machte nicht der steinharte Beinwellverband, obwohl der die Sache nicht gerade erleichterte – das Problem lag vielmehr in dem Umstand, daß weder sie noch der Gehörnte Dick etwas von Frauenkleidung verstanden. Dick kannte sich eher noch etwas besser damit aus.

»Nein, ich glaub nicht, daß das für die Beine ist, Barb. Ich halte das eher für einen Ärmel.«

»Einen Ärmel? Wie kann das ein Ärmel sein? Ich hab' doch schon genügend Ärmel an!«

»Und diese Holzschienen da drin, Barb. Das kommt vorne hin, nicht hinten.«

Barbary betrachtete die hölzernen Korsettstützen voll Abscheu. »Das sieht ja aus wie von der Inquisition erfunden.«

Nach einiger Zeit hatten sie fast alles irgendwie untergebracht, nur ein Stück war noch übrig – eine lange, ausgestopfte, polsterartige Rolle. »Das ist gegen die Zugluft, ein Fensterpolster«, sagte Barbary hoffnungsvoll, »das ist irrtümlich hier dazugekommen.«

Der Gehörnte Dick betrachtete zuerst das Ding, dann sie. »Dieser Rock sieht irgendwie nicht richtig aus, Barb. Meiner Meinung nach ist das die Wampenrolle, die den Rock von unten auseinanderdrücken soll.«

»Oh, Mist.«

Endlich war die Rolle angebracht. »Wie seh' ich aus?«

Dick ging einmal rund um sie herum. Selbst seinem ungeübten Blick erschienen die Kleider, die Maccabee Spenser geschickt hatte, als ein recht armseliger Haufen, außerdem waren sie Barbary viel zu groß. Der Rock war noch einigermaßen modisch, allerdings aus recht einfachem Barchent; das hochgeschlossene Mieder war aus schönem aprikosenfarbenem Samt, der aber schon ziemlich verwaschen und über den Stützen abgewetzt war. Die Haube stammte überhaupt aus einer anderen Zeit, solche Hauben hatte die verstorbene und kaum betrauerte Maria die Blutige gern getragen. Mit ihrem starren Giebeldach, den Seitenteilen und dem hinteren Vorhang bedeckte sie jede einzelne Locke von Barbarys Haar.

»Ein Grinser, Dick, und ich erschieß dich«, sagte sie. »Ist es so schlimm?«

Sie wirkte wie erdrückt, zermalmt von diesen fremden Gewändern, durch die Haube jeglicher Farbe beraubt; nur ihre grünen Augen blitzten kampfbereit.

»Na ja, die Pferde werden bei deinem Anblick nicht scheu, Barb, aber das ist auch schon alles.«

Sie humpelte zurück zum Bett. Obwohl ihr alles viel zu groß war, fühlte sie sich unerträglich beengt und eingezwängt. »Ich halte das nicht aus«, sagte sie. »Dick, was soll ich tun?«

»Nicht viel, bis das Bein wieder gut ist«, antwortete Dick. »Aber dann, na ja, der alte Besen in der Zelle unten weiß ja schließlich, wo der Schatz ist, und im Gimpelfangen sind wir beide weiterhin unübertroffen. Und Piraterie gibt's schließlich auch noch.«

Sie nickte. Was täte sie ohne ihn?

Auf dem Bett lag noch ein letztes Stück von Mistress Spensers Kleidersammlung, ein langer, altmodischer Muff aus dem Fell von Hasen, die zu Lebzeiten vielleicht nicht die Räude gehabt hatten, jetzt aber ganz gewiß. Barbary nahm ihn hoch, riß sein Futter auf und steckte die Clampett hinein. Sie fand gerade Platz. »Na schön, holde Weiblichkeit. Jetzt schreckst du mich nicht mehr.«

9

Nach zwei Wochen Einquartierung bei den Spensers gelangte Barbary zu der Erkenntnis, daß für das Frausein noch viel weniger sprach, als sie gedacht hatte.

Edmund selbst war nicht das Problem, er war ohnehin vollauf mit seinen amtlichen Tätigkeiten oben im Schloß, dem Mittelpunkt der Dubliner Verwaltung, beschäftigt, und zu Hause schenkte er Barbary kaum Beachtung. Zu ihrer großen Erleichterung erkannte er in ihr offenbar nicht jenen Boggart, dem er auf Penshurst begegnet war. Nein, das Problem war vielmehr seine kleine Maccabee, die allgegenwärtige, geschäftige, ständig plappernde kleine Frau mit den allerbesten Absichten; Maccabee, die redete und redete, wie in ständiger Angst, Gott könne ihr jeden Moment den Mund verschließen, worum Barbary ihn bald inbrünstig bat.

Anfangs begegnete Maccabee ihrem Logisgast mit äußerster Reserviertheit. Sie erinnerte sich nicht mehr, unter welchem Namen und Titel Barbary ihr auf dem Schiff vorgestellt worden war, aber jedenfalls als Mann, das wußte sie noch; dann stellte sich heraus, daß sie eine Frau war, das schockierte die Obrigkeit, daher schockierte es auch Maccabee. Sogar von Ungnade war die Rede. Was hatte sich eigentlich Sir John dabei gedacht, der gottesfürchtigen Familie der Spensers eine solche Person aufzuhalsen? Das ging so eine Weile weiter, bis eines Abends Edmund von einem Gespräch mit Sir John Perrot heimkam und berichtete, man würde ihnen für Barbarys Unterbringung eine Pension zahlen. »Man bedeutete mir, unser Gast sei ein Agent des Staates«, erklärte er und deutete dabei eine Verbeugung in Richtung Barbary an. »Wo nötig, ist sie als deine Cousine vorzustellen. Wir müssen sie gut behandeln, meine Liebe. Sir John hofft, daß du ihr die Grundsätze der Haushaltsführung beibringst, denn das liegt bei ihr sehr im argen.«

Barbary mußte bald erkennen, daß diese Anweisung unerfreuliche Folgen hatte. Zwar war ihr Ansehen bei Maccabee stark gestiegen, aber zugleich wollte diese jetzt um so mehr ihre eigene Wichtigkeit betonen. Voll Stolz pochte sie auf Geschicklichkeiten, von denen Barbary nichts wußte. Von nun an hieß es: »Oh, du kannst nicht kochen? Nun, dann setz dich her, mein armes Kind, und sieh mir zu, wie ich einen Flammeri mache. Zuerst mußt du zwei Kalbsfüße auskochen wegen der Sülze ...« Oder: »Ach, nähen kannst du auch nicht? Also, so heftet man zum Beispiel einen Saum ...«

Nicht, daß Barbary alle diese Dinge nicht lernen wollte, obgleich sie sie schrecklich langweilig fand – aber Maccabees Erklärungen und Instruktionen prasselten von morgens früh bis abends spät auf sie ein, gnadenlos und ohne Pause. Barbary, die früher immer unabhängig war, Herrin über ihre eigene Zeit, hatte keine einzige freie Minute mehr. Es war, als wäre sie an einen Ameisenhaufen gefesselt. Maccabee war diejenige, die den ganzen Tag lang ihre Energie verströmte, aber wenn Barbary abends zu Bett ging, dann hatte sie ein Gefühl, als wäre sie von einer Horde Blutegel geschröpft.

An den Enthusiasmus, mit dem Maccabee Barbary die »Grundsätze der Haushaltsführung« beibrachte, reichte nur noch ihre Begeisterung für ihren Vater heran, den Wollkaufherrn Chylde, dessen Charakter und Bedeutung gegenüber Barbary herauszustreichen sie nie müde wurde.

Barbary dagegen stand der Kaufherr Chylde bald bis zum Hals und weiter. »Mein Vater, der Kaufherr Chylde«, spottete sie, als der Gehörnte Dick ihr die Treppe zu ihrem Zimmer unterm Dach hinaufhalf – Dachböden waren in Dublin offenbar ihr Schicksal –, »er besaß eintausend Oliphanten, weißt du, und er verschlang jeden einzelnen davon. Oh, du kannst keine Oliphanten kochen? Bleib hier, warte, mein armes Kind, dann hole ich schnell eine Pfanne ...«

»Sie meint es gut, Barb«, warf der Gehörnte Dick ein.

»Sie will mich um den Verstand bringen, das ist es, was sie vorhat. Warum zum Teufel hat Edmund sie bloß geheiratet?«

»Zum Überleben, glaub' ich, Barb. Sie sagt, er war ein hoffnungsvoller Poet, als sie ihn kennenlernte. Und sie ist des Kaufherrn Chylde einziges Kind, also hat sie wahrscheinlich ganz schön was geerbt. Und außerdem heizt sie ihm offenbar ordentlich ein.« Die Mansarden, die er, Barbary und die Dienerin Barker bewohnten, lagen genau über dem Schlafzimmer der Spensers, und daraus stiegen durch die Bodenbretter so oft und so laute Bettgeräusche auf, daß es die darüber Wohnenden beim Schlafen störte.

»Nun, Gusto und Ohrfeigen sind verschieden.«

Der Gehörnte Dick ging noch einmal hinunter und setzte sich wieder auf ein, zwei Stunden zu Maccabee, wie fast jeden Abend, bevor er dann in die Taverne ging, die langsam zu seiner Stammkneipe wurde. Er sagte, er erwiese ihr nur seinen Respekt, und jedenfalls gefiel es ihm. Niemand hatte Dicks Anwesenheit erklärt, Barbary hatte ihn nur als »meinen Freund« vorgestellt; und Maccabee, die ihn wahrscheinlich für einen weiteren Agenten des Staates hielt, deutete seine immer irgendwie trauervolle Umgänglichkeit als Weisheit. Zu allem fragte sie ihn um seinen Rat, von Kindererziehung bis zu großen Einladungen; seine Antworten waren naturgemäß eher allgemein gehalten, aber da Maccabee ohnehin nie zuhörte, kamen sie bestens miteinander aus. Dick konnte man eigentlich gar nicht langweilen, und die Achtung, die Maccabee ihm entgegenbrachte, war für ihn eine ganz neue Erfahrung.

Mühsam zog sich Barbary auf einen hohen Stuhl direkt am winzigen Mansardenfenster, um hinauszuschauen. Das war der Moment, auf den sie sich den ganzen Tag lang freute, da sie endlich Ruhe hatte vor Maccabees gnadenlosem Ansturm auf ihr Trommelfell. Sehr ruhig war es allerdings auch hier nicht. Edmund Spenser hatte eines der hohen, schmalen, verputzten Häuser gegenüber der Stadtmauer am Wood Quay gemietet, dem lebhaftesten und lautesten Teil von ganz Dublin. Von hier hatte sie einen Ausblick auf Dublins Lebensader, den Liffey. An diesem düsteren Novemberabend war er von Fackeln erhellt und von Geschäftigkeit durchpulst. Die drei Fähren innerhalb ihres Gesichtskreises kamen mit den Menschenmassen kaum zu Rande, die aufs andere, nördliche Ufer übergesetzt werden wollten, und Fährleute und Wasservolk sahen genauso wie an der Themse aus und schrien genauso »Westward ho« und »Eastward ho«, wenn sie mit der beginnenden Ebbe hin- und herruderten. Unten in der Fishamble Street, die zum Fluß führte, redeten die Händler laut über die Einnahmen des Tages, während sie Fischgedärm und Schuppen durch die Gosse in den Liffey kehrten, bevor sie für heute ihre Buden zumachten.

Flußaufwärts zur Linken sah sie im Schein der Fackeln auf der Old Bridge die Menschen zum Nordufer nach Hause strömen. Gerade vor ihr waren die Schiffe noch immer dabei, im Fackellicht ihre Ladungen zu löschen, drei oder vier drängten sich jeweils hintereinander am Kai, Schiffsmeister beschwerten sich lautstark über Dockarbeiter, die über ihre Decks kletterten, um an die Fracht dahinter zu gelangen – Barbary amüsierte sich königlich über diese Dispute.

Oft wurde dabei auf irisch gestritten, und es beunruhigte Barbary, daß sie alles verstand. Edmund hatte aus Interesse für die Lyrik der Eingeborenen einen des Irischen mächtigen Schreiber aus dem Schloß angeheuert, der nun zweimal die Woche kam, um ihn in der Sprache zu unterweisen. Es gab zwar eine alte Verordnung aus der Zeit einer früheren englischen Verwaltung, die den Iren selbst den Gebrauch des Irischen verbot, aber Edmund war der Meinung, für Gelehrte wie ihn könne das Verbot nicht gelten. »Selbst Ihre gnädigste Majestät lernte ein wenig Irisch«, sagte er, »daher ziemt es sich für uns, die wir uns hier ansiedeln wollen, ihr nachzueifern«, und er bestand auch darauf, daß die ganze Familie, Barbary eingeschlossen, an den im Salon stattfindenden Lektionen teilnahm.

Er selbst kam zwar langsam, aber gründlich voran, Catherine lernte etwas schneller, Maccabee lernte gar nichts. Nur Barbary machte solch rapide Fortschritte, daß es sie fast verstörte. Im Unterschied zu den anderen machte ihr die Aussprache überhaupt keine Schwierigkeiten, im Gegenteil: Ihre Zunge bewältigte sie geschickt wie eine Schlange, die man ins hohe Gras entläßt. Sie brauchte die als Hausübung aufgegebenen Worte und Wendungen nur einmal kurz anzusehen, um sie ein für allemal im Gedächtnis zu behalten, wo sie sofort andere, verwandte wachriefen, die ungebeten aus einer Erinnerung aufstiegen, von der sie nichts gewußt hatte. Es war unheimlich, es war, als flüsterte ihr ein Gespenst Geheimnisse ins Ohr.

Sie verbarg ihre ungewollte Fertigkeit vor den anderen und ließ die Lektionen in verstocktem Schweigen über sich ergehen. Aber vor sich selbst konnte sie's nicht verbergen. Hier war eine Bestätigung dessen, was Will Clampett ihr gesagt hatte. Ob es ihr gefiel oder nicht, sie war Irin. Hinter der Nebelwand lag die irische Sprache, so eng mit ihr verbunden wie ihr eigenes Gedärm. Es war kein Zufall gewesen, daß sie den empörenden Toast des O'Neill auf die Königin und die Sidneys in Penshurst verstanden hatte. Gott steh ihr bei – sie und Hugh O'Neill kamen aus demselben Volk.

Sie fragte sich, woher sie dann so gut Englisch konnte, und befand, daß ihre unbekannten Eltern wahrscheinlich zweisprachig waren wie so viele Dubliner auch – denn Will hatte nicht erwähnt, daß sie ihn nicht verstanden hätte.

Andererseits waren ihre Eltern keine Dubliner gewesen, da war sie sich ganz sicher. Die Stadt war ihr überhaupt nicht vertraut – und hätte sie ihre frühe Kindheit hier verbracht, dann müßte sie sich doch daran erinnern.

Das erlaubte ihr wieder, die Tatsache ihrer irischen Abstammung beiseitezuschieben, sich weiterhin als Barbary aus dem Orden zu fühlen, als Trickster der Sonderklasse, der es verstand, selbst aus der heikelsten Situation mit Profit hervorzugehen. Jene Barbary in Penshurst, die einst der Königin von England Treue gelobt hatte, war verblaßt, in den Hintergrund getreten. Es war schwierig, einer Frau die Treue zu halten, die einem mit Kopfabschlagen drohte. Sie wollte jetzt nichts anderes, als der Sache mit dem Schatz auf den Grund zu gehen, ihn zu schnappen und dann ihre neue Laufbahn als Piratin in Angriff zu nehmen. Bis dahin allerdings war sie die Gefangene ihres gebrochenen Beines, Maccabees und Dublins.

Als typische Cockneys hielten Barbary und der Gehörnte

Dick London für den Nabel der Welt, alle anderen Städte für provinziell und minderwertige Imitationen und hatten für Dublin daher zunächst nur ein verächtliches Grinsen übrig – aber Barbary war bereits ziemlich beeindruckt, und Dick hatte sich bald in die Stadt verliebt. »Die Bermudas mit einem irischen Akzent, Barb, genau das ist's.« Sogar von ihrem Fenster aus konnte sie sehen, was er meinte: Dublin war wie London in kleinerem Maßstab, aber anders. Auf den Kais und Straßen herrschte das gleiche lärmende Getümmel, verkauften die gleichen Männer und Frauen Besen und Mausefallen, hörte sie die gleichen englischen Straßenrufe: »Kauft meine köstlichen Lachsforellen!«, »Fußkissen für Euren Betstuhl!«, »Frische Austern!«, »Schlämmkreide, ihr Mägde, Schlämmkreide!«, »Meerfenchel, Meerfenchel!«, »Heißer knuspriger Haferkuchen!« und alles mit irischem Akzent. Der Geruch nach Holz- und Kohlefeuer, der sie so sehr an London erinnerte, stieg mit dem Duft von Torf vermischt hinauf in die kalte Luft, in der sich die Landschaft der spitzen Dächer scharf abhob. Barbary sehnte sich danach, hinauszukommen und das alles zu erforschen, weit weg von Maccabee.

Als bedeutendste Stadt des Pale – jener Gebiete Irlands, die der englischen Verwaltung unterlagen – hatte Dublin unter der Hungersnot nach den Desmond-Kriegen nicht allzusehr gelitten, obwohl auch hier in den schlechtesten Zeiten Wölfe und Seuchen die Straßen heimgesucht hatten. Im unsicheren Frieden der letzten Jahre hatte sich die Stadt erholt, und der Zustrom der Kolonisten brachte neuen Wohlstand. Dennoch herrschte in Teilen der Stadt noch immer Hunger. Erst gestern abend hatte Edmund die Nachricht mitgebracht, die Stallungen von Schatzkanzler Wallop hätten unter mysteriösen Umständen Feuer gefangen und ein paar von seinen Pferden seien dabei verbrannt.

»Die bloßen Iren haben sich sofort auf die Kadaver gestürzt«, berichtete er Maccabee, »und das noch halb rohe Fleisch von den Knochen genagt.«

»Wer ist denn das, die bloßen Iren?« fragte Barbary, die die Schichten der Dubliner Gesellschaft ziemlich verwirrend fand. Da gab es Alte Iren, Alte Anglo-Iren, alteingesessene Engländer, alle blickten voll Verachtung auf die neuangekommenen

Engländer herab, die selbst wieder die unterste von allen Schichten zutiefst verachteten: die bloßen Iren.

»Abschaum«, antwortete Edmund knapp.

Na warte, wenn diese Schweinehunde Spenser fressen, dachte Barbary und hatte eine Idee.

Am nächsten Morgen wurde Dick ausgesandt, das Pony aus den Stallungen des Schlosses zu holen. »Das ist ein hübsches Pferd«, bemerkte Maccabee, die von Pferden nicht mehr verstand als von Menschen. »Mein Vater, der Kaufherr Chylde –«

»Hilf mir rauf«, befahl Barbary dem Gehörnten Dick. Wenn sie den verdammten Verband darüberschwingen könnte …

»Mein armes Kind, du wirst doch nicht darauf reiten wollen, oder? Mit diesem Bein, das wäre doch höchst unklug … Edmund würde nie –«

»Wir haben Staatsangelegenheiten zu erledigen«, erklärte Barbary, bereits fest im Sattel sitzend, von oben herab. Warum war ihr das nicht schon früher eingefallen? »Zum Abendessen sind wir zurück.« Kein Sticken mehr, kein Flammeri mehr, kein Kaufherr Chylde mehr.

Mit größter Vorsicht, und mit Dick an ihrer Seite, um ihr Bein vor dem Verkehrsgewühl zu schützen, ließ sie sich von Spenser durch die Menschenmenge am Wood Quay tragen.

Gleich hörte sie, wie eine Gruppe von Dockarbeitern ihr zurief: »Ein wunderschöner sanfter Morgen für Euren Teint, Mistress!« Barbary starrte sie mit gerunzelter Stirn an.

Der Gehörnte Dick, der sich schon an die hiesigen Sitten gewöhnt hatte, murmelte: »Sie meinen ›Guten Tag‹!«

»Warum sagen sie's dann nicht?« Barbary fühlte sich unsicher, in ihrer Frauenkleidung wehrlos gegen jede Zudringlichkeit. Und überhaupt, es war kein wunderschöner Morgen, sondern es war grau und nieselte.

Auf dem Weg die Stadtmauer entlang, an den Windmühlen vorbei in Richtung Dames Gate teilten ihr Männer und Frauen immer wieder mit, es sei ein wunderschöner Morgen, ein Morgen, um den Liffey zu spülen, um Wasser ins Ale zu gießen. »Das heißt immer noch ›Guten Tag‹, ja?« fragte sie Dick.

»Sie lieben eben Worte, Barb.«

Es mußte an der Luft liegen, dachte sie, daß alle Menschen hier so von chronischer Leidenschaft für die Sprache und von Neugier durchdrungen waren. Den Grußworten folgten oft Fragen. »Und woher habt Ihr wohl Euer armes grünes Bein, Mistress?« Außerdem wußten sie offenbar alles über jeden. Wenn sie hörten, sie sei Maccabee Spensers Cousine, fragten sie: »Und ist denn nicht etwas Merkwürdiges passiert auf dem Schiff, mit dem die Dame herkam?« Barbary erklärte, sie habe nichts bemerkt, sie sei zu seekrank gewesen, was zu einer allgemeinen Unterhaltung über Mittel gegen Seekrankheit führte, und das wieder, auf unbegreiflichen Wegen, aber ganz zwangsläufig, zu einer Diskussion der politischen Lage.

»Es sind freundliche Leute«, sagte der Gehörnte Dick, »die einen guten Tropfen Ale brauen können, und überhaupt.« Es gab hier pro Morgen Land mehr Tavernen, als Barbary von London kannte. Der Gehörnte Dick erklärte, das Ale sei gut, aber anders. »Dunkler, wie der Liffey.« Er war einmal, als Barbary noch das Bett hüten mußte, mit ein paar von Sir Johns Lakaien am Abend fortgegangen und hatte dabei ein neues Gesöff kennengelernt, »Whiskeva« oder so ähnlich hieß es, wie er ihr am nächsten Morgen, weiß im Gesicht und ziemlich zittrig, mitteilte. »Barb, rühr's ja nicht an. Das ist ein irisches Komplott. Die Hauptleute haben es den Soldaten verboten, sie sagen, durch dieses Zeug hätten sie fast den Krieg verloren.« Aber Barbary fiel auf, daß das Dick nicht etwa abhielt, wieder fortzugehen und das Zeug zu probieren.

Die meisten Tavernen waren gesteckt voll mit Soldaten – die Hauptleute und Offiziere stolz herausgeputzt, die Mannschaft der reinste Lumpenhaufen. Gemeinsam waren ihnen die Waffen und das rote Georgskreuz, das hinten auf ihren Umhängen prangte. Manchmal trug auch eine ganze Truppe Uniform, weil der Regimentsbefehlshaber der Zuteilung aus dem Kriegsministerium so viel zugeschossen hatte, daß seine Männer wie Soldaten aussehen konnten. Aber im allgemeinen war es üblich, daß die Armeelieferanten ihre Konkurrenten unterboten und Stoffe von derart schlechter Qualität lieferten, daß die Soldaten zivile Kleider kaufen, stehlen oder borgen mußten, nur damit sie nicht erfroren; jede Ähnlichkeit mit den vom Londoner Zeugamt geführten Uniformmustern war rein zufällig. Die meisten konskribierten Rekruten hatten ohnehin nicht zum Militär gehen wollen, nicht einmal für acht Pence den Tag, und am allerwenigsten nach Irland. Die Freiwilligen dagegen hofften entweder auf Geld durch Plünderung, oder aber das englische Pflaster war ihnen aus dem einen oder anderen Grund zu heiß geworden.

Überreich war Dublin nicht nur an Tavernen, sondern auch an Kirchen: Benediktiner, Zisterzienser, Dominikaner, Franziskaner waren jedoch von der Reformation vertrieben worden, und die Mauern der Klöster dienten jetzt als Steinbrüche für die neuen Bauten, die überall hochgezogen wurden. Barbary sah eine wunderschöne alte Abtei, in der jetzt Pferde standen. Aus einem früheren Nonnenkloster schleppten Arbeiter Holzvertäfelungen und Figuren heraus auf die Straße und warfen sie ins Feuer. Was Barbary besonders auffiel, war eine Gruppe von Männern und Frauen, die schweigend das Feuer umstanden und auf eine Figur starrten, an der bereits die Flammen leckten: es war eine lebensgroße Statue der Jungfrau Maria.

Jetzt wußte sie schon, wer die »bloßen Iren« waren, man konnte sie an ihren weiten, geflickten, pelzbesetzten wollenen Umhängen erkennen, die alle, Männer wie Frauen, eng um ihre hageren Leiber gezogen hatten, während sie durch die Straße trotteten, bettelnd, die Abfälle nach Eßbarem durchsuchend oder in gebrochenem Englisch um Arbeit bittend. Das waren die Eingeborenen, die der Hunger in die Stadt trieb. Das waren die Ausgestoßenen, der Auswurf, der sich wie blind durch die Menge bewegte und nichts zu sehen schien als einander – und alles, was eßbar schien. Sie empfand nichts als Verachtung für sie. Solchen Abschaum gab es in London gar nicht; nicht einmal der Orden hätte diese menschlichen Wracks noch aufgenommen.

Ein Barbier, unter seinem rosa-weißen Handwerkszeichen stehend, stürzte sich plötzlich auf einen von ihnen, einen Mann, der gerade einen Schubkarren an seinem Laden vorbeischob. »Das ist ungesetzlich«, brüllte der Barbier. Barbary zügelte Spenser, das wollte sie sich ansehen. Was war ungesetzlich? Einen Schubkarren schieben?

Der bloße Ire ließ die Griffe los und wandte sein Gesicht dem Barbier zu, der sehr viel kleiner war und, noch immer brüllend, auf das Haar des Iren deutete. »Das da. Diese Rolle da. Verboten ist das!«

Dem Schubkarrenschieber hing das Haar wirr ins Gesicht, seine Augen glühten zwischen den dicken Strähnen hervor wie die einer wilden Katze aus einem Dickicht Farne. Der Barbier reichte hinauf, packte mit einer Hand das Büschel Haare, das dem Iren über die Augen hing und, wie Barbary annahm, die verbotene »Rolle« darstellte, und schnitt es mit einer einzigen geübten Bewegung ab. Dann warf er das Haar in den Rinnstein und sprach zu der Menge, die sich inzwischen angesammelt hatte: »Die dürfen das nicht, sie haben kein Recht dazu, kein Recht! Gegen das Gesetz ist das. Verdammte Schweinehunde!« Damit eilte er zurück in seinen Laden.

Der Ire wandte sich wortlos seinem Schubkarren zu, nahm ihn auf und schob ihn fort, aber als Barbary eine Sekunde lang seine jetzt frei sichtbaren Augen sah, lief es ihr kalt über den Rücken. Einige aus der Menge lachten, ein Mann nahm ein paar Pferdeäpfel auf und warf sie ihm nach, aber der Barbier, dachte Barbary, während sie Spenser mit einem leichten Flankentritt in Gang setzte, hatte nicht gelacht, sein Zorn war der Zorn des Furchtsamen gewesen.

Später fand sie diese Unruhe, diese Furcht überall. Das Pale hatte Angst. Man hatte die Eingeborenen besiegt, aber sie waren noch da, und wie überall sprachen auch hier die Sieger den Besiegten geheime mystische Kräfte zu. Die traditionelle irische Haarrolle war verboten, weil sie dem Pale als Symbol der Heimlichkeit galt, mit der die Eingeborenen Widerstand leisteten, mit ihren verfolgten Priestern in Höhlen Messen feierten und auf den Hügeln rund um Dublin und draußen in der wilden Gegend, wo das englische Gesetz nicht mehr galt, Magie und Hexerei betrieben. Seiner Gelehrsamkeit, seiner Gerichtsbarkeit, seinen philosophischen Schulen, den Residenzen und

Sommerpalästen seiner englischen Beamtenschaft zum Trotz war Dublin eine Grenzfestung.

Aber Barbary fühlte sich hier wohl; sie fand die Atmosphäre erfrischend, und der Unterton von Angst hatte in ihren Augen einen exotischen Reiz.

Gemütlich trottete sie auf Spenser aus der Stadt hinaus, nach Hogges Green, wo die Dubliner zum Bowlingspiel gingen oder an den Schießständen Bogenschießen übten. Es war eine weite grüne Landschaft, von Schafen beweidet, vom allgegenwärtigen Liffey eingefaßt. Spenser, ein alter Wasserfanatiker, setzte es sich in den Kopf, bis hinunter zum Flutpegel zu trotten. Barbary ließ die Zügel hängen und genoß den Geruch des Meeres, die Seemöwen und die Watvögel. Zum ersten Mal seit langem hörte sie keinen menschlichen Laut mehr um sich her. Bis auf ein leises Kinderweinen von irgendwoher. Das Geräusch kam von einem Erlengebüsch am Ufer. Eigentlich ärgerte es Barbary, daß sie nicht einmal hier vor den Menschen Ruhe hatte, und sie wollte schon weiterreiten, aber das Weinen klang seltsam beunruhigend, und hinter den Erlen rührte sich etwas, was sie neugierig machte.

Sie lenkte Spenser hin und konnte durch eine Lücke zwischen zwei Bäumen erkennen, daß dort eine Frau vergewaltigt wurde. Ein Soldat stand daneben, schaute zu und hielt einen kleinen Jungen fest, der strampelte und sich wehrte. Die Frau war stumm, wehrte sich aber ebenfalls, trat mit den Beinen um sich und versuchte, dem Soldaten zu entgehen, der auf ihr lag und ihre Arme mit den seinen niederhielt.

Nie mehr konnte Barbary das Gesicht des Kleinen vergessen. Sie zog ihre Pistole aus dem Muff, richtete sie auf den Soldaten, der dabeistand, und schrie: »Hol ihn runter von ihr!« Über die Schulter rief sie dem Gehörnten Dick zu: »Geh und hol die Wache!«

Sie hatte keine Zeit gehabt, die Pistole zu laden, aber dem Soldaten gefiel ihr Anblick auch so nicht und genausowenig offenbar der Ausdruck in Barbarys Augen. Er gab seinem Gefährten einen Tritt, der riß sich aus der Frau los, blickte hoch und direkt in den Lauf der Snaphaunce. Rasch seine Hosen hochziehend, sprang er auf die Füße, und die beiden rannten davon.

Die Frau blieb noch einen Moment liegen, dann kroch sie zu dem Kleinen hin, drückte ihn an sich und murmelte ihm etwas auf irisch zu. Sie war eine typische bloße Irin, groß, schlank, schön. Ihr Gesicht war zerkratzt. Sie blickte Barbary an, nickte, nahm den Kleinen und wollte forthumpeln.

»Bleib da«, befahl Barbary. »Die Wache wird eine Beschreibung dieser Männer brauchen.«

Die Frau sah sie neugierig an, offenbar versuchte sie, die englischen Worte zu verstehen. Dann antwortete sie langsam: »Ihr seid wohl noch nicht lange hier. Nein, das waren gute Männer.«

»Gut? *Gut?*«

Die Frau kam dichter heran und näherte ihr Gesicht Barbary, als hätte sie ihr etwas Wichtiges zu sagen. »Die guten«, sagte sie, »sind die, die einen nachher nicht umbringen.«

Barbary ließ sie gehen. Die beiden Konstabeln von der Wache, die ein paar Minuten später mit dem Gehörnten Dick auftauchten, waren von der Geschichte nicht beeindruckt. »Ihr könnt das nicht verstehen, Mistress, wo Ihr doch eine anständige Dame seid und neu hier noch dazu. Die ist nicht gezwungen worden, aber nein, keine Spur, da macht Euch nur keine Sorgen. Diese Weiber, die wollen es selber, wahrscheinlich, entschuldigen schon, gegen Bezahlung. Wie heißt der richtige Ausdruck dafür?«

»Geil?« schlug der zweite vor.

»Lasterhaft, so heißt das, lasterhaft sind diese Frauen, die haben überhaupt keine Moral, also macht Euch nur keine Sorgen, Mistress. Und wie habt denn Ihr Euer armes grünes Bein bekommen?«

Sie begleiteten sie zurück bis zur Stadtmauer und redeten unterwegs pausenlos. Bei der Dames Bridge konnte Barbary sie endlich abschütteln und bog dann in den Wood Quay ein. Das verdammte Frauenzimmer und ihr Kleiner hatten ihr den Tag verdorben, sie war müde, und ihr Bein fing an zu schmerzen.

Da kam plötzlich ein Mann näher, der sie bis jetzt, an eine Mauer gelehnt, beobachtet hatte, und sagte: »Mistress Barbary? Mein Herr würde es Euch danken, wenn Ihr ihn besuchen möchtet. Ich führe Euch zu seinem Haus.«

Mißtrauisch blickte Barbary ihn an. Der Mann steckte in einer prachtvollen Livree, hatte aber kein Wappen drauf. Das war wahrscheinlich ein Ruf von Sir John, aber man konnte nie vorsichtig genug sein. »Und wer ist das?«

Der Mann blickte sich nach den Vorübergehenden um. »Ich sollte den Namen nicht laut sagen, hier haben auch die Mauern Ohren, aber wenn ich das kleine Pony am Zügel führe, dann werft Ihr vielleicht einen Blick auf meine Handschuhstulpe.«

Barbary zügelte Spenser und warf einen Blick darauf. Auf der Stulpe war in schöner Stickarbeit eine rote Hand zu sehen, die am Handgelenk abgeschnitten war. »Na und?«

»Ach, Herr Jesus«, sagte der Mann und trat ungeduldig von einem Fuß auf den andern. »Kommt Ihr jetzt oder nicht?«

»Wirklich sehr höflich«, bemerkte Barbary und blickte den Gehörnten Dick an. »Gehen wir?« Aber sie wußte schon, daß sie gehen würde, sie war neugierig geworden, und alles war besser als ein Nachmittag mit Maccabee Spenser.

»Im schlimmsten Fall hast du die Clampett, Barb.«

Ihr Weg führte in eine bessere Gegend der Stadt, wo englische Beamte und Lords wie Ormond und Tyrone, die reichen und königstreuen Iren, ihre Stadtpaläste hatten. Unterwegs kamen sie an den King's Inns vorbei, verschnörkelten Fachwerkhäusern aus der Zeit Henrys VIII., die heute die Juristen beherbergten. Falls heutzutage in Dublin irgend jemand wirklich florierte, dann die Advokaten. Gestalten in weiten schwarzen Umhängen, flatternde Ohrenklappen an ihren Käppchen, eilten in den Gerichten ein und aus, gefolgt von ihren Substituten, die Berge von Dokumentenrollen hinter ihnen herschleppten. Edmund Spenser hatte einmal erklärt, daß die Kolonisierung von Munster sich als komplizierter herausstelle, als die Planer in London erwartet hatten. Iren und Anglo-Iren fochten vor Gericht die Zuweisung von Land aus ihrem Besitz an die Kolonisten an, und während die Prozesse ewig dauerten und die Advokaten dick und fett wurden, mußten die armen Kolonisten in Dublin auf die Erteilung ihrer Lizenzen warten, und dabei ging ihnen oft das Geld aus.

Ein Mann, den Barbary vom Kai in Bristol her erkannte – es war der mit dem Großvater im Sarg –, packte gerade einen Advokaten am Arm. »Ich muß mein Winterkorn in die Erde bringen.«

Der Advokat machte sich los. »Mein guter Mann, ich rechne jeden Tag mit der Erledigung. Ihr könnt doch auch im Frühling säen, sobald Ihr hinkommt, nicht wahr?«

Kopfschüttelnd blickte der Bauer dem Enteilenden nach. »Es heißt Winterkorn, weil man es im Winter säen muß«, schrie er. »Wovon sollen wir denn leben?« Aber das ging den Advokaten nichts mehr an.

Obwohl sie durch eine Seitentür hineingingen, führte der Lakai mit der roten Hand auf der Stulpe die Besucher durch einen wunderbaren Rosengarten in den Hof eines imposanten Herrenhauses mit einer Villenfront im Stil Palladios. Links und rechts von steinernen Wolfshunden bewacht, führte eine prachtvolle Freitreppe aus dem Hof hinauf zum Eingangstor. Der Diener half Barbary von Spenser herab, aber statt sie auf den Boden zu setzen, trug er sie die Treppe hinauf und hinein ins Haus, rief aber noch über die Schulter einem Knecht zu: »Du kümmerst dich um den kleinen Klepper, ja?« Der Gehörnte Dick folgte ihnen in eine mit Steinplatten ausgelegte Halle und dann durch eine Flügeltür in einen großen Saal, dem Salon von Penshurst so ähnlich, daß Barbary im ersten Moment nicht wußte, wo sie war. Hohe Fenster, bemalte Wandschirme, ein geschnitzter Schreibtisch, eine kostbare Kaminumrahmung um den riesigen offenen Kamin, Feuerböcke, ja selbst die holländischen Potpourris, alles war ganz genau so wie in Penshurst. Der Lakai setzte sie in einem großen Fauteuil ab und verließ den Raum.

Der Mann hinter dem Schreibtisch blickte hoch. »Alle Heiligen, steht uns bei, was habt Ihr denn da bloß an?«

»Ach, Ihr seid es«, sagte Barbary grob. »Woher zum Teufel wußtet Ihr, daß ich hier bin? Heute tanze ich nicht, das könnt Ihr mir glauben.«

»Da macht Euch keine Sorgen«, erklärte der Graf von Tyrone, »wenn ich mit Vogelscheuchen tanzen möchte, hab' ich genug davon daheim in Ulster. Würdet Ihr bitte den verdammten Kamin vom Kopf nehmen?«

Barbary grinste, nahm das Ding ab und fühlte sich gleich viel freier – nicht nur, weil das Gewicht nicht mehr auf ihrem Kopf lastete. Alle Faszination, alles Gefühl von Risiko und Gefahr, das Irland seit ihrer Ankunft hier in ihr wachrief, fand sie in diesem Mann verkörpert. Heute war er nicht so phantastisch gekleidet, sondern dezent in schwarzen Samt mit weißer Spitze; heute posierte er nicht für die englische Aristokratie.

Er stand auf, holte einen tapezierten Schemel und schob ihn vorsichtig unter ihren Fuß. »Und wie habt Ihr Euer armes grünes Bein bekommen?«

»Eure Irische See stieß mich bei der Überfahrt in den Laderaum hinunter. Und die Schweinehunde zogen mich aus, während ich bewußtlos war.«

»War sicher lustig für sie«, erwiderte er, »aber die See war es nicht. Das war Irland, das Euch die Wahrheit abverlangte. Hier seid Ihr eine Frau. Ihr könnt Irland nicht täuschen, wie Ihr England getäuscht habt.«

Das glaubst du, dachte Barbary. Laß mich nur den Schatz in die Finger bekommen, dann sehen mich beide nie wieder. Laut sagte sie: »Und was wollt Ihr von mir?«

Der O'Neill deutete mit einer Kopfbewegung zum Gehörnten Dick, der an der Tür stand: »Du da – hinaus mit dir.«

»Du bleibst«, sagte Barbary. »Dick weiß alles über Euch. Ich habe vor ihm keine Geheimnisse.«

»Ach, tatsächlich? Nein, wie nett!« Der O'Neill schritt zurück zum Schreibtisch, schenkte zwei Gläser Wein ein, brachte ihr eins und setzte sich wieder. »Habt Ihr Euch meinen kleinen Vorschlag überlegt?«

»Welchen kleinen Vorschlag?«

»Kanonen, Weib, die Kanonen. Ich möchte, daß Ihr Euren Freund Master Clampett davon überzeugt, mit mir in Geschäftsverbindungen zu treten.«

Schade, daß er so verrückt war – aber es gelang ihm nicht mehr, sie zu schockieren. Unter den Mauern und Eibenhecken von Penshurst war ihr seine Verräterei ungeheuerlich erschienen, aber hier war er nur ein weiterer verrückter Ire. Doch sie genoß die Unterhaltung; lustiger als mit Maccabee war es auf jeden Fall, und sie hätte gern mehr über ihn gewußt. In voller Absicht gähnte sie ihn an.

Er zuckte zusammen. »Würdet Ihr das freundlicherweise niemals wieder tun?«

Das war neu; seine Stimme hatte vor Abneigung ganz dünn geklungen. Sie hatte ihre Grenzen nicht gewahrt, ja? Freches kleines Mädchen tritt großem Herrn durch Vertraulichkeit zu nahe? Fast war ihr die Veränderung willkommen, obwohl sie es ihm übelnahm; jedenfalls wußte sie, woran sie war, welche Stelle er ihr zuwies – und seine erschreckende Intimität war eben nur ein Versuch, sie durch Charme für seine Zwecke zu gewinnen.

Sie wurde noch schnippischer. »Ts, ts, frech, was?«

»Zeitverschwendung.« Er trat an sie heran, stellte sich zwischen sie und das Fenster, so daß er sich als schwarzer Umriß vor der Nachmittagssonne abzeichnete, die durch sein rotes Haar schien – er erinnerte sie an einen Leuchtturm. »Früher oder später wirst du mir diese Kanonen besorgen, und früher wäre mir lieber.«

Sie erwähnte nicht, daß sie's nicht konnte, auch wenn sie's gewollt hätte. Kein erfahrener Kartenspieler zeigt sein Blatt, wenn er des Gegners Blatt nicht kennt. »Und warum sollte ich?«

»Aus demselben Grund, aus dem ich sie will. Komm schon, O'Flaherty, wo ist dein Patriotismus?«

»Wo ist Eurer?« schrie sie ihn an. »Ihr seid Untertan der Königin. Wenn Ihr gegen sie für Irland kämpfen wollt, dann besorgt Euch Eure blödsinnigen Kanonen selber.«

Verständnislos blickte er zu ihr hinunter. »Für Irland kämpfen? Ihr glaubt, ich will für Irland kämpfen?«

Sie kannte sich nicht mehr aus. »Worüber reden wir denn?«

Er trat ans Fenster und deutete hinaus, blickte sie aber weiter an. »Ihr denkt, ich will diese Skelette da draußen rächen? Dem Pöbel von Munster Gerechtigkeit zuschanzen? Für den Wahren Glauben kämpfen? Ich stand dabei und schaute zu, als Elizabeth und Desmond Munster so lange verwüsteten, bis die Menschen dort nichts mehr als Gras zu essen hatten. Fragt Euren Edmund Spenser, er war dort und machte sich Notizen, dieser Hund. Die Leichen hatten grünverschmierte Münder, sie starben, weil sie nichts als Shamrock-Klee zu fressen hatten.«

Eine Hand auf den Schreibtisch gestützt, beugte er sich zu ihr: »Wißt Ihr, wer Desmond schließlich den Garaus machte?«

Sie schüttelte den Kopf.

»Ein Ire. Sein Name war Moriarty. Dieser kleine Bauer war aufgebracht, weil Desmonds Männer seine Kuh gestohlen hatten. Er ging sie in den Phantom-Bergen suchen, und dort stieß er auf einen gejagten, gebrochenen alten Mann, der in einer Hütte schlief, und hieb ihm den Kopf ab. So starb der große Graf von Desmond. Red mir nicht von Irland. So etwas gibt es nicht.«

Hilfesuchend blickte sie sich nach den vertrauten Möbelstücken um, aber das hier war nicht Penshurst. Sie wollte nichts damit zu tun haben.

»Wer bin ich, O'Flaherty?«

Dick würde sie in der nächsten Minute hinausbringen müssen. »Der Graf von Tyrone, Mylord.«

»Richtig. Ich bin der Graf von Tyrone. Die alte Hexe drüben in England dachte sich diesen Titel aus und verlieh ihn mir. Und dagegen hätte ich überhaupt nichts. Mir gefällt England, ich mag den englischen Lebensstil, sogar Elizabeth kann ich gut leiden.« Er nahm einen verzierten Dolch von seinem Schreibtisch hoch und warf ihn so, daß er in der Wandvertäfelung steckenblieb. Bevor er hinging und ihn herauszog, räkelte er sich. »Meine nächste Ehefrau wird Engländerin sein«, sagte er nachdenklich. »Von Adel, denke ich. Blaues Blut, Apfelwangen, geübt im Umgang mit Damastservietten.«

»Ja, Mylord.« Sie wandte ihren Blick nicht von ihm. Er hatte den Dolch genau auf sie gerichtet.

»Aber wer bin ich noch?«

»Ich weiß es nicht, Mylord.«

»Ich bin der O'Neill. *Der* O'Neill. Ich esse mit den Fingern, im Freien, mit Büscheln von Moorgras als Tafel, meine Milch kommt aus schmutzigen Eimern, und mein Harfner singt mir Lieder, die schon vor tausend Jahren alt waren. Und gewaltige Wilde namens O'Donnell treten vor mich hin und sagen: ›O'Neill von Ulster, wir rufen dich an, der du schon unseren Ahnen halfst, hilf jetzt uns. Die englischen Abenteurer sind nach Dundalk gekommen und haben unsere uralten Burgen und unser Frauenvolk genommen.‹ Und wer antwortet ihnen, O'Neill oder Tyrone?«

Er schritt quer durch den ganzen Raum zu ihr, kniete sich vor sie hin, nahm ihr das Weinglas ab und ihre Hände in seine eigenen. Seine Augen waren dunkler, als sie gedacht hatte, sein blasses Gesicht hatte noch mehr Sommersprossen. Jetzt lagen Tränen darauf. »Wer antwortet?«

»Ich weiß es nicht.«

Er holte tief Luft und stand rasch auf. »Tja, also, diesmal antwortete der Graf von Tyrone. ›Wart ein bißchen, alter Knabe‹, sagte er, ›ich will schnell nach Dublin und dort recht höflich für euch bitten.‹«

»Und das tatet Ihr?«

»Jawohl, das tat ich. Der Graf von Tyrone tat's. Und Sir Jolly Jack Perrot antwortete: ›Ja, Tyrone, diese englischen Abenteurer sind schlimme, eigenmächtige Männer. Aber es sind Engländer. Und nur für den Fall, daß diese irischen O'Donnells sich gegen sie zur Wehr setzen, habe ich den Sohn ihres Anführers, den Roten Hugh O'Donnell, mit einem Trick gefangengenommen und ins Gefängnis gesteckt, als Geisel für ihr Wohlverhalten.‹ Und was sagt Tyrone dazu? Er sagt: ›Aha, na gut, warum auch nicht.‹«

Er schluchzte auf, als er sich lächelnd zu ihr wandte. »Aber was Sir Jolly Jack nicht weiß oder nicht für wichtig hält, das ist, daß der junge Rote Hugh der Bruder einer jener Ehefrauen ist, die ich habe, wenn ich meine O'Neill-Kappe trage. Er ist mein Schwager, mein Vasall seit urvordenklichen Zeiten. Er ist ein unüberlegter hitzköpfiger Tunichtgut, aber zufällig vertraut er mir.«

Er schloß die Augen. »Also, da ist er nun, im Gefängnis von Dublin, zusammen mit seinen Freunden, Conn O'Hagan und

Art O'Neill.« Er öffnete seine Augen wieder. »Und Eurer Großmutter.«

Ich schenk' sie dir, meine Großmutter. Ich habe nichts mit ihr zu tun. Und ich will auch nichts mit dir und diesen deinen merkwürdigen Fremden zu tun haben. Laß mich gehen.

»Aber darum kümmere ich mich schon«, sagte O'Neill, wieder ganz knapp und sachlich. »Was ich damit erklären will, ist, wie schwer Elizabeth es einem macht, ihr treuer Untertan *und* ein keltischer Fürst zu sein. Eines Tages werde ich vielleicht wählen müssen, und dann wähle ich vielleicht das Falsche. Aber wenn ich das Falsche wähle, dann wird es meinen Leuten nicht so gehen, daß sie zuletzt nur mehr Scheiße und Shamrock fressen. Dann gehen wir wie echte Kelten unter und jagen die Sachsen mit uns zur Hölle.« Er strich ihr das Haar aus dem Gesicht. »Und dazu brauche ich die Kanonen.«

»Bitte«, flehte Barbary fast verzweifelt, »ich bin nicht Euer Mann ... Frau. Zugegeben, sie haben mich in Irland aufgefischt, aber damals schwammen da mehr Waisenkinder herum als Makrelen. Ich könnte irgend jemand sein. Ich fühle mich nicht als Irin. Ich will mich nicht als Irin fühlen. Ulster-Munster-Hokus-Pokus, das geht mich nichts an. Ich bin ein Gimpelfänger, das kann ich, da bin ich gut. Erzählt mir nichts mehr. Woher wollt Ihr wissen, daß ich nicht zu Sir John gehe und ihm alles erzähle?«

»Ach, Connaught, Connaught«, seufzte der O'Neill. »Ich bin Ulster. Ich kenne dich seit zweitausend Jahren. Ich habe dich geheiratet, bekriegt, getötet, wir haben zum Lied ein und desselben Blutes miteinander getanzt. Ich bin dein Ard Rí, dein Hochkönig. Du wirst mich nicht verraten.«

»Nein«, entgegnete Barbary. »Werde ich nicht. Und Kanonen werde ich Euch auch nicht besorgen.«

»Doch, das werdet Ihr.« Er lächelte zu ihr hinunter. »Wenn Ihr lange genug in Irland bleibt, dann werdet Ihr eines Tages wählen müssen. Und das Falsche wählen. Und dann bekomme ich die Kanonen.«

Er gab einem Lakai Befehl, Spenser in die Schloßstallungen zurückzubringen, und sandte Barbary selbst in einer satingepolsterten Sänfte heim. Anstatt sich zu verabschieden, sagte er nur: »Und um der Liebe Christi willen findet was Vernünftiges zum Anziehen.«

Es war immer noch Nachmittag, obwohl es ihr wie ein Jahrhundert später vorkam, als sie wieder im Haus am Wood Quay war und sich mit ihren Krücken die Stiegen hinauf in die Dachkammer quälte und es dem Gehörnten Dick überließ, der von der Sänfte bereits zutiefst beeindruckten Maccabee zu erklären, Barbary sei von den heutigen Staatsangelegenheiten so erschöpft, daß man sie bis morgen früh in Ruhe lassen müsse.

Die Erschöpfung war geistiger Natur, als hätte man ihren Geist vergewaltigt. Aber wieso eigentlich? Ihm war's ja ernst gewesen, dem armen irren Iren, aber ihr nicht; sie hatte nur geflirtet, Informationen gesammelt, einen Blick in sein Blatt geworfen. Also warum diese Reaktion? Es waren doch nicht seine Horrorgeschichten von den Iren; das war schließlich nicht *ihr* Volk.

»Er behandelt dich wie eine wichtige Person.«

Das tat Lord Burghley auch.

»Ja, aber Burghley wollte etwas von mir.«

O'Neill will Kanonen.

»Ja, aber O'Neill verlangt das von mir, als ginge es um eine alte Schuld, als wäre ich ihm zutiefst verpflichtet.«

Er soll sich aufhängen.

Sie schlief ein und träumte, ihr Gesicht sei grün geworden.

Am nächsten Morgen blieb sie in der Dachkammer und ließ Maccabee ausrichten, sie müsse die gestrige Staatsangelegenheit mit dem Gehörnten Dick besprechen. Diese wunderbare Ausrede bot unendliche Varianten. In der Dachkammer war es düster und sehr kalt, eine Spiegelung des Winterwetters draußen, und der Wind blies durch das schlecht schließende Fenster. Unten am Kai war jetzt weniger los, mehr und mehr Schiffe blieben durch die Androhung winterlicher Stürme fern. Aber alles war besser als Maccabees Salon.

»Was hast du gestern von ihm gehalten, Dick?«

Er saß an ihrem Bettende und bürstete sich Schuppen von

seinem Wams, während er überlegte. »Was ich glaube, Barb, das ist, daß er den O'Donald, oder wie der heißt, und die anderen aus der Feste Dublin rausholt. Und ich würde sagen, Barb, wenn wir uns den Schatz besorgen wollen, dann am besten gleich.«

Mit aufgerissenen Augen starrte sie ihn an. Er hatte sich von dem atavistischen, attraktiven, aufregenden Drumherum nicht blenden lassen und war geradewegs auf den Kern des Problems losgegangen; hatte nur auf das gehört, was sich auf ihr Vorhaben bezog – und er hatte recht. »Darum kümmere ich mich schon«, hatte der O'Neill gesagt; sein Stolz oder seine Ehre oder wie auch immer die irische Aristokratie das nannte, erlaubte ihm nicht, seinen Freund O'Donnell im Gefängnis schmachten zu lassen. Er würde ihn herausholen und wahrscheinlich die anderen mit ihm. Also auch Grace O'Malley.

»Dick«, sagte sie, »habe ich dir schon mal gesagt, daß du gar nicht so dumm bist, wie du aussiehst?«

Sie verbrachten den restlichen Vormittag damit, verschiedene Taktiken auszuarbeiten, und genossen es, wieder einmal ihre alten Fertigkeiten einsetzen zu können. Keine ihrer geläufigen Schwindelmethoden schien jedoch die richtige. Nur hatten sie diesmal einen Vorteil, der in ihrer Erfahrung einzigartig war: Sie hatten die Obrigkeit auf ihrer Seite – jedenfalls bis zu einem bestimmten Punkt. Ab dann mußten sie die auch noch übers Ohr hauen.

»So wie ich das sehe, Barb, lassen wir sie zuerst aus dem Häfen springen, dann quetschen wir aus ihr raus, wo der Schatz ist.«

»Nein, zuerst ausquetschen. Warum überhaupt springen lassen?«

»Na, sie ist doch deine Großmutter, Barb.« Er wich zurück, weil ihr Gesicht sich plötzlich vor Wut verzerrte. Trotz ihrer Liebe zu ihm hätte sie ihn beinahe angespuckt.

»Du blöder Hund, du! Ich hab's dir doch gesagt, nicht einmal, sondern tausendmal! Ich hab' mit diesen Leuten nichts zu tun! Sie sind ... sie sind ekelhaft, widerwärtig. Sie bringen sich gegenseitig um, sie verrecken wie die Tiere. Die sind Dreck, Abschaum, Verlierer. Diese Leute sind ein Witz!«

»Ja, gut, Barb. Ist ja schon gut.«

»Gar nichts ist gut. Sie ist nicht meine Großmutter, begreifst du das endlich? Sie ist irgendeine stinkende alte irische Vettel, die mich überhaupt nichts angeht. Ich will sie nicht, ist das klar? Ich will sie nicht!«

»Gut, Barb, gut, reg dich nicht auf. Ist schon erledigt.«

Sie machte ihre geballten Fäuste wieder auf. »Also gut. Aber so ist es.«

Er wartete ohne Groll, bis sie nicht mehr zitterte. »So«, sagte er dann, »was wir also tun müssen, das ist, das Versteck des Schatzes aus ihr rausquetschen, solange sie noch sitzt. Und zu dem Zweck muß sie glauben, du bist ihr wiedergefundenes Enkelchen – ich weiß, daß du's nicht bist, Barb, ich sag' ja nur.«

Sie war entmutigt. »Warum sollte sie mir glauben? Enkel oder nicht, diese Iren verraten doch ihre eigenen Mütter. Oben beim Schloß ist ein ganzer Wald von Pfählen mit Köpfen drauf, alles Iren, die von anderen Iren verraten wurden. Sie würde in jedem Fall denken, daß ich mit dem Schatz durchbrenne.«

»Sie könnte weich werden, Barb«, sagte Dick sanft, »wenn sie glaubt, daß sie an den Galgen kommt und das Geheimnis dann mit ihr stirbt.«

»Kommt sie aber nicht.«

»Das weiß sie nicht. Erinnere dich, wie John Graye der Kleine sich hopsnehmen ließ, nur um aus Swanders das Versteck der Perlen auszuquetschen, die der aus Lady Hobys Burg geklaut hatte. Hat Swanders vorgemacht, er würde seine Schwester heiraten, und da er doch ohnehin baumeln würde, wollte er ihr da nicht wenigstens die Perlen hinterlassen? Weißt du noch?«

»Swanders baumelte auch.«

»Barb, konzentrier dich!«

Sie riß sich zusammen und überlegte, dann beugte sie sich zum Gehörnten Dick und tätschelte sein Knie. »Du gehst mir langsam auf die Nerven«, sagte sie, »weil du immer recht hast. Na gut, also dann ...«

Am nächsten Tag traf ein großer Korb mit Kleidern ›Für Mistress Barbary‹ bei Spensers ein, überbracht von einem Träger, der weder seinen Namen noch den des edlen Spenders hinterließ. Es bot sich keine Möglichkeit, den Korb allein aufzumachen; Maccabee war ganz außer sich vor übersprudelnden Beschreibungen der Geburtstagsüberraschungen, die weiland der Kaufherr Chylde ihr bereitet hatte.

»Aber ich habe nicht Geburtstag«, wandte Barbary ein.

»Doch, jetzt hast du«, sagte Dick. »Schau dir diese Hadern an.«

Was da im Korb lag, machte selbst Barbary, die sonst für Weibermode gar nichts übrig hatte, den Mund wässrig. Das größte Stück war ein Kleid aus orange-lohbraunem Samt, dessen spitz zulaufendes Mieder in Weiß, Gelb und Gold so dicht bestickt war, daß man den Stoff darunter nicht mehr sah. Dann war ein Hut dabei, gestrickte Seidenstrümpfe, feine Halbschuhe, ein Paar Schnürstiefel aus spanischem Leder, mit Pelz gefüttert, Strumpfbänder, Gürtel, ein Muff, Handschuhe, ein Umhang, Taschentuch, Unterröcke – und eine Goldkette mit Medaillon. Während die anderen ins Bewundern und Auspacken vertieft waren, öffnete Barbary das Medaillon, machte es schnell wieder zu und legte es sich samt der Kette um den Hals.

Maccabee setzte ihren Neid in Aktivität um und nahm Barbarys Einkleidung in die Hand. Der Gehörnte Dick wurde fortgeschickt, Barker mußte schmollend in der Ecke hocken, und Barbary hielt, wie ihr schien, stundenlang still, während Maccabee modische Kenntnisse zum besten gab, die sie für ihre eigene Erscheinung jedenfalls nie genutzt hatte.

Das Mieder zwängte den Busen viel mehr ein als die Korsettstangen von Maccabees milden Gaben, aber Barbary fand es entschieden aufregender, obwohl sie sich noch nicht im Spiegel betrachten durfte. »Ziemlich weit ausgeschnitten, oder nicht?« fragte sie nervös. Es zeigte Teile ihrer Vorderansicht, die bisher noch nie öffentlich ausgestellt gewesen waren.

»Dann setzen wir noch das Partlet ein.«

»Was ist ein Partlet?«

»Ach du meine Güte, du weißt nicht, was ein Partlet ist ... Und das ist die Krause, wir nennen sie Rebato ... Ja, und hier ist der Gürtel, eine schöne Metallarbeit, aber da sollten Anhänger dabeisein; ja, da sind sie schon, eine Ambrakugel und ein Spiegel. Und das hier ist der allerletzte Schrei in höfischen Häubchen, wir nennen es Pipkin.«

Ganz egal, wie sie es nannten, es war die flotteste, schmissigste Kopfbedeckung, die Barbary je gesehen hatte, ein winziges Stück Filz in Papageiengrün, daran war mit einer Goldspange eine Straußenfeder befestigt. Das Haar darunter wurde in einem Netz aus Goldfaden zusammengehalten.

»Hast du einen Liebhaber?« fragte Maccabee mißtrauisch. »Wer könnte das geschickt haben? Sehen wir doch einmal im Medaillon nach.« Enttäuscht klappte sie es wieder zu. »Leer.«

Es war leer, weil die kleine ovale Karte darin jetzt in Barbarys Ärmel steckte. Auf der Karte war nichts Geschriebenes, auch kein Porträt, nur eine Tintenzeichnung der Roten Hand von Ulster.

»Schön«, sagte Maccabee zögernd, »jetzt willst du dich wahrscheinlich einmal ansehen. Barker, hol den Spiegel.«

Lange durfte sie sich nicht anschauen. »Weibliche Eitelkeit ist dem Herrn ein Greuel«, bemerkte Maccabee und nahm ihr den Spiegel wieder weg, aber in diesen wenigen Sekunden erblickte Barbary keine klassische Schönheit, sondern eine aufsehenerregende Gestalt voller Form und Farbe, die alle Blicke auf sich ziehen mußte. Das lodernde Geschöpf im Spiegel nickte Barbary mit seinem spitzbübischen Hütchen zu. »Hilf, Gott!«, sagte es, »das bin *ich!*«

»Das reicht«, erklärte Maccabee. »Es ist ganz klar, daß der unbekannte Sender diese Kleider für die Amtseinsetzung von Sir John gedacht hat. Zieh sie aus.«

»Ich geh sie Dick zeigen«, entgegnete Barbary. Selbst auf Krücken bewegte sich das Geschöpf aus dem Spiegel anders, aufrecht, so daß die steifen Samtfalten über Rücken und Hüfte schwangen, den Kopf hoch erhoben, damit die Krause nicht am Hals kitzelte. Die Ausstattung war nicht ganz neu, sie konnte das Parfüm jener Frau oder Geliebten des O'Neill riechen, die das schon getragen hatte, und empfand sich dankbar aufgenommen in die neue Schwesternrunde eleganter Frauen.

Bevor sie die Tür des Gehörnten Dick erreichte, rief ihr Maccabee nach: »Ich glaube, ich weiß, von wem das Gewand stammt, Cousine Barbary.« Dabei lag in ihrer Stimme ein neuer, koketter Ton.

Barbary beugte sich über das Treppengeländer. »Von wem?«

»Das möchtest du gern wissen, hm?« Maccabee konnte es ohnehin nicht für sich behalten. »Es ist mir gerade eingefallen. Von Sir Walter.«

»Oh.« Sir Walter Raleigh weilte gerade auf seinen irischen Gütern, und die Spensers waren von ihrem Gönner so begeistert, daß sie bereit waren, alles Gute ihm zuzuschreiben, selbst das schöne Wetter. Barbary war erleichtert, daß sie nicht auf den wahren Absender kam, aber auch neugierig, warum Maccabee gerade von Sir Walter annahm, er würde eine Frau, die er bisher kaum bemerkt hatte, plötzlich mit Geschenken überhäufen. »Und warum, zum Teufel?«

»Du weißt, was ich von diesem Wort halte, Cousine. Weil« – und dabei wackelte Maccabee kokett mit den Schultern – »weil Edmund sagt, du seist mit einem irischen Fürstenhaus verwandt und daher eine gute Partie auf dem Heiratsmarkt.«

»Gute Partie?« Das war ja lächerlich. »Der dürfte mich doch gar nicht heiraten. Die Königin bringt ihn um, wenn er heiratet. Zum Glück hat sie keine Ahnung von Alice Gould und ihrem Baby unten in Lismore.«

»Das ist nur ein Gerücht«, sagte Maccabee abweisend, obwohl sie selbst es Barbary erzählt hatte. »Nun, ich bin überzeugt, daß er Interesse hat und daß das Kleid von ihm ist.«

Barbary redete es ihr nicht aus, sondern rauschte in Dicks Mansarde, lehnte sich gegen die Wand und zupfte sich die Puff-Ärmel zurecht. »Na, was sagst du, werden sie da von der Sprosse fallen?« Dann hielt sie inne. »Oh, Dick, bitte nicht!« Dick hatte ganz schrecklicherweise zu schluchzen angefangen. Sie humpelte quer durch den Raum, ließ sich neben ihn aufs Bett fallen und nahm seine Hand.

»Hab' nie eine Mutter gehabt, Barb«, sagte er und wischte sich die Nase am Handrücken ab.

»Weiß ich ja, Dick.«

»Wenn ich eine gehabt hätte, dann hätte ich gewollt, daß sie so aussieht wie du jetzt, Barb.«

Sie bemühte sich, nicht zu lachen. Oder zu weinen. Sie blieb bei ihm sitzen, bis er sich gefangen hatte, ihren Arm um seine Schultern gelegt, Schuppen fielen auf ihren orange-lohfarbenen Samt.

In dieser Nacht war sie im Traum ganz und gar grün: grüne Haut, grünes Haar, grünes Gewand, nicht zu unterscheiden vom Gras der Wiese, auf der sie gefesselt lag. Jemand pflügte die Wiese um, schwere Hufe stampften auf sie zu. Sie schrie dem Pflüger zu, daß sie da war, er sah sie auch, schrie aber zurück: »Gute Partie« und fuhr mit Pflug und Zugtieren über sie hinweg.

Sir Johns Amtseinführung als Statthalter von Irland fand in der St.-Patricks-Kathedrale statt, inmitten von Begleitumständen sowohl prunkvoller wie auch lächerlicher Art. Die Zeremonie konnte längere Zeit nicht beginnen, weil Schatzkanzler Wallop ihr wichtigstes Symbol, nämlich das Staatsschwert, mit nach Haus genommen hatte und man es jetzt erst von dort holen mußte. Erzbischof Loftus, der vom Militär nichts verstand, brachte die einzelnen Teile der rituellen Rüstung, die er dem Statthalter anlegen sollte, immer wieder durcheinander, worauf dieser mit herzhaftem Fluchen reagierte. Der Herold tat sich schwer, die Königlichen Handschreiben, die Einsetzung betreffend, zu entziffern und brachte deren öffentliche Verlesung nur unter viel Gestotter und Geräusper hinter sich.

Den Lords und den Ladies, den Dubliner Bürgern und ihren Gattinnen machte das nichts aus; sie waren gekommen, um sich in ihren besten Roben und Hüten zu zeigen, und wenn sie nicht gerade dazu verdonnert wurden, in Gottes Namen still zu sein, dann gingen sie schwatzend und plaudernd im Kirchenschiff auf und ab. Die Trompeten und der Chor und die Kathedrale selbst waren jedenfalls herrlich.

Barbary saß auf einem Hocker in der Liebfrauenkapelle, wo in der Nische der Jungfrau Maria jetzt eine Büste von Elizabeth stand. Als die Lords von Irland einzogen, um ihre Plätze im

Chor einzunehmen, erspähte sie O'Neill unter ihnen, nicht weniger würdigen Gesichtes als die anderen. Sie fing seinen Blick auf – in ihrem orangen Samtkleid fing sie viele Blicke auf – und neigte ihren Kopf mit dem Pipkin drauf. Er drehte den Kopf weg, als hätte er sie nicht gesehen, allerdings nicht, ohne ein Augenlid zu senken.

Tags darauf hatte Barbary ein Gespräch unter vier Augen mit dem neuen Statthalter und erklärte ihm ihren Plan so weit, wie sie's für nötig hielt. Er begann zu poltern. »Heimtücke und Verräterei, soll's der Teufel holen«, knurrte er. »Ich sage Euch, Mistress, hätte nicht meine Schwester diese Sache befohlen, nie würde ich mich auf Eure Weiberlisten einlassen.«

Das ließ sie sich nicht bieten. »Weiberlisten, so ein Schwachsinn. Der Rote Hugh O'Donnell wurde heimtückisch auf ein Schiff gelockt und dann entführt, und zwar auf Euren Befehl, wie man hört, Sir John. Was war denn das wohl für eine Verräterei?«

»Nur Politik«, antwortete er und grinste sie an. Er war ein großer Mann, nicht nur in körperlicher Hinsicht, und ließ sich durch Mut und Ideen beeindrucken. »Diese Ulster-Stämme müssen endlich lernen, daß ich in diesem Land der Herr bin. Nicht die O'Donnells, nicht Tyrone. *Ich.* Was sagt Ihr? Meine Spione berichten merkwürdige Dinge über Tyrone. Bezweifeln seine Treue gegenüber der Königin. Wenn ich Ulster nicht fest an der Kandare habe, reißt mir meine eigene Verwaltung die Gurgel raus, und die ganze verdammte Schlächterei beginnt von neuem. Schon schreibt Wallop an Burghley, ich sei selbst unter die Eingeborenen gegangen, nur weil ich niemanden mehr aufknüpfen lasse. Was wollt Ihr denn noch von mir, he?«

Den Schatz, dachte Barbary, und dann schert euch meinetwegen alle zum Teufel. Laut sagte sie: »Wann kommt dieser Verband herunter? Mit diesem Gerüst an meinem Bein bin ich nicht sehr beweglich.«

»Dritte Woche im Advent.«

»In Ordnung. Und über meinen Plan sind wir einer Meinung?«

»Ja, rote Hexe, das sind wir. Und, Mistress: Seht zu, daß es klappt. Elizabeth, die geldgierige alte Kletze, kapriziert sich nun einmal auf diesen Schatz. Mit diesem Häubchen ist Euer Kopf zu hübsch, um in den Korb eines Henkers zu rollen.«

»Sir John, ich danke Euch für Eure ermutigenden Worte.«

Die Vorstellung, Gefängniswärter sein zu müssen, bereitete dem Gehörnten Dick schlaflose Nächte. »Bist du sicher, daß ich das schaffe, Barb?«

»Dick, du bist öfter gesessen, als ich heiße Mahlzeiten gesehen habe. Du weißt, wie die Häfenputzer reden. Du weißt, wie die Kerle denken. Du schaffst es.«

»Na gut, Barb, aber eins mußt du mir versprechen: In den Bermudas darf keiner je was davon erfahren.«

Er fehlte ihr, als er seinen Posten oben in der Festung antrat. Durch seine Abwesenheit war sie jetzt Maccabees verbalen Anschlägen vollends schutzlos ausgeliefert. Aber es war unumgänglich, daß er schon auf der Dubliner Gefängnisbühne eingeführt war, bevor sie darauf erschien. Sie selber konnte ihre Rolle aber erst dann richtig spielen, wenn ihr Bein wieder gesund war. Außerdem mußte Dick Augen und Ohren offenhalten, ob nicht O'Neill schon einen Versuch zur Befreiung der Gefangenen machte. Ihre merkwürdige Beziehung zu O'Neill war ihr wichtig, aber doch nicht so, daß sie deswegen auf den Schatz verzichtet hätte.

»Wohin ist Master Dick verschwunden?« fragte Maccabee, der er auch fehlte.

»Er hat's mir nicht gesagt.«

Niemand wußte von ihrem Plan außer Sir John Perrot. In Dublin waren Geheimnisse wie Aale und neigten dazu, denen, die sie zu bewahren suchten, zu entschlüpfen. Philip Sidney hatte ihr erzählt, daß Sir Henry in seiner Zeit als Statthalter sich immer ganz besonders darüber ärgerte, daß die Iren meistens vor ihm wußten, was in den Staatsdepeschen aus England stand. Daß jetzt einzig und allein Sir John um ihre Vereinbarung wußte, bot eine gewisse Sicherheit, aber auch eine große Gefahr. Barbary erwachte schwitzend aus Alpträumen, in denen Sir John tot umfiel, während sie noch im Gefängnis war, und sie dann die Strafe für ein Verbrechen absitzen mußte, an dem sie zur Abwechslung einmal wirklich keine Schuld trug.

Die Tage krochen dahin. Kein gläubiger Christ, dachte Barbary, hatte je die Ankunft des Herrn so sehnsüchtig erwartet wie jetzt sie. Es wurde immer kälter. Wenn sie am Morgen vor Kälte zitternd aus dem Bett stieg, stand auf ihrer Waschschüssel das Eis. Unten am Wood Quay stießen die Dockarbeiter inbrünstige Flüche aus, während ihre steifen Finger mit gefrorenen Riegeln und Seilen kämpften.

Ein einziger Vorfall unterbrach das trübe Einerlei des Spenser-Haushalts: Die Dienerin Barker verschwand. Eines Tages ging sie los, um von der Bude auf der Brücke heiße Pasteten zu holen, und kam nicht mehr zurück. Maccabee und Barbary gingen sie suchen. Edmund ließ von der Stadtwache nach ihr fahnden und Anschläge mit ihrer Beschreibung aushängen, aber sie wurde nie wiedergefunden.

Zu Barbarys Überraschung zeigte Maccabee, die sich mit dem Mädchen hauptsächlich durch Geschrei verständigt hatte, darüber nicht nur Ärger, sondern echten Kummer und ging täglich zur Kirche, um für Barkers Sicherheit und Rückkehr zu beten.

»Erst Master Dick und jetzt Barker«, weinte sie. »Die Leute sagen, daß die bloßen Iren Leute verschleppen und sie dann essen.«

»Hungrig genug wären sie«, meinte Barbary.

»Cousine, das ist herzlos. Das glaubst du doch nicht wirklich?«

»Nein, nein.« Barbary befürchtete eher, daß Barker vergewaltigt und dann in den Liffey geworfen worden war. Oder aber eine Chance gesehen hatte, der ewigen Schinderei zu entfliehen, und mit einem Soldaten durchgebrannt war. Die erste Möglichkeit äußerte sie nicht laut, und nichts hätte Maccabee davon überzeugt, daß Barker sie je aus eigenem Willen verlassen hätte. Also blieb ihnen nur die Kannibalen-Theorie, die Maccabees Furcht vor den bloßen Iren in Haß verwandelte.

Nach Barkers Verlust mußte Barbary, bis Maccabee eine

andere Dienerin gefunden hatte, mehr als bisher mit im Haushalt helfen, und zwar vor allem dadurch, daß sie sich mit Catherine, dem kleinen Töchterchen der Spensers, beschäftigte. Zuerst bekam sie bei dieser Vorstellung Herzklopfen, denn sie hatte mit kleinen Kindern keinerlei Erfahrung. Aber Catherine war ein ernstes, folgsames kleines Mädchen, das gespannt zuhörte, wenn Barbary ihr die Geschichte vom schön gekleideten Richard erzählte, der beim Versuch, die Lavendelfrau auszurauben, in ein Faß mit Porridge fiel, oder ihr die harmloseren Trinklieder aus dem Pudding-in-the-Cloth vorsang.

»Was spielt ihr denn da?« fragte Maccabee eines Tages, als sie überraschend früh vom Einkaufen nach Hause kam.

»Cousine Barby zeigt mir den Drei-Karten-Trick«, piepste die kleine Catherine.

»Oh, das kennen wir noch gar nicht, hm?« sagte Maccabee. »Das ist aber lieb von Cousine Barbary, daß sie mit dir Karten spielt. Vielleicht spielen wir nach dem Abendessen alle zusammen.«

Endlich wurde der englische Apotheker gerufen, um den Beinwell-Verband abzunehmen. Er tat es sehr vorsichtig, ließ seine Hände dort, wo sie hingehörten, und erklärte Barbarys Bein für vollkommen geheilt.

Barbary zog Maccabee auf die Seite. »Ich muß für eine Weile in Staatsangelegenheiten verreisen«, erklärte sie. »Mein schönes Gewand möchte ich hier zurücklassen, bis ich wiederkomme.« Gott allein wußte, ob sie diese Herrlichkeiten je wieder zu Gesicht bekam, aber Geschäft war Geschäft. »Und außerdem soll möglichst niemand erfahren, daß ich fort bin. Kannst du ein Geheimnis bewahren?«

»Natürlich kann ich ein Geheimnis bewahren«, erwiderte Maccabee voll Würde. »Hab ich denn nicht allen erzählt, du wärst meine Cousine?« Maccabee fing zu weinen an. »Und ich hab's auch gern getan, denn außer Catherine und meinem lieben Edmund hab' ich gar keine Verwandten. Mußt du wirklich fort?«

Der Teufel soll sie holen, dachte Barbary, als sie in ihre Dachkammer hinaufstieg, um zu packen. Warum kann sie denn nicht einheitlich gräßlich sein? Warum muß sie mir ausgerechnet jetzt ans Herz rühren?

In den Korb steckte sie ihren ganzen Staat. Von O'Neills Medaillon trennte sie sich ungern, aber wie sie Gefängnisse kannte (und das war gut), würde man's ihr stehlen. Das Stück Papier mit der Roten Hand von Ulster drauf nahm sie heraus und ließ es in ihre Tasche gleiten. Aber den Umhang, den er geschickt hatte, den würde sie mitnehmen; das einzige, was sie über die nächsten paar Tage mit Sicherheit sagen konnte, war, daß es sehr, sehr kalt sein würde. Und die Schnürstiefel. Sie zog ein Paar von Maccabees Wollsocken an und dann die Stiefel darüber. Zu groß. Sie zog sie wieder aus und zog ein zweites Paar Socken an. Gut, jetzt paßten sie. Der Muff. Mist, die Clampett konnte sie nicht mitnehmen. Ihre Mitgefangenen mußten natürlich annehmen, man habe sie gefilzt, da konnte sie den Besitz einer Pistole nicht erklären. Und wie konnte sie den Torques erklären? Da mußte ihr noch etwas einfallen. Den Torques brauchte sie, der gehörte zu ihrem Plan.

Sie wartete, bis es dunkel wurde, und schlich sich dann hinunter. Durch die offene Tür zum Salon hörte sie Edmund sagen: »Aber meine Liebe, der Drei-Karten-Trick ist ein berüchtigtes und verwerfliches Glücksspiel ...« Wirklich höchste Zeit, daß sie verschwand.

Leise schob sie die Türriegel zurück und ging hinaus. Die Kälte fiel sie an wie ein Feind. Geometrische weiße Gebilde im dunklen Wasser kündigten Eis im Liffey an, es fing an zu schneien, mit leichtem Zischen schmolzen die Flocken im Leuchtfeuer auf Prickett's Tower. Sie bog rechts ein und dann noch einmal rechts in die Fishamble Street. Trotz ihrer Aufregung, trotz des Wetters fühlte sie sich wie befreit, weil sie wieder ungehindert gehen konnte. Niemand war auf der Straße außer ein paar bloßen Iren, die sich gegen Schornsteine drückten. Aus reiner Freude an der Bewegung fing sie an zu laufen. Links in die Cowe Lane, am Pranger vorbei und in die Austin Lane, die parallel zur Westmauer des Schlosses verlief. Da stand jemand im Schatten, in der Hand eine Laterne.

»Hast dir Zeit gelassen, Barb«, sagte der Gehörnte Dick. »Hab' mir fast die Muskatnüsse abgefroren.«

»Wo sind sie?«

»Im Bermingham Tower. Da oben.« Er deutete auf eine runde Form, die beim Ritt des Mondes durch die Schneewolken immer wieder auftauchte und dann verschwand. Der größte Teil davon versteckte sich hinter den Wehrtürmen des Schlosses. Beides war Teil der Stadtmauer. »Barb, das ist ein Hammer. Hinter dem Turm ist der Fluß Poddle. Wenn wir uns abseilen, müssen wir da drüber, falls wir nicht noch ein Boot auftreiben. Schon beim ersten Mal wird das kein Honigschlecken.«

Es sollte zwei Ausbruchsversuche geben. Den ersten hatte sie mit Sir John Perrot geplant. Man würde sie arretieren und zu den irischen Gefangenen stecken, wobei die Wärter aber nicht wußten, daß sie Sir Johns Agentin war. Mit Wärter Dicks Hilfe wollte sie dann sich selbst und ihre Mitgefangenen aus der Feste befreien. Sie mußte Grace O'Malley überzeugen, daß sie, Barbary, tatsächlich ihre Enkelin war, und ihr Vertrauen erlangen. Wenn sie dann, dem Plan gemäß, wieder eingefangen und Grace zum Tod durch den Strang verurteilt würde, dann war Barbary zuversichtlich, daß es ihr gelingen würde, das Versteck des Schatzes aus der Alten rauszuholen, genau wie John Graye der Kleine in ähnlichen Umständen Swanders ausgequetscht hatte. »Oder mein Name ist nicht Barbary Clampett.«

Wo Sir Johns Plan und Barbarys Plan auseinanderliefen, das war der zweite Ausbruch, der, von dem Sir John nichts wußte, der in dem Moment stattfinden sollte, da Barbary wußte, wo sich der Schatz befand. Daran waren nur sie selbst und der Gehörnte Dick beteiligt, die sich dann beide aus dem Staub machen würden, zurück nach England segeln, Will abholen und ein neues Leben anfangen. »Auf einer tropischen Insel, Dick«, sagte sie, »Oliphanten, Meerjungfern und Kokospalmen.«

Dick blieb skeptisch. »Klingt gut, Barb, aber da hängen noch zu viele lose Fäden runter.«

Aber Barbary, in ihrem ungestümen Wunsch, von Irland wegzukommen, rechnete voll Zuversicht damit, daß sich die losen Fäden schon irgendwie selbst festmachen würden. Jetzt, hier, in der Kälte unter den hoch aufragenden Türmen von Schloß Dublin, ähnelten die Fäden schon mehr einer Dornenhecke. Aber die Würfel waren gefallen.

»Fenster?«

»Zwei, beide gehen auf den Poddle. Es ist gar nicht nett, Barb. Die sind nicht alle beisammen, wie in den guten alten Häfen bei uns zu Haus. Getrennte Zellen, kein Glimmer, wenn sie nicht dafür zahlen, und viel zum Fressen auch nicht.«

»Perrot hält sie kurz?«

»Nein, nein, er nicht, aber die Wärter. Die alte Geschichte, sie verkaufen das Gefängnisessen. Die mögen die bloßen Iren nicht, Barb, das kannst du mir glauben. Aber unsere Vögel kriegen von irgendwoher Geld. Sie haben sie bis aufs Hemd ausgezogen. Nichts. Aber neulich aß die Alte bestes Porridge. Ich schwör's dir, einer der Wärter steckt mit ihnen unter einer Decke, aber ich weiß nicht, welcher.«

»O'Neill?«

»Keine Spur. Aber mir gefällt's nicht, Barb. Die brüten was aus. Die sind für Leute in ihrer beschissenen Lage mächtig fröhlich.«

»Hast das Seil?«

»Funkelnagelneu.«

»Na hoffentlich. Los, gehen wir.«

Der Gehörnte Dick verließ sie. Bei ihrer Unterhaltung waren ihr die Füße fast erfroren. Sie stampfte ein paarmal fest auf, dann ging sie zum Austin's Gate hinauf, blickte zu dem Turm empor, der von hier aus den Bermingham Tower ganz verbarg, und wartete, vor Kälte immer steifer werdend, darauf, daß die Vertrauten des Statthalters kämen und sie festnähmen.

»Was ist die Anklage?« schrie der Nachtwärter, um Barbarys lautes Gefluche und Geschimpfe zu übertönen.

»Spionage und Hochverrat«, schrie der Aufseher zurück, der Barbary am rechten Arm gepackt hatte, während ein dritter sie am linken hielt. »Die Wache hat sie gerade reingebracht. Halt sie fest, die hat Muskeln, obwohl man's ihr nicht ansieht. Möchte wissen, warum die sie nicht bis zum Morgen behalten konnten.

Mich zu dieser gottlosen Stunde aufzuwecken. Halt's Maul, du Hur'.« Er verpaßte ihr einen Schlag aufs Auge. Mit dem anderen nahm sie die Geographie des Raumes in sich auf. Er nahm das ganze Stockwerk des Towers ein, aber ein Drittel davon war zugemauert und in Einzelzellen eingeteilt, jede mit einer eigenen Tür und einem darin eingelassenen Guckloch. Hinter vier finsteren Gucklöchern beobachteten sie vier Augenpaare.

»Schon gefilzt?«

»Nur nach Waffen. Ich will ins Bett. Aber die Stiefel nehm' ich mir für meine Sammlung. Ich kenne eine junge Dame, der sie genau passen würden. Zieh sie ihr aus, Jack.«

Der Nachtwärter ging auf Barbary zu, bekam aber einen solchen Tritt in den Magen, daß ihm die Luft laut pfeifend aus den Lungen fuhr. Der Aufseher verpaßte ihr noch einen Hieb, diesmal aufs Kinn, so daß sie ohnmächtig wurde. Als sie wieder zu sich kam, waren die Stiefel fort und auch ihr Umhang. Beides hatte jetzt der Aufseher. Er grinste sie höhnisch an. »Warme, gut geheizte Zimmer haben wir in dieser Herberge«, erklärte er. »Wir wollen doch nicht, daß du unter Überhitzung leidest, was?« Die beiden anderen grunzten. Der Humor der Gefängniswärter, fand Barbary, war auf dieser Seite der Irischen See auch nicht besser. »Steckt sie in Nummer fünf. In ein, zwei Tagen werden sie sie ja vorführen lassen.«

Man stieß sie in eine der Zellen. Dort blieb sie eine Weile erschöpft liegen.

Immerhin – so weit, so gut. Die Zuschauer in den Zellen konnten die Echtheit der Schläge des Aufsehers wohl nicht bezweifeln. Sie selber auch nicht. Vorsichtig berührte sie mit den Fingern das eine Auge und spürte eine starke Schwellung. Der Orden würde sagen, daß sie in Halbtrauer war – Volltrauer waren zwei blaue Augen. Nun, das war nicht ihr erstes blaues Auge. Und den Torques hatten sie übersehen – und die Beobachter in den Zellen hatten gesehen, daß sie ihn übersehen hatten. Gut. Betrüblich war nur, daß das O'Malley-Weib ihr Haar nicht sehen konnte, einen der Beweise für ihre angebliche Abstammung. Während der ganzen Rauferei war Maccabees verdammte Haube hartnäckig auf ihrem Kopf geblieben.

Sie stand auf und begann mit der Untersuchung ihrer Zelle, hauptsächlich durch Tasten, denn durch den Judas fiel nur ein ganz schwacher Schimmer von der anderen Seite des Turmzimmers, wo der Nachtwärter mit Binsenlicht und Kohlebecken saß. Ihre Zelle war etwa sieben Fuß lang und geformt wie eine Käseschnitte, deren schmales Ende die Türe bildete. Ein Holzbord an einer Seite der Mauer diente als Tisch und Bett. Darauf befanden sich eine hölzerne Kopfstütze, eine vor Schmutz starrende Decke und ein Eimer, der, wie ihre Nase ihr sagte, schon früheren Insassen als Nachttopf gedient hatte und seither nicht gereinigt worden war. Abgesehen von dem keineswegs frischen Stroh auf dem Boden war das alles. Kein Fenster, aber alles, was sie berührte, war eiskalt. Wie weit die Temperatur in den Zellen mit Fenster sank, das wollte sie sich lieber gar nicht ausmalen.

Von draußen drang Gemurmel. Sie trat ans Guckloch, drückte ihr Gesicht von der Seite an die Tür, denn so konnte sie gerade noch die Türen der anderen Zellen sehen. Sie riß ihr gutes Auge weit auf: ihre Mitgefangenen spielten Karten. Einer von ihnen hatte eine Maurerwanne an einem Stock befestigt, in dem Behälter lag ein eselsohriges Kartenspiel. Hände streckten sich durch die Gucklöcher und reichten es weiter, so daß jeder Spieler eine Karte abheben oder ablegen konnte. Das Spiel war eine Art Primero.

Die Gefangenen unterhielten sich so gelassen, als säßen sie rund um einen Spieltisch. Sie redeten irisch, aber Barbary hatte sich schon so gut wieder in die Sprache eingelebt, daß sie fast jedes Wort verstehen konnte. Die Hände sahen alle männlich aus. Sie versuchte, Grace O'Malley an der Stimme zu erkennen, aber sie redeten jetzt immer leiser, es war richtig einschläfernd. Der Wärter auf der anderen Seite des Raumes rollte sich jetzt unter einer Decke in seinem Korbsessel zusammen. Ausfragen würden sie sie natürlich erst dann, wenn er richtig schlief; kein Gefangener – ob englisch oder irisch – würde je in Hörweite seines Wärters Information verlangen oder geben.

Mit dem Selbstbewußtsein von Aristokraten spielten sie um gewaltige Summen. »Eintausend Kronen«, sagte eine Stimme ganz in Barbarys Nähe – das mußte Nummer vier sein, ein Mann. Selbst im Flüstern schien die Stimme vor Energie zu bersten. »Eintausend, dem Teufel zur Schande.«

»Die einzige Schande«, bemerkte eine andere Männerstimme weiter unten gedehnt – Nummer eins oder Nummer zwei – »die einzige Schande wär's, dein Geld zu nehmen. Vorsicht lernen die O'Donnells nie. Ich setze zweitausend.«

»Vorsicht? Vorsicht?« zischte Nummer vier – nach O'Neills Beschreibung konnte das nur der junge Rote Hugh sein. »Wasch dir das schmutzige Wort aus dem Maul. Vorsicht ist was für Weiberröcke. Ach, verzeih, Granny. Für Vorsicht habe ich im Sarg noch Zeit genug.«

»Und ich werde dich da reinbringen. Was ist, machen wir weiter mit dem verdammten Spiel? Ich setze noch einmal eintausend.« Das war Nummer drei oder zwei. Das Geflüster war heiser und aggressiv, aber es kam aus einer weiblichen Kehle. Barbary hatte Grace O'Malley gefunden.

Ihre Scherze und Sticheleien wurden leiser und leiser. Sie spürte fast ihre Blicke auf dem Nachtwärter, dessen Kinn bereits herabgesunken war. Gleich darauf fing er an zu schnarchen.

»Nummer fünf?« Das war das Genäsel von Nummer eins oder zwei, dem, der dem Roten Hugh mangelnde Vorsicht vorgeworfen und dann doppelt soviel gesetzt hatte, eine schläfrige Stimme. Sie sprach englisch.

»Ja?« gab sie zurück.

»Entschuldigt bitte die Begrüßung. Übertrieben lebhaft, fanden wir. Hättet Ihr vielleicht einen Namen?«

Sie holte einmal tief Luft, so, als hätte sie geweint, wollte aber jetzt tapfer sein. »Früher Barbary Clampett, jetzt Barbary O'Flaherty. Glaube ich.« Sollen sie's sich doch selbst beweisen; Gimpelfänger-Regel.

Schweigen. Das Binsenlicht des Nachtwärters fing an zu gurgeln. Aus langer Übung fuhr sein Kopf hoch, er zündete eine neue Binse an und schlief wieder ein. Sie warteten, bis er wieder ganz regelmäßig schnarchte.

»Erlaubt, daß wir uns vorstellen. Der Stille zu meiner Linken ist Art O'Neill. Zu meiner Rechten die Dame Granuaile O'Malley. Der heftige Gentleman zu Eurer Linken ist der Rote Hugh, Tanaist des Clans O'Donnell. Ich selbst bin Conn O'Hagan und Tanaist der O'Hagans. Falls es Euch interessiert: Ich habe einen argen Schnupfen. Es zieht hier zu sehr. Wir werden mit der Dienerschaft ein Wörtchen reden müssen.«

Sie ließ sich ein Schluchzen entwischen. »Grace O'Malley?«

Jetzt übernahm der Rote Hugh. Seine Stimme prallte voll Energie aus einer Entfernung von wenigen Fuß an ihr Ohr. »So nennen sie die Sachsen. Was kümmert es Euch?«

»Sie sagen, ich bin ihre Enkelin.«

Ein weiteres Schweigen. Das Flüstern des Roten Hugh schlug ihr wieder entgegen: »Wer sagt das?«

Er wurde von Conn O'Hagan unterbrochen: »Sollen wir die junge Dame nicht auf ihre Weise reden lassen? Sie hat uns doch sicher eine ganze Geschichte zu erzählen.«

Es gefiel ihr nicht, wie er das sagte, und außerdem hatte sie das nicht gewollt; viel besser, wenn sie es aus ihr herausholten, Frage für Frage. Überhaupt war dieser Master O'Hagan nicht ihr Typ; ein Süßholz-Schleimer, wie er im Buche stand. Na gut, dann würde sie eben anfangen, und sich dann auf Müdigkeit ausreden. Dann aufhören, wenn sie nach mehr verlangten. Alte Gimpelfänger-Regel.

Also erzählte sie ihnen allerhand, und zwar, wie geplant, die Wahrheit; nicht die ganze und manchmal auch mit leichter Färbung, aber doch die Wahrheit. Gimpelfänger-Regel: Was man überprüfen kann, das gib zu. Sie begann damit, wie die Agenten des Lord Schatzkanzlers sie einfingen, und fuhr mit dem Interview durch Burghley fort. Sie überging den Umstand, daß es Burghley ganz egal war, ob sie der Erbe der O'Flahertys war oder nicht, und er sie nur aufgefischt hatte, weil sie zu der Rolle paßte. Sie durften ihre Glaubwürdigkeit nicht anzweifeln. »Die dachten ja zuerst, ich wär' ein Junge, wißt ihr, ein Erbe, deshalb wollten sie mich erziehen, so wie O'Neill.«

»Was wißt Ihr vom O'Neill?« Das war der Rote Hugh, und es klang zornig.

»Er ist mein Freund. Er hat mich als das verlorene Enkelkind erkannt.«

Wieder Schweigen. »Wir möchten Euer Wort keineswegs anzweifeln«, kam die einschmeichelnde Stimme von O'Hagan, dem Mistkerl. »Aber die meisten Leute wissen, wer sie sind. Könnt Ihr uns erklären, warum das für Euch nicht gilt?«

»Später. Ich kann nicht mehr sprechen. Ich muß schlafen.« Ihr Auge und ihr Kinn schmerzten, und sie war wirklich vollkommen erschöpft. Sie stopfte soviel Stroh als möglich auf das Holzbord hinauf und wühlte sich dann hinein, zog die Knie unter ihren Rock und breitete sich den Stoff von Maccabees Haube über Hals und Gesicht, dankbar, daß die so scheußlich war, daß die Wärter sie ihr nicht gestohlen hatten. Solange es ging, kämpfte sie gegen den Schlaf an und spitzte die Ohren; vielleicht würden sie jetzt untereinander über sie reden. Sie taten es nicht, sonst hätte sie sie auf jeden Fall hören müssen, aber irgendwie hatte sie das Gefühl, daß sie miteinander in Verbindung waren. Wahrscheinlich hatten sie einander ihr ganzes Leben lang gekannt, und jetzt im Gefängnis verband sie das beinahe mystische Band der Isolierten. O'Hagan hatte immer »wir« gesagt. Die vier konnten sicher einer des anderen Gedanken in einer Weise lesen, die sie völlig ausschloß. Na, sollten sie sich aufhängen. Schließlich war's ja nicht ihre Gesellschaft, was sie haben wollte. Sie schlief ein.

Es gab keine Morgendämmerung. Das einzige Zeichen für den Tagesanbruch war die Ablösung des Wärters. Dumpfes Stampfen aus den anderen Zellen wies darauf hin, daß die Gefangenen sich durch Bewegung etwas zu erwärmen suchten.

Also fing auch sie zu hüpfen an, voller Sehnsucht nach einem Frühstück. Es kam erst nach zwei Stunden und bestand aus einem Brotkanten und einem Krug Wasser. Das einzig Tröstliche daran war, daß der Gehörnte Dick es brachte; sie konnte einen schnellen Blick auf sein Gesicht werfen, er sah stumpf und mißmutig drein, während er ihre Portion durch das Guckloch schob.

Es war ein langer Tag. Sie hörte Grace O'Malley zu Art O'Neill sagen, daß es draußen schneite – offensichtlich besaß ihre Zelle ein Fenster. Jedenfalls ein zähes altes Mädchen, dachte Barbary. Ihre wenigen Äußerungen waren bissig und vulgär, enthielten aber nicht die geringste Klage, obwohl die Kälte sicher unerträglich war. Trotz des Unterschieds in Alter und Geschlecht behandelten die anderen sie als ebenbürtiges Mitglied ihrer seltsamen Bruderschaft. Keiner von ihnen klagte, bis auf Conn O'Hagan, der immer wieder über die Bedienung und seinen Schnupfen stöhnte; aber Barbary spürte die allgemeine Sorge um Art O'Neill. Er redete kaum und war ganz offensichtlich krank, aber weder er noch die anderen sprachen darüber. Sie verbrachten den Tag mit endlosem Kartenspiel und ebenso endlosen gegenseitigen Hänseleien.

Als der Nachtwärter seinen Dienst antrat, wurde er wieder, wie gestern, durch die immer leiser werdenden Spielrufe in Schlaf gelullt. Barbary wappnete sich innerlich fürs Verhör.

»Nummer fünf?«

»Ja?«

»Geht's Euch besser?« Das war wieder der verdammte O'Hagan.

»Ja.«

»Das ist gut, das ist sehr gut. Ihr seid gestern mitten in einer Geschichte steckengeblieben. Wir Iren lieben Geschichten, deshalb dachten wir, Ihr könntet heute weitererzählen.«

»Was wollt Ihr denn wissen?«

»Nun, es würde uns sehr interessieren, wie Ihr Euer Gedächtnis verloren habt.«

Wieder erzählte sie ihnen einen Teil der Wahrheit. Mit sieben Jahren zur Welt gekommen. Die Nebelwand, die die Jahre vorher verbarg. Der Versuch, das Unerklärliche zu erklären, wobei sie zu ihrer eigenen Überraschung feststellte, wie sehr es ihr gegen den Strich ging, diesen Fremden Dinge zu erzählen, die so tief in ihr versteckt lagen und die sie niemandem je zuvor erzählt hatte. Darin lag etwas wie Demütigung. Na, hoffentlich war der Schatz das wert. Sie sagte nichts von dem merkwürdigen Schiff, das sie »in den Cherubim« immer sah, auch nichts von der Stimme, die ihr befahl, sich an Adam zu halten und Eva zu scheuen – das ging zu tief. Sie sagte ihnen alles, was Will ihr über ihre Auffindung in Kinsale erzählt hatte, ließ aber seinen

Anteil am Massaker von Smerwick unerwähnt; schließlich hatte er dort die Verbündeten dieser Leute getötet.

Es blieb still, während sie das alles verdauten. Wieder hatte sie das deutliche Gefühl, daß sie irgendwie miteinander in Verbindung standen, aber zu hören war jedenfalls nichts.

»Diesen Halsring, wie du's nennst«, kam jetzt das heisere Flüstern von Grace O'Malley, »hast du ihn an?«

»Ja.« Sie nahm ihn ab und streckte ihn durch die Stäbe. Eine Hand, die des Roten Hugh, nahm ihn ihr ab und gab ihn weiter. Da entrang sich Grace O'Malley ein langes, tiefes Stöhnen. »Das ist der Torques. Das ist Maire ni Domnalls eigener königlicher Torques. Das Kind ist, was es sagt. Und ich hab' gedacht, sie sind alle tot und ertrunken. Mutter Gottes, sei gepriesen für deine Gnade. Du gibst mir meine Enkelin zurück.«

Barbary blinzelte durch den Spalt und sah eine Hand, die sich wie verzweifelt nach ihr ausstreckte. »Ach, meines Kindes Kind.«

Sie streckte ihre Hand ebenfalls so weit hinaus, wie sie konnte. »Großmutter!« Sie waren ihr alle auf den Leim gegangen – Barbary fühlte den Triumph des künstlerischen Erfolgs in sich aufsteigen, vermischt mit etwas anderem, das zu analysieren sie jetzt keine Zeit hatte.

Die Männer hielten sich noch etwas zurück, hatten noch Zweifel, aber ihr Argwohn wurde von Graces gemurmelten Dankgebeten erschüttert.

»Weshalb haben sie Euch arretiert?« wollte der Rote Hugh wissen.

»Die waren so bös' nach dem Unfall, als sie entdeckten, daß ich eine Frau bin. Der Statthalter sagte, die Königin wolle mich hinrichten lassen – aber er selbst ist kein grausamer Mann.«

»Die Liebenswürdigkeit selbst, der Hund«, knurrte der Rote Hugh.

»Er übergab mich der Obhut eines Mannes namens Edmund Spenser, bis mein Bein wieder gut wäre.«

»Der Beamte, der sich für einen Poeten hält?« Das war Conn O'Hagan, der sich ebenfalls für einen Poeten hielt. »Ein englischer Dichter – und wenn das nicht ein Widerspruch in sich ist!«

Warum hielten denn die nicht die Klappe, während sie sich um Konzentration bemühte. Vor ihr lag noch ein weiter Weg. »Eine Art Hausarrest«, fuhr sie fort, »während sie sich überlegten, was sie mit mir anfangen wollten. Aber ich war so einsam und unglücklich. Mistress Spenser behandelte mich wie eine Dienstmagd. Meine einzige Verwandte auf der ganzen Welt war eine Großmutter, die ich nie gesehen hatte. Sie würde mich zu sich nehmen, dachte ich, mir ein Heim bieten, wenn sie nur frei wäre. Sobald mein Bein gesund war, fing ich also an, mich beim Schloß herumzutreiben, stellte Fragen, versuchte herauszufinden, wo sie sie festhielten, um dann zu überlegen, wie ich sie herausholen könnte.«

Aus Graces Zelle drang ein triumphierender Schrei. »Da spricht die echte O'Malley. Ach, meines eigenen Kindes Kind! Mein tapferes Mädchen!«

»Schsch!« Sie hatte den Wärter aufgeweckt. Er fluchte und schmiß einen leeren Bierkrug gegen die Zellen. »Kusch, du irische Sau!« Sie mußten warten, bis er sich zurück in den Schlaf geknurrt hatte.

»Ich hätte es auch getan«, sagte Barbary leise, »wenn sie mich nicht geschnappt hätten, wahrscheinlich weil sie errieten, was ich plante.«

»Hätte was getan? Deine Großmutter hier rausgeholt?«

»Glaube ich schon. Dieser Wärter, der uns heut das Frühstück brachte ...«

»Der ist neu.«

»Wirklich? Also, das ist ein Schurke. Ich hab' ihn wiedererkannt, ich bin sicher, daß es derselbe ist. Das war in London, da wurde er an einen Karren gebunden und ausgepeitscht.«

Als unwissende Wilde, die sie waren, würden sie annehmen, daß in London, nicht anders als in Dublin, jeder jeden kannte. »Ich dachte mir, dem würde ich die Schrauben anlegen ... ich meine, ich würde drohen, ihn anzuzeigen, damit er mir bei Großmutters Flucht behilflich wäre.«

»Ach, mein kluges kleines Mädchen!«

»Granuaile.« Sie warnten die dumme alte Kuh, nur ja den Wärter nicht noch einmal aufzuwecken.

»Na, und wenn er ein Schurke ist?« flüsterte O'Hagan. »Schurken sind sie schließlich alle. Habt Ihr nicht ihre Geistlichen kennengelernt, Mistress O'Flaherty? Es müssen herzensgute Herren sein, die von England losziehen, um das Licht des neuen Glaubens in unsere Finsternis zu tragen. Aber etwas Fürchterliches geschieht jedesmal mit ihnen mitten auf der Irischen See. Ja, die bösen Meeresfeen verschleppen sie und setzen liederliche, versoffene Betrüger an ihre Stelle, ja, ja, so muß es sein. Und ist das nicht wirklich unfreundlich von den Meeresfeen?«

Der Mann hatte einen Vogel. Sie hatte schon Schmetterlinge mit besserer Konzentrationsfähigkeit gesehen. Dafür erkannte der Rote Hugh den springenden Punkt: »Wenn der Hund ein Schurke ist, dann läßt er sich bestechen.«

Zum ersten Mal am heutigen Abend entspannte sich Barbary etwas. Jetzt zappelten sie an der Angel. Jetzt hatte sie sie. Im Kochtopf mit Petersil und Lorbeerblatt. Aufseufzend ließ sie sich an der Tür hinunter zu Boden gleiten und hörte, wie sie die Sache selber in die Hand nahmen.

»Womit sollen wir ihn bestechen?«

»Mit dem Torques, Mann, mit dem Torques. Der wird doch Gold nicht ablehnen.«

»Ach, nein, soll ich denn den Torques meiner armen toten Schwiegertochter einem Sachsen geben? – Gut, ich tu's. Beim nächsten Mal, wenn er Dienst hat.«

»Ich muß schlafen«, warf Barbary leise ein. »Gute Nacht, Großmutter. Gott schütze dich.« Gott schütze den Schatz.

»Gute Nacht, mein liebes Kind. Bald kann ich dich in meine Arme nehmen.«

»Sollten wir Mistress O'Flaherty noch irgend etwas fragen, bevor sie einschläft? Art, du hast noch gar nichts zu dem Plan geäußert. Hast du eine Frage?«

Arts Stimme kam sehr schwach: »Frag sie, woher sie diesen Kopfputz hat.«

Es war eine schlechte Nacht. Sie erwachte immer wieder, weil sie so heftig zitterte, teils wegen der Kälte, teils kam es von den Nerven. Es war sehr leicht gegangen. Zu leicht? Nein, sie waren schon geleimt. Aber warum bestanden sie immer noch darauf, englisch mit ihr zu reden, nun, da sie sie doch als eine der Ihren akzeptiert hatten? Sie hatte ihnen allerdings gesagt, daß ihr Irisch noch ziemlich rostig war, und das stimmte auch. Aber irgend etwas kam ihr nicht ganz stubenrein vor …

Der Tagwärter war der Gehörnte Dick. Sie zuckte zusammen, als sie ihn sah; es war zu früh, es sah alles zu glatt aus. Das war jedenfalls nicht geplant gewesen. Irgendwas war schiefgelaufen – oder vielleicht wollte Dick sie auch nicht länger hier drinnen lassen. Der Rote Hugh fand jedenfalls keine Gelegenheit, den Köder zu legen, weil den ganzen Tag heftige Unruhe herrschte. Im Schloß hatte man einen Eindringling bemerkt, unten am Arsenalturm, wo sie die Waffen aufbewahrten. Alles war in hellem Aufruhr, man suchte nach dem Mann und fand ihn nicht; Wärter, Wachen, Soldaten eilten die Stiegen hinauf und hinunter, polterten auf dem verbleiten Dach, brüllten, schauten immer wieder einmal im Zellenraum des Bermingham Tower vorbei, um sich am Kohlebecken des Wärters ein wenig aufzuwärmen und die neuesten Gerüchte auszutauschen. Das Frühstück wurde vergessen, Barbary mußte sich auf die Lippen beißen, um wegen der Krämpfe in ihrem Magen nicht laut zu jammern.

»Gibt es heute nichts zu essen?« schrie der Rote Hugh den Gehörnten Dick an.

Dick schrie zurück, ganz wie sich's gehörte: »Leck mich, Irensohn.«

Gegen Nachmittag beruhigte sich die Lage. Zeit für O'Hagan und den Roten Hugh, Dick in die Zwickmühle zu nehmen. Für Amateure machten sie's recht gut; es war eine laienhafte Version der Heiß-und-Kaltwasser-Behandlung, genau wie Burghley und Walsingham mit ihr verfahren waren; O'Hagan warm, der Rote Hugh O'Donnell kalt. Eiskalt. »Du bist ein verurteilter Übeltäter, das wissen wir, und wenn sich die Engländer nicht deine Eier holen, dann gibt's Iren, die sich dafür interessieren.«

O'Hagan: »Laß den armen Kerl doch in Ruhe, Hugh. Wenn

er uns diesen Gefallen tut, dann wird es ihm mit Gold gelohnt, und keiner wird erfahren, woher er's hat.«

Dick machte seiner Zunft alle Ehre; er war erst abweisend, dann trotzig, dann winselte er. Sie war stolz auf ihn. Ja, na gut, ein Seil könnte er wahrscheinlich organisieren, aber dann das Gold zuerst.

»Das Gold nachher. Wenn wir das Seil vor dem Fenster hängen sehen.« O'Hagan war plötzlich energisch. »Und wir wollen es jetzt.«

»Jetzt!« Dick zeigte echte Unruhe. Das war nicht der Plan. Das gefiel ihm nicht. Barbary auch nicht.

»*Jetzt!*« rief der Rote Hugh. »Verstehst du deine eigene blöde Sprache nicht? Sperr unsere Schlösser auf, und geh, und hol das Seil, jetzt. Besser noch, nimm es hinauf aufs Dach und mach's an einer Zinne fest. Und zwar ordentlich fest.«

»Dann wissen sie aber, daß ich …«

»Ach was, sag ihnen, der Eindringling hat dich gezwungen. Schieb's auf ihn. Los jetzt!«

»Der Nachtwärter! Der tritt doch in einer Minute seinen Dienst an!«

»Um den kümmere ich mich schon. Geh, tu's jetzt! Meine Zelle zuerst.«

Dick suchte unter den Schlüsseln an seinem Gürtel herum und ging zu Barbarys Zellentür, ein typischer stumpfsinniger Wärter, der nicht von der Routine loskam. Als er ihre Tür aufsperrte, trafen sich sekundenlang ihre Blicke. Seine sagten: »Wenn wir sie rauslassen, verlieren wir die Kontrolle!«, und ihre sagten: »Wenn wir sie drinlassen, verlieren wir den Schatz.«

Als nächster war der Rote Hugh in seiner Zelle dran. Er kam herausgeschossen wie ein Stier, das lange, karottenrote Haar an Kopf und Kinn wehte stürmisch. »Gib mir die Schlüssel. Geh, und hol das Seil. Mach schnell.«

»Nimm erst seine Stiefel«, rief Grace O'Malley.

Folgsam beugte Dick sich vor und fing an, seine Stiefel auszuziehen. Der Rote Hugh schubste ihn auf den Rücken und riß sie ihm von den Füßen. Dann riß er dem Gehörnten Dick auch den Schlüsselring vom Gürtel, stürzte zu Grace O'Malleys Zelle, raufte mit dem Schloß, tanzte vor Ungeduld auf seinen beweglichen bloßen Füßen. »Hol das Seil!«, brüllte er über die Schulter. Dick ging hinaus.

Grace sagte: »Schnell, schnell, beeil dich.« O'Hagan hatte die Ränder seines Judas gepackt und rüttelte daran wie von Panik erfaßt.

Jetzt war Grace draußen, eine große Frau mit langem meliertem Haar, wie ein rot-grau gestreifter Dachs. Sie übernahm sofort Schlüssel und Kommando von O'Donnell. »Stell dich an die Tür. Der ist in einer Minute hier.« Von Barbary nahm sie keinerlei Notiz, sondern machte sich sofort an O'Hagans Zellentür. Barbary lief zum Tisch des Wärters und nahm den Binsenhalter – so hatte sie wenigstens das Licht im Griff. O'Hagan tauchte auf, noch so ein Langer. Waren das denn alle Riesen, diese Iren? Ihre Schatten kreuzten und vermischten sich wie die Äste windgeschüttelter Bäume. Nichts rührte sich in Art O'Neills Zelle, und Grace und O'Hagan gingen zu ihm hinein.

»Psch, Ruhe jetzt.« Der Rote Hugh kauerte an der Tür zu den Stufen, die vom unteren Stockwerk heraufführten. Jetzt waren Schritte zu hören, die rasch näher kamen. Der Lukendeckel hob sich, der Nachtwärter kam herauf, eine Bemerkung auf den Lippen, die unter Wärtern wahrscheinlich als witzig galt – aber er brachte sie nicht mehr zu Ende. Der Rote Hugh packte den Mann an den Schultern und rammte ihn so nachdrücklich mit dem Kopf gegen den Türstock, daß beides davon beschädigt wurde.

»Stiefel«, rief Grace aus Arts Zelle.

O'Donnell zerrte den Wärter am Kragen bis in die Mitte des Raums und ließ ihn dort fallen. »Fesseln und knebeln«, wies er Barbary an, »und Stiefel ausziehen.«

Sie hockte sich zu dem Bewußtlosen und band ihm mit seinem eigenen Gürtel die Hände. Der würde wohl eine Weile nicht aufwachen, wenn überhaupt je wieder. Gimpelfänger-Regel: keine Gewalt. Gewalt brachte einen an den Galgen. Vorsichtig band sie ihm ihr Taschentuch vor den Mund und achtete darauf, daß die Nase frei blieb. Sein Atem hörte sich furchtbar an. Dann ging sie daran, ihm die Stiefel auszuziehen.

»Das Seil ist schon da«, rief Grace. Sie war immer noch in Arts Zelle.

Barbary blinzelte. Da hatte Dick aber schnell gearbeitet. Er hatte den Raum doch erst vor Sekunden verlassen. Würden sie nicht Verdacht schöpfen, daß er das Seil schon vorbereitet hatte? Noch mit den Wärterstiefeln kämpfend, warf sie einen Blick in den Zellenraum. In Graces leerer offener Zelle bewegte sich etwas. Eine weiße Linie teilte das kleine Fenster. Ein Seil hing außen davor herunter. Zwei Seile? Das war denn doch des Guten zuviel. Was war da los?

Sie ließ den Wärter liegen und ging zur Tür von Arts Zelle. Drinnen zogen sie eben Dicks Stiefel einem Mann an, der gegen sein Holzbrett gesunken war, Grace umwickelte ihn behutsam mit einer Decke. »Art, glaubst du, daß du's schaffst?«

Der Mann nickte. »Laßt mich nicht allein hier.«

O'Hagan streckte sich. »Ich glaube, ich geh' als erster«, sagte er. »Wegen meines Schnupfens, ihr wißt ja. Diese Zugluft hier, das halt' ich keine Minute länger aus.« Der Kerl würde wohl noch bei seinem eigenen Begräbnis Witze reißen, aber tapfer war er. Wer als erster ging, mußte tapfer sein.

»Du«, wandte Grace sich eben an sie, »nimm alle anderen Decken, und wirf sie runter. Aber vorsichtig. Nicht daß sie in den Fluß fallen.«

Barbary nickte, ging in O'Hagans fensterlose Zelle und packte seine Decke, dann in Graces Zelle. Das Binsenlicht hatte sie stehenlassen, denn durch die Fenster schien der Mond, beleuchtete das Seil, das das Fenster spaltete. Stimmen brabbelten hinter ihr, aber hier drinnen war es still.

Barbary blieb stehen, den Blick auf das Fenster und das Seil geheftet. »Nein«, sagte sie, »nein, ich will nicht. Mutter, ich will nicht.« Sie war wieder ein Kind, aber dieses Kind kannte jetzt die Zukunft. Es schaute mit dem rückblickenden Wissen des Erwachsenen hinaus in die Finsternis, es kannte schon den unerträglichen Schmerz, der es unten am Fuß des Turms erwartete, und es wußte, daß es besser war, hierzubleiben und zu sterben, als noch einmal diesen Verlust zu ertragen. Dort draußen war es gestorben, vor Schmerz gestorben.

O'Donnell kam mit dem Binsenlicht in die Zelle, fluchend, weil sie die Decken noch nicht hinuntergeworfen hatte. Sie hörte ihn nicht. Er hielt ihr das Licht vors Gesicht. »Warum weinst du? Dazu ist keine Zeit. Angst? Hast du Angst? Herr Jesus, warte hier, ich hol' deine Decke.«

Er kam zurück, warf die Decken aus dem Fenster und beugte sich hinaus. »Conn, bist du unten?«

Eine Stimme kam von sehr weit unten: »Ich bin unten. Macht schnell!«

O'Donnell schob Barbary zum Fenster. »Raus.«

»Mutter«, schrie Barbary, »Mutter!«

»Wirst du den Mund halten? Ich hol' Granuaile.« Er stieß Barbary aus dem Weg, so daß sie neben dem Bett auf die Knie fiel, und stellte das Binsenlicht neben sie. »Genau die richtige Zeit, um nach deiner Mutter zu jammern«, knurrte er und hastete hinaus.

Sie hörte, wie sie in einer anderen Zeit und an einem anderen Ort Art durchs Fenster und zum Seil halfen. »O Gott«, betete sie, »hilf mir, Gott. Gib mir meine Mutter zurück.«

Das tat Er nicht, aber Er tat etwas anderes. Durch die Wände der Zelle hindurch sandte Er ihr das Schiff der Cherubim. Unbesiegbar und wunderbar vertraut schwamm es auf der steinernen See, im flackernden Binsenlicht bewegten sich seine Ruder. Eine schwere Hand fiel auf ihre Schulter, und eine Stimme sagte: »Steh auf, Dirn. Für Angst ist jetzt keine Zeit. Folg mir hinunter.« Das war nicht die Stimme, die in Graces Zelle heuchlerisch gestöhnt hatte. Das war klar, vertraut, wie das Schiff. Es war die Stimme, die gesagt hatte: »Halt Adam, Eva scheu.«

Das Schiff verblaßte, so daß nur mehr sein Gerippe übrigblieb, dort, wo Grace O'Malley es in die Wand geritzt hatte. Der rostige Nagel, der ihr als Werkzeug gedient hatte, lag neben dem Binsenhalter.

Barbary fuhr herum und sah das Gesicht ihrer Großmutter

am Fenster, die großen Hände hatte sie um das Seil geschlossen. »Folge mir hinunter, Kind. Hab keine Angst.«

Gehorsam stand sie auf und trat ans Fenster. »Ja, Großmutter.« Sie sah Granuailes Dachskopf tiefer und tiefer gleiten. Ihr zur Rechten hingen O'Donnell und sein Freund am Seil, Art gestützt auf den breiten Brustkasten und die Arme des Roten Hugh.

»Jetzt, Mädchen.« Die vertraute Stimme stieg zu ihr empor. »Hab keine Angst. Komm mir nach.«

»Ja, Großmutter.«

Sie stieg aufs Fensterbrett, packte das Seil, schwang sich hinaus und umklammerte es mit den Beinen. Die kalte Luft und der Wille zum Überleben brachten sie wieder ganz zu sich. Unter ihren Zehenspitzen ging es etwa hundert Fuß tief hinunter; sie konnte die Erde nicht sehen, nur den schwarzen Fluß, der auf sie zu warten schien. Sie grinste: »Du kriegst mich nicht. Ich gehöre woanders hin.« Jetzt wußte sie, wohin sie gehörte. Sie kletterte hinab zu ihren Wurzeln, diesem zähen alten Weib, diesen Männern. Also doch Irin. Schade, aber Wurzeln waren eben Wurzeln. Wo war der Gehörnte Dick? Er gehörte auch zu ihren Wurzeln. Das Seil verbrannte ihre Füße und Hände, aber sie war in ihrer Glanzzeit auf der Themse schon in genügend Takelagen herumgeklettert. Die würden Barbarys Latz nicht naß machen. Den Latz der irischen Barbary. Sie würde ihre Großmutter umarmen, sobald sie bei ihr unten war, ihr alles sagen, bei einer Mütterlichkeit Zuflucht finden, von der sie bisher nicht gewußt hatte, wie sehr sie sich danach sehnte.

Ihre Füße berührten den Boden, sie drehte sich um und öffnete den Mund, und da schob jemand einen Knebel hinein. Ihre Großmutter band ihr die Arme am Rücken fest. »Ich sagte dir doch, ich würde dich bald in meine Arme nehmen, du kleine Hure.«

Über ihnen schlängelte sich ihr Seil von den Dachzinnen herunter. O'Hagan nahm ein Messer, es war das Messer des Gehörnten Dick, und schnitt ein Stück davon ab. Grace O'Malley band Barbary das Seil um die Taille, dann ging sie mit O'Hagan, um dem Roten Hugh und Art bei ihrer Landung zu helfen. Das zweite Seil fiel von den Zinnen.

»Gggg«, sagte Barbary und schleuderte den Kopf auf und ab wie ein Pferd. Dann bäumte sie sich auf und warf sich gegen Grace. »Ggggter.«

»Nimm du sie«, knurrte Grace zu O'Hagan. »Wenn mich das Miststück noch einmal berührt, bring' ich es um. Wirf diese Seile in den Fluß.«

O'Hagans Hände fielen schwer auf ihre Schultern, sein Atem dampfte über ihr Haar. »Sie meint es ernst. Wär' doch schade um so eine hübsche Geisel.«

Sie schlug den Kopf auf seine Schulter, Tränen hilflosen Zorns quollen ihr aus den Augen. »Darum kümmere ich mich«, hatte O'Neill gesagt, und von allen idiotischen, verdammten, beschissenen Nächten hatte er sich gerade diese aussuchen müssen. Das war *sein* geplanter Ausbruch, nicht der ihre. Einer der Wärter war offenbar von ihm bestochen. Aber da er von Barbarys Plan nichts wußte, hatte er auch nicht daran gedacht, ihnen von der jungen Frau zu berichten, die sich hier in der Stadt aufhielt und die seiner Meinung nach Grace O'Malleys Enkelin war. Und das war die Wahrheit. Sie war es wirklich. Sie wußte es jetzt. Sie, Barbary Clampett, war wirklich die Person, für die sie sich Grace gegenüber ausgegeben hatte. Da hatte sie den größten Schwindel ihrer Laufbahn aufgezogen, nur um am Ende zu erkennen, daß es überhaupt kein Schwindel war.

Sie hatten ihr nicht geglaubt, an keinem Punkt ihrer Geschichte hatten sie ihr geglaubt. Diesmal war sie selber reingefallen. In ihren Augen war sie nichts als ein Spion, aber sie hatten mitgespielt, denn sie konnte beim Ausbruch nützen und später eine gute Geisel abgeben. Sie hatten sie richtig eingeseift, Grace, die alte Vettel, wie sie seufzte und weinte und sich in Wirklichkeit weigerte zu glauben, daß eins der Enkelkinder, um die sie so viele Jahre getrauert hatte, jetzt wieder auferstanden sei, und zwar ausgerechnet in Gestalt eines Cockney-Mädchens.

O Jesus. Was hatten sie mit dem Gehörnten Dick angestellt?

Sie zogen jetzt Stiefel an und hüllten sich in Decken. Dann gingen sie los, O'Hagan stieß ihr jedesmal, wenn sie stockte, ein Knie in den Rücken. Ihre Füße in den Socken waren voller Eisklumpen, die auf der gefrorenen obersten Schneeschicht knirschten. Der Rote Hugh schleppte Art auf dem Rücken. Der Linksbiegung des Flusses folgend – kein Rauschen hörte man, als wär's für jeden Laut zu kalt –, wandten sie sich nach Westen. Schweigend ragte der Turm über ihnen auf. Jetzt kamen sie zu der Ecke, wo man sie festgenommen hatte. Wo waren die Wachen? Ginge alles nach Plan, dann würden sie jetzt hier von neuem festgenommen, vor Sir John Perrot gebracht und alle außer ihr – pardonniert wegen ihrer Jugend – zum Tod am Galgen verurteilt. Auf dem Weg zurück in die Zellen sollte Grace O'Malley dann, dem Plan zufolge, ein paar gebrochene Worte äußern, etwa von der Art: »Ich muß sterben, mein Kind, doch du wenigstens sollst als echte O'Malley leben können. Der Schatz ist in …«

»Wirst du die Kuh wohl festhalten?« knirschte die echte Grace O'Malley, als Barbary sich wieder gegen sie warf. Sie mußte sie warnen. Jeden Augenblick würden sie jetzt in die Falle laufen, die sie ihnen gestellt hatte. Was für ein dummes, verworrenes, sinnloses Durcheinander! Wieder warf sie sich gegen die Frau, die sie gefesselt und geknebelt hatte, fuhr mit dem Kopf herum und versuchte anzudeuten, wo die Wachen lauerten. O'Hagan zerrte sie schnell zurück, bevor Grace sie schlagen konnte. Sie gingen weiter. Da waren keine Wachen, aber jemand stand dort im Schatten der Mauer. Der Rote Hugh ging zu ihm hin. Der Mann redete so leise, daß sie nichts verstand, aber der Rote Hugh war gut zu hören, er sagte: »Gut gemacht, dank *Ihm* in unserem Namen. Was habt ihr mit dem Wärter gemacht?« Das war der Gehörnte Dick. Sie strengte sich an, um etwas zu hören. Murmelmurmel. »Gib dem Mann Gold«, sagte O'Donnell, »ich hab's ihm versprochen, und gegen einen verdammten Sachsen breche ich mein Wort nicht.« Vor Erleichterung wäre sie fast umgesunken. Dick war wenigstens am Leben.

»Her mit deinen Stiefeln«, sagte O'Donnell eben. Murmelmurmel. »Das ist aber nicht so weit, wie wir müssen. Und deinen Umhang, wenn du schon dabei bist.«

Weiter ging es, die Stadtmauer entlang, vorbei am St. Nicholas Gate. Schneeflocken klebten an ihren Lidern, so daß sie kaum sehen konnte. Hier und da drang aus einem Fensterschlitz ein schwacher Lichtschein, aber niemand war verrückt genug, sich in einer solchen Nacht im Freien aufzuhalten. Sie überquerten eine Wiese, dann eine Brücke und kamen ins freie Land, wo nur noch selten ein Haus zu sehen war. Dieser Weg führte sie in die Hügel. Bald würde man ihre Flucht bemerken, dann nahmen sie die Verfolgung auf. Sie schaute sich um und sah, wie sich ihre Spuren im Schnee langsam füllten, weiter hinten waren sie schon ganz verschwunden. Aber wie weit glaubten denn diese Verrückten bei diesem Wetter ohne Pferde zu kommen? Wie lang, bis die unbezähmbare Alte vor Erschöpfung umfiel? Wie lang, bis Art O'Neill erfroren war? Wie lang, bis sie erfroren war?

Wollten sie sie umbringen, sobald sie in Sicherheit waren und keine Geisel mehr brauchten? Das war gar nicht notwendig. Sie brauchten sie nur liegenzulassen und fortzugehen. Innerhalb einer Stunde wäre sie dann tot. Sie war schon jetzt am Sterben. Und sie starb den Tod eines Narren, weil sie nichts anderes verdiente. Mein Gott, hatte sie denn nicht genug Hinweise gehabt, wer sie wirklich war? Warum hatte sie sich so lang dagegen gewehrt? War es denn so schrecklich, Irin zu sein? Ja, das war es. Und wenn sie dafür noch einen Beweis brauchte, dann hatte sie ihn hier vor Augen: Die Iren flohen durch den Schnee in ihren Tod.

Jetzt ging es bergauf. O'Hagan reichte Grace das Seil und übernahm die Spitze.

Irgendwo heulte ein Wolf. O'Hagan hob den Kopf und heulte zurück. »Ein Wicklow-Wolf«, sagte er dann, »gekommen, um mich in mein eigenes Land zurückzuführen. Dort vorn ist eine Hütte.«

Ein Höcker im Weiß entpuppte sich als eine strohgedeckte Hütte. Sie war verlassen, aber eisigen Schnee gegen eisige Trockenheit einzutauschen war wie höchster Luxus. Sie rieben

Arts Füße und Hände. O'Hagan tastete sich die Wände entlang und rief, irgendwo müsse es Felle geben. Sie hasteten in der Hütte herum, zogen sich um, machten Pläne, sprachen irisch.

»Gehen wir weiter?«

»Nein, bleiben wir die Nacht über hier. Art kann nicht weiter.«

»Glaubt mir doch, mir fehlt nichts.«

Die Stimmen bewegten sich in ihrem Kopf ein und aus, manchmal verstand sie sie, manchmal nicht.

»Hierbleiben können wir nicht. Am Morgen geht die Verfolgung los, und die sind schneller.«

»Dann gehen wir.«

Eine Stimme konnte sie klar und deutlich hören. Sie gehörte O'Hagan. »Granuaile, sie bleibt hier.« Diskussion. »Sie hat keine Stiefel. Sie wird sterben.«

»Sie ist nicht wert zu leben. Sie hat unsere Namen eitel genannt. Sie hat sich an den Toten vergangen.«

»War das Maires Torques?«

»Der könnte jedem gehören. Tausende sehen ähnlich aus.«

»Sie bleibt hier.«

»Wenn wir sie mitnehmen, ist sie uns nur eine Last.«

»Ach, zur Hölle mit ihr.«

Sie gingen. Dann ertönte ein dumpfer Schlag gegen die Mauer zu ihrer Linken, und ein Schatten kam zurück und kniete sich neben sie. »Wenn du nach links tastest«, sagte Conn O'Hagan, »dann wirst du etwas zu deinem Vorteil finden, wie die Advokaten sagen.« Sie fühlte sich emporgehoben und in etwas Wolliges eingewickelt, es war ein Vlies. »In der Ecke sind noch mehr Felle. Werde zornig, Sächsin. Zorn hilft zum Überleben. Ich weiß das.« Sie spürte, wie er ihr mit den Knöcheln leicht über die Wange strich. »Ich weiß nicht, warum du mich rührst«, sagte er, »aber du tust es.«

Dann hörte sie seine Stiefel über den Schnee knirschen und reckte den Hals, bis sie durch den gebrochenen Fensterladen die vier im Weiß verschwindenden Schatten sah. Sich nach links vortastend, entdeckte sie bald die Sichel, die O'Hagan durch die Steinwand getrieben hatte. Während sie langsam, vorsichtig, mühevoll das Seil um ihre Handgelenke am Sichelblatt durchwetzte, sah sie den fallenden Schneeflocken zu. Sie spürte keinen Zorn gegen die, die sie verlassen hatten. Aber sie hätte ihre Seele dafür gegeben, mit ihnen zu gehen.

10

Das neue Jahr begann unter den düstersten Voraussagen. Zwar wurde jeder Jahresanfang von düsteren Voraussagen irgendwelcher Verrückter begleitet, aber der Anfang des Jahres 1588 verleitete auch Seher mit großer Reputation zu ominösen Prophezeiungen.

Regiomontanus zum Beispiel, jener Mathematiker, der Columbus mit astronomischen Tabellen versorgt hatte, sagte voraus, daß die Welt im Jahre 1588 untergehen oder zumindest solche Erschütterungen erleiden würde, daß ganze Reiche dabei zerstört würden.

Welche Reiche, sagte er nicht, aber überall versicherten die Herrscher ihren Untertanen, das ihre sei natürlich nicht gemeint. Königin Elizabeth war so beunruhigt, daß sie den Herausgebern von Almanachen jegliche Erwähnung des Regiomontanus strengstens verbot.

Hinter ihrer Unruhe lag mehr als Aberglaube. Die Wachsamkeit ihrer Agenten war ganz auf den klösterlichen Palast am Rand der Guadarramas dreißig Meilen von Madrid gerichtet. Hier saß ein Mann, der selten schlief und nie vergaß und der geschworen hatte, Elizabeth für ihren Abfall vom Wahren Glauben und den Mord an Maria Stuart zu bestrafen und den Wahren Glauben in ihrem Lande wieder zu errichten; dieser Mann arbeitete unermüdlich an den letzten Details der Armada, die er gegen sie ausschicken wollte.

Es war ein eigenartiges Beispiel für die Treffsicherheit der öffentlichen Meinung, daß Philipp von Spanien, der in diesem Augenblick vier Millionen Dukaten auf das riskante Unternehmen einer Invasion Englands setzte, als ein Koloß an Vorsicht galt, während seine Schwägerin Elizabeth in den Augen ihres

Volkes eine charmante Draufgängerin war, ihre Schiffe aber hortete wie ein alter Geizkragen. Ihre Admiräle und Kapitäne flehten sie an, sie in See stechen zu lassen, den Krieg ins Feindesland zu tragen, die Armada mit Kanonen zusammenzuschießen, bevor sie nach England kam und das gleiche mit den Engländern tat. Aber Elizabeth weigerte sich, auch nur ein Schiff aus dem Hafen fortzulassen. Sie gestattete nicht einmal Drake das, was er »Zielschießübungen«, sie aber »Verschwendung von Munition« nannte. Schiffe auf See waren teuer, Schiffe im Hafen blieben unbeschädigt, und die Matrosen erhielten frische Nahrung bei halber Heuer.

Es war kein guter Zeitpunkt, um der Königin über den Ausbruch irischer Gefangener zu berichten, um so weniger, da die Aussicht auf den Schatz zusammen mit ihnen dahin war. Lord Burghleys arthritische Beine schleppten sich noch langsamer vorwärts als sonst, als er in Greenwich vor das Angesicht der Majestät trat, um ihr die in Sir John Perrots Brief enthaltenen Nachrichten mitzuteilen.

»Offenbar, Phönix, hat Mistress Barbary alles in ihrer Macht Stehende versucht, um Mistress O'Malley den Verbleib des Schatzes zu entlocken, wurde aber von dieser selbst hereingelegt. Sie ließen sie in einer Hütte in den Wicklow-Bergen liegen, wo unsere Leute sie durch Gottes Güte rechtzeitig fanden.« Er wartete auf den Wutausbruch. Sie wandte ihm den Rücken zu und blickte über die Themse, als halte sie Ausschau nach der Armada. Je mehr sich die Krise zuspitzte, desto ruhiger wurde sie. Sie wandte sich nicht um, deutete aber mit einer Bewegung ihrer Finger an, daß er Erlaubnis habe, sich zu setzen.

Als ihre Stimme erklang, war sie nachdenklich. »Mein gesamtes jährliches Einkommen liegt weit unter dem, was Philipp von Spanien allein in seinem Herzogtum Mailand einnimmt.«

»Ich weiß, Phönix.«

»Und jetzt – kein Schatz aus Irland«, fuhr sie fort.

»Leider nicht, mein Phönix.« Als sie sich endlich umdrehte, zuckte er zusammen.

»Malheur«, sagte sie, »dann werden wir uns eben ohne ihn

behelfen müssen.« Ihre Augen hatten einen heiteren Ausdruck. Sie hatte Burghley verblüfft, und sie wußte es. Sie liebte es, die Menschen zu überraschen. »Und was soll man mit dieser Boggart-Person tun? Aufhängen?«

Er mußte sich erst sammeln. »Ich vertrete noch immer die Meinung, daß es Vorteile bringen könnte, sie mit dem richtigen Mann zu verheiraten.«

Sie seufzte. »Heirat, Heirat, Heirat. Wißt Ihr, daß Tyrone mich um Erlaubnis gebeten hat, Mabel Bagenal zu heiraten, die Tochter meines Marschalls in Irland?«

»Ja, Majestät.«

»Und daß Sir Nicholas mir mitteilte, er sähe seine Tochter lieber tot als verheiratet mit einem irischen Katholiken?«

»Majestät, das überrascht mich nicht.«

»Nun?«

Es war eine heikle Sache. »Ich gebe zu, ich kann mich eines gewissen Mißtrauens gegen den Grafen von Tyrone nicht erwehren, Phönix, aber an sich gibt es keinen Einwand gegen die Verbindung. Das Mädchen ist einverstanden, soviel ich weiß, und rangmäßig steht er über ihr, Ire oder nicht Ire. Eine Ablehnung könnte zu Problemen führen.«

»Probleme«, sagte sie. »Wir stehen kurz vor einem Angriff durch die größte Flotte, die die Welt je gesehen hat, und sorgen uns über die Probleme eines abgewiesenen Freiers.«

»Eines Freiers, der sich mit dem Sender dieser Flotte verbünden könnte.«

Sie schnalzte mißbilligend mit der Zunge. Heute verstand sie es, ihn mit ihrer Milde zu verwirren. Sie wandte sich wieder zum Fenster, als könnte die Armada die Themse heraufgeschlichen kommen, wenn sie nicht unausgesetzt Wache hielt. »Wenn sie kommen, Kobold, nehme ich den mir gebührenden Platz bei der Armee in Tilbury ein.«

»Aber, Majestät, ich ersuche Euch –«

»Burghley.« Ein Zischen. »Ich muß mitten im Geschehen sein. Das muß ich. Mein Volk darf nicht glauben, daß seine Fürstin, nur weil sie den Körper einer Frau hat, nicht doch ein königliches Herz besäße.«

Plötzlich merkte er, daß er schluchzte; hätten seine Knie es ihm gestattet, dann wäre er zum Saum ihres Rocks gerutscht. Ungezählte Male hatte sie ihn fast zur Weißglut getrieben, häufig ihn beschimpft, ihm Arbeit aufgeladen wie einem Maulesel, aber in Augenblicken wie diesen wußte er, daß er sie liebte, denn wenn es wirklich darauf ankam, dann übertraf sie an Größe alle, die er je gekannt hatte.

»Und was diese Eheabsichten betrifft«, sagte sie, »so sollen sie warten. Es wird viel zuviel geheiratet.«

»Ihre Majestät ist äußerst ungehalten über Mistress Barbarys Versagen in bezug auf die Ausforschung des Schatzes«, schrieb Lord Burghley an Sir John Perrot, »doch darf sie am Leben bleiben, da sie nach unserem englischen Gewohnheitsrecht die natürliche Erbin des unruhigen Fürstentums von Connaught ist, und sollte ein Gemahl von erprobter Treue gegenüber unserer Königin sich finden, der dem unglücklichen Volke Disziplin und Ruhe brächte, so könnte sich alles noch zum Vorteil fügen. Laßt die Frau in Hausarrest, bis sich eine Lösung findet.«

»Was beweist«, knurrte Sir John Perrot über diesem Brief, »wie wenig Ahnung du von den Iren hast, kleiner Mann.« Die englische Herrschaft durch Eheschließungen, gewissermaßen durch die Hintertür, in Irland einführen zu wollen, das hatte noch nie geklappt. Strongbow, Irlands erster normannischer Eroberer, hatte zwar die Prinzessin von Leinster geheiratet, mußte sich das Land aber dennoch mit dem Schwert erkämpfen. Nach dem Recht der Brehonen waren Frauen nicht erbberechtigt, daher scherten sich die Iren nicht um die Ansprüche fremdländischer Ehegatten. Eher entwickelten sich die Dinge in die andere Richtung, daß nämlich die fremdländischen Gatten die Kultur ihrer Frauen übernahmen und darin aufgingen. Schon nach zwei Generationen kleideten sich die Nachkommen Strongbows und seiner Eroberer in safrangelbe Leinenhemden, verzichteten beim Reiten auf die Steigbügel und waren bald überhaupt irischer als die Iren selbst. Sollte seine Schwester nur ruhig einen Gatten für Barbary O'Flaherty wählen, aber wenn sie dachte, der könne dann das westliche Connaught regieren, dann sollte sie besser noch einmal scharf nachdenken. Aber gut, man wußte ja, daß die königliche Furie auf guten Rat nicht hören wollte.

Sir John war sich selbst nicht ganz sicher, ob Barbary nun mit Grace O'Malley, O'Donnell und den anderen bei ihrer Flucht mit im Bunde war oder ob der falsche Ausbruch, den sie geplant hatte, tatsächlich mit einem echten, von jemand anderem arrangierten, zusammengetroffen war. Es war natürlich ein ungewöhnlicher und höchst verdächtiger Zufall – aber was hätte andererseits das Mädchen davon gehabt, außer daß, so wie sie aussah, bald ihr letztes Stündlein geschlagen hätte? Sir John, der sich selbst nicht gern von andern etwas sagen ließ, entschied, daß Barbary durch ihre Krankheit und Schwäche in ihrer Bewegungsfreiheit ausreichend behindert war, und schickte sie wieder zurück unter das Dach der darüber nicht sehr erfreuten Spensers.

Die Spensers murrten. »Liebster, solltest du nicht doch mit Sir John sprechen?« fragte Maccabee erregt. »Es ist unerhört, so mit dir umzuspringen, als wäre unser Heim eine Landherberge. Werden wir denn für unsere Gastfreundschaft entschädigt? Hast du im Schloß Beförderung zu erwarten? Wer ist Barbary wirklich? Was ist eigentlich geschehen? Warum wird sie immer nur uns aufgehalst?«

»Ein Aussätziger«, entgegnete ihr Gemahl düster, »darf nur auf die Gesellschaft Aussätziger hoffen. Sir John haßt mich, oh, das spüre ich schon seit langem.«

Maccabee schüttelte den Kopf voll Mitgefühl; es war ihr gänzlich unbegreiflich, daß man ihren Mann, der doch so klug war, dessen Gedichte die Königin selbst schätzte, bei Beförderungen immer überging. Nicht einmal eine königliche Pension bezog er, im Unterschied zu vielen weniger bedeutenden Poeten. Er war einfach zu ehrlich, ihr Edmund, zu bescheiden, zu gut, um für sich selbst zu kämpfen. Doch darüber hatten sie schon oft genug gesprochen. »Aber was hat Barbary getan? War es etwas, das uns in Peinlichkeiten verwickeln könnte?«

Die Beamten im Schloß wußten im allgemeinen gut Bescheid, aber in diesem Fall war einem Nebel von Gerüchten nur zu entnehmen, daß Barbary irgend etwas mit dem Ausbruch der Gefangenen zu tun hatte. »Einige sagen, der Statthalter selbst hat sie entkommen lassen«, berichtete Edmund. »Und das würde mich nicht überraschen, so lax, wie er mit den Iren umgeht. Andere behaupten, der Graf von Tyrone hätte seine Finger dabei mit im Spiel gehabt, und auch das würde mich nicht überraschen. Sir Johns Sekretär weist mich allerdings darauf hin, daß Barbary, wenn sie auch eine Abenteurerin ist, doch eine gute Partie auf dem Heiratsmarkt ist. Du mußt sie also wieder mit aller Sorgfalt gesundpflegen, meine Liebe.«

»Aber gewiß würde doch kein Gentleman ... nicht, nachdem sie sich als Mann verkleidete ... und, mein Lieber, bei *diesem* Ruf!«

»*Quis nisi mentis inops oblatum repuit aurum?*« fragte ihr Gatte.

»Natürlich, mein Lieber. Und was heißt das?«

»Daß Tugend heutzutage nichts mehr zählt, wenn Reichtum und Macht daneben winken.«

»Barbary? Reichtum?«

»Und es kann nichts schaden, wenn wir unserem Gönner alles berichten, was geschieht. Das schulden wir ihm. Er soll sich seinen Reim darauf machen. Mehr möchte ich nicht sagen, Maccabee, aber sollte sie dir etwas mitteilen, sobald – falls – sie sich erholt ...«

»Dann sage ich es dir sofort, mein Lieber.«

»Und ich berichte es Sir Walter.«

Aber die Frage war rein akademisch. Das Mädchen lag offenbar im Sterben.

Barbarys Konstitution war so lange zäh gewesen, als ihre geistige Geographie auf dem sicheren Wissen ruhte, daß sie selbst wie eine Flagge fest im Mittelpunkt des inneren Kreises stand, den der Orden bildete, umfaßt von einem äußeren Zirkel, und das war England. Wie ein eingefleischter alter Kartograph setzte sie über den gesamten Rest die Inschrift: Von hier an gibt es Drachen! Nun aber hatten die Ereignisse, wie moderne Seefahrer, eingegriffen und ihre geistige Landkarte neu gezeichnet.

Die Unterkühlung, an der sie litt, als die Verfolger sie fanden, war nicht so schlimm, nicht viel ärger als beim Gehörnten Dick, dem der Komplize der Ausbrecher einen solchen Hieb verpaßt hatte, daß er bewußtlos auf dem offenen Dach des Bermingham Tower liegenblieb. Barbarys Leben war von drei Dingen bedroht: ihrem mangelnden Kampfeswillen, dem Gefängnisfieber, das sie bald darauf bekam, und der Lungenstauung, die diesem folgte.

Sie mußte den Schmerz von neuem durchleben. In der Zelle in der Dubliner Festung war die Nebelwand fortgeblasen worden, und das Entsetzen, das dahinter gelauert hatte, schüttelte sie jetzt in ihrem Delirium. Ihre Mutter. Sie hatte ihre Mutter allein dem Galgen überlassen. Maires Augen blickten in ihre und sprachen zu ihr: »Überlebe.«

»Aber ich will lieber hierbleiben und mit dir sterben, Mutter.«

Maires Gesicht wurde streng. »Überlebe«, sagte sie.

Aber sie wollte nicht überleben, nicht ohne Maire, nicht wenn überleben bedeutete, sich in unbekannten Straßen zu verstecken, verfolgt von Männern, die sie töten wollten. Ich will lieber hierbleiben und mit dir sterben, Mutter.

Sie schrie nach der Mutter, die die Engländer gehängt hatten, und durchlitt erst jetzt die Agonie aus Verlust und Verzweiflung, vor der die Nebelwand sie die ganze Zeit über beschützt hatte.

Es war ein doppelter Verlust. Immer wieder wurde in ihren Fieberphantasien das kleine, in die Steinmauer der Zelle eingeritzte Schiff lebendig und ruderte auf sie zu, um sie dorthin zu bringen, wohin sie, wie sie jetzt wußte, wirklich gehörte, in den Westen Irlands und zu ihrer Großmutter. Immer wieder versuchte sie an Bord zu klettern, aber die Großmutter stieß sie immer wieder zurück ins Meer. »Weg von mir, du kleine Hure.«

»Ich bin's, Großmutter. Diesmal sag' ich die Wahrheit.«

Aber das Schiff segelte davon und ließ sie im Meer ertrinken.

Maccabee probierte mit großer Begeisterung neue Mittel an ihr aus, war aber mißmutig, wenn sie nichts nützten. Die eigentliche Krankenpflege, das Umdrehen, Waschen, Füttern,

Trösten, das oblag dem Gehörnten Dick. Seine Gegenwart war in Barbarys Dämmerzustand das einzig verläßliche Element. Sie klammerte sich daran und zog sich mit seiner Hilfe aus der Todesnähe zurück ins Bewußtsein, das ihr nicht viel besser schien.

Ausgemergelt, erschöpft lag sie in ihrer Dachkammer im Bett und blickte starr auf ein sinnloses Leben. Engländerin war sie nicht mehr, die Iren stießen sie zurück, weder für das eine noch das andere hatte sie genügend Witz und Energie. Ein geleimter Gimpelfänger. Tränen der Erschöpfung, der Scham und des Schmerzes quollen ihr ständig aus den Augen. Sie verlangte nach ihrer Mutter.

»Knorpeltang-Suppe, Barb«, sagte Dick und löffelte das Zeug in sie hinein. »Nur den Latz nicht naß machen, Barb. Wir finden den Schatz schon noch.«

»Schatz?« flüsterte Barb. »Oh. Den Schatz. Ich weiß, wo er ist. Aber ich will ihn nicht mehr.«

Maccabee, die eben hereinkommen wollte, machte an der Tür kehrt und ging hinunter zu ihrem Gatten.

Ein paar Tage später wurde Barbary, noch immer schwach und apathisch, von Maccabees neuer Dienerin gewaschen, schön frisiert und mit Maccabees schönster Nachthaube und zweitschönstem Bettjäckchen und einem Schal darüber angetan. Dick trug sie hinunter und drapierte sie unter einer bunten Bettdecke auf einem Sofa im Salon.

Dann tauchten plötzlich Menschen auf, die nie zuvor die Spensers besucht hatten. Prächtige Pferde hielten vor dem Haustor am Wood Quay, gutgekleidete Männer stiegen ab und befahlen ihren Dienern zu klopfen. Die arme Maccabee mußte eine zweite Dienerin anstellen, weil sie selbst soviel Zeit als Anstandsdame bei Barbary verbringen mußte. Das waren Männer, wie Lord Burghley sie damals an den Kais von Bristol gern gesehen hätte – aber diese Männer befanden sich bereits in Irland, schon ihre Väter hatten ihnen als Soldaten und Beamte den Weg hierher geebnet. Ihre Familien besaßen bereits große Teile von Munster; sie liebten dieses Land, wenn schon nicht seine Menschen, und sie wollten noch mehr davon besitzen. Immer wieder wurde Barbary aus kurzem Schlaf gescheucht von Namen, die wie ein Verzeichnis des neuen Irland klangen: St. Leger, Wallop, Maltby, Bagenal, Fitzwilliam, Fenton, Gardner. Ihre Gesichter waren die von Spekulanten.

Sie verschlangen sie mit Blicken, redeten aber vor allem von dem neuen Statthalter, den sie langsam zu hassen begannen. Er schuf nur Chaos um sich her. Der Mann hatte keine Ahnung, wie man mit den Iren umzugehen hatte. Er wollte – das stelle man sich einmal vor! – gleiche Steuern für alle einführen, er verteidigte irisches Landrecht gegen anständige englische Kolonisten. Sir Henry Norris, der es wagte, ihm zu widersprechen, hatte er niedergeschlagen, mitten im Parlament von Dublin! Und geschworen, mit Erzbischof Loftus genauso zu verfahren, hatte diesen würdigen Kirchenmann einen gottlosen Bastard genannt, weil er das Wort Gottes nicht auch zu den Iren brachte, als ob die etwas davon verstünden. Wie konnte man denn einem Volk predigen, dessen Sprache solche Ausdrücke enthielt wie »Div dav duv uv ooh«, eine phonetische Wiedergabe des irischen Satzes, der da bedeutete: »Der schwarze Ochse aß das rohe Ei«? Sir John war ein Trunkenbold, ein Gotteslästerer, vielleicht sogar – und dabei senkten sie die Stimme – ein Verräter.

Barbary hörte ihnen kaum zu, sie merkte nur, daß sie sie ermüdeten. Sie war froh, wenn sie gingen. »Ich weiß nicht, woher es kommt«, sagte sie erschöpft zum Gehörnten Dick, als er sie nach dem Besuch der Bagenal-Brüder treppauf in ihre Dachkammer trug, »aber in diesem Salon fühle ich mich immer wie irgend jemandes Lunchpaket.«

»Na, höchste Zeit, daß du was merkst«, raunzte Dick. »Ich hab's dir schon tausendmal gesagt: das sind alles Freier – Bewerber um deine Hand! Den Spensers ist das gar nicht recht, die haben dich wahrscheinlich für Sir Walter im Auge. Aber es heißt, du wärst eine ordentliche Partie auf dem Heiratsmarkt, Barb.«

»Wo?«

Er ließ sie aufs Bett fallen. »Barb, werd wach. Die beäugen dich wie den Favoriten beim Pferderennen. Was ich gehört hab', hat John Bingham schon ein Angebot gemacht. Wenn die Königin es annimmt, dann hast du bald Sir Richard zum Schwager – na, und was dann?«

Endlich wurde ihr das volle Ausmaß der Gefahr bewußt. Sie war eine Partie. Die glaubten offenbar, man könne sie politisch und finanziell ausschlachten. Sie war auf einer Platte zum Verkauf ausgelegt. Man würde sie kaufen und benützen, als Ausrede zur Aneignung von noch mehr Land. Sie als Person würde beherrscht, beschlafen und geschwängert. Sie hatte mehr Angst als je zuvor in ihrem Leben.

Sie packte Dick am Ärmel. »Bring mich da raus.«

Sein teigiges Gesicht sah bekümmert drein. »Und wohin, Barb? Du schaust nicht aus dem Fenster, aber das Wetter ist beschissen. Der Hafen ist zu, es ist kein Schiff zu bekommen.«

Aber sie ließ ihn nicht los. »Bring mich raus, bring mich raus!«

In dieser Nacht träumte sie, sie stecke in einem Käfig, und die Käfigstangen seien lauter Penisse.

Noch mehr Männer kamen, und auch eine Frau. Barbary kannte Mabel Bagenal noch nicht, aber Maccabee hatte ihr den jüngsten Klatsch über sie und den Grafen von Tyrone vorgesprudelt, der bei der Königin um ihre Hand gebeten hatte. Barbary war neugierig auf das Mädchen, das O'Neill für ausreichend apfelwangig, aristokratisch und geschickt mit den Servietten hielt, um sie als englische Gemahlin in Betracht zu ziehen. Und wirklich, Mabel entsprach diesem Bild genau und war außerdem noch sehr jung und sehr hübsch. Ihre Kleidung war einfach atemberaubend, und Barbary, mit ihrem neuerworbenen modischen Interesse, betrachtete mit Vergnügen Mabels hohen, bekrönten Hut mit dem juwelenbesetzten Hutband, den ärmellosen Überrock aus blauem Samt, der so gut zu dem blonden Haar und den blauen Augen paßte, die durchscheinende Zartheit von Krause und Ärmeln ihres Unterkleids. Ihr Benehmen war außerordentlich höfisch – es hieß, die Königin wolle sie zur Hofdame machen, aber natürlich nur, wenn sie unverheiratet blieb. Sobald Mabel alle geziemend begrüßt hatte, entließ sie Maccabee mit der grausamen Selbstsicherheit der

Hochgeborenen: »Ich bin sicher, Ihr habt genug in Eurer Küche zu tun. Mistress Barbary wird mich gut unterhalten.«

Kaum hatte Maccabee sich folgsam zurückgezogen, zog Mabel ihren Stuhl näher an Barbarys Sofa, das runde Engelsgesicht voller Heimlichkeiten. »Ich weiß alles über Euch«, sagte sie, »Ihr-wißt-schon-wer hat's mir erzählt. Er läßt Euch ausrichten, es tut ihm leid, daß Ihr in Ihr-wißt-schon-was verwickelt wurdet, aber er mußte sie schnell befreien.«

Barbary riß die Augen auf. O'Neill mußte zu diesem Mädchen grenzenloses Vertrauen haben, daß er ihr seine Rolle beim Ausbruch der Gefangenen gestand: schließlich war sie die Tochter des Königlichen Marschalls in Irland, und ihre beiden Brüder bekleideten hohe Stellungen in der Königlichen Armee.

»Ist er nicht tollkühn?« seufzte Mabel. »Keiner hat soviel Mut wie er!«

Barbary griff nach ihrer Hand. »Weiß er, ob sie sich alle retten konnten?« Der Ausbruch hatte großes Aufsehen erregt, aber die Entflohenen hatte der Schnee verschluckt, und man wußte nichts Genaues von ihrem Verbleib. Dem Gerücht nach waren sie entweder nach Spanien oder aber in Irland erfroren.

»Gestern hörte er von ihnen. Einer von ihnen ist erfroren. Mistress Barbary, laßt meine Hand los, Ihr tut mir weh.«

»Welcher?«

Mabel Bagenal rieb sich die Finger. »Wer war's nur? Ja, er hat's mir gesagt.« Es war ganz klar, daß das Schicksal der Entflohenen sie nur insoweit interessierte, als sie Figuren in dem Spiel des Mannes waren, den sie liebte. »Einer der geringeren O'Neills. Ja, der war's. Art O'Neill ist erfroren, der Rote Hugh verlor nur zwei Zehen.«

»Und die anderen sind daheim in Sicherheit?«

»Ja. Der Rote Hugh auch.«

Barbary stieß erleichtert den Atem aus. Alle waren sie zu ihrer Heimaterde zurückgekehrt: Grace O'Malley in ihr Königreich am Meer in Connaught, der Rote Hugh nach Ulster, Conn O'Hagan in die Wildnis seiner Wicklow-Berge, Art in sein Grab. Drei von ihnen am Leben, und sicher würden sie der Krone noch genug Schwierigkeiten bereiten, aber sie waren davongekommen. Freude durchflutete sie. Grace war in Sicherheit, Conn O'Hagan war in Sicherheit …

»Ich höre, Ihr denkt ans Heiraten«, sagte Mabel lächelnd. »Mein Bruder hat mich gebeten, ein gutes Wort für ihn einzulegen. Er ist ganz bezaubert.«

»An seiner Stelle würde ich mir keine großen Hoffnungen machen«, versetzte Barbary, aber Mabel hatte das Thema nur deshalb aufs Tapet gebracht, um von ihren eigenen Plänen reden zu können.

»Was meint Ihr, warum Ihre Majestät mit der Erlaubnis zögert?«

Barbary konnte sich eine Reihe von Gründen vorstellen: Mabels Vater war gegen die Verbindung, O'Neill war katholisch. »Vielleicht hat sie O'Neill im Verdacht«, sagte sie laut.

Mabel riß ihre blauen Augen auf. »Warum?«

»Na, Ihr wißt schon.«

»Ach, deshalb. Aber er mußte doch seinem Vasallen helfen.« In Mabels Augen war die hochverräterische Tat, politischen Gefangenen beim Ausbruch aus den Königlichen Gefängnissen zu helfen, offenbar ein philantropischer Streich. »Hugh ist kein Verräter. Er liebt sein Vaterland.«

Welches? Barbary tat das Mädchen leid. Es war klar, daß es ihr nur darum ging, von Hugh sprechen zu können, wahrscheinlich war sie überhaupt deshalb gekommen. Zu Hause durfte sie wahrscheinlich nicht einmal seinen Namen erwähnen. Aber wußte sie denn, in wen sie sich da verliebt hatte? Wie konnte ein Mädchen aus der protestantischen Aristokratie den Riß in O'Neills Seele überhaupt erahnen? Barbary begriff ihn, weil der Riß durch ihre eigene Seele ging, aber auch sie konnte die Tiefen dieses Mannes nicht ausloten, wollte es auch nicht, es graute ihr davor. »Wart Ihr schon bei ihm daheim in Ulster?« fragte sie.

Mabel lächelte. »Vater würde nach der Peitsche greifen, wenn ich nur daran dächte.« Das Lächeln verschwand. »Warum? Wart Ihr dort?«

Barbary beruhigte sie. »Nein. Aber ich kam als Irin zur Welt, und ich kann mich erinnern. Dort geht es nicht englisch zu.« Es war schwierig, die Erinnerung in Worte zu kleiden, es war alles zu lange her, und es berührte niedrigere Sinne wie Gehör und Geruch. »Musik«, sagte sie, »und Kuhfladen.« Das ungehemmt Bukolische vermischte sich mit Meer und Spiritualität. Kampf gegen die Clanrickards und die Joyces, denn das gehörte dazu. Grausamkeit und Cherubim, Intellekt und Arthritis. Keine gemeinsamen Wurzeln, kein Trojanischer Krieg in der Vorgeschichte, keine vertrauten Legenden von König Artus, nur fremde mythische Götter. Das alles gehörte zum O'Neill. Das alles gehörte auch zu ihr, aber sie fühlte sich nicht wohl dabei. »Euch würde dieses Leben nicht gefallen«, fügte Barbary etwas lahm hinzu.

»Aber das ist doch das Herrliche an ihm«, widersprach Mabel. »Seine Gedichte sind so wild und traurig und zärtlich und anders. Es ist alles so … irgendwie größer, und dabei ist er doch so sanft.« Barbary betrachtete das Mädchen und sah reine Ekstase. Mabels Zukunft konnte nur ein Abstieg sein – von einer Höhe des Gefühls, wie es Barbary in ihrem ganzen Leben nie erfahren hatte.

»Schön«, sagte sie kurz. »Aber vergeßt nie, daß Ihr nicht nur den Grafen von Tyrone liebt, sondern auch den O'Neill.«

Nachdem Mabel gegangen war, fragte sich Barbary, warum sie dem Mädchen eigentlich die Wahrheit aufgedrängt hatte. Die Wahrheit sagen, das lag sonst nicht so sehr auf ihrer Linie, aber Mabel hatte ihr ihre Freundschaft angetragen, und Barbary fand, dafür sei sie ihr etwas schuldig. Sie hatte nie eine gleichaltrige Freundin gehabt, denn Maccabee und die Puppen konnte man nicht zählen. Dem O'Neill brachte sie, Barbary, die unterschiedlichsten Gefühle entgegen, aber eines wußte sie: Mabel würde, ob sie ihn heiratete oder nicht, viel zu leiden haben.

Maccabee war ausgegangen, als der nächste Besucher vorsprach, es war wieder ein Mann. Barbary hörte von der Haustür eine tiefe Stimme und drehte das Gesicht zur Wand. Wie viele von diesen aufdringlichen Mannsbildern gab es denn eigentlich? Nun, da Maccabee nicht da war, mußte dieser hier die Auslage unter des Gehörnten Dicks wachsamem Aug' besichtigen.

Geschah ihm recht. Sie hörte den Gehörnten Dick ins Zimmer kommen und leise zischen: »Noch ein Freier, Barb.«

»Sag ihm, er soll sich verpissen.«

»Diesen hier solltest du dir vielleicht ansehen, Barb.« Ein besonderer Ton in seiner Stimme brachte Barbary dazu, sich umzudrehen. Dick stand in der Tür und sah drein wie ein Falschspieler, der sein sechstes As aufdeckt. Da wurde er von jemandem zur Seite geschoben, der beim Eintreten den Kopf beugen mußte. Viele Männer hatten schon in dieser Tür gestanden, die meisten jung, einige hübsch, alle voller Selbstvertrauen, aber um keinen vibrierte es so von vergangenen Siegen und der Erwartung künftigen Triumphs wie bei diesem. Andere Besucher waren vielleicht prachtvoller gekleidet gewesen, aber der Stahlpanzer unter seiner Halskrause war wirkliche Rüstung und nicht nur Symbol der Männlichkeit für einen Zivilisten. Den Umhang trug er über eine Schulter geschlungen, in seinem linken Ohrläppchen steckte eine Perle. Mit seinem Spitzbart sah er wie eine jüngere Version von Walter Raleigh aus, nicht ganz so dunkel – sein Haar hatte einen Stich ins Rötliche –, aber ebenso hinreißend. Nur die Augen waren anders; sie strahlten Befehlsgewalt und Selbstvertrauen aus, aber wo Raleigh genug von diesen Eigenschaften hatte, um sorglos damit umzugehen, zeigte dieser junge Mann eine gewisse sparsame Vorsicht; er hatte es nicht geerbt, er hatte sich's verdienen müssen. Erst als sie zu diesen Augen kam, erkannte Barbary den Jungen, mit dem sie aufgewachsen war.

»Barb, es ist Rob«, brüllte der Gehörnte Dick unter Tränen. »Es ist Rob Betty!«

Nun lässest du deinen Diener in Frieden ziehen. Simeon aus dem Neuen Testament hatte die Tröstung Israels erfahren dürfen; Barbary, das erkannte sie jetzt, hatte auf die Tröstung durch Rob Betty gewartet. Die Jahre ihrer Freundschaft stiegen in ihr auf und umfingen sie mit einem Wohlgefühl, das ihr die Zwischenzeit in bitterstem Gegensatz erscheinen ließ. Jetzt konnten sie zu dritt die guten schlimmen alten Erinnerungen an den Orden hervorkramen und in der intimen Sprache dieser außerordentlichen Universität miteinander reden. Sie hatte sich nach ihm gesehnt, und da war er. Und zum schönsten Mann geworden, den sie je gesehen hatte.

»Oh, Rob.«

»Barb?« Er blickte auf die Locken unter ihrer Haube, das zweitbeste Bettjäckchen, die neue Weiblichkeit, aber damit fand er sich noch nicht zurecht. »Raleigh erzählte mir, du wärest jetzt ein Mädchen. Ich konnte es nicht glauben.«

»Woher weiß es Raleigh?« Es war ihr eigentlich egal, das kam ihr nur so auf die Lippen, während er das Zimmer durchquerte und sich neben das Sofa kniete, um ihr ins Gesicht zu sehen.

»Bist du wirklich ein Mädchen?« fragte er. Er roch nach Parfüm und Rob und salzverkrustetem Leder. »Das ist doch nicht irgendeine neue Gimpelfängerei?«

»Rob«, entgegnete sie vorwurfsvoll und flatterte zu ihrer eigenen Überraschung mit den Wimpern. »Ich war immer schon eine Mort.«

»Warum? Warum mich so zum besten halten?«

Der Gute, dachte er denn, sie hätte sich als Junge verkleidet, nur um *ihn* zu täuschen? »Ich wollte nicht vom Aufrechten Mann zugeritten werden, so wie Foll und alle anderen.«

»Aber mir hättest du's doch sagen können. Waren wir denn nicht Freunde?«

Ach, der Gute! »Sind wir nicht noch immer Freunde? Ich brauche dringend einen Freund, Rob, das kannst du mir glauben!« Sie fand es schwierig, ihm klarzumachen, wie selbstverständlich ihr die männliche Rolle bald erschienen war, so daß sie ihr wahres Geschlecht beinahe selbst vergaß. Er hielt es offenbar für einen Trick.

»Du hast dich im Orden ja immer wohl gefühlt«, sagte er, und sie erkannte, daß sein Haß auf dieses frühere Leben nicht verschwunden, sondern eher noch gestiegen war.

»Uns beide hat er doch am Leben gehalten, oder nicht?« Verblüffend: nach so langer Trennung, nach geradezu vulkanischen Veränderungen auf beiden Seiten schnappten sie einander genau so an wie an ihrem letzten gemeinsamen Abend im Pudding. Aber die kleine Streiterei gefiel ihr; es war ein

Zeichen, daß sie einander zu nahe standen, um viel auf gute Manieren zu geben. Außer mit dem Gehörnten Dick hatte sie, seit sie in Irland war, bei keinem Menschen so ganz sie selbst sein können.

»Jedenfalls«, sagte sie, »bist du Pinsel daran schuld, daß ich in dieser Lage bin. Die großen Herren hielten *dich* für den Fürsten der O'Flaherties. Mich nahmen sie nur als Ersatz.« Dann erzählte sie ihm alles, was passiert war, seit er um Haaresbreite diesem Schicksal entgangen war. Der Tower, Lord Burghley, Penshurst. »Ums Arschlecken wär' ich Günstling der Königin geworden.« Jetzt hatte sie ihn am Faden, manchmal lachte er auf und ließ prachtvolle weiße Zähne sehen. »O ja, Master Betty, seit Ihr mich zuletzt saht, hab' ich mich unter den Großen dieser Welt getummelt.« Sie berichtete von der Überfahrt nach Irland, wie man ihr Geschlecht entdeckte, von Sir John, dem Komplott, um an den Schatz heranzukommen, und wie alles schiefgegangen war.

Immer wieder kniff er die Augen zusammen, als versuchte er, sein Bild von ihr aus dem alten Rahmen in einen neuen zu übertragen. Es ist sicher nicht leicht für ihn, dachte sie; jemand, den er sein ganzes Leben lang gekannt hat, hat sich plötzlich in einen ganz anderen Menschen verwandelt. So schwierig, wie es für sie war, sich plötzlich mit einer anderen Nationalität abzufinden.

»Und bist du wirklich dieser O'Sowieso?« fragte er. »Oder ist das ein neuer Gimpelfängertrick?«

»Schön wär's«, sagte sie, und meinte es ernst. Verglichen mit dem Durcheinander, in das sie jetzt verstrickt war, war das Ordensleben von sonniger Einfachheit gewesen. »Sie hatte ein Schiff in ihre Zellenwand geritzt. Das war direkt aus meinen Cherubim. Ich erkannte es gleich. Ein Witz, nicht? Ich wollte ihr was vorschwindeln, und dabei war's die ganze Zeit die Wahrheit – aber sie hält es immer noch für Schwindelei.«

»Du weißt also, wo dieser Schatz ist?«

Da schwang etwas in seiner Stimme. »Rob, laß es«, sagte sie scharf. »Glaub mir, du willst ihn nicht.« Sie wußte nicht mehr, mit welchen Worten ihre Mutter sie zur Geheimhaltung verpflichtet hatte, aber sie war gebunden. Sie durfte nicht verraten, was ihre Seele schützen wollte, was den Clanfrauen heilig war. Den Clanfrauen? Woher kamen ihr plötzlich solche Ausdrücke? In den letzten Tagen waren sie plötzlich in ihr hochgestiegen wie aus tieferen Schichten als der eigenen Erinnerung, wie ein urzeitlicher Spuk.

Er stand auf und entfernte sich von ihr, und sie hatte schon Angst, er wäre böse, aber er sagte: »Ich beneide dich.«

Das überraschte sie. »Worum? Wärst du denn gern dieser irische Fürst?«

»Großer Gott, nein.« Das war eine Beleidigung. In Robs Augen stand ein niedriggeborener englischer Abenteurer mehrere Klassen über der irischen Aristokratie. »Nein – aber du weißt, wer du bist, wenn du auch Irin bist. Und deine Familie hat dich nicht verstoßen, jedenfalls nicht absichtlich.«

»Hat dich deine denn verstoßen?« Darüber hatten sie noch nie geredet. Sie hatte nie gewagt, ihn zu fragen, wieviel er noch wußte aus der Zeit vor seiner Aufnahme in den Orden.

»Ja. Der Teufel soll sie holen.« Das war also noch immer verbotenes Territorium. Er zog einen Hocker an ihr Sofa, um ihr zu erzählen, was er seither alles erlebt hatte, aber dann mußte er wieder aufstehen und mit großen Schritten durchs Zimmer gehen, weil es eine so großartige Geschichte war. »Barbary, ich hab' gelebt wie ein richtiger Mann, und wie ein *ehrlicher* Mann. Den ganzen Schmutz des Ordens hat der saubere Seewind fortgeblasen.« Er blicke sie an. »Und keiner weiß davon. Ich bin der Sohn eines armen, aber ehrbaren Schneiders. Gott hab ihn selig.«

»Mit einer armen, aber ehrbaren Mutter?«

»Ebenfalls gestorben.«

Die arme, aber nicht so ehrbare Galoppierende Betty, dachte Barbary, abgestreift, ohne mit der Wimper zu zucken. Wird er mich genauso abstreifen? »Erzähl weiter«, sagte sie.

Die Details drangen erst später zu ihr durch; jetzt nahm sie vor allem ihn auf, ihn und seinen Glanz, wie er im Raum auf und ab schritt und ihn sehr klein und vollgeräumt erscheinen ließ. Piraterei und Sklavenhandel, das war es, was sein männlich ehrliches Leben im Kern gewesen war. Sie verzog das Gesicht, als er die Sklaven beschrieb. »Das sind Wilde, keine Menschen. Tierische Seelen, tierische Körper.« Einige ihrer Freier hatten von den bloßen Iren in genau den gleichen Worten gesprochen; und wenn man es genau nahm, war sie selbst nichts anderes. Aber Rob riß sie schon wieder weiter. Er war die Karriereleiter hochgeklettert wie einen Schiffsmast. »Jesus, ich bin wirklich ein guter Seefahrer.« Überfälle auf spanische Silberschiffe unter Frobisher hatten ihm Kapergeld gebracht, das er in einen Anteil an einem Schiff von Hawkins investiert und für diesen gesegelt hatte, denn Hawkins selbst war zu Hause zu sehr mit der Ausrüstung der Königlichen Flotte beschäftigt, um sich um den von ihm organisierten Handel mit Sklaven aus Westafrika selbst zu kümmern. »Da sind Reichtümer drin, Barbary, aber mein Gott, der Gestank! Und wenn man Pech hat, gehen so viele ein, daß einem kein Profit bleibt.« Immerhin hatte er sich mit seinem Gewinn in ein noch größeres Schiff bei Carew eingekauft, das aus Virginia Tabak und Kartoffeln brachte, an Sir Walter Raleigh, Carews Cousin in Irland, und hier war er nun und Raleighs Zauber verfallen.

»Ich bin jetzt sein Mann, Barbary. Wir werden gemeinsam aufsteigen oder fallen, aber wenn ich von Menschen etwas verstehe, dann steigen wir auf. Wie die Königin sich nur mit diesen schwänzelnden Höflingen abgeben kann, wo sie doch ihn als Berater hat ... Er könnte die ganze Welt beherrschen, Barbary. Er könnte Irland für sie regieren, dann würden diese Hunde nicht mehr rebellieren. Einem Statthalter Raleigh würden sie nicht entwischen, wie sie dem fetten alten Perrot entwischt sind.«

Er schwieg plötzlich, den Ellbogen auf den hohen Kaminsims gestützt, und betrachtete sie. »Raleigh war's, der mir von dir erzählt hat. Ich hätte dich auch so gesucht, aber Raleigh sagte, da gäbe es diesen jungen Tunichtgut namens Barbary Clampett, und der sei jetzt eine irische Erbin.« Er legte den Kopf schief. »Ich muß sagen, ich bin sehr angetan.«

»Wirklich, Rob? Gefalle ich dir wirklich?« Barbary durchfuhr ein Freudenschauer. »Aber woher hat Raleigh es gewußt?

Eigentlich soll doch keiner von mir wissen außer dem Queer Cuffin.«

Er zuckte zusammen. »Es wäre mir lieber, du würdest diesen Slang nicht mehr benutzen. Wir sind nicht mehr im Orden.«

»Aber woher weiß es Raleigh?«

»Großer Gott, ist er nicht der Captain of the Guard? Und einer der Günstlinge der Königin? Es gibt nicht viel, was er nicht weiß.« Unvermittelt griff er nach seinem Umhang. »Ich muß fort. Ich hab' Aufträge von ihm.«

Panik erfaßte sie. »Rob, geh nicht. Nimm mich mit. Ich kann nicht hierbleiben. Die wollen mich verheiraten. Es heißt, ich sei eine gute Partie.« Sie versuchte, auf die Beine zu kommen, sank aber schwankend zurück. Sie war noch immer sehr schwach.

In Robs Gesicht regte sich etwas, und sie erkannte, daß sie ihm durch ihre Schwäche zum ersten Mal jetzt wirklich weiblich erschienen war. Sanft setzte er sie zurück aufs Sofa. »Liebling, ich bin bald wieder da.«

Nie zuvor hatte jemand Liebling zu ihr gesagt. Benommen sah sie ihm zu, wie er sich den Umhang herumwirbelte. An der Tür wandte er sich um und sagte: »Seit ich Euch sah, fühlt' ich zu Euch ein starkes Band. Sagt mir nicht nein – ich wünschte sonst, ich hätt' Euch nie gekannt.«

Barbary schluckte.

»Ich vergaß zu erwähnen«, rief er und raubte ihr mit einem Zwinkern vollends die Fassung, »seit wir uns zuletzt sahen, bin ich auch noch Dichter geworden. Gut, was?« Er grinste. »Das Frausein steht dir. Bleib so, bis ich wiederkomme.«

Er ging und ließ eine Frau zurück, die bisher noch von keinem Mann verehrt worden war, die Liebesgedichte als etwas ansah, das an andere gerichtet wurde, und die sich selbst noch nie für begehrenswert gehalten hatte.

»O Jesus.« Immer hatte sie ihn geliebt. Wie einen Bruder, hatte sie früher geglaubt, aber es war bestimmt nicht erlaubt, für einen Bruder so zu fühlen wie sie jetzt für Rob Betty.

Von da an kam er oft, als Freund Sir Walter Raleighs von den Spensers gern gesehen, herzlichst begrüßt von Barbary, der er Frühling und Sommer war. Schon wenn er durch die Tür kam, verwandelte sich Maccabees Salon in einen Ort voll Aufregung und Energie, von seinen Reiseabenteuern in ein schaukelndes Schiff oder eine afrikanische Küstenlandschaft verzaubert. Die Welt hatte sich ihm aufgetan, und er hatte genügend Witz und Mut bewiesen, durch die offene Tür zu gehen. Der mürrische Jüngling, der unter seinem unterdrückten Ehrgeiz litt, hatte jetzt einem Mann voller Charme und Humor Platz gemacht, den sie damals in seltenen Momenten nur erahnte. Ihre bösen Träume wichen Bildern von seinem herrlichen Hals, seinen langen Beinen in den schönen Stiefeln, seinem gestreckten Leib, wenn er die Arme hinterm Kopf verschränkte.

Sie hatte keine Zeit mehr für ihre vielen Probleme, sondern widmete sich nur noch der Frage, ob er wohl auch so verliebt in sie war wie sie in ihn. Manchmal dachte sie, er wäre es, warum kam er sonst so oft? Aber irgend etwas, was sie in ihm finden wollte, war nicht dort.

Bei den seltenen Gelegenheiten, da sie allein miteinander reden konnten, wollte er immer wissen, woran sie sich aus ihrer irischen Kindheit noch erinnerte. Konnte sie sich an ihren Vater noch erinnern? Was war seine Stellung innerhalb des Clans? Wieviel Land hatte er besessen? Sie aber sprach nicht gern darüber, denn erstens wußte sie's nicht so genau – »ich war doch nur ein Kind, Rob« –, zweitens sperrte sich etwas in ihr dagegen, als beginge sie damit eine Art Verrat, und außerdem wollte sie statt dessen lieber über ihre Zeit im Orden mit ihm sprechen.

Aber das wollte er wieder nicht. »Diese Zeit ist tot.« Wenn sie den Slang benutzte, wurde er böse, das paßte nicht zu seinem neuen Bild von ihr als Frau. »Du bist jetzt eine Dame, vergib dir nichts.« Also nahm sie für ihn eine andere Persönlichkeit an: drückte sich gewählt aus, war sanft, zurückhaltend, fein. Sie kam sich damit farblos vor, aber er reagierte darauf voll Wärme, und sein Beifall war etwas so Wunderbares, daß ihre Unabhängigkeit unter dieser Sonne dahinschmolz. Nur das Geheimnis des Schatzes behielt sie noch für sich und noch etwas anderes: Als Antwort auf eine innere Warnung, die sie zwar nicht verstand, aber doch befolgte, erwähnte sie nichts von ihren Treffen mit dem O'Neill. Das tiefe, ambivalente Verständnis ihrer Seele für die des O'Neill war unsagbar, um so mehr, als Rob immer wieder Mißtrauen und Verachtung für die irischen Lords kundtat.

Dann kam der Tag, da Rob Sir Walter Raleigh zu Besuch mitbrachte, was Edmund und Maccabee in gastfreundliche Verzückung trieb. »Nehmt doch diesen Stuhl am Feuer, Sir Walter.« – »Noch einen Kapaun, Sir Walter.« Mary, das neue Mädchen, eilte pausenlos zwischen Küche und Salon hin und her, um Maccabees beste Erzeugnisse aufzutischen.

Es war schwierig, in diesem weltgewandten, prachtvoll gekleideten Höfling jenen Mann aus Wills Geschichte zu sehen, der in Smerwick hilflose Männer zu Hunderten erstochen und erschlagen hatte. Und es hatte auch keinen Sinn, daran zu denken; wie alles andere, was sie damals von Will erfuhr, mußte sie auch dieses Stückchen Wissen an jenen Ort verbannen, der früher hinter der Nebelwand verborgen war; eine Zeit außerhalb des Lebens, grauenvoll und mystisch, ohne irgendeinen Bezug zur Gegenwart.

Sie fragte sich, ob er sich wohl noch an die Nacht der Penshurst-Fantasia erinnern würde oder ob er damals zu sehr mit Hofdamen hinterm Gebüsch beschäftigt war, um sie zu bemerken. Aber er wußte alles. Er küßte ihr die Hand und zwinkerte ihr verschwörerisch zu. »Eine wunderbare Verwandlung, Mistress Boggart, vom Kobold zur Elfenkönigin.«

Unwillkürlich zwinkerte sie zurück. Er war ja selbst so wunderbar. Schon möglich, daß er auch ein Mörder war, aber man konnte es verstehen, daß Rob sich diesen Mann zum Vorbild wählte.

Und trotz seiner Herkunft vom Land, erkennbar noch in seinem Devon-Akzent, hatte er einen Geist von einer Schnelligkeit und Schärfe, wie man ihn in den Straßen Londons findet. Er stand überall sofort im Mittelpunkt, stellte sogar Rob in den Schatten, der neben ihm aber gern die zweite Geige spielte. Während alle seinen Berichten lauschten, was gerade auf seinen Gütern in Lismore und Youghal im südlichen Irland auf seine Anordnung geschah, und über die merkwürdig klingenden Pflanzen, die er aus der Neuen Welt für seine Gärten holen ließ, beobachtete Barbary Rob, wie dieser Raleigh beobachtete, und erkannte, daß sie selbst dann, wenn Rob sie je so lieben sollte wie sie ihn, niemals auf jene Anbetung hoffen durfte, die er seinem Helden zuteil werden ließ.

Sie fuhr zusammen, als die Unterhaltung sich plötzlich ihr zuwandte. »Ihr seid eine echte Tochter Connaughts, Mistress, mit Eurem feurigen Haar und Geist. Ein Jammer, daß Euch bald so ein alter Beamter in die Hände kriegt, der nicht das eine und nicht das andre zu schätzen weiß.«

Entsetzen. »Was für ein Beamter?«

Mit unerträglicher Langsamkeit zog Raleigh eine lange dünne Röhre aus Silber mit einer kleinen Schüssel an einem Ende aus dem Wams, machte in der kleinen Schüssel Feuer und fing an, am anderen Ende der Röhre zu saugen. Aber Barbary war so erschrocken, daß sie kaum darauf achtete. »Was für ein Beamter?«

Rauch stieg aus Sir Walters Mund. »Na, na, Mädchen, nur nicht so aufgeregt. Ich hätte es vielleicht nicht erzählen sollen, aber das Gerücht geht um, man möchte Euch dazu verwenden, Euren Clan wieder unter die Herrschaft Ihrer Majestät der Königin zu bringen. Connaught ist ein wildes Land, aber so schön wie Ihr selber, und es ist an der Zeit, daß unsere englischen Gesetze dort nicht nur dem Namen nach gelten. Es würde einen tüchtigen Mann brauchen, der es mit Eurer Hilfe fertigbringt, aber am Hof gibt es heutzutage ja nur Schwächlinge.«

Verheiratet. An diesen fremden Ort geschickt, als Fremde, mit einem Fremden, um die Menschen dort zu unterdrücken. »Ich denke gar nicht dran, irgendeinen Knilch zu heiraten«, knurrte sie. Konnte man sie gegen ihren Willen verheiraten? Raleighs Schulterzucken beruhigte sie nicht, ebensowenig wie die Geschichten, die sie von früher her kannte, von Erbinnen, die man ungefragt nach dem Willen ihrer Väter zur Ehe zwang. »Verdammt und zugenäht«, rief sie verzweifelt und scherte sich nicht um Robs mißbilligende Blicke. »Seid Ihr sicher?«

»Das erzählt man sich jedenfalls bei Hof.«

In diesem Moment trat Mary mit zwei riesigen Bierkrügen

in der Hand durch die Türe hinter Raleighs Stuhl, sah, wie bei diesem hochgeschätzten Gaste vorne Rauch aufstieg, und leerte einen der Bierkrüge über seinen Kopf. In dem darauffolgenden Chaos von Vorwürfen, Entschuldigungen, hektischen Trocknungsversuchen bewahrte nur Raleigh eine resignierte Ruhe. »Das passiert mir immer wieder«, sagte er.

Als seine Gastgeber ihn unter wiederholten Entschuldigungen schließlich zur Haustür geleiteten, schlug er vor: »Laßt Master Rob das Mädchen in ihr Zimmer bringen. Sie sieht mir nicht allzu munter aus.«

Allzu munter war Barbary ganz sicher nicht. Rob mußte sie die Stiegen hinauf tragen, und sie schlang ihm die Arme um den Hals und flehte ihn an, sie von hier fortzubringen. »Ich will nicht heiraten. Ich pfeife auf Connaught. Ich will heim. Rob, bring mich heim.«

Vorsichtig setzte er sie aufs Bett und nahm ihr Gesicht in seine beiden Hände. Noch nie war er so lieb zu ihr gewesen. »Du könntest *mich* heiraten«, sagte er.

Ihn heiraten, ihren Liebsten heiraten. Von diesem Perseus von ihrem Felsen befreit werden. »Wage es doch«, redete er weiter. »Wir heiraten sofort, bevor uns jemand etwas in den Weg legt. Laß mich derjenige sein, der dir dein Reich von den Wilden erobert. Laß uns einen Garten Eden schaffen, wo wir König und Königin sind.«

Er war wunderbar. »Aber die Rom-mort wird dich dafür strafen.«

»Die Königin«, verbesserte er sie und küßte sie. »Nicht die Rom-mort, die Königin. Und Raleigh kann sie besänftigen, er kann alles mit ihr machen.«

Es gab eine letzte Einschränkung. »Sie ist aber keine Wilde, Rob. Sie ist meine Großmutter.«

Er packte sie an den Schultern und schüttelte sie. »Weib, hast du kein Gefühl für Romantik? Hör auf mit deinen Spitzfindigkeiten. Willst du mich heiraten oder nicht?«

Offenbar wollte er sie wirklich. Er war schließlich derjenige, der damit das Risiko einging, das ganz fürchterliche Risiko, sie ohne Genehmigung der Königin zur Frau zu nehmen. Er begehrte sie, und sie, sie wollte so gern begehrt werden. »Ja, Rob«, sagte sie.

Es überraschte Barbary nicht, daß Raleigh und die Spensers bereit waren, sich, indem sie dieser Heirat Vorschub leisteten, die königliche Ungnade zuzuziehen – aber das nur deshalb, weil sie über sich selbst so überrascht war, über das Ausmaß ihrer Freude, die sie in der Luft schweben ließ, so daß sie gar keinen Raum für weiteres Erstaunen hatte.

Raleigh selbst brachte von irgendeinem bischöflichen Amt die Eheerlaubnis. Edmund Spenser hatte schon lange den Wunsch, seine Stellung im Schloß aufzugeben und sein Gut im Awbeg-Tal in Munster, nicht weit von Raleighs riesigen Besitzungen, selbst zu kolonisieren, und dafür war der Zeitpunkt günstig – bevor Sir John Perrot herausfand, daß das Mädchen, das man in seine Obhut gegeben hatte, mit seinem Einverständnis einen Mann genommen hatte.

Zu Barbarys Erleichterung sollten sie und Rob zunächst noch nicht die Eroberung ihres Clanlandes in Angriff nehmen. Mit seinem Prisengeld hatte Rob ein Gut gekauft, das neben dem der Spensers lag, und nun wollte man das zuerst auf Vordermann bringen, bevor man sich der heiklen Aufgabe in Connaught widmete. Schon nächste Woche wollten sich alle mit einem Train von Fuhrwerken zusammen mit den anderen Kolonisten in Bewegung setzen. Man redete sich in Begeisterung über das einfache Landleben, fern der Korruption an Hof und Schloß. Hirtenflöten und Schafherden kamen oft in den Gesprächen vor. Spenser kam immer wieder auf ein idyllisches Paar von Landleuten namens Corydon und Phyllis zurück.

»Freust du dich auf das Leben einer Schäferin, Liebling?« fragte Rob.

»Ja«, antwortete sie, »Liebling.« Ja dazu, eine richtige Frau zu werden, eine Ehefrau wie alle anderen. Ja zum Brotbacken. Ja, ja zu Rob und seinen weit ausgreifenden Stulpenstiefeln, ja zu seinem glatten Hals, dem hellen Flaum auf seinen Unterarmen, wenn er die Ärmel aufrollte. Ja dazu, ebenso verliebt zu sein wie Mabel Bagenal, die hier und in ganz England einen

Aufruhr verursacht hatte, indem sie nicht auf die Genehmigung der Königin wartete, sondern mit dem Mann, den sie liebte, durchbrannte.

Sie heirateten drei Tage später am Nachmittag, vermählt in Maccabee und Edmund Spensers Salon von Master Tobias Bildon, einem Hochwürdigen Herrn, der in seinen persönlichen und religiösen Manieren keinen sehr gepflegten Eindruck machte, die notwendigen Formeln mit einem Schluckauf begleitete und dann sofort die Hand nach jenen fünf Pfund ausstreckte, die Rob ihm für seine Dienste zahlte. Trauzeugen waren Sir Walter Raleigh, die Spensers, Mary, ihre Dienerin, und der Gehörnte Dick. Rob schenkte seiner Frau einen Ring und einen Ballen verschiedener Seidenstoffe, die er einer spanischen Galeone abgenommen hatte.

Maccabee hatte sich beim Hochzeitsmahl selbst übertroffen, teils um Sir Walter zu beeindrucken, aber auch aus echter Freude über den Anlaß. Als ersten Gang gab es Dorschkopf in Austernsauce mit eingelegten Krabben, mit Petersilie, Rotkraut und Preiselbeeren garniert; darauf gedünstete Tauben und mit Senf und Zucker glasierten Schweinehals, mit Spinatpudding als Beilage. Die Weine, die hervorragend waren, waren ein Geschenk von Raleigh selbst.

Man war bei Sillabub und Quarktörtchen angelangt, als Rob sich etwas schwankend erhob und verkündete, daß seine Gattin nun nicht nur *einen* neuen Namen erworben habe, sondern deren zwei. »Mögest du, meine Liebe«, sagte er und hob ihr sein Glas entgegen, »fürderhin Margaret heißen. Margaret Betty.« Er beugte sich zu ihr hinab. »Barbary klingt so ausländisch, es klingt nach einem Jungennamen und … und nach der Vergangenheit. Margaret, das ist ein reizender, hübscher Name für eine reizende, hübsche Frau. Sei du von nun an Margaret.«

Barbary erwog, auf ihre Faust gestützt, die Idee mit zusammengekniffenen Augen. Ein anständiger Name ohne jedes Risiko, ein englischer Name, der Gänseblümchen wachsen ließ, ein Name, der den Landarbeitern bei der Heumahd freundlich Ale kredenzte und den Milchmädchen Anweisungen gab. »Gut, ich nehme ihn«, sagte sie, »solange mich nur kein Furzer Betty Betty nennt.«

Raleigh lachte, daher lachten auch alle anderen, bis auf Rob, der das Gesicht verzog. »Margaret benutzt solche Ausdrücke nicht«, sagte er.

Es gab das übliche Gejohle, als Maccabee und Mary Barbary in ihre Dachkammer geleiteten und die Männer Rob mit Wein und Rat vollpumpten, bevor sie auch ihn hinaufführten. Der Gehörnte Dick war ganz außer sich und warf mit Weizen und Gerste um sich, band Hufeisen an Robs Stiefel und versuchte, Raleigh im Wettkampf um den schmutzigsten Witz zu übertreffen.

Oben in der Mansarde nahm Barbary Maccabee dankbar in die Arme; was sie hier getan hatte, war nicht mit Blick auf Raleigh geschehen, sondern aus dem echten Wohlwollen der Ehefrau für die junge Braut. Hinter den geöffneten Fensterläden tropfte ein leichter Regen, der den Tau einläutete, und ein milder Mond schien auf ein mit Kräutern bestreutes Doppelbett und auf die weißen, zu Liebesknoten geschlungenen Bänder auf den Kissen. Auf dem Kleiderständer stand eine Duftkerze aus Bienenwachs.

Maccabee half ihr aus den Kleidern und deckte sie fürsorglich zu. »In der Matratze sind getrocknete Ringelblumen, das ist für Beständigkeit der Liebe«, sagte sie. »Und sag Rob nichts davon, aber ein bißchen Rosmarin ist auch dabei.«

»Und wozu das?«

Maccabee kicherte. »Rosmarin gedeiht, wo die Frau die Hosen anhat. Möge Gott heute nacht dein Bett segnen, Margaret.« Damit ging sie hinaus.

Barbary wartete auf Rob ganz ohne jenen Schrecken vor der Hochzeitsnacht, den angeblich jede Jungfrau hatte. Es lag nicht am Wein; sie sah einfach keinen Grund dafür. Predigten über die puritanische Auffassung von Sex in der Ehe, dessen Ziel niemals Vergnügen sein durfte, sondern immer nur die Zeugung von Nachkommen, hatten in die Ohren anderer Mädchen gedonnert, Barbary aber wurde nicht von Schuldgefühlen behelligt, weil sie in keine Kirche ging. Wenn überhaupt jemand ihre Einstellung zum Liebesakt beeinflußt hatte, dann die Londoner Huren, für die das eine so alltägliche, vielmehr mehrmals-tägliche Betätigung war, daß ihre beiläufigen Erwähnungen diesem Akt jeden Schrecken nahmen, den er für eine gottes- und höllenfürchtige christliche Miss vielleicht besaß. Barbary erwartete ein wunderbares Verschmelzen zweier Körper oder einen ausgelassenen Kampf im Bett oder eine Mischung von beidem. Wenn sie zitterte, dann vor Kälte und Vorfreude.

Sie hörte seinen Schritt auf der Treppe und die letzten Zoten, die die anderen Männer ihm noch nachriefen. Dann ging die Tür auf, und da stand er im Kerzen- und Mondschimmer im am Hals offenen Hemd. Er sah drein, als konzentrierte er sich auf ein Problem. Würde er sein Gedicht an sie beenden? Eine Zeile nur, und sie würde zerschmelzen. Ohne sie anzusehen, ging er zum Fenster und schloß die Läden, dann kam er zum Bett und blies die Kerze aus. »Rob«, sagte sie, »ich liebe dich.« Sie hörte, wie er sich schnell, fast geschäftsmäßig auszog. Er stieg ins Bett, und sie öffnete seinem großen warmen Körper ihre Arme und wollte ihr Gesicht an seins legen, um ihn zu küssen. Aber das war nicht da, es war außer Reichweite, während er sich über sie beugte; keine Küsse, keine Zärtlichkeiten, sondern direkt zur Sache, Penis in die Vagina. »Au«, sagte sie.

Die Läden schlossen das Mondlicht nicht ganz aus, sie konnte sein Gesicht erkennen. Er hatte die Augen geschlossen, kümmerte sich nur um seine Seite der Angelegenheit. »Au, Rob«, sagte sie noch einmal. Da öffnete er unwillig die Augen, sah sie, schien sich zu ärgern und drehte sie herum, um die Angelegenheit von hinten zu erledigen. Was er auch tat, mit etwas mehr Begeisterung, aber minimaler Wirkung auf sie. Nach einem kurzen, keuchenden Höhepunkt wälzte er sich von ihr hinunter, legte sich auf seine Seite des Bettes und wandte ihr den Rücken zu.

»Ist das alles?« quietschte Barbary. Ihre erste Reaktion war merkwürdigerweise Empörung. Sie konnte einfach nicht glauben, daß er so grob gewesen war; das war sexuelle Unhöflichkeit, was sie eben erlebt hatte. Sie trommelte mit den Fäusten auf seinen Rücken. »Das war alles? Warum, Rob?« War *das* ihre Hochzeitsnacht, diese ... Turnübung, die er da durchgeführt hatte?

Dann strömte in ihre enttäuschte Überraschung ein solches Elendsgefühl, daß sie zitternd in ihr Kissen sank. Ihr war Unrecht geschehen; sie konnte nicht sagen, daß er sie mißbraucht oder vergewaltigt hätte, aber die Grausamkeit von beidem war dabeigewesen. Nicht mit ihr hatte er den Liebesakt vollzogen, überhaupt keinen Liebesakt, wie sie ihn erwartete, sondern eine Aufgabe, die Rob sich stellte und die er genausogut allein hätte ausführen können.

Sie hatte geglaubt, im Tower Verzweiflung erlebt zu haben, aber das war ein Irrtum. Im Tower hatte sie immerhin noch planen und Komplotte schmieden können; aus dieser kalten, verlassenen Lieblosigkeit aber gab es keinen Ausweg. Dies war Verzweiflung. Denn er liebte sie nicht, das hatte er damit eigentlich gesagt. Sie hatte sich nach seiner Liebe gesehnt und diese Sehnsucht zur Überzeugung umgedeutet. Was für eine Närrin.

Sie stieg aus dem Bett und trat ans Fenster, riß aus ihrer geistigen Landschaft alle Blumen und blühenden Bäume heraus, mit denen sie sie geschmückt hatte, und untersuchte nun die rauhen Felsen, die ihr entgegenstarrten. »Wer hat dir geraten, mich zu heiraten, Rob?« fragte sie. »War es Raleigh?«

11

Wenn sie nur darüber sprechen würden, dachte Barbary, dann könnten sie vielleicht doch noch eine halbwegs erträgliche Ehe führen – aber Rob wollte nichts davon wissen. Es war doch alles in Ordnung. Warum mußte sie immer auf diesen Dingen herumreiten? Die verdammten Weiber mit ihrer Rührseligkeit. Natürlich liebte er sie. Sie waren glücklich. Niemand hatte ihm geraten, sie aus Gründen des Profits zu heiraten. Wenn sie Derartiges dachte, war sie nicht ganz richtig im Kopf. Es war alles in Ordnung. Und er hatte an Wichtigeres zu denken.

Sie war noch immer überzeugt, daß die Idee, sie zu heiraten, von Raleigh ausgegangen war. Selbst war Sir Walter nicht dazu bereit, doch wenn Rob, sein Gefolgsmann, einen Fuß in diese Tür bekam, dann konnte später auch Sir Walter ein wichtiges Wort bei der Herrschaft über das Land der O'Flaherties und der O'Malleys mitreden.

Und Robs ehrgeiziger Wunsch, einmal über große Ländereien zu herrschen, hatte ihn davon überzeugt, daß Barbary begehrenswert sei. Er liebte sie ja fast, das glaubte auch sie. Rob war eigentlich ein überraschend ehrlicher Mann und nicht derart der Raffgier verfallen, daß er sie ohne jegliches Gefühl der Zuneigung geheiratet hätte. Vielleicht redete er sich sogar selbst ein, daß er sie liebte – vielleicht zog der Ehrgeiz das Begehren nach sich. Vielleicht war seine Reaktion in der Hochzeitsnacht für ihn nicht weniger enttäuschend gewesen als für sie.

Aber Zuneigung, nur *fast* Liebe war Barbary nicht genug. Sie verlor jede Selbstsicherheit, wußte nicht mehr, wer sie war, und wartete verwirrt und unglücklich darauf, daß Rob sich in sie verliebte; das mußte er doch, früher oder später.

Es gab eine Menge zu tun: Man mußte landwirtschaftliche Geräte und Samen kaufen und Vorräte bis in den Frühling. Munster hatte sich von den Zerstörungen der Desmond-Kriege noch nicht erholt, es fehlte überall an Menschen und Tieren. In den guten alten Zeiten konnte man sechzig Milchkühe, dreihundert Lämmer, zwanzig Schweine und ein gutes Pfluggespann um hundert Pfund kaufen. Mit fünfzig Pfund im Jahr konnte ein Mann hier ein Haus in einem Stil führen, der in England jeden Lord viermal soviel kostete. Edmund, Rob und die anderen Kolonisten machten sich auf, das Paradies, das Munster einmal gewesen war, neu zu erschaffen.

Das größte Problem war der Mangel an Arbeitskräften. Die einzigen, die in Dublin keine Arbeit hatten, waren die hungernden bloßen Iren, und diese durften die Siedler laut königlichem Dekret nicht anstellen. Raleigh versprach, ein paar von seinen Leuten von Youghal herüberzuschicken, sobald Rob sich auf seinen Gütern eingerichtet hatte, und damit mußten sie sich zunächst zufriedengeben.

»Nur gut, daß wir wenigstens den Gehörnten Dick haben«, sagte Barbary. »Wir werden wirklich jede Hilfe brauchen, die wir bekommen können. Nicht, daß ich ihn mir beim Heuen oder Melken wirklich vorstellen könnte.« Sie sah sich im Salon um, wo Rob und sie Listen aufstellten. »Wo ist er? Ich hab' ihn heut noch gar nicht gesehen.«

»Ich habe ihn fortgeschickt«, antwortete Rob. »Mit zwei Guineas abgefertigt und entlassen. Er kommt nicht mit uns.«

»Was hast du gesagt?« fragte Barbary leise. Sie wollte ihren Ohren nicht trauen.

»Margaret, es ist Zeit, daß dir klar wird, was meine Ziele sind. In Munster werden wir zur Gentry gehören, Lord und Lady in einem Herrenhaus sein. Und das ist erst der Anfang. Raleigh wird die Königin dazu bringen, daß sie mir meine Heirat ohne Bewilligung vergibt, haben wir erst dein Land in Connaught in ihrem Namen unterworfen. Hebe deinen Blick auf zu dem, was uns erwartet. Vergiß das alte Leben. Und in das neue nehme ich keinen mit, dem man ansieht und anhört, was er ist: ein Gauner und Betrüger.«

»Dieser Gauner«, erwiderte Barbary, »ist zufällig mein bester Freund. Er hat mir das Leben gerettet. Ich liebe ihn.« Sie stand auf. »Ich gehe ihn suchen.«

»Setz dich, Margaret.«

»Nein.«

»Du gehst nicht.« Rob stand auf und versperrte ihr den Weg zur Tür.

Sie versuchte sich an ihm vorbeizudrängen, todunglücklich bei der Vorstellung, wie verlassen Dick sich fühlen mußte, wie verlassen sie sich fühlte in diesem künstlichen Leben, das Rob ihr aufzwang. Wie *einsam.* Ohne den Gehörnten Dick konnte sie dieses Leben nicht ertragen.

Sie fühlte sich in die Luft gewirbelt und landete auf ihres Gatten Knien. Er versohlte ihren Allerwertesten. »Ich – bin – der – Herr – im – Haus«, schnaubte er. »Zeit – daß – du – gehorchen – lernst.« Trotz Schmerz, Zorn, Demütigung merkte sie, wie Maccabee ins Zimmer trat und es schnell wieder verließ. Dann wurde sie hochgezogen und die Treppe hinaufgezerrt. Und noch während sie sich wehrte – zum Teil wehrte sie sich auch deshalb –, spürte sie, daß Rob sich auch hier künstlich benahm, irgendeinem Verhaltenskodex folgte, der nicht seiner Natur entsprach, doch von dem er glaubte, daß er für einen richtigen Mann das richtige war. Oben schob er sie in die Mansarde, versperrte hinter ihr die Tür, und dann hörte sie ihn energisch wieder abwärtssteigen.

Eine Stunde später schloß Rob die Mansardentüre wieder auf (dieser Zeitraum reichte seiner Meinung nach aus, daß seine Frau in sich ging und ihren Irrtum einsah) – und starrte direkt in den Lauf einer Clampett Snaphaunce.

»Setz dich, Rob. Wir werden uns ein bißchen unterhalten.«

Er setzte sich. Er wußte, daß sie ihn nicht erschießen würde, aber die Pistole hatte die Autoritätsverhältnisse verändert. Man kann eine Persönlichkeit von jemandem mit einer Snaphaunce in der Hand nicht ignorieren, und wenn man gegen diese Persönlichkeit selbst noch soviel einzuwenden hat.

»Ich möchte nicht, daß du mich weiterhin Margaret nennst«, sagte Barbary milde; sie hatte inzwischen gründlich nachgedacht. »Ich bin nicht Margaret. Ich bin Barbary. Und wäre ich nicht Barbary, so hättest du nicht viel von mir, denn dann würde ich nichts erben. Du kannst von mir aus Lord Rob sein, soviel du willst, aber ich bin und bleibe ich selbst. Das ist das eine.« Sie fragte nicht, ob ihm das recht war; seine Zustimmung kümmerte sie nicht mehr. Nun, da diese Ehe zu einer Auseinandersetzung geworden war, war die alte Barbary wieder da, mit trockenem Latz.

»Das andere ist: Ja, Dick ist vielleicht ein Gauner, und ich ein Gimpelfänger, aber du bist selbst ein Galerist. Und zwar in einer Größenordnung, von der wir nicht einmal geträumt haben. Du hast mich mit dieser Heirat hereingelegt.« Sie hob die Pistole höher und zielte auf seinen Mund, der sich zum Sprechen öffnen wollte. »Ich will nicht darüber diskutieren, ich lege nur die Karten auf den Tisch. Ganz gleich, was du den anderen vormachst: das ist eine Ordensehe. Leg du mich noch einmal herein, und wir gehen den toten Esel.« Scheidung geschah unter Ordensleuten so beiläufig wie eine Hochzeit und bestand darin, daß beide Parteien neben einem toten Pferd oder Esel zueinander sagten: »Ich verstoße dich« und jeder seiner Wege ging. Sie stand auf. »Jetzt gehe ich Dick suchen, und wenn er mit uns kommen will, dann kommt er mit.«

Dick war in seiner Stammtaverne, dem »Anker«, unten am Kai. Er saß allein und starrte in einen großen Alekrug. Sie setzte sich neben ihn und legte eine Hand auf seine, worauf er seufzte. »Wenn er nicht will, dann will er nicht«, sagte er.

»Gehst du nicht, geh' ich auch nicht«, erklärte Barbary. »Was tu' ich denn ohne dich?«

»Das ist blöd, Barb. Er ist dein Kerl.«

»Er hat mich gelinkt, für die Marie.« Gentry mochte aus Berechnung heiraten, aber Ordensleute heirateten ausschließlich, weil sie einander wollten, wenn auch vielleicht nur vorübergehend.

»Er liebt dich auf seine Art. Wenn er's vielleicht auch selbst nicht weiß.«

»Auf seine Art«, wiederholte sie bitter. Wenn sie die echte Barbary war, dann war nichts davon zu merken; zärtlich war er nur, wenn sie sich so benahm, daß sie sich selbst als der reinste Waschlappen vorkam. Ihre gemeinsamen Nächte waren weiterhin kein Vergnügen. Gott allein wußte, mit wem er da schlief, dachte Barbary, aber sicher nicht mit ihr. Nach ihren sexuellen Begegnungen fühlte sie sich einsam und gedemütigt. Aber der Gehörnte Dick hatte wahrscheinlich recht. Im Guten wie im Schlechten war Rob jetzt ihr Kerl.

»Was wirst du tun?« fragte sie. »Willst du zurück nach England?« Die Vorstellung machte sie todunglücklich.

Der Gehörnte Dick kratzte sich am Kopf und löste damit einen Schuppenregen aus. »Also, eigentlich wollte ich noch ein bißchen hierbleiben«, erklärte er. »Die Wirtin hier ist eine Benemort. Erinnerst du dich an Davy Jones, den spinnerten Fälscher? Stell dir vor, der ist ihr Cousin. Die Welt ist klein, Barb. Sie hat mir ein Dach überm Kopf angeboten.«

Barbary blickte sich um. Der Anker war kleiner und nicht so elegant eingerichtet wie der Pudding-in-a-Cloth, aber jetzt, wo sie sich's genauer ansah, fand sie, daß die Klientel aus der gleichen Schublade kam wie die des Puddings. Die Würfel fielen für einen Mann und eine Frau am Nebentisch, die mit zwei Matrosen ein ziemlich lautes Spiel spielten, nicht weniger günstig als für Dick den Würfler daheim. Die mütterliche Frau an einem Tisch am anderen Ende des Raumes nähte, während sie die Kartenspieler rundherum im Auge behielt. Von Zeit zu Zeit blickte sie auch in den Spiegel an der Wand hinter zwei der Spieler, und was sie dort sah, ließ ihre Nadel manchmal langsamer und manchmal schneller werken.

Barbary wandte sich wieder an den Gehörnten Dick. »Du alter Saukerl«, bemerkte sie.

Dick nickte bescheiden. »Nicht zu Haus und doch daheim. Und Barb, erinnerst du dich an den Burschen des Lord O'Neill? An den mit der Hand am Handschuh? Platzte der doch neulich hier herein und gab mir einen Beutel voller Gold. Einfach so.«

Sie nickte. Also hatten die Ausbrecher aus dem Schloß dem O'Neill Nachricht gegeben und ihre Schulden bezahlt.

»Und er sagte«, fuhr der Gehörnte Dick fort, »daß mit Nachschub zu rechnen wäre, wenn ich meine Hör-Mogeln offenhalte für alles, was O'Neill angeht.«

»Wozu braucht O'Neill noch einen weiteren Spion?« fragte Barbary. »Er hat doch Freunde genug, die ihm erzählen, was hier in der Stadt vor sich geht.« Von Spenser hatte sie gehört, daß die Alteingesessenen enger an O'Neill heranrückten, seit Sir John Perrot, ihr aller Lieblingsfeind, laut den Verdacht äußerte, der Graf sei ein Verräter. Es war wieder eine dieser Situationen, wo sich die undurchdringliche Verworrenheit der irischen Politik offenbarte. Hier unterstützten konservative, anglo-irische protestantische Kolonisten einen katholischen Iren gegen den Statthalter ihrer eigenen Königin, und das deshalb, weil dieser ganz allgemein die katholischen Iren unterstützte. Hier draußen, fern von den klaren englischen Gruppierungen und Grenzlinien, war die Definition von Patriotismus, Treue und Verrat nicht mehr so eindeutig. Für Dick, der sich für Politik ebensowenig interessierte wie für Moral, war jegliche Klarheit längst beseitigt. »Paß bloß auf dich auf, Dick.«

»Mir passiert schon nichts, Barb.« Tränen rollten ihm über die Wangen, während er ihr tapfer zulächelte. »Mach dir nur um mich keine Sorgen. Du bist diejenige, die unter die Wilden geht.«

Blind vor eigenen Tränen, grinste sie ihm zu. »Die freß' ich zum Frühstück«, sagte sie, aber ein Lebewohl brachte sie nicht mehr heraus, sondern stand auf und ging schnell hinaus, ging schnell den Kai entlang, bis sie einen leeren Hauseingang fand, und dort schlüpfte sie hinein, um zu heulen. Das also war die Ehe, diese freundlose Institution, die einen isolierte von allem, was einem lieb und vertraut war. In diesem Augenblick sah sie in ihrem Mann einen Feind, der jetzt die erste Schlacht gewonnen hatte – aber der Krieg würde noch lange dauern. Sie schluchzte wieder auf. Nun, alle Schlachten würde er nicht gewinnen. Sie trocknete sich das Gesicht und machte sich wieder auf den Weg, nicht zum Haus der Spensers, sondern zu den Stallungen des Schlosses.

Zwei Tage später verließen die englischen Kolonisten Dublin, um sich auf ihre Besitzungen in Munster zu begeben. Eine militärische Eskorte gab ihnen das Geleit. An der Spitze eines langen Trains von Karren und Reitern befand sich Sir Walter Raleigh mit seinen beiden Protégés Edmund Spenser und Rob Betty mit ihren Familien, ihr Hab und Gut in besseren Wagen verstaut als der übrige Train, sie selbst auf besseren Pferden – bis auf Master Bettys Gattin, die zu Master Bettys offensichtlichem Mißvergnügen auf einer langsamen, viereckigen Jammergestalt von Pony dahinzockelte, das seinen edlen Begleitern nicht die geringste Ehre machte.

Der Offizier der Eskorte für die nach Munster ziehenden Kolonisten stellte sich als Captain Humfrey Mackworth vor.

Captain Mackworth? Captain Mackworth? Barbary erinnerte sich an Will Clampetts Bericht über den Irischen Krieg. Eben jener Captain Mackworth, der, assistiert von Captain Walter Raleigh, die spanische Garnison von Smerwick nach der Übergabe abgeschlachtet hatte?

Der nämliche. Sie hörte Edmund Spenser murmeln: »Ist es nicht unklug von Euch, nach Munster zurückzukehren? Die Iren haben ein langes Gedächtnis«, und Mackworth antwortete: »Ein langes Gedächtnis, aber ein kurzes Leben.«

Er war ein jovialer Mann mit rundem Gesicht, dessen einzige sichtbare Narbe, die Folge eines Jagdunfalls in der Jugend, sein linkes Auge zu einem leicht anzüglichen Zwinkern verzog. Barbary beobachtete ihn und Raleigh, wie sie gutgelaunt nebeneinander an der Spitze der Kolonne ritten, fragte sich, ob die Erinnerung an die Todesschreie unbewaffneter Männer ihnen nicht manchmal böse Momente bereitete, und beantwortete sich die Frage mit einem klaren Nein. Diese Erinnerung hatten sie vor sich gerechtfertigt und ausgelöscht. Sie kannten keine Angst vor Rache, weder Gottes noch der Menschen. Wie war es möglich, daß Will Clampett, mit soviel weniger Phantasie und Bildung als Raleigh, wegen seines Anteils an dem Massaker unter solchen Gewissensbissen litt, diese beiden aber, die es angeführt hatten, nicht? Vielleicht, weil Will keine Eitelkeit kannte und sich eingestehen konnte, daß er ein Sünder war, während Raleighs Arroganz ihn vor allen Selbstzweifeln schützte.

Mackworth, entschied sie nach längerer Beobachtung, war einfach eine Ratte. Aber eine tüchtige Ratte. An die hundert Wagen mit den dazugehörigen Familien und deren Vieh über irische Landstraßen zu bewegen, dazu gehörte schon einiges.

Seine Anweisungen am ersten Tag waren klar und deutlich: »Sobald wir das Pale verlassen haben, müssen alle ohne Ausnahme beim Train verbleiben. An den verschiedenen Bestimmungsorten angelangt, habt ihr euch in Gruppen zu verteilen. Keine Familie darf allein auf ihrem Besitz leben, solange nicht jeder Verteidigungsanlagen besitzt und wir noch kein System von Warnfeuern aufgebaut haben. Verstanden?«

»Entschuldigung, Captain.« Das war Ellis, ein Schweinebauer aus Bristol, der sich zum Sprecher der Kolonisten gemacht hatte. »Entschuldigung, aber wozu diese Vorsichtsmaßnahmen? Wir dachten, die Iren von Munster wären unterworfen.«

Captain Mackworth erwiderte: »Befriedet sind sie, Master Ellis, nur befriedet. Wirklich Ruhe hat man vor den Iren erst, wenn man sie alle aufknüpft, Mann, Frau und Kind.«

»Entschuldigung, Captain, und was wäre daran falsch?« Gelächter stieg aus der Menge hoch, bei der Ellis sich bereits als Scherzbold profiliert hatte.

Mackworth zwinkerte mit seinem ohnehin zwinkernden Auge: »Nichts, gar nichts, Master Ellis. Ich bin selbst ein Befürworter, um nicht zu sagen Praktiker dieser Methode. Aber unsere Herren und Meister in England und in Dublin, die selbst ja nie an der Front gewesen sind, die möchten, daß wir die Iren lieben. Ihnen die Köpfe streicheln. Sie des Nachts gut zudecken.«

»Damit sie uns im Schlaf erschlagen können?« Das war der Schrei einer Frau; ihre schrille Stimme ließ erkennen, daß sie Angst hatte.

Mackworth beruhigte sie. »Nein, das werden sie nicht tun, Mistress. Dazu fürchten sie uns zu sehr. Nur den Rücken darf man ihnen nicht kehren. Aber sonst seid ihr sicher. Vertraut auf Gott und Humfrey Mackworth.«

Und wirklich flößten beide auf der Fahrt durch das anglisierte Leinster Vertrauen ein. Eine warme Frühlingssonne schien auf Schafe und friedliche Schafhirten, als die Wagen über die grasbewachsene Ebene des Curragh rollten, über die einst St. Bridgets Wagen dahingefegt war. Mackworth organisierte Camps für die Kolonisten in der Nähe von Dörfern, wo es reines Wasser gab, Englisch gesprochen und Elizabeth als Herrscherin anerkannt wurde. Für Raleigh, die Spensers, Rob und Barbary gab es Unterkunft in großen Häusern, das herrschaftlichste davon war Schloß Ormond in Kilkenny. »Woher sollen wir die Dienerschaft nehmen«, sorgte sich Maccabee, »wenn Schloß Spenser so groß ist wie dieses hier?« Edmund versicherte ihr, da bestünde keine Gefahr, aber sie stellte die Frage immer wieder.

Nach dem, was sie in Dublin darüber gehört hatte, stellte sich Barbary das Pale als einen richtiggehenden Zaun vor, eine Art riesiger Kastanienhecke querfeldein über Berg und Tal, die das zivilisierte englische Irland von einer keltischen Wildnis voller Barbaren trennte. Doch da war kein Zaun, keine Mauer, kein Graben. Aber obwohl die Grenze zwischen dem königstreuen und dem wilden Irland unsichtbar war, spürte sie, daß sie sie überschritten hatten. Irgend etwas hatte sich verändert. Sie hörte, wie Mackworth seinen Männern leise befahl, ihre Linie zu verlängern und zu beiden Seiten der Wagen eine Phalanx zu bilden. In den Militärwagen fingen die Schützen ihre Arkebusen zu laden an, und die Pikeniere waren in Alarmbereitschaft. Wenn ein Fasan aus einem nahen Gebüsch aufflog, fuhren ihre Köpfe herum, und im Weitermarschieren behielten sie den Punkt noch lange im Auge. Sie beobachteten auch, wie Rob und Raleigh ganz nebenbei ihre Mäntel über den Schwertern zurückschoben.

In dieser Nacht blieb auch die Gentry beim Train und schlief im Camp mit dem gewöhnlichen Volk. Rob, Raleigh und Mackworth patrouillierten außerhalb der Wagenburg und hielten die aufgestellten Wachen auf Trab, während die Spensers und Barbary auf kleinen Hockern vor ihrem Zelt saßen und zusahen, wie die kleine Catherine im Feuerschein mit den anderen Kindern spielte. Maccabee unterhielt sich mit Ellis, einem der wenigen, der ihrem phantastischen Problem mit der Dienerschaft zuhören wollte, und das auch nur deshalb, damit sie nachher ihm zuhörte. Entweder hatte die Schweinezucht Ellis' Aussehen und Benehmen geprägt, oder Aussehen und Benehmen hatten ihn von vornherein dafür prädestiniert. Seine Gesichtsfarbe war ein helles Rot, seine Augen glotzten, aus seiner nach oben gestülpten Nase mit den aggressiven Nasenlöchern quoll büscheliges Haar. Er äußerte sich zu allem und jedem mit der Autorität des gänzlich Ahnungslosen und lobte immer wieder mit lauten Worten eine Zeit, die Männern wie ihm die Gelegenheit zu Aufstieg und Fortkommen bot. Elizabeth – er nannte sie »das gute alte Mädchen« – hatte den Thron bestiegen, Desmond besiegt und Munster zur Besiedlung freigegeben, nur damit Ellis es zu etwas brächte. »Dieses gute alte Mädchen versteht Ellis, und Ellis versteht sie.« Poeten, Philosophen, Gelehrte mochten überfordert sein – Ellis allein, der bodenständige, ganz normale Ellis, Bauernsohn und selber Bauer, würde sich, sollten sie einander je begegnen, mit Elizabeth Regina sofort verstehen. Nach einem Winter in Dublin gab es nichts, was ihm an der irischen Frage noch dunkel war. »Faule Hunde, verzeiht meine freien Worte. Die brauchen jemanden, der ihnen zeigt, wo's langgeht. Ein Gruß von der Peitsche, und die werden meine Felder schon brav bearbeiten. So jemanden wie Ellis haben die noch nicht kennengelernt. Ellis wird sie überraschen.«

Was Barbary überraschte, war Ellis' Frau, eine hübsche, muntere Person, die ihn offensichtlich gut leiden konnte, während seine beiden Söhne, die er in die Grammatikschule geschickt hatte, intelligent und witzig wirkten.

»Aber, mein Bester«, sagte Maccabee gerade eifrig, »wißt Ihr denn nicht, daß wir keine irischen Landarbeiter beschäftigen dürfen? Nur, wie ich Schloß Spenser ohne …«

»Nein, das geht nicht«, erklärte Ellis energisch. »Das gute alte Mädchen, sie sagt zwar ›keine Iren‹, aber sie weiß, und Ellis weiß es, daß das einfach nicht geht. Was sie meint, ist: ›Laßt sie nicht groß werden.‹ Nutzt sie, wie man Kühe zum Pflügen nutzen würde, wenn man keine Ochsen hat. Aber hebt sie nicht über ihren alten Stand hinaus. Sie kennen nichts anderes, sie wollen nichts anderes. Wir verstehen sie schon, das gute alte Mädchen und Ellis.«

Leichter Nieselregen verzischte auf den glühenden Scheiten des großen Feuers in der Mitte. Die Kolonisten blieben sitzen, als könnten sie, wenn sie nur wach blieben, mit allem fertig werden, was da in der Finsternis jenseits des Feuerscheins auf sie lauerte. Barbary beschloß, daß sie sich mit der Clampett wohler fühlen würde, und ging ins Zelt, um sie zu laden. Dann kam Rob herein. Seit sie unterwegs waren, hatten sie kaum miteinander gesprochen, und auch ihre sexuellen Begegnungen unterblieben, weil sie das Bett mit anderen Menschen teilen mußten – eine Erlösung für Barbary und, wie sie meinte, für Rob ebenso. »Rob«, sagte sie plötzlich, »es ist nicht, daß ich was gegen Reichtum habe. Ich möchte weiterkommen, genau wie du. Ich kann nur dieses Theater nicht mehr mitmachen.«

Er blickte sie nicht an. »Bei deinen Gaunereien hat dich das nie gestört.«

»Ja – gut. Aber auch das kann ich nicht mehr.« Ihre Geschicklichkeit im Schwindeln hatte sie verlassen – vielleicht, als sie feststellen mußte, daß sie im Vergleich zu Burghley und seinen Spießgesellen nur ein Amateur war, vielleicht, als sie ihre eigene Großmutter hereinlegte, vielleicht über den Verlust des Gehörnten Dick, vielleicht durch die Entdeckung, daß ihrer Heirat der größte Schwindel von allen zugrunde lag.

Zu ihrer Überraschung fuhr Rob fort: »Raleigh mag dich.« Aus seiner Stimme sprach Erstaunen – und Berechnung. Wenn Raleigh, der Höfling, Abenteurer und Seeheld, an Barbary Gefallen fand, dann war's vielleicht in Ordnung, wenn sie so blieb, wie sie war.

Ja, doch, dachte Barbary, das paßt zu ihm. Er hat ein Gespür für Frauen, er will sie alle erobern. Und genügend Selbstsicherheit, um Charakter zu würdigen, sogar einen so ausgefallenen wie meinen. Aber du, Rob Betty, du bist vor lauter Unsicherheit so starr. Deshalb glaubst du, du mußt dich anpassen, und ich müßte es mit dir. Aber ich tu's nicht. Ich kann mich nicht mehr verstellen.

Am nächsten Tag passierten sie den Felsen von Cashel. Da verstummte sogar Ellis, der bis dahin über jede irische Kirche gehöhnt hatte. »Wie sind die gemacht – gestrickt?« fragte er jedesmal, wenn sie eine dieser kleinen viereckigen Bauten aus buntem Stein wie einen vergessenen Topflappen irgendwo im Tal liegen sahen. Eine Stunde lang hielt er den Mund, während sie die von der Kathedrale auf ihrem Felsvorsprung beherrschte Ebene durchquerten, und blinzelte nur hin und wieder zurück, um zu sehen, ob sie aus der Entfernung weniger einschüchternd aussah. »Ein Scheiß-Papist, der Heilige Patrick«, knurrte er, als sie endlich im Nebel verschwand.

Als sie sich dem Goldenen Tal näherten, erinnerte die Landschaft mehr an England, aber ein England, das seit zehn Jahren verlassen dalag. Hecken, die die Kolonisten der ersten Munster-Besiedlung gepflanzt hatten, waren zu Wällen aus undurchdringlichem Gebüsch verwildert, nie beschnitten von den Iren, für die die Aufteilung und Einzäunung des Landes eine unbekannte Vorstellung war. Farmhäuser in englischem Stil waren nur noch Ruinen, ihre Strohdächer abgebrannt, verkohlte Balken ragten in die Luft. Wälder, mit deren Auslichtung die Engländer begonnen hatten, waren wieder in ihren urwaldähnlichen Zustand zurückgefallen. Über einer alten Sägegrube lag noch ein nur zum Teil abgeästeter Eichenstamm, wo der Feind einen englischen Holzhacker überfallen hatte, bevor dieser seine Arbeit beenden konnte.

Aber der Schlamm, den die Hufe ihrer Pferde aufwühlten, war fruchtbare Erde, und die Sonne, die hinter dahinjagenden Wolken immer wieder durchbrach, beschien Weiden von fast unwirklichem Grün.

»Haben die Iren ihr Land denn nicht bewirtschaftet?« fragte Barbary Edmund Spenser.

»Nur auf sehr primitive Art«, erwiderte er. »Sie sind eigentlich ein Hirtenvolk. Nomaden, die ihr Vieh im Sommer auf die hochgelegenen Weiden treiben und im Winter hinunter in die Täler.« Er sprach wie ein Historiker über ein ausgestorbenes Volk, aber seine Augen suchten nervös den Weg vor ihnen ab, und seine Hand zuckte ungeschickt am Heft seines Schwerts.

Die Rufe begannen, während sie sich durch die Schlucht von Aherlow quälten.

Die Versuche, jene Wälder zu roden, wo Desmond und seine Truppen sich so lange verborgen hatten, waren aufgegeben worden. Schößlinge und die Stümpfe Tausender Bäume trieben jetzt ungehindert aus, da die Schafe, die sie sonst weggeknabbert hätten, selbst gegessen waren. Die Bäume bildeten eine dichte Decke an den steilen Hängen, die an der Südseite des Weges aufragten; im Norden war nichts als Sumpf. Regenwasser lief von den Blättern in die Bäche, die alle auf den Wagenzug herabstürzten, der vor der unerwarteten Höhe dieser Berge zwergenhaft wirkte.

Ein flötenartiger Ruf von hoch oben zu ihrer Linken wurde aus dem Gebüsch zu ihrer Rechten beantwortet. Dann kam noch einer, diesmal von hinten. Und wieder, diesmal vorne. Maccabee legte den Kopf schief. »Ich erkenne diesen Vogel nicht, Captain. Irisch, nehme ich an?«

Mackworth deutete seinen Soldaten, sie sollten die Wagen eng beisammenhalten. »Der grüne Galgenvogel, Madam. Im Volksmund auch MacSheehy genannt.«

»Wirklich? Davon gibt es offenbar hier sehr viele.«

»Zu viele, Mistress. Zeit für die Damen, sich zum Schutz vorm Regen unters Wagendach zu begeben.«

Barbary half Maccabee in den Wagen und bettete sie auf ein Lager aus Stoffballen. Ihre Achtung vor Spensers Gattin war im Steigen; sie war vielleicht zu dumm, um Gefahr rechtzeitig zu erkennen, aber die Fröhlichkeit, mit der sie diese Reise ins Unbekannte auf sich nahm, wo ihre Niederkunft doch jeden Tag fällig war, zeigte einen wirklich außergewöhnlichen Mut. Sie setzte Catherine neben ihre Mutter und lenkte ihre Aufmerksamkeit von dem, was draußen vorging, durch Schnur- und Fadenspiele ab, bis das Kind einschlief; dann kroch sie zur Öffnung in der Plane.

Die vogelähnlichen Rufe hatten aufgehört; ebenso der Gesang der echten Vögel. Pferdegeschirre und Räder knarrten, ein Baby ganz hinten im Train begann zu jammern, Bäche rauschten, aber alle diese Geräusche versickerten in der totenstillen

Landschaft. Die Männer neben den Wagen marschierten, ohne zu sprechen, die Schultern vor Anspannung hochgezogen, mit ihren Blicken die Schlucht absuchend.

Dann fing irgendwo hoch oben das Rufen wieder an, aber ganz anders diesmal, es begann in tiefer Tonlage und schraubte sich dann in einem Heulen höher, lauter und lauter steigerte es sich zum Schrei eines Wahnsinnigen und brach dann ab; das Echo prallte zwischen den Wänden der Schlucht hin und her. Im Wald brach Geschrei erschrockener Vögel aus, Krähen kreisten über ihren Köpfen. Elstern schnatterten Alarm, Tauben flatterten von den Zweigen auf.

»Was war das?« rief Maccabee.

Barbary stieß die Luft aus. »Iren, die ihre Kühe heimtreiben, Maccy. Versuch doch einzuschlafen.«

Es wurde wieder ruhig, aber dann stieg aus einer kleinen Baumgruppe vor ihnen leises Stöhnen auf, das sich zu einem neuen Schrei entwickelte, lauter diesmal, noch irrsinniger. Der Schrei wand sich über den Paß hin und her wie ein Seil, das durch die Luft zischt. Ein paar von den vordersten Pikenieren brachen aus der Reihe und rannten auf das Dickicht zu, Mackworth brüllte ihnen zornig nach, sie sollten sofort zurückkommen. Barbary konnte sehen, wie sie mit ihren Piken gegen Zweige und Farnbüschel stachen, und verstand ihr Bedürfnis, ihre Angst durch Aktivität zu betäuben. Schließlich trieben Mackworths gebellte Kommandos sie zurück, Barbary sah sie verstört zur Kolonne zurückspringen und zählte sie, drei, vier, fünf. Es waren sechs gewesen.

»Wo ist Crane?« wollte Mackworth wissen. Die Männer blickten einander verwirrt an und drehten sich um, um zurückzugehen.

Mackworth hielt sie mit seinem Schwert auf. »Dem nächsten Mann, der die Wagen verläßt, stoße ich das Schwert in den Leib.«

»Aber, Captain, Crane! Er war noch vor einer Minute bei uns!«

»Crane ist weg. Vergeßt ihn. Zurück in die Linie.«

Ein neuer Ruf begann. Dann kam ein zweiter dazu, dann

ein dritter; sie vermischten sich, bis der ganze Zug von Schreien gepeitscht wurde, die schmerzend durch die Gehirne fuhren.

»So viele Kühe«, murmelte Maccabee schläfrig.

Barbary lud die Clampett. So leicht, wie sie Crane bekommen hatten, würden die grünen Galgenvögel sie und Maccy und Catherine nicht kriegen. Rob und Raleigh rissen ihre Pferde herum, um das Ende des Trains zu schützen. In diesem Augenblick sahen sie wie zwei verschiedene Versionen desselben Mannes aus, ihre Gesichter blickten ernst und gespannt – nicht vor Vergnügen, bestimmt nicht vor Angst, sondern vor Interesse an der Situation und ihrer eigenen Reaktion darauf. Sie spielen Helden, dachte Barbary, und zwar gut. Rob fing ihren Blick auf, sie gab ihm das Ordenszeichen des nach oben gerichteten Daumens, worauf er sie endlich auch einmal angrinste. Also wenn wir uns nur in Momenten der Gefahr so gut verstehen, dachte Barbary, dann wird das eine lustige Ehe.

Kieselsteine hüpften einen Abhang herunter. Captain Mackworth ließ sein Pferd schnell aus dem Weg tänzeln, da kam auch schon ein Felsbrocken heruntergerollt, genau auf die Stelle, wo er eben noch gewesen war, traf ein bepacktes Maultier und brach ihm die Beine. Mackworth ließ es schnell mit einer Arkebuse erschießen und half selbst dabei mit, die Tragkörbe abzunehmen. »Mut!« rief er, während die Wagen wieder anfuhren. »Die glauben, die können uns einschüchtern.«

»Ihr meint, die sind nicht sicher?« fragte Barbary. Sie war nervös und zugleich gereizt. Statt des Maultiers hätte es ihr Pony treffen können.

Ein Schrei wie aus Todesqualen stieg auf – Crane? –, ein Heulen, das in irres Kichern überging. Barbary beugte sich vor, um eine Hand auf Catherines unbedecktes Ohr zu legen, und hörte die Plane des Wagens reißen. Dort, wo ihr Kopf gewesen war, stak jetzt eine Speerspitze. Selbst das war weniger schrecklich als dieser Lärm. Er war gewaltsam, wie akustische Geschosse. Sie waren umzingelt. Das ganze Tal widerhallte vom Klang des Hasses, giftiger Dampf quoll aus Löchern in den Bergen, der Wald bestand aus kreischenden Bäumen.

Barbary verzichtete aufs Gereiztsein, legte sich flach auf die Ballen und gab sich vollkommen der Panik hin.

Ein gütiger Gott ließ auch diesen Aufstieg einmal enden; nach dem längsten Nachmittag ihres Lebens erreichten sie den Paß, minus drei Kolonisten, zwei von Speeren getötet, ein kleiner Junge durch eine Steinschleuder. Ein zweiter Wurf mit der Steinschleuder hatte einem von Ellis' Söhnen den Arm gebrochen, und ein weiterer Pikenier war verschwunden, niemand konnte sagen, wie. Ein paar Tiere waren elend umgekommen, und eine Hühnersteige war aufgebrochen und hatte ihre Bewohner in die Wildnis entlassen.

Die Kolonisten hatten das Gefühl, sie hätten eine große Schlacht bestanden; doch Captain Mackworth versicherte ihnen, es sei nur ein Scharmützel gewesen, nur ein Zeichen der MacSheehys, daß man mit ihnen rechnen mußte. Er war wie belebt, ja, fast stolz, sie hörte ihn zu Raleigh sagen: »Munster hat mich erkannt und willkommen geheißen.« Er mußte es wohl am besten wissen, aber ihr erschien das, was in der Schlucht von Aherlow geschehen war, unpersönlicher, furchtbarer, der Haß einer Landschaft auf ihre neuen Besitzer.

Die nächsten zwei Tage waren nichts als Regen, Finsternis und Erschöpfung. Mackworth bestand darauf, daß der ganze Train jede Gruppe von Kolonisten zum Ort ihrer Ansiedlung begleitete. »Damit jeder von euch auch wirklich weiß, wo die anderen zu finden sind.« Immer wieder mußten sie dabei den Hochwasser führenden Blackwater überqueren. Es gab keine einzige intakte Brücke, einige waren verfallen, andere absichtlich zerstört. Selbst wenn sie eine Furt fanden, war es schwierig, die Gespanne in das brausende Wasser zu treiben, und noch schwieriger, sie ans andere Ufer zu bekommen.

Barbary zählte nicht mehr mit, wie oft sie bis auf die Haut durchnäßt wurde, wenn sie Familien half, ihre Sachen in Bauernhöfe und Hütten zu tragen, während Soldaten Segeltuch unter eingestürzte Dächer nagelten, um eine vorläufige Zuflucht vor dem Regen zu schaffen. Die Kolonisten waren stumm und erschöpft. Das Land, das sie endlich erreicht hatten, war grau vor Regen und, wie sie wußten, feindlich, aber ihre

Enschlossenheit, sich hier anzusiedeln, war mit den Widerständen nur gewachsen. Als eine Familie, die Biddlecombes, sich in den Ruinen umsahen, in denen sie jetzt leben sollten, fing ein kleines Kind zu weinen an: »Ich will heim.« Die Mutter gab ihm einen Klaps: »Hier sind wir daheim.«

Durch den immer stärker trommelnden Regen zogen die noch verbliebenen Wagen nach Westen ins Tal des Awbeg, wo die restlichen Kolonisten, darunter auch die Spensers, siedeln sollten. Ohne Wegweiser, im Nieselregen fast blind, war es kein Wunder, daß selbst der selbstsichere Captain Mackworth die Orientierung verlor. Aber er wollte es nicht zugeben. Jedesmal, wenn sie auf eine bessere Straße stießen, rief er: »Aha, die führt uns in zehn Minuten nach Mallow.« Aber sie tat's nicht. Sie führte zu einer kleinen Gruppe von Hütten, deren Bewohner, von Mackworths Soldaten heraus in den Regen gezerrt, behaupteten, dies hier sei Michelstown. In Buttevant behaupteten sie, es sei Buttevant. In Doneraile – Doneraile.

»Blödsinn«, brüllte Mackworth. »Das ist Mallow.«

»Doneraile, Euer Ehren.«

»Ich sag' euch, das ist Mallow. Ihr verdammten Wilden wißt ja selbst nicht, wo ihr wohnt.«

»Euer Ehren wird es schon wissen. Und da haben wir jahrelang geglaubt, wir lebten in Doneraile.« Im nächsten Moment lag der Ire, von Captain Mackworths Faust hingestreckt, im Schlamm.

»Dreistes Pack«, schäumte Mackworth. »Aha, da vorne ist Licht. Ich wußte doch, daß ich recht hatte.«

Das Licht entpuppte sich als Fackeln eines Suchtrupps von Reitern und Soldaten. »Beim Atem Gottes, Mackworth«, rief ein großer Mann von einem großen Pferd herab. »Was tut Ihr denn hier in Doneraile?«

Der dreiste Ire wurde samt Familie auf die Straße gesetzt, während in seiner Hütte Mackworth, Raleigh, Spenser und Rob mit dem großen Reiter eine Konferenz abhielten. Barbary, außer sich vor Erschöpfung und Ärger über den neuen Aufenthalt, half Maccabee und Catherine vom Wagen und folgte dann den anderen ins Haus hinein, um sich zu trocknen. In der Hütte roch es nach Torf, Ziegen, Haferbrei und nassen Mänteln, die vor einem Feuer dampften, die großen Männer warfen noch größere Schatten, die den Raum und seinen einzigen angestammten Bewohner, ein Baby in einer geflochtenen Korbwiege, winzig wirken ließen.

Barbary hatte vor den großen Männern keine Angst. »Diese Damen hier brauchen Essen und etwas Heißes zum Trinken«, verkündete sie und führte sie ans Feuer. Der große Mann stand höflich auf, und Barbary schob Maccabee auf den freien Stuhl. »Und zwar sofort.«

»Herrschaftszeiten, Weib«, zischte Rob, »du sprichst mit dem Lord Präsident von Munster.«

»Dann kann er sicher heiße Getränke und Essen beschaffen lassen«, schnappte Barbary. Sie war mit ihrer Kraft am Ende; aber mehr beunruhigte sie, daß Maccabee, im Gesicht ganz weiß, ebenfalls am Ende schien.

Der große Mann verneigte sich. »John Norris, zu Euren Diensten, Mistress.« Er ging zur Tür und schickte einen seiner Untergebenen nach Brandy und schöpfte dann selbst für Maccabee und Catherine Porridge aus dem Kessel in eine Schale. Er war sehr groß, mit dunklem Teint, grauhaarig und häßlich. Seine Nase war abgeplattet (von einer Verletzung während der Niederschlagung eines Heeresaufstands), die rechte Hand verkrüppelt (eine Musketenkugel bei der Schlacht von Nordhorn in Flandern), und er hinkte (bei Malines hatte ihm der Splitter einer Kanonenkugel die Hüfte zertrümmert). Die vielen Verletzungen hatten den Körper von Sir John Norris verkrüppelt, zugleich aber seiner Seele einzigartige Rücksichtnahme und Verständnis für andere eingeprägt. Außerdem war er empfänglich für Schönheit. Als sich Barbary ihren triefenden Reiseschal vom Kopf wand und am Feuer ihr Haar ausschüttelte, um es zu trocknen, da fuhr Sir Johns Kinn vor Überraschung hoch.

Er gefiel Barbary. Sie fand, sie war vielleicht zu schroff gewesen, und sagte mit ihrem besten Penshurst-Akzent: »Sehr gütig von Euch, Mylord, nach uns Ausschau zu halten.« Wenn sie's recht überlegte, dann war das eigentlich außerordentlich von einem Mann, dem ein Viertel von ganz Irland unterstand.

»Hätte ich gewußt, daß solche Damen Hilfe brauchen«, entgegnete Sir John ernst, »dann wäre ich viel früher ausgeritten. Daß ich überhaupt hier bin, geschieht auf Wunsch unserer Königin.«

Raleigh, der es nie vertrug, wenn ein anderer als er die Aufmerksamkeit einer schönen Frau auf sich zog, mischte sich ein. »Der Lord Präsident ist gekommen, um uns von Euch fortzuholen, Mistress.« Maccabee und Barbary starrten zuerst ihn an, dann Sir John.

Rob erklärte: »Es ist die Armada. Man hat gehört, daß sie zum Absegeln bereit ist. Raleigh und ich sind zurückbeordert. Sir Walter hat mir das Kommando seiner *Speedswift* übertragen.« Er sprach mit vor Andacht erstickter Stimme, wie ein Ritter der Tafelrunde vom Heiligen Gral. Barbary, sein Gut, seine Pläne für ein Königreich in Connaught, alles war vergessen. Schon während seiner letzten Worte schloß er die Schnalle seines Überwurfs, es zog ihn unwiderstehlich fort. Die Armada mochte England bedrohen, aber er hätte in diesem Moment Philipp von Spanien die Füße küssen mögen, daß er ihm die Gelegenheit gab, sich mit Ruhm zu bedecken.

Die beiden Ehefrauen im Zimmer warfen sich auf ihre Gatten. »Ich auch«, bettelte Barbary, »Rob, ich kann auch gegen die Armada kämpfen.« Die Hoffnung auf diesen Ausweg aus ihrer Lage überwältigte sie.

»Du nicht«, flehte Maccabee Edmund an. »Liebster Gemahl, verlaß mich nicht.«

Beide Männer waren verlegen; Rob, weil Barbary sich im Angesicht großer Männer unziemlich verhielt, Edmund, weil keiner auch nur vorgeschlagen hatte, daß er mitkommen solle.

Taktvoll rettete der Präsident von Munster die Lage. »England braucht seine Frauen und seine Poeten«, sagte er. »Wir, die wir zu nichts anderem gut sind, müssen hingehen und den Don töten. Wenn die Armada in Irland einfällt, dann brauchen wir Euch als Reserve.«

Barbary fiel in sich zusammen. Kein Ausweg aus ihrem Gefängnis aus Regen, Häuslichkeit und Gefahr.

Sie mußten sofort aufbrechen, Sir John Norris zur Beaufsichtigung der englischen Verteidigungsanlagen zu Land, Rob und Sir Walter, um die *Speedswift* und die *Ark Raleigh* zum Kampf zu rüsten. Höflich bot ihnen Sir John Unterkunft auf seinem eigenen Anwesen an, Schloß Mallow, wo sich auch sein Bruder Thomas aufhielt, der in seiner Abwesenheit Munster regierte. »Er und meine Schwägerin werden hocherfreut sein. Kilcolman ist jetzt noch kein Ort für Euch. Wir hörten, daß die MacSheehys sich wieder dort umtreiben, hatten jedoch zu meinem Bedauern keine Zeit, uns darum zu kümmern.«

Doch auf diesen Vorschlag reagierte Maccabee richtig hysterisch. Trotz der Zerstörung, die sie bisher überall gesehen hatte, hatte sie sich ein großartiges, voll möbliertes Bild ihres zukünftigen Heims bewahrt. Ihr Sohn – sie war sicher, daß es ein Sohn würde – mußte als Spenser auf Schloß Spenser zur Welt kommen. Bis zur Geburt waren es noch mehrere Tage, genug Zeit, um mit den paar nötigen Reparaturen fertig zu werden.

Barbary zog sich mühsam aus ihrer Niedergeschlagenheit. Maccabee brauchte sie; wahrscheinlich der einzige Mensch auf der Welt, der sie brauchte. Sie verstand nicht viel von Schwangerschaft, aber so, wie Maccabee aussah, war das Baby schon sehr bald fällig. Mary, die Dienerin, war eine erfahrene Hebamme, die Ellis' sollten bei ihnen bleiben, bis Schloß Spenser ausreichend befestigt war, und Mrs. Ellis hatte selbst zwei Kinder geboren. Vielleicht kamen sie wirklich zurecht. Sie fing Edmunds Blick auf und nickte ermutigend.

Edmund sagte: »Ich glaube, Mylord, wir sollten unsere endgültige Niederlassung nicht länger aufschieben.«

Der Lord Präsident nickte. »Ich gebe Euch ein paar von meinen Männern mit.« Rob, unsicher, wie man sich als Mitglied der Gentry von seiner Gattin verabschiedete, ermahnte Barbary, immer an ihre Pflichten zu denken, zögerte, und küßte ihr dann die Hand. Raleigh küßte sie energisch auf die Wange.

Sie stand in dem niedrigen Eingang und winkte ihnen nach. Rob sah herrlich aus wie alle Männer, wenn sie in den Krieg ziehen. In diesem Augenblick liebte sie ihn wieder, auch wenn er sie hereingelegt hatte und sie jetzt verließ – sie liebte ihn einfach wegen seiner Schönheit. Für ihn bedeutete Krieg das Wegfallen aller Komplikationen. Dort konnte er tapfer sein, Mann unter Männern, vielleicht sogar ein bißchen mit der kleinen Frau prahlen, die zu Haus auf ihn wartete, ohne zu erwähnen, daß ihre Ehe, was Gefühle anging, die reinste Katastrophe war. Du glücklicher Hund, dachte sie. Warum waren die Frauen nicht auf die Idee gekommen, den Krieg zu erfinden? Zuletzt warf er ihr noch eine Kußhand zu, der Augenblick belebte auch seine Gefühle für sie. Aber er war froh, daß er fortkonnte, und obwohl sie zurückblieb und allein mit Finsternis, Regen, Maccabee, Irland und den Iren fertig werden mußte, war sie über sein Fortgehen nicht weniger erleichtert. Jetzt konnte wenigstens die echte Barbary auf ihre eigene Art mit den Dingen fertig werden.

Doch auch mit neuen Wegangaben und frischen Pferden konnten sie stundenlang Kilcolman nicht finden. »Immer gerade die Straße von Doneraile entlang«, hatte Sir John Norris gesagt. Aber die Straße von Doneraile war nicht gerade. »Verdammte Iren«, knurrte Barbary und vergaß, daß sie selbst eine von ihnen war. »Wissen nicht, was eine gerade Straße ist, und wenn sie sie in den Arsch beißt.« Ein Gewitter, das sie auch nicht mehr nasser machen konnte, half ihnen mit seinen Blitzen, hin und wieder die Gegend um sich her zu erkennen.

»Achtet auf Zinnen«, sagte Maccabee immer wieder. »Das Schloß muß ja Zinnen haben.« Es gab Hügel, die Ballyhouras, zu ihrer Rechten, es gab Bäume, es gab Schlamm und Matsch, aber Zinnen gab es weit und breit keine.

Endlich enthüllte ein grauer Tagesanbruch zwei ausgezackte Stumpen, an denen sie in der Nacht mehrmals vorbeigekommen waren, als die Ruinen von zwei Torpfosten. Eine überwachsene, schlammige Auffahrt führte in leichter Steigung bergan. Sie folgten ihr und blieben stehen. Edmund sagte nichts. Ellis sagte: »Das ist das erste ebenerdige Schloß, das ich je gesehen habe.« Maccabee fing zu weinen an. Barbary, vor Müdigkeit nicht mehr ganz bei Sinnen, mußte so furchtbar lachen, daß sie beinahe von Spenser fiel.

Eingestürzte Mauern schlossen eine breite natürliche Erhebung ein. Auf dieser Seite stand der Stumpf eines Turmes, der einmal das Tor bewacht hatte. Hinter der Erhebung war ein zweiter, diesmal zweigeschossiger Stumpf zu erkennen. Daß es einmal ein hoher Bergfried gewesen war, ließ sich an den wuchtigen Steinblöcken ablesen, die verstreut herumlagen. In der Mitte der Anhöhe befand sich etwas, was sicher einmal ein stattliches Haus gewesen war, vielleicht tatsächlich ein Schloß – Genaues war nicht zu erkennen, weil jemand oder viele Jemande es Stein für Stein auseinandergenommen hatten, so daß jetzt nichts zu sehen war als ein riesiger Haufen von Granitgeröll.

Das Ganze sah lächerlich aus. Der Torturm war eine Ruine, aber vom Bergfried war gerade genug übrig, daß man den Eindruck hatte, er stünde auf Zehenspitzen, um einen Blick über die Außenmauern zu werfen.

Edmund stieg von seinem Pferd und stellte sich mit dem Rücken zu ihm auf, das Gesicht den Wagen zugewandt. Er war bleich, hatte aber in diesem Augenblick so viel Würde und Mut, wie Barbary ihm nie zugetraut hätte. »Meine Liebe«, sagte er zu Maccabee, »willkommen im zukünftigen Schloß Spenser.«

Barbary hörte zu lachen auf. Maccabee hörte zu weinen auf und verkündete, die Wehen hätten begonnen. Von den Ballyhouras stieg ein Stöhnen auf, verdichtete sich zu schaurigem Heulen und zeigte ihnen an, daß der Feind sie entdeckt hatte.

12

Die Armada stieß in Halbmond-Formation gegen England vor wie eine Sichel. Ohne den Beistand irgendeines anderen Landes segelte ihr die englische Flotte entgegen und stellte sich am 31. Juli der offenen Schlacht. Zehn Tage lang wogte der Kampf hin und her, die gewaltigen spanischen Schiffe mit ihrer riesigen Besatzung waren vor allem aufs Entern aus, während die Engländer mit ihren besseren Schiffen und Geschützen auf Abstand hielten, ihre Kanonenkugeln schneller abschossen als der Feind und sich die Strömungen und Gezeiten, die sie soviel besser kannten, zunutze machten.

Nach zehn Tagen gewannen die Engländer einen Verbündeten. Als hätte Gott nur abgewartet, auf welcher Seite sich der Sieg abzeichnete, blies er die Backen auf zum Sturm und sandte den gegen die Armada. Die Spanier konnten nicht die Engländer und Gott zusammen besiegen. Sie wurden die Nordsee hinaufgetrieben und gezwungen, in schwer angeschlagenen Schiffen mit kaum noch vorhandenem Proviant die 750 Seemeilen lange Heimfahrt rund um die unbekannten, stürmischen Küsten Schottlands und Irlands anzutreten.

Die größten Verluste hatten sie in Irland. Sir Richard Bingham, Statthalter von Connaught, von der Sorge bedrängt, ob er sein unruhiges Küstenland wohl gegen diese möglichen Eroberer halten könne, gab Befehl, jeden Spanier, der sich an die Küste wagte, sofort umzubringen und ebenso jeden Iren, der ihnen Beistand leistete. Die See und die Felsen von Donegal, Mayo, Clare und Kerry nahmen ihm einen Großteil der Arbeit ab. Wohl bis zu siebzehn Schiffe gingen dort unter, die meisten mit Mann und Maus. Im königstreuen Galway wurde die gesamte Mannschaft der *Falcón Blanco Mediano* an Binghams Galgen hingerichtet. An abgelegenen Küstenstrichen wurden einzelne Überlebende erschlagen wie Seehunde, um ihrer Kleidung willen, von halbwilden Bewohnern als legitime Beute betrachtet, die das Meer für sie ausspie. Trotzdem wurden einige hundert Spanier von den Iren unter Lebensgefahr gerettet und sicher nach Schottland gebracht.

Allein dem spanischen Admiral Medina Sidonia und seiner hervorragenden Seemannskunst und Strategie war es zu verdanken, daß zwei Drittel der Armada wohlbehalten Spanien erreichten.

Die englische Flotte feierte ihren Triumph, wie sie's verdiente, die spanische war niedergeschlagen. Aber keine der beiden Seiten betrachtete die Entscheidung als endgültig. Philipp von Spanien stellte genaueste Befragungen an, las jeden einzelnen Bericht und begann sofort mit den Plänen für eine neue Armada, die die Fehler der letzten vermeiden sollte. Die englischen Kommandanten beschworen Elizabeth, ja nicht eine Flotte aufzulösen, die man vielleicht bald wieder zur Verteidigung gegen eine neue Invasion brauchen würde. Der Krieg war noch keineswegs vorbei.

Rob Betty zeichnete sich während der Schlacht gegen die Armada aus. Wie eine zornige, wendige Wespe griff die *Speedswift* Sidonias eigenes Schiff, die *San Martin*, an. Am 5. August wurde Rob zusammen mit anderen tapferen Männern, darunter auch Hawkins und Frobisher, während einer Kampfpause von Admiral Howard auf sein Flaggschiff gerufen und dort zum Ritter geschlagen.

Es war also ein überschwenglicher *Sir* Robert Betty, der Barbary schrieb, nachdem alles vorbei war. Nach Irland konnte er noch nicht zurück; er schloß sich Drake und Sir John Norris zu einer Expedition an, um den Spaniern nachzusetzen, solange sie sich noch nicht erholt hatten. Sie wollten zuerst nach Lissabon, Nachzügler der Armada zerstören, die sie dort oder unterwegs fanden, erst Lissabon einnehmen und dann die Azoren, von wo aus sie die aus der Neuen Welt kommenden spanischen Silberschiffe abfangen wollten.

»Sei versichert, teure Gemahlin«, schrieb er, »daß dies Unterfangen soviel Erfolg haben wird wie das letzte, denn Gott gefällt es, die Sonne seines Wohlwollens über unserer Großen Königin scheinen zu lassen. Und schon hat Ihre Geheiligte Majestät auch mir huldvoll gelächelt und mir den Herrensitz von Kerswell in Devon, reich an Weideländern, zugesprochen. In ihrer Güte hat sie mich im Besitz von Hap Hazard in Irland bestätigt, in bezug auf welchen ich Dich, mein teures Weib, ersuche, daß Du bis zu meiner Rückkehr für die Errichtung eines Hauses sorgest oder, so Dir das nicht möglich ist, Dich von Master Spenser bei der Wahl eines tüchtigen Engländers als unseres Verwalters beraten läßt, dem man, gegen angemessene Entlohnung, die Aufsicht über den Bau anvertrauen kann. Sir Walter Raleigh wird Ihrer Majestät unser Unternehmen in Connaught empfehlen, worauf ich nach meiner Rückkehr die größten Hoffnungen setze. Weiters hat er es in seiner Güte unternommen, Ihre Majestät zu drängen, daß sie Deine Verfehlungen gegen sie vergessen möge, so daß eines Tages auch Du in der Sonne ihrer Huld baden mögest wie Dein Dich liebender Gemahl. Im Hinblick auf dieses Ziel sei tugendhaft, pflichtgetreu und eifrig, auf daß alles in unsere künftige Größe münde.«

Barbary erkannte plötzlich – und auch er mußte es erkannt haben –, daß er sie gar nicht hätte heiraten müssen. Das »Unternehmen« in Connaught war gar nicht mehr nötig, um ihm Ländereien und die Gunst der Königin einzutragen; das hatte bereits seine eigene Tapferkeit erreicht. »Robby, du hättest warten sollen.« Jetzt allerdings konnte er sie nicht mehr ent-heiraten. Um seinetwillen hoffte sie, daß ihm Elizabeth die »Verfehlungen« seiner Frau verzeihen würde, damit nichts mehr jener Größe im Wege stand, die ihm so ungeheuer wichtig schien.

Hol's der Teufel, dachte sie, jetzt bin ich *Lady* Betty. Noch nie hatte sie den Gehörnten Dick so sehr vermißt wie in diesem Moment. Der hätte sich vor Lachen darüber zerrissen.

Seine Anweisungen in bezug auf Hap Hazard zeigten, daß Rob von den Lebensbedingungen hier in Munster keine Ahnung hatte. Der Mangel an Arbeitskräften war lähmend, noch schlimmer als die MacSheehys, und die waren schlimm genug. Von England war die Gefahr vielleicht vorübergehend gewichen, aber hier war sie allgegenwärtig. Captain Mackworth hielt zwar die MacSheehys in Schach, aber immer wieder hallten ihre Rufe durch das Tal des Awbeg und erinnerten die Kolonisten daran, daß sie immer noch da waren. Hie und da fand man eine tote Kuh, ein Pferd mit durchschnittenen Sehnen, einen unvorsichtigen Engländer beim Pflügen getötet.

Hier in Irland wurde immer eine Kette von Leuchtfeuern in Bereitschaft gehalten, damit jeder englische Haushalt in Gefahr die anderen zu Hilfe rufen konnte. Jedesmal, wenn das Leuchtfeuer der Spensers frisch mit trockenem Unterzündholz ausgestattet wurde, hielt Edmund inne und dankte Gott, daß sie es noch nie anzünden mußten. Barbary wäre wohl auch dankbar gewesen, war aber vor Erschöpfung zu abgestumpft, um irgend etwas zu fühlen.

Es hieß, an harter Arbeit könne man nicht sterben, aber in diesen ersten Monaten in Kilcolman wagte sie diesen Satz zu bezweifeln. Mrs. Ellis entband Maccabee von einem Jungen. Ellis und seine Söhne halfen so weit beim Wiederaufbau, daß man einen Teil des Bergfrieds bewohnen und die Anlage verteidigen konnte, dann zogen alle vier nach Doneraile, um dort an ihrem eigenen Anwesen zu bauen. Auch die Dienerin Mary ging zu ihrem Mann auf sein kleines Gut. Die beiden Soldaten, die Edmund schließlich doch noch von Mackworth zugeteilt bekam, damit sie den Ort bewachten, taten außer essen auch sonst nichts. Kochen, Waschen, Putzen, die Tiere tränken und füttern, sich um Catherine und Maccabee mit dem Baby kümmern – das alles blieb an Barbary hängen.

Sie fluchte ununterbrochen über die viele Arbeit – und über sich selbst, daß sie sich's aufhalsen ließ. »Diese Pfoten«, rief sie und schüttelte ihre geröteten Fäuste gegen Edmund, »sind nicht für schwere Arbeit gemacht.« Als eine Art Protest gegen ihre Lage legte sie ihre Penshurst-Manieren gänzlich ab und fluchte wie früher im Slang des Ordens, so daß Edmunds Augen sich vor Schock weiteten, aber er wagte ihr keine Vorwürfe zu machen. »Ich bin so dankbar«, sagte er immer wieder. »Ich wüßte nicht, was wir ohne Euch täten.«

Barbary wußte es auch nicht. Sie blieb, weil sie im Moment

sonst nirgends hingehen konnte, und sie arbeitete, weil in Kilcolman sonst das Chaos ausbrechen und Maccabee leiden würde. Es war eine schwierige Geburt gewesen, und Maccabee erholte sich nicht so recht. Für das Kind reichte ihre Milch, aber sie selbst war schwach, nicht nur körperlich, sondern auch seelisch. Sie war abwesend, weinte viel und interessierte sich weder besonders für das Baby noch für sonst etwas in ihrer Umgebung. Edmund verbrachte am Anfang sehr viel Zeit damit, in den Dörfern der Umgebung nach Arbeitern für Haus und Feld zu suchen. Schließlich brachte er Rosh daher.

Der Eindruck, den Rosh machte, war nicht gerade ermutigend. Zugegeben, die Frau war kräftig und auch noch einigermaßen jung, aber einer ihrer muskulösen Arme lag schützend um die Schultern eines gebrechlichen alten Mannes, die andere Hand auf dem Kopf eines zerlumpten Jungen.

»Edmund«, zischte Barbary zwischen den Zähnen. »Drei hab' ich gesagt. Gesund und kräftig, hab' ich gesagt. Nicht eine mit zwei Mühlsteinen. Schick sie zurück.«

»Ich konnte nichts anderes finden, Barbary«, verteidigte sich Edmund. »Sie sprechen Englisch. Der Junge ist stark für sein Alter, und der alte Mann kann mir sicher die Legenden seines Volkes erzählen.«

»Na wunderbar«, schnappte Barbary. »Ich hatte schon Angst, der alte Furz wäre mir im Haus behilflich.«

»Hör auf den musiklosen Mund dieser Hündin«, sagte die Frau auf irisch zu ihrem Vater. »Weiß sie denn nicht, daß kein Mann je ein wärmeres Tuch um den Hals trug als den Arm seiner Tochter?«

Barbary fuhr sie in derselben Sprache an: »Na, wie wär's, wenn du genau den von seinem Hals nimmst und ihn statt dessen in diesen beschissenen Waschzuber steckst!« Das Feilschen auf den dörflichen Märkten hatte ihr die frühere Hemmung vor dem Irischsprechen genommen und ihre Beherrschung der Umgangssprache außerordentlich verbessert.

Das war kein vielversprechender Anfang, aber schon nach einer Woche hätte Barbary jeden erschossen, der ihr Rosh hätte wegnehmen wollen. Die Arbeitsfähigkeit dieser Frau wurde nur noch von ihrer Willigkeit übertroffen. Wenn sie die Axt schwang, dann verwandelten innerhalb von Minuten Bäume sich in Scheite und Scheite in Feuerholz. Bettücher, Babykleidung, Unterröcke tauchten schmutzig in den Bach ein und schneeweiß wieder auf, wie in Angst vor ihren Fäusten. Ihr Spaten schnitt makellos geformte Torfziegel aus dem Sumpf am Fuße des Hügels und verwandelte den unebenen Wiesengrund hinter dem Wall in ein sauberes Gartenviereck, auf dem die von ihr gepflanzten Küchenkräuter und Gemüse üppig aufschossen und vor ihr Habtacht standen.

Das einzige, was diese Perle nicht konnte, war Kochen; der ganze Haushalt hatte sich sehr darauf gefreut, und um so bitterer war die Enttäuschung, als sich herausstellte, daß ihre Gerichte um kein Haar besser waren als Barbarys kaum genießbarer Fraß.

Ihr Name war Roisín, ausgesprochen Roschien. Der Name ihres Vaters lautete Duibhdáleithe, das bedeutete »schwarzer Mann der zwei Seiten«, aber keine englische Zunge konnte das aussprechen, daher anglisierte Edmund den Namen zu Dudley. Dem Alten schien es nichts auszumachen. Er war sehr höflich und arbeitete, was er konnte, war aber mit dem Geist nie bei der Sache – mit seinen Gedanken und Gefühlen war er immer woanders, in einer vergangenen Zeit, als irische Größe noch existierte. Rosh erklärte, er sei der *reacaire* des *ollámh dana* seines Clans gewesen, aber sie sagte es mit hoffnungslosem Stolz, denn sie wußte, die Engländer würden nicht verstehen, welche Würde das bedeutete, für sie war er nur ein bloßer Ire ohne Heimat und ohne Haus. Nur Edmund spitzte die Ohren. »Der Rezitator eines Ersten Dichters, bei meinem Herrn«, sagte er, und von da an hockte er so gut wie jeden Abend mit dem Alten zusammen und ließ sich von ihm die Sagen erzählen, die mit den Hügeln und Tälern rundherum zusammenhingen.

Es ärgerte Barbary, daß die Männer so herumsaßen, wo es doch soviel Arbeit gab. »Könnte der alte Depp nur so schnell weben, wie er quasselt, dann hätten wir wenigstens was davon.« Aber auch sie selbst ließ die Hände in den Schoß sinken, wenn der Alte in seinem Singsang seine Geschichten begann und durch seine eigene innere Abwesenheit als Mittler zwischen Erzählung und Zuhörer ganz verschwand, so daß es Abende gab, wo der ganze Haushalt mit Finn MacCool über die Ballyhouras jagte, die sie vom Fenster aus sehen konnten, und aus den Galtees, die auch nicht viel weiter weg waren, das Horn der Fianna, seiner Getreuen, erschallen hörten. Er begann immer auf die gleiche Weise:

Three sorrows of story-telling fill me with pity,
the telling of them grates on the ear;
the woe of the Children of Turenn –
sorrowful to hear.
And the Children of Lîr, bird-shaped;
a curse on the mouth that told their doom:
Conn, Fiacra, Finola and Aed –
the second gloom.
And the Children of Usnach, shield of men,
who fell by force and cunning craft –
Naisi, and Ainle and Ardan
There cracks the heart.

Drei Klagen des Sängers erfüllen mich mit Jammer,
das Lied davon verstört das Ohr;
das Leiden der Kinder von Turenn –
ich vernehm' es mit Schmerz.
Und die Kinder des Lîr, in Vogels Gestalt;
Fluch dem Mund, der ihren Untergang sang:
Conn, Fiacra, Finola und Aed –
die zweite Klag'.
Und die Kinder von Usnach, Schild der Männer,
die fielen durch Hinterlist und Gewalt –
Naisi, und Ainle und Ardan
da bricht das Herz.

Es brach auch Barbarys Herz. Kindheitserinnerungen stiegen beim Zuhören ungebeten in ihr auf. Auf dem Knie ihrer Mutter sitzend, hatte sie dieselben Geschichten von einem anderen *rea-*

caire gehört, umfangen von der Wärme nicht nur ihrer Mutter, sondern des ganzen Kreises lauschender Zuhörer. Das war eine Gemeinschaft gewesen, neben der der Orden verblaßte, ihr Körper war Teil eines größeren Ganzen, das aus dem Blut und den Gedanken seiner einzelnen Teile bestand. Die Stimme des Alten trug sie weiter als in die Galtees, sie trug sie bis in das Land der Cherubim.

Als sie sie beim Wegwischen ihrer Tränen ertappte, fragte Rosh: »Wenn Ihr Irin seid, warum dient Ihr dann diesen Gauls?« Sie sagte es scharf, es war das erste Mal, daß sie aggressiv wirkte.

»Das sind für mich keine Fremden, und ich diene nicht, du Sumpflatscher«, antwortete Barbary, »ich helfe. Und wenn wir schon dabei sind: Warum dienst denn du?«

Rosh zuckte die Schultern: »In einem Elfenwind kann jeder seinen Hut verlieren.« Immer sagte sie solche Sachen. Sie besaß die größte Sammlung sinnloser Sprichwörter, die Barbary je gehört hatte. »Eine Eiche wird oft durch einen Keil aus dem eigenen Aste gespalten«, sagte sie etwa oder »Wer Kalk auf die Stiefel bekommt, wird ihn schwer wieder los« oder »Ein Mann aus Clare schläft dir in einem Ohr und baut sein Nest in dem anderen«. Derart tiefsinnige Sprüche hatten ihr offenbar über schwere Zeiten hinweggeholfen, obgleich sie nie von der Vergangenheit sprach. Der einzige Hinweis, den Barbary einmal erhielt, deutete auf Furchtbares. Sie bekam ihn von Catherine, und die hatte es von Lal, dem Jungen (sein richtiger Name war Laoighseach, aber zur allgemeinen Erleichterung rief Rosh ihn Lal). Er war ein stilles Kind von etwa neun Jahren, das wie fünfunddreißig aussah, dachte Barbary – mit einem Gesicht, das jeglichen Ausdruck ausschloß. Der einzige Mensch unter den Engländern, mit dem er sprach, war Catherine, und auch mit ihr nur, wenn sonst niemand in der Nähe war.

»Sylvestris werden sie aber doch nicht hängen, oder?« wollte Catherine ängstlich von Barbary wissen. Sylvestris war der Name des neuen Babys, denn zu diesem Zeitpunkt war Edmund gerade besonders von den Wäldern rundherum begeistert.

Barbary hob sie hoch. »Aber sicher nicht. Warum denn?«

»Lal sagt, *seine* Brüder haben sie alle gehängt. Er hat es mir an Peggy gezeigt.« Hinter ihrem Rücken holte Catherine ihre kleine Holzpuppe hervor, sie baumelte an einem Lederriemen um den Hals von einem ihrer Finger.

Barbary machte die kleinen Finger los und riß den Riemen ab. »Niemand wird irgend jemanden hängen.« Sie sah zu Rosh hinüber, die die Szene beobachtete, und schaute sofort wieder weg. Es gab Dinge, die man in den Augen einer anderen Frau einfach nicht sehen durfte.

Langsam besserte sich das Leben in Kilcolman. Maurer von Raleighs Gut in Lismore trafen ein und bauten den Bergfried und den Torturm wieder vier Stockwerke hoch auf und machten sich dann an das große steinerne Herrenhaus, das den Hügel krönen sollte. Arbeiter wurden eingestellt – zwei königstreue Iren aus Youghal, die anderen bloße Iren – und erhielten Pachtgrund auf dem Gut, die bloßen Iren weniger als die anderen. Ein Verwalter und weitere Diener kamen dazu. An den Ufern des Bregoge, der durch Spenser-Land lief, sprossen kleine Bauernhütten empor, man konnte sie zwar vom Pförtnerhaus aus sehen, aber etwaige aus den Fenstern des Herrenhauses fallende Blicke beleidigten sie nicht. Eine Meierei entstand, Ställe, ein Zwinger für Hunde. Spenser-Schweine grunzten in den Wäldern. Spenser-Schafe streiften durch die Ballyhouras, Spenser-Vieh graste auf den Wasserwiesen. Hecken wurden angepflanzt.

Edmund wollte offenbar ein irisches Penshurst schaffen. Die Löhne, die er den bloßen Iren zahlen mußte, waren lächerlich gering, während sein Einkommen aus den anderen Pachtgründen, die er in Munster besaß, ihn reicher machte als je zuvor. Wie sein Vorbild Sir Henry Sidney stolzierte er über seine Felder und redete wie ein Fachmann über Scholle und Brache, über Pfluggespanne und Erträge. Dieses Wissen bezog er von Ellis, der mit seiner Farm in Doneraile höchst erfolgreich war, obwohl er sein Gesinde auf eine Weise behandelte, daß immer wieder ein Paar seiner Tyrannei entlief und sich den MacSheehys anschloß.

Je besser Barbary Ellis kennenlernte, desto weniger konnte sie ihn leiden, aber der Mann war unersetzlich.Ohne Ellis' Anweisungen, was man wann und wo säen und pflanzen sollte, hätte das Gut Kilcolman niemals diesen guten Anfang genommen. Edmund war die Galionsfigur, aber Ellis gab die Befehle, und Barbary sah darauf, daß sie ausgeführt wurden. Nach und nach jedoch wurde die Verantwortung, die zunächst allein auf ihren Schultern lastete, auf O'Mahony übertragen, Edmunds neuen Gutsverwalter, der zuvor für Raleigh gearbeitet hatte. Die einzige Aufgabe, die ihr noch blieb, war die Aufsicht über das Geflügel, und auch das nur, weil sie's gerne tat.

Schließlich kam Ende September ein Sonntag, an dem sie aufwachte und erkannte, daß sie, von der Fütterung der Hühner abgesehen, heute nichts zu tun hatte. Sie war schon aus dem Bett und bereit, einen arbeitsreichen Tag in Angriff zu nehmen, als ihr klar wurde, daß er sich ganz leer vor ihr erstreckte, als freie Zeit und ohne Pflichten. Abby, die Köchin, schaltete und waltete in der Küche, ihre Tochter Lucy kümmerte sich um die Tisch- und Bettwäsche. Rosh hatte erst gestern die neuen Böden im Haus mit Bienenwachs gebohnert und überhaupt alles, was sich nicht bewegte, aufpoliert. Maccabee fühlte sich kräftig genug, Sylvestris anzuziehen, und außerdem konnte Catherine ihr dabei helfen. Noch waren keine Arbeiter frei, um den Bau von Hap Hazard zu beginnen, daher mußte sie sich darum nicht kümmern.

Sie trat an die nördliche Schießscharte, lehnte sich gegen die Schräge und blickte hinaus. Sobald der Torturm von Schloß Spenser fertiggebaut war, hatte Barbary den obersten Stock als Wohnung für sich beansprucht. Auf der anderen Seite der steilen Auffahrt wurde ein zweiter für den Kastellan erbaut. Der Eingang zu Schloß Spenser würde einer gewissen Erhabenheit nicht entbehren.

»Aber, meine liebe Cousine«, protestierte Edmund, »du mußt doch dein eigenes Zimmer hier haben, hier im Haus bei uns.«

Sie schuftete wie ein Pferd: Also hatte sie auch Anspruch auf einen eigenen Stall. »Das da will ich.« Im Erdgeschoß des

Turms befand sich ein tiefer Brunnen, im ersten Stock lagerten Vorräte für den Fall einer Belagerung, und hier war auch der einzige Zugang, über die Außenmauer. Die oberen Geschosse waren leer, und im obersten richtete Barbary sich häuslich ein. Edmund gab ihr Gobelins, um die kalten Wände zu verhängen, ein Bett, Tisch, Stühle, Kohlebecken und Kleiderschrank. Sie schnitt Binsen und bedeckte damit den Fußboden. Der Raum war alles andere als gemütlich, gelegentlich kam eine Fledermaus zu Besuch, im Winter würde man hier wohl erfrieren, aber Barbary war selig.

Maccabee konnte sie einfach nicht verstehen. »Warum verläßt du mich?«

»Ich bin doch nur einen Sprung von dir fort, Maccy.« Sie hielt im Packen inne. »Aber weißt du, wenn die Maurer hier fertig sind, dann beginnen sie mit Robs Herrenhaus.« Das Gut mit dem Namen »Hap Hazard«, etwa fünf Meilen von hier entfernt, gehörte in ihren Augen Rob allein. Sie selber hatte soviel Arbeit in den Aufbau von Kilcolman gesteckt, daß ihr schien, als gehöre es ihr nicht weniger als den Spensers. »Und wenn das einmal fertig ist, dann muß ich dorthin übersiedeln.«

Maccabee brach in Tränen aus. »Du darfst mich nicht alleinlassen. Mir gefällt's hier nicht. Ich habe solche Angst.«

Barbary spürte sie zittern. »Das ist nur diese Namenlosigkeit, Maccy. Du fürchtest dich doch nicht vor den alten MacSheehys?«

»Es ist der Wald. Der Wald macht mir solche Angst.«

Unten am Fuß der Auffahrt führte der Weg nach Doneraile vorbei, und auf der anderen Seite begann schon der dichte Wald, ging zunächst weiter bergab und stieg dann wieder an, zu den Ausläufern der nicht weniger dicht bewaldeten Ballyhouras. Edmund gab ihm den feudalen Namen eines Hirschparks und ließ von Holzarbeitern die gewaltigen Buchen, Eichen und Eschen ausdünnen und den Raum dazwischen vom Unterholz befreien. Aber sie kamen mit ihrer Arbeit nur langsam voran und waren nicht weiter als etwa hundert Yards in den Wald eingedrungen, so daß der größte Teil noch Urwald war. Wer oder was die merkwürdigen Pfade austrat, die sich dort hindurchschlängelten, das wußte niemand. Doch seit dem ersten Tag, als sie die Rufe hörten, die sie durch die Schlucht von Aherlow verfolgt hatten, waren aus diesem Wald nur nicht-menschliche Rufe aufgestiegen, die Brunftschreie von Hirschen und Füchsen und ein Gemisch von Vogelgezwitscher, so dicht wie das Blätterdach. Tief drinnen war's vielleicht unheimlich, aber der ausgelichtete Waldrand war hell gesprenkelt und eine Speisekammer voll guter Dinge. Rosh und Barbary beobachteten mit gierigen Sammleraugen, wie die Haselnüsse und die Brombeeren langsam reiften.

Leider gab es aber keinen Zweifel, daß Maccabee, die den anstrengenden Zug nach Munster so gut verkraftet hatte, seit der Ankunft in Kilcolman nicht mehr ihr altes Selbst geworden war. Ihr unaufhörliches Geplapper, ihre nervtötende Geschäftigkeit waren ganz verschwunden, sie war jetzt schwach, weinerlich und hilflos. Barbary schob es auf die Geburt, aber Maccabee gab der sie umschließenden Landschaft die Schuld an ihrer unvernünftigen und unerklärlichen Angst, die Barbary die »Namenlosigkeit« nannte.

Aber Barbary gefiel es. Es war nicht das Land ihrer Cherubim, aber als sie an diesem Sonntag morgen durch die Schießscharten ihres Turmzimmers darauf hinausschaute, fühlte sie eine innere Verwandtschaft. Im Norden lagen, ganz nahe, die Ballyhouras. Im Süden, etwas weiter entfernt, die Nagle-Berge; die Schatten, die man an klaren Tagen weit weg im Osten sah, waren die Hügel von Waterford, und im Westen lagen die Berge von Kerry. Die Anhöhe, die ihr Torturm bewachte, war nur einer von mehreren malerischen Hügeln. Starke Mauern umgaben jetzt ihren Fuß wie ein Diadem eine hohe kahle Stirn. Am Gipfel des Hügels wuchs die zinnenbekrönte äußere Hülle eines Hauses, das bald als stattlicher Herrensitz die Landschaft rundherum beherrschen würde.

Später einmal würde sich ein prachtvoller Ziergarten vom Herrenhaus bis hinunter zum Bregoge, einem Nebenfluß des Awbeg, erstrecken, aber vorläufig war der Abhang noch von ungepflegtem, von Gänsen kurz gehaltenem Gras bedeckt. In einiger Entfernung, dort, wo der Boden wieder anstieg, lag ein merkwürdig sichelförmiger Teich, als wäre der neue Mond vom Himmel gefallen und hätte sich in die Erde gebohrt. Die dem Haus zugewandte Seite des Teichs war sumpfig und voller Frösche, die des Nachts unaufhörlich quakten und Edmund, wenn er am Dichten war, fast in den Wahnsinn trieben. Störungen seiner Muse gehörten zu den wenigen Dingen, die ihn wirklich in Wut versetzten. Gestern abend hatte Barbary ihn aus dem Fenster schreien hören: »Oh, ihr Teufel, wartet, euch bringe ich noch zum Schweigen! Ich lasse euch drainagieren!«

Immer will er alles ändern, dieser Edmund, dachte Barbary beim Anziehen. Aus einer irischen Gegend will er eine englische machen. Alle Namen muß er ändern, den Awbeg nennt er »Mulla«, dem höchsten Gipfel der Ballyhouras gibt er den läppischen Namen »Alter Maulwurf« – das alles hing mit seinem phantastischen Epos zusammen, das ihm endlich, wie er hoffte, die königliche Huld eintragen sollte, da die Königin selbst dessen allegorische Heldin war. Barbary hatte für Allegorien nichts übrig, hauptsächlich deshalb, weil sie die Anspielungen nicht verstand.

Und die arme Abby in der Küche, die in Wirklichkeit Gobinet hieß, und Lucy, die Luighseach war – aber man mußte ihnen englische Namen geben, für den Fall, daß ein Staatsdiener aus Dublin auftauchte und wissen wollte, warum man denn irische Bediente anstellte. Warum konnten die Engländer denn nicht zugeben, daß sie in einem fremden Land waren? Weil sie das vielleicht daran erinnerte, daß es ihnen nicht gehörte?

Ihr persönlich gefiel es, wie es war. Und heute schien die Sonne darauf. Die Armada war geschlagen, die Expedition zu den Azoren würde ihr Rob mit seinen Forderungen mindestens ein weiteres Jahr vom Hals halten. Sie war frei, und es gab nichts zu tun. Sie ging in ihr Zimmer zurück, schüttelte die Faust gegen die Fledermaus, die in der Nacht hereingekommen war und jetzt kopfabwärts von einem Balken in der Ecke hing und sie mit bösen kleinen Augen anstarrte, zog Matratze und Bettzeug zum Lüften ans Fenster, ging über die Turmtreppe hinunter in den ersten Stock, durch die Tür hinaus und die Außentreppe hinunter.

Auf dem Weg zum Haus hinauf sah sie Lal Edmunds Pferd halten, so daß der Herr aufsteigen konnte. »Ah, Lady Betty, meine Liebe«, rief Edmund, wie immer förmlich in der Gegenwart von Bedienten. »Gerade zur rechten Zeit, um mich zur Kirche zu begleiten.«

Auf einem von Edmunds Pachtgründen lag das rein irische Dorf Effin mit seiner winzigen Kirche. Seit die römisch-katholische Religion in Irland verboten war, kam nur mehr eine Handvoll königstreuer Iren in die Kirche, und auch sie nicht gern, denn ihrer Meinung nach war die Unterwerfung unter die englische Königin nicht gleichbedeutend mit der Annahme ihrer Religion. Der Geistliche, der dort die Messe las, war ein Engländer, der Präbendar Chadwick, aber wie so viele protestantische Geistliche in Irland war auch er viel zu sehr damit beschäftigt, möglichst viel Land an sich zu reißen, als daß er sich auch noch um Seele und Geist der Iren hier hätte kümmern können. Er zog natürlich von seinen Pfarrkindern den Zehnten ein, aber bevor Edmund hier ankam und pflichtgetreu das, was noch fehlte, beigesteuert hatte, war in Effin drei Jahre lang kein Gottesdienst abgehalten worden.

»Ich komme nicht mit, Edmund«, antwortete Barbary ungerührt. Es war ein altes Thema.

Der Dichter setzte sein verantwortungsbewußtes Gesicht auf. »Cousine, ich muß darauf bestehen«, erklärte er. »Wir leben mitten unter dem barbarischsten Volk der Erde. Wir müssen ihnen ein Beispiel geben.«

»Ich bin auch eine von diesen Barbaren, Edmund.« Genau wie dieser Junge hier, dachte sie, der dabeisteht und jedes Wort mitanhört.

Es irritierte ihn, daß sie ihn an ihre irische Abkunft erinnerte. »Ich betrachte dich als eine von uns«, entgegnete er. »Und du bist doch keine Papistin.«

»Nein, das nicht. Aber in die Kirche gehe ich auch nicht. Ich gehe mit Sylvestris an die frische Luft.«

»Wie können diese Menschen den richtigen Pfad finden, wenn nicht wir, ihre Herren und Vorbilder, ihm folgen?«

Barbary zuckte die Schultern. Das war nicht ihr Problem.

»Besuchst du auf dem Rückweg wieder Tadg O'Lyne?« Tadg war ein angesehener, blinder alter irischer Dichter, der in den Ruinen der Abtei Ballybeg lebte.

Edmund antwortete leicht defensiv: »Vielleicht.« Dann packte ihn Begeisterung: »Weißt du, Cousine, diese irischen Dichter können uns an Gefühl für Rhythmus und an Erfindungskraft noch sehr viel beibringen.«

»Letztes Mal bliebst du über Nacht bei ihm ...«

»Wir hatten viel zu besprechen.«

»... und am nächsten Morgen fuhr ein Speer durch seine Kuh.«

»Zufall«, murmelte Edmund.

»Der gleiche Zufall, der auch seine Scheune niederbrannte, als du vorher bei ihm übernachtet hast?«

»Ich bin für die MacSheehys und ihren Terror nicht verantwortlich.«

Es war Rosh gewesen, die Barbary gebeten hatte, Edmund weitere Besuche bei dem alten Dichter auszureden. Da die englischen Farmen für sie nicht mehr einnehmbar waren und die Vergeltungsschläge durch Captain Mackworth allzu schmerzhaft, gingen die MacSheehys jetzt dazu über, jeden Iren, der mit dem Feind fraternisierte, dadurch zu bestrafen, daß sie sein Vieh umbrachten. Barbary bezweifelte allerdings, ob sie damit bei ihren eigenen Leuten beliebter wurden als die Kolonisten.

Sie drohte Edmund mit dem Zeigefinger. »Das glaubst du doch selbst nicht. Du nutzt ihn aus. Rosh sagt, der arme alte Tadg kann dich nicht abweisen, denn das ginge gegen seine Ehre. Sie behauptet, das ist eben die Tradition hier, und er würde eher sterben als einen Gast abweisen. Aber er ist unglücklich darüber, und das kann man ja wohl verstehen.«

Edmund bestieg mit zusammengepreßten Lippen sein Pferd. »Du kannst Rosh ausrichten, es stünde einer irischen Schlampe nicht zu, einem englischen Gentleman Vorschriften zu machen.«

Barbary sah ihm nach, einer schmalen, steifnackigen, merkwürdig unscharfen Gestalt. Edmund hatte so viele Facetten, die wie aufgeklebt schienen, als hätte er sie von Menschen, denen er nacheiferte, nur geliehen. Was darunter lag und ob sich's zu entdecken lohnen würde, konnte sie nicht sagen, sie wußte nur, daß er ein Dickkopf war. Man konnte Gift darauf nehmen, daß er jetzt zu Tadg gehen würde, um von ihm die Dichtkunst eines Volkes zu lernen, das er barbarisch nannte, und ebenso konnte man Gift darauf nehmen, daß aus diesem Grund am nächsten Tag eines der wenigen Tadg noch verbliebenen Tiere umkommen würde. »Edmund, du bist ein Hornochse«, murmelte sie leise. »Und, was noch schlimmer ist: ein dickschädeliger Hornochse.«

Sie verbrachte den Tag auf angenehme Weise mit Catherine und Sylvestris draußen in der Sonne. Zuerst sagte Catherine, die vieles von ihrem Vater hatte, vorwurfsvoll: »Du darfst Sylvestris doch nicht seine Wickeltücher abnehmen. Dann wachsen seine Glieder nicht gerade!«

»Na, wer ist denn da eine kleine Meckerliese?«, gurrte Barbary und befreite Sylvestris von der allerletzten Windel. »Die Iren binden ihre Kleinen niemals ein, und trotzdem wachsen sie ganz gerade.«

Catherine legte den Kopf schief. »Ja, das stimmt. Darf ich mein Korsett ausziehen?«

»Ja.«

»Und im Teich planschen?«

»Natürlich.« Die irischen Kinder, die frei und in der frischen Luft aufwuchsen, waren trotz ihrer Armut viel gesünder als die englischen mit ihren eingezwängten Körpern. Überhaupt, dachte Barbary, waren die Iren viel gesünder, vielleicht, weil sie so viel Grünzeug aßen – junge Brennesseln, Beinwell, Sauerampfer, Weißen Gänsefuß und alle möglichen wilden Kräuter. Die fleischessenden Engländer nannten sie verächtlich »Grasfresser«, aber wenn Barbary Maccabee, Edmund und Catherine und sogar sich selbst in ihrer Kleinwüchsigkeit mit ihren dünnen, aber großen und kräftigen irischen Dienstboten verglich, dann mußte sie zugeben, daß Grasfressen zumindestens nicht schadete.

Es war ein so ungewöhnlich beschaulicher Tag, daß Barbary, als alle anderen kurz vor Sonnenuntergang zu Bett gegangen waren, ausnahmsweise noch hellwach war. Sie lehnte am Rahmen ihres Westfensters, ein Fuß klopfte vor Langeweile auf den Boden, und innerlich murrte sie über ihr Leben, das so gar kein besonderes Ziel und keine Abwechslung kannte. Der Sonnenuntergang verwandelte jeden Baum in eine lockende Schattengestalt und ließ einen Duft von abendlichem Abenteuer aus dem Gras an den Steinen der Spenser-Mauer hochsteigen, der die Nase der rotschopfigen, noch immer sehr jungen Frau am Fenster kitzelte.

In diesem Augenblick sah sie, wie sich am äußersten rechten Rand ihres Blickfelds etwas regte. Die Strahlen der tiefstehenden Sonne blitzten ihr direkt ins Auge, aber dort hatte sich ein Mensch bewegt, da war kein Irrtum möglich. Schnell trat sie ans Ostfenster. Von dort hatte sie Aussicht auf den inneren Schloßhof, wo das Vieh die Nacht über eingesperrt war. Sie zählte es. Alles in Ordnung, alle da, keines hatte einen Speer durch den Hals.

Rechts von den Viehgehegen war das hölzerne Hühnerhaus. Sie lauschte; inzwischen verstand sie genug vom Verhalten seiner Insassen, um das leise Gackern, das daraus aufstieg, als das Geräusch zufriedener und ungestörter Hühner, die sich zum Schlafen niederließen, zu deuten. Auch hier war alles, wie es sein sollte. Sie trat an die nördliche Schießscharte, um den Hang zu untersuchen, der unter ihrem Turm zu den Ballyhouras abfiel. Hier war gerodet worden, um einem angreifenden Feind keine Deckung zu bieten, nur die kleinen Erdhügel warfen Schatten. Einer dieser Schatten machte sich los und huschte zum nächsten, wo er hockenblieb. Es war Rosh. Und zwar Rosh mit dem Eierkorb in ihrer Hand, den Barbary heute morgen selbst Lal in die Hand gedrückt hatte, damit er die frisch gelegten Eier darin sammle; doch am Ende brachte er ihr auffallend wenig Beute. »Haben heute nicht so gut gelegt«, sagte er. In ihrer Überraschung, daß er überhaupt gesprochen hatte – denn für seine Verhältnisse war das schwatzhaft –, hatte Barbary die Mitteilung nicht angezweifelt. »Aber es war nicht die Bibel, was?« ging ihr jetzt ein Licht auf. »Du und deine Mama habt den Rest geklaut, und jetzt schleppt sie sie auf ihren zehn Zehen aus dem Haus. Aber wohin?«

Die Eier waren Barbary vollkommen gleichgültig. Sollte Rosh sie haben. Hatte sie ja ohnehin. Was sie störte, war, daß sie nicht wußte, was da vorging. Seit sie hier in Kilcolman lebte, war ihr klar, daß die Engländer vom inneren Leben dieses Landes ausgeschlossen waren. Die Iren dagegen standen auf geheimnisvolle Weise mit ihm und miteinander in Verbindung. Woher hatte zum Beispiel Rosh, die bis heute das Gut noch nie verlassen hatte, gewußt, daß die MacSheehys den vier Meilen entfernt lebenden Tadg O'Lyne, den Dichter, verfolgten?

Aber das war es nicht allein. An bestimmten Abenden – und zwar nicht an den von den Engländern erklärten Feiertagen – drangen aus der Ferne Krummhörner und Flöten und Gelächter an verwirrte Kolonistenohren. Dann machten sich die Gutsherren zornig auf zu diesen Klängen, denn Musik und heimliches Lachen war nicht weniger beunruhigend als der verhaßte, haßerfüllte Schrei der MacSheehys. Aber sie fanden nie etwas. Höchstens einmal zertrampeltes Gras. Nach ihrer Rückkehr stürzten sie in die Kammern der Bedienten, nur um dort jeden Mann, jede Frau und jedes Kind selig lächelnd in seinem eigenen Bett schlafend vorzufinden. Aber irgendwo, irgendwie gab es ein Leben, zu dem die Engländer keinen Zutritt hatten. Langsam begannen sie an die Elfenwelt der irischen Mythen zu glauben. Der Pooka schlich sich in ihre Alpträume ein. Es entnervte sie.

Mehr als alle anderen beschäftigte es Barbary. In London hatte sie der geheimen Unterwelt angehört, daher wollte sie hier nicht plötzlich ausgeschlossen sein. Es war außerdem gefährlich, nicht zu wissen, was um einen her vorging – und es juckte ihre Neugier so weit, daß sie sie unbedingt mit einer Antwort kratzen mußte. Rosh kannte die Antwort. Und Rosh würde sie dahin führen, wo sie zu finden war.

Sie bewegte sich wie ein Blitz. Aber sie war wieder die Barbary aus dem Orden, daher stürzte sie nicht aus ihrem Turm in eine sich verfinsternde, feindliche Landschaft ohne entsprechende Vorkehrungen. Die Schnur des Muffs, in dem sie die Clampett aufbewahrte, warf sie sich um den Hals – ein Muff war in diesem Wetter vielleicht nicht das Passende, aber die Iren waren selber zu exzentrisch, um derartige Exzentrizitäten zu bemerken – und drehte ihren Schal so zusammen, daß er eine dicke Rolle bildete, die sie sich um den Kopf band, was zumindest vom Umriß her ungefähr so aussah wie eine irische Weiberkopftracht. Inzwischen konnte sie genausogut irisch dahinplappern wie Rosh, und sollte sie einem MacSheehy begegnen, dann würde sie es ihm beweisen, und wenn ihm das nicht reichte – ihn erschießen.

Im nächsten Moment war sie aus dem Turm. Die großen Tore waren für die Nacht verriegelt. Die Mauern waren hoch, aber Barbary war bei ihrem Bau dabeigewesen. An der Rückseite des Innenhofs stand noch ein Teil der alten Stützmauer, noch aus der Zeit, da Kilcolman der Sitz der Grafen von Desmond war. Da gab es genug Spalten, wo geschickte Zehen einen Halt finden konnten. Sie rannte in den Innenhof, durch die Viehgehege und hinter das Hühnerhaus. Dann erkannte sie, daß geschickte Zehen gar nicht nötig waren. Rosh war nicht über die Mauer geklettert, sondern darunter durch. Am Fuß der Mauer war ein Loch im Boden, daneben ein alter Brunnendeckel und ein Misthaufen aus den Viehgehegen, die dieses Loch sonst verbargen. Der Eingang war nur wenig breiter als der zu einem Dachsbau, gerade groß genug, daß ein sehr schlanker Mensch sich in den Tunnel dahinter zwängen konnte, der, wie sie beim Hindurchkriechen fand, zuerst steil bergab ging, dann steil bergauf, bis er unter der Mauer in die Welt nach draußen führte.

Sie schob die Zweige einer niedrigen Brombeerstaude auseinander, die den äußeren Eingang zum Tunnel verbarg, zog sich heraus und rannte gebückt über den kahlen Hang zum »Hirschpark« und unter die Bäume, wo Rosh bereits verschwunden war. Am Waldrand blieb sie stehen, lauschte und folgte dem Geräusch raschelnder Blätter auf einem Weg, der ins Waldesinnere führte. Ein großer Erntemond hing an einem Himmel, der noch matt im letzten Schein des Sonnenuntergangs glühte, aber unter dem Baumdach war es dunkel, immer wieder drangen leise Geräusche an ihr Ohr, die, so hoffte sie, nur von Waldtieren herrührten, die ihren nächtlichen Geschäften nachgingen. Rosh bewegte sich mit dem sicheren Schritt jemandes, der den Weg so gut kennt wie seine eigene Handfläche. Zum Glück ging sie nicht schnell – sie wollte wohl die Eier nicht in Gefahr bringen. Und sie hatte keine Ahnung, daß sie eine Klette hatte, noch dazu eine Meisterin ihrer Zunft. Barbary grinste. Penshurst, Ehe, Reife fielen von ihr ab, dafür war die alte Faszination wieder da, der Gimpelfänger wieder unterwegs. Der Pfad war eine kleine Hintergasse, die Zweige ihre Dachfirste. Nur daß es hier besser roch als in den Bermudas.

Sie holte auf, sah den großen Schatten im Rock und paßte augenblicklich ihren Schritt so an, daß sie den Boden genau im gleichen Rhythmus berührte wie Rosh.

Und was besonders nett ist, sagte sie sich, diesmal steh' ich auf der Seite des Gesetzes. Rosh ist der Klemmer, und ich bin der Beklemmte. Und was Rosh jetzt vorhatte, war höchstwahrscheinlich ebenfalls ungesetzlich, wie alles, was die Iren taten, das die Engländer nicht ausdrücklich erlaubten: ihre eigene Sprache sprechen, ihre eigene Religion praktizieren, ihr Haar auf diese Weise tragen, ihre Gewänder auf jene.

Ihre Verblüffung darüber, es nicht schon längst erkannt zu haben, war fast so groß wie jene über die Erkenntnis selbst. Einen Moment lang vergaß sie, ihre Schritte anzupassen, und mußte rasch erstarren, als die Frau sich umsah und dann erst wieder weiterging. Die bloßen Iren *waren* der Orden. Sie überlebten gegen den Willen einer übermächtigen Obrigkeit, genau wie der Orden. Rosh war sie selbst, ihr früheres Ebenbild. Sie war früher Rosh gewesen, wie die jetzt war, gejagt, verfolgt, verstohlen. Sie beschattete sich selbst.

Ich verpfeife dich nicht, ganz gleich, worum es geht, versprach sie im Geist. Aber ich muß *wissen*, worum es geht.

Sie stiegen jetzt bergan, der Geruch nach Adlerfarn wurde immer stärker. Die starke Steigung ließ das Mondlicht unter die Bäume dringen, aber Rosh achtete zu sehr auf ihren Eierkorb, um sich noch einmal umzudrehen. Der Weg führte zum Gipfel von Edmunds »Altem Maulwurf«. Barbary wurde schon langsam müde, als Rosh endlich eine Pause machte. Sie hörte die Irin ein Dankgebet murmeln, bevor sie einen steilen Hang hinunter verschwand. Barbary fand eine Stelle mit Aussicht und blickte ihr nach. Unten machten die Bäume einer grasbewachsenen Senke zwischen den Hügeln Platz, und auf dieser Lichtung zuckten Lichter, huschten Menschen hin und her. Barbary zog die Luft ein. Das Licht stammte von Kerzen, aber keinen gewöhnlichen Talgkerzen; sie roch Bienenwachs.

Barbary schnitt ein Gesicht. Also *das* war es, was Rosh vorhatte? Das war nicht nur ungesetzlich, das war so gefährlich, daß allein die Vorstellung, sie könnte beim Zusehen geschnappt werden, ihre Handflächen zum Schwitzen brachte. Sie mußte wissen, was hier los war, aber dazu brauchte sie Deckung, eine hübsche dichte Deckung, am besten schwer gepanzert. Vorsichtig umkreiste sie den Rand der Lichtung, bis sie das fand, was hier im Wald einer Panzerung am nächsten kam: eine Eibe. Sie nahm den Schal vom Kopf und wickelte ihn sich um die Taille. Barbary war Eibenexpertin. Es waren die einzigen Bäume, die sie kannte. Jeder Londoner Friedhof hatte mindestens eine große alte Eibe. Sie wußte, daß sie höllisch kratzten, aber wenn sie wirklich alt waren, so wie diese hier, dann hatten sie in ihrem Inneren Höhlungen, in denen ein dünner Mensch, der aber nicht wehleidig sein durfte, Unterschlupf fand. Mehr als einmal war sie ihren Verfolgern durch die Lappen gegangen durch Unterkunft bei einer gastfreundlichen alten Eibe.

Wollte sie sich bei dieser hier einmieten, so mußte sie eine kurze Strecke über freies Gelände bergab kriechen, aber es war im Schatten, und die Leute unten auf der Lichtung waren zu beschäftigt, um sie zu bemerken. Mit zusammengebissenen Zähnen wand sie sich unter die untersten Zweige, fand eine Öffnung und schlängelte sich in ihrem Inneren empor. Dann schob sie vorsichtig die Zweige vor sich auseinander und blickte durch einen Eibentunnel auf die Szene unten auf der Lichtung.

Sie hatte recht gehabt. Das war eine Zeremonie, die nur von Kerzen aus Bienenwachs erleuchtet werden durfte, denn Bienen galten als jungfräuliche Geschöpfe, nicht befleckt vom sexuellen Akt, genau wie ihre Schutzpatronin, die Jungfrau Maria. Ein weißes Tuch bedeckte einen unebenen natürlichen Altar, darauf stand, von Kerzen umgeben, eine verbeulte Zinnplatte. Zwei Jungen halfen einen großen Mann einkleiden, eben zogen sie ihm den weißen Chorrock über den Kopf. Einhundert oder mehr irische Männer und Frauen hatten sich in der Talsenke versammelt. Woher waren die alle gekommen?

Püppchenanbeter. Papisten. Katholen. Römische.

Sie empfand die gleiche lüsterne Neugier wie damals, als sie und Rob, beide noch ganz jung, durch eine Spalte im Fußboden des Pudding-in-a-Cloth spähten, um herauszufinden, was das denn nun eigentlich war, was Foll mit ihren Kunden tat.

Die protestantische Propaganda redete von Wollust, von Menschenopfern, von zügellosen nackten Teufeln, die den Götzendienst anführten. Sie konnte keinen Teufel sehen. Sie konnte überhaupt nicht viel sehen. Nur den Priester, jetzt ganz eingekleidet, einen sorgenvollen Mann im Kerzenschein. Am Himmel war noch etwas Licht, aber die Gemeinde trug die Pelzkrägen ihrer irischen Umhänge hochgestellt um den unteren Teil ihrer Gesichter. Sie erkannte Rosh und die beiden O'Dwyer-Jungen, die für Ellis arbeiteten. War das nicht Patrick, einer von Edmunds Knechten? Und seine Frau? Da und dort sah sie Gestalten, die Männern und Frauen ähnelten, denen sie auf dem Markt von Mallow begegnet war, aber sie konnte sich einfach nicht vorstellen, welcher Zwang diese Menschen dazu trieb, sich einer solchen Gefahr auszusetzen. Captain Mackworth war hinter Priestern mit noch mehr Eifer her als hinter den MacSheehys, und das wollte etwas heißen. Wenn man ihn erwischte, dann wurde dieser weißgekleidete Mann bei lebendigem Leib zerstückelt. Die übrigen würden aufgehängt, vielleicht auch verbrannt. Und alles für ein Ritual. Was fiel ihnen nur ein?

Sie hatten Angst. Und das mit Grund. Ständig warfen sie Blicke auf die Bäume rundherum, genau wie Ordensleute auf dem Weg zu einem Überfall die Straße nach Wachleuten absuchten. Rosh winkte einer Eiche an der anderen Seite der Senke, und von hoch oben im Baum winkte ihr ein Arm zurück. Wenigstens hatten sie einen Wachtposten aufgestellt. Zum Glück hatte er nicht bemerkt, wie sie sich in die Eibe schlängelte.

Der Eierkorb stand am Boden, daneben andere Köstlichkeiten: ein Schinken, ein Bund Zwiebeln, noch mehr Körbe. Opfergaben. Proviant für einen Priester auf der Flucht.

Jetzt knieten sie alle. Der Priester sang auf irisch, nicht lateinisch, und zwar gar nicht leise. Immer redeten sie so, als sei Gott taub.

»Heilig, heilig, heilig ist der Herr der Heerscharen.«

Ihre Lippen murmelten die Worte, bevor ihr Gehirn begriff, was sie tat. Jesus Christus, sie wußte, was sie sagen sollte. Sie kannte die Antworten genausogut wie das Volk da unten. Sie war eine Papistin. Gewesen. Natürlich. Sie war Irin. Bisher war's ihr nur nicht aufgefallen. Irgendwo im Land der Cherubim hatte man sie gelehrt, wie diese da zu knien und zu beten. Mit zusammengebissenen Zähnen wehrte sie sich gegen den Rhythmus der Worte und riß ihren Blick von der Lichtung los, während der Priester das Gebet zur Gabenbereitung anstimmte.

Unter dem Baum, in dem der Wachtposten hockte, rührte sich etwas. Sie kniff die Augen zusammen, um zu erkennen, was es war. Etwas rührte sich jetzt auch hinter ihrer Eibe. Unendlich langsam, wobei sie sich die Wangen an den Stacheln zerkratzte, drehte sie den Kopf und sah im Mondlicht einen Brustschild glänzen.

Mackworth war hier. Mackworth mit Soldaten. Jesus. Maria. Mutter Gottes, mach, daß sie mich nicht sehen. Mach, daß sie mich nicht sehen. Mit der Angst um sich selbst kam Angst um die Menschen auf der Lichtung. Schütze sie. Warne sie. Maria, Mutter Gottes, bewahre sie vor den Schwertern dieser Soldaten. Wieder im Glauben ihrer Kindheit, bediente sie sich in ihrer äußersten Not wieder seiner Sprache.

Zu ihrer Rechten gab es eine Bewegung. Sie kreisten die Lichtung ein. Jeden Moment konnte Mackworth das Signal geben und über die knienden Beter herfallen wie der Wolf über die Schafe.

Da kam ein lautes Flügelschlagen, als ein Fasan aus dem Gebüsch aufflog, wo man ihn gestört hatte. Die Betenden unten blickten hoch, sprangen auf, fingen an zu rennen. Sie hörte Mackworths Stimme – sie kannte sie gut – brüllen: »Attacke!«

Soldaten quollen zwischen den Bäumen hervor. Sie hörte den einen hinter sich in schwerfälligen Lauf fallen, sah seinen Rücken, wie er den Hang hinunterkollerte.

Jetzt fing sie sich wieder. Flucht. Der Fasan hatte Mackworth sein Umzingelungsmanöver verdorben, die Soldaten hatten ihre Umklammerung nicht geschlossen; die Hälfte der Lichtung, die westliche Hälfte, war noch frei. Die Iren rannten alle in diese Richtung. Sie sah eine Frau stürzen und betete, daß es nicht Rosh sein möge. Ein Kind kam zurück, um seiner Mutter aufzuhelfen. Laß sie. Sie ist so gut wie tot.

Gehen? Bleiben? Gehen. Wenn sie mit der Verfolgung aufhörten, würden die Soldaten zum Tatort zurückkehren, ausschwärmen und nach Nachzüglern suchen. Mit Laternen. Also fort. Und zwar in die Richtung, aus der sie gekommen war.

Schreie tönten herauf von der Lichtung, aber Barbary wand sich heraus aus ihrem Baum, die Snaphaunce in der Hand; und wieder stahl sie sich von Baum zu Baum wie früher durch die Schatten in den Straßen Londons.

Die nächsten vier Stunden waren ein Alptraum von Ausgleiten, Fallen, Rennen, Stilliegen, Lauschen, Spähen, verzweifelt Überlegen, wo sie wohl war, und Hassen. Die Iren hassen, weil sie so verrückt waren, an ihrer Religion festzuhalten: »Was macht das schon für einen verdammten Unterschied?« Die Engländer hassen: »Warum lassen sie die armen Leute nicht in Ruhe?« Mackworth hassen: »Der genießt es.« Ihre Umgebung hassen: »Beschissene Ballyhouras.«

Einer der Ordens-Ausdrücke für »in Schwierigkeiten sein« war »in den Brombeeren«; in dieser Nacht begriff sie seine buchstäbliche Bedeutung. Dornenranken rissen sie zu Boden, stachelige Fangarme schlangen sich um ihre Beine, ihren Rock. Fluchend brach sie durch das Dickicht und fürchtete sich inzwischen weniger vor Mackworth als vielmehr davor, auf ewig im Schlund dieses Waldes zu versinken.

Ihr tausendster – oder war's der zweitausendste? – Fall katapultierte sie unter freien Himmel, ihre Hände stießen in Wasser und Schlamm. Sie war an einem Flußufer gelandet. Als sie sich die Augen gewischt hatte, erblickte sie den Umriß einer

Brücke, dahinter eine steil ansteigende Straße, Häuser zu beiden Seiten. Doneraile. Sie war in Doneraile, zwei Meilen von daheim. Aber deshalb noch lange nicht sicher. Die Straße nach Kilcolman, in der Nacht sonst verlassen, dröhnte unter Hufschlag und dem Getrommel marschierender Füße. Jeder Soldat in Munster war heute offenbar unterwegs. Sie mußte sich über Felder und eingezäunte Weiden auf den Heimweg machen.

Die Dornenranken über dem Tunnel unter der Mauer sahen noch genauso aus wie bei ihrem Aufbruch. Der Deckel auf der anderen Seite war noch nicht wieder zurückgeschoben. Rosh war nicht zurückgekehrt.

Barbary hatte keine Kraft mehr, sich um irgend etwas Sorgen zu machen, außer wie sie die Entfernung zu ihrem Turm und ihrem Bett bewältigen könnte. Es gab Menschen, die sehnten sich nach Erlösung: Sie sehnte sich nach ihrem Bett. Schloß Spenser gab kein Lebenszeichen von sich, als sie den inneren Schloßhof durchquerte. Sie erreichte ihr Bett, fiel hinein und schlief ein.

Mit der Verstocktheit einer in die Hölle zitierten Seele erwachte Barbary von lautem Klopfen gegen das Tor. »Nein«, knirschte sie, »o nein.« Aber der Teufel ließ nicht locker.

Sie öffnete ein Auge. Ihr Ostfenster war vom Licht des Morgens noch kaum berührt. Sie blinzelte noch, als die Fledermaus von ihrem nächtlichen Jagdausflug heimkam und sich mürrisch in ihre Ecke hängte. Das Morgengrauen hatte eben erst begonnen. Sie hatte keine zwei Stunden geschlafen.

Sie hörte, wie Nup, anglo-irischer Ex-Soldat und Kastellan von Schloß Spenser, außerdem Gärtner und Mädchen für alles, der im neuen Pförtnerhaus ihr gegenüber wohnte, murrend zum Guckloch schlurfte, die Klappe aufschob, um zu sehen, wer da war, und dann anfing, die Torriegel aufzuschieben.

Die Stimme, die gestern die Attacke auf die Messe befohlen hatte, sagte herrisch: »Meine Empfehlung an Master Spenser und bitte um Erlaubnis für eine Durchsuchung. Wir suchen einen entlaufenen Priester, der sich hier in der Gegend versteckt.« Captain Mackworth ersuchte nicht, er forderte.

Das weckte sie auf. Der Priester war also entkommen? Sie war am ganzen Körper zerstochen. Sie hob ihre Hände und sah, daß die Handrücken zerkratzt und mit getrocknetem Blut verschmiert waren. Ihr Kleid, das sie nicht ausgezogen hatte, hing ihr in Fetzen herunter. Sie stand auf und starrte in den Spiegel: Jede einzelne Locke auf ihrem Kopf kämpfte mit allen anderen auf Leben und Tod. Zum Glück hatte ihr Gesicht nur einen einzigen Kratzer abbekommen, und zwar von der Eibe, aber wenn Mackworth sie jetzt sähe, dann wüßte er sofort, wo sie die Nacht verbracht hatte. Sie riß sich das Gewand vom Leib und entdeckte dabei neue Kratzer und Schrammen.

Sie zog sich frische Kleider an und lief dabei von einem Fenster zum andern. Mackworth hatte einen Haufen Soldaten bei sich, aber die Durchsuchung wurde noch aufgehalten von Edmund im Nachthemd, der über die Verletzung der Würde seines neuen Heims empört war. Mackworth erklärte und deutete auf die Ballyhouras. »... Wilde hielten letzte Nacht eine Messe ... irgendein gottverdammter Pfaffe aus Spanien ... entkommen ... ein paar erwischt ... baumeln in Mallow am Galgen.«

Rosh. O Jesus, hatten sie Rosh erwischt? Dann blickte sie aus dem Ostfenster und sah sie. Sie kam eben aus dem Hühnerhaus. In ihrer Erleichterung bemerkte Barbary zuerst nicht, daß Rosh sich höchst merkwürdig benahm, selbst für jemanden, der die ganze Nacht bei einer illegalen Versammlung verbracht hatte und gerade noch den englischen Soldaten entwischt war. Dann aber drang es zu ihr durch. Die Frau war blaß, verständlicherweise, aber warum war sie, da die Gefahr doch vorbei war, immer noch so verschreckt, daß sie sich ständig ängstlich umsah? Warum schloß sie die Türe zum Hühnerhaus gar so sorgfältig? Warum – das hatte doch gar keinen Sinn – warum ließ sie nun, da es schon Tag wurde, denn nicht die Hühner heraus?

Stöhnend ließ Barbary die Hände auf die Fensterbank sinken. O Rosh! Rosh, du vermaledeiter schafsköpfiger steinerner Dickschädel! Du hast den Priester da drin versteckt.

Barbary wandte sich ab und fing an, den Kamm durch ihre verfilzten Haare zu ziehen. Das ging sie nichts an. Von mir aus kann Rosh so viele Hühnerhäuser, wie sie will, mit Schwarzröcken vollstopfen, was schert mich das. Den fanden sie, soviel war klar, aber das würde seinen und Roshs Hals verlängern, nicht den ihren. Wenn Rosh solche Sehnsucht nach der Hölle hatte, konnte ihr geholfen werden.

Jetzt hörte sie Stimmen aus dem inneren Schloßhof und trat wieder ans Fenster. Mackworth war mit Edmund zum Herrenhaus hinaufgegangen, aber einer der Soldaten durchsuchte die Viehgehege und hatte Rosh angerufen. Und Rosh, dieses bescheuerte Landmensch, antwortete nicht. Sie stand noch immer mit dem Rücken zur Tür des Hühnerhauses, wie von einem plötzlichen Temperatursturz dort festgefroren.

»He, G'scherte!« sagte der Soldat gerade zu ihr, »was ist denn da drin in deinem Gackerfaß?« Er war aus London. Nur Cockneys nannten den Hühnerstall ein Gackerfaß.

Barbary stöhnte wieder. Das würde sie noch bedauern. Sie beugte sich aus dem Fenster und brachte ihren alten Akzent auf Vordermann. »He – du! Matschtrampler! Was willst du?«

Der Soldat hob den Blick zu dem munteren Rotschopf im Turmfenster und grinste. »Letztes Mal, daß mich einer Matschtrampler nannte, da war ich zu Haus.«

»Hör zu, wenn du meine Gackerer aufregst, da matsch-trample ich *dich*, das sag' ich dir! Bleib, ich komme gleich runter.«

Schnell rollte sie ihr zerrissenes Gewand zusammen, für den Fall, daß man in ihrer Abwesenheit ihren Turm durchsuchte, steckte es sich unter den Arm wie Schmutzwäsche und sauste die Treppe hinunter. Der Infanterist lehnte in freudiger Erwartung auf seiner Pike. Rosh hatte keinen Muskel bewegt. »Na, und wie nennen sie dich, Karottenkopf?«

»Sie nennen mich *Lady* Betty«, erwiderte Barbary. »Gattin von *Sir* Robert Betty. Hast ja wohl von ihm gehört, oder?«

Auf die Namen der Helden der Armada hatten alle Engländer Toasts ausgebracht, von den Niederlanden bis nach Connaught. »Großer Mann«, sagte der Soldat und zwinkerte. »Und ein Glückspilz.«

Barbary zwinkerte zurück. »Whitecross?«

»Gleich nebenan. Golden Lane. Möchte wissen, warum ich je fort bin.«

Barbary nickte. »Das Gefühl kenn' ich. Na, und was willst du von meinen Gackerern?« Während sie redete, bewegte sie sich bis zu einem Punkt, von wo aus sie den Abschnitt zwischen Hühnerstall und Mauer überblicken konnte. Ein Haufen Kuhmist verbarg den Tunnel.

»Befehl von oben«, erwiderte der Soldat. »Ein Papist ist ausgekommen. Muß alle Nebengebäude und alle irischen Keuschen durchsuchen, und Madam Mitternacht da stellt sich merkwürdig an.«

»Die ist so blöd wie Schweinescheiße«, sagte Barbary, »wie alle Paddies. Aber davon mal ganz abgesehen, in diesen scheußlichen Kindersärgen kannst du nicht in meinem Hühnerstall herumtrampeln. Meine Hendln brauchen dich ja nur anzuschauen und kriegen schon den Pips.« Sie hielt ihre am schlimmsten zerkratzte Hand dem Soldaten vor die Nase. »Und der Hahn da drin ist der reinste Tiger. Schau, wie er meine Hand zugerichtet hat.« Der Soldat fuhr zurück. »Geh du in den Kuhstall, und such unterm Heu«, fuhr sie fort, »und ich sehe inzwischen hier nach.« Sie ließ ihm keine Zeit zum Widerspruch, sondern schnappte Rosh an: »Mach die Tür auf.« Rosh kam zu sich und öffnete. Der Soldat ging hinunter in den Kuhstall.

Barbary trat hinein und zog die Tür hinter sich halb zu. Für einen Hühnerstall war dieser hier sehr groß; der Graf von Desmond oder sein Verwalter hatten sich offenbar für Geflügelzucht in großem Maßstab interessiert. Die dreißig Spenser-Hühner wirkten ziemlich verloren auf den breiten Hühnerstangen quer durch den ganzen, zwanzig Fuß langen Raum. Im Halbdunkel bewegte sie sich durch den mehligen, grün-gelben Geruch nach Hühnermist, hier und da fiel durch einen Spalt zwischen den Brettern ein Strahl der Morgensonne herein. »Tuuuk-tuk-tuk-tuk«, lockte sie die Vögel, laut genug, daß der Soldat sie hören konnte. »Tuuuk-tuk.« Sie war nervös. Priester hatten etwas Unheimliches; die Vorstellung, daß hier irgendwo einer lag und wartete, sandte ihr einen Schauer über den Rücken. Auch die Hühner waren nervös, putzten ihr aufgeplustertes Gefieder und gackerten immer lauter, um ihr klarzumachen, daß sie schon längst ins Tageslicht gehörten. »Tuuuk-tuk-

tuk.« Barbary trat zurück und unterdrückte einen Schrei, als der Hahn vor ihr auf einen Dachsparren flog und sich krächzend in seinen Morgengesang stürzte. Was sie über ihn gesagt hatte, war nicht gelogen, der Vogel war wirklich ein heimtückischer Raufer, jederzeit bereit, einen anzufliegen und mit den Klauen die Augen auszukratzen. Sie schob sich an ihm vorbei. »Eine Bewegung, Kikeriki, und der Kochtopf hat dich.«

Dann hörte sie etwas tropfen, ein langsames, unregelmäßiges Geräusch. »Tuuuk-tuk-tuk.« Direkt vor ihren Füßen sah sie eine schwarzglänzende Lache, und noch während sie darauf starrte, fiel ein weiterer Tropfen hinein. Widerwillig und sich an einen anderen Ort wünschend, hob sie den Kopf. Dabei hätten fast Finger ihre Nase berührt. Ein menschlicher Arm fungierte als Traufe für das Blut, das daran herunterrann und sich dann in der Lache am Boden sammelte.

Priesterblut, Papistenblut. Sie schluckte. Wenn er es weiterhin in dieser Geschwindigkeit verlor, dann war er bald kein Priester mehr, sondern eine Leiche. Sie stellte sich auf die unterste Hühnerstange und reckte sich, um einen Blick auf das ihr zugewandte Gesicht zu werfen. Es war weiß und bewußtlos. Und es war nicht das des Priesters.

Barbary betrachtete es eine Weile. »Tuuuuk –«, sagte sie langsam zu ihm, »tuk – tuk.«

Sie drehte sich um, ging energisch zur Tür, machte sie weit auf und trieb die Hühner hinaus. Rosh warf ihr einen Blick zu, aber Barbary ignorierte sie. Der Kikeriki stürmte ins Sonnenlicht hinaus, prächtig anzusehen und böse, und die Hühner folgten ihm gackernd nach. Sie ließ die Tür offen.

Drüben beim Kuhstall blickte der Soldat nervös auf das Dach, auf dem Kikeriki zu neuem Krähen gelandet war. »Nichts?«

»Nichts. Und du?«

»Schnecken. Das Ganze ist so gut wie Steinerösten. Der hockt in irgendeiner Paddy-Hütte. Aber der Captain bekommt die Fraisen, was wetten wir. Der Captain haßt Pfaffen noch mehr als die MacSheehys.«

Sie streckte sich. »Na, dann wollen wir uns um sein Frühstück kümmern. Du hättest ja vielleicht auch nichts gegen eine Stärkung, oder?«

»Lady«, versetzte der Soldat voll Wärme, »Ihr seid ein Schatz. Mein Magen glaubt schon, meine Gurgel ist ab.«

Barbary nickte und schob Rosh vorwärts. »In die Küche, du Nudel«, sagte sie zu ihr, »und sieh zu, daß du ein richtiges englisches Frühstück für einen richtigen englischen Gentleman machst.«

Als Rosh an dem Soldaten vorbeistolperte, packte er sie am Arm. »Sag mal ›thump‹.«

»Können sie nicht«, entfuhr es Barbary. »Den Laut gibt es nicht in ihrer Sprache.«

»Aber ich hör's gern, wenn sie es probieren. Los, du Nudel. ›Thhhhump‹.«

»Tump«, sagte Rosh.

Barbarys Finger verkrallten sich in das Kleid unter ihrem Arm. Sie zwinkerte dem Soldaten zu, während Rosh in die Küche flüchtete. »Hoffnungslos«, sagte sie. »Aber ihre Blutwurst ist fast so gut wie die von Mutter Bunch.«

»Ach, Mutter Bunch«, sagte der Soldat voller Heimweh. Zusammen gingen sie zum Haus hinauf und tauschten Londoner Erinnerungen aus. Barbary hörte, wie er Mackworth berichtete, er habe den Schloßhof gründlich durchsucht und nichts gefunden. Rosh fand sie im Räucherhaus, wo diese mit vor lauter Zittern ganz schwachen Händen eine Speckseite vom Haken heben wollte. Barbary half ihr. Zwar zitterten ihr selbst die Hände, aber der Schwindel hatte sie gestärkt. Toll war's gegangen, der Trick war einfach schön gewesen. So wie das Gesicht im Hühnerstall.

Rosh ließ die Speckseite zu Boden fallen und sank selbst darauf zusammen. »Warum habt Ihr das getan?«

»Die hätten dich sonst baumeln lassen.« Sie zuckte mit dem Hals gegen ein imaginäres Seil. »Und ihn auch. Komm, wir haben es eilig.«

»Wer ist er?«

Barbary starrte sie an. »Weißt du das nicht?«

Rosh schüttelte den Kopf. »Uns hier ist er fremd. Er kam mit dem Priester. Als wir davonliefen, blieb er und kämpfte mit zweien von ihnen, um sie aufzuhalten. Aber er ist schwer verwundet. Er hat nach Euch gefragt, und überall war alles voller Engländer, deshalb haben wir ihn hierhergebracht. Und hat er denn nicht mein Leben gerettet?«

Barbary nickte langsam. »Meines hat er auch einmal gerettet. Sein Name ist O'Hagan.« Sie schüttelte sich. »Und er ist am Sterben. Sobald die Luft rein ist, geh hinunter in den Hühnerstall, und tu was gegen die Blutung. Hast du das nötige Zeug?«

»Torfmoos«, erwiderte Rosh. »Wir nehmen Torfmoos, damit Wunden nicht eitern.«

»Gott steh uns bei. Aber wir haben nichts anderes. Sobald es dunkel wird, holen wir ihn. Er muß von hier weg.«

»Er hat sich den Knöchel gebrochen. Er war zu groß für den Tunnel und mußte über die Mauer, dabei wurde er ohnmächtig und fiel hinunter.«

»Jesus.« Diese verdammte irische Schlamperei. »Dann packen wir ihn eben in meinen Turm. Das ist am nächsten. Und verbrenn das.« Sie reichte ihr das zerrissene Gewand. »Und jetzt, zum Teufel, rühr dich.«

»Nun, ich hoffe, du findest ihn, Humfrey«, sagte Edmund gerade. »Dennoch – diese papistischen Pfaffen aus Spanien nehmen die gefährliche Reise auf sich, um hierherzukommen, wo, wie sie wissen, weder Ruhm noch Reichtum, sondern nur der ziemlich sichere Tod sie erwartet, und das alles, um die Menschen zur römischen Kirche zu führen.« Er ritt wieder einmal sein Steckenpferd, ermutigt durch den Umstand, daß er als Gastgeber am Kopf seines eigenen massiven Eichentisches saß. »Während unseren faulen Geistlichen, wie zum Beispiel dem Präbendar Chadwick, das ganze Land offensteht, keine Schwierigkeiten, keine Gefahr, aber sie tun nichts für die himmlische Ernte. Präbendar Chadwick kuschelt sich an der Seite seiner Geliebten ...«

Captain Mackworth fuhr mit dem Messer in ein fettes Stück Speck. »Präbendar Chadwick ist immerhin Christ, Edmund.«

Haltet doch die Klappe, schrien Barbarys Nerven die beiden

an. Und du, du großmäuliges Hängebauchschwein, wirst du dich endlich verziehen?

Laut sagte sie: »Nehmt Ihr noch Schinken, Captain? Es ist unser eigener, luftgetrocknet!« Angesichts von Maccabees niedergeschlagener und schweigender Präsenz mußte sie bei Tisch die Gastgeberin spielen.

Mackworth nahm mehr Schinken, mehr Ale, mehr von allem. »Und wann beginnt Ihr die Arbeit an Hap Hazard, Madam?« Die Frage war aggressiv gestellt. Mackworth bildete sich was darauf ein, daß er kein Weiberheld war, was sich darin zeigte, daß er Frauen im allgemeinen nicht beachtete; wenn aber doch, dann meistens beleidigend.

Edmund erklärte: »Wir dürfen uns glücklich schätzen, daß Lady Betty ihr Projekt aufschiebt und sich uns widmet, solange meine Gemahlin noch kränkelt.«

»So, so, glücklich«, höhnte Mackworth.

Was beißt mich da, riß Barbary die Augen auf. Er glaubt, Edmund und ich haben was miteinander. Du Hundsbolzen, du Nebukadnezar. Und wenn sich tausend Pfaffen hier in diesem Haus versteckten, dir würde ich sie nicht ausliefern. Dann fiel ihr ein, daß Mackworths Verdacht ihr nur von Nutzen war. Mit seiner Hundenase hatte er gewittert, daß in diesem Haus irgendwas nicht stimmte. Nicht aus Gier blieb er so lange am Frühstückstisch hocken, sondern weil sein tierischer Instinkt ihm sagte, Barbary habe etwas zu verbergen. Seit dem Moment, da sie sich zu Tisch gesetzt hatte, starrte er sie aus verkniffenen Augen an. Sie entspannte sich. Viel besser, wenn er glaubte, daß sie diesen Kümmerling Edmund vernasche, als daß er die Wahrheit herausfand.

Endlich, endlich standen sie alle am Tor und gaben Abschiedsfloskeln von sich, wünschten Mackworth und seinen Soldaten viel Erfolg bei ihrer Suche. Barbary wandte sich um, als sie davontrabten – und durchwartete den längsten Tag ihres Lebens. Nichts konnte man für den Verletzten im Hühnerstall tun, solange es hell war, außer dafür zu sorgen, daß ihn sonst niemand fand. Jede Minute bedeutete einen weiteren Tropfen Blut aus seinem Körper. Immer wieder versuchten sie und

Rosh, sich heimlich zu verständigen, aber jedes verwünschte Mal kam irgendwas oder irgend jemand dazwischen. Als es Abend wurde, sah sie Rosh die Hühner in den Stall treiben, aber auch dann mußte erst das gemeinsame Abendgebet vorübergehen, bis die Irin, an Barbary vorbeigehend, ihr ins Ohr zischen konnte: »Blutung hat aufgehört«, und Barbary zurückzischte: »Wenn alles ruhig ist.«

Edmund und Maccabee schliefen auf der Rückseite des Hauses, mit Aussicht auf den sichelförmigen Teich. Die Schlafzimmer für Gäste – Gottlob waren keine da – befanden sich an der Vorderfront, mit Blick auf Schloßhof und Tortürme, wie auch die Kinderzimmer und die Dachkammern der Bedienten. Als Barbary die Treppe ihres Turms hinunterschlich und in den Garten, kam es ihr vor, als betrete sie eine vom Kronleuchter des Mondes erhellte Bühne. Die Eibenallee, von Edmund gepflanzt in der Hoffnung, sie würde eines Tages die von Penshurst in den Schatten stellen, war vorläufig nur eine armselige, taillenhohe Krause, die Barbary auf ihrem Weg vor den beobachtenden Fensterhöhlen nicht verbarg, sondern vielmehr erst recht sichtbar machte.

Erleichtert schlüpfte sie endlich durch das Tor in den inneren Schloßhof und den Schutz seiner Mauern. Rosh erwartete sie bereits. Sie sprachen kein Wort. Die Hühner reagierten auf ihren Eintritt mit aufgescheuchtem Gegacker, beruhigten sich aber, sobald sie erkannten, wer es war. Der Körper hatte sich nicht bewegt. »Ist er tot?« Aber für einen Toten war er noch ziemlich warm.

Sie schoben und zogen ihn, bis er auf Roshs Schultern glitt und dann zu Boden, als die Irin sein Gewicht nicht mehr tragen konnte. Um nebeneinander zu gehen war es hier zu eng, also packten sie ihn jede an einem Ende und trugen ihn taumelnd zwischen den Hühnerstangen hinaus, doch schon nach diesem kurzen Stück war ihnen klar, daß sie ihn unmöglich den ganzen Weg zum Torturm tragen konnten.

»Was sollen wir tun?«

»Wir müssen ihn ziehen. Jede an einem Arm.«

»Aber sein armes Bein!«

»Entweder sein armes Bein oder sein armer Hals. Und unsere armen Hälse übrigens auch. Pack den verdammten Arm, und zieh.«

Sie durfte einfach nicht daran denken, wieviel Schmerz und Schaden sie dem Mann dabei zufügten, überhaupt nicht daran, daß er ein Mann war. Nur ein Gegenstand, der da hinter ihnen über den Weg rumpelte. Es fiel ihr nicht leichter, als sie bemerkte, daß er eine Blutspur hinter sich ließ. Und auch nicht, als der Gegenstand in voller Hör- und Sichtweite der Herrenhausfenster zu stöhnen anfing.

Sie brauchten eine Viertelstunde, um ihn die Außentreppe zum Torturm hinaufzuschleppen, und doppelt so lange, um ihn über die enge Wendeltreppe zu Barbarys Turmzimmer zu ziehen. Als sie ihn endlich soweit hatten, ihn ausgestreckt und in Barbarys Bett gelegt hatten, da waren sie beide selbst halbtot. Mit geschlossenen Augen sanken sie beide neben ihm zu Boden.

»Das überlebt er nicht.«

»Soll mich gern haben.«

Vier Tage lang hatte der Körper auf Barbarys Bett nur die unpersönlichen Bedürfnisse eines Babys. Sie und Rosh wuschen ihn und hielten ihn warm; sobald er schlucken konnte, füllten sie in das eine Ende Milch hinein und beseitigten die Ergebnisse am anderen Ende. Die Wunde stammte von einem Schwertstoß durch den rechten Brustkorb, der aber offenbar kein lebenswichtiges Organ beschädigt hatte; und, o Wunder, Roshs Torfmoos hielt die Wunde wirklich sauber. Der Knöchel war blau und geschwollen und würde gut sechs Wochen brauchen, um wieder heil zu werden, falls der Körper sich von seinem großen Blutverlust überhaupt erholte.

»Schafft er's?« fragte Barbary. »Er ist furchtbar weiß.«

Rosh zuckte die Achseln. »Der Apfel fällt gern auf den Kopf, der darunter steht.« Zusammen mit ihrer Beherrschung waren auch ihre Sprichwörter wieder da.

»Ist das gut oder schlecht?«

»Ach, es gibt immer Hoffnung. Nicht alles ist verloren, was an der Hochwassermarke sitzt.«

Sie schnitten ihm das Haar und rasierten ihm den Bart, weil Rosh behauptete, daß ihn der Haarwuchs schwäche; das bleiche, vom Schmerz gezeichnete Gesicht sah dadurch noch verletzlicher aus als zuvor.

Bisher hatte Barbary noch nie erlebt, daß ein menschliches Wesen körperlich von ihr abhängig war. Auch die männliche Nacktheit war ihr bisher ziemlich unbekannt geblieben; für Rob bedeutete Nacktheit Demütigung, außerdem war ihm Kopulation in der Dunkelheit am liebsten. Der männliche Körper in ihrem Bett war ihr eine Anatomielektion in langen Muskeln, Knochen und interessanten Teilen, eine Reliefkarte der Männlichkeit. Rosh erklärte ihn ganz ohne falsche Scham für schön.

»Er ist wirklich ein prachtvoller Bursche«, sagte sie.

»Ach so?«

Rosh rollte die Augen. »Tut nicht so, als hättet Ihr's nicht bemerkt. Ich hätte nichts dagegen, wenn er in *meinem* Bett läge.«

»Wär' mir auch lieber.«

Ihr Mitgefühl galt mehr seiner Hilflosigkeit als seiner Schönheit, aber Mitgefühl war etwas, woran sie nicht gewöhnt war und worauf sie gern verzichtet hätte. Bei Tag machte es ihr ununterbrochen Sorge, während sie ihren Pflichten im Haushalt nachging, und bei Nacht störte es ihren ohnehin schon unbequemen Schlaf auf ihrem Notbett auf dem Boden. Eines Nachts stieg Captain Mackworth durchs Fenster ein, um sich den Körper auf dem Bett zu holen, und sie fuhr hoch, um ihn zu beschützen. Als sie, keuchend und schweißüberströmt, in die Wirklichkeit zurückfand, mußte sie ein Binsenlicht hochhalten und sich überzeugen, daß ihr Patient noch da war. Er war noch da, verletzlich, unansprechbar wie immer, aber darin lag kein Trost. Nie hatte sie sich so einsam gefühlt, sich so geängstigt um einen anderen Menschen. Mütter von Babys mußten ähnlich fühlen. »Aber ich bin nicht deine verdammte Mama«, erklärte sie der Gestalt auf dem Bett. Sie sträubte sich gegen die aufgezwungene Verantwortung. »Mir bedeutest du überhaupt nichts, du Nackt-Rippe.«

Auch der verfolgte Priester bedeutete ihr gar nichts, aber es schmerzte sie, als Captain Mackworth ihn fing.

Es minderte ihre Angst nicht, als Edmund von der Hinrichtung des Priesters in Mallow berichtete. Mackworth hatte ihm Arme und Beine gebrochen und ihm drei Tage lang kein Wasser gegeben, bevor er ihn endlich durch Hängen, Strecken und Vierteilen von seiner Qual erlösen ließ.

»Tut mir leid«, sagte sie zu Rosh, als die Irin so wie jeden Abend mit Essen und frischem Torfmoos zu ihr schlüpfte.

Rosh antwortete nicht. »Heut' nacht wird es Frost geben«, sagte sie. »Ich habe Anzündeholz für das Kohlebecken gebracht. Er muß warmgehalten werden.«

An der Tür wandte sie sich noch einmal rasch um. »Der gute Captain sollte Euch leid tun«, sagte sie.

Barbary machte im Kohlebecken Feuer. Die durch die Schießscharte hereindringende Luft enthielt schon eine frostige Schärfe. Sie hatte das Bett unter den Schlitz geschoben, damit sie, wenn sie sich darüberbeugte, vom Fenster aus nicht zu sehen war. Nups Ostfenster war in genau der gleichen Höhe wie ihr Westfenster; sie wollte nicht, daß er oder seine Frau zu ihr herüberblickten und sich fragten, warum sie denn wohl ein bloßes Kissen mit dem Löffel fütterte. Es waren zwar alle Fenster bis auf die Schießscharten verglast, aber der Torturm hatte keine Fensterläden. Erst heute morgen hatte Edmund angeboten, dieses Versäumnis gutzumachen und einen Arbeiter heraufzuschicken, um bei ihr Fensterläden anzubringen, und sie hatte es schwer gehabt, einen plausiblen Grund für ihre Ablehnung zu finden. Schließlich erklärte sie, sie würde sie ohnehin nicht benützen. »Ich lasse mich nicht gern einsperren.« Aber das war nur eine aus einer nie aufhörenden, ermüdenden Reihe von Schwierigkeiten. »Du machst es mir nicht gerade leicht«, sagte sie zu dem Körper auf dem Bett, während sie ihr Nachthemd anzog und sich das Haar bürstete. Dann wärmte sie den flüssigen Matsch, den Rosh für den Patienten zubereitet hatte, hob seinen Kopf und fing an, ihn zu füttern. Er schluckte schon viel besser.

Sie hielt inne. Er hatte die Augen geöffnet und starrte sie verwirrt an. Sie war so an seine Bewußtlosigkeit gewöhnt, daß ihr das einen Schock versetzte.

»Hallo«, sagte sie.

Er runzelte die Stirn und entspannte sich. »Wein«, erklärte er und schlief wieder ein.

Am nächsten Morgen in der Küche, während sie Rosh beim herbstlichen Einsalzen half, flüsterte sie: »Es geht ihm besser. Er will Wein.«

Rosh freute sich. »Und ist das nicht typisch für die Herren Aristokraten? Wein, sagt er. Woher sollen wir Wein bekommen, möchte ich wissen.« Edmunds Verwalter hatte den Kellerschlüssel und achtete darauf, daß Wein nur zu besonderen Anlässen auf den Tisch kam.

»Ich stehle welchen.« Die Aussicht, daß ihr Patient sich erholte, verlieh Barbary neue Kraft; sie hätte die Diamanten aus der Königskrone stehlen können.

»Warum bittet Ihr nicht darum?«

Barbary starrte sie an. »Darum bitten?« Sie betrachtete die neuartige Idee von allen Seiten und machte sich dann auf die Suche nach Edmund. Auf dem Weg in die Küche kam er ihr entgegen. »Edmund, ich habe nachgedacht«, erklärte sie, »und bin zu dem Schluß gekommen, ich sollte was für meine Bildung tun. Würdest du mir ein Buch zum Lesen geben?«

Edmund war begeistert. »Meine liebe Cousine, ich habe genau das Richtige, um deinen wißbegierigen Geist zu fördern.«

»Und, Edmund, könnte ich dazu einen Krug Wein bekommen? Das würde mir das Blut wärmen, während ich mit den Worten ringe.«

Innerhalb von Minuten hatte sie das Buch in der Hand – es war eines von Edmunds eigenen Werken – und war im Besitz der Erlaubnis, den Verwalter um Wein zu schicken.

»Ja – was wollte ich denn eigentlich hier?« Edmund klopfte sich an die Stirn. »Ach ja. Cousine, wärest du so gut und würdest Abby Bescheid sagen, daß wir zum Dinner einen Gast erwarten. Captain Mackworth gibt uns noch einmal die Ehre.«

»Warum?«

Der Poet kniff die Augen zusammen. »Er führt wieder eine Suche durch. Du wirst dich nicht daran erinnern, aber bei der Jagd nach dem Priester wurden zwei unserer Soldaten von einem Wald-Iren erschlagen. So etwas läßt der Captain nicht unbestraft. Den Priester hat er erwischt, jetzt will er den anderen. Er glaubt, daß er verwundet ist und daher noch hier in der Gegend.« Als Barbary sich zum Gehen wandte, fügte er noch hinzu: »Es wird diesmal nicht nötig sein, auch die Soldaten zu verköstigen, Cousine. Es reicht, den Captain zu bewirten; wir können nicht jedesmal die ganze Armee durchfüttern.«

Würden sie den Torturm durchsuchen? Mit welcher Ausflucht konnte sie ihre Zustimmung verweigern? *Konnte* sie sie verweigern? Würden sie trotzdem alles durchsuchen? Sollte sie ihn fortschaffen, bevor sie kamen?

Die letzte Frage war leicht zu beantworten. Das ging nicht. Wenn sie daran dachte, wie mörderisch der Transport vom Hühnerstall für ihn gewesen war, konnte sie ihn dem unmöglich wieder aussetzen, nun, da er auf dem Weg der Genesung war.

Sie richtete Abby die Botschaft aus und hörte, daß Rosh in den Obstgarten gegangen war, um die letzten Äpfel vom Baum zu holen. Sie stürzte hinaus zu ihr und sprudelte die Hiobsbotschaft heraus. Zu ihrer Verblüffung regte Rosh sich überhaupt nicht auf. »Keiner braucht zu den Sceiligs zu gehen, der bis zu Fastnacht lächelt.«

Barbary schüttelte sie. »Was zum Teufel soll das heißen?«

»Es heißt: abwarten. Vielleicht kommt der Captain gar nicht.«

»Natürlich kommt er, dieser Hund, darauf möchte ich wetten.«

»Ich nicht. *Beidh lá eile ag an baorach.* Vielleicht kommt er nicht.«

Und er kam wirklich nicht. Dieser Tag kostete Barbary ein Jahr ihres Lebens, aber als er zu Ende ging, war der Captain noch nicht da. Ein paar seiner Soldaten kamen kurz vor Einbruch der Dunkelheit vorbei; sie suchten aber nicht nach dem Wald-Iren, sondern nach dem Captain selbst. Er war mit einer kleinen Patrouille in den Wald gegangen und seither verschwunden.

Als sie dann am Abend langsam zum Turm hinüberging,

fuhr ihr Roshs *Beidh lá eile ag an baorach* wieder durch den Kopf. Es bedeutete: Kein Knecht läßt sich ewig schinden – und der Ton hatte ihr gar nicht gefallen.

Der Körper auf dem Bett schlief immer noch, aber die Bewußtlosigkeit war nicht mehr so tief. Er erwachte, als sie ihn fütterte, schluckte brav, wollte aber gleich wieder einschlafen. Das hätte auch sie gern getan, aber sie mußte wach bleiben, für den Fall, daß der Captain doch noch auftauchte. Also holte sie Edmunds Buch hervor und setzte sich damit ans Kohlebecken. »Schäfers Kalendarium«, las sie, »von Edmund Spenser. Erste Ekloge (was zum Teufel ist denn das?).

Des Winters schnöder Harm war fast zu End'/Hell strahlt die Sonne nieder auf die Welt/Da führt' ein Hirtenknabe, wie man ihn hier nennt/Die wintermatte Herde wieder auf das Feld ...«

»Wein«, sagte der Körper auf dem Bett.

Barbary griff nach dem Weinkrug, aber eine Kopfbewegung ihres Patienten ließ sie innehalten. »Die Farbe deines Haares«, sagte er. »Hab' drüber nachgedacht. Nicht rot allein. Wein dabei.« Schon schlief er wieder ein.

Barbary schüttelte ihn. »Komm zurück! Es gibt andere Probleme als meine verdammte Haarfarbe.« Einen Augenblick lang war das keine bewußtlose Figur im Bett, sondern O'Hagan gewesen, mit seiner vertrauten Stimme ihre Einsamkeit vertreibend. »He, du, wach auf, komm zurück.« Aber es war umsonst. Die paar Worte hatten seine gesamte Kraft erschöpft. Sie zog ihm die Decken dichter um den Hals und ging dann zum Spiegel. Es stimmte, ihr Haar wurde dunkler, als sie älter wurde. Im Feuerschein sah es noch immer unglaublich rot aus, noch immer fiel sie überall auf damit, aber da war vielleicht ein neuer Farbton ... Sie lächelte ihrem Spiegelbild zu. »Wein«, sagte sie.

13

Man hatte es nicht leicht mit ihm als Genesendem. Im Kampf gegen Mackworths Soldaten war er sicher tapfer gewesen, aber bereits am ersten Tag seiner Genesung erwies er sich als zimperlich, wenn es darum ging, seine Wunde verbinden zu lassen oder die stärkende Medizin einzunehmen, die Rosh ihm aus Kräutern und roher Leber mischte. Am zweiten Tag verlangte er sein Schwert, seine Kleider und ein Pferd, das ihn von diesem verdammten Ort fortbrächte. Bis Rosh und Barbary ihm erklärt hatten, daß seine Wünsche ganz unerfüllbar seien und er von diesem Ort, und sei er noch so verdammt, keinesfalls fortkönne, schlief er schon wieder.

Am dritten Tag machte er einen solchen Aufstand darüber, daß Barbary seinen Nachttopf zum Misthaufen zum Ausleeren trug, daß sie sich richtig in die Haare gerieten. »Ich lasse mich nicht auf diese Art beschämen. Das soll die Magd tun.«

»Ihr Name«, versetzte Barbary, »ist Rosh. Und warum beschämt es Euch nicht, wenn sie es tut?«

»Sie gehört zur Dienerschaft. Das ist eine Arbeit für den unteren Stand.«

Barbary war wütend. »Euretwegen hat sie ihren Hals riskiert, Fürst Aufgeblasen. Unterer Stand, daß ich nicht lache. Ich war noch weiter unten als sie, aber selbst ich stehe meiner Schätzung nach höher als ein undankbarer irischer Verräter.«

»Verräter? Ihr nennt mich Verräter?« Er rappelte sich hoch und schwang die Füße über den Bettrand. »Ich will fort aus diesem Loch.« Sie sah ihn zusammenzucken, als sein Gewicht auf dem gebrochenen Knöchel lastete, aber er stellte sich auf einen

Fuß und stützte sich mit einer Hand am Dachbalken ab. Er war sehr groß. Sie sah ihn schwanken und wußte, daß sich jetzt das Turmzimmer um ihn drehte. Sie stupste ihn mit dem Zeigefinger gegen die Brust, und er fiel zurück aufs Bett.

»Seht Ihr?« sagte sie, nahm den Nachttopf und stapfte hinaus.

Als sie zurückkam, lag er schmollend mit dem Gesicht zur Wand. »Ich hätte dich erfrieren lassen sollen, verdammte Sächsin.«

»Dann wärt Ihr jetzt allerdings nicht hier. Übrigens – warum seid Ihr eigentlich hier?« Aber er schlief schon wieder wie ein Stein. Sie studierte sein Gesicht. Wo war jenes Mitgefühl, das ihr Leben in der Hütte in den Wicklow-Bergen gerettet hatte? Nicht in diesem Mann jedenfalls mit seinen eingefallenen Wangen und seiner mürrischen Art. Rosh, die er sehr von oben herab behandelte, fand immer wieder Entschuldigungen für ihn: »Macht dem Burschen keinen Vorwurf. Es ist schrecklich für so einen Herrn der Berge, in einem winzigen Raum und krank in Frauenhände zu fallen.«

Worauf Barbary antwortete: »Ohne diese Frauen säße er in Schloß Mallow und fiele bald in Henkershände.« Gut, er hatte Tapferkeit bewiesen, als er sich für diesen Priester schlug. Aber hier, mit ruhmlosen Frauen als einzigem Publikum, war von seinem Mut nichts zu merken. »Reiß dich bloß zusammen«, sagte sie zu ihrem schlafenden Patienten.

Die Nacht verbrachte sie auf dem Boden vor seinem Bett, beschloß aber, morgen ins untere Stockwerk überzusiedeln, um dem Anstand zu genügen. Es war schon schlimm genug, wenn sich je herausstellen sollte, daß sie einen Verräter beherbergte; man mußte nicht auch noch glauben, sie hätte mit einem geschlafen. In jedem Stockwerk gab es eine Tür zum Stiegenhaus, die von innen zu verriegeln war, so daß Besucher sie nicht überraschen und sich fragen konnten, warum sie jetzt im dritten Stock anstatt im vierten wohnte. Sie würde Edmund um ein paar Möbelstücke bitten. Sie würde das alte Sofa aus der Scheune holen und darauf nachts ihr Bett aufschlagen. Ja, das war eine gute Idee.

Am nächsten Morgen hatte sich nicht nur sein Zustand, sondern auch sein Benehmen leicht gebessert. »Ich bin dankbar«, sagte er etwas steif. »Schickt die Magd zu mir, damit ich auch ihr danke.«

»Ihr Name«, zischte Barbary, »ist Rosh. Und sie hat Besseres zu tun als zu laufen, wenn Ihr nur den Finger hebt.«

»Das stimmt. Sie könnte mir zum Beispiel etwas Genießbares kochen. Ich bin hungrig.«

Sie ging auf diese Frechheit gar nicht ein. »Was tut Ihr hier, O'Hagan?«

Er schob sich mühevoll in eine sitzende Lage hoch und stöhnte dabei zum Steinerweichen. »Leiden.« Seufzend schob ihm Barbary noch ein Kissen hinter den Rücken. Als er bequemer saß, sagte er: »Also, zum Teil bin ich Euretwegen hier. Wir hofften, wir könnten Euch überreden, uns Kanonen zu beschaffen.«

»Wer ist ›wir‹?«

»Der O'Neill, der O'Donnell und ich.«

»Also haltet Ihr mich jetzt nicht mehr für eine englische Spionin?«

»Der O'Neill sagt, das seid Ihr nicht, sondern Ihr seid Barbary O'Flaherty, die als Kind in die Hände der Sachsen fiel und durch Gaunerei und Diebestricks überlebte. Ich fürchte nur, Granuaile O'Malley können wir nicht davon überzeugen. Sie hält Euch immer noch für eine Schwindlerin.«

»Und was denkt der O'Donnell?«

»Der O'Donnell denkt niemals. Er handelt. Ein impulsiver Mann, der O'Donnell.«

»Und was glaubt Ihr?«

»Angesichts des Umstands, daß Ihr mir das Leben rettet, bin ich wohl gezwungen, dem O'Neill zu glauben.« Er schloß einen Moment die Augen. Er wurde schon wieder müde. »Was ist mit den Kanonen?«

Die trauten sich was, hierherzukommen, Kanonen zu fordern, ihr unglaubliche Mühen und Schwierigkeiten zu machen, von der Gefahr gar nicht zu reden, die und ihre lässigen Vorstellungen. »Ihr könnt Euch Eure Frechheiten sparen. Ihr und

O'Neill und Euer O'Donnell. Ich bin jetzt verheiratet. Ich bin eine angesehene verheiratete Frau.« So aufregend war diese Ehe ja nicht, aber kein dahergelaufener Ire würde sie so mir nichts, dir nichts dazu bringen, sie ohne weiteres aufzugeben. »Ich liebe meinen Mann. Leidenschaftlich. Er ist ein Held der Armada-Schlacht. Von Admiral Howard zum Ritter geschlagen. Von der Königin belohnt. Persönlich. Warum zum Teufel nehmt Ihr an, ich würde seinen Feinden helfen? Selbst wenn ich's könnte. Kann ich aber nicht.«

»Ach, ich hab' dem O'Neill ja gesagt, es wäre nur Zeitverschwendung.« Er sah drein, als bereitete ihm ihre Antwort grimmige Genugtuung. »Aber er bestand darauf, daß ich Euch eine Botschaft überbringe.«

»Welche?«

O'Hagan schloß wieder die Augen. »Er sagte: ›Einmal sagte ich ihr, sie würde eine falsche Wahl treffen. Es könnte sein, daß sie's bereits getan hat. Es könnte sein, daß sie jetzt eine neue Wahl treffen möchte.‹«

Da saßen sie also beisammen, diese irischen Kerle, und unterhielten sich über ihre Ehe. Was erlaubten sie sich! Woher wußte O'Neill, daß sie die falsche Wahl getroffen hatte? Der Gehörnte Dick. Er mußte es ihm erzählt haben. Oder vielleicht hatte Dick nur von seiner Entlassung erzählt, und daraus hatte der O'Neill seine Schlüsse gezogen, verdammter Schlüsse-Zieher, der er war.

Sie antwortete langsam und deutlich: »Ihr könnt zu Eurem O'Neill zurückgehen und ihm sagen, daß er sich irrt. Und Ihr könnt ihm auch sagen, daß ich einem eingebildeten Zitterarsch wie ihm keine Kanonen beschaffen würde, und wenn's mir der Erzengel Gabriel befiehlt! Und das sollte ihm die Gosche stopfen!«

Sie schmetterte die Tür hinter sich zu.

O'Hagan betrachtete die Decke. »O'Neill«, sagte er zu ihr, »es scheint, du bist ein Zitterarsch.« Er lächelte. »Aber du liegst nicht so falsch, wie ich dachte.«

Die Tür flog wieder auf. Ein rot angelaufener Rotschopf sagte: »Und das gilt auch für Euch und alle anderen.« Die Tür schlug krachend zu.

Sie schäumte den ganzen Vormittag vor Wut und verzichtete darauf, eine Ausrede zu finden, um irgendwelche Nahrungsmittel in den Torturm zu bringen. Wie konnten sie es nur wagen, sie da hineinzuzerren! Gut, sie war Irin von Geburt, und sie war todunglücklich in ihrer Ehe, aber deshalb noch lange nicht auf ihrer Seite. Sie gehörte nicht zu ihnen.

Am Nachmittag war ihr Zorn verraucht, und die alte Frage stellte sich wieder: *Wohin* gehörte sie eigentlich? Zu Rob und seinem gesellschaftlichen Ehrgeiz? Zu den Spensers, Mackworth und Raleigh? Konnte sie jemals wieder eine selbstzufriedene englische Patriotin sein, nun, da sie England von Irland aus gesehen hatte? Nein. Von hier aus spülte die Irische See allen Glanz und Ruhm fort und ließ Englands Krone auf dem kahlen Totenschädel des Eroberers ruhen.

Bitter dachte sie: Wenn ich irgendwohin gehöre, dann in die universelle Unterschicht von Rosh und dem Gehörnten Dick und dem Orden und sogar den furchtbaren MacSheehys, diesem letzten Dreck, Menschen, die sich winden und stehlen und lügen und töten müssen, um der völligen Vernichtung zu entgehen. Aber selbst davon hatte man sie fortgerissen und in ein Niemandsland gesetzt, das sie mit keinem teilte.

»Du spielst gar nicht mehr mit mir«, beschwerte sich Catherine. »Du bist überhaupt nie da.«

»Wirklich nicht? Na gut, gehen wir Haselnüsse suchen.«

»Wann?«

»Jetzt. Gehen wir und sagen es deiner Mama.«

Es stimmte, daß sie die Kinder vernachlässigt hatte, aber daran war nicht nur das Geheimnis in ihrem Torturm schuld. Der Herbst hatte mit Ernten, Schlachten, Einpökeln, Einkochen soviel Arbeit gebracht. Edmund bestand darauf, daß alle Sitten und Bräuche der englischen Ernte hier befolgt wurden, also hatte man Barbary in das Geheimnis des Kornpuppen-Machens eingeweiht, während auf den Feldern verblüffte irische Landarbeiter englische Erntelieder singen mußten, bis die letzte Ähre in der Scheune war.

Das Haus war noch immer voller Arbeiter, denn Edmund wollte das Haus auf die großen Gesellschaften vorbereiten lassen, die er im Winter zu veranstalten gedachte. Es war nur ein provinzielles Herrenhaus, aber in der Halle wurde gerade eine aufwendige Holzvertäfelung angebracht, und aus Flandern hatte man eine Tapisserie bestellt.

Der Luxus, der rund um Maccabee in die Höhe schoß, bildete einen Schutzwall zwischen ihr und der Namenlosigkeit der Wälder und gab ihr mehr Zuversicht. Da Barbary so viel zu tun hatte, war sie gezwungen, sich mehr um Sylvestris zu kümmern, und daß ihr das guttat, zeigte sich darin, daß ihre alte Geschäftigkeit zurückkehrte. »Wenn Edmund wirklich einen Ball gibt und die Norris' und die St. Legers zu uns kommen, dann müssen wir die neuen Schritte lernen, nur wo wir einen Tanzmeister hernehmen sollen ... Oh, du meine Güte, du kannst gar nicht tanzen? Dann beginne ich noch heute abend mit dem Unterricht.«

»Morgen, Maccy.«

Catherine und Barbary banden Tragkörbe auf das Pony Spenser und wanderten Hand in Hand über die Stoppelfelder im Norden, auf denen sich die Gänse tummelten. Wie zum Ausgleich für die Stürme im Frühling und Sommer war das Wetter jetzt herrlich mild, der leichte Nachtfrost färbte die Blätter, so daß in der Wärme des Tages die Wälder unter den schrägen Sonnenstrahlen in Safrangelb und Rostrot erglühten. Bei den Haselnußsträuchern wurden die beiden von Sammelleidenschaft gepackt. Es war hypnotisierend, das grüne Gras auseinanderzubiegen und darin bräunliche Nüsse in ihren gekrausten Hülsen zu finden.

»Es ist wie Schatzsuche, nicht?«

»Besser. Schätze kann man nicht essen.« Der Orden sollte sie jetzt hören.

Die Tragkörbe waren zur Hälfte voll. »Sollen wir auch noch Kastanien suchen?«

Barbary blickte prüfend zum Himmel; sie hatten noch mindestens eine Stunde lang ausreichend Licht. »Aber wir gehen nicht zu tief hinein.« Sie gingen tiefer in den Wald, bis dorthin, wo die Edelkastanien mit ihren durchlässigen fünffingrigen Blättern hoch oben an den Stämmen natürliche Lichtungen bildeten. Ein rotes Eichhörnchen floh aufgescheucht durch die Zweige. Sie waren zu früh dran. Hunderte von Kastanienbüscheln lagen auf dem Boden, aber aufgeplatzt waren erst ganz wenige. Sie hatten keine Handschuhe mit, daher traten sie die kleinen, igelstachligen Bälle um die Wette mit den Schuhen in die Körbe.

»Viele Krähen fliegen heute herum«, sagte Catherine.

Barbary hob den Kopf. Richtig. »Catherine, wir gehen jetzt lieber heim.« Sie sagte es freundlich, leise, bemüht, ihren Atem zu beherrschen. Sie richtete sich auf und ging auf das Mädchen zu. Das Kind durfte sich nicht umdrehen. Gott, mach, daß sie sich nicht umdreht. »Wir müssen jetzt heimgehen«, sagte sie noch einmal. Als sie Catherine erreichte, legte sie ihr eine Hand auf den Nacken und führte sie sanft aus der Lichtung. »Lauf voran, und bind das Pony los. Los, lauf schon, ich hol' dich gleich ein.«

Sie sah dem Kind nach, bis es verschwand, und drehte sich dann widerwillig um. Nein, sie konnte nicht gesehen haben, was sie gesehen hatte. Wahrscheinlich war es eine Vogelscheuche gewesen.

Captain Mackworths rundes Gesicht grinste sie an und zwinkerte beruhigend mit dem einen Auge. Den Kopf hatten sie unversehrt gelassen, damit man ihn erkannte. Den ganzen übrigen Körper hatten sie geschunden. Was an Haut noch daran war, hing in Fetzen herunter oder formte weiße Würmer, die an dem rohen, herausquellenden Fleisch klebten. Wo seine Geschlechtsteile gewesen waren, war getrocknetes Blut, schwarz von surrenden Fliegen. Durch ihre Reglosigkeit ermutigt, verließen zwei Krähen den kreisenden Schwarm und setzten sich der Vogelscheuche auf die Schultern.

Sie wandte sich um und ging leise fort. Jenseits der Lichtung begann sie zu laufen, packte Catherine an der Hand, und sie rannten, Spenser mit schwankenden Tragkörben hinter ihnen her, bis sie nur noch den Himmel über sich sahen, fort von den Blättern, durch die das Sonnenlicht auf Ungeheuerlichkeiten schien.

»Habt Ihr's jemandem gesagt?« fragte O'Hagan.

»Natürlich hab' ich's jemandem gesagt. Meint Ihr, ich würde das so lassen, damit ein anderes Kind es sieht? Oder Maccabee? Edmund hab' ich's gesagt. Und er ist nach Mallow geritten, um es Norris und der Garnison zu melden.«

Sie hatte Edmund zur Lichtung führen müssen, damit er es mit eigenen Augen sah; sie selber war nicht weitergegangen. Sie hatte ihn schreien und nach seinem Gott rufen hören. Inzwischen hatte sie sich schon wieder etwas gefangen. Ja, dachte sie, Barbaren haben das getan. Aber es ist erst Tage her, da standst du am Marktplatz von Mallow und sahst zu, wie ein anderer Mann in Stücke gehackt wurde. Hast du da auch geschrien?

Und O'Hagan, der so erschüttert gewesen war, als sie ihm vom Tod des Priesters erzählte, schien vom Tod des Soldaten ebenso ungerührt wie Edmund von dem des Priesters.

Er biß sich auf die Lippen. »Es wird Vergeltungsaktionen geben.«

»Jawohl, das wird es«, fuhr sie ihn an. »Das wollt ihr ja gerade, oder nicht? Es ist ein Spiel. Schlitzt du jenem Mann den Bauch auf, zieh ich diesem hier die Haut ab.«

Sie zitterte. Sie wollte sich Wein einschenken, verschüttete ihn aber. Eigentlich war sie stolz darauf, daß sie hart im Nehmen war, aber diesen mörderischen Schlagabtausch konnte sie nicht verkraften.

Er zischte zurück: »Ein Spiel, das *wir* nicht spielen wollten. Und es ist *unser* Land, verdammt. Das da draußen ist MacSheehy-Land, nicht Spenser-Land. Seit Hunderten von Jahren gehörte es den MacSheehys, sie jagten hier, sie fischten, sie bebauten die Felder. Wo die Spensers und Norris' und St. Legers im Winter am Kaminfeuer sitzen, da saßen noch vor kurzem die MacSheehys. Mit welchem Recht habt ihr ihnen ihr Land weggenommen?«

Sie suchte immer noch nach einem Sündenbock für die Leiche am Baum, und da war nur er. »Edmund sagt, ihr seid selber schuld. Hättet ihr Iren euch nur zu einer Nation vereint, anstatt euch gegenseitig zu bekämpfen ... man mußte euch eben zivilisieren.«

»Und unsere Gesetze ändern, und unser Haar schneiden, und uns unsere Sprache nehmen und unsere Religion verbieten. Und uns zeigen, was für eine hinreißende Religion der Protestantismus ist, indem man uns hängt und vierteilt, wenn wir nicht daran glauben. Ja, sicher, ihr Sachsen habt viel für uns getan.«

Trotzig antwortete sie: »Wilde.«

Schweigen trat ein. Sie waren erschöpft davon, einander für Dinge zu beschimpfen, für die keiner von beiden verantwortlich war. Barbary versuchte es noch einmal mit dem Wein, und diesmal gelang es ihr, sich etwas einzuschenken. Sie stürzte den Wein hinunter, dann blieb sie sitzen, den Becher in beide Hände geschmiegt.

Er fuhr etwas ruhiger fort: »Die MacSheehys waren vielleicht nie Leute, die man Muttern zu Hause gern vorstellen wollte. Aber Wilde waren sie nicht. Dazu haben sie erst die Engländer gemacht.«

Am liebsten wäre sie hinunter und in ihr Bett gegangen, aber sie scheute sich vor der Finsternis. Sie hörte ihn sagen: »Aber es tut mir leid, daß Ihr es sehen mußtet.«

Mißtrauisch blickte sie zu ihm hoch.

»Edmund Spenser hat recht«, sagte er. »Wir waren reif, erobert zu werden. Warum wir uns nicht in Ruhe gegenseitig umbringen durften, werde ich nie begreifen, aber es stimmt, daß wir immer nur Clans waren, nie ein Land. Sogar der arme Desmond kämpfte nur für Munster. Aber O'Neill –«, er warf ihr einen Blick zu –, »der O'Neill ist etwas ganz Neues. Trotz seiner vielen Fehler wäre er imstande, aus Irland eine Nation zu machen.«

Aha, sie hatte also recht gehabt mit ihrem Mißtrauen. Er tat nur deshalb so vernünftig, um ihr den O'Neill schmackhaft zu machen.

Sie sagte: »Wollt Ihr die ganze Nacht weiterquatschen?«

Da riß ihm die Geduld. »Besorgt Ihr uns die Kanonen?«

»Nach dem, was heute passiert ist?« fragte sie ungläubig. »Ich würde keinem von euch Scheißkerlen, egal, ob irisch oder englisch, auch nur eine Hutnadel besorgen.«

Nicht allein Captain Mackworths Tod, sondern vor allem die Art seines Todes rief bei den Kolonisten Angst und Schrecken hervor. An ein Leben in Anspannung waren sie gewöhnt: Sie suchten Schutz für sich und ihre Tiere, wenn sie Schreie aus dem Walde hörten, sie gingen nie unbewaffnet aus, sie spürten, wann die MacSheehys sich in ihre Hügel zurückzogen und wann sie im Wald auf der Lauer lagen. Das war der Preis, den sie für die Inbesitznahme des Goldenen Tals von Munster zu zahlen bereit waren. Aber die Fetzen aus Fleisch und Knochen an diesem Baum waren eine Warnung, daß der Preis auch steigen konnte.

Nicht zum ersten Mal schrieben sie ihrer Königin nach England von ihren Ängsten und baten um stärkeren militärischen Schutz. Aber es geschah, wie üblich, nichts.

Sie sahen zu, wie die Garnison von Schloß Mallow wutentbrannt zu einer Strafexpedition auszog, um den MacSheehys ein für allemal das Handwerk zu legen, und wußten nicht, ob sie sie mit Hurrarufen anfeuern oder lieber verlangen sollten, daß die Soldaten hierblieben, um sie vor weiteren Untaten zu beschützen.

Edmund Spenser aber fühlte sich besonders bedroht. Hatten die MacSheehys den Captain ermordet, weil er sie und ihren Priester verfolgte? Oder aus Rache für die Abschlachtung der Garnison von Smerwick? War es Rache für Smerwick, dann war auch Sir Walter Raleigh in Gefahr und ebenso Edmund, der zwar am eigentlichen Massaker nicht teilgenommen hatte, aber immerhin wortlos danebengestanden und später den Statthalter, der es anordnete, öffentlich in Schutz genommen hatte.

Bleich und besorgt nahm er ihn auch jetzt wieder in Schutz während der Tischgespräche mit Ellis, der, wie viele der abgelegen hausenden Kolonisten, in dieser gefährlichen Zeit in das besser zu verteidigende Herrenhaus seines Nachbarn übersiedelt war. »Zu Hause nannte man Lord Grey einen Schlächter wegen dieses Befehls und warf ihm vor, er achte das Leben der irischen Untertanen Ihrer Majestät nicht höher als das von Hunden.«

Ellis rülpste. »Sind sie ja auch.«

Edmund Spenser blickte starr in die Ferne. »Während der

Hungersnot kamen die Iren auf Händen und Knien aus ihren Wäldern und Schluchten gekrochen, weil ihre Beine sie nicht mehr trugen. Skelette waren es, sie schrien wie Geister aus Gräbern, stürzten sich auf jedes Aas, das sie fanden. Wenn noch irgendwo Wasserkresse oder Shamrock-Klee wuchs, dann fielen sie darüber her wie über eine Festtagstafel, bis sie nicht mehr konnten. Nach ganz kurzer Zeit war fast keiner übrig, das Land entvölkert von Mensch und Tier.«

»Die einzige Lösung«, nickte Ellis und riß von einem weiteren Kapaun ein Bein ab. »Mores lehren. Mitgefühl ist Grausamkeit. Nur schnell ein Ende machen. Die einzige Lösung.«

Edmunds Blick kehrte zur Tafel zurück. »O ja«, sagte er, »es ist die einzige Lösung.« Die Geister, die der Dichter gerufen hatte, waren noch im Zimmer; Barbary sah Gespenster mit hungrigen Augen den überladenen Tisch anstarren; sie erkannte, daß auch Edmund sie sah und um sie trauerte, aber gleichzeitig in einem anderen Teil seiner komplizierten Seele bereit war, sie noch einmal verhungern zu lassen.

»Nur ein toter Ire ist ein guter Ire«, verkündete Ellis.

»Die einzige Lösung«, sagte Edmund Spenser.

Ellis im Haus zu haben war in Barbarys Augen das Ärgste an der gegenwärtigen Lage. Er war überall zugleich, laut, aufdringlich, neugierig. Sie mußte ihn über das ganze Gut führen, damit er sehen konnte, wie und wo das Vieh und die Feldfrüchte untergebracht waren. Als sie am Torturm vorbeikamen, erwartete er offenbar, daß man ihn auch dort hinauf einlud. »Was ist da oben?«

»Meine Gemächer«, erwiderte Barbary. »Meine *privaten* Gemächer.«

Widerwillig ging er weiter. »Na, da seid Ihr offenbar nicht zu kurz gekommen.«

Der Mann war unleidlich und unbeliebt, konnte sich aber der Freundschaft mit Familien wie den Norris' und den St. Legers rühmen und war höchstwahrscheinlich der nächste Bürgermeister von Mallow. Er hatte den Abgrund, der die Klassen der Gesellschaft von Munster voneinander trennte, nicht eigentlich überwunden, sondern vielmehr einfach überrannt, und man ließ sich das gefallen, nicht nur wegen seines zunehmenden Reichtums, sondern vor allem, weil er seinen offenen Haß und seine Verachtung der Iren als Patriotismus tarnte und jeden mit einer etwas liberaleren Einstellung sofort bezichtigte, zu »weich« mit Englands wahrem Feind umzugehen. »Reich den Schweinen nur den kleinen Finger, dann rebellieren sie sofort wieder«, sagte er gern. »Wir müssen den Stiefel auf ihrem Genick lassen.« Und die Ermordung von Captain Mackworth hatte die Gemäßigten zum Schweigen gebracht und Ellis in den Rang eines Propheten erhoben.

»Das hier sind die Kartoffeläcker«, sagte Barbary.

»Dieses ausländische Zeug ißt man nicht«, erklärte Ellis kategorisch. »Ist nur für Iren gut genug.« Sir Walters merkwürdige Knolle aus der Neuen Welt wuchs und gedieh auf seinem Gut in Youghal und breitete sich langsam in ganz Munster aus, allerdings hauptsächlich unter den bloßen Iren. Für sie lag der Wert der Kartoffel darin, daß sie so leicht zu kultivieren war. Sie besaßen keine Zugtiere und kaum eigene Geräte, aber zwei parallele Furchen konnte man auch so leicht ziehen, und wenn man die ausgegrabene Erde in der Mitte anhäufelte und mit etwas Dünger mischte, hatte man ein selbst-dränagierendes Beet, das nicht mehr viel Pflege brauchte. Sogar bei schlechten Böden genügte schon ein halber Morgen – und die Iren hatten vor allem schlechte Böden –, um eine ganze Familie ein ganzes Jahr lang zu ernähren. Die Kartoffel mußte man nicht dreschen oder mahlen. Zum Kochen brauchte man nur einen Topf und ein Torffeuer.

»Faule-Bauern-Äcker«, höhnte Ellis, »so nenne ich das. Paßt zu den faulen Iren. Die züchten das Zeug alle auf ihren Parzellen, die faulen Hunde.«

»Ihr laßt ihnen ja auch wenig Zeit für etwas anderes, oder?« versetzte Barbary. Es war bekannt, daß Ellis seine irischen Landarbeiter wie Sklaven behandelte.

»Sicher nicht«, grinste Ellis. »Die mach' ich mit der Peitsche fleißig. Dann kommen sie nicht auf rebellische Ideen. Kartoffeln sind für die gut genug. Die brauchen kein zivilisiertes Essen. Ellis kennt sich aus.«

Als sie den Rundgang beendet hatten, entwickelte Barbary

bereits herrliche Pläne, wie sie von Will eine Kanone beschaffen und Ellis damit in die Luft jagen würde. Die Brutalität, mit der Ellis und die anderen Kolonisten Haß und Angst vor den Iren zum Ausdruck brachten, trieb sie abends voller Bereitschaft zum Einverständnis mit ihrem Gefangenen in ihren Torturm. Aber das hielt sich nur wenige Minuten, denn seine Grobheit reizte sie dermaßen, daß sie das Unannehmbare verteidigte. Sie verstand einfach nicht, was mit dem Kerl los war, aber seine üble Laune war ansteckend, und so verfielen sie in eine Routine gegenseitiger Vorwürfe.

Heute ertappte sie ihn bei der Lektüre von Edmunds »Schäfers Kalendarium«. Bei ihrem Eintritt schleuderte er das Buch ans andere Ende des Bettes. »Ich bin nicht in der Stimmung für englische Schäfergedichte. Bringt mir was Griechisches. Bringt mir die *Ilias*, ich beschwöre Euch.«

»Ich bring' Euch meinen Handrücken, wenn's beliebt«, fuhr sie ihn an, stellte das Essen, das sie gebracht hatte, vor ihn hin, hob das Buch auf und strich ein paar Seiten glatt. »Edmund ist ein großer Dichter, das sagen alle. Wer seid Ihr schon, daß Ihr ihn so herumschmeißt?«

»Ein englischer Dichter ist ein Widerspruch in sich«, sagte er. »Ist das seine Frau, die jeden Tag Kräuter pflücken geht?«

»Ja.«

Er nickte. »Sie erinnert mich an einen kleinen Igel, den ich einmal hatte«, sagte er und sah sie von der Seite an, »nur hatte der keinen Schnurrbart.«

Er wollte sie ärgern, aber ihr fiel etwas ganz anderes auf. »Jesus – habt Ihr aus dem Fenster geschaut?«

»Was soll ich denn sonst tun?«

»Was sonst ... verantwortungsloser Mistkerl, wißt Ihr, was mir passieren könnte, wenn man Euch hier sieht?« In ihrer Panik raufte sie sich die Haare.

Sie hörte ihn sagen: »Ich würde nicht zulassen, daß dir etwas passiert«, und das war zum ersten Mal wieder die Stimme aus der Hütte in den Wicklow-Bergen, aber als sie sich das Haar zurückstrich, um ihn anzuschauen, da nagte er an einem Hühnerbein und nörgelte: »Nicht genug Salz.«

Sie holte tief Atem; wenn er nicht aus diesem Streitverhältnis ausbrechen wollte, in das sie sich verstrickt hatten, dann mußte sie es tun. »Hört zu, O'Hagan«, sagte sie verträglich. »Ihr wollt fort von hier, und glaubt mir, auch ich will Euch hier weghaben. Aber Rosh hat ihr Leben riskiert, und ich habe mein Leben und meinen guten Ruf riskiert, um Euch hier heraufzubringen. Euch hinauszubringen wird nicht weniger gefährlich, aber solange Euer Stampfer ... Fuß noch nicht funktioniert, ist das Risiko doppelt so groß. Wir müssen warten, bis wir sicher sind, daß die Würfel zu unseren Gunsten fallen, sonst riskieren wir alle Kopf und Kragen. Ist das klar?«

In seinem Gesichtsausdruck änderte sich etwas, fast wie eine Niederlage, als füge er sich in etwas Unvermeidliches. Sie hatte eine Wand niedergerissen, aber etwas in seinem Aussehen warnte sie, daß sie ihn dadurch zwar von seiner Gereiztheit befreit, aber auch etwas anderes, viel Stärkeres entfesselt hatte.

»Und wann wird mein Stampfer gesund?« fragte er belustigt.

»Ungefähr in einer Woche, meint Rosh.«

Er sagte: »Leicht ist es nicht. Ich rede bereits mit der Fledermaus.«

Sie lächelte. »Das hab' ich auch schon getan.«

»Ah, aber das verdammte Vieh schnabelt zurück.«

»Und was sagt es?«

»Daß ich nicht aus dem Fenster schauen soll.«

Sie hatte gewonnen. »Gut. Dann werden wir jetzt die Wunde verbinden.« Sie kannte Aussehen und Umriß der Wunde so gut wie ein General sein Schlachtfeld, sie hatte sie den Rückzug antreten sehen wie ein geschlagener Feind, aber heute fühlte sie sich zum erstenmal befangen, als sie ihre Arme um ihn legte, um den Verband über den Rücken zu führen, sie spürte seine Haut und sein Brustbein, wo es unter seinem Kehlkopf eine Grube bildete, und sie wünschte, er würde nörgeln wie sonst, anstatt sie so zu beobachten.

Er sagte: »Wegen Eures guten Rufs. Wenn sie mich fangen, lasse ich mich gern dafür hängen, daß Ihr nicht mein Typ seid.«

»Meinen ergebensten Dank. Und was, wenn ich fragen darf, ist Euer Typ?«

»Oh, sanfte, dunkelhaarige, hingebungsvolle Frauen, die dankbar sind, wenn ich sie bemerke. Nicht Frauen mit Haar wie eine gegrillte Karotte.«

»Na bestens.« Der Verband mußte zweimal um seinen Rücken geschlungen werden. Ihr war schwindlig.

»Ich liebe große, üppige Frauen mit Poesie in der Seele. Anmutige Frauen. Nicht solche, die die Hosen anhaben und fluchen wie Dockarbeiter.« Die Worte wurden leiser, sie sah seine Halsmuskeln sich bewegen. »Nicht solche, die klein und zaundürr sind, mit listigen Augen. Nicht sächsische Ganovinnen mit einem Herzen wie ein Löwe und Sommersprossen auf der Nase, die einem Mann das Leben retten und ihr eigenes dabei aufs Spiel setzen.«

Es wollte ihr nicht gelingen, den Verband zuzubinden. Seine Augen lagen in ihren; er hatte dunkle Wimpern, Bartstoppeln auf der blassen Haut, und wenn er nicht bald aufhörte, dann war ihr nicht mehr zu helfen. Endlich brachte sie den Knoten zustande und lehnte sich zurück. »Um so besser«, sagte sie, stand auf und fragte sich, ob ihre Beine sie wohl bis zur Tür tragen würden. Das taten sie. Aber knapp.

Seine Stimme drang an ihr Ohr, als sie den Riegel hob. »Und wenn die Pflege meiner Person nicht immer ein reines Vergnügen für Euch war, dann deshalb, weil die Gesellschaft einer solchen Frau für einen Mann im Bett eine ziemliche Prüfung darstellt.«

Sie ging hinaus, zog die Tür hinter sich zu, lehnte sich dagegen und riß sich nur mit Mühe davon los, um die Stufen hinunterzugehen. »Gott verdamme den Mann.« Unten hielt sie's auf dem harten Bett nicht aus, sondern ließ sich vom Mondlicht und den Geräuschen der Nacht zum Fenster locken. »Gott verdamme ihn in die tiefste Hölle.«

Er wollte sie, wie sie war, Barbary Clampett, nicht wie Rob, der eine ganz andere Frau aus ihr machen wollte. Seine verdammten Worte, die einem so durch und durch gingen, daß man wie magisch zu ihm hingezogen wurde.

Seine Worte schlangen sich um die Treue in ihrer Seele, um sie zu unterminieren, wie Efeu, der durch den Mörtel dringt.

Aber ihre Treue war stark, nicht gegen Rob, ihren Gatten; doch er war ein Teil ihrer Herkunft aus einer Tradition, in der Loyalität als das einzige moralische Prinzip galt, Verrat als das einzige Verbrechen. Ehebruch selbst war nicht wichtig, aber damit würde sie jenen Teil Englands aufgeben, der ihr etwas bedeutete. Der Körper des Mannes da oben war sein Feind, war Robs Feind; er war gefährlich, er war Irland. Desertion, das war die einzige Sünde, die zählte.

Am Morgen zerrte sie Rosh aus der Küche hinaus in den Obstgarten. »Bring ihm du heut' abend sein Essen«, sagte sie, »ich habe genug von ihm und seinem Geraunze.«

Rosh ließ sich nichts vormachen. »Hört doch endlich auf, dem armen Mann lange Zähne machen, und steigt in sein Bett, wohin Ihr gehört! Wo er doch so schrecklich mit seiner Ehre ringt und Euch nicht dort wollen soll!«

Barbary richtete sich auf: »Was heißt das – Ehre?«

»Ach, diese Vorstellung von den besseren Leuten. Ihr seid seine Gastgeberin und verheiratet, und er glaubt, Ihr liebt Euren Mann, und ist so blind wie die Fledermaus unterm Dach.«

Automatisch antwortete sie: »Ich liebe meinen Mann ja auch. Innig.«

Rosh zuckte die Schultern. »Sicher, unsere Männer lieben wir alle, aber das ist doch kein Grund, sich einem solchen Mann zu verweigern, nein, wirklich nicht.«

»Du bist widerlich.«

»Und Ihr seid vergeßlich. Ist denn nicht heute der Jahrmarkt?«

Das hatte sie ganz vergessen. Dabei freute sie sich auf den Herbstmarkt von Mallow. Die Spensers wollten mit Catherine und ihr selbst für eine Nacht in einem Gasthaus in der Stadt absteigen, damit Edmund und Ellis einen ganzen Tag lang die Pferde und Rinder inspizieren und ihre Wahl treffen konnten. Edmund, ein großzügiger Dienstherr, hatte fast allen Hausbediensteten und auch vielen Knechten und Mägden Erlaubnis gegeben, sie zu begleiten.

In ihrer Erinnerung waren Jahrmärkte ein Gemisch aus Wunder und Gefahr. Falsche Nixen, Tanzbären, Jongleure, Feuerfresser, Buden voller Süßigkeiten, Gimpel zu Hunderten, die es zu fangen galt. Gesichter, ihr so vertraut wie ihr eigenes, die man ohne das geringste Zeichen des Erkennens passieren mußte; Jackman als Quacksalber Dr. Cabal, der zur Anlockung der seriöseren Kunden seine Wundermittel auf Latein anpries, die Puppen in großem Staat und dazu im Hintergrund lauernd der Gehörnte Dick, der Aufrechte Mann, blutend aus jeder widerwärtigen Pore. Und die Gaunerplatte, der sie angehörte, die sich geschickt unter den scharfen Augen der Konstabeln durch die achtlose Menge schlängelte. Herrliche Zeiten.

Doch als sie in die Halle kam, stieß sie dort auf eine kranke Maccabee. »Natürlich komme ich mit zum Jahrmarkt, Edmund«, sagte sie gerade, aber ihr Gesicht war gelb, und nachdem sie ein paarmal behauptet hatte, ganz gesund zu sein, sank sie in einem Sessel zusammen.

Edmund zog Barbary beiseite. »Wäre es möglich, daß du bei ihr bleibst? Cousine, du bist wirklich zu gütig, ich wäre ja so erleichtert ... Sollte ich euch mehr Leute zur Bewachung hierlassen? Das Schloß ist nicht ausreichend bemannt.«

»Edmund, die MacSheehys sind auf der Flucht, mit einer ganzen Garnison auf den Fersen – die machen sicher nicht plötzlich kehrt und kommen zu uns zum Abendessen.«

Sie sandte Rosh mit Essen für den ganzen Tag in den Torturm und widmete sich Maccabee und Sylvestris, in einem Haus, das so ungewöhnlich still war, daß sie hören konnte, wie Abby, die einzige im Haus verbliebene Angestellte, in der Küche ihren Teig knetete. Nachdem sie sich etwas ausgeruht und erholt hatte, bestand Maccabee darauf, daß Barbary sich wieder einmal mit Nähen beschäftigte. »Ohne diese Kunst wirst du nie eine große Dame, Cousine. Sieh her, so macht man einen französischen Knoten.« Barbarys Finger, beim Taschenziehen und Schloßknacken unerreicht, massakrierten das Sticktuch, ihre Gedanken wünschten die Franzosen samt ihren Knoten zur Hölle und wanderten selbst in den Torturm.

Also das war die ganze Zeit über der Grund für seine Gereiztheit gewesen. Seinem merkwürdigen irischen Hirn schien es ehrenvoller, grob zu seiner Gastgeberin zu sein als sie zu verführen. Der Teufel sollte ihn holen. Wenn er Lust hatte, sie zu verführen, warum tat er's dann nicht einfach? In ihrer Empörung vergaß sie, daß sie selbst, durch ihre eigene Art von Treue gebunden, vor dem letzten Schritt zurückgescheut war. Der mit seiner Ehre.

Sie war fast erleichtert, daß Maccabee die Nacht über nicht allein sein wollte. Barbary stieg auf Edmunds Seite in das Spensersche Himmelbett und hörte Maccabee zu, die sich selbst in Schlaf plapperte. Es lag Unruhe in der Luft. Sie selbst war unruhig. Maccabee war unruhig, und draußen, hinter den geschlossenen Fensterläden, störte etwas den Wald auf und erfüllte Barbarys Träume mit Schreien von Hasen, die von Füchsen zerrissen wurden, und von Füchsen, die von Hasen zerrissen wurden.

Da klopfte jemand ans Tor. »Bleib, Maccy, ich gehe schon.« Verdammt, wie spät war es denn? Schlaftrunken schlüpfte sie in Umhang und Pantoffeln und fluchte, daß sie die Snaphaunce im Torturm gelassen hatte. Von unten kamen unbekannte Stimmen. Was zum Teufel fiel Nup denn ein, die Tore ohne ihre Erlaubnis zu öffnen?

Sie schob die Riegel zurück und drehte den großen Schlüssel. Vor den ersten zögernden Spuren von Morgengrauen zeichnete sich die große Gestalt von Sir Thomas Norris, Statthalter von Munster, ab, und neben ihm stand, vor Verlegenheit schwitzend, der sehr viel kleinere Nup. »Es tut mir leid, Mistress, tut mir wirklich sehr leid. Ich hab' das Tor geöffnet bevor –«

Sir Thomas schnitt ihm das Wort ab, indem er in die Halle trat und das Tor hinter sich schloß. Sein Mantel war lehmverschmiert, er selbst roch nach Schweiß. »Es geht darum, Lady Betty, daß Euer schwachköpfiger Kastellan ein paar von meinen Männern, die Eintritt verlangten, das Tor öffnete. Meine Offiziere treiben sie jetzt zusammen, und wir werden in der nächsten Minute das Gut verlassen. Ihr müßt ihnen vergeben; ich fürchte, sie sind leider betrunken, aber sie haben heute nacht Ihrer Majestät einen solchen Dienst erwiesen ...«

Barbary rieb sich die Augen. »Langsamer, Mylord, wenn ich

bitten darf.« Zwischen ihr und diesem Mann gab es keineswegs dieses Gefühl der Verbundenheit wie mit seinem Bruder. Sir John Norris und Rob suchten gemeinsam ihr Glück in ihren Überfällen gegen die Spanier, daher kam sie gelegentlich mit den Norris' zusammen, um Nachrichten auszutauschen, doch Sir Thomas, ein Spießer, konnte nichts mit ihr anfangen.

Heute allerdings war Sir Thomas, erschöpft zwar, aber irgendwie hochgestimmt, bei weitem entgegenkommender. »Wir haben das Camp der MacSheehys gefunden.«

»Wunderbar.« Dann fiel ihr ein, daß sie die Gastgeberin spielen mußte. »Kann ich Euch Wein oder sonst etwas anbieten? Wozu seid Ihr dann hier?«

Er redete viel, aber sie kam bei seiner Erklärung nicht mit. Und überhaupt mußte er gehen.

Seine Männer waren außer Rand und Band, kein Wunder, aber er mußte sie nach Mallow bringen, bevor sie gänzlich jede Disziplin verloren. Bevor sie noch begriff, was los war, war er schon wieder fort. Sie hörte noch seine letzten Worte: »Am Morgen sind wir zurück. Bleibt bis dahin im Haus.«

Sie verriegelte hinter ihm das Tor, ging hinauf zu Maccabee, um ihr zu sagen, daß sie keine Angst zu haben brauchte, und blickte dann aus dem Schlafzimmerfenster. An der Hinterseite des Hauses war alles ruhig, aber von vorn kamen Gebrüll, Gejohle und allgemeiner Aufruhr. Sie konnte es deutlich hören.

»Was haben die in meinem Viehstall verloren?« wollte sie wissen. »Bleib da, Maccy. Ich gehe und kümmere mich um die Lümmel.«

Am meisten Sorge machte ihr die Frage, was wohl im Torturm geschah. Am Tor hielt sie inne, um sich einen Überblick zu verschaffen. Auf dem Rasen tummelten sich die Betrunkenen, zwei Soldaten jagten die Hühner, andere warfen sich zu Boden, versuchten, die Ferkel, die aus dem Stall entkommen waren, zu erwischen, und wurden ihrerseits von einer rasenden Muttersau attackiert. Einer ritt auf Colossus, dem Kerry-Stier, von Edmund vor kurzem um teures Geld erstanden, damit er die Qualität seiner Herde hebe; und Colossus, obwohl nicht der hellste, fing offenbar an, sich über diese Demütigung zu ärgern.

Was sie auch sonst im Camp der MacSheehys entdeckt haben mochten, der Alkoholvorrat war sicher dabeigewesen, und jetzt wollten die Männer etwas zu essen; die Armee in Irland litt ständig unter Proviantknappheit. Nun, da waren sie hier an die Falschen geraten. In jedem Grashalm von Schloß Spenser steckte auch ein Teil von Barbary, und sie dachte nicht daran, das alles von einem Haufen besoffener Fußlatscher abräumen zu lassen.

Offiziere, angetrieben von Sir Thomas' gebellten Kommandos, versuchten, mit der flachen Klinge die Ordnung wiederherzustellen. Barbary machte sich auf den Weg über den Rasen, um ihre Snaphaunce zu holen, und blieb nur kurz stehen, um einem Soldaten, der hinter einem Huhn her war, ein Bein zu stellen. Er fiel hin und wurde sofort von einem Captain geschnappt.

Unten beim Torturm herrschte weniger Lärm, aber dann schien es totenstill um sie herum, als sie merkte, daß die Tür offenstand, mit einem zerfransten Loch dort, wo das Schloß gewesen war. Das Schloß selbst hing noch am Türstock, es hatte besser gehalten als das Holz rundherum. Der hier eingebrochen hatte, war noch immer im Treppenhaus. Sie blickte hinauf und sah den schwankenden Lichtschein aus einer Laterne auf den Wänden und hörte Metall gegen Steine scheppern. Schneller als je zuvor raste sie die Stufen hinauf, um auf jeden Fall als erste oben anzukommen. Aber sie schaffte es nicht rechtzeitig. Jemand rüttelte an der obersten Türe, trat dann dagegen und schrie: »Lady Betty, Lady Betty, gebt uns einen Kuß!« Es war ein Cockney, es war der Matschtrampler, der Soldat, den sie damals vom Hühnerstall weggelockt hatte. Er war sternhagelvoll. Jetzt hatte er sie gesehen. Er schwankte über ihr auf der obersten Stufe, der Schein der Laterne fiel von unten auf sein Gesicht und machte es häßlich und verzweifelt. »Kuß«, schrie er sie an. Auf seinen Wangen waren Tränenspuren. »Jetzt bin ich ein Held und so weiter. Hab' mich tapfer gehalten. Was sie uns antun, tun wir ihnen an. Kuß her.«

»Du kriegst einen Kuß von einer Kanone, wenn du nicht aufpaßt«, sagte sie zu ihm. »Komm sofort runter.« Aber er war

Worten nicht mehr zugänglich; zum erstenmal dämmerte ihr jetzt, daß er, daß sie alle an etwas so Entsetzlichem teilgenommen hatten, daß Auspeitschen am Kanonenrad, die Strafe für Insubordination, im Vergleich dazu keinen mehr schreckte.

Plötzlich bemerkte der Soldat, daß die Tür, die er aufzubrechen versuchte, von innen verriegelt war. »Na, wen haben wir denn da drin, Lady? Haben wir uns eine Pike für unser Nadelkissen geholt, was?«

»Komm runter«, flehte Barbary. Jesus, mach, daß O'Hagan sich nicht einmischt.

Der Soldat stellte die Laterne ab, um nach ihr zu grapschen. »Da spielen wir die Feine und setzen derweil die ganze Zeit dem armen alten Sir Rob Hörner auf, was?«

Hinter ihm schwang die Tür auf. »Nein«, sagte O'Hagan, »das tut sie nicht.« Im Lichtkreis der Laterne sah Barbary, wie die Füße des Soldaten sich vom Boden hoben, sie hörte ein Knirschen und sah die Füße wieder auf dem Boden, gefolgt vom restlichen Körper.

Sie zitterte vor Entsetzen. »Dem habt Ihr den Garaus gemacht.«

»Diesen Genuß«, erwiderte O'Hagan, »hab' ich mir versagt. Ich schiebe, Ihr zieht.«

»Ich wäre schon mit ihm fertig geworden«, schrie ihn Barbary an.

»Müßt Ihr nicht mehr«, schrie er zurück. »Was ist, bringen wir den Kerl hinunter oder nicht?«

Irgendwie gelang es ihnen, den Matschtrampler die Stiegen hinunterzuzerren. »Was ist, wenn er das später ausplaudert?«

»Der wird sich an nichts mehr erinnern.«

»Jetzt komm' ich schon allein zurecht. Geht hinauf.«

Die Offiziere hatten wieder einigermaßen Ordnung in die entfesselte Soldateska gebracht; abgesehen von ein paar letzten Streunern waren alle zusammengetrieben. Sie rief einen Captain an, der ihr bekannt vorkam, und Matschtrampler wurde im Schoß einer ziemlich chaotischen, aber schnell wieder nüchtern werdenden Kolonne aus den Toren getragen.

Als sie endlich alle draußen waren, war es schon hell, oder jedenfalls so hell, wie es an einem derart bewölkten Tag überhaupt werden konnte, und Barbary, Abby, ein bedrückter Nup und Maccabee, die nicht allein drinnen bleiben wollte, untersuchten den Schaden. Der Kräutergarten war im Eimer, die neu gepflanzten Eibenhecken niedergetrampelt, Hühner und Ferkel rannten aufgescheucht durcheinander. Das Schlimmste war, daß Colossus abgängig war. Empört über die üble Behandlung, war er in der ganzen Aufregung aus dem Tor gewandert, und jetzt war keine Spur mehr von ihm zu sehen. Barbary gab Anweisungen. »Nup, du gehst und holst ein paar Dörfler zu Hilfe. Maccy und Abby, ihr treibt die Ferkel zusammen. Ich gehe Colossus suchen.«

Aber die Empörung hatte Maccabee neue Kräfte verliehen. »Das ist Edmunds teurer Zuchtstier«, sagte sie. »Den muß ich selber suchen.«

Für Diskussionen war keine Zeit; außerdem brauchte es wahrscheinlich ohnehin zwei, ihn einzufangen. »Wir gehen beide.«

Die hinteren Felder waren schon umgepflügt, sie mußten den Feldrain entlanggehen und bekamen dabei nasse Pantoffel und nasse Knöchel.

Dann tauchten sie in das dreidimensionale Grau des Waldes ein, der zusammen mit den Blättern auch sein vertrautes Wesen abgelegt hatte. Stämme und Äste waren schmierig, die gefallenen Blätter unter ihren Füßen naß und glitschig. »Komm, komm, Colossus«, riefen sie, und hörten ihre Stimmen in der feuchten Stille versickern.

»Hier lang«, sagte Barbary, »da hat jemand einen Pfad ausgetreten.« Maccabee rührte sich nicht, sie blickte nur starr um sich und hielt sich die Hände gegen die Ohren, wie um sich vor einem unerträglichen Laut zu schützen. Barbary sah sie an, wollte selber nichts sehen, denn auch sie spürte am Rand ihres Blickfeldes, daß das Aussehen der Lichtung vor ihnen irgendwie ganz falsch war; überall, hinten, vorne, an der Seite, trugen die Äste Früchte, riesige zerfetzte Birnen, die von gebeugten Stengeln hingen. Der letzte klare Gedanke, bevor sie sich ihren Augen ergab, war: ich hätte es wissen sollen. Hier haben sie sie aufgehängt. Wo Mackworth gehängt wurde. O Gott, so viele.

Außer ein paar ganz alten waren keine Männer dabei. Die Garnison hatte das Camp der MacSheehys gefunden, aber nicht das Lager des Feindes, nicht die MacSheehys, die Mackworth geschunden hatten. Sie hatten das Familienlager gefunden, die Frauen, Mütter, Schwestern, Töchter, kleinen Söhne, Großmütter und Großväter. Und die Garnison hatte sie hierhergetrieben und alle gehängt. Harte Arbeit, Arbeit in Schichten, drei oder vier Männer an jedem Seil. Soviel Seil. Soviel Kampf gegen den Zug der Seile. Soviel Schreie, soviel Todeskampf, so lange.

Das gleiche war ihrer Mutter geschehen.

Hängende Leiber zu Dutzenden, zu Hunderten vielleicht; sie schwappten über auf andere Lichtungen, bildeten dunkle Kerne im Nebel. Kleine Leiber, große Leiber, alle den Kopf zur Seite, als schämten sie sich, so gefunden zu werden. Ihre Mutter hatte so ausgesehen. Barbary stand in der Architektur des Todes, inmitten von Hängeornamenten in unterschiedlicher Höhe, in Trauben, wenn ein Ast dafür stark genug war, einzelnen Leibern, beinahe kunstvoll dazwischen arrangiert. Bloße Kinderfüße, anmutig nach außen gewandt, hingen neben ihren Schultern. Sie fuhr herum und hatte ein Paar schmutziger Mokassins vor der Nase. Dieser Kopf war grau, aber er hing im gleichen Winkel herunter wie der goldene dahinter; faltig der eine, pausbäckig der andere, hatten sie denselben Gesichtsausdruck: schlaff, gleichgültig. Alle Gesichter sahen gleich drein, individuell schienen nur die Füße. Eine alte Frau mit Frostbeulen, ein alter Mann mit Rheumatismus und vortretenden Venen, ein kleines derbes Paar Stiefel unter einem Unterrock, die kleinen Zehen eines Kindes, eine ganze Stadt voller Menschen, die auf der guten Muttererde geschritten und gelaufen waren und jetzt still und ruhig darüber hingen.

Irgend jemand stöhnte, entweder sie oder Maccabee. Maccabee kniete neben dem grauenhaftesten Anblick auf der Welt. Barbary sah es, weigerte sich, es zu sehen. Dann kniete auch sie schluchzend daneben nieder und berührte es, für alle Fälle.

Die Männer, die das getan hatten, hatten das erste und wichtigste Gebot allen Lebens gebrochen. Das Baby hing von seiner Mutter. Sie hatten die Frau mitten in der Geburt gehängt. Und sie hatten es gewußt, denn sie war nackt; sie hatten sie gehängt zwischen der Wehe, die das Kind in die Welt stieß, und jener, die die Nachgeburt herausgepreßt hätte; das Kind hing noch an der Nabelschnur von der Mutter.

O Gott, nimm dieses Verbrechen gegen die Schöpfung zurück. Vernichte die Männer, die es begingen. Vernichte mich, weil ich es gesehen habe. Aber da war kein Gott.

Maccabee sagte ganz deutlich: »Sie werden es sagen.«

Mit eingezogenen Köpfen, um nicht gegen die Leiber zu stoßen, schlichen sie auf Zehenspitzen aus dem Wald, wie um die, die sie zurückließen, nicht zu wecken. »Sie werden es sagen«, sagte Maccabee wieder. Wem? Einem nicht existierenden Heiligen Petrus, während sie sich durch das nicht existierende Himmelstor drängten?

Barbary brachte Maccabee zu Bett, rief Abby, daß diese bei ihr bliebe, ging hinunter und blieb irgendwo stehen, in der Halle, der Küche, sie wußte nicht, wo, wußte nicht, daß sie irgendwo stand. Es war, als wäre sie selbst gehängt worden; sie fühlte sich selbst leblos und blutleer. Irgendwo draußen rechtfertigten Offiziere und Soldaten das, was sie getan hatten. Wenn wir nicht mit ihnen, dann sie mit uns. Keine Menschen, riechen anders, fühlen nicht, wie wir fühlen, Tiere, Nichtsnutze. Aber für sie war es zu spät. Sie und das Baby und die Mutter waren verbunden durch diese Nabelschnur, Teil eines ungeheuer großen gemeinsamen Schoßes, und die Gewalt, die ihr angetan ward, hatte die ganze Welt geschändet. Auch sie war geschändet worden.

Obwohl ihr bewußt war, daß sie es unmöglich wissen konnte, wußte sie dennoch, daß sie in diesem Wald unfruchtbar geworden war.

Später am Tag ging sie hinüber zum Torturm und die Stiegen hinauf, öffnete die Tür und schaute den Mann auf dem Bett an. »Du kannst dem O'Neill ausrichten, daß ich ihm die Kanonen beschaffe«, sagte sie.

Er hatte gelesen. Er sprang auf, und sie ging zu ihm.

Sie erzählte ihm etwas, nicht alles, nichts über die Mutter und das Baby. Sie verfiel immer wieder in Schüttelkrämpfe, die sie nicht unterdrücken konnte. Er hielt sie lange in den Armen, hielt sie einfach, wie eine Mutter ihr verletztes Kind. »Nicht weinen, nicht weinen, Cushlamochree. Sei ganz ruhig, mein tapferes Mädchen. Wird alles gut, Schlag meines Herzens.«

Sie fühlte sich den Iren nicht verwandter als vorher, fühlte sich selbst nicht stärker als Irin; auch Mitleid mit Irland hatte sie nicht überwältigt. Aber von diesem Moment an, das wußte sie, würde sie auf die Seite der Iren treten, weil die Waagschalen einer ausgleichenden Gerechtigkeit derart ungeheuerlich gegen sie belastet waren, daß sie es nicht mehr mitansehen konnte. Sie mußte sie aus dem gleichen Impuls heraus unterstützen, aus dem man die Hand ausstreckt, um ein schief hängendes Bild gerade zu richten. Das würde sie tun, wenn sie konnte, einfach, weil es getan werden mußte.

Die lächerlichen Worte, die er so leise und zärtlich sagte, drangen langsam bis zu ihr. »Ganz ruhig, Schlag meines Herzens.« Sie konnte den Schlag seines Herzens spüren. In der Wüste, in der sie verloren war, zirpte diese Grille hartnäckig ihren Ruf zum Leben. Vorstellungen wie Ehre und Treue waren nebensächlich. Nicht tot zu sein, das zählte, nicht kalt und allein zu sein. Die einzige Wärme, die einzige menschliche Gemeinschaft hatte alle diese Wochen in diesem Raum hier auf sie gewartet. Ihr eigener Körper tickte ins Leben zurück.

»Höchste Zeit«, sagte er, und jetzt hielt er sie nicht mehr wie eine Mutter.

Es war überhaupt nicht wie Sex mit Rob. Er schaute sie an, redete mit ihr, hauptsächlich auf irisch. Alles Gespielte, Launische war fort, sein Gesicht offen, verletzlich. Die Leere in Körper und Seele, die sie immer gespürt hatte, füllte er wie Zapfen die Nut eines herrlichen Zimmermanns. Es paßte genau, so daß sich, was von ihr noch übrig war, in einem herrlichen, freudigen Orgasmus zusammenzog. »Gott steh uns bei«, sagte sie, als sie wieder sprechen konnte, »was war das?«

»Ich«, erwiderte er, bescheiden keuchend.

»Los, mach's noch einmal.«

»Weib, du hast offenbar keine Ahnung von der männlichen Konstitution.« Er fiel aufs Bett zurück und legte die Arme um sie, so daß sie zusammen zur dunklen Decke hinaufstarrten. Die Fledermaus starrte zurück. »O Gott, daß ich dafür büßen muß.«

»Du mußt *was?*« Sie setzte sich auf und konnte gerade noch sein Gesicht sehen.

Er sagte: »Immer, wenn ich dich die Stiegen heraufkommen hörte, sehnte ich mich nach deinem Anblick in der Tür. *Is mo chen in maiten bán.* Komm in meine dunkle Kapelle, willkommen, du helles Morgenlicht, *is mo chen, a muingel mass,* mit weißem Hals und goldnem Haar. Du warst mir die Morgenröte, Sächsin. Aber eine Sünde ist es doch.«

Sie war entsetzt. »Ich bin keine Sünde. Ich bin doch keine Sünde.« Sie trommelte gegen seine Schultern. Die Sünde hing draußen im Wald. Wie konnte Sünde saftig und warm und so genau *passend* sein?

Er fing ihre Hände ein. »Du bist die tapferste Frau mit dem rötesten Haar, die ich kenne«, sagte er, »aber du bist verheiratet.«

Das letzte Tageslicht war aus dem Raum verschwunden, und er war mit ihm in die Schatten getaucht, wohin sie ihm nicht zu folgen vermochte, nur sein Gebein lag noch im Bett. Er hatte zu viele Facetten, als daß sie wissen konnte, wer er wirklich war; die Güte, den Hohn, den Mut, die Gereiztheit, die Wehleidigkeit, der Liebhaber und jetzt der Katholik. Sie konnte sie annehmen, konnte alle seine Seiten annehmen – aber er mußte seinen Gott dafür, daß er sie liebte, um Vergebung bitten.

»Das verstehe ich nicht«, sagte sie müde. »Du bist so fremd.«

»Nur Ire«, erwiderte er. »Ich bin Ire.«

Draußen ertönte Lärm, Edmund rief Nup zu, ihm die Tore zu öffnen. Erschöpft schlüpfte sie aus seiner Umarmung und aus dem Bett, zog sich an und ging wieder hinaus in die Kälte.

Edmund und die anderen hatten bereits von Sir Thomas Norris von den Hängungen gehört und auf ihrem Heimweg gesehen, wie man die Leiber auf Karren wegschaffte.

Edmund ärgerte sich über sie. »Sir Thomas befahl dir, drinnen zu bleiben«, warf er ihr vor. »So etwas ist kein Anblick für empfindsame Damen. Tragisch, aber unvermeidlich. Man mußte ihnen eine Lektion erteilen. Ich fürchte nur, das hat meine arme Frau in den Irrsinn getrieben.«

Nicht in den Irrsinn, sondern in den Tod. Maccabee legte sich sofort aufs Totenbett, wurde gelb und immer gelber. Barbary ging nicht in den Torturm zurück, denn Maccabee wurde unruhig, wenn sie nicht bei ihr war. Sie blieb im Schlafzimmer der Spensers, wechselte sich mit Edmund in der Wache am Krankenbett ab, versuchte, Maccy zu beruhigen, ihr die Mittelchen des Arztes einzuflößen. Aber Maccabee beruhigte sich nicht. »Sie werden es sagen«, wiederholte sie immer wieder und hielt Barbary krampfhaft fest.

»Wem sagen, Maccy? Wem werden sie es sagen? Was sagen?« Aber wenn die Gelassenheit der Toten im Wald ein Geheimnis umschloß, dann nahm es Maccy mit sich, ihr Schmerz war zu groß, um es weiterzugeben.

Rosh und Barbary wuschen sie, steckten sie in ihr bestes Gewand, schlossen den einst so geschäftigen kleinen Mund, knüpften das Leinenband fest, das ihn am Aufgehen hinderte, und falteten ihr die kleinen Hände über der Brust. »Oh, Maccy. Leb wohl.«

Edmund schluchzte hemmungslos über der Leiche und Catherine mit solcher Verzweiflung, daß Barbary davon fast ebenso verzweifelt wurde. Die mitleidvolle Mütterlichkeit, die sie im Wald empfunden hatte, verließ sie nicht mehr. Sie hob das Mädchen hoch und spürte, wie der schmale kleine Körper sich an ihrer Brust ungezügeltem Schmerz hingab. »Psch, Häschen, wein' doch nicht.« Wie idiotisch. Warum sollte sie nicht weinen? Weshalb sollte sie aufhören zu weinen. Halt fest. Menschliche Wärme war das einzige, wofür sich in dieser Welt toter Körper zu leben lohnte. Bald gehe ich zurück in den Torturm, wo mich menschliche Wärme erwartet, und trickse O'Hagan fort von seinem Gott, und wenn es das letzte ist, was ich tue.

Als Catherine sich in den Schlaf geschluchzt hatte, beugte

sich Barbary über sie und küßte sie und eilte dann zurück in den Torturm. Rosh kam die Treppe herunter. »Gottlob, daß Ihr hier seid. Er geht heute abend fort.«

»Fort?« Es durchfuhr sie eiskalt. Solange er krank und willenlos war, war er wie ein Geschenk gewesen, das sie aufnehmen konnte oder nicht, das immer zu ihrer Verfügung war. »Das kann er nicht.«

»Er muß den MacSheehys in den Arm fallen. Wenn sie auf irgendwen hören, dann auf ihn. Sie planen einen Angriff auf Schloß Mallow.«

Sie stürzte an Rosh vorbei, die ihr nachrief: »Ich passe auf, ob die Luft rein ist.«

Er saß auf dem Bett und zog sich die Stiefel an. Rosh mußte den einen, den sie bis zum Knöchel aufgeschlitzt hatten, wieder genäht haben, wie sie auch sein Wams, sein Hemd, seine Strümpfe und seine Pluderhose geflickt und gewaschen hatte. Er war nicht mehr ihr Patient, sondern ein großer, stattlicher Tudor-Gentleman. »Die übriggebliebenen MacSheehys haben vor, sich auch noch umbringen zu lassen«, sagte er. »Und das ist jetzt nicht der richtige Zeitpunkt. Wenn hier jemand rebelliert, dann muß es ganz Irland sein und nicht, bevor Irland bereit ist.«

Er stand auf und befühlte seinen Knöchel. »Dabei war ich nämlich gerade.« Er warf ihr einen scharfen Blick zu. »Als ich so unhöflich unterbrochen wurde. Dabei war ich nämlich gerade, bei der Koordinierung aller Clans.«

Er hatte sie bereits verlassen. Es war, als hätten sie niemals ein Bett geteilt. Er zahlte ihr die langen Wochen der Abhängigkeit heim, indem er ihr zeigte, daß er so gar nicht mehr von ihr abhängig war, daß sie nur einen winzigen Teil seiner Pläne bildete. Nicht bewußt vielleicht, aber jedenfalls tat er's. Er konnte fortgehen und seine Sünden beichten und Absolution erhalten oder was diese Püppchen-Anbeter da schon erhielten und fleckenlos weiß sein, wenn er das nächste Mal mit einer Frau ins Bett hüpfen wollte. Schön, fahr ab, und der Teufel und ein Heller mit dir.

Er kam näher, studierte ihr Gesicht. »Tut mir leid, daß die kleine Frau tot ist. Kann ich etwas für dich tun?«

Jetzt nicht, mein Süßer, und in alle Ewigkeit nicht. »Nein, danke vielmals.«

»Du brauchst mich nie, was?«

»Ich brauche *niemanden.*« Sie streckte ihm die Hand entgegen, als würde sie sich von einem Fremden verabschieden. Er zuckte die Schultern und küßte sie ihr.

»Mistress, seid meiner ewigen Dankbarkeit versichert. Macht Euch nicht die Mühe, mich hinauszugeleiten.«

Tat sie auch nicht. Sie blieb im Türrahmen stehen und sah ihm nach, wie er in der Biegung der Treppe verschwand. Er hinkte ganz jämmerlich. »Der Knöchel tut mir noch ziemlich weh«, rief er zu ihr herauf. Und hätte sein ganzes Bein nachgegeben wie ein verfaultes Erbsenreis, sie hätte keinen Finger gerührt.

Sie hörte ihn stehenbleiben. »Wegen der Kanonen«, rief er, »wirst du von uns hören.«

»Ich werde an nichts anderes denken«, zischte sie und hörte ihre Worte sich wie Schlangen die Stufen hinunterwinden.

Plötzlich kam er die Treppe heraufgejagt, packte sie, zog sie an sich und küßte sie. »Denk lieber hieran«, sagte er.

Bis sie ihre einzelnen Bestandteile, die über die ganze Treppe dahingeschmolzen waren, wieder eingesammelt hatte, war er fort. Sie ging zurück in ihr Zimmer und sah ihm nach, wie er über den inneren Schloßhof hinkte. Dann war er außer Sicht. Kein Laut drang aus dem dunklen Haus, wo Maccy auf ihrem Bett aufgebahrt lag.

Um sie her war wieder nichts als Wüste, und diesmal zirpte darin keine Grille. Aber eines hatte er für sie getan, der verdammte irische Mistkerl: er hatte sie so wütend gemacht, daß sie jetzt damit fertig würde.

14

Der Rauch aus Sir Walter Raleighs langer Silberpfeife verzog sich durch die frühsommerliche Luft hin zu dem sichelförmigen See. Seine Tabaksdose war aus Gold. Edmunds Pfeife war wie die, die Sir Walter Barbary geschenkt hatte, aus Walfischbein und schon lange ausgegangen. Sie lag neben ihm auf der Fensterbank, während er vorlas:

> Of warlike puissaunce in ages spent,
> Be thou, fair Britomart, whose praise I write,
> But of all wisdom be thou precedent,
> O sovereign Queen, whose praise I would indite
> But ah, my rhymes too rude and rugged are,
> When in so high an object they do light …

> Von hehrer Kampfesstärke wie in alter Zeit
> Sei, edle Britomart, du, deren Ruhm ich singe,
> Sei aller Weisheit du und Tugend Preis,
> Erhab'ne Königin, der dies mein Lied erklinge,
> Doch ach, wie ist mein Vers so ungefüg' und leis
> Den ich dir, Höchste, voll Demut hier darbringe …

Er blickte von seinem Manuskript auf. »Ist es nicht zu übertrieben, was meint Ihr?«

Raleigh nahm die Pfeife aus dem Mund. »Das geht gar nicht«, erklärte er.

Barbary saß auf einem Stuhl, kämpfte mit einem Saum an Catherines neuem Rock und hob den Blick empor zum Himmel. Es gab keine Tugend, kein Schönheitsideal, keinen Vorzug, keinen Reiz, die Edmund dieser launischen, eitlen, großen alten

Frau, der Königin von England, nicht zugesprochen hätte. Eine einzige Gestalt reichte nicht aus, um alle Schmeicheleien in sich aufzunehmen – Barbary fragte gar nicht mehr, wann die Feenkönigin denn nun endlich in der »Feenkönigin« ihren Auftritt hätte; Britomart, Belphoebe, Mercilla waren alles Verkörperungen ihrer Vollkommenheit.

Seit Tagen schon las Edmund laut vor, bis die Halle in neunzeiligen Stanzen schwang. Die Bedienten staubten Worte aus, kochten Worte, Worte fielen aus den Kissen, wenn sie aufgeschüttelt wurden. Und die ganze Zeit hörte Raleigh zu, rauchte und nickte. In einer Pause, als Edmund zum Pinkeln ging, ergriff Barbary die Gelegenheit und fragte: »Ist es denn gut, dieses Gedicht?«

Raleigh antwortete mit tiefer Überzeugung: »Es steht höher als alles, was bis heute im Namen der Poesie in England geschaffen wurde.«

Sie verstand es nicht. Diese Geschichten von fahrenden Rittern waren ihrer Meinung nach der reinste Blödsinn; in den Straßen, in denen sie aufgewachsen war, hatte es nicht viel Ritterlichkeit gegeben, und auch in Irland sah sie nicht sehr viel davon. Die Geschichte kam nicht vom Fleck. Jedesmal, wenn es spannend wurde, schweifte Edmund ab; Paläste, Landschaften, Festzüge wurden auseinandergenommen und jeder Teil mit etwas anderem verglichen. Helden duellierten sich so lange, bis es ihr völlig schnurz war, wer gewann.

»Meinetwegen«, sagte sie resigniert, »Ihr müßt es ja wissen.« Schließlich galt Raleigh selbst als glänzender Poet.

Trotzdem war es ihr ein Rätsel, warum er ganze Tage damit zubrachte. Ihr blieb nichts anderes übrig; sie war, wenn auch nur vorübergehend, hier die Gastgeberin. Aber Raleigh, der Abenteurer, der Mann der Tat, der Liebhaber der Königin? Was trieb ihn dazu, in der irischen Provinz herumzuhängen und sich eine Allegorie anzuhören, und sei sie noch so erhaben, die sich endlos weiterzuspinnen drohte?

Er hatte ihr Briefe von Rob gebracht, der sich noch immer mit Überfällen auf spanische Schiffe bestens amüsierte. Wie seine anderen Briefe enthielt auch dieser detaillierte Anweisungen für ihr neues Heim. Der Bau von Hap Hazard ging, mit Raleighs tatkräftiger Unterstützung, flott vonstatten. Rob wollte das Haus modern, mehr Herrenhaus als Burg, Ziegel statt Stein, im Fischgrätenmuster, mit schwarzen Balken, weißem Putz und verschnörkelten Kaminen. »Denn ich setze mein Vertrauen darein, daß Irland von jetzt an Frieden haben wird und Wälle unnötig sind«, schrieb er. Barbary zuckte die Schultern und gab seine Anweisungen an die Maurer weiter. Sicher, die letzten paar Monate waren friedlich gewesen. Nicht einmal eine Rinderherde hatten die MacSheehys überfallen. Die Frühjahrsaussaat war in der wachsenden Überzeugung vor sich gegangen, daß den Rebellen nun das Rebellieren gründlich ausgetrieben war. »Die Hunde werden still, wenn man die Welpen und die Weibchen umbringt«, krächzte Ellis.

»Die Hunde werden still, wenn sie auf eine Gelegenheit lauern«, dachte Barbary und ließ zu Robs Schutz rund um Hap Hazard eine hohe Mauer bauen; dadurch verlor der Bau zwar seine helle Leichtigkeit, würde aber, wenn der Sturm losbrach, doch etwas Schutz bieten.

Sie beaufsichtigte die Arbeit der Maurer, Ziegelsetzer, Pflasterer ohne Begeisterung. Sie selbst hatte keinesfalls die Absicht, in Hap Hazard je zu leben, aber seine Fertigstellung zu überwachen war das letzte, was sie für Rob tun konnte, bevor sie ihn verließ. Für sie hatte sich ihre Ehe in dem Augenblick aufgelöst, als sie das Baby und seine Mutter im Wald gesehen hatte. Das war die große Scheidelinie gewesen: Als sie Irland so verwundbar sah, fühlte sie sich nicht mehr Rob zugehörig, der alles Englische so fraglos unterstützte. Sie wollte ihn nicht mehr sehen. Er hatte sie ja ohnehin nie geliebt, und auch sie hatte, wie ihr jetzt erst klar wurde, ihn nie wirklich geliebt. Liebe war, was sie mit O'Hagan entdeckt hatte. Und auch ihn würde sie nie wiedersehen. Sie versuchte, ihn aus ihren Gedanken zu verbannen und sich einzureden, er sei nur ein Zwischenspiel gewesen, das jetzt vorüber war. Er und seine Religion.

Wohin sie gehen würde und was sie dann tun würde, lag im dunkeln. »Wegen der Kanonen«, hatte O'Hagan gesagt, »wirst du von uns hören.« Sie wartete auf die Kontaktaufnahme, und bis dahin hielten sie Trägheit und ihre Zuneigung zu dem Ort und zu Catherine und Sylvestris in Schloß Spenser fest. Edmund hatte sie gebeten, um der Kinder willen hierzubleiben, »bis ich Vorkehrungen getroffen habe«. Das hatte zu Tratschereien unter den Kolonisten geführt, und Lady Norris, Sir Thomas' Gemahlin, die für Barbary nichts übrig hatte, hatte Edmund sogar erklärt, seine Kinder sollten sich in der Obhut einer Person befinden, die besser wußte, was sich schickte. Aber Edmund – in einem jener Anfälle von Eigensinn, die ihn vor völliger Konformität bewahrten – hatte sich geweigert. Die Kinder waren mit seiner »Cousine« glücklich; und er war froh, wenn seine Kinder glücklich waren.

Wenn Edmund, wie jetzt, Gäste hatte, zog Barbary aus ihrem Turm um ins Schloß, um die Gastgeberin zu spielen. Raleighs Besuch machte allen recht viel Arbeit; zu seiner Unterhaltung hatte man halb Munster zu verschiedenen Festivitäten eingeladen. Zu ihrer Überraschung schien es den Bedienten aber nichts auszumachen; sie genossen die ungewohnte Aufregung und waren von Raleigh selber hingerissen, der jedem einzelnen von ihnen Tonpfeife und Tabak überreichte und dazu erklärte, der Rauch würde sie, wie Speckseiten, vor dem Altwerden schützen. Er interessierte sich für ihre Namen und ihre Lebensgeschichten und flirtete schamlos mit allen Frauen, den jungen wie den alten. Mit Lucy, der Tochter der Köchin, war es allerdings mehr als nur ein Flirt. Als Barbary im Obstgarten eine Henne suchte, die sich zum Brüten verzogen hatte, hörte sie hinter einem Baum Keuchen und Quietschen. Näherer Augenschein zeigte Lucy, Rock und Beine oben, und Sir Walter, Hosen unten, an einen Baum gelehnt und mit dem beschäftigt, was der Orden einen »Senkrechtstart« nannte. Da es sich offensichtlich nicht um Vergewaltigung handelte, ging Barbary wieder fort. Aber als sie später Raleigh allein traf, machte sie ihm Vorwürfe. »Hört auf, meine Mädchen zu nageln, Ihr Wüstling«, knurrte sie. »Es sind brave Mädchen, und Edmund will sicher keinen Haufen kleiner Raleighs.«

Raleigh blieb ungerührt. »Sorgt Euch nicht, meine Schöne.« Mit Barbary ging er immer ganz ungezwungen vertraulich um.

»Ein bißchen Liebe schadet ihr nicht, und wenn sie wirklich ein Kind von mir kriegt, dann sorge ich dafür. Es ist hier recht einsam für einen kräftigen Mann.« Seine schwarzen Augenbrauen signalisierten eine Einladung, auf die sie nicht einging.

Warum blieb er dann noch immer? Sie kam nicht dahinter. Ein Graf von Essex, ein neuer Graf von Essex, war bei Hof erschienen, um die Königin zu behexen. Raleigh redete sehr amüsant darüber, wie eifersüchtig der junge Mann auf seine, Raleighs, Position im königlichen Busen war, aber er ritt zu oft auf diesem Thema herum, als daß er seine eigene rasende Eifersucht auf den Rivalen hätte verbergen können.

Also warum bist du noch immer hier, statt am Hof deine Position abzusichern? Barbary hob den Kopf, als Edmund verstummte. Raleigh nahm die Pfeife aus dem Mund. »Edmund, guter Schäfer«, sagte er – es war ein privater Scherz zwischen den beiden, daß sie sich als theokritische Schäfer in einer ländlichen Idylle gebärdeten, über die die Göttin Elizabeth herrschte –, »Euer Gedicht ist zu bedeutend, um es hier im irischen Wald zu vergraben. Kehrt mit mir zurück, um das Juwel, das Ihr geschaffen, in die Krone von England einzusetzen. Zeigt es der Welt, wie's ihm gebührt.«

»Nach England gehen, meint Ihr?« fragte Edmund.

»Das meine ich.«

»An den Hof? Aber Sir Walter, guter Schäfer Walter, wollte ich sagen, bei Hof mögen sie mich nicht. Burghley haßt mich.«

Raleigh spuckte zum Fenster hinaus. »Burghley ist ein alter Mann. Die Königin ist unser Preis. Ein königliches Gedicht für eine königliche Herrin, mein Bester. Kühnheit siegt.«

Edmund wand sich. Kühnheit war nicht seine Stärke, aber die Idee begeisterte ihn, das sah Barbary. Sie sah jetzt auch, was Raleigh im Schilde führte. Er wollte nicht mit leeren Händen zurückkommen und mit dem jungen Essex um die Gefühle der Königin kämpfen. Nein, er wollte Geschenke mitbringen, um seinen Rivalen auszustechen: die Wunder einer Neuen Welt wie den Tabak und die Kartoffel – und »Die Feenkönigin«, ein Gedicht, das selbst dieser alten Furie Durst nach Schmeicheleien stillen mußte. »Du Schlitzohr«, dachte sie in widerwilliger

Bewunderung, »du bist so aufrecht und gerade wie ein Widderhorn.« Nun, Edmund zuliebe hoffte sie, daß das Werk wirklich so gut war, wie Raleigh meinte, und die Königin mehr Gefallen daran finden würde als sie selbst.

Später am Vormittag kam Edmund zu ihr in die Küche und nahm sie mit hinaus in den Garten. »Soll ich's tun, Cousine?«

»Du wärst schön dumm, wenn du's nicht tätest, Edmund.«

»Ich überlege schon seit längerem, wie man Catherine und Sylvestris mit englischer Lebensart vertraut machen könnte. Ich könnte bei meiner Schwester wohnen. Hierherbringen wollte ich sie nicht wegen ... du weißt schon.« Mit der Hand deutete er auf die Ballyhouras und die unterschwellig immer spürbare Anwesenheit der MacSheehys. »Du mußt mit uns kommen, Cousine. Weder ich noch die Kinder kommen ohne dich zurecht.«

Kann ich sie gehen lassen? Werden sie unglücklich sein? Wird die Schwester begreifen, wie sanft sie sind, wie verletzlich? Aber es gab andere Kinder hier, die verletzt wurden, Ungeborene, bestimmt dazu, verletzt zu werden, Babys ... »Nein, Edmund, ich bleibe hier.«

Er akzeptierte ihre Weigerung sofort. »Natürlich, Hap Hazard muß vollendet werden.«

Als er fort war, trat Raleigh zu ihr. »Ein herrlicher Morgen, Mistress Barbary.«

Blätter hatten sich frisch den Knospen entrollt, Weidenkätzchen hingen wie erstarrte Regentropfen von den Zweigen, Lämmer tollten über die Hügel, und der Wald war ein Meer von Grüntönen, erfüllt von Vogelgezwitscher. »Na und?« fragte sie mißtrauisch. Man mußte Raleigh immer auf Distanz halten, immer daran denken, daß er ein Mörder war; der Mann vibrierte vor sexueller, intellektueller, elementarer Energie. Sie konnte verstehen, daß Lucy davon überwältigt war. Physisch hatten er und Rob und O'Hagan viel gemeinsam, Rob ahmte ihn in seinem Benehmen und seinem Ehrgeiz ja auch nach. Der Unterschied zwischen Raleigh und O'Hagan, dachte sie, bestand darin, daß der Ire kultiviert war und Raleigh nicht, trotz seiner Dichterei und seines Witzes. O'Hagan war der Erbe alter Sitte und Kultur; Raleigh war wurzellos. Er kannte keine Grenzen.

Er war ein Produkt seiner Zeit, unbeschwert von den Traditionen der Vergangenheit, er konnte zu den höchsten Höhen gelangen und würde zu diesem Zweck jedes Verbrechen begehen. Aber er konnte auch fallen. Sie würde keine Wette eingehen wollen, was ihm bestimmt war.

»Was habt ihr denn jetzt vor?« wollte er von ihr wissen.

»Inwiefern?«

»In bezug auf Euer Erbe, Mädchen.« Er deutete mit seiner Pfeife westwärts. »Dort gibt's Fürstentümer zu gewinnen, und wenn Ihr auch kein Mannsbild seid, seid Ihr doch wie die Königin, Ihr habt das Herz und den Magen eines Fürsten. Rob und ich hatten vor, Euer Fürstentum für Euch zu erobern, aber wo wir jetzt soviel zu tun haben, solltet Ihr Euch vielleicht selber umsehen. Besucht doch Eure Großmutter, schaden kann's ja nicht.«

Vorsicht, Falke in der Luft, dachte Barbary, und sagte laut: »Worum geht's denn?«

Blendendweiße Zähne blitzten aus dem schwarzen Bartgestrüpp. »Um Bingham«, antwortete er, »unseren Statthalter in Connaught. Der ist, wie's aussieht, ein vielseitiger Gentleman: Wildhüter, Wilderer und Schlächter in einer Person. Wenn wir nicht sehr aufpassen, hat er bald alles in der Tasche. Geht ihm aus dem Weg, bis Rob und ich zurück sind. Das Land ist ein wildes Durcheinander; Os und Macs kämpfen gegeneinander und gegen Bingham, einzeln und gemeinsam. Rob wird wissen müssen, wer sein Freund ist, wer sein Feind. Keine Arbeit für ein Mädchen, aber Ihr, glaube ich, könnt es.«

»Spionieren?«

Er zog ein wunderschönes Taschentuch aus dem Ärmel, tupfte sich die Augen und lispelte im Falsett: »Geliebte Oma, nimm mich auf, denn ich bin dein süßes, verloren geglaubtes kleines Enkelkind!«

»Sie hält mich für eine Schwindlerin.«

»Nun gut, dann schwindelt.«

Die grünen Augen und die schwarzen Augen leuchteten auf in gegenseitigem Verstehen. Was wären wir doch für ein Paar von Gimpelfängern, dachte sie. Genaugenommen benutzte er sie für seine Zwecke ebenso, wie er Lucy benutzt hatte, aber die Idee hatte trotzdem etwas für sich. Wäre da nicht die Mutter mit dem Baby gewesen, dann hätte sie mitgemacht und das Ganze zu ihrem eigenen Vorteil ausgenützt. Vielleicht tat sie's ja auch noch.

»Wir werden sehen«, sagte sie. Den restlichen Spaziergang füllte er mit Beschwörungen und Anweisungen. Wenn sie ging, sollte sie seinen Männern in Youghal Bescheid geben, die sie zu ihrem Schutz begleiten würden …

»Kommt Ihr morgen mit zur Falkenjagd?« fragte er. »Jedermann mit einem Vogel wird dort sein. Es ist das Begrüßungsfest von Sir Thomas Norris für den Grafen von Tyrone.«

Der O'Neill war in Mallow? Dann würde sie zur Falkenjagd gehen. Offenbar war ihr Kontaktmann angekommen.

Raleigh hatte recht. Die gesamte Bevölkerung des Blackwater- und des Awbeg-Tales war auf den Beinen, um an Sir Thomas' Falkenjagd teilzunehmen. Für ein sachkundiges Auge sah das Ganze nicht sehr vielversprechend aus. Die Menschenmengen, das Geschrei, das Hörnerblasen, das Hundegebell, das Wiehern der Pferde genügten, um sämtliche Vögel in weitem Umkreis zu verscheuchen. Der Landadel und alle, die gern dazugehören wollten, trugen ihren allerbesten Sonntagsstaat, es war eine prachtvolle, leuchtende Farbenkavalkade. Jedem Reiter wuchs ein geschnitzter Holzstock aus dem Handgelenk, der allerdings manchmal Flügel ausbreitete und vor Ärger über das Durcheinander ein paar Mal damit auf und ab schlug.

Die Kappen und Wurfriemen der Falken waren nicht weniger prunkvoll als die Kleidung ihrer Besitzer. Raleighs weißer norwegischer Wanderfalke, den er mit lässiger Eleganz auf dem Arm hielt, trug die Farben Gold und Silber. Ellis' Arm zeigte Anzeichen von Falknerkrampf unter dem Gewicht eines protzigen Geierfalken, eigentlich der Jagdfalke von Königen.

Die Iren konnten, und wären sie noch so unterdrückt, keinem sportlichen Fest je widerstehen, aber mit ihren geflickten Gewändern, ihren Turmfalken, ihren alles andere als reinrassigen Hunden und ihren spöttischen keltischen Kommentaren bildeten sie nicht gerade eine Zierde der Versammlung.

In Penshurst hatte Barbary verschiedene Formen der Jagd auf Hirsch, Eber, Hase und mit Falken kennengelernt. Es hatte ihr schon damals nicht gefallen, und es gefiel ihr auch jetzt nicht. Sie betrachtete den Vogel auf ihrem Handgelenk, einen Merlin, den Sir Thomas ihr aufgedrängt hatte, und machte ihm eines klar: »Noch einmal zwicken, du mottenzerfressener Mäusefänger, und ich koch' dich mit Lorbeerblättern.« Solche Anlässe brachten ihrer Meinung jedermanns unschönste Seiten zum Vorschein. Wer auf einem guten Pferd saß, verachtete die weniger feudal Berittenen; ihr eigener armer alter Spenser war ohnehin unter jeder Kritik. Wer zu Fuß ging, verachtete die Reiter. Wem die Jägersprache geläufig war, der benutzte sie fleißig, um jene auszuschließen, die sie nicht verstanden, so wie sie oder Ellis, und wurde seinerseits von den Bediensteten des Marstalls verachtet, die alle anderen für einen Haufen blutiger Anfänger hielten.

Mitten in dem Gedränge beim Sammeln vor Schloß Mallow hatte sie kurz den O'Neill gesehen, aber falls er sie auch gesehen hatte, ließ er sich's nicht anmerken. Jetzt ritt sie mißmutig hinter der Kavalkade her, das Ufer des Blackwater entlang. Catherine, zum ersten Mal bei einer offiziellen Falkenjagd, kam in kurzem Galopp zu ihr zurückgesprengt. »Schnell, Cousine, sonst verpaßt du die Aufteilung. Ach, ist es nicht wunderbar?«

»Phantastisch«, knurrte Barbary. »Reit nur weiter. Wir sehen uns beim Picknick.« Später erwartete die Gäste in der Abtei von Ballybeg, etwa siebeneinhalb Meilen von hier, ein riesiges Bankett unter freiem Himmel.

Catherine galoppierte davon. Bald trotteten Barbary und Spenser ganz allein dahin. Nein, nicht ganz allein. Ein Mann in Livree tauchte aus dem Gebüsch auf und ergriff Spensers Zügel. »Ich zeige Euch, wo es Wild gibt, Mistress.« Sie blickte auf Kappe und Handschuh des Mannes hinunter. Beides war mit der Roten Hand von Ulster bestickt. Sie bogen nach links ab, in die Hügel.

Der O'Neill saß auf einer Lichtung auf einem Feldstuhl mit Lehne, trank Wein und unterhielt sich mit einem Mann über einen Kochkessel hinweg, in dem Taubenbrüstchen schmorten. Etwas weiter weg ließ ein Bedienter seinen Wanderfalken auf die Rebhühner los, die von einer Schar von Treibern, alle in der Livree von Ulster, aufgescheucht wurden.

Spenser, der gern öfter Halt machte und jetzt seit vier Meilen keinen bekommen hatte, sank in die Knie, so daß Barbary recht unelegant herunterkrabbeln mußte. Der O'Neill half ihr wieder auf. »Bezaubernd, so ein frommes Pony«, bemerkte er. »Habt Ihr vor, den Merlin um den Hals zu tragen?«

Barbary wickelte den Merlin los und gab ihn erleichtert ab. »Das Miststück kackt mir ständig auf den Arm.« Sie hatte dem Wiedersehen mit dem O'Neill nervös entgegengesehen; im Rückblick schien er ihr gefährlich, und es gab Zeiten, da es ihr angst machte, daß sie sich der Sache eines so unberechenbaren Mannes verschrieben hatte. Was sie vergessen hatte, war die Ungezwungenheit, mit der sie miteinander reden konnten; der O'Neill besaß weite Ozeane, die für sie nicht schiffbar waren, aber sie hatten immerhin einen gemeinsamen Kanal. Er kleidete sich noch immer wie ein Papagei, aber er war gealtert; nicht daß er Falten hätte – Falten hatte er überhaupt keine –, aber gerade das Fehlen von Linien in seinem Gesicht, seine Ausdruckslosigkeit in der Ruhe hatten wie bei einer Mumie jede Jugendlichkeit verscheucht.

»Erlaubt mir, Euch Murrough MacSheehy vorzustellen«, sagte er.

Nie hätte sie erwartet, einen MacSheehy kennenzulernen, nie hätte sie es gewollt. Sie geisterten am Rand ihrer Vorstellungskraft dahin, pelzverkleidete, wolfsähnliche Gestalten. Ein untersetzter Mann erwiderte ihren Blick, rundgesichtig, anständig, die Art Mann, bei der man gern einkaufen ging, solange man nicht in seine Augen sah und den Haß darin erblickte, der ihm schon so in Fleisch und Blut übergegangen war, daß er nichts Leidenschaftliches mehr hatte. Wahrscheinlich aß er, trank er, liebte er auch, aber das alles war für ihn etwas Ungewöhnliches; die natürliche Funktion dieses Mannes war der Haß.

»Murrough, das ist die Dame, die du begleitest, wenn es soweit ist.«

Der MacSheehy reagierte kaum. »Wir kennen sie«, sagte er kurz. Gott, hatten sie sie beobachtet?

Zu ihrer Erleichterung ging er fort und trat zu den Falknern weiter unten am Hang.

»Wohin begleiten?« Da hätte sie lieber noch den Sensenmann als Eskorte.

»Nach Connaught.«

»Nach Connaught? Ich dachte, Ihr braucht Kanonen?«

Der O'Neill nahm wieder Platz, schlug die Beine übereinander und lächelte sie an. »Wer hat Euch überzeugt? O'Hagan?«

»Habt Ihr ihn gesehen?« entfuhr es ihr, und sie erkannte an seinem verdammten gönnerhaften Lächeln, daß er O'Hagan nicht nur gesehen, sondern ihn überhaupt zu ihr geschickt hatte.

»Ihr Ekel«, sagte sie. »Ihr habt ihn angestiftet, was? Er sollte mich verführen, damit ich da hineingezogen werde.« Bei den Tränen Jesu – gab es denn auf der ganzen Welt nicht einen Menschen, der nicht versuchte, alle anderen zu seinem eigenen Vorteil hereinzulegen?

»Und, hat er?« Er beugte sich vor, geil vor Neugier. Er wußte es wirklich nicht. Das war ein Trost.

»Was hat er Euch erzählt?«

Leicht verstimmt lehnte er sich zurück. »Nichts, nur daß Ihr bereit seid, uns die Kanonen zu beschaffen. Offenbar habt Ihr ihn gesundgepflegt. Und wenn Ihr ihn besser kennen würdet, dann wüßtet Ihr, daß er nicht der Mann ist, dem man einen solchen Befehl erteilt.«

Nein. Aber du hast darauf gehofft, du schlüpfriger Hund. Immerhin, die Sonne lachte wieder. Sie grinste ihn an. »Wie geht es Mabel?« Nur wenige Menschen hatten Mabel Bagenal zu Gesicht bekommen, seit sie mit dem O'Neill durchgebrannt war, hinter ihm im Sattel auf einem Pferd, das in wildem Galopp durch die Nacht sprengte, um von dem überraschten Bischof von Meath – der später erklärte, er habe damit nur den Ruf des Mädchens schützen wollen – in einem protestantischen Gottesdienst getraut zu werden.

Das Gesicht des O'Neill wurde ausdruckslos. Die Frage war

außerhalb ihres Kanals. »Die Gräfin von Tyrone befindet sich wohl«, sagte er, ließ die Zurechtweisung noch etwas wirken und lenkte dann ein: »Das Problem ist ihr verdammter Bruder. Er schwärzt mich bei der Königin an, bei Burghley, beschuldigt mich der Bigamie, überfällt mein Grenzland. Man könnte glauben, ich hätte ihm Hörner aufgesetzt.«

Sie schüttelte den Kopf. »Etwas mehr Vorsicht könnte Euch wirklich nicht schaden.« Sie hatte genügend Gespräche unter den Engländern verfolgt, um zu wissen, daß die Zahl jener, die an seiner Loyalität zweifelten, ständig wuchs. »Jesus, jeden Moment hätte jemand von der blöden Jagdgesellschaft hier hereinplatzen und Euch mit dem MacSheehy schäkern sehen können. Denen beschaffe ich keine Kanonen, das kann ich Euch sagen. Ich sah, was sie mit Mackworth gemacht haben.«

»Und die Vergeltung dafür habt Ihr sicher auch gesehen.«

Sie schaute weg und bemerkte dabei einen Ausguck in den Bäumen und daß die Bedienten, die scheinbar unbeschäftigt herumstanden, in Wirklichkeit alle nach draußen blickten, wie Wachtposten. Und offenbar nicht zum ersten Mal. Wo immer der O'Neill hinging und nach außen hin mit den Anglo-Iren gesellschaftlichen Umgang pflegte, da traf er sich im geheimen auch mit ihrem Feind. Dieses Camp hier war nur ein Knoten in dem Netz, das er über ganz Irland spannte.

»Barbary«, sagte er, und seine Stimme bebte, »ich denke nicht an Krieg. So wahr ich an den Allmächtigen glaube, ich will keinen Krieg. Ich möchte ein keltischer Führer meines Volkes sein, wie meine Vorfahren es waren. Und Königin Elizabeth als treuer Untertan dienen. Aber keiner von uns traut dem anderen. Sie traut mir nicht, wenn ich Kelte bin. Meine Kelten trauen mir nicht, wenn ich Engländer bin. Ich bin ein Seil, an dem der junge O'Donnell zerrt, der mich bedrängt, ich soll Donegal und Connaught von dem furchtbaren Mann befreien, den die Engländer dort als Statthalter eingesetzt haben, und Elizabeth zerrt am anderen Ende, drängt mich, gegen O'Donnell zu reiten. Und ich kann ihr nicht trauen, daß sie nicht eines Tages Ulster überfällt und es mir nimmt, so wie den MacSheehys das Awbeg-Tal. Aber eines sage ich Euch: Ich lasse mich nicht in meine eigenen Wälder treiben, damit ich dort als Vogelfreier lebe wie der MacSheehy.«

Er streckte seine Hand aus und legte sie auf die ihre. »Ich werde keinen Krieg anfangen, Barbary, aber ich muß darauf vorbereitet sein.«

Sie schaute in seine feuchten Augen. Er weinte leicht, wie Edmund. Aber sie glaubte ihm. Sie glaubte ihm, weil er selbst es glaubte. Das Gleichgewicht war alles, was sie erreichen konnten; Ungleichgewicht bedeutete, daß man Babys nicht zur Welt kommen ließ.

»Ich weiß«, sagte sie. »Und was wollt Ihr, das ich tue?«

Er wischte sich die Tränen weg. »Zuerst muß Eure Großmutter Euch akzeptieren. Ich brauche Granuaile O'Malley. Für eine so kleine Insel haben wir verdammt wenig Seefahrer. Nur die O'Sullivans im Südwesten und die O'Flaherties und O'Malleys in Connaught. Und die größten sind, dank Eurer Großmutter, die O'Malleys. Ihre Schiffe sind es, die die Kanonen nach Ulster bringen müssen.«

Burghley, Rob, Raleigh und jetzt der O'Neill, fast alle Männer in ihrem Leben wollten sie aus unterschiedlichen Gründen in Connaught haben. Nun, sie konnte nicht gegen alle kämpfen.

»Wird sie mich akzeptieren?«

»Ich habe mit ihr gesprochen. Sie sagt, Ihr müßt eine Prüfung bestehen.«

»Was für eine Prüfung?«

Der O'Neill sah unbehaglich drein. »Ich weiß es nicht. Mit der alten Granuaile ist nicht gut Kirschen essen. Sie hat zur mir gesagt: ›Von mir bekommt sie die Flut, ein *curragh* und eine Landmarke. Kommt sie sicher an Land, ist sie eine O'Malley. Wenn nicht …‹« Er sah sie von der Seite an: »Seid Ihr wirklich ihre Enkelin?«

Sie wanderte zurück zu der Zelle im Schloß von Dublin und sah das in die Wand geritzte Schiff lebendig werden. »Ja.«

»Besser, Ihr seid es.«

»Warum? Was passiert, wenn ich's nicht bin?«

Der O'Neill hüstelte entschuldigend. »Sie hat gesagt: ›Ist sie's nicht, wird die See sie und ihre Lüge verschlingen.‹«

Der ganze, junge Sommer atmete einen Augenblick lang im Ruf eines Kuckucks weiter unten am Hang. Die Treiber bewegten sich mit Geschrei auf das Geräusch zu. Als der Kuckuck aus seinem Baum aufflog, ließ O'Neills Falkner seinen Wanderfalken los. Schnell stieg er über den niedrig fliegenden grauen Vogel auf, stieß hinunter, landete auf seinem Rücken und riß ihn zu Boden.

Der O'Neill war böse. »Warum haben sie denn das getan? Einen Kuckuck töten bringt Unglück.«

»Ach ja?« bemerkte Barbary kurz. »Und was ist mit rothaarigen Frauen?«

»Ach, die zu töten bringt auch Unglück.« Er wandte sich zu ihr. »Geht Ihr?«

Sie überlegte. Sie war keine Ehefrau mehr, sie war keine Geliebte, sie war keine Mutter. Sie war keine Engländerin, und sie fühlte sich nicht als Irin. Dem Orden war sie entwachsen. Sie gehörte nirgendwohin. Das Land der Cherubim war ihre einzig mögliche Heimat und Kanonenschmuggeln für den O'Neill die einzig mögliche Beschäftigung. Beides höchstwahrscheinlich tödlich.

»Warum nicht?« sagte sie.

Der O'Neill küßte ihr die Hand. »Gott mit Euch. Der MacSheehy wird Euch bis Connaught begleiten, und ich habe mit den Clans vereinbart, daß man Euch passieren läßt. Aber hättet Ihr nicht gern einen Freund dabei?« Er schrie den Hang hinunter. »Schickt den Mann herauf.«

»Welchen Freund?« O'Hagan, dachte sie. Er hat O'Hagan befohlen, mit mir zu gehen. Ich bekomme O'Hagan zurück.

Dann sah sie, wer es war, setzte sich wieder auf den Feldstuhl und lehnte sich froh zurück. Den Hang herauf kam, behäbig watschelnd, der Gehörnte Dick.

15

Als Edmund mit den Kindern nach England abreiste, mußte Barbary Catherines Hände mit Gewalt von ihrem Hals reißen, um sie in den Wagen zu bekommen. Es war, als würde sie sich ihr eigenes Fleisch herausreißen. »Sei ein braves Kind, Häschen«, sagte sie und bemühte sich, munter zu klingen. »Tu, was dir die Tante sagt. London wird dir gefallen.«

»Kommst du mich dort besuchen?«

»Das tu ich.« Wenn ich so lange lebe.

Sie drückte Sylvestris an sich. Wie würden sie ohne sie zurechtkommen? Würde ihre Tante sie ebenso verstehen wie sie? Würde Edmund in seiner Zerstreutheit auch nicht vergessen, daß Catherine sich im Dunkeln fürchtete und Sylvestris keine Eier vertrug?

Sie sah dem davonratternden Wagen nach, sah Catherine mit dem Taschentuch winken und winkte zurück, lauschte Sylvestris' langsam in der Ferne verklingendem Weinen und fragte sich, warum die meisten Frauen so versessen auf Kinder waren, wenn dieser Schmerz dann auch dazugehörte.

Ohne sie war das Haus wie ausgestorben, obwohl Edmund alle Bedienten und alle Gutsarbeiter beibehielt, um das Anwesen bis zu seiner Rückkehr in Schwung zu halten. Er war jetzt ein vergleichsweise reicher Mann und konnte sich zwei Wohnsitze leisten.

Sie und der Gehörnte Dick sollten ihre Reise morgen antreten. Großen Abschied gab es nicht, nur Rosh kannte das Ziel der Reise, und sie sollte auf etwaige Fragen antworten: »Lady Betty ist fortgegangen und hat nicht gesagt, wohin.«

Sie überlegte lange, was sie Rob als Erklärung schreiben sollte. Ich verlasse dich, weil ich es in dieser lieblosen Ehe nicht aushalte? Weil ich Leib und Seele einem anderen Mann geschenkt habe? Weil ich zu den Iren übergehe?

Letzten Endes beschloß sie, gar nicht zu schreiben. Obwohl sie ihm nichts schuldete, wollte sie ihn auch nicht verletzen, und eine Gattin, die einfach verschwand, trug ihm wahrscheinlich weniger gesellschaftlichen Schaden ein als eine, die ihn mit dem Feind betrog und dann noch zu diesem überlief.

Vielleicht nahm er auch an, sie habe Raleighs Vorschlag befolgt und sei nach Connaught gegangen, um dort für ihn zu spionieren. Oder vielleicht dachte er, sie sei zurück in den Orden. Er konnte sich's aussuchen.

Beim Packen ihrer Satteltaschen achtete sie darauf, nichts mitzunehmen, was Rob ihr gekauft hatte, und dabei fiel ihr auf, wie wenig das eigentlich war, bis auf den Ring und den von einer spanischen Galeone geplünderten Ballen Seide, den er ihr als Hochzeitsgeschenk präsentiert hatte. Aus beidem machte sie ein Paket und ließ es für Edmund zurück, mit einer kurzen schriftlichen Bitte, er möge es bei Gelegenheit weitergeben. Armer alter Rob, wir haben einander nicht sehr viel geschenkt. Nun, sie hatte bei der Aufsicht über den Bau von Hap Hazard ihr Bestes gegeben; soviel hatte sie wenigstens für ihn getan.

Am nächsten Morgen ritten schon bei Tagesanbruch der Gehörnte Dick auf einem vom O'Neill geschenkten Pferd und Barbary auf Spenser die Auffahrt hinunter und in den Hirschpark. Barbary war nicht mehr hiergewesen seit dem Tag, da sie und Maccabee unter den hängenden Leichen standen, dem Tag von Mutter und Kind.

Heute morgen leuchtete der Wald im Schein von grünen Knospen und Palmkätzchen, blasse Narzissen schauten aus dem frischen Gras, aber Barbary blickte starr geradeaus. In diesen Wäldern konnte es für sie nie wieder Frühling sein und auch nicht für den Mann, der dort auf sie wartete und dann grußlos sein Pferd wendete und sie in die Ballyhouras führte.

Wie Pakete wurden sie einen Weg entlang weitergereicht, der als solcher nicht zu erkennen war. Manchmal war es ein grüner Tunnel zwischen hohen Böschungen, manchmal kaum ein Dachspfad durch das Waldesinnere, von dessen Rand der ferne Klang umstürzender Bäume und das Hacken der Axt von Kolonisten schrie. Sie schliefen in den Hütten eines entrechteten Volkes, versteckt in Wäldern ohne Feuer, höflich bewirtet, aber ohne Lächeln aufgenommen.

Begleitet wurden sie nur von dem MacSheehy, aber unsichtbare Schutzmächte wachten über ihnen. Zweimal – einmal in den Slievefelims, das zweite Mal in der Nähe des Shannon, den sie in der Nacht auf einer arg mitgenommenen illegalen Fähre überquerten, ertönte aus der Luft ein Pfiff, und sie suchten schnell Deckung, während eine Patrouille von Limerick vorüberkam.

Barbary war nicht sicher, wer unter dem gnadenlosen Reisetempo stärker litt, das Pony Spenser oder der Gehörnte Dick. Von den beiden beklagte sich Dick weniger, aber daß er sich in soviel frischer Luft nicht wohl fühlte, war offensichtlich. Daß er schlanker und gebräunter aussah, milderte nicht ihr Schuldgefühl; körperliche Fitness war etwas Unnatürliches für einen Menschen, der sich nur in der ungesunden, überfüllten Stadt zu Hause fühlte.

»Warum bist du gekommen?« fragte sie ihn scharf. »Du hättest längst in die Bermudas zurückgehen können.«

»Ich hab' nichts gegen Dublin, Barb«, sagte Dick. »Dort hab' ich für den O'Neill eine wirklich gute Arbeit hingelegt, einen richtig feinen Gimpelfang. Zusammen mit Janey, der Wirtin im Anchor.«

»Was wollte denn der O'Neill von dem Kerl?«

»Dubbams. Informationen. Der Kerl war ein Nunquam, ein Bote für die Rom-Mort.«

Also sah der O'Neill in dem Gehörnten Dick eine nützliche Erweiterung seines Spionagedienstes. Dick hatte die gesamte politische Lage Dublins im kleinen Finger; wer wichtig war, wer nicht, wer Sir John Perrots Versuch der Gerechtigkeit für die Iren unterstützte – so gut wie niemand –, O'Neills wacklige Position am Hof der Königin. Aber er erzählte alles leidenschaftslos, ergriff nicht Partei, weder für seinen Dienstherrn O'Neill noch für seine Königin, es hörte sich alles an wie ein Bericht vom Wetter. Dick urteilte nie; war so patriotisch wie sexuell, nämlich beides überhaupt nicht, ein beobachtendes Opfer des ihn umfließenden Lebensstroms. Könnte er nur die Sprache, dachte Barbary, dann wäre er in der Unterwelt von Cathay genauso daheim wie in den Londoner Bermudas. Nicht Weltbürger war er, sondern Unterweltbürger. Welches Zusammenspiel welcher angeschlagenen Emotionen ihn mit ihr verband, konnte sie nicht erraten; sie war einfach dankbar dafür, daß es ihn in diese exotische Umgebung getrieben hatte, um bei ihr zu sein.

»Der O'Neill meinte, du würdest mich brauchen, Barb.«

»Das kann man wohl sagen.« Diese Reise mit dem wortlosen MacSheehy in eine unbekannte und wahrscheinlich gefährliche Vergangenheit wäre ohne ihn ganz sicher unerträglich.

Genau wie damals, als sie auf dem Weg nach Munster das Pale durchquerten, spürten sie auch jetzt beim Überschreiten der Grenze in das nicht-anglisierte Connaught eine Veränderung. Zuerst einmal verlor das Land seine sanfte Lieblichkeit, aus Hügeln wurden Berge, aus Bächen Wasserfälle. Zweitens fanden sie die Grenze von Hängungen markiert. Nicht, daß sie Grenzposten passieren mußten, Grenzposten gab es an sich keine, aber als sie von einem Aussichtspunkt auf eine Weggabelung hinunterblickten, war sie voll mit besetzten Galgen. Und etwas weiter, als sie einen Fluß an einer verborgenen Furt durchquerten, fanden sie, daß die Soldaten des Statthalters schon vor ihnen hiergewesen waren, denn die über den Fluß hängenden Bäume beugten sich unter dem Gewicht der Leichen. Wie ein Wildhüter, der seine Zäune mit toten Krähen, Wieseln und Elstern bestückt, um andere Räuber abzuschrecken, zeigte Bingham hier den Iren, wie er mit Rebellen verfuhr.

Aber schon innerhalb eines Tagesrittes wurde klar, daß er seine Grenze aus Leichen zwar als Warnung verstanden wissen wollte, damit aber nur den Punkt markierte, wo die englische Herrschaft zu Ende war. Dies war irisches Irland, keine Unterdrückung, keine Atmosphäre des Todes. Von einem Berg herab galoppierte ihnen eine Gruppe von Reitern entgegen, ohne Steigbügel, in safrangelben, im Wind wehenden Hemden, die ungesetzlich langen Haare flatterten, an ihren Pferden sprangen verbotene Wolfshunde hoch.

»Vom O'Neill«, rief der MacSheehy schnell. »Wir haben die Erlaubnis des O'Neill.«

»Und wer ist der O'Neill von Ulster, daß er Reisenden durch Connaught Erlaubnis gibt?« Aber sie waren freundlich, bereit, dem O'Neill als Verbündeten beizustehen, solange nur ganz klar war, daß das hier ihr Territorium war. Sie umdrängten sie, befragten sie, lachten mit lauten Stimmen, die die Brise überall hintragen konnte, und Barbary erkannte, daß Connaught noch nicht erobert war, oder wenn doch, dann wußten sie das nicht. Diese hier waren O'Kellys. Um Ruhe und Frieden zu haben, hatten sich ihre Anführer vor vielen Jahren in Galway dem damaligen Statthalter der Königin, Sir Henry Sidney, zeremoniell unterworfen wie fast alle Connaught-Clans, aber das berührte ihr Leben nicht mehr als der Neumond. Zum ersten Mal in ihrem Leben begegnete sie hier freien Iren.

Sie bestanden darauf, die Reisenden in ihrem *booley* zu bewirten, bei einem Fest im Freien vor einer der langen, niedrigen Holzbauten, die sie jeden Sommer oben in den Bergen errichteten, damit ihre Rinder in dem hohen Gras grasen und sie selber jagen konnten.

Barbary, aufgewachsen mit der englischen Einschätzung der Iren als nomadische Hirten, war ganz platt über die erlesene Mahlzeit, die ihr und den anderen am Abend vorgesetzt wurde. Gut, sie saßen im Freien, auf Grasbüscheln, an einem langen Tisch aus Brettern, und der Rauch der Feuer, an denen Rind, Hammel und Wild an Spießen gedreht wurden, ließ ihr die Augen tränen, und die Essenden beugten sich oft nieder und wischten das Fett an ihren Händen an den Gräsern ab oder an ihren Wolfshunden – aber die Speisen selbst und die Gastfreundschaft waren genauso hervorragend wie bei einem Dinner in Penshurst.

Brigh O'Kelly, die Gastgeberin, sprach über Philosophie hinter einem Teller mit so viel Haferkuchen darauf, daß sie dahinter fast verschwand, und häufte gleichzeitig immer wieder neue Essensberge auf die Teller ihrer Gäste, während ihre Söhne und Töchter, auf gebeugten Knien Ale oder *usquebaugh* darreichend, ebenso fest entschlossen schienen, die wunderbar ziselierten Goldkelche, aus denen man trank, immer wieder zu füllen. Brigh O'Kelly, groß und anmutig, in einer wunderschönen *leine*, dem traditionellen Leinenkittel, mit goldenem Torques und Ohrringen geschmückt, hatte auf die gleiche ruhige Art wie Lady Sidney ihre Augen überall. »Versucht doch ein paar von meinen in Honig eingelegten Zwiebeln zu Eurem Rindfleisch. Und wie geht es Elizabeth, Tochter von Henry? Ist sie gesund und wohlauf?«

Der Gehörnte Dick, an den die Frage gerichtet war, versicherte ihr leicht verwirrt, die Königin von England erfreue sich bester Gesundheit.

»Sehr gut, das ist sehr gut. Wir hörten, daß sie die Blattern habe ...«

Sie waren zehn Jahre zurück. »Meint Ihr, es nützt, wenn ich ihr etwas von meinem Buttermilchbalsam für ihre Haut schicke?«

Nachdem der Gehörnte Dick dazu gar nichts sagen konnte, versicherte Barbary, die Königin wäre sicher sehr dankbar.

Cormac O'Kelly rief laut von seinem Ende des Tisches: »Und was ist mit einem schönen Wolfshund für die Jagd, würde ihr das nicht auch gefallen?«

Ja, erwiderte Barbary, sicher hätte Ihre Majestät auch gern einen Wolfshund. Statthalter Bingham erwähnten sie nicht – seinen übereifrigen Gebrauch des Galgens in jenen Teilen von Connaught, zu denen er Zutritt hatte, betrachteten sie offenbar als schlechtes Benehmen, aber der Königin Elizabeth trugen sie's nicht nach.

Barbary beobachtete den MacSheehy, wie er seine irischen Landsleute hier mit dem Haß einer verdammten Seele betrachtete, die in den Himmel sieht. Aber er blieb so schweigsam wie immer. Der Abgrund zwischen seiner Erfahrung von Elizabeths Herrschaft und der ihren – hier redeten sie von den Engländern wie von einem neu aufgetauchten Clan – ließ sich nicht überbrücken. Sie würden es noch lernen.

Gott bewahre sie davor, dachte Barbary plötzlich beim Anblick ihrer lebhaften Gesichter, beim Gedanken, wie ihre Freude an ihrem Land, ihrem Lebensstil, aneinander, an den Mythen, über die sie gerade freudig weinten – der Harfner sang die »Kinder des Lîr« –, ersetzt würde durch endlose Wiederholungen des Todes, ganze Generationen in Haß und Rache getrieben würden. Gott, erhalte sie so unschuldig und frei.

In der Nacht schlief sie in Cormacs und Brighs langem Haus, zwischen Bettüchern und weißen Decken auf einem Haufen Binsen. »Beim Schlaf auf süßen frischen Binsen hat sich noch nie jemand verkühlt«, bemerkte Brigh.

Natürlich hatten sie gehört, daß sie in irgendeiner Beziehung zu Grace O'Malley stand und hätten sicher um ihr Leben gern mehr gewußt, waren aber viel zu höflich, um sie auszufragen. Neugier einem Gast gegenüber war höchst ungehörig.

Am nächsten Tag wollten sie sie mit auf die Jagd nehmen und ließen sie schließlich nur ungern fort und nur, weil Barbary so heftig darauf bestand. Sie gaben ihnen durchs Gebirge bis an die Grenze ihres Stammesgebietes das Geleit und übergaben sie dann dem nächsten Clan, den O'Dalys, und zwar unter einer Waffenstillstandsfahne. »Wir befinden uns im Krieg mit den O'Dalys, möge die Sorge mit ihnen fortfliegen. Die Hunde waren an unseren Herden. Aber Ihr seid sicher bei ihnen, Erzdiebe, die sie sind. Sie achten den O'Neill.«

Es schien, daß alle Connaught-Clans den O'Neill achteten, nur ob sie ihn genügend achteten, um, wenn die Zeit da war, ihre Gegensätze zu vergessen und an einem Strang zu ziehen, das, dachte Barbary, war eine andere Frage.

Von da an ging die Reise langsamer weiter, einerseits, weil die Gegend viel wilder wurde, aber vor allem, weil die Connaught-Clans keinen Neuankömmling in ihr Land ließen, ohne ihn zu bewirten. In jedem neuen Territorium gab es ein großes Willkommensfest. Manchmal fand es im Freien statt, manchmal in Burgen auf hohen Klippen, manchmal auf einer Insel in einem Lough. Es war immer laut – die freien Iren waren offenbar ohne die Begleitung von Harfnern und Sängern nicht imstande zu essen –, herzlich und überfüllt.

Der Gehörnte Dick gewann wieder seinen natürlichen Embonpoint zurück und stöhnte beim Aufbruch am nächsten

Morgen unter seinem Kater. »Nie wieder rühre ich diesen verdammten Whiskey an, Barb.«

»Bis zum nächsten Mal.« Sie selbst vertrug das Zeug nicht; um aber ihre Gastgeber nicht zu kränken, schüttete sie es immer wieder heimlich unter den Tisch und weichte dabei mehrere Wolfshunde ordentlich ein.

Als sie noch weiter nach Norden und Westen vordrangen, entdeckten sie, daß sie nicht mehr unter dem Schutz des O'Neill standen, sondern einer Gottheit, die schlicht als *»Sie«* bekannt war. Die Joyces gaben sie an die MacJordans weiter und die MacJordans an die Clanrickards mit dem Hinweis: »Reisende, die zu *Ihr* zu begleiten sind.« Der Machtbereich des O'Neill war hier zu Ende, jetzt begann der der Grace O'Malley. Das war schon etwas, dachte Barbary, für eine Frau, daß sie unter mächtigen Clans wie diesen solche Macht besaß. Denn mächtig waren diese Clans hier, nicht mehr reine Iren übrigens, sondern Nachkommen normannischer Ritter, der De Burgo, Dexter, Prendergast, die Irland im zwölften Jahrhundert eroberten und dann als Bourke, MacJordan, MacMorris in der eroberten Kultur aufgegangen waren, sich aber noch ein gewisses Gefühl der eigenen Überlegenheit und eine engere Verbindung zum Rest der Welt erhalten hatten. Ihre Burgen waren groß, düster, mittelalterlich; bei den Festen zu Ehren Barbarys ließ man sich auf Ruhebänken nieder, in Hallen so groß wie die von Westminster. Sie kleideten sich wie Iren, hatten irische Namen angenommen, sprachen irisch, aber hinter ihren Ruhebänken (»Jesus, Barb, schau dir diese Furzfänger an«) standen prachtvoll geputzte Lakaien.

Am Morgen nach dem Fest im großartigsten dieser Schlösser, dem der MacOliverus, als Barbary gerade, geleitet von den MacOliverus-Frauen, die Turmstufen hinunter in die große Halle schritt, um mit ihrer Begleitung dem nächsten Ziel entgegenzureiten – und sich fragte, wann diese interessante, aber anscheinend endlose Reise denn einmal vorüber wäre –, kam sie am Gehörnten Dick vorbei und hörte ihn wispern: »Achtung – Falke in der Luft.«

Sie entschuldigte sich bei den Damen, gab vor, sie hätte oben etwas vergessen, und schlüpfte zu Dick in eine Fensternische. »Was ist los?«

»Wir sind zu weit nördlich, Barb.«

»He?«

Er sah besorgt drein. »Weißt du, wo wir sind?«

»Nein.« Sie hatte es aufgegeben, sich nach den Ortsnamen zu erkundigen. Ihr Blick fiel aus dem schmalen Sehschlitz auf einen großartigen Gebirgsblick und mitten darin einen strahlendblauen Lough.

»Ich auch nicht. Aber, Barb, wir sind zu weit nördlich. Das Gebiet der O'Malleys ist irgendwo da drüben.« Er deutete mit der Hand durch die Schießscharte in südwestliche Richtung. »Das hab' ich rausgebracht. Dieser MacOliverus ist Anführer des Clans MacWilliam, richtig?«

Sie nickte.

»Es gibt aber zwei verschiedene Clans MacWilliam. Den Unteren und den Oberen MacWilliam. Das weiß ich, weil der O'Neill es mir vor der Abreise erklärt hat. ›Wenn ihr zum Oberen MacWilliam kommt‹, hat er gesagt, ›dann ist es nur mehr ein Tagesritt bis zum Land der Grace O'Malley.‹«

»Na und?«

»Dieser MacOliverus ist der Untere MacWilliam. Gestern abend hat ihn jemand als MacWilliam Iochtarnach angeredet, und das bedeutet der Untere, oder nicht?«

»Na schön, aber wenn das hier der Schuppen der Unteren MacWilliam ist, dann ist der nächste Halt der Obere, und wir sind im Hafer.«

Dick schüttelte trübe den Kopf. »Barb, wir sind in Irland. Oberer und Unterer haben einen Schmarrn mit Geographie zu tun, und mit Logik auch nicht. Der Untere MacWilliam liegt nördlich vom Oberen. Der Knilch, neben dem ich gestern abend hockte, hat versucht, es mir zu erklären. Am Oberen MacWilliam sind wir schon vorbei. Wir sind zu weit gebracht worden.«

Barbary holte tief Luft. »Wo ist dieser Scheißer MacSheehy?«

»Fort.«

»Fort?«

»Ohne auch nur tschüs zu sagen. Wir sitzen in der braunen Sauce, Barb.«

Sie gab ihm ihren Muff. »Lade die Clampett, dann komm runter. Ich und MacOliverus werden uns unterhalten. Ich werde ihm schon klarmachen, wo oben und unten ist.«

Aber der gutaussehende MacOliverus ließ sich durch ihre Fragen nicht aus der Fassung bringen.

»Schönste Dame, in *Ihrer* eigenen Burg sollt Ihr heut' die Nacht verbringen. In Carrickahowley. Also, eigentlich ist es *Ihre* Burg, vorübergehend wenigstens, wenn Ihr wißt, was ich meine. Und *Ihr* eigener Sohn erwartet Euch dort, um Euch willkommen zu heißen.«

»O'Flaherty?« Einen verwirrten Moment lang dachte sie, er meinte ihren Vater.

»Nein, nein. Bourke. Tibbot. Tibbot von den Schiffen. Er kann's kaum erwarten, Euch kennenzulernen.«

Tibbot? Bourke? Sie erinnerte sich an keinen Tibbot Bourke. Als sie auf Spenser stieg, wartete der Gehörnte Dick an ihrer Seite und reichte ihr den Muff, bevor er sein eigenes Pferd bestieg.

Egal, was hier stank – und daß etwas stank, das sagte ihr ihre Nase –, sie konnte nichts dagegen tun. Die Eskorte war zu zahlreich, und sie führte sie durch eine Landschaft, die derart unzugänglich war – durch Sumpf, Abgrund, Fluß –, daß sie und Dick allein sich hier unmöglich zurechtfinden konnten. Traute Grace O'Malley ihr noch immer nicht? Wollte aufgrund irgendwelcher politischer Clan-Verwicklungen in Connaught, deren Beziehung sie schon jetzt verwirrender fand als selbst diese Landschaft, jemand sie als Geisel, oder tot?

Den ganzen Tag ritt sie mit einer Hand an Spensers Zügeln und der anderen versteckt am Griff der Clampett.

Doch als es Abend wurde, stieg ihr ein ganz anderer Geruch in die Nase. Ein Gemisch aus Kräutern, Salzwasser und weitem Raum, näherte er sich ihr zögernd wie ein Bekannter aus alter Zeit, besorgt, sie könnte ihn nicht erkennen. Ein kaum wahrnehmbares Bild blinkte in ihrem Gedächtnis auf; eine Küste, darauf ein rechteckiger Turm, und hinter dem Turm die flache, endlos weite See. Ihr Kopf fuhr nach links herum, sie schnüffelte wie ein Hund. Hügel, nichts als Hügel. Der Weg, dem sie folgten, schlängelte sich eintönig dahin zwischen Gras und Heide, tat so, als wäre er ein typischer Connaught-Weg, als führten die kleinen ausgetretenen Pfade, die westwärts abbogen, zu immer weiteren von Schafen kahlgefressenen Hügeln. Aber der Weg log. Das tat er, um Fremde zu verwirren. Doch Barbarys Nase erkannte den Geruch aus alter Zeit.

Gleich hinter diesen Hügeln zu ihrer Linken war das Meer.

Warum hielten sie sie fern vom Meer? Ihrem Meer. Der Jodanteil in ihrem Körper reagierte auf die mysteriöse Substanz im Wasser hinter den Hügeln; so wie jeder Tropfen im Ozean auf die Kraft reagiert, die die Gezeiten schafft, so reagierte auch Barbarys Blut auf einen Sog der Schwerkraft.

»Ist das der Abzweig nach Carrickahowley?« fragten sich ihre Begleiter, »oder kommt der später?« Die hielten sie nicht vom Meer fern, die hatten sich verirrt, so wie der Weg es wollte. Die Küste hinter diesen Hügeln war ein Geheimnis.

Barbary beobachtete eine Schar grauer Wildgänse, die mit langen, ruhigen Flügelschlägen in westliche Richtung zogen. Fast ohne zu merken, was sie tat, trieb Barbary Spenser einen der Pfade hinunter, um ihnen zu folgen.

»Dann werden wir uns also verabschieden.« Hinter ihr riefen ihr unsichere Stimmen Lebewohl zu, wie erleichtert, daß sie selbst die Sache in die Hand genommen hatte. Dort, wo sie hinging, wollten sie nicht mit. Sie hörte sie gar nicht.

»Warte, Barb. Wohin willst du? Wir werden noch stranden.«

Gestrandet waren sie wirklich, buchstäblich. Der Weg führte zwischen zwei Hügeln in eine weite, flache Flußsenke voller Gras und kleinen Felsbrocken, auf der Hasen den herrlichen Abend genossen. Eberesche und Weißdorn warfen lange Schatten über das kurz abgefressene Gras, das im Sonnenuntergang smaragdgrün schimmerte. Zu beiden Seiten wieder Hügel, aber genau in der Mitte, gebogen wie eine Hand, deren Finger auf sie zeigten, war perlendes klares Wasser. Und wie ein Riß im tiefen, goldenen Schein, stämmig wie ein Riese, der mit leicht gespreizten Beinen aufs Meer hinausblickte, lag vor ihnen der schwarze Umriß eines Turms.

Hier war sie zur Welt gekommen. Oder wenn nicht hier, dann an einem ganz ähnlichen Ort. Ein Turm, Hügel, Wasser, das waren die Bestandteile, aus denen sie geschaffen war.

»... Aufpassen, aufpassen, in Teufels Namen, Barb, *Falke* in der Luft!« Der Gehörnte Dick zerrte sie am Ärmel. Sie riß ihren Blick weg, um sich auf das Hier und Jetzt zu konzentrieren, in das die Schatten von Bewaffneten eindrangen, etwa zehn mußten es sein, die sie jetzt umzingelten.

»Was wollt ihr denn?« fragte sie gereizt. Sie hatte keine Zeit, sich zu fürchten, dazu war sie zu sehr mit den anderen Gefühlen beschäftigt, die dieser Ort für sie bereithielt.

Es waren merkwürdige Iren, wenn man sie genau ansah – falls es überhaupt Iren waren. Sie waren richtig herausgeputzt in englischen Eisenhelmen, kurzen Umhängen und trugen ein Wappen auf ihren Uniformröcken. Gegen die untergehende Sonne die Augen zukneifend, konnte sie gerade noch die Wappenfelder erkennen. In einem war ein Löwe, im anderen eine schwarze Katze.

»Na, was ist?« schrie sie sie an. Was sie auch erwartet hatten, Gereiztheit war es nicht. Ihr Anführer, ein Mann mit einem englischen Schwert am Gürtel, blickte hilfesuchend hinauf zum Turm. Dort ging die Tür an der dunklen Seite auf, ein sehr großer Mensch kam die Stufen herunter und machte das Zeichen des Kreuzes. »Gott und seinen Heiligen sei gedankt, daß wir dich sicher hier haben«, rief er. Wenn er sie gerade vorm Ertrinken gerettet hätte, hätte er auch nicht mehr daraus machen können.

Seine Erleichterung klang echt, aber der Gehörnte Dick flüsterte: »Seit mindestens fünf Minuten glotzt er schon aus dem Turm.«

Da sie in der Sonne stand und er im Schatten des Turms, konnte sie die Gestalt nicht deutlich sehen, sie hörte ihn nur Englisch sprechen mit jener sonoren, übertrieben deutlichen Aussprache eines Menschen, der seinen angeborenen irischen Akzent verleugnen will. »Ich bin Theobald Bourke«, sagte die Stimme. »Willkommen auf Burg Rockfleet, Cousine. Kommt herein, tretet doch ein.«

Aber auch als sie schon in der Halle des Turms standen und eilige Bediente die geharzten Fackeln in den Eisenringen angezündet hatten, wurde sie aus ihm nicht schlau. Das wurde sie nie, solange sie ihn kannte.

Er war gewaltig, über zwei Meter groß und entsprechend breit. Im Moment verlieh ihm seine Größe ein eindrucksvolles Aussehen, aber wenn er nur noch eine Spur in die Breite ging, dann wäre er eindeutig fett.

»Eigentlich werde ich von einem gewissen Tibbot erwartet, und zwar an einem Ort namens Carrickahowley«, sagte Barbary mißmutig. Sie konnte sich von den Bildern am Strand noch immer nicht ganz frei machen, außerdem mißfiel es ihr immer, wenn sie sich selber derart winzig vorkam.

»Ja ja, da bist du ja schon, liebes Kind. Carrickahowley ist der irische Name dieser Burg, aber ich ziehe Rockfleet vor, das ist der englische Name. Ich bin Theobald Bourke, von den Iren ›Tibbot von den Schiffen‹ genannt.« Er sprach das Wort »Iren« so aus, als tätschelte er einen ungekämmten Kopf, aber trotz aller seiner Anstrengungen sprach er »Theobald« doch als »T'eobald« aus.

»Ach ja?«

»Ah ha«, dröhnte er wie im Triumph. »Da zeigt sich aber eine Lücke in unserem Wissen, was? Wenn wir Mistress O'Flaherty sind, dann müßten wir mich kennen.« Er senkte seinen riesigen Schädel und hob in gespielt ironischem Verhör den Zeigefinger. »Grace O'Malley? Deine Großmutter? Hat Richard Bourke geheiratet? Brachte Tibbot Bourke zur Welt? Na? Dann muß ich wohl dein Onkel sein, oder nicht? Dein Onkel Tibbot.«

Er *war* eine Lücke in ihrem Wissen. Sie kannte keinen Onkel Tibbot. Sie blickte auf in sein Gesicht und erkannte mit einem Schock, daß dieser Onkel Tibbot trotz seines Leibesumfanges, trotz seines lauten selbstsicheren Auftretens noch sehr, sehr jung war, jünger als sie selbst. Gestützt auf seine Größe und seine tiefe Stimme, hatte er sich offenbar dafür entschieden, seine Jugend zu übergehen und sich sofort den Stil und die Art eines englischen Gentlemans im besten Alter zuzulegen, aber seine

Augen verrieten ihn. Sie schossen herum und blinzelten allzuoft in pubertärer Furcht vor Entdeckung.

Sie lächelte zurück. »Das wäre dann nach meinem kindlichen Abtritt von der irischen Szene gewesen, nicht wahr, Onkel?«

Tief drin im Panzer des Erwachsenen schmollte ein kleiner Junge; dann änderte er seinen Kurs. »Du bist sicher hungrig.« Er schnalzte mit den Fingern, worauf ein Bedienter ihre Mäntel nahm. Dem Gehörnten Dick nickte er nur obenhin zu, um anzudeuten, daß er diese Klasse von Menschen sonst nicht an seine Tafel bat; zog für Barbary einen Stuhl heran, bedeutete Dick, wo er sitzen sollte, und rief nach dem ersten Gang.

Sie riß die Augen von ihm los, um sich umzusehen. Der Schein der Fackeln fiel auf schöne Möbel und Wandgehänge, alles im englischen Stil. Das einzig Irische im ganzen Raum war eine schaurig realistische Kreuzigung in Holz. Was er auch sonst alles abgelegt hatte, dem Glauben seiner Väter war Tibbot von den Schiffen treu geblieben.

Es machte sie nervös, daß vier seiner Soldaten sich, Speer in der Hand, an den Wänden aufstellten. Vielleicht wirkte es dekorativ, aber ihr sandte der Anblick einen Schauer über den Rücken.

Wie die Halle war auch die Tafel die eleganteste, die ihr seit Penshurst untergekommen war; darauf standen unter anderen Dingen ein großes goldenes Salzfaß – der Gehörnte Dick saß genau davor –, goldene Kerzenleuchter, goldene Platzteller, goldene Kelche, Blumengestecke, Leinenservietten. Ein Diener stellte eben ein Tablett mit einem langen, unappetitlich aussehenden grauen Fisch, der mit kleinen Krebsen verziert war, vor Tibbot hin. »Also, ich glaube, das wirst du nicht kennen«, sagte er und zerschnitt das Vieh mit der Hingabe eines Chirurgen. »Das ist ein Neunauge. Auch an Sir Richard Binghams Tafel habe ich es eingeführt, wofür er mir immer dankbar war.«

»Du hast mit Bingham gespeist?«

Wieder dieses triumphierende »Ah ha!«. »Ich wurde als Junge in seinem Haushalt aufgezogen. Haben sie dir das in Dublin nicht gesagt?«

Da war er also auch einer von den jungen Clanführern, die die Engländer zu Engländern machen wollten, indem sie sie in vornehmen englischen Familien erziehen ließen. Und in diesem Fall mit besserem Erfolg als beim O'Neill. Wo der O'Neill englisches Benehmen auf lästerliche Art nachäffte, fühlte Tibbot sich darin wohl.

»Laß dich von seinem Aussehen nicht abschrecken«, sagte er und legte eine Scheibe Neunauge auf ihren Teller, »noch davon, daß der arme alte Heinrich der Erste sich daran überfressen hat und starb.« Er spreizte die fetten Finger und leckte sie ab. »Das ist Ambrosia.«

Man konnte auch an anderen Dingen sterben. Es gefiel ihr nicht, daß sie nur zu dritt zu Tisch saßen. Und die Soldaten an der Wand gefielen ihr auch nicht. »Und dir, du Rindfleischbauch, traue ich auch nicht weiter, als ich dich werfen kann.« Obwohl sie sehr hungrig war, kostete sie ihren Fisch erst, als auch ihr Gastgeber einen ersten Bissen gegessen hatte. Sie hörte den Gehörnten Dick enttäuscht zu sich selber sagen: »Das ist ja Aal – und nicht einmal in Aspik.«

Ein Bedienter schenkte ihnen Wein ein. »Ein netter kleiner *Sack*, den ich in Spanien gefunden habe«, sagte Tibbot von den Schiffen.

Wenn sie den ganzen Abend nur über Speis und Trank quatschten, dann fand sie nie heraus, was hier gespielt wurde. »Der MacSheehy sollte mich eigentlich zu Grace O'Malley bringen«, erklärte sie.

»Stimmt. Ich sandte ihm ein kleines … *pourboire* und bat ihn, dich statt dessen zu mir zu bringen.«

Also hatte der MacSheehy sich bestechen lassen und hatte dem O'Neill nicht gehorcht, und so war sie diesem möglicherweise gefährlichen Onkel in die Hände gefallen. Ihr hatte der MacSheehy nie gefallen, und sie ihm offenbar auch nicht.

»Das hier ist Bourke-Land, mein Kind. Und dafür kannst du deinen Sternen danken.« Sein Gesicht verzerrte sich. »*Sie* würde natürlich behaupten, daß es ihr gehört. Sie hat Vater nur geheiratet, um alles Land auf dieser Seite der Bucht zu bekommen. Heiratete ihn und schickte ihn mit einem Handelsschiff nach Spanien, und als er zurückkam, ließ sie ihn nicht landen, sagte, sie hätte ihn nur ›auf ein Jahr sicher‹ geheiratet.« Er deutete mit einem gewaltigen Arm aufgeregt in die Höhe: »Dort oben stand sie, beugte sich über die Brüstung und rief: ›Ich verstoße dich.‹« Er spuckte kleine Stücke Neunauge in seinen Bart. »Die Burg behielt sie, selbstverständlich.«

Diese Heirat »auf ein Jahr sicher«, nach dem Frau oder Mann sich aus der Ehe einfach wieder zurückziehen konnte, trennte die irische Gesellschaft mehr als alles andere vom Kontinent. Es schockierte die Engländer. Grace hatte damit ihren Sohn schockiert. Er wollte auch Barbary damit schockieren, aber sie kannte ähnliche Vereinbarungen aus dem Orden und dachte, wie günstig das doch für sie und Rob gewesen wäre.

Sie verstand noch immer nicht, was dieser neue riesenhafte Onkel damit bezweckte, daß er sie hierherbrachte – nur um sie vor einem schrecklichen Geschick von der Hand seiner Mutter zu retten? Barbary versuchte sich auszumalen, wie Grace, den erhobenen Dolch in der Hand, ganz Connaught wie ein Wüterich nach ihrer Enkelin absuchte – aber es gelang ihr nicht. Warum diese unbehagliche, höchst seltsame Mahlzeit? Dem Neunauge war jetzt ein gekochter Schwan gefolgt, der gefiederte Kopf und Hals, mit einem Draht befestigt, stieg ganz lebensecht aus dem Fleisch auf. Laß ihn reden. Wieviel weiß er? Das muß man herausbekommen. Die Soldaten entlang den Wänden legten nahe, daß ihr Leben davon abhing.

Er war wieder beim Essen, seinem Lieblingsthema, und schenkte ihnen beiden Wein ein.

»Auf meiner letzten Fahrt stahl ich in Genua einen Koch. Das Klima hier bekam ihm nicht gut, deshalb starb er, aber erst, nachdem er seine Künste weitergegeben hatte. Bist du auch eine Verehrerin der italienischen *cuisine?*«

»Nie gehört von dem. Warum hast du mich hierherbringen lassen?«

Er fuchtelte mit dem Messer vor ihr herum. »Es war verdammt knapp, das kannst du mir glauben. *Sie* ist jetzt gerade auf Clare, also können wir dich fortbringen, bevor sie von deiner Ankunft erfährt.«

»Warum?«

»Warum?« Er lehnte sich zurück. »Großer Gott, Weib, weil sie dich umbringen wird.«

»Warum?«

»Weil's ihr in Dublin nicht gelungen ist, deshalb. Weil sie dich für eine Schwindlerin hält. Weil sie, Gott vergeb mir, ein unzivilisiertes Frauenzimmer ist.« Er bekreuzigte sich. Noch mehr Wein für sie beide. Der Gehörnte Dick mochte sich selbst einschenken. Was er auch tat.

Er wußte also, was in der Festung von Dublin vorgefallen war. Aber was er mit seinen Schweinsohren nicht gehört hatte, das war die Vereinbarung zwischen dem O'Neill und Grace O'Malley und daß Barbary eine Chance gegeben wurde, ihre Identität zu beweisen. Also besaß er weder das Vertrauen des einen noch des anderen. Außer, Grace O'Malley dachte tatsächlich nicht daran, ihr wirklich diese Chance zu geben, sondern hatte den O'Neill nur hereingelegt, um die verhaßte Schwindlerin in ihre Macht zu bekommen. Wer log?

Der Schwan verschwand, hereingetragen wurde ein glasierter Wildschweinkopf mit einem Apfel zwischen den Kinnladen. Barbarys Magen drehte sich um. Mit tiefer Konzentration machte Tibbot sich ans Tranchieren. Barbary hob ihren frisch gefüllten Kelch, sah sich nach einem geeigneten Wolfshund um, fand keinen und goß ihren Wein in die Binsen.

Tibbot fuhr fort mit Schauergeschichten über seine Mutter. »Soll ich dir erzählen, warum sie sie die ›Dunkle Dame von Doona‹ nennen? Da hatte sie diesen Liebhaber« – wieder zogen sich seine vollen Wangen zusammen –, »einen von vielen. Also, der wurde auf der Jagd von den MacMahons von Ballycroy getötet. Darauf segelte sie zur Festung Doona, wo die MacMahons hausten, und brachte sie um. Alle.«

»Und behielt die Burg.«

Tibbot nickte. Er war nicht mehr ganz nüchtern. »Sie behielt die Burg.«

Als nächstes wurde ein gebratener Pfau aufgetragen, die gespreizten Schwanzfedern bildeten einen Schirm, hinter dem Barbary den nächsten Becher Wein wegschütten konnte. Die

Schauergeschichten gingen weiter. Grace und die Piraterei. »Sie hat mehr Männer ins nasse Grab geschickt, als ich warme Mahlzeiten gegessen habe. Was ist das nur für eine Frau?« Grace und das Glücksspiel. »Sie betrügt. Ich schwöre, die alte Hexe schummelt.«

Wild mit einem aufgesteckten Geweih. Schauergeschichten. Wein. Kalb- und Hammelpastete mit einer noch lebenden Lerche in die Kruste festgenadelt. Schauergeschichten. Wein. Die Binsen rund um Barbarys Füße waren schon triefnaß. Ihr Onkel Tibbot streckte über den Tisch die Arme zu ihr aus und sah sie giftig an. »Weißt du, wie alt ich war, als sie mich auf meinen ersten Piratenraubzug mitnahm? Fünf. Ich war fünf. Ich hatte Angst vor den Kanonen. Hättest du doch auch, oder? Mit fünf? Ich hielt mich an ihrem Rockzipfel fest. Weißt du, was sie da sagte? Sie zischte: ›Na, willst du wieder an den Ort zurückkriechen, aus dem du rausgekommen bist?‹ Das hat sie gesagt.« Seine Mundwinkel hingen nach unten, Tränen kullerten ihm über die Wangen. Da zog er sich aus seinem Stuhl hoch. »Ich gehe pissen.«

Sie sah ihm nach, wie er hinausstolperte, und spürte beinah Mitgefühl. Liebt sie, haßt sie, beneidet sie, fürchtet sie. Armer alter Rindfleischbauch.

Dick griff unauffällig nach dem Wein. »Clampett im Anschlag, Barb?«

Sie spielte mit ein paar Brotkrümeln. »Genau auf seine Muskatnüsse.« Die ganze Mahlzeit über hatte sie durch den Muff die Clampett schußbereit gehabt, sie wartete nur auf eine Bewegung der Lanzenträger. Ihr Rücken war vor Anspannung schon ganz steif. Sie war in dieser Halle alt geworden, während die zerquälte Speckseite vor ihr sich bemühte, ihr Angst einzujagen.

Sie hörte, wie er sich draußen auf der Treppe erleichterte, dann hörte man ihn auch noch kotzen. Über den flackernden Fackeln fiel Mondlicht durch ein hohes Fenster. Die Soldaten erstarrten, als sie aufstand und auf eine Truhe unterm Fenster stieg, um hinauszuschauen.

Die Wasserhand, jetzt vom Mond versilbert, rief sie immer

noch zu sich. Hinter der Hügelkuppe – von ihrem kahlen Gipfel hob sich jetzt ein Hirsch deutlich ab – öffnete sich der Wasserarm auf eine große magische Fläche, auf die sich viele andere verborgene Einfahrten mit anderen Festungstürmen öffneten. In einem davon war sie geboren worden. Nicht hier, das wußte sie jetzt, aber in einem von ihnen …

»Wohin schaust du?«

Ohne Überlegung antwortete sie: »Ich warte auf das Schiff.«

»Welches Schiff?« Tibbot drängte sie weg, um auch hinauszuschauen, beruhigte sich aber gleich wieder. »Da ist ja gar nichts.« Etwas nüchterner geworden, reichte er ihr zeremoniell die Hand, um sie an ihren Platz zurückzugeleiten. »Du siehst also, wir müssen dich ins Pale zurückbringen, und zwar schnell.«

»Was glaubt sie denn, was ich hier will?« Was glaubst *du* denn, was ich hier will?

»Was du kriegen kannst. Aber, meine liebe Mistress Barbary«, höhnisch betonte er den Namen, »du kannst ja gar nichts kriegen. Was immer sie dir in England eingeredet haben, Frauen können hier nichts erben.«

Sie nickte. Endlich kam er zur Sache. »Bis auf den Schatz.«

»Was weißt du denn von einem Schatz?« Seine Hand fuhr an den Schwertgriff. Die Soldaten bewegten sich.

Sie rezitierte: »›Die Zeremonie der Kishta ist allein für die edlen Frauen der Zwei Gleichen und die weibliche Frucht ihres Schoßes.‹« Jetzt legte sie ihre Karten auf den Tisch, weil der Zeitpunkt dafür gekommen war; die maskuline Fleischlichkeit dieser Tafel, die Verstellung, dieses nachgeäffte Mahl, dieser nachgeäffte Mann, das alles stand ihr bis zum Hals. In der Hand hielt sie fest den Kolben der Clampett. »Ich bin heimgekommen, Onkel Tibbot.«

Er brauchte eine Weile, um die Erkenntnis, daß sie wirklich seine Nichte war, zu verdauen, denn er war vom Gegenteil so fest überzeugt gewesen. Sie konnte ihm seine Gefühle ansehen: Verblüffung zuerst, dann Eifersucht, dann ein tiefer Atavismus. Er war Ire durch und durch, und der irische Tanaist war ein Wolf, der alle Rivalen tötete. »Du dumme, wichtigtuerische

Hure.« Er stand auf und lehnte sich über den Tisch wie eine enorme Matratze. »Ich kann dich hier nicht gebrauchen. Sie ist *meine* Mutter. Was ihr gehört, gehört auch mir.« Es war schrecklich, dieses »Mama hat mich am liebsten« aus dem Mund eines erwachsenen Mannes.

Sie lehnte sich zurück und holte die Clampett aus dem Muff. Er starrte darauf, und sie glaubte schon, sie würde ihn erschießen müssen. Aber was er auch sonst war, Narr war er keiner.

Geräuschvoll zog er die Luft ein. »Meine liebe Dame, das ist doch nicht nötig.« Er fiel in den Stuhl zurück und fand seine Fassung wieder. Sie war stolz auf ihn. »Was ich auf meine ungehobelte Weise ausdrücken wollte«, fuhr er dann ruhig fort, »das ist, daß dich hier nichts erwartet als Enttäuschung. *Sie* ist eine Wilde, die das Leben einer Wilden führt. Sieh dich doch an, eine feine englische Dame, an englische Sitten gewöhnt.« Glaubte er denn, daß alle feinen englischen Damen mit Pistolen herumliefen? »*Sie* wird es nie begreifen, aber du weißt, und ich weiß, daß wir nur als loyale englische Untertanen eine Zukunft haben. Das keltische Irland ist tot.«

»Und du würdest nicht dafür kämpfen?«

»Hab' ich doch«, erwiderte er zu ihrer Verblüffung. »Als die anderen Bourke-Clans rebellierten, bin auch ich gegen die Engländer zu Feld gezogen. Und verlor.«

»Und wenn es wieder eine Rebellion gibt? Wenn ganz Irland rebelliert?«

Er stützte den Ellbogen auf den Tisch, legte sein großes Kinn in seine Hand und lächelte. »Ich halte mir gern alle Möglichkeiten offen.« Das war das Ehrlichste, was er den ganzen Abend von sich gegeben hatte. Zu ihrer eigenen Überraschung lächelte sie zurück.

Plötzlich wurde er geschäftig. »Bett für dich, kleine Dame. Morgen unterhalten wir uns weiter. Dein Diener kann bei meinen Männern schlafen. Cathal, leuchte Mistress Barbary auf ihr Zimmer.«

»Mein Diener, wie du ihn nennst, schläft quer über meiner Türschwelle.«

Er zuckte die Schultern und wünschte ihr onkelhaft eine gute Nacht. Der Mann, der sie bei Tisch bedient hatte, nahm eine Fackel aus der Halterung und ging voran, die enge Wendeltreppe des Turms hinauf. Auf halbem Weg nach oben, gerade an der dunkelsten Stelle zwischen zwei vom Mond erhellten Schießscharten, stolperte er, ließ die Fackel fallen, so daß sie ausging, stolperte in der Finsternis noch einmal, glitt aus und erwischte Barbary mit dem Fuß an der Schulter; sie fiel nach hinten, glitt zwei Stufen hinunter und prallte gegen den Gehörnten Dick, der zwar auch den Halt verlor, aber doch mehr von der Breite der Wendeltreppe füllte als Barbary und seine ausgestreckten Arme zu einem Zaun formte, der sie beide aufhielt und verhindere, daß sie sich den Hals brachen.

Es war sehr schnell vorbei. Länger dauerten die ängstlichen Rufe Onkel Tibbots vom Fuß der Treppe und die geschluchzten Entschuldigungen des Bedienten, bevor Barbary und Dick, sich ihre blauen Flecken reibend, in ihr Zimmer humpeln und die Tür verriegeln konnten und erst dort begriffen, was für ein böser Unfall das gewesen war.

Dick blieb mit dem Ohr an der Tür stehen. »Geht's dort raus, Barb?« fragte er, aufs Fenster deutend.

Sie blickte hinaus und hinunter, in einen tiefen Abgrund. »Nein.«

Das Fenster blickte auf den schmalen Meeresarm. Sie blieb dort stehen, schnell atmend, bemüht, ihr Zittern zu unterdrücken. Was war das denn nur mit ihr, daß ihre schlimmsten und ihre besten Augenblicke sich in Türmen abspielten? Ganz weit unten hörte man eine Peitsche auf und nieder zischen, und wenn sie niederging, ein Stöhnen.

»Sie peitschen den verdammten Stolperer aus«, sagte sie über ihre Schulter. »Weil er uns fast umbrachte? Oder weil er's nicht schaffte?«

»Das war schon ein echter Amy«, erklärte Dick. Seit der Graf von Leicester, Günstling der Königin Elizabeth, durch einen äußerst zeitgerechten Unfall von seiner Ehefrau befreit ward, hieß in der Sprache des Ordens jemanden die Treppe hinunterstoßen ein »Amy Robsart«.

Barbary gab ihren zitternden Beinen nach und ließ sich zu Boden gleiten. »Aber warum denn? Wenn er Fraß für die Würmer aus uns machen will, warum läßt er uns nicht schnell und sauber erstechen? Warum diese scheußliche Mahlzeit?«

»Das Essen war aber doch sehr gut, Barb«, sagte Dick mit dem Ausdruck von: Ehre, wem Ehre gebührt. »Er wollte Eindruck machen. Dein Onkel Tibbot wird aus dir sowenig schlau wie du aus ihm. Er nimmt an, die Rom-Mort hat dich geschickt, und will sich's mit den Engländern nicht verscherzen. Und auch Freund Bingham will er nicht verärgern.«

»Aber warum dann der Amy Robsart?«

»Er ist Ire, Barb. Er kann nicht grad denken. Hat eine irre Angst, du könntest ihm was wegnehmen. Aber, Barb, ich sag' dir eins, das ist ein begabter Kerl. Gib ihm noch ein paar Jahre, dann steckt er jeden in den Sack.« Dick schüttelte den Kopf wie einer, der die brillante Begabung seines Schützlings erkennt. »Was könnte aus dem für ein Aufrechter Mann werden.«

Er bestand darauf, daß Barbary sich aufs Bett legte, und übernahm die erste Wache. Einen Moment blieb Barbarys Blick noch an dem mondbeschienenen Fenster hängen. Trotz der zermürbenden Erlebnisse dieses Abends und obwohl sie vom morgigen Tag nicht mehr zu erwarten hatten als bestenfalls den ganzen langen Weg zurückgeleitet zu werden, konnte sie nicht die Überzeugung abschütteln, daß dort draußen noch etwas Wunderbares erscheinen würde. Diese ganz besondere Anordnung von Land und Wasser galt so sehr ihr persönlich, daß sie gewiß nicht ihren Tod mitansehen würde, ohne ihr zu Hilfe zu kommen.

»Barb.« Dicks Flüstern durchschnitt ihren tiefen Schlaf. Sie hatte darauf gewartet. Gut oder schlecht, sie hatte gewußt, es würde kommen. »Barb. Komm und schau.«

Der Mond war noch da, zu einer bleichen Scheibe verblaßt in der hinter dem Turm aufgehenden Sonne. Licht berührte die Hügelkuppen und den äußersten Rand des glatten Wassers. Es war ein Anblick der Frühe: junge Blätter, neues Gras, die ersten Rufe der Austernfänger, Brachvögel über der glatten Wasserfläche.

Und in den Meeresarm kam jetzt sein letzter fehlender Teil. Das Schiff. Es hätte immer dort sein sollen. Der atemlose Morgen machte jedes Segel überflüssig, daher war die schräge Nock leer, die glatte Symmetrie des Schiffsrumpfs wurde nur von den Rudern unterbrochen, die so sacht schlugen, daß man aus dieser Entfernung keine Bewegung spürte das Schiff wurde nur einfach langsam größer.

Barbary schluchzte auf.

Der Ausguck des Turms war spät dran, aber jetzt stieg ein Schrei auf: »*Sie* kommt!« Stiefel polterten die Treppe hinauf und hinunter, jemand hämmerte gegen ihre Tür: »Kommt raus.« Dick schüttelte den Kopf. Speere schlugen ins Holz, aber sie hatten in der Nacht mit der Zimmereinrichtung die Tür verbarrikadiert, daher wurde es nach wenigen Versuchen wieder ruhig.

Im Näherkommen wirkte das Schiff nicht mehr ganz so unirdisch; Barbary konnte die schwitzenden Rücken der Ruderer erkennen, den vom Meerwasser fleckigen hölzernen Frauentorso am Bug, aber mit den Details kam die Musik, eine Trommel für den Rhythmus der Ruderer, Gesang. Die Ruderer sangen. Wie sie es immer schon getan hatten.

Die Galeere mit ihrem flachen Kiel konnte ganz nah an den Felsen heranfahren, auf dem der Festungsturm aufragte. Ein Mann im Bug rief. »Wir kommen die Protestantin holen, Tibbot.«

Von über ihrem Kopf – er stand jetzt auf dem Dach des Turms – rief Tibbot zurück: »Welche Protestantin?«

Der Mann im Bug zeigte grinsend auf Barbarys Fenster. »Die Kleine da, die wie eine Windmühle winkt. *Sie* hat sie in Murrisk erwartet. Dafür wird *Sie* dir einheizen.«

Es machte ihr nichts aus, daß er sie »Protestantin« nannte, was natürlich abwertend gemeint war. Aber es war ihr egal, ganz egal. Sie hüpfte auf und ab. »Fahrt nicht ohne mich weg.«

Von oben rief ein ertappter Tibbot: »Sag's *Ihr* nicht, Cull.«

Cull sprang an Land, gefolgt von ein paar Ruderern. »Ah, Tibbot, laß jetzt das kleine Mädchen gehen.« Dick schob schon die Möbel von der Tür weg.

Cull traf sie auf der Treppe, ein tüchtiger, wettergegerbter Mann, der die Augen aufriß beim Anblick ihres Haares.

»Wir sind zu zweit«, erklärte sie ihm freudig. »Oh, und unsere Tiere auch.«

Er sah nicht freundlich drein. »*Sie* rechnet nur mit einer«, antwortete er kurz, »Ohne verdammtes Gefolge. Los, rein in die Galeere.«

Sie hatte eine schlechte Nacht hinter sich und einen emotionsgeladenen Tagesanbruch. »Wenn du glaubst, daß ich meinen Freund und mein Pferd bei diesem Hund Tibbot lasse«, fuhr sie ihn an, »dann leg besser noch eine Denkpause ein. Der kocht sie doch. Ich bin freiwillig hier.« Bebend zog sie die Clampett aus dem Muff. »Und dabei bleibt's auch.«

Er sah die Snaphaunce gar nicht an, sondern starrte ihr mit einem merkwürdigen Ausdruck ins Gesicht. Endlich wandte er sich um und gab einen Befehl: »Pferdeträger vorbereiten.«

Voller Schwung trat jetzt auch Tibbot aus dem Turm. »Du verläßt uns also, Cousine?« Und zu Cull gewandt: »Wohin bringt ihr sie?«

»Sie macht die Prüfung«, erwiderte Cull kurz und ging.

Tibbot von den Schiffen nahm die Hände seiner Nichte in die seinen. »Mein armes Mädchen. Mein armes, armes Mädchen. Ich habe dich gewarnt.« Cull schrie schon ungeduldig von der Galeere. Tibbot beugte den Kopf und gab ihr einen onkelhaften Kuß auf die Wange. »Scheu Adam, Eva halt«, flüsterte er.

Barbary holte tief Luft. »Ich danke dir, Onkel.«

Einen Moment später folgte sie dem Gehörnten Dick und Spenser über eine Gangplanke in die Cherubim.

16

Auf der Karte von Irland, die der O'Neill Barbary gegeben hatte, sah die Westküste wie eine in den Atlantik flatternde zerfetzte Fahne aus, mit kleinen Fetzen daneben, die ein stürmischer Ostwind abgerissen hatte. In Wirklichkeit war es umgekehrt. Die kleinen Fetzen waren Inseln, Dutzende von kleinen unwirtlichen Felsen, die sich weigerten, in den von Westen her andrängenden Wogen des Atlantik unterzugehen.

An diesem Tag trieben sie grünlich-braun auf einer saphirfarbenen See. Die Männer an den Ruderbänken der Galeere sangen das »Oro und Willkommen daheim« für den Fall, daß Barbary wirklich die war, die sie zu sein behauptete; wenn sie's nicht war, würde sie das Lied ohnehin nicht verstehen und sowieso bald tot sein, dann galt es eben als ihr Grabgesang. Die Ruder tauchten im Rhythmus ins Wasser.

Rudern war ihnen so zur Natur geworden, daß es, wenn man ihnen zuschaute, ganz leicht schien, eine Galeere gegen den Wind dahinsausen zu lassen, aber das war es nicht. Der Gehörnte Dick und Barbary saßen ihnen im Heck gegenüber. Die Ruderer boten keinen schönen Anblick. Jeder hatte den Hals, die Schultern und die Arme eines Ungeheuers. Im Gegensatz dazu sahen ihre Beine, wenn sie aufstanden, verkümmert aus, obwohl sie nicht weniger muskulös waren als die von normalen Männern. Der Reichtum an Narben und gebrochenen Nasen machte den Gehörnten Dick etwas nervös. »Ihre Mütter waren sicher sehr höflich zu ihnen«, murmelte er Barbary zu. »Falls sie überhaupt Mütter hatten.«

Barbary sah nicht, was er sah; mehr als ein Jahrzehnt war von ihren Augen gefallen, und jetzt hatte alles, was sie hier sah, die gleiche schimmernde Unerwartetheit wie damals als Kind.

Diese Männer, oder ganz ähnliche Männer, waren ihr damals nicht brutal erschienen und taten dies auch jetzt nicht. Ihre Gesichter waren heimatliche Landschaften, genau wie die Umrisse von Croagh Patrick und den Zwölf Nadeln hinter ihnen, genau wie dieser salzige Wind und dieses Meer Teil des Salzes in ihren eigenen Adern waren. Sie kämpfte gegen den Drang an, diesen abschreckend aussehenden Sirenen, den Seemöwen, den Nixen und den Delphinen ihres Königreiches nicht zuzurufen: »Ich bin's. Ich bin es *wirklich*. O Gott, ich bin wieder daheim.« Sie würden ihr nicht glauben. Sie mußte es erst beweisen.

In Murrisk durfte sie sich ein bißchen ausruhen, dort setzte man auch einen grantigen, seekranken Spenser an Land und führte ihn zusammen mit Dicks Pferd auf eine hügelige Weide, die ihm gleich viel mehr zusagte. Dann ruderte die Galeere hinaus in die Bucht von Clew, wo jedes einzelne kleine Inselchen entfernte Vertrautheit für das Kind in ihr besaß, das die kleinen Felsenteiche an ihren Stränden nach Krebsen abgesucht hatte. Hier heraus auf die offene See sandten die größeren Inseln ihre Namen und Persönlichkeiten über die Wellen pulsierend zu ihr hin, wie als Aufforderung, doch zu kommen und zu landen. An Steuerbord, an der Einfahrt zur Bucht, hockte wie ein Löwe – Clare. Eine Burg, ein Berg, ein Gesang in der Kirche. Wer Clare hält, kleine Barbary, hat die Bucht, da kann kein Schiff mehr ohne seine Erlaubnis hinein oder hinaus. Clare ist Macht.

An Backbord tauchte jetzt Caher auf, klein, keilförmig, von furchteinflößender Heiligkeit. »Dippt Ruder vor Caher«, flüsterte Barbary, eine Sekunde, bevor Cull brüllte: »Dippt Ruder vor Caher.« Achtzehn Paar Ruder stiegen auf, von Wasser strömend, und dippten in Ehrfurcht. Inishturk, die Insel des Wildschweins, klippenummauert. Vorne Inishbofin, die Insel der weißen Geisterkuh, die mit ihrer Masse den Blick auf den Sund zwischen ihr und ihrem Kalb verstellte, Inishark – dem Ort ihrer Prüfung.

Der Gehörnte Dick schöpfte Mut aus der Helligkeit. »Na, Barb, ist ja kein schlechter Tag für so was. Bißchen schaukeln tut's ja, aber damit werden wir schon fertig.«

Sie tätschelte sein Knie. Er hatte ja keine Ahnung. Bißchen

schaukeln, Gott schütze ihn. Die Eleganz der Ruderer und Culls geschickter Umgang mit den beiden Ruderpinnen der Galeere ließen einen ziemlich beachtlichen Seegang viel geringer erscheinen. Hier im Heck waren sie durch die Ruderbänke geschützt, aber der Wimpel der Galeere stand ganz gerade nach hinten. Besser, sie sorgte für seine Sicherheit, bevor er sah, welche Prüfung Grace O'Malley für sie vorgesehen hatte. »Ich mache die Landung allein, Dick. Eine ihrer Bedingungen.« War es nicht, aber sie mußten ja nicht beide ein wäßriges Ende nehmen.

Dick blickte mißtrauisch. »Pflanzst du mich?«

»Nein.« Hinter ihrem energischen Auftreten verbarg sich die Angst.

Die Männer hatten zu singen aufgehört, ein überzähliger Ruderer schlug die große Trommel zu seinen Füßen, den Schlag unmerklich beschleunigend. Laßt euch meinetwegen nur Zeit.

Im Sund lagen noch andere Schiffe, drei kleine Galeonen, ein paar einmastige Fischerboote und zwei weitere Galeeren, Teile von Grace O'Malleys gewaltiger Flotte, die sich in den einzelnen Meeresarmen versteckten wie Einsiedlerkrebse und nur darauf warteten, daß ihnen vorbeifahrende Handelsschiffe ins Netz gingen. Im Sund war man vor Verfolgung sicher; niemand, der sich hier nicht auskannte, konnte sein Schiff heil über die scharfkantigen Unterwasserriffs bringen. Die auf Bofin lebenden Familien waren alle in Graces Piraterie verwickelt, und fast alle standen sie jetzt auf den Aussichtspunkten verteilt, um Barbarys Prüfung zu verfolgen; was *Sie* betraf, betraf sie alle.

Wenn man sterben mußte, dann war das heute ein schöner Tag dafür; zum Leben noch besser. Krähenscharen standen in unordentlichen Gruppen auf den Felsrücken und warteten auf den richtigen Zeitpunkt zum Tauchen. Sandzungen lagen weiß in der Sonne, die Felsen waren jetzt grau-braun, grün-grau, schwarz-grün, jede nur mögliche Felsenfarbe, der Sund war eine Dünungsweide, auf welcher weiße Wellenköpfe wie Schafe rund um die Sandbänke der Gezeitenmitte grasten.

Beim Anblick der Brandung entlang der Küstenlinie wurde

es dem Gehörnten Dick etwas mulmig. »Wo soll denn dieser Landeplatz sein, Barb?«

»Dort.« Man konnte es gerade noch sehen, ein Riff wie ein Unterkiefer voll verfaulter Zähne, im Mittelpunkt zwei Felssäulen, gegen die der Atlantik anstürmte, wie rasend vor Zorn über diese Unverschämtheit, sich ihm in den Weg zu stellen.

»Die dort? Zwischen diesen beiden Felsen mußt du landen?«

Cull sah sie deuten und beugte sich zu ihr herunter. »Wußtest du's? So bist du's selbst?«

»Ja.« Seit ihrem Ausbruch unten in Rockfleet war er freundlich zu ihr. Sie hörte ihn zum Ruderschlag murmeln: »Gedroht hat sie mir. Und dabei dreingeschaut wie *Sie* selbst.«

Er nickte. »Das dachte ich mir, als ich dein Haar sah. Ich sagte mir: ›Na, vom Wind hat sie das nicht.‹ Aber *Sie* will's nicht glauben, und einen schlechten Tag hat sie für die Prüfung gewählt. Kennst du denn den Trick? Ich hab' geschworen, es nicht zu sagen. Sie würde mir die Haut abziehen lassen.«

Sie fing an, vor Angst zu keuchen. »Ich hoffe es.«

Die Ruder standen still, zwei Anker wurden über Bord geworfen. »*Sie* ist im Hafen und erwartet dich.« Sie ließen ein kleines *curragh* an der Seite hinunter und öffneten die Heckrelingtür, damit sie hinunterklettern konnte. Das *curragh* tanzte auf dem Wasser wie ein Blatt. Die Besatzung der Galeere sah ihr zu, interessiert, aber unbeteiligt, nur einer oder zwei sprachen ein Segensgebet. Nur Cull sah besorgt drein, als er ihr die Ruder reichte. »Möge Gott dir das Tor öffnen.«

Im letzten Moment spürte sie etwas ins *curragh* plumpsen, und der Gehörnte Dick setzte sich im Heck fest. »Raus mit dir!« schrie sie.

»Du brauchst den Ballast«, schrie er zurück. Sie brauchte jetzt einiges: Mut, Geschicklichkeit, Erinnerung; was sie nicht brauchte, war die Verantwortung für das Leben ihres teuersten Freundes. Trotzdem war sie froh; das *curragh* war tatsächlich zu leicht. Dick spähte über den Rand. »Woraus besteht diese Nußschale?«

»Aus Leder.«

Seine Schultern fielen herab, als hätte er endlich den irischen

Wahnsinn bis in seine Tiefe ergründet. Sie begann zu rudern. »Wenn wir … dort sind … sei bereit. Gewicht verlagern. Wenn ich es sage.«

Er blickte über ihre Schultern auf die Felssäulen. »Geht nicht, Barb«, sagte er, laut und vernünftig. »Komm, gehen wir heim.«

Sie blickte sich um. Von hier aus gesehen standen die Felsen so eng beisammen, daß kein Aal dazwischen durchkam. Die See hob sich vor diesem Hindernis, so daß die Oberfläche der kleinen Bucht dahinter *tiefer* wirkte. Hatte sie sich's richtig gemerkt? Eva war der gerade Fels an Steuerbord, Adam neigte sich mit einem Überhang ihr entgegen. Beide trugen Schaumröcke, die ihnen immer wieder bis zur Taille hochhüpften und dann wieder zurück. »Größer als … es aussieht«, ächzte sie. »Aber nicht husten.«

Dann konnten sie nicht mehr sprechen. Im Schlagen der See gegen die Felsen ging jeder andere Laut unter. Eine Seemöwe flog vorbei, den Schnabel weit geöffnet, so daß man den roten Schlund sah, aber ihr Schrei verlor sich im Lärm. Die Strömung, die diesen Ort so mörderisch machte, riß sie schneller und schneller zu den Felsen hin, und sie überließ sich ihr und betete nur, daß sie im richtigen Moment herausfände.

Scheu Adam, Eva halt. Scheu Eva, Adam halt. Herrgott, was war richtig? Was hatte Tibbot gesagt? Sie hatte das hier schon einmal getan, aber damals saß ihre Großmutter im Heck, und der Wind war eine leichte Brise. »Fest, kleine Barbary. Zeig, daß du eine echte O'Malley bist.« Wo war die alte Hexe jetzt? Stand sie am Strand hinter den Felsen und wartete darauf, daß ihre Enkelin in kleinen Stücken an Land gespült wurde?

Sie schossen an einem hohen Felsband vorbei, auf dem eine riesige Robbe sie in lüsterner Trägheit beobachtete. War *Sie* das? Eine Großmutter in Robbengestalt? Sehr wahrscheinlich.

Jetzt. Jetzt. Das *curragh* war zu leicht, trieb auf dem Wasser wie ein Papageientaucher. »Scheu Adam, Eva halt«, hatte Tibbot gesagt. Aus der Unterströmung flüsterte er zu ihr herauf. Dafür war sie ihm wirklich dankbar; man konnte sich auf Onkel Tibbot verlassen, daß er einem das Falsche sagte. Vertrauen durfte sie den Stimmen aus den Cherubim. »Halt Adam, Eva scheu.« Sie schüttelte sich nasse Haarsträhnen aus den Augen und warf einen Blick zurück. Sie wurden hochgeschleudert. Hinunter. Hoch, Jesus Christus, jetzt waren sie *über* den Felsen. JETZT.

Sie warf den Kopf nach rechts, und Dick lehnte sich weit gegen Backbord. Sie zog und zog an den Rudern, es riß ihr fast die Arme aus, das Wasser war gegen ihr Ruder wie harter Stein. Eva scheu. Eva, du Miststück, wer gab dir diesen Namen? Hier ist Adam, ganz schön ausgefranst, aber das, was sichtbar war, reichte ganz gerade bis zum Grund; Eva dagegen mit ihrer unter der Oberfläche ausgebreiteten mörderischen Krinoline riß jedem Boot den Boden heraus. Eva saugte einen an sich. Zum letzten Mal stiegen sie hoch. Laß alle Hoffnung fahren. Laß alle Vernunft fahren. Laß das Schiff fahren. Sie sah Dick brüllen. *Scheu.* Evas Schande sehen. Rudern, *rudern,* kleine Barbary. Sie ruderte, gehorsam, verzweifelt, und war schon in der freundlichen Strömung, die sie unter dem vorgebeugten Adam vorbei in das stille Wasser der Bucht führte.

Der Donner hatte aufgehört. Sie konnte einen Brachvogel flöten und Dick kotzen hören. Ihr Kopf sank auf die Knie, ihre Arme waren kaputt, nie wieder würde sie rudern können. War auch nicht nötig. Die Kraft der Strömung trug sie an den Strand, und eine große Gestalt zog den Bug des *curragh* auf den Kies.

»Warum hast du's nicht gleich gesagt?« fragte Grace O'Malley.

Sie segelten nach Clare zurück in dem Flaggschiff, das den blasphemischen Namen *Grace of God* trug. Der Wind sang hohe wirre Töne in der Takelage und hörte gänzlich auf, als sie in den Hafen einfuhren, als sei er eigens von Grainne O'Malley für die Prüfung heraufbeschworen worden und würde jetzt nicht mehr gebraucht. Die Bewohner der kleinen weißen Häuser rund um den Hafen von Clare begleiteten ihre Landung mit Hurrarufen, so wie vorher die Einwohner von Bofin ihre Ausfahrt. Hände streckten sich Barbary entgegen, zogen sie die

Stufen zum Kai hinauf, tätschelten und streichelten sie. »Willkommen daheim, Barbary O'Malley.« Aha, jetzt war sie eine O'Malley. Würden die O'Flahertys sie auch einer Prüfung unterziehen wollen? Na, die konnten sich ausstopfen lassen: so was machte sie nicht noch einmal durch. Sie hatte sich selbst vollendet. Nie zuvor hatte sie sich so ganz und gar vollständig gefühlt.

Eine alte Frau schüttelte die Faust gegen Grace. »Und hab' ich dir's nicht gesagt, Granuaile? Hab' ich nicht von ihr geträumt? Schau dir doch das Haar an, das sie hat. Und du gefährdest ihr teures Leben!«

Grace blickte auf die Alte hinunter. »Geh und verkauf dich als Hundefraß«, erklärte sie und ging mit Riesenschritten zu ihrer Festung hinauf. Es hatte kaum ein Wort der Begrüßung von ihr gegeben und ganz sicher keine Entschuldigung dafür, daß sie ihre Enkelin in einer Wicklow-Hütte dem Tod überlassen hatte.

Dick berührte Barbarys Arm. »Von Gefühlen überwältigt, was?«

Barbary grinste zurück. »Hin und weg.« Eine gefühlsduselige Grace hätte sie nur verunsichert. Sie war froh über eine Großmutter, die ihr wie die Essenz dieser kahlen Felsen erschien. Diese Frau hatte ihr in der Wiege nichts Süßliches vorgeflötet; schwimm oder ertrinke, segle oder geh unter, pack zu oder verrecke – die Grundsätze, nach denen Barbary bisher überlebt hatte, stammten von Grace O'Malley.

Bewundernd schüttelte der Gehörnte Dick den Kopf: »Was wäre *die* erst für ein Aufrechter Mann!«

Die Burg beherrschte den Hafen von einem Felsen im Süden aus. Es war eine typische O'Malley-Burg, im Grunde nur ein viereckiger Bergfried mit drei Geschossen, zinnenbekrönt, ansehnlich und ungemütlich. Und wieder erlebte Barbary eine vertraute Begrüßung, ein Wachhund, der seine junge Herrin begrüßen wollte, aber nicht wagte, der alten ungehorsam zu sein.

Eine Abordnung stand am Tor. Barbarys Füße berührten nicht mehr den Boden, während sie von einer Umarmung zur anderen weitergereicht wurde. »Erinnerst du dich noch an Katty? Ach, wie oft hast du mir auf die Knie gepinkelt!« – »Ich bin Manus. Manus, von dem du den Welpen bekamst, den Welpen und die Masern.«

Unter der Menge war auch ein Spanier, ein schöner junger Mann, spanisch vom Scheitel bis zur Sohle, vom schwarzen Hut bis zu den fleckigen, aber goldenen Pompons auf seinen Schuhen, der mit seinem Bart Barbarys Hand kitzelte, als er sie ihr küßte, und dessen sorgfältig ausgesprochener Name voll behauchter Konsonanten ihr ganz unverständlich blieb.

Verblüfft sah Barbary ihm nach, wie er hinter Grace O'Malley die Stufen zur Burg hinaufeilte. »Das ist Don Wiegehtsdempapa«, sagte Manus, Graces Verwalter. »Er war auf einem gallischen Schiff, der *Gran Grin,* das in der Bucht hier unterging.«

Barbary starrte ihn an. Die *Gran Grin* hatte zur Armada gehört, Rob hatte sie in einem Brief erwähnt. »Nur er?«

»Na ja, er sah am besten aus, und, weißt du, Dowdarra Roe O'Malley, *Ihr* Verwandter, bekam die übrige Mannschaft zuerst in die Hände, und ihm gefiel keiner davon.«

»Und was geschah mit den anderen?«

»Na ja«, antwortete Manus, »ergeben wollten sie sich nicht, verstehst du.« Sein Gesicht hellte sich auf. »Aber *Sie* rettete Don Wiegehtsdempapa.« Er überlegte einen Moment, dann fuhr er fort: »Und eine schöne Truhe Gold. Und ein paar Wämser für die Messe. Schöne Borten, ein paar Kelche und einen wunderbaren kleinen Kanarienvogel im Käfig.«

Sie war heimgekehrt in ein Königreich aus Fels und See, das sich nur um sich selber drehte. Die Liste der Feinde und der Freunde bestand aus Bourkes, Clanrickards, O'Connors, O'Flaherties; Fremde, das waren Männer aus Ulster und Munster. Alle anderen waren Gallier, das heißt, keine Kelten, gestalt- und gesichtslose Wesen, die man nur ausrauben und töten konnte. Daß die spanischen Interessen sich mit den ihren überlagerten, bedeutete überhaupt nichts; Spanier waren auch Gallier und daher nicht wertvoller als Fisch. Don Wiegehtsdempapa hatte Glück gehabt.

Sie würde wohl mal mit ihrer Großmutter ein Gespräch über politische Binsenwahrheiten führen müssen.

Die Burg Clare hatte es nicht nötig, von ihren Fenstern aus die offene See zu überblicken; diesen Teil der Küste von Connaught überzog ein derart ausgeklügeltes System von Signalen und Läufern, daß Grace sofort davon wußte, wenn in den etwa fünfzig Meilen zwischen Blacksod Bay und Slyne Head auch nur ein unbekanntes Ruderboot auftauchte, und zwar früh genug, um ihm entweder »Lotsengeld« abzuknöpfen – ein Euphemismus für erpreßtes Schutzgeld – oder es zu versenken. Statt dessen hatte man von dem gut erleuchteten obersten Raum der Burg einen Blick auf den Hafen und auf die Küste und die Berge des Festlands jenseits der Bucht.

Die Einrichtung hatte nicht den Stil von Tibbots Turm in Rockfleet; sie hatte überhaupt keinen Stil, sondern war ein Kuddelmuddel aus bunt zusammengewürfelten Möbeln. Ein prachtvoller geschnitzter Stuhl, ein massives spanisches Bett mit flämischen Gobelins, eine ebenso massive, mit Messingbändern umschlossene Truhe, mehrere Hummertöpfe, Seilrollen, ein Musketenständer, ein paar Aalreusen, ein Betstuhl, der als Kleiderständer diente, und ein Kanarienvogel im Käfig. Eine mächtige rostige Eisenkette lief von einem Bettpfosten über den Fußboden hinauf zum Fenster, von dort über die Landebrücke ins Wasser und bis zur *Grace of God*, an der sie mit einem schweren Schloß befestigt war. Wenn jemand in der Nacht Graces Flaggschiff stahl, dann jedenfalls nicht ohne ihr Wissen.

Heute enthielt der Raum außerdem noch einen Mönch, der kopfunter an einem Seil von der Decke hing. Der Kanarienvogel sang, der Mönch fluchte.

Grace O'Malley fiel in den großen Stuhl, die anderen verstauten ihre Hinterteile in Seilrollen. Nur Manus blieb stehen und sah unglücklich drein. »Kann der Pater jetzt herunter, Grainne Weale?«

»Wie lang hängt er?«

»Seit heute morgen, der Arme.«

Barbary betrachtete den Mönch, einen Zisterzienser, und kam zu der Auffassung, daß Manus log; hätte der Mann schon so viele Stunden an den Füßen von der Decke gehangen, dann hätte er noch andere Symptome gezeigt außer Ärger und Zorn. Jemand hatte die Stricke mit Stoff unterlegt, daß sie ihm nicht ins Fleisch schnitten, und ähnliche Rücksicht hatte ihm die Kutte an den Knien festgebunden, so daß seine Heiligkeit nicht weiter als bis zu den bloßen Waden in Verlegenheit gebracht wurde.

Grace betrachtete ihn mit Widerwillen. »Wirst du jetzt an mich erinnern?«

»Du kannst mich gern haben«, schrie der Mönch.

Barbary sah ihre Großmutter aufstehen, den Mönch am Kragen packen und ihn so weit hochheben, daß er mit verbogenem Hals aus dem Fenster sah. »Wer herrscht über alles, was du siehst?«

»Streit ich's denn ab, du verdammtes Weib?«

Sie beutelte ihn. »Wer beherrscht die See? Wer nahm Schloß Doona? Wer entkam den Sachsen? Wer wird von jedem Clanführer von Clare bis Donegal um Rat gebeten, auch vom O'Neill? Wer befehligt die größte Flotte, die die Welt je sah? Wer gibt dir dein beschissenes Geld?«

Der Mönch schmollte. »Du.«

Sie beutelte ihn noch einmal. »Dann erinnere an mich.«

»Kommt nicht in Frage.«

Dem Gehörnten Dick blieb der Mund offenstehen. »Wie kann er sie vergessen?«

Barbary schüttelte den Kopf. »Darum geht es, glaube ich, nicht.«

Manus stieß zu ihrer Flüsterpartie. »Es geht um die Annalen von Clare. Er will *Sie* nicht hineinschreiben. Da steht die Geschichte des Gebiets der O'Malley, bekannt als die Zwei Gleichen, und der Name eines jeden O'Malley, seit St. Patrick auf den Cruachan Aigli stieg, aber er will Granuaile nicht hineinschreiben.«

»Das gibt aber ein ziemlich großes Loch, oder nicht?« fragte der Gehörnte Dick fasziniert.

»Ach, aber sie hat ein schlechtes Recht auf Erinnerung, wo sie doch nur eine Frau ist.«

Grace O'Malley drehte den Kopf des Mönchs zu Barbary hin. »Siehst du, daß es mit mir nicht endet? Das ist mein Tanaist.«

Sie hatte Barbary zur Erbin ihres Piratenreichs erklärt.

Barbary schloß die Augen, und als sie sie wieder öffnete, sah sie, wie der Mönch sie anstrahlte. »Also habt Ihr die Prüfung bestanden?«

»Freut mich, Euch kennenzulernen«, sagte sie.

»Ganz meinerseits«, erwiderte der Mönch. »Willkommen, und Gratulation. Und an Euch erinnere ich auch nicht.«

»Warum nicht?«

Der Mönch gab seine Antwort ruhig und entschieden, obwohl Grace ihn wieder losgelassen hatte, so daß sein Kopf nur ein paar Zoll über dem Boden schwang. »Es ist gegen die Natur, versteht Ihr. Es sollte keine weiblichen Clanführer geben. Es ist nicht gottgefällig, daran zu erinnern, daß Eva einmal über Adam stand.«

Es schien eine ausweglose Situation, die wahrscheinlich, da Grace jetzt energisch ein Messer aufgenommen hatte, mit Blutvergießen enden würde. Da hatte Barbary ihren ersten Auftritt als designierte Erbin. »Großmutter, ich kann lesen und schreiben. Ich schreibe auf, was immer du willst. Ich werde an dich erinnern.«

Es gab ein allgemeines Mundaufreißen. Gebildete Frauenzimmer waren hier offenbar eher selten. »Gott segne alle, die's gehört haben«, murmelte Manus. »Unser Mädchen ist eine Gelehrte.«

Stahl blitzte durch die Luft, als das Messer das Seil durchschnitt und der Mönch zu Boden kollerte. »Hinaus«, erklärte Grace. »Reiz mich noch einmal, dann schau' ich, daß du dich kratzt, wo's dich nicht juckt.«

Das Willkommensmahl für Barbary fand an langen Tischen draußen am Kai statt und war, wie Manus es nannte, »flahoolagh«, das heißt, eines Clanführers würdig. Es dauerte zwei Tage lang. Wenn ein Hirsch, Schaf oder Ochs vom Bratspieß geschnitten wurde, kam gleich das nächste darauf; die langen Tische verschwanden unter Schüsseln voller Haferbrei mit Honig und Butter, einem Dutzend verschiedener Sorten Fisch, Schalen mit Wasserkresse, Lauch und Haselnüssen, die, kaum leer, sofort wieder gefüllt wurden.

Die Speisen waren nicht so kunstvoll angerichtet wie in England oder auch bei Tibbot, aber alles war gut zubereitet und frisch. Es gab genug Wein, Met und Ale, um den Hafen zu füllen, doch es war vor allem der *usquebaugh*, hellgolden und rauchig mild, den der Gehörnte Dick noch in den höchsten Tönen pries, als er endgültig unter den Tisch sank und Manus immer noch beschwor, ihm das Geheimnis seiner Herstellung zu verraten. Sogar Barbary probierte ein oder zwei Gläschen.

Der Klang von Dudelsäcken über dem Wasser kündigte die Ankunft von Schiffen an, die die großen Herren von Connaught zum Fest für Grainne Weales Enkelin brachten. MacWilliams, Bourkes, O'Flaherties, Joyces, MacJordans, MacEdmunds, O'Connors, jeder volle Titel vom erblichen Poeten zu Harfenbegleitung laut verkündet, während ihre in goldene Umhänge gekleideten Inhaber an Land stiegen. Es war ein eindrucksvoller Beweis für Graces Macht, dachte Barbary, daß sie Männer zu sich berufen konnte, die so alte und bedeutende Sippen und Clans repräsentierten, obwohl in diesem Fall die Neugier wahrscheinlich ein mindestens ebenso starkes Motiv darstellte wie politische Zweckmäßigkeit. Sie wollten sehen, ob diese neue Frau wohl imstande war, in die Fußstapfen der alten zu treten, oder ob sie alle nach Grace O'Malleys Tod das Königreich, das sie sich geschaffen hatte, wieder unter sich aufteilen könnten. Und wie zum Teufel hatte sie's geschaffen? Hier gab es keine Nachfolgegesetze, die einer Frau erlaubt hätten, an die Spitze eines Clans oder Königreichs zu treten wie in England. Elizabeths Weg zum Thron war zwar nicht leicht gewesen, aber es hatte Präzedenzfälle gegeben; für Grace nicht. Elizabeth hatte die Unterstützung einflußreicher Gruppen; niemand unterstützte Grace, die sich ganz allein gegen ihre störrischen, mißtrauischen Landsleute durchsetzen mußte und vor allem gegen das größte aller irischen Hindernisse: Brauch und Sitte. Sie hatte sich ihr Reich durch Kämpfe, Plündern und Piraterie aufgebaut. Aber Elizabeth ebenfalls.

Barbary beobachtete ihre Großmutter, wie sie diese großen Clanführer begrüßte und von ihnen begrüßt wurde, und suchte nach der Ähnlichkeit, die Philip Sidney zwischen diesen beiden außerordentlichen Frauen gesehen hatte. Sie waren etwa gleich alt, allerdings sah Grace, größer und massiger, mit ihrem ungefärbten, rotgrauen Haar und ihrer ungepflegten, wettergegerbten Haut älter aus. Grace sah gut aus, auf eine Art, die zu ihren sechzig Jahren paßte, während Elizabeth bei passender Beleuchtung wie vierzig aussehen konnte, in grellem Licht wie eine alte Vettel.

Elizabeth hatte Charme; Grace, soweit Barbary sehen konnte, nicht, aber dafür mußte die kinderlose Elizabeth immer wieder ihre Weiblichkeit betonen, während Grace genügend Kinder hatte, die das für sie bewiesen.

Aber trotzdem, Philip hatte recht. Da war etwas ... Sie waren beide *Gauner*. Das war's. Dick hatte es sofort gesehen. Im Orden wären sie beide an die Spitze gestiegen; hätten sie sich für den Handel entschieden, wären sie sicher erfolgreiche Kaufleute geworden. Wäre Elizabeth eine O'Malley, so stünde sie dort, wo jetzt Grace stand, und Grace als Kind der Anne Boleyn wäre ebenso Königin von England, weil sie beide an ihr Anrecht auf die Macht glaubten und mit wortgewandten Künsten andere davon überzeugen konnten. Sie waren Manipulatoren, Gimpelfänger. Sie spielten das Spiel der Spiele, das Spiel, das Männer erfunden hatten und bei dem sie jetzt von Frauen geschlagen wurden.

Die Clanführer am Tisch ihrer Großmutter hielten den gleichen nervösen Blick auf Grace geheftet wie die englischen Höflinge auf Elizabeth, und aus dem gleichen Grund: man wußte nie, was sie als nächstes tun würde. Ihnen ging's um Verträge, Bündnisse, den Einsatz von Graces Schiffen und Männern: die O'Connors wollten gegen die O'Donnells ziehen – würde sie mitmachen? Die Untere-MacWilliam-Führung war unerwartet frei geworden – welchen der Anwärter auf den Titel würde sie unterstützen? Und Grace, zur großen Freude der gimpelfängerischen Seele ihrer Enkelin, feilschte und handelte ausschließlich zum Vorteil einer einzigen Person: ihrer selbst.

Es wurde nicht viel zwischen den beiden gesprochen. Außer darauf zu achten, daß die Clanführer Barbary die gebotene Ehrerbietung erwiesen, schenkte Grace ihr kaum Aufmerksamkeit, jedoch beugte sie sich von Zeit zu Zeit zu ihr hinüber und bellte Informationen hinaus, die, wie sie fand, das Mädchen wissen sollte.

»Hast' gehört, daß die Engländer Owen O'Flaherty gehängt haben?«

»Oh?«

Von seinem Platz hinter Barbarys Stuhl flüsterte ihr Manus zu: »*Ihr* Ältester. Dein Vater.«

»Oh.« Sie konnte sich nicht an ihn erinnern. Irgendwo im Schatten ihres Erinnerns war ein Mann, der von seiner Tapferkeit auf dem Schlachtfeld sang. Vielleicht war er das. Jetzt würde sie es nie mehr erfahren. Die Engländer hatten sie gründlich zum Waisenkind gemacht.

Grace trug es offenbar mit Fassung. Aber in der keltischen Gesellschaft war Verlust allgegenwärtig. Sehr wenige der Clanführer an dieser Tafel hatten ihre Position erreicht, ohne jemand mit größerem Anrecht darauf umzubringen. Graces Gatte, Donal-von-den-Schlachten O'Flaherty, hatte Walter-den-Hochgewachsenen Bourke ermordet, einen Kandidaten für die MacWilliam-Führung, aus Gefälligkeit für seine Schwester, die Walters Stiefmutter war und den Titel für ihren eigenen Sohn haben wollte. Niemanden schien das besonders aufzuregen.

Barbary flüsterte Manus zu: »Was geschah mit meinem Großvater?«

»Donal von den Schlachten? Ach, die Joyces brachten ihn um.«

»Oh.« Ungeachtet ihrer geringen Wertschätzung des Lebens, das sie anderen in der Überzeugung nahmen, diese damit in eine bessere Welt zu befördern, waren sie so unschuldig wie die Morgenröte. In ihren Augen waren die Engländer nichts anderes als ein weiterer Clan, allerdings mit besonders unerfreulichen Gewohnheiten. Seit der in ihren Augen rein formalen Unterwerfung unter Elizabeth durfte sich die Königin von England zwar als ihr Ard Rí betrachten, aber in ihrer langen Geschichte waren Hochkönige gekommen und gegangen, ohne viel Eindruck zu machen. Und auch Elizabeth hatte nicht viel Eindruck gemacht. Ihre Truppen konnten sich noch immer nicht sicher in Connaught bewegen. Ihr Vater hatte die Auflösung aller Klöster befohlen, aber die Klöster florierten wie eh und je. Der Mönch, den Grace an den Füßen aufgehängt hatte, existierte nicht, was die Engländer betraf; im Grundbuch stand als Eigentümer seiner Klosterländereien ein gewisser James Garvey, Esq., ein würdiger Kolonist, vermerkt. Doch James Garvey, Esq., hatte sich bisher noch nie auf seinen Besitz gewagt, und in den Klostermauern befolgten die Mönche noch immer ihre Zisterzienserriten und erkannten niemand als den Papst als ihren Herrn an. Die O'Malleys hielten ihre Hand über sie, verfolgten sie auch manchmal, wie seit tausend Jahren, seit die ersten Heiligen ihre bienenwabenartigen Zellen am Knockmore-Abhang errichtet hatten.

Und trotz ihrer ständigen Kriege oder vielleicht sogar deshalb lebten diese Clanführer und ihr Volk im Einklang. Nie jagten sie eine andere Art so lange, bis sie ausstarb, und wenn sie Holz fällten, pflanzten sie sofort neue Bäume. Das englische Wort für »Grundbesitzer« konnte man nicht ins Irische übersetzen, denn den Iren war diese Sichtweise fremd. Das Land gehörte allen, auch den ärmsten Mitgliedern des Clans; es war etwas, das jeder einmal vorübergehend besaß. Jemanden umzubringen war Privatsache, aber außerdem auch eine Sünde, für die man Buße tun mußte; so etwas wie eine legale Exekution gab es nicht. Ein Mörder mußte die Familie seines Opfers entschädigen, unter einem Gesetz, das auch den Frauen beachtliche Rechte einräumte. Die irische Gesellschaft war auf ihre Art harmonisch.

Und sie waren stolz darauf. Statt Barbary nach England auszufragen, seinen Plänen, seinen Truppen und Strategien, übersahen sie höflich, daß sie je dort gewesen war, als hätten Wilde sie entführt und es wäre ungehörig, sie an ihre Schande zu erinnern.

Draußen auf See ging die Sonne unter und tauchte einen Augenblick lang alles, ob belebt oder unbelebt, in tiefes Safrangelb. Die Schafe und Pferde auf dem Hang, das Wasser des Hafens und die kleinen Häuser darüber, die Bärte und der Schmuck der Männer, die Harfen der Dichter, Graces Haar und Gesicht, die prachtvollen Pokale auf dem Tisch, alles war in überirdisches Gold getaucht. Barbary wünschte sich, daß die Luft sich verdichte, damit alle diese Menschen wie in Bernstein erhalten blieben. Sie hatten nur mehr sowenig Zeit, bis sie und ihre seltsame Kultur auf ewig untergehen mußten. Die Vorstellung, und der Whiskey, trieben ihr die Tränen in die Augen. Sie hatte ihr Zuhause gefunden, aber es war zum Tod verurteilt.

»Hast du von meiner Heirat und Scheidung von Richard-an-Jarainn gehört?«

Trüb blickte sie ihre Großmutter an. »Tibbots Vater?«

Grace nickte. »Der Eisenprügel, so nannte man ihn.«

Barbary versuchte sich zu konzentrieren. »Und, hatte er einen?« fragte sie.

Grace O'Malley starrte sie an, und dann berührte sie ihre Enkelin zum ersten Mal: sie schlug ihr klatschend auf den Rücken und lachte, bis ihr die Tränen über die Wangen rannen.

Von da an wurde ihre Beziehung ungezwungener. In der Dunkelheit standen sie nebeneinander am Kai und sahen den Clanführern zu, wie sie im Schein der Fackeln unsicher zu ihren Schiffen ruderten, ihre Rufe und die Musik ihrer Harfner hallten über das Wasser.

»Tibbot-ne-Long ist nicht gekommen«, sagte Grace, während sie zu einem Schlaftrunk in ihr Turmzimmer hinaufgingen. Es war eine Feststellung, keine Bitte um Mitgefühl. Ihr mitzuteilen, daß ihr Sohn versucht hatte, ihre Enkelin umzubringen, das brachte Barbary nicht übers Herz. Grace war schon über die Entführung äußerst aufgebracht gewesen und hatte zur Strafe eine Gruppe ihrer Männer nach Rockfleet gesandt, um dort ein paar von Tibbots Rindern und Pferden für ihre eigenen Herden zu »beschlagnahmen«. Barbary machte sich's in einer Seilrolle gemütlich und stellte wahrheitsgemäß fest: »Er ist ein merkwürdiger Vogel.«

»Von den Engländern erzogen«, antwortete Grace als Erklärung. »Sein Vater wollte es. Ich war dagegen. Nichts Gutes kam je von den Sachsen.« Nachdenklich betrachtete sie Barbary. »Und haben sie ihn nicht schließlich noch als Geisel benutzt? So daß ich mich selber stellen und ins Gefängnis gehen mußte?«

Also deshalb war Grace in der Festung von Dublin gelandet. Um ihren Sohn zu retten. Tibbot hatte es nicht der Mühe wert gefunden, das zu erwähnen.

»Aber trotzdem bekommt er die Untere-MacWilliam-Führung«, sagte Grace, »sonst gibt's Zunder.«

Die Festgäste hatten die Nachricht mitgebracht, daß MacOliverus, der Untere MacWilliam, der Barbary in Tibbots Hände fallen ließ, bei einem Jagdunfall zu Tode gekommen war. Einer der größten Clans von Connaught war damit führerlos. Wenn Tibbot die Position wollte und seine Mutter ihn dabei unterstützte, dann tat Barbary jeder leid, der ihnen im Weg stand.

Sie gähnte. Sie war erschöpft, wollte aber diese neue Vertrautheit mit ihrer Großmutter nicht abbrechen. Seit sie die Prüfung bestanden hatte, hatte Grace sie zwar akzeptiert, aber nicht wirklich angenommen. Erst heute abend war sie aufgetaut; vielleicht, weil ihre Enkelin das alte Mädchen mit ihrem schmutzigen Witz zum Lachen gebracht hatte.

»Und bis ich sehe, was mit dem MacWilliam los ist«, redete Grace weiter, »hol' ich dem O'Neill nicht seine Kanonen.«

Aha. Darum ging's. Es war nicht nur Graces Ehrgeiz für ihren Sohn, sondern auch Mißtrauen gegen den O'Neill und Barbary und einen Krieg, der nicht der ihre war. »Nichts Gutes kam je von den Sachsen.« Zeit, ihre Großmutter aufzuklären.

Aber zuerst: »Ich hab' dir Geschenke mitgebracht«, sagte sie und fischte aus ihrem Reisesack eine Schachtel mit Tabak und die Pfeife aus Walfischbein von Raleigh.

Grace nahm die Pfeife und betrachtete sie. »Und wohin stecke ich das?«

Barbary grinste. »Dazu gibt's in England einen Witz.«

»Dazu gibt's auch hier einen Witz«, antwortete Grace.

Barbary füllte die Pfeife, zündete sie an, zog daran, hustete – obwohl sie es versucht hatte, konnte sie sich nicht daran gewöhnen – und reichte sie ihrer Großmutter. Grace sagte nicht danke, sondern »Ich verbrenne meinen Mist auf dem Müllhaufen«, aber sie hustete auch nicht. Sie lehnte sich in ihrem Stuhl zurück, die Finger wie in lebenslanger Gewohnheit um die Pfeife gelegt und sog daran so natürlich wie ein Baby seine Muttermilch. Es war eine echte Begegnung: Paris hatte Helena erblickt, Hannibal einen Elefanten. Es war Liebe auf den ersten Zug.

»Jetzt hör zu«, sagte Barbary, »wenn die Engländer Connaught und Ulster erobern, dann gibt's keine MacWilliams-Führung mehr.« Mit großen Pinselstrichen malte sie die politische Szene, benutzte Ausdrücke wie »sich zusammenschließen«, »gemeinsamer Feind«, »Patriotismus« und sah, wie sie mit dem Rauch aus Graces Pfeife aus dem Fenster wirbelten. Sie verstieg sich zu lyrischen Äußerungen über ein vereinigtes Irland unter Führung des O'Neill, über keltische Kinder, zur Freiheit geboren. »Und deshalb will O'Neill Kanonen«, schloß sie.

»Wieviel?«

»Sehr viele. Das habe ich dir doch gesagt.«

Grace spuckte aus. »Ich meine, wieviel zahlt er?«

»Zahlen? Man zahlt doch nicht fürs eigene Überleben.« Und sie fing wieder von vorne an.

Grace rauchte und lauschte und sagte am Ende: »Und *das* haben sie dir in deinem Orden beigebracht?«

»Das habe ich seither gelernt.«

Ihre Großmutter nickte. »Es ist Pferdescheiße. Wenn der O'Neill Kanonen transportiert haben will, dann bezahlt er dafür. Die Engländer haben mir für ähnliche geleistete Dienste zweihundert Pfund bezahlt. Soviel will ich von ihm auch.«

Barbary blinzelte. »Du hast für die Engländer gearbeitet?«

»So ist es.«

»Ich dachte, du sagst immer, nichts Gutes käme von den Sachsen. Haben sie dich nicht ins Gefängnis gesteckt? Deinen eigenen Sohn gehängt?«

»Kein Grund, nicht ihr Geld zu nehmen.«

»Aus dem Gefängnis hat dich O'Neill geholt.«

»Kein Grund, nicht auch seines zu nehmen.«

Barbary sank in ihre Seilrolle zurück. »Ich werde nicht klug aus dir.«

»Ach? Na, du wirst's noch lernen.« Grace sah ihre Enkelin von der Seite an. »Sag dem O'Neill, zweihundert Pfund, und ich überleg's mir. Aber nicht vor der Ernte.«

Barbary fuhr hoch. Eine Stimme, die Stimme von Don Wiegehtsdempapa, drang schläfrig hinter den Vorhängen des großen Bettes hervor. »Kommst du nicht ins Bett, mein Äpfelchen?«

Erschüttert in ihrem Glauben, daß Sex mit dreißig zu Ende war, und noch mehr von der Vorstellung, daß ihre Großmutter irgend jemandes Äpfelchen war, sagte Barbary ihr gute Nacht. Grace nickte und sog weiter an ihrer Pfeife.

»Na«, fragte Barbary den Mond auf dem Weg von der Burg hinunter zu dem kleinen Haus über dem Hafen, das Grace ihr geschenkt hatte, »warum soll das alte Prunkstück nicht auch in ihrem Alter noch im Gesangbuch blättern, wenn's ihr Spaß macht?« Wenn die Königin von England noch immer Liebhaber finden konnte, warum dann nicht auch Grace von den Schiffen? Macht, dieses Aphrodisiakum, das schöne Frauen zu herrschenden Männern jedes Alters zog, war ebenso wirkungsvoll, wenn man die Geschlechter tauschte.

Und woher hatte Grace diese Macht? Weil sie die Kunst des Überlebens beherrschte und auf Patriotismus, Gefühl, Grundsätze pfiff. Ihre einzige Schwäche, die sie auch ins Gefängnis gebracht hatte, war die Liebe zu ihrem Sohn.

Barbary wandte sich noch einmal an den Mond. »Blöde Liebe«, sagte sie. »Wozu soll das gut sein?«

Der vor etwa einer Stunde noch safrangelbe Hafen lag jetzt im Mondlicht leer da, von weichem Zinnglanz übergossen. Die See tätschelte einladend den Rand des Sandes. Barbary zog Schuhe und Strümpfe aus und planschte im Wasser, um in die herrliche Nacht einzutauchen. Winzige Wellen spülten ihre Sehnsüchte hin und her: immer hiergewesen zu sein, immer hierzubleiben, das Hier immer zu besitzen. Sehnsucht nach einem anderen Bett mit einem Mann darin, in einem anderen Turm, in einem anderen Teil Irlands, in einer anderen Zeit.

»Es wird lang dauern«, sagte sie zum Gehörnten Dick. »Auch wenn der O'Neill *Sie* für den Kanonentransport bezahlt, wird *Sie* nicht jetzt, wo es um die MacWilliam-Führung geht, Connaught verlassen. Aber ich werde sie schon noch rumkriegen. Bis dahin, Dick, mein alter Hering, werden wir wohl das Piratenhandwerk lernen müssen.«

Dick antwortete nervös: »So arg kann's doch nicht sein, was, Barb? Auch nur wie der Orden mit Seetang.«

Aber da täuschte er sich.

17

Die holländische Brigantine war auf beiden Seiten nur mit je vier kleinen Kanonen bestückt, denn Laderaum war offenbar wichtiger als Artillerie. Was dem Schiff an Schußwaffen fehlte, ersetzte es durch Schnelligkeit, Wendigkeit und schiere Frechheit. Im Ärmelkanal hatte es sich aufgrund der englischen Patrouillen wahrscheinlich nicht frei entfalten können, deshalb wandte es sich nach Westen. Vor einer Woche vor Galway angekommen, hatte es gleich zwei Handelsschiffe nach Bristol attackiert, ihnen ihre Fracht abgenommen und sie dann auf Grund gejagt. Der Rache der in Galway stationierten englischen Marine entgangen, segelte es jetzt nach Norden, um in anderen Gewässern zu fischen. In Grace O'Malleys Gewässern.

Barbary wurde an Bord der *Grace of God* gerufen. »Du wirst sehen, das wird ein großartiges Erlebnis für dich«, sagte ihre Großmutter. »Aus den Holländern mach' ich Hundekotze.«

»Großartig« war nicht das Wort, das Barbary gewählt hätte. Theoretisch stimmte sie zwar der Ansicht zu, daß Grace O'Malleys Ansehen davon abhing, daß sie vor ihrer eigenen Küste keine fremden Piraten duldete, hegte aber den Verdacht, daß ihr selbst die Praxis nicht zusagen würde. Vorläufig hatte sie jedoch weniger Angst vor einer Seeschlacht als davor, ihre Großmutter vor den Kopf zu stoßen. Das Deck hob sich leicht unter ihren Füßen, als die *Grace of God* unter vollen Segeln hinaus in den strahlenden Sonnenschein eines windigen Tages fegte. Die Lebensfreude des Schiffes und seiner Mannschaft ließ Barbary heute gänzlich kalt.

Sie hätte gewünscht, der Gehörnte Dick wäre bei ihr, aber vor zwei Tagen hatte seine Piratenkarriere geendet, bevor sie noch richtig begonnen hatte. Sie hatten auf der Galeere eine Stunde von Clare ein naives kleines schottisches Handelsschiff verfolgt, dessen Kapitän es nicht für nötig gehalten hatte, Grace O'Malley eine »Lotsengebühr« zu entrichten. Dick erklärte Cull, warum er, Dick, sich nicht so wohl fühlte. »›Herr im Himmel, Cull‹, sagte ich, ›war ich gestern gefuchst.‹« »Fuchsbesoffen« war ein Ordensausdruck, und Dick übersetzte ihn wörtlich. Grace, die im Heck der Galeere stand, gefror zur Salzsäule. Cull fluchte. Die Schlagriemen hörten auf zu rudern, eine Schockwelle pflanzte sich durch die Ruderbänke fort, so daß die Ruder nach allen Richtungen wegstanden und die Galeere zu schlingern begann.

Grace O'Malley wandte sich langsam zu Dick. »Was hat er gesagt?«

Der Gehörnte Dick brachte sich hinter Barbary in Sicherheit. »Ich hab' doch nur gesagt, daß ich gestern besoffen war, Barb.«

Cull schüttelte den Kopf. »Der Mann hat das Wort gesagt.«

»Was für ein Wort? Was hat er getan?«

Grace krächzte: »Galeere retour.« Die Steuerbordruder dippten und wendeten die Galeere in die Richtung, aus der sie gekommen war; die Besatzung sah drein, als hätten sie samt und sonders dem Gehörnten Dick gern den Hals umgedreht. »Und wenn ich ehrlich bin«, erklärte Cull Barbary später, »wäre er nicht ein Freund von dir, dann hätten wir ihn über Bord gekippt. Es bringt des Teufels Glück, den kleinen roten Gentleman an Bord eines Connaught-Schiffs zu erwähnen.«

»Fuchs, meinst du?« Sie wußte, daß Seeleute abergläubisch waren, aber das ging denn doch zu weit. Cull hielt sich die Ohren zu.

Grace sah den Schotten ungehindert an ihrer Küste vorbeifahren, und das mit dem Gesichtsausdruck einer Frau, die zusieht, wie man ihre Kinder frißt. Niemand erklärte – vielleicht, weil es niemand wußte –, warum das Wort »Fuchs« für die Marine von Connaught den Untergang bedeutete, aber Dick war von da an von der Flotte verbannt.

Glück für ihn, dachte Barbary. Ich wünschte, ich wär's auch.

Der Ausguck oben im Krähennest hatte wegen eines winzigen Punkts am Horizont gerade »Feind in Sicht!« gerufen, und Grace ließ die Kanonen ausfahren. In den drei Stunden, die die Verfolgung des Holländers dauerte, dachte Barbary darüber nach, wie unterschiedlich Mut sich doch äußern konnte; sie konnte auch mutig sein, war doch bei verschiedenen Anlässen mutig gewesen, aber eine Seeschlacht gehörte nicht zu diesen Gelegenheiten, besonders, da sie selber keine Funktion dabei hatte. Grace am Achterdeck zeigte etwa soviel Furcht wie eine Frau, die einen kleinen Buben wegen seiner Frechheit an den Ohren ziehen will; und die Besatzung freute sich aufs Preisgeld offensichtlich viel mehr, als sie Angst vor Tod oder Verwundung hatte.

Barbary ging hinunter aufs Kanonendeck, vielleicht konnte sie dort etwas Sinnvolles tun. Eine nähere Inspektion hob ihre Zuversicht keineswegs; was Will zu diesem artilleristischen Mischmasch gesagt hätte, wagte sie sich gar nicht vorzustellen. Da gab es eine riesige, möglicherweise spanische Halb-Kanone, zwei Sakers von verschiedenem Kaliber, eine Feldschlange und ein paar Falkaunen. Die Munition war zum Teil modern, aber es gab auch ein paar Steinkugeln darunter. Das Pulverfaß wurde nicht mit Respekt behandelt, es stand zu nah an den Geschützen, und weil seine drei Bestandteile Schwefel, Salpeter und Holzkohle sich während der Reise in Schichten abgesetzt hatten, rührte Fergal, Graces Chef-Artillerist, jetzt in dem Faß herum wie ein Bäcker in seinem Backtrog.

»Das hättest du in Patronen füllen sollen«, bemerkte Barbary mißbilligend, sich an Wills Methoden erinnernd. »Wenn du das Zeug zu fest reinpfropfst, dann kannst du dir einen Bart wachsen lassen, bis es losgeht.«

Fergals Nerven waren ohnehin schon gespannt, und außerdem hielt er nichts von Frauen. »O'Flaherty, wenn du nicht gleich von hier verschwindest, kriegst *du* eine von mir gepfropft.«

Darauf wandte sie sich ab und stellte mit mäßiger Begeisterung fest, daß sie ihre Beute fast schon eingeholt hatten. Grace hatte auch noch den letzten Fetzen Segel setzen lassen. Was

Barbary unten gesehen hatte, sagte ihr, daß Grace bis auf sechzig Meter an den Holländer herankommen mußte, wenn sie ihre Schüsse auch nur mit der geringsten Aussicht auf einen Treffer abfeuern wollte. Vielleicht würde sich der Holländer ergeben. Vielleicht würde sich Grace ergeben. Einer der beiden Idioten sollte sich ergeben. Und zwar sofort.

Sie konnte die schwarze Flagge der See-Teufel vom Heck des Holländers flattern sehen, der vor dem Wind dahinfegte, und auch das schmutzige Braun seiner Segel. Sie waren zu nahe, zu *nahe*, die Bugwellen der beiden Schiffe stießen zusammen, daß der Gischt hochzischte.

Die Brigantine hatte nur eine Chance zum Feuern, als die *Grace of God* an ihr vorbeischoß, um ihr den Wind zu nehmen. Sie nutzte sie. Barbary sah Flammen aus der Mündung der Geschütze des Holländers züngeln, sah Rauch aufsteigen, sah die schwarzen runden Schatten, die auf sie zukamen, immer größer werden, hörte sie durch die Luft zischen und fand gerade noch Zeit, sich im Segelkasten zu verkriechen, bevor die Kugeln in die Takelage der *Grace* krachten und der Fockmast gegen die Großrah stürzte. Splitter prasselten wie Wurfpfeile auf Deck.

Männer brüllten Befehle, schrien vor Aufregung, Angst, Schmerz, und über dem Geschützdonner von beiden Schiffen, über splitterndem Holz und flatterndem Segeltuch ertönte ein ohrenbetäubendes zischendes Pfeifen.

Barbary steckte den Kopf noch tiefer in steifes Segeltuch, das nach Salz und Lanolin roch. Sie konnte es noch immer hören, die schlingernden Stöße des Schiffes spüren. Auch in diesem Versteck fühlte sie sich wie nackt, so, als würde sie vom Rahnock baumeln, quer über der Brust die Aufschrift »Bitte erschießen«.

Jemand zog an ihren Beinen. Sie brüllte los, schlug aus und vergrub sich noch tiefer. »So ist es aber wirklich nicht immer«, rief ihr jemand durch das Getöse zu. Sie trat nach dem Narren, egal, wer es war. Allmächtiger Gott, das war wohl der ideale Zeitpunkt für diese Information. Als würde sie sich jemals wieder diesem Schrecken aussetzen, diesem Lärm, diesen monströsen schwarzen Bienen, die durch die Luft auf sie zuflogen. Sie konnte viel ertragen, aber das nicht. Piraterie? Die konnten sie behalten. Wenn du mich lebend da herausholst, Gott, dann glaube ich an dich. Hol mich raus, hol mich raus …

In ihrer Verzweiflung drehte sie sich in ihrem Segelkasten herum, streckte den Kopf heraus und schrie laut: »FUCHS!« Aber niemand hörte sie.

Das Schiff hüpfte in die Luft, der darauffolgende Stoß war von solch lärmender Wucht, daß es den Deckel von ihrem Kasten riß. Barbary wühlte sich noch tiefer in das Segeltuch hinein.

Dann war es vorbei! Stille, noch ein paar Rufe. »Anker auswerfen!«

Anker auswerfen? Sie steckte den Kopf hinaus, in ein jetzt etwas abgeschwächtes Chaos. Segelknäuel, Menschenknäuel. Einer von der Mannschaft zog sich Holzsplitter aus dem Arm. Sie kroch hinaus, umklammerte aber noch zum Schutz ein Segel. Der Mann grinste sie an. »Na, die werden nicht noch einmal bei uns im Trüben fischen kommen, diese Holländer.« Sie nickte ihm nachsichtig zu, dem Irren, und blickte um sich.

Der Holländer war noch übler dran als die *Grace.* Die Explosion, die sie gehört hatte, war eines seiner Pulverfässer gewesen, das in die Luft ging. Ein Teil seiner Seite und das gesamte Heck waren weggerissen. Schwarz versengte Männer lagen reglos auf seinem Deck, andere wurden gerade über Bord geworfen. Eine Kette bildete sich, um den Inhalt des Laderaums auf die *Grace* zu transferieren.

Vorsichtig den Kopf drehend, als hätte sie immer noch Angst, ihn zu verlieren, hielt sie nach ihrer Großmutter Ausschau und sah sie neben einem Körper auf Deck knien. Dem Mann ragte ein Splitter aus der Brust, so groß wie ein Zaunpfahl. Er lebte noch, und Grace redete ihm zu mit einer Stimme, die ihre Enkelin bis jetzt noch nie gehört hatte: »… Und dort wartest du, Myles, und wenn meine Zeit kommt, dann bin ich bei dir, und wir segeln mitsammen auf der himmlischen See … Ach, sicher gibt's dort Boote. Ist nicht der Heilige Petrus ein Fischer? Und hat nicht Christus selber mitgemischt?«

Myles' Mund, aus dem Blut tropfte, formte ein Wort. Barbary meinte, »Deirdre« zu verstehen.

»Na, das weißt du doch«, sagte Grace. »Das tu' ich. Wie um mein eigenes Fleisch und Blut. Jetzt ruh in Gott.« Myles ruhte. Grace nahm einen Moment lang sein Gesicht in ihre triefenden Hände und zeichnete ihm mit dem Daumen und mit seinem eigenen Blut ein Kreuz auf die Stirn. Dann stand sie auf, setzte einen Fuß auf seine Brust und riß den Splitter heraus.

Eoin, der Bootsmann der *Grace*, schrie von der Reling des gekaperten Schiffes herüber: »Jetzt haben wir alles. Der Kapitän ist hin, aber ein paar leben noch. Sollen wir den Kahn reinschleppen, Granuaile?«

Barbary sah ihre Großmutter den Kopf schütteln. »Sturmbö im Anzug. Wer noch lebt, kann rüberkommen, die Toten sollen zur Hölle fahren.« Eoin übersetzte den übriggebliebenen Holländern pantomimisch, was Grace gesagt hatte, und bedeutete ihnen, sie könnten sich mit ihrem Wrack empfehlen, müßten aber mit einer Sturmbö rechnen. Verblüfft blickten die Holländer auf eine See, die jetzt auch nicht bewegter aussah als den ganzen heutigen Tag, und bedeuteten ihm mit Gesten, sie würden es vorziehen, sich allein nach Haus zu schleppen, verbindlichsten Dank. Kaum wagten sie ihrem Glück zu trauen.

»Das wird euch leid tun«, hörte Barbary Eoin achselzuckend sagen. »*Sie* kennt sich aus mit dem Wetter.«

Langsam kehrte wieder Ordnung ein, beschädigte Takelage wurde weggehackt, ein Stagsegel und was noch von den anderen übrig war gesetzt. Grace kam aufs Achterdeck und warf ihrer Enkelin einen langen kalten Blick zu. »Wo warst du?«

»Da drin.«

Grace spuckte aus.

Auf der Fahrt zurück begann die See, auf bekannte Art gegen die *Grace* zu schlagen, immer heftiger, bis sie schließlich vor dem Sturm dahinsausten, den Grace vorausgesagt hatte. Barbary verkroch sich unterm Schanzkleid in der Nähe des Ruders und brüllte Eoin zu: »Woher hat sie das gewußt?«

Eoin zuckte die Schultern. »Sie weiß es. Ein Abkommen mit den Heiligen vielleicht, mögen sie in Frieden ruhen. Hätten wir jetzt den Gallier im Schlepptau, dann würden wir in diesem Moment mit ihm zur Hölle fahren.«

Barbary zog sich hoch und blickte zurück in Regen und Wind. Keine Spur des Holländers, nur graue, wüste See, wo er gewesen war. Nun, wenn man als Pirat in fremde Gewässer eindrang, mußte man wissen, worauf man sich einließ. Und er hatte auch zuerst gefeuert. Trotzdem, das Treffen war ein wüstes Durcheinander gewesen, ein echter Sauhaufen. Sie fühlte sich davon geradezu beleidigt.

Eoin warf ihr einen kurzen Blick zu. »Du brauchst dich jetzt nicht mehr zu schämen.«

»Tu ich nicht«, versetzte Barbary. »Der Holländer hat ja nicht mit Schwämmen geworfen.«

Eoin wollte ihr weiter Trost zusprechen und mußte dabei den Sturm überbrüllen. »*Sie* ist so tapfer, daß sie's gar nicht merkt. Sie war auf hoher See, als Tibbot zur Welt kam. Ein türkischer Korsar, der Teufel möge ihn holen, griff ihr Schiff an, es sah ziemlich düster aus, deshalb holten sie Granuaile vom Kindbett herauf auf Deck. Fluchend kam sie rauf, die Gute. ›Siebenmal schlechter soll es euch allen dafür gehen, daß ihr keinen einzigen Tag ohne mich auskommt.‹ Das sagte sie und feuerte eine Donnerbüchse auf die Sarazenen, und da schrien ihre Männer hurra, und sie gewann den Kampf.«

»Toll«, erklärte Barbary matt.

»Aber wirklich, oft passiert das nicht«, fuhr Eoin fort. »Meistens ergeben sie sich ohne Kampf. Du brauchst dich nicht zu schämen.«

»Tu ich nicht«, wiederholte Barbary. Und sie tat es wirklich nicht. Gut, für irische Piraterie brauchte man Courage, aber dort, woher sie kam, stand Mut auf der Liste der schätzenswerten Eigenschaften ziemlich weit unten, lange nach List und Verschlagenheit. Wenn man tapfer sein mußte, dann hatte man irgend etwas falsch gemacht.

Die *Grace of God* blieb für ein paar Reparaturen in Blacksod; die erbeutete Fracht wurde auf zwei Fischkutter verladen, die Grace und ihre Enkelin getrennt nach Clare zurückbrachten. Grace ging Barbary aus dem Weg.

Barbary fühlte sich dadurch von ihren letzten Hemmungen befreit. Bisher hatte sie in allen Lebenslagen etwas vortäuschen müssen, was sie nicht war; jetzt endlich war sie daheim, auf ihrem eigenen Territorium, war sie selbst, »und jetzt spiele ich keinem mehr etwas vor«. Nachdem sie eine Zeitlang nachgedacht hatte, stieg sie bis zum obersten Raum des Kastells und ging uneingeladen hinein. Grace saß an einem Tisch, rauchte, trank Whiskey und erteilte Manus gerade Anweisungen für das Begräbnis ihres toten Matrosen. Don Wiegehtsdempapa verbeugte sich und lächelte ihr aus seiner Ecke zu, so unbeeindruckt wie eine Katze von der Art, wie alle ihn ignorierten.

In Graces Gesicht zuckte kein Muskel. »Noch nie gab's bis jetzt einen O'Malley, der ein Feigling war«, sagte sie. Manus wand sich.

»Na gut, dann gibt's eben jetzt einen«, sagte Barbary. »Ich will mit dir reden.«

»Sich in einem Kasten verstecken.« Grace kostete es weidlich aus.

»Ja, ich gebe zu, Kanonenkugeln sind nicht meine Spezialität. Und ich bin nicht hierhergekommen, um euch allen meine Courage vorzuführen, sondern um dich kennenzulernen. Und weil es mir gegen den Strich geht, wie die Engländer Babys massakrieren, deshalb möchte ich dem O'Neill seine Kanonen beschaffen.« Sie zog sich einen Stuhl zum Tisch und setzte sich ihrer Großmutter gegenüber. »Und wenn wir schon dabei sind, könnten wir dir ja auch gleich ein paar besorgen. Woher hast du denn das Kinderspielzeug, mit dem die *Grace* gestern geballert hat? Vom Dorfschmied?«

Dieser respektlose Ton *Ihr* gegenüber brachte Manus fast um den Verstand, und Don Wiegehtsdempapa sagte: »Zu *Ihrrr* spricht man doch höflicher.« Aber Graces Blick zeigte vorsichtiges Interesse.

»Und wieso sind die nicht in Ordnung? Haben wir denn nicht das Schiff genommen?«

Barbary antwortete: »Ja, weil du segeln kannst und weil du mit deinem Treffer Glück hattest. Aber eines Tages wird ein englisches Kriegsschiff stolz in deine Gewässer eingefahren kommen, und mit den Kanonen, die du hast, kannst du deine Burschen nebeneinander zum Spucken aufstellen, das gibt mehr Feuerkraft.« In ihrem Ärger fuchtelte Barbary ihrer Großmutter mit dem Zeigefinger vor der Nase herum. Dann senkte sie ihn auf den Staub der Tischplatte – von diesem Material war genug vorhanden – und fing zu zeichnen an, zeigte Grace Wills neueste Entwürfe von Feldschlangen und Sakers, seinen verbesserten Zündmechanismus und seine Seelafette, die genügend Raum für den Rückstoß ließ und trotzdem den Ladevorgang erleichterte.

Don Wiegehtsdempapa war pikiert. »No, no. Keine feine Kanone. Du brauchst feine Kanone.« Mit langem elegantem Finger zeichnete er ein langes, elegantes und unbestimmbares Geschützstück auf gezogener Feldlafette. »*Media culebrina*«, erklärte er liebevoll. »Fein.«

»Sehr fein«, stimmte Barbary zu. »Damit habt ihr die Armada verloren.«

Grace betrachtete Barbarys Staubzeichnungen. »Können wir solche Kanonen machen?«

Barbary seufzte erleichtert auf und reihte sich wieder in die Verehrerschar ihrer Großmutter ein. »Nein«, sagte sie. »Aber ich kenne einen Mann, der's kann.«

In den frühen Morgenstunden war der Staub am Tisch von Zeichnungen überzogen. Manus hatte sich längst verabschiedet, nachdem er sicher war, daß man die beiden Frauen unbesorgt allein lassen konnte, und Don Wiegehtsdempapa hatte seine Kanone noch mit Schnörkeln verziert und war dann eingeschlafen.

Grace lehnte sich zurück. »Und wie geht's weiter?«

Barbary überlegte. Sie konnte zwar großspurig versprechen, Kanonen zu liefern, aber ohne Will Clampett ging gar nichts, und ob Will bereit wäre, ihr für die Feinde seines Vaterlandes Artillerie zu liefern, das wußte sie nicht. Nach seinen Erlebnissen im irischen Krieg haßte er die englische Krone, aber das mußte noch nicht bedeuten, daß er sich auf die Seite Irlands schlug. Wenn sie persönlich zu ihm ging, dann konnte sie ihn wahrscheinlich überzeugen, da war sie ziemlich sicher, aber es gab zwei oder drei Gründe, die dagegen sprachen. Erstens einmal wäre es ihr sehr viel lieber, wenn er die schwerwiegende Entscheidung des Seitenwechsels nicht aus Zuneigung zu ihr träfe, sondern aus dem gleichen Grund wie sie: um gegen eine unerträgliche Ungleichheit anzukämpfen. Zweitens war sie gar nicht scharf darauf, ihre endlich gefundene Heimat schon wieder zu verlassen, und noch viel weniger scharf auf die Rückkehr nach England. Graces Piraterie war vielleicht nicht jedermanns Vorstellung vom ehrlichen Leben, aber verglichen mit dem, was in Elizabeths Namen überall geschah, war es geradezu heiligmäßig. England war Unterdrückung, war Burghley und Spenser und Rob. Schon jetzt war ihr diese zerklüftete, mit Inseln bestreute Küste teurer, als England je gewesen war. Und solange sie in Irland war, war sie immerhin im selben Land wie O'Hagan …

Eines wußte sie: Will würde seinen Herrn nicht bestehlen. Möglich, daß er zu Sir Henry Sidneys Feinden überliefe, aber solange er in Sir Henrys Diensten stand, würde er nicht dessen Kanonen stehlen. Wenn er wirklich die Seiten wechselte, würde er vielleicht lieber nach Irland kommen und hier Kanonen gießen. Aber das würde länger dauern …

»Gibt's hier irgendwo Eisenhütten, Großmutter?«

Grace nickte durch den Pfeifenrauch. »Der Eisenprügel wurde der Eisenprügel genannt, weil es Eisenhütten gibt auf seinem Land.«

»Jetzt dein Land?«

»Jetzt mein Land.«

Barbary faßte einen Entschluß. »Ich schicke den Gehörnten Dick. Er kann mit einem deiner Frachtschiffe nach Bristol fahren.« Grace O'Malley und Bristol pflegten für beide Seiten profitable Handelsbeziehungen, ohne sich um Embargos zu scheren. Dick würde auf seine distanzierte Weise Will die Lage klarmachen, dann konnte Will sich entscheiden, ohne daß sein Urteil von seinen Gefühlen für sie getrübt war. War Dick sicher? Was ist sicher?

»Dieser skrofulöse Unglücksrabe setzt mir keinen Fuß auf eines meiner Schiffe«, knurrte ihre Großmutter.

Barbary antwortete müde: »Zu Land ist es zu gefährlich. Entweder er geht zu Schiff, oder ich geh ein für allemal zurück.« Sie hatte gewußt, daß diese Entscheidung früher oder später kommen würde. Ja, sie hing bereits an diesem gräßlichen alten Weib, aber wenn der Preis ihrer Beziehung darin bestand, daß sie jedes Recht auf eigenes Denken aufgab, dann war sie nicht bereit, ihn zu zahlen. Sie war gespannt, wieviel ihrer Großmutter an ihr lag.

Don Wiegehtsdempapa schnarchte melodisch. Die Schatten der Stangen des Kanarienkäfigs zeichneten Streifen auf die Wände. Grace O'Malley nahm die Pfeife aus dem Mund. »Da hast du einen argen Dickschädel von den Galliern mitgebracht.«

Barbary war eine großmütige Siegerin. »Von den Galliern hab' ich ihn nicht.«

Der Gehörnte Dick überraschte sie damit, daß er nicht fortwollte. Mit seiner Gabe, sich überall zu Haus zu fühlen, war er bereits ganz in der Piratenbruderschaft aufgegangen, obwohl – oder weil – er sie nicht auf See begleiten durfte. Er hatte sich in einem der kleinen Häuser auf dem Kai von Clare häuslich eingerichtet, und die Piratenfrauen mit ihrer typisch irischen Gastfreundschaft kümmerten sich um ihn wie um einen der Ihren. Jedesmal, wenn sie ihn besuchte, mußte Barbary an ihr Leben in den Lambeth Marshes mit Will Clampett denken. Ebenso wie Will hatte auch Dick seine Hütte in einen Tempel der Wissenschaft verwandelt, sein Bett fand kaum noch Platz zwischen den Retorten, Röhren, Metallgeräten, die sich in wüsten Haufen auf dem Boden türmten. Will hatte der vollkommenen Kanone nachgejagt; Dick forschte nach dem feinsten *usquebaugh,* und das mit der Begeisterung eines Alchimisten auf der Suche nach Gold.

»Wär schad', das jetzt stehenzulassen, Barb«, protestierte er.

»Will könnte dir helfen, einen noch besseren Destillierapparat zu bauen.«

Er schüttelte den Kopf. »Hat keinen Sinn, Barb. Du brauchst irisches Malz und Torf und Moorwasser für den richtigen Geschmack.« Sein Gesicht hellte sich auf. »Aber ich könnte nach England schmuggeln.«

»Müßtest du gar nicht. Es gibt in England keine Whiskey-Steuer. Die wissen nicht, was das ist. Du könntest Hoflieferant werden. ›Der Gehörnte Dick. Königlicher Whiskey-Importeur‹.«

Die Vorstellung, ganz legal zu handeln, war neu und beunruhigend. Dick überlegte, dann schüttelte er den Kopf. »Die legen eine Steuer drauf«, sagte er. »So sicher, wie der Teufel das Weihwasser fürchtet, werden die das besteuern.«

»Du mußt ja nicht dort bleiben. Ich brauch' dich doch hier.« Sie wurde gereizt, denn sowenig, wie er gehen wollte, wollte sie ihn verlieren. »Du brauchst nur Will ins Bild zu setzen und zu schauen, ob er mitspielt.« Sie legte ihm die Hand auf den Arm. »Wär doch schön, Will wiederzusehen und zu hören, ob alles benewohl mit ihm ist.«

»Na gut, Barb.« Er wollte sie aber nicht gern allein bei Grace O'Malley lassen, die seiner Meinung nach die englische Bedrohung nicht ernst genug nahm. »An Köpfchen fehlt's ihr nicht, Barb, aber sie hat einen grünen Fleck im Auge. Die reden hier über die Gallier wie andere Leute über Elfen. So, als würden sie nicht daran glauben. Aber die kommen her und kaufen sich die Alte, Barb. Die lassen sie nicht in Ruhe, dazu zwickt sie sie zu sehr in den Arsch. Und wenn sie kommen, möchte ich nicht, daß du hier bist, Barb.«

Barbary wußte, daß er recht hatte, und das war für sie noch ein Grund mehr, ihn aus dem Weg zu haben. »Mach dir keine Sorgen. Wenn sie mich fangen, schicke ich Nachricht an Sir John Perrot. Und an den O'Neill. Beide zusammen werden Bingham schon bremsen, wenn er uns den Hals strecken lassen will.«

»Wenn sie rechtzeitig kommen«, bemerkte Dick düster. »Anschauen und Aufhängen ist bei diesem Herzblatt eins.«

»Paß auf dich auf, Dick. Grüß mir Will.«

»Du paß auch auf, Barb. Und misch dich um Gottes willen in keine Seeraufereien ein.«

Es gab auch keine. Eoin hatte recht, die Rauferei mit dem Holländer war wirklich etwas Ungewöhnliches gewesen. Der

Kampf gehörte nun einmal zum Piratenhandwerk, und wenn nötig, scheute Grace O'Malley nicht davor zurück, aber an sich hielt sie's für eine Verschwendung von Zeit, Menschen und Munition, und die meisten Schiffe, die sie plünderte, unterwarfen sich schon der bloßen Androhung von Gewalt. Und hier kam Barbary zum Zug. So enttäuscht Grace nämlich auch darüber war, daß sie in Barbary keine heldenhafte Kämpferin gewonnen hatte, so mußte sie doch bald einsehen, wie gut sie mit Barbarys Hilfe ganze Schiffsmannschaften zur kampflosen Übergabe bewegen konnte. Aufgrund ihres Ordenstrainings war Barbary nämlich imstande, den »Beller« zu erkennen, jenen Menschen, der in der Gruppe potentieller Opfer am ehesten zum Widerstand aufrief, den Anführer, den Mann mit Initiative. Manchmal war das der Kapitän, manchmal ein anderer, aber wenn man ihn einmal hatte, dann konnte man ihn durch Schrecken, durch düstere Andeutungen oder einfach durch schnelles Reden von seinem Impuls zur Tapferkeit abbringen. Auch Barbarys Englischkenntnisse waren von Vorteil, denn die meisten Schiffe, die sie enterten, standen im Besitz von Engländern. Irische Schiffe kannten Grace und lieferten daher ihre »Lotsengebühr« ohne einen Muckser ab.

Großmutter und Enkelin wurden bald ein hervorragend eingespieltes Piratenduo: Grace eine Naturbegabung als »Schrecker«, der vor nichts zurückscheuen würde, während Barbary den »Lächler« spielte. Es gab keine Toten mehr.

Anfang Oktober lief in Bristol die *Rose Tremayne* in Richtung Galway aus mit einer Fracht, die Königin Elizabeths Statthalter in Galway für seinen Dienst in dieser gehaßten Provinz trösten sollte. Sir Richard Bingham erwartete das Schiff mit Sehnsucht. Das Dumme war nur, daß der Kapitän Galway nicht fand, beziehungsweise inzwischen eher glaubte, daß den verfluchten Ort der Teufel geholt haben mußte. Ein Sturm – oder vielmehr die göttliche Strafe für die Schlechtigkeit der Menschen, ausschließlich auf dieses eine Schiff herniedergekommen – hatte es vom Kurs abgetrieben und vor einer unbekannten Küste wieder freigegeben, wo der noch immer zitternde Kapitän dem Himmel dankte, daß sie noch am Leben waren, und sich fragte, warum er eigentlich nicht dem Rat seiner Mutter gefolgt und Gerber geworden war.

Gemeinsam mit seinem Ersten Maat studierte er die Seekarte, eine Schafshaut, darauf außer einer Skala der Breitengrade auch noch das bißchen eingezeichnet war, was man von der irischen Westküste kannte.

»Na, Galway ist das hier nicht«, sagte der Maat mit einer auffälligen Begabung für das Offensichtliche. »Auf der Karte sehe ich keinen komischen Berg wie den hier eingezeichnet.«

Der komische Berg, ein nackter Kegel, war im strömenden Regen nach dem Sturm gerade noch erkennbar. Was sie nicht sahen, war das von Ruderern getriebene Langboot, das hinter einer Insel hervor auf sie zuschoß, und daraus konnte man ihnen auch keinen Vorwurf machen. Das Langboot hatte keinen über den Horizont ragenden Mast, und seine neutrale Farbe ging im Regen, der auf die Wasseroberfläche prasselte, völlig unter. Wie ein giftiges Scheit schoß das Boot auf sie zu.

Bis sie es endlich bemerkten, war es für die erschöpfte Mannschaft der *Rose* zu spät, ihre Handfeuerwaffen zu laden; sie hatten zwar zwei Kanonen, denen aber zum Beschießen von tiefliegenden Fahrzeugen die Manövrierbarkeit fehlte. Das Langboot dagegen konnte jederzeit die *Rose* in die Wasserlinie schießen.

Der Erste Maat und ein paar Männer zogen ihre Messer, um die Enterhaken zu kappen, die bereits über die Heckreling geflogen kamen. Aber das war kein glücklicher Schachzug. Feuer aus vier Arkebusen – so altmodisch, lächerlich und wirkungsvoll wie die Geschütze des Langboots – trieb sie zurück, in seinem Schutze schwangen sich nur mäßig vertrauenerweckende Personen mit Äxten im Gürtel und Messern zwischen den Zähnen über Bord. Am unerfreulichsten war der Anblick einer großen, grauhaarigen Frau, offenbar die Anführerin. Der Kapitän hatte schon von Piratinnen gehört, wie übrigens auch von Nixen, Seeungeheuern und dem Erzengel Gabriel, aber dennoch nicht damit gerechnet, ihnen leibhaftig zu begegnen.

Die Frau stand jetzt vor der Achterhütte, schrie etwas in einer fremden Sprache und bedeutete ihren Gefangenen, sich auf das Deck darunter zu knien.

»Es ist gesünder, zu tun, was sie sagt«, sagte am Arm des Kapitäns eine Stimme auf englisch. Der Kapitän blickte hinunter und sah, daß ein dünner Junge mit Sommersprossen und einer Mütze mit Ohrenklappen ihn anredete. »Die letzten, die nicht folgten«, fuhr der Junge gesprächig fort, »die hat sie zu Fischködern zerschneiden lassen.«

Der Kapitän besah sich das Frauenzimmer noch einmal und entschied, daß der Junge sicherlich nicht übertrieb. Einmal ganz abgesehen von ihren Männern, die schreckenerregend genug aussahen, vermittelte sie den Eindruck von größerem Gewicht, als von ihrer großen Gestalt herrühren konnte, als wäre sie aus Granit, ein Monolith mit Armen und Beinen. »Seht Ihr die Klunker um ihren Hals?« fragte der Junge. Der Kapitän warf einen ängstlichen Blick auf Graces Korallenkette, die ihr ein Korsarenkapitän einmal geschenkt hatte. »Knochen«, behauptete der gräßliche Junge, »Knochen, von noch lebenden Männern, die sich nicht ergeben wollten.« Der Kapitän glaubte ihm. Daß diese Piratin eine ältere Frau war, machte alles noch viel schlimmer, es war, als würden Hebammen, Marktweiber, Großmütter, alle diese Frauen, die das tägliche Leben ausmachten, plötzlich ein Beil packen und mordend um sich schlagen. Sie war ein häuslicher Alptraum. Der Kapitän wies seine Mannschaft an, zu tun, was sie verlangte.

»Na also«, bemerkte der Junge und setzte sich im Schneidersitz auf die Schiffstrommel. »*Sie* möchte wissen, wer Ihr seid, was Euer Ziel ist, was Ihr geladen habt, und für wen.«

Die Order des Kapitäns verbot ihm nicht, zu antworten, um so weniger, als die kleine, aber glaubhaft wirkende Pistole in der Hand des Jungen genau auf seinen Magen zielte. Die Fracht anzuführen schien nicht mehr nötig, da ein paar Piraten bereits unten im Laderaum die Kisten öffneten, aber er fing trotzdem mit der Aufzählung an.

»Sir Richard Bingham, Königlicher Statthalter von Connaught«, nickte der Junge, und redete dann schnell auf irisch auf die große graue Frau ein, die kurz und knapp antwortete. »Hat wirklich Glück, dieser Sir Bingham. Stellt Euch vor, Ihr hättet Euch anderswo verirrt, was hätte da nicht alles passieren können! Schiffbruch, Piratenüberfall – nicht auszudenken!« Offenbar erwartete er, daß der Kapitän seine Dankbarkeit zum Ausdruck brachte, was dieser mit geringer Begeisterung denn auch tat. Der Junge nickte noch einmal. »Aber *Sie* gibt Euch statt dessen Lotsendienst. Normalerweise ist sie nicht billig, aber nachdem das für Sir Bingham ist – sagen wir, hundert Pfund, und da lege ich selber noch was dazu. Ihr habt doch hundert Pfund, oder?«

Aus der erregten Antwort des Kapitäns ging hervor, daß dem nicht so war. Der Junge schnalzte bedauernd mit der Zunge. »Dann wird *Sie* das eben in Naturalien nehmen müssen«, erklärte er betrübt.

Der Kapitän mußte mitansehen, wie Tuchballen, Silberzeug, Kisten mit Gewürzen, Möbeln, Gobelins – im Wert von weit mehr als hundert Pfund – ins Langboot hinunterwanderten. Dann hörte man Rufe von zwei Piraten, die eine kleine Kiste geöffnet hatten, und der Kapitän stöhnte: »Nicht den Tabak.«

»Ah, er raucht, Euer Sir Bingham?«

»Keine Ahnung«, sagte der Kapitän, »aber ich.«

Der Junge grinste und redete wieder irisch, es hörte sich wie Bitten an. Die Frau antwortete in Gesten mit dem Beil, die zu bedeuten schienen, man könne noch immer die ganze Mannschaft köpfen, aber schließlich gab sie dem Jungen nach und ließ einen Teil des Tabaks in eine Dose kippen. Noch erleichterter war der Kapitän, als sich die Piraten ans Fortgehen machten und vorher nur noch die Kanonenkugeln des Schiffs aus der Munitionskiste ins Wasser kippten. Vielleicht würden seine Knochen doch nicht den Hals dieser furchtbaren Alten zieren. »He«, sagte er, denn plötzlich fiel ihm ein, daß er ja Galway noch finden mußte, »was ist mit dem Lotsen?«

Der Junge redete wieder mit der Anführerin, die nahm darauf dem Kapitän die Seekarte aus der Hand, drehte sie um und kratzte mit ihrem Messer eine grobe Skizze darauf. Der Kapitän dankte ihr nicht. Er hatte für die Mühe ja bereits bezahlt.

Cull und die Mannschaft bewunderten Barbarys Geschicklichkeit. »Sie kann alle um den Finger wickeln«, erklärte Cull, »und auf englisch noch dazu.« Grace schnaubte nur und behauptete, die Engländer hätten ihrer Enkelin beigebracht, *plámás* zu sein, als wäre Überzeugungskraft eine besondere Hinterhältigkeit der Sachsen, unwürdig einer aufrechten O'Malley.

Keinesfalls wollte sie sich von Barbary zum Tragen von Männerkleidung überreden lassen. Barbary selbst trug wieder Jungenkleider, weil sie erstens Röcke auf Enterleitern unpraktisch fand und zweitens keinen Sinn drin sah, daß jeder sie erkannte. »Und warum sollten sie auch *mich* nicht erkennen?« fragte Grace.

»Was für einen Sinn hat es«, fragte Barbary müde, »was für einen verdammten Sinn hat es denn, daß die Schiffsmannschaften alle wissen und hingehen und es Bingham erzählen, daß Grace O'Malley sie wieder einmal ausgeplündert hat? Und noch etwas. Die *Rose* hätten wir niemals plündern dürfen. Ich hab's dir an Ort und Stelle gesagt. Diese Fracht gehörte Bingham. Warum sollen wir ihn noch wütender machen, als er ohnehin schon ist?«

Aber sie verschwendete nur ihren Atem. In Graces Augen war die Küste hier ihr rechtmäßiges Reich, wie England das Reich Elizabeths war, und die Lotsengebühr von fremden Schiffen stand ihr ihrer Meinung nach genauso zu wie Elizabeth ihre Steuern. »Er zahlt seine Abgaben wie die anderen auch«, erwiderte sie und zog an ihrer Pfeife, voll mit Sir Richard Binghams Tabak.

Es gab Zeiten, da sie Barbary mit ihrer Dickköpfigkeit fast in den Wahnsinn trieb, und andere, da das Seefahrergenie der Alten sie sprachlos machte. Ihr Instinkt für das Wetter hatte etwas Mystisches; und das von ihr erfundene Signalsystem gab ihr immer genug Zeit zum Überlegen, welches Schiff ihrer Flotte gegen einen Eindringling zu den gegebenen Umständen das richtige war. Sie irrte sich nie. Manchmal setzte sie zwei Vierzehn-Tonnen-Fischkutter ein, seltener die *Grace of God*, ihre größte Galeone, die sie so segeln konnte, daß sie dem gegnerischen Schiff den Wind aus den Segeln fraß und in ihren eigenen behielt. Manchmal nahm sie auch die schnellen, leicht manövrierbaren Galeeren.

Daß die Engländer sie bisher noch nicht angegriffen hatten, kam daher, daß sie es nicht wagten. Ihre Marine hatte mehr als genug damit zu tun, die Küsten Englands gegen eine mögliche weitere Invasion zu schützen. Bingham hatte eine kleine Flotte in Galway, aber Graces Flotte war der seinen trotz ihrer vorsintflutlichen Bestückung wenigstens zahlenmäßig weit überlegen. Nur indem sie ihren Sohn als Geisel benutzten, hatten sie Grace bisher je in die Hände bekommen.

Als sie anfing, Männer zu kommandieren, war ihre Kaltblütigkeit sicher von großem Wert gewesen, dachte Barbary. Und inzwischen war sie ihr zur Natur geworden. An Land ging sie mit Worten um, als kosteten sie ihr Geld. Auf See feuerte sie ihre Mannschaft an, indem sie sie auf eine Weise beschimpfte, die Barbary ganz neue Ausdrucksmöglichkeiten der Fluchkunst zeigte. Besonders bei ihren Ruderern nahm sie kein Blatt vor den Mund.

»Macht schon, ihr von einem Ziegenbock gezeugten Hunde«, brüllte sie sie etwa an. »Beugt den Rücken, ihr scheißeschleckenden Krebsfänger, ihr doppelfotzigen, eselschwänzigen Fisch-Zutzler.« Und sie ruderten mit selig geschlossenen Augen, als klängen ihnen Engelstrompeten in den Ohren.

»Nein, nein, es tut gut, von ihr beschimpft zu werden«, erklärte Cull, von ihr zwar zum Flottensteuermann befördert, aber immer noch am liebsten in der Galeere, Graces allererstem Kommando. »Wir sind ihre Jungs, verstehst du. Wir sind die, die als erste zu ihr gestoßen sind. Nachdem Donal von den Schlachten umkam, wollten ihr die O'Flaherties nicht geben, was ihr zustand, Gottes Fluch soll auf sie fallen.« Die Witwe eines irischen Clanführers hatte Anspruch auf ein Drittel des persönlichen Besitzes ihres Ehegatten. Die O'Flaherties hatten ihr dieses traditionelle Recht verweigert. »Deshalb mußte sie sich auf das Lotsen verlegen.«

»Aber warum habt ihr euch ihr angeschlossen?« Graces Sprung von der ehrenwerten Witwe zum Piratenkapitän führte für Barbary noch immer über einen unfaßbaren Abgrund.

Cull blickte zum Himmel, auf seine Stiefel, strich sich übers Kinn und sagte dann: »Na, weißt du – sie nahm uns.«

Und das war die simple Erklärung. Niemand sonst hatte sie haben wollen. Die verschiedenen Clans, aus denen sie stammten, wollten alle nichts von ihnen wissen. Ein paar von ihnen hatten Verbrechen begangen, die selbst in dem toleranten irischen Gesellschaftssystem nicht vergeben werden konnten; andere waren einfach Außenseiter: Dorftrottel, Sündenböcke, Krüppel, Sonderlinge. Alle hatten irgendeinen Spitznamen, der auf den Grund ihrer ursprünglichen Isolation hinwies. Latsch war langsam und schwerfällig wie ein Ochse. Patsch ungeschickt. Schabe schwarz wie ein Käfer. Quatschkopf ein Schwätzer. Kitterdy stotterte. Rap, das heißt »Falschgeld«, deutete darauf hin, daß der Träger dieses Namens ein Betrüger war. Scalder, »Nesthocker«, hatte eine Hasenscharte. Der Backbord-Schlagmann, der Ringe an allen Fingern trug und beim Rudern seine langen blonden Locken schüttelte, wurde »Molly« gerufen. Cull selbst, der gute, verläßliche Cull, dessen Name »Schwächling eines Wurfs« bedeutete, hatte etwas so Furchtbares getan, daß Barbary nie herausfand, was es war.

Dieser Abschaum der Clans hatte Spitznamen und Schande mit ins Exil genommen, arbeitslos und ausgestoßen, bis Grace O'Malley sie in Bausch und Bogen aufnahm. So tief waren sie alle schon gesunken, daß sie sich sogar von einer Frau anheuern ließen. Aber diese Frau hatte sich als eine so außergewöhnliche erwiesen, daß sie sich unter ihrer Führung zur tüchtigsten Marine-Kampftruppe in ganz Irland entwickelten.

Jetzt galten sie, zumindest nach dem Maßstab der irischen Westküste, alle als reiche Männer. Stolz trugen sie ihre abwertenden Spitznamen, stolz brüllten sie sie bei ihren Überfällen hinaus: »Granuaile Aboo!«, schrien sie, »Sieg für Grace!«, und dann »Quatschkopf Aboo!«, »Schabe Aboo!«, »Molly Aboo!«. Ihre Namen waren zu Ehrentiteln geworden, die sie ihren Nachfolgern weitergaben. Der ursprüngliche Stotterer war umgekommen, seinen Platz an der Steuerbord-Ruderbank nahm jetzt sein Sohn ein, der nicht stotterte, aber trotzdem stolz den Namen Kitterdy Zwei trug.

Latsch nahm Barbary zum Krebsefangen mit, Schabe brachte ihr neue Kartentricks bei, und Molly schnitt ihr das Haar. Sie erhielt ihre Kindheit zurück, ließ irische Seeluft durch die Schärfe ihrer anderen Kindheit in den Straßen Londons dringen, und in der Mischung von beidem konnte sie sich von der Erinnerung an Schloß Spenser erholen.

Ihr Lebensbild wurde amphibisch, die See war in ihren Augen ebensowenig Hindernis zwischen zwei Orten wie eine Brücke. Zu ihrer Überraschung gingen sie fast jeden Sonntag in die Kirche, entweder zu Fuß zu der winzigen Zisterzienserabtei auf Clare, oder zu Schiff nach Murrisk am Rand der Bucht unter Croagh Patrick, in das Augustinerkloster, Graces Taufkirche, die nach Weihrauch und Seetang roch. In beiden Kirchen befand sich ein Stein mit dem Wappen der O'Malleys und ihrem Wahlspruch, »Terra Marique Potens« – Mächtig zu Land und zur See.

Als Barbary ihre Großmutter zum erstenmal zur Sonntagsmesse begleitete, nahm ihr der Anblick fast den Atem. Draußen wartete bereits eine bewundernde Piratenmenge, um Zeuge ihres eindrucksvollen Auftritts zu sein. Anstatt ihrer üblichen Tracht aus Wolle und Kattun hatte Grace die Truhen, die sie ausländischen Schiffen abgenommen hatte, nach weiblicherer Kleidung durchwühlt. Keines dieser Fundstücke paßte zum anderen. Wie eine Galeone unter vollen, bunten Segeln rauschte sie ihrer Enkelin entgegen. Ein gewaltiger scharlachroter Reifrock wurde von goldenen Quasten hochgehalten und ließ einen karierten Unterrock sehen. Das purpurrote Oberteil hatte ein perlenbesticktes Mieder, wattierte Bischofsärmel und eine Halskrause wie ein Wagenrad. Was Accessoires betraf, hatte sie nichts zu Hause liegenlassen. Von ihrem Kettengürtel hingen ein kleines Stundenbuch, eine Parfümkugel, eine Börse, ein Fächer und ein Kristallspiegel. Ein spanischer Kamm hielt ihr störrisches graugestreiftes Haar in einem sechs Zoll hohen Knoten zusammen, den sie mit einer flatternden schwarzen Spitzenmantilla aufgeputzt hatte. Bei starkem Wind hätte sie keine Chance gehabt.

Wieweit Grace an die Lehren der katholischen Kirche glaubte, hätte Barbary nicht sagen können – das waren Dinge, über die man hier nicht sprach. Die Frage war vielleicht eher, wieweit die katholische Lehre an Grace O'Malley glaubte.

Wenn die letzten Sandkörner durch die riesige Vier-Stunden-Sanduhr rieselten, die auf den größten Schiffen der Flotte die Zeit anzeigte, dann wechselte die Wache zum Gemurmel eines kurzen Gebets. Jede Wache hieß nach den ersten Worten ihres besonderen Gebets: die »Gott geb uns«-Wache, die »Herr höre uns«-Wache, die »Gott schütze uns«-Wache.

Wenn die Galeone nach einem Überfall in den späten Abendstunden in der Finsternis nach Clare zurückkehrte, dann schallte Culls Stimme mit ihrem besonderen Losungswort über das schwarze Wasser: »Vor der Welt war Gott«, und von den Lichtern im Hafen stieg die Antwort auf: »Nach Gott kam Christus, sein Sohn, geboren aus der Jungfrau Maria.«

Es war ein salziger, abergläubischer Katholizismus, ans Heidnische grenzend, mit einer ganz eigenen Schönheit. Wenn Nebel sich auf die See legte, konnte man das leise, unheimliche Rufen der Robben hören. »Ich weiß, was sich gehört«, sagte Kitterdy Zwei und nahm an einem herrlichen Oktobertag Barbary mit zum Besuch bei seiner Tante, die sich vor ein paar Jahren in eine Robbe verwandelt hatte. Sie ruderten zu einer Höhle, wo das vom grünen Wasser zurückgeworfene Licht über die matt schimmernden Leiber der Robben auf den Felsbändern zitterte. Kitterdy Zweis Flüstern hallte unter den Felsen. »Sie verstand sich nie sehr gut mit meinem Onkel, und eines Tages legte sie den *cohuleen-dru* an und tauchte vor dem Felsen Roonagh in die Wellen.«

»Welche ist sie?«

»Die mit der beschädigten Flosse. Daran erkennen wir sie, denn mein Onkel schüttete ihr kochendes Wasser über die Hand. *Go mbeannuighe Dia dhuit,* liebe Tante, und Gott schütze euch alle hier.«

Kitterdy Zweis Tante sah sie aus ihren feuchten Mandelaugen an, bevor sie ins Wasser plumpste und an ihrem *curragh* vorbei ins Meer schwamm.

Ende November wich das schöne Wetter schließlich dem

Winter. Stürme schlossen die See, und die Piratensaison war für dieses Jahr vorüber. Grace O'Malley bekam noch mehr Arbeit. Sie beherrschte zu Land ein nicht weniger großes Gebiet als zu Wasser und hatte auf ihren ausgedehnten Weiden stattliche Rinderherden. Da gab es Streitereien zu schlichten, Wilderer und Räuber zu bestrafen, Verwalter zu ermahnen oder zu belohnen, Reparaturen zu beschließen, Urteile und Entscheidungen zu fällen. Als Tanaist des Clanführers war Barbary fast immer dabei, lernte die Aufgaben des Herrschens kennen, seine Langeweile, und eine noch größere Bewunderung für den Scharfsinn ihrer Großmutter.

Aber unter allem spürte sie immer wieder ein Unbehagen wie die ersten warnenden Symptome einer Krankheit. »Was blökst du da?« brüllte Grace O'Malley ihren Burrishoole-Hirten an. »Vierhundert Rinder? Sechshundert standen dir im Fleisch, du miserable Schafszotte!«

Der Hirte sank in sich zusammen, verteidigte sich aber. »Die Gallier sind über uns gekommen und haben sie geholt, wir mußten sie ihnen überlassen, denn sie waren in der Überzahl und bewaffnet bis an die Zähne.«

»Was für Gallier, daß dich der Teufel hole?«

Der Hirte zuckte die Schultern. »Gallier aus Galway. Der Tod von Rory Conroy waren sie, und ich bin auch nur um den Trauerrand an meinen Fingernägeln davongekommen.«

Vom Hirten aus Shrule im Osten hörten sie die gleiche Geschichte, nur daß es diesmal achthundert Rinder waren, die die Gallier aus Galway, englische Soldaten also, gestohlen hatten.

Außerdem fehlte diesmal unter den Abgaben, die Grace zustanden, der Tribut von der Insel Arran. Eigentlich war die Insel O'Flaherty-Gebiet, hatte es aber in den letzten Jahren ratsam gefunden, auch für Grace O'Malleys Schutz zu zahlen. Dieses Jahr bekamen allerdings weder die O'Malleys noch die O'Flaherties etwas; die Insel war von einer Truppe Gallier unter Führung von Sir Thomas le Strange besetzt worden.

Voller Wut rechnete Grace die Einkünfte aus einem Reich zusammen, das an den Rändern angeknabbert wurde wie ein Käse von Ratten. Ihr Einkommen war gesunken; es war immer noch beachtlich, aber eindeutig geringer als früher. »Dafür werde ich diese Gallier Schwefel riechen lassen«, sagte sie. »Wenn das Frühjahr kommt, dann werden diese Hunde meine Rache spüren. Mit ihren Ärschen will ich meine Schweine füttern. Grace O'Malley ausplündern, na, das werd' ich ihnen zeigen.«

Barbary schüttelte sie. »Wirst du mir endlich zuhören? Das sind die Engländer, von denen du sprichst. Die Engländer. Nicht irgendein verdammter Clan. Das ist Krieg. England gegen Irland.« Aber Grace O'Malley verstand es nicht. Es gab kein Irland. Eigentlich auch kein Connaught. Die Menschen hier hatten zu lange als unabhängige Clans und Stämme gelebt, jeder mit seiner eigenen großen Vergangenheit, um sich als Teil eines Ganzen zu begreifen. Sich als Nation zu denken, dazu war es für sie noch zu früh und – wie Barbary befürchtete – auch schon zu spät.

Weihnachten wollte man in Westport bei einer gewaltigen Zusammenkunft von O'Malleys verbringen. Aber vorher wollte Grace O'Malley Barbary noch zu dem geheimen Schatz, der Kishta, führen, und das bedeutete einen Marsch landeinwärts zum Lough Mask.

Das Pony Spenser hatte die Piratensaison in der Obhut von Graces Pferdeknechten verbracht, war mit den Connemara-Herden der O'Malleys über die Weiden gewandert und war besser in Form als je zuvor in seinem Leben. Auf Spenser zu reiten, das rief Erinnerungen an Schloß Spenser wach, gute wie böse. In ihrer kurzen Lehrzeit als Jung-Piratin hatte sie sich bereits so sehr ans Meer gewöhnt, daß sie sich jetzt, da sie es nicht mehr sah, wie eingesperrt vorkam. Die wilden Partry-Berge schlossen sie von allen Seiten ein, blockierten jede Aussicht in die Ferne mit glatt aufragenden Felsen, auf denen spärliches Gras wuchs. Wasser gab es genug, es donnerte in Wasserfällen bergab, so daß es von weitem so aussah, als hingen weiße Bänder von den Berghängen herab, sie speisten die Flüsse, die durch die Täler donnerten, bildeten kleine Loughs wie Spiegel in allen Größen, einige davon getupft von winzigen, baumbestandenen Inseln. Es war ein derart unwegsames, einsames Gebiet, daß sie fast Graces Überzeugung teilte, kein Feind könnte sie hier entdecken. Fast.

Es herrschte eine metallische, schneelose Eiseskälte, die auch der strahlend klaren Sonne nicht weichen wollte, die letzten noch verbliebenen Samenkapseln an die Sumpfbaumwolle fror und die bäuerlichen Vorratsstapel an ausgestochenen Torfziegeln in spröde Mauern verwandelte. Von ihren Besitzern war nichts zu sehen; gelegentlich wies eine senkrecht gen Himmel steigende Rauchsäule mitten in der Landschaft – die Grasdächer waren so dick, daß die Häuser mehr wie natürliche Hügel aussahen – darauf hin, daß die Hütte darunter bewohnt war, aber außer Schafen sahen sie kein einziges lebendes Wesen. Zweimal hörten sie von den Berggipfeln ein melodiöses Heulen, und Cull behauptete, das seien Wölfe. »Die grüßen ihre Gegnerin. *Sie* liebt eine gute Wolfsjagd.«

Sieht ihr ähnlich, dachte Barbary, und schaute nach vorne, wo Grace auf einem Vieh dahinrumpelte, das wie ein Ackergaul aussah; der fest von einem Schal umwickelte Kopf ragte aus dem hochstehenden Rand ihres weiten Umhangs, so daß man sie von hinten für einen riesenhaften buckligen Geier halten konnte. Reißt ihnen wahrscheinlich die Köpfe ab. Eines der Rätsel um Grace O'Malley, die Barbary noch immer nicht gelöst hatte, war das Geheimnis ihrer körperlichen Ausdauer. »Wird sie denn niemals müde?« fragte sie Cull.

»Weißt du«, antwortete Cull, »ihre Knochen sind keine Knochen, das sind Schiffssparren.«

Aber sehnte sie sich nie nach ein bißchen Ruhe? Wenn es etwas gab, das im Leben des Piraten immer gleich blieb, dann war es von Gischt besprühter, von Regen gepeitschter, von harten Bänken geplagter, von Seilen aufgerissener äußerster Mangel an Komfort. Aber Grace stand das, ihres Alters ungeachtet, nicht nur durch – sie genoß es. Und jetzt, im Urlaub, trottete sie durch Sümpfe, über eisglatte Brücken und hatte am Ende noch Lust auf eine Wolfsjagd.

Sie reisten mit einer Eskorte, die aus fast der ganzen Schiffsmannschaft bestand, nicht zum Schutz, sondern wegen Graces Ansehen; kein Clanführer, der auf sich hielt, zeigte sich mit weniger als mindestens zwanzig Gefolgsleuten. Fern von ihren Ruderbänken wirkten die Ruderer mit ihren muskulösen Oberkörpern und den unterentwickelten Beinen wie Krebse, aber der Ausflug machte ihnen Freude. Schabe und Kitterdy Zwei trugen Falken auf dem Handgelenk, Wolfshunde folgten Molly und Cull.

Sie kamen heraus aus den Partry-Bergen und ans Westufer von Lough Mask, in einem Sonnenuntergang, der selbst diesen magischen See noch verzauberte, seine gefrorenen Inseln in Aprikosenfarbe tauchte, das durch die Oberfläche brechende Schilf samtrot färbte und das Wasser selbst mit einem Glanz überzog, in dem sich alles – Bäume, Schwäne, Hügel, auch die Menschen selbst – wie in flüssigem Gold spiegelte.

An einem kleinen hölzernen Pier warteten Männer und Frauen in *curraghs*, um sie an ihr Ziel zu bringen. Die Pferde wurden auf eine Koppel geführt, die Hunde zu einem Hundemeister in Erwartung der Jagd. Wer kein Vogel war, konnte Lough Mask nicht im Ganzen überblicken; was Barbary für den See hielt, war nur eine von Tausenden kleiner Buchten, durch Bäume, Felsen und Inseln voneinander getrennt. Als sie sich dem Ostufer näherten, sah sie den Stiefel eines Riesen, wenigstens von hier sah es so aus, ein halbhoher Stiefel aus Stein, der dort, wo der Schaft einen Auswärtsbogen beschrieb, im Wasser feststak, als wäre ein Koloß mit einem Fuß im Schlamm steckengeblieben, mit dem Fuß herausgeschlüpft und hätte den Stiefel steckenlassen. Aus der Nähe wurde daraus ein breiter, aufragender Turm auf einer Insel dicht vor der Küste. Cull deutete mit einem Kopfnicken darauf hin. »Die Hexenburg.«

»Wer ist die Hexe? *Sie?*«

Cull versetzte Barbary zur Strafe einen Rippenstoß. »Aber wirklich nicht. Die Burg gehörte kriegerischen Weibern. Vor langer, langer Zeit. In den Zeiten von Noah. Es war immer ein Weiberort, ein heimlicher Ort. *Ihr* gefällt das.«

Die Burg war wie Grace: alt und grau und stark. Sie stiegen über winzige, lebensgefährliche Steinstufen an Land, hinauf zu einer runden Plattform, von dort ging's noch halsbrecherischer über eine Strickleiter zur einzigen Tür, die auf halber Höhe in die Mauer eingelassen war. Hinter sich zogen sie die Leiter hoch. Barbary war über diese Vorsichtsmaßnahme halb erleichtert, halb beunruhigt. »Rechnen wir denn mit einem Überfall?«

Cull beruhigte sie. »Aber nein, überhaupt nicht. Aber *Sie* hat die Burg den Joyces weggenommen, und da weiß man nie, ob die Hunde nicht versuchen, sie ihr wieder abzunehmen.«

Für ein O'Malley-Heim besaß die Hexenburg erstaunlichen Komfort. Das Zentrum der Burg bildete ein großer freier Raum, mit einem Brunnenschacht am einen Ende. Rundherum führten Galerien, auf einer Seite durch Geländer geschützt, zu den einzelnen Räumen. Grace hatte sie mit ihren besten Beutestücken möbliert, daher gab's in jedem Stockwerk einige Überraschungen: Der Bogengang zu einem Abort verbarg sich hinter einem Perserteppich, dann waren da die grellbunte Statue einer Frau mit zu vielen Armen, ein Mosaik, das einen Pfau darstellte, spanische Stühle, Betten, Truhen.

Barbary sehnte sich nach einem Bett, es war eine lange Reise gewesen, aber zuerst mußte man an einem mächtigen runden Tisch, der über dem Brunnenrand aufgestellt wurde, zusammen mit der Mannschaft und Männern und Frauen aus dem Seengebiet eine Mahlzeit zu sich nehmen. Endlich wollte sie sich zu Bett schleichen, da packte Grace sie am Ärmel: »Komm mit.«

»Schläft denn hier überhaupt niemand?«

»Willst du den Schatz sehen oder nicht?«

Wollte sie. Vor langer, langer Zeit hatte sie ihn schon einmal gesehen. Das war eines der klarsten Bilder gewesen, als sie sich an ihre Kindheit wieder erinnern konnte, vielleicht, weil es eines der seltsamsten war: sie selbst im Kreis von Frauen, das war an sich nicht so ungewöhnlich – ungewöhnlich war nur der besondere Ernst des Augenblicks. Ihre Tante Margaret, Graces einzige Tochter, war auch dabeigewesen; merkwürdig, daß sie sie so klar vor sich sah, denn Margaret selbst besaß wenig Persönlichkeit, als hätte ihre Mutter allen verfügbaren Charakter für sich selbst verbraucht. Barbarys eigene Mutter war auch dabei, schön und unnahbar wie immer, und die Frau ihres Onkels und jede Frau von Bedeutung im Clan der O'Malleys, alle in ihrem besten Leinen und Gold. Sie erinnerte sich an die feierliche Stimmung, an den Schwur der Geheimhaltung, an Singen, Schweigen.

Unauslöschlichen Eindruck aber hatte ihr das Verbotene daran gemacht. Diese Frauen hatten sich über irgend etwas hinweggesetzt. Das war kein gewöhnliches, gestattetes weibliches Ritual wie die Maitänze oder das Erraten von Ehemännern in der Johannisnacht. Was es auch war, was sie da auch taten, es gehörte Mut dazu und Aufbegehren. Sie erinnerte sich an die Narben auf Graces Händen, als sie, ausnahmsweise einmal voller Andacht, den Schatz aus seinem geschnitzten Kästchen hob …

Dieses Kästchen stand jetzt vor ihr, in Graces Zimmer; im Schein der Kerzen und der Glut aus dem Kohlebecken wurden seine verschlungenen keltischen Muster lebendig, und dieselben rauhen Hände hoben mit gleicher Ehrerbietung den Deckel.

Barbary grinste. Königin Elizabeth hätte jetzt hiersein sollen, Lord Burghley auch. Und Walsingham. Und Raleigh. Und Rob. Und Tibbot. Alle Menschen, denen sich beim Wort »Schatz« die Eingeweide vor Gier zusammenzogen. Der Geruch von dem, was Grace da hielt, war dem Thron von England in die Nase gestiegen, so daß er in den Straßen Londons nach dem Jungen schnüffeln ging, der es ihm verschaffen konnte. Dieser kostbare Schatz hatte sich großer und kleiner Mittelsmänner bedient, um einen armen Straßenbengel aufzustöbern und, nachdem er ihn gefunden hatte, seinen Charakter, sein Weltbild und sein Geschlecht zu ändern und sie ihrem Volk zurückzugeben.

Und dabei war es nur ein Buch. Nicht einmal ein besonders prunkvolles, nur ausgefranste Fetzen Pergament zwischen zwei schmucklosen Lederdeckeln. Die Schrift war alt, nicht nur das Original-Manuskript in Latein, sondern auch die beiden Übersetzungen, eine ins Irische, die andere überraschenderweise in eine plumpe Mischsprache aus Englisch und normannischem Französisch. Die ersten beiden Versionen waren Barbary verständlich, vielleicht weil sie nicht aus der gestelzten Feder eines professionellen Schreibers stammten.

Ihre Großmutter holte eine Kerze und stellte sie nahe an Barbarys Stuhl, dann setzte sie sich selbst aufs Bett und wartete. Obwohl ein Kohlebecken im Raum stand, zitterten Barbarys Hände. Die Luft, die durch die Läden drang, roch nach vereisten Pflanzen, aber aus dem Buch stieg ein anderer Geruch auf, sehr alt, sehr fremd. Vielleicht war es der Geruch der Heiligkeit.

»Wisset alle, die ihr jetzt lebt und später leben werdet«, begann das Manuskript, »daß ich Finola bin, vom Clan der Partraige, einstmals Schwester Bonifacia von Fontevrault, einstmals Äbtissin von Kildare …« Und dann folgte ihre Lebensgeschichte.

Es war ein Buch von Frauen über Frauen. Für die Frauen ihres Clans wurde es zum Schatz, dem kostbarsten auf der Welt, denn es war einzig auf der Welt. Unter den Millionen Bänden, die zum Ruhm der Männer über die Taten von Männern geschrieben wurden, war es nur dieses eine, das auf diesen armseligen Seiten zum Ruhm der Frauen die Taten von Frauen festhielt, so, als erklänge in einem universalen Kloster singender Mönche eine einzige Frauenstimme in einer unerhörten weiblichen Hymne.

Finola, die frühere Äbtissin, hatte dieses Buch begonnen, um nicht aus der Geschichte ausgelöscht zu werden. Sie war im zwölften Jahrhundert Äbtissin von Kildare gewesen und damit eine der mächtigsten Frauen Irlands, auch eine der ganz wenigen, die lesen und schreiben konnten. Leider war sie Dermot MacMurrough in die Quere gekommen, dem König von Leinster, ebenso mächtig wie sie, aber sehr viel skrupelloser, der sie, um sie loszuwerden, von seinen Männern vergewaltigen ließ. Mit diesem Schachzug hatte er Erfolg. Die irische Kirche dieser Zeit legte auf Jungfräulichkeit womöglich noch mehr Wert als die römische. Da die Äbtissin die ihre nun, wenn auch schuldlos, verloren hatte und ob dieser Achtlosigkeit befleckt war, durfte sie nicht mehr erwähnt werden. Die Geschichtsschreibung lag in der Hand von Mönchen mit Tonsuren, die in Zellen über ganz Irland verstreut an ihren Schreibpulten saßen und die geschändete Äbtissin wie so viele andere Frauen zwischen den Zeilen durchfallen ließen in die Finsternis. Sie wurde nicht erwähnt, sie war unsichtbar. Sie hatte nie gelebt.

Aber sie hatte gelebt. Allein hatte sie sich hierher aufgemacht, zum Lough Mask, und mit Hilfe der kriegerischen Frauen, die damals in der Hexenburg hausten, sich an Dermot von Leinster gerächt. Dann hatte sie ihre Geschichte aufgeschrieben.

Und irgendwie hatte sich das Dokument erhalten. Und wegen der feministischen Tradition der Hexenburg hatten auch andere Frauen es gelesen und sich davon zum Aufschreiben ihrer eigenen Geschichte inspirieren lassen. Finolas Federkiel und Tinte waren mehr geworden als nur ein Mittel zur Erzeugung von Zeichen auf Pergament; sie waren zur Fackel geworden, einen winzigen Lichtschein auf Generationen von Frauen werfend, die sonst unbekannt und unbesungen gelebt hätten und gestorben wären.

Barbary blickte zu ihrer Großmutter auf. »Ist das der Grund, daß du in die Annalen von Clare kommen wolltest?«

»Woher soll sonst die Zukunft von mir erfahren?«

Genau. Grace konnte nicht schreiben. Wenn Männer ihre Existenz nicht festhielten, dann hatte sie nicht gelebt.

Immer wieder gab es eine Lücke in der Kette der Überlieferung, wenn weibliche Bildung, so wie jetzt, für eine Weile erloschen war; auf einigen Seiten stand nur ein Kreuz, so als hätte irgendeine Frau, die nicht schreiben konnte, trotzdem zeigen wollen, daß sie den Wert des Buchs verstand. In den dreihundert Jahren voller Clankriege hatte die Hexenburg ihren Besitzer oft gewechselt, aber wunderbarerweise war es immer wieder einer Frau gelungen, das Buch sicher einer Nachfolgerin zu übergeben. Aus Gerüchten über das von Finola so genannte »Wort der Frauen« war die Legende entstanden, daß die Frauen der westlichen Clans einen großen Schatz hüteten, der nur ihnen selbst bekannt war, aber dennoch war es von Diebstahl und Zerstörung verschont geblieben. Es hatte gelitten – ein paar Seiten waren am Rand versengt, als hätte man es im letzten Moment dem Feuer entrissen –, aber es hatte überlebt.

Nicht alle Geschichten waren so interessant wie Finolas Geschichte. Eine Eintragung in haarsträubender Kritzelei besagte nur: »Birgit O'Connor buk das beste Brot von allen.« Andere berichteten von heroischen weiblichen Taten; einige Frauen hatten in Schlachten gekämpft, andere ihre Clans geführt, eine hatte ein Kraut gegen Halsweh entdeckt, eine andere zwanzig Kinder geboren, wieder eine andere gar keines, einige hatten ihre eigenen Gebete aufgeschrieben.

Alle aber waren sie von Finola inspiriert, deren Geschichte eine große Häresie enthielt. »Gott ist nicht männlich«, hatte sie geschrieben, »Gott ist männlich und weiblich zugleich und mehr als beides.«

Erschrocken blickte Barbary auf und begegnete dem Blick ihrer Großmutter. »Heiliger Bimbam«, sagte sie. Grace O'Malley nickte.

»... so Jesus nicht in seiner Macht zu uns kam, sondern als schwaches kleines Menschenkind«, schrieb Finola, »nicht um die Größe dieser Welt zu erfahren, sondern ihre Schmerzen, hatte er teil am gemeinen Los der Frauen ... so er Huren und Ehebrecherinnen liebte und ihnen verzieh und sich an Hochzeiten erfreute wie in Kana, und weibliche Gesellschaft pflegte, ward er die weibliche Natur Gottes ebenso wie die männliche. Auch kann ich in seinen Lehren nicht jene Verurteilung der Frauen finden, wie sie die Bischöfe auf unsere Häupter häufen ... Denn es haben jene Heiligen, die Eva und ihre Töchter als das Böse betrachteten, Gott, der nicht nur ihr Vater, sondern auch ihre Mutter ist, Gewalt angetan.«

Barbary blickte wieder hoch. »Was geschah mit ihr?«

»Sie wurde umgebracht.«

»Wundert mich nicht.«

Das war wirklich starker Tobak. Ihr war es noch nie in den Sinn gekommen, Gottes Männlichkeit anzuzweifeln. Er war die höchste Autorität, und die war männlich. Aber warum eigentlich? Nur weil die Burghleys diese böse Welt regierten, hieß das nicht, daß sie auch im Himmel herrschten. Hatte die Kirche sich vielleicht all die Jahrhunderte hindurch geirrt? Waren Männer den Pfad der Geschichte entlanggeschritten, die Köpfe stur immer nur in eine Richtung gewandt, nur das bemerkend, was auf ihrer Seite des Weges geschah? Dann mußten sie ja glauben, daß nur ihre Sicht von Bedeutung war, alle anderen aber nicht.

Kein Wunder, daß sie Finola umbrachten, nach diesem Trompetenstoß, der die Gleichheit vor Gott verkündete. Und kein Wunder, daß die Frauen von Lough Mask das Buch versteckt hielten. In den Augen der Kirche war das nicht nur Häresie, das war Blasphemie und Sakrileg dazu.

Und dennoch hatte das Buch seine Wirkung getan. Das hier, diese Tintenzeichen auf einem schäbigen Stück Pergament, waren die geheimen Ingredienzien, die aus einer irischen Witwe eine Piratenführerin gemacht hatten; ein Freibrief, aus dem sie sich das Recht holte, die von Männern für sie aufgestellten Gesetze zu brechen, denn das waren nicht die Gesetze dieses neu entdeckten größeren Gottes. Vielleicht hatte Finola nicht gerade an Piraterie gedacht, als sie ihre Häresie für ihr Geschlecht aufschrieb, aber Grace hatte daraus ihr weibliches Anrecht auf Überleben herausgelesen, und mit einem weiblichen Gott, der hinter ihr stand und ihr Stärke gab, war sie hinausgegangen und hatte überlebt.

Aber Graces eigene Geschichte stand nicht in dem Buch.

»Wer hat's dir denn vorgelesen?« fragte sie Grace. Doch sicher kein Mann. Ein Mann, der das zu Gesicht bekam, würde in Zornesflammen aufgehen, und das Buch mit ihm.

»Wir haben versucht, eine Schreiberin am Lough Mask zu halten, die auch lesen kann und die Fähigkeit weitergibt. Meine Mutter brachte mich hierher, als ich alt genug war, so wie deine dich. Aber die letzte Schreiberin starb, bevor sie an mich erinnern konnte.«

Deshalb also war Grace so viel daran gelegen, daß der Chronist der Zisterzienser an sie erinnerte. Frauen sind die Hälfte der Welt, sagte Finola. Und so sollte es auch sein. Nicht eine Hinzufügung im letzten Moment, sündige, makelbehaftete, nützliche kleine Backöfen, in die die Männer die nächste Generation einschoben.

»Also jetzt wirst du an mich erinnern«, erklärte Grace.

»Glaubst du, was hier steht?«

Graces Blick war fest. »Warum nicht?«

Warum nicht? Weil es die Welt veränderte, darum; weil es den Planeten in seinem Lauf beeinflußte und in eine neue Umlaufbahn jagte ... Aber – warum nicht?

In diesem Moment fühlte sie sich mit Grace O'Malley so verbunden wie nie zuvor durch Blut allein. Mit ihr, und mit den Generationen von Frauen vor ihr, hatte sie eine viel größere, bedeutendere Gemeinsamkeit: eine Idee.

»Warum nicht«, sagte sie.

Grace nickte. »Geh schlafen.«

Barbary ging. Sogar im Schlaf spürte sie noch diesen Ruck, der ihre Perspektive völlig verschoben hatte. Sie hörte Trompeten die unbesungenen Heldentaten unbekannter Frauen verkünden. Sie bliesen und bliesen, bis sie schließlich davon erwachte.

Am Seeufer ertönten echte Trompeten. Vor ihrer Tür rannten brüllende Männer hin und her. »Sind es die Joyces?« Sie konnte ihre Großmutter fluchen und Befehle geben hören.

»Zünd' das Signalfeuer an. Dem Ruairi Joyce werd' ich das Leben verkürzen, das schwöre ich!«

Barbary sprang aus dem Bett zum Fenster. Im eisigen Morgennebel konnte sie am Ostufer des Sees Gestalten erkennen, viele, sie drängten sich um lange dunkle Schatten. Boote. Einige Boote kamen schon auf die Burg zugefahren. Jemand trat ins Zimmer, sie drehte sich um und sah Molly, den Schlagmann, über ihre Schulter spähen. »Ist das nicht typisch für die Joyces, so ein Angriff im Advent?« sagte er. »Um einen Silberling zerreißen die ihren Christus.«

Barbary merkte, daß sie nackt war, und rannte in die Nische um ihre Kleider. »Das sind nicht eure verdammten Joyces«, schrie sie. Sie hatte die Fahne mit der Tudorrose gesehen. »Das sind die Engländer.«

Erleichtert strich sich Molly über das lange blonde Haar. »Und ich dachte, es sind die Joyces.« Dann ging er zur Tür und rief: »Es sind nur die Engländer!«, wandte sich wieder an Barbary und fragte mit gerunzelter Stirn: »Und wieso sind die Engländer plötzlich hier?«

Aber für Diskussionen war keine Zeit. Auch nicht für das

Anziehen von Frauenkleidern. Schnell fuhr sie in Hosen und Hemd, ihre Arbeitskleidung als Pirat, drückte sich die Kappe auf den Kopf, packte den wollenen Umhang, den ihre Großmutter ihr gegeben hatte, und die Snaphaunce. »Gehen wir.« Aber ein zweiter Blick aus dem Fenster zeigte ihr, daß es dafür schon zu spät war. Unter dem dünnen, tiefliegenden Nebel war der See von Booten durchschossen, die sich wie langsame Pfeile alle auf die Hexenburg zu bewegten.

Vom inneren Balkon der Burg über dem Brunnenschacht konnte sie hören, wie die Männer einander zuriefen: »Es sind nur die Engländer«, und spürte, wie die anfängliche Aufregung jetzt in Verwirrung überging. Das hier war *ihr* Spielplatz. Sogar seine Gefahren waren noch vertraut. Und jetzt wurden sie darin von einem Feind aufgescheucht, der so neu, so unbegreiflich war, daß sie sich über Elefanten auf den Hügeln und Tiger im Schilf des Sees auch nicht mehr gewundert hätten.

Barbary war zu Tode erschrocken; sie hatte Angst, nicht nur um sich selbst, diese Männer, Grace, sondern vor allem um die Kishta. Die Kishta durfte nicht untergehen; es wäre unerträglich, wenn diese neue Farbe, die seit gestern abend den Regenbogen bunter machte, ausgelöscht würde. Finola mußte weiterleben; es wäre sehr angenehm, wenn sie alle weiterleben könnten.

Gewichtig kam jetzt ihre Großmutter durch den Gang geschritten. Bei ihrem Anblick wurden alle ruhiger, Barbary auch. Sie nickte allen gelassen zu. »Wir haben das Signalfeuer entzündet.« Vom Dach über ihrem Kopf konnte man das Feuer lodern hören. Die Botschaft seines Rauches würde vom Signalfeuer auf dem Hügel von Doon aufgenommen werden, weiter in die Killaries gesandt, dann von Signalfeuer zu Signalfeuer über die Bergspitzen nach Murrisk und weiter übers Meer nach Clare.

»Wie schnell können sie kommen?«

Grace überlegte, und Barbary fiel ein, daß alle Truppen der O'Malleys und ihrer Verbündeten über die Feiertage nach Haus gegangen waren. Sieht den verdammten Engländern ähnlich, zu Weihnachten anzugreifen. »Bald«, war ihre ganze Antwort.

»Die haben Artollerei«, rief ein Ausguckposten. Barbary stürzte ans Fenster und starrte hinaus. Zwei Menschenketten zogen eine Kanone am Ufer in Position.

»Du bist doch der Fachmann«, sagte ihre Großmutter hinter ihr.

Barbary rieb sich die Augen und schaute noch einmal. »Ein Saker, glaub' ich.« Davon gab's zwar größere, aber für den Zweck genügte auch dieser hier. »Fünfpfünder. Mit Geduld und Spucke schießt er uns ein Loch.«

»Wie bald?«

»Hängt von der Treffsicherheit ab. Auf jeden Fall, bevor Entsatz kommt.«

»Wir sind verraten worden«, sagte Grace tonlos.

»Ja.« Das Ding dort hatten sie nicht in zwölf Stunden über dieses Terrain gezogen, das hatte schon hier gelauert und auf sie gewartet. Wer? Ein rivalisierender Clan? Oder ein armseliger Gefangener, der damit sein eigenes Leben und das seiner Familie retten wollte?

»Gott verdamme diese Hunde«, knirschte Grace plötzlich »Glauben die, ich bin von Kopf bis Fuß aus Blei?«

Bestürzt blickte Barbary sich um. Fing ihr Fels zu wanken an? Aber Grace verließ bereits mit großen Schritten den Raum und brüllte Kommandos. »Dach abdecken. Alle Kohlebecken anzünden. Boote bereitmachen.«

Die Brüstung rund um das Dach des Turms war nur etwa taillenhoch und der Durchmesser des Dachs so groß, daß man in der Mitte den englischen Musketieren, die an erhöhten Uferpunkten wie Ameisen herumrannten, als ideale Zielscheibe diente. Graces Männer mußten auf dem Bauch kriechen, um das Blei herunterzuholen. Aber sie hatten zwei Vorteile auf ihrer Seite: Das Blei war von der Hitze des inzwischen ausgegangenen Signalfeuers schon erweicht worden, und die englischen Musketiere schossen ständig daneben. Ihr einziges Opfer war Patsch, aber auch er wurde von einer Kugel nur gestreift. Als er aus kurzer Ohnmacht erwachte, erklärte ihm Rap: »Keine wichtige Stelle getroffen. Nur dein Kopf.« Die ärgsten Verletzungen waren Abschürfungen an den Händen durch splitterndes Metall.

Um den Stiefelschaft der Hexenburg drängten sich schon die Belagerer. Immer wieder versuchten sie, mit Leitern und Enterhaken die Tür in der Burgmauer zu nehmen, waren aber bis jetzt von herunterprasselnden Steinen, die in verschiedenen Stockwerken des Turms für eben diese Gelegenheit aufgehoben wurden, davon abgehalten worden. Wenn man mit einer Flinte auf sie schießen wollte, mußte man sich aus einem Fenster lehnen und gab dann ein gutes Ziel ab. Schabe, der es versucht hatte, bekam dabei einen kleinen Stahlpfeil durch die Kehle. Er riß ihn heraus.

»Habt ihr keine Kanonen?« schrie Barbary Grace an.

»Nein.«

»Jesus.« Am meisten Angst machte ihr das Warten auf das Bombardement. Sie nahm eine Rolle Blei aus den blutenden Händen, die sich ihr durch eine Dachluke entgegenstreckten, und sauste damit in Graces Zimmer, wo über dem Kohlebecken ein freihängender Kessel aufgestellt wurde. Der Turm begann nach verbranntem Torf zu stinken, als überall Kohlebecken angezündet wurden, wo sich ein Fenster oder eine Schießscharte befand.

Sie rannte zurück, um unter der Dachluke weiteres Blei entgegenzunehmen. Den Lärm rundherum hörte sie gar nicht. Die Kanone hatten sie schon in Stellung gebracht. Jetzt begann die Prozedur des Feuerns. Das einzige Geräusch in ihrem Kopf war Wills Stimme, die die zehn Gebote zum Abfeuern einer Kanone aufzählte.

»Eins. Am Geschütz aufstellen. Zwei. Befehl geben zum Laden.«

Wieder hinunter mit noch mehr Blei, diesmal in den Kessel von Patsch. Er bat sie, in den Keller zu gehen und ihm noch mehr Steine zu bringen, »um den Hunden da unten die Schneid zu nehmen«. Er mußte es zweimal sagen.

Heraus aus dem Keller, diesmal mit einem Netz voller Steine im Schlepptau. Im ersten Stock am Treppenabsatz fallen lassen. Schwitzend zog es Kitterdy Zwei zu seiner Schießscharte.

»Drei. Das Geschütz ausrichten. Vier. Mündung freimachen. Fünf. Rohr auswischen.«

Noch mehr Hände, noch mehr Blut, noch mehr Bleirollen. Hinunter die erbarmungslosen Stufen, keilförmig, steil und glatt.

»Sechs. Kartusche laden. Sieben. Pfropf nachschieben.« Sie befolgten die Gebote draußen an dem idyllischen Ufer. Gott verdamme sie. Alle miteinander.

Latsch an seinem Kessel Blei zuschieben. Hinunter. Noch ein Netz voller Steine. Hinauf die beschissenen Stiegen, vorbeiquetschen an MacCaudle, dem einzigen Schotten in der ganzen Mannschaft, der herunterkommt und singt. Er singt??

»Acht. Munition laden.« Womit würden sie schießen? Stein? Eisen? »Neun. Ladung vorsichtig scharf machen.« Vorsichtig, vorsichtig.

Das Netz im zweiten Stockwerk fallen lassen. Molly zog es, immer noch tänzelnd, Gott segne ihn, zu seinem Fenster. Patsch blies in den Torf auf seinem Becken, um eine Flamme hervorzulocken. Cull auf der inneren Brüstung, der das Hochschleppen der *curraghs* aus dem Keller überwachte. Wenn es ihnen gelang, die Soldaten da unten zu vertreiben – wer's glaubt, wird selig –, dann würden sie die Boote hinauswerfen und fortrudern, fortrudern, zu Myles auf seiner goldenen See.

Bald. Jeden Moment. Hinauf zur Dachluke. Noch mehr Blei.

»Zehn. Ziel auffassen.«

Jetzt. »FEUER!«

Der Turm schwankte. Wolken von jahrhundertealtem Staub und Mörtel drangen aus den Mauern und blieben in den schrägen Lichtstrahlen hängen. Gleich beim ersten Mal hatten sie die richtige Schußweite erwischt. »Haben wir ein Loch?« schrie Barbary. Von allen Stockwerken kamen verneinende Rufe; die Mauern waren über sechs Fuß dick, aber viele Einschüsse wie diesen würden sie nicht aushalten. Wenigstens war die Tür in der Südseite des Turms so angebracht, daß Schüsse vom Ufer sie nicht erreichen konnten.

Sie hörte ihren Namen rufen und stürzte in Graces Zimmer, wo ihre Großmutter mit einem Schürhaken in die Flammen stieß. Schabe, noch immer heftig aus der Gurgel blutend, war auf dem Bett zusammengesunken. »Hol die Grissets«, befahl ihr Grace. »Und du, Schabe, auf mit dir: du bist noch nicht tot.« Froh, das zu wissen, zog Schabe sich am Bettpfosten hoch. Bevor er noch recht zu Bewußtsein kam, fuhr Grace zu ihm herum und bohrte ihm das glühendheiße Ende ihres Schürhakens in die Halswunde. »Jetzt wirst du gesund«, sagte sie. Barbary blickte Schabe an, der stöhnend, aber dankbar, aufs Bett zurückgefallen war. Wenn Grace, nachdem sie seine Wunde verätzt hatte, erklärte, er würde wieder gesund, dann wurde er wieder gesund. Grace warf ihrer Enkelin einen bösen Blick zu. »Na, was ist mit den Grissets?«

Was immer diese Grissets auch sein mochten, sie waren wahrscheinlich unten im Keller – Grace deutete in diese Richtung. Cull holte sie gerade aus einer Ecke, es waren flache Eisengefäße, Schmelztiegel – Talg für Kerzen, Harz für Fackeln, Blei für Höllenqual. Sie schepperten in seinen Armen, als der Turm unter einem weiteren Treffer erbebte. Cull sah ihre Panik. »Keine Angst. Es hat wunderbar geklappt, als wir es in Corrib auf die Joyces gossen. In der Hühnerburg war das.«

Allmächtiger Gott, die hatten das schon einmal getan. Sie stolperte wieder die Treppe hoch, verteilte Grissets in alle Räume, an denen sie vorbeikam, fluchte, versprach Gott, egal, ob männlich oder weiblich, nie mehr Schiffe zu überfallen, statt dessen gute Werke zu tun, zu weben, zu nähen …

Grace stand an ihrer Tür. »Fertig, meine Lieben?« Ihre tiefe Stimme echote hin und her durch den Turm, als ihn eine weitere Kanonenkugel traf, aber nicht einmal das war so schrecklich wie die unerwartet zärtliche Anrede. Ihre Großmutter glaubte nicht, daß sie lebend da herauskamen.

»Fertig, Granuaile.« – »Fertig.« – »Fertig.« – »Fertig.« – »Fertig.« – »Fertig.«

»Halt das verdammte Ding ruhig, Mädchen.« Eine furchtbare graue brodelnde Flüssigkeit ergoß sich in ihr Grisset. Sie hatte solche Angst. »Trag es hin zum Fenster. Ruhig, ruhig.« Kaum wagte sie zu gehen, atmen konnte sie schon gar nicht; sie stellte sich vor, wie es über ihre Beine lief, wie es sich ins Fleisch fraß, die Schmerzen …

Das schmale Fenster hatte einen merkwürdig geformten

äußeren Vorsprung, vorn schmal, erweiterte er sich dann wie ein Fächer. Er war für genau diesen Zweck gebaut. Sie stützte den Rand des Grisset darauf. Nachdem sie sich ausgemalt hatte, was es ihr antun würde, wußte sie nun auch, was den Männern da unten blühte. Konnte sie es tun?

»Ho, da im Turm!« Irisch mit englischem Akzent klang dünn über das Wasser: jemand rief zu ihnen herüber. Einen Moment lang zwang sie ihre Augen von den dicken silbrigen Blasen hoch: Etwa fünfzig Yard entfernt auf dem Wasser stand ein prunkvoll gekleideter Mann in einem Boot. »Ihr liegt unter Beschuß«, erklärte er, für den Fall, daß sie's nicht bemerkt hatten. »Ergebt euch im Namen von Königin Elizabeth, dann verspreche ich euch einen fairen Prozeß.«

»Ist das der Mistkerl, der meine Rinder klaut?« tönte Graces Stimme hinter ihr.

»Es ist Bingham«, würgte sie heraus. Er hatte ihr bei ihrer ersten Begegnung angst gemacht, und er machte ihr auch jetzt angst. Der Königliche Statthalter von Connaught war in eigener Person erschienen.

»Das ist unser Mann.« Graces Hand fuhr unter das Grisset und kippte es um. Barbary sah das geschmolzene Blei über das Fensterbrett rinnen, sich zu einem Fächer verbreiten und verschwinden. Sie hörte ein Zischen von unten, dann Schreie. Vom Fuß der Mauer stolperten Männer in ihr Gesichtsfeld, stolperten in die Boote, warfen sich ins Wasser. Das würde auch nichts nützen, kalte Luft, kaltes Wasser kühlten das Metall nur außen; innen an der Haut brannte es weiter. Helme, an lebendes Gewebe festgeschweißt.

»So, jetzt gehen wir«, erklärte Grace fröhlich. Mit Schabes Arm um ihren Nacken ging sie zur Treppe.

»Wo ist die Kishta?« rief ihr Barbary nach.

»Steckt in meinem Stiefel«, schrie Grace zurück. In Barbarys Stiefel steckte die Snaphaunce.

Der Weg zu den Booten war mörderisch. Die Kanone konnte sie hier nicht erreichen, aber dafür die Musketen, und nicht alle Engländer waren ans Ufer geflüchtet, einige schossen aus ihren Booten noch auf sie. Der Turm war von den vielen Musketenkugeln mit Einschlägen übersät. Hinter Grace die Strickleiter herabturnend – an Übung mangelte es ihr nicht –, dachte Barbary daran, wie sehr Will das schlampige Visieren der Soldaten gegen den Strich gegangen wäre, als sie sah, wie Patsch über ihr sich an den Rücken griff, abstürzte, und mit einem Krachen, bei dem man die Knochen splittern hörte, auf den Fels aufschlug. Mit einem weiteren Krachen zog ihn Grace zu sich ins Boot. Latsch, im Heck stehend, stürzte mit ausgebreiteten Armen hin und versuchte noch immer, seinen Anführer mit seinem Körper zu decken.

Auf dem Felsabsatz rund um sie lagen ein paar Engländer, einige schrien noch. Eine Leiche, die ihnen den Zugang zu den Booten versperrte, hatte einen gänzlich versilberten Kopf. Latsch trat den Körper aus dem Weg – beim Wegrollen blieb ein Teil des Gesichts am Felsen kleben.

Andere Leute von ihrer Besatzung ließen sich von dem Fenster auf der anderen Seite des Turms herunter und kamen von dort zu den Booten gerannt. Barbary bestieg mit Molly, Latsch und Kitterdy Zwei ein winziges *curragh,* und sie ruderten durch den Tumult aus Schüssen, Schreien, Wasserspritzern davon. Rudern konnten sie ja, die Boote schossen vom Turm weg in die Deckung des Schilfs am entgegengesetzten Ufer. Nur ihr Boot kam nicht voran; sie sah Wasser um ihre Füße gurgeln. »Heilige Mutter Gottes, wir haben ein Leck«, schrie Molly. »Hölle und Verdammnis, wie ich Schwimmen hasse!«

Aber es ging nicht anders, sie mußten schwimmen. Es war kalt, es war wie ein Alptraum von Verfolgung, Anstrengung, Keuchen, Nicht-vom-Fleck-Kommen. Schüsse peitschten rund um sie das Wasser, dann hörten sie das Eintauchen von Rudern, die sich näherten. Eine Sekunde hoffte und fürchtete sie, es sei Grace, die um sie zurückkam, aber dann hörte sie englisch sprechen: »Packt sie.«

Ein Bootshaken erfaßte sie am Rücken und zog sie am Hemd auf das Dollbord eines Bootes, jemand griff nach ihren Händen. Sie hatten Molly. Und Kitterdy Zwei. Patsch war fort oder ertrunken. In einem Moment völliger Klarheit sah sie das ferne Ufer des Sees und die Flottille irischer *curraghs,* die sich ihm schnell näherten. Andere Boote, englische Boote, waren hinter ihnen her, aber wenn dort nicht noch Soldaten lauerten, dann war Grace und ihren Leuten die Flucht gelungen. Gott sei gedankt. Eine Hand drückte auf ihren Kopf und tauchte sie unter, einmal, zweimal. »Ersauf, du junges Schwein. Du hast Tanner umgebracht.«

Der Druck der Hand verschwand. »Wenn irgend jemand«, sagte Bingham mit seiner wunderbar präzisen Aussprache, »wenn *irgend jemand* einen dieser Männer tötet, dann wird er dessen Platz am Ende des Seils einnehmen. Am Dreikönigstag werden Leichen im Abstand von einem Yard die Mauern von Galway zieren. Es wird keine Lücken geben.«

Was diese Stimme sagte, zweifelte man nicht an. Barbary verlor immer wieder das Bewußtsein. Sie hörte es knirschen, als der Bug des Bootes auf Kies auffuhr. Man zerrte die Gefangenen unter Hieben und Tritten an Land. Hinter Binghams Rücken fiel Barbary hin, ein genau plazierter Stiefel trat ihr gegen den Brustkorb und brach ihr zwei Rippen.

Karren warteten, schon voll beladen mit Männern, Frauen und Kindern, an Händen und Füßen gefesselt. Binghams Expedition hatte gute Beute gemacht. Soldaten fesselten auch Barbary an Händen und Füßen und warfen sie auf einen der Karren; sie konnte gerade noch aus dem Weg rollen, als Molly und dann Kitterdy Zwei hinter ihr heraufgeworfen wurden.

Kommandos wurden gebrüllt, Peitschen knallten, die Karren fuhren los. Kitterdy Zwei rollte sich gemütlich ein und spuckte ein paar Zähne aus. »Also ist das nicht komfortabel, Gefangener bei den Engländern zu sein«, sagte er. »Die verdammten Joyces hätten uns zu Fuß laufen lassen.«

18

Im Türsturz über dem alten Westtor von Galway standen die Worte eingemeißelt: »Vor dem Zorn der O'Flaherties möge der Herr uns bewahren.«

Andere Menschen hatten zu anderen Zeiten Gott um Errettung vor anderen Plagen gebeten – vor Hunnen, Goten, Nordmännern, der Pest –, aber der Clan der O'Flaherties war Galways besonderer Schrecken. Ohne diese Piraten, die O'Flaherties und die mit ihnen verbündeten O'Malleys, hätte der Hafen von Galway – wenigstens nach Meinung seiner Einwohner – die Welt beherrscht. Sogar mit ihnen schnitten sie nicht so schlecht ab: Galway, eigentlich nichts als ein kleiner Stadtstaat, hatte eine derartige Handelsmacht aufgebaut, daß man in manchen Teilen Europas jahrhundertelang glaubte, Galway sei der Name des Landes und Irland eine seiner Städte.

Zwischen Kitterdy Zwei und Molly dahinstolpernd, war Barbary zu müde, um den Kopf zu heben und zu sehen, daß die Stadt, die sie betrat, um Bewahrung vor ihrem Zorn flehte, obwohl allerdings trotz ihrer Erschöpfung Wut dasjenige war, was sie am stärksten spürte. Nur die Wut hielt sie davon ab, vor Furcht zusammenzubrechen. Galway war der Ort, wo nicht nur sie, sondern auch die etwa hundert Menschen, mit denen sie den furchtbaren Marsch von Lough Mask hinter sich gebracht hatte, gehängt werden sollten. Im Vogelflug betrug die Entfernung nur rund fünfundzwanzig Meilen, aber sie konnte nicht fliegen, auch ihre erschöpften, verletzten Gefährten nicht, sie mußten zu Fuß Lough Corrib umrunden. Dafür hatten sie eine eiskalte Woche gebraucht, meist ohne Essen, oft auch ohne Wasser.

Der Lord Statthalter Bingham ritt schon am ersten Tag voraus in die Stadt und ließ sie in den Händen von Bewachern zurück, die sich gerade noch daran hielten, daß er die Gefangenen lebend in Galway haben wollte. Zu Tode geprügelt wurde niemand, aber ein paar Männer standen nach brutalen Tritten knapp davor. Ihre Umhänge, von den armselig gekleideten englischen Soldaten hoch geschätzt, wurden ihnen heruntergerissen, kaum daß Bingham ihnen den Rücken wandte. Die Stiefel ebenso. Auf den Karren fanden nur mehr die Schwerverwundeten und die langsameren Frauen und Kinder Platz, deshalb mußten Molly und Kitterdy Zwei den Weg barfuß zurücklegen. Barbary konnte ihre Stiefel nur behalten, weil sie den Soldaten viel zu klein waren, aber ihre gute Wollmütze kam ihr schnell abhanden. Durch ein Halfter um den Hals war sie mit den beiden Galeerenruderern und sechs anderen verbunden, von denen einer jede halbe Meile hinstürzte und dabei die anderen fast erwürgte. Die gefangenen Kinder wanderten neben der Kolonne her wie verschreckte Kälber, die ihren Müttern zum Schlachthaus folgten. Es hatte auch ein paar Vergewaltigungen gegeben.

Aber auch einige Momente der Menschlichkeit. Ein Junge, der am Fuß eine Blutvergiftung durch einen eingezogenen Dorn hatte, wurde von einem Soldaten zwei volle Tage lang Huckepack getragen. Als eine ältere MacJordan-Frau vor Kälte Anzeichen von Geistesverwirrung zeigte, nahm ein Sergeant seinen eigenen – gestohlenen – Umhang ab und wickelte sie darin ein. »Da, schau, Oma, jetzt geht's gleich viel besser.«

Abgesehen von der Tatsache, daß ihre Körper die Mauern von Galway schmücken sollten, hatten die Gefangenen wenig gemeinsam. Barbary hielt die Ohren offen und hörte, daß Binghams Vordringen nach Connaught eigentlich eine Strafexpedition gegen die Bourkes war, die sich vor kurzem gegen ihn erhoben hatten. Mit untypischer Schlamperei hatte er die Entfernung von Galway zum Territorium der Bourkes unterschätzt oder sich vom hiesigen Sprachgebrauch täuschen lassen: Unter einer Meile verstand man in Connaught doppelt soviel wie in England. Als er am Lough Mask ankam, hatte er seine Nachschub- und Kommunikationslinien schon gefährlich weit auseinandergezogen. Grace O'Malley in der Hexenburg zu erwischen war ein unerwarteter Glückstreffer gewesen, so ziemlich der einzige der ganzen Expedition. Aber da *Sie* ihm wieder entwischt war, brachte er nicht mehr nach Hause als drei, wie er meinte, unbedeutende Burschen vom O'Malley-Fußvolk – der eine davon nur ein Junge –, außerdem vermischten Pöbel aus verschiedenen Clans, die sich ihm in den Weg gestellt hatten, Schäfer aus den Bergen und ein paar Familien, die er in ihren Hütten überrascht hatte.

Der wird uns hängen, dachte Barbary wütend, nur damit bei der ganzen Sache überhaupt irgendwas rauskommt.

Das einzige, was die Gefangenen verband, war ihre Haltung. Barbary war verblüfft darüber und wurde noch wütender auf ihre Unterdrücker. Arm, verwirrt, verschreckt, waren sie sich doch bewußt, daß sie in den Händen von Galliern waren, einer Spezies, die sie ebenso verachteten wie sie selbst von Bingham verachtet wurden, und denen sie nicht die Freude machen würden, Furcht zu zeigen. Väter und Mütter riefen ihren weinenden Kindern zu, sie sollten still sein und nicht vergessen, daß sie ein MacJordan, ein Joyce, ein O'Connor waren, und hinkten weiter durch den Alptraum mit der Leidensfähigkeit eines überlegenen Volkes, das mit dem Tod ins Reich eines überlegenen Gottes gelangte.

Und wenn man schon mit gebrochenen Rippen marschieren mußte, die jeden Atemzug zur Qual machten, und vor Kälte und Entsetzen zittern, dann konnte es dafür keine besseren Gefährten geben als Kitterdy Zwei und Molly, die beiden Galeerenruderer, obwohl sie Barbary mit ihren dauernden Faxen manchmal zur Verzweiflung brachten. »Na, ist das nicht herrlich, daß man einmal spazierengehen kann und nicht immer ein verdammtes Ruder ziehen muß!« – »Und ich wollte schon immer mal Galway von innen sehen!« Da die Belagerung der Hexenburg so viele Opfer unter ihren Kameraden gefordert hatte, waren die Soldaten zu den einzigen drei Gefangenen, die sie dabei gemacht hatten, ganz besonders gemein, aber Barbary entging meistens ihren Aufmerksamkeiten, weil Kitterdy und Molly sie bewußt auf sich zogen und sich zwischen sie und ihre

Angreifer schoben. Sie versuchte, ihre natürlichen Bedürfnisse in der Dunkelheit zu erledigen, aber da das verbindende Seil nie von ihren Hälsen wich, merkte die ganze Gruppe, wann es soweit war. »Wenn sich einer hinhockt, hocken wir alle«, erklärte Molly, und so hockten alle Mann mit Barbary auf dem Boden und schauten diskret weg, während Molly und Kitterdy Zwei laut die Schönheit der Nacht priesen. Sie war ihnen dafür dankbar, aber die Demütigung besserte ihre Laune nicht.

Galway war eine eindrucksvolle Stadt, zum Land hin mit starken Mauern befestigt, von Brücken durchzogen, zum Teil von Flußarmen zu Inseln gemacht. Die grauen, von Handelsherren errichteten Häuser und Kirchen hätten plump gewirkt ohne das dünne, vom Meer ausgewaschene Licht der riesigen Bucht, hinter welcher der Atlantik lag. Der Wohlstand der Stadt war ihren Bürgern eine Bestätigung dafür, wie vernünftig es gewesen war, während der Desmond-Kriege und anderer lokaler Aufstände der englischen Krone treu zu bleiben. Die meisten waren Katholiken, aber stolz darauf, ebensosehr zum englischen Pale zu gehören wie Dublin, die Rivalin an der entgegengesetzten Seite Irlands. Galway wußte, wo sein Vorteil lag. Galway war eine Stadt, die mit beiden Beinen fest auf dem Boden stand. Nur nicht zu Weihnachten.

Nirgendwo in ganz Irland wurde Weihnachten so gefeiert wie in Galway. Zu Weihnachten verwandelten sich die Einwohner der Stadt aus angesehenen, hart arbeitenden Männern und Frauen in Wüstlinge, mit denen verglichen Bacchus ein alter Puritaner war. Zu Weihnachten liebten sie alle Menschen – nur nicht die O'Flaherties –, und alle Menschen liebten sie. Man hatte von Fremden gehört, die Familie und heimatlichen Herd verließen, um Weihnachten in Galway zu feiern und hier durch die Alkoholdünste von Tür zu Tür zu taumeln, bis sie nicht einmal mehr taumeln konnten. Wenn die Zwölf Rauhnächte vorbei waren, dann herrschte in ganz Galway ein dicker Kater, bleiche, leidende Gestalten bejammerten ihre Wunden, die Schäden an Haus und Einrichtung, die leeren Keller und schworen, es nie wieder zu tun. Bis zum nächsten Mal.

Gesetze waren eingeführt worden, die jede Gastfreundschaft an auswärtige Iren verboten: »Zu Weihnachten, Ostern oder irgendeinem anderen Fest ... bei Strafe von 5 £; daß weder O noch Mac durch die Straßen von Galway nicht gehen noch stolzieren soll.« Statthalter Bingham hatte Verordnungen erlassen. Doch weder Gesetze noch Bingham – schon gar nicht dieser Puritaner Bingham, der stolze Mauern mit Leichen verunstaltete – hatten irgendeine Wirkung. Dreihundertdreiundfünfzig Tage im Jahr zahlte Galway der englischen Krone Steuern und jubelte der englischen Königin zu, aber zu Weihnachten konnte sich England zum Teufel scheren: an Weihnachten wollte Galway feiern.

Eine Kette betrunkener Tänzer schwankte die Straße herunter und schlängelte sich unter und zwischen den gefesselten Gefangenen durch, als wären es Festdekorationen. Barbarys Wirklichkeitssinn, der ohnehin nicht mehr sehr festsaß, kam angesichts dieser Gesichter vollends ins Schlingern: um sie her tanzten etwa zwanzig Lady Sidneys aus Penshurst. Dann erkannte sie: Der alte irische Brauch, maskiert zu feiern, war in Galway noch keineswegs verschwunden. Ein männlicher Nachtschwärmer warf Barbary eine Lederflasche Whiskey zu. »Nimm einen Schluck, Bürschchen, und scheiß auf Bingham.« Sie packte die Flasche, trank, und reichte sie weiter an Kitterdy Zwei. »Zu essen hast du nichts?« Aber er tanzte schon weiter.

Die Straßen waren fast warm von den Fackeln an den Wänden beinahe jeden Hauses, deren Schein auf Dekorationen aus Lorbeer, Efeu und Stechpalmen, dicht wie Hecken, fiel. Aus den Fenstern drangen neben Singen, Musizieren und Plaudern auch Essensdüfte. Niemand wunderte sich über die Gefangenen – Galway hatte die Bestrafung von Tausenden Rebellen erlebt –, aber alle waren sich einig, daß das nicht der richtige Zeitpunkt war. »Nein, nein, die Armen – jetzt zu Weihnachten! Seht euch doch die Kleinen an!« Und aus einem Haus kam ein wahrer Regen von Brot und Süßigkeiten, über die die Kinder herfielen wie die Wölfe.

Als sie in den großen Hof nahe dem landwärtigen Stadttor traten, fiel die Wärme von ihnen ab. Ein paar Menschen waren schon hier drin, aber für Barbary und die anderen erhellten die Fackeln zwischen den Pflastersteinen nur die Haufen von hölzernen Tragbahren, auf denen man die Leichen in die Gruben schaffte, und die leeren Schlingen auf den Galgen entlang der ganzen Ost- und der Westmauer. »Ah, die haben schon alles für uns geschmückt«, sagte Molly.

»Halt's Maul«, flüsterte Barbary, »halt's Maul, halt's Maul.« Die panische Furcht vor dem Tod durch den Strang – sie hatte einmal zugesehen, wie ein Mitglied des Ordens minutenlang zum Sterben brauchte – drohte sie gänzlich aufzufressen. Und das hier war nicht wie die prunkvollen Hinrichtungen, von denen sie im Tower von London gehört hatte, wo elegante Männer und Frauen vor einer bewundernden Menge ein paar letzte, wohlgewählte Worte sprechen durften, mit Priestern für die Beichte, zeremoniellem Ablauf, einem sauberen Beil. Hier war das Ende häßlich und anonym in einem nach Urin stinkenden Hof, ihr Körper einer von Hunderten, die nachher in eine Kalkgrube geworfen wurden.

Mißmutig trieb ihr Sergeant sie in eine Ecke. »Wenn der glaubt, ich hänge euch heut' nacht noch alle, mit meinem schlimmen Rücken, dann täuscht er sich. Ich hab' auch ein Recht auf Weihnachten, genau wie er. Er kann ja leicht befehlen, euch alle aufzuhängen, er braucht euch nachher ja nicht runterzuholen.«

»Er«, der Königliche Statthalter Sir Richard Bingham, stand auf einem Podest am anderen Ende des Hofes, umgeben von Würdenträgern, die aufgeregt auf ihn einredeten. Satzfetzen trieben an ihre Ohren. »... kann man nicht zulassen ... barbarisch ... zu jung ...«

In der Mitte, ganz allein auf dem weiten gepflasterten Hof, standen die Gegenstände dieses Streits: drei Jungen, der älteste etwa vierzehn, die beiden jüngeren nicht älter als neun und sieben.

»Gott steh' uns bei«, sagte Kitterdy Zwei. »Das sind die Bourke-Jungen, die er als Geiseln nahm. Er wird sie doch nicht hängen.«

Ulick Bourke, Sohn des Blinden Abtes, Richard, Sohn der

Shane Bourke, und William, Sohn der Meyler Oge Bourke, waren wie junge englische Gentlemen gekleidet. Der älteste hielt sich tapfer, aber die beiden anderen hatten einander an den Händen gefaßt, und der kleinere weinte.

Molly beobachtete die aufgeregte Gruppe auf dem Podest. »Wer ist denn das in dem schönen blauen Mantel? Kenne ich ihn nicht?«

Niemand machte sich die Mühe, ihm zu antworten. Molly rief hinüber zum Torwächter: »Wärt Ihr so freundlich und würdet mir den Namen des Gentleman im blauen Mantel sagen?«

»Freund von dir?« Der Torwächter war Ire aus Galway und gar nicht froh darüber, daß er zu Weihnachten hier Dienst hatte. »Davon hast du auch nichts mehr. Das ist der neue Baron von Waterford. Noch so ein blöder Munster-Kerl, der höher gestiegen ist, als ihm guttut.«

»Den kenne ich doch«, grübelte Molly und stieß Barbary an. »Kennst du ihn denn nicht auch von irgendwo?«

Mit einem gereizten Seufzer sah Barbary hin und war plötzlich ganz still. Sie kannte ihn. Sie kannte ihn sehr gut.

»Das nehme ich Euch übel«, sagte der Lord Oberrichter Wallop gerade zu Bingham. »Zu weich zu den Iren, beim Allmächtigen. Ihr verwechselt mich wohl mit Perrot. Von diesen Schurken habe ich mehr gehängt, als ich zählen kann, aber die unschuldigen Kleinen dort lasse ich Euch nicht hängen. Das bringt doch die ganze Provinz gegen uns auf.« Wallop war fett und rot und schwitzte ganz ungeheuer.

Der neuernannte Baron Waterford schaute hinüber zu den drei Jungen in der Mitte des Hofs; ja, unschuldig waren sie. Aber unter den gerade hereingetriebenen Gefangenen war ein kleines Mädchen, sicher nicht älter als vier Jahre, von Babys in ihrer Mütter Armen gar nicht zu reden, doch dagegen protestierte Wallop nicht. Es war eine Klassenfrage. Die Bourke-Kinder waren von edler Abkunft, so edel irische Abkunft eben sein konnte, und gebildet; sie konnten Englisch und verdienten daher Wallops Mitgefühl. Die Kinder, die sich mit ihren Müttern und Vätern hier an die Mauern drückten, waren bloße Iren. Entbehrlich.

Der Bischof von Kilmore, der Bürgermeister und andere Honoratioren von Galway schlossen sich Wallops Bitten an, wenn auch mit mehr Respekt. Bingham stand allein, isoliert in seinem Schweigen. Sein schmales, angenehmes Gesicht war ganz ruhig, seine Augen auf einen Punkt geheftet, den die anderen nicht sahen. Er ließ sich auf keine Debatte ein; er hatte schon anfangs gesagt: »Das sind Geiseln, und wegen des Verrates ihrer Väter ist ihr Leben verwirkt.« Das brauchte er nicht zu wiederholen; er wußte, daß er im Recht war.

Und, dachte der neue Lord Waterford, das ist er auch. Dazu sind Regeln ja da, daß man sie beachtet. Bingham führte seine Befehle durch, mit der Logik eines Mannes, der in der Überzeugung, die Straße vor ihm sei schnurgerade, deren Windungen ignoriert und über die Klippen stürzt und alle anderen mit sich reißt. »Anglisiert Connaught«, hatte seine Königin ihm befohlen, also wandte er das englische Rechtssystem buchstabengetreu auf ein Volk an, das tausend Jahre nach einem gänzlich anderen System gelebt hatte, ohne eine Spur jener Flexibilität, zu der andere Statthalter und sogar seine eigene Königin manchmal fähig waren. Der jüngste Aufstand der Bourkes war die Reaktion auf Binghams Abschaffung des Titels des Clanführers der MacWilliams gewesen. Es war ein irischer Adelstitel und daher für Bingham nicht existent; der Umstand, daß er seit dem Jahr 1342 bestand und daß man ihn den Bourkes, wenn überhaupt, dann nur mit Geduld und Überzeugungskraft ausreden konnte, war unwesentlich, denn laut Gesetz gab es ihn nicht.

Wäre Bingham ein etwas anderer Charakter gewesen, dann hätte Lord Waterford vielleicht sogar Mitgefühl für ihn empfunden. Er meinte es wahrscheinlich wirklich gut mit Connaught; nur verhielt sich die Provinz nicht so, wie er es befahl. Wenn Bingham auf die Jungen im Hof blickte, dann sah er da nicht drei herzzerreißende kleine Jungen, sondern nur eine Störung seines Systems. Um diese Störung zu beseitigen, mußte er sie hängen, und niemand würde ihn davon abbringen.

Der kleinste der drei löste sich von den beiden anderen und stolperte hinüber zu dem Podest. »Hängt mich nicht, Mylords«, bat er. »Ich kann lesen. Ich habe gehört, Ihr hängt keinen, der lesen kann. Ich kann lesen. Ein bißchen schon.«

Sein älterer Cousin lief ihm nach und zog ihn zurück. »Du darfst nicht betteln.«

Dem Oberrichter Wallop stiegen die Tränen in die Augen. »Gott sei mit ihm, er plädiert auf Vorrecht des Klerus.« Er wandte sich an Lord Waterford. »Redet Ihr mit dem Unmenschen«, murmelte er. »Das können wir nicht geschehen lassen.«

Ich könnte ihn erstechen, dachte Lord Waterford, oder ich könnte die rebellisch Gesonnenen in der Stadt zusammenrufen und sie alle heraushauen. Und dadurch die Position verlieren, die ich mir in jahrelanger Anstrengung erkämpft habe. Er zuckte die Schultern. »Mylord«, sagte er zu Bingham, »Ihr wißt, für welche Dienste Ihre Huldvolle Majestät geruht hat, mich zu ehren. Durch meine Vermittlung hat ein Clan nach dem anderen sich bereiterklärt, ihr Treue zu schwören. Laßt mich das gleiche mit den Bourkes versuchen. Mit Zeit und etwas Seil kommen wir zu einem glücklichen Ergebnis.«

»Keine Zeit«, erwiderte Statthalter Bingham freundlich, »aber viel Seil. Mylords, Gentlemen, es ist spät. Auf zum Mahle.«

Wallop ließ sich verführen. Er war zum Feiern und zum Jagen nach Galway gekommen, nicht zum Streiten, außerdem war er hungrig. Bingham konnte er ja auch noch während des Mahls bearbeiten. Er ging voraus, zum Südtor des Hofs, und tätschelte im Vorbeigehen dem kleinsten Bourke-Jungen den Kopf. Lord Waterford bemühte sich, die Jungen nicht anzusehen, aber irgend etwas zog seine Aufmerksamkeit auf den Haufen der gemeinen Gefangenen drüben in ihrer Ecke. Das Licht der Fackeln wurde von einem Haarschopf zurückgeworfen, der selbst rot wie eine Fackel loderte. So rotes Haar gab's nur einmal. Mit Wein drin. Er blieb wie vom Schlag gerührt stehen.

»Nach Euch, Waterford.« Bingham stand am Tor, wartete auf ihn, mißtrauisch, gespannt.

»Hängt Ihr diesen Pöbel hier noch heut' nacht, Mylord?«

Binghams klare, scharf umrandete Augen waren wie die eines Raubvogels. »Vielleicht.« Einem Iren, und sei's auch einem von der Königin geadelten, mußte er doch keine Rechenschaft ablegen. Zusammen verließen sie den Hof.

Padraig, der auf solchen Reisen als Lord Waterfords Diener auftrat, erwartete ihn in der Burg Lynch und eilte mit ihm die Treppe hinauf. »Wir haben von befreundeter Seite Nachricht erhalten, Mylord. Man sorgt sich um einen Verwandten.«

»Vielleicht eine Enkelin?« bemerkte Lord Waterford.

»Woher wißt Ihr das?«

Oben angelangt, warf Lord Waterford die Tür mit einem Tritt ins Schloß. »Wo ist *Sie?*«

»Draußen in der Bucht mit drei Schiffen. Die Nachricht lautet«, Padraig machte eine Pause, weil er es selbst nicht glauben konnte, »sie ist bereit zum Angriff, wenn wir die Losung geben.«

Galway angreifen. Entweder war Grace O'Malleys Sorge um Barbary stärker als ihre Vernunft, oder sie war übergeschnappt. Auch zu Weihnachten waren Galways Mauern von außen uneinnehmbar. Aber zu Weihnachten vielleicht nicht von innen. Vielleicht.

Lord Waterford sprach schnell. »Versammle unsere Freunde in der Stadt, während ich beim Essen sitze. Der Nachtwächter kommt jede halbe Stunde zum landwärtigen Tor. Ersetze ihn. Töte und ersetze ihn. Schau, daß du jemand findest, der wie er klingt. Phelim O'Dowd – er kann jeden nachmachen. Ich will sofort Männer auf den Mauern. Jeder Versuch, die Gefangenen zu hängen, muß gestört werden. Die Soldaten haben keine Gewehre. Nur Piken. Schick Nachricht an *Sie,* sie soll um Mitternacht am Spanish-Arch-Kai Boote bereithalten. Und Masken. Etwa einhundert.«

»Masken? Heute nacht gibt's in der ganzen Stadt keine Maske mehr. Jeder Esel trägt eine.«

Der neuernannte Baron Waterford packte seinen Cousin an den Ellbogen, hob ihn vom Boden hoch und starrte ihm in die Augen. »Masken«, wiederholte er.

»Maria Mutter Gottes, Conn, ich tu's ja, wenn ich kann. Tu mir nicht weh.«

Ein Funke Vernunft – aber nicht viel mehr – kehrte ins Gesicht seines Clanführers zurück. »Ich hol' sie da raus, Padraig.«

»Weiß ich ja, Conn, weiß ich. Laß mich runter, dann bin ich eine Staubwolke.« An der Tür fügte Padraig mit wenig Hoffnung in der Stimme hinzu: »Und Gott schütze uns alle.«

Hinter ihm beförderte Conn O'Hagan mit einem heftigen Tritt ein Beistelltischchen ins Kaminfeuer, packte einen Stuhl und schleuderte ihn gegen die Wand, wo er mit viel Krach zersplitterte, zog seinen Umhang gerade und schritt hinunter zum Dinner.

Barbary sah ihren Geliebten fortgehen und sie gefangen zurücklassen.

»Ist denn Conn O'Hagan zu den Galliern übergelaufen?« fragte Molly.

Sie lächelte ihn an, wie sie seit Wochen, seit Monaten nicht gelächelt hatte. »Conn O'Hagan holt uns raus.« Wenn ihr Gehirn funktioniert hätte, dann hätte sie ihm zugerufen: »Komm nicht zurück.« Sie hatte es in seinem Gesicht gesehen, die Bewegung darin, als er sie sah. Er würde sie rausholen. Er hatte sie schon einmal rausgeholt. Und wenn es ihm nicht gelang, dann würden ihre Fersen leichter an die Mauer trommeln, weil sie ihn wiedergesehen hatte. »Komm nicht zurück.«

Plötzlich erkannte sie, wie tapfer sie gewesen war; eine so lange Zeit, so tapfer, ohne ihn. Sogar in ihrem Glück darüber, das Land der Cherubim gefunden zu haben, hatte sie sich innerlich verkrampfen müssen in Abwehr gegen seinen Verlust, der sie so hart traf, daß sie ihn sich kaum einzugestehen wagte. Verdreckt, stinkend, mit üblen Schmerzen, ein Seil um den Hals, lehnte sie sich wie in einem glücklichen Traum an Kitterdys Schulter und erlaubte sich die Erinnerung an einen Raum im Torturm von Schloß Spenser. Sie waren verrückt gewesen, einander gehen zu lassen. Er so dumm wie sie. Noch dümmer. Was sie dort hatten, war größer als jede Religion, als jedes Ideal. Ideale und Religion, das war hier, in diesem stinkenden Hof. Gott, Finolas Gott, war dort gewesen. Wenn er sie hier rausholte, wenn sie ihn je zurückbekam, würde sie ihn nie wieder fortlassen. Wenn nötig, war sie eben seine Strafe. O'Neill konnte nach seinen Kanonen pfeifen, Irland konnte sich als Hundefraß verkaufen, sie würde ihn nie wieder gehen lassen.

Auf dem Rundgang auf der Mauer über ihnen stapfte der Nachtwächter von Galway seine Runde. Jetzt stand er auf der Brustwehr über dem Nordtor, eine tiefschwarze Gestalt vor dem schwarzen Himmel. »Die Uhr hat elf geschlagen.«

Bingham kehrte zurück, sprach kurz mit dem Sergeanten und ging wieder fort. Kaum war er weg, begannen die Soldaten, die männlichen Gefangenen an Armen und Beinen zu fesseln. Panik brach aus. Ein paar Frauen verloren die Fassung und fingen hysterisch an zu schreien. Ein paar Männer wehrten sich und bekamen die Piken der Soldaten zu spüren. Kinder rannten weg und wurden zur Gruppe zurückgeprügelt.

»Jetzt?« Sie war nicht tapfer. Mollys Hand hatte die ihre fest gepackt, sie krampfte sich daran fest.

»Es geht schnell«, sagte er. Es würde nicht schnell gehen. Sie hatte es gesehen. Einer der Soldaten riß ihre Hände auseinander, um sie zu fesseln, und schlug Molly über den Kopf, als der sich wehrte.

Sie war vor Angst fast blind. Erst Minuten später erkannte sie, daß nur drei der Galgen vorbereitet wurden. Drei Schemel unter drei Schlingen gestellt. Gütiger Gott, es waren die Jungen. Nicht sie und die anderen, noch nicht. Nur die Bourke-Kinder.

Die bloßen Iren wurden still. Über die Südmauer hörte man den Lärm der Feiernden. Die Stimme des Kleinsten sagte laut protestierend: »Aber ich kann lesen.« Er klammerte sich an den Soldaten, der ihn aufs Podest schleppte.

Bitte, Gott, bitte, betete Barbary. Wer du auch bist, wo du auch bist, bitte nicht. Sie hörten den Ältesten sagen: »Sei tapfer.« Die anderen Gefangenen wurden noch weiter in ihre Ecke gedrängt, zehn Soldaten bildeten mit vorgestreckten Piken vor ihnen eine Linie. Sie konnten nichts tun. Nur eins. Eine der Frauen fiel auf die Knie und erhob die Stimme zu einem gesungenen Gebet: »Christus mit mir, Christus vor mir.«

Das war die Faeth Fiadha, der Ruf des Rehs, St. Patricks eigene Anrufung Gottes in Zeiten großer Gefahr.

»Christus hinter mir, Christus mit mir.«

Neben Barbary stimmten Mollys und dann Kitterdys tiefe Stimmen in das Gebet ein: »Christus unter mir, Christus über mir. Christus zu meiner Rechten, Christus zu meiner Linken ...«

Der Gesang schwoll an, als alle Gefangenen für die drei Jungen niederknieten.

»Christus im Herzen eines jeden, der an mich denkt. Christus im Munde eines jeden, der zu mir spricht.«

Aus Mitleid arbeiteten die Soldaten schnell. Der Jüngste rief noch einmal: »Aber ich kann lesen«, bevor er erstickte.

»Christus in jedem Auge, das mich sieht; Christus in jedem Ohre, das mich hört.«

Es war vorüber. Wenigstens waren sie nicht allein gewesen.

Die Soldaten traten zurück und nahmen ihre Piken fort. Der Sergeant und seine Helfer stiegen vom Podest herunter. Aus irgendeinem Grund sah der Sergeant Kitterdy entschuldigend an. »Befehl, daß wir sie da oben lassen«, sagte er. »Und du«, fuhr er, zum Torwächter gewandt, fort, »geh raus, und bring uns Whiskey. Heute nacht wird keiner mehr gehängt.«

Obwohl niemand zu ihnen hinsah, durchdrang die von den drei Bündeln an den Galgen ausgehende Stille den ganzen Hof. Die lebenden Kinder schliefen auf dem Schoß ihrer Eltern ein, die anderen Gefangenen drängten sich zusammen und versuchten zu schlafen, obwohl es immer kälter wurde. Wo die Jungen zuvor gestanden hatten, machten die Soldaten jetzt ein Feuer und setzten sich im Kreis herum, gelegentlich etwas brummend, meistens still. Der Torwächter rollte ein Faß heran. »Mit Empfehlung von einem großen Herrn.« Er blieb zu einem Probeschluck.

Sterne gingen auf, Frost fiel; Barbary konnte fast dabei zusehen. Das Kopfsteinpflaster bekam zuerst einen matten Schimmer, dann einen Glanz. »Eins sag ich euch«, erklärte sie den

Sternen, »wenn ich hier rauskomme, dann jage ich Bingham bis in die Hölle.«

Molly war wach. »Dabei kannst du auf mich zählen.«

Der Nachtwächter in seinem weiten Umhang stapfte oben an der Mauer entlang. »Die Uhr hat zwölf geschlagen.«

Kitterdy Zwei bewegte sich. »Merkwürdig«, sagte er. Niemand fragte ihn, was merkwürdig war, und er vergrub sich wieder. Beim Feuer machte das Faß die Runde und versetzte die Soldaten in bessere Stimmung.

Draußen vor dem Stadttor näherte sich jetzt eine neue Gruppe von Feiernden, sie lärmten und lachten, klapperten mit Stöcken gegen Geländer, schlugen Becken zusammen, sangen aus Leibeskräften das Lied vom Riesen, der Galway gegründet hatte und auf einem Felsen in der Bucht hauste. Offenbar war er mit gewaltigen körperlichen Vorzügen ausgestattet. »Er war *lang* wie der Fluß und *breit* wie die Stadt.«

Molly fuhr zusammen, dann begann er, die Gefangenen, die mit ihm am selben Seil hingen, wachzurütteln. Barbary schüttelte ihn ab. »Laß mich in Ruhe.« Molly deutete mit dem Kopf nach oben. Auf der Brustwehr waren jetzt statuenhafte Gestalten zu sehen, die zuvor nicht dagewesen waren. Andere Gefangene regten sich, wanden sich vorsichtig unter schlafenden Kindern hervor. Barbary hatte Probleme mit dem Atmen; gehetzt versuchte sie, ihre von den Fesseln tauben Hände wieder wach zu reiben.

»Und die *arme* Maid zuckte, wie er sich zeigte.«

Kitterdy Zwei redete auf die anderen ein. »Im Wächterhaus ist eine Alarmglocke. Wir müssen da hin, damit er nicht läutet.«

Ein Soldat fiel vornüber ins Feuer und blieb liegen. Zwei andere sanken seitlich um. Wenn der in den Flammen nicht gebrannt hätte, hätte es auch ein Spiel sein können. Was sie auch getroffen haben mochte, es ging im Lärm von der Straße unter. Barbary blickte hoch und sah eine archaische Gestalt ein Stück Leder über dem Kopf schwingen. Dann öffnete sich eine Schlinge, und ein vierter Soldat fiel nach vorne. Einem anderem wuchs plötzlich ein Pfeil aus dem Auge. Aber der Rest war jetzt auf den Beinen. Gestalten glitten an Seilen die Mauern herab.

Ein Soldat rammte einer davon eine Pike in den Rücken, bevor sie den Boden erreichte.

Barbary spürte einen Zug am Hals, als Molly sich kriechend zum Pförtnerhaus in Bewegung setzte. Sie kroch ihm nach, zusammen mit den anderen, unbeholfen in der Angst, sich selber zu erwürgen. Der Torwächter, mehr wegen seiner Körpergröße als seiner Geistesgegenwart mit diesem Amt betraut, fing sich und wollte zu seinem Haus und dem Glockenzug stürzen, fand sich aber von einem zwölfbeinigen Ungetüm behindert, das durch diesen Angriff zwar wie eine Biene sein eigenes Leben aufs Spiel setzte, zu diesem Risiko aber offenbar bereit war. Er zog seinen Dolch und stach darauf ein. Barbary wurde in einen Strudel von schreienden, beißenden, tretenden Leibern hineingezogen. Sie konnte nicht mehr sehen, wer wer war. Ein fremder Ellbogen in ihren gebrochenen Rippen verursachte weißglühenden Schmerz, das Seil um ihren Hals zog sich zusammen, sie riß daran, mit offenem Mund, verlor sich in dem Knäuel. Ihr letzter erstickter gereizter Gedanke war, daß sie Bingham jetzt die Mühe sparte ...

Irgendein Idiot drückte ihr einen Hut auf den Kopf. Matt wollte sie ihn wegschieben, da bekam sie eine auf die Finger. »Laß ihn oben, los, steh auf.« Ihre Hände waren ohne Fesseln, offenbar befreit. Sie konnte atmen, hätte aber lieber nicht geatmet. Die Stimme ihres Geliebten klang nicht sehr liebevoll. »Was zum Teufel tust du hier?«

»Bin nur auf der Durchreise.« Sie hatte große Schmerzen.

Die Tore zur Stadt waren offen, ihre Mitgefangenen wurden durchgeschoben und bekamen von anderen, selbst maskierten Männern jeder eine Maske aufs Gesicht gedrückt. »Vergeßt nicht, ihr müßt feiern«, bekamen sie gesagt. »Los, los, hüpfen, springen, springen.«

»Warum gehen wir nicht dorthin?« Sie deutete mit dem Kopf auf das Tor, das ins offene Land führte.

»Soldatenlager.«

Der Hof war übersät mit Leichen, mehr Leichen, als es Soldaten gewesen waren. O'Hagan hatte Verluste gehabt. Zu ihren Füßen lag noch ein Toter. »Molly. Oh, nein, nicht Molly.«

Kitterdy Zwei legte sich Barbarys rechten Arm um den Hals. »Er ist tot, Gott segne ihn. Und hat den Torwächter mitgenommen.« O'Hagan nahm ihren anderen Arm, zusammen schleppten sie sie zum Tor. Ein fröhlicher Retter band ihr eine Maske unter dem Hut fest. »Vergiß nicht, jetzt mußt du lustig sein.«

Sie stießen zu der Gesellschaft, die vorhin vor dem Tor so laut gelärmt hatte; sie lärmte weiter auf ihrem Weg die Straße hinunter. »Er war so *lang* wie der Fluß und so *breit* wie die Stadt.« Einige Männer und Frauen waren phantastisch gekleidet, trugen Fackeln und wedelten mit Schweinsblasen. Zwei hatten Trommeln, einer eine Pfeife. Sie tanzten vor, neben, hinter einer inzwischen endlos langen Menschenschlange, die meisten so festlich wie der Tod. Barbary sah die Augen einer Fischersfrau, die man am Lough Corrib gefangen hatte, entsetzt aus den Löchern in ihrer Maske starren, während sie sich bemühte, ihr Baby so zu schaukeln, als sei es eine Weihnachtspuppe.

Barbary war nicht sicher, ob einige Straßen wirklich hell erleuchtet und andere ganz dunkel waren oder ob sie nur immer wieder bewußtlos wurde. In den hellen Abschnitten betete sie um Dunkelheit: Wie fröhliche Nachtschwärmer sahen sie nicht aus; bis auf O'Hagan und die übrige Rettungsmannschaft waren sie zu abgerissen, strömten sie zuviel Angst aus. Außerdem waren die Straßen jetzt viel ruhiger, Galway hatte sich bereits bewußtlos gesoffen. Was jetzt noch an Munterkeit vorhanden war, spielte sich hinter geschlossenen Türen ab. Und sie verloren Menschen. Jedesmal, wenn sie sich nach der übrigen Schlange umdrehte, war sie kürzer geworden; mit dem Tempo, das O'Hagan vorgab, konnten einige nicht mithalten.

»Warte«, rief sie ihm zu.

»Nein.«

Ihre Hand, mit der sie sich an seinem Umhang festklammerte, war feucht. Er blutete. Er ließ sie einen Moment lang los, um einem MacJordan-Hirten eins überzuziehen. »Sei lustig, du Mistkerl.« Der Mann machte einen Sprung und schüttelte die Schweinsblase, die man ihm gegeben hatte, dann schlich er wieder wie ein geprügelter Hund dahin.

Sie näherten sich jetzt einem Kirchenplatz; vor dem Eingang

stand eine Kette von Männern mit einem Schiff, dem Wappen von Galway, auf ihren Waffenröcken. Sie schrien etwas. Barbary fiel auf die Knie, als O'Hagan sie wieder losließ und sein Schwert zog. Kitterdy Zwei und ein paar von der Rettungsmannschaft eilten ihm zu Hilfe. Stahl klirrte auf Stahl. Sie rappelte sich hoch und rannte über am Boden Liegende vorwärts. Ein paar Stadtwächter waren entkommen. Kitterdy Zwei und O'Hagan lebten. Sie packten sie an den Händen und rannten, während die große Glocke von St. Nicholas jetzt Alarm läutete. Die Gruppe hinter ihnen war noch kleiner geworden, ganz hinten am Ende gab es Schreie und Getümmel.

Sie erwachte, als sie wieder stehenblieben. Vor einer Mauer, einem Tor. Ein untersetzter Mann, prächtiger gekleidet als alle, die sie heute abend gesehen hatte, hüpfte vor ihr auf und ab und klirrte dabei mit einem gewaltigen Schlüsselbund. Sie kannte den Typ: Ratsherr, Alderman. »Willst du mich ruinieren, O'Hagan?«

»Sperr das verdammte Tor auf.«

Um sie her lagen noch mehr Leichen, wahrscheinlich die Torwächter. Während der Alderman noch mit dem Schloß kämpfte, hörte sie O'Hagan sagen: »Sie ist eine Agentin von O'Neill. Sie ist wichtig.«

»Na hoffentlich.« Die Stadt erdröhnte unterm Läuten der Alarmglocken. Das Tor ging knirschend auf, angsterfüllte Männer und Frauen drängten hindurch, hinter ihnen fiel das Tor zu, Schlüssel drehten sich. Wer jetzt nicht draußen war, kam nicht mehr heraus. Aber hier roch es nach Fluß, der Mond spiegelte sich im Wasser. Nicht genug Boote, und vor ihnen lag noch ein weiter gefährlicher Weg; Männer und Frauen im Wasser klammerten sich an Schandecks, als sie ablegten. Cull in ihrem Boot. Im Boot daneben fluchte eine massige Gestalt auf die Ruderer. »Beugt den Rücken, ihr eselschwänzigen Hängebauchschweine, ihr Fischzutzler.«

Kitterdy Zwei neben ihr tat einen tiefen Seufzer. »Hör *Sie* an. Hast du je solche Musik gehört?«

Barbary überlegte kurz, bevor sie wieder umsackte. Nein, nie.

Ein Schwall aufsteigender Musik weckte Barbary. Aus einem Auge – das andere wollte sich nicht öffnen – fiel ihr Blick auf einen Kanarienvogel, der mit einer ihrer Meinung nach unnötigen Lautstärke in seinem Käfig trillerte. Das ungeöffnete Auge schmerzte, der Kopf schmerzte, der Hals war offenbar entzündet, das Atmen tat ihr weh, ihre Handgelenke waren von den Fesseln wundgescheuert, ihre Nase war kalt – aber der Rest lag warm und sauber in einem warmen, sauberen Bett. Hummertöpfe standen in einer Ecke des dämmrigen Raumes, eine spanische Truhe, Geräusch und Geruch der See, und ein Mann stand mit dem Rücken zu ihr, einen Umhang über die Schultern geschwungen, am Fenster und blickte hinaus. Sie war auf Clare und dem Himmel so nahe, wie sie es je sein konnte. Dankbarkeit durchflutete sie, für ihn, Grace O'Malley, Cull, Kitterdy Zwei, Molly, vor allem Molly, und maskierte Männer und Frauen, die sie nicht kannte.

»Bist du arg verletzt?« fragte sie auf englisch.

»Nicht sehr.« Er drehte sich um. Seine Brust unter dem Umhang war nackt, bis auf einen Verband. Sein Gesicht war älter, als es die Zeit seit Schloß Spenser rechtfertigte, und so amüsiert wie damals würde es nie wieder dreinblicken. Und jetzt sah es überhaupt nicht amüsiert aus. »Du bist also wach.«

»Wie viele sind herausgekommen?«

»Fünfunddreißig.«

Sechzig oder mehr vermißt. Nicht daran denken. »Das hast du gut gemacht.«

»Gut gemacht?« Er verhöhnte sie in seinem Zorn. Offenbar war sie an irgend etwas schuld. »Gut gemacht? Das hat uns Jahre zurückgeworfen, *Jahre*. Mich und O'Neill. Komplotte schmieden, die Clans ruhighalten, bis wir soweit waren. Mir haben die verdammten Engländer schon aus der Hand gefressen. In London hat Elizabeth mich mit ihren Glotzaugen angeschmachtet.« Er schürzte den Mund zu einer Schnute, die erschreckend an die Königin von England erinnerte, und seine Stimme stieg zum Falsett. »›Erhebt Euch, Baron Waterford, und bleibt ein braver Junge‹. Dank Euch, Eure widerwärtige Majestät.«

»Fünfunddreißig Menschen hätten sonst gehangen.«

Er drehte sich wieder zum Fenster. »Christus, vergib mir, ich hab' nicht einmal die Ausrede, daß ich's für sie tat.«

Sie dachte: das kriegen wir nie hin. Männer sind einfach Zeitverschwendung. Dann schlief sie wieder ein.

Als er sie weckte, war es hinter den geschlossenen Läden dunkel, im Zimmer brannte ein Kohlebecken, und er hatte eine Schüssel Porridge und einen Löffel in der Hand.

Stöhnend zog sie sich hoch und öffnete gehorsam den Mund. »Hilf, Gott, was ist das?«

»Porridge. Selbstgemacht.«

»Mach das besser nicht zu deinem Beruf. Wo ist *Sie?*« Draußen hinter den Läden hörte man die See toben und brüllen, aber der Widerhall im Turm klang hohl und leer.

Er schob ihr noch mehr Porridge in den Mund, noch immer zornig. »Das vermaledeite Weib ließ uns keinen Diener hier zurück, nicht einen. Blieb nur so lang, bis sie wußte, daß ihr teures Enkelchen durchkommen würde, und ging dann aufs Festland, um landeinwärts die Verteidigungsanlagen herzurichten. In einer der Hütten wohnt eine Alte namens Katty, die Brot und Milch bringt und einem die Wunden verbindet. Und der Ausguck auf der anderen Seite der Insel ist noch da.« Vor Ärger hatte er einen viel stärkeren irischen Akzent als sonst. Er stellte die Porridgeschüssel hin, ging zu seinem verdammten Fenster zurück und öffnete wieder die Läden. »Ich sollte bei O'Neill sein und neue Pläne mit ihm machen, jetzt, wo du meine Position bei den Engländern zerstört hast.«

»*Ich* hab' sie zerstört? *Ich* soll sie zerstört haben? Das schlägt ja sogar die Holländer. Keiner hat dich drum gebeten, daß du dich da einmischst. Ich wäre schon allein rausgekommen, keine Sorge. Die hätten Barbary Clampett nicht aufgeknüpft, die nicht. Und ich bin genauso ungern hier wie du. Schließlich hab' ich meine eigenen Pläne.«

Er fuhr herum. »Aha, Pläne haben wir, so. Was für Pläne denn?«

»Mach dich nicht lustig über mich, du Scheißkerl. Ich habe einen Platz in diesem Krieg, genau wie du.« Sie verstummte und wurde ruhiger; es stimmte ja, was sie sagte. »Ich beschaffe O'Neill seine Kanonen. Und ich breche Bingham das Genick, und wenn es das letzte ist, was ich tue.«

»Bingham? Du? Bingham? Verlaß dich nicht drauf, daß ich dich nächstesmal wieder rette.«

»Du ...« Ihr fehlten die Worte. »Wenn du geruhst, dich zu erinnern, das letzte Mal, als wir in einem Turm waren, da hab' ich *dich* gerettet.«

»Ich erinnere mich.« Sie hob den Blick, weil seine Stimme verändert klang. »Das ist das Höllische dabei. Jeden einzelnen Tag hab' ich mich seither an jede Sekunde erinnert. Dann bin ich beichten gegangen, daß ich's loswerde, und dann fällt mir alles wieder von vorne ein. Und ich denke mir: Da ist doch nichts dran an dieser rothaarigen zaundürren Frau, überhaupt nichts, gar nichts.«

»Oh, danke vielmals.«

»Eine verheiratete Frau, die mich schon lange vergessen hat. Und ich rede mir ein, daß ich nur dankbar war, weil du mir das Leben gerettet hast. Aber dann bist du plötzlich unter den Gefangenen. Zaundürrer als je, angezogen wie eine Vogelscheuche.« Er kam aufs Bett zu, und der Feuerschein schimmerte auf seiner bloßen Haut. »Warum zum Teufel mußtest du da hineingeraten? Warum bist du nicht zurück zu deinem Mann gegangen, wohin du gehörst?«

Sie schnupfte auf. »Du kümmere dich besser um deine eigenen Probleme.«

Er nahm das Porridge hoch. Sie sah, daß er Schmerzen hatte, wieviel davon körperlich, wieviel seelisch war, das konnte sie nicht sagen. »Und da sind wir also wieder.«

Tränen liefen ihr über die Wangen, und als sie sie wegwischte, verschmierte sie Porridge über ihr Gesicht. »Tut mir leid, O'Hagan.«

»Ach, na schön.« Er fuhr ihr mit einem Finger über den Mund und steckte ihn dann in seinen. »Vielleicht fällt es Gott nicht auf. Wo rundherum so viel furchtbar Böses geschieht, schaut er vielleicht weg bei dem bißchen Zeit, das wir zusammen haben.« Er schmatzte mit den Lippen. »Das ist hervorragendes Porridge, und du bist eine undankbare Sächsin und nichts anderes. Hast du überhaupt an mich gedacht?«

»Nein.«

Er beugte sich vor und leckte ihr das Gesicht ab, und jetzt küßte er sie, nahm sie so fest in die Arme, daß sie unwillkürlich vor Schmerz aufstöhnte. Er lehnte sich zurück und krümmte sich. Durch seinen Verband sickerte Blut. »Gottverdammt. Wie sollen wir das bloß machen?«

»Vorsichtig.« Sie rieb ihre Wange gegen seine. »Aber irgendwie wird es gehen.«

Am Morgen war der Raum eiskalt, auf dem Fensterbrett lag innen Schnee und bildete auf dem Fußboden darunter eine kleine Schneeverwehung. Noch immer schneite es in dicken Flocken. Ein solcher Winter war im Westen Irlands selten – sie hätte singen können vor Freude über die Mithilfe des Wetters bei ihrer Isolation. Er schlief noch; schmerzhaft drehte sie sich auf die Seite, um sein Gesicht zu studieren. Kein Wunder, daß es seit Schloß Spenser Falten dazubekommen hatte; er hatte auf des Messers Schneide gelebt, nur geschickte Diplomatie hatte ihn vor einem grausigen Tod von den Händen der Engländer bewahrt. In den Pausen zwischen der Liebe hatte er ihr von seiner Mission berichtet. Die Engländer dazu zu bringen, ihn als Vermittler und Befrieder der Clans zu akzeptieren, war um eine winzige Spur einfacher gewesen, als die Clans zur Zusammenarbeit zu überreden. »Ein paar wären am liebsten schon vorgestern aufgestanden. Andere sahen überhaupt keinen Grund zu einem Aufstand. Einige wollten nichts von O'Neills Armee wissen, sondern nur ihre Grundherren umbringen.« Er zog sich hoch, um sie anzusehen. »Du gehst nicht zurück nach Munster, versprich mir das. Niemand kann die MacSheehys zurückhalten, wenn es soweit ist.«

»Wann ist es soweit?«

Er zuckte die Achseln. »Ganz gleich wann, wir können nicht gewinnen. Auch wenn wir sie schlagen, ist das keltische Irland verloren.«

Sie fragte ihn erst gar nicht, welchen Sinn der Krieg dann überhaupt hatte, denn inzwischen hatte sie genug gesehen, um zu erkennen, daß Menschen, die wie die Iren zum Äußersten getrieben wurden, einfach kämpfen mußten, auch wenn sie damit nur eine erträgliche Form des Verlierens wählten.

Er überwältigte sie. Die Flucht aus Galway zu organisieren, das allein hatte einen solchen Mut verlangt, daß ihr die Luft wegblieb, und er hatte es für sie getan. Von ihm geliebt zu werden, war nicht nur an sich so überwältigend, sondern auch, weil sie zum erstenmal in ihrem Leben jede körperliche und geistige Reserve ablegen konnte. Letzte Nacht hatte sie sich nicht geschämt, ihm mit ihrem Körper – innerhalb der von den Verletzungen gesetzten Grenzen – zu zeigen, wie sehr sie ihn liebte, und es ihm immer wieder zu sagen. Sie wünschte, sie würde die irische Liebessprache so beherrschen wie er, um es ihm besser sagen zu können. Oder auch nur die englische Liebessprache. Oder sich an die wunderbaren Liebesgedichte von Philip Sidney erinnern. Die Ordenssprache gab dafür nichts her, ihr gefühlvollster Ausdruck für den Liebesakt war »Matratzengigue«. Sie hatte für ihn keine Worte. »Du bist ein klasse Bursche, O'Hagan«, sagte sie schließlich.

Er machte die Augen zu. »Das sagst du sicher zu allen.«

Sie küßte ihn. »Komm, laß mich deine Wunde behandeln.«

»Ich habe anderes vor.« Er streckte die Arme nach ihr aus. Sie verzog das Gesicht vor Schmerz, und er sagte: »Au! Hilf Gott, wie bringen denn die Igel diese Dinge fertig?«

»Hab' ich dir schon gesagt ... au ... vorsichtig.« Immerhin, es gelang ihnen irgendwie, und nachher weichte sie den Verband herunter. Bei körperlichen Schmerzen war er immer noch wie ein Baby.

»Heilige Mutter Gottes, Weib, willst du mir die Haut abziehen?« Die Verwundung war bei weitem nicht so schlimm wie die, die ihn in Munster fast das Leben gekostet hätte; der Stoß war diesmal nicht durch und durch gegangen, sondern hatte ihm nur hinten an der Taille ein Stück Fleisch herausgeschnitten.

»Schön sieht's nicht aus«, bemerkte Barbary. »Warum kannst du denn nicht die Finger von solchen Raufereien lassen?«

»Weil mich rothaarige Weiber immer wieder da hineinziehen.«

Schließlich trieb sie der Hunger aus dem Zimmer. O'Hagan bildete sich ein, daß sie für das verlorene Weihnachtsfest entschädigt werden mußte – »Binghams Version war nicht sehr festlich« –, und zwar durch ein Fest nur für sie beide. Aber er erlaubte Barbary nicht, das Festmahl von Katty zubereiten zu lassen. »Keine Fremden. Du kochst.« Er glaubte ihren Beteuerungen nicht, sie könne gar nicht kochen. »Alle Frauen können kochen.«

Sie humpelten nach unten – immer noch entdeckte sie neue Verletzungen, eine davon war ein verstauchtes Knie. Sie holten eine Gans aus Graces Kühlhaus und fanden in ihren Schränken alle nur erdenklichen Viktualien: von Mehl, Hafer und Bohnen bis zu exotischen Luxusgütern. »Zucker, mein Gott«, rief O'Hagan. »Woher hat sie den Zucker?«

»Lotsengebühr«, versetzte Barbary.

Die Art und Weise, wie sie eine Füllung herstellte und das unappetitliche Ergebnis dann der Gans ins falsche Ende stopfte, überzeugte ihn, daß zumindest *eine* Frau nicht kochen konnte, also übernahm er es selber, befaßte sich stirnrunzelnd mit Fragen von Kochtopfgrößen und Gewichten und war bei dem Ganzen von einer Wichtigkeit durchdrungen, die bei der Formulierung einer Staatsverfassung nicht größer hätte sein können. Barbary, die hier überflüssig war, wanderte durch den Turm und untersuchte die Truhen und Kisten ihrer Großmutter. Manus, der Verwalter, hatte die kostbareren Wertgegenstände mitgenommen, damit sie *Ihr* auch auf dem Festland zur Verfügung stünden, aber immerhin konnte Barbary den Tisch mit herrlichen holländischen Pokalen aus farblosem Glas in vergoldetem Silber schmücken, mit Zinnschalen und goldenen spanischen Ohrlöffeln in Delphingestalt, die sie auch aufdeckte, weil sie sie für Eßlöffel hielt.

Den Schock erlebte sie, als sie den Handspiegel fand, an sich ein schönes Stück aus poliertem Stahl in bossiertem Leder, der aber ein Gesicht spiegelte, das alles andere als neu aussah. Die Haut war straff gespannt. Quer über dem Nasensattel verlief ein Schnitt, unter einem Auge hatte sie eine dunkelblaue halbmondförmige Quetschung und eine Narbe auf der Oberlippe. Mit dieser Vogelscheuche hatte er geschlafen? Sie hatte schon hübschere Packsättel gesehen. Und ihr Haar ...

Zuerst versuchte sie, einen eisernen Waschzuber in den obersten Stock zu schleppen, mußte aber aufgeben. Dann wickelte sie sich in einen Umhang und rannte den Hang hinunter, um Katty um ein Bad zu bitten. Während das Wasser erhitzt wurde, kehrte sie in den Turm zurück, filzte alle Kleiderschränke und stopfte das Ergebnis in einen Handwagen.

Zurück in Kattys Küche, wo es nach frisch gebackenem Brot und Laugenseife roch, goß sie den zähflüssigen Inhalt verschiedener merkwürdig geformter Glasflaschen in das dampfende Holzfaß, das Kattys Bad und Waschzuber war. In der undeutlichen Erinnerung, daß Philip Sidney jemand gekannt hatte, der in Eselsmilch badete, goß sie aus dem Butterfaß noch zwei Schöpfkellen Milch dazu. Sie zog sich aus, kletterte in den Bottich, nahm eine Schwammgurke aus der Salbendose, setzte sich bis zum Hals ins heiße Wasser und schrubbte sich beinah die Sommersprossen aus dem Gesicht. Dann wusch sie sich das Haar, trocknete es, indem sie den Kopf in den noch warmen Brotbackofen steckte, und brachte es mit einem Paar von Graces seidenen Unterhosen zum Glänzen.

Schließlich paradierte sie vor Katty, duftend wie ein schlüpfriges Milchmädchen, in juwelenbesetzten hochhackigen Schuhen aus Satin, die um einiges zu groß waren, und einem Kinderleibchen und -rock, die etwas zu klein waren, aber dafür aus meergrünem Plüsch und mit Perlen bestickt. In den Ohren und um den Hals, damit man die Seilspuren nicht sah, trug sie Smaragde aus Kolumbien, in der Hand einen Pfauenfedernfächer.

»So schön wie *Sie* selbst am Sonntag«, erklärte Katty, »nur kleiner.«

Auf dem Rückweg den Hügel hinauf zum Turm verabschiedete sich Barbary auf immer von ihrer Jungenkleidung. Vielleicht würde sie aus praktischen Gründen wieder Männerkleidung anziehen, aber nie mehr als Verkleidung; der Spiegel sagte ihr, daß sie nicht mehr lange damit durchkommen würde. Ihr Körper war in seiner ärgerlichen Dürre noch immer sehr jungenhaft, aber das Gesicht war nicht mehr jugendlich; keine Falten, nicht trauriger, aber von einer gewissen Nüchternheit. Wissend war es immer gewesen, jetzt zeigten sich bereits Altersspuren von Weisheit. Das gefiel ihr wenig, aber wie alt war sie denn jetzt? Zwanzig? So etwa. Eine reife Frau; Zeit, sich entsprechend zu kleiden.

Am Eingang zum Erdgeschoß des Turms blieb sie posierend stehen, blickte kokett über ihren Fächer hinweg und wartete darauf, bemerkt zu werden. O'Hagan blickte von seinem Backrohr hoch und kam ihr dann zerstreut entgegen. »Was soll ich nur mit dem ganzen Gänsefett tun?« fragte er.

Sie schlug den Fächer zu und sagte es ihm.

Nicht nur einmal, sondern mindestens zwanzigmal mußte sie ihm bestätigen, daß das die beste Gans war, die je einen Tisch geschmückt hatte. Wäre die Gans noch roh und ungerupft gewesen, sie hätte das gleiche gesagt. Die Mahlzeit, die Wärme, die Kerzen, die Einrichtung des Raumes, die Hummertöpfe und die Spinnweben, der verdammte Kanarienvogel, das Meer und der Schnee, die draußen Wache hielten, das alles wirkte wie ein Zauber. Er trug eines von Don Wiegehtsdempapas feinsten Leinenhemden, mit Rüschen an den Handgelenken und offen am Hals, und als er aufhörte, sich selbst zur Vollkommenheit der Gans zu gratulieren, bemerkte er sie. Aber auch jetzt fielen ihm das Kleid oder die Smaragde gar nicht auf. Er stellte seinen Pokal mit Graces bestem Bordeaux nieder, stützte den Ellbogen auf den Tisch und starrte sie an. »Haar wie dieses müßte einen speziellen Dispens vom Papst bekommen.« Er war ein bißchen betrunken, aber sie war's auch, und beide nicht vom Wein.

»Gib's zu, O'Hagan, du würdest mich nicht lieben, wenn ich eine Glatze hätte.«

»Stimmt.«

»Hör auf, mich so anzustarren.«

»Ich kann mir nicht helfen. Gott steh' mir bei, ich kann mir nicht helfen.«

Die Puppen hatten nie etwas davon erwähnt, daß es zwischen Mann und Frau eine solche Leidenschaft geben konnte, so wild, daß es wie Verzweiflung war.

Nach ein oder zwei Wochen dieses intimen Zusammenlebens dachte sie, daß diese Leidenschaft zahmer, sanfter würde, etwas Bequemeres, Alltäglicheres.

Aber keine Spur davon. Sie kannte jeden Zoll von ihm, aber wenn er Torf oder Wasser holen ging und dann seine lange Gestalt wieder im Eingang erschien, dann geriet ihr Atem ebenso in Aufruhr wie damals im Torturm von Schloß Spenser.

Aber ihr Atem machte ihr ohnehin zu schaffen. Sie wurde nicht so schnell wieder gesund wie er. Bei ihm war alles gut verheilt, und auch ihre Narben heilten gut, aber das Stechen in der Brust hörte nicht auf. Zuerst lauerte die Krankheit im Hintergrund wie ein Lauscher an der Tür, so daß es sie nur im Unterbewußtsein störte. Sie wartete, daß es wieder fortging, aber schließlich trat der Lauscher ein, so wirklich und unerwünscht wie eine dritte Person. Es fiel ihr immer schwerer, aus einem Schlaf zu erwachen, der wie Delirium war. Sie sagte ihm nichts davon, weil sie nicht glauben konnte, daß sie nicht durch Glücklichsein gesund würde. Die herzzereißende Freude dieses Frühlings im Winter mußte sie doch gesund machen. Sie war auf einer Zauberinsel, die nach allen Gewürzen des Orients duftete, in azurblauem Wasser, bestreut mit Blumen, die nüchternen Leuten wie gefrorene Kristalle auf toten Grashalmen vorkamen. Wenn sie spazierengingen, hing ihr gefrorener Atem in der Luft wie weiße Schäfchenwolken.

»Der Orden würde sagen, das ist meine Balzzeit«, sagte sie keuchend zu O'Hagan und kratzte sich den Rest eines Schneeballs aus dem Kragen.

»Balz?«

»Wenn das Gras hoch genug ist, daß sich Verliebte drin verstecken können.«

Aber bei ihrem nächsten Spaziergang fiel sie hin und konnte nicht mehr aufstehen. Er trug sie zum Turm zurück. »Warum hast du mir nichts gesagt?«

»Mir fehlt nichts.«

Sie spürte, daß er sie pflegte und umsorgte, wie sie ihn gepflegt und umsorgt hatte. Durch furchtbare Träume war seine Stimme der Tunnel zurück auf festen Grund. Manchmal schimpfte er sie zurück, dann flehte er. »Willst du mir denn unter den Händen wegsterben?«

19

Es war der kälteste Winter seit Menschengedenken. Hunger zwang die bloßen Iren, die eigentlich mit keinem von beiden etwas zu tun haben wollten, sich entweder den Rebellen oder der englischen Armee anzuschließen. Aber dann fanden sie in keinem der beiden Lager mehr Essen und warme Kleidung, als wenn sie zu Haus geblieben wären, obwohl es den Rebellen vielleicht um eine Spur besserging, denn sie litten nicht unter jenem königlichen Geiz, der die englische Verwaltung in Irland zu einer Korruption zwang, die oben an der Spitze begann und sich bis zur Basis durchzog, wo die Soldaten ihre Waffen verkaufen mußten, um nicht zu verhungern. Es war eine Zeit der Untätigkeit und Klagen und daher geeignet für den Wunsch nach einem Sündenbock. Unter den ständigen Depeschen aus Irland mit Bitten um Nachschub an Nahrung, Uniformen, Waffen und Geld, die sich auf Lord Burghleys Schreibtisch stapelten, fiel ihm die immer häufigere Erwähnung des Grafen von Tyrone auf. Spione brachten Nachricht, für die sie auch bezahlt wurden, daß O'Neill mit Spanien verhandelte, mit Schottland, mit Rebellen. Schiffbrüchige Spanier versteckte und beschützte er noch immer. Er weigerte sich, gegen benachbarte irische Clans vorzugehen, die ihre Steuern nicht zahlten. Er war es, der hinter dem Ausbruch aus Schloß Dublin stand, der mit der Piratin Grace O'Malley unter einer Decke steckte, auch mit dem O'Donnell, der sich jetzt wieder in sein unzugängliches Donegal zurückgezogen hatte und Ihrer Huldreichen Majestät, der Königin Elizabeth, den Gehorsam verweigerte.

Für die Iren, die sich, ebenfalls untätig, aber mit noch mehr Grund zum Klagen, um ihre Torffeuer drängten, war es Zeit für die Hoffnung auf einen Befreier. Und auch hier redeten Männer und Frauen immer häufiger von dem O'Neill. Die alte Prophezeiung von den beiden Hughs ging wieder um, die, wenn sie einmal zusammenkamen, so wie jetzt Hugh O'Donnell und Hugh O'Neill, den Hochkönig wieder in sein Recht einsetzen und alle Fremden und Eroberer aus Irland vertreiben würden.

Und in Ulster saß der O'Neill selbst und drehte und wand sich, wich aus und versprach und gelobte und war bemüht, allen Seiten alles zu sein und trotzdem Ulster frei zu erhalten. Im Osten drohte ihm sein wutentbrannter Schwager Henry Bagenal, der ihn mit Gewalt vor Gericht schleppen wollte, weil er durch seine Heirat mit Mabel Bagenal Bigamie begangen habe. Täglich trafen englische Boten aus Dublin ein, schüttelten sich den Schnee ab und überbrachten Befehle, Ermahnungen, Erkundigungen, Verbote. Täglich trafen Iren aus dem Südwesten ein, die ihn um Hilfe für ihre Clans gegen Binghams Knute anflehten. Maguire, seinen Nachbarn im Westen, versuchte er von einem offenen Aufstand gegen England abzuhalten und ebenso den noch weiter westlich angesiedelten, noch heißblütigeren Hugh O'Donnell in Schach zu halten. Gegen Verleumdungen, Prophezeiungen und den Schnee ankämpfend, ging der O'Neill nach Dublin und verteidigte sich unter Tränen gegen die gegen ihn erhobenen Anklagen. Er weinte derart, daß es seine Ankläger in Verlegenheit brachte. »Ich erkläre, daß ich mich Ihrer Majestät für ihre große Gnade und Güte unendlich verbunden fühle«, schluchzte er. »Laßt mich nach London gehen, daß ich ihr die Füße küsse und berichte, wie man mich hier von allen Seiten verfolgt.«

Er ging nicht, er hatte nicht die geringste Absicht, nach London zu gehen, aber damit hatte er einen Trumpf ausgespielt, denn auch die englischen Politiker in Dublin wollten nicht, daß er ging. Wer weiß, vielleicht taten sie O'Neill ja unrecht; was man gegen ihn vorbrachte, beruhte schließlich nur auf den Aussagen unverläßlicher Spione. Hätten sie in diesem Winter ein Geschenk von Gott erbitten können, dann wohl die Fähigkeit, in den O'Neill hineinzusehen. Aber obwohl Gott vielleicht die Laterne hielt, die Licht in dieses dunkle Labyrinth warf, gab Er sie niemand anderem in die Hand.

Es war nicht zu erwarten, daß ein Mann wie Bingham sich seine Gefangenen vor der Nase wegschnappen ließe, ohne sich zu rächen. Und während Barbary noch auf Clare um Luft rang, kam ihre Großmutter mit der Nachricht an, eine englische Flotte sei von Galway unterwegs hierher, und Clare müsse evakuiert werden.

»Bingham hat genug Schiffe, um die Bucht von Clew zu ersticken«, sagte sie zu O'Hagan. »Vielleicht können wir ihn abwehren, vielleicht nicht. In jedem Fall muß das Mädchen fort.«

O'Hagan geriet in Panik. »Sie wird sterben. Sie liegt schon jetzt im Sterben. Ich lasse sie nicht transportieren.«

Grace O'Malley blieb ungerührt. »Sollen wir Bingham bitten, daß er sie gesund werden läßt und dann erst aufhängt?«

»Aber wohin? Wohin können wir sie denn schicken?«

»Zum O'Neill. Nur Ulster ist jetzt sicher. Die See ist ruhig, und ich hab' ein kleines Handelsschiff, das sie erwartet. Katty und Kitterdy Zwei gehen mit ihr. Dich brauch' ich hier.«

Die beiden Ausbrecher aus Schloß Dublin sahen einander fest in die Augen. Grace hatte recht, O'Hagan wußte, daß sie recht hatte. Er hüllte Barbary in einen weiten warmen Umhang und trug sie zum Anlegeplatz. Sie spürte die Kälte im Gesicht, schmeckte die Meeresluft und hielt sich mit der ganzen Kraft, die ihr geblieben war, an seinem Hals fest. »Schick mich nicht fort.« Sicher war sie nur bei ihm. Wenn sie ihn jetzt verlor, dann war es für immer.

»Ich hol' dich zurück. *Avourneen,* hör mir zu. Und wenn die Hölle sich zwischen uns stellt, ich hole dich zurück.« Aber er hätte kein Geld darauf gesetzt, daß sie beide die nächsten Tage überlebten. Vorsichtig reichte er sie Kitterdy Zwei.

»Die kommt durch«, erklärte ihm Grace. »Die hat das Blut der O'Malleys.«

Die Burg des O'Neill lag auf einem Hügel bei Dungannon und beherrschte den nördlichen Fluß Blackwater. In dem Bauwerk mischten sich so viele architektonische Epochen, daß aus der Entfernung seine Türme und steilen Gaubendächer aussahen wie eine Sammlung von Stalagmiten. Wäre Lord Burghley hiergewesen, hätte er wohl betrübt festgestellt, daß kein einziges davon mit dem Blei gedeckt war, das aus England einzuführen er dem O'Neill so großzügig gestattet hatte; aus eben diesem Blei waren nämlich schon lange Kugeln gegossen.

Dafür hatte der O'Neill aber seinem Gönner das Kompliment erwiesen, einen neuen Trakt genau nach dem Vorbild von Burghleys Gut Theobalds zu bauen, stilistisch ein Durcheinander aus Cinquecento und Tudor. Hier gab es eine Galerie von einhundert Fuß Länge, eine prachtvolle Treppe, die aus einer riesigen Halle aufstieg, Balkone und Säulengänge mit groteskem Schnitzwerk, schwarz-weiß geflieste Fußböden, weiße Kieswege in den Gärten und Statuen, wohin das Auge blickte. Aber während in Hertfordshire die Gefahr einer Belagerung ein Ding der Vergangenheit war und Theobalds daher ohne Befestigung der Welt ins Auge blickte, war Dungannon von Wällen umgeben.

Das Zimmer, wo Barbary gesundgepflegt wurde, lag hoch oben in einem der neuen Türme und blickte über die Brustwehr auf Waldgebiet und Lough Neagh. Es war kein ruhiger Raum. Jede Handbreit Wand war mit Jagdszenen tapeziert, in einem runden Medaillon im Deckengewölbe zielte eine spärlich bekleidete Artemis mit Pfeil und Bogen auf einen ebenso nackten Aktaeon, was sich nicht wirklich lohnte, dachte Barbary, da er ohnehin schon von Hunden zerrissen wurde. Viele teilnahmslose Tage starrte sie von ihrem Kopfkissen darauf. Es war ein Zeichen, daß es ihr besserging, als diese Szene anfing, ihr auf die Nerven zu gehen. Und als sie endlich Artemis zuzischte: »Na los, erschieß ihn doch schon!«, da meldete Katty dem O'Neill, daß ihre Patientin über den Berg sei und besucht werden könne.

Lächerlich auf Zehenspitzen schleichend, kam er ins Zimmer, mit der einen Hand hielt er sich eine Parfümkugel an die Nase, mit der anderen streckte er ihr einen Strauß entgegen. »Geht's Euch besser?«

Katty nahm den Strauß und stellte ihn ins Wasser. »Wenn ich fest blase, fällt sie um, aber sonst geht es ihr besser, Gott sei Lob und Dank.«

»Phantastisch. Ich hasse kranke Frauen.« Alles an ihm war übertrieben, sein gefärbter Bart, sein äußerst farbenfrohes Gewand, seine Gesten. Sogar sein eigenes Wissen, daß er eine Karikatur war, war übertrieben: aus schmalen schwarzen Augen warf er immer wieder Seitenblicke, um seine Wirkung abzuschätzen. Der Raum wurde doppelt so unruhig.

»Irgendwelche Neuigkeiten?« fragte Barbary.

»Keine.«

Sie sank zurück. Zwischen Grace O'Malley und der englischen Flotte hatte vor der Bucht von Clew ein kurzes Scharmützel stattgefunden, aber Bingham war Grace zahlenmäßig und an Artillerie derart überlegen, daß Grace ihre seemännischen Fähigkeiten und Kenntnis der Gewässer nur dazu genutzt hatte, mit möglichst wenig Verlusten zu entkommen. Seither hatte man weder von ihr noch von O'Hagan ein Wort gehört. Nur um O'Hagan machte sich Barbary Sorgen; Grace O'Malley war in der Vorstellung ihrer Enkelin unsterblich. Grace O'Malley würden sie nicht kriegen. Aber für den verletzlichen O'Hagan sprach sie barbarische Gebete. »Beschütze ihn. Wenn du es verlangst, werde ich ihn nie wiedersehen, wenn du ihn nur vor jeder Gefahr beschützt.«

Was man sonst hörte, war nicht beruhigend. Die Kolonisierung von Connaught, bisher nicht so erfolgreich wie die von Munster, wurde von neuem in Angriff genommen. Binghams Armee vertrieb die Iren von Haus und Hof, es gab Kämpfe und Hungersnot.

Der O'Neill hockte sich aufs Fensterbrett und öffnete die Läden gegen den fallenden Schnee, worauf Katty sie sofort wieder schloß, aber er starrte weiter durchs Glas hinaus. »In Connaught rupfen sie Gänse«, sagte er, »das haben wir immer gesagt, wenn es schneite. Gänserupfen in Connaught. Jetzt werden sie von Bingham gerupft.« Seine schwarzen Augen glitten zum Bett. »Es ist fort, Connaught ist fort«, als wäre das ganze westliche Irland ins Meer gerutscht. »Ich bin der Mann in der Lücke.«

»Sie sind alle tot, ja?«

»Keineswegs. Das hätten wir gehört. Die tauchen schon hier auf, eines Tages, tot oder lebendig oder zu Pferde.« Er kam zu ihr und setzte sich aufs Bett. »Möchtet Ihr noch mehr Neuigkeiten hören?«

Sie schüttelte den Kopf.

»Dann fange ich an. Wußtet Ihr, daß Sir Walter Raleigh im Tower ist, und zwar wegen einer heimlichen Heirat mit einer von Elizabeths Hofdamen?«

»Nein!« Er hatte sie neugierig gemacht. »Warum hat er denn das getan?«

»Möglicherweise«, näselte der O'Neill, »weil ihm langweilig war. Der Königin ständig Leidenschaft vorspielen und selber im Zölibat leben, das bringt nur ein Christopher Hatton fertig, und der ist jetzt auch tot, der Arme. Den Intelligenteren hängt es nach einer Weile zum Hals heraus. Vielleicht sehnte sich unser Walter nach einem Erben. Er ist schließlich schon einundvierzig.«

Sie grübelte darüber nach, bis der O'Neill, der sie beobachtete, schon dachte, sie wäre eingeschlafen, aber dann sagte sie: »Armer alter Edmund. Was ist sein Epos jetzt wert?«

»Spenser ist zurück in Irland.« Er warf ihr einen forschenden Blick zu. »Über Euren Mann wollt Ihr gar nichts hören?«

Sie hatte damit gerechnet. »Doch, doch.« Wenn sie an ihn dachte, dann nicht als an ihren Gatten; im Geist hatte sie das kurze Zwischenspiel ihrer Ehe gelöscht und wieder den echten Rob an seine Stelle gesetzt, den Liebhaber von Schiffen und Büchern, den Rob ihrer Kindheit, den einzigen Rob, für den sie Zuneigung empfand, aber auch dann nur aus der Entfernung.

Aber der O'Neill bestand auf ihrer legalen Beziehung. »Er ist im Kommen, Euer Ehemann. Im jüngsten Feldzug hat er Lorbeer geerntet, als einziger übrigens.«

Die Verfolgung der spanischen Schiffe in ihre Heimathäfen war in katastrophaler Weise danebengegangen. Sir Francis Drake und Sir John Norris, ihre Anführer, hatten sich geweigert, ihre Schiffe bei der schwierigen Überfahrt zu den Häfen in der Biskaya aufs Spiel zu setzen, und waren statt dessen in offenem Ungehorsam gegen Elizabeths Order zu den Azoren gesegelt, um dort unter der Flotte aus der Neuen Welt Beute zu machen, denn sie wußten ja, daß jede königliche Verstimmung leicht mit Gold zu beschwichtigen war. Sie hatten keines gefunden. Dafür hatten elftausend Mann das Leben verloren, und die heimkehrenden Schiffe waren in fürchterlichem Zustand.

»Aber Euer Mann hatte Glück. Er kaperte ein Schiff, das mit Gewürzen beladen war, das meiste davon Pfeffer. Wißt Ihr, wieviel man heutzutage für Pfeffer in England bekommt? Elizabeth nieste ihm ihre Huld zu. Sie liebt gut gebaute junge Männer, denen das Glück lacht. Er ist jetzt am Hof, Gegenstand der Eifersucht für den kleinen Essex, wie man mir sagt. Drake ist in Ungnade und der arme Norris zurück in Irland.«

Er beobachtete sie noch immer und wartete auf eine Reaktion, aber für sie war alles wie ein Märchen, wie Nachrichten aus einer anderen Welt. »Aha«, sagte sie und schlief wieder ein.

Während ihrer Genesung verbrachte sie die meiste Zeit am Fenster, den Blick fast immer in die Richtung des Lough Neagh gerichtet, in der Hoffnung auf ein Schiff mit der O'Malley-Flagge, das nie kam. Wenn das Warten unerträglich wurde, lenkte sie sich ab mit Beobachtung des geometrisch angelegten Gartens sechzig Fuß tief unter ihrem Turmzimmer, wo die Männer und Frauen so klein wie Schachfiguren aussahen. Es war ein Blick aus der Vogelperspektive auf das gefährliche Spiel des O'Neill – so gefährlich, daß sein Leben verwirkt war, wenn bestimmte seiner Schachfiguren anderen begegneten.

Da war der bärtige, theatralische Maguire, eine Gestalt wie aus den Legenden der Vorzeit, Anführer des besonders englandfeindlichen Clans an der Grenze zu O'Neills Territorium, der gegen den O'Neill seine Fäuste ballte und sich heftig auf irisch beschwerte. Dann kamen katholische Priester aus Rom und beschworen den O'Neill auf lateinisch, in einem Heiligen Krieg den Wahren Glauben in Irland wiederzuerrichten.

Einmal kam ein Diener gerannt und trieb sie gerade noch

rechtzeitig aus dem Garten – Barbarys Handflächen wurden vom bloßen Zusehen feucht –, bevor eine Abordnung von englischen Beamten aus Dublin in den Garten stolzierte und mit hohen, befehlsgewohnten Stimmen, die sich hier oben wie das Krähen von Hähnen anhörten, dem O'Neill ihre Anweisungen erteilten. Die Hüte der Engländer wanderten an einer Seite der Hecke entlang, während die Priestertonsuren wie eine Kette hüpfender junger Zwiebeln die andere entlangschlichen.

Sie sah zu, wie die zierliche Gestalt im Mittelpunkt Kapriolen schlug, redete, diskutierte, überzeugte, von Befehl zu Beschwörung wechselte, von Irisch zu Englisch zu Latein und wieder retour, aufrecht stand, sich beugte, Huldigungen erwies und empfing, und fragte sich, wann der O'Neill wohl verrückt würde. Manchmal kam er in einem Zustand in ihr Zimmer, daß sie den Eindruck hatte, es sei bereits soweit, so wütete er, ebensosehr gegen seine eigenen Leute wie gegen die Engländer. Aber es war das Wüten des Visionärs, der bereits sieht, wofür die anderen um ihn herum zu kurzsichtig sind.

»Das einzige, was sie begreifen, ist, daß Elizabeth sie persönlich beleidigt. Und dann gehen sie hin und kämpfen, einzeln, heroisch, verzweifelt, diese großen Idioten, im sicheren Bewußtsein ihres Untergangs. Und dabei gibt es die ganze Zeit eine Alternative, *meine* Alternative: einen Zusammenschluß keltischer Clans, der zu gegebener Zeit so mächtig werden könnte, daß Elizabeth nicht mehr dagegen ankäme. Aber sie haben sich noch nie zusammengetan, daher können sie sich's nicht vorstellen. Gott verdamme sie. Gott verdamme sie.«

Selbst an Tagen ohne besondere Besucher gab der O'Neill keine Ruhe, sondern schritt im Garten auf und ab und diktierte seinen englischen Sekretären endlos lange Briefe an Burghley und an die Königin und im nächsten Atemzug an Philipp von Spanien.

»Warum benutzt Ihr englische Schreiber?« fragte sie ihn einmal. »Hat nicht einer von ihnen Euch einmal verraten?« Katty erfuhr von den Bedienten so manches.

Der O'Neill schnippte mit den Fingern. »Ich traue nur den

Listigen, Lady Betty, denn so bin ich selbst. Nur mit den Freimütigen, Offenen habe ich Probleme – ich weiß zum Beispiel nie, was Stieren wie Maguire oder dem O'Donnell als nächstes einfällt.«

An einem anderen Tag sah sie, wie zwei schöne Mädchen ihn laut streitend in verschiedene Richtungen ziehen wollten. »Aber natürlich muß er Geliebte haben«, erklärte Katty. »Hätte er keine Frauen, wie sollten ihn dann seine Leute achten?«

»Aber wo ist Mabel?«

»Wer?« fragte Katty.

Und dann gab es den Geist. Daß es ein Geist war, erkannte Barbary daran, daß zwar sie ihn von ihrem Horst aus sehen konnte, aber offenbar sonst niemand. Manchmal war die Gestalt allein, glitt durch den im Vorfrühling erwachenden Garten, manchmal erschien sie auch, wenn unten alles voller Menschen war, ging mitten durch Gruppen hindurch, die ins Gespräch vertieft waren und sich davon nicht stören ließen. Die Gestalt war ältlich, dünn und weiblich. Niemand sah sie an oder redete mit ihr. Barbary bemerkte erleichtert, daß sie wenigstens einen Schatten warf.

Nachdem der Arzt sie für gesund erklärt hatte, kam eines Abends der O'Neill, um sie hinunter in die Halle zum Dinner zu geleiten. Barbary wollte nicht, sie fühlte sich in ihrem Schwebe- und Wartezustand am Fenster am wohlsten.

»Nur Familienmitglieder«, sagte O'Neill. »Keine aufregenden Gäste heute. Ein kleines Fest Euch zu Ehren.« Seine Vorstellung von einem kleinen Fest waren zweihundert Leute. Der gesamte Clan fühlte sich jederzeit berechtigt, die O'Neillsche Gastfreundschaft in Anspruch zu nehmen, wenn man zufällig hier vorbeikam; manche blieben Monate, manche für immer. Barbary, an die Stille ihres Zimmers gewöhnt, hatte den Eindruck, als sei halb Ulster samt Hunden zu Gast.

»Ich werde keinen Toast auf Euch ausbringen«, sagte der O'Neill, »denn die Sekretäre müssen ja nicht jeden kennenlernen, der hier wohnt.« Der Stuhl auf seiner anderen Seite war leer. »Die werden annehmen, Ihr seid eine neue Geliebte, und mich beneiden.« Dabei lächelte er, aber seine Blicke gingen zum anderen Ende der Halle, wo eine Gestalt hereinkam und jetzt die Tische entlangschwebte. Es war der Geist. Er beugte sich über einen Gast, der offenbar nichts bemerkte, nahm ein Hühnerbein von seinem Teller und nagte daran, während er unsichtbar weiterschwebte.

»Entschuldigt mich, meine Liebe.« O'Neill erhob sich, schritt auf den Geist zu und nahm auf höfische Weise seine Hand, um ihn zu dem leeren Stuhl neben sich zu führen, aber der Geist bewegte sich von ihm fort und ging hinaus.

Jetzt erkannte Barbary, wer das war. Sie lief der Gestalt nach und holte sie draußen zwischen den geometrischen Blumenbeeten des Gartens ein, wo sie sie so oft spazieren gesehen hatte. »Mabel! Ich bin's, Barbary. Ihr kamt mich einmal besuchen, im Haus der Spensers in Dublin. Ich stand gerade vor der Hochzeit und Ihr ...« Sie verstummte.

»Ach wirklich?« Mabel erinnerte sich nicht. Sie schien interessiert, aber nicht mehr als an ihrem Hühnerbein, und das war nicht viel. Wie konnte jemand, der so jung war, so alt aussehen? Nein, nicht alt. Alter war etwas Deutliches, und alles Deutliche war von Mabel O'Neill gewichen. Sie ging in irischen Kleidern, trug sie aber nicht; irgend jemand hatte sie da hineingesteckt, die Schulternaht hing ihr mitten auf der Brust herunter, der Kopfputz war ihr lächerlich tief in die Stirn gedrückt. Jugend, Gesundheit, Gefühl waren verschwunden, aber man konnte nicht einmal behaupten, daß sie krank war. Ihr Gesicht, früher so rund und rosenwangig, war nur mehr verschwommen. Ein Rest von Manieren war ihr geblieben. »Wie nett, daß Ihr kommen konntet.«

»Der O'Neill hat mich gütigerweise aufgenommen.«

Mabel klopfte ihr leicht auf die Schulter. »Ihr müßt aufpassen, daß er Euch nicht tötet«, sagte sie – es klang, als rate sie von den Garnelen ab.

»Tötet er denn Menschen?«

»Ich denke schon. Ich denke, er hat meinen Bruder getötet.« Sie ließ den Knochen fallen, betrachtete ihre Hände wie Dinge, die nicht zu ihr gehörten, und wischte sie an ihrem Rock sauber.

»Mabel.« Barbary legte der Frau die Hände unters Kinn, damit sie sie ansah. »Mabel, Henry Bagenal lebt. O'Neill hat ihn nicht getötet.«

Mabel nickte, »Ach so«, und wollte weiterschweben.

Barbary hielt sie fest. »Möchtet Ihr Euren Bruder sehen? Mabel, wir könnten jetzt gehen. Ich nehme Euch mit, sofort, in diesem Augenblick.« Und das hätte sie getan; alles, um dieses tödliche Hinwelken aufzuhalten. Zum Teufel mit dem O'Neill. Was hatte er dem Mädchen angetan, er und seine verdammten Damastservietten? »Was hat er dir getan, Mabel?«

Die Gräfin von Tyrone blickte empor zum Mond, wie jemand, der die Zeit abschätzen will, und schob Barbarys Hand weg. »Er tötet Menschen.«

Barbary sah dem davonschwebenden Geist von Mabel Bagenal nach. Plötzlich spürte sie den O'Neill neben sich und fuhr ihn an: »Was in Teufels Namen habt Ihr mit ihr gemacht?«

Er zuckte die Schultern. »Das Versetzen ist ihr nicht gut bekommen.«

»Das *Versetzen?*«Sie hätte ihn am liebsten ins Gesicht geschlagen. Als wäre Mabel Bagenal ein Steckling, der nicht Wurzeln schlagen wollte. »Wie konntet Ihr das je erwarten?« Die Einsamkeit des Mädchens. In eine Gesellschaft hineingeworfen, die ihr wie aus dem finstersten Mittelalter vorkommen mußte, voller Barbaren, die ihr Benehmen, ihre Sprache, ihr Volk und ihre Religion verachteten.

»Bei Euch ging's«, sagte der O'Neill.

Das war etwas anderes. Sie war in der Barbarei des Ordens aufgewachsen und daher vorbereitet gewesen. Außerdem war es für sie ja eine Heimkehr gewesen, und ihre Augen hatten sich der Schönheit und menschlichen Nähe dieses Lebens geöffnet.

»Meine Liebe«, redete der O'Neill weiter, »ich möchte Euch gern zu einer kleinen Bootsfahrt einladen. Draußen auf dem Lough Neagh sind ein paar Leute, mit denen Ihr vielleicht gern sprechen würdet, aber es ist nicht nötig, daß andere ihre Gesichter sehen. Die Pferde für den Ritt zum See stehen schon bereit, wenn Ihr Euch kräftig genug fühlt.«

Sie vergaß Mabel und packte ihn am Arm. »Ist es O'Hagan?«

»Ich fürchte nein, allerdings hab' ich Nachricht von ihm.«

»Ist er in Sicherheit? Wo ist er?«

Im Garten war es kalt. Zerstreut nahm der O'Neill ihre Hand und hielt sie hoch, so daß sie wie Tänzer dahinschritten, genau wie damals vor langer Zeit im Park von Penshurst. »Es geht ihm gut«, erwiderte er, »und er ist unterwegs nach Spanien.«

Sie verstand ihn zuerst nicht. »Spanien? *Spanien?* Wieso nach Spanien?«

»Weil ich es ihm befohlen habe.« Er wandte sich um und führte sie, noch immer tänzelnd, den Weg zurück, den sie gekommen waren. »Meine liebe Lady Betty, unser beider Freund O'Hagan ist vielleicht mein fähigster Stellvertreter. Seine Aktion für Eure Befreiung aus Galway ist zu loben, aber damit hat er hier seinen Nutzen verloren. In meiner Lage kann ich es mir nicht leisten, auf Talent zu verzichten, und da König Philipp ihn kennt und schätzt, ist er bei bestimmten Verhandlungen, die ich führe, mein inoffizieller Botschafter.« Er blickte zum Mond hinauf. »Es ist Zeit, daß wir gehen.«

»Ich glaube Euch nicht.« Sie stolperte bei dem Versuch, mit ihm Schritt zu halten, während er sie durch einen Bogengang zu den Stallungen führte. Jemand warf ihr einen Reitmantel über und half ihr auf ein Pferd. »Ich glaube Euch nicht.«

»Wir müssen jetzt still sein. Wartet, bis wir im Wald sind.«

Sie ritten durch Tore, Höfe, noch mehr Tore, über eine Straße, dann einen Waldweg. Für Barbary machte es keinen Unterschied, ob sie ritten oder stillstanden, sie hätte es nicht bemerkt. Elend, Verzweiflung spürte sie noch nicht, vorerst nur Unglauben. Ja, O'Neill. Sehr wohl, der Herr. Gleich fort nach Spanien, O'Neill. Nein, das hätte er nicht getan. Das Kostbarste, Teuerste, das sie beide je erlebt hatten, einfach aufgeben, einfach so, ohne auch nur zu winken?

Sie schrie: »Woher wißt Ihr, daß er nach Spanien gegangen ist?«

O'Neill verlangsamte sein Pferd und ritt nahe an sie heran. »Ich schickte ihm letzte Woche meinen Befehl. Heute morgen hörte ich, daß sein Schiff aus Donegal abgesegelt ist.«

»Ihr lügt.«

Er packte die Zügel ihres Pferdes. »Kennt Ihr ihn denn so gut? Ein paarmal habt Ihr ihn getroffen, und schon kennt Ihr den Mann durch und durch? O'Hagan ist mein Milchbruder, das ist die engste Verbindung, die wir hier kennen. Wißt Ihr, daß er eigentlich Priester werden wollte? Warum, meint Ihr, hat er nie geheiratet? War es ihm leicht mit Euch?« Er hielt in einem Flecken Mondlicht an und studierte ihr Gesicht. »Ich sehe, daß es das nicht war.« Plötzlich beugte er sich zu ihr und umarmte sie. »Laßt den Mann bei seiner Arbeit und seinem Gewissen. Wir stehen vor der Vernichtung.« Er ließ sie los, und sie ritten wortlos weiter. »Die Zeit für Liebe ist vorbei.«

Der Weg führte leicht bergab zu einer kleinen befestigten Anlegestelle, wo eine Barke auf sie wartete. Ihr Ankerlicht warf einen zitternden gelben Pfad über das Wasser; es gab kein anderes Licht bis auf den Mond, der die elegante Fasson der Barke deutlich sehen ließ. Der O'Neill half ihr über die Laufplanke. Ihre betäubten Sinne mußten Jahre zurückgehen, um die Mischung aus Bilgenwasser, Scheuerstein und dem Metalldunst der Goldtressen auf den Uniformen schwitzender Männer wiederzuerkennen. Die Barke des O'Neill war eine blattgoldverzierte Kopie von Elizabeths königlicher Barke, auf der sie Burghley und Walsingham zum ersten Mal begegnet, wo ein Kapitel ihres Lebens abgeschlossen und ein anderes aufgeschlagen worden war.

Über dem Achterdeck war eine Markise aufgespannt, darunter stand ein Tisch. An der einen Seite des Tisches saßen vier in Kapuzenmäntel gehüllte Gestalten. Die Markise ließ kein Mondlicht durch, die Gestalten waren schwarze Höhlungen in der Dunkelheit. Der O'Neill gab Befehl zum Ablegen. Die Ruderblätter schaufelten phosphoreszierendes Wasser herauf, eine Farbe wie brennender Brandy. Barbary streckte die Hand aus und berührte die unverkennbare massive Gestalt neben sich. »Danke, Großmutter«, sagte sie. Seit ihrer Rettung aus Galway hatte sie ihr nicht sagen können, wie dankbar sie ihr dafür war.

»Sich von den Galliern fangen lassen«, zischte Grace O'Malley. »Dich könnte man an keiner Straßenkreuzung Mäuse hüten lassen!«

Barbary ging nicht darauf ein. »Stimmt es, daß O'Hagan nach Spanien ist?«

Grace zuckte die Schultern. »Wir trennten uns, als wir gejagt wurden. Zuletzt war er auf dem Weg nach Donegal.«

»Gejagt?«

Ihre Großmutter sagte das gleiche, was der O'Neill gesagt hatte: »Connaught ist fort. Fast meine ganze Flotte ist weg. Die Menschen haben sich verkrochen, und Bingham tötet alles, was noch lebt.«

Barbary erwachte. Seit dem Beginn ihrer Krankheit hatte sie ganz in ihrem privaten Unglück gelebt, O'Hagans Abtrünnigkeit war nur die grauenhafte Erweiterung dieses Zustandes. Aber er lebte, während rundherum Tausende starben, während eine ganze Kultur verschwand, während diese unbesiegbare Frau neben ihr ihre Heimat und ihr Reich verloren hatte.

Barbary war gereift und war auch zu verletzt, um sich vorzumachen, wie sie es früher getan hätte, daß es ihr egal war, zur Hölle mit ihm, was kümmerte es sie. Aber es gab andere Menschen und Dinge, die sie etwas angingen und die, wie der O'Neill ihr klargemacht hatte, vor der Vernichtung standen; die Zeit für Liebe war vorbei. Sie schüttelte sich, und auf einmal fiel ihr auf, wie merkwürdig es doch war, in tiefer Nacht auf einem Boot mit vermummten Gestalten rund um einen Tisch zu sitzen. »Was tun wir hier eigentlich?«

»Was du tust, weiß ich nicht, aber ich bin hier, weil ich mein Land zurückhaben will.«

Barbary sah sich um. Sie steuerten auf die Mitte des Sees zu. Auf dem weißen Strand hinter ihnen sah sie dunkle Schatten liegen, entweder waren es Robben oder *curraghs.* Die leichte Brise brachte vom Land her Blütenduft und massierte das Wasser zu kleinen Wellenrispen.

Ein Diener kam mit einer glühenden Kohle aus dem Kohlebecken, um die von der Markise herunterhängenden Laternen anzuzünden. »Jetzt sind wir nicht mehr zu sehen, meine Damen und Herren«, sagte der O'Neill, »wenn Ihr Euch jetzt entschleiern würdet. Vielleicht einer nach dem anderen.« Er liebte Szenen. Die erste Kapuze glitt von einem roten Kopf, und sofort fuhr die dem Mann innewohnende Energie wie ein unsichtbares Elmsfeuer in die Tafelrunde. Es war O'Donnell. Wie er es fertiggebracht hatte, so lange still und wortlos dazusitzen, blieb ein Wunder. Lächelnd verbeugte er sich vor Barbary. Er hatte eine charmante Stupsnase. »Es ist zu hoffen, daß Ihr die Unfreundlichkeit nach Schloß Dublin vergeben habt«, bemerkte er.

Die zweite Enthüllung brachte den Gehörnten Dick zum Vorschein. Barbary seufzte vor Erleichterung, wurde dann aber plötzlich ganz wild. »Dick, hast du …?« Sie konnte sehen, daß er sich ziemlich wichtig fühlte.

»Hab' ich, Barb.«

Und wirklich, er hatte: Der dritte Mann war Will Clampett.

Sie warf sich über den Tisch und packte ihn am Hals und küßte ihn. »Oh, Will, ich hab' dich so vermißt.« Sein beruhigender Klaps auf den Rücken rief ihr in Erinnerung, daß sie offenbar zu lange unter gefühlvollen Kelten gelebt hatte, daß das keine Art war für Ziehtöchter von Kanonenmeistern.

»Schon gut, Mädchen«, sagte er. Barbary setzte sich, gescholten und glücklich, wieder zurück.

Grace O'Malley zündete sich eine Pfeife an, Flaschen und Trinkkrüge erschienen auf dem Tisch. O'Neill sagte: »Geehrte Gäste sollte man nicht auf diese Art begrüßen, aber so, wie wir hier beisammensitzen, kämen wir dafür alle an den Galgen. Die Engländer bekämen, wie üblich, sicher einen falschen Eindruck. Denn das ist kein Kriegsrat, das ist ein … sagen wir, ein Möglichkeitsrat. Master Clampett, eine Frage. Seid Ihr bereit, Kanonen für mich zu machen?«

»Ich komme aus zwei Gründen«, sagte Will. Die vertraute Stimme klang gewichtig im Vergleich zum schnellen Sprechen des O'Neill. »Erstens, weil ich das Kind hier wiedersehen wollte. Zweitens, weil ich eurem Land einmal Unrecht tat und ihm jetzt Recht tun will. Außerdem bin ich zur Zeit ohne Arbeit. Das ist drittens.«

»Was leiert der Mann da?« fragte Grace O'Malley, deren spärliche Englischkenntnisse für Wills Devonshire-Akzent nicht ausreichten.

Barbary beachtete sie nicht. »Wie konnte Sir Henry Sidney dich fortlassen, Will?«

»Er ist tot, Mädchen. In Penshurst gibt es einen neuen Herrn, der mich nicht mehr wollte.«

»Er ist tot?«

Will nickte. »Lady Sidney auch. Ich glaube, sie wollten nicht mehr leben, als sie die Nachricht von Sir Philip hörten. Ich dachte, du wüßtest es. Er kam in den Niederlanden um, im Kampf gegen die Spanier.«

Vor ihren Augen stand ein Baum, an dem ein junger Mann lehnte und Gedichte rezitierte. Die Sonne drang durch die Zweige. Sie hörte O'Donnell sagen: »Ein verdammter Gallier weniger zu töten.«

Schweigen. »O'Donnell«, sagte dann der O'Neill, »halte deine stinkende Zunge, bevor ich sie dir aus dem Schädel reiße.«

Der junge Clanführer brauste auf, Grace O'Malley schenkte Wein ein und redete mit ihm – sie war Philip einmal begegnet. Nur O'Neill und Barbary blieben still. Er hatte es natürlich gewußt, aber ihr vielleicht nicht zu viele traurige Nachrichten auf einmal zumuten wollen, dieser merkwürdige Mann. Wortlos saßen sie da, verbunden in der Betrachtung eines goldenen englischen Gentleman, der forttanzte von ihnen, bis sie ihn nicht mehr sehen konnten, und alles Licht mit sich nahm.

»Man braucht sie nicht einmal zu klauen«, erklärte Will gerade dem O'Donnell, »nur die richtigen Hände entsprechend zu schmieren. Im Weald wurden letztes Jahr zweitausend Stück Kanonen hergestellt. Fast zweihundert davon wurden nie von englischen Kanonieren abgefeuert. Gingen einfach flöten.«

Der O'Neill riß sich zusammen. »Kannst du hier eine Schmelzhütte einrichten?«

»Wenn Ihr das Eisen habt, hab' ich das Können«, sagte Will. »Aber es braucht Zeit.«

»Hörst du das, O'Donnell?« fragte der O'Neill. »Zeit.«

Plötzlich schlug er mit beiden Fäusten zugleich auf den Tisch. »Nun also. Die Engländer haben verlangt, daß der Maguire nach Dublin geht und seinen Pachtzins zahlt und vor dem Statthalter Ihrer Huldvollen Majestät Treue schwört. *Ich* soll ihn hinbringen. Und ich will ihn auch hinbringen, aber letzte Woche verließ der Maguire feuerspuckend meine Tafel, um Bingham, der seine südlichen Grenzgebiete verwüstet, den Krieg zu erklären. Die Engländer werden von mir verlangen, daß ich mich ihrer Strafexpedition gegen ihn anschließe, und ich werde mich anschließen, sonst steht meine eigene Position auf dem Spiel. Und sobald wir den Maguire ausgelöscht haben, ziehen wir nach Westen, um den O'Donnell auszulöschen.«

»Mich wirst du nicht auslöschen, O'Neill.« O'Donnell war aufgesprungen, der Kopf stieß an die Markise, die Hand lag schon am Schwertknauf.

»Nein, mein Lieber. Denn du kommst mit mir nach Dublin und legst deinen Treueschwur ab.«

»Nein.«

»*O doch!*«brüllte der O'Neill und schleuderte Flaschen in den Fluß, aus seinen Augen schossen Tränen. Es war eine furchtbare Szene. Die einzige, die sich nicht davon einschüchtern ließ, war Grace O'Malley. Sie legte ihm eine schwere Pranke auf die Schulter, drückte ihn zurück auf seinen Sitz, und dann tätschelte sie ihn.

»Deine Nerven sind ja in Fetzen, mein Junge.«

Der O'Neill beruhigte sich. Das war einstudiert, dachte Barbary, aber deshalb nicht weniger wirklich. Die Nerven des O'Neill waren wirklich in Fetzen, aber vor Zorn; Zorn über einen Krieg, den er sich nicht aufzwingen lassen wollte, vor allem aber über seine eigenen Leute, die den Krieg heraufbeschworen, weil sie sich dem englischen Wind nicht beugen wollten.

Ein Diener stellte neue Flaschen auf den Tisch. O'Neill stand auf und schenkte allen Wein ein. »Du wirst mit mir nach Dublin kommen«, sagte er leise zu O'Donnell, »und deinen Rücken vor dem Statthalter beugen, deine Missetaten bekennen, ganz besonders die Frechheit, aus dem Gefängnis zu fliehen, versprechen, daß du von nun an Ihrer Majestät ergebener Untertan sein wirst, ihr Steuern zahlen, ihren Soldaten am Abend die Kopfkissen richten. Wenn sie die Bibel hervorholen, dann wirst du auf die Bibel schwören. Das alles wirst du tun, weil auch ich es schon zwanzig Jahre lang habe tun müssen. Du wirst es tun, weil es uns *Zeit* gibt.« Die Flaschen auf dem Tisch fingen schon wieder zu tanzen an.

O'Donnell wandte seinen großen, hübschen Kopf von einem Tischgenossen zum anderen. Die Augen hatte er leicht zusammengekniffen. »Eine Art Spiel, das willst du sagen?«

O'Neill atmete hörbar aus. »Ja, mein Lieber, ein Spiel.«

»Damit wir Zeit gewinnen, um eine Armee aufzustellen.«

»Ja.«

»Sie überlisten.«

»Ja.«

Der O'Donnell strahlte. »Das kann ich tun«, sagte er. Sie tranken ihm alle zu.

O'Neill wandte sich an Grace O'Malley. »Wie viele Schiffe hast du noch, Granuaile? Kannst du, wenn es soweit ist, Kanonen und Gallowglass transportieren?« Gallowglass war das Wort für schottische Söldner, deren Mitwirkung bei irischen Kriegen eine jahrhundertealte Tradition hatte.

»Wenn ich meinen Preis bekomme.« Grace setzte ihre Pfeife ab. »Hör zu, was ich dir jetzt sage. Ihr Kerle habt Bingham an euren Grenzen kläffen, aber Connaught wird von dem Hund verwüstet. Zeit, sagst du. Aber meine Leute haben überhaupt keine Zeit mehr. Ich mache meinen Separatfrieden, und zwar sofort.« Das war die längste Rede, die Barbary je von ihrer Großmutter gehört hatte. O'Donnell zischte: »Du machst deinen Frieden mit Bingham?«

Grace schüttelte den Kopf. »Mit Elizabeth von den Galliern.«

»Mit der Königin?«

»Ich habe ihr geschrieben«, sagte Grace und nahm die Pfeife wieder in den Mund. »Fort mit dem Zwischenhändler. Von Frau zu Frau. Haben nicht die O'Malleys und die O'Flaherties sich ihr unterworfen? Und hat sie uns nicht dafür ihren Schutz versprochen? Na, jetzt darf sie zeigen, was sie kann, und mir den Saukerl vom Buckel klauben.«

Alle, die an diesem Tisch saßen, durften sich aus verschiedenen Gründen selbst für mutig halten; als einziger war Will Clampett von dieser alten Frau, die das Wort Mut mit neuer Bedeutung füllte, nicht bis zur Sprachlosigkeit beeindruckt, und das, weil er nicht Irisch konnte. Die anderen glotzten, Dick mit seinem Was-hätte-sie-für-einen-Aufrechten-Mann-abgegeben-Blick, Barbary wie vom Donner gerührt, O'Donnell wie auf die Medusa und O'Neill wie ein Alchimist auf seinen Schüler, der die Formel für Gold gefunden hat. »Du hast Elizabeth geschrieben und sie um Schutz vor Bingham gebeten? Attila um Schutz vor den Hunnen? Und vierzig Jahre lang ihre Schiffe ausgeplündert?«

Grace stieß eine lange Rauchfahne aus. »Du redest von der Lotsengebühr? Dazu war ich gezwungen, das ist klar. Es ist ein schöner, charmanter Brief. Manus kann das Englische und hat geschrieben, was ich ihm gesagt habe. Mich würde es nicht überraschen, wenn sie mich nach England bittet, daß wir gemeinsam eine Flasche leeren.«

Der O'Neill fuhr sich mit der Hand über die Augen. »Bei Gott«, sagte er ruhig, »sie tut's vielleicht wirklich.« Sie waren schon so an das Knirschen der Ruder in den Drehdollen und das Prusten der Ruderer gewöhnt, daß die Geräusche der Nacht, das weit entfernte Bellen eines Hundes, das Platschen eines aufgescheuchten Schwans wie in Schweigen hineinfielen.

»Lady Betty.«

Barbary fuhr erschrocken hoch. Jetzt war sie dran. »Was?«

»Am letzten und wichtigsten.« Er nahm ihre Hand und sah sie mit seinen dunklen Augen fast zärtlich an. »Wir kennen einander schon ziemlich lange.« Das wird schlimm werden, dachte sie, aber er wich zuerst vom Thema ab. »Wie ist Philip Sidney denn gestorben, Master Clampett?«

»An Wundbrand«, versetzte Will. »An einem Ort namens Arnhem. Ein schwerer Tod, aber in christlicher Zuversicht getragen, hörte man.«

»Ja«, erwiderte der O'Neill leise und sah wieder Barbary an, »das sieht ihm ähnlich.« Er ließ absichtlich Philip Sidney vor ihren Augen erstehen, als ein Band, das nur sie beide verband.

»Was willst du, O'Neill?«

»Euch, meine Liebe. Drüben in England. Meine Kanonen holen. Das richtige Wort zur richtigen Zeit einlegen. Bingham erledigen. Das habt Ihr doch geschworen, oder nicht? Euch von Unserer Huldvollen Majestät in Gnaden aufnehmen lassen.«

Die Forderung war so ungeheuerlich und so unmöglich, daß sie geradezu erleichtert war. »Der Königin? O'Neill, sie würde mich keines Blickes würdigen. Sir John Perrot hat gesagt, sie wollte meinen Kopf. Sie wird mir nie verzeihen.«

»Ob sie Euch verzeiht oder nicht, meine Liebe, Ihr habt eine direkte Verbindung zu ihrem Hof, die uns von allergrößtem Nutzen sein könnte.«

Sie war erbleicht. Sie wußte, was er wollte und daß er selbst wußte, welche Ungeheuerlichkeit er ihr da zumutete. Er wollte sie zu Rob zurückschicken.

»Nein«, sagte sie, »ich tu's nicht.«

»Es gibt niemanden außer Euch.«

»Nein.«

Er bekam keinen Anfall. Er schmiß nicht mit Flaschen herum. Die Konferenz war beendet. Aber nach einer Weile fand sie sich im Heck stehen und den O'Neill neben sich, obwohl ihr nicht klar war, wie dieses Manöver abgelaufen war. Fast unmerklich erhellte sich der Himmel über dem Seeufer, auf das sie jetzt zusteuerten, das aber noch weit entfernt war, eine konfuse Anhäufung dunkler Schatten. O'Neills Bedürfnis nach striktester Geheimhaltung hatte sie weit hinaus in den See geführt. Man konnte es ihm nicht übelnehmen, dachte sie; auf diesem Schiff befand sich O'Donnell, ein Erzrebell, in Grace O'Malley eine Erzpiratin und dazu ein englischer Kanonenmeister. Wenn man ihn in solcher Gesellschaft auch nur sah, war schon sein Kopf verwirkt.

Der O'Neill lehnte sich freundschaftlich auf das vergoldete

Schnörkelwerk. »Und wie gedenkt Ihr jetzt Eure Zeit zu verbringen?« fragte er. Er kannte sie in- und auswendig, das war schon immer so gewesen.

»O'Neill, Ihr könnt Euch die Mühe sparen. Ich werde kämpfen. Ich werde spionieren. Ich werde alles tun, was Ihr wollt. Aber ich gehe nicht zu Rob zurück.«

Er spreizte seine Hände vor Verwunderung darüber, daß sie annehmen könnte, er würde sie dazu zwingen. »Ich verstehe. Ihr liebt einen anderen. Weiß ich denn nicht genug von Liebe? War ich nicht selber oft genug verliebt? Es ist eben, sagen wir, eine Frage der Funktion. Für viele Frauen ist der Mann ihre Funktion, und wohl bekomm's. Aber für Barbary O'Flaherty? Ich hätte geglaubt, Ihr braucht eine Aufgabe, die nur Ihr allein ausführen könnt. Aber macht nichts. Wir finden schon etwas anderes.«

»O'Neill, du bist ein Scheusal.«

»Das sagen sie alle, das sagen sie alle.«

Wie hypnotisiert starrten sie beide auf die Schaumbläschen im Kielwasser. »Ich hatte immer noch Hoffnung, solange Philip Sidney am Leben war«, sagte der O'Neill.

Sie wußte, was er meinte; nicht Hoffnung auf etwas Bestimmtes, sondern einfach die Möglichkeit, daß es auf der Welt noch Wunder gab. Und diese Möglichkeit war verschwunden. Sie legte ihre Hand auf beringte Finger, die sich um ihre schlossen.

Vor ihnen stieg das Wasser in einer unordentlichen weißen Säule hoch. Das Schiff bäumte sich auf, dann schwankte es heftig. Barbarys Körper erkannte, daß sie unter Beschuß standen, und warf sich zu Boden, bevor ihr Gehirn mitkam. Der O'Neill landete auf ihr. Es folgte eine zweite Explosion, diesmal vor dem Bug. Sie waren eingegabelt. Mit den Fingernägeln krallte sie sich ins Plankenwerk, um sich hineinzugraben. Der nächste Schuß mußte ein Volltreffer sein.

Aber der kam nicht. Eine Stimme, der man anhörte, daß sie Befehlen über weite Entfernung gewohnt war, rief: »Ruder hereinnehmen, und ergebt euch, im Namen unserer Herrscherin Königin Elizabeth!«

Barbary zog sich hoch und spähte über das Schandeck. Sie wußte, daß das andere Schiff da war, aber es war schwierig auszumachen; es hatte im Schatten des Ufers gelauert, bis die Barke, so deutlich sichtbar wie ein Mistkäfer auf einem weißen Teppich, sich draußen auf dem offenen, mondhellen See befand. Der O'Neill hatte sich nicht darum geschert, wer sein Schiff sah, solange die Passagiere unsichtbar blieben. Wie Grace O'Malley vor ihm hatte er sich in seinem eigenen Land sicher gewähnt. Wie Grace O'Malley hatte er sich geirrt. Dahinter steckte Verrat; das war keine Zufallsbegegnung.

»Meinen Informationen nach befindet sich der Verräter O'Donnell an Bord. Ich komme in einem Boot längsseits. Eine falsche Bewegung, und ich schieße euch aus dem Wasser.«

Das Gesicht des O'Neill war grün. Seine Trickster-Augen suchten nach einem Ausweg. Auch ihr Gehirn arbeitete wie rasend. Das Heil in der Flucht suchen? Sich zusammenschießen lassen? Bluffen? Behaupten, man habe Grace und O'Donnell überredet, sich zu ergeben?

Jetzt sagte der O'Neill neben ihr: »Und dabei hätte ich es schaffen können.« Er hatte an jedem Käfigstab gerüttelt und gefunden, daß keiner nachgab. Jetzt konnte er nur noch tapfer sein.

Barbary sagte: »O'Neill, verzieh dich, daß man dich nicht sieht.«

Er schien abwesend, also trat sie ihn ans Schienbein, um ihn aufzuwecken. »Nimm die anderen, geht hinunter in den Kielraum, und laßt euch nicht sehen.«

»Dem Jüngsten Tag begegnet man mit Würde, meine Liebe.«

»Der Jüngste Tag ist noch nicht da. Wir fangen diesen Gimpel vielleicht noch. Schick den Gehörnten Dick mit einem Bündel her. Kleider, irgendwas, das wie Gepäck aussieht.«

Er küßte ihr die Hand. Sobald er fort war, trat sie an die Heckrelingtür und wartete. Sie wünschte, sie wäre wie eine Engländerin gekleidet und nicht nach irischer Sitte. Immerhin, den keltischen Kopfputz konnte sie schnell noch herunternehmen. Das mußte ein guter Fang werden, ihr bester Fang. Wills Leben hing davon ab. Ihn würden sie auf jeden Fall hängen, dafür, daß er sich mit Iren herumtrieb. Und Grace. Und O'Donnell.

Ein Langboot schoß jetzt aus den Schatten heraus ins Mondlicht, und die Stimme, die sie erkannt hatte, sagte noch einmal: »Eine falsche Bewegung, und ich versenke euch. Gebt den Verräter O'Donnell heraus.«

Der Gehörnte Dick stand neben ihr. »Hast du ein Bündel?«

Er flüsterte zurück: »Ja, Barb. Was haben wir denn auf dem O'Neill-Gebiet verloren?«

Ja, was hatten sie hier verloren? Sie hatte es nicht durchdacht. Jesus, ihr Gehirn war völlig leer. Schon hörte sie das Knarren der Ruder in den Dollen des sich nähernden Bootes, und sie hatte noch keine Idee, gar keine Idee ...

»Haben wir nicht Mabel Bagenal besucht, deine alte Freundin, Barb?«

»Gott segne dich. Genau das haben wir getan. Wie konnte ich es nur vergessen.« Eben legte das Langboot schaukelnd längsseits an, und sie hieß seinen Kommandanten in ihrem besten höfischen Englisch willkommen. »Nein, welch glückliches Zusammentreffen, Sir John.« Ordensregel: sich das erste Wort sichern. »Ich hatte gehört, daß ein englisches Schiff sich in der Nähe aufhielt ...« Warum nicht? Wenn der O'Neill an sie verraten wurde, dann konnten ja auch sie an den O'Neill verraten werden. »... und da sagte ich zum Grafen von Tyrone: ›Wenn es mich an Bord nimmt, kann ich gleich mit nach Hause fahren‹, sagte ich. Also lieh er mir gütigerweise seine eigene Barke. Dick, hilf mir hinunter. Reich mir jetzt vorsichtig das Bündel.«

»Bleibt, wo Ihr seid.« Sie blinzelte, als der im Boot Stehende ihr eine Fackel vors Gesicht hielt. »Identifiziert Euch.«

»Aber, Sir John«, entgegnete sie vorwurfsvoll, »Ich habe *Eure* Stimme sofort wiedererkannt. Ihr kennt mich doch. Und ganz gewiß kennt Ihr meinen Mann. Erinnert Ihr Euch denn nicht? Wir begegneten einander in Munster, kurz vor der Armada? Ich bin Lady Betty.«

Sie sah, wie sich das wettergegerbte, gütige und jetzt sorgenzerfurchte Gesicht von Sir John Norris im Wiedererkennen erhellte. »Gütiger Gott – Lady Betty. Was tut Ihr denn hier?«

»Ich will nach Hause.« Sie ließ ihre Wimpern flattern. »Ich kann Euch nicht sagen, wie satt ich Irland schon habe. Aber ich konnte doch die arme Mabel nicht alleinlassen, nicht? Die Gräfin von Tyrone und ich sind alte Freundinnen.« Sie plauderte weiter, richtete sich im Boot ein, reichte ihr Bündel den Matrosen, winkte Dick, er möge zu ihr herunterkommen. »Mein Diener … und jetzt möchte ich alles über Rob hören. Ich hoffe nur, daß meine Briefe an ihn besser durchkamen als seine an mich …«

Sie machte den Mann unsicher, das konnte sie sehen. Dick war jetzt auch im Boot, das Heckrelingtor der Barke hatte er hinter sich geschlossen, die Ruderer saßen so reglos wie der Tod.

»Befindet sich sonst niemand an Bord dieser Barke, Lady Betty?«

Sie hob die Augenbrauen. »Nur ein paar dumme Ruderer. Sie brachten mich auf den See hinaus und verirrten sich natürlich. Ich sage Euch, diese Iren …«

Sie hatte es geschafft. Einer Dame, die die Gemahlin seines Expeditionsgefährten war, mußte er glauben. Als Gentleman der alten Schule hatte er keine andere Möglichkeit. Darauf hatte sie gesetzt. Er bedeutete seinen eigenen Ruderern, abzustoßen und zu wenden.

Sie plapperte weiter, hörte ihre Worte übers Wasser bis zur Barke gleiten, bis die Entfernung dafür zu groß wurde. Bis dahin hatte sie die Konsequenzen ihrer Handlung gar nicht richtig bedenken können. Es war notwendig gewesen zur Rettung von Menschen, die ihr teuer waren, aber eine Katastrophe für ihr eigenes Leben. Einen Augenblick lang versagte ihr die Stimme. Jetzt tat sie genau das, was der O'Neill gewollt hatte. Bis aufs i-Tüpfelchen. Sie hatte sich selbst ausgeschlossen. Sie wurde nach England zurückgebracht, zur Königin – und zu Rob.

20

Die bloßen Iren taten Sir John Perrot keinen Gefallen, als er nach England zurückbeordert wurde. Zu Tausenden säumten sie seinen Weg zum Hafen und weinten und wehklagten, daß ihr einziger Freund sie jetzt verließe. Sogar am Kai standen sie noch und winkten ihm weinend nach.

Sir John schüttelte sein Faust gegen sie. »Ihr elendes Volk«, brüllte er. »Ihr habt mich in den Tower geheult.« Er fuhr sich über die Augen. »Und Euch auch, Mistress«, setzte er hinzu.

»Um mich weinen sie nicht.«

»Auch Ihr seid ihr Freund, wie man hört. Das reicht, um einem den Kopf auf den Schultern zu lockern, oder? Was sagt Ihr?«

Barbary sagte gar nichts. Wie sie von England ausgezogen war, so kehrte sie zurück: mit Sir John Perrot, und auf Wunsch von Lord Burghley. Der Befehl an Norris hatte einen scharfen Klang.Der Staat verlangte Antworten auf viele Fragen bezüglich Lady Betty, welche daher unter strikter Bewachung mit dem nächsten Schiff nach England zu schicken war; zufällig reiste auf demselben Schiff Sir John Perrot, ebenfalls, um »bestimmte Vorwürfe« gegen ihn zu klären.

Beider Zukunft sah eher düster aus. Barbary schätzte ihre Chancen, einer strengen Strafe zu entgehen, nicht sehr hoch ein. Sie hatte die Königin hereingelegt, indem sie als Junge aufgetreten war, sie hatte ohne königliche Erlaubnis geheiratet, sie hatte sich absentiert, und – aber mit etwas Glück wußten sie das nicht – sie hatte sich mit bekannten Aufrührern gemein gemacht und Piraterie betrieben. Es waren schon Menschen für viel weniger auf dem Richtblock gelandet.

Man hätte nicht sagen können, daß ihr das egal war; eher

daß zuwenig von ihr übrig war, das sich hätte Sorgen machen können. Was von ihr noch zählte, flog weit hinter den niedrigen grünen Hügeln von Dublin über die zentrale Ebene zu einem Land aus Fels und Meer und segelte dort mit Piraten, schwamm mit den Robben und liebte einen Mann in einem Turm. Sie erkannte selbst die Ironie darin, daß sie auch insofern schon eine typische Irin war, als sie nicht Irland in seiner Gesamtheit liebte, nicht das Land, sondern nur eine Region. Sie war im Exil. Sie hatte keinen Liebsten. Sie hatte kein Kind. Das einzige, was sie mit dem, was übrig war, erreichen konnte – wenn sie sie ließen –, war, daß sie ihr Königreich am Meer beschützte. Ein seltsamer Schmerz quer über ihre Brust kam entweder daher, daß ihr das Herz brach, oder es war ein Rückfall in ihre Krankheit.

Wäre sie mit irgendeinem anderen als Sir John gereist, so hätte sie sich die ganze Reise über in ihre Kabine eingerollt und geschlafen, aber Sir John war krank, und wegen seiner Güte Irland und ihr selbst gegenüber fühlte sie sich ihm verpflichtet und leistete ihm Gesellschaft während seiner schrecklichen Anfälle, die er auf »Steine« zurückführte, und seiner nicht weniger schrecklichen Saufereien, mit denen er seine Schmerzen betäubte. Von Schmerzen und Alkohol benommen, raste er gegen die »keifenden Wiesel« in Dublin, die jede seiner Reformen sabotiert und endlich seine Abberufung erreicht hatten, indem sie ihn in England als Verräter verleumdeten, der den Aufruhr schüre, mit Philipp von Spanien korrespondiere und verächtlich von der Königin spreche.

Die einzige dieser Anschuldigungen mit einem wahren Kern – und die gefährlichste, fand Barbary – war die, daß er sich gegen die Königin äußerte. Er war wütend über die irregeleitete Irlandpolitik seiner Schwester, und wenn Sir John Perrot wütend war, dann wurde er laut. Ein genaues Abbild eines wütenden Heinrich VIII., stapfte er in der Schiffskabine auf und ab und beschimpfte Elizabeth als »dreckige Heuchlerin, die ihren speichelleckenden Höflingen mehr glaubte als ihren weisen Beratern«.

»Um Himmels willen, Sir John«, rief Barbary erschrocken,

»mit Eurer Zunge braucht Ihr keine Feinde. So beruhigt Euch doch.«

»Mich beruhigen? Während Bingham nur so zum Vergnügen alles hängt? Während die Dubliner Wiesel ihre eigenen Taschen füllen? Während Loftus das Wort Gottes in den Schmutz zerrt? Mistress, ich sage Euch, der kleinste Landkurat wäre ein besserer Erzbischof als dieser Hurensohn. Ich werde mich nicht beruhigen. Bei Jesu Wunden, was hier drin ist«, und dabei deutete er auf seinen gewaltigen Hosenbeutel, »ist ein besseres Staatsschwert als das Stäbchen in den Händen meiner Schwester.«

»Das klingt sicher gut bei Eurem Prozeß.«

»Es gibt keinen Prozeß. Nicht einmal dieses niedrige, gemeine, pissende Waschweib wird es wagen, seinen eigenen Bruder vor Gericht zu stellen.«

Barbary wünschte, sie wäre auch so sicher. Von allen Vergehen war Mangel an Respekt in den Augen der Königin das allerschwerste.

Sir John griff sich aufstöhnend an den Rücken. Barbary half ihm auf sein Bett und lief um seinen Kammerdiener und seine Medizin. Er scheuchte beides fort. »Wo ist der Kerl mit dem Kartoffelgesicht? Er hat das einzige Mittel, das mir hilft.« Der Gehörnte Dick hatte ihren kurzen Aufenthalt in Dublin zum Erwerb von zehn Fässern Whiskey genutzt, die er jetzt nach England brachte, um damit seine Karriere als Importeur von Hochprozentigem zu beginnen, aber Sir Johns schmeichelhaftes Interesse hatte die zehn Fässer schon auf neuneinhalb reduziert.

»Und wohl bekomm's ihm, Barb«, sagte Dick ernst, als sie noch mehr verlangte, »nur, wenn er, wenn wir nach England kommen, die Königin vor den Zollbeamten genauso mies macht wie hier auf dem Schiff, dann sackeln sie uns ein und den Whiskey dazu.«

Barbary machte sich ähnliche Gedanken. »Sobald wir in England sind, rutschst du vom Schiff, mit oder ohne Whiskey. Falls mein Ziel der Tower ist, dann will ich dich nicht auch dort. Und irgend jemand muß ja die Kanonen beschaffen.«

Elizabeths neuer Beauftragter für Artillerie, der Mann, der für die Manufaktur von Englands Kanonen zuständig war, war der Graf von Essex. Der junge Günstling hatte sich monatelang um diesen Posten gedrängt und ihn schließlich auch erhalten, zur großen Erleichterung des O'Neill. »Ich fürchtete schon, sie würde ihn Robert Cecil geben, Burghleys Sohn«, erklärte er Barbary, »denn das ist ein tüchtiger Mann. Essex ist mir viel lieber, er ist zu großem Einsatz fähig, aber nie für lange. Dem können wir mehr Kanonen abspenstig machen, als uns bei Cecil je gelungen wäre.«

Und Will hatte Dick berichtet, daß der Kanonenmeister, der ihn in der Gießerei von Penshurst ablöste, bestechlich war. »Und wenn wir ihn nicht schmieren können, Barb, dann können wir ihn erpressen«, sagte Dick.

Aber bekämen sie überhaupt die Gelegenheit? Schon das Schiff, das sie nach England brachte, besagte klar und deutlich, wie schlecht sie und Sir John bei den Autoritäten angeschrieben waren: es war eine gezielte Beleidigung gegen Sir John, alt, leck, und viel zu klein für das Gefolge, das ihm eigentlich zustand. Jetzt war er in seiner ziemlich unsauberen Kabine ans Bett gefesselt, an einem Bettende staken seine großen geschwollenen Beine heraus, aus seinem Mund strömten Flüche und eine Whiskeywolke. »Bei Jesu Wunden, kein anderer Herrscher in der ganzen Christenheit würde so mit mir umgehen. Aber den Sohn des alten Harry wird sie nicht unterkriegen, das verflixte Weib.«

Barbary wischte das große rote Gesicht mit einem feuchten Tuch ab. »Schlaft jetzt ein.«

Er konnte nicht schlafen. Selbst im Halbschlaf drangen noch Schimpfwörter aus ihm heraus. »Verpißtes Waschweib. Saukerl Bingham. Arschkriecher Loftus.« Seine hellen, vorquellenden Tudor-Augen glotzten Barbary wild an. »Wenn ich untergehe, reiße ich sie alle mit.«

Barbary schüttelte ihm das Kissen auf. Drei kleine Bündel fielen ihr wieder ein, in Galway am Galgen hängend. Zumindest das konnte sie tun. »Mylord«, sagte sie, »wenn Ihr Bingham ruinieren wolltet, wie würdet Ihr's angehen?«

Gewöhnt an die klaren, nackten Linien der Küste von Connaught, fand Barbary den späten lieblichen englischen Frühling fast niederdrückend. Wie um die Distanziertheit des Winters wieder gutzumachen, quoll die Landschaft an den Ufern von üppigem Laubwerk über, filterte das Sonnenlicht in einer Million von Schattenflecken, blühte und knospte mit solcher Kraft, daß sogar die Flechtzäune rund um die Schafhürden und kleinen Felder austrieben. Es war einfach zuviel. Sie wußte, daß ihr eigener Blick das alles verzerrte, aber sie fühlte sich erstickt. Der gesamte Themselauf war voll von Schiffen, vor London kam man kaum mehr voran. Sie riß die Augen auf darüber, wie sehr die Stadt in ihrer Abwesenheit gewachsen war; Gegenden entlang des Flusses, wo früher nur hie und da ein Dorf gestanden hatte, waren jetzt eine fast lückenlose bebaute Wasserfront bis hinunter nach Stepney.

In Wapping gingen sie an Land; kaum war die Laufplanke angelegt, kam ein Trupp Bewaffneter an Bord und leitete die Passagiere höflich, aber bestimmt wie durch einen Tunnel an den Kai. Der Gehörnte Dick fand keine Gelegenheit davonzuschlüpfen, sondern wurde mit den anderen zu einer vergoldeten geschlossenen Kutsche getrieben, die mit einigen Fuhrwerken auf sie wartete. Die Tür ging auf, Sir John und Barbary wurden hineinkomplimentiert, Dick blieb draußen stehen.

Zuerst dachte Barbary, noch vom Sonnenlicht geblendet, die Kutsche sei leer; der eine Insasse war schwarz gekleidet und hob sich in seiner finsteren Ecke kaum von den schwarzen Vorhängen ab. Erst als die Kutsche nach Sir Johns ächzendem Aufprall auf die Bank zu schaukeln aufhörte, gab eine helle Stimme das Chamäleon preis. »Mylord«, sagte sie, »und Lady Betty, das ist kein sehr würdiger Willkomm, aber man fand, daß unter den gegebenen Umständen Diskretion ...«

Sir John Perrot blickte verquollenen Auges in die Ecke, dann seufzte er. »Mein lieber Junge«, sagte er, »hat denn sogar dein Vater Angst, den alten Paria zu begrüßen?«

»Der Lord Schatzkanzler ist krank, Mylord«, erwiderte die angenehme, körperlose Stimme, »sonst wäre er hier, um Euch seiner Freundschaft und Unterstützung zu versichern.«

Also war der Mann, den Sir John mit »mein lieber Junge« anredete, der Königin neuer Sekretär, denn Walsingham war tot; dies war Robert Cecil, Burghleys Sohn, Bewahrer von Englands drittem großem Siegel. Als O'Neill sie über den neuesten Stand bei Hof ins Bild setzte, hatte er ihn als »kommende Macht im Land« beschrieben. Aber ob kommend oder gehend, mächtig wirkte er jedenfalls nicht – eher wie eine Puppe, nicht unbedingt eine Marionette, aber doch spielzeughaft. Der erste Blick zeigte ein lebhaftes, interessiertes kleines Gesicht mit weit offenen Augen, der zweite eine Munterkeit, die so dauerhaft in dieses Gesicht graviert war wie der Ernst in einen Kreuzfahrer aus Stein. Elizabeth hatte ihn ihren »Elf« getauft, was soweit recht passend schien, aber der ruhigen Entschiedenheit hinter dem koboldhaften Äußeren nicht gerecht wurde. Der Kopf bewegte sich, der Mund redete, die Augen blinzelten, aber die muntere Maske war nach innen konzentriert, auf etwas sehr, sehr Tiefes. Jetzt wandte sie sich an Barbary. »Verehrte Madam, unsere Gnädige Herrin hat Euren Gemahl vor ein paar Wochen in diplomatischer Mission in die Niederlande geschickt, und er weiß noch nichts davon, daß Ihr wieder ... erschienen seid. Er ist sicher überglücklich, daß Ihr noch lebt, so wie wir alle.«

Hatten sie denn gedacht, sie wäre tot? Offenbar ja. Die Erleichterung darüber, daß sie Rob nicht sofort unter die Augen treten mußte, löste ein wenig die Anspannung, die sie fast schon krank machte. Strafe konnte sie akzeptieren, aber nicht erneut aufgezwungene eheliche Beziehungen. Erst jetzt fiel ihr ein, daß es Rob vielleicht genauso ging.

»Ihrer Majestät hat es in Ihrer Huld gefallen, Euren Gemahl zum Bewahrer des Lichts von Tilsend zu ernennen«, fuhr der Elf fort, »und zu diesem Amt gehört auch das Herrenhaus von Tilsend in Kent. Ohne Zweifel wollt Ihr später dort Eure Residenz aufschlagen. Sein Haus in The Strand ist noch nicht fertig. Vielleicht würdet Ihr also, solange Ihr Euch in London aufhaltet, meiner Tante, Lady Russell, die Ehre erweisen, bei ihr zu logieren.«

Reizend formuliert, als ob sie eine Wahl hätte. Sie neigte damenhaft das Haupt und fragte sich, ob diesem Männchen wohl klar war, daß der eleganteste Ort, an dem sie in London je logiert hatte, Will Clampetts Hütte in den Lambeth Marshes war. Und Rob hatte es wirklich weit gebracht. Er besaß jetzt ein Herrenhaus in Devon, ein zweites in Kent – das konnte noch sehr nützlich werden –, und ein dritten in The Strand. Wirklich nicht übel.

»Und Ihr, Mylord«, fuhr Sekretär Cecil zu Sir John gewandt fort, »würdet Ihr dem Lord Schatzkanzler die Ehre erweisen, in Burghley House abzusteigen?«

Sir John wischte die Einladung mit unsicherer Hand fort. »Ich will auf mein walisisches Gut, Junge. Geh' dem Teufelsweib lieber aus dem Weg.«

Cecil antwortete mit einem fröhlichen Wimpernschlag. »Später vielleicht, Mylord. Bis dahin würde sich mein Vater glücklich schätzen ...«

Dick schnitt durchs Wagenfenster Gesichter. »Mylord«, sagte Barbary schnell, »mein Bedienter hier hat ein paar Fässer eines neuen irischen Getränks importiert, das, so hofft er, in England Anklang finden wird. Kann er die Genehmigung dafür bekommen? Es wird aus Malz destilliert.«

»*Usquebaugh?*«fragte Cecil mit perfekter Aussprache. »Man hat davon gehört. Man ist vielleicht interessiert ...« Ein leicht gekrümmter Zeigefinger holte einen königlichen Beamten herbei, ein Wort schickte ihn fort, lud die Fässer ab und auf ein Fuhrwerk; Dick hockte sich obendrauf, als sich der ganze Troß jetzt in Bewegung setzte. Und das, dachte Barbary beeindruckt, ist Macht. O'Neill hatte recht.

Auch innerhalb seiner Mauern hatte London sich verändert. Der Tower, bedrohlich aufragend wie immer, war sich gleichgeblieben, aber überall sonst waren die leeren Flächen zwischen den Häusern, wo früher Felder gewesen waren, mit Mietshäusern und Lagerhäusern bebaut worden. Obwohl Läufer ihnen den Weg bahnten, wurde ihre Kutsche immer wieder von Menschengedränge, Fuhrwerken und Tierherden aufgehalten.

Barbary steckte die Nase immer weiter aus dem Fenster,

den alten, bekannten Gerüchen nachschnüffelnd, während die Stadt ihre Sinne wieder zu jener schneidenden Schärfe schliff, die sie damals in ihren Straßen am Leben erhalten hatte. Was beißt mich, doppelt so viele Sänftenträger wie früher. Doppelt so viele Schornsteinfeger – wahrscheinlich auch doppelt so viele Schornsteine –, die noch immer ihre Lehrlinge malträtierten, so wie die armen Hascher aussahen. Das war doch nicht Pinky Annie, die bei Paul's noch immer Strumpfbänder verkaufte? Sie war's. »Feste scharlachrote Strumpfbänder, Tuppence das Paar.« Älter als Gott mußte sie sein. Und Harry Oaksey schrie beim Lud wie eh und je: »Hornkraut für eure Singvögel!«

London war wie kein Ort sonst auf der Welt. Es summte vor Vergnügen über sich selbst. Das alte Statut, daß Bürgersfrauen nur flache weiße Strickmützen tragen durften, wurde nach wie vor ignoriert. Gänzlich unaristokratische Bürgersfrauen stolzierten mit Hüten in allen Formen und Materialien durch die Straßen und mit einer Miene, als würden sie's den Statuten nicht raten, sich mit ihnen anzulegen. Warum versagte Elizabeth ihren irischen Untertanen diese herrliche englische Freiheit?

Eine neue Generation von Dienstmägden tratschte an jeder Wasserstelle mit den Wasserträgern. Dieselben alten Waschweiber schwankten bucklig und schief mit ihren Bottichen dahin. Dieselben alten Korbflechter hockten am Fleet und flochten ihre Weidenzweige für die Korbflaschen der Weinhändler. Gerüche von den Talgmachern und Kattgut-Reinigern in der Fenner Lane, von Abwässern, Rindsfußsuppe, Pferdeäpfeln, heißem Pudding. Der Alte Santander, unter seinem Buckelkorb schwankend: »Alte Sessel zu flicken?« Warte. Da brüllte auch schon jeder einzelne Gassenjunge der Fleet Street zurück: »Wir wollen keine alten Sessel flicken!«

Sie warf einen Blick zurück auf den Karren, mit Dick obendrauf. Er paßte hierher, in schäbiger Übereinstimmung mit seiner Umgebung, wie sie es in Irland nie gesehen hatte. Sie näherten sich Temple Bar. Da waren die grotesk geschnitzten Balkenträger des King's Head an der Ecke der Chancery Lane und weiter nördlich, hinter den Auslagen und Hauseingängen, die verfaulenden Hintergassen der Bermudas. Sie konnte sie riechen. Der Gehörnte Dick winkte ihr zu, dann dirigierte er seinen Fuhrmann in die Lane und war verschwunden, in Richtung Pudding-in-a-Cloth und heim. Und hätte sie gekonnt, so wäre sie mit ihm gegangen.

Der beste Teil von ihr war in Irland, der gemeinste hier, und da sie sie hierher verschleppt hatten, bekamen sie eben das gemeinste vorgesetzt: Barbary Clampett, Taschenzieher, Schwindler und Betrüger, Erpresser der Extraklasse, eine Lady, deren Latz sie nicht naß machen würden. Und wenn sie ihr das Ärgste antaten: Sie würde sich schon irgendwie herauswinden.

Mit vorgerecktem Kinn lehnte sie sich in ihrem Sitz zurück und begegnete dem hellen, interessierten Blick des Chamäleon. Und was das Chamäleon jetzt sah, das war nicht die blasse irische Dame vom Schiff, sondern ein Londoner Straßenkämpfer.

Sie verließen die City und kamen hinaus auf The Strand, und da war wieder alles anders. Alle Lords, die ihren Adelstitel wert waren, gierten hier nach einer Adresse. Das Savoy befand sich noch in malerischem Verfall, und zwischen dem Savoy und Durham House klaffte eine Lücke, aber überall sonst verstellten große Häuser, viele noch hinter Gerüsten versteckt, den Zugang zum Flußufer.

»Wo ist Robs Haus?«

»Viel weiter unten. An der Stelle des alten Rounceval.«

Sie wurden aufgehalten von einer Menschenansammlung vor Leicester House, wo die großen Tore, was sonst nie vorkam, weit offenstanden und jeden einließen, der hineinwollte. Drinnen spielte eine Kapelle zur Unterhaltung von Bittstellern, die in einer Schlange, die sich um den ganzen Hof zog, auf eine Audienz warteten. Bettler aßen an einem großen Tisch unter einer Eiche, der sich unter dem Gewicht der Schüsseln darauf bog. Neugierige wanderten überall herum, pflückten zur Erinnerung Blätter von den Sträuchern, starrten durch die Fenster hinein in der Hoffnung, den großzügigen Gastgeber zu erspähen. »Was ist denn los in Leicester House?«

»Das ist jetzt Essex House«, erklärte der Elf.

Natürlich. Leicester war tot, sein Mantel war auf seinen Stiefsohn gefallen, den Grafen von Essex, den neuen königlichen Favoriten, den Mann, von dem O'Neill so abschätzig gesprochen hatte. Nun, wenn auch O'Neill nicht viel von ihm hielt, so verstand es der Mann jedenfalls, die Herzen der Londoner zu gewinnen.

Leicester tot. Sir Christopher Hatton tot. Philip Sidney tot. Walsingham tot. Raleigh in Ungnade. Burghley krank. Eine neue Generation war auf das Schachbrett gezogen, auf dem die Königin die einzige gleichbleibende Figur war. Zum ersten Mal kam es Barbary in den Sinn, daß auch sie sterblich war. Trotz allem, was sie an Elizabeths Herrschaft hassen gelernt hatte, war sie von der Vorstellung erschrocken; ihr ganzes Leben lang, das ganze Leben fast aller ihrer Untertanen lang war Elizabeth immer dagewesen. Wie konnte sich die Welt ohne sie drehen?

»Wie geht's der Königin?« fragte sie.

Sekretär Cecils Blick war auf die nördliche, weniger mondäne Seite des Strand geheftet. »Wie es scheint, Mistress, werdet Ihr Gelegenheit haben, Euch davon selbst zu überzeugen.« Barbary erhob sich halb aus ihrem Sitz, um seinem Blick folgen zu können. Weiter vorne, vor Burghley Haus mit seinen vornehm geschlossenen Toren, stand ebenfalls eine Menschenmenge, die bewundernden Blicke auf vier Trompeter in Heroldsröcken gerichtet, von deren Trompeten auf golddurchwirktem Tuch das königliche Wappen hing. Die Königin von England stattete dem Krankenbett ihres Schatzkanzlers einen Besuch ab.

Barbary warf einen kurzen Blick auf Sir John Perrot, der eingeschlafen war und jetzt friedlich schnarchte. O Himmel, wenn er sie sah und womöglich eine Schimpfkanonade losließ ... »Mylord, ich denke ...«

»Das denke ich auch. Entschuldigt mich.« Er beugte sich zur Seite, um die Klappe zum Kutscher zu öffnen. »Cecil House.« Er hatte den Befehl ganz leise gegeben, aber sie wurden in eine Ecke geschleudert, als die Kutsche augenblicklich nach rechts unter einen Bogendurchgang bog. Tore öffneten sich, schon ratterten sie in einen Hof vor einem kleinen Palast oder palastartigen Haus, mit Freitreppe, einem prunkvollen Eingang und Erkern aus grauschimmerndem neuem Stein. Cecil House: auch das ein neuer Zubau, seit sie das letzte Mal hiergewesen war. In einem neu angelegten Blumenbeet plätscherte ein Springbrunnen. Hinter der Gartenmauer ragten Dach und Schornsteine des Ostflügels von Burghley House empor. Sie hatte keine Zeit, sich umzusehen, die Finger des Elfen flatterten Befehle, Diener halfen Sir John Perrot aus der Kutsche. Cecil stieg aus, half Barbary heraus, und lief dann geschwind die Freitreppe hinauf, um seine Gäste unter Verbeugungen ins Haus zu geleiten. Das Manöver war geschickt, aber nicht ohne Schwierigkeiten ausgeführt, denn er war ein Krüppel. Der pelzverbrämte Umhang konnte seinen Buckel nicht verbergen, auch nicht die linkische Bewegung seiner Füße. Er war sehr klein, was ihm das Aussehen eines Gnoms verlieh. Barbary wollte sich gar nicht ausmalen, welche Gefühle dieses Kind erst unterdrücken lernen mußte, bis es sich diese unerschütterliche Munterkeit zu eigen gemacht hatte, oder wieviel Hohn und Qual dem vorangegangen waren.

Sir John, der wieder arge Schmerzen hatte, ließ sich in einem Gastgemach zu Bett bringen, aber Barbary wurde in einen anderen Raum gebracht und dort alleingelassen. Es war ein wunderbarer Raum, Wohnung eines gebildeten und vielbeschäftigten Geistes, und Barbary, die diesen Geist erforschen wollte, tat sich keinen Zwang an.

Bis auf ein Porträt von Elizabeth war alles in diesem Raum rein funktional. Die Bücher, die die Wände verdeckten, waren in allen Sprachen, die Barbary bekannt waren, Irisch eingeschlossen, und in einigen ihr unbekannten. In einer Lade, die sie aufzog, befanden sich Seekarten, in einer anderen Zeichnungen des menschlichen Skeletts. Astrolabien, Globen, Kompasse, eine gerahmte Himmelskarte.

Ein Diener kam herein und brachte ein Tablett mit Wein, kleinen Fleischpasteten und Obst, durch die geöffnete Tür sah sie in ein Vorzimmer voller Schreiber, die sich mit der Energie von grabenden Dachsen ihrer Arbeit hingaben.

Als der Mann fort war, nahm sie sich eine Pastete und ging kauend quer durch den Raum zu der anderen, interessanteren Türe. Sie war sehr niedrig, in Cecil-Größe, und sehr dick. Wie sie feststellte, war sie versperrt – aber jetzt klopfte jemand daran. Ein Code-Zeichen. Rap-rap. Tat-tat-ta. Rap-rap. Sie sagte: »Wer ist da?«, aber es kam keine Antwort.

Sie ging zum Fenster, öffnete es und beugte sich hinaus. Der Raum befand sich am Ende des Hauses, hinter der kleinen Tür lag eine Treppe, die sich auf einen überdachten Weg öffnete. Der Weg führte durch den ganzen Garten bis zur Abschlußmauer, hinter der – sie versuchte sich zu orientieren – Covent Garden liegen mußte. Sie glaubte, knirschenden Kies zu hören, als der enttäuschte Klopfer seinen Rückzug antrat.

So so. Es wäre eine hübsche Vorstellung, daß Cecil hier in diesem Raum exotische Frauen empfing; hübsch deshalb, weil der kleine Mann ihr angst machte, und sie gern irgendeine menschliche Schwäche an ihm gesehen hätte. Aber das war nicht wahrscheinlich; der Raum war nicht für Schäkern und Getändel eingerichtet. Und das chiffrierte Klopfen hatte sie an jene Nacht vor vielen Jahren erinnert, als sie Robs Klette beschattete. Der überdachte Weg, die Treppe, die Tür waren für die geheimen Informanten des königlichen Sekretärs bestimmt.

Als Cecil erschien, war sie von neuem überrascht, wie klein er war. In ihrer Vorstellung war er inzwischen gewachsen. Er kletterte auf einen Stuhl hinter seinem Schreibtisch und strahlte sie an. »Wir haben nicht soviel Zeit, wie man gern hätte. Meine Leute werden uns wissen lassen, wann sich Ihre Majestät meinen Vater zu verlassen anschickt, damit wir ihr auflauern können.«

»Mylord«, gab Barbary ernst zu bedenken, »es ist wirklich keine gute Idee, mich vor die Königin zu bringen.«

»Es läßt sich nicht leugnen«, erwiderte der Elf, noch immer strahlend, »daß Ihre Majestät gegen Eure Person und die Person von Sir John Perrot einen Groll hegt, der vielleicht eher auf persönliche Gefühle zurückgeht, denn Eure politischen Dienste rechtfertigen ihn keineswegs. Es ist zu hoffen, daß man ihr diesen Groll in beiden Fällen ausreden kann.«

»Was?« Welche politischen Dienste?

»Vielleicht sollte erwähnt werden«, fuhr der Elf munter fort, »daß man im Bilde ist hinsichtlich der Gründe, aus denen Euch der Lord Schatzkanzler überhaupt nach Irland schickte. Wahr ist, daß er sich in bezug auf Euer ... ähem, Geschlecht getäuscht hat. Nichtsdestoweniger stehen Eure Erfolge denen keines Mannes nach und sollten Euch die Dankbarkeit Eures Landes sichern.«

Barbary blieb vorsichtig. »Oh?«

»In der Tat.« Er blätterte verschiedene Papiere durch. »Hier habe ich einen erfreulichen Brief von Mistress Grace O'Malley, Eurer Anverwandten, die ihre Bereitschaft ankündigt, sich der Krone voll und ganz zu unterwerfen. Hier ist ein anderer vom Grafen von Tyrone, der den Lord O'Donnell in der nämlichen Absicht nach Dublin bringen will und dabei erwähnt, daß Euer Rat den guten Zweck befördert habe. Das habt Ihr gut gemacht.«

Barbary lehnte sich in ihren Stuhl zurück und dachte nach. Grace hatte durch Zufall und der O'Neill in voller Absicht sie bei diesem mächtigen kleinen Mann und seinem Vater in ein gutes Licht gesetzt. Sie betrachtete die Sache von Burghleys und von Cecils Standpunkt. Sie hatten sie, wie Brot, auf die Wasser geworfen. Sie war darin verschwunden – Barbary war ziemlich sicher, daß sie keine Ahnung davon hatten, was in Connaught passiert war –, und nach vielen, vielen Tagen war das Brot in recht gutem Zustand wieder zu ihnen zurückgekehrt.

Der Elf unterbrach ihre Überlegungen, es klang plötzlich scharf: »War da ein Schatz?«

Sie schüttelte den Kopf. »Sie nennen es den Schatz. Aber es ist ein Buch. Eine Geschichte der Frauen von Connaught.«

Er verblüffte sie damit, daß er ihr glaubte, wenn auch wehmütig. »Doch immerhin müßt Ihr einen ungewöhnlich tiefen und *wertvollen* Einblick in irische Angelegenheiten gewonnen haben, der uns in unserer Regierung dieses unglücklichen Landes sehr zustatten käme. In der Tat ist zu hoffen, daß Ihr mit Euren besonderen ... ähem, Verbindungen hier dem Staate auch fürderhin gute Dienste leistet.«

»Was für Verbindungen?«

»Man nennt es den Orden, nicht wahr? Die Vermutung, daß Ihr diese, ähem, Verbindung weiter pflegt, wird durch den Umstand verstärkt, daß noch immer dieser Mann in Euren Diensten steht, Dick Robertson.«

Der Familienname des Gehörnten Dick war also Robertson. Der Herr Sekretär Cecil wußte Dinge, die sie nie erfahren hatte. Er wußte überhaupt ziemlich viel. Um Zeit zu schinden, nahm sie noch eine Pastete. Er wollte sie benutzen, so wie sein Vater sie benutzt hatte. Was bedeutete, daß auch sie ihn benutzen konnte. Aber das war kein gemeiner Gimpel. Flinke Gimpel wie diesen fing man am besten, indem man die Wahrheit sagte oder wenigstens einen Teil der Wahrheit.

Er kletterte von seinem Stuhl herunter, um ihr Wein einzuschenken, und sie bemerkte: »Aber was die Königin angeht, sitze ich noch immer in der Scheiße.«

Sie beobachtete seine Reaktion. Der kleine Große Mann traute ihr sicher eher, wenn sie sich nicht zierte und als feine Dame ausgab. Der Vater hatte einen Cockney-Spatz nach Irland geschickt, es konnte den Sohn nur beruhigen, wenn der gleiche Cockney-Spatz wieder zurückkam. Cecils einschenkende Hand schwankte einen Moment, verschüttete aber keinen Tropfen.

»Es gibt gewiß Probleme«, sagte er, »aber man hat Ihrer Majestät bereits Vorstellungen bezüglich Eurer Arbeit für sie gemacht. Und soll es eine Versöhnung geben, dann am besten jetzt, bevor Euer Gatte aus den Niederlanden heimkehrt, denn dann beansprucht sie das Monopol auf seine Aufmerksamkeit.«

Barbary übersetzte im Geiste. Rob war ein Günstling. Die Königin schätzte es nicht, wenn ein Günstling eine Gattin hatte. Hatte er eine, so mußte sie unsichtbar bleiben. Wenn die Königin ihr also vergeben sollte, dann mußte dies geschehen, bevor sie unsichtbar wurde. Aber warum war Cecil soviel daran gelegen, daß die Königin sie wieder in Gnaden aufnahm?

Er kehrte zu seinem Schreibtisch zurück und begann, sie über Irland zu verhören. Die Maske behielt ihre unerbittliche

Munterkeit, während er seine Fragen stellte und ihre Antworten kurz gefaßt auf Wachstafeln festhielt, in Hieroglyphen, die wahrscheinlich seine eigene Kurzschrift darstellten. Sie erkannte plötzlich, warum sie solchen Wert für ihn hatte: sie bot ihm etwas, was ihm sonst kein lebendes Wesen geben konnte, nämlich eine Sicht der Lage in Irland von beiden Seiten zugleich. Er hoffte, daß sie englisch genug war, um der Krone treu zu sein, aber doch auch irisch genug, um ihm zu erklären, was dort tatsächlich geschah. Nicht, daß er ihr traute; sie bezweifelte, daß er überhaupt irgend jemandem traute. Aber er konnte ihren Bericht mit seinem schon vorhandenen Wissen vergleichen – und sie war überrascht, wieviel er über Irland wußte – und zu einem ausgewogenen Urteil kommen.

Wissen ist Macht, dachte sie.

Sie sagte ihm die Wahrheit – nicht die ganze, aber dennoch die Wahrheit. Über Munster sagte sie: »Wenn die Kolonisten die Iren weiter so behandeln wie bisher, dann wird es zu Unruhen kommen. Dort gibt es Haß.«

Das wußte er schon. Er schüttelte bedauernd den Kopf. Nach ein paar weiteren Fragen ging er zu einem Thema über, das ihn mehr interessierte: Connaught. Wie groß war die Macht der O'Malleys? Was für eine Frau war ihre Großmutter? War ihre versprochene Unterwerfung aufrichtig gemeint?

Wieder antwortete Barbary ganz offen. »Grace O'Malley ist keine Verräterin. Sie ist eine alte Frau, die für sich selbst kämpft und für ihre Leute, anderes blieb ihr nicht übrig.« Es fiel ihr schwer, ihm Graces unpatriotische, örtlich begrenzte, auf sich selbst bezogene, sich keinen Gesetzen unterwerfende Form von privatem Abenteurertum klarzumachen, daher sagte sie: »Die Person, an die sie mich am ehesten erinnert, ist übrigens die Königin.«

Einen Moment wich das gemeißelte Lächeln auf dem Gesicht des Elfen echtem amüsierten Staunen. Dann nickte er und kritzelte wieder eine Notiz nieder. »Es wäre vielleicht zu empfehlen, Ihrer Majestät gegenüber diese Parallele nicht zu ziehen. Nun zu Mistress O'Malleys Flotte. Wie groß ist sie Eurer Meinung nach?«

Sie machte eine Angabe, die um einiges hinter der wahren Größe zurückblieb, und fügte hinzu: »Kleiner jedenfalls, als bevor Bingham, der Schweinehund, sie angriff.«

Ah, Bingham. Jetzt hatte sie sein Interesse geweckt. »Solange Bingham in Connaught regiert, wird es keinen Frieden geben«, sagte sie und berichtete ihm von der Hängung der drei Jungen in Galway. »Und der jüngste beteuerte immer noch, daß er doch lesen könne, als sie ihn hängten«, ergänzte sie und wischte sich ungeheuchelte Tränen aus den Augen.

Der Elf machte sich wieder eine Notiz.

Sie fügte hinzu: »Und er hält die Burgen von Roscommon, Athlone und Carrick, alles ohne Vollmacht.«

»So muß man's anfangen«, hatte Sir John Perrot ihr erklärt. »Korruption durchblicken lassen. Connaught müßte der Krone im Jahr viertausend Pfund einbringen, bringt aber tatsächlich nur tausend. Wenn die knickrige alte Katze glaubt, daß er ihr Geld unterschlägt, dann schlägt sie ihm schneller als ein Frettchen ihre Zähne in den Nacken.«

Jedes Detail von Binghams Schlächterei und Selbstsucht, von dem sie je gehört hatte, wurde in Wachs festgehalten. Durch die große Tür zum Vorraum konnte sie das Kratzen der Federkiele hören, und durch das offene Fenster hinter dem Elfen drang das ebenso unaufhörliche Plätschern der Springbrunnen.

Cecil legte seinen Griffel nieder und ließ seine Fäuste auf dem Schreibtisch auf und nieder trommeln, wie ein wohlerzogener kleiner Junge, der seine Vorfreude auf ein Geschenk anzeigt. »Und der Graf von Tyrone?«

Damit hatte sie gerechnet. »Er möchte ein guter Engländer sein, und er möchte ein guter Ire sein, und keine Seite erlaubt ihm das eine noch das andere.« Es war am besten, wenn Cecil erfuhr, wie die Dinge hier lagen; er war einer der wenigen Menschen auf dieser Welt, die Einfluß darauf nehmen konnten. Bei seiner Intelligenz wußte er es wahrscheinlich ohnehin schon.

»Findet auch Ihr selbst Euch in dieser Lage, Mistress?«

Schlau – er war ein schlauer kleiner Bursche. Sie mußte glaubhaft bleiben; schwor sie jetzt der Krone bedingungslose

Ergebenheit, wußte er, daß das nicht stimmte. »Mir scheint jedenfalls, daß da irgend etwas nicht in Ordnung ist, wenn ein Mann wie Sir John Perrot zurückberufen wird und ein Bingham weiter freie Hand hat«, erwiderte sie. »Falls Friede das Ziel sein sollte.«

»Friede *ist* das Ziel«, erklärte er. War das so etwas wie ein Versprechen, eine Versicherung? Vielleicht – aber sicher würde sie es nie wissen. Es war ihr aufgefallen, daß er während des ganzen Verhörs nie »ich« gesagt hatte. Immer nur das unpersönliche »man würde meinen ...«, oder »es ist also anzunehmen, daß ...«. Was Sekretär Cecil meinte und dachte, war tief in seinem Inneren bewacht und unter Verschluß. Sein methodisches Verhör zeigte ebenso wie der methodisch geordnete Raum seine Ablehnung des Chaos. Sein Friede war nicht ihr Friede. Er wollte Frieden für Irland, weil die Alternative zuviel kostete, weil Grausamkeit eine gefährliche Situation nur auf die Spitze trieb. Trotzdem war er dadurch ein besserer Verbündeter als alle die, für die Morden und Metzeln die einzige Lösung war.

Eben öffnete er eine Schublade in seinem Schreibtisch. »Kennt Ihr Sir John Perrots Handschrift, Mistress?« Ja, die kannte sie. Sie hatte schriftliche Botschaften von ihm erhalten, während sie bei den Spensers lebte, und seine Unterschrift auf Proklamationen in ganz Dublin gesehen. »Dann seid so gut und seht Euch das hier an.«

Er reichte ihr eine Seite aus einem Brief. Sie brauchte nur einen Blick darauf zu werfen. »Das ist eine Fälschung.«

»Woher wißt Ihr das? Es sieht seiner Handschrift sehr ähnlich.«

»Mir hat nicht umsonst der beste Jackman von ganz England Lesen und Schreiben beigebracht.«

»Jackman?«

»Fälscher.«

Er nickte, als hätte sie erzählt, sie habe bei ihrer Mutter nähen gelernt. »Ihr sollt wissen«, sagte er, »daß Erzbischof Loftus letzte Woche eigens nach England kam, um Ihrer Majestät diesen Brief zu überreichen. Er stammt angeblich von Sir John und bietet dem König von Spanien seine Hilfe an.«

»Dann ist es auf jeden Fall eine Fälschung.«

»Dennoch ist zu befürchten, daß es beim Prozeß gegen ihn verwendet wird.«

»Kommt es denn zum Prozeß?«

»Ihre Majestät hat es sich in den Kopf gesetzt.«

»Und Ihr seid dagegen?« Bekenne Farbe, du kleiner Schleicher.

Des Elfen fröhliches kleines Gesicht blieb fröhlich. »Sir Johns Irlandpolitik ist trotz seiner, ähem, Indiskretionen möglicherweise weniger schädlich als die aller anderen. Und es wäre für seine Freunde nützlich zu wissen, woher genau dieser Brief stammt. Vielleicht könntet Ihr mit Euren Verbindungen ...«

»Ich soll herausfinden, wer ihn gefälscht hat?«

»Könntet Ihr's?«

»Ich kann's versuchen.«

Ein Diener klopfte und trat durch die Tür zur Schreibstube herein. »Ihre Majestät nimmt gerade vom Lord Schatzkanzler Abschied, Mylord.« Er ging wieder hinaus.

Der Elf zog einen Schlüsselbund hervor und kletterte von seinem Schreibtischstuhl herunter, dann schritt er zur Geheimtür und schloß sie auf. »Ich gehe voran. Schnell, Mistress, wenn ich bitten darf.«

Sie folgte ihm zögernd. »Herr Sekretär, es ist *wirklich* keine gute Idee ...« Aber unten am Fuß der Treppe nahm er sogar ihre Hand und führte sie hinkend den überdachten Weg entlang und durch ein Tor in die Gärten von Burghley House, vorbei an Rasen, Springbrunnen, Höfen und hinein in das Haus selbst. Die Galerie war voller Herolde, Hofdamen, Kammerdiener. Cecil hinkte durch die Menge, deutete Barbary, ihm zu folgen, bis sie sich in einem anderen, ruhigeren Flügel befanden und nach Luft ringend vor einer Doppeltüre standen.

Die Tür ging auf. Cecil kniete nieder. Barbary versank in einen tiefen Knicks und verharrte darin. »Ah, kleiner Mann«, sagte eine Stimme, »ich habe Eurem Vater Kalbsfußsülze gegeben und ihm gesagt, er soll gesund werden. Nicht einmal mein Elf kann meinen Kobold ersetzen.« Sie wollte zu gern die Magierin sein, als die jedermann sie bezeichnete, und den einzigen Mann, dem sie je zu Recht vertraut hatte, mit einer Schale Kalbsfußsülze und einem Befehl wieder gesund machen.

Cecil weinte und hüpfte auf und ab und nannte sie »Victrix orientis«, die beliebteste Anrede der Saison. Barbary hatte genau den langen, schmalen Schuh der Königin vor Augen und sah, daß die Haut unter dem Seidenstrumpf faltig war wie trockener, geriffelter Sand. Sie fürchtete den Moment des Wiedererkennens, falls er überhaupt kam. In den Jahren seit ihrer ersten Begegnung war Elizabeth für sie der Brennpunkt von so viel Bösem geworden, das in ihrem Namen geschah, daß sie in Barbarys Vorstellung zu einer Chiffre reduziert war, auf ihrem fernen Thron hockend wie eine giftige Kröte auf einem Stein. Aber hier, jetzt, in ihrer leibhaftigen Gegenwart, da strahlte die Frau mehr aus als nur absolute politische Macht; ihre Persönlichkeit war so überwältigend, daß nichts wichtiger schien als ihr Beifall. Vielleicht hatte sie sie vergessen. Gott, mach, daß sie mich vergessen hat.

Sie vergaß nichts. »Darf ich Lady Betty präsentieren …« begann Cecil.

»Ah, wir tragen jetzt Unterröcke, Mistress *Boggart?*« Das Wort wurde buchstäblich auf den Boden gespuckt. »Haben wir unsere unzüchtige Männerkleidung aufgegeben? Ihr wagt es noch, vor mein Auge zu treten, das Ihr mit Eurer Schamlosigkeit beleidigt habt? Nehmt dieses ehrlose … Ding hier fort, Cecil. Euch gilt mein Mißvergnügen, daß Ihr's brachtet.«

Der lange Schuh trat im Fortgehen Barbarys Rock zur Seite und streifte ihr Knie. Irgend etwas geschah in Barbary mit diesem Tritt. Körperlich tat er nicht weh, aber in ihrer Seele weckte er eine solche Empörung, daß sie sich ihrer nicht erwehren konnte, nicht um Irland, sondern um das Kind Barbary, und um alle Kinder, die kratzen und scharren und sich abplagen mußten, um ihre Nasen über dem Schlamm zu halten, der das Unterfutter von Elizabeths Herrschaft bildete. Ihre Wut war so heftig, daß Barbary das Entsetzen packte: sie würde sich nicht beherrschen können und so ihr eigenes Todesurteil unterschreiben.

Sie stand auf. »Wißt Ihr denn, wie das ist?« rief sie laut dem davonschreitenden Rücken nach. »Habt Ihr auch nur die geringste Vorstellung, was in den Hintergassen Eurer wunderbaren Stadt alles geschieht? Männer auf Frauen, wie wilde Tiere? Auf kleinen Mädchen? Ehre? Ich sage Euch, Madam, hätte ich mich nicht als Junge verkleidet, so hätte ich nie irgendeine Ehre besessen. Was ich tat, geschah nur, um zu überleben.«

Cecil hatte die Augen in offenbar ekstatischem Gebet geschlossen.

Die Königin drehte sich um. In der Hand hielt sie Schale und Löffel aus Silber. Barbary blieb stehen – und erblickte eine Frau, die wußte, wie es ist. Eichengetäfelte Korridore waren die Hintergassen der jungen Elizabeth gewesen, durch die sie, um der Macht willen, die sie vermitteln konnte, ebenso gnadenlos gejagt wurde wie ein kleines Mädchen in den Bermudas. Ihr Blick ging durch Barbary hindurch auf wilde Tiere in Samt und Seide, dann richtete er sich auf sie.

»Irland hat deine Manieren nicht verbessert«, sagte sie milde.

Barbary sank auf die Knie und kroch abwärts, um die faltigen Knöchel in echter Ergebenheit zu küssen. »Verzeiht, verzeiht, verzeiht.« Und in diesem Moment meinte sie es ernst.

Cecil umhüpfte die beiden. Die Erwähnung Irlands war sein Stichwort. Lady Betty hatte in diesem Lande wertvollste Arbeit geleistet ... bis aufs i-Tüpfelchen Burghleys Auftrag ausgeführt – Grace O'Malley der Krone gewonnen, die Piratin zum Frieden überredet – Versöhnung – Treue zur Krone. »Und ganz ohne Zweifel sehe ich auch ihren Einfluß am Werke, daß der Graf von Tyrone den O'Donnell einbringt.«

Die Königin tätschelte Barbarys Kopf mit ihrem Löffel. »Na na na. Ist es noch immer ein treuer kleiner Boggart? Nun, wir werden sehen. Diese Dinge sind zu klären, wenn du bei Hof erscheinst.« Fort war sie, ihr Elf ihr zur Seite hüpfend.

Barbary kroch zur Wandvertäfelung und setzte sich mit dem Rücken dagegen, erschöpft, beschämt über das Gefühl, das sie erschüttert hatte. Wie konnte sie dieses Weib lieben? Nach all den Greueltaten, die in ihrem Namen begangen worden waren?

Aber sie tat es. So wie sie die Liebe ihrer Großmutter ersehnte, so hatte sie in diesem Augenblick die Liebe Elizabeths ersehnt.

Und hatte sie offenbar errungen; sie sollte bei Hof empfangen werden. Besser hätte sie's mit dem gewieftesten Trick nicht anstellen können.

Nach einer Weile kam Sekretär Cecil zurück. Er streckte eine kleine Hand aus, um ihr auf die Beine zu helfen. »Wie es scheint, Mistress Barbary«, sagte er, »ist die, ähem, Scheiße nicht so dick, wie wir dachten.«

21

»Ja, Lady Russell«, rief Barbary vom Straßeneingang des Hauses in Blackfriars zurück. »Nein, Lady Russell. Gewiß nicht weit, Lady Russell. Ich verspreche es, Lady Russell.«

Lady Elizabeth Russell, Cecils Tante, war alt und geschäftig und hatte Anweisung von ihrem Neffen, Lady Betty fraglos kommen und gehenzulassen, aber jedesmal, wenn Barbary ausging, mußte sie einen ganzen Katechismus von Fragen beantworten: War sie auch warm genug angezogen? War wohl ein Bedienter zu ihrem Schutz genug? Wohin ging sie?

Da der Sommer warm war und ihre Ausflüge sie bisher nicht weiter als die überlaufenen Kais von Blackfriars entlang zum Lagerhaus des Gehörnten Dick am Puddle Dock geführt hatten, schienen Barbary diese Vorsichtsmaßnahmen unnötig, aber Lady Russell hegte die felsenfeste Überzeugung, London sei hauptsächlich von Wegelagerern und Raubmördern bevölkert, und das Wetter ihr klimatischer Komplize, immer darauf aus zu töten, indem es in einen Regenschauer oder eine kalte Brise ausbrach. Andrew, der Bediente, schob zwei besonders aggressive Gläubiger zur Seite, die zu jeder Tages- und Nachtzeit Lady Russells Tür belagerten, und endlich konnte Barbary durch den wunderbaren Kolonnadengang, den Kreuzgang des alten Klosters, den ummauerten Platz verlassen. Nicht, daß Lady Russell nicht zahlen konnte (obwohl sie sich immer als arm ausgab), aber sie liebte es nicht, Rechnungen zu bezahlen, die ihr zu hoch erschienen, und da sie fast alle Rechnungen als Dreistigkeit empfand, war die Beziehung zu ihren Lieferanten recht stürmisch.

Zuerst war Barbary überrascht, daß der Elf, der sie doch als Geheimagentin einsetzen wollte, sie ausgerechnet bei einer

Dame unterbrachte, die unweigerlich Aufmerksamkeit auf sich zog. Aber er wünschte für sie eine vornehme Adresse, und Lady Russell war bei all ihrer Exzentrizität sehr vornehm und eine Stütze der Gesellschaft. Sämtliche Kreuze, die ihr das Schicksal zu tragen auferlegte, schrieb sie dem Umstand zu, daß ihr zweiter Gatte, John Lord Russell, die Indiskretion begangen hatte, noch zu Lebzeiten seines Vaters zu sterben, bevor er die Grafschaft Bedford erben und dadurch seiner Frau ihren größten Wunsch erfüllen konnte: Gräfin zu werden. »Wäre ich Gräfin geworden, meine Liebe, dann wäre das nicht passiert«, pflegte sie jedesmal zu Barbary zu sagen, wenn wieder einmal ein Händler eine unverschämte Rechnung vorlegte. Trotz ihres fortgeschrittenen Alters hatte sie ihren Herzenswunsch noch nicht aufgegeben, und behielt zu diesem Zweck den Grafen von Kent im Auge, »denn obwohl ihm von fünf Tassen viere fehlen, meine Liebe, hab' ich ja genug für beide.«

So anstrengend sie auch oft war, hatte Lady Russell doch auch etwas sehr Liebenswertes an sich; sie war so unterhaltend und so exzentrisch, wie das englische Volk, selbst exzentrisch, es von seiner Aristokratie erwartete, und da sie selbst alle Aufmerksamkeit auf sich zog, achtete niemand auf Barbarys eher unregelmäßiges Kommen und Gehen. Und genau das, erkannte Barbary, hatte Cecil anvisiert: daß sie etabliert war, aber unbeachtet blieb. Sie ging mit Lady Russell zur Kirche und hörte sich die langen feuerspeienden Predigten Stephen Egertons an, des zur Zeit populärsten puritanischen Geistlichen. Sie begleitete Lady Russell zu den größeren Empfängen bei Hofe, die heutzutage meistens aus langen lateinischen an die Königin gerichteten Huldigungsgedichten bestanden. Barbary war offiziell eingeführt, aber niemand scherte sich um sie – eine ideale Situation, um Cecil mit Informationen zu versorgen.

Es gab noch einen anderen, dunkleren Grund, warum der Elf sie in der höfischen Szene fest verankert wissen wollte. »Vielleicht solltet Ihr wissen, Mistress«, sagte er ihr eines Tages, »daß Sir Rob vor einigen Monaten beim Erzbischöflichen Gericht um ein Todeszertifikat für Eure Person ansuchte.«

Sie war bis ins Innerste erschrocken. »Warum?«

Cecil zuckte die Schultern. »Ohne Zweifel glaubte er Euch allen Ernstes tot. Vielleicht möchte er sich wieder verheiraten. Er ist ein junger Mann.«

Und dann ging ihr auf, daß Cecil in seinen verschlungenen Gehirnwindungen den Verdacht hegte, daß Rob, falls ihre Existenz nicht wirklich allen wohlbekannt war, vielleicht versuchen könnte, sie um die Ecke zu bringen. »Rob würde mir nie den Amy Robsart machen«, sagte sie entschiedener, als sie selber fühlte. Schließlich war's doch irgendwie auffallend, daß aufstrebende Männer, die in ihrer Jugend eine unvorteilhafte Heirat gemacht hatten, später eigentlich immer frei waren, um eine vorteilhaftere einzugehen. Sicher wurden manche der ersten Frauen einfach mit Geld abgefertigt oder starben eines natürlichen Todes, aber was geschah mit den anderen?

»So etwas solltet Ihr gar nicht denken«, sagte Cecil. Aber sie wußte, daß er diese Möglichkeit ins Auge faßte und sie beschützen wollte, nicht aus Freundschaft, sondern weil sie ihm nützlich war. Aus diesem Grund hatte sie den Gehörnten Dick gebeten, bestimmte Erkundigen für sie einzuziehen. Und heute würde sie, unter anderen Dingen, das Ergebnis seiner Nachforschungen erfahren.

Kaum hatten sie die Einfriedung verlassen, wandte sie sich an den Bedienten hinter ihr. »Nimm dir den Tag frei, Andrew.«

Er schien unwillig. »Lady Russell würde das nicht billigen.«

»Aber ich. Schleich dich.« Sie sah ihm nach, wie er sich widerwillig entfernte, deutlich mit dem Verdacht, sie genehmige sich ein Stelldichein mit einem Liebhaber. Besser das als die Wahrheit. Es durfte keine Verbindung geben zwischen Lady Betty und dem Ort, an den sie heute wollte. In der Fleet Street bog sie auf halber Höhe in den Red Lion Court, dort in einen unvergessenen Zwischenraum zwischen einer Apotheke und dem Gasthaus, nahm ihren Hut und Seidenumhang ab, legte beides gefaltet in ihren Korb und entnahm diesem einige andere Dinge.

Die Dienerin, die schließlich aus einer engen Seitengasse in die Fetter Lane hinaustrat, war gut, aber nicht auffällig, in eine braungelbe Jacke über einem roten Kittel gekleidet. Eine weiße

Haube unter einem grauen Filzhut verdeckte ihr Haar, um die Schultern trug sie eine weiße Pelerine. Daß sie aus einem Haus von Stand kam, bewiesen die behandschuhten Hände und das Tuch, das den unteren Teil ihres Gesichts verbarg – die bessere Dienerschaft nahm die Vorsichtsmaßnahmen gegen schlechte Luft mindestens ebenso ernst wie ihre Herrschaft.

Sie ging durch Long Acre nach Covent Garden, von wo man einen Blick über Wälder und Felder bis zu den Windmühlen auf High Gate Hill hatte. Hier verlangsamte sie den Schritt und drehte sich mehrmals um. Zuversichtlich, daß sie ihr alles Nötige bieten konnten, riefen die Straßenhändler: »Was fehlt Euch, Mistress, was fehlt Euch?« Zu haben war hier alles vom Fenchel bis zum Feuerschirm, von Kohl bis zum Käsemesser. Der Dienerin fehlte anscheinend ein Kapaun, denn sie kaufte einen und ging dann weiter.

»Was fehlt Euch, Mistress? Was fehlt Euch?« Interessiert blieb sie vor einem Stand stehen, der eigenartige Gerätschaften zum Kauf anbot. Der Standler stieß Rauch und Geplapper aus. »Artillerie für die neue Mode, Mistress. Die Kelle, um der Nase kalten Schnupftabak einzuführen, die Zangen, das Zündeisen. Hier sind allerzierlichste Pfeifenköpfe und Tabaksdosen. Seht mich an, Mistress, ich habe seit zwanzig Wochen kein anderes Fleisch zu mir genommen als den Rauch vom besten Trinidado. Das fördert die Ausstoßung von Schleim und sauren Körpersäften und ist ein Heilmittel gegen Asthma, Krätze, Brustbeschwerden und Winde. In zwei Lektionen auf meiner Rauchakademie bring' ich Euch alles Wissenswerte bei.« Sie schüttelte den Kopf und ging weiter.

An der Ecke der Ship Lane, wo das Ship Inn in Trauer um seinen verstorbenen Inhaber Sir Christopher Hatton noch mit schwarzen Trauerbändern ausgeschlagen war, lehnte ein Gerichtsbüttel und hielt sie auf. »Geht nicht dort weiter, Mistress. Die Bermudas sind kein Ort für eine anständige junge Frau.«

Die anständige junge Frau schob ihn zur Seite, und die vornehm ausgesprochenen Worte, die hinter dem Kinntuch hervordrangen, klangen erstaunlich wie »Verpiß dich!«. Kopfschüttelnd sah der Büttel die adrette schlanke Gestalt in den überdachten Schatten am Ende der Straße verschwinden. Hier blieb sie stehen und zog das Kinntuch kurz herunter, um drei Töne zu pfeifen. Eine Gestalt, die in einem Hauseingang darauf gelauert hatte, ihr den Korb wegzuschnappen, zog sich daraufhin zurück und ließ sie ungestört vorbei.

In einem anderen vertrauten Hausflur zog sie sich noch einmal um, indem sie, leicht gereizt, eine weitere Schicht Kleider ablegte. Falls sie tatsächlich verfolgt wurde, dann hatte sie ihre Klette sicher schon in Red Lion Court abgehängt, aber der Herr Sekretär wollte unbedingt auf Nummer Sicher gehen. »Nicht alle Feinde befinden sich im Ausland, Mistress.«

Der Spionagewahn, dachte sie. Die Spinner hatten ja alle den Spionagewahn. Es war immer eine anerkannte Tatsache gewesen, daß Botschafter und Männer wie Walsingham und jetzt Cecil über ein Netzwerk von Spitzeln verfügten, aber in dem England, das Barbary bei ihrer Rückkehr vorgefunden hatte, hatte selbst der unbedeutendste Höfling seine eigenen Spione. Es war eine echte Wachstumsbranche. Und die Agenten dienten nicht nur dem Sammeln von Informationen aus dem Ausland, sondern vor allem der gegenseitigen Bespitzelung. Eifersüchtige Rivalen versuchten, Beweise zu finden oder auch zu fabrizieren, daß der andere ein Papist oder sonst ein Verräter war.

Das zunehmende Alter der Königin brachte für die Höflinge ein weiteres Element der Unsicherheit. Auf wen sollten sie für die Thronfolge bauen? König James von Schottland? Die Infantin von Spanien? Lady Arabella Stuart? Die Straßen und Häfen Englands waren voll von Spitzeln, manche überbrachten einem der möglichen Thronerben geheime Botschaften, die wohlwollende Unterstützung signalisierten, andere versuchten sie abzufangen, um herauszufinden, wer hier wen unterstützte.

In diesem Labyrinth des Mißtrauens war Barbary mit ihrem Ordenstraining in ihrem Element. Mit ihrem Feldzug zur Abberufung Binghams kam sie gut voran. Cecil hatte ihr eines Tages vor der Königin die Gelegenheit geschaffen, die Geschichte der drei jungen Geiseln zu erzählen, die in Galway gehängt wurden. Die Königin weinte zuerst, dann wurde sie zornig: »Bei Gottes Tod, ist das die Art, die Herzen der Iren zu gewinnen?« Noch zorniger wurde sie, als Barbary andeutungsweise von Korruption sprach, obwohl Barbary selbst sich um Binghams Korruption sehr viel weniger scherte – er war auch nicht korrupter als Elizabeths andere Generäle – als um seine systematische Brutalität. Und weil Cecil Brutalität nicht für zweckmäßig hielt, war er ihr Verbündeter. Dafür war sie sein Geschöpf geworden.

Was hätte sie sonst tun können?

Am Hof kämpften zwei Parteien miteinander um die Vormacht. Die eine trat für alles ein, was der Graf von Essex verkörperte, und die andere war dagegen. Das Haupt der Pro-Essex-Partei war der Graf von Essex selbst; die Anti-Essex-Partei war diffuser, aber wenn man die Vordermänner beiseite schob und zum Kern vordrang, dann fand man dort die unauffällige, verkrüppelte kleine Gestalt von Herrn Sekretär Cecil.

Essex. Einen Augenblick lang hielten Barbarys Finger beim Nesteln mit ihren Haken und Schnüren in diesem schäbigen Hausflur in den Bermudas inne. Wie allen anderen auch war ihr, als sie ihn zum ersten Mal sah, der Atem weggeblieben. Das war in der Grocers' Hall. Der Bürgermeister von London trug der Königin gerade eine langatmige Ergebenheitsadresse vor, und Essex war verspätet hereingestürzt, entschuldigte sich und trug in Händen einen Korb voll süßer Trauben, direkt und eiligst aus Frankreich herbeigeschafft, damit seine Königin sie frisch vom Weinstock genießen könne. Augenblicklich verwandelte sich Grocers' Hall in einen Hain, die Königin in eine von Gnomen verfolgte Maid und Essex in den rettenden Ritter, der das Ganze zu einem festlichen Picknick verzauberte. Er konnte das. Sogar der Bürgermeister ließ sich bezaubern.

Bevor sie ihn tatsächlich sah, hatte sie sich nach den Reden der anderen – und man redete eigentlich fast von nichts anderem – eine hübsche, aber bedeutungslose Ausgabe von Philip Sidney vorgestellt. Aber Essex war mehr und zugleich weniger als Philip. Er war schön, Gott, war er schön, strahlend, groß, Löwenkopf, wunderbare Hände – und er wußte es nicht. Das war das Unglaubliche, er kümmerte sich nicht darum. Er achtete nicht auf seine Kleidung, oft hatte er Schmutzflecken auf

Schuhen und Umhang. Und dieses prachtvolle, elementare Geschöpf streichelte und umwarb Elizabeths alten vertrockneten Leib, als sei sie eine junge Cleopatra und er ihr Antonius.

Wie einen Kometenschweif zog er Bewunderung hinter sich her, die der Männer noch mehr als der Frauen. Und hätte er sich mit dem begnügt, was er war, ein Ereignis, so hätte Barbary die gleiche Magie empfunden wie die Königin in ihrer mittsommerlichen Verzauberung. Aber er wollte Macht, über Elizabeth, über England. Seiner Außenpolitik fehlte es ebensosehr an Feinheiten wie seiner Kleidung. Die Iren, diese Moorläufer und Wilden, mußte man mit dem Schwert ein für allemal unterwerfen. Die Spanier, papistische Häretiker, mußte man mit dem Schwert ein für allemal unterwerfen. Sie hatte den Blick vom irrationalen Glanz des Grafen von Essex zu dem mickrigen Körper Cecils wandern lassen und beschlossen, daß sie im richtigen Lager war. Sie kannte Cecil nicht besser als am ersten Tag, obwohl sie oft mit ihm zusammen war. Sie wußte nicht, ob er sie mochte oder nicht, ob er Katzen lieber hatte als Hunde. Aber das war egal. Er wollte Frieden für Irland. Und was die Intelligenz anging, war das Gehirn von Essex erbsengroß und Cecils vom Format eines preisgekrönten Riesenkürbis.

An Elizabeths Hof zählte aber Intelligenz nicht unbedingt mehr als Schönheit. Auch Cecil konnte verlieren; er verlor in der Angelegenheit von Sir John Perrot, dem der Prozeß gemacht werden sollte trotz seiner Freunde, die sich für ihn einsetzten.

Und hier stand sie also, Cecils letzte Hoffnung, in ihrem roten Kittel, eine fadenscheinige Pelerine über ein nicht viel besseres Mieder gewickelt, eine Feder ins Haar gesteckt. Eine Figur auf Cecils beschissenem Schachbrett, das bist du und nicht mehr, Barbary Clampett O'Flaherty.

Sie stopfte ihre Dienerkleidung in den Korb und trat aus dem Hauseingang. Nach einem weiteren Pfiff schlug sie die Richtung zum Pudding-in-a-Cloth ein. »Häng mich auf, was ist denn mit den Bermudas passiert?« Wie konnte das alles nur so verkommen? Es war dunkler, dreckiger, kleiner als in ihrer Erinnerung. Das Holz an den Läden und Türen bröckelte faulig,

Kloakenwasser rann zähflüssig durch die Gosse, zerlumpte Kinder ließen darin Schiffe aus kleinen Ästen schwimmen. Frauen mit Blutergüssen um die Augen und Geschwüren an den Lippen saßen an den Hauseingängen und säugten Babys an ihren schlaffen Brüsten.

Herrgott, es war immer so gewesen. Sie hatte erwartet, bei ihrer Rückkehr von Gefühlen überwältigt zu werden, aber die Kraft und Romantik, die sie einst hier zu sehen glaubte, war nur ihrer kindlichen Phantasie entsprungen. Von da, wo sie heute stand, blickte sie auf den rotschopfigen unwissenden kleinen Geist zurück, der durch diese schrecklichen Gassen gehüpft war, und empfand Mitleid.

Ein neues Schild schwang an einem Balkon über dem großen, früher einmal herrschaftlichen Tor und verkündete »The House of Pity« als den neuen Namen, aber sonst hatte sich der Pudding-in-a-Cloth nicht verändert.

Der Glanz des Pudding gehörte zur Nacht; das Tageslicht entblößte die nackten Knochen seines Geschäfts. Ein Schankgehilfe putzte die sorgfältig plazierten Spiegel, die später die Karten der Gimpel verraten würden. Ein Hausierer – es war Wilkin – prüfte gerade seine Würfel. Damber der Filzer polierte einen hübschen Ring an seinem Ärmel und untersuchte ihn mit dem Gesichtsausdruck eines Menschen, der noch nicht lange der Besitzer war. Die Puppen waren natürlich noch im Bett, sie mußten Kräfte sammeln für die kommende Nacht. Es roch nach Kerzentalg, billigem Parfüm, altem Ale, kaltem Hühnerfett und frischem Sägemehl. Und auf dem Podest am anderen Ende des Raumes saß eine gewaltige Gestalt, stapelte Münzen zu kleinen Säulen und klickte mit einem Rechenschieber.

Bei Barbarys Eintritt verschwanden Wilkin, die Würfel, der Ring und Damber wie durch Zauberhand. Die Gestalt auf dem Podium hob den Kopf und befahl dem Schankjungen: »Wirf das freche Weibsstück raus. Die ist keine von den unsrigen.«

Barbary trat zur Seite. »Doch, bin ich. Hallo, Bet.«

»Bei Gottes Arschbacken, das ist ja Barb!« Die Galoppierende Betty zog sich ächzend hoch und wuchtete ihre massive Person vom Podest, was offenbar so selten vorkam, daß dem

Schankjungen fast die Augen herausgefallen wären. Barbary fand sich plötzlich ins Fleisch der Galoppierenden Betty versenkt, eine Substanz, die über die Jahre nicht geschrumpft war, wenn auch ihr schwergehender Atem die Massen noch bedrohlicher erzittern ließ. »Dieses Gifthaar würde ich doch überall sofort erkennen. Burschen, es ist Barb. Barbary, die immer schon ein Frauenzimmer war, während wir dachten, sie sei ein Kerl.« Sie hob Barbary hoch und schüttelte sie. »Du schlimmes Kind, warum hast du's der alten Betty nicht gesagt?«

»Hab' mir nie was aus dem Aufrechten Mann gemacht«, antwortete Barbary mit ratternden Zähnen.

»Keiner von uns tut das, Kleine, und er gibt's noch immer nicht auf, der alte Hund, obwohl er nicht mehr soviel Pulver in seiner Pistole hat wie früher, Gott sei's gedankt.«

Barbary wurde wieder auf die Füße gestellt, um jetzt auch von Wilkin und Damber, die wieder aus der Vertäfelung zum Vorschein kamen, umarmt und auf den Rücken geklopft zu werden. In feinfühliger Beachtung der Ordens-Etikette fragte niemand, was sie denn in den letzten paar Jahren so getrieben hätte; der Gehörnte Dick hatte ihnen sicher mitgeteilt, was er für notwendig hielt.

Barbary überreichte den in Covent Garden gekauften Kapaun der Galoppierenden Betty, die sagte: »Wär' doch nicht nötig gewesen, Herzchen«, ihn aber trotzdem nahm und zur Feier des Tages ihren besten Malvasier heraufholen ließ. Zu viert nahmen sie an einem Tisch Platz und tranken, und Barbary wurde den Schankburschen als leuchtendes Beispiel vorgestellt: »Bester Drücker in ganz England, das war sie.« Dambler hielt ihre Hand hoch: »Seht ihr das? Diese feine weiße Pfote konnte dem größten Knicker die Marie aus dem Geldbeutel ziehen.«

Daß sie gesund und am Leben war, war an sich schon ein Erfolg. So viele Kollegen waren es nicht. »Foll? Die hat eingepackt, Kindchen.« Die Galoppierende Betty wischte sich eine Träne aus den Augen. »An der Franzosenkrankheit. Nicht alle Freier meiner Venusse wollen eine Mutter Phillips.« Mutter Phillips lebte passenderweise in der Cock Lane und belieferte den Pudding mit Kondomen aus Schafsdarm. Und auch Doll hatte eingepackt. Rafe der Rifler ebenso, weil er dummerweise einen Nachtwächter erledigt hatte und dafür baumeln mußte. Und der Hinkende Billy war beim Versuch, in ein Haus einzubrechen, vom Dach gefallen. Mit düsterer Befriedigung gingen sie die Liste der Gefallenen durch und tranken auf jeden ehrenwerten Namen. Die Armada war gekommen und gegangen, Häuser emporgewachsen und eingestürzt, aber das London des Ordens war immer noch Rom-Ville und so ziemlich das alte.

Nach einer Weile schenkte die Galoppierende Betty nur mehr sich selbst und Barbary nach und ließ damit erkennen, daß Wilkin und Damber sich verkrümeln konnten.

»Meinen Jungen gesehen, Barb?« fragte sie ganz nebenbei.

Darauf hatte Barbary sich nicht gefreut. »Du weißt, daß wir geheiratet haben, Bet?«

Betty nickte, daß ihre weißbewurzelten goldenen Locken in ihren Trinkbecher fielen. »Der irische Harry hat die Nachricht gebracht.« Ihr internationales Agentennetz war besser als das sämtlicher Höflinge. »Das war eine Nacht, Barb. Als wir's gehört haben. Wir waren alle voll wie die Strandhaubitzen. Wilkin war so blau, daß er sich den Hemdkragen aufmachte, um zu pissen.«

»Bet, mitten in der Zeremonie hat er gesagt: ›Wenn nur meine liebe Mutter jetzt hier wäre, um mit uns zu feiern.‹ Das waren seine Worte.«

Die Galoppierende Betty nickte in gerührter Würdigung dieser Lüge. An der Wand hinter ihr hing ein Flugblatt, auf dem Rob als einer der Helden der Armada genannt wurde.

»Aber seit er so eng mit der Königin ist«, fuhr Barbary fort, »hat er natürlich für nichts mehr Zeit, klarerweise.«

Die Galoppierende Betty weinte über Robs Vernachlässigung ihrer Person, aber nicht allzusehr. Sie hatte jenes Alter erreicht, wo Vergnügen und Verlust, Freude und Schmerz einen ähnlichen Grundton hatten. Sie packte Barbarys Hand und suchte mit ihren tief im Fett versunkenen Augen Barbarys Blick. »Wenn du was brauchst, Barb. Käfer, Beutler, Zwirn, irgendwas – dann komm zur alten Bet. Nie vergess' ich den Tag, wo sie meinen Jungen gesucht haben. Da warst du ein Held. Bist dagestanden in deinem kleinen Wams und hast gesagt: ›Ich rette ihn für dich, Bet.‹ Und du hast ihn gerettet. Die alte Bet hat's nicht vergessen. Komm du nur zur alten Bet.« Das war ein machtvolles Angebot von einer mächtigen Frau. »Na, jetzt wird Dick auch gleich auftauchen. So früh steht er heutzutag nicht auf, hat in Irland genug Tau treten müssen, sagt er.«

»Hat er den Jackman für mich gefunden?« Nachdem sie Cecil versprochen hatte, den Verfasser des hochverräterischen Briefs, den Sir John Perrot angeblich geschrieben hatte, ausfindig zu machen, war es ein Schlag für sie gewesen, den Jackman nicht in seinen üblichen Jagdgründen zu finden.

Betty ließ ihr Zahnfleisch sehen. »Hylles hat ihn gefunden. Draußen in Hampstead, im Freien schlafend. So besoffen, daß er die Löcher in einer Leiter nicht mehr sah. Scheuchte mit den Händen rosa Schlangen fort, als Hylles über ihn stolperte. Lang hat der nicht mehr, Barb. Dem geht's elend. Aber jetzt müßte er nüchtern sein.« Sie hob die Stimme: »Hugh, hol den Jackman raus.«

Ein Schankbursche öffnete die Tür zu einem der vielen Wandschränke des Puddings, fischte drin herum und zog schließlich ein braun drapiertes Skelett heraus, das er aufrecht auf eine Bank setzte. Das Skelett öffnete die Augen und rief nach Wein.

»Ich mußte ihn dort ablegen, Barb«, entschuldigte sich Betty, »so wie der sich ausdrückt, das war nicht mehr anzuhören, und sonst nimmt ihn keiner mehr auf. Aber ich kümmere mich um das alte Möbel, solang er noch lebt.«

Barbary ging hin und setzte sich neben den alten Mann, der ihr Lesen und Schreiben beigebracht hatte. Er stank nach Erbrochenem und Urin und würde die Gastfreundschaft des Pudding wohl nicht mehr lang in Anspruch nehmen; seine Haut, ja sogar seine Augenbälle waren so gelb wie das Haar seiner Wirtin. Vorsichtig versuchte Barbary, sich ihm ins Gedächtnis zu rufen, aber er starrte sie an, wimmerte und versuchte dann, sie mit den Händen wegzuwedeln, als wäre sie aus Spinnweben. »Bevor der nicht seine Milche bekommt, ist nichts aus ihm herauszukriegen«, rief Betty. »Hugh.«

Ein schwarzer lederner Trinkkrug wurde vor ihn auf den Tisch gestellt, der Jackman griff danach, und es gelang ihm, sich den größten Teil des Inhalts in den Mund zu schütten, bevor seine geschwächten Hände ihn wieder auf den Tisch fallen ließen. Dann brachte er ein höhnisches Grinsen hin: »Pax vobiscum.«

»Weißt du, wer ich bin?«

Sein Kopf schwankte in betrunkener Würde. »Wissen ist Macht«, antwortete er auf lateinisch.

»Schau dir das an.« Sie legte zwei Blatt Papier vor ihn hin, das eine war ein echter Brief von Sir John Perrot an Sekretär Cecil. »Das ist von einem Freund von mir.« Sie überließ es ihm zum Studieren, dann hielt sie ihm die Fälschung vor die Augen. »Und das hier soll auch von ihm stammen.«

Der Jackman warf einen knappen Blick darauf. »Fälschung.«

»Weiß ich selber. Aber von wem?« Sie stützte die zitternden Hände des Jackman, während er sich das Blatt dichter vor die Augen hielt.

Er rülpste. »Char ... Charles Trevor. Kann keinen Blinden täuschen. Haust in Cheapside. Der Schandfleck einer edlen Profession.«

Sie strich ihm über das klebrige Haar und sagte Lebewohl, dann hob Hugh den Alten auf und trug ihn nach oben. Die Galoppierende Betty saß wieder auf ihrem Podest und zählte ihr Geld. Charles Trevor? So so. Ein Freiberufler, kein Ordensmitglied. Sie hoffte um seinetwillen, daß er auf die Fragen von Sekretär Cecil flott Antwort gab, sonst wachte er vielleicht auf der Folter auf.

»Froh, daheim zu sein, Barb?« Der Gehörnte Dick ließ sich neben ihr auf die Bank fallen.

»Ja.« Und das war sie wirklich. »Was macht der Whiskeyhandel?«

Dick seufzte. »Er hat mich eingesackt, Barb. Der Herr Sekretär hat mich eingesackt.« Es hatte sie beide überrascht, als Cecil, als Ausgleich für seine Hilfe beim Vorbeischwindeln des Gesöffs am Zoll, sich selbst zum allerdings geheimen Teilhaber der Firma ernannt und einen gewissen Rattray dort eingesetzt hatte, der sich um Verkauf und Vertrieb zu kümmern hatte. Barbarys Überraschung legte sich, als sie erfuhr, daß Cecil für die Instandhaltung seines Spitzelnetzes im Jahr nur 800 Pfund erhielt, während es eher an die 3000 kostete. Ebenso wie sein Vater besaß auch er kein ererbtes Vermögen und mußte daher sein Einkommen – und seine Spitzel – auf andere Weise finanzieren.

Dick behielt Verschiffung und Transport unter seiner Kontrolle, was für Barbary das Wichtigste war, aber die Tatsache, daß er nicht mehr einziger Nutznießer des Gewinns war, ließ ihn in stumpfe Trägheit versinken, was, wie Barbary mutmaßte, wahrscheinlich ohnehin passiert wäre. Wie die meisten Ordensleute war er viel mehr darauf eingestellt, vom Erfolg zu träumen, als ihn tatsächlich zu erreichen.

»Ich hätte ein reicher Mann werden können«, brummte er mit der düsteren Befriedigung eines, der sich nicht länger anstrengen muß, »aber er hat mich eingesackt.«

»Hätte dir doch sowieso nicht gefallen«, erklärte ihm Barbary ungeduldig. »Stell dir vor, wie viele Väter dir dann ihre Töchter aufdrängen würden. Hat O'Neill die Marie geschickt?« Solange sie kein Gold hatten, konnten sie selbst nichts unternehmen. Ihre Kosten für Lebensunterhalt und Kleidung bestritt sie vorläufig mit einer bescheidenen Zuwendung des Herrn Sekretärs.

Der Gehörnte Dick wurde heiterer und legte einen Finger an die Nase. »Also das ist so organisiert, Barb«, erklärte er leise, »da ist unter den Fässern auf dem Schiff ein kleineres Faß, gekennzeichnet als mein persönliches Eigentum. Mit dem Herrn Sekretär ist ausgehandelt, daß ich den Pudding direkt beliefern kann. Das geht direkt an Land und in Schmuddel-Kates Leiterwagen, und sie zieht's mir dann hierher.«

Schmuddel-Kate war eine Pastetenverkäuferin, deren Wassersucht, Gesichtskarbunkel und persönliche Gewohnheiten ihren Geschäftsgang dergestalt beeinflußten, daß sie nie auch nur eine einzige Pastete verkaufte. Der Orden setzte sie als Botin für Waren ein, die die Staatsgewalt besser nicht zu Gesicht bekam.

»Wieviel?«

Dick spreizte beide Hände und nahm drei Finger herunter. »Alles englische Goldmünzen, Barb«, flüsterte Dick ehrfürchtig. »Hab' schon gezittert, daß die Docker das Gewicht bemerken würden.«

Siebenhundert Pfund. Mit einer gewissen Großzügigkeit des O'Neill hatte sie gerechnet, aber die Höhe der Summe und O'Neills Bereitwilligkeit, sie zu zahlen, führte ihr schockartig vor Augen, was sie eigentlich vorhatte und – noch wichtiger – was sie dabei von Dick verlangte. Sie und Dick waren einer langen, verschlungenen Kreisbahn gefolgt und wieder in dem Wirtshaus gelandet, von dem sie aufgebrochen waren: zwei Verschwörer, damals wie heute. Nur daß sie diesmal keine Erpressung planten, sondern Hochverrat.

Dieser Weg hatte sie so verändert, daß es zwischen der Barbary, die die Bermudas verlassen hatte, und der, die jetzt zurückgekommen war, kaum noch Berührungspunkte gab. Aber Dick war unverändert, genauso wie früher, verletzlich und unschuldig.

»Dick, ich will dich da nicht dabeihaben«, sagte sie knapp. »Deine Aufgabe ist erledigt. Ein Teil der Marie gehört dir, nimm ihn, und verschwinde.«

Er war gekränkt. »Warum, Barb?«

»Dick, ich bin eine Verräterin.« Was ist das? Konnte man Mitleid und Empörung über die Ungleichheit, über die von ihren hängenden Müttern hängenden Babys, auf dieses eine einzige furchtbare Wort reduzieren? Ihr war es zuteil geworden, das Ungleichgewicht der Dinge zu erkennen und tastend und vielleicht vergeblich zu versuchen, sie ein wenig ins Lot zu bringen. Aber Dick hatte nichts Derartiges erlebt. »Und du bist keiner«, sagte sie. »Dafür, daß du Kanonen nach Irland schmuggelst, peitschen sie dich nicht am Karren aus. Dafür reißen sie dir die Gedärme raus.«

Dick starrte nachdenklich ins Leere. Sie stand auf und holte den letzten Rest des Malvasier. Liebevoll goß sie ihm ein. Was würde sie ohne ihn tun?

Noch immer nachdenklich, tat er ein paar Schluck. »Also, du siehst, Barb«, sagte er, als würde er einen angefangenen Satz beenden, »ich bin dabei. Na, eigentlich auf eigene Faust. Der O'Neill, der hat zu mir gesagt: Dick, hat er gesagt, mir geht's wie dem Totengräber, stecke bis zum Arsch im Geschäft und weiß nicht, in welche Richtung ich zuerst schauen soll. Du bist der Experte, Dick, hat er gesagt, und das ist es, was ich brauche. Barb ist der Kontakt, sagt er, aber du bist der Schuffler. Die Kanonen brauche ich wie einen Bissen Brot, sagt er, und du bist mein Aufrechter Mann. Bist du dabei oder nicht, Dick? sagt er. Und ich sage ›Dabei‹, und er sagte ›Prima Haferbrei‹, und darauf schütteln wir uns die Pfoten. Das nenn' ich nicht Verrat, das nenn' ich Geschäft.«

Barbary blieb die Spucke weg. Auch wenn die Vereinbarung vielleicht nicht genau mit diesen Worten getroffen wurde, so hatten O'Neill und Dick sie doch geschlossen, und zwar nur sie beide. Zwecklos, Dick zu erklären, daß der O'Neill ein durchtriebener berechnender Hund war; zum ersten Mal in seinem Leben hatte jemand dem Gehörnten Dick die Eigenschaft der aufrechten Männlichkeit, die er in anderen so bewunderte, selbst zugeschrieben, und was ihm dabei an Würde zugeflossen war, war unumkehrbar – ob sie ihm nun die Gedärme rausrissen oder nicht. Und vielleicht hatte der O'Neill gar nicht so unrecht. Sie war es gewesen, die Dick immer bevormundet hatte, obwohl doch alle Stärke, die sie hatte, von ihm gekommen war. Jetzt hieß es für sie umdenken.

»Wie's beliebt«, sagte sie. Es gab eine verlegene Pause, in der sie beide Dicks neue Unabhängigkeit verdauten. »Wo hast du die Marie verstaut?«

Er lächelte erleichtert. »Unter dem Bett der Galoppierenden Betty.«

Es gab keinen sichereren Ort. »Gibt's was Neues von den wandernden Morts?«

»Nan Nevet ist gestern mit einem Bericht hereingekommen. Der Kanonenmacher ist wirklich ein echter Gauner.« Das war ein Wort, das der Orden nie für die eigenen Mitglieder benutzte; es beschrieb ausschließlich einen unehrlichen Menschen in der gewöhnlichen Gesellschaft. »Freunde aus der Gegend von Panningridge sagen, daß auf je drei Ochsenfuhren Kanonen, die die Eisenhütte verlassen, immer eine kommt, von der der Artilleriechef nie was erfährt.«

»An wen verscheppert er's?«

Dick zuckte seine beschuppten Schultern. »See-Teufel, möglicherweise. Die Morts haben es noch nicht heraus. Scheint, als ob die Ochsenfuhren die Schmelzhütte noch vor Morgengrauen verlassen, aber eine macht sich dann dünne. Irgendwo an der Küste ist wohl eine kleine Bucht, wo sie die Kanonen auf einen Kutter verladen. Kann sein, daß er sie den Spaniern in den Niederlanden liefert. Ist ja auch egal.«

Barbary nickte. Wenn der Kanonenmeister in Wills alter Eisenhütte ein Gauner war, dann machte das ihre Aufgabe nur leichter. Wenn nötig, konnte man ihn erpressen, aber wahrscheinlich reagierte er am besten auf direkte Bestechung, die sie, dank der Großzügigkeit des O'Neill, so bemessen konnten, daß sie unwiderstehlich war. »Sag Nan, sie soll ein Treffen einfädeln«, sagte sie.

Der Gehörnte Dick legte ihr eine Hand auf den Arm. »Nicht du, Barb.«

»Was soll das heißen, nicht ich?« Dick als Aufrechter Mann bildete sich plötzlich mehr ein, als ihm zukam. Es war völlig klar gewesen, daß die Verhandlungen wegen der Kanonen von ihr zu führen waren.

Dick streckte einen Daumen in die Höhe. »Punkt eins. Es schickt sich nicht für Damen, die sich mit der Königin von England gut stehen, daß sie Kanonenmeister schmieren.« Zum Daumen gesellte sich der Zeigefinger. »Zwei. Die Wandernden Morts sagen, Arschbubi ist der richtige.«

Barbary starrte ihn an. »Das kannt du deiner Großmutter erzählen.« Arschbubi war ein schlanker, hübscher und, wenn man seinen Erzählungen Glauben schenkte, unehelicher Sproß aus edlem Hause – er ließ gern Leicester durchblicken –, dessen Leistungen für den Orden in einer hochspezialisierten Form von Erpressung bestanden. Nachforschungen bezüglich der Herkunft seines Spitznamens bestätigten alle naheliegenden Vermutungen. »Kanonenmeister sind doch nicht so.« Kanonenmeister waren wie Will.

»Der schon«, erwiderte Dick. »Das sagen jedenfalls die Morts.«

Gut, die Wandernden Morts mußten es wissen. Sie waren die umherziehenden Frauenzimmer des Ordens, die nicht die Laufbahn von Dirnen gewählt hatten – obwohl sie auch einmal das Tier mit den zwei Rücken machten, wenn es denn sein mußte –, sondern die Land- und Überlandstraßen Englands unsicher machten und sich dort auf alle denkbaren ungesetzlichen Weisen ihren Lebensunterhalt verdienten. Manche hatten ihre Kinder bei sich, einige einen Mann, aber gemeinsam war ihnen allen, daß sie das Land kannten wie ihre Westentasche; von den Wandernden Morts hieß es, daß es, hatten sie erstmal fünfzig Jahre auf dem Buckel, in ganz England keinen Busch gab, hinter den sie nicht gepinkelt hätten. Sie hatten überall ihre Kontakte. Und sie waren Kenner der menschlichen Natur. Wenn die Wandernden Morts sagten, der Kanonenmeister von Panningridge sei homosexuell, dann war er's.

»Und ist Arschbubi willig? Kennt er das Risiko?«

»Barb.« Dick klang vorwurfsvoll. »Arschbubis Leben ist ein einziges Risiko. Ich hab' ihn letzte Nacht ausgehorcht. Er tut's um einen Leoparden.« Fünfzig Pfund. Jeden Penny wert. »Du erklärst ihm, was du willst. Er kommt später hier rein. Und Barb, weil sie schon dabei waren, haben sich die Morts auch Robs Haus in Tilsend angesehen. Was die Königin ihm gegeben hat. Barb, das ist einfach ideal. An der Küste. Mit einer Steinmole. Brauchen wir, eine Steinmole. Die sind schwer, diese Kanonen.«

»Ich sehe, ob ich morgen hinfahren kann. Wir müssen wenigstens eine Ladung abschicken, bevor Rob zurückkommt.«

Der Gehörnte Dick hüstelte hinter vorgehaltener Hand.

»Was ist?«

Er rutschte auf seiner Bank hin und her. »Ja, also, Barb, da gibt es eine Komplikation.«

Barbary seufzte. In der Ordenssprache bedeutete »Komplikation« eine ganz spezielle Situation. »Hab' ich mir fast gedacht.«

Als sie an diesem Abend den Pudding-in-a-Cloth verließ,

hatte sie mit verschiedenen Individuen der Pudding-Klientel Abmachungen getroffen, und mit vielen anderen ihre alte Bekanntschaft aufgefrischt. Sich sicher aus den Bermudas pfeifend und sich unterwegs von Straßenschlampe in bessere Dienerin in Lady Betty verwandelnd, dachte sie traurig darüber nach, wie ihre eigene Abwesenheit sie alle verändert hatte. Der Orden war erfreut gewesen, sie zu sehen, würde ihr um alter Zeiten – und des Geldes – willen helfen, wußte aber ebenso wie sie, daß sie nicht mehr dazugehörte. Was Barbary merkwürdigerweise am meisten von ihnen allen trennte, war gerade ihre Wertschätzung des Ordens; das war nicht, wie früher, der Wunsch, es seinen höchsten Mitgliedern gleichzutun, sondern eine tiefe, aber distanzierende Bewunderung für das komplexe, undurchdringliche, unzerstörbare Gebäude ihrer Überlebenskunst.

Die Zisterzienser hatten es geradezu genossen, sich das Leben selber schwerzumachen. Gesellige Stadtklöster wie Blackfriars waren nichts für sie; die Geselligkeit und die Korruption, die diese nach sich zog: das war's ja gerade, wogegen sie angetreten waren. Die im zwölften Jahrhundert von ihrem Mutterkloster Citeaux in Frankreich ausschwärmenden Klostergemeinschaften suchten vielmehr nach schwer zugänglichen Orten, um dort ganz unter sich zu bleiben.

Einer dieser Orte, und zwar jener, den sie sich für das kleinste ihrer Klöster ausgewählt hatten, lag auf einer Anhöhe in den sumpfigen, unwirtlichen Ebenen des Vorlands von Kent, wo Wattvögel und Sturmmöwen die einzigen Zeugen ihres strengen klösterlichen Lebens waren.

Aber die Mönche wurden immer wieder beim Arbeiten und Beten gestört, weil Menschen an ihren Strand gespült wurden. Ständig gab es Unterbrechungen, weil sie entweder Meerwasser aus den Lungen eines halb ertrunkenen Matrosen pumpen oder aber – und das war häufiger der Fall – ein Begräbnis abhalten mußten. Diese Störungen häuften sich derart, daß die Mönche schließlich ein Leuchtfeuer installierten, damit nicht mehr so viele Schiffe auf den Untiefen vor ihrer Küstenlinie Schiffbruch erlitten.

Die Jahrhunderte vergingen, und das Leuchtfeuer von Tilsend wurde eine wichtige Navigationshilfe für den Schiffsverkehr auf der Themsemündung; der Betrieb des Leuchtturms wurde zu einer Hauptaufgabe der Klosterbrüder.

Als Heinrich VIII. alle Klöster auflöste, senkte sich auch über das Kloster Tilsend und seinen Leuchtturm Finsternis, und die Schiffsverschlinger, wie die Untiefen vor der Küste genannt wurden, forderten wieder so viele Menschenleben wie zuvor. Als Antwort auf Beschwerden der Betroffenen vermieteten erst Edward und dann Maria Tudor das Kloster an jeden, der versprach, den Leuchtturm in Betrieb zu halten, aber da er an die achtzig Tonnen Kohle pro Jahr verbrauchte, machten sich die Mieter entweder gar nicht erst die Mühe, oder sie verlangten als Unkostenbeitrag eine Maut.

Elizabeth wollte die Angelegenheit vom Trinity House, der zuständigen Institution für Leuchtfeuer und Lotsendienst, entscheiden lassen. Die Handelsmarine war für den Leuchtturm, die Einheimischen waren dagegen, denn der Lotsendienst verschaffte ihnen ein beachtliches Einkommen. »Wir haben unsere eigenen Wassermarken, die viel zuverlässiger sind als jedes Leuchtsignal«, sagten sie. Das entscheidende Argument gegen das Leuchtfeuer war allerdings die nationale Sicherheit. Wenn die Handelsschiffe mit seiner Hilfe ihren Weg in die Themsemündung finden konnten, dann galt das auch für Piraten, und genauso für die Spanier.

Also blieb der Leuchtturm von Tilsend finster, aber mit guter englischer Logik blieb der Titel eines »Bewahrers des Tilsend-Lichts« erhalten und wurde von Zeit zu Zeit Männern übertragen, die Elizabeth mit einem Herrenhaus belohnen wollte.

Das war in diesem Fall Rob. Und das war auch der Grund, warum eines schwülen Juniabends eine Menschengruppe, bestehend aus Barbary, dem Gehörnten Dick, Nan Nevet, Walles dem Wasserplatscher und Winchard, einem der Schrecker der Galoppierenden Betty, sich mückenzerfressen, kratzend und fluchend über die hundertste Sanddüne auf dem kentischen Vorland kämpfte.

»Ich hab' geglaubt, du kennst den beschissenen Weg«, sagte der Gehörnte Dick zu Nan Nevet.

»Das *ist* der beschissene Weg«, entgegnete Nan. »Tilsend ist halt nicht ums Eck.«

»Warum sind wir nicht mit einem Boot gefahren, verdammt noch mal?« erkundigte sich Barbary.

Darauf erklärte Walles, geduldig und nicht zum erstenmal: »Wir würden einen Lotsen brauchen, Barb. Hier gibt's ekelhafte Strömungen.«

»Und so brauchen wir ein verdammtes Wunder«, schnappte Barbary und fuhr den Gehörnten Dick an: »Und du behauptest, der Platz ist ideal. Ideal für was?«

Nan brach eine Lanze für den Gescholtenen. »Es *ist* ideal, Barb. Es führt ja auch ein Fahrweg her, aber wir gehen besser so, damit uns keiner sieht.«

»Arrr«, sagte Winchard und deutete damit an, daß er eine Erklärung von sich geben wollte. Die anderen spitzten zweifelnde Ohren. »Mag die Fliegen nicht«, erklärte er. Im Gegensatz zu seiner Körpergröße war sein Beitrag zum intellektuellen Gedankenaustausch eher klein.

Sie schleppten sich weiter, zerrten die Pferde an den Zügeln hinter sich her, Hufe und Stiefel versanken gleichermaßen im Schlamm. Nan ging barfüßig in Schlammsocken so leicht dahin, als hätte sie Schwimmhäute. Sie stammte von vielen Generationen von Frauen ab, die »auf Wanderschaft geboren« waren, wie der Orden das nannte, und schöpfte aus dem Gedächtnis ihrer Vorfahren, um ihren in der Stadt aufgewachsenen Kollegen Geschichten zu erzählen, die nur ihre Urgroßmutter erlebt haben konnte. »Die Mönche waren am besten«, sagte sie, »immer ein trockenes Bett und eine nasse Flasche, solang die Mönche noch hier waren. Die waren gut, diese Zisterzienser.«

»Ist alles in Ordnung, Barb?« fragte der Gehörnte Dick.

»Ja.« Einen Moment lang hatte sie durch die schwere, schwüle Luft eine Brise aus einer anderen See gespürt. Zisterzienser. Ein Mönch, der an den Füßen von der Decke hängt, eine liebgewordene, lächerliche Szene. Torfrauch, Hummertöpfe, das bernsteinfarbene Licht eines Connaught-Abends. Das passierte ihr immer wieder. Irgendein beiläufig dahingesagtes Wort, und schon durchzuckte sie der Schmerz des Vertriebenen. Neulich hatte sie seinen Namen gehört. Essex hatte ihn in einer Liste von zu vogelfrei erklärten Verrätern angeführt, um Elizabeth zu zeigen, wieviel er von Irland wußte. »O'Hagan«, hatte er gesagt.

»Da ist es«, sagte Nan.

Zu ihrer Linken ging die Sumpflandschaft unmerklich in das graue, flache Delta über, das sich bis zum Horizont dehnte, hier und da von Strahlen der untergehenden Sonne erhellt, die sich durch dunkle Wolken bohrten. Vor ihnen die einzige Erhebung in der Gegend, der Beginn der Kreidefelsen, und obendrauf das ehemalige Kloster.

Die Erosion hatte die Mauer zur See hin bereits zerstört, so daß die Vorderfront schon gefährlich nahe an den weißen Klippen stand, aber das ehemalige Refektorium und das Dormitorium der Mönche hoben sich in ruhiger Grazie vor einem rasch dunkler werdenden Himmel ab. Dahinter standen andere Gebäude und von Efeu überwachsene Ruinen. Und noch weiter hinten, auf dem höchsten Punkt, eine Steinsäule, von einem großen viereckigen Rost bekrönt. »Das Licht«, sagte Nan.

»Wo ist die Scheiß-Mole?« knurrte Barbary. Sie war erschöpft und gereizt.

»Andere Seite«, erklärte Nan. »Da ist eine kleine Bucht. Die Leute hier nennen sie das Tor. Gutes, tiefes Wasser.«

»Und wie kommen wir rein?« Zum Land hin waren die mächtigen Mauern noch gut erhalten.

»Wie üblich. Es gibt einen Hirten, der die Tore offenlassen wird, wenn er heute seine Schafe für die Nacht hineintreibt. Und seine Hunde nimmt er auch mit, Gott sei Dank.« Alle Ordensmitglieder hatten gute Gründe, Hunde nicht zu lieben.

»Na, dann nichts wie rauf.« Mit Nan hinter sich auf dem Sattel, trieb Barbary ihr Pferd die steile Böschung hinauf zu dem Fahrweg, der direkt zu den Toren führte. Eigentlich hatte sie sie im Sturm nehmen wollen, aber da es ohnehin keinen Widerstand gab, blieb sie stehen. Mit Abendanbruch war der Sumpf ganz still geworden, nur die ewigen Mücken tanzten im letzten Licht. Aus der Nähe konnte sie jetzt sehen, daß das Anwesen am Zerbröckeln war. Ein Riß quer durch die lateinische Inschrift auf dem Türsturz sah gefährlich aus, im Dach fehlten mehrere Ziegel, ein Stück Dachrinne stand von einer schon grün vermoosten Mauer weg, das Gras, das zwischen den Pflastersteinen im Hof hervorwuchs, war von Hundekot und Schafsmist durchsetzt.

Sie ärgerte sich für Rob. Von Cecil wußte sie, daß Rob vor seiner Abreise in die Niederlande kaum Zeit gehabt hatte, sich um das Anwesen zu kümmern, aber zu diesem Zweck einen Verwalter eingesetzt hatte. Nan, die mit lebenslanger Erfahrung Diener sofort richtig einschätzen konnte, beschrieb ihn als »Troll«, als faulen, korrupten Grobian. Offenbar plante der Mann, sich vor Robs Rückkehr aus dem Staub zu machen. Rob würde ihm sonst den Hals umdrehen.

Sobald sie drin waren, schloß Winchard die Tore, damit die Hunde nicht mehr hereinkonnten. Die verrosteten Angeln knarrten und quietschten, aber im Herrenhaus blieb alles still, bis auf einen kleinen Jungen, der von der Rückseite hervorgeschossen kam.

Barbary schnappte nach Luft. Das Kind trug gute Samtkleider, aber nichts an den Füßen. In der einen Hand hielt es eine Angel, in der anderen eine Makrelenleine. Und es war Rob wie aus dem Gesicht geschnitten. Vor ihr stand der Rob ihrer Kindheit, energischer, gesünder vielleicht, weniger mißmutig, ebenso aggressiv. »Wer seid ihr?«

Sie schluckte. »Freunde, Mylord. Ist jemand zu Haus?«

Der Junge rannte zur Eingangstür und stellte sich auf die Zehenspitzen, um den Türklopfer zu erreichen. »Lambert wird Euch aufwarten, während ich mich fertigmache«, sagte er wichtig. Er klopfte noch einmal. »Vielleicht hat er einen in der Krone«, fügte er hinzu. »Das kommt oft vor.« Endlich wurde die Tür geöffnet, und der Junge sagte: »Lambert, kümmere dich um unsere Gäste«, und schoß zwischen den Beinen des im Eingang stehenden Mannes hindurch ins Haus.

»Wer seid ihr?« Lamberts bester Zug war die böse gerunzelte Stirn, von da an ging's bergab, abgesehen von seiner Kleidung, die ein feines, wenn auch schmutziges Leinenhemd mit einschloß, geschlitzte Hosen aus weichem Leder und Seidenstrümpfe über den feisten Waden. Entweder zahlte ihm Rob zuviel, oder er hatte Robs Garderobe geplündert.

»Freunde von Sir Rob, die die Dame des Hauses besuchen«, erklärte Barbary.

»Ich bin schon jahrelang bei Sir Rob in Diensten«, sagte Lambert, »ich war sein Bootsmann auf der *Speedswift,* aber euch kenne ich nicht. Die Dame des Hauses empfängt jetzt nicht. Also verzieht euch.« Hinter ihm tauchte ein zweiter Kerl auf, dieser mit einer Pike in der Hand. Zwei weitere Gestalten pflanzten sich drohend im Hof auf.

Armer Rob, das Leben eines Landedelmannes noch so gar nicht gewohnt – einen Matrosen als Verwalter einstellen! Möglichei weise ein guter Bootsmann, aber als Verwalter fehlte es ihm an Finesse. Und sie hatte für heute einfach genug. »Lambert«, sagte sie freundlich, »ich habe meine Snaphaunce genau auf deinen Magen gerichtet. Rufst du jetzt deine Herrin oder nicht?« Um ihrem Wunsch noch mehr Nachdruck zu verleihen, trat jetzt Winchard vor, worauf Lambert zurückwich, die übliche Reaktion auf Winchard.

Barbary und der Gehörnte Dick stiegen ab und betraten, von Winchard gefolgt, das Haus. Walles und Nan führten die Pferde zu einem Trog.

Das Refektorium, jetzt die Halle, war prachtvoll. Hinter dem verfallenen Äußeren hätte man so etwas nicht vermutet. Irgend jemand hatte sich damit Mühe gegeben, obwohl überall Staub genug lag. Ein letzter Schein des vergehenden Tageslichts fiel auf Schalen voller Rosen auf einem Tisch. Lambert warf einen Blick auf die Clampett, dann auf Winchard, dann ging er mit seinen Männern hinaus. Sie hörte ihn »Mistress, Mistress!« rufen.

Walles und Nan traten jetzt ins Refektorium. Barbary setzte sich auf eine Bank. Niemand sagte ein Wort.

Eine Frau erschien im Türrahmen und blieb dort stehen. Sie stand mit graziös gesenktem Kopf, hinter ihr Lambert mit finsterem Blick. Sie war dunkel, sehr schön und größer als alle hier im Raum mit Ausnahme von Winchard, aber trotzdem sah es so aus, als würde sie unter ihren langen schwarzen Wimpern hervor zu allen aufblicken. Ein Opferlamm, dachte Barbary. Lambert kommandiert sie herum, wahrscheinlich kommandiert auch Rob sie herum. Und schon wieder erklang in ihrem Kopf O'Hagans Stimme, begleitet von dem vertrauten, unerträglich köstlichen Schmerz, und erklärte ihr, welche Art Frau sein Typ war: »Sanft, dunkelhaarig, hingebungsvoll, dankbar, daß ich sie bemerke. Nicht Frauen mit Haar wie eine gegrillte Karotte.« Schön, das war Robs Typ. Als Reaktion gegen die zähen Weiber des Ordens, die Galoppierende Betty, sie selbst, hatte er jemanden gewählt, der die Verletzlichkeit selbst war.

Die Frau wartete, als aber niemand sprach, sagte sie scheu: »Ich bin Lady Betty.« Sie war Robs »Komplikation«.

Barbary stand auf. »Na so ein Zufall«, antwortete sie.

Ihr Name war Helen. Sie hatte nichts dagegen, daß Barbary Lambert sofort entließ. »Er tat nie, was ich ihm sagte«, bemerkte sie milde. Der Mann hatte es ausgenützt, daß sie nur Robs Geliebte war, und gern durchblicken lassen, daß er die Königin über ihre Liaison ins Bild setzen würde, wenn Helen ihn daran hindern wollte, Robs Garderobe und Weinkeller zu plündern. »Aber wird Rob einverstanden sein?« war ihre einzige Sorge.

Lambert versuchte sogar, Barbary zu erpressen: »Was ist, wenn ich der Königin erzähle, daß ihrem geliebten Sir Rob seine Frau plötzlich aufgetaucht ist, na?«

»Winchard«, entgegnete Barbary, »erkläre diesem Herrn, daß die Königin und ich gute Freunde sind.« Eine halbe Stunde später verließ Lambert, den Reisesack auf den Schultern, ein Auge verquollen von Winchards Erklärung, ein für allemal Tilsend Manor.

Die anderen Diener machten keine Schwierigkeiten, und bald stand eine recht ordentliche Mahlzeit für alle auf dem Tisch, mit Helen als Gastgeberin und Henry, ihrem Sohn, als Gastgeber.

Sie kam aus Devon, war die Tochter eines wohlhabenden Gastwirts, der sie wie eine Dame erziehen ließ, und hatte – dabei errötete sie, sie errötete überhaupt sehr oft – Rob kennengelernt, als er Kerswell in Besitz nahm, das Herrenhaus in Devon, mit dem Elizabeth ihn für seine Heldentaten in der Schlacht gegen die Armada belohnt hatte.

Barbary verkniff sich die Frage, ob Rob sie hatte heiraten wollen, sobald er Barbarys Tod bestätigt hatte. Wahrscheinlich schon, dachte sie. Rob hatte es nicht mehr nötig, Geld und Ansehen zu heiraten, beides hatte er sich aus eigener Kraft verschafft, und die modernen, durchschlagskräftigen Gesellschaftsdamen, die sie von Lady Russell kannte, würden ihm ohnehin nicht zusagen. Er brauchte Abhängigkeit. Und Helen war das abhängigste und unselbständigste weibliche Wesen, das Barbary je untergekommen war. Sofort hatte sie Barbarys Autorität als Robs gesetzliche Ehefrau akzeptiert; sie wußte ja, daß er eine hatte, und schien auch nicht eifersüchtig – und hätte auch gar keinen Grund dazu, dachte Barbary etwas betrübt. Helen ließ Barbary in allem schalten und walten und fragte nur ab und zu: »Aber wird Rob einverstanden sein?«

»Muß er«, erklärte Barbary. »Die Königin erwartet, daß ich hier wohne. Du geh zurück nach Kerswell. Dort mische ich mich nicht ein, das verspreche ich. Du bist doch gern in Kerswell, oder nicht?«

»Schon«, erwiderte Helen, »aber wird –?«

»Jawohl, er wird«, brüllte Barbary. Die Neigung, Helen herumzukommandieren, war ansteckend.

Nur der kleine Henry zeigte Kampfgeist. »Warum müssen wir denn fort? Das ist unser Herrenhaus, das hat Vater doch gesagt.« Er hatte eine kämpferische Unterlippe, genau wie sein Vater.

»Ist es aber nicht«, versetzte Barbary. »Aber du kannst mich besuchen kommen.«

Henry dachte nach. »Mach ich vielleicht«, sagte er, »wenn Mutter mich nicht braucht.« Und das gehörte offenbar auch zu Helen: wenn die Männer sie nicht herumkommandierten, dann beschützten sie sie. Walles schob ihr bei Tisch immer wieder die

Speisen hinüber und drängte sie, doch noch zu essen, als wäre er ihr Gastgeber. Dick, sogar der asexuelle Gehörnte Dick, fragte sie, ob es ihr auch nicht ziehe. Nan Nevet, die Ellbogen auf den Tisch gestützt, fing Barbarys Blick auf und hob ihren zur Decke, mit der gereizten Ungeduld einer Frau, die nie in ihrem Leben beschützt worden war, zu einer Schicksalsgenossin.

Helen zeigte keine Überraschung ob der merkwürdigen Versammlung von Gästen, die ihr da plötzlich ins Haus geschneit waren. Sie passierten ihr einfach, wie Rob ihr passiert war, wie ihr Baby ihr passiert war, wie Tilsend passiert war und ihr jetzt wieder weggenommen wurde.

Am nächsten Tag gab ihr Barbary Geld, half ihr packen und schickte sie und Henry mit Walles und Winchard als Begleitern nach Deptford, von wo sie ein Schiff nach Devon nehmen konnten. Barbary stand unter dem gefährlichen Türsturz von Tilsend und winkte ihnen nach, und plötzlich fühlte sie sich schuldig, Helen vertrieben zu haben. Warum bloß, zum Teufel? fragte sie sich zornig. Die Frau hat doch sowieso alles. Sie ist schön, sie hat Robs Liebe, und sie hat den kleinen Henry. Die Schönheit gönnte Barbary ihr gern, Robs Liebe ebenso, aber sehr, sehr, aus ganzem Herzen neidete sie ihr den kleinen Henry.

22

Das unbewaffnete Schiff, das mit der Flut die Themse hinaufsegelte, war klein, nicht mehr als hundert Tonnen, und von einem hierzulande unbekannten Typ: eine Kreuzung zwischen einer Kriegsschaluppe und einem Galway-Huker. Grace O'Malley hatte das Schiff so entworfen, daß es sowohl als Übersee-Handelsschiff wie als Transporterschiff zu gebrauchen war. Notfalls konnte man es auch entbehren; sollte sich das Unternehmen als Fahrt ohne Rückreise erweisen, dann wollte Grace jedenfalls ihre Flotte nicht um ein Kampfschiff bringen. Andererseits konnte sie als Bittstellerin nicht in etwas derart Prachtvollem wie der *Grace of God* in englischen Gewässern erscheinen; der Name allein hätte sie an den Galgen gebracht.

Im Ansturm der Atlantik-Brecher hinter Land's End und den Scilly-Inseln, durch den Kanal und die Straße von Dover hatte das Schiff Salzflecken bekommen und seinen ursprünglichen Glanz eingebüßt. In der leichten Brise flatterte ein etwas mitgenommener Wimpel mit dem Wappen der O'Malley: hauerbewehrter Keiler und Segel.

Man ankerte im Pool von London, unterhalb der London Bridge, wo das Gerücht, eine irische Rebellen-Piratin sei gekommen, um die Königin zu besuchen, sofort eine neugierige Menge anlockte. Der erste an Land war Sir Murrough na dTuadh O'Flaherty, von Grace mitgebracht, um sie bei der Königin einzuführen, weil er einer ihrer wenigen pro-englischen Verwandten war – und weil er imposant aussah, eine hochgewachsene Gestalt mit schneeweißem Haar und Bart. Seine prächtige, aber ganz englische Kleidung enttäuschte allerdings die Menge, die sich die Iren gern im Lendenschurz und mit Knochen durch die Nase vorstellte. Murroughs Beiname »na dTuadh«, »von der Schlacht der Äxte«, hatte er sich erworben, bevor er sich zur Ruhe setzte. Die Menge blieb erwartungsvoll stehen, ob nicht noch was Wilderes nachkäme.

Barbary boxte sich durch und hörte dabei abfällige Bemerkungen: »Na, da hat ja der Waschzuber meiner Mutter mehr von einem Piraten. Papistische Verräter. Ein dreckiges Volk, diese Iren.« Eine Truppe kleiner Lausbuben marschierte den Kai auf und ab und hielt sich dabei die Nase zu als Illustration der allseits bekannten Weisheit, daß alle Iren stanken. Aber ein Mann aus einer der Werften bewunderte den apfelwangigen Vorpiek und den gut geschnittenen überhängenden Steven. »Schiffe bauen, das können sie. An dem ist kaum ein flaches Brett.«

Der Herr Sekretär Cecil hatte eine kleine Abordnung seiner eigenen persönlichen Wachmannschaft geschickt, um die Neugierigen vom Schiff fernzuhalten, aber ihr Captain erkannte Barbary und ließ sie durch. Die Laufplanke war eine Zeitbrücke. Sie hatte nie begriffen, warum das Lanolin, das irische Schiffstaue und Segel durchdrang, so ganz anders roch als englisches Lanolin, warum das Harz in irischen Sparren sich so von dem in englischem Holz unterschied – aber auch wenn sie blind gewesen wäre, hätte sie sofort gewußt, daß sie sich an Bord eines Connaught-Schiffs befand, und diese Vertrautheit mitten in einer Welt, die so ganz anders vertraut war, war höchst verwirrend. Genauso der Anblick der Mannschaft.

Der Mann, der auf dem Achterdeck Taue mit einer Konzentration aufrollte, die ihn von den Spottrufen der Engländer völlig abschirmte, war Cull; die drei Matrosen, die das Deck, auf das die Menge spuckte, scheuerten, waren Rap, Schabe und Scalder, vertraute Gestalten aus einer anderen Welt, jetzt vor den Hintergrund Londons versetzt. Aber Barbary in ihren Hofkleidern war für sie ein ebenso merkwürdiger Anblick; ihre Begrüßung fiel recht steif aus, bis Cull, der liebe gute Cull, ihr in die Augen schaute, wie damals auf einem Strand in Connaught, und sie hochhob. »Jetzt mußt du nicht mehr Heimweh haben, jetzt sind wir ja da.«

»Oh, Cull.« Sie umarmte sie einen nach dem anderen, unter

einem Schauer von Pfiffen und Hohnrufen vom Kai herauf, dann riß sie sich zusammen. »Wo ist *Sie?*«

»Unten. Macht sich schön.«

Sie stieg hinunter in die Kapitänskajüte. Wieder Irland. Hummertöpfe. Graces Pfeife, der Geruch nach Tabak und Seetang und Porridge, ein Kruzifix. Und *Sie,* Grace O'Malley, massiv wie Croagh Patrick, aber ein voll beflaggter Croagh Patrick. Grace trug ihren Sonntagsstaat, alle ihre Sonntagsstaate auf einmal. In Reifrock, Quasten und Mantilla, von Accessoires fast niedergedrückt, mit Fischbein, Buckram, Paspeln versehen, bestickt, bepelzt, spitzenverziert, mit Schmuck behangen. Sie sah aus wie eine Metallwarenhandlung. Als sie Barbary im Eingang erblickte, ergriff sie schnell noch einen Fächer aus Straußenfedern und befestigte ihn an ihrer ohnehin schon ziemlich schweren Chatelaine. »Vor der Sachsenkönigin muß ich in meinem schönsten Zeug auftreten«, sagte sie grimmig.

»Was willst du damit erreichen – willst du sie ausstechen?« Es brauchte Zeit und einige Kraftausdrücke, aber endlich stand Grace im Hemd vor ihr, und Barbary konnte von vorne anfangen. »Irisch mußt du sein, verdammt noch mal. Würdevoll und irisch.«

In einer edlen safrangelben Leinenrobe, darüber einen Umhang, eine schöne irische Rolle auf dem Kopf, wies Grace mit ihrer Größe und Würde jetzt unübersehbar die noblen Züge einer Kultur auf, die ebenso sicher in sich ruhte wie die Elizabeths. »Kein Schmuck«, erklärte Barbary energisch. »Du trittst doch nicht mit Juwelen vor die Königin, die du ihr vor der Nase weggelotst hast.«

»Die will ich sowieso verkaufen, solange ich hier bin«, sagte Grace. »Dieser Bingham, dieser Schweinekerl mit dem schwarzen Herzen, ernährt seine Truppen von Zwangsabgaben der Zwei Gleichen, die fressen meinen Leuten die Nahrung weg wie Maden.« Sie sah Barbary an. »Es herrscht Hungersnot.«

O Gott, nicht Clare, nicht Murrisk, nicht alle diese zuversichtlichen freien Menschen verwirrt und sterbend. »Erzähl es ihr.«

»Das will ich. Und dies werde ich tragen.« Grace nahm etwas

vom Kabinentisch und legte es sich um den Hals. Der herrliche barbarische Torques, der einst Barbarys Mutter gehört hatte, den Lord Burghley einmal hochgehalten hatte, die Ursache aller Veränderungen in Barbarys Leben, glänzte in keltischem Triumph um Grace O'Malleys sehnigen Hals. Barbary wischte sich die Augen und nickte.

Es wäre schneller gegangen und, dachte Barbary, auch passender gewesen, wenn Grace mit einem Boot nach Whitehall gefahren wäre, aber der Elf hatte eine Kutsche gesandt. Die Menge auf der Mole pfiff, als sie an Land gingen, aber Grace schritt den Weg entlang, den die Wache für sie freimachte, und scherte sich nicht mehr darum als um den Wind auf ihrem Achterdeck. In der Kutsche saß sie aufrecht und weigerte sich, den Kopf zu den Fenstern zu drehen, nur ihre Augen schossen manchmal nach links und rechts.

Sie ist wirklich verblüffend, dachte Barbary, sie hat doch noch nie so eine Stadt gesehen. Hat sie überhaupt schon mal eine Stadt gesehen? Laut fragte sie: »Na, was hältst du davon?«

Ihre Großmutter holte sie vom hohen Roß herunter. »Sevilla ist schöner.«

Als sie aus der City hinausfuhren, wurde Barbary von Panik überfallen. »Du mußt ihr um den Bart gehen. Spiel die arme alte Frau. Nicht in dem Stil, du bist ein barbarischer sächsischer Emporkömmling und ich eine Nachfahrin von Noah. Ich habe Bingham bei ihr angeschwärzt, aber du bist diejenige, die in fertigmachen kann, wenn du deine Karten richtig ausspielst. Denk an Connaught.«

»Werd' ich kaum vergessen. Katty ist verhungert.«

»Katty? Aber ich hab' sie doch beim O'Neill gelassen.«

Graces Stimme war erbarmungslos. »Sie ging heim, woanders fühlte sie sich nie wohl. Ich war fort, in Rockfleet, und die sächsischen Soldaten haben einen überraschenden Überfall auf Clare gemacht. Sie haben die ganze Ernte mitgenommen und alle Tiere, und dann die Boote zerstört, so daß die Leute nicht fischen konnten. Katty gab ihr Essen ihren Enkeln, aber die hatten auch nichts davon, sie lagen tot neben ihr, als ich zurückkam.«

Diese mütterliche, fürsorgliche Frau, die sie in Dungannon gesund gepflegt hatte, tot. Die Gemeinschaft, die Clare gewesen war – auch die tot? Wie ein Geier setzte sich die Wirklichkeit dessen, was bisher nur ein gesichtsloses Wort gewesen war, flappend auf Barbarys Schultern. Hungersnot.

»Und das Weib da hat sie umgebracht.« Mit dem Kopf deutete Grace auf London und seine Königin. »Also spar dir den Atem, ich weiß, was ich zu tun habe.«

»Was?« Aber Fragen, Ratschläge und Beschwörungen prallten gegen Granit.

Sie hat ja keine Ahnung, worauf sie sich einläßt, dachte Barbary. Es gab in Irland keine Parallele zum Leben am englischen Hof, der von den wechselnden Launen einer einzigen Person beherrscht wurde. Wäre Elizabeth immer gleichmäßig tyrannisch gewesen, dann hätte wenigstens jeder gewußt, woran er mit ihr war; aber so lullte sie die Menschen ein, daß sie Vertrauen faßten, und fuhr dann plötzlich auf sie los. Eine ihrer Damen war nur deshalb in Ungnade gefallen, weil sie das Lieblingslied der Königin spielte, diese aber mitten in der Strophe die Musik satt hatte. Der ganze Hof tanzte sozusagen zu einer Melodie ohne Rhythmus. Das größte Problem waren das Alter der Königin und ihre Verliebtheit. Elizabeth und Essex waren unglücklich, wenn sie getrennt waren, aber wenn sie beisammen waren, gingen sie einander immer mehr auf die Nerven, und ihre Wutanfälle und Versöhnungen waren wie Vulkanausbrüche, deren Lavastrom auch alle anderen erfaßte. Essex flirtete einmal mit Lady Mary Howard; Ihre Majestät sagte zwar nichts, ließ aber heimlich die schönste Robe der Lady Mary aus ihrer Garderobe entwenden, stelzte eines Tages herein und trug sie selbst. Die Wirkung war gräßlich; Elizabeth war mindestens einen Kopf größer als Mary Howard. »Wenn es mir zu kurz ist, so ist es für dich zu schön, es paßt also keiner von uns beiden«, schrie sie die geduckte Ehrendame an.

Ohne Zweifel wurde die Königin langsam verrückt, aber Essex war noch verrückter. Er wollte Spanien angreifen, Westindien angreifen, die irischen Rebellen niederschlagen. Warum ließ die Königin keinen neuen Statthalter von Irland ernennen?

Dieses Thema brachte Essex zu Fall, zumindest sah es zunächst so aus. Die Königlichen Räte, welche Zeugen dieses Zwischenfalls wurden, kamen bleich und zitternd aus dem Sitzungssaal. Essex hatte sein Schwert gegen die Königin gezogen oder hätte es getan, wenn nicht der Graf von Nottingham ihn zurückgedrängt und festgehalten hätte. Er war unverschämt gewesen, sie hatte ihm eine Ohrfeige versetzt, worauf er zum Schwert griff: »Das ist eine Beleidigung. Von Eurem Vater hätte ich mir das nicht bieten lassen.«

Man wartete auf den Befehl, Essex in den Tower zu bringen. Aber der Befehl kam nicht. Essex vergrub sich auf dem Land, und Elizabeth tat gar nichts. Niemand wollte es glauben. So etwas *konnte* er doch nicht überleben. Aber er überlebte es. Nach einem scheußlichen Monat war er zurück bei Hof, so bezaubernd und offenbar auch so geschätzt wie eh und je. Wie üblich waren es die Zuschauer, die dabei die Leidtragenden waren, und eine davon war Barbary. Wie so viele vor ihr bildete auch sie sich ein, die Königin durchschaut zu haben; und da sie einmal mit der Wahrheit gut gefahren war, versuchte sie es weiterhin damit, beschrieb immer wieder Binghams Greueltaten und betonte, wie sehr das Steuer Irlands einer gütigeren Hand bedürfe. Aber die Königin fuhr sie plötzlich an: »Gottes Blut, Boggart, mir steht dein irisches Gejammer bis zum Hals.«

Seither war sie zu keinem höfischen Ereignis mehr eingeladen worden. Und hier war sie nun, auf Drängen des Elfen als Begleiterin einer irischen Piratin, um deren Bitten um Gnade zu übersetzen. Wir enden beide in Ketten unten in Wapping, dachte sie.

Ein höflicher und fröhlich zirpender Sekretär Cecil kam ihnen im Hof von Whitehall entgegen, und falls er bemerkte, wie sehr Barbary schwitzte, erwähnte er es nicht.

Die heterogene Masse von Gebäuden, die sich Whitehall Palace nannte, reichte vom Scotland Yard bis Cannon Row und vom Fluß bis tief ins Land. Menschen, die voreilig einen Führer abgelehnt hatten, irrten auf dem Gelände oft tagelang herum. Der Elf hüpfte an Graces Seite voran, behandelte zu Barbarys Erleichterung ihre Großmutter nicht als gefangene Rebellin, sondern vielmehr als geehrten Gast, und erklärte ihr historisch oder architektonisch interessante Stellen. Grace benahm sich vorzüglich; nicht zu sehr beeindruckt, nur den Kopf ab und zu huldvoll neigend.

Am Eingang des Saals, wo Elizabeth heute empfing, mußten sie warten. Der Saal selbst war so riesengroß, daß von hier aus die Gruppe um die Königin am anderen Ende klein wie Puppen wirkte. Eine einzelne monotone Stimme, die dort unten vielleicht die Klarheit selbst war, verlor auf ihrer Reise die Tapisserien entlang zum Eingang jegliche Tiefe und kam hier nur als leises Zwitschern an.

»Der venezianische Botschafter«, erklärte Cecil. Barbary fragte sich nervös, ob der Mann sich wohl als venezianischer Vogelstimmenimitator produziere.

Endlich verstummte das Gezwitscher, der Zeremonienmeister der Königin kam die Halle heraufgeschritten, um sie vor das Angesicht der Königin zu führen, und ließ seinen elfenbeinernen Stab mit jedem Schritt gegen den Marmorboden klirren. Sie folgten ihm, winzig in der gewaltigen Prachtstraße zwischen golddurchwirkten Tapisserien. Sie waren vielleicht noch sechs Yard von der Königin entfernt, als es eine Unterbrechung gab. Essex. Er stürzte wie ein Wirbelwind auf sie zu, begleitet von zweien seiner Anhänger, und versperrte ihnen den Weg. »Kein irischer Wilder darf sich Ihrer Erhabenen Majestät nähern, ohne daß ich ihre Sicherheit garantieren kann«, schrie er. »Durchsucht die Piratin.«

Er spielte sich vor der Königin auf. Das war das Nette an Essex, dachte Barbary, wenn er den Narren spielte, dann ungeachtet von Geschlecht und Stand. Und dann fiel ihr ein: Himmel, war Grace vielleicht tatsächlich bewaffnet?

»Durchsucht sie«, schrie Essex noch einmal, und einer seiner beiden Männer, Sir Gilly Merrick, ging mit ausgestreckten Händen auf Grace zu. Dann krümmte er sich, schrie vor Schmerz auf und griff sich in die Hodengegend, wohin Grace mit derart blitzartiger Bewegung ihr Knie plaziert hatte, daß Barbary es nicht einmal sah. Als sie sich wieder fing und von dem nach Luft ringenden Sir Gilly zu ihrer Großmutter blickte, strich sich Grace gerade die Vorderseite ihres Kleides glatt. »Sag dem jungen Cuchulainn da«, und sie deutete mit dem Kopf auf Essex, »wenn er's probieren will, kann ich auch ihn von seinem Schluckauf heilen.«

Barbary sagte gar nichts. Essex hatte jetzt völlig die Beherrschung verloren, griff nach seinem Schwert wie damals gegen die Königin. »Mylord!« Warnende Stimmen ertönten, die lauteste von allen gehörte Elizabeth. Barbary sah den zweiten Gefolgsmann, Essex' Sekretär Henry Cuffe, die Schwerthand seines Herrn packen und ihm etwas ins Ohr flüstern. Es gab Augenblicke, da der Wahnsinn, der hinter der Schönheit des Grafen lauerte, ans Licht des Tages brach, und das war einer davon. Wenn sie ihre Clampett dabeigehabt hätte, dann hätte sie sie jetzt hervorgeholt. Das einzige, was dieses Monster aufhalten konnte, war eine Kugel. Nein, es gab noch etwas anderes: die hohe, eindringliche Stimme Elizabeths. »Pfui, Mylord. Schämt Euch!«

Einen Moment war er weiß und mürrisch, dann ließ er sich wegführen. Jetzt würde er sich tagelang wie ein Kranker zurückziehen.

Zitternd blickte Barbary um sich. Die Höflinge zeigten Entsetzen; echtes Entsetzen bei Essex' Gefolge, erfreutes Entsetzen auf seiten der Anti-Essex-Partei. Der Graf hatte sich wieder einmal unmöglich gemacht.

Dann sah sie zur Königin und wäre vor Erleichterung fast umgefallen. Elizabeth lachte. Das war besser als eine Bärenhatz. Der königliche Humor fand es ergötzlich, wenn jemand auf seinen Allerwertesten fiel, und wenn dieser Allerwerteste einem jungen Mann gehörte, der sie derart umgarnt hatte, daß sie sich über ihre Abhängigkeit ärgerte, dann war das nur um so lustiger. Die Königin wischte sich die Augen. »Sagt der alten Frau, wenn sie nicht vorhat, mich zu töten, mag sie näher treten.«

Elizabeth saß in einem Stuhl vor einer gewaltigen Kamineinfassung aus Marmor, umgeben von ihren Damen und mehreren Männern. Barbary erkannte darunter den Grafen von Ormond, wahrscheinlich, damit er ihre Übersetzung von Graces Worten überprüfen konnte. Elizabeth trug ein Kleid, an dem eine Armee von Näherinnen jahrelang gearbeitet haben mußte, aus schwarzem Satin, bestickt mit Tausenden kleiner

Perlen. In ihrer Halskrause glänzten Diamanten, auch ihre orangerote Perücke war mit Diamanten geschmückt. Wie meistens, wenn Essex bei ihr war, war ihr Mieder bis fast zur Taille ausgeschnitten, so daß man die Kurven ihrer Brüste sah.

Grace verbeugte sich nicht tiefer, als sie es vor einem ebenbürtigen Clanführer in Connaught getan hätte, aber Elizabeth war noch so amüsiert, daß sie die mangelnde Ehrerbietung übersah. Sie hatte beschlossen, Grace als unwissendes altes Fischweib zu behandeln, und Barbary betete, daß Grace diese gütige Nachsicht nicht zerstören würde.

»Du hast einen meiner Höflinge verletzt, von einigen versenkten Schiffen nicht zu reden, alte Frau. Möchtest du jetzt mich töten?«

Barbary übersetzte.

»Nein.«

»Um Gottes willen, sag noch was«, bettelte Barbary. »Sie erwartet Komplimente.«

»Die Vettel ist überwältigt«, bemerkte Elizabeth über die Schulter. »Komm, Boggart, frag sie, was sie jetzt denkt, da sie ihrem Ard Rí von Angesicht zu Angesicht begegnet.«

»Sie will wissen, was du von ihr hältst.«

Grace überlegte. »Das Gewand ist nicht schlecht«, sagte sie dann, »aber sie sollte ihre Schneiderin dafür prügeln lassen, daß sie einen so tiefen Ausschnitt macht, daß man noch ihre Titten sieht.«

Barbary warf einen raschen Blick auf den Schwarzen Tom Ormond, den einzigen, der hier in der Halle außer ihr noch Irisch sprach. Beide Frauen waren seine Verwandten. Würde er Grace verraten, indem er das wörtlich übersetzte, oder Elizabeth verraten, indem er schwieg? Sie schluckte, betete um eine Eingebung und fand sie in der Erinnerung an ein Lied, das die Ruderer manchmal gesungen hatten. »Wär' mein Herz nicht voll des Schmerzes über den Abschied von meinen Lieben«, sagte sie, »dann, bei der heiligen Sonne, säng' ich fürstlich dein Lob, o große Königin.«

Grace verstand ein bißchen was und rümpfte die Nase. Lady Mary Howard, eben erst wieder in Gnaden aufgenommen und sehr bemüht, dort auch zu bleiben, trat vor und bot Grace ihr Taschentüchlein an. »Sagt ihr, zivilisierte Personen schneuzen sich in so etwas. Wir ziehen nicht hoch.«

Grace schneuzte sich in das zarte Spitzentüchlein, dann warf sie es ins Feuer.

»O nein, nicht doch«, rief Lady Mary und wand sich vor Vergnügen, »sagt ihr, wir stecken es dann in unsere Tasche.«

»Sag ihr, dort, wo ich herkomme, tragen wir kein schmutziges Leinen an unserem Leib.«

Die Königin lächelte wieder, als Lady Mary sich gekränkt zurückzog. War es Instinkt, fragte sich Barbary, oder reines Glück, daß Grace heute nur die richtigen Leute beleidigte?

»Und was ist mit meinen Schiffen, alte Frau?«

»Na schön, also«, sagte Grace – »sag *Ihr*, daß ich genau so eine bin wie sie. Die O'Flaherty-Mistkerle wollten mir nicht geben, was mir zustand. In einem Leinenhemd wurde ich in die Welt hinausgeworfen. Entweder ich ertrank, oder ich schwamm, also schwamm ich. Wenn es ihre Schiffe waren, die ich kaperte, so war's nicht persönlich gemeint, und du kannst ihr meine Entschuldigung präsentieren. Nie hab' ich auf ein Schiff gefeuert, das nicht zuerst auf mich gefeuert hat. Sag ihr, daß ich spanische Schiffe genauso versenkt habe, und wenn sie mir Bingham vom Hals klaubt, dann kämpfe ich in Zukunft nur mehr gegen ihre Feinde. Sag *Ihr* das.«

Barbary sagte es ihr. Wort für Wort.

Elizabeth vergaß ihre Herablassung. Sie lehnte sich in ihrem Stuhl zurück, klopfte mit ihren langen Fingern auf die Armlehnen und sah plötzlich finster aus. »Wagt es diese Piratin, sich gleichzusetzen mit Unserer Majestät?«

»Unterschiedliche Sphären«, bemerkte Grace, »jede überlebte in ihrer, obwohl die Männer uns dran hindern wollten.«

»*Omnia venalia Roma*«, zitierte Elizabeth.

»*Quis nisi mentis inips oblatum respuit aurum?*« antwortete Grace.

Elizabeths Kopf schoß vor wie der eines Jagdhundes. »*Nascimur pro patria.*«

Grace nickte. »*Mallem non esse quam non prodesse patria.*«

Barbary war überflüssig geworden. Die beiden Frauen vertieften sich ins Gespräch und warfen einander lateinische Sprichwörter an den Kopf, Grace etwas weniger gewandt als die Königin, aber ohne Bedarf an einem Übersetzer. Barbary trat zurück und gesellte sich zum Grafen von Ormond. »Wo zum Teufel hat Granuaile Latein gelernt?«

»Wir sind nicht gänzlich unwissend, Mistress Boggart, trotz einer weitverbreiteten gegenteiligen Auffassung.«

Wir. Sie blickte zu ihm hoch. Er beobachtete Grace mit einem Anflug von müdem Stolz. Er hatte immer auf seiten der Engländer gestanden, hatte an mehr Schlachten Elizabeths gegen seine Landsleute teilgenommen als irgendeiner von denen, die sie über Irland herrschen ließ, aber nur ein Wort zur Verteidigung dieser Landsleute, eine Geste des Erbarmens, und schon war er als Verräter verschrien. Unzählige Male degradiert, war er immer wieder zurückberufen worden, um das Chaos aufzulösen, das seine Vorgesetzten angerichtet hatten und jetzt nicht mehr beherrschen konnten. Hier bei Hof hörte er Irenwitze und rassistische Äußerungen von den Lippen jener sprudeln, die niemals in diesem Land gewesen waren – so gedankenlos, wie ihnen die Luft aus den Lungen strömte.

»Na, Essex hat sie's aber gezeigt.«

»Das hat sie, Mistress Boggart, obwohl es Essex nicht so sehr darum ging, Ihrer Majestät zu zeigen, wie gut er mit den irischen Barbaren umgehen kann, als vielmehr, daß Cecil es nicht kann. Der kleine Auftritt war gegen den Herrn Sekretär gerichtet.«

»Wozu will er denn die Position in Irland?«

»Er will sie nicht. So verrückt ist nicht einmal Essex. Er will nur nicht, daß einer von Cecils Leuten sie bekommt.«

Die Königin hatte sich erhoben, die beiden Frauen promenierten jetzt den Saal hinunter, Elizabeth in funkelndem Glanz, Grace daneben matt wie eine Robbe.

»Was geschieht da?«

Er spitzte die Ohren. »Soviel ich höre, schlägt Granuaile gerade vor, daß sie zusammen in die Neue Welt segeln, dort die Eingeborenen Mores lehren und eine Doppelmonarchie gründen, da nämlich England und Irland zusammen zu klein sind für ihre verbündeten Talente. Sie übersieht dabei nur, daß unsere Glorreiche Maritime Majestät noch nie auf See war.«

Am anderen Ende des Saales, wo andere Bittsteller und Botschafter bereits ungeduldig den Eingang verstellten, machten die beiden Frauen kehrt, Elizabeth ins Zuhören vertieft wie schon seit Jahren nicht. Eine der tausend Facetten ihrer Persönlichkeit sah sich in diesem Moment als Anführerin bei der Invasion eines neuen Kontinents. In Wirklichkeit hatte sie keineswegs die Absicht, aber die Vorstellung faszinierte sie, und nicht weniger freute sie die Tatsache, daß die Frau an ihrer Seite sie dessen für fähig hielt. Sie sind beide Piratinnen, dachte Barbary. Sie finden beide immer wieder Wege, die zu beschreiten andere nicht rücksichtslos genug sind.

»Wird Grace erreichen, daß sie Bingham zurückruft?«

Ormond hob die Schultern. »Das ist nicht wichtig. Bingham ist nicht das Problem.«

»Für uns in Connaught ist er ein Problem.«

Er blickte zu ihr herunter. »Ich weiß nicht, ob Ihr es wißt, Mistress Boggart, aber daß man Euch nach Irland schickte, dafür war ich indirekt verantwortlich.«

»Wieso Ihr?« Sie war überrascht.

»Und meine Verantwortung dabei drängt mich, Euch einen Rat zu geben. Geht nicht zurück. Vergeßt dieses Land. Sagt Euch los davon. Lebt in Frieden mit Eurem Gemahl, zeugt Kinder. Und geht nie mehr zurück.«

Elizabeth und Grace schritten an ihnen vorbei, noch immer ins Gespräch vertieft. Elizabeth übersah den Höfling, der die Lehne ihres Stuhls bereithielt, trat auf das Podium hinauf und ließ Grace allein unten stehen. Dann ging sie zum Thron, blieb davor stehen und hob die Stimme: »Mögen alle erfahren, daß Mistress Grace O'Malley Uns davon überzeugt hat, daß sie sich nicht aus bösem Willen gegen Uns verging, sondern von widrigen Umständen gezwungen war.« Der abenteuerliche Moment war vorüber, sie war wieder ganz die Königin, huldvoll gegen eine alte Frau, die in Wirklichkeit ganz genau so alt war wie sie selbst. »Statthalter Bingham wird zurückgerufen und in den Tower gebracht, auf daß er sich verantworte wegen der Unbill, die er Mistress O'Malley und ihrem Volke zugefügt.« Majestätisch blickte sie auf Grace hinunter. »Geh hin, gute alte Frau, und nutze die dir verbleibenden Jahre, um gegen meine Feinde zu kämpfen, wie du's mir versprachst.«

Grace verneigte sich und entfernte sich zu Barbarys größter Erleichterung tatsächlich rücklings. Elizabeth ließ ihr Lächeln über ihnen leuchten.

»Na, war das nicht schlau von mir?« sagte Grace O'Malley.

In Deptford kam es zu einem ungemütlichen Zwischenfall, als nämlich, während sie auf die Flut warteten, der Ballastmeister an Bord kam und wissen wollte, warum ein Schiff, das vollbeladen flußaufwärts gekommen war – Grace hatte auf eigene Rechnung Felle zum Verkauf mitgebracht und außerdem noch mehr Whiskey für den Gehörnten Dick –, jetzt leer und ohne Ballast flußabwärts fuhr, wodurch das Schiff gefährlich leicht wurde, vom Zollausfall gar nicht zu reden. Graces Paß, von Elizabeth selbst unterzeichnet, beeindruckte ihn mitnichten. »Ihr braucht trotzdem Ballast.«

»Sag dem Esel, wir laden weiter unten Kanonen«, rief Grace auf irisch.

»Sehr witzig«, rief Barbary zurück, und zum Ballastmeister sagte sie: »Wir nehmen in Tilbury eine Ladung Korn auf, von Ihrer Majestät dem hungernden Volk von Connaught gestiftet.« Das Korn sollte vor allem dazu dienen, die Kanonen zu bedecken. »Außerdem Whiskey«, fügte sie nach kurzer Überlegung hinzu.

»Was ist Whiskey?« fragte der Ballastmeister.

Eine Stunde später wurde er an Land getragen, und sie setzten ungehindert ihren Weg fort.

»Hochmut kommt vor dem Fall«, sagte Barbary zu ihrer Großmutter. »Nur weil dir die Königin von England aus der Hand frißt, brauchst du dich nicht so sicher zu fühlen.«

»Hab' ich die nicht gut um den Finger gewickelt?« gurrte Grace. »Also das ist einmal eine Frau, die das Lotsenhandwerk versteht.«

»Tut sie nicht. Und daß du Kanonen verschiebst, würde sie

auch nicht verstehen. Sie glaubt, daß du für sie gegen die Spanier kämpfst.«

»Und brauche ich dafür nicht Kanonen? Der O'Neill bekommt nicht die ganze Artillerie! Sie schafft mir Bingham vom Hals, und ich versenke ihr so viele Spanier, wie sie will, und Holländer, und –«

»Die Holländer sind auf ihrer Seite«, erinnerte sie Barbary.

»Ach, na gut, man kann nicht alles haben.« Grace war heute gut in Form.

Es war ein heißer Tag, und von kurzen Windstößen in die flatternden Segel abgesehen, machte das Schiff nur durch die Flut überhaupt Fahrt. Der Verkehr flußaufwärts war zum Erliegen gekommen, aber die beiden Frauen, die am Schandeck lehnten, sahen die Aussicht wie ein Fries mit Abbildungen der gesamten Schiffahrt der Welt – sogar eine arabische Dhau war hier zu sehen – langsam an sich vorüberziehen.

»Schön«, sagte Grace, »Zeit, daß ich dir den Brief gebe.«

»Welchen Brief?«

»Komm hinunter in die Kabine.«

»Von O'Hagan, ja?«

»Recht voraus steuern, Cull«, rief Grace.

»Ich hab' uns raufgebracht, ich bring' uns auch wieder runter«, rief Cull zurück.

In der Kabine war es warm, durch das offene Fenster drang wellenförmiges Licht von der im Wasser reflektierten Sonne. Grace öffnete eine Schachtel und gab Barbary eine kleine Rolle. Das Siegel war nicht zu erkennen; ein Ring hatte sich so fest darauf gedrückt, daß er durch das Pergament gegangen war und das Wachs verwischt hatte. Derselbe Zorn verzerrte die wenigen hingekritzelten Sätze.

Der O'Neill sagt, Du seist zu Deinem Gatten zurückgekehrt, um Deine und meine Seele zu retten. Hätte das nicht zwei Tage warten können? Hattest Du Angst, ich würde Dich nicht gehen lassen?
Gut, so geh, und nimm Deine englische Seele mit. Ich nehme meine mit nach Spanien, und Gott erbarme sich unser.

Geschrieben war der Brief in O'Neills Palast in Dungannon, zwei Tage nach ihrer Abreise. In dem Moment, als O'Neill ihr erzählte, O'Hagan sei bereits auf See nach Spanien, in diesem Moment war er in Wirklichkeit auf dem Weg zu ihr.

Graces Arm packte sie, bevor sie die Kabinentreppe erreichte. »Wohin willst du?«

»Weiß nicht.« Ihn aufhalten, das war alles, was sie denken konnte. Ihn aufhalten, bevor er abreist. Aber er war ja schon fort. Er war schon in Spanien. Der Brief war ja fast drei Monate alt. Der Zorn und der Schmerz darin waren alt und vergangen. Für ihn – nicht für sie.

Sie starrte ihre Großmutter an. »Er hat uns hereingelegt. Der O'Neill hat uns hereingelegt. Er hat mich angelogen und ihn angelogen. Warum hast denn du O'Hagan nicht gesagt, warum ich ging? Ich habe dich gerettet. Dich, nicht meine Seele. Ich pfeife auf meine verdammte Seele. Ich pfeife auf alles außer ihm.«

Grace fing ihre Hände in einer Faust auf. »Hör auf.« Sie drückte sie hinunter auf die Koje. »Hör jetzt auf. Ich war schon fort aus Dungannon, als O'Hagan hinkam. Er gab Katty den Brief. Ich fand ihn unter ihren Sachen.«

Barbary starrte sie noch immer an, als könnte Grace sie in ihrem Elend trösten. »Er hat uns hereingelegt.« Sie hatten ihm nicht in seine Pläne gepaßt. Liebe hatte nicht in seine Pläne gepaßt.

»Klar, er lügt alle an«, sagte Grace tröstend. »Er hat mir mehr Geld versprochen, als er je selber besaß. Wisch dir die Augen, um Gottes willen. Ist doch nur ein Mann.«

»Er hat uns hereingelegt.« Sie wollte laut schreien, um den Schmerz zu dämpfen, sich auf den Kabinenboden werfen, mit den Fersen trommeln, brüllen wie ein Kalb. »Ich hab' dem Scheißkerl das Leben gerettet, dafür hat er mich hereingelegt.«

»Er ist der Erzbetrüger«, sagte Grace. »Ich dachte, das wüßtest du.«

Dieses Wunderbare, das sie miteinander hatten. Es bereitete ihr Todesqualen, daß O'Hagan glaubte, sie sei freiwillig nach England zurückgegangen. Die lügenhafte Abschätzigkeit, die der O'Neill ihnen beiden entgegenbrachte … »Ich bring' den Kerl um, bevor ich ihm seine Kanonen hole.«

»Wenn die Kanonen nur für ihn sind«, bemerkte Grace ruhig, »dann tu's.«

Die kleinen Wellen aus Licht tanzten sinnlos gegen das Holz des Schotts. Barbary hämmerte vor Hilflosigkeit mit den Fäusten gegen den Holzrahmen der Koje. Gott verdamme sie alle, was konnte sie tun? Natürlich waren die Kanonen nicht nur für den O'Neill. Ihre Großmutter hatte recht. Die Kanonen waren für Gestalten, die im Morgengrauen in einem Wald in Munster hingen. Und sie würde sie einem Mann liefern, der sie mit einer Eleganz gelinkt hatte, die ihm im Orden einen hohen Rang gesichert hätte. Seine Lüge ihr gegenüber war geschickt gewesen, aber seine Lüge zu O'Hagan, daß sie zurückgegangen sei, um seine und ihre Seele vor der Sünde des Ehebruchs zu bewahren – was für ein Ehebruch? Was für eine Seele? –, war von unübertroffener, professioneller Perfektion. Damit hatte er O'Hagans empfindlichste Stelle getroffen: sein verdammtes Gewissen. Trotzdem würde der O'Neill seine Kanonen kriegen, denn nur er, er ganz allein, konnte seine Leute, O'Hagans Leute, ihre Leute vor der Vernichtung retten.

Ermattet fragte sie: »Was ist mit Don Wiegehtsdempapa?«

»Seine Liebe hätte mich behindert, jetzt, wo wir Krieg haben«, antwortete Grace, »also hab' ich ihn nach Spanien retourniert, wo er nicht beschädigt wird. Vielleicht hol' ich ihn, wenn alles vorüber ist. Oder vielleicht hol' ich mir einen hübscheren.«

Großmutter und Enkelin sahen einander nachdenklich an. Grace hatte Don Wiegehtsdempapa die Hölle erspart, die Irland jetzt geworden war. Vielleicht war es wirklich so am besten, dachte Barbary. In Spanien war O'Hagan sicher. »Du bist kein Narr, was, Granuaile?«

»Narren gehen unter. Was ist, holen wir jetzt die Kanonen?«

Eine Falle in einer Falle in einer Falle. »Was können wir sonst tun?«

Als sie sich während Barbarys Rekonvaleszenz in Dungannon darüber unterhalten hatten, hatte der O'Neill immer erklärt, falls ihm ein Krieg aufgezwungen würde, würde er den genauso aufziehen wie seine bisherigen Beziehungen zu den Engländern. »Keine offene Schlacht. Die könnten wir nicht gewinnen. Zuschlagen und davonrennen, unsichtbar bleiben, so daß sie glauben, die Bäume griffen sie an. Sie wie Irrlichter in den Sumpf locken und dort zusehen, wie sie verschlungen werden.«

Seit Jahren schon stattete er Clans in ganz Irland mit Handfeuerwaffen aus und ließ ihnen von Instrukteuren, die ihr Handwerk bei den Engländern gelernt hatten, beibringen, wie man auch beim Davonrennen sein Ziel nicht verfehlte. Seine stärkste Waffe war die Verachtung der Engländer für den irischen Soldaten, der laut Propaganda ein nichtsnutziger Feigling war. In einem Punkt hatte die englische Propaganda recht, die Iren gaben ihre Stellungen tatsächlich immer wieder auf, allerdings nicht aus Feigheit, sondern weil sie keine Kanonen hatten oder, wenn doch, nicht damit umgehen konnten. Auch der O'Neill selber war in der Artillerie nicht sehr bewandert. »Besprecht Euch mit Will Clampett«, sagte er. »Ich brauche Kanonen, durchschlagkräftig genug für eine drei Meter dicke Mauer, aber leicht genug, daß man sie über Sümpfe ziehen und steile Berge hochschleppen kann.«

Aber für eine Besprechung mit Will war keine Zeit mehr gewesen. Sie wußte, daß der O'Neill mit Wills Hilfe eine eigene Gießerei für große Kanonen einrichten wollte, daher bestand ihre Aufgabe wohl vor allem in der Beschaffung manövrierbarer Stücke. Sie hatte den Arschbubi für seine Verhandlungen mit dem Kanonenmeister in Panningridge dementsprechend vorbereitet – aber das hätte sie sich sparen können. Zwar war der Kanonenmeister sofort auf den Arschbubi – und sein Geld – geflogen, aber in der Zeit, die sie ihm ließ, konnte er auf keine Sonderwünsche eingehen – sie mußte sich mit dem zufriedengeben, was er von der offiziellen Regierungslieferung abzweigen konnte. Das hieß, sie mußte nehmen, was sie bekam. Und das waren: vier Schleudermaschinen, auf Fahrgestell zwar, aber leicht, zwölf Zweieinhalb- bis Dreipfünder-Falkaunen – ideal für die Zwecke des O'Neill – und ein Saker, ein Sechspfünder, der von einem Ochsengespann gezogen werden mußte.

Als die Fuhrwerke, die die ganze Bestellung nach Tilsend brachten, ratternd aus dem Frühnebel auf dem Fuhrweg auftauchten, warf Barbary nur einen Blick auf das Riesending, das mit Seilen auf dem einen Karren festgezurrt war, und sagte: »Das kannst du wieder mitnehmen.«

Dem ziemlich undurchdringlichen Weald-Akzent des Wagenführers zum Trotz schloß sie aus seiner reichhaltigen Verwendung von blumigen Kraftausdrücken, daß er gar nicht daran dachte. Die vorhandenen Stücke durch den unwegsamen kentischen Wald hierherzubringen hatte, wie es schien, ohnehin nicht seiner Vorstellung von Vergnügen entsprochen; jetzt wollte er nichts anderes als die Kanonen in ihrem Hof abstellen, sein Geld einstecken und schleunigst wieder zurück. Barbary mußte ihrerseits einige Kraftausdrücke anwenden, um ihn mitsamt seinem Train zu jenen Gebäuden zu bewegen, die dem Kloster einst als Scheune und als Schuppen zum Schafscheren gedient hatten. Diese Gebäude standen auf der Hügelkuppe genau über den Kalkstufen, die hinunter zur Mole der kleinen Bucht führten, von wo die Laienbrüder des Klosters Korn und Schaffelle zu Schiff auf die Londoner Märkte gebracht hatten.

Ihr Plan war gewesen, die Geschütze unter den Strohballen zu verstecken, die die Scheune noch zur Hälfte füllten. Aber der Saker ließ sich nicht verstecken. Sie brachten ihn mit Müh und Not unter Dach, und bis zu ihrer Rückkehr aus London mit Grace O'Malley ließ sie ihn dort in der Obhut von Walles, Winchard und dem Gehörnten Dick. Vor nichts hatte sie mehr Angst, als daß Rob zurückkäme, bevor sie die Kanonen verschiffen konnten. Cecil sagte zwar, man erwarte ihn erst in zwei Wochen, aber davon war eine bereits vergangen.

Den Saker durch das große zweiflügelige Tor in die Scheune zu schieben, war schon so mühselig gewesen, daß man sich lebhaft ausmalen konnte, wie sich die Verfrachtung des Monstrums in Graces Laderaum gestalten würde. Auf der Rückfahrt die Themse flußabwärts konnte Barbary, bereits verstört von O'Hagans Brief und dem Verrat des O'Neill, bald nichts mehr hören von Stützblöcken, Kränen und Ladewinden, der Flut, dem Wetter, Gewichten und Wasserlinien.

Als sie jetzt im Eingang der Scheune standen und das Ungetüm darin betrachteten, nahm ihr ihre Großmutter etwas von ihrer Sorge. »Ach was, ist kein Problem. Ich hab' schon größere Brocken als den hier gelotst. Hab' ich dir erzählt, wie ich die Kuppel der Akbar-Moschee gelotst habe?«

Aber das war nicht der Moment für arabische Erinnerungen. »So leicht geht uns der aber nicht über die Laufplanke.«

»Laufplanke? Blödsinn«, sagte Grace. »Wir lassen ihn in den Laderaum fallen.«

»Wie denn? Werfen?«

»Über deiner kleinen Bucht ist ein Überhang. Wir machen ganz oben auf der Klippe eine Ladewinde fest und lassen das Ding runter.«

Cull und die irische Mannschaft gingen mit den Ordensmännern zur Anhöhe hinauf, um sich die Lage anzusehen. Grace hatte recht. Etwa sechzig Yards hinter den Nebengebäuden den Klippenrand entlang war ein Überhang. Die Erhebung, auf der die Scheune stand, verdeckte von hier aus das Haupthaus, nur der Leuchtturm war sichtbar, er sah wie ein tolpatschiger behelmter Wachtposten aus. Der Tag war windstill und heiß. Wenn sie sich flach auf den Bauch legten, konnten sie in das Wasser etwa zwölf Yards unter ihnen sehen, der weiße Meeresboden verlieh ihm die Farbe von kalkigem Smaragd. Das Becken war hier gänzlich frei von Felsblöcken, breit und bei Flut auch tief genug, um ein Schiff von der Größe der Kriegsschaluppe aufzunehmen. Nach einer langen Diskussion über die Flut und den Tiefgang der vollbeladenen Schaluppe wurde beschlossen, sofort mit dem Laden zu beginnen. Barbary fühlte sich von nervöser Unruhe getrieben. Es war schon Mittag. Sie konnten die leichteren Stücke jetzt an der Mole einladen und dann beim Höchststand der Flut sofort den Saker von der Klippe hinunterlassen, obwohl es dann schon dunkel sein würde. »Heute gibt's Mondlicht. Außerdem haben wir Fackeln. Los, fangen wir an, bevor uns so ein Zolldackel dabei schnappt«, sagte sie. Die Küstenwache patrouillierte in unregelmäßigen Abständen die Küste von Kent, denn ein großer Teil des englischen Schmuggels spielte sich hier ab.

Sie begannen sofort mit der Arbeit. Eine nach der anderen wurden die Falkaunen und Schleudermaschinen zur obersten Stufe gezogen, auseinandergenommen, jedes Teil separat zur Mole hinuntergeschleppt und dort aufgestapelt, damit die irischen Matrosen es an Bord verstauen konnten. Die Falkaunen brauchten pro Lauf drei Mann, die Schleudermaschinen vier. Unter ihren Tritten wurden die Stufen bald so glatt wie Eis, und sie mußten oben eine Ladewinde festmachen.

In der Hitze wurde das Gußeisen so heiß, daß man es kaum anfassen konnte. Schweiß, Fliegen, das grelle Licht vom Wasser her blendete sie, aber sie hatten die Hände voll und konnten sich die Augen nicht abwischen. Wie eine Million Ratschen schnarrten aus den Sümpfen links und rechts zirpende Insekten, in den Seenelken auf dem Kalk surrten die Bienen.

Barbary trieb alle anderen und auch sich selbst wie ein Sklaventreiber an. Das ganze Licht der Welt schien auf diese kleine Anhöhe und ihr Tun gerichtet: wie lange noch, bis jemand sie dabei sah? Sie schaute sich immer wieder nach allen Seiten um, wurde das Gefühl nicht los, daß sie beobachtet würden, aber außer ein paar Schafen und hie und da einem Segel draußen in der Themsemündung war nichts zu sehen.

Walles und der Gehörnte Dick zeichneten sich bei schwerer Arbeit nicht aus, denn um dieser zu entgehen, hatten sie sich ja dem Orden angeschlossen; man mußte sie anbrüllen, damit sie sich rührten. Winchard war es, der an diesem Tag ihr Herz gewann, Winchard, der unermüdlich schuftete wie ein geduldiger Ochse, ohne sich zu beschweren (nur hin und wieder erwähnte er seine Abneigung gegen Fliegen), Winchard, der selbst mit Händen voller Blasen immer noch schleppte und schleppte. Winchard, dachte sie, eine Perle unter den Männern, ein Lamm, wenn auch als Warzenschwein verkleidet, ein Mann, auf den man sich verlassen konnte. Winchard hätte nie die erstbeste Lüge geschluckt und wäre daraufhin nach Spanien gegangen … Sie versuchte ihre Gedanken wieder unter Kontrolle zu bringen. Bald wurde es dunkel, vorher mußten sie noch den Saker in Position bringen.

Zweimal ging sie zum Haus hinauf, um den Männern etwas

zu trinken zu holen. Zuerst pumpte sie Wasser aus dem Brunnen, um es sich über den schwitzenden Körper zu gießen, aber in dem stillen Hof machte die Pumpe solchen Lärm, daß sie innehielt, als könnte es jemand hören. Knarrte da etwas im Haus? Sie ging hinein nachsehen, aber da war niemand. Dann ging sie in den Keller, um ein paar Krüge aus dem Ale-Faß zu füllen.

Der üble Zustand, in dem Lambert das Haus verlassen hatte, hatte sich durch den Aufenthalt von Winchard, Walles und Dick, die hier auf ihre Rückkehr von London warteten, nicht gebessert. Vor ihrer Abreise hatte sie die übrige Dienerschaft noch ausbezahlt und fortgeschickt. Waren sie zurückgekommen, um sie zu bespitzeln? Beobachteten sie sie jetzt gerade? Auf ihrem Weg hinaus blieb sie stehen und sah sich noch einmal im Hof um, wo Schwalben über das Pflaster schossen und Insekten aus den Dunghaufen pickten. Nichts.

Am Vormittag hatte Grace sie ganz nebenbei gefragt: »Kommst du mit uns nach Haus?« Und sie hatte geantwortet: »Ja.«

Das war gegen die Wünsche des O'Neill, der sie als Spionin in England wollte, aber sobald sie ihm die Kanonen geliefert hatte, schuldete sie ihm gar nichts mehr.

Sie hatte für Irland getan, was sie konnte, aber jetzt hatte sie genug von allen Intrigen, Cecils Intrigen, den Intrigen des O'Neill, ihren eigenen. Sie wollte nichts als fort von diesem erstickenden Ort, zurück ins reine, grüne Connaught, trotz Krieg und Hungersnot.

Vor allem mußte sie fort sein, bevor Rob zurückkam. Sie hatte ihn verraten – nicht durch den Ehebruch mit O'Hagan, sondern indem sie sein Haus für seine Feinde benutzte. Er war schließlich immer noch ihr rechtmäßiger Ehemann.

Und die Kanonen machten sie nervös. Mabel Bagenals Worte gingen ihr durch den Kopf: »Er tötet Menschen.« O'Neill hatte sie verraten. Er hatte auch O'Hagan verraten, seinen besten Freund. Wer konnte sagen, ob er diese Kanonen nur zur Verteidigung der irischen Freiheit einsetzen würde oder vielleicht auch gegen einen anderen Clan, der ihm Schwierigkeiten machte. »Er tötet Menschen.« O'Neill tötete Menschen. Diese

Kanonen töteten Menschen. »Aber was kann ich denn anderes tun?« fragte sie laut. Eine Falle in einer Falle in einer Falle. Aber das war jedenfalls die letzte Falle, in der sich dieser Gimpel fangen ließ. Jetzt ging sie heim.

Sie brachte die Krüge zur Mole hinunter und wurde von Iren wie auch von Ordensleuten beschimpft, weil sie nicht Ale gebracht hatte, sondern Most. Ihr war's gar nicht aufgefallen.

Um den Saker über die Steigung zu bringen, mußten sie alle zusammen helfen, sich selbst vorspannen wie Maultiere. Es gab einen schrecklichen Moment, als sie sich dem Überhang näherten und das Ding drohte, in die See zu stürzen und sie alle mitzunehmen. Aber irgendwie brachten sie es zum Stehen und befestigten die Seile an Haken, die sie in den Boden schlugen. Die Seile spannten, aber sie hielten.

Es war schon dunkel, und der Mond stand noch nicht hoch genug, daß sie die Kanone in seinem Licht zerlegen konnten. Barbary schickte den Gehörnten Dick und Walles um Fackeln zum Haupthaus zurück.

Grace und die Mannschaft gingen, um die Schaluppe klar zu machen. Da es keinen Wind gab, mußten sie das Schiff von der Mole in die Bucht herüber rojen.

Sie waren kaum fort, als Walles und der Gehörnte Dick hinter Barbary aus der Dunkelheit auftauchten. »Da sind Kerle oben im Haus, Barb«, sagte Dick leise. »Küstenwache.«

»Wie viele?«

»Konnte ich nicht sehen. Genug jedenfalls.«

Sie überlegte scharf. Wenn man sie dabei ertappte, wie sie Kanonen auf ein irisches Schiff schmuggelte, konnte nicht einmal Cecil sie vorm Galgen retten; und würde es auch nicht wollen.

»Sie kommen zu uns her, Barb«, sagte Dick noch leiser. Sie konnte selbst sehen, wie sich Fackelschein näherte.

»Runter mit euch zum Schiff«, sagte sie. »Sag Grace, sie soll sich von den Langrudern hinaus in die Mündung ziehen lassen, weit hinaus. Euch kann sie weiter oben an der Küste absetzen.«

»Und was ist mit dir, Barb? Und diesem Monster?«

»Das wird hinunterfallen. Lauf.«

Dick wollte sie nicht allein lassen, bis sie brüllte: »Mir passiert nichts, solange ich nicht euch alle auch noch erklären muß. Es ist doch mein Haus, oder nicht? Lauf.«

Sie liefen. Barbary rannte zum Überhang. Sie konnte das Ankerlicht der Schaluppe sehen, die, Gott sei's gedankt, noch vor der Mole lag. Sie wartete, bis sie die Ordensmänner auf der Steinmole hörte. Dann rannte sie zum Saker und fing an, die Heringe herauszuziehen, die die Seile hielten. Einer davon steckte sehr fest. Sie zog und zog und blickte sich dabei um. Die Fackeln waren schon über dem Hügel, sie konnte hören, wie die Männer einander zuriefen. Konnten sie die Umrisse des Saker vor dem helleren Himmel erkennen? Wenn sie Glück hatte, dann blendete sie das Licht ihrer Fackeln gegen alles, was außerhalb ihres Lichtkreises war.

Draußen war das Schwein. Sie rannte auf die andere Seite der Kanone und trat die übrigen Heringe heraus.

Und der Saker rührte sich nicht. Sie stürzte zum linken Rad und drückte dagegen. Sie spürte ein Zittern, aber das Mistding blieb, wo es war. Sie schob noch einmal mit aller Kraft, worauf der Saker endlich, unerträglich langsam, erbebte, dann losrollte, immer schneller, auf den Überhang zu, die Seile flatterten ein verzweifeltes Lebewohl. Sie sah, wie das Hinterende der Lafette mit einem fast schmissigen Wippen ausschlug, als das Vorderende nach vorne sackte, und dann öffnete sich der Boden vor ihren Füßen. Das Gewicht war zuviel für den Überhang, ein Teil der Klippe folgte dem Saker nach ins Meer. Sie warf sich zurück, krampfte sich an Grasbüscheln fest. Das laute Klopfen des Blutes in ihren Ohren übertönte den Lärm von im Wasser aufschlagendem Kalk und Eisen, aber sie sah den weißen Gischt, spürte ihn im Gesicht.

Da die Klippe weggebrochen war, sah sie jetzt die Schaluppe, von ihren Langrudern gezogen wie eine Kutsche von einem Mäusegespann, auf und ab schwanken, als die Sturzwelle sie erreichte. Aber sie war fort von der Mole und bewegte sich hinaus aufs Meer, wenn auch entsetzlich langsam. Gott sei Dank, Dick hatte Grace überreden können, das Vernünftigste zu tun.

Jemand gab ihr einen Tritt. »Hab' ich dich, Saukerl. Ergib

dich im Namen von Königin Elizabeth. – Gott steh uns bei, es ist ein Frauenzimmer!«

Sie lag in einem Kreis von Fackeln, geblendet, aber eine der Gestalten sagte: »Jesus!«, und sie wandte ihren Kopf der Stimme zu.

»Hallo, Rob«, sagte sie und fiel in Ohnmacht.

Als sie zu sich kam, lag sie noch immer am Boden. Die Dackel von der Küstenwache bedrängten Rob mit Fragen; der antwortete mit den knappen Sätzen eines sehr zornigen Menschen. »Ich sagte es bereits. Ich war im Auftrag der Königin im Ausland. Nachdem ich Ihrer Majestät berichtete, kam ich hierher. Das ist mein Haus. Ich sah Männer auf meiner Mole Kanonen auf ein Schiff laden. Es waren zu viele, um allein mit ihnen fertig zu werden. Deshalb ritt ich los, um euch zu holen.«

»Ihr habt uns gesagt, Eure Frau sei entführt worden!«

»Nun, offenbar ist sie das nicht. Dies ist meine Frau.« Es kostete ihn einiges.

Oh, Rob, dachte sie. Hier hast du eine Chance vertan. Zu ehrlich für deinen eigenen Profit. Du hättest einen Amy Robsart machen können. Mich von der Küstenwache aufknüpfen lassen.

Dann kam sie erst richtig zu sich. Nein, konnte er nicht, oder? Er kam doch gerade aus London, hatte Elizabeth gesehen, die sie vielleicht erwähnt hatte. Sie war offiziell. Was er nicht wissen konnte, war, daß sie sich hier in Tilsend aufhielt; niemand hatte das gewußt. Cecil hatte sie gesagt, daß sie nach Penshurst ginge. Rob mußte sie schützen, weil alles, was sie tat, irgendwie auf ihn zurückfiel. Der Günstling der Königin konnte sich keine Verbrecherin als Ehefrau leisten.

»Ich sagte euch bereits, ich kam heim und fand mein Haus leer, meine Gattin fort, und Männer, die an der Mole Kanonen einluden – ich hielt es jedenfalls für Kanonen. Deshalb ritt ich nach euch. Aber es war offenbar ein Mißverständnis. Es tut mir leid.« Die Entschuldigung klang wie herausgespuckt, es war fast mehr, als er ertragen konnte. »Ihr könnt jetzt gehen. Es war ein Mißverständnis.«

»Ah, ein Mißverständnis, so? Da unten ist aber doch ein Schiff. Es fährt unter Langruder, aber weit kommt es nicht,

nicht in dieser Windstille. Wir können von Rochester Barkassen holen und es verfolgen.«

Barbary zog sich hoch. »Das ist das Schiff meiner Großmutter«, sagte sie in ihrem besten Hof-Englisch. Großmutter war ein ehrbares Wort. Sie brauchte jetzt Ehrbarkeit. »Warum solltet ihr es verfolgen wollen?«

»Na, weil er doch Kanonen drauf gesehen hat.« Der Anführer der Küstendackel deutete mit dem Kopf auf Rob. »Kanonenschmuggel ist strafbar, Großmutter oder nicht.«

»Es war Bauholz.« Was war sie doch für eine begabte Lügnerin. »Sie bringt Bauholz auf das Gut meines Mannes in Irland.« Sie wandte sich an Rob. »Es ist für dich, Rob. Du sagtest doch immer, du wolltest in Hap Hazard eine Einrichtung aus englischer Eiche. Als Erinnerung an die Heimat.« Sie starrte ihn beschwörend an. Würde er sie unterstützen? Er starrte zurück, haßerfüllt. »Kann sein, daß es wie Kanonen aussah«, plapperte sie verzweifelt. »Wir hatten die Stämme auf Rädern befestigt. Deshalb hieltest du sie vielleicht für Kanonenrohre.« Komm schon, Rob. Laß Grace gehen. Jetzt bist du schon so weit gegangen.

Sie hörte ihn stöhnen. Er war kein Schauspieler. Er hatte nie in den Orden gepaßt. Aber seine Lippen bewegten sich. »Könnte Holz gewesen sein«, murmelte er.

»Was?« fragte der Chef der Küstenwache.

Sie sah, wie Rob seine Entscheidung traf. Er saß in der Falle. Eine waffenschiebende Gattin würde ihn ruinieren. »Es muß Holz gewesen sein«, sagte er laut. »Ich habe mich geirrt. Meine Herren, es tut mir leid.«

Sie waren nicht überzeugt. »Na, und was war der Riesenkrach, als wir hier raufkamen?« O Gott, wenn sie hinuntersahen, würden sie dann den Saker noch herausragen sehen?

»Ein Stück Klippe gab nach«, sagte sie. Der Anführer und zwei seiner Männer traten an den Rand. Sie sah mit ihnen hinunter. Der Mond warf jetzt ein kräftigeres Licht. Die See war glatt und schwarz wie Seide, aber über die Bucht trieb noch immer Schaum, und hier und da schwammen Kalkstücke wie geometrische Fische.

»Kommt vor«, sagte einer der Männer zu seinem Chef. Es gab viel Erosion an dieser Küste.

»Weiß ich.« Zufrieden war er noch immer nicht. Ein Held der Armada sagte ihm das eine, aber sein Instinkt als Schmugglerfänger brüllte ihm etwas anderes zu, auch wenn er's nicht beweisen konnte. Aber wenn er Grace mit Booten nachsetzte, würde er sie einholen, das wußte Barbary. Sehr weit konnte die Besatzung der Schaluppe sie nicht ziehen.

Sie besprachen miteinander, was sie tun sollten, ihr schien es eine Ewigkeit. Aber niemand hatte so recht Lust, nach Rochester zurückzureiten, Barkassen auszusetzen und sich auf eine Verfolgungsjagd einzulassen, die vielleicht doch nur blinder Alarm war. Endlich wandten sie sich landeinwärts und dem Haus zu. Sie konnte nicht gehen, ihre Beine schmolzen vor Erleichterung und Erschöpfung unter ihr weg. Rob packte sie am Arm und stützte sie, aber nicht aus Mitgefühl. Er haßte sie, sie konnte den Haß in seinem Griff spüren.

Am Haus oben blieben die Männer vor dem Tor stehen, nur mäßig begeistert von der Aussicht auf den nächtlichen Ritt zurück nach Rochester; sie warteten auf die Einladung, die ihnen zustand. Aber Rob lud sie nicht ein. Und das war noch ein Grund, sie zu hassen: sein Haus war selbst für eine Bewirtung dieser unbedeutenden Beamten zu schäbig. Wut pulsierte in ihm wie in einem Stier, der mit den Vorderhufen die Erde aufreißt. »Gute Nacht«, sagte er, schleifte sie hinein und schloß die Tür.

Auf dem Tisch, neben den Schalen mit Helens verwelkten Rosen, stand eine einzelne brennende Kerze. Barbary hinkte zum Tisch hinüber und lehnte sich darauf. Hinter sich hörte sie ihn die Tür verriegeln, dann dröhnten seine Stiefel über die Steinplatten. Ihr Kopf wurde zurückgerissen, und er schlug sie quer übers Gesicht. »Wo ist Helen, du Luder?« Ihr Kopf flog zur Seite, ein zweiter Schlag warf ihn auf die andere. Sie versuchte vor ihm davonzulaufen, aber seine Hände fanden sie und schlugen sie, immer wieder. Nur der Aufrechte Mann hatte sie je so geschlagen. Rob war der Aufrechte Mann. Er war es jetzt gewöhnt, Menschen zu schlagen.

Es war ein gerechter Zorn, das mußte sie zugeben. Sie war von den Toten auferstanden. Sie hatte seine Geliebte und seinen Sohn aus dem Haus gejagt. Sie hatte Kanonen nach Irland geschmuggelt. Sie hatte den guten Namen dieses großen Mannes gefährdet.

»Wo ist Helen, du Luder?«

Ihre Courage kehrte zurück. Wer sagte, daß er recht hatte? Mit welchem Recht behauptete er, recht zu haben? Wer hatte ihn gebeten, sie zu heiraten? Aus Profitgier hatte er sie geheiratet. Wenn sie ihm nicht paßte, war das seine Schuld. Sie hatte genug davon, von Männern verletzt zu werden, denen sie nicht paßte.

»Wo ist Helen, du Luder?« Er ließ ihr zwischen den Schlägen keine Zeit zu antworten. Er würde sie umbringen. O Gott. So *dumm.* Nein, sie würde sich *nicht* von einem dummen Mann umbringen lassen.

Sie riß sich los und rannte zur Kommode, wo sie die Snaphaunce liegengelassen hatte.

Zum zweiten Mal in seinem Leben fand sich Rob vor dem falschen Ende ihrer Clampett. »Ich erschieße dich, Rob, ich schwör's dir.« Und sie meinte es ernst, das wußte er. Sie hatte sie immer schußbereit. Ob sie nach all den Jahren überhaupt noch losgehen würde, wußte sie nicht. Er auch nicht.

Es gelang ihm, seinen Zorn zu zügeln, obwohl es ihn fast soviel Anstrengung kostete wie einen Saker eine Steigung hinaufzuziehen. Sie keuchten beide. Im nächsten Moment würde sie umfallen. »Setzen wir uns.« Sie ließ sich an einem Ende des Tisches auf einen Stuhl fallen und deutete ihm mit der Clampett, am anderen Ende Platz zu nehmen. Er war jetzt etwas ruhiger.

»Was hat du mit Helen gemacht?«

Man mußte es ihm lassen: das war seine größte Sorge. Helen bedeutete ihm offensichtlich mehr als sie, Barbary, ihm je bedeutet hatte. Helen war diese Art von Frau, hingebungsvoll, abhängig, hilflos. Er war untersetzter geworden. Er war der erfolgreiche Draufgänger und Höfling, aber irgend etwas war von ihm gewichen. Er sah noch immer gut aus, aber Kinn und Bauch waren fleischiger geworden, und er hatte den brutalen Gesichtsausdruck des Mannes, der es aus eigener Kraft geschafft hatte.

»Also hör zu«, sagte sie, »Helen ist in Kerswell. Es geht ihr gut. Ich habe sie nach Kerswell geschickt. Sie und Henry.« Immer weiterreden; solange sie redete, hatte sie genauso viel Macht wie er. »Sie ist eine nette Person.«

»Du Luder.« Noch immer fiel ihm keine andere Anrede für sie ein.

Sie redete weiter, sie war noch immer in Gefahr. »Ich weiß, es ist ein Schock, Rob, wo du doch dachtest, ich sei tot. Aber die Umstände ...« Gott, was für ein unpassendes Wort! »... Umstände brachten mich zurück nach England.« Sie warf ihm große Namen an den Kopf, um ihm zu zeigen, wie etabliert und wie geachtet sie war und daß sie seinem Ruf nicht geschadet hatte. »Ich habe mit Sekretär Cecil zusammengearbeitet und bei seiner Tante gewohnt. Helen hab' ich fortgeschickt, weil die Königin erwartet, daß ich hier lebe. Sie schätzt mich.« Müde fügte sie hinzu: »Die Königin, nicht Helen.«

»Und trotzdem bist du bereit, sie zu verraten, du Luder. Du papistische Spionin.«

Sie öffnete den Mund, um ihm klarzumachen, was Verrat war und was nicht, aber sie hatte nicht die Kraft dazu. »Jetzt nicht mehr«, antwortete sie matt. »Ich bin zu müde.« Zu müde, zu alt, selbst zu oft verraten. »Ich will nur Frieden und sonst nichts.«

»Und dafür schmuggelst du Kanonen?«

»Bauholz, Rob. Es war Bauholz.« Er wußte, was er gesehen hatte, aber Bauholz war ihre Geschichte, und das hatte er zu akzeptieren. »Ein für allemal.«

»Du bist eine Verräterin, du Luder.«

Mit welcher Selbstverständlichkeit sie dieses Wort benutzten. Diese automatische Annahme, Irland gehöre ihnen, nur weil sie es sagten. »Ich bin Irin«, sagte sie. »Ich hielt es nicht für wichtig, als wir heirateten, aber es stellte sich doch als wichtig heraus.«

»Irisches Luder.«

Sie war zum Einlenken bereit, aber langsam reichte es ihr.

»Mit diesem irischen Luder bist du verheiratet. Ganz offiziell. Du kannst keinen Amy Robsart mit mir machen.«

Er hob den Kopf, und sie erkannte, daß er trotz allem nicht einmal daran gedacht hatte. Schwerfällig, brutal, egoistisch, das alles war er – aber innerhalb dieser Grenzen immerhin ein anständiger Mann. Er hatte nie in den Orden gepaßt. Hinter dem fleischigen Gesicht sah sie einen anständigen, mürrischen Jungen. »Tut mir leid, Rob«, sagte sie, »es tut mir alles so leid. Ich werde aus deinem Leben verschwinden. Zurück nach Irland. Ich verschwinde. Du kannst Helen heiraten und Lord Rob werden. Kannst tun, was du willst. Ich werde dich nicht mehr stören.«

Er hatte begonnen nachzudenken. Die Wut ebbte ab. Wahrscheinlich war er genauso müde wie sie. Nein, so müde wie sie war niemand auf der Welt.

Die große Gestalt am anderen Ende des Tisches wurde zu Tibbot ne Long. Tibbot von den Schiffen. Onkel Tibbot, das Ekel, Gott segne ihn. Sogar jene gräßliche Mahlzeit in dem Turm am Rand der Bucht von Clew war in sanftes Sternenlicht getaucht, weil es am Rand der Bucht von Clew gewesen war. Am nächsten Tag war auf Insektenflügeln das Schiff hereingeschwebt, um sie in die Cherubim zu holen. Die Tränen liefen ihr übers Gesicht. Oro und Willkommen daheim, sangen die Ruderer. Bringt mich nach Haus.

Ihr Kopf fuhr hoch. Sie war eine Sekunde lang eingenickt, aber er hatte sich nicht bewegt; ganz sicher war sie nicht, denn er befand sich am äußersten Rand des Lichtkreises der Kerze, aber irgend etwas hatte sich in ihm verändert. Vom anderen Ende des Tisches kamen jetzt nicht mehr diese Wellen von Aggression zu ihr herüber. In ihrer Erschöpfung hatte sie Schwäche, Verletzlichkeit gezeigt, und gerade das hatte ihn ja immer schon entwaffnet. Das hatte sie vergessen. Er betrachtete sie jetzt ohne Haß; nicht mit viel Zuneigung, aber ohne Haß.

»Ist Wein da?« fragte er.

Es war eine Erleichterung, einen Satz von ihm zu hören ohne das Wort »Luder« darin. Gab es Wein? Oder hatten die Ordensburschen alles weggetrunken? Sie ging nachsehen, nahm aber die Clampett mit – so leid tat er ihr wieder nicht, daß sie die

Waffe zurückgelassen hätte. Erst als sie aus der Tür war, fiel ihr auf, daß sie kein Licht hatte, also ging sie zurück und entzündete an der Kerze am Tisch eine zweite Kerze. »Wein«, sagte sie. Wenn sie sich nicht konzentrierte, dann würde ihr Gehirn zerspringen. Sie fand die Küche, sah sich in dem Chaos um, stieß einen Topf um, aus dem Porridge auf die Steinplatten quoll. Es stank. Kein Wein. »Wein.« Durfte sie sich hinsetzen und einschlafen? Wie weit war das Schiff wohl inzwischen gekommen? Sie war so allein. Die einzigen Menschen, die sie liebte, trieben auf einem Schiff hinaus aufs Meer. O'Hagan liebte sie nicht. Sonst hätte er sie nicht verlassen. Sie hatte Irland verlassen. Irland verließ sie. »Wein.«

Im Keller standen Fässer, eines enthielt noch etwas Wein. Sie nahm einen Krug und füllte ihn. Sie brauchte Becher, aber in der einen Hand hielt sie die Clampett, in der anderen den Krug. »Tablett«, sagte sie und fand eins. Damit ging sie zurück in die Halle. »Wein.«

Er blickte nicht auf. Sie goß zuerst ihm und dann auch sich selbst Wein ein, ging zurück zu ihrem Platz, bemerkte, daß sie die Clampett auf dem Tablett neben ihm liegengelassen hatte, ging sie holen und setzte sich endlich. Er hatte es nicht bemerkt. Er schien intensiv zu überlegen. Er hatte Helens Rosenschale zu sich herangezogen und rieb jetzt sanft ein trockenes Blütenblatt zwischen Daumen und Zeigefinger. Wäre sie nicht so verdammt müde, dann wäre sie vielleicht gerührt.

»Ich habe nichts gegen Helen, Rob«, sagte sie. Es stünde ihr auch gar nicht zu. Aber sie wollte, daß er es wußte.

Die Clampett fest im Griff, ließ sie sich zu Tibbots Turm am Rand der Bucht zurücktreiben und wartete, daß das Cherubim-Schiff erschien und sie nach Hause brachte.

»Ich will nicht, daß du gehst«, sagte Onkel Tibbot. Sie fuhr hoch. Rob saß auf Tibbots Stuhl, Überlegungen abgeschlossen, Entschluß gefaßt. »Ich möchte, daß du hierbleibst.« Er war verrückt geworden, der Arme, genau wie Onkel Tibbot.

»Was?«

»Ist es dir ernst? Bist du wirklich fertig mit den irischen Dummheiten? Versprichst du's?«

Dummheiten? Vielleicht. Wenigstens war es ihr und Grace gelungen, Connaught von Bingham zu befreien. Sie hatte dem O'Neill die Kanonen beschafft, die sie ihm versprochen hatte, und durch Will Clampett die Möglichkeit zur Herstellung von weiteren Geschützen. Damit konnte er mehr als genug Menschen töten, und sie wollte nicht für weitere Morde verantwortlich sein. Sie war am Ende. »Ja, ich meine es ernst.«

»Weiß jemand, daß du keine Kinder hast?«

»Eh?« Jetzt war er wirklich übergeschnappt.

»Weiß die Königin, weiß irgend jemand, daß du keine Kinder von mir hast?«

Gehorsam in seiner Erschöpfung, bemühte sich ihr Gehirn, die Sache zu bedenken. »Ich glaube nicht. Die Frage ist nie aufgetaucht.« Ihre Erscheinungen bei Hof hatten bei zeremoniellen Anlässen stattgefunden, wo sich nicht viel Gelegenheit zum Schwatzen bot. Natürlich waren die Höflinge neugierig gewesen, wie auf jeden, der sich in ihre Kreise verirrte, aber Cecil hatte sie gebeten, nicht zuviel von ihrer Vergangenheit zu erzählen, und Fragen überhaupt abgewehrt, sogar von Lady Russell. Soweit die meisten Leute wußten, war sie Sir Robs Gemahlin mit einer nicht ganz durchsichtigen irischen Vergangenheit.

»Du weißt doch, daß ich das Schiff noch immer zurückholen lassen kann?«

Sie nickte. Die Langruder konnten nur eine gewisse Strecke weit ziehen, bevor die Ruderer sich ausruhen mußten. Die Barkassen der Küstenwache konnten sie immer noch ohne Mühe einholen.

»Wenn ich das Schiff entkommen lasse, mußt du bleiben. Versprich es. Jetzt. Auf die papistische Bibel, falls nötig.« Sein Mund verzog sich voll Ekel, als hätte er den Koran erwähnt. »Schwör bei deinem Leben.«

»Was schwören?«

»Daß du bleibst. Als meine Frau.«

»*Was?*« Eindeutig übergeschnappt. Sie redete besänftigend auf ihn ein. »Rob, du bist müde. Es war eine furchtbare Nacht. Du willst mich doch nicht. Du liebst mich nicht. Du liebst Helen. Eine nette Frau. Laß mich jetzt gehen, und laß Grace gehen, und dann verschwinde ich, und du kannst Helen heiraten, und du wirst sehen, alles wird gut.« Ihre Worte waren so einlullend, daß sie beinahe selber davon eingeschlafen wäre.

»O nein. Ich lass' dich nicht fort, nur damit du irgendwann wieder auftauchst und mich ruinierst. Du bist meine rechtmäßige Gemahlin und bleibst meine rechtmäßige Gemahlin. Lady Betty. Margaret Betty. Du wirst meinen Sohn als dein eigenes Kind aufziehen. Schluß mit Irland. Schluß mit Verrätereien. Wenn du das schwörst und wenn ich dir glaube, dann lass' ich das Schiff in Ruhe ziehen. Wenn nicht, dann wird die ganze stinkende Mannschaft und die Großmutter dazu in Ketten hängen.«

Sie war bestürzt. Das also hatte ihm in seinem wunderbaren Leben gefehlt, eine rechtmäßige Gemahlin, die sein Ansehen abrundete, den Beginn eines Familiengeschlechts der Bettys. Hätte er ihren Tod beweisen können, dann war Helen diese Rolle zugedacht, auch wenn's der Königin nicht gefiel. Er war bis ganz nach oben gekommen, nur um zu erkennen, wie andere Männer auch, daß alles Staub und Asche war, wenn er es nicht einem Sohn weitergeben konnte.

Raleigh, Leicester, Essex und jetzt Rob, alle waren sie bereit, auf ihre Stellung bei Hofe zu verzichten, um sich den archaischsten aller Wünsche zu erfüllen: einen Erben. Raleigh war für seine Heirat und seinen Erben in den Tower gegangen, auch wenn er dank seines Charmes schließlich wieder freigekommen war. Und Rob hatte Raleigh eines voraus: Er besaß bereits eine Frau, noch dazu eine, die bei der Königin einen etwas besseren Stuhl hatte als die arme Elizabeth Throckmorton Raleigh.

»Aber wenn ich verschwinde, kannst du Helen heiraten, und sie ist doch viel mehr dein Typ!« Die Erinnerung an O'Hagan ließ sie nicht los, an diese Nacht, als er ihr seinen Typ von Frau beschrieb. Sie konnte nicht hierbleiben, an diesem liebeleeren Ort mit diesem lieblosen, berechnenden Mann.

»Nein.« Er blieb fest. Er hatte sich alles genau überlegt. »Dann müßte ich die Leiter der königlichen Gunst hinunterrutschen und wieder ganz unten anfangen. Irgend jemand könnte es entdecken, du könntest wieder auftauchen, auch wenn es gar nicht deine Absicht wäre. Ich will keine Anklage wegen Bigamie riskieren oder Henry für illegitim erklären lassen.«

»Was ist, wenn das aber jemand doch herausfindet?«

»Margaret.« Der Name brachte ein altes Erstickungsgefühl zurück. »Wie kann ihn jemand für illegitim erklären, wenn du das Gegenteil behauptest?« Er wandte sich ihr so zu, daß das Kerzenlicht auf sein Gesicht fiel. »Ich biete dir das Leben deiner Großmutter, Margaret, im Tausch gegen dein Versprechen, daß du deine Stellung als Lady Betty einnimmst. Gemahlin eines berühmten Mannes, Mutter eines tüchtigen Sohnes. Ist das denn wirklich so ein schlechter Tausch? Du hast dich in der Gesellschaft zu deinem eigenen Vorteil gut verhalten. Halte dich gut zu meinem Vorteil und dem deiner Großmutter. Wir kamen doch früher gut miteinander aus, das könnte wieder so sein. Du wirst ein Leben in Luxus führen. Ist das denn wirklich so ein schlechter Handel?«

Er war brutal, sie hatte sich nicht getäuscht, als sie das sofort in seinem Gesicht gesehen hatte; der Emporkömmling, der kaufte und verkaufte, den einen bestach, den anderen bedrohte, um seinen Willen durchzusetzen. Er war bereit, die Frau, die er liebte, abzuschieben zugunsten einer anderen, die er nicht liebte, wenn er sich davon einen Vorteil versprach. Und er war sehr wohl fähig, Grace O'Malley dem Henker auszuliefern.

»Ich nehme Helen nicht ihr Kind weg«, sagte sie.

»Wenn es zu seinem Besten ist, dann wird sie's selber wollen. Und das ist es.«

Wie merkwürdig die Männer waren. Sie lehnte sich erschöpft in ihrem Stuhl zurück. Was zum Teufel brachte ihn denn auf die Idee, er könne ihr noch vertrauen, sobald Grace O'Malley in Sicherheit war? Fast mußte sie lächeln. »Nimmst du mir mein Ehrenwort ab, Rob?«

Er spürte Schwäche und wurde charmant. Das konnte er immer noch. »Nein. Ich möchte, daß du Dibs sagst.«

»Dibs?« Das war das Ordensversprechen. Er ließ sich herab, in der Sprache zu sprechen, die sie verstand. Eide wurden im

Orden gebrochen, aber kein Mitglied hatte je ein Dibs verraten. Was für ein dummer Mann. Gib nach, sag, du tust es, rette Grace, schlaf dich aus und dann lauf fort, wenn er dir den Rücken dreht – aber, o Gott, das konnte sie nicht. Grace O'Malleys Leben bedeutete ihr zuviel, als daß sie es mit einem Versprechen erkaufen konnte, das sie später brechen wollte. Jetzt war sie wirklich voll und ganz am Ende.

»Ich könnte nicht deine Frau im Bett sein«, sagte sie.

Er schüttelte den Kopf. Das wollte er selber nicht. »Wir werden nicht diese Art von Ehe führen.«

Herrgott, war das lächerlich. Aber vielleicht schuldete sie ihm noch etwas, für ihre gemeinsame Kindheit, für die Worte, die sie einander bei der Hochzeit gesagt hatten, für Grace O'Malley.

»Rob«, sagte sie, »ich will wirklich nicht.«

»Kannst du nicht sehen, daß ich dich vor dir selber rette? Wie lange kannst du noch mit dem irischen Pöbel mitlaufen? Ich biete dir die Chance eines Lebens in der allerersten Gesellschaft. Du kannst sie ergreifen – oder ich reite noch in dieser Minute nach Rochester. Also, ist es Dibs oder nicht?«

»Gut. Dibs.« Sie spürte nichts, als sie das sagte, gar nichts, außer Müdigkeit. Das mußte sie alles morgen auseinanderdividieren, wenn ihr Gehirn wieder funktionierte.

»Dann gib mir die Snaphaunce, Margaret.«

Hätte sie noch die Energie dazu gehabt, dann hätte sie laut aufgelacht. Er wollte eine symbolische Kapitulation. Sie betrachtete die eleganten Linien der Clampett und wußte, daß er recht hatte: sie war ein Symbol. Sie war der Schlüssel zu Freiheit und Unabhängigkeit; ohne sie hatte sie keinen Zugang zu Barbary Clampett O'Flaherty O'Malley von den Cherubim, da war sie nur Margaret Betty von der englischen Hofgesellschaft, Hausfrau und Mutter.

»Bitte, Margaret, bring' mir die Snaphaunce.«

Sie stand auf, die Clampett in der rechten Hand, mit der linken tastete sie sich den Tisch entlang. Es schien ein langer Weg. Am Ende stand sie vor ihm. Er streckte die Hand aus und nahm ihr die Clampett weg.

23

Sie hatte sich verkauft. Es machte keinen Unterschied, daß sie's getan hatte, um Grace O'Malley und ihre Mannschaft zu retten, vom Gehörnten Dick und den anderen ganz zu schweigen. Sie hatte auf ihr Geburtsrecht verzichtet und Irland aufgegeben. Sie war wie ein Mensch nach einem schweren Verlust. Die Schatten der von den Bäumen im Hirschpark von Schloß Spenser hängenden Toten kehrten zurück, um sie zu quälen.

Aber in diese Trauer schlichen sich Tröstungen, die sie zumindest am Anfang sich noch schuldiger fühlen ließen als je zuvor. Rob hatte ihr ein Leben in Luxus versprochen, und als erfolgreicher Kaufherr und Abenteurer hielt er sein Versprechen.

Sie sträubte sich zuerst, blieb unten in Tilsend und stürzte sich in die Arbeit, um das Gut auf Hochglanz zu bringen. Es beruhigte ihr Gewissen, wenn sie viel zu tun hatte und sich nicht wohl fühlte.

Nan Nevet kam einmal vorbei und berichtete, daß der Gehörnte Dick, Walles und Winchard sicher in den Bermudas gelandet waren und Grace glücklich entkommen. Barbary war dankbar dafür, aber nun, da Grace fort war, fühlte sie sich gänzlich verlassen. Es gab keine Verbindung mehr mit Irland, Connaught, O'Hagan.

Doch nach einer Weile fand sie es erholsam, einmal in nichts verwickelt zu sein – Stille nach lebenslangem Aufruhr. Sie hatte getan, was sie konnte. Sie hatte keine Kraft mehr zum Tricksen, Schwindeln und Verstellen.

Auf ihr lag keine Verantwortung. Sie hatte Zeit. Sie ging spazieren, ohne irgendein anderes Ziel, als den Spaziergang zu genießen. Rob, der sein Vertrauen in ihre Abmachung zeigte, indem er nach London ging, sandte Diener, die ihr bei der Instandsetzung des Gutes helfen sollten, und sie gewöhnte sich daran, sich bedienen zu lassen.

Wenn sie das Gefühl bekam, in der Falle zu sitzen, sagte sie sich, daß sie gehen könnte, wann immer sie wollte. Grace war in Sicherheit, keine Geisel mehr für ihr »Dibs«, und es war überhaupt kindisch von Rob zu glauben, er könne sie damit binden. Sie konnte fortgehen. Wenn sie wollte. Der Gehörnte Dick war noch immer im Whiskeyhandel tätig, sie konnte jederzeit an Bord eines seiner Schiffe nach Irland gehen. Aber in Irland war nicht O'Hagan. In Irland war der O'Neill.

Warum nicht ein bißchen hierbleiben und sich ausruhen? Hatte sie sich denn nicht, verdammt noch mal, etwas Ruhe verdient? Also blieb sie, beruhigt durch die Vorstellung, daß sie ja auch frei war zu gehen.

Dann kam Rob nach Tilsend heraus, um zu sehen, wie weit sie gekommen war, und sie nach London mitzunehmen. Er war steif und befangen, aber er bemühte sich. »Margaret, du warst tüchtig. Aber jetzt ist es Zeit, dein neues Zuhause kennenzulernen. Ich habe auch nach Henry geschickt.«

»Kann ich mich nicht hier um ihn kümmern?«

Sein Gesicht bekam einen entschlossenen Ausdruck. »Er muß in die Gesellschaft eingeführt werden. Es wäre mir angenehm, wenn du mit mir in Betty House einziehst.«

In London war sie dem Gehörnten Dick und allen Fluchtwegen näher, wenn sie das wollte. »Einverstanden, Rob.«

Vor dem Eingang am Strand nahm ihr die Pracht von Betty House beinahe den Atem. Sie hatte gewußt, daß Rob aufgestiegen war – seit neuestem war er sogar Mitglied des Königlichen Rates –, aber doch nicht so weit. Betty House stand an der Stelle des ehemaligen Klosters St. Mary Rounceval, das nach seiner Auflösung und Nutzung als Wohngebäude vollkommen verfallen war.

»Die Königin schenkte mir den Baugrund für das Haus«, sagte Rob.

»Und die Marie für den Bau selber auch?«

Zum ersten Mal seit ihrer Abmachung lächelte er. »Nein.« Er rügte nicht einmal ihr Ordensvokabular.

Es mußte Tausende gekostet haben, Zehntausende. Sie schritten durch Tore, über denen wappentragende steinerne Löwen wachten, auf den Wappen die verschlungenen Buchstaben R und B. Dahinter dehnte sich ein Hof von etwa fünfundzwanzig Yards im Quadrat. Sie verrenkte sich fast den Hals beim Starren auf Türme und Zinnen und ein drei Stockwerke hohes Rundfenster. Die Führung durch Haus und Garten nahm den ganzen Vormittag in Anspruch. Sie fand es geradezu rührend, daß er sich offensichtlich Mühe gab, sie zu beeindrucken.

»Hier, Margaret, siehst du bis hinunter zum Scotland Yard. In dieser Richtung nach Whitehall und hier bis zur alten Lady Wharf. Jetzt Betty Wharf.«

Die Einrichtung war noch nicht komplett. »Hier fehlen noch Tapisserien.« Aber auch die kahlen Räume waren wunderbar mit ihren eleganten Proportionen und den geschnitzten Paneelen mit den verschlungenen Buchstaben RB. Sogar die Zisternen waren Kunstwerke aus Blei mit eingepreßten Tudor-Rosen und weiteren RBs.

»Und das hier ist dein Gemach.« Eine private Wendeltreppe führte hoch hinauf in einen der Türme, in einen runden, holzgetäfelten Raum. Ein großes Bogenfenster bot eine herrliche Aussicht auf den Fluß. Barbary kämpfte gegen ein Gefühl der Überwältigung an. »Das ist prima Haferbrei, Rob.«

Sie war zu weit gegangen. »Willst du mir helfen oder nicht? Ich möchte keinen Sohn, der die Sprache der Gosse spricht oder den seine Mutter damit in Verlegenheit bringt.«

Seine Mutter. Sie würde eine Mutter sein. Und die Herrin all dieser Pracht. Nun gut, eine Weile würde sie wohl damit leben können, sie mußte sich ja an die Abmachung halten. »Mein teurer Sir Rob«, antwortete sie in ihrem geziertesten Englisch, »gern will ich es versuchen.«

Und das tat sie. Die Schatten im Hirschpark verblaßten immer mehr angesichts dieses neuen Wohllebens, das bald wie eine Droge auf sie wirkte.

Sie besuchte Lady Russell und sicherte sich ihre Dienste als Beraterin. Bewaffnet mit Robs Börse und Lady Russells Geschmack, ließ sie Kunsttischler kommen, Bettenmacher, Importeure von Statuen und Porzellan, Näherinnen und Schmiede. Sie nahm Dienerschaft und gab Gesellschaften. Sie ging zu Schneiderinnen und stellte einen Tanzmeister ein. Sie war von ihrer eigenen Begeisterung überrascht, sagte sich aber, es sei ja nicht für immer. »Nur, um zur Abwechslung einmal *mit* dem Strom zu schwimmen.«

Es war eigentlich der alte Dreh, wieder eine Gimpelfängerei, all die bewährten Techniken des Ordens, um als Lady akzeptiert zu werden. Wenn sie vor Robs Kommen bei Hofe erschienen war, dann hatte sie sich auf Sekretär Cecils Rat immer im Hintergrund gehalten. Nun, da Rob da war, wurde sie natürlich nicht mehr zu Hof geladen, aber unterhalb der höfischen Gesellschaft gab es eine andere: Frauen, Ehefrauen und Geliebte, mit denen Elizabeth nichts zu tun haben wollte, die aber dennoch einen eigenen erlesenen Kreis bildeten. Das war die Bühne, die Barbary jetzt betrat, und sie genoß es.

Also blieb sie. Sie sagte sich, es sei um Henrys willen, und zum Teil stimmte das auch.

Henry war zwar ein feuriger kleiner Draufgänger, hatte aber Sehnsucht nach seiner Mutter, wachte immer wieder mitten in der Nacht auf und weinte und rief nach ihr. Rob, der sich selbst aus der Frau, die als seine Mutter fungierte, nie etwas gemacht hatte, verstand das nicht. »Jesus, Junge, siehst du denn nicht, daß alles nur zu deinem Besten ist?«

»Aber, Rob, ich bitte dich, er ist doch erst sechs!« Ein Jahr jünger als sie, als sie ihre Mutter verlor. Sie legte die Arme um das Kind. »Tröste dich, Häschen. Wenn die Saison vorüber ist, gehst du nach Kerswell und machst bei deiner Mutter Ferien. Schau, ich schreibe ihr gerade einen Brief, daß du Sekretär Cecil kennengelernt hast und wie fein du aussiehst in deinem roten Wams.«

Rob zufolge nahm Elizabeth den Umstand, daß dieser ihr Günstling Vater war, mit Fassung auf. Auch Essex war ja Vater. Auch Raleigh. Sie konnte nicht verstehen, warum alle Männer in ihrem Leben sich unbedingt fortpflanzen wollten, aber so war's offenbar. Sie erkundigte sich nach dem Alter des »kleinen

Burschen«, wunderte sich ohne viel Interesse, warum sie bisher noch nicht von ihm gehört hatte, und äußerte nicht den Wunsch, ihn zu sehen.

In der Sub-Kultur außerhalb des Hofes wurde Henry aber von seiner Ersatzmutter in jedem besseren Haus eingeführt und voll Stolz präsentiert. »Mein Gott, er war ja so kränklich. Wir hielten es für besser, ihn so lange bei seiner Amme in Devon zu lassen.« Wenn es jemandem auffiel, daß Henry alles andere als kränklich aussah und daß er von seiner Amme in Devon gelegentlich als von seiner »Mutter« sprach, dann wurde das ohne Kommentar hingenommen; in dieser Gesellschaft gab es zu viele Leichen im Keller, als daß man laut auf die eines anderen hingewiesen hätte.

Barbary führte einen regelmäßigen Briefwechsel mit Helen, die zu ihrer Erleichterung den Verlust ihres Sohnes mit jenem Gleichmut hinnahm, mit dem sie offenbar jede Lebenslage akzeptierte. Daß Rob andere Frauen hatte, wußte Barbary, auch daß er bei seinen häufigen Reisen nach Bristol, wo er die Ausrüstung seiner Handelsschiffe überwachte, Abstecher nach Kerswell zu Helen einflocht; überrascht war sie nur davon, daß er's nicht zugab. Ihr machte es nichts aus. Nun, nächstes Mal konnte er auch Henry mitnehmen. Der Kleine hatte sich gut eingelebt, aber unter Heimweh litt er immer noch.

Um es zu lindern, befaßte sie sich viel mit ihm. Sie wollte Helen als Mutter nicht verdrängen, aber immerhin besaß sie ja Fertigkeiten, die Helen nicht hatte.

»Wie machst du das?« fragte Henry und rannte hinunter auf den Kiesweg, um den Dolch zu holen, der noch zitternd im Herzen einer Rose steckte.

Barbary wehrte bescheiden ab. »Ich bin aus der Übung. Eigentlich habe ich ja auf die Knospe gezielt.«

»Aber wie *machst* du das? Ich will das auch können. Ich will das auch können. Zeig's mir!«

Sie hatte noch viele Tricks in Reserve, aber nicht alle fanden Robs Zustimmung: »Margaret, ich wünsche nicht, daß du Henry beibringst, wie man beim Würfeln betrügt.«

»Das ist nicht Betrügen, Rob. Ich hab' ihm nur gezeigt, wie

man den Würfel auf vier Augen ablegt und dann den Becher so schüttelt, daß jedesmal drei Augen herauskommen. Das wird er im späteren Leben gut brauchen können.«

»Sein späteres Leben wird er in anständiger Gesellschaft verbringen und nicht im Orden.«

»Hast du in letzter Zeit in anständiger Gesellschaft gewürfelt?« fragte Barbary. »Ich schon.«

Mit Bedienten und einem Hauslehrer fürs Grobe ausgerüstet, fand Barbary das Dasein einer Mutter außerordentlich befriedigend. Henrys Charakter und Willensstärke berechtigten zu den schönsten Hoffnungen für ihn als Erwachsenen, und im Unterschied zu Rob bemühte Barbary sich nicht, ihn zu formen. Was das Kind für sie empfand, war nicht Liebe wie für seine Mutter, sondern Freundschaft; und je enger diese Freundschaft wurde, um so schwerer fiel ihr die Entscheidung, ihn zu verlassen.

Rob erklärte: »Margaret, du hast dich bewährt, ich danke dir«, und schenkte ihr eine Diamantbrosche in Gestalt eines Schmetterlings. Weil Barbary bereit war, dafür einzustehen, war Henrys Stand als legitimer Sproß außer Zweifel, einem Geschlecht von Bettys stand also nichts im Wege. Sie hatte den »Dibs« erfüllt. Und dennoch blieb sie.

Und plötzlich stellte sich heraus, daß sie nicht ein Kind bekommen hatte, sondern drei.

Roland, der Verwalter, betrat das, was Rob etwas optimistisch »Nähzimmer« getauft hatte, ein Raum, den Barbary, die nicht nähen konnte, als ihr privates Wohnzimmer benutzte. Sie prüfte gerade ihre Rechnungen.

»Ein Besucher, Mylady. Ich habe ihn in die Galerie geführt.«

»Wer ist es, Roland?«

Roland verlor etwas von seiner Kammerdienerherrlichkeit. »Mylady, ich vergaß den Namen.«

Diese Dienerschaft! »Es kommt der Tag, Roland, wo ich deinen Stab da nehme und ihn dir … den Kamin hinauf stecke.« Sie hatte ihn vom Laufburschen zum Majordomus befördern müssen, weil ein solcher in ganz London oder Whitehall nicht zu finden war.

»Es tut mir leid, Mylady.«

»Sag ihm, ich bin in einer Minute bei ihm. Backwerk und Malvasier, Roland.«

»Sehr wohl, Mylady.«

Sie stellte sich vor den Spiegel und trödelte dort herum. Anscheinend schickte es sich nämlich nicht, unangekündigte Besucher sofort zu begrüßen. »Der Majordomus nötigt sie in einem der Empfangsräume zum Sitzen«, hatte Lady Russell erklärt, »dort mag er die prunkvolle Einrichtung bewundern. Der Majordomus bringt Backwerk und Malvasier, während Ihr, die Dame des Hauses, Euch in Eurem Boudoir *point-device* bereitet. Schließlich geruht Ihr zu erscheinen und führt den Besucher in einen noch prachtvolleren Empfangsraum …«

War das ein graues Haar, oder war es nur ein Lichteffekt? War es schon an der Zeit, den Färber kommen zu lassen? Nein. Nur das Licht, Gott sei Dank. Sollte sie sich ein Schönheitspflästerchen auflegen? Zum Teufel damit, Pflästerchen waren vielleicht der letzte Schrei, aber sie schaffte es nie, sich eines aufzukleben, ohne die Finger voll Mastick zu bekommen.

Das Samtmieder mit den Brüsseler Spitzen war sehr schön geworden. Das Gesicht im Spiegel gestattete sich ein breites Lächeln bei dem Gedanken, welche Fortschritte sie in Kleiderfragen gemacht hatte seit damals, als ihr während ihres Aufenthalts bei den Spensers der O'Neill die abgelegten Kleider einer seiner Geliebten geschickt hatte. Die Spensers … Maccy, die Kinder, Dublin, Munster, Rosh, die gehängte Mutter, O'Hagan … denk an was anderes.

Morgen mußte sie den Krausenmacher kommen und einen neuen Rapato machen lassen; diesen hier hatte sie schon zu oft getragen, man durfte sich nicht immer in denselben Toiletten zeigen, Rob lag daran, daß sie auf sich hielt. Und sie kam seinem Wunsch mit Begeisterung nach; sie war dem Zauber schöner Kleidung erlegen wie überhaupt dem Zauber einer zahlreichen Dienerschaft, eines offenen Hauses, eines Palastes, der an jeder Ecke das Auge mit seinem Prunk und seiner Schönheit entzückte. Nie zuvor, nicht einmal in Penshurst, hatte sie in solchem Reichtum gelebt, und es konnte keinen Zweifel geben an dessen verführerischer Wirkung. Schon möglich, daß sie manchmal mit liebevollem Heimweh an die gute alte Zeit in den Bermudas und in Connaught dachte, aber komfortabel war's dort wirklich nicht gewesen. Jedesmal, wenn sie die Stufen zu ihrem Himmelbett emporstieg, das mit Petit-Point-Behang und Gänsefeder-Matratze ausgestattet war, während ein Stubenmädchen ihre Tageskleider weghängte, wurde die Vorstellung, das alles gegen eine Schiffskoje oder eine Strohmatratze einzutauschen, wieder um eine Spur weniger verlockend. Rob hielt sein Versprechen und ließ sie allein in ihrem Himmelbett schlafen, und eine Abmachung war eine Abmachung. Henry brauchte sie wirklich noch. Himmelherrgottnochmal, Irland hatte sie bereits genug gekostet. Ein weiserer Kopf als ihrer hatte ihr geraten, nie mehr zurückzugehen.

Ein Paar verschreckte Augen starrte ihr entgegen. Warum sollte sie auch? Was gab es denn noch für sie dort? O'Neill? Der hatte sie hereingelegt. O'Hagan? Der hatte sie verlassen. Ihre Großmutter? Will? Ja, gut, aber das hatte keine Eile ...

Himmel, der Besucher. Etikette hin oder her, so lange durfte man einen Menschen doch nicht warten lassen. Sie ging auf die Galerie.

Wie das gesamte Betty House erlegte auch die Galerie ihren Bewohnern würdevolles Verhalten auf, und Barbary durchquerte sie in würdigem Seidengeraschel. Die eine Seite der Galerie bestand über die gesamte Länge fast ganz aus Fenstern, eintausendfünfhundert einzelne Scheiben aus Glas mit Aussicht auf die Themse. Bei Südwind war's vielleicht ein bißchen zugig, aber der Eindruck verschlug einem den Atem. In jeder der Nischen in der gegenüberliegenden Wand stand ein Tisch, der mit einem türkischen Teppich bedeckt war, oder eine Statue, und die Wände dazwischen waren mit Gobelins verhängt. Hier hatten sie ein bißchen gespart; die Wandgehänge waren von Hicks in Warwickshire, nicht Gobelins aus Paris, aber nur ein Experte konnte den Unterschied erkennen.

Als sie näher kam, erhob sich eine Gestalt am anderen Ende der Galerie. Mit ihrem neuen Sinn für Mode betrachtete Barbary den Besucher prüfend. Recht anständig gekleidet, nur der hohe Hut war ein Fehler, und, o Gott, der Marquisetto-Bart war nun aber wirklich nicht mehr *de ton*. Und wer es auch war, er war jedenfalls von seiner Umgebung sehr beeindruckt, das sah man an der Art, wie er dastand, aber niemand, der dazugehörte, zeigte je, daß er beeindruckt war ...

»Edmund!« Sie stolperte über ihre hohen Absätze, als sie auf ihn zulief. Es war, als hätte sie ihn mit ihren Erinnerungen an Munster herbeizitiert.

»Lady Betty! Wie gut Ihr ausseht!«

Sie warf ihm einen schnellen mißtrauischen Blick zu. Meinte er, gut im Vergleich zu ihrem verwahrlosten Aussehen, als sie damals in Dublin unter seine Obhut gestellt wurde? Besser als auf einem schlammigen Kartoffelacker in Munster? Würde er jetzt das Spiel »Ich weiß noch wie ...« anfangen? Nein, gottlob nicht. Edmund Spenser liebte nichts so sehr wie die Bekanntschaft mit den Großen dieser Welt. Barbarys Kleidung, Schmuck, Gemahl, Haus verkündeten männiglich, daß sie's zu was gebracht hatte. Sie gehörte daher zu jenen, deren Bekanntschaft das eigene Ansehen hob. Er würde sie nicht herabsetzen, denn er wollte sie ja selbst ganz oben.

»Lady Betty, vergebt mein unangemeldetes Erscheinen. Aber da Sir Rob nicht hier ist ...«

»Mein lieber Edmund, wir sind doch alte Freunde«, erklärte sie huldvoll. »Sir Rob hält sich gerade in Bristol auf.« Sie bat ihn, Platz zu nehmen, und bot ihm Backwerk an. »Und wie geht's bei Hofe?« Es war pure Freundlichkeit von ihr, anzunehmen, daß er's wüßte; wenn sie's genau bedachte, dann hatte sie nur hie und da ein Wort über ihn gehört, das so klang, als würde er an den Rändern der Gesellschaft herumhopsen und die Leute gelegentlich am Ärmel zupfen, um auf sich aufmerksam zu machen.

Aber es war ein wunder Punkt. »Ah, Lady Betty, wir leben in Zeiten, da Neid und Verleumdung blühen.«

»Ach?«

Doch, das taten sie. »Unsere unvergleichliche Majestät selbst war in ihrer Güte so entzückt von meiner ›Feenkönigin‹, daß sie mir eine Pension von fünfzig Pfund im Jahr zusprach, aber es gibt Menschen, die ihre Auszahlung bisher verhindert haben.«

Damit meinte er wohl Burghley oder heutzutage wahrscheinlich Sekretär Cecil, der Spenser genausowenig ausstehen konnte wie zuvor sein Vater. Sie sah, wie ihm plötzlich ihre Verbindung zu beiden großen Herren einfiel. »Obgleich dies zweifellos zurückzuführen ist auf kleine Beamte, kleine Mitarbeiter der großen Herren, die selbst natürlich in Staatsangelegenheiten vertieft ...« Es dauerte eine Weile, bis er den Fuß wieder aus dem Fettnäpfchen herausbekam.

Armer alter Edmund. Er hatte seinen Stern so fest an Raleighs Wagen gehängt, daß er verlosch, als Sir Walter in Ungnade – und in den Tower – fiel wegen seiner Heirat mit Elizabeth Throckmorton, und obgleich Raleigh sich langsam wieder in die königliche Huld emporarbeitete, sah es nicht so aus, als könne sich sein Protégé gleichfalls rehabilitieren. Und das konnte sich der Protégé nicht erklären. Traurig bemerkt er gerade: »Ich hätte gedacht, meine kläglichen Verse würden Gnade finden vor den Ohren derer, die gnädig sind, sie zu hören.«

Er hatte es versucht, weiß Gott, sie konnte kein aristokratisches Haus betreten, ohne daß ihr an deutlich sichtbarer Stelle eine Spensersche Dedikation an seinen Inhaber ins Auge fiel. Da sie mit der Kriecherei der Protégés vor ihren Gönnern nicht vertraut war, drehte ihr das meiste davon den Magen um. Keinen hatte er ausgelassen. Um auf Nummer Sicher zu gehen, hatte er sogar ein Huldigungsgedicht ›An alle Huldvollen und Schönen Hofdamen‹ verfaßt. Aber es nützte ihm nichts. Die Gehuldigten nahmen zwar die Gedichte gerne auf, den Dichter aber nicht.

Sie sah ihn an und suchte nach einer Erklärung. Seine Gedichte machten sie vor Langeweile krank, aber schließlich war sie nicht gebildet; die Gebildeten dagegen erklärten, seit Chaucer hätte es nichts Besseres gegeben (aber sie konnte auch ohne Chaucer ganz gut leben). Die Sache war die, daß Edmund vielleicht Genie besaß, aber wenn man ihn so ansah, dann fragte man sich, wo er's wohl versteckte. Es schien so unvereinbar mit dem ängstlichen, kleinherzigen, kriecherischen, in keiner Weise bemerkenswerten kleinen Mann selbst.

Seine Seele war nicht groß genug, entschied sie. Philip Sidney dagegen – ja, der war auch in ihren Augen ein Dichter gewesen, der konnte alle Seiten verstehen, sogar die Iren. Unvorstellbar, daß er tatenlos mitangesehen hätte, wie seine eigene Seite unbewaffnete Männer umbrachte und schwangere Frauen hängte. Wie Spenser es getan hatte. Ein kleiner Kerl mit Scheuklappen, dachte sie. Und langweilig. Eigentlich interessierte sie nichts an ihm als seine Kinder.

»Wie geht es Catherine und Sylvestris?«

Er zeigte sich erfreut. »Dank der gütigen Nachfrage, Lady Betty. Ihr ruft mir den Grund meines Besuchs in Erinnerung.« Er hielt inne. »Ich möchte mich wieder verheiraten.«

»Ich gratuliere.«

Er errötete. »Eine taufrische irische Maid.«

»Irisch?«

»Anglo-irisch natürlich. Ein Mädchen vom Pale, aus Youghal. Elizabeth Boyle. Die Hochzeit findet in Cork statt. Ich werde hohlem Luxus und falschen Wertvorstellungen entsagen und in jenes wilde Land zurückkehren, wo noch Reinheit und Einfachheit herrschen.«

»Aha. Und die Kinder?«

Er faltete die Hände. »Lady Betty, würdet Ihr, würde Sir Rob sie in Euer Haus aufnehmen? Bei Euch wäre ihnen nicht nur Zuneigung sicher, sondern auch Einführung in die beste Gesellschaft. Eure Liebe gegen sie wie gegen ihre arme Mutter gibt mir die Kühnheit, Euch zu fragen …« Er ergoß sich des langen und breiten über die heiligen Musen als die Ziehmütter der Aristokratie, oder umgekehrt, und wie sie und Rob unsterblich würden durch das Gedicht, das er ihnen widmen wollte. Sie starrte ihn an und dachte an den Schmerz, den sie empfunden hatte, als er die Kinder nach London brachte und sie ihre Hände von ihrem Hals lösen mußte.

Sie riß sich zusammen. Würde Rob zustimmen? Wahrscheinlich schon – wahrscheinlich würde er sich durch dieses Ansinnen geschmeichelt fühlen. Außerdem schätzte er Spensers Werk; die Aussicht auf Unsterblichkeit im Gedicht würde ihm vielleicht etwas bedeuten. Und er verließ sich immer mehr auf ihren Rat.

Offenbar war Elizabeth Boyle, die Taufrische, nicht so begierig darauf, ihr Eheleben mit zwei Stiefkindern zu beginnen, und Spenser brauchte Ruhe und Frieden für sein neues Werk, die Hochzeitsode ›Epithalamion‹, die alles bisher Dagewesene bei weitem …

»Ich werde mit Sir Rob sprechen«, fiel sie ihm ins Wort, »aber ich denke, Ihr dürft davon ausgehen, daß er seine Zustimmung gibt.«

Gnädig nahm sie seinen Dankbarkeitsausbruch entgegen. Dabei hätte sie ihn küssen mögen. Er hielt sie für würdig, ihr das Kostbarste zu geben, was er hatte, weil das dem Fortkommen seiner Kinder diente. Sie war nicht mehr Barbary aus dem Orden, die die Rolle der Lady Betty spielte – jetzt war sie wirklich Lady Betty.

Neunzehn englische Kompanien zu Fuß und sechs zu Pferde, eintausendsiebenhundertfünfzig Mann alles in allem, setzten sich unter dem Befehl von Marschall Henry Bagenal von Dundalk aus in Marsch, um routinemäßig dem Fort in Monaghan Nachschub zu bringen. Die Stärke der Truppe reichte gerade aus, um entlang der Grenze zu Ulster Flagge zu zeigen und Clans, die zu Unruhe neigten, zu entmutigen.

Monaghan lag genau in der Mitte in einer Reihe von englischen Garnisonen, die – die Beamten in Dublin sahen darin gern eine Parallele zum Hadrianswall – den Norden Irlands von den zivilisierten Territorien trennte; nur daß da kein Wall war, da waren nur einzelne Forts, und auch davon recht wenige. Nichtsdestoweniger sahen die Iren und besonders der O'Neill, in dessen Land sie sich eingenistet hatten, darin Schimpf und Schande und eine unannehmbare Beleidigung; die Garnison von Armagh zum Beispiel besetzte eine der ältesten und heiligsten Kathedralen des Landes auf einem Hügel, ein Ort, den St. Patrick selbst von Königin Macha als Geschenk erhalten hatte. Und in den letzten zehn Jahren hatten die Engländer den unsichtbaren Wall immer weiter nach Norden verschoben. Hinter Armagh war ein weiteres Fort am Blackwater erbaut worden, andere waren geplant und sollten die Lücken füllen, sobald oder falls Elizabeth die Kosten dafür genehmigte.

In der letzten Zeit waren die Clans wieder ziemlich unruhig.

Der Marschall ließ in der üblichen Einteilung von Vorhut, Hauptmacht und Nachhut marschieren, wobei er selbst und andere Offiziere die Nachhut bildeten. Die Vorhut, der Punkt der geringsten Gefahr, falls es Gefahr geben sollte, bestand zum größten Teil aus ungeschliffenen Rekruten frisch aus England, zum Ausgleich ihrer Unerfahrenheit enthielt die Kolonne auch ein paar jener zweitausend Veteranen, die Elizabeth vor kurzem aus der Bretagne zurückgerufen hatte, um ihre irische Streitmacht schlagkräftiger zu machen.

Am zweiten Tag des Marsches begann das Heulen. Sogar die kampferprobten Veteranen aus der Bretagne waren fassungslos angesichts einer menschenleeren Landschaft, die schrie und heulte, als hätten die Hügel und Bäume selber eine Stimme; die Rekruten beutelte es böse. Plötzlich erschien aus dem Nichts weit vorne eine Truppe irischer Schützen und feuerte blitzschnell und treffsicher in die Vorhut. Die Linie der englischen Rekruten brach sofort ein, Musketiere und Pikeniere von den Veteranen eilten nach vorne, um sie zu stützen. So schnell, wie sie gekommen waren, verschwanden die Iren.

Die Kolonne erreichte Monaghan ohne weitere Zwischenfälle. Das Fort war aus den Steinen eines Klosters erbaut, das die Engländer zu diesem Zweck niedergerissen hatten. Proviant wurde ins Lagerhaus des Quartiermeisters gebracht, die Verwundeten wurden versorgt, die Toten begraben, die Waffen gereinigt. Sie hatten bereits ein gut Teil ihres Pulvers verschossen.

Die Engländer ließen eine frische Kompanie in der Garnison zurück und traten am nächsten Tag um zehn Uhr früh den Rückmarsch an; diesmal mit einer besseren Verteilung von Männern und Offizieren. Bagenal selbst befehligte die Vorhut, zwei der Offiziere aus der Bretagne übernahmen den Befehl über die Rekruten in Hauptmacht und Nachhut.

Nun nicht mehr von schwerbeladenen Wagen behindert, trat die Kolonne beschwingt hinaus in den sonnigen Morgen und hinein in den Alptraum. Drei Meilen hinter Monaghan begann wieder das Heulen. Zu sehen war nichts bis auf widerhallende Hügel und das zitternde Schilf der Sümpfe, aber plötzlich begann der Sumpf zu beiden Seiten der Kolonne Feuer zu speien. Vorne erschien etwas, das aussah wie dreihundert rotberockte englische Soldaten, die aus englischen Pistolen feuerten. Dieser Angriff durch Doppelgänger raubte den ohnehin schon schlotternden Rekruten das letzte Restchen Mut, sie rannten einfach davon und mußten durch Veteranen von der Hauptstreitmacht ersetzt werden. Doch dann waren die Rotröcke plötzlich fort, als wäre ein Spiegel zerbrochen. Stille senkte sich wieder über die liebliche Landschaft, die Vögel fingen wieder zu singen an, Bagenal befahl, den Marsch fortzusetzen.

Die Truppe näherte sich einem Fluß, an dessen jenseitigem Ufer in voller Sicht ein Reiter stand. Später hieß es, er habe gerufen: »Möge der heutige Tag zeigen, wer Ulster besitzt – die Königin oder ich.« Der O'Neill hatte sich endlich erklärt.

Der Name des Ortes war Clontibret.

Die meisten Engländer blieben stocksteif stehen, aber ein Mann vom Pale namens Seagrave spornte sein Pferd zur Attacke, gefolgt von vierzig Mann. Wie durch Zauber erschien daraufhin hinter dem O'Neill Tyrone-Kavallerie und schoß. Aber Seagrave trafen sie nicht, er erreichte den O'Neill, hieb ihn vom Pferd und stürzte sich auf ihn. O'Neill wurde gerettet, von O'Cahan, einem seiner Unterführer, der Seagrave den Arm abschlug. O'Neill riß seinen Dolch heraus und erledigte Seagrave.

Von da an stand die Kolonne ununterbrochen unter Feuer. Die irischen Reiter arbeiteten sich immer weiter vor, jede Truppe gegen das englische Feuer und die englische Kavallerie durch eine Formation von Schützen abgeschirmt. Dieses Manöver brachte sie direkt an die englische Infanterie heran. Behindert durch ihre Verwundeten, aber in ihrer Tapferkeit unerschüttert, blieb die Kolonne stehen, stolperte weiter, kämpfte, stolperte weiter. Irische Reiter und Fußvolk kamen immer wieder unter Geheul aus dem Wald gejagt, die Fußsoldaten, die Kerns, wirbelten wie Akrobaten an den Steigbügeln der englischen Kavallerie vorbei, schossen, hieben und wurden von den Reitern sofort wieder in Sicherheit gebracht. Soldaten, die tollkühn genug waren, sie zu verfolgen, wurden nie mehr gesehen. Es gab keine klare Frontlinie. Die Munition ging langsam aus. Bagenal gab den einzig vernünftigen Befehl, nämlich den Marsch fortzusetzen, erlitt dabei hohe Verluste, rundherum sanken die Männer zu Boden. Das ging so acht Stunden.

Bei Einbruch der Dämmerung hatten die Engländer vierzehn Meilen bis zu einem Hochmoor zurückgelegt, wo sie in Schlachtformation lagerten. Bagenals Zinngefäße wurden zu Kugeln geschmolzen, und einer seiner Diener – ein Ire namens Felim O'Hanlon – nach Newry geschickt, um Entsatz zu holen.

Am nächsten Morgen kam die Entsatzkolonne übers Moor marschiert und fand erschöpfte und verwundete Engländer in einer ansonsten menschenleeren Landschaft vor. Die Iren waren fort. Auch dem O'Neill war die Munition ausgegangen.

Zurück in Newry, gab Marschall Bagenal, gedemütigt und beschämt, seine Verluste mit nur einunddreißig Toten und einhundertundneun Verletzten an. In Wirklichkeit waren an die siebenhundert Engländer gefallen.

Aber es ging gar nicht um Zahlen, sondern vielmehr darum, daß es endlich geschehen war. Der O'Neill hatte Iren benutzt, die Elizabeths eigene Offiziere in der Zeit, als sie ihm noch vertraute, ausgebildet hatten – und er benutzte sie zu einer ganz neuen Art der Kriegführung. Im Gegensatz zu allen gängigen Vorurteilen war der Feind nämlich keineswegs ein ungeordneter Haufen. Einer der Offiziere aus der Bretagne meldete Cecil in einem privaten Brief, der O'Neill habe sich als disziplinierter, strategisch geschickter Truppenführer erwiesen, der das vertraute Terrain brillant nutzte, und daß es eine besser ausgebildete, besser bewaffnete Truppe als bisher brauche, um ihn zu besiegen.

Marschall Bagenal hatte immerhin einen Grund zum Frohlocken. Der schwankende, ungreifbare Schatten, der manchmal der Graf von Tyrone war, getreuer Untertan Ihrer Majestät, und manchmal der O'Neill, keltischer Clanführer und Sympathisant von Rebellen, schwankte jetzt endlich nicht mehr, sondern verdichtete sich zu einer berittenen Gestalt, die

Truppen gegen die Engländer führte. Endlich hatte er sich als Erzrebell erwiesen, für den sein Schwager ihn immer gehalten hatte.

Weder die Engländer noch die Iren fragten sich, warum er gerade diesen Moment gewählt hatte, um den Rubikon zu überschreiten. Für die Ulster-Clans, die von seinem Schwanken schon mehr als genug hatten, war der Anlaß ein freudiger, der auf wüste Art gefeiert wurde. Als hätte jemand Schießpulver entlang dem unsichtbaren Hadrianswall gestreut und dann entzündet, schossen jetzt Flammen hoch in kolonialen Forts, Burgen und Gütern, in einer Linie von Osten nach Westen, und töteten und verbrannten Soldaten und Zivilisten. Demütigung und Grausamkeit wurden durch Demütigung und Grausamkeit gerächt. Sir Richard Binghams Bruder George wurde in der Bibliothek seiner Burg in Connaught ermordet.

Der Aufstand als Reaktion auf Clontibret griff so rasch um sich, daß die Ereignisse sich überstürzten, während Briefe mit der Nachricht von der Niederlage noch unterwegs nach England waren.

»Wir bleiben nicht lange, Rob. Sylvestris hat Griechisch bei seinem neuen Hauslehrer. Catherine verbringt den Tag bei den Cumberlands.«

»Ich sehe es nicht gern, daß Henry in den Tower geht.«

»Er kommt ja gar nicht mit in den St.-Thomas-Flügel, er kann mit Winchard die Menagerie besuchen.«

Rob blickte vom Schreibtisch hoch. »Es schadet meinem Ansehen, Margaret, wenn man meinen Sohn in Begleitung eines Affen sieht, dessen Handgelenke um seine Schienbeine schlenkern. Als Winchard neulich Sir James Harington das Tor öffnete, wagte dieser sich nicht herein, bevor er Winchard sprechen hörte.«

»Aber das ist Winchards Aufgabe, die Leute abzuschrecken. Wenn Winchard dabei ist, dann sind ich und die Kinder vor jedem Angriff sicher.« Sie fragte sich manchmal selbst, warum sie Winchard als Diener beschäftigte, aber er war eine ihrer Frechheiten, ein absichtlicher kleiner Fehltritt, um Rob, wenn er allzu selbstherrlich wurde, daran zu erinnern, daß auch er seine Wurzeln im Orden hatte, und wenn er sich dieser Wurzeln schämte, so teilte sie dieses Gefühl keineswegs, und sie hatte schließlich ihren eigenen Willen. Winchard war ihre neue Clampett.

»Du bist auch ohne Winchard sicher«, sagte Rob. Er ärgerte sich immer noch über den kleinen Zwischenfall im St.-Paul's-Friedhof vor zwei Tagen, als jemand seine Geldbörse geklaut hatte. Der Verlust der Börse schmerzte ihn weniger als der Umstand, daß sie ihm ein paar Minuten später von einer Gaunergestalt zurückgebracht wurde, und das mit den Worten: »Hab' nicht gewußt, daß Ihr Barbs Mann seid«, bevor sie in der Menge untertauchte.

»Wer war's?« fragte Barbary interessiert. »Damber der Klau oder Harry Poyning? Paul's ist Harrys Revier.«

»Ich habe keine Ahnung, wer das war«, erklärte Rob, »und ich wünschte, du wüßtest es auch nicht.«

»Und außerdem«, fuhr Barbary in Verfolgung der Winchard-Debatte fort, »mag ihn Henry. Und wenn du meinst, du könntest einen Besseren finden, dann kannst du's gern versuchen.«

Beide Argumente waren schlagend. Henry war Robs Herzblatt, und gute Diener waren heutzutage so schwer zu finden, daß man die Suche nach ihnen bereits Experten überließ.

»Gut, gut, ich sag ja nichts.« Rob gab jetzt fast immer nach.

Mit Winchard und Henry ging sie hinunter in den Garten, wo der Unter-Torhüter das Tor zum Flußkai aufsperrte und Winchard ein ostwärts fahrendes Boot anrief. Wenn man's genau nahm, hätten sie sich eigentlich ihr eigenes Boot halten sollen – Essex hielt sich zwei –, aber Essex war, wie Rob gern betonte, mit an die zwanzigtausend Pfund verschuldet; sogar der Königin schuldete er dreitausend Pfund, und die hatte sie peinlicherweise bereits zurückverlangt.

Als das Boot mit kräftigen Ruderschlägen unter dem hochgezogenen Fallgitter in das Wasserbecken des Towers von London einfuhr, fragte eine Wache, die sie noch nie gesehen hatte, nach ihrer Zutrittsberechtigung, aber schon kam der Hauptmann aus seinem Wachzimmer herausgewetzt und half ihr die

Stufen hinauf. »Einen *schönen* guten Tag, Lady Betty. Ihr haltet es wohl fern von uns nicht aus, wie? Heiß für Mai, nicht wahr, Lady Betty. Der kleine Bursche ist heute auch mit? Schönen guten Tag, junger Herr. Achtet hier auf die Stufe, Lady Betty. Den Weg brauche ich Euch ja nicht zu zeigen. Wünsche noch einen sehr schönen Tag, Lady Betty.«

Er blickte ihr bewundernd nach, als sie sich zum Flügel von St. Thomas aufmachte. Ihr Rock und Mieder aus smaragdgrünem Satin waren mit Stickerei in leuchtendem Korallenrot verziert; um den Hals trug sie einen goldenen Kragen; das Haar war bis auf eine keck wippende Straußenfeder unbedeckt. Hinter ihr verdrängte eine Wolke besten italienischen Parfüms den Gestank des Flusses. Auch wenn sie von einem Diener begleitet wurde, der mehr wie ein Gorilla aussah, so war sie der Inbegriff der eleganten Dame. »Das war Lady Betty«, erläuterte der Hauptmann.

»Hab' ich mitbekommen«, sagte die Wache.

»Henry, ich möchte nicht wieder Klagen hören«, sagte Lady Betty gerade, »daß du den Löwen reizt und Stöcke durch sein Gitter steckst. Winchard, auch du nicht. Auch dem Löwen ist heute heiß, und er könnte wütend werden. Habt ihr mich verstanden?«

»Ja, Madam«, sagte Henry.

»Ja, Barb«, sagte Winchard.

»Winchard.«

»Ja, Lady Betty.«

»Und nachher könnt ihr zum Artillerieturm gehen und euch die Kanonen ansehen. Sagt Sir Roger, Lord Essex hat es euch erlaubt. Ich komme dann auch hin.«

»Hurra«, erklärte Henry.

Winchard zwinkerte. »Kanonen, he, was, Barb?«

»Winchard.« Sie sah den beiden ungleichen Gestalten nach, der eine trottend, der andere hüpfend. Winchards Nicken und Zwinkern in Anspielung auf ihre Vergangenheit kam selten genug vor und war so schwerfällig, daß nur Eingeweihte es verstehen konnten, aber sie versuchte trotzdem, es ihm auszutreiben, hauptsächlich deshalb, damit Rob ihn nicht entließ.

Sie blieb noch eine Weile stehen und blickte voll inneren Triumphs auf den grauen Komplex von Gebäuden, wo sie einmal gefangen gewesen war. Ihre Besuche im Tower hatten eine tragische Ursache, aber es gab Momente, wo der Gegensatz zwischen damals und heute ihr fast die Worte auf die Lippen trieb: »Schaut her! Seht mich an, ihr Schlüsselbeutler! Erkennt ihr mich nicht?« Sie erkannten sie natürlich nicht. Bei ihrem vorletzten Besuch war sie an Wächter Morgan vorbeigekommen, und obwohl er während ihrer Gefangenschaft verhältnismäßig freundlich zu ihr gewesen war, konnte sie sich's nicht verkneifen, kleinliche Rache an ihm zu nehmen: »Weißt du nicht, daß du eine Dame zu grüßen hast, wenn du ihr begegnest, du alter Fettwanst? Diese Ungezogenheit werde ich deinen Vorgesetzten melden!« Das hatte sie den ganzen Tag bei Laune gehalten.

Nun gut. Barbary bog in den Torgang von St. Thomas ein. Sie nickte den Wachen zu, die salutierten und sich nicht die Mühe machten, den Inhalt ihres Korbes zu untersuchen; schritt durch die von Edward I. erbaute Halle, dann über die Turmtreppe in die Galerie, die in das Gemach über dem Wassertor führte. Das war ein prachtvoller Raum mit gefliestem Fußboden und Fenstern aus buntem Glas, die auf den Fluß blickten und heute weit offenstanden und das Sonnenlicht und die Rufe des Wasservolks hereinließen – ein ungewöhnlich schöner Raum, eines Prinzen würdig. Aber der Gefangene in dem großen Bett den Fenstern gegenüber hatte nicht mehr viel davon.

»Wie geht's Euch heute?« fragte Barbary und beugte sich auf Zehenspitzen vor, um ihn zu küssen. Sein Atem roch nach Urin. Sie öffnete ihren Korb. »Ich habe Euch Apfelgelee mit Portwein gebracht, ein Spezialrezept meines Kochs, er mischt es mit Elicampan-Wurzeln, was immer das auch sein mag, und –«

»Whiskey.«

»Sir John, Ihr bringt mich an den Galgen. Die Ärzte –«

»Verdammte Engelmacher. Whiskey, Weib. Was sagt Ihr?« Er war dünn geworden und so gelb wie der verewigte Jackman, aber er war immer noch der Herr.

Barbary blickte Cutress an, Sir Johns Diener, doch der zuckte nur die Schultern. Sie holte aus einem Fach eine Flasche heraus, nahm das Schnabelglas neben dem Bett, ging damit zum Fenster, goß die Medizin fort und füllte das Glas mit Whiskey. Sie mußte das Glas halten, während er gierig daran sog. Die Königin, von schlechtem Gewissen wegen ihres Halbbruders geplagt, schickte jeden Tag ihre eigenen Ärzte, aber es war zu spät. Sir John Perrot lag im Sterben.

So sehr Barbary und Sekretär Cecil sich auch bemüht hatten, das Beweismaterial gegen ihn als Fälschung zu erweisen, es hatte alles nichts genützt. Trotz aller Bitten von Burghley, seinem Sohn, und sogar Essex, dessen Schwester Sir Johns Schwiegertochter war, hatte die Königin auf der Anklage wegen Hochverrats bestanden. Ihre Richter in Westminster hatten sich geweigert, Cecils und Barbarys Beweise anzuerkennen, der gefälschte Brief dagegen wurde als prima-facie-Beweis zugelassen und Sir John zum Tod verurteilt.

Loftus und Wallop, seine Erzfeinde, waren eigens für den Prozeß herübergekommen. Barbary, die sie von der Damengalerie beobachtete, konnte sehen, daß selbst für diese beiden das Urteil überraschend kam. Für Barbary aber nicht. Es ging gar nicht um Sir Johns angeblichen Briefverkehr mit Spanien; in Wirklichkeit stand er vor Gericht, weil er Elizabeth in ihrer Eitelkeit gekränkt hatte. Die Jury summte vor Entsetzen, als Sir John von Ihrer Majestät als einer »dreckigen Heuchlerin« sprach, »einem gemeinen, niedrigen, verpißten Küchenweib«, und da seine Epitheta im Verlauf des Prozesses immer saftiger und anschaulicher wurden, sprach ihn die Jury bereits nach einer dreiviertelstündigen Beratung schuldig.

Da erst stellte sich heraus, daß alles nur eine Farce gewesen war; die Königin weigerte sich, das Todesurteil zu unterzeichnen, und ließ auch nicht zu, daß Sir Johns Besitz, wie bei einem Verräter üblich, konfisziert wurde. Seine Nachkommen konnten also erben. Sekretär Cecil war einem Wutanfall so nahe gekommen, wie ihm das überhaupt möglich war. »Nur um ihm eine Lektion zu erteilen«, knirschte er und hieb mit seinen kleinen Fäusten auf den Schreibtisch. »Mehr wollte sie nicht, nur ihm eine Lektion erteilen.«

»Na, das hat sie ja erreicht«, zischte Barbary. »Jetzt kann sie ihn aus dem Tower lassen.«

»Das wird sie auch«, sagte der Elf beruhigend. »Das wird sie.«

Aber als es soweit war, war Sir John für jeglichen Transport bereits zu schwach.

»Füllt nach, Mistress«, wies er Barbary an, als seine Flasche leer war. »Ich versteck's unter dem Bettuch. Schnell, schnell, die Ärzte kommen.«

Aber es waren nicht die Ärzte, es war Sir Owen Hopton, Kommandant des Towers, und er schien in Nöten. »Verzeiht mein unangemeldetes Eindringen, Sir John. Ich hoffe, Ihr fühlt Euch heute besser. Aber ich brauche Euer Wissen über Irland ... ah, und Lady Betty. Ausgezeichnet.« Sir Owen verlor immer die Konzentration, wenn er Barbary sah, so als versuche er sich zu erinnern, wo er sie schon einmal gesehen hatte.

»Was ist los?« schnappte Sir John.

»Und senkt Eure Stimme, wenn ich bitten darf«, fuhr ihn Barbary an. »Ihr befindet Euch in einem Krankenzimmer.« Sir Owen aus dem Gleichgewicht zu bringen war ein weiterer ihrer genüßlichen Racheakte.

»Denkt Ihr, das ist der Auftakt zu einer Invasion?« flüsterte Sir Owen und zog sich einen Stuhl ans Bett. »Falls nämlich ja, dann sollte man sofort darangehen, den Tower in Alarmbereitschaft zu versetzen.«

»Wovon redet Ihr denn, zum Teufel?«

»Habt Ihr denn nicht gehört? Nein, natürlich nicht, ich hab's ja selber eben erst erfahren. Clontibret, ein Ort namens Clontibret in Irland. Die Hälfte von Bagenals Truppen ausgelöscht in einem Hinterhalt des Grafen von Tyrone. Die Königin läßt gerade –«

»Seid Ihr sicher, daß es der O'Neill war?«

»Woher wißt Ihr, daß es der O'Neill war?« Sir Johns und Barbarys Frage ertönten gleichzeitig.

»Er war es, da gibt es keinen Zweifel. Stand am anderen Ufer des Flusses und höhnte, in einem Monat wäre er König von Irland. Seine Kerns schnitten unseren Soldaten die Köpfe ab. Der

Hund, der räudige Hund, nach allem, was Ihre Majestät für ihn getan hat.«

»Erzählt uns, was geschehen ist, Mann«, sagte Sir John ruhig. Barbary trat ans Fenster, während Sir Owen berichtete, was er wußte. Eine der Gilden-Barken ruderte vorbei, ihr Wimpel war so lang, daß er im Wasser schleifte. Wasserkutscher, auf Kundschaft wartend, vertrieben sich die Zeit mit einem Würfelspiel. Hatte er Kanonen eingesetzt? »Er tötet Menschen.« *Sie* tötete Menschen. Wenn man jemandem Waffen lieferte, dann benutzte er sie auch. Das war ihr klar gewesen. Gewöhnliche Menschen, wie diese Männer da unten, Männer, die zur englischen Armee gingen, um der Armut daheim zu entfliehen, Männer, die für Irlands Schicksal genauso wenig konnten wie sie selbst. Metall schoß flammend aus Kanonenmündungen und riß sie in Stücke. Es war ihr so unwirklich erschienen, der O'Neill hatte so lange gezögert und alle hingehalten, daß sie dachte, es mache ja doch alles keinen Unterschied, sicherlich nicht ein paar Kanonen.

O Gott, Will. Er war mittendrin, er lieferte dem O'Neill noch mehr Kanonen. Sie mußte ihn zurückholen. Sie würde mit den Whiskeyschiffen des Gehörnten Dick eine Botschaft an Grace O'Malley schicken und ihr sagen lassen, sie möge Will herausholen. Grace konnte das, Grace konnte alles. Und ihre Großmutter selbst mußte nach Connaught zurück, in Connaught war sie sicher.

Noch immer mit dem Rücken zum Zimmer fragte sie: »Warum schlug er gerade jetzt los?«

»Weil er ein Hund ist, ein gemeiner räudiger Hund.«

Sir John sagte: »Weil sie seinen Sohn verlangten.« Barbary drehte sich um. Der alte Mann im Bett zerknitterte einen Brief in seinen schwachen Fingern. »James, *mein* Sohn, hat mir geschrieben. Dublin verlangte den ältesten Sohn des O'Neill als Geisel. Da konnte er sehen, woran er war, versteht ihr. Die Engländer hatten ihn nie als einen der ihren betrachtet. Sie behandelten ihn wie einen Clanführer im Wolfspelz, nicht wie einen Grafen in Wams und Beinkleidern.«

»Und mit Recht, wie man sieht.«

Barbary fuhr herum und zischte den Towerkommandanten an: »Hinaus.« Sir John liefen die Tränen über die Wangen, sie wollte nicht, daß ein Esel wie Sir Owen ihn weinen sah.

»Und was geschieht jetzt mit Lord Bingham? Was meint Ihr, wird die Königin ihn freilassen?«

Das war nämlich der allerbeste von Barbarys Racheakten. Zwar war Sir John im Tower gefangen, aber auch einer seiner größten Feinde. Manchmal blieb Barbary unter dem Fenster der kleinen, ungemütlichen Zelle stehen, in der Elizabeth Sir Richard Bingham hatte einsperren lassen, und malte sich genußvoll aus, unter wieviel Angst und Demütigung er da drinnen litt. Sie wollte ihn hängen sehen, wollte ihn am Galgen beobachten, ihn betteln hören, wie ein kleiner Bub, der lesen konnte, gebettelt hatte.

Aber das alles kümmerte sie jetzt nicht. »Hinaus mit Euch.«

Sir Owen ging, und sie trat wieder ans Bett und wischte das wachsgelbe Gesicht mit ihrem Taschentuch ab. »Nicht, nicht, weint doch nicht. Gott weiß, Ihr tatet Euer Bestes, Mylord. Hätten sie auf Euch gehört, dann wäre es nie soweit gekommen.« Warum fluchte und tobte er denn nicht? Wie konnte er nur so krank sein und sich immer noch so darüber bekümmern? »Ihr wart der beste Engländer, den Irland je hatte.«

Cutress an der anderen Seite des Bettes zeigte Anzeichen von Verzweiflung. »Soll ich die Ärzte holen, Mylord, Mylady?«

Die runzligen Lider klappten auf, die vorquellenden Tudor-Augen glotzten ihn an. »Whiskey.« Sie gaben ihm Whiskey, worauf er sich wieder fing. »Jetzt hat es begonnen. Das Ende hat begonnen.«

Barbary packte ihren Korb. »Vielleicht ist es nicht das Ende.«

»Was sagt Ihr?« Mit einem unerwartet festen Griff nahm er ihre Hände in die seinen. »Ihr meint, er könnte sie schlagen?« Er war immer noch ein scharfer Denker.

»Möglich ...« Alles war möglich. Elizabeth könnte von ihren rebellischen Iren genug bekommen, sie könnte sich zurückziehen, Schweine *könnten* fliegen. Alles war möglich.

»Ich sag Euch, Mistress, das ist das Ende der Iren. Er hat sie beleidigt, versteht Ihr. Das vergibt sie ihm nie. Ich weiß es. Wer weiß das besser als ich? Jetzt legt sie los. Schaut Euch die knickrige Alte an, wie sie jetzt das Geld für Waffen ausspucken wird.« Er sank in sein Kissen zurück. »Wo sie's doch viel besser für Frieden hätte nutzen können.«

Sie wischte ihm noch einmal das Gesicht ab. Das Fleisch wich schnell von seinen großen Knochen. Als sie ihn küßte, umklammerte er noch einmal ihre Hand. »Barbary.« Das war das erste Mal, daß er sie so nannte.

»Ja?«

»Geh nicht zurück. Hörst du mich? Geh nicht zurück.«

Henry, ein echter Sohn seines Vaters, wollte auf dem Fluß nach Haus zurück, so wie sie gekommen waren. »Ich will nicht in eine Sänfte, das ist was für Weiber.«

»Kann sein, aber meine Schuhe drücken, und ich muß bei Paul's vorbeisehen.«

Er betrachtete sie. »Du siehst müde aus.«

Zwei der Sänftenträger auf dem Tower Hill, die dort auf Kundschaft warteten, sprangen auf sie zu. Henry bockte. »Ich kann zu Fuß gehen.«

»In Ordnung, dann setzt sich eben Winchard zu mir und erzählt mir alles über den Löwen.« Grinsend stieg Henry darauf in die Sänfte. Er war ein Draufgänger, manchmal auch recht aggressiv, aber so jung er war, so gab ihm doch sein Humor eine Flexibilität, die sein Vater nie besessen hatte.

Das Mittelschiff von St. Paul's hörte sich heute ganz anders an. Normalerweise widerhallte es von Zurufen des jungen Volks, das sich über dem Lärm der Verkaufsstände und Buden hin verständlich machen wollte. Aber heute war hier das leisere, konzentrierte Summen von Diskussionen zu hören. Winchard bahnte ihr einen Weg durch die Menge, die sich um eine der Säulen drängte, damit sie das angeschlagene Flugblatt lesen konnte. Es war lang und voller Schmähungen des O'Neill – unter anderen Namen gab es ihm auch den des »Großen Satans« –, aber es stand nicht mehr drin, als sie schon von Sir Owen wußte. In einem zweiten Blatt darunter erklärte Ihre

Majestät »Ihren Schmerz und Ihre Trauer über den Verlust so vieler tüchtiger Soldaten«. Die Stimmung rund um die Säule war kriegerisch, mit einer Prise Panik. »Das ganze Land ist ein verfluchtes Hurennest. War es immer schon. Alle umbringen, sage ich.« – »Herrgott, mich sollte die Königin zum Statthalter ernennen, denen würd' ich's zeigen.« – »Essex soll sie schicken, *der* würd's ihnen zeigen.« – »Was ist, wenn die Hunde sich mit den Spaniern verbünden?«

Sie fühlte sich erschöpft und ausgelaugt. Zurück in der Sänfte, lauschte sie mit geschlossenen Augen dem veränderten Ton der Menge draußen, als die Nachricht von Clontibret sich unter ihnen verbreitete. Oben auf Ludgate Hill wurden sie und Henry plötzlich unsanft in ihrer Sänfte gebeutelt. »Ein Auflauf, Mylady«, sagte einer der Sänftenträger.

Sie drückte Henry in den Sitz zurück und beugte sich aus dem Fenster. Den Hügel heraufgehetzt kam ein laufender Bote. Einem ungeschriebenen Gesetz zufolge waren alle laufenden Boten Iren. Die drahtigen Männer in Livree mit starkem irischem Akzent waren beliebte Zielscheiben des Londoner Spottes, wenn sie mit den Briefen ihrer Herren in der Hand durch die Menge rannten und dabei riefen: »Tretet zur Saitä, bittä! Tretet doch zur Saitä!«

Der hier rannte um sein Leben. Er hatte den Mob, der ihn verfolgte, vorläufig abgehängt, aber seine Beine erlahmten schon, während der Mob im Weiterrennen immer wieder frische Rekruten aufnahm. Sie konnte schon die Schreie hören: »Paddy-Bastard! Irischer Mörder! Tod dem O'Neill.«

Sie beugte sich heraus und schrie die Sänftenträger an: »Bleibt bei diesem Tor hier stehen. Schnell.« Und dann: »Pack ihn, Winchard. Schieb ihn hier herein.«

Die Sänftenträger waren froh, dem Mob aus dem Weg zu gehen. Als der Mann an ihnen vorüberstolperte, packte Winchard ihn an Gürtel und Hosenboden und fädelte ihn geschickt durch die offene Sänftentür, so daß er über Barbarys Knie glitt. Sie schloß die Tür und öffnete die andere Seite. Sie befanden sich genau vor dem Eingang zum Black Bush. Sie wies mit dem Finger darauf und schob den Läufer von sich herunter. »Durch diesen Gang und die Stufen hinunter. Dort ist ein Hinterausgang.« Diesen Fluchtweg hatte sie selbst oft benutzt.

Der Mann wandte ihr sein verzweifeltes Gesicht zu. »Ich dank' Euch, meine Dame, dank' Euch von ganzem Herzen.«

»Lauf.«

Sie stieg aus. Winchard an ihrer Seite gab fürchterlich knurrende Geräusche von sich. Ein paar von den Männern versuchten in den Black Bush zu stürmen, verwickelten sich aber in die langen Tragegriffe der Sänfte. Der Läufer hatte Zeit zu entkommen. Sie wandte ihr Gesicht dem Mob zu, die meisten waren kleine Budenverkäufer, ein Fleischer mit einem Fleischermesser, Frauen mit Besenstielen, der übliche Prediger – Ursache des ganzen Auflaufs –, und alle röhrten sie nach irischem Blut.

Sie hätte sich bei dem Gebrüll niemals verständlich machen können, also versuchte sie's erst gar nicht, sondern stand nur da und hätte gern ihre Seele, falls sie eine hatte, gegen die konfiszierte Clampett eingetauscht. Nach einem Moment gesellten sich die Sänftenträger zu ihr, sie hatten Angst, ihren Lohn zu verlieren. Der Mob starrte die vier an, die vier starrten zurück. Barbary wußte es selbst nicht, aber der Ausdruck auf ihrem Gesicht und ihr rotes Haar erinnerten an eine jüngere, kleinere Elizabeth.

»Hält sich für eine Königin, was?« Eins der Weiber versuchte ihre Genossen vorwärts zu treiben. »Will uns die Köpfe abschneiden, eh?«

Die Vorstellung gefiel der Menge, die Stimmung schlug um. Unter ironischen Verbeugungen setzte man sie in die Sänfte und geleitete sie unter höhnischen Hurrarufen den ganzen Weg bis zum Stadttor.

»Das war aufregend, nicht?« fragte Henry etwas unsicher.

»Ja.«

»Ein Abenteuer?«

»Ja.«

»Kanntest du den Mann?«

»Nein. Der Mob auch nicht.«

»Warum wollten sie ihn dann schlagen?«

Sie rieb sich die Augen. »Er war ein Sündenbock. Das bedeutet, sie wollten sich für etwas an ihm rächen, das ein anderer getan hat.«

»Warum?«

»Keine Ahnung. Laß mich schlafen.«

»Du bist sehr tapfer, nicht?«

»Ja«, erwiderte sie, »kann man wohl sagen.«

Wie immer, wenn sie nach Hause kam, stand Sylvestris an der Tür, um sie zu begrüßen. Besorgt blickten sie einander an.

»Wie kommst du mit dem neuen Hauslehrer zurecht?« Der letzte hatte ihn regelmäßig geprügelt, aber der Junge hatte nie ein Wort davon gesagt. Als Barbary endlich die Striemen sah, ging sie auf den Mann mit der Reitpeitsche los, und Rob hatte sich über ihr undamenhaftes Verhalten schwarzgeärgert.

»Sehr gut, Madam, ich danke Euch«, sagte der Junge.

Darauf sagte sie zu ihm auf irisch: »Du hinterhältiger kleiner Knochenhaufen, wenn ich nur das Drosselknöchelchen einer Lüge bei dir sehe, dann zerklopfe ich dein klappriges Gerippe zu Froschgelee.«

Er grinste und antwortete in derselben Sprache: »Er stinkt aus dem Mund, aber er weiß viel und ist nett zu mir.«

»Das möchte ich ihm auch geraten haben.«

Aber auch Sylvestris hatte sich Sorgen gemacht. »Es gab Unruhen auf den Straßen, ich hatte Angst um Euch, wo Ihr doch Irin seid ...«

»Herr des Himmels, Kind, sie würden es nicht wagen. Ich erzähl's dir später, zuerst muß ich mit Sir Rob sprechen.«

»Er ist in der Bibliothek. Der Lord Chamberlain war hier und hat ihn aufgeregt, glaub' ich.« Sylvestris hatte eine Witterung für emotionale Strömungen wie ein Reh für die Gefahr. Rob bemühte sich, geduldig zu sein, hielt den Jungen aber für einen Waschlappen und sagte das auch. Barbary dagegen hielt ihn für das tapferste Kind, das sie kannte: Er hatte den schwungvollen Einsatz des Hauslehrerstocks nicht erwähnt, weil er fürchtete, Barbarys Reaktion darauf würde zu Problemen mit Rob führen – was ja dann auch der Fall war.

Die Stärke ihrer Zuneigung für Edmund Spensers Sohn hatte sie selbst überrascht, und umgekehrt genauso. Bei seinem Abschied von Schloß Spenser war er zu jung gewesen, um sich heute noch bewußt an viel zu erinnern, aber die Zeit, da seine Mutter noch am Leben war, war in seiner Erinnerung das reinste Glück – vielleicht deshalb, weil er sich im Londoner Haus seiner Tante so besonders unglücklich gefühlt hatte. Irgendwo ganz hinten in seinem Gedächtnis gab es ein sonnendurchtränktes irisches Paradies, das Barbary als Teil davon in einen verklärenden goldenen Schimmer hüllte. Sein Vater hatte ihr leicht verlegen mitgeteilt, daß der Junge neben Latein und Griechisch unbedingt auch Irisch lernen wollte, »aber angesichts seines Erbes ist es vielleicht nicht von Übel, wenn er versteht, was der gemeine Bauer sagt«. Aber während Edmund wie die meisten Kolonisten zwar das Land liebte, keineswegs aber seine Menschen, machte Sylvestris diese Unterscheidung nicht, sondern quälte ständig seine Schwester mit Bitten, ihm doch alles über Rosh und ihre Familie zu erzählen und alles, was sie noch von irischen Legenden wußte.

Sylvestris war ein unscheinbares Kind, mit dem hellen glatten Haar seines Vaters, körperlich schwächer als Henry, geistig aber viel reifer und älter. In seiner Hellsichtigkeit stattete er Barbary mit einer Verletzlichkeit aus, die sie nicht begriff, die ihn aber ständig um sie besorgt sein ließ. Und weil diese Sorge ihn so verletzlich machte, war sie ihrerseits ständig um ihn besorgt. Sie liebte alle ihre Stiefkinder, aber ihre Liebe zu Sylvestris hatte etwas Tigerinnenhaftes. Als er an den Masern fast gestorben wäre, verließ sie ihn keine Sekunde, gehorchte in ihrer Panik den Ärzten aufs Wort, flößte ihm alle verschriebenen Mixturen ein, wickelte den fieberheißen kleinen Körper immer wieder in frischen roten Flanell, betete. Als er genas, war ihre Erleichterung unbeschreiblich, aber von da an sorgte sie sich noch mehr um den Jungen.

Sie betrat die Bibliothek und erwartete, Rob in heller Aufregung über Clontibret vorzufinden. Aber da irrte sie sich.

»Margaret«, sprach er, zu ihr gewandt, »eine Katastrophe. Sie will zum Dinner kommen.«

Sie brauchte nicht zu fragen, wer gemeint war; es gab nur

eine »Sie«. »Rob, in Irland ist der Teufel los, auf den Straßen Londons heult der Mob. Und du nennst den Wunsch der Königin nach einem Dinner eine Katastrophe?«

»Ja«, erwiderte er kalt, »das ist es.«

Sie ließ sich in einen Sessel fallen und versuchte sich auf sein Problem zu konzentrieren. Wahrscheinlich war es wirklich eine Katastrophe. Elizabeth ernährte sich bescheiden, aber ihr Hofstaat nicht. Es kostete eine phantastische Summe, die Höflinge zu füttern, und diese Kosten halste Ihre Majestät mit Vorliebe anderen auf. Für die Gastgeber war es angeblich eine Ehre, aber die Beehrten trieb diese Ehre oft in den Bankrott.

»Zumindest will sie nicht hier wohnen«, sagte sie und dachte an die Leiden von Sir Henry Sidney während des königlichen Besuchs in Penshurst.

»Es ist schlimm genug.« Es ging nicht nur um die Kosten des Essens, es ging auch um die Unterhaltung, die mitgeliefert werden mußte. Elizabeth war schnell gelangweilt, und mehr als nur ein Höfling hatte sich buchstäblich den Kopf zerbrochen bei dem Versuch, sich irgendeine geistreiche Überraschung auszudenken, um die Königin gnädig zu stimmen und selbst etwas davon zu haben, einen Titel etwa, eine einträgliche Stellung, irgend etwas, um ihn für seinen Aufwand zu entschädigen.

»Speisen wir sie doch mit einem Picknick ab.«

Rob preßte die Lippen zusammen. »Da dich nur Irland zu interessieren scheint«, bemerkte er, »kann ich deine Aufmerksamkeit vielleicht mit dem Hinweis gewinnen, daß möglicherweise ich der nächste Statthalter bin.«

»Rob!«

Er konnte sich ein Grinsen nicht verkneifen. »Cecil hat mich vorgeschlagen.«

Cecil hatte schon viele Kandidaten für diesen Posten vorgeschlagen, genau wie Essex, beide hoben sich gegenseitig auf. Sie konnte es sich nicht vorstellen, und das war ihr auch recht. Rob als Verantwortlicher für den irischen Völkermord – das hätte sie nicht ertragen. »Aber bist du –« Sie hatte sagen wollen: »Bist du dazu denn überhaupt geeignet?«, verbesserte sich aber und sagte: »Bist du sicher?« Er machte sich doch selber etwas vor; er war Seemann, kein General. Elizabeth würde ihn nie auf einen solchen Posten stellen. »Diese Stelle hat noch jeden zugrunde gerichtet. Sieh sie dir an – Grace, Sir Henry Sidney, Sir John. Und jetzt mit dem O'Neill ...«

»Ich weiß.« Er erkannte die Schwierigkeiten offenbar ganz gut. »Aber ich könnte es. Ich wäre der Mann dafür. Der Fluch sind die politischen Dolchstöße in den Rücken, wenn man selber nicht bei Hof ist, um sich zu verteidigen, aber davon wäre ich weniger betroffen als die meisten.«

Das stimmte. O Gott, vielleicht kam es tatsächlich soweit. Rob war bisher mit großem Geschick den Parteien bei Hofe aus dem Weg gegangen. Elizabeths Gunst hatte er durch seine Verdienste gegen die Armada errungen und bei Hof seine Stellung gehalten, weil er gar nicht erst versuchte, Essex auszustechen (was ihm ohnehin nicht gelungen wäre), sondern der Königin getreuer und verläßlicher Seebär blieb. Seine Bewunderung für Raleigh wich einer gewissen Vorsicht, als er sah, zu welchen Exzessen seine Rivalität mit Essex ausartete. Rob verabscheute alles Extreme und distanzierte sich daher von seinem alten Freund. Raleigh hatte sich verletzt gefühlt, aber Raleigh, mit dem Selbsterhaltungstrieb eines Lemmings, war in Ungnade gefallen, Rob hatte seinen Platz gehalten. In den Niederlanden hatte er sich seiner Mission mit Geschick entledigt – Barbary dachte manchmal, daß Rob dem Orden mehr verdankte, als er selbst je zugeben würde – und Cecils Achtung damit gewonnen. Obgleich der Elf ihn manipulierte, geschah es, wie alle seine Manipulationen, auf eine Art, daß niemand, und am wenigsten Rob selbst, vermuten konnte, er sei Cecils Marionette. Ja, vielleicht kam es soweit.

»Du bist nicht so kompromittiert wie die meisten«, sagte sie, »aber –«

»Doch«, erwiderte er. »*Du* hast mich kompromittiert.«

»Wie? Um Himmelherrgottswillen, ich habe mir das Kreuz abge–«

Er hielt eine Hand hoch. »Ich mache dir keine Vorwürfe, Margaret, und will dich auch nicht von etwas abbringen, was du zweifellos für deine christliche Pflicht hältst, aber deine Besuche im Tower sind in den Augen der Königin ein Vorwurf. Sie ist empfindlich bei allem, was Sir John betrifft ...«

»Mit Recht, verdammt noch mal.«

»... und Irland, und der kleinste wunde Punkt kann ihre Entscheidung auf diesem Gebiet beeinflussen. Deshalb ist ein erfolgreiches Dinner so wichtig.« Er stützte den Kopf in die Hände, alles pompöse Gehabe fiel von ihm ab. »Hilf mir, Margaret. Allein kann ich's nicht.«

Es war das erste Mal, daß er so etwas zugab. Sie fühlte sich gerührt. »Ich doch auch nicht. Können wir's uns leisten?«

»Nein. Aber wir können es uns erst recht nicht leisten, sie auszuladen.« Er stand auf und fing an, auf und ab zu gehen. »Allmächtiger, mit etwas Zeit könnte ich diesem unglücklichen Land den Frieden bringen. Das könnte ich. Nicht aus Ruhmsucht, nicht wegen eines Platzes in der Geschichte. Ich möchte mir nur, bevor ich sterbe, neben der der Königin auch die Gnade Gottes verdienen.«

Es war ihm ernst. Dieser Rob war eine Offenbarung. Sie konnte es nicht fassen, daß sie so lange mit ihm unter einem Dach gelebt hatte, ohne seinen Charakter zu erkennen. Und wenn es ihm wirklich gelang? Wenn er wirklich der Mann dafür war? Der Gedanke machte sie ganz schwindlig. Träume stiegen vor ihrem inneren Auge auf. Eine vernünftige Regierung unter einem vernünftigen, ausgewogenen Denken, die Vereinigung zweier Völker zu einer einzigen glücklichen Nation.

»Rob, ich muß es wissen. Ist dein Ziel wirklich der Friede? Und damit meine ich Frieden für die Iren, nicht nur für die Engländer?«

»Meine liebe Margaret, die beiden sind untrennbar.«

Als einziger hatte Sir John Perrot das erkannt, oder zumindest hatte er als einziger danach gehandelt.

»Dann müssen wir die Königin zum Dinner einladen.«

Die hohen Damen spielten jedesmal in einem anderen fürstlichen Haus; heute war Essex House an der Reihe. Man traf sich im »Kleinen Jagdzimmer«, einem Raum, in dem der ganze Pudding-in-a-Cloth bequem Platz gehabt – und sich wie zu Haus gefühlt hätte, dachte Barbary. Der einzige Unterschied zwischen dem Schwindeln und Betrügen in beiden Etablissements lag darin, daß im Pudding Fachleute am Werke waren.

Barbary war schockiert gewesen, als sie das erstemal bemerkte, daß Penelope Rich beim Kartenspielen schummelte. Wie die meisten Menschen der unteren Klassen hatte auch sie angenommen, hochgeborene Damen führten ein makelloses Leben voll Erbauung und guter Werke. Aber dann stieß sie einen Seufzer der Erleichterung aus. Das war ja wie daheim. Wenn also auch hier Schwindeln angesagt war, dann durfte man mit Barbary Clampett rechnen. Bisher war es nicht notwendig gewesen, denn man spielte meistens »Post und Paar«, ein Spiel, bei dem es vor allem auf Bluffen ankam, und darauf verstand sich keine von ihnen. Richs Augen funkelten, wenn sie ein Paar bekam, Frances Essex blickte tragisch drein, wenn sie keines hatte, und Elizabeth Vernon hüpfte auf und ab bei einer guten Karte.

Barbary spielte wie der klassische Zinker, verlor ein bißchen, gewann nie zuviel, sie wartete mit ihrer Falschspielerkunst, bis der Einsatz hoch genug war. Und das war heute abend der Fall. In den Stunden seit ihrem Gespräch mit Rob hatte sie Fingerübungen gemacht.

Sie wurde hereingeführt und versank in einen tiefen Knicks. Blendendes Kerzenlicht konzentrierte sich auf den Tisch und ließ den übrigen Raum in üppige Dunkelheit getaucht. »Lady Essex. Lady Leicester. Lady Southampton. Lady Rich.« Die richtige Reihenfolge war immer eine knifflige Sache. Sie war nicht ganz sicher, ob eine Gräfinwitwe wie Lettice, Essex' Mutter und jetzt die Witwe des Grafen von Leicester, vor Essex' Gemahlin Frances rangierte oder nicht. Oder ob Penelope Rich als Essex' Schwester und Tochter des Hauses über Essex' Mutter stand. Aber Frances Essex war die Gastgeberin, daher stellte Barbary sie an die erste Stelle. Das war etwas, was sie ernst nahmen, ihre Stellung und ihre Adelstitel. Nachdem die Knickserei vorüber war, begann das Küssen. »Willkommen, Lady Betty.«

»Lady Betty.«

»Lady Betty.«

»Lady Boggart.«

Das war Penelope. Barbary grinste ihr zu. »Und wie und wo befindet sich Lord Rich? Noch immer hoch im Norden?«

Penelope Rich faltete ihre schönen Hände wie zum Gebet. »Und möge er lang dort bleiben.«

Barbary schnüffelte. »Hokus Pokus Zaubernokus, ich rieche Engländerblut. Wo ist Lord Mountjoy?«

Elizabeth Vernon quiekte vor Entzücken. Sie fand Barbarys Späße immer lustig. Barbary mochte sie gern. »Die Männer spielen Bowling. Wie konntet Ihr das wissen?«

»Mein Vater war Hellseher.« In Wirklichkeit hatte sie der Tabaksgeruch auf seine Spur gebracht. Mountjoy war Kettenraucher. Man wußte immer genau, wann er und Penelope Rich eines ihrer heimlichen Stelldicheins gehabt hatten: Sie stank dann nach Trinidado.

»Letzte Woche hörten wir, Euer Vater wäre Straßenräuber gewesen.«

»Das wird Euch lehren, dem niederen Volk Glauben zu schenken.« Kaum hatte sie den ersten Blick auf diese vornehme Gesellschaft geworfen, gab sie auch schon jede Vorspiegelung auf, selbst eine feine Dame zu sein. Rob war entsetzt darüber, daß sie nicht nur ihre niedere, sondern auch ihre kriminelle Herkunft so wenig verleugnete. Aber sie wußte, was sie tat. Frauen wie diese hier hätte sie ohnehin nicht täuschen können; also besser eine Tugend aus etwas der Wahrheit Ähnlichem zu machen. Sie interessierten sich nicht genug für sie, um tiefer zu bohren; in ihren Augen war sie einfach etwas Neues, und das Neue liebten sie über alles. Diese beiden Klassen, die oberste und die unterste, konnten sich beide einen Luxus leisten, der denen dazwischen nicht vergönnt war – voll Grausen dachte sie an die steife, verkrampfte Etikette der kolonialen Gesellschaft in Irland –, den Luxus nämlich, ganz sie selbst zu sein.

Genaugenommen erinnerten sie sie an die Puppen, nur hatten sie nicht so viele Männer. Mußten sie ja auch nicht. Aber sie hatten die gleiche trotzige Schamlosigkeit, die daher kam, daß sie durch das Diktat der Umstände eine isolierte Gesellschaft bildeten.

Sie alle waren aus Elizabeths Angesicht verbannt: Lettice, weil sie als ihren zweiten Mann den Grafen von Leicester geehelicht hatte, weiland der Günstling der Königin; Frances wegen ihrer Heirat mit dem gegenwärtigen Günstling, dem Grafen von Essex; Elizabeth Vernon wegen ihrer Heirat mit Wriothesley, dem Grafen von Southampton; Dorothy, eine abwesende Devereux-Schwester, weil sie ohne Erlaubnis Sir John Perrots Sohn geheiratet hatte. Es hieß, es gebe außerhalb des Hofes mehr blaublütige Damen als bei Hofe.

Gebildet, witzig, furchtlos vor jedem außer der Königin, mußten sie ihre großartige Energie auf dumme Streiche verschwenden, die Puritaner mit ihrer modischen Kleidung reizen – der letzte Schrei waren Männerwämser – und Fremde damit schockieren, daß sie jeden Besucher küßten, egal, ob männlich oder weiblich. Prediger beklagten die Macht, die sie über ihre Gatten hatten, denn da ihnen jede andere Ausdrucksmöglichkeit versagt war, mußten sie ihre beachtlichen politischen Ambitionen eben über ihre Ehemänner ausleben.

Als einzige erfreute sich Penelope Rich noch der königlichen Gunst, obwohl sie es ganz offen mit Lord Mountjoy trieb, dem Freund ihres Bruders; aber auch sie war vorübergehend vom Hof verbannt, wegen »Frechheit« gegenüber der Königin. »Aber«, sagte sie zu ihrer Verteidigung, »was kann man von mir, Nachfahrin der ältesten Aristokratie Englands, erwarten – soll ich mir die Wutanfälle der Enkelin eines walisischen Butlers gefallen lassen?«

Barbary konnte verstehen, daß Philip Sidney so bezaubert gewesen war, ihre Devereux-Farben von Teint und Haar waren immer noch reizend; aber die »Stella« seiner Gedichte war verschwunden. Gegen ihren Willen an den Meistbietenden verkauft zu werden, hatte sie gröber werden lassen. Sie hatte etwas Frenetisches. Ihre Indiskretionen waren – ebenso wie ihr Schummeln – so dick aufgetragen, daß sie auf Widerstand stoßen mußte.

Aber sie war das reinste Klatsch-Genie. »Und wie geht's den Northumberlands?« fragte Barbary, während sie Platz nahm. Die Schauergeschichten über Graf und Gräfin von Northumberland waren so unglaublich wie pikant. »Droht sie immer noch, sein eingepökeltes Herz zu essen?«

»Meine Teure«, näselte Penelope Rich, »sie haben sich versöhnt. Der Graf möchte einen Erben, aus Bosheit gegenüber seinem Bruder, den er, wie er sagt, nach seiner Frau am meisten haßt. Aber ich glaube, es hat doch nicht geklappt, denn neulich ging er zu diesem Frettchen Cecil und sagte ihm, seine Frau unterstütze ein Komplott, um James auf den Thron zu bringen, und es wäre doch eine gute Sache, wenn Cecil das der Königin mitteile, damit diese seine Frau dann köpfen ließe.«

»Und was sagte Cecil?«

»Er sagte, es würde dem guten Ruf des Grafen nicht dienen, wenn er als der Mann bekannt würde, der seine eigene Frau verriet. Der Graf schüttelte den Kopf; er konnte darin überhaupt nichts Schlechtes sehen.«

Sie alle schmiedeten Komplotte. In diesem Raum hier hatte sie Gespräche in einer sogenannten Geheimsprache zwischen den Grafen Essex und Montjoy und diesen Damen hier mitangehört, die nur ein Idiot nicht verstanden hätte. Die Schuld lag natürlich bei der Königin, weil sie sich weigerte, ihren Nachfolger zu nennen; also mußte jeder darauf achten, sich bei jedem möglichen Kandidaten eine gute Position zu sichern. Aber sie gingen gar so sorglos vor. Amateure, dachte Barbary. Und wenn sie glaubten, daß Sekretär Cecil nicht genau wußte, was sie im Schilde führten, dann waren sie ja wohl nicht ganz bei Trost.

»Würfel oder Karten heute abend?« fragte Frances.

»Würfel«, sagte Barbary. Aber Elizabeth Vernon mußte fort, und Lettice hatte Kopfweh, daher wurden Würfel abgelehnt und zugunsten der Karten entschieden; man einigte sich auf Gleek, ein Spiel, das mit drei Spielern möglich war. Schwierig, bei Gleek zu mogeln, denn dabei brauchte man vor allem ein gutes Gedächtnis, Geduld und Bluff. Aber Frances konnte sich ihre Karten nie merken, und was Penelope betraf, so war Geduld keine erbliche Eigenschaft der Familie Devereux.

»Und die Einsätze?«

»Das übliche.« Sie spielten um Diener; ein guter Butler oder ein verläßliches Stubenmädchen waren mehr wert als Rubine.

Vor kurzem war es Barbary bei einem Spiel Ketch Dolt gelungen, Vernon den schrecklichen Roland aufzuhalsen und ihn durch Richs Philip zu ersetzen.

Penelope brachte ein neues Kartenspiel und reichte Spielgeld herum. »Mein lieber Boggart, ich warne Euch«, erklärte sie, »heute spiele ich um Winchard.«

»Winchard?«

»Ich liebe Winchard. Er ist so hinreißend häßlich. Ich lasse ihn in eine Pastete einbacken und vor der Königin herausspringen. Das wird der alten Hexe den Garaus machen.«

Genau das hatte sie gewollt. Aber sie tat so, als wäre es ihr höchst unangenehm. »Winchard ist ein Himmelsgeschenk. Heute hielt er vor meiner Sänfte einen ganzen Mob in Schach.« Sie gab eine redigierte Version von der Geschichte mit dem Läufer zum besten. Sie kugelten sich vor Lachen. »Aber ich bin kein Zitterarsch, wie wir in der Fleet zu sagen pflegten. Ich setze Winchard, wenn Ihr Joseph setzt.« Sie sagte das ganz nebenbei. Alles hing davon ab. Sie brauchte Joseph. Wie einen Bissen Brot.

Frances blickte besorgt. Schließlich war sie die Hausherrin, auch wenn Penelope sich so benahm, als wäre sie's. »Bitte, bitte nicht Joseph, Boggart, teuerste. Was wäre mit Daniel?«

Barbary schüttelte den Kopf. »Ich hab' ja Philip.«

»Janet?«

»Nein, danke, ich hab' Maria. Aber wenn der Einsatz zu hoch ist ...«

»Schön, bitte sehr. Joseph.« Penelope Rich reckte ihr Kinn vor.

So weit, so gut. Um Josephs willen war sie hier. Mit Joseph, dem Leonardo da Vinci des Marzipans, blickte sie der Welt ins Auge und konnte ganz gewiß ein Dinner auf die Beine stellen, daß es der Königin von England die Rede verschlug. Gut, also los.

Sie spielten, dann machten sie eine Pause für Erfrischungen. Wein in geschliffenen Gläsern, Fasan auf einem Beet aus Kresse, Hummer, Törtchen und Cremes von Joseph dem Zauberer. Barbary hatte zwei Spiele gut, Frances eines, Penelope drei. Gewinner war, wer bei zehn Spielen die Nase vorne hatte. Sie konnte es sich nicht leisten, Penelope noch ein Spiel gewinnen zu lassen, aber ihre eigenen Karten waren zum Vergessen. Wenn das Blatt sich nicht bald wendete, konnte sie mit noch soviel Schlauheit nicht gewinnen. Im Moment war das Glück mit Penelope. Warum hatte sie nicht auf Würfeln bestanden?

Essex, Henry Cuffe und Mountjoy kamen herein von der Bowling-Allee, sie rochen nach Schweiß und Sommerabend und Mountjoy nach dem unvermeidlichen Nikotin.

»Bleibt ihr zum Abendessen?« Frances wirkte plötzlich angespannt.

Essex küßte seine Frau aufs Haar. »Schatz, dein erschöpfter Ritter muß sich gleich in den Palast schleppen. Auch *sie* möchte Karten spielen.«

Frances blickte tragisch, sie hatte das richtige Gesicht dafür, schmal und dunkel. Bei ihrem Pech im Spiel sollte sie in der Liebe glücklich sein, dachte Barbary, aber das war sie auch nicht. Sie hatte Philip Sidney nicht lang vor seinem Tod geheiratet, in dem Wissen, daß seine wahre Liebe Penelope Rich galt. Dann hatte sie Essex geheiratet, im Wissen, daß seine Liebe, wahr oder nicht, der Königin galt. Die arme alte Frances war zur Märtyrerin geboren.

»Robert«, sagte Penelope, »was sagst du dazu, Bettys Winchard ins Haus zu bekommen? Er ist so gut wie gewonnen.«

»Hervorragend. Wir können ihn als Wasserspeier aufs Dach postieren.«

»Noch habt Ihr ihn nicht«, bemerkte Barbary.

Als die Damen wieder zu spielen begannen, zogen sich die Herren in eine Ecke zurück, und Barbary hörte den einen oder anderen Gesprächsfetzen: »... zu Viktor schicken ... Zeichen der Venus ist im Sinken ...« Amateure. Ihren Code hatte sie schon vor Wochen geknackt, sie wußte jedenfalls, daß »Viktor« James Stuart war und »Venus« die Königin. Schön, wenn sie ihre Köpfe aufs Spiel setzen wollten, war das ihre Sache. Sie mußte sich auf ihre Karten konzentrieren. Sie spielte um einen höheren Einsatz als diese Amateure: sie spielte um die Seele Irlands.

Sie wollten ihr Glas immer wieder nachfüllen, damit sie beschwipst würde, und als sie an ihrem Wein nur nippte, warfen sie ihr vor zu schwindeln, indem sie einen klaren Kopf behielt. Aber immerhin, die anderen kippten ihren Wein rascher hinunter als sie. Die Rufe kamen lauter. »Tib. Fünfzehn an den Geber.« – »Tim.« – »Towser.« – »Tumbler.«

»Ruff.«

»Ich verdopple den Ruff«, sagte Barbary. Frances hatte alle anderen und sich selbst damit überrascht, daß sie zwei Spiele gewann. Jetzt hatte jede von ihnen drei gewonnen. Das hier war das letzte.

»Ich möchte sehen.« Frances bekam kalte Füße.

»Ich möchte sehen und verdoppeln«, erklärte Penelope.

Schön. Sie hatte sechs Trümpfe, den Unter, die Zehn, die Fünf, die Sechs und die Zwei. Frances hatte vor einer Weile den König und die Vier gezogen, und Barbary war ziemlich sicher, daß sie noch mehr hatte – aber nicht so viele wie sie selbst. Sie hatte gewonnen, außer, Penelope hatte vier Asse, dann zählten auch die Trümpfe nicht mehr, und sie gewann das Spiel. Zwei Asse hatte sie auf jeden Fall. Ihre Augen funkelten, aber das kam vielleicht vom Wein. Verdammt noch mal, es mußte der Wein sein.

Hier kommt Irland. »Ich will die Karten sehen.«

Frances legte ihr Blatt auf. Nur vier Trümpfe. Keine Asse.

Langsam, Barbarys Blick mit dem ihren haltend, warf Penelope eine Karte auf den Tisch. Trumpf-As. Die nächste. Herzas. Und noch eine. Pikas. Dann lächelte sie und warf achtlos den Rest auf den Tisch, ein gemischter Haufen Karten ohne weiteres As darunter. »Nehmt Ihr Joseph gleich mit, oder soll ich ihn schicken?«

»Packt ihn mir ein«, sagte Barbary, »ich nehm' ihn mit.«

Das Dinner war ein Triumph. Von dem Augenblick an, da die Königin im Garten die Hand zu den Zweigen eines Apfelbaums über ihrem Kopf ausstreckte, einen Apfel pflückte und rief: »Aber das ist ja Marzipan!«, war der Erfolg gesichert. Doch sie waren ein gefährliches Risiko eingegangen. Rob hatte geschwitzt über Barbarys Wahl des Themas: Räuberei, Robbery. »Ein Spiel mit deinem Namen, Rob.«

»Ein Spiel mit meinem Hals. Sie wird böse sein, wenn wir sie an das um sich greifende Verbrechen erinnern.«

»Wird sie nicht. Ich habe Spenser geschrieben, daß er uns ein Maskenspiel anfertigt, in dem sie sämtliche Herzen stiehlt. Sie wird begeistert sein.«

»Was wäre mit einem Meeresthema?«

»Hat Essex schon gemacht.« Er hatte dreihundert Kunsthandwerker daran gesetzt, einen See in Form des Ärmelkanals auszuheben, ihn mit Wein zu füllen und vergoldete Modellschiffe darauf schwimmen zu lassen, die während einer Spielzeugschlacht duftendes Pulver in die Luft jagten. Zum Abschluß hatte er der Königin eine goldene Angel überreicht, und damit hatte sie eine goldene Forelle mit Perlaugen aus dem Wein gezogen. In diesem Maßstab konnten sie nicht mithalten.

Rob gab nach, weil ihm nichts Besseres einfiel. Sie mußten sich eben auf den Reiz der Neuheit verlassen. Joseph brachte sich fast um, als er zur Krönung seiner Karriere einen ganzen Obsthain aus Marzipan herstellte. Dafür verbrauchte er eine Schiffsladung Zucker, die Rob eigentlich hatte verkaufen wollen. Es war ein heißer September, und die Mühe, das verdammte Zeug vom Schmelzen abzuhalten, von den Fliegen gar nicht zu reden, brachte auch Barbary fast um. Das Personal abrichten, das Essen bestellen, Tafelsilber für einhundertundfünfzig Personen borgen – nach königlichen Standards ein intimes Souper –, genügend Näherinnen für all die Kostüme finden, dazu Komponisten und Musiker, den Lord Chamberlain in Fragen der Etikette konsultieren – das alles machte sie mager und nervös. »Oh, Rob, es ist alles verkehrt. Es ist das falsche Thema. Es tut mir ja so leid, Rob.«

Doch nun, da die Würfel gefallen waren, blieb Rob erstaunlich ruhig. »Ob es mich nach Irland oder in den Tower bringt, ich bin dir jedenfalls für deine Mühe dankbar, Margaret.«

Edmund Spenser ließ sich nicht lumpen. Aus Munster schickte er ein Maskenspiel, das damit begann, daß Eva den Apfel stahl, fortfuhr mit allen möglichen allegorischen und mythischen Dieben wie Pandora und Prometheus, darunter eine ganze Menge, von denen Barbary nie gehört hatte, und mit hundert Stanzen voll derart grotesker, zuckersüßer Schmeichelei für die »Liebliche Erz-Räuberin, die das Herz ihres Volkes stahl« endete, daß man, hätte es sich um richtigen Zucker gehandelt, daraus einen zweiten Obsthain hätte machen können.

Jedem der drei Kinder war eine Rolle zugedacht; ein weiteres Risiko. Elizabeth hatte, seit sie von Henrys Existenz erfuhr, den Jungen kein zweites Mal erwähnt. Aber zu diesem Zeitpunkt war Rob von der Tollkühnheit seines eigenen Spiels bereits derart benommen, daß er nur sagte: »Ich habe nur einen Sohn und einen Hals. Es gibt kein Zurück.«

Und Henry, als Karten-Bube verkleidet, der Catherine, der Herzkönigin, Törtchen stahl, stahl den anderen fast die Show, besonders als er die gestohlenen Törtchen »Ihrer Majestät, der wahren Königin der Herzen«, unter den Zuschauern überreichte. Elizabeth sagte: »Bei seinem Alter solche Ritterlichkeit, Gott segne ihn. Aus ihm wird etwas ganz Besonderes.«

Die Frage, ob sie eine Anspielung auf Irland wagen sollten, kostete Barbary und Rob schlaflose Nächte. Die Lage drüben hatte sich beruhigt, aber … Schließlich nahmen sie es in die Komödie auf. Winchard, gekleidet als ein eselhafter O'Neill, stolperte auf die Bühne; Rob in der Uniform eines englischen Soldaten, aber ganz aus Seide, stahl dem Iren die Hosen, und dabei stellte sich heraus, daß Winchards Hinterseite eine Zielscheibe war, aus deren Mitte ein gespaltener Teufelsschwanz ragte. Versteckt hinter den Marzipanbäumen, schossen Bogenschützen stumpfe Pfeile darauf ab.

Elizabeth lachte, bis ihr die Tränen kamen. Barbary schloß vor Erleichterung die Augen. Daß sie den O'Neill der Lächerlichkeit preisgab, verursachte ihr gar keine Schuldgefühle, die Menschen konnten ihn nicht noch mehr hassen, als sie's ohnehin schon taten. Nur wegen Winchard hatte sie Gewissensbisse – umsonst, wie sich herausstellte. Winchard war so glücklich über seinen Auftritt, daß er nicht mehr von der Bühne herunterwollte und man ihn mit Gewalt wegziehen mußte.

Die Schlußansprache wurde begeistert aufgenommen. Das

Büfett – dafür hatte der halbe Wildbestand Südenglands sein Leben lassen müssen – reichte von einem Ende der Halle zum anderen und wurde mit, wenn möglich, noch mehr Begeisterung auf- und vor allem eingenommen.

Beim Abschied lächelte Elizabeth Barbary leicht boshaft zu: »Hast du die eigenen Erfahrungen verwertet, Boggart?« Aber dann nickte sie huldvoll und küßte sie: »Wir haben Uns glänzend amüsiert.«

Cecil geleitete seine Gastgeberin zum großen Rundbogenfenster, von wo aus sie die letzte, gut geprobte Überraschung des Abends mitverfolgen konnten. Elizabeths Kutsche wurde von in Silber gekleideten Straßenräubern überfallen, angeführt von Rob, um von ihrer königlichen Insassin einen Kuß zu stehlen.

»Ich gratuliere Euch«, sagte der Elf. »Ein höchst unterhaltsamer Abend.«

»Wird er Rob Irland eintragen?«

Sekretär Cecil strahlte sie an. Direkte Fragen haßte er beinahe so sehr wie direkte Antworten. »Ich halte es für möglich. Ihrer Majestät hat es in Ihrer Huld gefallen vorzuschlagen, Sir Rob möge erst einmal die Gegend sondieren, sozusagen, und an der Seite von Marschall Bagenal die Probleme der irischen Kriegführung kennenlernen. Sie flüsterte mir eben zu, ich möge die nötige Order vorbereiten.«

»Und dann wird er Statthalter?«

»Ich wüßte nicht, warum nicht. So Gott will.«

24

Knapp eine Woche später reiste Rob nach Irland.

»Die ganze Mühe«, stöhnte Barbary, »das viele Geld, und trotzdem bist du noch nicht ernannt.« Der Bau und die Einrichtung des Hauses und dazu jetzt noch das Dinner hatten so viel gekostet, daß sie dreißigtausend Pfund Schulden hatten.

Rob schien das Ganze viel weniger zu stören. »Es ist nicht so schlecht, wenn ich zuerst einmal Erfahrungen in dieser Art von Feldzug sammeln kann. Würde ich ohne solche Erfahrungen ernannt, dann könnten Ormond und die anderen in Dublin mir immer sagen, ich sollte dies oder das tun, und ich könnte ihnen nicht wirklich widersprechen.«

»Sollen wir mit dir kommen? Wir könnten in Hap Hazard wohnen oder bei den Spensers.«

In der ganzen Zeit ihres Zusammenlebens hatte er sie nie nach ihrer Zeit in Irland gefragt.

»Nein«, entgegnete er scharf. Dann, sanfter: »Du hast hier noch zuviel zu tun.«

»Gut, gut.« Sie hatte den Vorschlag machen müssen, war aber erleichtert, daß er ihn nicht annahm; langsam wurde sie zu alt, um sich von unangenehmen Erinnerungen und Verwirrungen quälen zu lassen. Sie war ja schon fast eine Matrone, eine Frau mit Verantwortung; manchmal blickte sie jetzt zurück und fragte sich, woher sie als junges Mädchen die Kraft für soviel Gefühl genommen hatte.

Aber Rob würde ihr fehlen. Ihr Verhältnis zueinander hatte sich entspannt; er verließ sich jetzt so sehr auf sie, daß eigentlich sie die Herrin im Hause war. Und da er ihr inzwischen vertraute, nahm er sich nicht mehr so sehr in acht, ließ die pompöse Fassade fallen und zeigte etwas von dem wahren Mann dahinter. Und das war, fand sie, ein sehr beachtlicher Mann. Die verzweifelte Gier nach Aufstieg und Beförderung seiner jungen Jahre war gestillt, nun, da er es geschafft hatte. Ehrgeizig war er noch immer, aber der Ehrgeiz schloß jetzt auch seine Seele ein. In seiner Jugend im Orden, dachte sie, hatte er offenbar nicht nur von Reichtum, sondern auch von Gerechtigkeit geträumt, und auch darauf wollte er jetzt seinen Ruf begründen. Er war stolz darauf, daß man ihn den offenen, ehrlichen Rob nannte. Eines Abends beim Essen gestand er ihr, daß die Moral der Gesellschaft, in der er sich bewegte, ihn zutiefst enttäuschte: »Ganz ehrlich gesagt, Margaret, manchmal glaube ich, ich bin wieder in den Bermudas.«

Diese Entdeckung hatte seine Abneigung gegen den Orden keineswegs gemildert. Er hatte auch die professionelle Verbindung zwischen Sekretär Cecil und Barbary gelöst, indem er dem Elf erklärte, er wünschte nicht, daß seiner Frau weitere Aufgaben übertragen würden, vor allem nicht solche, die sie in ihre alten Jagdgründe führten. Unbewegten Gesichtes stimmte ihm Cecil zu.

Selbst als der Gehörnte Dick erschien, um ihnen mitzuteilen, die Galoppierende Betty läge im Sterben und wünsche sie beide noch einmal zu sehen, weigerte sich Rob hinzugehen. »Die Frau mag sich für meine Mutter halten, aber von mir aus gesehen war sie's nie«, sagte er.

Auch Barbary ging nicht. »Du kannst gehen, wenn du es wünschst, Margaret«, erklärte Rob, »aber mir täte es leid, wenn das gute Verhältnis zwischen uns beiden durch eine Rückkehr zu diesen Menschen aufs Spiel gesetzt würde.« Sie überlegte eine Weile, aber das war gerade in der Zeit, als Sylvestris sich von den Masern erholte, und als er endlich wieder gesund war, war es zu spät.

Die Tage vor Robs Abreise vergingen in hektischem Packen, unterbrochen von seinen Anweisungen.

»Henry ist jetzt zu alt, als daß das Mädchen noch länger in seinem Zimmer schlafen kann.«

»Die Mole muß erneuert werden. Tom Motte soll das in die Hand nehmen.«

»Vernachlässige mir nicht das gemeinschaftliche Gebet, weder am Morgen noch am Abend. Wenn jemand von der Dienerschaft nicht daran teilnimmt, hat er zwei Pence Strafe zu zahlen.«

»Das Cochenille aus Westindien müßte gegen Jahresende in Bristol eintreffen. Sorge dafür, daß Martin es gut verkauft, keinen Penny unter vierzig Shilling das Pfund. Das sollte nicht nur die Schulden decken, sondern auch genügend für den Haushalt und die Ausrüstung neuer Schiffe übriglassen. Ich werde Martin schreiben, aber du sollst das Geschäft beaufsichtigen.«

»In meiner Abwesenheit ist's mir lieber, wenn du auf das Spiel verzichtest. Ganz besonders in Essex House. Das ist ein gefährlicher Ort, und er hat seinen Zweck erfüllt.«

»Eine Abschrift meines Testaments liegt bei John Forber von der Scrivener's Company, eine andere beim Erzbischöflichen Gericht. Effingham und Cecil sind die Testamentsvollstrecker, Effingham ist auch Henrys Vormund. Darin festgehalten habe ich die Anweisung, daß er in bezug auf Henrys Erziehung deinen Rat hören soll.« Er runzelte die Stirn. »Er muß ihn aber nicht unbedingt befolgen.«

»In Ordnung, Rob.«

Beim Abschied blieb er unsicher am Tor stehen. »Ich bin sehr zufrieden, Margaret, mit deinem Verhalten als Herrin dieses Hauses …«

Sie kannte ihn inzwischen in- und auswendig. Seine Steifheit kam daher, daß er sich um Helen sorgte und nicht wußte, wie er das ausdrücken sollte. »Rob«, sagte sie genauso förmlich wie er, »wir sind geworden, was wir immer hätten sein sollen, nämlich Freunde. Ich werde mich um Helen kümmern und um Henry und um Tilsend und Betty House und das Cochenille. Und du sorgst mir für Irland.«

Sie stand im Rundbogenfenster, um ihm auf seinem Ritt den Strand hinauf nachzuschauen. Er war in prachtvollen, pflaumenblauen Samt gekleidet, sein Gefolge hinter ihm trug blaue Livree mit Robs Wappen, einem Anker, darauf. Sie war sehr stolz auf ihn. Eine kleine Menschenansammlung folgte ihm mit Hurrarufen – die Londoner nutzten jede Gelegenheit für einen Auflauf. Barbary öffnete eine Fensterscheibe und winkte ihm mit einem Spitzentüchlein nach, und die treue Gattin, deren Herr und Meister in den Krieg zog, bekam auch ein paar Hurrarufe ab.

Aber es gab gar keinen Krieg. So schnell, wie der O'Neill den Norden Irlands in Brand gesetzt hatte, so schnell löschte er auch das Feuer und kehrte zurück zu seiner alten Taktik, bemühte sich um Frieden und Vergebung und beteuerte seinen »inbrünstigen Wunsch, die Gunst Ihrer Majestät wiederzuerlangen«.

Niemand schenkte ihm wirklich Glauben, aber die Kolonialverwaltung befand sich in größtem Durcheinander und brauchte selbst Zeit, um sich zu sammeln. Der Königin wurde geraten, dem Rebellen Zusicherungen zu machen, die »später zurückgenommen und vergessen werden können«. Außerdem hoffte man immer noch, O'Neill könne es ernst meinen; er besaß die geniale Begabung, die, denen er Versprechungen machte, allem Anschein zum Trotz glauben zu machen, er würde sie auch halten.

England war von der offenen Widersetzlichkeit schwer erschüttert, jetzt herrschte Erleichterung darüber, daß er sein altes Spiel wieder aufnahm. Jetzt war er wieder das gehetzte Tier, der feige, unverläßliche Betrüger. Der Große Satan von Clontibret war ein Irrtum gewesen.

Robs Briefe begannen immer mit »Mein gutes Weib Margaret« und endeten mit »Dein getreuer Gatte Rob Betty, Kt.«. Auf den Seiten dazwischen wiederholte er seine Instruktionen und fügte neue hinzu, die ihm seither eingefallen waren. Aber außer der Tatsache, daß Marschall Bagenal ihn ehrenvoll aufgenommen hatte und daß es im Nordosten Irlands regnete, erfuhr sie nichts über sein Leben dort.

Doch im Winter schrieb er:

»Du darfst dich nicht wundern, daß Ihre Maj. Sir Richard Bingham aus dem Gefängnis befreit und wieder nach Irland gesandt hat. Er gilt als guter Soldat, und solche wird sie brauchen, und dies wiegt sehr viel schwerer als irgendwelche Versprechungen, die sie, wie Du sagst, einer gemeinen irischen Piratin gab.

Du behauptest, er habe sich unrechtmäßig bereichert, aber wärest Du hier – um Deinet- und Henrys willen dank ich Gott, daß Du's nicht bist –, dann sähest Du an diesem Orte von seiten der Beamten Ihrer Maj. solch unvorstellbar verderbtes Tun, daß man sich fragen muß, ob ihr nicht besser gedient wäre, sie übertrüge ihre Geschäfte gemeinen Ratten.«

Von da an enthielt jeder Brief heftige Beschwerden gegen die, die in Dublin saßen und sich die Taschen füllten, während die Armee »nackt und ohne Waffen« dastand. Sie erfuhr von dem Teufelskreis, der immer wieder zu Aufruhr führen mußte, von Offizieren, die weder Proviant noch Waffen zugeteilt bekamen und daher die Ernte von königstreuen Clans beschlagnahmten, so daß diese vom Hunger in die Rebellion getrieben wurden.

Von Elizabeths Standpunkt sah es so aus, daß Millionen nach Irland hineingepumpt wurden und dort einfach versickerten. Aber Rob schrieb, daß Proviant, Uniformen und Waffen bei ihrer Ankunft in Dublin nur mehr die Hälfte dessen ausmachten, was auf der offiziellen Lieferliste stand – oder manchmal gar nichts ankam. Viel von dem Getreide, Pulver, Zündstoff, das die sechzehntägige Reise nach Chester überstanden hatte, verschwand dort aus den Lagerhäusern, verdarb bei der Überfahrt oder verschwand nach der Landung in Irland auf mysteriöse Art.

Die Rekruten, in englischen oder walisischen Dörfern eingezogen für den Dienst in einem Land, von dem viele von ihnen noch nie gehört hatten, waren eine abgerissene Bande. Sie desertierten, so schnell sie konnten, plünderten, um zu überleben, oder gingen an Krankheiten zugrunde. Captains, die mit Geld mehr als kurzgehalten wurden, reichten um Bezahlung für eine Truppe in voller Mannschaftsstärke ein und füllten dann die Lücken mit halbverhungerten Iren, die bei anderen Soldaten zu Pferde hinten mitritten und keine besseren Waffen hatten als ihre Prügel.

»Wir bekämpfen Pöbel mit Pöbel«, schrieb Rob. »Gott steh' uns bei, sollte O'Neill wieder losschlagen.«

Am Tag von Lord Burghleys Begräbnis war Betty House ebenso wie alle anderen Paläste am Strand von oben bis unten mit schwarzem Krepp ausgeschlagen; sogar Charing Cross war, zum Zeichen der Trauer einer ganzen Nation, behängt mit schwarzen Bändern.

Ihre Spieltribüne war ebenfalls schwarz verhängt und dann in die offene Einfahrt getragen worden, so daß Barbary, Catherine und Sylvestris die Prozession auf ihrem Weg zur Westminster Abbey beobachten konnten. Die große Glocke läutete unaufhörlich.

»Mir tun die Beine weh«, jammerte Catherine. Der Augusttag war heiß und schwül, unter einem bedeckten Himmel schwitzten alle in ihren Trauergewändern, die mit Ausnahme des Gesichts den ganzen Körper bedeckten. Sie standen bereits seit einer Stunde da, zum gedämpften Schlag der Trommel marschierten die Kompanien der Londoner Bogenschützen, der Infanterie, Schützen und Artilleristen, die Stadtwächter und Büttel und die Heralde.

»Nimm dich zusammen«, sagte Barbary, »der Sarg kommt erst.« Aber da war er schon, schwankte langsam den Hügel von Charing Cross herunter, von schwarzen Pferden gezogen, die bis zu den Fesseln mit schwarzen Schabracken behängt waren. Daneben schritten ehemalige Offiziere mit gesenkten Piken. Hinter dem Trauerwagen führte ein Herold Burghleys reiterloses Pferd.

»Kniet nieder.«

Sie knieten nieder, von ihrer erhöhten Plattform aus konnten sie trotzdem die Statue auf dem Wagen sehen.

»War er ein guter Mann?« fragte Sylvestris.

»Ein großer Mann.« Sie dachte zurück an die Nacht vor vielen Jahren, als sie mit ihm in der Barke nach Greenwich fuhr. Woran sie sich am besten erinnerte, war seine Erschöpfung. Schon damals hatte er nicht viel mehr Farbe im Gesicht gehabt als diese Marmorstatue da, aber es war nicht so sehr physische Erschöpfung gewesen als vielmehr die Erosion einer Persönlichkeit, die zu lange zu hart gearbeitet hatte und zu viele Geheimnisse kannte. Er hatte Barbary manipuliert, erpreßt und benutzt, wie er's diese langen, langen Jahre mit allen getan hatte, um seiner Königin den Frieden zu erhalten. Ob man von Güte sprechen durfte, konnte sie nicht sagen; von Größe auf jeden Fall.

Sein letztes Erscheinen im Rat war mit einem weiteren von Essex' Ausbrüchen zusammengefallen, bei dem dieser wieder einmal heftig gegen den Frieden mit Spanien und Irland gewettert hatte. Burghley, der kaum mehr sprechen konnte, zog darauf sein Gebetbuch aus der Tasche und deutete schweigend auf Psalm 55, Vers 24: »Die Blutgierigen und Falschen werden ihr Leben nicht zur Hälfte bringen.«

Und jetzt war der alte Drahtzieher tot, und die Straßen voll mit schweigenden Menschen, die sich ohne ihn unsicher und verlassen fühlten. Elizabeth, so hörte man, war völlig gebrochen.

»Er muß aber ein guter Mann gewesen sein«, sagte Catherine, »wenn das alles nur seinetwegen ist.«

Die beiden Söhne schritten allein hinter der Bahre. Thomas, der neue Lord Burghley, war derjenige, der wie ein Staatsmann aussah, aber in Wirklichkeit in allem und jedem der hinkenden, verkrüppelten Gestalt an seiner Seite folgte. Sekretär Cecils starres Lächeln hatte sich so fest in sein Gesicht eingegraben, daß er sich nicht einmal jetzt davon freimachen konnte und mit einem so munter gespitzten Mündchen geradeaus blickte, daß die Menge zu murren anfing. Hinter ihnen kamen die Herzöge, die Grafen, die Viscounts, ein wandelnder schwarzer Wald von Englands Aristokratie, ausländischen Fürsten und Gesandten.

»Da ist Henry.«

Barbary hielt Sylvestris schnell am Arm fest. »Nicht winken.«

Henry war zu jung für den Gottesdienst in der Abbey, aber man hatte ihm gestattet, als Robs Stellvertreter die Prozession bis zu Betty House mitzumachen. Er benahm sich großartig, paßte seine kurzen Schritte denen des Lord Admiral an. Jetzt verneigte er sich vor der Bahre und verließ die Prozession, die Menge teilte sich, um ihn durchzulassen.

Er zwängte sich zwischen den Torpfosten und der Tribüne durch und blickte in höchster Not zu Barbary hoch. »Ich muß ganz dringend.«

Du meine Güte. »Geh hinter das Rosenbeet, dann komm zu uns herauf.« Er hatte stundenlang in St. Paul's warten müssen, bis die ganze Prozession beisammen war. Sie konnte das Plätschern eines kleinen Bächleins hören über dem langsamen Schlurfen der fünfhundert Armen und Bedürftigen, die langsam vorbeizogen, alle in ihren neuen schwarzen Mänteln und Kapuzen.

Sie hoffte, daß Elizabeth in ihrem Schmerz zugestimmt hatte, daß das Schatzamt für das alles hier bezahlte. Was es gekostet haben mußte! Sie konnte in letzter Zeit an nichts anderes mehr als an Kosten denken. Unglücklicherweise war das Cochenille noch immer nicht gekommen; sie konnte die Gläubiger nur mit Hinweisen auf Robs glänzende Aussichten in Schach halten. Um die Trauerkleidung und diese erstickenden Maria-Stuart-Kapuzen für sie und Catherine zu bezahlen, hatte sie sogar ihre Diamantbrosche versetzen müssen.

»Mylady.«

Sie blickte hinunter. »Ja, Philip?«

»Besuch, Mylady. Lady Penelope Rich. Sie ist mit einem Boot gekommen.«

Wie benommen fragte sie: »Irrst du dich da nicht?« Jeder, der etwas darstellte, und das tat Penelope Rich, schaute entweder zu oder nahm selbst an der Prozession teil.

»In der Bibliothek, Mylady.«

Die gesamte Dienerschaft drückte sich an das große Rundbogenfenster und verfolgte begeistert den Trauerzug. In der Bibliothek war es ganz still. Penelope trug die Trauerkleidung einer Baronin, ein Coronet über ihrer schwarzen Kapuze. Später sollte sich Barbary an ihre mitfühlende Teilnahme erinnern, die Umarmung, daß sie sie gleich sich setzen hieß und Philip um etwas Stärkendes schickte.

»Es gibt keinen Weg, es Euch schonend beizubringen, meine Liebe. Sir Rob ist gefallen.«

Barbary streckte die Hand aus, um sie zu beruhigen. Sie lächelte. »Aber, Lady Rich«, sagte sie, »ich bekam erst heute morgen einen Brief von ihm.«

»Bitte nicht, Boggart. Ich komme aus Whitehall. Die Königin

gab mir Erlaubnis zu kommen und wird auch selbst noch bei Euch erscheinen. Wir haben es aus erster Hand von Captain Wingfield, der Tag und Nacht vom Schiff hierhergeritten ist. Er war dabei. Ein Ort namens Yellow Ford. Irgendwo bei Armagh. Ein Hinterhalt von O'Neill und O'Donnell. Entsetzlich, einfach entsetzlich. Dreitausend Mann tot oder verletzt, der Rest in die Flucht geschlagen. Ich glaubte, die Königin verlöre den Verstand.«

Es war doch ein Irrtum! Erst heute morgen hatte sie den Kindern Robs gewichtige Sentenzen vorgelesen; sie hatte sie noch im Ohr. Was Penelope da faselte, irritierte sie; wenn das Frauenzimmer doch nur fortginge, dann wäre alles wieder so wie bisher.

»Auch Marschall Bagenal. Ulster ist verloren, vielleicht ganz Irland.«

Ärgerlich wandte Barbary den Kopf und sah Penelope neben sich auf den Knien. Sie ergriff Barbarys Hände. »Aber Boggart, das sage ich Euch: er wird gerächt. Jetzt wird man auf Essex hören.«

Am Abend wurde Lady Rich von Lady Russell abgelöst. Leise redeten sie miteinander hinter der Tür von Barbarys Nähzimmer. »Sie ist ganz ruhig, nur fragt sie immer wieder, ob er von Kanonen getötet wurde. Als ob das eine Rolle spielte. Nun, vielleicht ist es für diese Klasse wichtig, woher soll man das wissen?«

»Wie ist er gestorben?«

»Es heißt, daß er in Stücke gerissen wurde. Es war wohl alles ein furchtbares Chaos. Zwei Pulverfässer in seinem Abschnitt wurden getroffen und explodierten. Charles Percy, Northumberlands Bruder, bewies große Tapferkeit, als er den Körper barg. Sie erkannten ihn am Stoff der Uniformstücke. Ich habe ihr gesagt, er starb wie Bagenal, eine Musketenkugel in die Stirn, als er sein Visier hob. Es schien sie zu beruhigen. Großer Gott, wer hätte gedacht, daß so etwas geschehen könnte.«

»Nun«, erklärte Lady Russell gefaßt, »ich habe meine Anordnungen getroffen. Ich habe meinem Neffen geschrieben und ein Detachement von Hellebardieren verlangt, zur Verteidigung meines Hauses. Ich werde so viele Iren umbringen, wie ich kann, bevor sie mir den Garaus machen. Und Spanier. Es heißt, die Spanier seien bereits auf der Isle of Wight gelandet.«

»Das heißt es immer. Darauf gebe ich nichts. Wer würde schon freiwillig auf der Isle of Wight landen wollen?«

Schuld nistete sich in ihr ein wie ein monströser Tumor. Während sie Abmachungen traf, Entscheidungen fällte, Kondolenzbesuch empfing, schleppte sie ihn ständig mit sich herum. Sie war ihr eigenes Schlachtfeld; nichts, was bei Yellow Ford geschehen war, hatte ihre Gefühle für die drei daran beteiligten Männer auch nur um ein Jota verändert. Es graute ihr vor ihrem Verständnis für die Motive, die den O'Donnell und den O'Neill zu ihrem Angriff auf die englische Truppenkolonne bewegt hatten, aber sie besaß dieses Verständnis nun einmal. Sie wußte, mit welch hohen Idealen Rob nach Irland gegangen war, sie hatten ihre Zustimmung gefunden, aber sie gaben ihm nicht das Recht, überhaupt dort zu sein, in einem Land, das nicht das seine war. Wenn man bei der ganzen Angelegenheit überhaupt von Recht sprechen konnte, dann vom historischen – männlichen – Recht des Eroberers. Und wenn Eroberung ein Recht war und Irland ursprünglich durch Eroberung für England gewonnen, dann versuchte der O'Neill nur, das Land in Ausübung desselben Rechts zurückzuholen.

Aber Rob war tot, und sie hatte mitgeholfen, ihn zu töten. Freunde, hatte sie gesagt und ihn geleimt wie irgendeinen Gimpel. »Wir sind geworden, was wir immer hätten sein sollen: Freunde.« Aber sie waren keine Freunde. Sie hatten sich auf freundschaftliche Weise arrangiert, um die Wahrheit auszuschließen.

Nie hatte er von ihr wissen wollen, warum sie Kanonen nach Irland schmuggelte, und sie hatte es ihm nicht gesagt. Als vor ihren Augen seine Persönlichkeit wuchs und sich die Reife zeigte, die er in diesen letzten Jahren erlangt hatte, da hätte sie ihm gern die komplizierte Zusammensetzung des Ganzen erklärt, Irland, O'Neill, Grace O'Malley, die gehängte Frau, Will

Clampett und den Grund für seine Desertion. Er wußte nicht einmal, daß Will überhaupt desertiert war.

Ein- oder zweimal hatte sie das Thema angeschlagen, aber er reagierte darauf immer irritiert und gereizt, und sie fühlte sich mit dem gegenwärtigen Stand der Dinge so wohl, daß sie nicht darauf bestanden hatte. Er war ohne Kenntnis der Dinge fortgegangen, die ihn hätten schützen können. Hätte er den O'Neill und den O'Donnell verstanden, das Irland, das sie kannte, es hätte vielleicht einen Unterschied gemacht. Es hätte ihm vielleicht geholfen. Es hätte ihm vielleicht das Leben gerettet.

Und hier war sie nun, in einem wunderschönen Haus, das nicht bezahlt war, Witwe aus einer Ehe, die gar keine war, Mutter von Kindern, die nicht die ihren waren. Sie hatte Höhen erreicht, von denen der Aufrechte Mann nur träumen konnte. Er könnte stolz auf sie sein.

Überall herrschte Betrug. Die offizielle Beschwichtigung, von Elizabeths Regierung ausgegeben, um Panik zu verhindern, war Betrug. Zwei überlebende Befehlshaber von Yellow Ford, Sir Thomas Wingfield und Sir Charles Percy, erschienen, um ihr ihr Beileid auszusprechen, und auch sie waren Betrüger, so gut sie es auch meinten. Sie erzählten ihr, Rob sei kühn an der Spitze seiner Getreuen mitten ins Schlachtengetümmel hineingesprengt, aber ihre Berichte waren so phrasenhaft und unter ihren Fragen so widersprüchlich, daß sie sofort erkannte, daß sie logen. Höchstwahrscheinlich hatte in der Verwirrung überhaupt niemand mitbekommen, wie Rob starb.

Aber sie rief trotzdem Henry herein, beobachtete sein Gesicht, während sie ihm schonend die gleiche Mär auftischten, und sah, daß es ihm eine Hilfe bedeutete. Er durfte stolz auf seinen Vater sein, aber eines Tages sollte er doch mehr erfahren als nur das, daß ein böser Mann namens O'Neill einen Hinterhalt gelegt und brave Engländer abgeschlachtet hatte, aus keinem besseren Grund als dem, daß er ein böser Mensch war.

Mitten unter ihren zahlreichen Aufgaben nahm sie sich Zeit für eine Unterredung mit dem Gehörnten Dick. Sie hatte ihn seit Monaten nicht gesehen. Das Ergebnis war, daß sie sich zehn Tage später in einen unauffälligen Umhang hüllte und mit

Winchard zusammen ein Boot nahm, zu Nell Bulls Flußtaverne unten in Deptford. Der Gehörnte Dick erwartete sie. »Viele sind's aber nicht, Barb. Die meisten werden in Wales ausgeladen und müssen sich allein nach Haus durchschlagen, und noch viel mehr sind desertiert und verstecken sich. Aber den hier gibt's. Brent heißt er. Captain aus der Bretagne. Seit zwei Tagen hier.«

Und hatte, so wie er aussah, diese zwei Tage ununterbrochen getrunken. Captain Brent hielt sich an Nells Türpfosten fest und verstellte jedem den Weg, der hinein- oder hinauswollte. Und er brüllte. »Der Große Satan, eh? O'Neill aufknüpfen, ja? Das wollt ihr, eh? Schieben wir nur alles auf den guten alten irischen Satan, was?«

Der Gehörnte Dick redete auf ihn ein. Mit einiger Mühe richtete der Captain den Blick auf Barbary. »Habt Euren Mann verloren, Lady? Schade, schade. So ein Jammer.« Er nahm seine Mütze ab und warf sie zu Boden. »Tretet drauf. Das ist O'Neills Kopf. So tretet doch drauf.« Dann riß er Dick den Hut vom Kopf und warf ihn neben seine Mütze zu Boden. »Und ich trete hierdrauf. Wißt Ihr, was das ist? Bagenals Kopf. Und ich trete drauf. Seht Ihr? Eh? Seht Ihr, wie ich dem Marschall den Kopf zertrete? Der arme alte verdammte Marschall.«

Es dauerte, bis es gelang, ihn zu beruhigen und in Nells Extrazimmer zu befördern, wo niemand außer ihnen seine aufrührerischen Reden hören konnte. »Verdammter Bagenal«, sagte er immer wieder. »Verdammter Bagenal. Ich erzähl' euch alles über den verdammten Bagenal. Der und seine verdammte Schwester. Bin froh, daß sie hin ist. Gut, guuuut, daß sie hin ist.«

»Mabel ist tot?«

»So heißt sie? Hab' nicht gewußt, wie sie heißt. Tot wie ein Türstock. Und meine Burschen hat sie mitgenommen. Verdammter Bagenal.«

Mit Mühe fanden sie folgendes heraus: Als Marschall Bagenal vom Tod seiner Schwester hörte, beschwor er die Dubliner Regierung, ihm die zweitausend neu angekommenen, frisch eingezogenen Rekruten für einen Angriff auf O'Neill zu geben, der das Blackwater Fort belagerte. Dublin lehnte ab; man verhandelte schließlich noch. Bagenal ließ nicht locker. In Dublin ließ man sich schließlich überreden, mißtraute aber Bagenal, der doch etwas überreizt schien, und ersuchte Ormond, den Angriff zu befehligen, wenn ein Angriff denn schon unumgänglich war.

»Aber der Schwarze Tom ist nicht so blöd. Der setzt doch seine Besitzungen in Leinster nicht aufs Spiel. Der hat in Leinster ziemlich viel. Er hat nein gesagt.«

Bagenal gab nicht auf. Die Rekruten erhielten, wie üblich, keinen Sold und fingen daher – ebenfalls wie üblich – an zu plündern und versetzten die Stadt in Angst und Schrecken, so daß die Regierung schließlich widerwillig einwilligte und eintausend Mann zu Bagenal schickte.

»Auswurf«, sagte Captain Brent zwischen seinem Schluckauf, »nichts anderes. Die konnten ihre Pike nicht von ihrem Pimmel unterscheiden, 'tschuldigt schon, Mylady.«

Und so war Bagenal mit viertausend Mann in die Hügel von Armagh marschiert, die selbst jetzt, im August, nur Inseln in feuchten Sumpfwiesen waren. »Eine verdammte Meile war der Zug lang, zog sich durch den ganzen Scheiß-Sumpf; wenn wir die Stiefel hoben, klebte halb Irland dran, dadurch zogen wir die verdammten Pferde, schoben wir den verdammten Saker. Habt ihr je einen Saker gesehen, Lady? Verdammtes Scheißding. Hat, soviel ich weiß, keinen einzigen Schuß abgefeuert. Und ratet, was dem verdammten Bagenal einfiel. Eh? Macht schon, ratet doch.«

Sie schüttelte den Kopf.

»Hat zwischen jedem Regiment einhundertundfünfzig Schritt frei gelassen.« Captain Brent breitete die Arme aus und warf dabei seinen Krug um. »Verdammt große Lücken. Aber korrekt. Routine. Weiß immer, was sich gehört, unser Marschall. Ich geh' zu ihm zurück. ›Hört her, Marschall‹, sage ich, ›ich will kein verdammtes großes Loch im Rücken beim Marsch durch feindliches Gelände‹, sage ich. Aber hört er mir zu? ›Geht zurück an Euren Platz, Captain‹, sagt er. Und ich geh' zurück. Und dann kommt es.«

Sie bestellte noch mehr Ale. »Was kommt?«

Er schüttelte den Kopf. »Ihr wollt's nicht wirklich wissen, Lady. Ihr bildet Euch das ein, aber Ihr wollt es gar nicht wissen. Sie heulen, wißt Ihr. Habt Ihr gewußt, daß die heulen?«

Ja, sagte sie, sie wußte, daß sie heulten.

»Aber das waren keine Wilden. Wilde halten einen Angriff nicht so durch, Stunde für Stunde für Stunde. Wilde schießen nicht so. Wißt Ihr, wie meine Männer starben? Kugeln. Es hat nur so Kugeln gepißt. Mehr Kugeln als Luft. Sie stürmten in die Lücken und schossen uns Kugeln in den Arsch. Und die verdammten Rekruten warfen ihre Waffen hin und rannten wie verdammte Hasen. Schossen kein einziges Mal zurück. Und meine Männer«, er wischte sich die Tränen übers ganze Gesicht, »wir waren den ganzen Niederländischen Krieg über beisammen. Gute Männer. Zu gut für das verdammte Irland. Zertreten wie Wespen.« Er starrte sie an. »Wißt Ihr, warum sie uns nach Haus verschiffen? Weil wir zu nichts mehr nütze sind. Seht Ihr das?« Er hielt eine schmutzige Faust hoch, die zitterte, als habe er die Schüttellähmung. »Angst. Ich hab' noch immer Angst. Alle machen sich in die Hosen vor Angst. Also geht nur schön heim, Lady. Denkt nicht an uns. Begrabt ihn als verdammten Helden, wer's auch war. Geht nur heim, und schiebt alles auf den verdammten O'Neill. Ich bleib' hier und schieb' es auf Bagenal.«

Nachdem er sich in Schlaf geweint hatte, steckte sie ihm ein Geldstück in seine Börse und sagte Nell, sie möge auf ihn aufpassen.

Am Dock sagte sie zum Gehörnten Dick: »Ich hab' für die Galoppierende Betty einen Gedenkstein bestellt.« Nachdem sie die Dienerschaft ausbezahlt hatte, war dafür gerade noch genug Bargeld geblieben.

»Das ist gut von dir, Barb.«

»Ich will nicht, daß du das sagst. Ich will nicht, daß du überhaupt was sagst.«

»Was wirst du jetzt tun, Barb?«

»Ich weiß es nicht.«

Edmund Spenser schrieb aus Irland und verlangte seine Kinder zurück, denn nun, da Rob tot war, konnten sie von seiner

Stellung in der Gesellschaft nicht länger profitieren. Der Brief drückte es etwas anders aus; er war voller Mitgefühl für sie, Empörung über O'Neill, Dankbarkeit, aber man durfte sie in ihrem Schmerz nicht länger belasten, und in diesen schweren Zeiten sollte eine Familie beisammen sein.

Als sie es ihnen mitteilte, wollten weder Catherine noch Sylvestris fort. Catherine hatte sich in London immer wohl gefühlt, seit dem Einzug in Betty House und die höhere Gesellschaft war sie ganz in ihrem Element. Barbary war ihr nie so nahegekommen wie ihrem Bruder, aber das Mädchen war lieb und freundlich; sie unterhielten sich über Mode und genossen ihre gemeinsamen Einkaufstouren; Catherine hatte sich jedoch bereits einen eigenen Freundeskreis unter Gleichaltrigen geschaffen, lauter Mädchen aus gutem Haus, und wurde zu langen Besuchen voll Schwatzen und Kichern zu den Cumberlands eingeladen, nach Penshurst oder nach Wilton, dem Besitz von Philip Sidneys Schwester Mary, der Gräfin von Pembroke.

Catherine befiel bei der Vorstellung einer erzwungenen Rückkehr nach Irland Verzweiflung: »Aber dort ist es so gefährlich!«

»Munster ist weit weg vom Norden.« Der Gedanke an die Gefahr verursachte Barbary schlaflose Nächte, aber Spenser versicherte ihr in seinen Briefen, daß Munster so wohlbefestigt und jetzt auch so gründlich kolonisiert sei, daß Unruhen ausgeschlossen seien.

»Aber Mylady Pembroke hat mich doch nach Wilton eingeladen.«

Barbary dachte nach. Mary Sidney war eine gebildete, vernünftige Frau, als erzieherisches Vorbild für Catherine ideal geeignet, und wegen der alten Verbindung zwischen Spenser und den Sidneys würde sie Catherine vielleicht aufnehmen, wenigstens vorübergehend.

»Wir werden sehen. Ich muß Lady Mary schreiben. Und deinem Vater auch, natürlich.« Catherine küßte sie und rannte fort, in die Küche, wo sie mit der Köchin ein Mittel gegen Sommersprossen braute.

Sylvestris las den Brief seines Vaters noch einmal. »Sind wir dir wirklich eine Last in deinem Schmerz?«

»Nein.« Aber sie waren es doch. Die Welt erzitterte in ihren Grundfesten, und sie hatte Angst um sie. Henry konnte sie kaum ansehen, ohne daß sie ihn beschützen wollte, und wenn Sylvestris ihr schon früher verletzlich erschienen war, so jetzt um so mehr. Aber Edmund Spenser hatte betont, sein Sohn solle jetzt in die »sylvane Idylle« von Schloß Spenser zurückkehren und langsam lernen, die beträchtlichen Güter zu verwalten, die er eines Tages erben würde. Sie legte ihm einen Arm um die Schultern. »Bist du denn nirgends eingeladen, edler Bleib?«

Er versuchte zu lächeln. »Vielleicht will mich ja die Truppe des Lord Admiral für ihr neues Theaterstück.«

Sie lächelte zurück. Im letzten Stück hatte er gerade eine Zeile sagen müssen, nämlich: »Bleibt, edler Herr«, hatte aber vor lauter Lampenfieber die Silben durcheinandergeworfen und »Herrt, edler Bleib« daraus gemacht. Sie sagte: »Aber du wolltest doch Schloß Spenser wiedersehen. Und Blumen auf das Grab deiner Mutter legen.«

»Du bist meine Mutter«, sagte er.

Schnell verließ sie das Zimmer. Sie hatte jetzt so gar keine Macht mehr, ihm oder den beiden anderen beizustehen. Mit Robs Tod hatte sie ihre Stellung verloren, jetzt war sie von Männern abhängig, über die sie selbst überhaupt keine Kontrolle hatte. Sie setzte sich wie eine Furie für Henrys Zukunft ein, angespornt von ihrem schlechten Gewissen darüber, daß sie seinen Vater so gedankenlos und sorglos in den Krieg ziehen ließ. Henry sollte eigentlich nichts zu fürchten haben, Rob hatte ihm in Lord Admiral Effingham einen guten Vormund ausgesucht; aber Vormünder waren nicht immer Garanten für das Glück ihres Mündels. Penelope Richs Vater hatte nicht weniger als die beiden jungen Leute selbst gewollt, daß sie Sir Philip Sidney heiratete, aber nach Lord Essex' Tod hatte der Graf von Huntingdon, ihr Vormund, sie an den schrecklichen Lord Rich verkauft.

Es ist meine Strafe, dachte sie. Sie hatte sich so sehr an Macht gewöhnt, hatte ihre Diener beim Kartenspiel gesetzt, als wären sie Spielgeld und nicht menschliche Wesen, die es vielleicht schmerzte, nur aus einer Laune heraus hin- und hergeschoben zu werden, und Winchard hatte sie als Kuriosität benutzt. Herrgott, sie kam selbst aus einer Schicht noch weit unter ihren Dienern und hätte sich doch erinnern müssen, was es bedeutete, machtlos zu sein. Sie hatte ihre Herkunft benutzt, um die Essex' und ihre Freunde zu amüsieren, und mit ihren Cockney- und Ordensausdrücken großgetan, um sich selbst und die anderen glauben zu machen, es gebe keinen Grund, all das zu verachten. Aber wenn sie es nicht selbst verachtete, warum hatte sie dann den Gehörnten Dick fallenlassen und Ausreden gesucht, um nicht ans Totenbett der Galoppierenden Betty gehen zu müssen? Sie hatte sie und sich selbst verraten, um von einer Gesellschaft beachtet zu werden, in der Neuheit alles war.

Nun, jetzt war sie die Neuheit von gestern. Das anfängliche Mitgefühl hatte sich rasch verflüchtigt. Die Königin hatte sie nicht besucht oder rufen lassen, ihr allerdings einen königlichen Kondolenzbrief geschickt. Sie war jetzt eine Witwe ohne Geld und ohne Stand; selbst die Kleider, die sie am Leibe trug, verdankte sie Henry, aber bis zu seiner Großjährigkeit hing Henry selbst von seinem Vormund ab, der sein Erbe vielleicht gut verwaltete – oder vielleicht auch nicht.

Nicht, daß sein Erbe gar so groß war. Sie tat zwar, was sie konnte. Sie hatte Helen kommen lassen, um dem Jungen über den Schmerz über seines Vaters Tod hinwegzuhelfen. Sie hatte Martin kommen lassen, Robs Bristoler Agenten, um die Schiffsbücher durchzugehen. Das Erzbischöfliche Gericht hatte Robs Testament überraschend schnell approbiert, und daher war noch für heute ein Treffen angesetzt mit einem der beiden Testamentsvollstrecker, nämlich dem Sekretär Cecil.

Sie setzten sich in der Bibliothek zusammen und gingen gemeinsam die Haushaltsbücher durch; des Elfen Beine baumelten über den Rand von Robs Stuhl, der für ihn zu groß war. In seinem Gesicht stand die entsetzliche Munterkeit, mit der er einen Sommermorgen ebenso wie seines Vaters Begräbnis betrachtete. Burghleys Tod hatte ihn getroffen, kein Vater und Sohn hatten sich je nähergestanden, aber eine Veränderung ließ sich nicht erkennen an diesem Mann, dessen ganzes Leben eine Übung darin war, nichts von sich preiszugeben. Man spürte nur eine gewisse Verhärtung, als sei die Tür ins innerste Gemach seiner Gefühle jetzt nicht nur versperrt, sondern auch zugemauert.

Er schloß das Haushaltsbuch ohne Kommentar, und sie reichte ihm die Bücher des Agenten, die Robs maritime Unternehmungen festhielten.

Die kläglichen Reste einer Handelsflotte waren beschämt in den Bristoler Hafen eingelaufen und hatten die Nachricht gebracht, daß das Cochenille-Schiff auf seiner Heimfahrt aus Westindien in einem Sturm gesunken war, aber zu ihrer ungeheuren Erleichterung stellte sich heraus, daß Rob an dreien der verbliebenen Schiffe beteiligt war, das eine brachte Zucker, das andere Gewürze, das dritte Tabak.

»Nach Martins Auskunft sollte der Verkauf von Robs Frachtanteil etwa dreißigtausend Pfund einbringen«, sagte sie. »Aber mindestens zehntausend davon werden in andere Unternehmungen investiert, die der Lord Admiral in Henrys Namen überwachen wird.« Sie warf Cecil einen bedeutungsvollen Blick zu. »Und ich würde wünschen, daß Ihr den Lord Admiral in diesen Angelegenheiten überwacht.« Sollen sie sich doch gegenseitig überwachen. Von den beiden Testamentsvollstreckern traute sie Effingham mehr als Cecil, aber sie wollte keineswegs erleben, daß ein Teil von Henrys Zukunft sich in die Taschen des Admirals verirrte.

»Gewiß, gewiß.« Sein Blick haftete noch immer an den Zahlen. Als er fertig war, sah er hoch. »Verbessert mich, wenn ich mich irren sollte, Lady Betty, aber da bleibt noch immer ein Defizit von zehntausend Pfund.«

»Schulden«, erwiderte sie. »Wir haben zehntausend Pfund Schulden.« Sie hatte genug von diesen Euphemismen, die vernichtende Niederlagen »Rückschläge« nannten und wo es hieß, »er mußte nicht leiden«, wenn man keine Ahnung davon hatte. Sie sah keinen Grund für Scheu vor dem Ausdruck »Schulden«, wo doch der ganze Hof auf Kredit lebte.

»Und welche Schritte gedenkt Ihr bezüglich dieser Schulden zu unternehmen?«

Ich hatte gehofft, die knickrige alte Hexe, deine Chefin, würde Schritte unternehmen oder wenigstens vorschlagen, dachte sie. Aber nachdem sie für Robs Beerdigung bezahlt und ihn in Westminster Abbey hatte beisetzen lassen, war die Königin offenbar der Meinung, sie habe für ihren verstorbenen Helden und Höfling nun genug getan.

Laut sagte Barbary: »Ich habe vor, Tilsend zu verpachten.« Das würde Henry ein Einkommen verschaffen und dabei ihn und Helen im Besitz von Betty House und Kerswell belassen. »Und ich habe außerdem vor, die Verbindung meines Sohnes mit einem Land zu lösen, das ihm seinen Vater genommen hat. Ich möchte Hap Hazard verkaufen.«

Cecil überlegte. »Das dürfte ausreichen. Gedenkt Ihr, Euch selbst um den Verkauf zu kümmern?«

»Mit Eurer Erlaubnis. Ich muß Edmund Spensers Sohn heim zu seinem Vater bringen, seine Tochter allerdings bleibt in England bei der Gräfin von Pembroke.« Sie beugte sich vor. »Wie sicher ist Munster?«

»Aber, meine liebe Lady Betty, es gibt gar keine Frage –«

»Ich muß es wissen.« Von sich aus brächten sie keine zehn Pferde dorthin, aber wenn Sylvestris bei seinem Vater abgeliefert werden mußte, dann konnte sie ihn begleiten und damit ihre Trennung hinausschieben, für eine Weile wenigstens, und mit eigenen Augen sehen, wie seine Stiefmutter ihn aufnahm. Ellis war der Pächter von Hap Hazard, und Spenser deutete in seinem Brief an, er sei interessiert an einem Kauf. Mit Genuß würde sie aus ihm den höchstmöglichen Preis herausquetschen.

»Wie ich eben sagen wollte, meine liebe Lady Betty, hat Ihre Majestät beschlossen, diesen Unruheherd ein für allemal auszulöschen. Sie stellt Fragen, zum Beispiel danach, warum auf irischem Papier mehr Regimenter stehen als auf irischem Boden …«

»Danach hätte sie schon früher fragen können. Rob hat's ihr gesagt. Er hat's auch mir gesagt.«

»… und sie hat die Aushebung von fünfundzwanzigtausend frischen Rekruten befohlen, um Lord Essex, sobald er sein Kommando antritt, zu begleiten.«

Kein Zucken störte die gleichmäßige Fröhlichkeit dieses Gesichts, aber hätte Barbary noch etwas Mitgefühl in sich übriggehabt, so hätte sie es jetzt für ihn empfunden. Das lange Taktieren seines Vaters, sein eigenes Ringen um die Erhaltung des gefährdeten Friedens – alles dahin; gesiegt hatten die »Blutgierigen und Falschen« und die Königin endlich zum Krieg überredet.

»Sir John Norris ist der Befehlshaber von Munster«, fuhr der Elf fort, »und er ist, wie Ihr wißt, ein erfahrener General. Sein Bruder, Sir Thomas, befehligt eine starke Garnison in Mallow – die Eurem Besitz zunächst liegende Stadt, wie ich glaube –, und er schreibt mir, daß einer seiner Männer in der Schlacht leicht drei Iren aufwiegt.«

»Das hat Bagenal vor Yellow Ford auch gesagt.« Sie legte auf Höflichkeit keinen Wert mehr. Am liebsten hätte sie ihm erklärt, daß es ihr ganz egal war, wer Munster hielt, Norris oder der O'Neill; sie konnte unter beiden gleich gut überleben. Aber sie hätte gern gewußt, ob sie und Sylvestris dort sein würden, wenn die beiden sich darum schlugen.

Er beteuerte weiter. Keine Gefahr. Teure Lady Betty. Laßt mich Euch versichern. Sie erkannte, daß er fortwollte, aber noch mußte das Testament verlesen werden.

Robs Letzter Wille trieb ihr die Tränen in die Augen. Er begann mit einem Bekenntnis seines Glaubens: »Ich vermache meine Seele Gott dem Allmächtigen, meinem Schöpfer und Erlöser, im Vertrauen darauf, durch den Tod und das Leiden Seines einzigen Sohnes, unseres Herrn Jesus Christus, errettet zu werden, wenn die Trompeten des Gerichts ertönen.«

Unter dem Gezirpe des Elfen glaubte sie Robs klangvolle Stimme zu hören. Sein Testament war im Grunde ganz einfach: mit Ausnahme einiger Legate an Diener und Freunde hatte Rob alles Henry hinterlassen. Aber in der Formulierung gab es Untertöne, von denen Rob wußte, daß sie sie verstehen werde.

»An Henry, meinen Sohn«, las der Elf, »mein gesamtes bewegliches Gut unter der Bedingung, daß er seiner Mutter allzeit Stab und Stütze sei und sie den Nutzen meines Hauses in Kerswell habe, desgleichen gute und ansehnliche Kleidung,

Fleisch und Trank und Dienerschaft in Krankheit und Gesundheit allzeit ihres Lebens –«

»Mylord«, unterbrach Barbary, »ich habe eine Cousine meines Mannes in den Haushalt aufgenommen, eine Dame namens Helen Westacott. Sir Rob war ihr freundlich zugeneigt und hat sie die letzten Jahre in Kerswell leben lassen. Sie hatte Henry als Säugling bei sich und war in jeder Hinsicht soviel wie seine Mutter. Während meiner Abwesenheit oder im Fall meines Todes soll dieser Abschnitt von Sir Robs Testament auf sie Anwendung finden.«

Der Elf warf ihr einen raschen Blick zu, der ihr den Eindruck vermittelte, daß er die Situation durchschaute. Wie sein Vater, dachte sie, kennt er auch alle Geheimnisse. Würde er Henrys Legitimität anzweifeln? Nur wenn es ihm einen Vorteil brachte, aber sie konnte nicht sehen, wie, und vor allem nicht, solange sie es bestritt.

»Ich sehe keinen Grund, warum sich das nicht machen ließe«, sagte er und las weiter. »Ebenso lege ich meinem Sohn ans Herz, meinem guten und vertrauenswürdigen Eheweib, solange sie lebt und nach ihrem Gutdünken, den Nutzen der Halle und ihrer eigenen Gemächer in jedem meiner Häuser, in Tilsend und jenem am Strand, bekannt als Betty House, zu überlassen, mit allem, was dazugehört, wie es wohl recht ist für ein pflichtbewußtes treues Weib, und daß sie zu ihrem ausschließlichen und uneingeschränkten Besitz den Gegenstand erhalte, den sie in der Schreibtischlade in der Bibliothek von Betty House vorfinden wird.«

Damit hatte er für sie, Barbary, gesorgt.

Cecil blickte sie über das Pergament hinweg an. »Das ist alles, abgesehen von den Zeugen.«

Rob, das hast du gut gemacht, dachte sie.

Er hüstelte. »Als Testamentsvollstrecker muß ich fragen, worum es sich bei dem zuletzt genannten Gegenstand handelt, Lady Betty.«

Sie wußte es selbst nicht. Es fiel ihr ein, daß dieser Gegenstand, was es auch war, jedenfalls alles war, was sie auf der weiten Welt ihr eigen nannte; alles andere hing von der Duldung anderer ab. Nun gut, was hatte sie denn sonst je besessen außer ihrem Verstand?

Er überreichte ihr den großen Schlüsselbund mit Robs Schlüsseln, die sie ihm zuvor bei seiner Ankunft zeremoniös entgegengestreckt hatte. Sie suchte den Schreibtischschlüssel heraus, durchquerte den Raum, den hüpfenden Elfen an ihrer Seite – er kam seiner Aufgabe bis ins kleinste nach – und öffnete die Lade.

Darin lag die Clampett.

25

Sie wäre beim Abschied sicherlich in Tränen ausgebrochen, hätte sie nicht gesehen, wie verzweifelt Henry selber mit den Tränen kämpfte. Sie hatte bisher nicht gewußt, wieviel sie dem Jungen bedeutete. Er trauerte noch immer um seinen Vater; jetzt ging auch sie fort und machte seinen Schmerz noch größer.

»Ich komme ja wieder«, sagte sie schnell, aber Henry preßte den Mund nur noch fester zusammen. Das hatte sein Vater auch gesagt.

Sie legte ihm die Hand auf die Schulter. »Du verstehst es doch, Häschen«, beschwor sie ihn. »Ich *muß* fort. Hap Hazard muß gut verkauft werden.«

Der Verkauf von Hap Hazard würde seine Finanzen auf Vordermann bringen, und sie traute es sonst keinem zu, Ellis den Preis abzuknöpfen, den sie dafür wollte. Wäre es nicht darum gegangen, hätte sie zwischen den beiden Jungen wählen müssen, die sie beide wie ihre eigenen Söhne liebte; hätte wählen müssen, ob sie bei Henry in London blieb oder Sylvestris nach Irland begleitete.

Wahrscheinlich, dachte sie, hätte sie ohnehin Sylvestris begleitet. Die Frage war, wer sie am meisten brauchte. Sylvestris war der verletzlichere, und Henry, so sehr ihn der Abschied schmerzte, kam auch ohne sie zurecht. Er war von Natur aus härter, er hatte Helen, hatte große Männer als Beschützer – und außerdem, und ohne daß er's wußte, auch weniger hochstehende Schutzengel; der Gehörnte Dick hatte den Orden angewiesen, auf ihn aufzupassen.

Aber in diesem Augenblick der Trennung, wo Henrys Kinn zitterte und er kaum seine Stimme beherrschen konnte, da konnte die ganze Vernunft der Welt den Schmerz nicht lindern.

»Kümmere dich um Helen«, sagte sie rasch. »Paß gut auf Winchard auf. Und ich hab' dich sehr, sehr lieb.« Sie wandte sich um und lief die Stufen hinunter in die Kutsche, und Henry stand allein und plötzlich sehr klein im riesigen Eingang von Betty House.

Der Gehörnte Dick brachte sie in Deptford aufs Schiff. Sie fuhren mit einem seiner Schiffe, obwohl er sich beklagte: »Na ja, nicht eigentlich meines, Barb, wie du weißt. Eher dem Sekretär seins. Er rupft mich noch immer.«

»Bring' mich nicht zum Weinen.« Sie nahm ein Stück Stoff seines Mantels zwischen die Finger, um die Qualität zu fühlen, hob dann die Hand und strich über seinen Hut: »Dieser Biber hat zwanzig Shilling gekostet, oder mein Name ist Veit.«

Er grinste. »Dreißig kommt eher hin.«

»Du bist auf die Butterseite gefallen, du alter Saftsack.« Sein Whiskey-Handel blühte. Es war vor allem Rattray zu verdanken, dem Cecil die Aufsicht über das Geschäft übertragen hatte, daß Dick und sein Partner jetzt eine kleine Flotte besaßen und außerdem Lagerhäuser in Deptford, Bristol und Milford Haven. Dicks Rock war aus bestem grauem Leinen, seine schweren Schenkel darunter staken in dicker Seide. Er hatte noch immer etwas Schmuddeliges an sich – vielleicht lag es an den Schuppen –, aber es war jetzt eine vornehme Schmuddeligkeit. Und er hatte nun das Alter erreicht, das ihm immer schon am besten stand. Mit einem Schock erkannte Barbary, daß der Gehörnte Dick, den sie in ihrer frühesten Jugend kennenlernte, noch ein vergleichsweise junger Mann gewesen war, der schon damals wie ein älterer Herr wirkte. Jetzt war er ein älterer Herr und sah auch so aus; das würde sich bis hoch in die Siebziger nicht ändern.

Und er machte sich noch immer Sorgen um sie. »Gefällt mir nicht, daß du zurückgehst, Barb.«

In Irland war jetzt wirklich Krieg. Dick hatte keine Verbindung mehr mit dem O'Neill, dessen Armeen den Norden und den Osten beherrschten, und daher auch nicht mit Will Clampett, versuchte aber immer noch, Kontakt mit ihm aufzunehmen.

Sie lächelte ihn an. »Mir geht's da prima, wirst schon sehen. Munster ist doch ruhig, oder nicht?«

Als sie die Laufplanke hinaufgingen, fragte sie: »Was ist das für eine Fracht, mit der wir zurückfahren?« Der Whiskey fuhr schließlich nur in eine Richtung.

»Schießpulver.«

Sie blieb stehen. »Na herrlich.«

Er tätschelte sie beruhigend. »Sicher wie in Abrahams Schoß, Barb. Alles gut verladen, und meine Burschen sind verläßlich. Kein einziger Raucher darunter.« Rauchende Matrosen hatten schon mehr als ein Munitionsschiff auf Grund gesandt. »Ganz legal verladen, sowieso.«

Mißtrauisch starrte sie ihn an: »Legal?« Es konnte nicht viel Profit drin sein, wenn es sich um legalen Nachschub für die Armee handelte.

»Tja, siehst du, Barb ...« Er unterbrach sich und sagte zu Sylvestris: »Möchtest du nicht gehen und dir die Segel anschauen, junger Milchbart?« Dann steuerte er Barbary zu ihrer Kabine. »Siehst du, Barb, die Rom-Mort bezahlt uns, daß wir das Zeug nach Irland bringen, aber sobald wir dort sind, bezahlt uns jemand anderer dafür, daß wir das Zeug woanders hinschicken lassen.«

»Wohin?«

»Ich frag' nicht, Barb, und –«

»Wohin, Dick?« Hatte Pulver vom Gehörnten Dick die Kugel angetrieben, die Rob getötet hatte?

»Barb, ich frage nicht. Vielleicht geht's zum O'Neill, vielleicht auch nicht. Englische Nobel-Knilche kommen an Bord und kaufen es, bevor die Armeelieferanten dazukommen. Sie reden höflich und sie zahlen höflich. Das ist alles, was ich weiß.«

Sie nickte. Sie konnte Dick kaum dafür verurteilen, daß er das gleiche tat wie sie damals in Tilsend, um so weniger, als er offenbar unter englischem Schutz und Schirm agierte. Sie fragte sich, ob wohl Sekretär Cecil wußte, woher seine fetten Profite stammten.

»Na schön«, sagte sie, »solange der Junge und ich nicht vor unserem Schiff in Dublin ankommen.«

Dick sah schockiert drein. »Du fährst doch nicht nach Dublin, Barb. Dein Ziel ist Kinsale. Ich würde dich nicht in Dublin landen lassen. Dann lieber gleich bei Paltock.«

»Ist es so arg?« Wer vom Orden ausgestoßen wurde – und der Orden war im allgemeinen wirklich nicht wählerisch –, versammelte sich in Paltocks Herberge. Der achtlose Trinker, der sich da hinein verirrte, ward nicht mehr gesehen.

»Ärger. Die Bösen und die Gesetzlosen treiben's da jetzt wüst. Und O'Neill rückt weiter vor, er steht schon vor Drogheda. Also ich hab' soviel Achtung vor dem O'Neill wie sonst nicht bald wer, und das weißt du, Barb, aber ich möchte nicht in Dublin sein, wenn seine munteren Burschen da einmarschieren. Nein, unser Geschäft läuft jetzt über Kinsale. Munster ist ruhiger.«

Sie versuchte sich zu erinnern, wo Kinsale war. Sie hatte schon davon gehört. Der Gehörnte Dick kannte Irland jetzt offenbar besser als sie; jedenfalls hatte er mehr Ahnung vom gegenwärtigen Stand der Dinge. Sekretär Cecil hatte nicht erwähnt, daß der O'Neill vor Drogheda stand.

»Kinsale ist an der Südküste«, erklärte der Gehörnte Dick, »außer Schußweite jedenfalls. Nach Cork hinunter, und dann ein bißchen links. Eine von den Pale-Städten, aber Barb, ich sag' dir, diese Stadt ist scharf wie 'ne Messerklinge. Die würden einem Hund Flöhe verkaufen, diese Burschen da.«

Er blickte sich um. »Die handeln sogar mit den Dons, stell dir das vor. Ich schwör's. Letzten Monat hab' ich so ein Schiff im Hafen gesehen. Erinnerst du dich an Don Wiegehtsdempapa? Den Schatz deiner Oma? Na, das war voller Figuren, die sahen genau aus wie er. Gerade daß sie nicht die spanische Flagge wehen hatten. Und der Bürgermeister war so nett zu ihnen wie der Göd zum Patenkind.«

»Ach, pflanz deine Großmutter.« Keine englische Stadt, auch keine irisch-englische Stadt, würde offen mit Spanien Handel treiben.

Er zuckte die Achseln. »Was ich sagen will, Barb, ist: Kinsale hat Phantasie. Die haben keine Hemmungen. Wenn's kracht, Barb, dann geh nach Kinsale. Eins von meinen Schiffen legt dort früher oder später an und klaubt dich auf.«

»Wird's denn krachen?«

»Vielleicht, vielleicht auch nicht. Ruhig ist es schon. Die Kolonisten sind ganz glücklich, aber die Iren, glaub ich, nicht.«

»Noch immer nichts von Will?« Sie wußte es schon; er hätte es ihr ja gesagt, aber sie fragte eben immer wieder. Von ihrer Zuneigung zu ihm ganz abgesehen, nagte auch er an ihrem Gewissen. Er war ihretwegen nach Irland gegangen.

»Nein. Die Botschaft über *Sie* hast du bekommen?«

»Ja, Gott sei Dank.« Eines seiner Whiskey-Schiffe hatte sich nach Connaught gewagt – der Gehörnte Dick behauptete immer, daß Whiskey aus dem Quellwasser von Connaught der beste war –, und Grace O'Malley hatte es abgefangen. Kaum hatte Dick davon gehört, sandte er Barbary auch schon mit einem Läufer die Nachricht, daß ihre Großmutter am Leben und ganz die alte war. Das war am Tag von Robs Begräbnis gewesen, der einzige Lichtblick in ihrer Trauer.

»Hat Lotsengebühr verlangt, so wie immer«, erklärte Dick und schüttelte den Kopf. »Was hätte die für einen Aufrechten Mann abgegeben, Barb.«

»Macht Bingham ihr wieder das Leben schwer?«

»Der macht niemandem mehr das Leben schwer. Der liegt im Sterben, hört man.«

»Gut.«

»Der Rote Hugh O'Donnell holt alles zurück, was Bingham genommen hat. Connaught ist wieder so gut wie irisch.«

»Gut. Ich nehme an, man hört nichts von ...«

»O'Hagan? Nein. Das hast du mich gestern schon gefragt.« Er klopfte ihr auf die Schulter.

Das letzte Mal hatte sie ganz zufällig durch Cecil etwas über O'Hagan gehört. Er hatte nebenbei erwähnt, daß O'Neills Botschafter in Spanien den spanischen König noch immer dazu überreden wollte, spanische Hilfstruppen nach Irland zu schicken. »Ein Mann namens O'Hagan«, sagte er.

Der Kapitän steckte den Kopf durch die Tür. »Bereit zum Ablegen, Sir.« Sie gingen hinauf auf Deck. »Du bist ein Schatz, Dick. Oder soll ich auch ›Sir‹ sagen?« Dick als Autoritätsperson, daran mußte sie sich erst gewöhnen.

Er stieß einen theatralischen Seufzer aus. »Leicht ist es nicht, Barb. Jetzt muß ich zurück und den Griffelkratzern sagen, was sie zu tun haben.«

»Was ist ein Griffelkratzer?« fragte Sylvestris, als sie von Deck aus dem Gehörnten Dick zum Abschied winkten.

Sie schaute zu, wie die Entfernung zwischen ihr und der rundlichen Figur am Kai immer größer wurde. »Ein Schreiber. Winke.«

»Warum redest du mit ihm immer so komisch?«

»Er ist mein ältester Freund. Wir waren zusammen im Orden.«

»Was ist das, der Orden?«

Sie erklärte es ihm. Während das Schiff vor einer leichten Brise über die ruhige Septembersee nach Irland segelte, erzählte sie ihm so gut wie alles, was es zu erzählen gab, über den Orden, über ihr Verhältnis zu Irland. Sie legte buchstäblich ihr ganzes Leben in die Hände eines etwa zehnjährigen Jungen, aber es war ihr wichtig, daß dieser zukünftige anglo-irische Gutsbesitzer mit jenem Wissen ausgestattet wurde, das sie Rob vorenthalten hatte. Er sollte auch das andere Irland kennen, nicht nur das Irland seines Vaters, und die einzige Möglichkeit, es ihm nahezubringen, lag in einer Enthüllung Schritt für Schritt, so wie es sich ihr enthüllt hatte. Nach ihrer Ankunft in Munster würden sie ihr Sylvestris wegnehmen; sie mußte es ihm jetzt erklären.

Er hörte aufmerksam zu, stellte manchmal Fragen. »Warum wolltest du den Mann retten, der den Priester rettete?«

»Sie hätten ihn umgebracht. Es waren schon zu viele getötet worden.«

»Ist es denn falsch, katholische Priester umzubringen? Das Gesetz erlaubt es.«

»Langsam glaube ich, daß es falsch ist, überhaupt jemanden umzubringen.«

Am nächsten Tag, sie warfen gerade ihre Leinen nach Makrelen aus, sagte er: »Du liebst viele Leute, nicht? Den Gehörnten Dick, Grace O'Malley, diesen O'Hagan, sogar den O'Neill, obwohl er dich hereingelegt hat.«

»Liebe ist nicht rationiert.«

»Aber ich liebe nur dich und Catherine.«

»Das ist gar nicht schlecht. Als ich so alt war wie du, liebte ich nur mich selber. Und du liebst deinen Vater.«

Sylvestris starrte auf den silbernen Strudel rund um den Haken im Wasser. »Ich kenne ihn nicht sehr gut.«

»Du brauchst Menschen nicht zu kennen, um sie zu lieben. Schau doch dich und mich an.« Aber plötzlich erkannte sie, daß sie ihn in eine schwierige Lage gebracht hatte. »Schau, edler Bleib, vor deinem Vater darfst du keine Geheimnisse haben. Wenn ich fort bin, kannst du ihm das alles erzählen.«

Sie warf ihm einen schnellen Blick zu; vielleicht war es unfair gewesen, ihm die Scheuklappen abzureißen, hinter denen er bisher die Welt betrachtete. Sie erinnerte sich, wie Philip Sidney ihr diese haarsträubende Geschichte von dem Mann in Italien erzählte, der behauptete, die Erde drehe sich um die Sonne und nicht umgekehrt. Einen Monat lang, bevor sie die Vorstellung als blödsinnig verwarf, versuchte sie sich's vorzustellen und fühlte sich ganz schwindlig. Ebenso schwindlig mußte sich der Junge jetzt fühlen, da vertraute, festgefügte Wahrheiten plötzlich erschüttert wurden. In einer einzigen Lektion hatte er das Gesetz durch die Augen des Gesetzesbrechers sehen gelernt, große Männer als große Kriminelle, eine Ehebrecherin als Verteidigerin des Ehebruchs und Rebellion vom Standpunkt des Rebellen. Das anzunehmen, wenn er es denn annahm, war nicht leicht. Andererseits, dachte sie, das zu durchleben war für mich auch nicht leicht.

»Puh«, sagte er.

Sie war zufrieden mit ihm. Das war der richtige Kommentar.

Die felsige Südküste Irlands öffnete sich im großen Fluß Bandon. Das Pulverschiff wartete draußen in der Mündung auf die Flut, bevor es in die langen, sichelförmigen Windungen des Flusses zwischen den Hügeln einfuhr. Sie passierten die großen englischen Forts Rincorran im Osten und Castle Park im Westen, die die Einfahrt beherrschten, und segelten unter Felsklippen mit winzigen Strandflecken darunter dahin. Es war ein herrlicher Tag. Möwen folgten ihrer Kielwelle, Angler winkten ihnen von den Felsen, während hoch über ihnen auf den Hügeln winzige Ochsen geduldig Pflüge zogen und die kleinen Flecken abgeernteter Felder mit Furchen überzogen. Die Erde war rötlich.

Sie erinnerte sich jetzt. Kinsale, das war die Gegend, wo Will als verwundeter Soldat an seine Heimat in Devon denken mußte; hier war Wills Straße nach Damaskus. Hier hatte er das Licht gesehen, das ihm die Iren als Menschen wie alle anderen zeigte. Hier war es auch, wo er das Kind gerettet hatte, das später zu Barbary Clampett wurde. Sie blickte sich um, neugierig, das zu sehen, was Will hier gesehen hatte.

Dann lag sie plötzlich auf Deck und würgte. Eine der Felsplatten hatte sich vornüber geneigt und sie in ihre eigene Perspektive eingesaugt, so daß sie wieder das Kind war, das sich daran klammerte, über die Schulter auf den Fluß hinunterstarrte, voll Angst vor der Tiefe, in panischem Schrecken vor den Soldaten, die oben den Felsen entlangrannten. Ein Mann in einem Boot winkte ihr. Aber sie würde es nicht bis zu ihm schaffen. Die Soldaten würden sie vorher erschießen. Die Angst verzehrte sie. Angst und Schmerz. Sie hatten ihre Mutter gehängt. Wie lange war sie jetzt schon auf der Flucht, gehetzt von einem Versteck zum anderen? Zu lange. Am besten, sie ließ sich fallen und erschießen.

»Tante Margaret! Bitte, bitte, Tante Margaret!« Sylvestris beugte sich über sie, sie preßte ihn schluchzend an sich.

Als sie die lange Flußwindung hinter sich gebracht hatten und sich wieder nach Süden den Molen von Kinsale zuwandten, hatte sie sich gefangen und war verärgert. »Barbary heiße ich«, erklärte sie Sylvestris.

Sie konnte sehen, was der Gehörnte Dick mit seinen Worten über Kinsale gemeint hatte. Die Hänge der Hügel rund um den Hafen waren mit kleinen bunt gestrichenen Häusern bestanden. Daneben gab es auch eine Menge herrschaftlicher Häuser, aber alle blickten hinunter auf die Schiffe der unterschiedlichsten Nationalitäten, die hier ihre Fracht löschten und verluden. Die Lagerspeicher und Amtshäuser der Stadt waren so weit wie möglich zurückgeschoben, um auf den großen Kais mehr Platz zu schaffen, die gestopft voll waren mit Menschen und mit Gütern.

Sie blieb nicht an Bord, um zu sehen, wer es war, der Dicks Schießpulver kaufte. Sie ließen sich an Land rudern und bahnten sich einen Weg zwischen Fischkörben, Leinen und Stoffballen, Häuten und den Dockarbeitern mit ihrem Pale-Akzent, der mehr irische als englische Elemente in sich hatte. Aus der Menge der rufenden, handelnden Menschheit ertönten auch andere Akzente, und tatsächlich, eine Gruppe von sehr farbenprächtig gekleideten Herren redete genauso wie Don Wiegehtsdempapa. Niemand außer ihr zuckte mit der Wimper. Kinsale war, wie Dick richtig gesagt hatte, eine Handelsstadt, und womit gehandelt wurde, war ihm egal.

Ein Exportartikel drängte alle anderen in den Hintergrund: Holz. Große Stöße Bauholz bedeckten einen ganzen Kai, noch mehr wurde von Booten abgeladen, die den Fluß herab aus dem Landesinneren kamen. Ein anderer riesiger Haufen bestand aus Weinfässern. Ein Docker hämmerte die Deckel auf Kisten mit Hunderten von hölzernen Pfeifenstielen, auf jeden Deckel wurde Sir Walter Raleighs Wappen aufgestempelt. Andere Kisten, die mit äußerster Vorsicht verladen wurden, enthielten Glas, und Glas verbrauchte zu seiner Herstellung gewaltige Mengen an Holzkohle. Irgend jemand fällte da irgendwo eine Menge Bäume.

»Da ist Vater«, rief Sylvestris.

Edmund wurde von verschiedenen Honoratioren begleitet, der geringste unter ihnen war der Bürgermeister von Kinsale. Edmund war schließlich ein bedeutender Mann: Schreiber des Rats von Munster. Die Entscheidung für ein Leben als großer Fisch in diesem provinziellen Teich war klug gewesen, fand Barbary, auch wenn Edmund nicht viel Wahl hatte. Aber er war ein Mann der Provinz. Hier, wo man zu ihm aufblickte, hatte er Würde und Ansehen gewonnen. Sie dagegen, in ihrer modernen höfischen Trauerkleidung, wirkte etwas exotisch unter den Damen von Munster in ihren konservativen Gewändern, die auch besser zu ihren Figuren paßten. Die Damen von Munster – zumindest die, die hier zu ihrer Begrüßung angetreten waren –

neigten offenbar dazu, in die Breite zu gehen, genau wie ihre Kühe. In Connaught, fiel ihr ein, sagte man von einer dicken Frau, sie sei »breit wie eine Munster-Kalbin«.

Sie war überrascht, daß man sie mit solchem Pomp empfing. Vermutlich empfing man so alle Besucher Edmunds, es war als Kompliment für ihn gedacht. Aber der gleiche Empfang harrte ihrer in Cork am selben Abend, nach der langen Fahrt in Edmunds Kutsche. Sie war Lady Betty, Witwe des tapferen Sir Rob, eines der glorreichen Gefallenen von Yellow Ford, der sein Leben im Kampf gegen den großen Satan gegeben hatte, und wenn sie ihr Respekt erwiesen, so galt das eigentlich Rob. »Er wird gerächt«, hörte sie immer wieder. »Die Königin und Essex werden ihn rächen.«

Die beiden Namen waren synonym geworden. Der Toast der Königstreuen lautete: »Auf unsere Huldvolle Majestät, die Königin Elizabeth, und unseren Lord Essex, der Herr segne sie beide.« Essex' Politik der völligen Auslöschung der irischen Bedrohung war eine, die sie der englischen Regierung seit Jahren nahelegten, und da sie jetzt endlich in die Tat umgesetzt werden sollte, waren sie außer Rand und Band vor Begeisterung. Der Bürgermeister von Cork, witziger als die meisten, sprach vom O'Neill als einem Abenteurer, der Schiffbruch erleiden würde »an der Küste von Essex«.

Barbary spitzte die Ohren nach einem Unterton von Panik unter dem Gelächter, fand aber nichts; man sorgte sich hier weniger als in London. Schon allein durch die Kolonisation hatte man ja gezeigt, daß die Iren minderwertig waren. Clontibret und Yellow Ford waren nur unwesentliche Rückschläge im Status quo, der von der Vorsehung ebenso festgelegt war wie die Zehn Gebote; schuld daran war, sie möge es bitte nicht übelnehmen, nur mangelhafte Ausrüstung der englischen Armee. Der Norden und Connaught waren ja nie so kolonisiert worden wie Munster, erklärten sie, nie würde O'Neill Dublin erreichen, außerdem war ja Essex im Anzug …

Die gleiche Gewißheit empfing sie in Schloß Mallow, wo sie die nächste Nacht verbrachten, bei Sir Thomas Norris, Lord Oberrichter von Munster, und seiner Frau, und allmählich übertrug sie sich auch auf Barbary. In den Jahren ihrer Abwesenheit war die Stadt kräftig gewachsen, bis zum Fluß hinunter war sie jetzt bestanden mit ansehnlichen Häusern und Läden. Die bunten, sehr englischen Gasthausschilder, die steinerne Brücke, die Garnison, deren Tore von würdevoll schreitenden Rotröcken bewacht wurden, die Burg und ihre Gärten vermittelten ein Gefühl von festverwurzelter Stabilität. Alles Irische war verbannt, bis auf den Akzent einiger Geschäftsleute und Soldaten, aber diese Geschäftsleute hatten Porträts von Elizabeth in ihren Schaufenstern, und diese Soldaten riefen »Gott schütze die Königin«, als sie vor Edmunds Kutsche die Tore öffneten.

Die Begrüßung hier war im Vergleich zu Cork gedämpft. Rob und Sir John Norris, der Bruder von Sir Thomas, hatten viele Abenteuer gemeinsam bestanden, und Robs Tod hatte ihn tief getroffen. Sir John hütete oben das Bett, man war nicht in festlicher Stimmung. Außerdem hatte man hier nicht vergessen, daß Barbarys Ankunft in diesem Bezirk damals unter zwielichtigen Umständen erfolgt war – da war doch irgend etwas mit Männerkleidung, und war sie nicht unter merkwürdigen Umständen wieder verschwunden? Aus Achtung vor ihrem verstorbenen Gatten und Master Spenser und auch vor der Tatsache, daß sie mittlerweile in den höchsten Kreisen Englands verkehrte, selbst wenn sie von Geburt Irin war, mußte Sir Thomas sie bei sich aufnehmen; aber nur an seiner Familientafel, und nicht zusammen mit anderen Gästen.

Besonders Lady Norris wand sich ob der Frage, wie man diesem weiblichen Emporkömmling zu begegnen hatte. Aufgrund ihres Benehmens – worin genau dies bestand, darüber äußerte sich Lady Norris nur vage – war sie nicht würdig, an ihrem Tische zu sitzen, andererseits ging sie, so man Master Spenser Glauben schenken wollte, bei Sekretär Cecil, ja, der Königin selbst ein und aus. Lady Norris mißbilligte Sekretär Cecil und seine schwächliche Politik gegen die Iren, dieselbe Mißbilligung hatte auch seinen Vater getroffen, aber sie besaß die typisch koloniale Ehrfurcht vor Ihrer Huldvollen Majestät.

Es mußten erst zwei Gänge der schweren Mahlzeit vergehen, bis die erschöpfte Barbary überhaupt bemerkte, daß über dem Wild verbale Giftpfeile auf sie abgeschossen wurden. Ihre Gastgeberin versuchte, sie wegen ihrer höfischen Manieren, die Barbary keineswegs absichtlich an den Tag gelegt hatte, zu dämpfen und sie gleichzeitig mit ihrer Vertrautheit mit dem englischen Gesellschaftsleben zu beeindrucken.

»Mein Schwager, Sir John, war mehr als verblüfft, als Ihr plötzlich aus dem Lough Neagh auftauchtet, Lady Betty. Wie bei König Artus, sagte er. Die Dame aus dem See.«

»Ja«, erwiderte Barbary. »Ich hatte die Gräfin von Tyrone besucht. Wie geht's Sir John?«

»Leider nicht sehr gut. Sir Thomas vertritt ihn als Lord General.« Lady Norris nahm den nächsten Pfeil auf. »Ah, die arme Mabel. Wie es heißt, verlor sie am Ende völlig den Verstand. Aber was kann man auch von diesen gemischten Ehen erwarten?« Sie lächelte – das hatte gesessen. »Aber natürlich, meine liebe Lady Betty, bezieht sich das keineswegs auf Euren Fall. Ich bin sicher, Ihr und Sir Rob wart sehr glücklich, wenn auch so oft voneinander getrennt.«

Ach du Scheiße, dachte Barbary, ich bin für dieses Spiel zu alt. Nichtsdestoweniger krempelte sie im Geist die Ärmel hoch. »In der Tat. Wie weise von Euch, Lady Norris, stets an Sir Thomas' Seite zu bleiben, selbst wenn dies Exil vom eleganten höfischen Leben bedeutet.« Kein Volltreffer, aber sie mußte sich erst einschießen. Sie sah, wie weiter unten an der Tafel Sylvestris kaum merklich einen Daumen hob.

Lady Norris ging's von einer anderen Seite an. »Nun, meine teure Lady Betty, ich stehe ja doch in engster Verbindung mit dem Hof. Meine Schwiegermutter ist, wie Ihr wißt, die beste Freundin der Königin und mußte nie die Demütigung erfahren, daß die Königin sich über sie ärgerte oder gar vom Hof ausschloß.« Wieder ein Treffer ins Schwarze; die alte Lady Norris erfreute sich sogar der Auszeichnung durch einen königlichen Spitznamen, die Königin nannte sie ihre »Krähe«. Bevor Barbary zum nächsten Wurf ansetzen konnte, fuhr Lady Norris fort: »Sie schlug Ihrer Majestät vor, ihren ersten Besuch in Irland anläßlich des Maskenspiels zu planen, das wir im Frühjahr aufzuführen gedenken.«

»Dann müßt Ihr mir gestatten, Euch dabei zu beraten; Sir Rob und ich gaben erst kürzlich ihr zu Ehren ein solches Fest.«

»Das Thema war das Verbrechen, nicht wahr? Ich frage mich, warum wohl?«

»Ich kenne den Humor Ihrer Majestät, und sie erklärte uns in ihrer Güte, daß sie Besseres noch nie sah.«

Gegen Ende des Dinners hatte Barbary den Überblick über den Spielstand verloren, aber sie fühlte sich zu ihrer eigenen Überraschung gekräftigt und gestärkt wie schon lange nicht mehr.

Am nächsten Morgen, in der Kutsche, bemerkte Sylvestris: »Du hast gewonnen.«

»Bist du sicher? Sie traf ein paarmal voll ins Schwarze.«

»Wer traf ins Schwarze?« fragte Edmund. »Worüber redet ihr beide eigentlich?«

Die fünf Meilen Fahrt nach Kilcolman kannte sie noch gut, aber ein Blick aus dem Fenster ließ ihr das Mark gefrieren: »Was habt ihr mit den Bäumen getan?« Ein schöner alter Freund war plötzlich kahl geworden. Die Gegend lag glatt in der milden Septembersonne da, auf heckengesäumten Feldern drängten sich Korngarben, aber in Barbarys Augen wirkten sie wie spärliche Haarbüschel auf einer Glatze; Munsters schönster Schmuck war verschwunden. Was geheimnisvoll und wild gewesen war, lag jetzt offen da wie die Vororte rund um London; wo einst in Hainen die Jagdhörner der Fianna widerhallten, grasten jetzt auf hügelauf, hügelab wogenden Wiesen Kühe.

Sie passierten die Auffahrt zu Hap Hazard. Edmund Spenser fiel in seinen Sitz zurück, als Barbary ihn anfuhr: »Wo ist mein Wald, verdammt? Habt Ihr diesem Bastard Ellis gestattet, meinen Wald abzuholzen?«

»Faßt Euch, Lady Betty. Die Rodung der Wälder war eine politische Entscheidung und unumgänglich für unsere Sicherheit.«

»Blödsinn.« Hap Hazard stand ihr nicht besonders nahe, aber von einem bestimmten Punkt aus hatte man das Haus vor einem Buchenhain gesehen, durch dessen Zweige das Licht in schrägen Säulen fiel … Und der verdammte Ellis hatte alles abgeholzt, so daß das Haus jetzt nichts anderes war als ein normales englisches Herrenhaus in offener Parklandschaft.

»Ich darf Euch bitten, die Anwesenheit des Kindes zu bedenken, Lady Betty. Aber ich sage die Wahrheit. Die Bäume beherbergten die rebellischen Iren und wurden ebenso zu unseren Feinden wie diese.«

»Wie kann ein Baum jemandes Feind sein?« Die Kais in Kinsale fielen ihr wieder ein. »Jemandes Schiff, meint Ihr, jemandes Weinfaß, jemandes verdammter Pfeifenstiel.«

»Lady Betty, ich muß schon bitten. Es ist richtig, daß ein Teil des Wohlstandes dieser Provinz vom Holz kommt, aber der Profit kam unerwartet und entstand aus einer dringenderen Notwendigkeit.«

Wütend lehnte sie sich zurück. Die Wälder waren es, die Irland von England unterschieden, ihm einen Hauch des Paradieses verliehen hatten, der jetzt auf immer fort war; Irland war zahm und prosaisch. Als nächstes würden sie wohl Connaught das Meer wegnehmen. Jetzt fühlte sie sich wieder ganz als Irin und pfiff auf die Lady Norris', die Ellis' und alle anderen Holzprofiteure. Mit einem Stich fiel ihr der wunderbare Abend ein, als sie Rosh durch die bewaldeten Ballyhouras zu ihrer Messe gefolgt war, der Abend, der sie zu O'Hagan geführt hatte.

Und Spensers Hirschpark war verschwunden, oder zumindest waren die Wälder zu beiden Seiten der Auffahrt nach Kilcolman durch einen echten Park ersetzt worden. Einzelne freistehende Eichen überragten sorgfältig geplantes Buschwerk. In dem dekorativen Schatten stand eine friedlich grasende Herde Rehe. Wahrscheinlich mit den Hufen an den Boden genagelt, dachte Barbary, sagte aber nichts; der alte Wildpark hatte Maccabees »Namenlosigkeiten« enthalten und Captain Mackworth und die Gehängten. Vielleicht gab es Bäume, die man wirklich fällen mußte. Aber als sie zum Haus hinauffuhren, blickte sie zurück und sah, daß auch die Ballyhouras verschwunden waren. Berge gab es dort zwar noch, aber sie waren bis aufs Skelett geschoren, der weite Baldachin aus Grüntönen war dahin, die nackten Kuppen von dumpf rötlich leuchtendem Moos oder Farn gefleckt, als schämten sie sich.

»Ihr habt ganze Arbeit geleistet, Edmund«, sagte sie grimmig.

»Ich danke Euch«, erwiderte er. »Ihr werdet sehen, daß sich einiges verändert hat.«

Wie das ganze übrige Munster hatte auch Schloß Spenser diesen gewissen Glanz, den nur der Wohlstand bringt. Kein Unkraut vor den Tortürmen, die jetzt durch einen steinernen Bogen und schmiedeeiserne Tore verbunden waren anstatt wie früher durch ein schweres Holztor. Sie fuhren zwischen wohlgeschnittenen Hecken hindurch auf von Grünspan überzogene Kuppeln aus echtem Messing und ornamentale Ziegelschornsteine zu. Die jämmerlichen Eibenstecken links und rechts am Weg zum Schuppen, wo sie und Rosh in dieser furchtbaren Nacht den bewußtlosen O'Hagan entlanggeschleppt hatten, waren jetzt Wunderwerke der Gärtnerkunst. Auf weißem Kies gelangte man zu einer Freitreppe, auf deren Stufen große Steintöpfe mit Geranien standen. Dies war kein Schloß, aber ein sehr ansehnliches Herrenhaus.

Edmund war zu Recht und mit aller Zurückhaltung stolz darauf. »Ich glaube, einiges ist verbessert worden, Lady Betty. Ihr erinnert Euch doch noch an den ersten Anblick.« Nein, sie konnte ihm nicht mehr böse ein, wenn sie daran dachte, wie tapfer er an jenem ersten Morgen gewesen war angesichts der lächerlichen Steine und Trümmer dort, wo sie eine hochherrschaftliche Burg erwartet hatten. Aber das war das letzte Mal, daß sie die Vergangenheit erwähnten; dafür sorgte schon Elizabeth Spenser.

Edmunds neue Frau war eine große, junge, gesunde Frau aus dem Pale, blond und schon mit ihrem zweiten Kinde schwanger. Sie stammte aus einer Kolonistenfamilie der Mittelschicht – ihr Onkel war der Bürgermeister von Youghal – und wollte auch nicht höher hinaus. Sie nahm ihren neuen Stiefsohn und die Besucherin zu einem herzlichen Willkommen in die Arme, und eine Weile dachte Barbary: unkompliziert, Gott segne sie. Sylvestris hat nichts zu befürchten.

Später gab sie sich innerlich einen Tritt dafür, daß sie je glauben konnte, es gebe auf der Welt so etwas wie einen unkomplizierten Menschen. Elizabeth Spenser, obgleich viel jünger als Edmund, betete ihren Gatten an, hielt sich für die glücklichste Frau der Welt, mit einem so großen Mann verheiratet zu sein, und verzehrte sich vor Eifersucht auf die Zeit, da sie's noch nicht war.

Ob Edmund ihr nun seine erste Ehe als das Paradies hinstellte, Maccabee als Inbegriff aller Tugenden und die Zeit nach ihrem Tod als eine, da er, allseits verehrt, doch stets in tiefster Trauer, nur mit Fürsten verkehrt hatte, konnte Barbary nicht wissen. Aber egal, was die Ursache war, Elizabeth gestattete keine Reminiszenzen. Wenn sich das Gespräch auch nur andeutungsweise England oder der Zeit vor ihrer Begegnung mit Edmund zuzuwenden drohte, dann watete sie hinein wie ein Hundemeister, der eine Rauferei beenden und seine Tiere mit lauten Befehlen zu einem anständigen Benehmen zurückzwingen will, und zwar mit Bemerkungen wie: »Lady Norris hat mir die Amme ihrer eigenen Kinder empfohlen, Lady Betty. Meint Ihr, ich soll sie nehmen?« oder: »Würdet Ihr Euch wohl den Ausschlag auf der Stirn des Babys einmal ansehen, Lady Betty, und mir sagen, was Ihr davon haltet?«

Nach längerer Beobachtung entlastete Barbary sie von ihrem anfänglichen Verdacht, sie wolle mit ihrer eigenen Fruchtbarkeit Barbarys Kinderlosigkeit betonen; es war reine Eifersucht, nichts anderes. Elizabeth war eine gute Ehefrau und Mutter, aber der traute Kreis ihrer Familie umfaßte sie, Edmund und das Baby – ein Junge, den Edmund mit, wie Barbary fand, erstaunlichem Mangel an Phantasie Sylvanus getauft hatte; sonst niemand. Barbary empfand es als kränkend, daß sie sich nicht nach Catherine erkundigte, und noch schmerzlicher empfand sie die deutlich spürbare Absicht, Sylvestris auszuschließen.

Man führte sie auf eine Besichtigungstour durch das ganze Haus, das man ihr in allen Einzelheiten zeigte, ganz als wäre sie nie hiergewesen. Sogar Rosh wurde ihr vorgestellt. »Darf ich euch meine unschätzbare Haushälterin vorstellen, Roisín.«

Barbary stürzte sich mit offenen Armen auf ihre alte Verbündete, wurde aber kühl zurückgewiesen. Rosh entwand sich ihren Armen, machte einen Knicks und sagte dazu unpersönlich: »Meine Aufwartung, Lady Betty.«

Elizabeth freute sich. »Roisín ist immer etwas kühl mit Besuchern, aber Ihr werdet sehen, sie ist das Salz der Erde. Wir kennen ja Roisíns kleine Eigenheiten, nicht war, Roisín?«

Offenbar tat sie's, und offenbar tat Barbary es nicht, zumindest nicht die, die sie seither entwickelt hatte. Nach dem Dinner entschuldigte sich Barbary und stellte Rosh in der Küche. »Na, du altes Salz der Erde«, sagte sie, »wie ist das mit dir und deinen kleinen Eigenheiten?«

Rosh blickte in teilnahmsloser Höflichkeit auf. »Kann ich etwas für Euch tun, Lady Betty?«

Barbary zog sich gekränkt zurück und konnte sich nicht erklären, was da los war. War Rosh beleidigt, weil sie ihr aus Connaught nie Nachricht geschickt hatte? Aber sie hatte ihr doch über Edmund einen Brief geschickt, einen recht unpersönlichen zwar, aber doch Beweis, daß ihre alte Beziehung nicht vergessen war. Rochen ihre Kleider, ihr Ruf nach dem Unterdrücker, der englischen Königin? Oder hatte Rosh wirklich ihre ganze Anhänglichkeit auf ihre neue Herrin und deren Familie übertragen und lehnte jetzt, Elizabeth Spensers Beispiel folgend, alle Außenstehenden ab?

Kaum wahrscheinlich. Die alte Freundschaft zwischen ihnen war die zwischen Gleichgestellten gewesen, etwas, das mit Elizabeth nicht möglich war, die war zwar vielleicht eine gute Herrin, behandelte ihre Bediensteten aber ganz von oben herab und redete von den bloßen Iren wie von einer Hunderasse. So auch jetzt, als sie stickend auf einem Hocker, so nahe an Edmunds Stuhl wie nur überhaupt möglich, saß, das Baby Sylvanus in einer Wiege ihr zu Füßen. »Ich bin nicht sicher, ob wir Nualas Sohn für die Kühe einstellen sollten, Edmund, mein Lieber. Sein Vater war ein MacBrian, und die MacBrians sind einfach nicht verläßlich. Wir sollten uns nach einem O'Hanlan umsehen; die sind die besten Hirten.«

»Wo ist Roshs Vater?« fragte Barbary. »Und Lal?«

»Dudley starb, der arme Alte«, versetzte Elizabeth, »und in Lal haben wir uns geirrt. Er ging fort. Verschwand einfach.

Rosh hat sich so aufgeregt; es machte ihr Kummer, daß er uns enttäuschte.«

»Wohin ging er?«

Elizabeth zuckte die Schultern. »Das weiß niemand. Das tun sie eben hin und wieder.«

»Und gibt's noch immer Probleme mit den MacSheehys?«

»Aber meine Beste, die MacSheehys ist man doch schon vor Jahren losgeworden.« Elizabeth wechselte das Thema, das zu einer Vergangenheit führen konnte, an der sie keinen Anteil hatte. »Edmund, lies doch Lady Barbary deine ›Ansichten über den Gegenwärtigen Zustand Irlands‹ vor.« Sie blickte Barbary ins Gesicht. »Das ist die Antwort für all jene im Mutterland, die immer noch glauben, man könne den Iren den Kopf tätscheln, ohne daß sie einen in die Hand bissen. Edmund erklärt darin, warum kein dauernder Friede möglich ist, solange nicht alle bloßen Iren ausgemerzt sind, nicht wahr, Edmund?«

»Ganz so ist es nicht, meine Liebe.« Er legte den Finger in sein Buch, um die Seite nicht zu verlieren. »Mein Plan, Lady Betty, sieht vor, das Land ein für allemal zu anglisieren, indem man genügend Garnisonen einrichtet. Den rebellischen Clans gibt man zwanzig Tage Bedenkzeit. Wer sich danach nicht unterwirft, wird verfolgt bis zur völligen Auslöschung, die Ernten zerstört, die Tiere getötet. Dazu brauchte man nur einen Winter; im folgenden Sommer schon würden sie kaum mehr Ärger machen.«

Er erwärmte sich für sein Thema. »Diese Maßnahmen müssen Hand in Hand gehen mit der Wiederbelebung der alten Statuten von Kilkenny, die irische Bräuche und Kleidung und vor allem die irische Sprache streng verbieten. Keine gemischten Ehen.«

»Auf gar keinen Fall«, bestärkte ihn Elizabeth.

Edmund hielt eine Hand hoch. »Es mag hart klingen, Lady Betty, und ich kenne Eure Sympathie für sie, aber wir, die wir mitten unter ihnen leben, haben sie als das erkannt, was sie sind: ein böses Volk, das auszurotten ist. Natürlich auf legalem Weg. Ich habe nichts zu schaffen mit jenen, die ihre Clanführer ermorden wollen.«

»Du hast einfach ein viel zu weiches Herz, Edmund«, sagte Elizabeth liebevoll, und zu Barbary gewandt, fuhr sie fort: »Er hat sich richtig empört über Sir Walter Raleighs Vorschlag, dem O'Donnell Gift zu schicken. Sir Thomas Davis hatte angeboten, sich in die Gegenwart O'Neills zu schleichen und ihn zu erdolchen, aber mein Lord wollte auch davon nichts hören. Ich persönlich kann nichts Falsches daran finden. Nun, hoffen wir, daß die Königin seine Abhandlung liest und beherzigt.« Bewundernd blickte sie zu ihrem Herrn und Meister auf: »Du zeigst sie doch Lord Essex, wenn er kommt, nicht wahr, Edmund?«

»Er wird entzückt sein«, bemerkte Barbary und stand auf. »Ich möchte schlafen gehen.«

Elizabeth entzündete einen Kerzenleuchter. »Edmund bildet sich ein, Ihr würdet während Eures Besuchs im alten Torturm wohnen wollen. Ich dachte, Ihr hättet es im Haus bequemer, aber wenn mein Gemahl es sagt ... ich hoffe, Ihr fühlt Euch dort wohl. Ich gehe Euch mit Licht voran.«

In der Türe drehte sie sich um: »Nimm das Baby nicht hoch, Sylvestris. Es ist Fremde nicht gewöhnt.«

Als sie dann mit dem Leuchter in der Hand auf den alten, vertrauten Stufen des Torturms stand und ihrer Gastgeberin gute Nacht sagte, dachte Barbary, daß es sehr aufmerksam von Edmund war, sich an ihre alte Vorliebe für diesen Ort zu erinnern, aber sie mußte sich überwinden, um hineinzugehen; und, einmal drinnen, wollte sie nicht hinauf. Sie dachte nicht mehr jede Minute des Tages an O'Hagan, auch nicht jeden Tag; oft vergingen ganze Wochen, ohne daß sie dieser herrliche, furchtbare Schmerz überfiel, und schließlich verlor er seinen ganzen Schrecken und einiges von seiner Schönheit. Den Zorn in seinem Brief, sogar die Lüge des O'Neill hatte die Zeit mit Moos überwachsen.

Das Kerzenlicht warf Schatten an die Wand, ihre Schritte hallten wider, als sie am Brunnen vorüberkam, und weckten andere Erinnerungen. Hierher hatte sie sich verkrochen, nachdem sie Mutter und Kind hängen sah. Dieses Bild hatte die Zeit nicht verwischen können, es war die Wasserscheide ihres Lebens. Etwas rascher stieg sie am ersten Stock vorbei hinauf ins Schlafzimmer. Männer kamen und gingen, meistens gingen sie. Was bedeuteten sie schon? Sie waren nichts anderes als Maschinen, die die Frauen mit der nächsten Generation belieferten, und um den Umstand zu vertuschen, daß sie zu sonst nichts gut waren, plusterten sie sich auf, führten gegeneinander Krieg und gefährdeten damit den eigentlichen Zweck ihres Daseins.

Sie gab sich einen Ruck und riß die Tür zum Turmzimmer auf.

Elizabeth hatte den Raum für sie neu eingerichtet: ein Einzelbett mit einem Himmel darüber, von dem ein Spitzenvorhang fiel, ein wunderschöner Kleiderschrank, ein kleiner Tisch mit Backwerk und einem Kristallglas darauf. Ein Lammfell auf dem Boden sollte ihre Füße grüßen, wenn sie am Morgen aufstand, unter einer Spitzenbettdecke ragte ein Bettwärmer hervor, auf einem anderen kleinen Tisch standen Waschkrug und Lavoir. Das Fenster, zur Herbstnacht geöffnet, hatte Fensterläden. Das war nicht mehr der Raum, wo ein Mann sie verwünschte, weil sie ihn gesundpflegte, und murmelte, in ihrer Haarfarbe sei Wein. Und das war gut so.

Erst als sie ins Bett stieg, sah sie die Fledermaus. Sie hing in der Ecke, die schon ihr Vorfahr requiriert hatte, und blickte sie aus den gleichen kleinen bösen Augen an, eine dunkle atavistische Erinnerung in der Lieblichkeit dieses Raums, daran, daß manche Dinge unveränderlich sind. Und es zeigte sich, daß die Zeit gar nichts mit Moos überwachsen hatte. Ganz gewiß nicht den Schmerz.

Irgendwie hatte Ellis es geschafft, Bürgermeister von Mallow zu werden, Mitglied des Rates von Munster, Angehöriger der Gilde der Handels-Unternehmer Corks, Befehlshaber der Awbeg-Miliz, Friedensrichter und dabei ein ebenso ungehobelter Klotz zu bleiben wie eh und je.

Er hatte gelernt, seine Aggressivität unter einer dünnen Schicht von Jovialität zu verbergen, aber nur, um sich über jene, die ihm sein Benehmen übelnahmen, zu beschweren, sie seien Milchbuben und Waschlappen.

Seine Begrüßungsworte an Barbary auf den Stufen von Hap Hazard lauteten: »Ihr habt Euch ja ordentlich hochgerappelt. Wer wird denn Ehemann Nummer zwei?«

»Ich sehe, der Erfolg ist Euch nicht zu Kopf gestiegen, Master Ellis.«

Er fühlte sich geschmeichelt. »Das seht Ihr richtig. Ellis ist nicht das geworden, was er heute ist, weil er schöne Worte macht und um den heißen Brei herumredet. Ich zahle Euch für dieses Haus und Land dreitausend Pfund, denn das hat Eure bessere Hälfte auch dafür bezahlt, Ellis weiß es; und keinen Penny mehr. Aber kommt doch rein. Kommt rein und nehmt einen Bissen. Weib! Geh, und bring unserer feinen Dame da was zu essen und zu trinken.«

Irgendwo tief verborgen in Ellis' Schweineseele, dachte Barbary, mußte Geschmack liegen. Hap Hazard war unter seiner Hand aufgeblüht, sah man vom Raubbau an seinen Wäldern ab. Er war klug genug gewesen, das ausgefallene schwarz-weiß gemusterte Äußere des Hauses nicht zu verändern – als Robs Baumeister es erbaute, war es das erste seiner Art in ganz Irland, inzwischen war das Muster in den Städten große Mode, aber auf dem Lande ihres Wissens immer noch einzigartig. Die Einrichtung hatte sie sich protzig vorgestellt, aber die Möbel aus schwarz getönter Eiche, mit Bienenwachs zu sanftem Glänzen gebracht, waren gediegen und geschmackvoll. Der weiße Stuck war von Fachleuten angebracht. Schalen mit Potpourris, späten Rosen und Stechpalmen spiegelten sich im matten Schimmer des alten Refektoriumstisches. Über dem offenen Kamin hing ein Porträt von Ellis, das seiner Nase zwar stark schmeichelte, aber immerhin im Stile Holbeins ausgeführt war.

Mrs. Ellis, ein weiteres Beispiel für Ellis' guten Geschmack, sah nicht mehr so abgearbeitet aus wie alle Kolonistenfrauen in den ersten Jahren, sondern war zu einer hübschen, glücklichen Frau erblüht.

Barbary behielt vor allem Mrs. Ellis im Auge, während sie Ellis zuhörte, wie er große Worte über seinen Hausverstand machte und polternd klarstellte, wieviel er zahlen würde und wieviel nicht. Sie war der Kartenspiegel, der einem im Pudding-in-a-Cloth das Blatt der Gimpel zeigte. Barbary mußte Ellis' Blatt kennen, um herauszufinden, ob sie ihre zehntausend Pfund bekommen würde oder nicht. Wieviel lag ihm an Hap Hazard? Anfangs hatte es sie überrascht, daß er es überhaupt wollte; ein vornehmes Herrenhaus war es zweifellos, doch sie hätte eher damit gerechnet, daß er sein Auge auf ein richtiges Schloß warf – leisten konnte er es sich auf jeden Fall. Aber die Munster-Kolonisten waren bis zu einem bestimmten Grad Opfer ihres eigenen Erfolgs geworden; alles Land, das früher durch Konfiskation von den aufständischen Iren frei wurde, war inzwischen vergeben, entweder an die neuen Siedler oder an jene Mitglieder der alten irischen Aristokratie, die mit Elizabeths Regime ihren Frieden machten. Im hoch verschuldeten England, wo der Schatzkanzler Essex' neue Armee finanzieren mußte, herrschte galoppierende Inflation, die vor Irland nicht haltmachte. Die Erkenntnis, daß die irischen Wälder eine Goldgrube waren, hatte den Holzpreis in phantastische Höhen getrieben, und bei der Schnelligkeit, mit der man ganze Wälder abholzte, wurde Bauholz bereits rarer. Ellis hatte es ganz am Anfang verstanden, mehr Land zu erwerben als die Parzelle, die ihm zustand, aber darauf zu bauen würde ihn jetzt ein Vermögen kosten.

Mrs. Ellis wollte in Hap Hazard bleiben; sie sah besorgt drein bei den Beteuerungen ihres Gatten, ihm stünden Hunderte von größeren Herrenhäusern zur Auswahl. Sie hatte die ihr gemäße Sphäre erreicht, sie wollte nicht zu Höhen aufsteigen, wo sie sich von den Lady Norris' der nächsthöheren Schicht begönnern lassen und mit ihnen wetteifern müßte. Und Ellis hörte auf seine Frau sehr viel mehr, als er sich anmerken ließ; er sah immer wieder um Zustimmung heischend zu ihr hin.

Barbary war von ruhiger Zuversicht erfüllt, als sie aufs Pferd stieg, um sich von Ellis die Schattenseiten des Gutes zeigen zu lassen. Das Feld dort drüben war zu feucht, dieser Hügel hier zu trocken. Und seht Euch die verdammten Zäune an, die mußte man überhaupt erneuern, und hatte sie denn eine Ahnung, was ein Zaun aus Kastanienholz heute kostete?

Wirklich baufällig waren nur die Häuser der irischen Landarbeiter. In mindestens drei Keuschen lag auf den Dächern nur mehr so wenig Stroh, daß es hineinregnen konnte. Sie war entsetzt; Edmund Spenser, sonst auch nicht zimperlich, was die bloßen Iren betraf, sorgte jedenfalls für eine ordentliche Unterkunft. »Diese Kerle sind zu faul, um es zu reparieren«, sagte Ellis, und fügte unvorsichtig hinzu: »Außerdem erhöht ein neues Dach die Pacht.« In den Gärten wuchs nichts als Kartoffeln, woraus zu schließen war, daß der Keuschler entweder vor lauter Arbeit zu nichts anderem kam oder, laut Ellis, zu faul war. »Ihr freßt sie doch gern, was?« brüllte er einer Gruppe von Frauen zu, die in seinem Obstgarten die letzten Äpfel pflückten. »Eh? Ihr seid doch Kartoffelfresser, was?«

Es war offenbar bereits ein abgedroschener Scherz. Die Frauen lächelten und knicksten, und eine von ihnen antwortete ihm auf irisch. »Ja ja«, rief Ellis, winkte und wandte sich Barbary zu: »Hab' mit ihrer Bauernsprache nie was anfangen können. Aber wir verstehen uns schon, ich und die Sumpflatscher.«

Barbary bezweifelte es. Die Frau hatte gesagt: »Was kann man von einem Schwein anderes erwarten als Grunzen?«

Zurück im Haus, gingen sie in die Bibliothek, und Ellis wiederholte sein Angebot: »Dreitausend und keinen Kreuzer mehr. Eine feine Dame wie Ihr ist ja doch aufs Geld nicht angewiesen.« Das war die ganze Zeit der Tenor seiner Rede, daß Barbary durch eine schlaue Heirat reich geworden war und durch eine zweite noch reicher werden konnte. Wie viele, die nie bei Hof gewesen waren, bildete sich auch Ellis ein, daß jeder, der dort ein und aus ging, damit zu einem unerschöpflichen Goldschatz Zugang hatte.

Barbary zog Tafel und Griffel aus der Tasche. »Master Ellis, ich erwarte, daß Ihr mir innerhalb einer Woche zwölftausend Pfund bezahlt, ansonsten habt Ihr Hap Hazard Ende des Monats, wenn Eure Pacht ausläuft, zu räumen.«

»Ihr seid wohl nicht bei Trost.« Er verschränkte die Arme. »Das kriegt Ihr nicht.«

»Ich denke doch.« Sie machte eine Notiz. »Item. Vierundneunzig Morgen Buchenholz gefällt ohne Erlaubnis – sagen wir, zweitausend Pfund.«

»Rodung«, bellte Ellis. »Landerschließung. Nationale Sicherheit.«

»Und verkauft an Sir Walter Raleigh, ohne Erlaubnis. Item. Einhundert Morgen Jungwald geschnitten und an Master Slade aus Kinsale verkauft als Balken, ohne Erlaubnis. Item. Dreihundert Morgen Eiche verkauft und an Bristoler Werften verschifft. Ohne Erlaubnis. Item. Zweihundert Eiben gefällt und an die Armee verkauft. Ohne Erlaubnis. Siebenhundert Tonnen Holzkohle an die Glasmanufaktur in Waterford verkauft. Ohne Erlaubnis.« Sie blickte hoch. »Das sind die Dinge, für die ich Beweise habe; ich nehme an, das ist nicht alles. Item. Pachtzins für die Landarbeiter erhöht. Ohne Erlaubnis.«

Sie lehnte sich in ihrem Stuhl zurück. »Mit größter Nachsicht setze ich den Preis auf zwölftausend Pfund fest. Das Gericht würde mir sicher mehr zusprechen.« Weder auf ihrer Reise durch Kinsale und Cork noch in den zwei Wochen, seit sie hier war, hatte sie ihre Zeit vergeudet. Ellis glaubte vielleicht, daß sie hier im Bezirk nicht populär war, und da hatte er auch recht, aber es gab trotzdem genügend Menschen, die ihr mit großer Freude Informationen lieferten, die Ellis schadeten und Sir Robs Sohn einen guten Preis garantierten.

Und den bekam er heute. Ellis polterte zwar noch etwas, gab aber dann so schnell nach, daß sie sich fragte, ob das alte Klischee vom Grobian, der vor einem noch größeren Grobian sofort kuschte, vielleicht doch stimmte oder ob Ellis vom Holz ihrer eigenen Ländereien so reich geworden war, daß Geld für ihn keine große Rolle spielte. Ihr Ansehen bei ihm war offenbar sogar gestiegen. »Ja, ja, wir Menschen aus dem Volke, wir verstehen einander.«

Sie kamen überein, daß er ihr eintausend Goldstücke sofort bezahlen sollte und den Rest in Form einer Überschreibung seiner Beteiligung an drei Bristol-Schiffen auf Henry und die Papiere dafür von einem Notar in Mallow ausfertigen lassen würde. Er holte das Geld aus einem Versteck im Keller, zählte es in eine Kiste und ließ diese in ihren Wagen tragen. »Männern wie Ellis habt Ihr's zu verdanken, daß die Straßen von Munster für einen solchen Geldtransport heute sicher sind«, brummelte er, aber sie verabschiedeten sich sehr freundlich. »Sagt Edmund, er soll seine Bücher wegstecken«, sagte er. »Ich rufe die Miliz für extra Übungen zusammen.«

Sie blieb auf den Stufen stehen. »Warum?«

Er spuckte aus. »Die Hohlköpfe in Dublin haben den Rat überredet, fast die ganze Munster-Armee unter dem jungen Henry Norris und Clifford Conyers nach Sligo zu schicken, um O'Donnell aufzuhalten. Um nur ja O'Neill von ihrer kostbaren Stadt abzulenken. Essex kommt, behaupten sie. Und wir brauchen unsere Männer nicht, behaupten sie. Aber ich sage, Dublin soll sich doch seine eigenen Männer suchen. Ellis kennt sich aus.«

Im Wegfahren dachte Barbary, daß sie dieses Mal ausnahmsweise mit Ellis einer Meinung war. Der Friede, der über den üppigen Feldern von Munster lag, war wirklich außerordentlich, wenn man bedachte, was anderswo geschah. Es gab nicht die Spur einer Unruhe; seit Monaten war den Kolonisten nicht ein einziges Lamm abhanden gekommen. Die Kornklauber, die ihr am Fuß der Auffahrt zu Hap Hazard begegneten, schwenkten ihre Rechen nicht in revolutionärer Wut, sondern zum freundlichen Gruß. Die Hecken rundherum waren voller Hagebutten und später Brombeeren, die Bäume erglühten in herbstlichen Farben, und sie sagte sich, ihre Unruhe kam nur daher, daß sie an genau so einem herrlichen Tag die geschundene Leiche von Captain Mackworth gefunden hatte.

Nein, das war es nicht. Es gab hier und da ein leichtes Zucken in dieser herbstlichen Ruhe; nichts Dramatisches, kleine Vorfälle, die die Kolonisten am Anfang gar nicht bemerkt hätten, die sie auch jetzt als unwichtig abtaten, die aber für jemanden mit einer Ordensnase sehr, sehr fischig rochen.

Vorletzten Sonntag waren keine Iren zum Gottesdienst in Effin erschienen (Edmund predigte immer noch manchmal dort, wenn der lebenslustige Präbendar Chadwick ausfiel). Edmund hatte das nicht gefallen, aber als die Kirche am Sonntag darauf wieder voll war, beschloß er, den Säumigen keine Strafe aufzubrummen, wozu er als Friedensrichter berechtigt gewesen wäre, sondern hielt ihnen statt dessen nur eine extra lange

Predigt über die Höllenstrafen, die alle Sabbatschänder erwarteten.

Und Ellis hatte ihr gerade mitgeteilt, daß in drei Wochen kein einziger Fall von Trunkenheit vor Gericht gekommen war. »Und was ist mit Präbendar Chadwick?« fragte sie ihn. »Ich dachte, der ist so gut wie täglich blau.«

»Ich rede von den bloßen Iren.«

»Und wie kommt das?«

»Ellis weiß, daß er ihnen ihren ganzen verdammten Fusel konfisziert hat und daß sie zu stinkfaul sind, um sich mehr zu machen, das weiß Ellis.«

Aber auf der ganzen Heimfahrt nach Schloß Spenser, durch den Geruch von welken Blättern, staubigen Straßen und Pferdeäpfeln, witterte Barbarys Nase etwas anderes.

Vor Schloß Spenser stand neben dem Steigblock ein angepflocktes Pferd und auf der Treppe der Schulmeister von Buttevant, vertieft in ein Gespräch mit Edmund.

»Was ist los?«

Der Schulmeister drehte sich zu ihr herum, in der Hand hielt er eine Fibel. »Lady Betty, seht Euch das an. Ich bitte Euch. Wie ich gerade zu Master Edmund hier gesagt habe, es ist schändlich, und er als Friedensrichter sollte gegen diese Kinder vorgehen. Der Rohrstock machte ihnen überhaupt keinen Eindruck.« Er hielt ihr das Buch unter die Nase. »Hier, seht.«

»Das ist eine Fibel.«

»Und wo ist die erste Seite? Die mit dem Titel und der Widmung an die Königin darauf?«

»Herausgerissen.«

»Ihr sagt es. Und so ist es bei allen. Vierunddreißig gute Bücher, von Vandalen der Sanktion durch Ihre Majestät beraubt. In Doneraile war es genauso. Wilde sind sie, und Wilde bleiben sie, da können wir uns noch so sehr um sie bemühen.«

Sie blieb noch mit Edmund auf der Treppe stehen, nachdem der Schulmeister fort war. »Irgendwas braut sich zusammen, Edmund. Wär's nicht wieder Zeit für einen Besuch bei Eurer Schwester?«

Sein Mangel an Überraschung zeigte ihr, daß er selbst schon

daran gedacht hatte. »Aber es kann nicht viel sein, Lady Betty. Natürlich sind sie von den Umtrieben Tyrones angesteckt, aber wir sind hier nicht im Norden. Hier sind sie schon zu lange unterjocht; heimtückisch, verräterisch vielleicht, aber schon viel zu schwach.«

»Die Armee zieht ab.« Sie berichtete, was Ellis ihr gesagt hatte.

Er zuckte die Achseln. »Wir haben eine starke Miliz. Unsere Häuser sind alle gut befestigt, unsere eigenen Iren königstreu. Wir sind mit den MacSheehys fertig geworden, wir werden sicher auch mit ein paar kleinen Unruhen fertig.« Sie hatte das unbehagliche Gefühl, daß sie ihn mitten in Überlegungen gestört hatte, die vielleicht ohnehin zur vorübergehenden Abreise der Familie aus Kilcolman geführt hätten, hätte sie durch ihren Vorschlag nicht seine Dickköpfigkeit geweckt. Sie schritten durch den gepflegten Garten zum See, dessen Ufer jetzt rundherum gepflastert waren, was seine eigenartige sichelförmige Form noch mehr betonte. »Habt Ihr die Frösche vertrieben?«

»Aber natürlich. Ich habe den ganzen Sumpf trockenlegen lassen, aber die Biester werden an den Abenden schon wieder lästig.«

»Edmund«, sagte sie, »ich habe für Hap Hazard bekommen, was ich wollte, und möchte das Geld so schnell als möglich nach England bringen. Das Schiff meines Freundes sollte bald kommen, daher habe ich vor, morgen nach Kinsale zu reisen. Ich wollte fragen, ob Sylvestris mich begleiten darf?«

»Nach England?«

»Nur nach Kinsale. Ich möchte dann noch einmal für eine Weile zurückkommen, wenn es Euch recht ist.«

Er tat, als würde er sich's durch den Kopf gehen lassen, aber sie erkannte sofort, daß er ihr den Jungen nicht mitgeben würde. Es hatte einige Anzeichen dafür gegeben, daß ihn ihre Vertrautheit mit Sylvestris störte; er war auf seine Art nicht weniger eifersüchtig als Elizabeth. »Lady Betty, Ihr habt meine Dankbarkeit, aber es ist an der Zeit, daß Sylvestris sich an seine neue Mutter gewöhnt. Er bleibt hier.«

Während sie in ihrem Torturm packte, hörte sie Sylvestris die Treppen heraufrennen. »Hast du's gekriegt?«

»Na klar. Und noch zweitausend drauf.«

»Bravo. Henry Krösus. Und darf ich mit dir nach Kinsale?«

»Nein. Dein Vater sagt, du sollst dich an deine Stiefmutter gewöhnen. Und er hat recht.« Stille hinter ihr. Er wollte tapfer sein, verdammt.

»Du fährst dann gleich nach England? Du kommst nicht mehr zurück.«

Sie fuhr herum. Er bemühte sich zu lächeln, obwohl ihm Tränen in den Augen standen. »Ich komme zurück. Hör mir zu, edler Bleib; heute ist, warte, der erste Oktober. Ich komme am fünften zurück, spätestens am sechsten. Sei du hier in diesem Zimmer am sechsten Oktober, ich komme sofort hier herauf. Sollte ich nicht kommen, dann nur, weil das Schiff sich verspätet und ich darauf warten muß. Verstanden?«

»Ja.«

»Und ich rieche Gefahr. Bleib zu Hause, geh nicht weit fort, außer dein Vater schickt dich.«

Er nickte und half ihr mit ihrem Korb die Treppe hinunter. Unten in der Halle begegneten sie Rosh, die stehenblieb. »Geht Ihr fort?« Es war das erste Mal, daß sie Barbary nicht wie eine Fremde anredete.

»Nur nach Kinsale. Ich komme zurück.« Sie hatte das Gefühl, daß Rosh noch etwas sagen wollte, aber in diesem Augenblick kam Edmund herein, in Reitkleidern und gehobener Laune.

»Lady Betty, ich begleite Euch bis Cork. Gestern abend wurde ich dorthin berufen. Es scheint, man will mich zum Sheriff von Munster ernennen.«

»Ich gratuliere.«

»Ich gratuliere dir, Vater.«

Sie hätte gewünscht, die Ernennung wäre zu einem anderen Zeitpunkt erfolgt. Sie und Edmund wurden von zwei Exsoldaten begleitet, die bei ihm als Wachen dienten; damit wurden zwei verläßliche Männer von dem Gut abgezogen. Aber Edmund ließ sich nichts sagen. »Ihr macht Euch zu viele Sorgen,

Lady Betty. Unsere Leute hier sind uns treu ergeben, die Mauern dick, und die Miliz kontrolliert die Straßen.«

Und wieder ließ sie sich, als sie durch die Landschaft ritten, von seiner Sicherheit anstecken; es fiel schwer, an Gefahr zu glauben zwischen Feldern und Hügeln, die an Kent erinnerten, wo ein Treiber, mit seiner Rinderherde auf dem Weg nach Mallow, freundlich grüßend die Hand hob, als sie durch seine Herde ritten, und ein Mädchen am Straßenrand singend eine Ziege melkte.

Knapp vor Mallow mußten sie am Straßenrand stehenbleiben und warten, als die Garnison, durch Neuzugänge verstärkt, auf der Straße nach Norden in Richtung Limerick auszog, um dort zu Conyers zu stoßen und mit ihm nach Connaught zu ziehen. Der junge Henry Norris an der Spitze der Kolonne salutierte: »Herrlicher Tag, Master Spenser. Ich bring' Euch den Kopf des Roten Hugh, und Ihr könnt dann ein Gedicht drauf machen.«

»Ein großartiger Junge«, sagte Edmund, ihm nachblickend. »Eine großartige Familie. Sechs Norris-Söhne, alle in Diensten Ihrer Majestät, einer bereits gefallen in der Bretagne. Ihre Mutter muß sehr stolz sein.«

Es dauerte eine Weile, bis die sechshundert Soldaten an ihnen vorbeigezogen waren. Jetzt war im ganzen Land kein einziger Berufssoldat mehr, dachte Barbary. Edmund schwenkte seine Mütze und rief Hurra, bis sie alle fort waren und die Dudelsäcke und Trommeln verklungen und nur mehr das Schlurfen der Weiber zu hören war, die ihren Männern in den Krieg folgten.

Ellis erwartete sie beim Notar. Als sie anschließend davonritt, merkte sie erst, wieviel Sorgen ihr die ganze Transaktion bereitet hatte; nun, da sie endlich abgeschlossen war, fühlte sie sich außerordentlich erleichtert. Sie genoß den Ritt nach Cork, und am nächsten Tag den nach Kinsale, wo sie allerdings zwei lange Tage warten mußte, bis das Schiff des Gehörnten Dick endlich eintraf. Es war dasselbe, das sie drei Wochen zuvor nach Irland gebracht hatte.

»Ihr kommt spät«, bemerkte sie gereizt zum Kapitän, als sie an Bord ging. Bei den Preisen von Kinsale war die Unterkunft für sie und ihre Eskorte ziemlich teuer. »Verstaut diese Kiste in Master Dicks speziellem Whiskeyfaß und legt sie ihm besonders ans Herz, und dann überreicht ihm auch diese Papiere. Wißt Ihr, ob er dieses Jahr noch Geschäfte mit Connaught hat?«

»Wenn ja, muß er da zusehen«, entgegnete der Kapitän und zog prüfend die Luft ein. »Noch ein Monat, und die See ist zu. Aber ich sag's ihm.«

»Er kann mir eine Nachricht nach Kilcolman schicken.« Ob dieses Jahr oder nächstes, ihr war's eigentlich egal. Sie war ein freier Mensch. Zum erstenmal in ihrem Leben mußte sie nicht auf Umstände reagieren, mußte keinen Gimpel fangen, wurde nicht selbst hereingelegt. Das Meer ihres Lebens, auf dem sie bisher hin- und hergeworfen worden war wie eine leere Flasche, lag endlich windstill da. Mit der Rückkehr nach England hatte sie es keineswegs eilig. Vielleicht besuchte sie vorher noch ihre Großmutter. Sie könnte ja auch versuchen, Will ausfindig zu machen.

Dreißig Goldstücke nahm sie für ihre eigenen Auslagen aus der Kiste – schließlich hatte sie für Henry mehr herausgeschlagen, als er erwarten durfte, und etwas brauchte sie auch für sich. Sie kehrte in die Herberge zurück und zahlte die verdammte Rechnung, und dann ließ sie sich von ihrer Freiheitseuphorie zum Einkaufen verleiten. Kleidung für Connaught kaufte sie am besten auch gleich hier; es hatte nicht viel Sinn, dort in Hofkleidung und hohen Absätzen aufzutreten. Es war nicht leicht, zu finden, was sie wollte, denn in Kinsale gab es zwar englische Kleidung für alle Schichten der Gesellschaft, aber um die bloßen Iren scherte man sich nicht. Schließlich fand sie am Markt einen Stand, der irische Umhänge verkaufte, und erwarb einen aus warmem Wollstoff mit einem hohen Pelzkragen, eine Kopfrolle, ein paar Hosen – an Bord eines Schiffs viel praktischer als Röcke – und ein gutes Messer. Und sie kaufte auch gleich ein paar Geschenke ein: für Sylvanus eine Klapper, Spitzen für Elizabeth, ein schönes Taschentuch für Edmund und bei einem Stand, der allen möglichen Krimskrams verkaufte, fand sie für Sylvestris einen Band mit irischen Gedichten. Und schließlich noch eingelegte Zuckerpflaumen für Rosh.

Auf dem Ritt zurück nach Cork kam eine westliche Brise auf. Gut, dachte sie, dann bekommt Henry sein Geld um so schneller. Doch als es immer stärker blies, wurde sie wieder unruhig; allzu viele Eier für den Jungen befanden sich in dem maritimen Korb unterwegs nach England, von der Mannschaft nicht zu reden. Als sie sich Cork näherten, mußten sie und die Eskorte ihre Umhänge eng um sich ziehen, damit sie nicht davonflatterten, aber inzwischen gab es andere Sorgen. Auf den Straßen drängten sich Fahrzeuge, in der Hauptsache große Kutschen mit adeligen Familien darin, gefolgt von Gepäckwagen, daneben bedeutend dreinblickende Reiter mit eigenen Eskorten. Sie sah den Bischof von Cork, den sie von ihrem Empfangsdinner her kannte, mit einem Gefolge von zwanzig oder mehr der Stadt zustreben. Sie spornte ihr Pferd an und ritt zu ihm hin: »Was ist denn hier los, Mylord?«

Die Ringe an seinen fleischigen Fingern funkelten, als er die Hand automatisch zum Segen hob: »Friede sei mit dir, mein Kind.« Dann erkannte er sie. »Nichts, worüber Ihr Euch Euer Köpfchen zerbrechen müßt. Irgendwelche Aufrührer sind weiter oben im Norden in die Provinz eingedrungen, und wir Hirten unserer Herde versammeln uns hier zur Beratung geeigneter Maßnahmen.«

»Ist es der O'Neill?« Die geeigneten Maßnahmen der Hirten bestanden offenbar darin, sich selbst so schnell wie möglich hinter den Stadtmauern in Sicherheit zu bringen.

»Nein, nein. Unseren Informationen zufolge nur einer seiner Schakale. Ein Renegat namens Tyrrell. Gott wird ihn richten und vernichten, mein Kind.«

Die Menge riß sie mit auf die Stadt zu. Vor den Toren wurden sie von einer Milizwache angehalten. »Wir brauchen Eure Eskorte und Eure Pferde, Lady. Requisition. Bringt sie dort hinüber zu dem Posten.«

Sie begriff nicht. »Aber wieso denn?«

»Befehl des Rats, Lady. Alle wehrtüchtigen Männer und alle Pferde sind der Miliz zu übergeben.«

Sie nickte und ritt zu dem Posten, vor dem sich eine chaotische Schlange von Kutschen, Reitern und wütenden Honoratioren staute. Nach einem kurzen Blick darauf wendete sie ihr Pferd und schlüpfte an ihnen vorbei in die Stadt. Ihr Pferd kriegten sie nicht; sollten sie sich doch das des Bischofs holen. Sie sah sich um. Genau das taten sie.

Überall herrschte hektische Aktivität, aber keine Panik. Zu ihrer Erleichterung stellte sie fest, daß nur an den Stadttoren requiriert wurde; in der Stadt gab es noch jede Menge Pferde, allerdings zogen die meisten Wagen voll Proviant und Munition zu den Stadtmauern. Auf einem der Plätze wurden einer Schar von Lehrlingen Piken und Feuerwaffen ausgehändigt. Hausfrauen stellten sich vor den Läden an und kamen schwer beladen wieder heraus, wie vor einer Belagerung. Guter Gott, sie rechneten tatsächlich mit einer Belagerung. Sie mußte Edmund finden.

In der Städtischen Ratshalle stöberte sie ihn endlich auf, mußte aber zuerst kleine Funktionäre beiseite schieben, die behaupteten, er sei beschäftigt. Er kam an die Tür, als sie ihn rief.

»Gottlob, Lady Betty, daß wenigstens Ihr in Sicherheit seid.«

»Was ist denn überhaupt geschehen?«

Er war bleich und erschöpft, aber auch er bewahrte seine Fassung. »Tyrrell ist an der Spitze einer großen Schar im Aherlow erschienen.«

»Wer ist Tyrrell?«

»Einer von O'Neills Spießgesellen.« Edmund verlor für einen Moment seine Selbstbeherrschung. »Und Gottes Fluch über ihn, er ist *Engländer!*«

»Von mir aus soll er Chinese sein. Was unternehmt Ihr wegen der Familie?«

»Wir haben Boten an Norris abgeschickt, daß er sie nach Mallow bringt. Gott schütze sie, ich kann hier nicht fort. Wir befürchten, daß der Geraldine-Clan aufsteht. Es gibt einen Anwärter auf die Nachfolge des Grafen von Desmond, dieses Verräters; wenn er die Iren aufhetzt, dann bricht in ganz Munster der Aufstand los.«

Soll Munster der Teufel holen. »Ich reite nach Kilcolman.«

»Nein.« Er klang streng. »Sir Thomas wird sich um sie kümmern. Wir können Euch Peter und Oswald nicht als Eskorte mitgeben. Geht zum Haus von Richard Boyle, er ist Elizabeths Onkel und gewährt uns Unterkunft. Wartet dort auf sie.«

»Gut, Edmund.« Du kannst mich gern haben, dachte sie. Wer immer dieser Tyrrell war, er war für ihren Geschmack Schloß Spenser viel zu nahe. Das Aherlow war jenes schreckliche Tal, durch das sie und Rob und die Kolonisten vor Gott weiß wie vielen Jahren von Captain Mackworth geführt worden waren, begleitet vom Heulen der MacSheehys. Es war die Straße in die Ballyhouras und zu Schloß Spenser und Sylvestris. Sie hätte ihn nie dortlassen sollen, sie hätte auf ihre Nase vertrauen sollen, die verläßlicher war als alle diese Spießbürger mit ihrer starken Miliz und ihren treu ergebenen Iren. Wenn alles so stark und so treu ergeben war, warum verkrochen sich diese feigen Hunde dann jetzt um die Wette hinter starken Stadtmauern?

Was sie so bedrückte, das war, daß sie versprochen hatte, zu ihm zurückzukehren. »Ich komm' zurück«, hatte O'Hagan ihr versprochen und war nicht gekommen. Männer. Aber auf sie wartete ein kleiner Junge, und bei Gott, sie würde ihn holen.

Ihr Pferd stand noch draußen, von ihrer Eskorte keine Spur. Sie ritt zum Nordtor und lächelte die Wachen an, die ihr den Weg verstellten. »Gute Männer, ich weiß, ihr braucht mein Pferd«, sagte sie, »aber ich glaube, ich habe meine Börse verloren, etwa eine Meile vor der Stadt, und der Bürgermeister, mein Cousin, hat mir erlaubt, schnell hinauszureiten, um sie zu suchen.« Es mußte irgend etwas ganz Verrücktes sein. Ordensregel: Wenn sonst nichts geht, hilft nur noch Blödsinn.

»Eure Börse kümmert Euch, Lady? Seid froh, daß Ihr noch den Kopf auf den Schultern habt!«

»Nur nachsehen, ja? Ich bin sofort zurück.« Sie schlug bittend die Augen auf. Und sie ließen sie durch mit der amüsierten, kopfschüttelnden Nachsicht, mit der Männer auf das beruhigende weibliche Beharren reagierten, auch in Kriegszeiten einen hübschen Hohlkopf durchzusetzen.

Es war dunkel und spät, als sie auf einem lahmenden Pferd in Mallow einritt, aber es war nicht zu verfehlen; bei einfallender Dämmerung wurde die Straße vom Licht der Fackeln und Kutschenlampen erhellt, die alle Richtung Cork zogen, und auf den letzten zehn Meilen von Fackeln und Lampen in Richtung Mallow. Erstaunlich, wie rasch die Provinz-Aristokratie schon auf ein Gerücht hin ihre Güter im Stich ließ. Keiner wußte etwas Genaues, nur daß ein Renegat namens Tyrrell ins Tal von Aherlow gekommen war und daß die Geraldines im Süden sich vielleicht erheben würden.

In der Burg Mallow hielt sie sich gerade so lange auf, bis sie sicher war, daß die Familie Spenser nicht darinnen war. Eine Gruppe von Männern überschüttete die Wachen mit Fragen. Sollten sie ihre Familien hier in Sicherheit bringen? Was war eigentlich los? Wer wußte denn, was hier überhaupt los war?

Die Wachen versuchten zu beruhigen. Sir Thomas Norris war mit der Miliz unterwegs, holte alle Familien herein, die sich schutzbedürftig fühlten, aber es gab überhaupt keinen Grund zur Panik. Die Wache sagte es so oft, daß Barbary plötzlich von Panik geschüttelt wurde. »Ist er in die Richtung von Schloß Spenser?«

»Kein Grund zur Panik, Lady. Ja, er ist unterwegs nach Kildorrey und schickt Späher aus, um die Lage im Aherlow auszukundschaften. Kein Grund zur Panik.«

Sie beruhigte sich wieder. Sie konnte querfeldein über den Saumpfad durch das Gut der Roches reiten, vorbei an Ballybeg Abbey und Hap Hazard, und dann auf der Buttevant-Straße weiter nach Schloß Spenser. Auf diese Weise war die Miliz zwischen ihr und den Aufständischen; wenn Kilcolman schon evakuiert war, kam sie eben wieder zurück.

Der Wind jagte Wolken über den Mond und verfinsterte den Weg, aber sie kannte ihn ja gut. Es war eine Abkürzung, die sie oft benutzt hatte, wenn Markt in Mallow war, und außerdem würde sie das erschöpfte Pferd wohl die meiste Zeit am Zügel führen müssen. Wahrscheinlich war sie wohl selbst erschöpft, aber die Sorge trieb sie weiter.

Blätter wirbelten vor ihren Füßen hoch wie kleine, vor Schmerzen zuckende Tiere. Hecken beugten sich vor und zurück. Der Wind lenkte sie ab, ließ Zweige ihrem Weiterkommen trockenen Beifall klatschen, manchmal klang es auch wie fernes Schreien. In den Ruinen der Ballybeg Abbey brannte ein Licht. War Tadg O'Lynn, der alte Dichter, noch immer dort am Leben? Es interessierte sie nicht genug, um nachzusehen, aber im Lichtschein vor einer efeubewachsenen Mauer blieb sie stehen und lud die Clampett. Ob das Pulver in den Kartuschen überhaupt noch explodieren würde, wußte sie nicht, aber sie fühlte sich damit sicherer. Und wenn sie schon dabei war, konnte sie auch gleich das Hofgewand ausziehen und sich in ihren neuen irischen Umhang hüllen. Jetzt fühlte sie sich nicht nur sicherer, sondern auch viel wärmer.

Das verflixte Pferd hatte sich lange genug ausgeruht, sie war selber viel erschöpfter als das Vieh. Sie zog sich wieder in den Sattel, ritt den Pfad entlang nach Hap Hazard und kam an der Rückseite des Hauses heraus, dort, wo früher die Buchen gestanden hatten. Der Sturm heulte und schrie schon wieder, es klang noch menschlicher als zuvor. O Gott, das war ein Frauenschrei. Der Ton führte sie zur inneren Mauer, die zu errichten sie vor vielen Jahren Robs Maurer gezwungen hatte, und zu den Torflügeln, die nicht geschlossen waren und mit dumpfem Schlag gegeneinanderstießen. Die schmiedeeisernen Stangen zeichneten Kurven in den hellen Kies der Auffahrt.

Hasenherz, es war nichts. Es war nur der Wind. Nirgends ein Licht. Doch, da war eins. Jemand näherte sich mit einer Fackel in der Hand auf einem Maultier. Sie holte die Clampett unterm Umhang hervor und steckte sie gleich wieder weg, als sie einen von Ellis' Söhnen erkannte. »Richard, nicht wahr?«

»Robert.« Er hielt ihr die Fackel ans Gesicht, um zu sehen, wer sie war. »Ich suche nach Mama und Papa, Lady Betty. Ich dachte, Vater wäre bei der Miliz, aber die sind gerade bei mir vorbeigeritten – ich habe jetzt meine eigene Farm in Buttevant –, und Sergeant Clancy sagte, er hat sich nicht bei ihnen gemeldet.«

»Hast du die Spensers gesehen?«

»Die kamen vor ein paar Minuten alle an mir vorbei. Mistress Spenser sagte mir, sie wollte nach Cork zu ihrem Gatten.«

Sie wäre ihm am liebsten um den Hals gefallen. »Ich würde mir um deinen Papa keine Sorgen machen, Robert.« Männer wie Ellis fielen immer auf die Butterseite. »Er hat deine Mutter in Sicherheit gebracht und stößt jetzt wahrscheinlich den Iren irgendwo da draußen ordentlich Bescheid. Im Haus ist keiner, da ist alles dunkel.«

Sie sah seine Zähne in einem Grinsen aufschimmern. Wie Ellis zu einer so netten Familie kam, war etwas, was sie nie verstehen würde. »Besser, wir sperren das Tor jetzt zu«, meinte er. »Es sieht Papa gar nicht ähnlich, daß er's offenläßt.«

»Das ist alles viel Lärm um nichts«, erklärte sie; sie war so erleichtert, daß Sylvestris in Sicherheit war, daß sie all ihre Unruhe vergaß. Sie stieg vom Pferd, um die Torflügel zu schließen, aber die gingen nicht zu. Sie fuhr mit der Hand die Stange hinunter, um das Hindernis zu finden, und stieß auf kaltes Fleisch. Sie fuhr zurück, und der Flügel schwang ebenfalls zurück. Unter Aufbietung ihrer ganzen Willenskraft stieß sie das Tor wieder auf und ging hindurch. Es mußte Ellis sein, sie spürte es, aber der Mond war hinter einer Wolke, und sie sah nur einen Umriß, ein zusätzliches Element im Muster der schmiedeeisernen Verzierungen. Dann war die Wolke vorbeigezogen.

In gewisser Weise war es ärger als mit Mackworth, denn wer das hier getan hatte, hatte sich damit auch noch vergnügt. Sie hatten Ellis' Ohren mit Draht am Gitter befestigt, ihm durch Hände und Füße Drähte geführt und einen Apfel in den Mund gestopft.

Sie schloß die Augen und hörte Robert Ellis neben sich treten. Nach einer Minute drehte er sich herum und noch einmal herum und schrie: »Mama! Mama!« Sie stürzte hinter ihm die Auffahrt hoch. Im Mondlicht erschien die schwarz-weiße Fassade nicht mehr hübsch, sondern grausig. Die Eingangstür stand offen. Sie hätte mit ihm hineingehen sollen, aber Feigheit hielt sie zurück; sie wollte Mrs. Ellis nicht finden. Statt dessen ging sie ums Haus herum, die nutzlose Clampett in der zitternden Hand, und sah auf der umgestochenen schwarzen Erde des Gemüsegartens den Umriß eines weißen Sacks liegen. »Ich will nicht nachsehen. Es ist nur ein weißer Sack.« Aber in gewöhnliche Säcke steckte man keine Fleischermesser.

Sie zog das Messer heraus und warf ihren Mantel über die

Leiche, bevor sie den Sohn holen ging. Das Gesicht der Frau zeigte im Tod denselben freundlich intelligenten Ausdruck wie im Leben – eine Frau, die dem falschen Mann in das falsche Land gefolgt war.

Während der Junge seine Mutter zum Tor hinuntertrug, löste sie Ellis von den Drähten, um seinem Sohn die Arbeit zu ersparen, und bemühte sich, dabei an etwas anderes zu denken. Einfach eine fitzelige Sache. Mit jedem Stück Draht, das sie entfernte, glitt der Körper weiter am Gitter hinunter, bis er ihr zu Füßen rutschte. Der Junge befand sich in einem solchen Schockzustand, daß er nicht wußte, ob er seinen Vater oder seine Mutter auf sein Maultier legen sollte, und einen Moment lang war auch sie ratlos; ein Maultier war weniger ehrenvoll als ein Pferd. Ihr Pferd war das erschöpftere Tier, und Mrs. Ellis war die leichtere, also legten sie sie aufs Pferd und Ellis auf das Maultier und brachten sie nach Mallow auf einer Straße, die von allem verlassen war außer dem Wind.

Die Leichen des Bürgermeisters und seiner Frau wurden in die Burg gebracht, für Totenamt und Begräbnis, sofern sich ein Priester dazu fand. Die Familie Norris war fort. Es gab noch andere Flüchtlinge: Sir George Bouchier mit Frau und Enkeln, die Aylmers, einige andere, und die Halle war erfüllt von Furcht und Empörung, daß die Norris' geflohen waren. Als die Leichen hereingetragen wurden, senkte sich Stille herab. Barbary setzte sich mit Robert Ellis auf eine Bank und hielt seine Hand, als Trost nicht nur für ihn, sondern auch für sich selbst.

In dieser ganzen langen Nacht sagte er nur einen einzigen Satz. Er drehte sich zu ihr und sagte: »Und ich wollte ein irisches Mädchen heiraten.« Es war wie ein Schuldbekenntnis, bevor er zu weinen anfing, das Eingeständnis, daß er sich hinweggesetzt hätte über seinen Vater und seine Königin, die beide gemischte Ehen verboten hatten. Und jetzt glaubt er, daß sie recht hatten, dachte Barbary, und diese einzig vernünftige Lösung ist nicht mehr möglich.

Am Morgen tauchte Sir Thomas Norris mit einem starken Miliz-Detachement auf, und alle wurden in Karren verladen für die Fahrt nach Cork. Sir Thomas hatte bereits seine Familie dorthin gebracht, aber er würde, sagte er, ständig Patrouille reiten, um die Straße offenzuhalten.

Aber die Straße *war* offen, das war es ja, was Barbary so beunruhigte. Einige Bäume hatte der Sturm gefällt, aber die einzige Gefahr drohte von anderen stürzenden Bäumen und abgerissenen Ästen. Keine Menschen, keine Kugeln, kein Geheul bis auf das des Windes. Den Kundschaftern der Miliz zufolge gab es in der Tat eine Zusammenrottung feindlicher Truppen im Aherlow, aber bisher waren sie aus dem Tal nicht ausgebrochen.

Barbary verstand jetzt. Es waren nicht die feindlichen Truppen, wovor die englischen Siedler solche Angst hatten. Das, wovor sie solche Angst hatten, war in den beiden Leichen verkörpert, die jetzt friedlich in der Kapelle von Burg Mallow lagen. Der Feind daheim. Deshalb hatten die aristokratischen Kolonisten in solcher Eile ihre Schlösser und ihre Herrenhäuser verlassen: Sie hatten immer Angst gehabt vor den Menschen, die sie vertrieben und enteignet hatten, auch wenn es ihnen selbst nicht bewußt war; selbst während sie sie unterdrückten, sie in Landarbeiter und Leibeigene verwandelten, ihren Pachtzins erhöhten, sie grausam behandelten und manchmal sogar freundlich, ihnen ihre Sprache verboten, ihre Tracht und ihre Bräuche, ihnen erst ihre Würde nahmen und sie dann als primitiv verspotteten – immer hatten sie Angst davor gehabt, daß ihre zahmen Haustiere plötzlich mit gesenkten Hörnern auf sie losgehen könnten. Weder die Armee noch die Miliz konnte sie vor ihren eigenen Haustieren retten, und das hatten sie alle immer schon gewußt. Barbary schlief ein.

Sie erwachte, als sie in Cork eintrafen und durch das Stadttor in die Hölle einfuhren. Was eine zwar unruhige, aber gut funktionierende Stadt gewesen war – gestern? das konnte doch nicht erst gestern gewesen sein –, war heute ein einziges riesiges Flüchtlingslager. Nur mit Mühe kamen die Fuhrwerke aus Mallow in den Straßen voran, nicht nur wegen der Menschenmengen, sondern auch wegen der zornigen Einwohner, die sie nicht weiterlassen wollten. Zwei gutgekleidete Männer, Kaufherren ihrem Aussehen nach zu schließen, sprangen auf ihr Fuhrwerk und entrissen dem Kutscher die Zügel. »Dreht um, und fahrt zurück. Hier ist kein Platz mehr.« Sie versuchten, das Fuhrwerk zu wenden, verkeilten sich aber nur in die Nachkommenden, als Norris von der Spitze ihres Zuges zurückgeritten kam. »Was soll das?« Einer der Kaufherren erkannte ihn.

»Die Stadt quillt über, Sir Thomas, wir können niemanden mehr aufnehmen. Es gibt nichts mehr zu essen. Wir bekommen die Pest.«

Thomas Norris zog sein Schwert. »Hinunter mit euch.« Sie stiegen ab. Die Wagen zwängten sich weiter durch die an die Straßenseiten gepreßten Menschen. Nie zuvor hatte Barbary so viele Menschen an einem Ort gesehen, ganze Familien hielten zäh an Treppenstufen fest, die zu begehrten Sitzplätzen geworden waren, luxuriös im Vergleich zu denen, die im Schlamm der Straße hockten. Blumenkisten unter Fensterbrettern verwandelten sich in Wiegen für Babys, deren Mütter darunter hockten und mit einem ausgestreckten Arm ihre Kinder stützten. Durch offene Türen sah man in Vorräume, deren Böden mit Schlafenden belegt waren wie mit einem Teppich. Eine elegant gekleidete Dame hämmerte mit dem Türklopfer an ein Eingangstor, das ihr aber nicht geöffnet wurde.

Ein Büttel versperrte ihnen den Weg. »Sir Thomas, es tut mir leid. Befehl ist Befehl. Der Rat läßt Euch sagen, Ihr mögt nach Kinsale oder Youghal weiterziehen. Vielleicht findet Ihr dort Platz.«

Sir Thomas richtete einen hoheitsvollen, blutunterlaufenen Blick auf ihn. »Der Rat soll sich meinetwegen selber ficken«, erklärte er und wandte sich an die ihm Anvertrauten: »Raus. Aussteigen.« Und zur Miliz gewandt: »Reitet rund um die Stadt und zurück zum Nordtor. Ruht euch in den Wagen aus. Sollte jemand die Pferde stehlen wollen, bringt ihn um. Wir reiten zurück, wenn ich etwas geschlafen habe.«

Lady Bouchier klammerte sich an seinen Steigbügel. »Aber wohin sollen wir gehen?«

Sir Thomas beschrieb mit einem erschöpften Arm einen weiten Kreis. »Ihr habt die Wahl, Madam.« Und ritt davon.

Barbary stieg ab, ihr Bündel an sich gedrückt. Da drin waren noch immer ihre Geschenke für die Spensers. Falls sie sie je fand. Boyle, das war der Name, den Edmund ihr genannt hatte. Richard Boyle, Elizabeths Onkel. Sie hielt einen Mann an, der so aussah, als wüßte er, wohin er wollte. »Wo finde ich das Haus von Richard Boyle?«

Er hob die Faust, wie um sie zu schlagen, hielt aber mitten in der Bewegung inne. »Habt Ihr englisch gesprochen? Ach, in diesem Umhang hielt ich Euch für eine Irin. Den würde ich ausziehen. Wir hängen heute nacht jedes irische Schwein in dieser Stadt, und sei's nur, um Platz zu schaffen. Drüben am Osttor, dann fragt noch einmal.«

Sie zog den Umhang nicht aus, der Wind wurde immer eisiger, schlug aber den unverkennbar irischen Pelzkragen herunter und machte sich zum Osttor auf. Einige Nebenstraßen waren von Menschen derart verstopft, daß man nicht hindurchkam, sie mußte Umwege machen und dachte immer wieder über die Furcht nach, die Männer und Frauen und Kinder aus ihren warmen Häusern in die windgepeitschten Straßen einer ungastfreundlichen Stadt getrieben hatte.

Irgendwann fand sie sich unten an den Kais am Fluß und sah englische Soldaten von einem Transportschiff an Land gehen. Ein Junge, typisch für Docks überall, bettelte um Souvenirs. »Habt ihr keine englischen Pennys, Sorrr?« Einer der Soldaten gab ihm einen Tritt, daß er stürzte. Diese kleine Gemeinheit raubte Barbary den letzten Rest ihrer Fassung.

»Du Scheißkerl, wofür hast du denn das getan?«

Verblüfft wandte der Soldat sich um. Er war noch sehr jung. »Das ist doch ein irischer Papist, oder nicht?«

»Der ist aus dem Pale, um Gottes willen. Er ist auf deiner Seite.«

»Wirklich? Was redet er dann so?«

Verzweifelt antwortete Barbary: »Seine Familie ist sicher seit Generationen hier. Protestanten, so wie du. Oder königstreue Katholiken.«

»Oh.« Das war ihm zu verwickelt, aber er hatte es nicht böse gemeint. »Tut mir leid, Bub.« Er stöberte in seinem Bündel und warf dem Jungen einen Penny zu.

»Bist du einer von Essex' Männern?« fragte sie.

»Vorhut, Lady«, versetzte er fröhlich. »Wir fuhren in die Mündung ein, bevor der Sturm aufkam, und mußten bis jetzt den verdammten Fluß heraufkreuzen. Der olle Essex sitzt wohl noch immer in Wales fest und wartet, daß ihn ein Ostwind nach Dublin bläst. Na, wie ist denn dieses Nest Cork hier so?«

»Voll«, erwiderte sie.

Als sie Richard Boyles Haus endlich fand, war es groß und stattlich, aber ebenfalls voll. Vorsichtig über Menschen steigend, die in der Halle kampierten, fragte sie nach Elizabeth. »Ach, das Nichtchen«, erwiderte eine Frau schnippisch. »Oben im ersten Stock. In einem Zimmer ganz für sich allein.«

Es war ein kleiner, hübscher Raum mit klappernden Fenstern und einer Aussicht über die Hügel im Osten. Elizabeth saß auf einem Stuhl und gab ihrem Kind die Brust, aber Barbarys Blick fiel auf einen Tisch mit Brot und Käse und Schinken darauf. Gereizt sagte sie: »Ich kam zurück, um Euch zu suchen«, setzte sich hin und fing sofort zu essen an. Sie wußte nicht, wann sie zuletzt einen Bissen gegessen hatte. Während sie kaute, wartete sie auf Fragen, Mitgefühl, Lob, vielleicht Trost. Dann fiel ihr auf, daß nichts davon zu hören war. Sie hob den Blick. Elizabeth starrte sie an. »Euch geht's doch gut, oder?« fragte Barbary. »Wo ist Sylvestris?«

Elizabeth schrie auf und schlug eine Hand vors Gesicht. »O Herr, o Herr! Als ich Euch sah, hoffte ich … Habt Ihr ihn denn nicht?«

Barbary hörte auf zu essen. »Was soll das heißen?« Er hatte sie gesehen, hatte Robert Ellis gesagt. Alle Spensers. O Gott, er hatte nur die Familienmitglieder gesehen, die er kannte, und Sylvestris kannte er nicht. Es war ihre Schuld, sie hätte ihn gründlicher ausfragen sollen. Gott, o Gott, das kann nicht wahr sein. Er ist hier, er muß hier sein.

»Barbary, er war gerade nicht da. Es geschah alles so schnell, ich hatte solche Angst, ich war nicht gewöhnt, ihn um mich zu haben. Ich dachte nur an das Baby.«

Sie kam noch immer nicht mit. »Ihr habt ihn vergessen?«

Dann endlich begriff sie. »Du saublöde Kuh. Du hast ihn vergessen.«

»Barbary – bitte!« Erklärungen und Entschuldigungen kollerten aus Elizabeths Mund. Schloß Spenser, plötzlich stockfinster und ganz leer, die gesamte Dienerschaft schlagartig verschwunden. Knarren, Flüstern, Angst. Dann auf einmal war die Miliz da, genauso verstört wie sie, zur Eile drängend. Sie und das Baby und das Ungeborene, die einzig wichtigen Dinge in ihrer Welt, und diese Welt brach zusammen. »Erst in Mallow habe ich an ihn gedacht. Die Miliz ritt noch einmal zurück, aber sie fanden ihn nicht im Haus.«

»Wohin ist er gegangen?«

»Ich weiß es nicht.« Elizabeth wischte sich die Tränen am Haar des Babys ab und sagte mit zitternder Stimme: »Er konnte mich nie leiden.«

»Ich auch nicht. Weiß es Edmund?«

»Er ist so wütend. Er verlangt, daß Sir Thomas zurückgeht. Barbary, bitte schaut nicht so. Edmund kann doch bei seiner großen Verantwortung nicht von hier fort. Aber er fürchtet, sie nehmen seinen Sohn als Geisel, oder Schlimmeres, wegen ...«

»Weswegen?«

»Smerwick.«

Die Sünden eines Dichters, der zugeschaut und das Massaker gutgeheißen hatte, als Heimsuchung über dem Haupte eines ernsten kleinen Jungen. Ellis, einen Apfel im Mund, mit Drähten an sein eigenes Tor gehängt, das Messer im Magen von Mrs. Ellis. Eingeforderte Schulden, mit Folter als Wucherzins. Rasch packte sie das Essen zusammen und stopfte alles in ihr Bündel.

»Bitte, Barbary, Lady Betty. Wohin wollt Ihr?«

»Zurück.«

Noch unten an der Haustür hörte sie, wie Elizabeth ihr nachrief. Sie bahnte sich einen Weg durch die Stadt und wartete bei den Fuhrwerken, bis Sir Thomas Norris zurückkehrte und sie sich durchs Stadttor in Richtung Mallow aufmachten.

Immer noch kamen ihnen Flüchtlinge nach Cork entgegen, aber das war jetzt eine ganz andere Schicht von Menschen. Die Aristokraten und Gutsbesitzer waren entweder schon drinnen oder verstärkten die Verteidigungsanlagen ihrer Herrensitze. Jetzt kamen die einfachen Kolonisten, die Tischler und die Schuster, die kleinen Ladenbesitzer, Schulmeister, Veteranen, Küfner, die Menschen, die auf den Aufruf der Königin hin in der Hoffnung auf eigenes Land und ein besseres Leben nach Irland gegangen waren. Auf ihre Leiterwagen hatten sie Möbel, Großeltern und Kinder geladen, sie hielten die Geflügelkäfige auf den Wagen fest, damit der Wind sie nicht davonblies, und trieben ihre Milchkühe neben sich her. Diese Menschen hatten ihr Land nicht auf ein Gerücht hin verlassen, die waren vertrieben worden. Sie riefen Sir Thomas im Vorbeifahren zu, ihre Häuser brennten, ihre Landarbeiter hätten sich auf sie gestürzt.

Als sie weiter nach Norden kamen, war der Zustand der Flüchtlinge noch schlimmer, denn die Selbstsicherheit und Grausamkeit der Iren, die sich gegen sie erhoben, wuchs. Die Menschen, die ihnen jetzt entgegenkamen, besaßen nichts mehr außer dem nackten Leben. Viele von ihnen waren buchstäblich nackt, alle verletzt, manchen waren die Ohren abgehackt, die Nasenlöcher aufgeschlitzt, die Lippe abgeschnitten worden. Eine Gruppe vollkommen nackter Frauen und Mädchen drängte sich auf einer Bank zusammen, einander an den Händen haltend. Sie schrien und zuckten zurück, als Sir Thomas und einige seiner Männer abstiegen und sie in ihre Mäntel hüllten.

Sir Thomas befahl, sie auf einem der Fuhrwerke unterzubringen. »O mein Gott. Haben wir schon die halbe Strecke hinter uns? Nein. Hier, Francis, und du, George, bringt sie zurück nach Cork. Seid ihr bewaffnet? Dann macht euch auf, und laßt euch von keinem anhalten. O mein Gott.«

Er hatte schon zwei Fuhrwerke mit den allerärgsten Fällen zurückgeschickt, aber jetzt hörte Barbary ihn sagen: »Das war die letzte Fuhre zurück. Alle anderen brauchen wir für uns selbst.« Zu ihr sagte er kein Wort; er hatte sie auch ohne ein Wort des Widerstandes mitgenommen, denn erstens war er für jede Debatte zu erschöpft, und zweitens scherte er sich nicht um sie, sie widerte ihn an. Sie war Irin.

Sie nahm es ihm nicht übel, es war ihr überhaupt egal. Sie wollte nur Sylvestris finden. Jede neue Grausamkeit, der sie unterwegs begegneten, verschärfte ihre Vorstellung von dem, was man vielleicht ihm antat.

Die Straße wurde leer; die Dämmerung senkte sich herab, aber hier und dort war der Himmel erhellt von den Flammen eines brennenden Hauses. Der Sturm jaulte und schob sich unter die Fuhrwerke wie eine Hand, die versuchte, sie umzustoßen. Er drückte die Flammen von Hugh Cuffes Haus auf der anderen Seite der Straße so weit herüber, daß sie die verschreckten Pferde wenden und über ein Feld treiben mußten, um diese Barriere der Elemente zu umgehen, dabei prasselten Funken und glühende Splitter auf sie herab. Sir Thomas starrte nach links, bis er die Auffahrt hinauf bis zum Eingang sehen konnte. Hugh Cuffe war mit ihm befreundet gewesen, ebenso mit den Spensers. Vom ganzen Haus standen nur noch zwei Mauern. »O mein Gott«, sagte Sir Thomas leise. »O mein Gott.«

Weiter vorn lag ein Baum quer über der Straße, eine dünne Ulme. Die Männer stiegen ab und fingen an, ihn an den Rand zu zerren. Da fiel ein Schuß, und einer von ihnen stürzte zu Boden. Geduckt schleiften sie den Baum zur Seite, dann hoben sie den Mann auf Barbarys Wagen und trieben die Pferde zu einem Trab an. Sie konnte nicht sehen, wo er getroffen war, dazu war es schon zu dunkel, und das Rattern des Wagens warf ihn in ihren Armen hin und her. Aber er starb ohnehin schon eine Minute später; erst als es zu spät war, sah sie den Blutfleck auf seiner Brust.

Sie hielt ihn fest, damit er nicht so hin und her schlug, da pfiff eine weitere Kugel über ihren Kopf. Der Wagen hinter ihr wurde von zwei Speeren getroffen, sie staken noch immer in seiner Seite, als sie den Blackwater überquerten. An der Brücke stand Miliz mit schußbereiten Gewehren, die sie erleichtert senkten, als Sir Thomas sie anrief. »Dem Herrn sei gedankt, Mylord.«

Als sie an der Garnison vorbei waren und den Weg zur Burg hinauf einschlugen, stand Barbary erschrocken auf. Sie mußte brüllen, um gegen den Sturm anzukommen. »Wir müssen weiter. Wir müssen doch nach Kilcolman.«

Sir Thomas wendete sein Pferd und ritt neben sie. »Wenn er nicht hier ist, muß er selber sehen, wie er zurechtkommt. Wir gehen nicht weiter.«

»Aber er ist doch noch ein Junge. Ich hab's ihm versprochen.«

»Zum Teufel mit Eurem Versprechen. Ich muß die Stadt halten und versuchen, die Straße nach Cork offenzuhalten, und schon dafür hab' ich nicht genug Männer. Ich kann niemanden entbehren.«

Aber sie sah nichts, nur einen zehnjährigen Jungen. In der Burg fragte sie alle aus, die ihr begegneten, lauter erschöpfte, verletzte Männer und Frauen. Er war nicht da. Niemand hatte ihn gesehen. Einige starrten sie nur in wortlosem Entsetzen an. Sie folgte Sir Thomas in sein Zimmer. Er ließ sich gerade die Stiefel ausziehen.

»Sir Thomas, da draußen ist ein Kind ...« Sie bemühte sich, ruhig zu bleiben; der Mann war am Ende seiner Kräfte. Erst jetzt bemerkte er, daß man etwas von ihm wollte.

»Was?«

»Bitte, Sir Thomas. Gebt mir Miliz mit, nur die fünf Meilen, bis wir bei ihm sind.«

»Nein.«

»Aber er ist doch nur ein Kind.«

Sir Thomas stand so plötzlich auf, daß sein Diener nach hinten fiel. »Bei Gottes Wunden, Weib, und wenn's mein eigener Sohn wäre, ginge ich nicht weiter nach Norden. Alles bricht zusammen, seht Ihr das nicht? Irland bricht rund um uns zusammen, und ich kann nichts anderes tun, als die Straße zur See hin offenhalten, damit wir eine Armee hereinbringen können, die alles wieder aufbaut. Und das muß schon eine verdammt große Armee sein.« Er setzte sich wieder auf den Stuhl und vergrub den Kopf in den Händen. »Mein Gott, mein Gott, warum hast du uns verlassen.«

Barbary starrte ihn an. Dies war mehr als nur Erschöpfung, weil er mit einer Katastrophe nach der anderen fertig werden mußte. Das konnte er; die Norris' waren mit königlichen Katastrophen in mehr als einem Weltteil fertig geworden und immer bereit, ihr Leben dabei aufs Spiel zu setzen. Aber Sir Thomas weinte über die Zerschlagung einer Hoffnung, die sein Land vierhundert Jahre lang genährt hatte: Ruhe auf einer Insel, die für Englands Sicherheit zu nahe und zu fremd war. Die anderen großen Gutsbesitzer sorgten sich um ihren persönlichen Verlust; Sir Thomas wurde von dem Gedanken geschüttelt, daß der Traum von zwei englischen Zwillingsinseln Seite an Seite in der See sich vor seinen Augen in Nichts auflöste.

Erst in diesem Moment sah sie die Ereignisse der letzten vierundzwanzig Stunden im Zusammenhang. Dies war vielleicht das Ende des englischen Irland, ein gewaltiges, ein welterschütterndes Ereignis. Und trotzdem unwichtig im Vergleich zu der Gefahr, in der ein verletzlicher kleiner Junge sich befand.

Sie hatte nicht genug Zeit, um an Überzeugungstricks zu arbeiten. Sie sagte: »Mir ist es egal, wen Gott verläßt, aber Ihr verlaßt Edmund Spensers Sohn.«

Seine Stimme drang gedämpft unter seinen Händen hervor. »So sei es.«

»Dann gehe ich allein. Gebt mir ein Pferd.«

»Nein.«

»Aber es sind fünf Meilen. Unterwegs werde ich vielleicht umgebracht.«

Er hob den Blick, und sie las in seinen Augen, daß ihm das recht wäre, denn auch sie gehörte der verräterischen Rasse an, die die Pläne seiner Königin durchkreuzte.

»Ihr nicht«, sagte er. »Ihr seid doch eine von denen. Euch bringen die nicht um.«

»Ich hoffe, Ihr kommt selber um«, schrie sie ihn an.

Er schloß die Augen. »Das werde ich wohl«, sagte er.

Bevor sie die Burg verließ, holte sie die Clampett aus dem Bündel, überzeugte sich, daß sie schußbereit war, und legte sich den Munitionsgürtel unter ihrem Umhang über die Schulter. Unten in der verlassenen Küche fand sie ein kleines scharfes Messer und steckte es sich in den Ärmel. Dann warf sie ihren Hut weg, schüttelte ihr Haar aus und setzte die Kopfrolle auf.

Die Wachen am Tor waren zu sehr mit den hereinströmenden Flüchtlingen beschäftigt, um auch nur einen Blick auf sie zu werfen. Sie ging an ihnen vorbei und den Hügel weiter hinauf nach Norden. Auf der Straße drängten sich die gleichen armseligen Menschen wie schon zuvor auf dem Weg von Cork. Aber weniger als eine halbe Meile weiter war die Straße plötzlich so leer, als hätte der Sturm alles hinweggefegt.

Diesmal bleibe ich auf der Straße, dachte sie; da geht es schneller, und ich erfahre eher etwas über Sylvestris. Außerdem schien die Straße noch einen Rest von Normalität zu verkörpern. Es war auf jeden Fall nicht so unheimlich wie die menschenleere Finsternis, die die Ellis' enthalten hatte. Und sie war schließlich jahrelang von Munster abwesend gewesen und sah jetzt ganz anders aus als früher die feine englische Dame in der Gesellschaft der verhaßten Kolonisten, es war also unwahrscheinlich, daß man sie erkannte, oder wenn, dann erst in unmittelbarer Nähe von Schloß Spenser. Aber wenn man sie erkannte, na gut, dann stand nichts mehr ihrer Himmelfahrt im Weg. Die Aufständischen würden sich wahrscheinlich nicht für lange Erklärungen interessieren, warum sie sich mit ihren Herren gemein gemacht hatte.

Aber sie hatte schließlich noch alle ihre Tassen im Schrank; Barbary vom Orden war doch wohl imstande, einem Haufen Landpomeranzen einen kleinen Jungen abzuluchsen; Grace O'Malleys Enkelin wurde doch wohl noch mit den bloßen Iren von Munster fertig, auch wenn sie übergeschnappt waren.

Aber sie hatte keine Ahnung. Das erkannte sie erst später. Die Straße war leer, weil eine Meile weiter ein langer Konvoi von Kolonisten auf der Flucht nach Mallow in einen Hinterhalt geraten war. Und der Wind, der die Aussicht auf Befreiung durch den großen O'Neill hierhertrieb, hatte alles fortgeblasen, was die im Hinterhalt Lauernden zurückgehalten hätte. Sie trat jetzt in eine Dimension ein, wo die Fähigkeit zum Verüben von Grausamkeiten den erlittenen Grausamkeiten schon völlig ebenbürtig war. Sie bekamen nicht genug. Eine Gruppe von Männern hatte einen Bauern aus seinem Fuhrwerk gezerrt und trat ihn mit Füßen, sie trampelten auf ihm herum, bis sie selbst nicht mehr konnten; einer von ihnen hielt sich an der Deichsel fest, damit er aufrecht stehenbleiben und dennoch weitertreten konnte; der Bauer war längst tot. Einer stolperte zu dem Pferd hinüber, das von einem Speer durch den Hals ebenfalls getötet war, um auch das Tier zu treten.

Sie traten noch immer zu, während sie sie vorbeigehen sahen. »Willst du auch einmal, *mavourneen?*«fragte der Mann, der sich an der Deichsel festhielt.

»Mein Alter ist im Aherlow, und ich hätte nichts dagegen, auch dort zu sein«, antwortete sie, »aber Gott schütze euch alle hier.«

Der Mann lächelte und trat weiter zu, als sie fortging.

»Nicht schlappmachen«, sagte sie zu sich selbst. »Was zählt, ist der Junge.« Aber trotzdem mußte sie etwas weiter stehenbleiben und weinen und sich übergeben.

Sie hatte schon bei einer Bärenhatz zugesehen, bei Hängen und Vierteilen, aber seit dem Anblick der gehängten Mutter mit dem Kind damals war sie unfähig, Grausamkeit mitanzusehen, und diese unkontrollierte und unkontrollierbare Gewalt hier war mehr, als sie ertragen konnte. Etwa fünfzig Meter weiter wurde ein nackter Mann – sie glaubte, Präbendar Chadwick zu erkennen, war aber nicht ganz sicher – aufgehängt, bis er fast erstickte, dann heruntergeholt und wiederbelebt, und wieder gehängt, bis er am Ersticken war, und heruntergeholt ... »Das mußt du dir ansehen«, rief ihr eine Frau zu, die den Männern beim Hochziehen des Seils half. »Das haben sie mit den Meinigen gemacht, und bestimmt auch mit einem von den Deinigen.« Sie nickte, stellte sich dazu und sah sich ihr Spiel an, verstand nicht, daß sie nicht müde wurden und der Mann nicht starb, und erst als er endlich tot war, durfte sie gehen.

Die Frau kam unter dem Baum hervor und schlug befriedigt ihre Hände gegeneinander. »Und wer bist denn du?«

»Mein Alter ist im Aherlow. Ich will zu ihm.«

Sie ging weiter. Sie trug einen irischen Umhang, ihr rotes irisches Haar leuchtete im Feuerschein, wehte unter der irischen Rolle hervor, sie hatte ein Bündel in der einen Hand, ein irisches Messer in der anderen, sie sprach gut Irisch, sie war ununterscheidbar von den wahnsinnigen Irinnen, die sich auf der Straße herumtrieben, nur daß ihr Messer keine Blutflecken hatte.

Etwas weiter erhellte ein Feuer aus Ästen und Zweigen eine Hinrichtungsszene mit einem Amboß als Block und einem Fleischermesser als Henkersbeil. Wieder lud man sie zum Zuschauen ein, freundlich, als dürfe sie sich umsonst den starken Mann auf einem Jahrmarkt ansehen, und wieder konnte sie nicht ablehnen, ohne sich verdächtig zu machen. Der Amboß war blutverschmiert, und ein paar junge Männer spielten Bowling mit den abgeschnittenen Köpfen und fluchten, daß diese nicht gerade rollen wollten.

Zwei Männer, einer etwas älter, der andere noch ganz jung, wurden vor ihren Augen und vor den Augen der Frau, deren Ehemann und Sohn sie waren, enthauptet; vor sich hielt die Frau ein Kind, einen Jungen, etwa in Sylvestris' Alter; aber es war nicht Sylvestris, es war der jüngste Biddlecombe. Sie erkannte Mistress Biddlecombe. In einer ebenso sturmgepeitschten Nacht vor vielen, vielen Jahren hatten sie und Rob und die anderen Kolonisten die Biddlecombes zu ihrem Haus begleitet. Sie erinnerte sich noch, wie eins der Kinder, vielleicht der junge Mann, dessen Kopf vor ihr am Boden lag, sagte, es wolle heim, und wie Mrs. Biddlecombe ihm antwortete: »Hier sind wir daheim.«

Der Mann mit dem Fleischermesser wandte sich zu der Frau und ihrem Kind um, und Barbarys Hand fuhr automatisch unter ihren Umhang an die Clampett. Der Mann nickte dem kleinen Jungen zu. »Kann er Irisch?« Seine Mutter wollte sagen, ja, und er könne Portugiesisch, Arabisch, alles, was sie von ihm hören wollten, aber sie brachte kein Wort heraus. »Sag etwas auf irisch zu mir, Junge«, drängte der Mann.

Dem Jungen sah man Mut und Haß an. Sein Gesicht verkündete den Willen zum Überleben, damit er als Erwachsener seinen Vater und seinen Bruder rächen, ihre Mörder töten könne, aber sein Mund sagte laut und deutlich auf irisch: »An einem windigen Tag ist nicht gut Dach decken.«

Die Leute am Amboß lachten. »Ganz recht, mein Junge, da

hast du ganz recht. An einem windigen Tag ist gut töten, so ist's richtig.« Der Mann mit dem Fleischermesser streckte seine Hand aus, um das Kind zu tätscheln, aber von der Hand tropfte Blut, und er sah sich nach etwas um, um es abzuwischen. Mit einer automatischen Geste, entstanden aus der jahrelangen Gewohnheit, hinter Männern sauberzumachen, reichte Mrs. Biddlecombe ihm ihre Schürze und fing zu weinen an, als der Mann ihr dankte und sich die Hände damit trockenwischte.

»Wären dein Papa und dein Bruder auch so klug wie du gewesen, dann wären sie jetzt noch am Leben. Bring nun deine gute Mutter nach Mallow, und sag jedem, der euch aufhalten will, ihr habt Erlaubnis von Ruairi Mac Dowd.«

Nachdem das Unterhaltungsprogramm vorüber war, wandte Barbary sich ab und ging weiter. Sie erfuhr nie, ob die Biddlecombes es bis Mallow schafften.

Wieder mußte sie stehenbleiben, um sich zu übergeben. Ihr bringt die falschen Leute um, dachte sie; nicht die Biddlecombes haben die Politik gemacht, die zu alldem führte, sondern die Raleighs, die Bischöfe, die Wallops, Loftus' und Norris', die Spensers und die Königin Elizabeth, Opportunisten, die nichts anderes kannten als ihre eigene Habgier, die diesen Haß entzündeten, dem dann die Biddlecombes ausgeliefert waren. Die Falschen hatten zu leiden.

Schloß Spenser stand in Flammen, sie sah es, als sie durch den Hirschpark schlich und das Brüllen der Flammen hörte, die der Sturm dreißig Meter hoch in die Luft jagte. Es kam ihr vor, als liefen dort Gestalten hin und her, aber sie konnte nichts Genaues erkennen. Die Tortürme waren noch unbeschädigt, schwarze, gedrungene Schatten vor einer orangen Glut. Vorsichtig jetzt. Hier war sie ebenso Sündenbock wie die armen Menschen, die dort hinten getötet worden waren. Sie versteckte ihr Bündel hinter einem Baum, hastete über die Straße und rannte eine Hecke entlang über ein Feld bis an den Fuß der Mauer, aber die umgepflügte Erde verlangsamte ihren Lauf. Sie ging gebückt, damit ihr Kopf nicht über die Hecke ragte, aber falls irgend jemand in ihre Richtung schaute, mußte er sie unweigerlich sehen. Es war taghell.

An der Mauer angekommen, schlich sie sich vor bis zu den Toren, die Clampett in der einen Hand, das Messer in der anderen.

Jemand kam aus dem Tor, schob einen vollbeladenen Schubkarren vor sich her. Dann blieb die Gestalt stehen und schüttete den Inhalt auf einen Haufen von kleineren Möbeln und Silbersachen, der schon in der Einfahrt lag. Es war Rosh.

Barbary glitt an der Mauer weiter und zischte: »Rosh. *Rosh!*«

Die Frau drehte sich um und kam auf sie zugerannt. »Ihr seid es selbst? Mutter Gottes, habt Ihr den Verstand verloren?«

»Was tust du da?«

»Die schönen Sachen meines Herrn retten.«

Barbary packte sie am Ärmel. »Rosh, ist Sylvestris da? Hast du ihn gesehen?«

Sie sah, wie Rosh erstarrte. »Ist er nicht fort mit den andern?«

»Nein. Ich muß ihn finden, er wird solche Angst haben. Rosh, hilf mir.«

Das Licht spiegelte sich in Roshs Augen, als sie Barbarys Arm drückte. »Macht Euch keine Sorgen mehr. Ich finde den kleinen Herrn schon. Bleibt hier, ich gehe ihn suchen.«

»Sei vorsichtig. Die anderen könnten ihn sehen.« In das Brüllen der Flammen vom Haus mischten sich Rufe und Gelächter.

»Ach, die sind blind vor lauter Plündern. Jeder Kuh ihr Kalb und jedem Buch seine Abschrift, wie das Sprichwort sagt.«

»Sicher.« Sie lehnte sich gegen die Mauer und sah Rosh nach, wie sie die hell erleuchtete Auffahrt hinaufging. Jetzt, da sie ihre Bürde mit einem anderen geteilt hatte, spürte sie erst, wie schwer sie war. Ich sterbe, dachte sie. Laß mich nur ihn in Sicherheit bringen, dann kann ich sterben. Ich komme zurück, hatte sie zu ihm gesagt. Am sechsten Oktober, und der wievielte war heute? Die Zeit kannte kein Datum mehr, sie war stehengeblieben in dieser anderen Dimension, in die die Welt verschoben worden war. Jesus, dort mußte er sein. Wo er auf sie warten sollte. Wenn überhaupt irgendwo, dann dort.

Sie rannte zum Torturm und hielt vorsichtig Ausschau. Keine Spur von Rosh. Noch immer geräuschvolle Aktivität oben auf dem brennenden Hügel, aber weit und breit kein Mensch zu sehen. Sie hastete die Stufen hinauf, so schnell sie konnte, stieß das Tor auf und rief leise: »Edler Bleib!« Keine Antwort. Sie schaute ins Brunnenhaus, dann in plötzlicher Furcht hinunter in den Brunnen selbst. Dann hinauf ins nächste Stockwerk. Hier war nichts geplündert worden, aber auch kein Junge. Draußen auf dem Kies der Auffahrt hörte sie Schritte. Lautlos schlich sie zur Tür des letzten Stockwerks und drückte sie einen Spalt weit auf. Von drinnen kam ein Aufkeuchen. Sie trat hinein. »Verzeih, daß ich so spät komme.«

Er hockte auf ihrem Bett, aber jetzt sprang er auf und preßte sich an sie. »Mein armer Kleiner. Wein nicht, jetzt bin ich da, jetzt geschieht dir nichts mehr.«

Von draußen hörte man Rosh leise rufen: »Wo seid Ihr?«

Ohne Sylvestris loszulassen, beugte sie sich aus dem Fenster. Rosh stand allein unten. »Hier oben. Ich hab' ihn gefunden.«

»Bleibt oben. Ich komm' hinauf.«

»Nicht! Lass' sie nicht!« Der Junge krallte ihr die Hände in die Schultern. »Sie ist es. Sie hat die anderen angeführt. Ich hab' sie gesehen.«

Er hatte zuviel durchgemacht. »Aber es ist Rosh«, erklärte sie ihm.

Rosh stand im Türstock, der ihre Gestalt vor dem grellen Feuerschein im übrigen Raum beschattete, nicht aber das große Küchenmesser in ihrer Hand. »Ich werd's Euch danken, wenn Ihr mir jetzt den Jungen gebt«, sagte sie freundlich. »Ihr könnt bleiben oder gehen, aber wir löschen den Samen von Smerwick aus, wenn ich bitten darf.«

Barbary traute ihren Ohren nicht, glaubte noch immer an die Rosh, mit der zusammen sie einmal ein Leben gerettet hatte, schob aber Sylvestris instinktiv hinter sich. »Was redest du da?«

»Dafür bin ich in dieses Haus gekommen«, sagte Rosh, immer noch ganz freundlich. »Dafür bin ich geblieben, dafür hab' ich gearbeitet. In Smerwick waren nicht nur Spanier, da waren auch Iren, mein Mann und mein ältester Sohn darunter. Ergebt euch, sagten sie, und sie ergaben sich und wurden gehängt. Und dieser Mann war dabei und schrieb, daß es gut war. Sein Vater.«

Das konnte nicht sein. Niemand konnte jahrelang so treu ergeben sein, Rosh sein, die unermüdliche Arbeiterin, Rosh mit den komischen Sprichwörtern, und dabei die Geheimnisse in sich tragen, die jetzt aus ihrem Munde strömten. Eine künstliche Atmosphäre hatte sich über die drei Menschen in dem Raum gesenkt, die Barbary jede Furcht nahm. Sie antwortete genauso ruhig und freundlich: »Du kannst doch nicht so lang hassen. Und nicht einen kleinen Jungen.«

Rosh lächelte. »Oh, sie haben nachgelegt. Sie haben immer wieder nachgelegt.«

Von unten rief eine männliche Stimme: »Wo bist du denn, Roisín MacSheehy?«

Es dauerte ein paar Sekunden, bis es zu ihr durchdrang. »Jesus Christus, du bist eine MacSheehy.«

Rosh nickte freundlich. »Sie fragen einen nie nach dem Familiennamen. Wußtet Ihr das? In ihrer Bosheit und Dummheit hängen sie uns und fragen nicht einmal, wie wir heißen. Die gute alte Rosh war ich immer, die gute alte Rosh war ich bis heute.« Das Messer funkelte, als sie ans Fenster trat. Es war der Zwilling jenes Messers, das Mrs. Ellis getötet hatte. Rosh rief: »Hier herauf. Schnell.«

Jetzt glaubte sie es. Jetzt hatte sie Angst. »Rosh, du bekommst ihn nicht. Sperr die Tür zu.« Sie nahm die Clampett aus dem Gürtel. »Sperr die Tür zu, oder ich bring' dich um.«

Sie hatte die Clampett schon so oft auf jemanden gerichtet, und immer hatte die Geste allein genügt. Sie würde auch jetzt wirken, von einer Irin zur anderen.

»Nein«, sagte Rosh und kam auf sie zu.

Barbary erschoß sie. Ihr Finger drückte den Abzug, der noch nie benutzte Flint kratzte über die Stahlplatte und entzündete das Pulver, und die Stahlkugel, von Will Clampett sorgfältig geformt, durchschlug Roshs Kleidung und traf sie in die Lunge. Sie fiel gegen die Tür, das Lächeln noch als Grimasse auf ihrem Gesicht.

Barbary trat zu ihr, schob sie zur Seite und versperrte die Tür. »Los«, sagte sie zu Sylvestris, »aus dem Fenster.« Sie war vom Rückstoß noch ganz taub, es war, als fielen ihre Worte in Wolle. »Halt dich am Efeu fest, und lauf in den Hirschpark.« Jemand hämmerte an die Tür, warf sich dagegen, so daß die obere und die untere Türfüllung sich aus dem Rahmen lösten.

»Ich verlass' dich nicht.« Nicht nur ein Kreis schloß sich in dieser Nacht; das gleiche hatte sie ihrer Mutter zugerufen, und ihre Mutter war geblieben, und die Engländer hatten sie getötet. Sie war jetzt ihre Mutter, aber bei Gott, die Iren würden sie nicht töten. »Raus. Ich komme mit.« Sie lud die Clampett, während er aufs Fensterbrett stieg und sich durch die offenen Läden zwängte. Gut, daß sie beide so schmal waren.

Etwas schlug in regelmäßigen Schlägen gegen den Boden. Sie blickte hinunter. Rosh lag auf der Seite und hieb mit dem Messer in die Bodenbretter. Barbary beugte sich nieder und nahm es ihr weg. »Tut mir leid, Rosh.«

»Ach«, sagte Rosh, als wäre es ihr egal. »Wir hätten nicht zuerst zu Ellis gehen sollen.« Aus ihrem Mund quoll Blut.

Barbary trat an das Fenster, das auf die Ballyhouras blickte. Der Junge war schon halb unten, aber der Mann vor der Tür lief jetzt fort, um Hilfe zu holen, sie konnte ihn die Treppe hinunterrennen hören. Sie trat an das Fenster, das über die Auffahrt blickte, und als er laut rufend in ihr Blickfeld kam, erschoß sie ihn mit einer Kugel in den Rücken. »Gott segne dich, Will Clampett, Künstler, der du bist.«

Vorsichtig steckte sie die Waffe zurück in den Gürtel. Der Lauf war noch so heiß, daß er sich durch das Gewand hindurch in ihr Fleisch brannte und eine Narbe hinterließ, die nie mehr wegging. Sie zog sich aus dem Fenster und kletterte den Efeu hinunter, vorsichtig ihre Tritte setzend. Sie hatte keine Eile, sie konnte alles, sie konnte Menschen töten. Unten am Fuß der Mauer nahm sie sich sogar die Zeit, die Clampett noch einmal zu laden. »Sie können es nicht gehört haben«, sagte sie. »Sturm und Feuer sind zu laut. Und wohin gehen wir jetzt? Zuerst muß ich mein Bündel holen, und dann nehmen wir den hinteren Weg, glaube ich. Bleib hier.«

Aber das wollte er nicht, also machten sie einen weiten Umweg zum Hirschpark, brauchten endlos lang, bis sie das Bündel fanden, und schlichen zwischen den Bäumen dahin, bis der Feuerschein sie nicht mehr erreichte und sie die Straße im Dunkeln überqueren konnten.

Sie krochen an sturmgepeitschten Hecken entlang, am sichelförmigen See vorbei, dessen Wasser die Flammen von Schloß Spenser in Gold verwandelte, und auf den Saumpfad, der hinter Hap Hazard vorbei zum Gut der Roches führte.

In ihr war kein Gefühl mehr, sie konnte gehen und gehen und töten und töten.

»Ist Vater in Sicherheit? Und die Stiefmutter? Und das Baby?«

Sie sagte nur, ja, das waren sie. Die durchsichtige Helligkeit im Osten war eine Überraschung, als hätte der Wind von dem vielen Töten der Nacht so viel Böses aufgesaugt, daß er das Tageslicht ausblasen konnte. »Es ist die Morgendämmerung«, sagte Sylvestris. »Ich dachte, sie würde nie mehr kommen.«

Machte es einen Unterschied? Gehörte das Grauen vielleicht nur zum Reich der Finsternis, gingen bei Tagesanbruch vielleicht alle heim, erwachten die Toten wieder zum Leben, und Rosh würde wieder Rosh? In der Ferne brannte auch Hap Hazard und überstrahlte die Morgenröte.

»Vor uns auf dem Weg liegt etwas.«

Sie spähte dorthin, wo welke Blätter um einen Haufen tanzten, der mitten in ihrem Weg lag. »Es ist nur wieder ein Toter. Schau nicht hin.«

»Da hat sich was bewegt. Es lebt.«

Es war tot, sie kannte jetzt schon die unbewegte Schwere der Toten, es war nur der Wind, der sich in einem Mantel fing, aber sie konnte ihn nicht zurückhalten. »Die arme Frau, die arme Frau. Sie hat ein Loch im Rücken.« Sie wunderte sich, daß noch irgend jemand so viel Gefühl übrig hatte, um Mitleid zu empfinden. Eine dunkle Spur von niedergetretenem Gras von den Füßen der Frau fort zeigte, daß sie von der Straße herübergekrochen war. Eine Engländerin, von Iren umgebracht? Eine Irin, von der Miliz getötet? Es war egal, sie war tot. »Laß sie. Es ist nur eine Leiche mehr. Es liegen schon so viele herum.«

»Nein. Sie lebt noch, sie bewegt sich.«

Sie sank zu Boden, während er sich mühte, die Tote umzudrehen. Man konnte in dieser Nacht also doch genug bekommen; sie hatte jetzt genug. Wenn es einen Gott gab und sie würden ihn vor ihren Augen kreuzigen, sie würde keinen Finger rühren. Sie hörte Sylvestris aufschluchzend etwas hochheben, das der Leib der Frau verdeckt hatte. Er kam zu ihr und legte ihr ein Baby in den Arm. »Es lebt. Sie ist tot, aber sie versteckte das Baby, die arme Frau, die arme Frau. Es lebt doch noch?«

Ja, es lebte wohl, es war warm. Unwillkürlich drückte sie es an sich, aber als sie aufstehen wollte, konnte sie nicht. »Ich kann mich nicht rühren.«

»Du mußt.« Mit Ziehen, Schieben und Bitten brachte er sie auf die Beine.

»Wohin gehen wir?« Sie hatte jede Autorität verloren, sie hatte alles verloren.

Der Junge antwortete: »Zur Ballybeg Abbey. Das ist nicht mehr weit. Tadg der Dichter wird uns aufnehmen, er ist ein Freund von mir. Er wird uns nicht verraten.«

Sie schüttelte den Kopf. »Doch, wird er.« Aber sie hatte keinen eigenen Willen mehr, und er zog sie fort.

»Bitte, Mutter, komm. Bitte.«

Irgendwie schafften sie es zu den Ruinen von Ballybeg, Ruinen, die schon lange erkaltet waren, nachdem die Engländer das Kloster in Flammen hatten aufgehen lassen. Sylvestris lief voraus, während sie dem Baby in ihren Armen Trost zugurrte, und dann war da eine offene Tür und Licht, und ein alter blinder Mann sagte, er habe zwar schon eine Menge Waisen bei sich aufgenommen, aber kommt herein, kommt herein und ruht euch aus.

Das englische Munster ging über Nacht zugrunde. Die Kultur, die aus den Ruinen der Desmond-Kriege aufgestiegen war, versank wieder in Ruinen, aber nicht durch feindliche Armeen, sondern durch die Menschen, die man gezwungen hatte, sie mit zu errichten.

O'Neills Truppen hatten Munster kaum erreicht, hatten am sechsten Oktober jedenfalls noch keinen Schuß abgefeuert, aber das geflüsterte Gerücht, sie seien auf dem Weg, reichte den Männern und Frauen, die allzu lange in Knechtschaft gelebt hatten. Jede kleinste Erinnerung an ihr langes Leiden stieg in ihnen hoch und erbrach sich in Gewalt. Überall in der ganzen Provinz öffneten sich Tore von innen und ließen Gestalten ein, die Fackeln, Beile und Messer trugen. Das Vieh wurde fortgetrieben, die Besitzer wurden getötet.

Das gleiche Gerücht trieb die englischen Herren im Galopp in die Sicherheit der Pale-Städte. Kein einziger reicher Großgrundbesitzer verlor sein Leben in den Händen der Rebellen, doch die meisten verloren ihr Land. Die größten Herren in den Grafschaften Cork, Kerry, Limerick, Waterford und Tipperary verließen ihre Herrensitze und vertrauten sie Verwaltern an, die entweder bei ihrer Verteidigung fielen oder sie den Rebellen kampflos übergaben. In Sir Henry Wallops Schloß in Enniscorthy wurden einhundert seiner Bediensteten getötet, während er selbst mit seiner Familie und einigen wenigen Besitzstücken sich nach Waterford durchschlagen konnte. Der alte Warham St. Leger brachte sich in Sicherheit, aber sein Anwesen wurde zerstört. Der Herrensitz des abwesenden Sir Walter Raleigh wurde dem Erdboden gleichgemacht.

Die meisten Opfer fanden sich in den mittleren und unteren Schichten, den weniger gut informierten oder abgelegen hausenden Familien. Anglo-irische Geistliche, die den Iren ihre Religion verboten hatten, mußten ausnahmslos über die Klinge springen; ebenso anglo-irische Schulmeister, die ihren Schülern eine fremde Kultur und Sprache aufgezwungen hatten, und anglo-irische Friedensrichter und Anwälte, deren Statuten das Volk, dem sie sie aufzwangen, in jedem Fall benachteiligten. Ihre Frauen und Kinder starben entweder mit ihnen oder sie wurden vergewaltigt und nackt in die Städte geschickt, mit aufgeschlitzten Nasen oder abgeschnittenen Zungen, als Warnung davor, was auf dem Land draußen wartete.

Und in Orten wie Waterford, Cork, Youghal und Kinsale, übervölkert, unhygienisch und knapp an Nahrung, lagen die Überlebenden auf den Straßen und in öffentlichen Gebäuden, als die Oktoberwinde dem unaufhörlichen Novemberregen wichen. Stadtschreier drängten sich durch und riefen Namen aus, um getrennte Familien wieder zu vereinen, während andere die Gesichter in den Massengräbern musterten, ob sie nicht ein vermißtes Kind, eine vermißte Frau, einen vermißten Gatten erkannten. Die Einquartierung von eintausend neu eingetroffenen englischen Soldaten in Cork machte das Elend nur noch ärger.

Das Ausmaß der Zerstörungen war so gewaltig, daß niemand in England die ersten Berichte glaubte. Als man sie schließlich nicht mehr als Übertreibung abtun konnte, machte die Königin die Kolonisten selbst dafür verantwortlich; hätten sie ihr gehorcht und nur Engländer beschäftigt, dann wäre das nie passiert. Da sie Irland nie besucht hatte, weigerte sie sich auch, jenen zuzuhören, die behaupteten, ohne irische Arbeitskräfte hätte es gar keine Kolonie gegeben.

Edmund Spensers Brief an die Königin, »geschrieben aus der Asche der Zerstörung dieses Eures unseligen Landes«, flehte um Hilfe und Verständnis. Er wusch sich selbst und alle Kolonisten von jeglicher Verantwortung rein und schob alle Schuld auf die Uneinsichtigkeit der Iren. Er habe geglaubt, man könne, indem man ihnen das Vorbild des zivilisierten englischen Lebenswandels vor Augen halte, die eingeborenen Iren von ihrer Wildheit bekehren. »Allein, dem war nicht so, denn anstatt ihrem Vorbilde nachzueifern, fliehen sie die Engländer und leisten ihnen aufs mutwilligste Widerstand, und dies aus zweierlei Gründen: erstens, weil sie zuchtlos aufgewachsen sind und jeder allweil nur tut, was er will; zweitens, weil sie die Engländer hassen, so daß sie ihre Lebensart nicht weniger hassen müssen.«

Helft uns, schrieb er, denn jetzt »bleibt uns nichts mehr als der Ruf an Euch um rasche Hilfe«.

Es war der letzte Brief aus seiner Feder, und sein Hilferuf blieb unbeantwortet. Tyrrells Truppen hatten sich jetzt gesammelt und belagerten die Städte. Der O'Neill erhob James FitzThomas FitzGerald, den Neffen des verstorbenen Desmond, im Süden zum neuen Anführer des Desmond-Clans, und obgleich seine Anhänger ihn den »Strohgrafen« nannten, weil er nichts besessen hatte außer Heu und Stroh, folgten sie ihm, so wie die nördlichen Clans von Munster Tyrrell folgten, und das mit einer Disziplin, die für Irland etwas völlig Neues war. Jetzt erwies sich der Nutzen des vielen geheimen Trainierens und Exerzierens der letzten Jahre, und zum ersten Mal verbündeten sich alle Clans von Munster unter diesen beiden neuen Generälen, die ihrerseits ihre Befehle vom O'Neill empfingen.

Die alte irische Aristokratie, die für ihren Treueschwur gegenüber der Krone ihr altes Land zurückerhalten hatte und neue englische Fürstentitel dazu, merkte, aus welcher Richtung der Wind wehte, brach ihre Eide und lief zum O'Neill über Mountgarrets, Cahirs, Devereux', Kavanaghs, die Männer, auf die Elizabeth so stolz gewesen war, hängten ihre Mäntel so rasch nach diesem Wind, daß Sir Thomas Norris schon im Dezember in einem Brief an die Königin schrieb, er könne nur vier große Herren aufzählen, die nicht zu den Rebellen übergegangen wären. Das Land sei für »jeden Königstreuen unpassierbar«.

Der Schwarze Tom, Graf von Ormond, blieb zwar königstreu, aber auch in Leinster, um Dublin und seinen eigenen Besitz zu verteidigen; mit den belagerten Engländern in Munster konnte er keine Verbindung aufrechterhalten.

Die tausend englischen Soldaten in Cork wurden bei ihren Ausfällen aus der Stadt von der neuen Strategie des O'Neill aufgerieben. Hier und da gab es ein Scharmützel, aber wenn die Engländer versuchten, des Feindes habhaft zu werden, wurden sie in Hinterhalte in Sumpf und Hügeln gelockt und durch Desertion und Sumpffieber dezimiert. Munster wurde aufgegeben, erst aus Hilflosigkeit, dann planvoll, weil Elizabeth Zeit gewinnen wollte, um für den Grafen von Essex die größte Armee auszurüsten, die man je nach Irland entsandt hatte.

In der Zwischenzeit fanden einige berühmte Männer den Tod. Sir Richard Bingham starb in Dublin, ohne je die Kraft für die Aufnahme seiner alten Pflichten wiedererlangt zu haben. Sir John Norris starb an Erschöpfung. Sein jüngerer Bruder Henry starb zusammen mit seinen Soldaten und Clifford Conyers in einem Hinterhalt in Connaught. Sir Thomas Norris, der noch immer die Straße nach Cork offenhalten wollte, erhielt einen irischen Speer durch seinen Brustpanzer und starb in Mallow am Wundbrand, kurz bevor die Burg fiel.

König Philipp II. von Spanien starb, nach ihm bestieg König Philipp III. den Thron.

Edmund Spenser ließ seine Familie in Cork, brachte Sir Thomas Norris' letzte Depeschen nach England und lieferte sie in Whitehall ab, wo die Königin Neujahr verbrachte und tägliche dringliche Sitzungen mit ihrem Rat abhielt. Für seine Tätigkeit als Kurier erhielt er acht Pfund, die er auch dringend brauchte. Seine alten Gönner hatten sich neuen Dichtern zugewandt, und wie andere Flüchtlinge aus Irland erzählte auch er eine Geschichte, die niemand hören wollte. Einmal erwähnte er ein Kind, das er bei der Zerstörung von Kilcolman verloren hatte.

Er mietete ein Zimmer in einem überfüllten Gasthof, nur ein paar Schritte hinter dem King's Gate in Westminster, und erkrankte dort. Es war ein Winter, in dem die Themse zum erstenmal seit dreißig Jahren von einem Ufer bis zum anderen zufror, und es dauerte zehn Tage, bis seine Freunde von seinem Zustand hörten. Er starb am Morgen des 16. Januar im Beisein seiner Wirtin.

Als der Winter vorüber war, war der Graf von Essex zum Absegeln bereit, in Begleitung von sechzehntausend Mann Infanterie, fast fünfzehnhundert Mann Kavallerie und dem Versprechen von monatlich zweitausend Mann Verstärkung; das Spiel konnte von neuem beginnen.

26

Das größte Unglück auf der Welt ist es, als Zivilist an ein Land gefesselt zu sein, um das zwei feindliche Armeen kämpfen. Gleich, ob die Armeen befreien oder erobern – wenn der Staub sich legt, ist der Zivilist, Mann oder Frau, entweder tot, verhungert oder schwanger. Und wer gegen Ende des sechzehnten Jahrhunderts in den Tälern des Awbeg und des Blackwater in Munster lebte, wurde ständig von der einen Armee erobert (oder befreit), um dann vom Gegner befreit (oder erobert) zu werden.

Vom Standpunkt der Kämpfenden aus war das Gebiet begehrenswert, weil es Zugang zur Küste und zum Westen Irlands bot. Außerdem war es fruchtbar, und bald verfiel der Krieg zu einem Wettstreit darum, welcher Armee es gelang, sich über den Winter von der eingebrachten Ernte zu ernähren und dem Gegner Nahrung vorzuenthalten.

Vom Standpunkt der Zivilisten, die nichts anderes wollten als überleben – und ihrer wurden immer weniger und weniger –, sah es aus wie für einen auf einem Tablett gefangenen Käfer, auf das man zuerst rote und dann grüne Farbe goß; die beiden Farben schwappten vor und zurück, und der Käfer ertrank letztendlich in einem immer schmutzigeren und schließlich altbekannten Braun.

Vor dem eleganten Pavillon auf einem Laufbrett stehend, das ihn vorm Versinken im Schlamm bewahrte, hörte Lord Roche, wie der livrierte Diener, der ihn vom Eingang zum Feldlager abgeholt und hierhergebracht hatte, drinnen seinen Namen und Titel fehlerhaft ankündigte: »Lord Maurice Roche, Mylord«, und darauf die ebenso deutliche Antwort: »Soll warten.«

Maurice, Viscount Fermoy, studierte die Landschaft und das

Wetter, das sich zwar aufgehellt hatte, aber kühl war nach einem verregneten Sommer und die Blätter an den wenigen verbliebenen Bäumen rot und goldgelb färbte. Das war einmal ein Tal voller Bäume, dachte er, meine Bäume, mein Tal. Abgesehen von den Zelten und den Bewegungen des Lagers, das sich bei Mallow fast eine halbe Meile unordentlich den Blackwater entlang erstreckte, war die Gegend öd und verlassen. Nein, um die Ulmen auf den Hügelkronen zu beiden Seiten kreisten schreiend Raben. Erstaunliche Vögel. Man hatte doch im letzten Winter höchstpersönlich genug von den Viechern gegessen, um jedes einzelne Nest in Munster zu leeren, aber da waren sie wieder. Nicht umzubringen. Ekliger Fraß, aber sie verstanden es zu überleben. Maurice, Lord Roche, hielt viel vom Überleben.

Sein Blick fiel auf seine Handschuhe, gekauft im Jahre 1598, letztes Jahr, noch vor dieser Unannehmlichkeit; Leder aus Cordoba, zwölf Shilling vier Pence, und man hätte angenommen, daß sie um dieses Geld doch etwas länger gehalten hätten. Caitlin hatte sie kochen und der Dienerschaft mit Gemüse servieren wollen, aber vermittels eines blauen Auges hatte man sie davon abgebracht. Eine gute Köchin übrigens, wenn sie die richtigen Rohstoffe hatte.

Die Frage nach der passenden Kleidung für diese Audienz hatte einem einigermaßen Kopfzerbrechen bereitet. Der violette Taftrock mit den geschlitzten Ärmeln und dem Stehkragen zu achtzehn Pfund sieben Shilling war zu prunkvoll, brachte die Engländer vielleicht auf die lästige Idee, man könne zum Unterhalt ihrer Armee beitragen. Außerdem war es denkbar, daß die hüftlange Rockmode dieses Jahr nicht mehr modern war. Andererseits: Trat man zu schäbig auf, dann hatten diese Hunde keinen Respekt vor einem.

»Ihr könnt eintreten, Mylord.«

Maurice, Viscount Fermoy, betrat den Pavillon und warf sich vor die eleganten Stiefel des Grafen von Essex, cremefarbenes Rehleder, goldene Schnallen, keinen Penny weniger als fünf Pfund das Stück. »Erhabenster und verehrtester Lord, Schirm und Stütze meines Lebens, Ruhm und Preis sei Eurer Tapferkeit, die Ihr uns errettet vor den wilden –«

»Steht auf.«

Maurice Roche erhob sich und wischte sich die Tränen aus dem Bart, während er in das schöne Gesicht hinaufstarrte. Es zeigte Verachtung, aber es war doch zu erkennen, daß man den richtigen Ton getroffen hatte. Und auch bezüglich des Rocks hatte man den richtigen Riecher gehabt; Essex' Rock fiel ihm bis auf die Knöchel. Samt. Goldverbrämt. Gut und gern vierundzwanzig Pfund zu heutigen Preisen. »Verzeiht meine Bewegung, Mylord, aber meinen armen Augen seid Ihr der Herrscher der Sonne, die Mittsommernachtigall.« Er stieß ein leichtes Schluchzen aus. Eindeutig der richtige Ton.

»Wenn ich Euch recht verstehe, so wollt Ihr damit Eure Ergebenheit gegen Ihre Huldreiche Majestät zum Ausdruck bringen?«

Guter Gott, was dachte er denn sonst? »Unverbrüchlich ist sie, o edler Lord, in Worten, Gedanken oder –«

»Wo ist dann Euer Sohn?«

»Auf dem Krankenlager, mächtiger Lord, wegen einer Wunde, die er in unserem einsamen Kampf empfing.«

»Wofür?«

»Eh?«

»Ich sagte, wofür? Für wen? Auf wessen Seite kämpfte er?«

Konnte der edle Lord womöglich David beim letzten Scharmützel zwischen den Engländern und Tyrrell erkannt haben? Nein, das war ein Hinterhalt, David hatte vernünftigerweise nicht die irischen Farben getragen und außerdem sein Visier heruntergeklappt. Hätte man es mit einem Manne von Vernunft zu tun, dann könnte man ihm ja erklären, daß die einzige Hoffnung, diese Hölle zu überleben und sich am Ende irgendwie mit den Siegern zu arrangieren, darin lag, daß man selbst zu den Engländern hielt und seinen Sohn zu den Iren kämpfen schickte. Aber Essex durfte man keine Vernunft zutrauen. Hätte er welche, dann wäre er zu Haus geblieben, gemütlich unterm Federbett mit der Königin, wenn sie auch eine knochige alte Vettel war.

Maurice gestattete sich einen stählern verletzten Blick. »Die Roches nahmen Irland für die Krone in Besitz, als sie im zwölften Jahrhundert mit Henry II. hier landeten …«

»Gut, gut.«

Stimmte ja auch. Nicht ganz mit Heinrich II. Sie waren mit Strongbow hergekommen, in der Hoffnung auf leichte Beute, aber kaum erwies sich Heinrich II. als der Stärkere, schwenkten sie auch schon auf seine Seite um. Zeit für die Geschenke. »Mylord, darf ich Euch zur Feier der glorreichen Befreiung durch Eure Tapferkeit …« Einen wunderbaren Kelch, den seine Männer aus der Kirche in Effin mitnahmen, bevor sie sie niederbrannten, und ein in Ziegenleder gebundenes Exemplar von ›Colin Clout Comes Home Again‹ von Spenser, das seine MacSheehys aus Kilcolman hatten mitgehen lassen. Mutter Gottes, was für ein Titel. Aber der edle Graf schien gerührt.

»Viscount, ich bin gerührt.« Essex strich über das weiche Leder. »Unser größter Dichter. Er starb in Armut, wie es das Schicksal der Dichter ist. Ich schickte ihm zuletzt noch Geld, aber er sagte, er sei zu krank, um es auszugeben, also ließ ich ihn auf meine Kosten in Westminster Abbey bestatten, wie er es verdient hat.«

»Mylord, Ihr habt als Wohltäter und Gönner an einem großen Dichter gehandelt. Ein großer Verlust.« Und bei Gott ein lästiger Patron. Es war Roche-Land, das der verdammte Verseschmied zugesprochen bekam, und das verschlang allein an Gerichtskosten 279 Pfund 4 Shilling 8 Pence, gar nicht zu reden von den MacSheehys, die man auf ihn ansetzen mußte, um ihn zu vertreiben. Nun gut, jetzt war man ihn ja los.

»Aber, Mylord, ich warne Euch«, fuhr Essex fort, »weiteres Zaudern von seiten ihrer irischen Aristokratie wird Ihre Majestät nicht dulden.«

Bekam man wohl eine Einladung zum Souper? Auf dem Camptisch stand eine saftige Wildpastete, daneben ein silberner Trinkbecher, vergoldet, gute vierzig Unzen Silber, wenn nicht mehr, und noch ein Rest Bordeaux darin. Wie lang war's her, daß man einen ordentlichen Tropfen genossen hatte? Oder auch nur einen Bissen Wild?

»… in dieser Angelegenheit Eure Hilfe unerläßlich«, sagte Essex gerade.

Maurice riß seinen Blick vom Tisch los. »Ach, könnte ich

Euch bei Eurem hochherzigen Feldzug nur Hilfe leisten, aber die Rebellen haben uns alles Vieh geraubt, mögen ihre Seelen in der Hölle schmoren bis ins achte, neunte, zehnte Glied.«

»Viscount, Ihr habt nicht zugehört«, versetzte Essex scharf. »Wie ich gerade erklärte, besteht eine der vielen Pflichten, die ich in diesem unseligen Lande zu erfüllen habe, darin, herauszufinden, ob diese Lady noch am Leben ist oder nicht, und wenn ja, wo.«

»Welche Lady, Mylord?«

»Bei Gottes Zähnen, Mann, ich hab's Euch grad gesagt. Lady Betty.«

Barbary, eh? Was wollten sie von der?

»Es darf nicht sein«, fuhr Essex fort, »daß die Witwe eines Helden der Armada, noch dazu eine, die die Königin empfangen hat, von Barbaren zu Tod gebracht, womöglich ehrlos in einem unbekannten Grabe verscharrt liegt.«

Barbary? »Freut Euch, Mylord, sie ist nicht tot. Vielleicht seid Ihr so gütig und informiert unsere große Königin, daß man in der grauenvollen Nacht des Massakers und unter großer persönlicher Gefahr diese arme Dame aufnahm und ihr noch immer Zuflucht gewährt.« Nicht *genau* in dieser Nacht, natürlich; in dieser Nacht hatte man sich eingeschlossen und lauschte den Schreien der englischen Bauern. Sie hätten nie nach Irland kommen und Land an sich reißen sollen, das ihnen nicht gehörte. Fort mit Schaden. Aber Barbary ... diesem dickköpfigen Weibsstück gegenüber hatte man sich in unübertroffen christlicher Manier verhalten.

»Dann lasse ich zu Eurem Schlosse schicken und sie holen.«

Ah. »Mylord, sie lebt nicht *direkt* im Schloß, das ja durch Rebellenhand so gut wie unbewohnbar wurde, sondern auf Roche-Land. Ihr findet sie in Ballybeg Abbey.« Und ich wünsche viel Glück dabei. Maurice fiel der Magen bis auf die Stiefel, spanisches Leder, 14 Shilling vor zwei Jahren, als er hörte, daß die Audienz beendet wurde mit vielen Worten über Treue und Ergebenheit, die Entschlossenheit Ihrer Majestät zum Kampf gegen den Großen Satan usw., usw., aber kein einziges verdammtes Wort über eine Einladung zum Souper.

Der Graf von Essex litt unter heftigen, wenn auch vorübergehenden Anwandlungen von Mitgefühl, wie Frauen in den Wechseljahren unter Hitzewallungen, und eine solche befiel ihn, als die Frau, die einst in seinem Hause Karten gespielt hatte, an diesem Abend in seinen Pavillon getragen wurde. Sie war in den letzten beiden Jahren um zehn Jahre gealtert; das atemberaubende rote Haar war hier und da mit Grau durchzogen, sie selbst zum Skelett abgemagert, hatte Falten und im Mundwinkel eine Entzündung. Harte grüne Augen starrten durch ihn hindurch.

»Nachtblind, Mylord«, sagte sein Sergeant, nahm ihre Arme von seinem Nacken und setzte sie vorsichtig in einen Sessel.

Essex fuhr zusammen. Nachtblindheit war ein Symptom für Unterernährung. »Bringt mehr Licht.« Er beugte sich über die Gestalt im Sessel. »Erkennt Ihr mich, Lady Betty?«

»Ja. Habt Ihr was zu essen?«

Der Graf schnippte die Finger und ließ ein Souper auftragen. Um der Lady die Demütigung zu ersparen, schickte er alle Offiziere hinaus, während sie sich darauf stürzte; sie stopfte sich das Essen in den Mund, als hätte man ihr ein Zeitlimit gesetzt. »Wie geht es Henry?«

»Wie meinen?«

Sie ließ den Mund gerade lange genug leer, um die Frage zu wiederholen. »Wie geht's meinem Sohn? Henry Betty.«

»Ausgezeichnet, als ich ihn zuletzt sah. Ihre Majestät zeigt unverändertes Interesse an seinem Wohlergehen.« Er sah ihr zu, bis sie fertig gegessen hatte, sie hatte ihr schon vorher keineswegs sehr sauberes Gewand vorne mit Krümeln und Sauce bekleckert. »Bald senden wir Euch zu ihm zurück.« Viel konnte die Frau ja nicht vertragen, sie hatte eigentlich kaum etwas gegessen, aber den Diener, der versuchte, den Tisch abzuräumen, starrte sie mißtrauisch an: »Das nehme ich mit nach Haus.«

»Lady Betty«, sagte Essex sanft, »meine Armee mag selbst Mangel leiden, aber ihr könnt soviel Essen mit nach Hause nehmen, wie Ihr wollt. Und jetzt trinkt doch etwas Wein.«

Mit Mühe brachte sie ein Lächeln zustande. »Mylord, wollt Ihr mir nicht Gesellschaft leisten?«

Eine Spur der Dame, die sie einst gewesen, war doch noch zu erkennen. Er nahm ihr gegenüber Platz und schenkte ihnen beiden ein. »Wie schlimm war es?«

»Ich habe bessere Zeiten erlebt. Wie gefällt es Euch in Irland?«

Seit Beginn dieser Kampagne hatte der Graf viele Frauen in diesem Pavillon empfangen, die meisten waren dann in seinem Bett gelandet, aber keine von ihnen war in dem Leben, das er in England zurückgelassen hatte, so zu Hause wie diese hier; so sonderbar sie auch war, sie kannte die Menschen, die er kannte, sie wußte seine außerordentliche Stellung bei Hof richtig einzuschätzen. Und ihm fehlte die Unterhaltung mit klugen Frauen; seine Frau und seine Schwester waren vertraut mit allen seinen Plänen, allen ehrgeizigen Überlegungen. So weit würde er dieses arme Wrack mit seinen immerhin etwas zweifelhaften irischen Verbindungen nicht einweihen, aber die Verletzlichkeit der Frau schien so groß, daß er aus reiner Höflichkeit etwas von der seinen preisgab. Außerdem erwartete er von ihr bestimmte Informationen.

Also beantwortete er ihre Frage und ließ sich dabei fortreißen, wie fast immer. Dieses feuchte elende Land hatte mit seiner Trägheit und seinem Sumpffieber und seinem Klima seine Armee dezimiert, er hatte ja ohnehin nie einen Fuß hierhersetzen wollen. Schon vor seiner Abreise hatte er eine Katastrophe prophezeit. Vor Gott und allen Engeln schwor er, das Schlimmste war das ewige Dreinreden von Emporkömmlingen, die von den Bedingungen im Felde keine Ahnung hatten. »Es gibt nicht genug Nahrung, weder für Pferde noch für Männer, das Vieh ist zu mager, um es zu schlachten. Wie kann ich denn nach Norden gegen O'Neill ziehen, bevor Munster und Leinster befriedet sind? Aber die Königin bellt ›Nach Norden, nach Norden!‹, als wollte sie mein Leben und nicht meinen Erfolg. Bei Gott, sie soll es haben. So sehr sie offenbar meine Handlungen mißbilligt, so sehr wird ihr die Art und Weise meines Todes gefallen. Ich werde mich den Pfeilen des Feindes stellen und mich davor weniger fürchten als vor den Messern, welche mir jene, die ich Freunde nannte, in den Rücken stoßen.«

Er fing an, im Zelt auf und ab zu gehen, seine Stiefel rührten den Geruch von Gras auf, der sich mit den Gerüchen von Bienenwachs und Leder und Zelttuch mischte, während ihr Blick ihm voll Mitgefühl und Interesse folgte.

»Sie begreift nicht, Mylord.«

»Bei Gott, das stimmt. Wißt Ihr, was sie schreibt?« Er schwenkte einen Brief. »›Wenn jetzt Krankheit herrscht, warum seid Ihr dann nicht früher losgezogen?‹ Aber hab' ich denn nicht Tyrrell am Pass of Plumes geschlagen, auch wenn er mir zuletzt entwischt ist? ›Wenn jetzt der Winter kommt, warum wurden dann die Sommermonate Juli und August nicht genutzt?‹ Nahm ich denn nicht Cahir?«

Er setzte sich, lehnte sich über den Tisch und stach mit dem Brief nach Barbary. »Erratet Ihr, wer das schreibt? Nicht sie. Nein, Raleigh. Raleigh diktiert ihr, während ich hier Krieg führe gegen Wilde, die sich nicht an ritterliche Regeln halten, die zustechen und dann rennen wie feige Hunde; die eine offene Schlacht versprechen und uns dann von hinten attackieren.«

»Unfair, Mylord.«

Essex wischte sich den Schaum von den Lippen. »Nur Menschen wie Ihr und ich, die mittendrin sind und darunter leiden, kennen den ganzen Fluch dieser gottverlassenen Wüstenei.« Sein Blick war mitfühlend und berechnend. »Lady Betty, Ihr kennt doch Tyrone, Ihr wart ja mit seiner Frau befreundet. Sollte er einen Waffenstillstand anbieten ...«

Er konnte die Lage vielleicht immer noch zum Besseren wenden. Die geheimen Emissäre des O'Neill deuteten einen Ausweg an: ein Treffen zwischen ihnen beiden, von Angesicht zu Angesicht. Er stand mit James von Schottland in Verbindung, und seine Spione meldeten, daß auch O'Neill mit ihm in Verbindung stünde. Das war eine gemeinsame Grundlage; keiner von beiden würde doch voreilig eine Situation herbeiführen wollen, die sich bei James' Thronbesteigung drastisch ändern konnte. Warum einander bekämpfen, wenn sie, so sie nur lange genug warteten, unter James als Galionsfigur die eigentlichen Herrscher ihres jeweiligen Landes werden konnten? Warum nicht einen Waffenstillstand aushandeln, dann konnte er von diesem Ort der Verdammnis abziehen und zurück nach Hause und dort den Schaden wieder ausbügeln, den das höfische Natterngezücht ihm hinter seinem Rücken zufügte. Elizabeth würde zetern, aber er konnte die alte Krücke schon um den Finger wickeln, das war ihm immer noch gelungen.

Aber konnte er O'Neill trauen? Das war's, was er von dieser Frau hier hören wollte. »… wenn ich ihm von Angesicht zu Angesicht begegne. Es mangelt ihm vielleicht an echtem Adel, aber er ist doch immerhin ein Graf. Wenn er es vorschlägt, soll ich darauf eingehen?«

Er versuchte, den Ausdruck zu lesen, der in diesen gefrorenen grünen Augen aufstieg; wäre sie nicht eine so tragische Gestalt gewesen, dann hätte er es beinah für Belustigung gehalten.

»An Eurer Stelle würd' ich's nicht«, erwiderte sie.

Er lehnte sich zurück. Er haßte unpassende Antworten; nie hätte er sich dazu herablassen sollen, sie zu fragen. Was wußte denn ein solches Frauenzimmer schon von hoher Politik? Aber sie war wirklich fast verhungert, ihre Finger um den Stiel des Glases waren dünn wie Zweiglein, schmutzige Zweiglein.

»Was kann ich sonst noch für Euch tun, Mistress?«

Bei dieser Frage wurde sie hellwach. »Könntet Ihr mich und einige andere nach Kinsale eskortieren?«

»Nach Kinsale? Mistress, ich könnte Euch nicht nach Cork eskortieren, geschweige denn nach Kinsale. Beide Städte sind fast eingeschlossen. Ich müßte meine gesamte Armee einsetzen, aber morgen marschieren wir nach Norden.«

Sie senkte den Kopf. Er hörte sie murmeln: »Kinsale, ich muß nach Kinsale.«

»Harrt noch ein wenig aus, Mistress«, sagte er. »Mit der Garnison, die ich zum Schutz der Gegend hier zurücklasse, seid Ihr sicher.« Damit war die Audienz beendet. Es gab viel zu tun. »Folgt meinem Sergeanten, und laßt Euch vom Quartiermeister geben, was Ihr als Proviant für diesen Winter braucht, man wird es Euch … wohin bringen?«

»Ballybeg Abbey.« Sie erhob sich, fiel auf die Knie und umklammerte mit ihren dürren Fingern seine Stiefel. »Ich danke Euch, Mylord.«

Er stand an der Eingangsklappe seines Pavillons und sah ihr nach, wie sie über den Brettersteg geführt wurde. Jammervoll, jammervoll.

Seine Offiziere gesellten sich wieder zu ihm, Männer von Rang und Stand, viele von ihm selbst in den Adelsstand erhoben. Seit seiner Ankunft in Irland hatte er den englischen Ritterstand um ein volles Viertel erweitert; seine Verleumder behaupteten, sein Schwert verließe nur noch seine Scheide, um einen Gefolgsmann zum Ritter zu schlagen, aber bei Gott, die Freunde, die hier das Fegefeuer mit ihm teilten, wollte er für ihre treuen Dienste auch belohnen. Sie spielten Karten, aber bald war er zu müde dafür und warf sich auf sein Lager; erst jetzt bemerkte er verärgert, daß seinen Stiefeln zwei ihrer goldenen Schnallen fehlten.

Die Soldaten wankten schwerbepackt zwischen ihrem Fuhrwerk und dem, was von Ballybeg Abbey übrig war, hin und her und luden Proviant ab: drei Fässer Mehl, zwei Speckseiten, getrockneten Honig, Säcke mit Bohnen, Zünder, einen Eimer Ale. Den Sergeanten wurmte es gewaltig, wie dieses Weib die Großzügigkeit seines Kommandanten ausnützte: »Seid Ihr sicher, daß Ihr sonst nichts wollt, Lady? Vielleicht noch unsere Eckzähne?«

Sie schüttelte den Kopf, war zu sehr mit ihrer Beute beschäftigt, um danke und Gott mit Euch zu sagen. Der Sergeant spuckte aus und schickte seine Männer zurück zum Wagen, froh, von hier fortzukommen. Der Morgen war neblig, die Ruinen unter dem Efeu kaum zu sehen. Es gab weder Laut noch Bewegung, nicht einmal Vogelgezwitscher, aber nach einem Jahr in Irland wußte der Sergeant, wann er beobachtet wurde, und jetzt spürte er es deutlich. Wenn sie zum Lager zurückgelangten, ohne beschossen zu werden, dann hatten sie mehr Glück als Verstand.

Barbary hörte den Hufschlag und das Knarren der Räder in

der Ferne verschwinden. Eckzähne. Wären Eckzähne eßbar, sie hätte sie genommen.

Sie hatte zugehört, als Essex ihr die Situation in Irland auseinandersetzte, aber interessiert war sie nur an dem, was sie selber unmittelbar betraf. Für sie war Irland auf die paar Quadratmeilen rund um Ballybeg Abbey geschrumpft, ihre Mausefalle; und sobald sie begriff, daß ein Entkommen vorderhand nicht möglich war, war ihr alles andere egal.

Wie lange war sie jetzt schon hier? Sie konnte sich nicht erinnern. Monate und Monate. Zuerst hatten sie und Sylvestris und die anderen sich in Tadgs vergleichsweise sicherem Haus versteckt, während das Massaker an den Kolonisten um sie her weiterging. Das kleine Haus stand genau über der Krypta, und in der Krypta hatten sie und Sylvestris und die anderen englischen Kinder, die Tadg aufnahm, sich verkrochen, als die MacSheehys auf der Suche nach Roshs Mörder auch die Ruinen des Klosters durchstöberten. Tadg hatte sich unwissend gestellt. Der blinde alte irische Poet war einer der größten Christen, denen Barbary je begegnet war; er war entschlossen, seine englischen Flüchtlinge nicht ihren Feinden auszuliefern.

Als, viel später, ein Detachement englischer Kavallerie sich bis Mallow durchkämpfte und in der Abbey auftauchte, um nachzusehen, ob es hier noch Iren zum Umbringen gab, versteckten sich Tadg und die irischen Kinder in der Krypta, und sie war's, die sie deckte.

»Ich bin Lady Betty«, erklärte sie dem englischen Captain. »Ich wünsche, daß Ihr mich und meine Familie nach Kinsale eskortiert, wenn ich bitten darf.«

Er sah sie an, als sei sie nicht bei Trost. »Ich könnte Euch nicht um die nächste Ecke eskortieren, Madam. Daß ich überhaupt soweit gekommen bin, hat mich die Hälfte meiner Schwadron gekostet. Die verdammten Iren stehen im Süden und im Norden und lassen uns keine Ruhe.« Mißtrauisch betrachtete er sie: »Und wie habt Ihr bisher überlebt, wenn Ihr mir das sagen würdet? Ihr seid die einzige Engländerin weit und breit, die keine Leiche ist.«

»Glück«, erklärte sie ihm kurz. »Aber wir können nicht hierbleiben, wir haben nichts zu essen.«

Dem Captain fehlte es an Zeit und Mitgefühl. »Ihr habt so lange ausgeharrt, Ihr werdet eben noch ein bißchen länger ausharren müssen, bis wir diesen Abschaum vom Angesicht der Erde getilgt haben.«

Aber wer getilgt wurde, waren der Captain und seine Männer, und zwar schon am nächsten Tag. Sie gerieten in einen Hinterhalt von Tyrrells Männern. Danach waren die Iren wieder die Herren im Lande.

Die Iren brachten jeden um, der nicht Irisch sprach, die Engländer jeden, der nicht Englisch konnte. Und Tadg, der Wahnsinnige – inzwischen verfluchte sie seine christliche Barmherzigkeit –, nahm immer mehr verwaiste Kinder auf, so daß viele, die nur Irisch sprachen, zu denen stießen, die schon seit dem Massaker hier waren und nur Englisch konnten.

Aber selbst jetzt noch hätte sie Sylvestris – sie beide waren die einzigen, die wirklich beide Sprachen gleich gut beherrschten – genommen und die anderen ihrem Schicksal überlassen, um sich bis Kinsale durchzuschlagen, zu dem vom Gehörnten Dick versprochenen Schiff. Kinsale war noch in englischer Hand, wenngleich an drei Seiten belagert von den Iren. Aber die See, so dachte sie, konnten sie nicht belagern, und Dick würde sie schon irgendwie herausholen, wenn sie nur bis dorthin gelangte. Der Weg dahin war eine Schlangengrube, das wußte sie, aber wenn sie nur diesem Schlachthaus hier entkamen, dann war's den Einsatz wert.

Sie wartete auf ein Abflauen der Kämpfe, das nie kam. Einmal mußten sie Ballybeg gänzlich räumen und sich im offenen Feld verstecken, während durch die spärlichen Ruinen des Klosters der Kampf um seinen Besitz tobte. Als der Staub sich legte und sie zurückkehren konnten, war Tadgs Haus zerstört, und nur die Krypta bot ihnen noch ein Dach über dem Kopf.

Langsam und unausweichlich kam der Tag, da sie erkannte, daß sie nicht mehr fortkonnte, es sei denn, Tadg und alle Kinder kämen auch mit ihr. Sie waren ihre Kinder geworden, waren ihr beinah so ans Herz gewachsen wie Sylvestris. Irgendwie würde es ihr schon gelingen, die kleinen Kröten am Leben zu halten. Sie mußten alle vollkommen zweisprachig werden, damit weder die eine noch die andere Besatzungsarmee sie tötete, egal, wer gerade das Heft in der Hand hatte, egal, durch wessen Fronten sie sich schleichen mußten. Und sie mußten so gut stehlen und betrügen lernen wie sie selbst. Sie mußten überleben.

Allein, hungrig und verzweifelt, begann Barbary, in den Ruinen eines irischen Klosters ihren eigenen Orden zu begründen.

Sie zählte noch einmal die Beute aus Essex' Lager. »Drei Faß Mehl ...«

Eine Messerspitze drückte sich gegen ihr Rückgrat, und eine Stimme zischte: »Geld und Leben.«

Sie erstarrte. »Oder«, verbesserte sie. »Geld oder Leben. Laß ihnen die Wahl, Gill.«

»Fällt mir nicht ein. Und ich heiße Giolla.«

Sie spähte mit zusammengekniffenen Augen in den Nebel und deutete auf einen Stoffetzen, der über dem Stumpf des Glockenturms im Wind flatterte. »Ist das rot?« Mürrisch nickte der Junge. »Dann bist du heute Engländer, also sprich englisch. Im alten Orden gab es keine Nationalitäten, und in unserem Orden gibt's das auch nicht. Hol die größeren Jungen, und versteckt diese Lebensmittel. Sag Nanno, sie soll einen Topf mit Bohnen einweichen. Speck und Bohnen zum Frühstück.«

Er hüpfte neben ihr in Richtung Sakristei. »Aber du hast mich nicht anschleichen gehört.«

»Nein«, erwiderte sie müde, »das hast du gut gemacht.« Er war neun, und sie mochte ihn nicht besonders gern, aber wahrscheinlich hatte der Umstand, daß er mit acht den englischen Soldaten, der seine Schwester vergewaltigte, erstach, ihm ein wenig seinen angeborenen Charme genommen. Der richtige Orden hätte ihn als zuwenig verläßlich hinausgeworfen und zu Paltock geschickt.

Vor dem leeren Türbogen am Eingang zum südlichen Seitenschiff blieb sie stehen und pfiff den Ordenspfiff. Das Schiff war leer und ohne Dach, Schutz bot jetzt nur noch das halbe Dach über dem Altarraum, das von Dornenranken und Kletterpflanzen gestützt wurde. Eine Hand hielt die Holunderzweige zurück, die zwischen den geborstenen Stufen sprossen und den Raum verdeckten, so daß sie durchgehen konnte. Im Osten glänzte helles Gelb durch den Nebel, aber es war kalt, und die Kinder, die auf Grasbüscheln vor dem Altar hockten, kuschelten sich aneinander. Sie rührten sich nicht, außer daß sie den Kopf nach ihr drehten. Wie ein alter, weißhaariger, blinder Samson stand Tadg hinter dem Altar und unterrichtete sie im Katechismus, und Tadg konnte eine Feder fallen hören. Sie nickte ihnen Versicherung zu, daß sie Essen brachte, und die Kinder wandten sich zurück zu Tadg.

»Ist der Sohn Gott?« fragte Tadg.

»Ja, das ist er sicher«, antworteten sie im Chor.

»Wird Gott die Guten belohnen und die Bösen bestrafen?«

»Gewiß; es gibt keinen Zweifel, daß er dies tun wird.«

Sie hatte es ihm immer wieder und wieder gesagt; was zum Teufel hatte es für einen Sinn, ihnen beide Sprachen einzubläuen, wenn sie dann auf diese typisch irische Manier englisch sprachen und vier Worte gebrauchten, wenn auch eins genügte. Sie hatte nicht viel Ahnung vom Katechismus, war aber verdammt sicher, daß englische Kinder nur »Ja« antworten würden und nicht »Gewiß, es gibt keinen Zweifel, daß er dies tun wird«.

Die älteren rührten sich, und Sylvestris winkte ihr zu, sie möge ins Kirchenschiff kommen. »Hast du Essen bekommen?«

»Ja. Gill bringt die Sachen in die Krypta. Es wird aber nicht reichen.«

»Wir kommen schon durch.«

»Kommen wir nicht. Wir *müssen* vor dem Winter nach Kinsale.«

»Geht nicht.«

»Das weiß ich selber auch!« Die leeren Steinwände warfen ihren Schrei zurück; die Unbeherrschtheit der Hungernden. Aus dem Chor ertönte Tadgs klangvolle Stimme: »Ruhe da draußen.«

Sie strich sich das Haar aus der Stirn. »Ich habe noch was.« Sie öffnete die Hand und zeigte Sylvestris die goldenen Schnallen, die sie von Essex' Stiefeln gepflückt hatte. Er grinste und nickte. Er war besser beisammen als sie; viel gewachsen war er nicht, aber den Stimmbruch hatte er schon hinter sich. Sie und Tadg hatten ihre eigenen Rationen gekürzt, damit den Kindern mehr blieb, aber Sylvestris war es aufgefallen, und jetzt bestand er auf seinem Erwachsenenrecht, es ihnen gleichzutun.

Er sagte: »Roches Caitlin sagt, sie habe gehört, drüben in Doneraile wären ein paar Schafe zu verkaufen. Das hier würde für zwei reichen.«

»Kaufen ist nicht das Problem. Ich weiß nur nicht, wie wir sie hierherschaffen sollen, ohne daß Roche sie uns abnimmt.«

»Was wollte denn Essex überhaupt von dir?«

Sie versuchte sich zu erinnern. »Ah ja, er zieht morgen mit der Armee von hier ab. Der O'Neill hat offenbar eine Nachricht zu ihm durchgebracht. Er fragte mich, ob er dem O'Neill trauen könne, wenn sie sich unter vier Augen treffen und einen Waffenstillstand aushandeln.«

»Und was hast du gesagt?«

»Es hatte keinen Sinn, überhaupt etwas zu sagen. Er ist am Ende. Er hat Elizabeths Armee verschludert und überhaupt nichts erreicht. Wenn er diesem Treffen mit dem O'Neill zustimmt, und das wird er, dann verschlingt ihn der mit Haut und Haar und spuckt ihn in kleinen Stücken wieder aus. Essex ist nicht klug.«

»Aber ein Waffenstillstand!«

Es kam wohl von seiner Jugend, daß er die Hoffnung nicht verlor. »Wenn Essex keinen Erfolg hat, dann schickt Elizabeth eben einen anderen. Ein Ende nimmt das nie.«

»Hab' Vertrauen in die Liebe Gottes. Hast du von Henry gehört?«

»Es geht ihm gut. Die Königin beschützt ihn.«

»Gott und seine Heiligen seien gelobt. Ich kümmere mich am besten ums Frühstück. Später erzähl' ich ihnen etwas über die ›Ilias‹, aber viel weiß ich selbst nicht mehr.«

»Erzähl ihnen, was du weißt.« Sie gaben alle weiter, was sie wußten; Tadg irische Dichtung und wie man im Dunkeln seinen Weg fand. Sylvestris lehrte sie Englisch. Sie lehrte sie überleben.

Als er ging, beugte der Junge zum Altar hin das Knie und bekreuzigte sich.

»Tu das nicht«, schrie sie ihn an.

Er wehrte sich. »Doch. Es ist mir ernst. Du kannst mich nicht daran hindern.« Er wollte römisch-katholischer Priester werden.

O Gott, dachte sie. Er meint es ernst. Selbst wenn wir jemals von hier fortkommen, können wir nicht nach England. Er braucht ja nur den Mund aufzumachen, damit ihn jeder als Papist erkennt. Auf seine Art und für seinen Glauben war Sylvestris völlig furchtlos. In England würde er für seinen Glauben zum Märtyrer.

In der Nacht des Massakers und der Zeit danach hatten fast alle Kinder irgend etwas erlebt, das sie tief verstört und zu einer Form von Obsession geführt hatte. Die sechsjährige Tabitha war von ihrer Mutter unter einem Holzstoß versteckt worden und hatte mitangehört, wie ihre Eltern und ihr Bruder zu Tode gehackt wurden. Die Familie war streng puritanisch gewesen, und jetzt wiederholte sie wie ein Papagei ihre Anrufungen eines strengen, militärischen Gottes, um die Erinnerung an ihre Familie wachzuhalten, so daß unausgesetzt ihre schrille hohe Stimme in Sätzen ertönte wie »Gepriesen sei der starke Arm des Herrn« und »Er wird die Sünder in die Erde stampfen«.

Peter zählte alles, Äste, Steine, Stufen, die Zahl der Bohnen in seinem Napf. Gill malte sich in endlosen Geschichten aus, wie ein starker Held ganze Armeen englischer Soldaten tötete, und seine kleine Schwester hörte nicht auf, ihre Puppe zu waschen.

Es war wie ein Wunder, fand Barbary, daß sie den Haß und die Angst aus ihrem bisherigen Leben nicht aufeinander bezogen. Ob Iren oder Engländer, sie waren alle zu jung, zu hungrig oder zu sehr menschlicher Gemeinschaft bedürftig, um auch in einander Symbole jenes Abgrunds zu sehen, der ihre Eltern getötet hatte. Gill sah in englischen Kindern nicht den Vergewaltiger seiner Schwester, Tabitha sah nicht, daß Tadg sie einen Katechismus lehrte, der ihre Mutter und ihren Vater um ihre unsterbliche Seele hätte fürchten lassen. Ganz am Anfang hatten sie ihre anerzogenen Weisheiten von sich gegeben – alle

Iren stanken, die englische Königin war eine Kreatur des Teufels –, aber schon bald schmiedeten ihre Leiden und ihre Abhängigkeit sie aneinander.

In Sylvestris' Fall hatte sich die Erinnerung an seine Verlassenheit in der Nacht des Massakers zu unversöhnlichem Haß auf die Frau entwickelt, die daran schuld war. Nicht die Iren machte er für die Zerstörung seines Heims verantwortlich, sondern Elizabeth Boyle. Dank Barbary hatte er in die Ursachen des Aufstands eine gewisse Einsicht, aber seine Stiefmutter hatte einen ganz persönlichen Verrat begangen. Für ihre Panik wegen ihres Babys und des Ungeborenen brachte er kein Verständnis auf; sie hatte ihn verlassen, sein Vater war nicht da, als er ihn am meisten brauchte, die Miliz hatte sich geweigert, ihn zu retten, die gesamte Ordnung, auf der seine Welt beruhte, hatte ihn enttäuscht. Er mußte eine neue Ordnung finden, in der er sich zu Hause fühlte, und die bot ihm nun Tadg mit seinen Litaneien und Ritualen; er hatte sich in die Mutter Gottes verliebt, die ihren Sohn bei seiner Kreuzigung nicht alleinließ.

Als sie mit mehrmonatiger Verspätung von Edmund Spensers Tod erfuhren, vergoß Sylvestris kaum Tränen. Es war eine Ironie des Schicksals, dachte Barbary verzweifelt, daß ihn sein Sinn für Schönheit, den er von seinem Vater geerbt hatte, zu einer Religion führte, die dieser verabscheute. Ihr war es an sich völlig egal, woran er glaubte, solange es ihn nur glücklich machte, aber er sollte es nicht übertreiben. Doch das tat er. Er schwärmte davon, Priester zu werden, ins Kloster zu gehen, eines Tages nach England zurückzukehren und das Land aus seinem Irrglauben in den Schoß der Einzig Wahren Kirche zurückzuführen.

»Du willst dich nur aufspielen«, schrie sie ihn an. »Die bringen dich um wie Edmund Campion, den sie lebendig in kleine Stücke zerschnitten haben.«

Aber er sah sie nur an wie eine unwissende Törin, deren klobige plebejische Füße das reine Wasser seiner Seele trübten. Manchmal empfand sie Kummer darüber, daß ihre alte Vertrautheit dahin war; manchmal hätte sie ihn am liebsten an den Ohren gezogen. Oft machte er ihr einfach angst. Hätte sie in der Nacht des Massakers vorausgeahnt, daß Tadg diese Oase für den Jungen schaffen und ihm im Katholizismus die einzige Schönheit zeigen würde, die ihm mitten in dem Grauen ringsum Zuflucht bot, sie hätte seine Gastfreundschaft nicht angenommen. Doch, hätte sie. Wohin wäre sie denn sonst gegangen?

Sie mußte ihn irgendwie davon abbringen, und sei's nur deshalb, weil es ihre Möglichkeiten für den Tag der Rettung beschnitt. Wenn sie sich nach Kinsale durchschlugen und wenn der Gehörnte Dick mit seinem Schiff hereinkam, dann konnten sie mit einem Priesteraspiranten an Bord ja nicht einmal nach England. Sie hatte noch immer den gefolterten, auf seinen Karren gebundenen Campion auf dem Weg zur Hinrichtung vor Augen. Und wohin konnten sie sonst? Nach Spanien? Nach Frankreich? Mit der kleinen Tabitha Longman und ihren papageienhaften Tiraden gegen den Papst? Die Inquisition würde sich freuen.

»Hilf mir. Gibt es denn niemand, der mir hilft?« Je länger sie blieben, um so tiefer gerieten sie hinein, und je tiefer sie hineingerieten, um so länger mußten sie bleiben. Sie glaubte an Gott nicht weniger fest als Tadg und Sylvestris; Gott allein konnte eine so wunderbar logische Falle schaffen. Sie sah ihn vor sich, Stab in der Hand, Wunden mit Schweineblut beschmiert; Aufrechter Gott von Aufrechten Männern, Vergewaltigern, Mördern und Betrügern. Er hatte ihr die Kinder geschickt, um ihr zuzusehen, wie sie sie sterben sah. Er schuf eine ständige Mauer von Soldaten zwischen ihr und Kinsale und sorgte dafür, daß sie, kam sie je in diese Stadt, nicht wußte, wohin sie sich von dort wenden sollte.

Wenn Gott weiblich war, wie Finola im ›Wort der Frauen‹ behauptete, dann wartete sie im Verborgenen, wie alle Frauen in dieser wahnsinnigen männlichen Welt.

Wenn Essex morgen abzog, dann zogen die Iren wieder ein und töteten die Garnison, die er zurückließ, Grün strömte vor und Rot zurück, und die einzige Änderung war nur, daß die Gimpel, von denen ihre Kinder stehlen mußten, eine andere Sprache sprachen.

Im Februar erschien ihr Nachbar und Hausherr Maurice Roche, Viscount Fermoy, und brachte Geschenke. Nicht weniger verblüffend war, daß er und der Mann, der zwei Maultiere am Halfter führte, höflich an den Klostertoren auf Erlaubnis warteten, eintreten zu dürfen.

Barbary richtete die Clampett auf ihn. »Raus, Maurice. Hier ist nichts für dich zu holen.« Aber sie hatten diesen Winter besser überstanden als den letzten; der Orden von Ballybeg kam langsam in Schwung.

»Ihr betrübt mich, Lady Betty. Ich bringe einen Weihnachtsfestschmaus für Euch und die Kinder, verspätet zwar, aber dennoch willkommen, wie ich hoffe.«

Mißtrauisch ließ sie ihn herein und sah zu, wie er zusammen mit dem Diener die Tragkörbe des ersten Maultiers auspackte, ein Tischtuch ausbreitete und darauf Weizenbrotlaibe legte, vier gebratene Hühner, eine Rinderkeule, eine Hammelkeule, einen Schweinskopf mit einem Apfel im Maul, Trinkbecher, Ale, getrocknete Pflaumen und Honig. Vom zweiten Maultier holten sie ein Kohlebecken, das sie mit Holzkohle füllten und anzündeten, und einen großen Krug Milch. Die Milch nahm ihr fast die Fassung; seit einem ganzen Jahr hatten die Kinder keine Milch getrunken, aber sie holte sie noch immer nicht. »Die ist vergiftet, nicht? Du willst uns endgültig loswerden.«

Er tauchte einen Becher in den Humpen und trank einen Schluck, schnitt dann kleine Stücke von den verschiedenen Eßwaren und steckte sie sich in den Mund. »I-bä-a-t«, sagte er, woraus sie schloß, daß er sich mißverstanden fühlte. Sie pfiff, und sofort füllte sich die Sakristei mit kleinen, pelzigen – sie hatten eine Fuhre Pelze für die Belagerer von Cork abgefangen – unfreundlich dreinblickenden Kindern, jedes einzelne bewaffnet mit Beil oder Hacke. Die älteren trugen Pistolen, unfreiwilliges Geschenk von einem von Tyrrells Quartiermeistern.

Viscount Fermoy schauderte. Selbst der kleine Igel von einem Kind da, älter als drei konnte es nicht sein, und sein Geschlecht schien unergründlich, trug einen handlichen kleinen

Dolch. »Die lieben Kleinen«, sagte er. »Darf man diesen unschuldigen Kindlein nicht eine gute Tat erweisen?«

Sie verblüffte ihn damit, daß sie dem Schwein den Apfel aus dem Maul nahm und wegwarf, dann nickte sie dem Orden zu. Das Tischtuch und alles, was darauf war, verschwand unter einem wogenden Haufen aus Pelz und Leder. Es war, als blicke man in ein großes Nest von durcheinanderkriechenden Ratten. »Es scheint, daß Euer Lehrplan das Fach Tischmanieren nicht enthält.«

»Nein.« Aber sie bemerkte stolz, daß trotz ihres Hungers kein einziges Kind dem Viscount oder seinem Mann den Rücken wandte. Sie packte ein Hühnerbein, sagte »Lampe!« zu Sylvestris und ging mit Roche hinaus ins Kirchenschiff. »Was wollt Ihr?«

»Soviel Mißtrauen wirkt bei einer Frau doch höchst unschön, Barbary.«

»Maurice, Ihr habt uns überfallen, bestohlen, Ihr habt versucht, die älteren Mädchen an Armeebordelle zu verkaufen, Jesus, sogar mit den Jungen habt Ihr es versucht. Jedes Baby auf Eurer Schwelle habt Ihr an mich weitergegeben, obwohl Ihr wußtet, daß ich's nicht ernähren kann.«

»Die Schrecken des Krieges führen uns alle auf Pfade, die wir lieber nicht betreten würden.«

»Wem sagt Ihr das? Also, was wollt Ihr?«

»Machen wir ein paar Schritte.« Es war teuflisch kalt. Die Zweige der Bäume waren so versteinert wie die Ruinen des Klosters, und als sie ins Gras traten, knirschte es unter ihren Stiefeln. Barbary nagte an dem Hühnerknochen in ihrer linken Hand und behielt die rechte in ihrem höfischen Muff aus Seehundsfell, der, wie Maurice Roche wußte, die Clampett enthielt.

»Es geht um den O'Neill«, sagte er. »Er reist durch Munster, es ist eine königliche Visitation. Überall wird er als König von Irland akklamiert. Es heißt, der Heilige Vater schicke ihm eine Bulle, um alle Ketzer zu exkommunizieren, und habe bereits die Krone für seine Krönung.«

»Sehr interessant.« Das alles scherte sie nicht mehr. Außerdem wußte sie's bereits, von Sylvestris, der mit Caitlin, Maurices Köchin, unter einer Decke steckte. Ohne Wissen des Viscount stammten die Essensreste, die sie am Anfang am Leben gehalten hatten, aus seiner eigenen Küche.

»Wußtet Ihr, daß er auch Schloß Roche besuchen will?«

Sie schüttelte den Kopf. Sie hatte es gewußt, aber es hätte keinen Sinn, Caitlin zu verraten. »Warum?«

»Warum? Weil er will, daß man sich für seine Sache erklärt, darum. Ist's denn nicht genug, daß mein Sohn mit ihm reitet? Will er denn den Kopf *und* den Leib? Ach, dieser ewig unzufriedene Mann. Sein Besuch wird einen in den Augen der Engländer *so* kompromittieren, falls sie den Krieg doch noch gewinnen.«

»Ihr glaubt noch immer, daß sie's könnten?« Maurices Meinung dazu war auf jeden Fall hörenswert.

»Wie soll man das wissen? Man kann nur sagen, daß der O'Neill ihn noch nicht gewonnen hat. Und Verzögerung kann in Irland tödlich sein. Mit der Vereinigung der Clans ist ihm ein wahres Wunderwerk gelungen, aber schon zeigen sich die ersten Risse. Möglicherweise wartet er auf die Spanier, daß sie ihm bei der Verabreichung des *coup de grace* zur Hand gehen. Oder darauf, daß Elizabeth stirbt. Diese Frau ist aber auch so hartnäckig.« Er machte eine Pause. »Immerhin hatte sie die Energie, Essex köpfen zu lassen.« Er blickte auf sie hinunter und stieß einen theatralischen Seufzer aus. »Das lehrt uns, nie voreilig zu sein. Ich wette, der junge Mann starb weder wegen seines Ungehorsams noch wegen seiner Rebellion, sondern weil er nach Hause galoppierte und sie im Bade überraschte.« Lord Roche schüttelte den Kopf. »Ein hoher Preis dafür, eine Königin ohne Perücke zu erblicken.«

Es war sehr kalt. »Sagt endlich, was Ihr wollt.«

»Nun, könnt Ihr diesen Besuch nicht aufhalten? Ihr habt doch Einfluß auf den Mann.«

Sie starrte ihn an. »Ich – Einfluß? Auf den O'Neill? Ihr müßt verrückt sein.«

»Doch, doch. Er wußte, daß Ihr hier seid. Er hat überall seine Informanten. Die Botschaft, die ich von ihm erhielt, lautet ausdrücklich, daß auch Lady Betty, geborene O'Flaherty, zu seinem

Empfang einzuladen sei. Schickt ihm Nachricht. Sagt ihm, man habe die Pest. Sagt ihm irgend etwas. Allein die Kosten –«

»Nein. Er würde auf mich nicht mehr hören als auf Euch. Das hat er nie.«

Maurice seufzte. »Man hatte Derartiges befürchtet. Nun gut, dann könnt Ihr uns ihm wenigstens ans Herz legen. Man muß befürchten, daß er unsere Haltung in den letzten Jahren vielleicht mißversteht. Berichtet ihm von unserem Schutze dieser Kleinen, wie sehr man sich für Euch eingesetzt ...«

»Maurice, Euer Verhalten mir gegenüber war das eines Schuftes, und wenn Ihr glaubt, ein Stück Huhn reicht, daß ich Euretwegen den O'Neill ansabbere, dann denkt noch einmal scharf nach.«

»Man war vielleicht nicht imstande, all das zu tun, was man gern getan hätte, das ist richtig.« Er machte wieder eine Pause, legte eine Hand auf ihren Arm und blickte hinunter in ihre Augen. »Aber eines sollt Ihr wissen, Barbary. Man verriet niemals den MacSheehys, wer in der Nacht, als Schloß Spenser geplündert wurde, Rosh MacSheehy erschoß.«

Sie stand stocksteif. »Und Ihr wißt es?«

»Man zählte zwei und zwei zusammen.« Nie zuvor hatte er sie lächeln sehen, und es überraschte ihn. Trotz allem war sie immer noch eine attraktive Frau.

»Maurice, ich hab' Euch nie gesagt, daß ich Euch mehr als jeden anderen Mann bewundere – aber das tu' ich.«

Sie sah ihm nach und wußte, daß er ihre Bemerkung für ironisch hielt. Aber ich meine es ernst, dachte sie. Du hast den Vorschriften des Aufrechten Gottes mit absoluter Ehrlichkeit gehorcht. Du hast deine Familie und dich selbst durch die Hölle geführt und kamst am Ende lebend heraus, und gleich, wer gewinnt und wer verliert, du bleibst am Leben. Und nichts verdient größere Bewunderung.

Als der O'Neill in Sichtweite kam, entfuhr es dem Clanführer neben Barbary: »Er ist Moses.«

Der Vergleich war nicht unpassend. Das Kind, aus den irischen Binsen geholt und ins Haus des englischen Pharao gebracht, war der Held, der sein Volk aus der Gefangenschaft führte. Indem er mit allen Tricks um die Freiheit Ulsters kämpfte, war der Mann unversehens zum Erretter einer ganzen Nation und zum Symbol ihrer Hoffnungen geworden. Eins der kleinen Fähnchen, die er einst schwenkte, weil er sich gerade etwas davon versprach, war in seiner Hand zum Banner geworden und bauschte sich hinter ihm im Wind, so daß nicht nur die Iren, sondern alle katholischen Nationen der Welt ihn unterstützten. Der O'Neill führte jetzt einen Heiligen Krieg, um den wahren Glauben gegen die Machenschaften einer ketzerischen Königin zu verteidigen.

Als er an ihr vorüberritt, die Augen auf Schloß Roche geheftet, suchte Barbary nach einer Spur des altvertrauten Tricksters und fand keine. Er hatte sein Haar und seinen Bart ergrauen lassen, und auf seinem Gesicht lag das ruhige Staunen eines, den das Schicksal eingeholt hat. Die geschrumpfte Bevölkerung der Täler von Blackwater und Awbeg streckte die Hände aus, um sein Pferd zu berühren, seinen Steigbügel, seinen Stiefel, warf mit vollen Händen kostbaren Weizen über ihn, klatschte, jubelte und schluchzte, rannte vor ihm her und bestreute seinen Weg mit Eichenlaub anstatt mit Palmblättern.

Die Kavalkade, die ihm folgte, war beinahe kaiserlich. Außer mehr Os und Macs, als man zählen konnte, Gallowglass und schottischen Clanführern war jede Provinz unter der Oberhoheit Philipps von Spanien vertreten. Kastilien, Aragon, Leon, die beiden Sizilien, Jerusalem, Portugal, Navarra und Westindien, dazu ein italienischer Kardinal, Jesuiten in Wams und Kniehose, Franziskaner in braunen Kutten. Der Kardinal schwang seinen Kardinalshut und feuerte die Zuschauer zu noch lauteren Rufen an: »*Viva!*« rief er. »*Viva Ugo, Conte di Tirone, Generale Ibernese.*«

Und alles, was Barbary denken konnte, war: Wie wird Maurice sie bloß alle füttern?

Maurice Roche dachte das gleiche. Als sie sich in die Halle drängte und ihn vor dem O'Neill knien sah, bemerkte sie einen Ausdruck auf seinem Gesicht, den man wohl für exaltierte Bußfertigkeit halten konnte, der aber in Wirklichkeit von der Sorge um seine Speisekammer kam.

Die Stimme des O'Neill war klar und kalt. »Ihr«, sagte er, »Ihr und Menschen wie Ihr sind der Grund, daß Irland noch nicht vereint ist, um das grausame Joch von Häresie und Tyrannei abzuschütteln. Unterstützt uns in unserem heiligen Kampf, befreit uns von der elenden Tyrannei, und dann erfreut Euch in Sicherheit Eurer Religion, Eurer Frauen und Eurer Kinder, Eures Lebens, Landes und Eurer Güter, die durch Eure Narrheit alle gefährdet sind.«

Maurice, Viscount Fermoy, erwiderte, es seien nicht mehr so viele Güter übrig, deren man sich erfreuen könne, aber man wolle sein Bestes tun.

Alle Clanführer der Gegend stellten sich an, um dem O'Neill zu huldigen. Dann war Barbary an der Reihe und wurde vor den Stuhl geführt, der auf einem erhöhten Podium stand wie auf einem Thron.

Er richtete das Wort an sie, milde wie ein König, der den ehrfürchtigen Untertan nicht verschrecken will. Und sie empfand Ehrfurcht. Sie hatte erwartet, er würde erwarten, daß sie ihm seinen Betrug vorwarf, daß er sich, nun, nicht entschuldigen, aber doch irgendwie herausreden würde mit einer Stichelei, einem ironischen Witz, um sie versöhnlich zu stimmen. Aber nichts davon, gar nichts. Der alte Kanal, über den sie einander immer verstanden hatten, war nicht nur versintert, er hatte nie existiert; der O'Neill war so vollkommen eins geworden mit seiner eigenen Hagiographie, daß die Geschichte neu geschrieben werden mußte. Sie und andere Opfer seiner doppelbödigen Winkelzüge waren ebenso wie diese Winkelzüge selbst aus seinem Gedächtnis gelöscht. Der Abgrund war furchterregend und so unüberbrückbar, daß sie seine Fragen mit der Verlegenheit eines neuernannten Höflings beantwortete.

»Wie wir hörten, habt Ihr viele unserer hiesigen Waisen in Euren Armen aufgenommen«, sprach er.

»Ja, Mylord, das habe ich.«

»Wie interessant. Habt Ihr die Aufgabe gesucht, oder wurde sie Euch aufgedrängt?«

»Sie kamen einfach.« Wo Krieg war, waren Waisenkinder. Babys, durch Vergewaltigung empfangen, geboren von Müttern, deren Männer – und manchmal auch die Mütter selbst – sie nicht um sich ertragen konnten. Kinder, deren Eltern umkamen. Kindern, deren Eltern sie nicht ernähren konnten. Kinder, die nicht mehr heimfanden.

Und so sicher, wie der Krieg Waisen schuf, so sicher zerstörte er die Institutionen, die für sie sorgen könnten. Keine protestantischen Armenhäuser mehr, keine katholischen Klöster. Vielleicht wegen Tadgs Ansehen, vielleicht, weil die Ruinen der Ballybeg Abbey etwas wie Heiligkeit besaßen, wurden die Kinder dorthin gebracht oder fanden von allein hin. Wenn sie und Sylvestris in der ersten Zeit nach dem Massaker auf die Jagd nach Eßbarem gingen, hörten sie oft Kinder im Wald weinen. Eines Tages fanden sie drei Babys vor dem Altar liegen, wohin irgendeine verzweifelte fromme Seele sie in der Hoffnung auf ein Wunder durch die Mutter Gottes gelegt hatte. Sie waren alle drei erfroren.

Viele gelangten zu Lord Roche, dem wichtigsten Mann der Gegend. Und er gab sie an Barbary weiter. »Sie brauchen weibliche Fürsorge, Barbary.«

»Sie brauchen Essen«, fuhr sie ihn an. »Ich kann sie nicht nehmen. Wir sind am Verhungern.« Aber er nahm sie nicht, also blieben sie bei ihr. Und viele verhungerten.

»Wie viele habt Ihr?«

»Sechsundzwanzig leben noch, Mylord. Fünfzehn sind gestorben.«

»Kein allzu schlechtes Verhältnis«, bemerkte er ermutigend.

Verhältnis, ein netter, ein sauberer Ausdruck, ohne Kotze darin oder Durchfall oder Blutungen. Ein Wort, das die Schreie überging, Ersticken, Husten, Rufe nach der Mutter und alle jene, die wort- und lautlos gestorben waren.

Nachdem man also gescherzt hatte, ging er zu einem ernsten Thema über. »Es ist uns zu Ohren gekommen, daß Ihr den Engländer Charles Blount persönlich kennt.«

Blount? Blount? Das war Lord Mountjoy, Freund von Essex und Liebhaber von Penelope Rich. »Kennen ist zuviel gesagt; ich spielte mit seiner Geliebten Karten.«

»Was ist er Eurer Meinung nach für ein Mensch?«

Warum wollte er das wissen? »In welcher Hinsicht, Mylord?«

»Er ist der nächste, den Elizabeth gegen mich schickt.« Diesmal galt seine Herablassung nicht Barbary, sondern der armen protestantischen Königin, die sich noch immer nicht mit dem Unvermeidlichen abfinden wollte und weiter gegen den Stachel löckte.

Mountjoy. Weißer und schwarzer Satin vor einem Gobelin in Essex' Kartenzimmer, eine Rauchwolke, eine sonore Stimme, die viel und gern von Essen sprach, ein Flüstern in Essex' Komplotten. Sie zuckte die Schultern. »Ein großer Raucher und ein Geck. Zu seinem Können als General kann ich nichts sagen.«

Der O'Neill nickte. »Ihr bestätigt, was wir hörten.« Er wandte sich an die Clanführer in der Runde. »Wir werden ihn schlagen, bevor er mit dem Frühstück fertig ist.«

Während sie lachten, wurde sie bedankt, gesegnet und entlassen. Erst als sie sich gehorsam zum Gehen wandte, begriff sie, was geschah, und drehte sich wieder um. »Um Gottes willen, O'Neill, speis mich nicht so ab«, sagte sie. »Gib mir wenigstens Nachricht von Will. Wie geht's ihm? Wo ist er? Wo ist Grace O'Malley, wo ist O'Hagan?«

Warum war denn keiner gekommen, um ihr beizustehen?

Die ganze Halle war still geworden; würde das Weib die größte Majestätsbeleidigung begehen und eine Szene machen?

Der O'Neill hob die Augenbrauen. »Mistress O'Malley befindet sich wohl, wie ich glaube. Und wenn Ihr von meinem Botschafter in Spanien sprecht, so weiß ich, daß auch er sich wohl befindet.«

Noch immer in Spanien. Wahrscheinlich glaubte er, daß sie nach wie vor in friedlicher Häuslichkeit in England lebte.

Männer drängten sich von allen Seiten heran und schoben sie hinaus. Dann fand sie sich allein in einem Raum mit Hoveden, dem englischen Sekretär. Er hatte das Gesicht in Falten offiziellen Mitgefühls gelegt. »Mylord möchte Euch privat mitteilen lassen«, sagte er, »und sein Beileid aussprechen, daß Master Clampett letzten Monat gestorben ist.«

Er wartete, aber sie sagte nichts, also fuhr er fort: »Ein Unfall, glaube ich. Eine Kanone, die nicht richtig auf eine Fuhre aufgeladen wurde, stürzte um und fiel auf ihn. Er starb am nächsten Tag.«

Will.

Hoveden hüstelte. »Obgleich Mylord bisher in seiner Kriegführung Kanonen weniger einsetzen konnte als angenommen, wurde Master Clampett mit allen Ehren bestattet, wie sie einem Manne zukommen, der so treu für unsere Sache gearbeitet hat. Ein Priester war bei ihm und sagte uns, daß er kein schweres Ende hatte.« Hoveden hüstelte noch einmal. »Seine letzten Worte kann ich Euch nicht sagen, denn der Priester verstand kein Englisch. Aber er hatte einen leichten Tod. Ihr wart, wie ich glaube, verwandt.«

»Er war mein Vater.«

Sie ging zurück zum Kloster durch Felder, die in die Wildnis zurücksanken, aus der sie geschaffen waren, und Will Clampett schritt ihr den ganzen Weg zur Seite. Meistens schwieg er, aber manchmal hörte sie ihn in seinem Devon-Akzent wissenschaftliche Theorien darlegen. In ihrer blinden Hoffnung auf Gleichgewicht hatte sie ihn in dieses Land gebracht und allein hier sterben lassen, von einem Priester mit Hokuspokus belästigt, an den er nicht glaubte und den er nicht verstand.

»O Will«, sagte sie zu ihm, »warum hast du mich denn nicht dortgelassen, daß mich die englischen Soldaten erschossen? Dann hättest du in deinem Bett an Altersschwäche sterben können, und ich wäre nicht so verlassen ohne dich, wie ich's jetzt bin.«

Da die Frage eine persönliche war, beantwortete er sie nicht.

27

Elizabeths neuer General erschien gleichzeitig mit dem neuen Jahrhundert in Irland.

Mountjoys Vater hatte sich und seine Familie in den Ruin getrieben, und zwar durch seine hartnäckige Jagd nach dem Stein der Weisen, der gewöhnliches Metall in Geld verwandelt. Er hinterließ seinem Sohn vier Dinge: einen alten Namen, Hartnäckigkeit, die Fähigkeit, Narren wie seinen Vater als solche zu erkennen, und das Wissen, daß es keinen Stein der Weisen gab.

Obwohl Dublin und die Pale-Städte laut schrien, er möge sie von O'Neills Belagerern befreien, wie sie es seinem Freund und Gönner Essex ins Ohr geschrien hatten, hütete er sich, den gleichen Fehler zu machen wie dieser und auf sie zu hören. Er war hier, um einen Krieg zu gewinnen, nicht um sich beliebt zu machen. »Die niedrige Gesinnung und Korruption der anglo-irischen Einwohner sind die Hauptursachen für das Unglück dieses Königreichs«, lautete seine abweisende Antwort. Und mit dieser Erklärung schlug sich die Zeit als Bundesgenosse von der Seite des O'Neill auf seine.

Er hatte eine große Stütze in einer Königin, die, genauso hartnäckig wie er selbst, jetzt bereit war, England auszubluten, wenn sie damit nur O'Neill in die Knie zwang. Eine Weile saß Mountjoy in Dublin und machte seine Hausarbeiten. Diese brachten ihm die Erkenntnis, daß seine wichtigsten Verbündeten Hunger, Zeit und die Iren selbst waren. Dann legte er seine Geckenkleider aus schwarzem und weißem Satin ab, zog ein dickes Wams an, vier Paar Wollstrümpfe, drei Westen, eine Schicht Schals drum herum, packte ausreichenden Vorrat an Pfeifen und Tabak ein und zog in den Krieg.

In Munster, Leinster und Connaught ließ er zur Verteidigung wenig mehr als ihre englischen Garnisonen zurück, marschierte nach Norden und nahm etwas in Angriff, wofür Elizabeth bisher immer zu geizig gewesen war: Er machte aus dem unsichtbaren Hadrianswall eine Realität. Festungen verbanden sich zu einer langen, gut zu verteidigenden Linie. Früher oder später würde er den O'Neill dahinterdrängen und festnageln. Wo er auf Herden stieß, wurde alles Vieh getötet, das Getreide auf den Feldern umgeschnitten und die Erde mit Salz unfruchtbar gemacht.

Das ging nicht ohne Verluste ab. »Jeden Tag gab es Arbeit, und fast jeden Tag Kampf«, schrieb er. O'Neill leistete verbissen Widerstand, aber seine Truppen waren über das ganze Land verstreut, Mountjoy konzentrierte seine jeweils auf ein einziges Ziel.

Sein Zielbewußtsein, ein Zug, den die Iren nicht in großem Ausmaß besaßen, war erschreckend. Die Clanführer waren einen Feind, der sich nicht ablenken ließ, keineswegs gewöhnt, und sie hatten langsam alle genug von diesem langen, hungrigen Krieg. Der O'Neill und der O'Donnell, ihre Oberherren, mußten in den endlos langen Streitereien um die Führerschaft der Clans immer wieder Entscheidungen fällen, und das führte unweigerlich dazu, daß mächtige Anwärter übergangen wurden und auf Rache sannen.

Wann immer Mountjoy von solchen Männern hörte, umwarb er sie. »Kehrt zu Eurem alten Treueid zurück«, lockte er, »dann erhaltet Ihr Euer Land und Eure alte Position zurück.« Einige lehnten ab, aber wer zu ihm überlief, verblüffte ihn mit der Schnelligkeit und Energie, mit der er sein Mäntelchen nach dem Winde richtete. Besonders bemerkenswert waren zwei Mitglieder aus den eigenen Familien des O'Neill und des O'Donnell, beide typische Clanführer-Anwärter, die gern höher hinauswollten, als ihre ererbten Stammeskonzepte zuließen: Sir Arthur O'Neill und Niall Garv O'Donnell. Mountjoy berichtete in einem Brief nach Hause beinah entsetzt über den Eifer, mit dem sie ihn mit Nahrung belieferten und sie ihren früheren Verbündeten versagten.

Der O'Neill schluchzte vor Wut und Verzweiflung, erkannte aber auch, daß der Abfall dieser Männer nicht so sehr aus Charakterschwäche kam, sondern von einem morschen politischen System, das Irland seit Jahrhunderten wehrlos gegen Invasionen machte. Er könnte es bessern, eine gewisse Zeit hatte er es ja auch in Schach gehalten, aber für eine komplette Kur brauchte er Zeit, und die hatte er nicht. Wenn nicht alles um ihn her einstürzen sollte, dann mußte wenigstens eins von zwei Wundern geschehen: entweder Elizabeth starb, oder die Spanier kamen ihm zu Hilfe.

Will Clampetts Tod machte Barbary klar, daß sie gewartet hatte. Immer war bisher in den schwärzesten Momenten ihres Lebens ein *Deus ex machina* in Gestalt von Will oder dem Gehörnten Dick, O'Hagan oder ihrer Großmutter aus dem Schatten herausgetreten, und in dieser schwärzesten Zeit von allen konnte sie sich nicht von der Vorstellung freimachen, daß der eine oder andere sie wieder retten würde. Aber Will war tot, und die anderen kamen nicht. Es gab keine Hoffnung mehr. Sylvestris sah in panischem Schrecken, wie sie immer mehr an Kraft verlor.

»Wir kommen schon zurecht«, sagte er und drängte sie, noch etwas zu essen. »Im Frühling gehen wir mit Gottes Hilfe nach Kinsale. Vielleicht ist der Gehörnte Dick dort. Vielleicht kommt O'Hagan und heiratet dich. Wir könnten ein Schiff stehlen und nach Connaught segeln.«

Aber da war kein Gehörnter Dick, kein O'Hagan, keine Grace O'Malley und ganz sicher kein hilfsbereiter Gott. »Ich bin einfach nicht hungrig.«

»Du bist ein Versager«, schrie er sie an, »und ein Feigling obendrein. Du hast uns aufgenommen, und jetzt willst du uns sitzenlassen.«

Doch bevor sie sterben konnte, starb Treasa. Sie war das Baby, das Sylvestris in der Nacht des Massakers unter der toten Frau gefunden hatte, sein Stolz und seine ganze Freude. Ob ihre Eltern Engländer oder Iren waren, sie hatten dem Kind jedenfalls einen natürlichen Humor vererbt; sie hatte sich zum Clown des Ordens entwickelt, formte die Worte, die sie lernte, mit ansteckendem Lachen oder komisch entsetzter Miene. Ihretwegen hatte Sylvestris Barbarys strenges Verbot, von Lord Roche zu stehlen, mißachtet – Ordensregel: Nie das eigene Nest beschmutzen! –, von den hochherrschaftlichen Roche-Wänden einen Wolfspelz geklaut und für die Kleine ein Gewand daraus gemacht, das sie umgab wie ein Zelt. Das kleine Gesicht, das unter dem Wolfsschädel hervorlachte, erinnerte an einen Igel.

Im Herbst, als sie für ihre Wintervorräte sammeln gingen, fiel sie aus einem Haselnußstrauch und brach sich die Hüfte. Tadg richtete sie ein, Barbary löffelte extra Portionen in den kleinen Mund, aber die schlechte Ernährung machte sie wehrlos gegen eine Lungenentzündung, die »Freundin der Alten«, die ihr ihre Freundschaft sechzig Jahre zu früh erwies.

Sylvestris' Schmerz war furchtbar. Statt Barbary zu helfen, die Hände zu falten, wie er es schon mit so vielen kleinen Händen getan hatte, hob er die Leiche auf und wiegte sie in den Armen und wollte sie nicht wieder hergeben. »Laß sie in Frieden. Warum hast du nichts dagegen getan? Du hättest es verhindern können.«

Sie verbarg ihren Kopf in den Händen. »Sag das nicht.«

»Doch. Hättest du. Du bist klug. Du hast mich gerettet. Und jetzt gibst du auf und willst uns verlassen. Und sie ist tot, und wir werden alle sterben.«

Sie waren in der Krypta, umgeben vom gesamten Orden, denn hier war ihre einzige sichere Zuflucht. Aus der Ecke, wo Tadg schlief, hörten sie ihn beten. Das Binsenlicht zeigte lauter verängstigte, traurige Gesichter, sogar Gills boshafte Augen standen voller Tränen. Und sie sahen sie an.

Sie hatte sie nicht gewollt, kein einziges von ihnen; selbst Sylvestris war ihr irgendwie aufgedrängt worden. Sie hatten kein Recht, von ihr etwas zu verlangen, was sie nicht geben konnte. Sie hatte getan, was möglich war. Was hätte sie denn noch tun können? Zwischen Ballybeg und Kinsale wurde immer noch gekämpft, und wie stellten sie sich vor, daß sie da sechsundzwanzig Kinder durchschmuggelte, von denen zu jedem Zeitpunkt mindestens zwei schwer krank waren? Und wenn sie's nach Kinsale schafften? Sicher war der Gehörnte

Dick nicht dort, sonst wäre er doch irgendwann einmal mit ihr in Kontakt getreten. In allen Berichten aus den belagerten Städten hörte man von furchtbaren Zuständen und wie die Flüchtlinge auf der Straße bettelten, um Geld für die Überfahrt nach England aufzutreiben. Wie viele von ihren sechsundzwanzig würden das überleben?

Fünfundzwanzig. Sie waren jetzt nur noch fünfundzwanzig.

Herrgott, wie beneidete sie sie um den Luxus ihrer Hilflosigkeit. Sie konnten sterben ohne diese furchtbare Qual der Verantwortung, die auf ihr lag, dem Mittelpunkt dieses jammervollen Kreises. Sie war auch einmal wie sie gewesen, frierend in einem kalten Londoner Keller, mit Will, den das Fieber schüttelte, vor Hunger und Unwissenheit dem Tod nahe, und als Kind war es ihr leichter gewesen als jetzt als erwachsene Frau.

In diesem Moment, in dem sie in ihr damaliges winziges Selbst zurückschlüpfte, sah sie den größten *Deus ex machina* von allen in den Londoner Keller treten, den Aufrechten Mann, einen vom Aufrechten Gott gesandten Engel, um ihr beizubringen, daß Betrug die nützlichste von allen menschlichen Fertigkeiten war und Überleben das höchste Gut. Der Aufrechte Mann war zwar ein brutales Schwein, aber er hätte sich nie aufgegeben wie sie jetzt.

Ächzend stand sie auf und ging zu Sylvestris. »Ich werde es verhindern«, sagte sie. »Gib mir Treasa.«

Am nächsten Tag begruben sie das Kind in jenem Teil des Klosterfriedhofs, wo sie auch die anderen begraben hatten, und dann begannen sie mit der Ausbildung.

Bis jetzt hatten sie nur durch simples Stehlen von den am Blackwater kampierenden Armeen überlebt; die hatten zwar, Engländer wie Iren, immer Wachen aufgestellt, besaßen aber, was den Orden anging, eine Achillesferse in Gestalt ihres Trosses, denn beim Troß waren immer Kinder, und es fiel den Wachen nicht auf, ob da ein paar Kinder mehr oder weniger herumliefen. Sie jagten sie von ihren spärlichen Lebensmittelvorräten weg, aber ihre Anwesenheit im Lager nahmen sie ohne Argwohn hin, und waren sie einmal drin, dann konnten die Ordenskinder sich verstecken und warten, bis es dunkel wurde. Zwei davon, Tabitha die Puritanerin und der zehnjährige Coughlin, hatten ein besonderes Geschick für Schlösser; Seamus, groß und stark für seine elf Jahre, konnte unter seinem Umhang große Mengen abschleppen, und so schmuggelten sie unter Barbarys Führung Nahrungsmittel aus dem Lager hinaus und brachten sie dorthin, wo die anderen mit ihren Leiterwagen warteten.

Tadg mißbilligte diese Unternehmungen des Ordens – allerdings nicht so weit, daß er die Beute nicht gegessen hätte –, aber auch von ihm lernten sie nützliche Dinge, er zeigte ihnen zum Beispiel, wie man ein Pferd beruhigte, eine Vene an seinem Hals anzapfte und Blut daraus saugte, wie das irische Hirten auf langen Wanderungen mit ihren Rindern taten. Barbary und den älteren englischen Kindern graute bei der Vorstellung, aber bald trieb ihnen der Hunger das Heikelsein aus, besonders als sie sahen, wie die irischen Kinder sich von den Kavalleriepferden Nahrung und Kraft holten und das den Pferden offenbar nicht schadete.

Der Orden konnte beschatten, Schlösser aufbrechen, stehlen und sich – bisher wenigstens – aus peinlichen Lagen herausreden. Aber jetzt wurde die Ausbildung eine Stufe schwieriger.

»Tadg«, sagte Barbary, »ich möchte, daß du dich dorthin stellst und dann ein bißchen auf und ab gehst.« Sie standen im Gras vor dem Altarraum. »Und steck bitte diese Kiesel in deine Tasche und schrei sofort auf, wenn du spürst, daß jemand sie herausnimmt.« Damit befestigte sie einen Geldbeutel an seinem Gürtel.

»Wenn das dazu dient, diesen Kleinen Stehlen beizubringen, dann will ich nichts damit zu tun haben«, wehrte sich Tadg. »Weib, hast du nicht gehört, daß man arm, aber ehrlich bleiben kann?«

»Meinst du: Ehrlich, aber tot?«

»Ach, Barbary, wir sind doch auch bisher durchgekommen. Ich helfe dir nicht, wenn du diesen Kindern den Mühlstein der Sünde um den Hals hängst; lieber sollen sie ins Himmelreich eingehen.«

»Treasa ist schon dort«, erwiderte Barbary, »aber ich hätte sie lieber hier. Wenn du nicht willst, dann mach' ich's selber, aber du wärst besser dafür geeignet.« Tadg war von Geburt an blind, er hatte daher seine anderen Sinne so scharf entwickelt, daß er den Luftzug von einem vorbeifliegenden Vogel spüren konnte. Wenn es ihnen gelang, Tadg zu beklauen, dann war ihnen bei jedem anderen der Erfolg sicher.

Tadg sagte nichts mehr; Treasa war sein Liebling gewesen. »Ich nehme die Erniedrigung auf mich«, sagte er, »denn die Sünde liegt auf deinen Schultern, nicht auf meinen.«

Das Spiel machte ihm sogar Spaß, obwohl er röhrte, er könne sie hören, bevor die Kinder überhaupt in seiner Nähe waren. »Der Aufrechte Mann prügelte mich immer, wenn er nur das Geringste spürte«, erklärte ihnen Barbary, wenn sie den Mut verloren.

An diesem Abend rief Tadg sie in seine Ecke. »Es ist nicht nur die Sünde, Barbary, es geht auch um die Gefahr.«

»Tadg, wenn wir sie hier herausbringen wollen, dann müssen wir hinein in die Städte, und ich weiß nicht, wie man dort sonst überleben kann.«

»Aber in den Städten gibt es kein Gesetz mehr, wie man hört. Und in gesetzlosen Zeiten nehmen die Menschen das Gesetz selbst in die Hand. Hast du dir überlegt, was sie mit Dieben machen, und seien sie noch so jung?«

»Jesus Christus, glaubst du, ich weiß das nicht?« Die Vorstellung hielt sie in der Nacht schwitzend wach und lähmte sie derart, daß sie schon länger als vernünftig im Kloster wartete. Im Vergleich dazu war das Ertapptwerden durch Soldaten, die sie einfach für dreiste Lagerkinder hielten, überhaupt kein Risiko. Seamus hatten sie einmal erwischt, als er aus dem Proviant von Essex' Armee vier Brotlaibe wegtrug, worauf er in gutem Englisch, wie es ihm Barbary beibrachte, erklärte, er stehle für seine arme kranke Mutter. Kranke Mütter machten immer Eindruck, und davon gab es ja jetzt genug. Der Quartiermeister hatte ihn zwar versohlt, aber gehen lassen und ihm sogar noch einen Laib zugesteckt. Ein Händler in Cork oder Kinsale, dem die Börse gezogen wurde, war ganz sicher nicht so wohlwollend. »Die Angst davor hält mich ja hier fest. Aber wenn wir bleiben, gehen sie alle zugrunde. Dieser Krieg nimmt nie ein Ende, Tadg. Wir müssen von hier fort. Ich weiß nicht, wohin, aber irgendwohin. Der Aufrechte Mann regte sich nie auf, wenn man einen von uns erwischt hat.«

»Ein reizender Mensch, dein Aufrechter Mann.«

»Er hielt uns am Leben. Die meisten jedenfalls.«

Sylvestris, der nach Barbarys Ansicht immer widerspenstiger wurde, war ebenfalls gegen dieses neue Training. »Ich tu's nicht, das ist Diebstahl. Und: ›Du sollst nicht stehlen.‹«

»Und was zum Teufel haben wir denn bis jetzt getan?«

»Das war etwas anderes. Das hier ist ... persönlich. Gott wird für uns sorgen.«

»Bis jetzt hat er sich nicht sehr angestrengt.« Sie bemühte sich, ruhig zu bleiben. »Schau, edler Bleib, ich kann nicht nähen, kochen oder sonst irgend etwas. Ich kenne keinen anderen Weg zum Überleben.«

»Aber wenn wir bis Kinsale kommen, dann kannst du zu Henry gehen. Er wird für dich sorgen.«

»Er kann nicht für vierundzwanzig Waisen sorgen.«

»Behalten wir sie denn alle?« Trotz seiner Auflehnung gegen ihre Autorität betrachtete er ihre Beziehung noch immer als eine ganz besondere und war manchmal auf die anderen eifersüchtig.

»Was sollen wir deiner Meinung nach mit ihnen tun?«

Er hatte nicht darüber nachgedacht. »Es gibt doch Orte.«

»Und ich kenne sie. Es gibt die Straße, sonst gar nichts. Die Mädchen werden Huren, die Jungen vielleicht auch. Stehlen ist das einzige, womit wir überleben können, bis wir etwas Besseres finden. Und ich behalte sie, alle. Vielleicht gehen wir alle nach Connaught und werden Piraten, aber dein verdammter Gott hat sie mir aufgehalst, und solange sie niemand Besseren finden, bin ich ihre Mutter.«

Es wurde noch einmal Herbst, bevor der Orden bereit war.

Der Sommer war einerseits gut gewesen, andererseits schlecht. Eine gewisse Teilnahmslosigkeit senkte sich über die Gegend, als immer mehr und mehr irische Truppen zum Schutz des Nordens abgezogen wurden. Die Belagerung der Pale-Städte war jetzt mehr oder weniger vorüber, aber die geschwächten Flüchtlinge wagten sich nicht heraus, um ihre Güter wieder in Besitz zu nehmen, wahrscheinlich war es damit ein für allemal vorbei. Gelegentlich erschien eine Truppe englischer Soldaten im Blackwater-Tal, zog sich aber vor der Drohung eines irischen Angriffs meist nach höchstens einer Woche wieder zurück. Richtige Kämpfe gab es so gut wie nie.

Gerüchte, die Spanier seien unterwegs, um dem O'Neill zu helfen, wanderten die Straßen hinauf und hinunter, als die Menschen sich vorsichtig wieder herauswagten; eine Armada war vor Connaught gesehen worden, vor Donegal, sie würde im Norden landen, im Westen, im Süden, aber diese Gerüchte liefen schon so lange um, man gab sie beinahe entschuldigend weiter.

Mit dem ewigen Optimismus des Bauern brachten die irischen Landleute eine jämmerliche Ernte ein, in der Hoffnung, man würde sie ihnen dieses Jahr vielleicht einmal nicht wegnehmen. Das wichtigste, manchmal auch das einzige Nahrungsmittel in den letzten Jahren hatten sie von einem ihrer größten Unterdrücker: die Kartoffeläcker, die sie in der Zeit ihrer Anstellung als Feldarbeiter bei den Engländern für ihre eigene Ernährung anpflanzten, gediehen nicht nur, sie wurden auch von plündernden Soldaten leicht übersehen, die die Knolle nicht als eßbar erkannten. Barbary und Sylvestris hatten bei einem nächtlichen Überfall auf die Gemüsegärten von Hap Hazard den MacSheehys welche unter der Nase weggestohlen und sie in einen Acker innerhalb der Mauern des dachlosen Refektoriums gesetzt.

»Man mag über Sir Walter sagen, was man will«, sagte Tadg gern, wenn sie tagaus, tagein nichts anderes aßen als Kartoffelsuppe oder Kartoffelbrei, Kartoffelkuchen oder gebackene Kartoffeln, »aber er hat den Iren einen großen Dienst erwiesen, als er dieses Zeug an unsere Küsten brachte, Gott lasse ihn verfaulen.«

Andererseits war der Sommer naß und kalt gewesen, und als sie sich jetzt zum Abzug fertigmachten, hatte Priscilla, eines der englischen Mädchen, einen Husten.

»Vielleicht ist es die Lungenkrankheit, Barbary«, meinte Tadg. »Reisen ist nicht gut für sie.«

»Muß sie aber. Wenn sie den Winter hierbleibt, geht's ihr auch nicht besser. Wir haben den Handwagen, Seamus soll sie ziehen. Wenn du doch mitkämest, Tadg.« Er hatte sie oft fast wahnsinnig gemacht mit seinen Grundsätzen und seiner Religion, und sie nahm es ihm bitter übel, daß er Sylvestris den Kopf mit diesem Priester-Unsinn verdreht hatte, aber wenn die Kinder hungerten, hatte er nichts gegessen und geweint, wenn eines starb. Er war der einzige Erwachsene gewesen, mit dem sie reden konnte, und hatte ihr zumindest die Illusion gegeben, daß sie die Last der Verantwortung nicht ganz allein trug.

»Ich bin zu alt. Ich wäre verloren auf Straßen, die ich nicht kenne und die mich nicht kennen. Maurice wird für mich sorgen, wenn ihr fort seid, wie er's früher tat. Ihr kommt schon zurecht.«

»Wir kommen zurecht.« Sie setzte sich neben ihn und lehnte den Kopf an die Mauer der Krypta. »Ich komme zurecht. Ich weiß nicht, wohin wir gehen oder warum oder was wir tun, wenn wir dort sind. Ich hab' Angst zu gehen, und ich hab' Angst zu bleiben. Und ich bin so schrecklich müde. Ich wollte das nicht, diese … diese Haltlosigkeit, dieses Entgleiten der Kontrolle. Wußtest du, Tadg, daß ich einmal glaubte, ich könnte Irland retten? Dem O'Neill Kanonen beschaffen, Bingham zu Fall bringen, diesen beschwindeln, jenen hereinlegen. Was war ich für eine Tröte. Nicht einmal eine Handvoll hungernder Kinder kann ich retten.«

Sylvestris, der Polypen hatte, schnarchte leise in seiner Ecke, Priscilla hustete, der Rest des Ordens schlief tief und fest bis auf Gill, der oben im Glockenturm Wache hielt, falls Plünderer auftauchten. Aus dem Refektorium drang der Schrei der Eule, die sich auf ihre nächtliche Jagd begab.

Tadg tastete sich ihren Arm hinunter bis zu ihrer Hand und nahm sie in die seine. »In der letzten Zeit ist mir der Gedanke gekommen, daß es vielleicht kein Zufall ist, daß du diese Kinder den Orden nanntest. Hier leben Kelten und Sachsen miteinander, und wenn sie sich auch nur zum Stehlen verbünden, so verbünden sie sich doch immerhin. Und wenn das Essen auch gestohlen ist, so teilen sie doch ihr Mahl ohne Gedanken an Herkunft oder Nation oder sogar Religion, möge Gott sich ihrer erbarmen. Irland retten, sagst du – vielleicht tust du's noch, und England auch. Du bist keine Tröte, Barbary O'Flaherty, was immer das auch sein mag.«

Sie verstand nicht, was er da redete, aber die klangvolle alte Stimme tat ihr wohl. Sie streichelte seine aderndurchzogene Hand und schlief an seiner Schulter ein.

Ihre erste Station war Mallow. Das lag zwar nur fünf Meilen entfernt, aber für die kleineren Kinder war der Weg lang genug. War die Stadt verlassen, dann würden sie über den Fluß gehen, am Südufer ein Quartier für die Nacht suchen und am Morgen weiterziehen; waren Menschen dort, dann konnte der Orden sich gleich an die Arbeit machen. Barbarys Magen krampfte sich bei dem Gedanken an die Gefahr zusammen, aber sie mußten das Risiko eingehen.

Das letzte Mal war sie in Mallow gewesen – die Besatzung wechselte gerade wieder einmal –, um Wasser zu holen, das beim Brunnen Unserer Lieben Frau warm aus dem Kalkgestein hervorsprudelte und angeblich gut war gegen Rheuma, Schüttelfrost und Eiterfluß. Da fast alle im Orden an dem einen oder anderen litten, hatten sie und Seamus die Reise gewagt, aber sie hätten sich die Mühe sparen können, denn genützt hatte es nichts. Die Stadt war vollkommen menschenleer gewesen, bis auf eine Alte, die unter einem Haufen Steine wühlte und sich sofort verkroch, als sie den Leiterwagen rattern hörte. Wo früher Läden die Straße zum Fluß hinunter säumten, standen jetzt nur noch niedrige Mauern, nicht höher als einen Meter, und man konnte über sie hinweg die Trümmer sehen, die einmal die Burg gewesen waren.

Doch heute war in Mallow etwas los; schon aus einer Meile Entfernung hörten sie Trompeten, und irische Landleute, die die Neugier nicht ruhen ließ, und wenn's den Tod bedeutete, wurden von dem Klang magisch angezogen. »Wahrhaftig, es ist doch schön, wenn man wieder einmal ein bißchen Leben sieht, und wenn's auch englisches ist«, riefen sie Barbary zu. »Und da haben die Störche aber viel zu tun gehabt, bis Eure Familie beisammen war, Mistress.«

»Ich hab's ja gewußt«, erklärte Barbary dem Orden, als die Leute fort waren, »wir fallen auf. Deshalb müssen wir uns aufteilen, wie ich euch gesagt habe. Wir umgehen die Stadt im Westen und überqueren bei der O'Callaghan-Burg den Fluß, und dann einigen wir uns auf einen Treffpunkt für später. Was dürft ihr nie tun?«

»Nie Stadt oder Gasthof oder Gefängnis betreten, wo man nicht wieder herausfindet«, antworteten sie im Chor.

»Das ist verdammt richtig.«

Sie näherten sich Mallow also von Süden, überquerten die Brücke in Gruppen von zwei oder drei und tauchten in der überraschend großen Menschenmenge unter, die die Brücke mit ihnen überquerte. Barbary schob den Handwagen und redete mit Priscilla, die angesichts der interessanten Vorgänge rundherum ihren Husten vergaß. Englische Rotröcke mit Piken standen auf der Brücke und trieben die Leute zur Eile. »Weiter, weiter, nur nicht einschlafen. Wollt ihr denn kein Frei-Ale?«

Ein alter Mann neben Barbary fragte: »Was schreien die Sachsen da?«

»Es gibt Frei-Ale, sagen sie.«

»Freies Ale, ja? Eine freie Hängung ist alles, was wir von denen kriegen.« Aber er beeilte sich trotzdem.

Ein hageres Weib mit einem Baby zeigte Barbary einen Korb voll Pflaumen. »Glaubst du, die Sachsen werden sie mir abkaufen?«

Barbary befühlte eine, sie war steinhart. »Man kann's versuchen.«

Oben am Hügel, hinter dem Eingang zur Burg, war früher einmal das fachwerkgeschmückte Rathaus von Mallow gewesen. Davon war nichts mehr übrig, sogar der Schutt war weggeräumt, dafür stand an seiner Stelle jetzt ein großes Podium. Soldaten überall, aber sie hatte keinerlei Bagage-Wagen oder Zelte gesehen, also wollten sie hier wohl kein Lager aufschlagen. Beunruhigend war die große Menge irischer Männer und Frauen und Kinder, die sich wie zusammengetriebene Tiere um das Podium drängten. »Die haben uns eingekreist«, antwortete eine Frau auf ihre Frage. »Frei-Ale, sagen sie, und es geschieht uns nichts, aber mir gefällt das alles nicht.«

Barbary auch nicht. Folgte Elizabeth jetzt dem Rat des verblichenen Master Spenser für die Lösung des irischen Problems und setzte den Genozid in Gang? Verzweifelt blickte sie sich um, aber der Orden hatte sich in der Menge verstreut. Gott, wohin hatte sie sie da gebracht?

Sie drängte die Panik beiseite. Sie hatte so lange wie eine Ratte gelebt, daß sie ganz vergessen hatte, daß sie eigentlich auf beiden Seiten eine privilegierte Position beanspruchen konnte; wenn nötig, konnte sie dem Anführer dieser Soldaten befehlen, sie und die Kinder zu Mountjoy zu bringen, mit dem keineswegs erfundenen Hinweis auf gemeinsame Freunde bei Hof. Wenn er ob der Zahl ihrer Kinder die Brauen hob, dann konnte sie behaupten, das seien alles von ihr gerettete englische Überlebende des Massakers – auf viele traf das ja wirklich zu. Natürlich würde sie lieber nicht allzuviel Zeit in englischer Gesellschaft verbringen, wo Sylvestris' Bekehrung zum Katholizismus, von Gills Haß auf englische Soldaten nicht zu reden, sie früher oder später in die Bredouille bringen mußte, aber als kurzfristiger Ausweg war es zu bedenken.

Doch es gab hier ohnehin kein Massaker. Fässer mit Ale wurden aufs Podium gerollt und angezapft. Soldaten knieten sich hin und boten der verblüfften Menge aus Eisenbechern Bier an wie Priester bei der Messe Wein. Jeder, der einen eigenen Becher hatte, ließ ihn füllen. Barbary stöberte zwischen Priscillas Decken herum und fischte zwei der Becher hervor, die sie für die Reise eingepackt hatte. Ein jovialer Soldat füllte sie für sie. »Da habt Ihr, Mistress, da könnt Ihr Eure Sorgen ertränken. Hier, Kleine, davon kriegt man Rosen auf den Wangen.«

»Wozu ist das?« fragte sie ihn.

»Wieso, wozu? Weil wir Eure Freunde sind, Mistress. Wir sind die besten Freunde, die ihr Iren habt. Ich wette, von dem verdammten Tyrrell habt ihr nie Frei-Ale bekommen, oder?«

Sie schüttelte den Kopf. »Na bitte, da seht Ihr's ja. Und jetzt trinkt das mal schön, und nachher haben wir eine nette Überraschung für euch.«

Priscilla hielt die Becher, Barbary schob den Handwagen auf die Seite des Platzes, wo gerade ein paar Buden aufgestellt wurden, und setzte sich auf den Boden. »Trink, Häschen, das tut dir gut.« Es war gutes Ale, und es tat ihnen beiden gut.

Sie versuchte dahinterzukommen, was hier geschah. Wahrscheinlich war die politische und die militärische Lage inzwischen so ausgeglichen, daß die Engländer spät, aber doch auf den Gedanken kamen, die bloßen Iren einmal mit Freundlichkeit zu umwerben. »Glaubst du, das geht mit einer Portion Ale?« fragte sie Priscilla, die hustete und ihr Grinsen erwiderte. »Ich auch nicht.« Nachdem sie so lange nichts als Brunnenwasser getrunken hatte, wurde ihr vom Ale ganz wirr im Kopf. Und die Sonne trat jetzt aus den Wolken und tauchte rote und braune Röcke in mildes Septemberlicht, nahm den irischen Gesichtern ihre Blässe und ließ die Trümmer ringsum zu interessanten Relikten werden.

Nanno und Peter schlenderten an ihr vorbei, Peter pfiff. Luft rein? Barbary pfiff zurück. Luft rein.

Die beiden waren dreizehn. Nannos irische Eltern verhungerten im ersten Winter nach dem Aufstand, Peter war der Sohn von massakrierten englischen Soldaten. Nanno war eine begabte Organisatorin und hatte sich zur Chefköchin entwickelt. Die anderen blickten zu ihr auf, auch die, die in ihrer Not nicht daran dachten, daß vielleicht Nannos Mutter und Vater sie zu Waisen gemacht hatten.

Barbary setzte sich in Bettlerpositur, ein Bein flach auf dem Boden abgewinkelt, das andere Knie erhoben, und begann das Spiel der Straße. »Habt Erbarmen, Sorr, ich sterbe, weil ich und meine Kleinen nichts zu essen haben.« Vielleicht bekam sie auf diese Weise einen oder zwei Pennys, aber noch wichtiger war die Tarnung; der Platz war voll mit anderen Bettlern, meistens Frauen und Kinder, und keiner beachtete sie im geringsten.

Oben auf dem Podium entstand jetzt Bewegung. Ein englischer Offizier mit einer Feder am Hut erschien darauf, und

Soldaten brachten die Menge zum Schweigen. Der Offizier hatte eine weittragende Stimme. »Gute Leute, ich bin Captain Price und vertrete hier Ihre Gnädige Majestät, Unsere und Eure Allergnädigste Majestät, die Königin Elizabeth. Ich bin hier, um Euch Euren wahren Herrn zu bringen, den Grafen von Desmond.«

Die Menge lauschte, Verwirrung machte sich breit. Barbary hörte das Stimmengesumm, als jeder seinen Nachbarn fragte. Hatten die Engländer denn James FitzThomas FitzGerald gefangen? Warum wollte dieser gefiederte Sachse einen Mann unterstützen, den der O'Neill seinen Verbündeten nannte und die Königin einen Verräter? Eine Stimme mit der richtigen Mischung von Kühnheit und Untertänigkeit rief: »'Tschuldigt, Euer Ehren, aber ist es der Strohgraf, von dem Ihr redet, wo wir doch dachten, Ihr könnt ihn nicht leiden?« Surrr, surrrr schnatterten die Iren zustimmend. James FitzGerald war ihr Strohgraf, der mit Tyrrell gegen die Engländer ritt.

»Können wir auch nicht.« Captain Prices volle Stimme übertönte mühelos die Menge. »Dieser Mann ist ein falscher Graf und Renegat. Nein, nein, gute Leute. Ich bin hier, um Euch Euren wahren und echten Grafen zu bringen, den Sohn des Gerald, Graf von Desmond.«

Ein Trompeter hinten auf dem Podium blies eine Fanfare, aber das war gar nicht nötig. Der Name war eine Fanfare. Die Menge holte tief Luft und brüllte ihn heraus: »Gerald!« Munster war seine Grafschaft gewesen, fünfzehn Jahre lang hatte er das Land in Aufstände gegen die Engländer verwickelt, bis man ihm im Jahre 1583 den Kopf abschlug. Egal, daß er genauso grausam war wie die Engländer, er war einer von ihnen, sein Seneschall ein MacSheehy, seine Schar von Bastarden mit Munster-Frauen gezeugt, und durch seine Rebellion und seinen Tod hatte er sich von allen Sünden reingewaschen, jetzt konnte er zur Legende gemacht werden. Zwar stand der Große O'Neill jetzt über ihm, aber seine Geraldines hatten für ihn immer noch einen besonderen Platz in ihrem Herzen. Und jetzt war er wiedergekommen in Gestalt seines Sohnes.

Bei den Soldaten standen Kaufherren, die die Menge genauso scharf beobachteten wie die Menge diesen Captain Price; sie hatten sich auf diese erste Gelegenheit gestürzt, um mit eigenen Augen zu sehen, was das Blackwater-Tal denn jetzt kaufmännisch so hergab.

Barbary blickte sich nach dem Orden um. An die Arbeit. Nicht einmal, sondern hundertmal hatte sie ihnen eingeschärft: »Wer auf eine Volksbelustigung achtet, achtet nicht auf seine Börse.« Der Orden in London hatte seine besten Fischzüge bei Umzügen und Hinrichtungen gemacht. Wenn ihre Novizen sich von diesem Graf Sowieso ablenken ließen, dann hatte sie ihre Zeit verschwendet. Wie eine Entenmutter ihre Küken beim ersten Sprung ins Wasser beobachtete sie Dorren, Gills kleine Schwester, wie sie vertrauensvoll zu einem Händler aufblickte. Er blickte lächelnd zu ihr hinunter, bevor er seine Aufmerksamkeit wieder der Menge zuwandte. Sie zog seine Börse so geschickt, daß nicht einmal Barbary die Handbewegung sah. Das Kind hatte wirklich keinen Grund, irgendeinen Mann anzulächeln, aber sie hatte es getan, sie hatte es über sich gebracht.

Noch eine Fanfare. Captain Price deutete auf den verfallenen Eingang zur protestantischen Kirche St. Anna. »Seht, gute Leute, seht hier den Grafen der Königin, den Grafen von Desmond.«

Was sie sahen, war ein dünner, buckliger Mann von etwa dreißig, der höhnisch kicherte, als er die Augen der Menge auf sich spürte, und erst nach gutem Zureden aus seiner Umgebung bereit schien, auf das Podium zu steigen. Barbary, die Seamus dabei beobachtet hatte, wie er eine Aktion bei einem Kaufmann, der ihn aber nicht bemerkte, verpatzte, warf einen Blick auf diesen Earl, der gerade hochgehoben wurde, und sah eine Blässe, so tief, daß sie grün wirkte. »So eine Farbe haben wir immer Fleet-Teint genannt«, vertraute sie Priscilla an und schaute noch einmal hin. »Ach Gott. Er ist es.«

Oben auf dem Podium, den Kopf gesenkt, den Blick auf ein Stück Papier geheftet, bevor er seine Rede hielt, stand ihr alter Leidensgenosse aus dem Tower, der Fieselzieher.

Barbary strahlte. Was für ein Tag. Also hatten sie den armen Teufel schließlich doch herausgelassen, in der Hoffnung, er würde seines Vaters Volk in Elizabeths Schoß zurückführen. Aber falls er sich nicht stark verbessert hatte, konnte der kein Lamm zu seiner Mutter führen.

»GuteleutevonMunster«, sagte er. Captain Price flüsterte ihm etwas ins Ohr, worauf der Earl seine Stimme um ein oder zwei Dezibel hob. »GuteleutevonMunster ... äh, ich bin heute unter euch erschienen, äh ... als Zeichen und Versicherung, daß, hm, der alte Titel dieser, ähem, Provinz ...«

Barbary verlor das Interesse. Ihre Entlein kehrten zurück. Sie hielt den Kopf gesenkt, als eine Börse in ihren Schoß fiel. Schnell schloß sie die Knie und drehte sich ein wenig, dabei zog sie Priscillas Decke gerade. Zwei Münzen. Die Decke mußte noch einmal gerichtet werden. Ein hübsches Taschentuch mit einer weiteren Münze drin.

Ein englischer Kaufherr mitten in der Menge, den man gerade um seine Börse erleichtert hatte, beobachtete das Kind, das sie stiebitzt hatte, wie es in kleinen Schritten auf eine Bettlerin zutänzelte, die neben einem Handwagen auf dem Boden hockte. Er folgte ihm.

Die Iren waren geduldig mit ihrem Grafen. »Ja, freilich, jede Minute wird er ihnen jetzt die sieben Teufel aus dem Leib treiben«, hörte Barbary eine Frau sagen.

»Und daher möchte ich, daß ihr, ähem, mit mir geht, um Gott zu danken.«

Nun, gewiß, sie würden ihm überallhin folgen. Aber warum schlurfte er denn jetzt auf die protestantische Kirche zu?

Drei Knöpfe fielen aus Georges Hand in Barbarys Schoß. Braver Junge. Schnell schloß sie ihre Knie darum. Jetzt erschien ein Paar Stiefel in ihrem Blickfeld und blieb da stehen. Sie hielt den Kopf gesenkt und greinte: »Ich und meine Kleinen, wir kommen um, weil wir nichts zu essen haben, Sorrr.« Die Stiefel waren aus hartem braunen Leder; Hunderte solche hatte sie in ihrem Leben schon gesehen, Büttelstiefel, Wachestiefel, Stiefel der Autorität. Sie kippten plötzlich um, als ihr Besitzer sich neben sie auf den Boden hockte: »Du hast mir ganz schön Kopfzerbrechen gemacht, Barb.«

Freude schüttelte sie und ließ die Angst und die Einsamkeit

von Jahren in ihr aufbrechen. Sie drehte sich nicht um, sie sah nichts und sie sagte nichts, sie blieb einfach sitzen und heulte wie ein Baby.

Der Gehörnte Dick blieb ruhig sitzen, bis sie sich ausgeweint hatte. »So ganz trocken ist mein Latz ja auch nicht mehr«, sagte er und wischte sich die Augen, »aber Barb, wir gehen jetzt besser.«

Aufschluchzend beruhigte sie Priscilla, die unruhig wurde und anfing zu weinen.

»Ist schon in Ordnung, Häschen. Wein nicht.«

»Wer ist das Mensch?« fragte Dick. »Bißchen groß für einen Wagen, nicht?«

»Sie ist nicht ganz richtig im Kopf.« Sie hatten sie als Baby gefunden, mit Verletzungen, die darauf hindeuteten, daß jemand sie mit dem Kopf gegen eine Wand geschmettert hatte. Jetzt war sie vier und sagte nie etwas anderes als »Baa-baa«. »Es gibt eine Menge davon, Dick, o Dick, du alter Saftsack, wie hast du mich gefunden?«

»Bin meiner Börse gefolgt. Die kleine Mort hat sie wirklich fein geklaut, haargenau der gleiche Stil wie du als Junges, Barb. Hallo, Dick, sag' ich zu mir, das ist Ordenstraining, oder ich bin ein Holländer.«

»Aber du bist ihr doch draufgekommen.«

»Aber nur wie ein Artist dem anderen, Barb.«

Sie redeten aus reiner Freude, einander sprechen zu hören, aber jetzt gingen ihre Worte in der zunehmenden Unruhe der enttäuschten, zornigen Menge unter. Der blaßgrüne Earl stand auf den Stufen von St. Anna und deutete den Iren unschlüssig, ihm zu folgen, Soldaten drängten sie etwas nachdrücklicher mit den stumpfen Enden ihrer Piken, aber sie rührten sich nicht. Seinem Vater wären sie bis in die Hölle gefolgt – und hatten es auch getan –, aber wenn der Sohn glaubte, er könnte sie in eine protestantische Kirche treiben, dann sollte er lieber noch einmal scharf nachdenken.

»Du bist doch nicht Geralds Sohn«, brüllte jemand. »Pfeif einem Meilenstein zum Tanz auf.« Eine Frau sang das alte Lied: »Und wenn du nicht ein Römer wirst, kriegst du mich nicht als

Braut.« Und ein anderer schrie: »Auf dich wartet eine römische Hölle, mein kleiner Protestantenbub.« So riefen die Höflichen; die weniger Höflichen sahen sich nach Wurfgeschossen um. Ein Pferdeapfel landete dem Earl vor den Füßen, eine steinharte Pflaume pfiff an seiner Nase vorbei. Mit einem Aufkreischen verzog er sich.

Captain Price ließ die Menge von seinen Soldaten zurückdrängen. Er hatte den Gesichtsausdruck eines Mannes, der auf Befehl gehandelt hat und von vornherein wußte, daß es nicht klappen kann.

»Hier geht's jetzt jede Minute los«, sagte Dick. »Gehen wir. Wo ist der Treffpunkt?«

»Die alte Burg, im Westen, am anderen Ufer. Bis dann.«

Sie pfiff den Rückruf, während Dick verschwand, aber in dem immer größer werdenden Wirbel konnten nur wenige vom Orden sie hören, die anderen ließen sich von ihrem eigenen Erfolg fortreißen. Sie kämpfte sich zu Sylvestris durch und beauftragte ihn, den anderen Bescheid zu geben.

Als sie Priscilla über die Brücke schob, gingen zehn Ordenskinder ohne ein Zeichen des Wiedererkennens an ihr vorbei. Sie blickte auf den Platz zurück, wo eine Wolke aus Staub und Gebrüll andeutete, daß der Wirbel noch in vollem Gange war, aber eines nach dem anderen tauchten ihre Ordensleute daraus auf. »Was für ein Tag, Priscilla«, sagte sie, und Priscilla lächelte.

Sie stellte den Gehörnten Dick dem Orden vor, als sie zu zweit und zu dritt eintrafen, sich mit einem Pfiff ankündigten und in die Ruinen der ehemaligen Halle der Burg O'Callaghan schlüpften. Das Gras draußen am Flußufer schimmerte golden in der untergehenden Sonne, im Schilf kluckten Moorhühner. Ab und zu trug die Abendbrise ein Geräusch den Fluß herauf, das wie leises Krähen klang – der Wirbel in Mallow war noch nicht zu Ende.

»Sylvestris kennst du. Das ist John Hapgood. Priscilla ist dir schon bekannt. Barbary, Seamus, Coughlin, Aileen, George, Orlaith – Orlaith, das ist der Gentleman, dem du die Börse gezogen hast – Benen, Harry, Mary, Peggy, Tabitha, Fergal und Festus – sie sind Zwillinge –, Nuala, Percy, Alsander, Clodagh, und das dort oben ist John Smith.« Sie versuchte, sie alle mit Dicks Augen zu sehen: schmutzig, zerlumpt, jedes Alter zwischen vier und vierzehn, jede Größe, alle dürr, einige höflich, andere finster und bockig. Aber sie selbst sah nur die Vielfalt ihrer unterschiedlichen Charaktere, verschiedene Arten von Mut, verschiedene Weisen, mit ihren Lebenskatastrophen fertig zu werden – der Teil, der überlebt hatte. Die Gesichter und Namen derer, die nicht überlebt hatten, sah sie noch genauso deutlich vor sich.

»Freut mich, euch alle kennenzulernen, na klar«, sagte der Gehörnte Dick heuchlerisch. »Aber Barb, verdammt noch mal, ich weiß, du hast gesagt eine Menge, aber was zuviel ist, ist zuviel.«

»Vier fehlen noch.« Sie blickte hinauf, wo John Smith wie ein Affe im Efeu hing. »Irgendeine Spur, John?«

»Noch nicht.«

»Wie soll ich die denn alle im Wagen unterbringen?«

»Was, du hast einen Wagen?« Sie hatte fast vergessen, daß es außer Handwagen noch andere Transportmittel gab. »Mit einem Pferd?«

»Mit zwei, Barb, mit zwei. Aber Barb, das Heer geht noch heut' nacht nach Cork zurück. Warum reisen wir nicht alle gemütlich in ihren Troßwagen?«

»Nanno und Dorren und Peter«, sang John Smith aus.

Nanno kam keuchend, sie trug Dorren. »Es ist Gill, Barbary. Ein Soldat hat Dorren am Hintern getätschelt, und darauf hat Gill ihm das Messer in den Arm gestochen.

»Haben sie ihn?«

»Bin nicht sicher. Er rannte fort und sie ihm nach.«

Barbarys Blick begegnete dem des Gehörnten Dick. »Deshalb«, erklärte sie. »Ich wage mich einfach nicht lange in englische Gesellschaft. Orden, ich gehe zurück. Sobald es dunkel ist, verkriecht ihr euch in Mister Dicks Wagen und fahrt mit ihm nach Kinsale. Ich sehe euch dort.« Sie machte eine Pause. »Hast du immer noch ein Schiff in Kinsale?«

»Ja, aber ...«

»Gill kommt über den Fluß geschwommen«, rief John Smith. »Keine Verfolger.«

Gill kroch herein, tropfnaß, und warf sich in Positur. »Das wird die Hunde lehren, daß sie ihre Pfoten nicht auf meine Schwester legen.«

Der Gehörnte Dick betrachtete ihn kurz. »Ich würd' ihn wieder reinwerfen, Barb.«

»Weiß ich – kommt aber nicht in Frage. Bring uns einfach nach Kinsale.«

28

Der Gehörnte Dick hatte nie seine Versuche aufgegeben, sie zu finden. Auch Grace O'Malley nicht. Obgleich sie alle Hände voll zu tun hatte, ihr Volk in einem zerstörten Connaught am Leben zu halten, hatte sie doch ein paar von ihren Männern nach Kilcolman geschickt, um herauszufinden, was ihrer Enkelin zugestoßen war, aber ob sie Munster überhaupt erreichten, wußte niemand. Sie kamen nicht zurück. Ganz sicher waren sie getötet worden, aber wie oder warum oder von wem, war unmöglich zu sagen. Die Männer aus Connaught waren nur ein paar weitere Opfer der Katastrophe von Munster.

Das wenige, was Dick und Grace erfuhren, deutete darauf hin, daß Schloß Spenser eine verlassene, ausgebrannte Ruine war und Barbary höchstwahrscheinlich tot.

»Aber sie gab nicht auf, Barb. Sie machte O'Donnell die Hölle heiß, weil er nicht Munster überfiel, um dich zu suchen, und dann dem O'Neill dito, und dann segelt sie diesen Frühling nach Spanien und haut König Philipp zusammen, weil er keine Invasion macht, um dich zu finden. Mein Gott, *was* für ein Aufrechter Mann ist an der verlorengegangen, Barb.«

»Spanien? Wird sie O'Hagan sehen?«

»Das war ihre Absicht, Barb. Sie wollte vor einem Monat zurück sein, ist aber wahrscheinlich erst nach Connaught gefahren. Sie bringt mir immer noch Whiskey, wenn sie kann, aber du errätst nie, Barb, was die verdammten Kinsale-Nimmersatts sich haben einfallen lassen.«

Nein, sie erriet es nicht. Sie war zu müde, sie wollte nur neben ihm in seinem Fuhrwerk sitzen und ihn reden hören, während die Pferde sie durch die Landschaft von Munster südwärts zogen.

»Die haben eine Steuer auf Whiskey eingeführt. Was sagt man dazu, Barb. Sekretär Cecil war auch nicht gerade erfreut, er hat ein recht nettes Sümmchen bei mir gemacht. Aber wir haben uns was einfallen lassen. Drüben, acht Meilen hinterm Old Head von Kinsale, gibt's eine verlassene Bucht mit einer Hütte. Dort treff' ich mich immer mit Grace, obwohl zur Zeit nicht viel Whiskey zu haben ist. Es waren schlechte Jahre für die Gerste.«

Schlechte Jahre für die Gerste, dachte Barb.

Dick plauderte weiter. Er hatte sich überhaupt nicht verändert. Sogar während der Belagerung von Kinsale hatte er unentwegt nach ihr gesucht.

»Ein nettes Haus hab' ich mir dort zugelegt, Barb, die Preise sind ja jetzt im Keller. Und noch ein Schiff. Ich hab's *Barbary* getauft.«

Fürsorglich reichte er ihr ein Taschentuch, damit sie sich die Tränen abwischen konnte.

»Und Henry, der will auch immer wissen, wo du bist. Wächst wie ein Unkraut und ist dem Papa aus dem Gesicht gerissen.« Sowohl Henry als auch der Gehörnte Dick hatten Sekretär Cecil gedrängt, den Grafen von Essex zu beauftragen, er möge Barbary finden. »Und er schickte Nachricht, daß er dich gesehen hat, Barb, aber der Trampel sagte nicht wo, und als er gegen den Befehl der Rom-Mort zurück nach England raste, da war er schon so irr wie Connollys Katze. Ich war dabei, als er die Stadt gegen die Königin aufhetzen wollte. Er und seine Kumpane sind durch die Gegend gefegt wie angestochen, brüllend und geifernd, und wir Zuschauer haben uns nicht gerührt und nur geglotzt. Es war jämmerlich. Und im Verhör hat er gesungen wie ein Zeisig, sogar seine Schwester angeschwärzt, mit der du Karten gespielt hast.« Dick seufzte. »Aber es heißt, er ist anständig gestorben, nur haben wir nicht zuschauen dürfen. Er erbat sich von der Königin noch eine Gunst, nämlich im Privaten geköpft zu werden, und die hat sie ihm gewährt.«

Es war Barbary ziemlich egal. Essex, die Königin, Cecil, sie waren alle so weit weg. Dick sagte es zwar nicht ausdrücklich, aber sie verstand schon, daß Cecil nach diesem einen Versuch sich keine weitere Mühe mehr gegeben hatte, seine einstige

Agentin ausfindig zu machen. Sie war ihm nicht mehr von Nutzen. Auch die Königin interessierte sich nicht für die Witwe eines toten Günstlings. Die Sache mit Essex hatte sie alles andere vergessen lassen.

»Jeder glaubte, sie würde nach seinem Tod kapores gehen«, fuhr Dick fort, »vor lauter Schmerz oder was. Aber da wurden die Commons frech, was die königlichen Monopole angeht, also braust sie ins Parlament und hält eine Rede, daß ihnen die Hosen schlottern.« Bewundernd schüttelte er den Kopf. »Aufrechtes Material, Barb.«

Er war selber Aufrechtes Material. Er brachte sie durch Cork durch und in einem Gasthof unter. Er achtete darauf, daß die Kinder eine Mahlzeit bekamen wie seit Jahren nicht, und half Nanno, sie zu Bett zu bringen. Dann setzte er sich zu Barb und redete ihr zu, mehr zu essen: »Ich hab' schon fettere Bohnenstangen gesehen.« Er berührte ihre Hand mit einem Finger. »War es arg, Barb?«

»Ja.« Es hatte keinen Sinn, ihm etwas zu erzählen, niemand, der nicht selbst dabei war, konnte sich vorstellen, wie arg es wirklich war. Und sie war vor Erschöpfung beinah blind; sie wollte einfach mit ihm am Feuer sitzen und sein wunderschönes fettes Schafsgesicht betrachten und ihm alle Verantwortung aufbürden. Nur von Sylvestris und seiner Bekehrung zum Katholizismus erzählte sie ihm.

»Und jetzt will er ein Patrico werden?« Dick war schockiert. »Barb, das ist bös'.«

»Ich weiß nicht, was wir tun sollen, Dick. Ich trau mich mit ihm nicht zurück nach England. Er bringt sich selber in den Tower oder noch schlimmer. Und der junge Gill … was soll ich bloß tun, Dick? Wohin können wir gehen?

»Es wird uns schon was einfallen, Barb. Setz den Kopf gerade auf.«

Er half ihr auf das lange Gemeinschaftsbett aus Brettern, das sie mit den anderen Mädchen teilte, und schob sie zwischen Dorren und Priscilla, damit sie nicht fror, aber Dorren hatte Alpträume und Priscilla hustete, und beides teilte sich Barbary mit, so daß sie eine schlimme Nacht hatte. Sie war wieder auf dem Vorland in Kent, mit Seilen am Boden befestigt, damit sie nicht die Klippen hinunterstürzte; aber jemand machte ein Seil nach dem anderen los. Sie verlor den Halt.

Als sie am nächsten Morgen nach Kinsale aufbrachen, setzte sie sich wieder neben Dick auf den Wagen. Dick wollte geradewegs durch die Stadt durchfahren und das linke Ufer des Flusses Bandon entlang zur Fähre, über den Fluß und über die Landspitze zu seiner verborgenen Bucht und zur *Barbary*. Aber als sie Kinsale erreichten, goß es wie aus Kübeln, und Barbary redete im Fieberdelirium, also kutschierte er sie statt dessen zu seinem Haus in der Stadt.

Am nächsten Morgen landeten viertausend spanische Soldaten mit Don Juan del Aguila an der Spitze in Kinsale.

Ganz Europa spekulierte darüber, warum die Spanier gerade in Kinsale gelandet waren. Als der venezianische Gesandte in Paris davon hörte, berichtete er nach Hause, nach Meinung der Franzosen habe König Philipp mit der Landung an der Südküste, so fern von den Festen seiner Verbündeten, seine Männer in den Untergang geschickt.

Die Spanier vertraten die Auffassung, es handle sich nicht um eine Eroberungsarmee, sondern nur um Unterstützung für den O'Neill und den O'Donnell dabei, die Engländer aus Irland zu vertreiben, und Kinsale sei auch ein geeigneter Stützpunkt für ein späteres Ziel, nämlich die Invasion Englands. Und außerdem hatte König Philipp noch nicht vergessen, welchen Empfang man der Armada seines Vaters an den feindseligen Küsten im Westen und im Norden bereitet hatte.

Dem O'Donnell wäre eine Landung näher an seinem eigenen Territorium in Donegal sehr viel lieber gewesen. Verließ er jetzt sein Land, dann hatte er unter Umständen keines mehr, wenn er zurückkam; da konnte er sich auf seinen Cousin Niall Garv verlassen. Aber er war kein Zauderer. Er zog mit seinen Truppen sofort nach Süden, in schrecklichem Wetter; »auf einem der gewaltigsten Märsche der Geschichte«, wie Carew, einer von Mountjoys Generälen, später darüber schrieb. Es gelang ihm, der Armee, die Mountjoy ihm entgegenschickte, auszuweichen, indem er quer durch die Slieve Phelims zog, fast das ganze Jahr hindurch ein unwegsamer Sumpf, jetzt aber hartgefroren.

Der O'Neill ging bedächtiger vor. Besser als jeder andere kannte er die Gefahren und erwog sie mit seiner gewohnten Vorsicht. Aber er hatte um spanische Hilfe gebeten, und jetzt war sie da. Er rief seine Männer zusammen und bewegte sich langsam ebenfalls in Richtung Süden.

Der schnellste von allen war Mountjoy. Er hörte von der Landung während eines Aufenthalts in Kilkenny am 27. September. Schon eine Woche später stand er vor Kinsale. Das war seine Gelegenheit. So wie bisher gekämpft wurde, würde der Krieg nie zu einem Ende kommen, das seine Königin zufriedenstellte, aber wenn er seine Feinde nur in die offenen Hügel hinter Kinsale locken konnte, dann konnte er sie vielleicht zu einer regulären Feldschlacht zwingen anstatt der Kämpfe in Sümpfen und Wäldern, wo sie sich bewegten wie der Fisch im Wasser.

Nach schweren Kämpfen gelang es ihm, die Spanier aus den Festungen Rincorran und Castle Park, die den Bandon im Süden beherrschten, zu vertreiben und in die Stadt zu drängen. Und hier schloß er sie ein.

Dublin jammerte, man habe es ohne Verteidigung gegen den Feind gelassen, sogar Elizabeth äußerte Besorgnis, daß ihre gesamte irische Armee an einem einzigen Ort konzentriert war, aber Mountjoy blieb ungerührt. Er verlangte noch mehr Männer und noch mehr Nachschub und blieb, wo er war.

Barbarys Krankheit setzte sich aus Unterernährung, Erschöpfung und Erleichterung zusammen. Daß sie jetzt ihre Verantwortung an den Gehörnten Dick abgeben konnte, ließ alle ihre Energie in sich zusammenfallen und erlaubte es ihr, sich ganz dem Luxus des Krankseins unter einem Federbett hinzugeben. Die Reise nach Kinsale war für die Kinder nicht weniger hart gewesen, viele waren in keinem besseren Zustand als Barbary, und mehrere fingen an zu husten, zu eitern und zu fiebern. Der Gehörnte Dick, den Umgang mit Krisen gewohnt, heuerte zwei Irinnen an, die Nanno bei der Krankenpflege halfen, brachte seine Waren aus dem Lagerhaus in seinen eigenen Keller und übersiedelte dann selbst in einen nahe gelegenen Gasthof, um dort eine Klärung der Lage abzuwarten.

Wären die Spanier in einer englischen Hafenstadt gelandet, so hätte sofort die gesamte Bevölkerung die Flucht ergriffen vor diesem Feind, von dem man glaubte, daß er Hufe und Hörner habe und nach Schwefel stank. In England war Don gleichbedeutend mit Teufel. Die Oberschicht von Kinsale, darunter der Bürgermeister und die Ratsherren, floh denn auch in dem Moment, da sie die spanischen Schiffe in die Bucht einlaufen sahen, aber ein beachtlicher Prozentsatz der Bevölkerung, Kaufleute, Gastwirte, Bordellbesitzer, blieb lieber; die Aussicht, als mittellose Flüchtlinge von der Mildtätigkeit ihrer Handelskonkurrenten in Cork und Youghal abhängig zu sein, war wenig verlockend. Zwar betrachteten sie sich durchaus als Ihrer Majestät treu ergebene Anglo-Iren, aber sie waren dabei auch kosmopolitisch. Seit Jahren handelten sie schon mit dem spanischen Don, den ganzen Krieg hindurch, und er hatte sich immer als höflicher und zahlungswilliger Kunde erwiesen. Nun, und Handel war schließlich Handel.

Barbary wachte auf, weil sie Priscilla schreien hörte, der einzige Laut, der sie jetzt in Bewegung setzen konnte. Sie kletterte aus einem fremden Bett in einem fremden Raum, lief hinaus in einen fremden Flur und blickte über eine Balustrade in eine typische Kaufherrenhalle. Eine Gruppe von Kindern wich gerade von der Eingangstür zurück, in der ein Mann stand mit einer dunkleren Hautfarbe, als ein Menschenwesen haben durfte; er trug einen Turban auf dem Kopf, barbarische goldene Ohrgehänge und ungeheuer weite Pluderhosen. Außerdem war er tropfnaß.

»Baa-baa kommt schon, Häschen.« Da sie sicher war, daß sie träumte, fühlte sie sich allmächtig. Es gelang ihr, die Treppe hinunterzusteigen und sich zwischen Priscilla und die Erscheinung zu manövrieren. Sie wedelte mit den Händen, um sie fortzuscheuchen. »Sch, sch, weg mit dir.« Die Zähne des Mannes leuchteten in einem Grinsen auf. »Weg, verschwinde, hab' ich gesagt.«

Da drängte sich der Gehörnte Dick, ebenfalls naß bis auf die Haut, von draußen an dem Sarazenen vorbei und hielt ihm ein Pergament mit einem daran baumelnden großen Siegel vor die Nase. Der Mann grinste, salutierte und verschwand. Barbary glitt zu Boden und nahm die schluchzende Priscilla in den Arm. »Dem haben wir's gezeigt.«

»Du hast ihm einiges gezeigt, Barb«, bemerkte Dick. Sie starrte auf ein Paar dürre, nackte Beine – ihre eigenen. Sie trug nichts als ein Fähnchen von einem Nachthemd, der Orden glotzte kichernd.

»Was ist los?«

Nanno und Dick halfen ihr die Treppe hinauf, in einen Schlafrock und einen Stuhl am Fenster mit Aussicht auf einen Platz und redeten ihr dabei die Ohren voll. Sie waren in Kinsale, in Dicks Haus, unter spanischer Besatzung, nur keine Aufregung, alles in Ordnung. Barbary nahm einiges davon auf, aber hauptsächlich starrte sie Nanno an. »Du bist dicker geworden.« Das Haar des Mädchens glänzte, ihre Wangen waren rosig.

Nanno strahlte. »Ist das nicht toll? Zwei warme Mahlzeiten am Tag, Barbary. Zwei. Und ein Feuer in der Halle und warme Kleider und Schuhe, Barbary, ach, so schöne Schuhe, die Onkel Dick vor den spanischen Besatzern rettete, weil er so ein guter Herr ist. Soll ich dir die Decke um die Knie legen? Priscilla sagt jetzt Daa-daa, wenn sie ihn sieht. Ich lauf' und hol' dir eine Tasse Milch.«

Barbary blickte ihr nach und wandte ihren Blick langsam Dick zu. »Onkel Dick?«

Er wand sich. »Hör auf, Barb, es war nicht meine Idee.«

»Was hatte denn der schwarze Mann unten verloren?«

»Einquartierungen. Einer von Don Aguilas Afrikanern. Aber ich habe Bewilligung, daß wir bleiben können. Don Aguila ist benewohl und versteht was von Whiskey.«

Es waren diese beiden Umstände, erklärte er, die ihm sein Haus erhalten hatten, während so viele Iren ihre Häuser für spanische Offiziere räumen und sich im Rathaus gegenüber einquartieren mußten. »Ich hab' ihm sofort eine Kiste gebracht,

Barb, Unfreundlichkeit hat ja keinen Sinn, auch wenn er ein Don ist. Und seine Leute benehmen sich sehr brav. Don Aguila hat ihnen eingeschärft, wenn sie einer Dame auch nur auf die Knöchel starren, dann zwackt er ihnen die Muskatnüsse ab.«

»Wir sitzen in der Falle.«

»Wenn du nicht über die Verteidigungswälle klettern und dich von den Engländern abknallen lassen willst, Barb, was *ich* jedenfalls nicht will, dann ist das richtig. Don Aguila wollte mit Mountjoy verhandeln, daß er die Frauen und die Kinder gehenläßt, aber Mountjoy sagt nein.«

Sah ihm ähnlich. Mountjoy war der Vertreter eines bedingungslosen Kriegs, und das bedeutete, man mußte in einer belagerten Stadt so viele hungrige Münder als möglich lassen, damit die Vorräte möglichst schnell zu Ende gingen.

»Aber ich sag' dir eins, Barb, ich hocke lieber hier in der Stadt, warm und trocken, als draußen in den Bergen wie Mountjoy; in seinen Gräben steht das Wasser. Solchen Regen hast du noch nicht gesehen, Barb. Und bis jetzt haben wir ja genug zu essen.«

Aber wie lange noch? Eine belagerte Stadt mußte ja einmal ihre Vorräte aufzehren, sonst hätte es keinen Sinn, sie zu belagern. »Ich lass' den Orden nie wieder hungern, Dick.«

Er beruhigte sie. »Natürlich nicht, Barb. Auf keinen Fall. Da findet sich schon was. Aber wir können nicht viel unternehmen, bis du gesund bist.«

Gesund werden, das dauerte diesmal sehr viel länger. Das Bild des Sakers und der sich lockernden Seile verfolgte sie; der Tod war näher gerückt, als ihrem Alter zukam. Die Zeit seit dem Massaker hatte ihr Lebenszeit geraubt, die sie nie wieder zurückbekäme. Sie machte sich Sorgen, um sich, aber noch mehr um die Ordenskinder, deren ängstliche Gesichter jeden Tag in der Tür erschienen, um zu sehen, ob's ihr nicht besserginge. Ihnen zuliebe bemühte sie sich, alles zu essen, was man ihr vorsetzte, auf Befehl zu schlafen und ihre Tage im Lehnstuhl sitzend und aus dem Fenster schauend zu verbringen.

Wenigstens mangelte es nicht an Unterhaltung. Trotz des unaufhörlich prasselnden Regens war der Platz der Mittelpunkt des gesellschaftlichen Lebens von Kinsale. Spanische Offiziere in geschwungenen Helmen, prächtigen Wämsern und mit Sägespänen ausgestopften Kniehosen gingen in den requirierten Häusern aus und ein, blieben vor den Buden stehen, die noch immer Fisch verkauften – ein Teil des Hafens war außer Reichweite der englischen Scharfschützen – sowie das letzte Obst aus den städtischen Gärten. Sie beobachtete sie bei ihren Besuchen im Bordell »Meine Güte« an der hinteren Seite des Platzes, das mit typischem Kinsaler Geschäftsgeist in dem Moment, da die Spanier landeten, seinen Namen in »Conquistador« geändert hatte; oder beim Flirten mit den jungen Mädchen, die sich vom Balkon des Rathauses herunterlehnten, trotz aller Vorhaltungen ihrer schimpfenden Mütter.

Priester und Mönche, so weit das Auge reichte, sie bereiteten sich darauf vor, einem geistlich verödeten Irland wieder neue Nahrung zu liefern. Dominikaner, Franziskaner, Jesuiten, Benediktiner gingen auf Kundenfang, die Kirche am oberen Ende des Platzes wurde mit viel Pomp und einer Prozession von Reliquien und vergoldeten Heiligenfiguren neu geweiht, während helles Glockengeläut freudig die Wiederkehr des Wahren Glaubens verkündete. Barbary war zu wenig religiös, um sich darüber Gedanken zu machen, daß eine Kirche, in der man einst Gebete für die Gesundheit von Königin Elizabeth sprach, jetzt von Gebeten um ihre Verdammung widerhallte, aber sie spürte eine Künstlichkeit dabei, als ob die Priester selber spürten, daß ihre bunten Rituale und fremdartigen, ausländischen Heiligen nicht in die Neutralität dieser vom Regen durchweichten irischen Stadt gehörten.

Was sie jedoch wirklich störte, war, daß Sylvestris sich zwar regelmäßig nach ihrem Befinden erkundigte, sie aber nicht so oft besuchte wie die anderen und viel öfter dabei gesehen wurde, wie er in priesterlicher Begleitung die Kirche betrat. Sie wartete, bis sie sich kräftig genug fühlte, dann öffnete sie das Fenster und rief ihn an. Leicht unwillig sagte er ein paar Worte zu seinem Begleiter, welcher nickte, und brachte ihn zu ihr unter das Fenster. »Darf ich Euch meine Mutter vorstellen, Vater

Dermot?« Es entging ihr nicht, daß sie dem Priester vorgestellt wurde und nicht umgekehrt.

Vater Dermot war einer der neuen Jesuiten in schwarzem Samtwams und Kniehosen und mit weltlichen Augen. Das einzige Zeichen seiner Religion war ein großes Kreuz auf seiner Brust. »Ah, Mistress, ich habe das Vergnügen, Euren Sohn im Glauben zu unterweisen. Und er macht gute Fortschritte. Ich sagte ihm schon, daß er im Seminar der Gesellschaft Jesu in Madrid höchst willkommen sein wird.«

Sie war zu schwach für diplomatische Worte. »Er ist nicht alt genug, um so etwas allein zu entscheiden«, erwiderte sie und sah sofort, wie schrecklich sie Sylvestris damit in Verlegenheit brachte. Er lief rot an und öffnete den Mund zum Widerspruch, aber Vater Dermot legte ihm eine warnende Hand auf die Schulter.

»Frauen verstehen diese Dinge nicht, mein Junge. Überlass' das nur mir.« Er sah zu Barbary empor. »Weib, mischt Euch da nicht ein. Der Junge hört den Ruf Gottes, und so soll er Gott geweiht werden. Seine Berufung ist es, in seinem Vaterland die Ketzer in den Schoß der Heiligen Mutter Kirche zurückzuführen.«

Damit gingen sie fort, Vater Dermot einen Arm um die Schultern ihres Sohnes gelegt. »Du kriegst ihn nicht«, knirschte sie. »Du Hund, du kriegst ihn nicht.« Sylvestris hatte das gütigste Wesen von allen Menschen, die sie kannte, und wenn sie auch nur das geringste mitzureden hatte, dann mußte er es seinen Kindern weitergeben. Lieber wollte sie sterben als zulassen, daß er jemals Leiden für ein erstrebenswertes Gut ansähe oder ihm das Messer des Scharfrichters die Gedärme herausschnitte. Sie ließ sich in ihren Lehnstuhl fallen. Sie mußten hier raus, sie mußten.

Die Luft heulte auf wie als Echo ihrer Verzweiflung, ein Lärm, als wären zwei Berge zusammengestoßen, und von der Decke prasselte in einer Staubwolke der Stuck auf ihren Kopf. Sie wußte, was das war, und lag am Boden, bevor der Staub sich wieder legte. Mountjoy hatte seine Artillerie geholt und bombardierte die Stadt. Von unten hörte sie Schreie. »Um Himmelherrgottswillen«, brüllte sie, »das ist zuviel. Das ist verdammt noch mal zuviel«, und raste hinunter, um den Orden in den Keller zu treiben.

Das Bombardement war bald so unaufhörlich wie der Regen, in der Nacht wurde es vielleicht ein bißchen dünner, aber es hörte nicht auf, und die Stadt erlitt Verluste, vor allem bei den größeren Steinhäusern, die größere Zielscheiben und mehr Angriffsfläche boten als die kleinen Fachwerkbauten, deren Wände eine Kanonenkugel durchließen, ohne einzustürzen. Es gab erstaunlich wenig Menschenleben zu beklagen; Kinsale war unterkellert von riesigen Gewölben, und dort unten führten Kaufleute, Wirte und Huren ihr Leben und ihre Geschäfte als Höhlenmenschen weiter. Ein Wirtshaus stürzte über den Köpfen seiner Kundschaft ein, die sich gerade zahlreich dort aufhielt – zum Glück, wie sich herausstellte, denn gemeinsam schafften sie es, sich in den nächsten Keller durchzugraben und dadurch zu retten.

Barbary war beeindruckt, wie gut nicht nur ihr eigener Orden, sondern auch die Stadtbewohner sich hielten, und fragte sich, ob es vielleicht das aufregend Neue an diesem Leben war, was ihnen diese Kraft gab. Für Barbary war ein Bombardement nichts Neues, und sie mußte mühsam ihre Panik unterdrücken, um vor Priscilla ruhig zu erscheinen, der einzigen außer ihr, die die ganze Sache entsetzlich fand. Peter und ein paar andere Jungen interessierten sich plötzlich leidenschaftlich für Artillerie, und als Dick ihnen erzählte, daß sie etwas davon verstand, bestürmten sie sie mit Fragen über Kaliber, Trajekt, Gewicht und Pulver, bis sie sie anbrüllte.

Aber sie gewöhnte sich daran, man gewöhnte sich ja an alles. Nach zwei Wochen konnten sie schon aus dem Zischen der Kanonenkugel erraten, wo sie landen würde, welche Orte außer Schußweite lagen und welche eher unsicher waren. Selbst die Gewohnheiten der unsichtbaren Kanoniere wurden ihnen vertraut, so daß die Stadtbewohner wußten, wann sie einigermaßen gefahrlos fortgehen und Wasser holen konnten, weil die Mannschaft des Sakers auf dem Hügel im Nordosten immer zur Mittagszeit Pause machte, und daß die Batterie jenseits des

Flusses am Castle Park faul war und nicht gern früh aufstand. Es war anstrengend; die Gesichter der Menschen wurden hager vom Gefühl des Ausgesetztseins, es war, als würde man ständig nackt vor den Augen eines Wüstlings paradieren. Aber sie gewöhnten sich daran.

Die Mädchen waren immerhin vernünftig genug, sich vor den Kanonen zu fürchten. Der Keller des Gehörnten Dick war geschützter, größer als die Krypta in Ballybeg Abbey und roch außerdem nach Whiskey. In den Pausen nahm Dick den Orden zu etwas mit, das er »Loseisen« nannte und andere Leute »Plündern«, dabei fanden sie manchmal einen vergessenen Sack Mehl, aber öfter brachten sie Kisten mit Kleidern nach Hause, die ihre Besitzer in der Stadt zurückgelassen hatten. Barbary sah nicht ein, wozu das gut sein sollte, doch die Mädchen verbrachten mit dem Inhalt lange glückliche Stunden vor dem Spiegel und vergaßen dabei die Einschläge der Artillerie.

Schließlich wurde das Essen wirklich knapp; die Kirche auf dem Platz hatte an die anderen Einwohner täglich einmal Suppe verteilt, aber eines Abends berichtete der Gehörnte Dick, das spanische Militär habe die Schließung dieser Suppenküche angeordnet. »Sagt dieser Don zu mir: ›Wann kommen denn eure Iren, euch zu retten? Wo sind eure Iren?‹, und ich antworte: ›Es sind nicht meine Iren, aber mir wär's auch recht, sie würden sich beeilen.‹ Und das stimmt auch, Barb, denn nicht mehr lang, und wir haben hier wirklich nichts mehr zu futtern.«

»Hast du Sylvestris gesehen?« Er war ausgegangen, um herauszufinden, warum Sylvestris nicht nach Haus kam.

»Ich hab' diesen Vater Dermot gesehen, der sagt, es ist besser für seine Unterweisung, wenn er drübenbleibt.« Er klopfte ihr auf die Schulter. »Dort ist er sicher, Barb, die Kirche ist außer Schußweite.«

»Wir müssen raus, bevor wir ihn ganz verlieren, und hier verhungern wir ja sowieso. Wir müssen raus.«

»Gut, Barb – aber wie?«

Es mußte einen Weg geben. Die alte junge Barbary hätte sicher einen Weg gefunden, sich hinauszuschwindeln und dabei noch zu profitieren. Der neuen alten Barbary fiel nichts ein, schon gar nicht in einem Keller voll spielender, streitender Kinder, die sich zum Schlafengehen fertigmachten. Sie nahm ein Binsenlicht und ging hinauf in das leere Haus, um ein bißchen Ruhe zu haben, trat in den Eingang und atmete die frische, feuchte Luft ein.

Es war zu dunkel, um irgend etwas zu erkennen bis auf den Regen im Lichtkreis ihres Leuchters, aber sie wußte ja, wie's draußen aussah – die Westseite des Platzes lag in Schutt, wo die Häuser immer und immer wieder von Kanonenkugeln getroffen wurden, die jedesmal knapp an Dicks Dach vorbeiflogen. Ruinen dort, wo früher das Rathaus gestanden hatte, und darunter im Keller Familien, die bald verhungern würden.

Armes Kinsale. Es war eine Stadt, die sie bewunderte. Dick hatte ihr erzählt, daß nach den Massakern die Stadt nicht darauf gewartet hatte, daß die Flüchtlinge in ihren Mauern starben wie in Youghal und in Cork. Statt dessen hatten die hiesigen Kaufherren angesichts der Seuchengefahr freiwillig die Überfahrt nach England für sie bezahlt, dort sollten sie jemand anderem zur Last fallen. Das Motiv war zwar Eigennutz, aber das Ziel trotzdem ein gutes; in England hatten die mittellosen Siedler wenigstens Verwandte, die sie aufnehmen konnten. Und jetzt war dieses einst wohlhabende, unternehmende Gemeinwesen auch nichts mehr als eine zerstörte Stadt in einem zerstörten Land.

Etwas glitt über ihre Füße, sie senkte das Binsenlicht und sah zwei Frösche munter durch den Rinnstein hüpfen. Gutes Wetter für Frösche. Sie fragte sich, ob die wohl eßbar waren.

Der strömende Regen hatte etwas Hypnotisierendes, sie blieb, wo sie war, schaute und lauschte auf den Wind, der von Westen kam. Von Westen. Sie stürzte zur Falltür in den Keller und steckte ihren Kopf hinein. »Dick, hast du Tabak?«

»Willst du zu rauchen anfangen, Barb? Gut für feuchte Knochen, heißt es.«

»Hast du welchen?«

»Zwei Fässer. Deiner Oma bring' ich von jeder Fahrt was mit. Die ist ein richtiger Tabakonist.«

»Hast du ihn hier?«

»Ich laß das Zeug nie auf dem Schiff, Barb, es könnte sich ja die Mannschaft dran vergreifen.«

Sie kletterte die Leiter hinunter und setzte sich zu ihm. »Wie lange haben wir schon Westwind?«

»Weiß ich nicht genau, Barb. Schon seit Wochen. Einer von den Dons hat lachend gesagt, daß der Wind jetzt nicht auf seiten der Engländer ist wie damals gegen die Armada, und daß der arme alte Mountjoy keinen Proviant aus England kriegt, solang der Wind nicht dreht.«

Sie stupste ihn in die Brust. »Und auch keinen Tabak.«

»Wahrscheinlich nicht, Barb.« Er war geduldig wie mit einem Kind. »Ich finde, du solltest jetzt auch langsam in die Falle, Barb.«

»Aber das ist ja das Schöne daran, Raleigh hat es mir erklärt. Tabak macht … na, wie war das Wort, wenn man einmal damit anfängt, kann man nicht mehr aufhören, man *braucht* ihn, und Mountjoy raucht eine Pfeife nach der anderen ohne Pause dazwischen. Ich hab' ihn gesehen.«

Er bedachte die Idee mit schiefgelegtem Kopf, und sie gefiel ihm. »Einen Versuch wert, Barb. Ich geh' zu Don Aguila.«

»Nicht ohne mich, das kannst du dir gleich abschminken.« Sie war doch nicht so alt, wie sie gedacht hatte. »Was kann ich anziehen?« Sie trug immer nur ihren alten Umhang und ein Paar Knabenstiefel, losgeeist aus einer verlassenen Schusterwerkstatt.

»Wir haben eine Kiste mit netten Sachen von der Familie des Bürgermeisters.«

Die Frau Bürgermeisterin erstand vor ihrem inneren Auge. »Ich brauch' was zum Anziehen, kein *Zelt.*«

»Der Bürgermeister hatte schlanke Töchter«, entgegnete der Gehörnte Dick.

Nanno war noch wach und half ihnen suchen. »Ist das nicht ein süßes Gewand, so leuchtend rot mit Papageien drauf.«

»Das zieh du an. Ich bin zu alt für rote Papageien.« Endlich zogen sie ein hübsches Kleid heraus, meergrün, mit einem Medici-Kragen und grau eingefaßten Puffärmeln. Barbary verfluchte die Bürgermeisterstöchter, die gut und gern dreißig Jahre hinter der Mode herhinkten, aber mit ein paar Nadeln an den entscheidenden Stellen paßte das Kleid nicht schlecht.

Ohne auf Nannos Begeisterungsschreie zu achten, warf sie einen Blick in den kleinen Spiegel, der am Taillenband hing, und stöhnte auf. Ihre Gesichtshaut spannte sich so über den Backenknochen, daß ihre Augen schräg wirkten, und sie war so blaß, daß die Sommersprossen wie verstreute Toastkrümel aussahen. Ihr Haar war an den Schläfen ergraut, aber da der Hutgeschmack der Bürgermeisterstöchter unbeschreiblich war, ließ sie sich's von Nanno unter einem Silberhaarnetz aufstecken, schnappte sich einen halbwegs tragbaren Umhang und ließ es dabei bewenden.

Die Spanier nahmen die Ausgangssperre nicht allzu ernst, solange man kein Licht trug; das Nachlassen der Beschießung in der Nacht bedeutete auch, daß die Mädchen leichter in die Soldatenquartiere schlüpfen konnten, aber auf ihrem Weg zum Hafen wurden sie und Dick zweimal von Patrouillen aufgehalten. Jedesmal ließ man sie ungehindert durch. »Ah – Señor Whiskey!«

»Wieviel hast du ihnen denn verkauft, um Gottes willen?« fragte Barbary im Weiterhasten.

»Man muß an zukünftige Märkte denken, Barbary.«

Don Aguila hatte sich vernünftigerweise im Haus des Hafenmeisters einquartiert, das sich so dicht an den Nordosthügel schmiegte, daß die Batterie auf dem Gipfel es nicht beschießen konnte. Nun, sicher war es, aber lärmend auch. Als sie vor dem Eingang warteten, während eine Wache ihre Namen zu seinem Vorgesetzten brachte, blickte sie hinauf und sah den Himmel taghell werden im Schein einer Flamme aus der Kanone hoch oben über ihnen. Sie fuhr zusammen, als die Kugel heulend ihre Bahn an die Westseite des Hafens beschrieb. Dick schaffte es, nicht zu zucken, wenn er wußte, daß er sich nicht in unmittelbarer Gefahr befand; ihr gelang das nie.

Man führte sie durch ein hübsches Treppenhaus in einen langen feierlichen Raum, ganz mit spanischen Gobelins behängt – Don Aguila wollte offenbar auf seinen gewohnten Komfort nicht verzichten –, wo man gerade das Abendessen abräumte. Die große Anzahl von Tellern ließ erkennen, daß er viele Gäste hatte, der Geruch nach billigem Parfüm dagegen, daß nicht alle männlich waren.

Dick stellte sie vor. »Ah, Doña Offlarty, welchen Glanz bringt Eure Schönheit in unsere arme Hütte. Ihr seid Irin, ja?«

»Ja.«

Don Aguila war klein, dunkel, hatte eine Nase wie ein Bugspriet und buschige Brauen über amüsierten Augen, ein häßlicher Mann mit Charme. »Erweist mir die Ehre, diesen Wein zu kosten. Wie schmeckt er Euch?« Der Wein war himmlisch. »Auf welche Weise darf ich Euch zu Diensten sein?«

Sie nippte noch ein bißchen. »Don Aguila, wie ich höre, weigert sich Lord Mountjoy, die Frauen und Kinder von Kinsale durch seine Linien passieren zu lassen.«

»Wir haben Verhandlung«, erklärte Don Aguila, »aber es tut mir leid. Der Mann ist kein Kavalier. Vielleicht wenn er Eure Schönheit sieht …«

Es war Getändel, aber hinreißend wie der Wein. Es war so lange her … »Soviel ich verstanden habe, kann er zur Zeit auch keinen Nachschub aus England erhalten.«

Don Aguila lächelte mit blitzenden weißen Zähnen. »Ein spanischer Wind. Nicht wie der englische Wind im Jahre achtundachtzig.« Dann verzog sich sein Gesicht zu einer lächerlichen Grimasse wie das eines traurigen Affen. »Andererseits, er gönnt auch mir nichts. Wann kommen die Iren, was meint Ihr?«

»Ich habe keine Ahnung.« Sie ließ sich nicht ablenken. »Die Sache ist die, Don Aguila: Mountjoy ist Raucher. Versteht Ihr etwas von Tabak?«

»Meine schöne Dame, wir haben ihn erfunden.«

»Oh. Nun, wenn er keinen Nachschub bekommt, dann hat er auch keinen Tabak. Und ich glaube, er möchte welchen. Und zwar sehr, sehr dringend. Mein Freund hier hat zufällig zwei Fässer, und wir dachten, wir könnten ihn ihm anbieten, wenn er dafür die Frauen und Kinder gehen läßt.« Dick hatte einen Paß von Cecil und würde ebenfalls mit ihnen gehen, aber das erwähnte sie nicht, da sie nicht sicher war, was Don Aguila von Sekretär Cecil hielt.

»Ihr haltet ihn für einen solchen Narren?«

»Ich halte ihn für einen Süchtigen.« Das Wort war ihr wieder eingefallen.

»Ist gut«, sagte Don Aguila. »Wir tun es.« Sie war verblüfft darüber, wie rasch er auf ihre Idee einging; sie hatte Widerstand erwartet, mindestens eine längere Diskussion, aber Don Aguila rief schon nach einem Adjutanten, sagte: »Pronto, Don Abruzzi«, und gab Anweisung, die Trompete für einen Unterhändler blasen zu lassen.

»Ist es nicht schon etwas spät?« Sie wollte nicht, daß Mountjoy das Angebot erhielt, wenn er gereizt war wegen gestörten Schlafes.

»Nein, nein. Er hat das gern. Ihm ist auch langweilig, wie mir. Und er hat keine schöne Frau zu Besuch wie ich.«

Man mußte das Eisen schmieden, solange es heiß war. »Don Aguila, es gibt noch eine andere Sache, wo ich Euch für Eure Hilfe dankbar wäre.«

Don Aguila breitete die Arme aus, wie um damit anzudeuten, er sei mit viertausend Mann an dieser fremdländischen Küste hier gelandet zu dem ausschließlichen Zweck, Doña Offlarty zu Diensten zu sein.

»Es betrifft meinen Sohn. Er ist noch sehr jung, aber er hat sich mit einem von Euren Priestern zusammengetan, und der möchte, daß er mit ihm nach Spanien geht und dort Gelübde macht oder wie das schon heißt. Aber er ist zu jung dafür. Ich bitte Euch, sagt dem Mann, er soll ihn in Ruhe lassen.«

Don Aguila runzelte die Stirn. »Wer ist dieser Priester?«

»Ein Vater Dermot.«

»Padre Dermuchio. Der Jesuit.« Seine Augenbrauen sprachen Bände über die Jesuiten. »Es tut mir leid, Doña Offlarty. In dieser Sache kann ich Euch nicht helfen. Ich wage es nicht. Ich bin Militär, ich kann mich nicht stellen zwischen Heilige Mutter Kirche und ihre Seelen.«

»Aber ich bin seine Mutter.« Die Heilige Mutter Kirche hatte nicht Nächte über ihm gewacht, als er krank war, oder für ihn gestohlen oder für ihn getötet.

»Ich wage nicht. Es tut mir leid.«

Empört, verzweifelt sank sie in ihren Stuhl zurück.

Er ist bereit, sich von mir die Bürde überflüssiger Mäuler abnehmen zu lassen, dachte sie, aber um *mir* zu helfen, rührt er keinen Finger. Er wußte ja nicht, daß sie nicht Sylvestris' wirkliche Mutter war; es störte ihn genausowenig wie die Kirche, daß man ihr ihren Sohn wegnehmen wollte, und sie war hilflos. Wäre ich sein verdammter Vater, dachte sie, dann wäre das was anderes. Ein Vater hat Rechte, eine Mutter keine. Aber jetzt hast du erreicht, was du wolltest, Barbary Clampett O'Flaherty. Wenn der Orden Kinsale verläßt und Sylvestris zurückbleibt, was tust du dann? Ihn entführen? Sie zog es in Betracht, malte sich aus, wie sie einen sich sträubenden jungen Priesteranwärter durch die spanischen und die englischen Linien zerrte.

Don Aguila drängte ihr mehr Wein auf und versuchte, sie in seine Unterhaltung mit Dick einzubeziehen, als wäre sie ein kleines schmollendes Mädchen, dem man keine zweite Portion Dessert gestattete. »Wenn Señor Robertson nach dem Krieg mit seinem Whiskey nach Spanien kommt, Doña Offlarty, dann, beschwöre ich Euch, kommt mit. Ich werde Euch die *corrida de toros* zeigen, die Alhambra und unsere schönen Haciendas.« Aber sie war zu verärgert und zu verzweifelt, um zu antworten.

Es war für alle eine Erleichterung, als Don Abruzzi zurückkam und verkündete, man habe eine Feuereinstellung ausgehandelt und werde sogleich das Gespräch führen können.

»Ihr dürft mitkommen«, erklärte Don Aguila, plötzlich streng. »Aber nur als Zuschauer. Ich spreche, Ihr sagt nichts.«

Sie hüllten sich in ihre Umhänge und folgten ihm hinaus in den Regen, hinunter zum Hafen und zum Osttor. Dieses war durch Erdwälle zu beiden Seiten gewaltig verstärkt worden, hatte aber am Morgen einen direkten Treffer abbekommen, und Soldaten hämmerten gerade ein großes Eisenblech vor das Loch. Fackeln wurden entzündet, und ihr fiel ein, wie lange es her war, daß sie die Dunkelheit von anderem erhellt gesehen hatte als Kanonenfeuer. Trompeten bliesen, Trommeln schlugen, dann gingen die Tore auf, und auf der anderen Seite erschien eine Gruppe von Männern.

Don Aguila verbeugte sich vor einer Gestalt, die derart in Mützen, Schals, Muffe eingewickelt war, daß sie fast viereckig wirkte. Herr im Himmel, war das Mountjoy der Geck? Er verbeugte sich weitaus weniger förmlich als früher, und sie fürchtete schon, er sei gereizt. Aber nein, er stand da im Regen und hörte geduldig zu.

Vielleicht hatte Don Aguila recht. Belagerungen waren so entsetzlich langweilig, daß jede Unterbrechung dieser Monotonie willkommen war. Sie konnte sich vorstellen, wie es da draußen auf den nackten Hügeln im strömenden Regen sein mußte, und fand es eindrucksvoll, daß ein luxusgewöhnter Mann wie Mountjoy bereit war, so etwas wochenlang auf sich zu nehmen, während seine Armee durch Krankheiten und die unvermeidlichen Desertionen dezimiert wurde und die Iren jederzeit in seinem Rücken auftauchen konnten. So eindrucksvoll, daß es schon zum Fürchten war. Einen solchen Gegner hatten die Iren noch nie gehabt. Sie gab die Hoffnung auf; ein Mensch mit einem derart eisernen Willen würde dem Feind keinen Vorteil zugestehen, nur um eine Pfeife zu rauchen.

Aber Don Aguila redete und redete, formulierte höflich und zuvorkommend, verdeckte mit spanischer Finesse den Umstand, daß das, was er anbot, eigentlich eine Bestechung war. Und bei Gott, die eingewickelte Figur begann zu nicken. Klappte denn ihr lächerlicher Plan? Vielleicht dachte Mountjoy doch noch an seinen guten Namen und wollte Frauen und Kinder, die schließlich und endlich doch Untertanen seiner Königin waren, nicht verhungern lassen. Oder vielleicht war in diesen langen Tagen voll Schlamm und Monotonie der Gedanke an ein Pfeifchen wirklich unwiderstehlich geworden.

Jedenfalls näherte sich die Konferenz dem Ende. Verbeugungen. Trompeten. Die Gruppe der Engländer drehte sich um und machte sich an den Aufstieg zurück auf den Hügel.

Aber da kam etwas diesen Hügel herunter. Sie hörten Hufschlag. Ein Reiter galoppierte mit halsbrecherischer Geschwindigkeit den Hügel herab. Er wurde nicht langsamer, als er auf die Engländer traf, die auseinanderfuhren, um nicht niedergetrampelt zu werden.

Sie sah den Mantel des Reiters hinter ihm flattern, als er einen Satz über einen spanischen Soldaten tat, der in der Hast des Ausweichens gestürzt war, und dann war er durchs Tor, und der Schwung trug ihn an ihr vorbei.

Don Aguila brüllte, während seine Männer die Tore schlossen: »*Pronto, pronto. Esta Don Haguenne.*«

Die Tore schlugen zu und sperrten die verblüfften, zornigen Gesichter Mountjoys und seiner Adjutanten aus. Spanische Offiziere rannten dem Reiter nach, um ihn zu Don Aguila zurückzubringen, der ihn mit offenen Armen empfing. »*Olé, Don Haguenne. Olé, Don Haguenne. Bravo. Bravo.*«

Sie griff nach Dicks Hand. Niemand bemerkte, daß sie sich entfernten.

Dick war verärgert. »Keine Ahnung, wer der Kerl war, Barb, aber damit können wir uns unsere Idee ins Haar schmieren. Mountjoy wird sich derart giften, daß dieser Knabe die Gelegenheit ausgenutzt hat, daß er jetzt garantiert keinen rausläßt, nicht für alle Pfeifen in ganz Amerika.«

»Das war O'Hagan«, sagte sie.

Sie hatte ihn sofort erkannt. Sie hatte den Gedanken an ihn in eine abgeschlossene Ecke ihrer Seele verbannt, wo er ihr nicht mehr weh tun konnte. Dann sprang eine schlammverkrustete Gestalt tief über den Hals eines Pferdes gebeugt aus der Finsternis, und noch mitten im Sprung war der alte wunderbare Schmerz wieder da. Er lebte, es ging ihm gut. Er war hier, im herrlichen Regen an diesem wunderschönen Ort.

Einen Augenblick lang stand sie in einem verzauberten Garten, dann packte sie Dicks Hand und ging hinaus. Das Gefühl war zuviel für sie; lieber nichts wissen, nicht erfahren, daß er verheiratet war, sie vergessen hatte oder sie sogar noch liebte, aber, bedaure, anderes zu tun hatte und sich nicht aufhalten konnte. Und vor allem wollte sie nicht von ihm gesehen werden, beobachten, wie sich sein Gesicht veränderte, wenn er sah, was aus ihr geworden war, oder, noch schlimmer, sie vielleicht gar nicht erkannte.

Füße platschten durch die Pfützen hinter ihnen. Sie drängte Dick weiter, aber vor ihnen standen plötzlich zwei Soldaten. »Don Aguila«, brüllten sie. »Ihr, Señora, und Ihr, Señor Whiskey.« Sie mußten zurück.

Als sie die Stufen hinaufstiegen, brüllte wieder die Kanone oben auf der Klippe auf. Hätte die Kanonenkugel sie in diesem Moment in tausend kleine Stücke gerissen, sie wäre als glückliche Frau gestorben. Sie zog sich die Kapuze ihres Umhangs tief über die Augen, bis sie gerade noch sehen konnte, und blieb im Schatten stehen.

Zuerst dachte sie, im Raum sei niemand bis auf Don Aguila, aber dann sah sie hinter dem Tisch eine Gestalt auf einer Couch liegen, die verdreckten Stiefel gekreuzt, die Augen geschlossen. Eine Welle verzweifelter Zärtlichkeit stieg in ihr hoch; er hatte ein Recht auf Schlaf, nachdem er durch die englischen Linien gebrochen war. Warum mußte er schon wieder mittendrin in der Gefahr sein? Warum konnte er diese halsbrecherischen Aufgaben nicht einem anderen überlassen?

»Don Haguenne ist zu uns gekommen«, erklärte ein strahlender Don Aguila. »Don Haguenne, das ist Doña Offlarty und Señor Robertson. Oh, er schläft.«

Er drehte sich zurück zu ihnen. »Ich kann Euch vertrauen, Doña Offlarty? Ihr seid Irin, ja? Ihr verratet mich nicht an die Engländer, nein?«

»Nein.«

»Und Señor Robertson ist Euer Freund, ein Mann der ganzen Welt. Auch er verrät mich nicht?«

Nein, versprach Dick, würde er nicht.

Er vertraute ihnen. Er ist leichtgläubig, dachte Barbary, oder vielleicht ein guter Menschenkenner.

»Don Haguenne kommt zu uns«, wiederholte Don Aguila. »Tapferer Mann, er bringt mir Nachricht, die Iren sind endlich da. Nun also.« Er tauchte einen Finger in ein Weinglas und zeichnete etwas auf den Tisch, das wie eine halbe Zwiebel aussah. Das Herz der Zwiebel war die Stadt Kinsale. »Das«, die innere Haut,

»ist Mountjoy. Und das«, die äußere Haut, »ist Don O'Neill und die Armee der Iren. Bald stoßen wir zusammen, O'Neill und seine Armee und ich und meine Armee.« Seine Finger durchbrachen an drei Stellen die Halbzwiebel. »Aber zuerst muß Don Haguenne mit meiner Botschaft zurück zu den Iren.«

Mit dem Daumen zeichnete er eine Linie vom Herzen zur äußeren Haut. »Er geht mit Euch und den Damen und den Kindern morgen. Vielleicht verkleiden wir ihn als Dame, so daß Mountjoy ihn nicht bemerkt.«

Der Gehörnte Dick blickte Barbary hilfesuchend an, damit sie wenigstens die größten Schwachpunkte des Plans aufzeige, aber als sie sich nicht rührte, tat er's selbst. »Die Damen von Kinsale sind keine Augenweide, das geb' ich selbst zu, Mylord, aber ich glaube, sogar Mountjoy wird eine auffallen, die eins achtzig ist und einen Bart trägt. Und läßt Mountjoy uns überhaupt durch? Don ... äh ... Haguenne war sehr tapfer, klar, aber er hat den Waffenstillstand gebrochen und unsere Verhandlungen versaut. Mountjoy wird sich nicht freuen.«

Don Aguila tat Mountjoy mit einem Schulterzucken ab. »Ich habe bereits Don Abruzzi mit meiner Entschuldigung zu ihm gesandt. Ich sage ihm, Don Haguenne war einer seiner Deserteure, ein englischer Soldat, der mit nach Spanien will.«

Dick rollte die Augen. »Selbst wenn er das schluckt, wird er auf die Regeln pochen und den Deserteur zurückverlangen.«

»Kann er haben.« Don Aguila sah kein Problem. »Ich sende ihm einen meiner englischen Gefangenen. Ich habe viele im Kampf gemacht. Mountjoy soll ihn statt dessen hängen.« Den Einfall mußte man haben – ob der Plan auch funktionierte, das war Nebensache.

»Oh. Na schön. Dann ist ja alles in Ordnung.« Dick warf einen hilflosen Blick auf Barbary, aber die schien unansprechbar und bewegte sich in Richtung Tür. Die Gestalt auf der Couch lag reglos da wie ein steinerner Ritter, vielleicht konnte sie noch entkommen, ohne daß er sie bemerkte.

»Sehr gut, sehr gut«, sagte Don Aguila glücklich. »Trinken wir noch etwas Wein, und dann schlafen wir. Bald ist Morgendämmerung. Ihr seid zufrieden, alle? Keine Fragen?«

Nein, keine. Laßt mich nur hier raus.

Ohne die Augen aufzuschlagen, sagte die Gestalt auf der Couch: »Ich habe eine Frage, Don Aguila.«

Fürsorglich blickte Don Aguila zu ihr hin. »Was möchtet Ihr denn fragen, Don Haguenne?«

»Ich möchte fragen, ob Doña Offlarty mich heiraten will.«

29

Man ließ sie allein in dem großen Raum, während überall Offiziere Befehle bellten, Soldaten ausgeschickt wurden, um die Frauen und Kinder von Kinsale zusammenzurufen, Trompeten bliesen, Trommeln wirbelten und Mountjoy seine Verärgerung über den Bruch des Waffenstillstands kundtat, indem er aus allen Rohren feuern ließ.

In regelmäßigen Abständen schlich Don Aguila auf Zehenspitzen durch den Raum, der die Halle mit seinem Kartenzimmer verband. Im Vorbeigehen flüsterte er ihnen den Stand der Verhandlungen zu. »Mountjoy akzeptiert die Entschuldigung. Ihr geht zu Mittag.« Oder: »Ich kümmere mich um die Hochzeit. Bevor Ihr aufbrecht, ja?« Aber er glaubte nicht, daß sie ihn hörten. Sie enttäuschten ihn, wie sie sich da am Tisch gegenübersaßen, jeder das Kinn in die Hände gestützt, und einander einfach nur ansahen. Er hätte ihnen sein Schlafzimmer zur Verfügung gestellt, hätten sie das geringste Interesse daran gezeigt, aber die Iren waren offenbar genauso kalte Fische wie die Engländer. Was er von ihrem Gemurmel im Vorbeigehen hören konnte, hatte keine Leidenschaft, kein Feuer.

»O'Flaherty, du schaust furchtbar aus«, sagte O'Hagan.

»Du auch.«

»Höchste Zeit, daß ich eine anständige Frau aus dir mache.«

»Ich hab' schon geglaubt, du hättest vielleicht aus einer dieser bezaubernden spanischen Haciendas eine anständige Frau gemacht.«

»Ach, hätt' ich schon, aber ihr Haar war mir nie rot genug.«

Und ihr Haar war, auch jetzt noch, rot genug für ihn. Er sah nicht, wie alt sie war; seine Augen glitten über ihr Gesicht, wie um es abzulecken. Genausowenig bemerkte sie sein Alter, manchmal sah sie ganz kurz, wie er aussehen würde, wenn er ganz, ganz alt war, und dann war er wieder jünger als damals in Schloß Spenser. Sie liebten nicht ihre Jugend, sondern nur einander.

»Warum hast du mich nicht zurückgeholt?«

»Weil ich nicht wußte, wo du warst. Ich glaubte, du wärst in England. Aber ich hab' nicht nachgebohrt, ich wollte lieber nicht hören, daß du vielleicht wieder bei deinem Mann warst. Dann kam Grace O'Malley nach Spanien und erzählte, du seist zur Zeit des Massakers in Munster gewesen.« Er fuhr sich mit einer Hand über die Augen, wie um die Erinnerung wegzuwischen. »Jesus Christus. Warum tust du diese Dinge? Aber nicht einmal da konnte ich fort. Und zu dem Zeitpunkt warst du ohnehin schon tot, oder du hattest es überlebt.«

»Du hast ja graue Haare«, sagte sie.

»Daran bist du schuld. Und Irlands Angelegenheiten in Spanien. Die bewegten sich keinen Zollbreit, und der O'Neill brauchte mich dort, damit ich mir an ihren bürokratischen Mauern den Kopf einrannte und mich von ihren Beamten und ihrer verdammten Etikette fertigmachen ließ, tagelang in den verdammten Gängen in ihrem Escorial antichambrierte, mir die Seele aus dem Leibe redete und sie anflehte um die Invasion, um Hilfe, um Brot. Es schien damals wichtig.« Die tiefen Linien durch seine Wangen hatte jahrelanges Zermürbtwerden eingemeißelt.

»Der O'Neill hat uns hereingelegt.«

»Ich weiß es von Grace O'Malley.«

»Er hat uns *hereingelegt!*«

Er schnitt eine Grimasse wie über den verzeihlichen Streich eines geliebten Kindes. »Er ist eben der O'Neill. Ich habe darüber nachgedacht, und hätten wir's denn sonst anders gemacht? Wärst du denn nicht nach England gegangen, um für ihn zu spionieren? Und wäre ich nicht nach Spanien gegangen?«

»Das war's nicht wert.«

»Sag das nicht.« Er beugte sich über den Tisch und schüttelte sie, das erste Mal, daß er sie berührte. »Das darfst du nicht sagen. Irland ist alles wert, was wir ihm geben können. Christus, hilf mir, wenn ich jetzt anfange, dich zu küssen, dann kann ich nicht mehr aufhören. Dann liegen wir gleich auf dem Boden.«

»Und warum nicht?«

Don Aguila kam wieder auf Zehenspitzen hereingeschlichen. »Ich bitte um Pardon. Nicht mehr lange.«

Sie stützten wieder jeder das Kinn in die Hand. »Erzähl mir, wie schlimm es war«, sagte er.

Alle fragten sie danach, als ob man es beschreiben könnte. »Es war schlecht für den Whiskeyhandel.« Sie waren einander so nahe, sie wußten voneinander, was sie wissen mußten, daß es ihr schwerfiel, ihn über die Dinge zu informieren, die passiert waren, als er nicht da war. Fast widerstrebend gab sie ihm eine Zusammenfassung, konzentrierte sich dabei auf Sylvestris und die Ansammlung der Ordenskinder.

Er war der Richtige für sie: er fand es komisch. »Keine Zeit, um die Ehe zu vollziehen, und schon bin ich Vater von fünfundzwanzig Kindern.«

»Hol mir Sylvestris zurück, O'Hagan.«

»Ach, der ist mein Hochzeitsgeschenk. Deinetwegen bin ich nicht Priester geworden, also sehe ich nicht ein, warum er das Vergnügen haben soll.«

»Meinetwegen?« Sie war hingerissen.

»Ich dachte daran. Aber kein Mann, der seine Nächte mit solchen Gedanken an eine Frau zubringt, wie ich an dich dachte, ist für das Priestertum geeignet, das kannst du mir glauben.«

»Meine Freunde, es ist Zeit«, sprach Don Aguila.

Die Hochzeitsprozession bahnte sich durch Pfützen und unter Kanonenbeschuß ihren Weg. Die Batterie im Osten hatte die Südseite des Platzes im Visier und feuerte jetzt fast ohne Pause; die Hochzeitsgesellschaft suchte Schutz in den Hauseingängen und wartete auf eine Chance, um loszurennen. O'Hagan drückte sie an sich, als an der Ecke gegenüber ein Stück Dachstuhl majestätisch zu Boden donnerte, und brüllte ihr ins Ohr: »Warum können die Mistkerle nicht Reis werfen wie alle anderen auch!«

Sie fühlte das gleiche – Mountjoy würde sie früher oder später ja doch bekommen; er könnte sie doch vorher wenigstens in

Frieden heiraten lassen. Endlich gab es eine Feuerpause, und sie rannten alle durch den Regen in die Kirche.

Der Gehörnte Dick – das konnte nur er gewesen sein – hatte wahre Wunder gewirkt. Das Innere der Kirche glühte in allen Farben, unzählige Kerzen beleuchteten die fremdländisch bemalten, vergoldeten Heiligen, die die Spanier mitgebracht hatten. Die Flammen der vielen Gedenkkerzen vor der Kanzel leuchteten in blendendem Weiß vor dem Altargitter und wärmten alles rundherum. Der Orden stand ganz vorne auf der Seite der Braut aufgereiht, sie sahen alle richtig geschniegelt aus in ihren geplünderten Gewändern. Auch Immergrün hatte Dick irgendwo losgeeist und jedem Mädchen ein Sträußchen in die Hand gedrückt. Priester in goldgewirkten Stolen schritten vor dem Altar hin und her.

Auf der Seite des Bräutigams standen die spanischen Offiziere in glänzenden Harnischen über ihren Wämsern, die Helme unter den linken Armen. Die Huren aus dem »Conquistador«, die auch mit ihnen durch die Linien gehen sollten, drängten sich an der Kirchentür und wünschten ihr Glück, ein paar tupften sich mit parfümierten Taschentüchern die Augen. Sie kreischten auf, als am anderen Ende des Platzes eine Kanonenkugel einschlug.

O'Hagan verließ sie, ging das Kirchenschiff hinauf und nahm seinen Platz an den Altarstufen zum Kommuniongitter ein. Don Aguila trat zu ihm. Der Gehörnte Dick stand plötzlich neben ihr und drückte ihr einen Kranz aus Seidenblumen aufs nasse Haar. »Ich bin der Brautführer, ist's dir recht, Barb?«

»Wer sonst, wenn nicht du, Dick.« Aber sie dachte an Will Clampett, als sie an Dicks Arm langsam zum Altar schritt. »Baa baa.« Priscilla riß sich von Nanno los, ergriff Barbarys Hand und ging mit ihnen.

Sylvestris, in einem weißen Chorhemd ministrierend, lächelte sie an. Es dauerte nicht lange, für eine Predigt war keine Zeit, und Vater Dermot, der die Hochzeitsmesse las, leierte die Liturgie schnell und monoton herunter, von Zeit zu Zeit von einem Kanoneneinschlag übertönt. Später fand sie einen Ring an ihrem Finger und erinnerte sich nur noch an O'Hagans

Gesicht, als er ihn ihr ansteckte. Als die Zeremonie vorüber war, küßte er sie, und Don Aguila mußte sie auseinanderziehen. »Ein paar Augenblicke, um etwas zu trinken, und dann gehen wir.«

»Einen Moment«, sagte O'Hagan, nahm Vater Dermot auf die Seite und redete mit ihm. Der Priester nickte. O'Hagan legte Sylvestris einen Arm um die Schulter und zog ihn in die Sakristei.

Barbary setzte sich auf die Stufen vor dem Altarraum und überließ sich den Umarmungen des Ordens. Don Aguila und andere Offiziere schenkten an einem Tisch Wein ein. Sylvestris stand vor ihr: »Ich hab' versprochen, mich um dich zu kümmern, bis die Schlacht vorbei ist.«

Sie drückte ihn an sich. »Ich danke dir.«

Es war, als hätte sich irgendwo so viel Glück angesammelt, daß es in seinem Behältnis nicht mehr Platz hatte und durch ein Überlaufrohr direkt durch das Dach der Kirche strömte; sie versuchte sich Details einzuprägen, damit ihr Gedächtnis, wenn sie später daran zurückdachte, alles in Vollkommenheit wiederherstellen konnte, aber alles, was sie fixieren konnte, waren einzelne zusammenhanglose Szenen. O'Hagan und Dick schüttelten einander die Hände, und erstaunt hörte sie Dick sagen: »Ich hab' viel über Euch gehört.« Richtig, die beiden waren einander nie begegnet.

»Und ich über Euch.«

Dick hielt ihm eine Pergamentrolle mit einem Siegel entgegen. »Hochzeitsgeschenk.«

»Ich danke Euch. Was ist es?«

»Ein Paß.« Er war so stolz darauf, daß er den Wortlaut auswendig kannte. »Hiermit ist es Mr. Robertson, Whiskeyhändler im Auftrag des Herrn Sekretärs Cecil, sowie einem Bedienten gestattet, ohne alle Behinderung durch die Untertanen Ihrer Majestät zu passieren. Ihr sprecht doch gutes Englisch, Mr. O'Hagan?«

»Oh, ich bringe das ›th‹ heraus, wenn es sein muß, Mr. Robertson.«

»Gut, dann seid Ihr Mr. Robertson, und ich bin der Diener.«

Barbary hörte dem Geplänkel zu und fragte sich, ob je einer der Stuck-Heiligen in der Kirche solche Wunder vollbracht hatte wie der Gehörnte Dick. Der hatte jetzt endgültig Oberwasser: »Also, ich schau eindeutig mehr wie ein Diener aus als Ihr wie ein Frauenzimmer.«

Don Aguila geleitete sie auf den grauen Platz hinaus, und sie hörte, wie hinter ihnen die Kirchentüren vor dem Regen geschlossen wurden. Den ganzen Weg zum Osttor forderte O'Hagan, daß sie ein Pferd und ein Fuhrwerk haben müßten. »Ihr könnt doch nicht verlangen, daß meine Frau und meine Kinder zu Fuß gehen in diesem Wetter?«

»Pardon. Wir haben keine Pferde.«

»Ihr habt das Pferd, auf dem ich hergeritten bin.«

Don Aguila zuckte die Achseln. »Ich fürchte nicht. Das wird in diesem Moment vom Koch gebraten.«

»Mutter Gottes, das war ein gutes Pferd. Dann eben Maultiere. Kommt, Juan, Ihr habt doch ohnehin kein Futter mehr für sie.«

»Sei es. Zwei. Aber Ihr Iren müßt bald angreifen.«

»Ich hab's Euch gesagt.«

Der Gehörnte Dick wollte neben den zwei Fässern mit Tabak auch noch seine verbliebenen Whiskeyfässer mitnehmen, aber Don Aguilas Großzügigkeit hatte sich in den beiden Mulis erschöpft. Er winkte ihnen bei der Abfahrt durch das Osttor nach, als ging's auf einen Ausflug in die Umgebung, von dem sie bald wieder zurückkommen würden.

Fast dreihundert Frauen und Kinder gingen mit ihnen. Barbary sah zu, wie Frauen ihre Männer zum Abschied küßten und Mädchen sich an ihre Herzliebsten preßten. Einige davon waren spanische Soldaten. Bald war sie an der Reihe. Sie ließ die älteste Frau in den Wagen steigen, und die schwächsten Kinder dazu und wäre gern neben O'Hagan den Hügel hinaufgegangen, aber er hob sie hoch und setzte sie in den Karren, daß ihre Beine hinten herunterbaumelten.

Sie streckte ihre Hand hinunter, und er hielt sie, während er neben ihr ging. »Aguila macht mir Sorgen. Bist du sicher, daß er euch unterstützt, wenn ihr angreift?«

»Mein gutes Weib, er ist nicht nach Irland gekommen, um auf seinem Arsch in Kinsale zu hocken.« Er hob Priscilla hoch, die hinter Barbary herrannte und auch in den Wagen wollte, und setzte sie sich auf die Schultern. »Ist das nicht ein dummes Frauenzimmer, was meinst du? Die Dame da, die ich grad geheiratet habe?«

»Bist du sicher?«

»Mir macht nicht Aguila Sorgen, sondern der O'Neill.« Er richtete Priscillas Röckchen, so daß er sich umschauen konnte, aber die Frauen im Karren und die, die hinterhergingen, waren zu tief in ihr Unglück versunken, um zu lauschen. »Der Mann hat noch nie eine offene Feldschlacht geführt, und wenn er auf mich hören würde, dann täte er's jetzt auch nicht. Zuschlagen und dann davon, das ist seine Sache, und brillant hat er das bisher gemacht. Mountjoy ist vom Nachschub abgeschnitten, und bei diesem Wetter verliert er jeden Tag hundert Mann.«

»Also was würdest du tun?«

»Was ich O'Neill gesagt habe. Ich würde Don Aguila buchstäblich schmoren lassen. Mountjoy mit Blitzangriffen dezimieren und warten, bis er verhungert.« Er kitzelte Priscillas Knie. »Aber was weiß denn ich, eh? Ich bin der Mann, der den Krieg gemütlich und sicher in Spanien verbracht hat.«

Und Gott sei dafür gedankt, dachte sie. Aber in seinem Gesicht standen wieder die tiefen Falten; Spanien war seine Buße gewesen, während er sich viel lieber hier an Sumpf und Gefahr mit dem O'Neill ergötzt hätte.

»Aber er will es allen zeigen, so sieht es aus«, sagte er plötzlich. »Er will König Philipp zeigen und dem Heiligen Vater und allen anderen hohen Herren, daß er auch eine richtige Schlacht gewinnen kann, darum exerziert er mit der Armee und will ihnen die Tercio-Formation beibringen.«

»Was ist das?«

»Ach, eine Idee, die die Spanier mit gutem Erfolg auf den Schlachtfeldern Europas angewendet haben. Aber das ist nicht irisch, O'Flaherty. Unsere Burschen können einen Tercio nicht von den Zehn Geboten unterscheiden.«

»Wird er verlieren?« Was sie meinte, war: Wirst du getötet werden?

»Aber nein, aber nein. Wir sind mehr als sie. Wenn nötig, schließen wir die Reihen und drängen die Hunde einfach über die Klippen.«

»Und wann ist es soweit?«

»Morgen vielleicht oder übermorgen. Aguila hat die Botschaft: Wenn er feuern hört, dann soll er angreifen.«

Sie blickte an ihm vorbei den Hügel hinunter auf die zerstörte Stadt; die weiße spanische Flagge mit dem roten diagonalen Kreuz darauf flatterte munter von den wenigen noch vorhandenen Dächern. Der lange trübselige Zug der Frauen und Kinder schleppte sich weiter. Überall in der ganzen christlichen Welt warteten Männer auf den Ausgang dieser Schlacht, zählten Gefallene als »Verluste«, Männer, denen ein Arm oder ein Bein abgeschossen wurde, als »Verwundete«, und die von Haus und Hof Vertriebenen hinter ihr zählte man gar nicht. Sosehr sie ihn liebte, so spürte sie doch den Impuls, sich vorzubeugen und ihm Priscilla wegzunehmen.

»Ich will meine Flitterwochen«, sagte sie ohne Hoffnung, »und zwar jetzt sofort. Komm, gehen wir zu Dicks Schiff, und segeln wir nach Clare.«

»Jetzt ist nicht der richtige Wind«, antwortete er und lächelte sie an. »Wir sehen uns dort nach der Schlacht.«

Sie hatte es gewußt. »Ich gehe nicht ohne dich. Beim Schiff warte ich auf dich. Es liegt in der kleinen Bucht hinter dem Felsen.«

»Du wartest auf mich auf Clare.«

»Ich – warte – auf – dich – beim – Schiff.«

Er wandte sich an Priscilla: »Ich hätte dieses Weib nie heiraten sollen.«

Bald waren sie bei den englischen Posten. Sie mußte Sylvestris bitten, Gill im Auge zu behalten. »Wie hast du denn das mit Sylvestris geschafft?«

»Ich bin jetzt sein Vater und habe absolute Autorität. Nicht einmal der alte Dermot und die Heilige Mutter Kirche können zwischen einen Vater und seinen Sohn treten.«

»Ich meine, was hast du zu ihm gesagt?«

Sie waren jetzt um die letzte Wegbiegung. Zeit zum Abschied. »Das bleibt zwischen einem Mann und seinem Sohn.« Er half ihr herunter und sagte dabei: »Mach dir keine Sorgen, wenn Mountjoy Dick und mich ein bißchen ausfragen will.«

Sie sah ihm zu, wie er sich neben den Gehörnten Dick auf den Kutschbock setzte und die Maultiere zu einem widerwilligen Trott antrieb auf die hölzernen Palisaden und die Tore zu, die den Beginn der englischen Linien markierten. Er wies einer der Wachen seinen Paß vor, die auf das Siegel blickte und die Kutsche mit einem Nicken durchließ.

Obgleich sie jetzt hoch über dem Meer waren, ließ der Regen kein Gefühl der Höhe aufkommen, begrenzte ihre Sicht und hielt die Köpfe der Frauen und Kinder gesenkt, als sie in einer langen tropfnassen Schlange auf das Tor zuschlurften. Wie gewöhnlich unterschieden die englischen Soldaten nicht zwischen königstreuen und aufständischen Iren. Hätte nicht ein Offizier vom Pferd aus zugesehen, dann hätten sie die Frauen von Kinsale angegriffen; so wurden sie nur beschimpft. »Schlampen.« – »Der Don ist nicht wählerisch, wen er fickt, was?« – »Von mir aus gehört ihr alle aufgeknüpft.«

»He du«, redete ein Soldat Barbary an. »Was heißt *meschini?*«

»Weiß ich nicht.«

»Das rufen uns die Papistenschweine immer zu, wenn die Trompete bläst. Ich dachte, ihr sprecht schon alle fließend Don.«

Der Offizier trieb die Frauen zur Eile an. »Das ist kein Sonntagsspaziergang hier.«

»Wohin bringt ihr sie?« fragte Barbary.

»Wir bringen euch nirgends hin. Ihr bekommt eine Eskorte bis zur Straße nach Cork, und dann seid ihr auf euch selber angewiesen.«

»Aber nach Cork sind's zwanzig Meilen.«

»Und die irische Armee dazwischen. Das habt ihr davon, daß ihr bei den Spaniern geblieben seid. Jetzt haltet die verdammten Kinder beisammen, und bewegt euch.«

»Wir gehören zu dem Gentleman dort. Wir gehen nach Westen.« Sie sah den Maultierkarren vor einem Zelt stehen, von dessen Spitze eine nasse Tudorfahne müde flappte. »Er hat mit Lord Mountjoy zu reden.«

Der Offizier schnaubte und spuckte aus. Kein echter Gentleman würde so tief sinken, mit einem derart abgerissenen Frauenzimmer und einer Schar genauso abgerissener Kinder durch die Welt zu ziehen, aber er ließ sie stehen, wo sie waren, während die Frauen von Kinsale durch den Schlamm davonzogen.

Barbary fragte sich, wie viele von ihnen Haus und Hof je wiedersehen würden. Nicht viele. Aber sie hatte genug eigene Sorgen; die vom Orden hatten sich wieder in ihre Pelzmäntel gewickelt, auch sie trug wieder ihren alten, verdreckten, aber warmen irischen Umhang – darunter war die Clampett. Sie hatten sich mit Onkel Dicks Hilfe in Kinsale ordentliche Fußbekleidung zugelegt, aber einige zitterten vor Kälte. Sie standen still und ohne zu jammern da. Selbst Gill warf keine haßerfüllten Blicke mehr. Der unaufhörlich herunterströmende Regen zerstörte jede Lebenskraft. Wahrscheinlich sollte sie froh sein, daß es den Engländern nicht anders ging und daß ihnen dadurch Neugier und Fragen erspart blieben, aber sie wünschte, sie könnte die Kinder unter einem Dach vorm Regen schützen. Außer sich vor Erleichterung sah sie die beiden Männer aus dem Zelt treten. Dick trug eine bereits angezündete Laterne und stellte sie vorsichtig unter den Kutschbock. Die kleineren Kinder kletterten hinauf aufs Fuhrwerk und suchten unter der geteerten Plane Schutz, die vorher die Fässer bedeckt hatte. Mountjoy hatte beide genommen. Barbary setzte sich auf den Kutschbock neben O'Hagan, und Dick schüttelte die Nässe von den Zügeln. Verdrießlich setzten sich die Maultiere in Gang, die älteren Ordenskinder trabten daneben her, hinter einem berittenen Offizier, der sie quer durch das Camp in Richtung Westen führte.

»Hat er Euch verhört, Mr. Robertson?«

»Nein.«

»Das ist gut.«

»Das ist schlecht, denn es bedeutet, daß er über Aguilas Truppe alles weiß. In Kinsale gibt es einen Verräter, soviel ist sicher.«

Wieder die Falten in seinem Gesicht. Er sah sich um, schätzte die Zahl der Soldaten, berechnete die Verteilung der Truppen. Barbary sah nichts als Schlamm, mitleiderregende Gestalten, die Gräben aushoben, halb verhungerte Pferde, endlose Reihen von Baumstümpfen – die Bäume wurden jetzt auf Lagerfeuern verbrannt, an denen die Soldaten ihre Stiefel und Röcke zu trocknen versuchten –, noch mehr Schlamm, Kanonen unter Zeltplanen, während die Mannschaft im Regen hockte, ein paar Galgen mit den Leichen von eingefangenen Deserteuren, die abgeschnittenen Hände in den Mund gestopft.

»Um Gottes willen, warum gehen sie denn nicht heim?« fragte sie.

»Unterschätz sie nicht. Schau genau hin, die sind alle in Alarmbereitschaft.« Er schnippte einen Finger nach rechts. »Siehst du die Schwadron dort? Unter dem Schilfdach. Die sind zum Kampf gesattelt.«

Sie bekam Angst, weil er Angst hatte; seit er Mountjoys Zelt verlassen hatte, spürte sie seine Unruhe. »Wie ist denn Mountjoy heutzutage?« fragte sie.

»Beeindruckend.«

Sie näherten sich igelartigen Wällen voll gespitzter Pfähle, an denen sich angreifende Kavallerie aufspießen sollte. Etwas weiter ging es bereits hinunter zum Fluß, ein schmutziges graues Glänzen in der grauen Ferne. Ihr Führer sprach mit einem Wachposten, der mit ein paar Helfern einen der Igel aus dem Weg räumte und sie durchließ. Der Offizier salutierte. »Wenn euer Ziel das Vorland ist, dann werdet ihr nicht leicht über den Fluß kommen. Aber es ist besser, wenn ihr übersetzt. Die irischen Linien befinden sich weiter oben auf dieser Seite. Lang lebe Ihre Majestät.«

Sie wünschten ihr ebenfalls ein langes Leben und folgten dann dem Fahrweg bis zum Ufer. Man kam hier besser voran; der Regen ließ zwar nicht nach, aber der Fahrweg war steinig, so daß die Mulis besser Tritt fassen konnten; es gab wieder Büsche und Bäume, und sogar die Vögel sangen. Dick behauptete, etwas weiter unten müßte es eine Fähre geben.

»Müßte«, sagte O'Hagan düster. Er war der einzige, den die Freiheit jenseits des Lagers ungerührt ließ; Barbary wußte, er war noch immer dort hinten und arbeitete Angriffspläne aus. Er hatte sie bereits verlassen.

Die Fähre war ein Floß, das durch Seilzüge mit Pfeilern an beiden Ufern verbunden war. Die Fährmannshütte auf dem jenseitigen Ufer war verschlossen, in Abwesenheit des Fährmanns mußten sich die Passagiere Hand über Hand selber über den Fluß ziehen. Normalerweise war dies eine schmale Stelle des Flusses. Jetzt war er durch die Regenfälle über die Ufer getreten, die kleine Mole auf ihrer Seite stand so weit unter Wasser, daß die Maultiere zögerten, den Fuß daraufzusetzen, und vor dem schwankenden Floß offenbar noch mehr Angst hatten. Sie mußten alle gemeinsam an den Seilen ziehen, um gegen den gleichmäßig starken Zug der Strömung anzukämpfen. Der Karren schaukelte wild, Priscilla weinte, alle schrien und beteten, und dann waren sie irgendwie am anderen Ufer.

Sie sagten einander Lebewohl. O'Hagan ging sofort zurück. Das Bewußtsein, daß er fallen könnte, verschloß ihnen den Mund, außerdem hatten sie beide ihre Aufgaben: Er mußte vor Einbruch der Dunkelheit die irischen Linien finden, sie und Dick mußten zur Bucht gelangen, wollten sie nicht alle die Nacht in einem offenen Fuhrwerk verbringen. Es war also nur ein flüchtiger Moment, seine Bedeutung entglitt ihnen unaufhaltsam in einem kalten, verregneten Kuß. Ein ohnmächtiges »Paß auf dich auf«, und schon stand er wieder auf der Fähre. »Ich sehe dich beim Schiff«, sagte er.

»Du siehst mich hier. Übermorgen.«

Sie zogen an ihrem Ende an den Seilen, bis er sicher am anderen Ufer war, und zogen das Floß dann zurück auf ihre Seite. Er winkte noch einmal, aber das Zielbewußtsein, mit dem die schlanke große Gestalt auf der anderen Seite flußaufwärts watete, zeigte, daß sie bereits ganz anderes im Kopf hatte als die Gruppe, die ihr nachsah.

»Komm, Barb. Bald ist es hier herum so schwarz wie des Höllenfürsten Reitstiefel.«

Schweigend kletterte sie hinauf auf das Fuhrwerk, schweigend fuhren sie weiter, abgesehen von Dicks Flüchen auf die Maultiere, die von Minute zu Minute bockiger wurden. Um es ihnen leichter zu machen, stieg sie ab und lief mit den älteren Kindern nebenher. Neben ihr ging Sylvestris. Er war schon größer als sie. Seit dem Abmarsch aus Kinsale hatte er kaum ein Wort gesagt, und sie erkannte auf einmal, wie wenig Recht sie doch eigentlich hatte, sich seinem Wunsch nach dem Priestertum in den Weg zu stellen. Sie hatte O'Hagan als ihr Werkzeug benutzt und Sylvestris manipuliert wie einen x-beliebigen Gimpel. Der Junge war kein Kind mehr, er war in den Schreckensjahren ihre Stütze und Stärke gewesen, sie aber hatte ihn behandelt, als ginge es um die Idee eines dummen Jungen. Wenn es sein mußte, würde sie's wieder tun, aber leid tat es ihr trotzdem. Sie nahm seinen Arm. »Ich bin ein aufdringliches altes Weib«, bekannte sie.

»Das bist du.«

»Es tut mir leid, daß O'Hagan dich gezwungen hat, mit uns zu kommen. Was hat er gesagt?«

Überrascht sah er sie an. »Er hat mich nicht gezwungen. Er hat mich nur gefragt, ob ich mir meiner Berufung ganz sicher sei, und wenn ja, dann würde er meine Entscheidung respektieren.«

Ihr blieb der Mund offenstehen. Ohne sie zu fragen, hatte O'Hagan riskiert, ihren Sohn für sich selbst entscheiden zu lassen. »Und?«

»Und ich bin hier.« Er runzelte die Stirn. »Ich glaube, ich wollte wohl Sicherheit.«

Ja, das verstand sie; davon hatte es in den letzten Jahren wirklich nicht viel gegeben.

»Aber wenn ich mit Vater Dermot sprach, der war mir allzu sicher. Er sagte, Gott *wollte* Treasas Tod und den aller anderen, und der Papst sei unfehlbar und alle Protestanten Ketzer, und jeder, der nicht an die Heilige Mutter Kirche glaubte, müsse zur Hölle fahren. Wenn ich ihm zuhörte, dann war das, als hörte ich meinen Vater. Der sagte, alle Katholiken müßten zur Hölle fahren, und die Kirche von England sei die einzig wahre Kirche. Genau das gleiche, nur andere Namen. Beide nahmen sie Gott für sich in Beschlag.« Er holte tief Atem. »Und ich dachte, gleich, was Gott ist, er ist größer als das.«

Sie hätte ihm vertrauen sollen. Sie hatte das Gefühl von Bewunderung und Verlust, das Mütter spüren, wenn ihre Kinder über sie hinauswachsen. »Oder sie«, sagte sie.

»Was?«

Aber sie hatte nicht die Kraft, das Thema weiter zu verfolgen. Das Vorland bestand aus Meile um Meile von windzerzaustem, menschenleerem Gras, und sie zockelten schweigend dahin, vor Erschöpfung apathisch. Möwen über ihren Köpfen versuchten gegen den Wind zu fliegen und gaben auf, ließen sich ostwärts treiben. Der Gehörnte Dick fluchte immer saftiger, und sie wußte, er hätte nicht sehr hoch darauf gewettet, daß sein Schiff nach so vielen Wochen noch dort war, wo er's gelassen hatte. Er war in die kleine Bucht immer nur zu Schiff eingefahren, nie über Land, er konnte nur raten, wo der Fahrweg war, den er vom Wasser her gesehen hatte. Er bat Sylvestris, eine neue Kerze in der Laterne anzuzünden, aber damit sahen sie in der Dämmerung noch weniger als ohne, also verstaute er sie wieder unter dem Sitz. Endlich erspähte Sylvestris zwischen ein paar Bäumen einen kahlen Fleck – sie hatten den Fahrweg gefunden. Fergal und Fergus stiegen ab, um die Maultiere bergab zu führen, Fergus hielt die Laterne hoch. Irgendwo da draußen in der pechschwarzen Finsternis rochen sie das Meer. Ein anderer Klang unter den Hufen und den Rädern sagte ihnen, daß sie den Sand erreicht hatten. Die anderen Jungen stiegen jetzt auch ab und halfen, die Maultiere zu einem schwarzen Umriß auf einer Anhöhe zu ihrer Rechten zu ziehen. »Willkommen in Dicks Palast«, sprach der Gehörnte Dick. Die Hütte war feucht, kalt, leer und roch nach Stall. »Die Burschen hocken irgendwo da draußen auf dem Schiff und lassen sich's gutgehen«, behauptete Dick. Niemand glaubte ihm.

Wer auch immer als letzter in der Hütte gewesen war, er hatte gewissenhaft trockenes Unterzündholz und ein paar Scheite vorbereitet; sie machten Feuer und sahen in seinem Schein zwei leere Schlafstellen, einen ebenso leeren Schrank, ein paar Stühle und einen Fuchs, der sie anfauchte und aus der Türe schoß. »Nichts zu essen«, sagte Nanno.

»Hab' ich mitgebracht. Peter, geh zum Wagen. Untendrunter findest du einen Kessel mit Eintopf hängen. Gill und Fergal, an der Rückseite ist eine Hütte, da müßte etwas Heu drin sein. Stellt die Mulis dort hinein, und reibt sie trocken. Breitet eure Mäntel aus zum Trocknen, Mädchen. Wo sind denn deine Näpfe, Barb?«

Sie riß sich aus ihrer Erstarrung aus Erschöpfung und Bewunderung. »Woher hast du das Essen, du alter Saftsack?«

»Gab dem Koch einen Tip, wo er das letzte Fäßchen Whiskey finden kann, bevor es sich Don Aguila schnappt.«

Als sie gegessen hatten, rollten sie sich zum Schlafen ein, es war nicht sehr bequem, aber warm, und sie hatten etwas im Magen – die Reste von O'Hagans Pferd.

Die Morgendämmerung zeigte schlafende Kinder, Regen, der durch ein zerbrochenes Fenster klatschte, und den Gehörnten Dick, der in der Tür stand und aufs Meer blickte. »Kein Grund zum Aufstehen, Barb«, sagte er. »Kein Schiff da.«

Sie schlüpfte vorsichtig zwischen Priscilla und Dorren heraus und stellte sich neben ihn. Die Bucht, gar nicht so klein, war rundum von hohen Hügeln eingeschlossen, Nebel und Wolken brachten den Horizont ganz nahe. Der Regen peitschte Sand wie Wasser gleichermaßen auf. »Möchte wissen, was ihnen passiert ist«, sagte Dick. »Das waren gute Burschen.«

Sie legte ihm einen Arm um die Schultern. »Hätt' ja keinen Sinn gehabt, daß sie bleiben«, tröstete sie ihn, »das war uns doch immer klar.« Mit ein bißchen Glück war die Mannschaft zurück nach England gesegelt, bevor sie entweder von den Spaniern gefangen oder von den Engländern requiriert wurden. Merkwürdigerweise fand sie ihre Lage weniger bedrückend als Dick; bis die Schlacht entschieden war, mußten sie ohnehin abwarten. Sie hatte eine Nacht darüber schlafen müssen, bis sie den Zauber des gestrigen Tages ganz in sich aufgenommen und jetzt irgendwo verborgen hatte, wo nichts und niemand ihn ihr je wegnehmen konnte. Was sie geträumt hatte, wußte sie nicht mehr, aber es war schöner gewesen als alle Träume in ihrem ganzen Leben. Und sie fühlte sich besser; lieben und geliebt zu werden war eindeutig gut für die Gesundheit. »Die machen uns doch den Latz nicht naß, oder?«

»Nein«, antwortete er, nicht ganz so sicher.

»Gehen wir fischen.«

In den kurzen Jahren seines Bestehens hatte der Orden noch nie etwas zum Vergnügen getan. Gefangen zwischen Schlachtfeld und Meer, ohne Aussicht auf Hilfe, bei strömendem Regen, verbrachten seine Mitglieder jetzt den schönsten Vormittag, an den sie sich erinnern konnten. Sie zogen die Nadeln aus Barbarys Hochzeitskleid, fanden auf einem Bord im Haus ein bißchen Schnur, entdeckten noch mehr davon am Strand und scharrten mit Muscheln nach Ködern.

Barbarys trügerisches Wohlbefinden schmolz im Lauf des Tages dahin; immer wieder befahl sie den Kindern, still zu sein, damit sie lauschen konnte, zum Wahnsinn getrieben vom unaufhörlichen Trommeln des Regens. Würde sie die Kanonen hören, wo doch der Westwind jedes Geräusch von ihr fortblies? Heute oder morgen sollte der Angriff beginnen, hatte er gesagt. Die Zukunft wurde vielleicht eben jetzt entschieden, ihre, seine, Irlands Zukunft, und sie verbrachte die Zeit damit, Würmer auf gebogene Nadeln aufzuspießen und zu warten; sie bekam einen steifen Hals, weil sie ständig zu den Klippen hinter ihnen emporsah.

Der Gehörnte Dick blickte in die entgegengesetzte Richtung. Er saß auf einem Felsen, weigerte sich zu fischen, starrte ohne Unterlaß aufs Meer und wischte sich den Regen aus den Augen. »Ich glaub' immer noch, die *Barbary* ist irgendwo da draußen«, sagte er. »Immer bilde ich mir ein, ich sehe was.«

Gott schütze ihn, er hatte genug durchgemacht. »Wir kommen schon von hier fort, Dick. Wenn O'Hagan zurück ist, kommen wir schon irgendwie fort. Gehn wir rein, damit wir trocken werden.« Die Ebbe war da, die Einfahrt in die Bucht verborgen im Nebel; da draußen konnte nichts sein außer Kormoranen, und selbst die hatten wahrscheinlich Probleme mit der Sicht.

George, ein besonderer Verehrer des Gehörnten Dick, der ihm kaum je von der Seite wich, quiekte, auch er könne was sehen. »Ich auch«, erklärte Nanno, »ich sehe auch was.«

Barbary kniff die Augen zusammen, bis sie tränten. Der Nebel schien an einigen Stellen verdichtet, aber sie konnte nichts Genaues erkennen, ihre Augen waren nicht mehr so gut wie früher. »Nichts.«

»Psch! Hörst du was?«

Sie hörte das Knirschen von Rudern, vielen Rudern. »Schnell, unter die Felsen.« Sie rannte, um Priscilla wegzutragen. Wer immer da kam, war vielleicht so harmlos wie sie selbst, vielleicht aber auch nicht. Bisher hatte der Orden hauptsächlich durch seine Fähigkeit überlebt, sich zu verstecken, und zwar schnell; innerhalb von Sekunden war der Strand leer und so still, daß ein paar Sturmvögel und Austernfänger, in ihrer üblichen Routine gestört, wieder zurückkamen, ein paar Kunstflüge vorführten und sich dann auf die paar Sandhüpfer und Würmer stürzten, die die Ebbe zurückließ.

Das Knirschen wurde lauter. Barbary reichte Dick ihren Umhang und Priscilla zum Halten, nahm ihren Munitionsgürtel und fing an, die Clampett zu laden. »Barb, das sind zu viele«, flüsterte er.

»Nur für alle Fälle.«

Die Boote glitten herein wie Erscheinungen, zuerst waren sie unsichtbar, dann Schatten, dann feste Gestalten. Zehn lange *curraghs,* jedes vollbeladen mit etwa dreißig Männern, einige in voller Rüstung, einige mit Helmen, andere ohne, einige in alten Lederkürassen und Kappen. Als sie auf den Sand setzten, sprangen sie heraus und luden ihre Waffen aus, so bunt gemischt wie ihre Uniformen: Piken, Arkebusen, Bogen und Schwerter. Als militärische Einheit wirkten sie nicht überzeugend, aber als Seeleute waren sie Experten, sie waren mit scheinbar müheloser Präzision gegen die zurückströmende Ebbe an Land gerudert – aber jetzt ließen sie die Boote ungesichert zurück und wateten auf den Strand, wo sie sich zu unordentlichen Haufen formierten. Ihr Anführer war ein gewaltiger, großspuriger Mensch, er trug einen reichverzierten Helm, passend zu seinem reichverzierten Panzer, und außerdem noch einen hohen Hut mit Federn drauf.

»An wen erinnert der dich?« fragte Barbary flüsternd den Gehörnten Dick.

Dick kämpfte mit seinem Gedächtnis, genau wie sie. »An irgend jemand.«

Sonor ertönte jetzt die Stimme des Gewaltigen über den Strand: »Meine Herren, wir stoßen jetzt zur letzten, zur alles entscheidenden Schlacht.« Und dann, mit etwas weniger Zuversicht: »Wir müssen sie nur finden.« Der Akzent war unverwechselbar.

Barbary reichte Dick die Clampett. »Erschieß ihn nur, wenn unbedingt nötig.« Niemand hatte bessere Gründe als sie, diesem Mann zu mißtrauen, aber sie konnte der Versuchung nicht widerstehen, mit ihm zu sprechen, weil er zu einer Zeit gehörte, in der sie glücklich gewesen war. Außerdem war sie neugierig. Vom Kauern ganz steif, humpelte sie über den Sand, pfiff aber dem Orden, im Versteck zu bleiben. Der Mann mit dem gefiederten Hut sah sie, erkannte sie aber nicht. »Ah, gute Frau, wo ist die Schlacht?«

Sie deutete über die Klippen. »Immer nach Norden, bis ihr über den Fluß kommt, Engländer rechts, Iren links, Onkel Tibbot.« Er starrte sie an, und sie starrte zurück. Er hatte sich um kein Jota verändert; nur daß jetzt noch mehr von ihm da war als früher; über den Augensäcken des Lebemanns schaute immer noch ein gieriger, unsicherer kleiner Junge in die Welt hinaus. »Was tust du hier?« fragte sie überflüssigerweise. »Wo ist Grace O'Malley? Draußen in der Bucht?«

»Kenne ich Euch?« Sein Gesicht trübte sich. »Madam, ich kann wirklich nicht hier herumstehen und mich mit Strandläufern abgeben. Ich muß einen Krieg gewinnen.« Er zog sein Schwert, als stünde der Feind hundert Schritte weiter und er stürme zum Angriff: »Männer – en avant!«

Sie stolperten hinter ihm drein, mehr wie Maskierte beim Maifest als eine ernstzunehmende Armee. Sie war nicht gekränkt. Er hatte sie erkannt; daß er's nicht zugab, sollte eine

Strafe für sie sein, aber sie wußte eigentlich nicht, wofür. Sie hatte sich nicht als die Bedrohung erwiesen, die er einmal in ihr gesehen hatte, aber vielleicht reichte der bloße Umstand, daß seine Mutter Zuneigung für sie empfand, um die dunklen Wasser im Gehirn des Tibbot-ne-Long zu eifersüchtigem Brodeln aufzurühren. Doch sie hatte sich gefreut, ihn zu sehen, einerseits, weil die Begegnung gar so skurril war – es hatte sie für ein paar Momente von ihrer Sorge abgelenkt –, aber vor allem, weil sie jetzt so viele Boote hatten. Der Gehörnte Dick zog sie bereits mit Ordenshilfe über die Flutmarke. Dann kam ein Triumphgeheul von Peter, der einen Brotlaib schwenkte – einer der Kerle von Tibbots Armee hatte seinen Proviant vergessen.

Vor Aufregung schnatternd, versammelte sich der Orden mit der Tagesbeute wieder in der Hütte: der Brotlaib, sieben Meerforellen, eine Flunder und vier Krebse. Heute abend gab es Fischeintopf. Sie fing an, die Fragen nach Tibbot zu beantworten, als Dick am Fenster sagte: »Ich seh's, aber ich glaub's nicht.« Alle rannten zu ihm hin. Barbary sah und konnte, wie Dick, nicht glauben. Ihr wurde leicht schwindlig; ganz offensichtlich stellte ein himmlischer Hofnarr für sie ein Unterhaltungsprogramm zusammen, wollte sie vom Wahnsinn des Kriegs ablenken durch eine lächerliche Szene. Aus dem Nebel, der über der Bucht lag, tauchte ein riesiger Waschzuber auf, und aufrecht darin standen, mit Brettern vorwärts paddelnd, Grace O'Malley und Cull.

Barbary raste zum Strand hinunter und plantschte durch das seichte Wasser, als das Ding auf Grund stieß und seine Besatzung kopfüber auf den Strand warf. Barbary umarmte sie beide. Cull drückte sie ebenfalls an sich, Grace O'Malley sagte: »Laß das.« Sie waren über die Begegnung weniger überrascht als Barbary. »Wir dachten, wenn Whiskey-Dick dich findet, bringt er dich hierher«, erklärte Cull. Dann packte er seinen Lederbeutel und schwang ihn über die Schulter.

Barbary hatte hundert Fragen, aber die dringendste schien: »Was zum Teufel tut ihr in diesem Bottich?«

Grace O'Malley holte Hirschfänger und Pfeife aus dem Zuber und steckte sich beides in den Gürtel. Dann schüttelte sie die Fäuste gegen die Klippen und, wohl in Fortsetzung der Himmelsrichtung, gegen ihren Sohn: »Büßen soll er mir diese Entwürdigung. Der junge Hund hat jedes einzelne Boot von meiner Flotte abgeräumt, der Teufel soll ihn auf seine Schwingen nehmen. Das verdammte Schaff hier war das einzige, was schwamm.« Sie schüttelte ihre Faust gegen Barbary: »Und daß dir kein Wort darüber auskommt, sonst –!«

»Deine Flotte ist draußen in der Bucht?«

»So ist es. Und jeder anständige O'Malley von den Zwei Gleichen mit an Bord.« Sie marschierte mit großen Schritten über den Strand und hob dabei ihre schweren, nassen Röcke. Sie war dünner geworden, und das Rot war ganz aus ihrem Haar verschwunden, aber sonst war sie nicht gealtert. Sie trat das Wasser aus ihrem Weg wie ein Mann, der sich mit Tritten durch eine Hundebalgerei durchkämpft.

Cull dagegen war, seit Barbary ihn zuletzt gesehen hatte, ein alter Mann geworden, als hätte er die Last von Graces Alter auch noch auf sich genommen. »*Sie* zieht fort, Barbary. Ich glaube, *Sie* zieht fort von Connaught.« Allein so etwas zu sagen war so furchtbar, daß sein Gesicht sich verzerrte. Er fing zu schluchzen an. »Sie hat ihr Volk mitgebracht.«

»Cull.« Sie nahm ihn am Arm und führte ihn an Land.

Der Orden starrte Grace an wie eine vergreiste Venus, die einer häuslichen und sehr irischen Muschel entsprungen war. Grace beachtete sie nicht. »Gibt es hier Transport, Hohlkopf?« verlangte sie vom Gehörnten Dick zu wissen, der darauf die Zwillinge nach den Maultieren schickte. »Und wo ist mein Kraut?«

Dick schluckte. Barbary wagte zu antworten: »Wir mußten alles Mountjoy geben, damit er uns durch die englischen Linien ließ. Wohin willst du, Großmutter?«

Grace deutete mit dem Kopf gegen die Klippen und Tibbot. »Ihm nach.«

»Warum?«

»Um ihm meinen mütterlichen Segen zu erteilen«, rief Grace. »Was sonst?«

Barbary warf Cull einen Blick zu, und der schüttelte den

Kopf. Darauf faßte sie einen Entschluß und zog den Gehörnten Dick, Sylvestris und Cull auf die Seite. »Ich gehe mit ihr.«

»Aber wohin will sie, Barb? Und warum?«

Warum, das konnte sie nicht sagen, und in dieser Stimmung war von Grace keine Antwort zu erwarten, aber jedenfalls in Richtung Schlacht. »Da wollte ich sowieso hin. Ich hab' O'Hagan versprochen, auf ihn an der Fähre zu warten, wenn alles vorbei ist, und da kann ich genausogut mit ihr gehen.«

Sylvestris schüttelte den Kopf, aber Dick blies die Backen auf: »Ich setze auf sie gegen Iren, Engländer und Don zusammen«, erklärte er. »Wenn wir gehen müssen, gehen wir.«

»Nicht wir. Ich.« Sie nahm den Munitionsgürtel ab und überreichte ihn Dick zusammen mit der Clampett. »Ich möchte, daß du und der edle Bleib den ganzen Orden in die *curraghs* setzt und mit ihnen hinaus zur Flotte paddelt – die kann nicht sehr weit sein. Egal, wer gewinnt und wer verliert, Irland ist nicht der richtige Platz für den Orden – noch lange nicht.«

Es ärgerte sie, daß die drei zweifelnd dreinschauten; sahen sie denn nicht, daß Grace O'Malley ein Wunder war und daß sie kein zweites erwarten durften? Sie mußten von hier fort, alle. »Um Gottes willen, wir wollten in Dicks Schiff fortsegeln, was für einen Unterschied macht es, wenn wir mit Grace O'Malley segeln?«

Sie blickte Cull an, und der nickte: »Oh, ja, und wir haben Platz genug. Tibbot zahlte nur für die Fahrt in einer Richtung für sich und seine Männer, über die Rückfahrt hat er nichts gesagt. Aber du fragst besser *Sie.*«

Dick seufzte. »Der Unterschied ist, Barb, wir wissen nicht, wohin sie segelt.«

»Wo wir mit deinem Schiff landen würden, wußten wir doch auch nicht.«

Grace hatte inzwischen Differenzen mit ihrem Maultier, das eingedenk der gestrigen Strapazen nur geringe Neigung zeigte, sich auch heute wieder reiten zu lassen. »Halt still, du beschissenes räudiges Mistvieh, daß ich aufsteigen kann.« Cull bildete mit gekreuzten Händen einen Steigbügel, und sie hievten sie hinauf.

»Nach der Schlacht, Großmutter – wohin willst du dann mit der Flotte?«

Das Maultier wollte im Kreis gehen, aber ein heftiger Tritt in die Flanke brachte es von dieser Idee wieder ab. »Wohin der Wind uns bringt«, erwiderte Grace. Barbary blickte Cull hilfesuchend an, aber der zuckte die Achseln.

»Gibst du uns allen Passage?«

»Wer ist ›alle‹? Ich hab' genug von deinen Fragen.«

Barbary deutete auf die Schar rund um sie. »Und O'Hagan. Nach der Schlacht.«

»Ist der O'Hagan in der Schlacht? Und ich dachte, er ist noch in Spanien.« Jetzt erst schien ihr aufzufallen, daß sie von einer ziemlich großen Schar von Kindern angestarrt wurde. »Wo hast du diesen Haufen Bälger aufgeklaubt? Also gut, ich hab' keine Zeit für Unterhaltungen, aber es ist eine Zumutung, und über das Geld für die Überfahrt reden wir später.«

»Sie meint ›Ja‹«, erklärte Cull. »Sie freut sich, dich zu sehen.«

»Los geht's«, verkündete Grace und lenkte das Maultier auf den Fahrweg. Cull kletterte auf das zweite Maultier – wohin Grace O'Malley auch ging, er ging mit ihr – und beugte sich herunter, um Barbary vor sich in den Sattel zu heben.

Sylvestris pflanzte sich vor ihnen auf. »Gut, wir tun es«, sagte er, »aber du mußt zurückkommen.«

»Ich komm' ja zurück.«

»Ich meine es ernst. Nicht meinetwegen, nicht deinetwegen, sondern des Ordens wegen. Sie haben schon zuviel erdulden müssen, und sie lieben dich. Du solltest sie nicht verlassen. Wenn du umkommst, würden sie es nicht überleben. Sie sind schon zu oft verlassen worden.« Er sprach mit einer Autorität, die sie erschütterte.

Sie blickte rundherum in die Gesichter, die sich ihr alle zugewandt hatten. Nur Sylvestris versuchte sie aufzuhalten, die anderen hatten ohnehin keine Hoffnung, daß sie bleiben würde; ihre Gesichter hatten den Ausdruck dieser Langmut, mit der auch sie aufgewachsen war; es waren Kinder, deren Normalität das Abnormale war. Sie erwarteten vom Leben nichts anderes als das, was sie ihm klauen konnten; sie machten keine Rechte geltend, sie wären nie auf die Idee gekommen, daß sie welche hatten. Sie und Tadg und Sylvestris und Ballybeg Abbey waren alles, was ihnen nach dem Massaker an Gutem widerfahren war, aber es hatte sie zugleich gelehrt, jederzeit mit seinem Verlust zu rechnen. Sie würden es ertragen, dachte sie, sie würden alles ertragen. Aber verdammt will ich sein, wenn sie's ertragen müssen.

»Was auch geschieht«, sagte sie, »ich komme zurück.«

30

Nicht einmal Grace O'Malley konnte ein widerborstiges Maultier zur Schnelligkeit bewegen; das Vieh von Cull und Barbary beeilte sich immerhin so weit, daß sie seinen Genossen einholten, als sie erst einmal die Spitze der Klippen erreicht hatten, aber von da an pendelten sich beide Tiere in ihren normalen gemächlichen Trott ein. Tibbot und seine Armee waren in Nebel und Regen verschwunden, und Grace fügte sich in die maultierhafte Unvermeidlichkeit; abgesehen davon, daß sie sich von Zeit zu Zeit aufrappelte und ihrem Reittier einen Tritt gab, ritt sie in düsterem Schweigen dahin.

»Warum jagt sie dem Tibbot nach?« fragte Barbary Cull über die Schulter. »Sind sie denn nicht auf dem gleichen Schiff gekommen?«

»Schon, aber das ist eine lange Geschichte.« Er erzählte sie ihr, sein Körper schützte sie vor dem Wind, und er rief ihr die Namen von großen Clans und ihren Führern ins Ohr, an die sie sich aus ihrer Kindheit noch erinnerte. Dermot O'Connor von den O'Connor Don von Roscommon, O'Connor Sligo, der MacWilliam, die Bourkes von Mayo, die Bourkes von Clanrickard, die MacJordans, MacDonnells, Clandonnells, die ganze Komplexität der miteinander verschwägerten, miteinander verfeindeten Clans, deren uralte Fehden seit der Einmischung der Engländer gnadenlos geworden waren.

Graces alter Freund und Gefängnisgenosse, der Rote Hugh O'Donnell, war mit seiner vollen Streitmacht in Connaught erschienen, um den irischen Widerstand gegen die Engländer anzuführen. »Das ist ein großer junger Mann, Barbary, hastig und halsstarrig, aber in diesen letzten Jahren unter dem Einfluß des O'Neill ist die Größe über ihn gekommen, und *Sie* hat das anerkannt. Aber er beschloß, die Wahl des MacWilliam durchzusetzen, die in den letzten Jahren soviel Unfrieden zwischen den Clans gestiftet hat, und der, den er für die Ehre wählte, war Theobald, Sohn des Walter. Gut, Barbary, wie du weißt, hat Tibbot von den Schiffen auch immer Anspruch auf den MacWilliam erhoben, und er war nicht erfreut. Er ging zu den Sachsen, und die beförderten ihn zum Captain im Sold ihrer Königin, denn sie sind geschickt darin, einen Mann gegen den anderen auszuspielen.«

Sie rutschte hin und her, nicht, weil der Ritt auf einem knochigen Maultier ohne Sattel im strömenden Regen unbequem geworden wäre – das war er sowieso –, sondern weil Culls Stimme in den Rhythmus des Maultiertrotts gefallen war und jetzt im gleichen Singsang ertönte wie die Sänger ihrer Kindheit mit ihren alten Sagen. Was er sagte, brach ihm das Herz, daher distanzierte er sich davon, indem er wie von längst vergangenen Generationen erzählte. Und so ist es auch, dachte sie. Das ist mein Volk, sind meine Verwandten, die jetzt leben, aber sie sind die Vergangenheit. Er erzählte den Untergang Connaughts, und sie hörte den Untergang Irlands.

»*Sie* war auch nicht sehr erfreut, und sie rügte den O'Donnell, aber sie unterstützte seine Entscheidung.« Einen Moment fiel Cull in seine gewöhnliche Stimme zurück. »Ich weiß, sie spielt die Furie, Barbary, aber sie ist in Wirklichkeit eine weise Frau. Sie war in Spanien und an der Küste von Afrika, und sie ging nach England und redete mit der Sachsenkönigin, und so ging sie zu Tibbot und sagte, wegen des MacWilliam könne man immer noch kämpfen, wenn die Sachsen vertrieben seien, aber die Sachsen vertreibe man nicht, indem man gegeneinander kämpfe. ›Wir sind Wölfe in einer Falle‹, sagte sie zu ihm, ›und wenn wir jetzt unsere eigene Pfote abbeißen müssen, um herauszukommen, so sollten wir uns nicht gegenseitig anfallen.‹«

»Das hat sie gesagt?« Barbary blickte zum geierförmigen Umriß ihrer Großmutter hin, die unerschütterlich auf ihrem Maultier dahinritt, den Pelzkragen ihres Umhangs hochgeschlagen.

»Sie ist ein Weib, mit dem man rechnen muß«, sagte Cull und fiel wieder in seinen Singsang zurück. »Und sie arbeitete weiter für den O'Donnell. Tibbot ist schlau, aber nur für sich selbst, also spielte er weiter das alte Spiel, er ließ sich von den Sachsen bezahlen und überfiel auch die Feinde des O'Neill, wenn der ihm das befahl. Und als der O'Neill ausrichten ließ, er wäre Tibbot verbunden, würde ihm dieser mit einer Armee in der entscheidenden Schlacht zur Vertreibung der Sachsen aus unserem Land beistehen, da war Tibbot einverstanden und heuerte seine Mutter für den Transport an. So alt sie auch ist, so war sie doch bereit, an seiner Seite zu kämpfen, ebenso ich und noch andere. Aber, Barbary, als heute morgen die Flotte nach der Reise noch schlief, und es war eine anstrengende Reise, da nahm Tibbot seine Männer und stahl unsere *curraghs* und ruderte damit an Land. Und als wir das entdeckten, da sagte Granuaile: ›Ich bin der Meinung, daß er für die Sachsen kämpfen will und nicht für den O'Neill, und ich muß ihm nach, also laß den verdammten Waschzuber zu Wasser.‹ Und den Rest kennst du.«

»Und wird er das tun? Für die Engländer kämpfen?«

»Er wird für die Seite kämpfen, die seiner Meinung nach gewinnt.«

Zwischen dunkleren Wolken zeigte der Himmel ein ungesundes Senfgelb, und der Regen wechselte zwischen dem altbekannten Herabströmen und Wolkenbrüchen von wahnwitziger Intensität wie auf Befehl eines übergeschnappten Gottes.

»Ich glaube, *Sie* ist Noah«, sagte Cull.

»Was?« Die ganze Welt zischte.

»Noah«, brüllte Cull. »Sie hat ihr ganzes Volk mitgebracht, denn sie konnte sie nicht zu Hause dem Hungertod überlassen, und sie sagt, wenn die Sachsen gewinnen, wird sie Connaught verlassen. Aber ich glaube, sie hörte Gottes Stimme, die ihr sagte, die zweite Sintflut steht bevor, und da ist sie schon.«

Wahrscheinlich hatte er recht. Die Hufe der Maultiere versanken im Boden, der schon kein Wasser mehr aufnehmen konnte, das Wasser stand in Pfützen, die schon eher Teiche waren, so daß die Regentropfen darauf aufschlugen und in einem

Schleier von tanzendem Wasser bis zum Widerrist der Maultiere zurückprallten.

»Sehe ich dort was?« schrie Cull Grace zu und deutete. Barbary legte eine Hand über die Augen, um besser zu sehen, aber das Wasser, das von ihren Wimpern tropfte, verzerrte ihren Blick. Es kam ihr vor, als seien sie schon stundenlang geritten; sie wollten nach Norden und verließen sich dabei auf Culls Orientierungssinn. Grace nickte und trat wieder ihr Maultier in die Flanke, ohne Erfolg; mit ihrem Gewicht auf dem Rücken fiel es dem Tier schon schwer, die Füße immer wieder aus dem Schlamm zu ziehen. »Ich hab' etwas gesehen«, hörte Barbary Cull murmeln. »Es war des Tibbot dummer Hut.«

Wenn er's war, dann sahen sie ihn jedenfalls nicht mehr bis zum Hügelkamm über dem Bandon, dem sie dann westwärts folgten, um die Fähre zu finden. Barbarys Blick haftete auf dem Hügel gegenüber, sie hielt nach Anzeichen einer Schlacht Ausschau, aber da war nichts zu sehen.

»Da ist er«, rief Cull. Sie waren noch ziemlich weit von der Fähre entfernt und auch weit oberhalb, aber auf der anderen Seite sah man jetzt eine Gruppe von Männern, die eben die letzte Ladung von Tibbots Männern hinüberzogen. Es war unverkennbar Tibbots Hut, obwohl die Federn jetzt schlapp herunterhingen, unverkennbar auch das grandiose Schwenken seines Schwertes, mit dem er die Männer den Hang gegenüber hinaufführte. Sie konnten ihn jetzt nicht mehr einholen, Grace versuchte es auch gar nicht. Sie blieb auf ihrem Muli sitzen und sah zu.

»Wo sind die irischen Linien?« fragte Cull Barbary.

»Links.«

Die Männer hatten sich jetzt oben auf dem Hügel versammelt und ihrem Anführer zugewandt. Ein letzter senfgelber Schimmer der schwachen Sonne drang durch eine dünnere Wolkenbank hinter ihnen, in seinem Licht konnten sie die großspurigen Gesten sehen, mit denen er seine Rede unterstrich. Dann wirbelte er herum und marschierte ab, seine Männer hinter ihm drein. Nach rechts. Tibbot von den Schiffen schlug sich auf die Seite der Engländer.

Da stieg aus Graces Mund der furchtbarste Laut auf, den Barbary in ihrem Leben gehört hatte. Er hatte nichts von dem Haß und aufsteigenden Irrsinn im Heulen der MacSheehys, es war ein gleichförmiger Schrei der Verzweiflung, so durchdringend, daß er mit dem Wind über den Fluß bis zum Meer flog, herausbrechend aus einer Spalte der Vergangenheit, sich ausbreitend bis in die Zukunft. Der Ton ging fort und fort, die *ullagone,* das Lied des Schmerzes, nicht um sich selbst, nicht um ihren Sohn, nicht um irgend etwas, nur ein nirgendwohin gerichteter Aufschrei über das menschliche Wesen.

Das Merkwürdige daran war, daß es nicht merkwürdig war; abgesehen von seiner überraschenden Quelle schien der Laut natürlich, fügte sich in den Regen und das grau-grüne, durchweichte, verlassene Land wie etwas seit langem Erwartetes. Noch als Grace den Mund wieder geschlossen hatte, schien das Wasser in der Luft und im Boden weiter davon zu vibrieren.

Als der Ton sie endlich entließ, liefen Cull und Barbary zu Grace hin. Ihre Augen waren vollkommen leer. Sie tat einen tiefen Atemzug und sagte: »So. Das wär's. Wir müssen wohl die Nacht in dem *seantigh* da unten verbringen.«

Barbary ging neben ihr, während Cull die beiden Maultiere den Abhang hinunter zur Fährmannshütte führte, und tätschelte sie, als wollte sie ein gesprungenes Kunstwerk wieder in die alte Form zurechtrücken.

»Wir müssen morgen ganz zeitig fort«, fuhr Grace fort. »Es ist noch viel zu tun, bevor wir mit der Flut absegeln.«

»O Granuaile.« Barbary tätschelte sie noch immer. »Daß Tibbot sich auf ihre Seite schlug, bedeutet doch nicht unbedingt, daß die Engländer gewinnen.«

Grace blickte beleidigt. »Hältst du ihn für einen Narren? Würden sie nicht gewinnen, dann wäre er nicht bei ihnen. Kann er nicht der MacWilliam sein, dann will er ein Lord unter den Sachsen sein.« Hätte ihr nicht die *ullagone* noch in den Ohren geklungen, Barbary hätte geglaubt, Grace wäre stolz auf ihren Sohn.

Es wurde dunkel, als sie zur Fährmannshütte kamen, und es kam Wind auf. Die übliche Höflichkeit der Iren hatte wieder für trockenes Unterzündholz und Scheite in der Feuerstelle gesorgt, nur war das Holz teilweise naß, weil durch den Abzug im Dach Regen gekommen war. Cull band die Maultiere unter einem Baum fest, der noch das dichteste Laubdach trug, und machte Feuer. Der Luftzug ließ die Flammen hoch aufflackern, so daß sie nach einer Weile ihre Umhänge und Stiefel ausziehen und sie trocknen lassen konnten. Die beiden Frauen breiteten ihre Röcke aus. Barbary hatte an der Innenseite ihrer Schenkel, dort, wo sich die Haut am Sattel aufgerieben hatte, lange, brennende Streifen. Grace steckte die kalte Pfeife in den Mund und sog daran.

Sie saßen ums Feuer; durch den Dampf, der aus ihren Kleidern aufstieg, und den Rauch, den der Wind immer wieder in die Hütte trieb, konnten sie einander kaum sehen. Sie ließen die Tür offen, um nicht zu ersticken. Doch sie hätten sie in jedem Fall offengelassen; so konnten sie auf den Fluß sehen, was ihnen die Illusion gab, mit den Ereignissen jenseits des Hügelkammes in Verbindung zu sein.

Der Sturm warf sich von hinten mit solcher Gewalt gegen die Hütte, daß sie schwankte, und peitschte den Fluß zu weißschäumenden Wellen hoch. Ein Blitz, und Sekunden später Donnergrollen. Herr des Himmels, dachte Barbary, das ist einfach lächerlich. Der Aufrechte Gott ließ sich von seiner eigenen Inszenierung fortreißen wie ein Theaterimpresario, der hinter der Bühne ein Zinnblech schüttelt. Es war alles da, die sturmgepeitschte Heide, die Schlachtlinien, die auf den Angriff warteten, der Donner war wirklich nicht mehr nötig. Das war völlig überzogen. Dann dachte sie: Jetzt müssen die Iren gewinnen; so theatralisch, so dramatisch, das paßt zu ihnen.

Warum mußten sie überhaupt kämpfen? Weg mit den Zwischenfiguren, all den Gatten und Vätern und Söhnen, allen geliebten, schönen Zwischenfiguren wie O'Hagan, sollten doch nur Mountjoy und der O'Neill miteinander Schach spielen oder würfeln und Eintritt verlangen. Großer Preis: Irland. Bei Schlechtwetter in der Halle.

Es wurde eine lange Nacht. In den frühen Morgenstunden schien jedes Denken unmöglich, da der Aufrechte Gott jetzt wirklich zeigte, was er konnte, und Blitze in so rascher Folge in den Fluß und in die Hügel schleuderte, daß die drei einander in gespenstischem Leuchten sitzen sahen. Der Donner krachte so laut, daß sie zusammenzuckten. Als er sich zum Schlachtfeld hin verzog, wurde es hier vergleichsweise so still, daß sie die Stille mit Reden füllen mußten. Zumindest Cull und Barbary redeten; Grace schwieg. »Warum verläßt du Connaught?« fragte Barbary sie, und dann Cull: »Warum verläßt *Sie* Connaught?«

Cull brachte es nur mühsam über die Lippen. »Connaught gibt es nicht mehr. Das ist ein Land, wo alles, was wächst, von Sachsen oder Iren zerstört wird; wenn ein Mann ein Haus baut, brennt es ein anderer nieder, wenn ein Kalb zur Welt kommt, wird es, kaum daß es den Schoß verläßt, gefressen. Wir flüchten von Insel zu Insel; wenn wir landen, töten uns die Sachsen, wenn wir segeln, segeln sie hinter uns her. Eine Flotte, sagt sie, aber die *Grace of God* und zwei Schiffe, das ist alles, was uns noch geblieben ist.«

Sein Mund verzog sich wieder zu dieser fürchterlichen Grimasse des Jammers. »Sogar Kitterdy Zweis Tante haben sie umgebracht.«

»O nein.« Diese zusätzlichen kleinen Tragödien waren nicht zu ertragen.

Er nickte. »Sie essen sogar die Robben, obwohl es Unglück bringt. Und die Robben kommen, um sich umbringen zu lassen, wenn man sie ruft, denn sie sind es nicht gewöhnt, daß der Mensch sie tötet.« Er beugte sich vor und nahm ihre Hand. »Wein jetzt nicht, vielleicht kehrt *Sie* eines Tages nach Connaught zurück. Erzähl uns, was dir geschehen ist. *Sie* hat ein paar der O'Malleys geschickt, um dich zu finden, aber sie kamen nicht zurück.«

Sie erzählte es ihnen, ausführlicher als dem Gehörnten Dick und O'Hagan, um das Schweigen vor dem Morgengrauen damit zu füllen. »Ich muß morgen hier warten. Auf meinen Mann.«

Cull schlug sich gegen die Stirn. »Und ich hab' den Whiskey in meinem Sack, um auf euch zu trinken.« Er wühlte darin und reichte dann eine Lederflasche herum. Grace O'Malley bewegte sich und hob die Flasche gegen Barbary, bevor sie trank. »Auf deinen Mann und auf dich, Barbary Clampett O'Flaherty O'Malley O'Hagan. Vielleicht warten wir mit dir, bis er kommt.«

Es war erstaunlich trostreich. Sie dachte: Clampett, O'Flaherty, O'Malley, *Betty*, O'Hagan. Sie fand es passend, daß sie als Mutter von so vielen Kindern der verschiedensten Eltern so viele unterschiedliche Namen hatte. Ich bin England und Irland, dachte sie und tat einen weiteren Zug aus der Flasche. Wenn es je einen Zeitpunkt gab, sich zu betrinken, dann jetzt.

Grace O'Malley ernüchterte sie. »Draußen tut sich was.«

Sie drängten sich an die Tür. Es blitzte immer noch über den Hügeln jenseits des Flusses, auch der Donner grollte noch von weit her, aber es gab jetzt noch andere Lichter, wie tausende Glühwürmchen, und einen Lärm, der im Wind unkenntlich wurde.

Irgendwo da draußen beugten Männer den Rücken gegen den Wind und hielten Zunder an ihre Feuerschüsseln und fluchten, wenn ihnen das Ladepulver davonflog. Disziplin unterdrückte den natürlichen Instinkt zur Flucht, statt dessen stürmten sie vor, auf den Feind zu, in solcher Angst, daß sie mitten im Laufen ihren Darm entleerten oder urinierten, ohne es zu merken. Zum Schlag der Trommel wiehernde Pferde galoppierten auf Piken zu, die ihnen den Bauch aufschlitzten, oder auf Pfahligel, auf denen sie aufgespießt hängenblieben, schreiend, bis sie verreckten. Beine, Fesseln, Köpfe, Schweife flogen, von Kanonenkugeln zerrissen, einzeln durch die Luft.

Viele Meilen davon entfernt standen drei Menschen in einer Hüttentür, sahen das hübsche Blinken von Glühwürmchen und hörten unregelmäßiges Poltern.

Zuschauen hatte keinen Sinn. Als die Sonne nach einer jämmerlichen Imitation von Morgengrauen aufging, verwischte sie den Gegensatz zwischen Hell und Dunkel und ließ die Glühwürmchen verlöschen, aber die drei blieben, wo sie waren. Das auf- und abschwellende Gemurmel von den Hügeln wurde immer wieder von Donner überdeckt. Würde Don Aguila da unten in der Mulde von Kinsale das Feuer hören, oder trieb der

Wind den Schlachtlärm von ihm fort? Der Drang, dort hinzugehen und selbst zu sehen, war übermächtig. »Ich gehe über den Fluß.«

Grace packte sie an der Hand. »Du gehst nicht.«

Nein, es war sinnlos; sie hatte keine Chance, unter den Tausenden, die dort kämpften, O'Hagan zu finden. Sie wollte nicht mehr auf einer der beiden Seiten stehen; sie wollte nur, daß O'Hagan nicht getötet wurde, daß keiner getötet wurde. Graces Sohn war dort irgendwo, der O'Neill, der Rote Hugh, Männer, die sie von Elizabeths Hof her kannte, Männer, die vielleicht mit Rob auf See gekämpft hatten. Unter den Spaniern vielleicht Verwandte von Don Wiegehtsdempapa oder Don Wiegehtsdempapa selbst. Und alle versuchten, einander umzubringen. Warte, warte gemeinsam mit dem Rest der Welt, ob nicht dieser Teil von ihr bald ein anderes Aussehen gewinnt. Warte, daß eine der Waagschalen niedersinkt.

»Wie lange dauert es jetzt schon?«

»Ungefähr drei Stunden.«

Etwas wurde anders. Der Morgen war jetzt um eine Spur heller und sehr viel kälter, der Regen strömte senkrecht herab, nicht mehr schräg. Der Schlachtlärm drang jetzt deutlicher zu ihnen, doch man hörte keine Trommeln und Trompeten mehr, sondern nur noch Schreie.

Eine Gruppe von Männern erschien gegenüber am Horizont, rannte den Kamm entlang und direkt auf den Fluß zu, sie wurden am Abhang nicht langsamer, sondern stürzten sich hinein, krallten sich an Büschen fest, um nicht hinunterzukollern, fielen bergab wie reife Pflaumen. Das erste Dutzend an der Fähre fing sofort an zu ziehen, die Männer hinter ihnen mußten auf das Floß aufspringen. Ihr Gewicht brachte es zum Schwanken, daß einige rückwärts auf ihre Hintermänner stürzten. Wer nicht wieder aufs Floß hinaufkam, klammerte sich an die Bretter und ließ sich durchs Wasser ziehen. Einer verlor den Halt und wurde von der Strömung flußabwärts getrieben.

Alle Mann auf der Fähre zogen an den Seilen, um schneller über den Fluß zu kommen. Es war furchtbar, nicht weil die drei

Gestalten, die sie beobachteten, sich in Gefahr fühlten, sondern weil die Furcht, die von den Männern ausging, ansteckend war. Sie führten nichts gegen Cull und die beiden Frauen im Schilde, sie wollten nicht irgendwohin, sie rannten nur vor etwas davon. Vor Anstrengung schluchzend, trieben sie fluchend die Fähre mit lautem Knall gegen den Landesteg und kletterten an Land. Von den dreien nahmen sie nicht mehr Notiz, als wären sie eine Baumgruppe. Ohne innezuhalten, rannten sie flußaufwärts das Ufer entlang. Einer war zurückgeblieben und fing jetzt an, gegen das Seil zu hacken, das oben durch das Zugloch lief.

Grace zog ihren Hirschfänger. »Laß das«, sagte sie. »Für die anderen.«

Er hielt inne und starrte sie an, er war derart von oben bis unten mit Schlamm bespritzt, daß man nicht sehen konnte, was er trug, ob er überhaupt Kleider trug. »Wo waren die verfluchten Spanier?« fragte er. Dann drehte er sich um und rannte den anderen nach.

Auf dem Hügelkamm gegenüber sprossen jetzt Männer hervor, viele Männer, sie vereinten sich zu einer Lawine aus gleitenden, fallenden Körpern, die wie durch einen Trichter hinunter zur Fähre glitten. Cull blickte besorgt das halb zerhackte Seil an: »Hilf Gott den armen Teufeln, daß das Seil nicht reißt.« Aber sie hatten keine Zeit, etwas zu tun, das Floß wurde sofort wieder ans andere Ufer gezogen, wo sich mindestens hundert Männer darauf stürzten. Kein beschädigtes Seil würde eine derartige Belastung lange aushalten. »Binde das Floß fest, wenn es landet«, wies Grace Cull an. »Wir richten das Seil.« Barbary staunte über die eigene Kaltblütigkeit, daß sie mitten in dieser wahnsinnigen Flucht noch einen klaren Kopf bewahren konnten.

Die zweite Ladung kam an Land, weiß leuchteten ihre Augen durch Masken aus Schlamm mit dem starren Blick von flüchtenden Tieren. Cull und Grace packten die Ankertaue der Fähre und banden sie an den Ständern fest, während Barbary den Pfeiler bewachte. Ein Mann hob seinen Dolch zu dem beschädigten Seil empor, aber Barbary pflanzte sich vor ihm auf. Einen Moment lang war sie nicht sicher, ob er die Klinge nicht trotzdem niedersausen lassen würde, aber er schrie nur auf und stürzte fort. Auf der anderen Seite des Flusses zerrten andere Männer schon wieder an den Seilen, um das Floß zurückzuholen, und behinderten Cull bei seiner Reparatur. Durch den Regen schrillten ihre beschwörenden Schreie und Flüche bis zu ihnen herüber. Einige rissen sich die Stiefel von den Füßen und die Rüstung vom Leib, sprangen in den Fluß und wurden von der Strömung fortgerissen. »Schnell, schnell, Cull.« Vom ersten Mann, der in den Fluß gefallen war, war nichts mehr zu sehen; nichts trieb flußabwärts bis auf einen kleinen Baum, der sich im Wirbel der Strömung drehte und in der Ferne verschwand. Culls ruhige Hände arbeiteten mit der Geschwindigkeit des erfahrenen Fachmanns, aber inzwischen gingen bereits viele unter. Endlich war er fertig: »Wenn zu viele draufsteigen, muß ich es nach der nächsten Ladung wieder reparieren«, sagte er. »Hundert Mann hält das Seil nicht aus.«

Grace machte die Fähre los und sprang hinauf. Barbary folgte ihr. Man brauchte zwei Leute, um die Stampede zu zähmen – man brauchte eine Armee dafür. Trotzdem mußte sie sich zwingen, nicht auch vor dem Schrecken, der diese Männer hetzte, davonzulaufen.

Am anderen Ufer mußten sie um sich schlagen, um gegen den Strom der andrängenden Männer von der Fähre hinunterzukommen. Sie suchten zu verhindern, daß zu viele gleichzeitig auf das Floß stiegen. »Das Seil reißt! Nicht so viele!« brüllte Barbary und packte schlammige Arme, die so glitschig waren, daß sie ihr entglitten. Grace hieb mit der stumpfen Seite des Hirschfängers um sich. »Zurück, ihr Mistkerle. Wartet.« Aber sie und Grace hätten genausogut tanzende Mücken sein können; Barbary wurde in den Schlamm gestoßen und niedergetrampelt. Sie kroch aus dem Weg, zog sich hoch und schaute zu. Es war sinnlos. Die Männer drehten sich immer wieder nach dem Hügelkamm um, aber nur immer mehr ihresgleichen kamen dort heruntergeströmt.

Das war also die Flucht in Panik, die Berührung des gehörnten Gottes, der Männer blendet und ihnen in die Ohren schreit, sie in heulende, keuchende Tiere verwandelt, die nicht mehr denken können. Immer wieder staute sich die Menge um sie, wenn Cull drüben das Seil reparierte, und sie ging unter in einem vor Schrecken irr gewordenen Menschenhaufen. Sie schüttelte sie, schrie sie an: »Wartet, wartet! Habt ihr den O'Hagan nicht gesehen?«, aber sie waren vor Entsetzen taub und stumm. Einer fragte zurück: »Wo waren die Spanier?«

Es gab Verwundete, die mitgezerrt wurden und vor Schmerz brüllten, wenn ihre gebrochenen Knochen gegen Steine schlugen, auch sie nur von dem einen Gedanken beherrscht, nur nicht zurückgelassen zu werden. Einige ließen eine Blutspur hinter sich. Ein Toter hatte immer noch die Arme um die Schultern von zwei Kameraden geschlungen, die nicht bemerkten, daß sie eine Leiche auf die Fähre schleppten.

Diese Männer, die sich zerstreuten wie verschreckte Wachteln, waren vor kurzem noch Soldaten gewesen; einige Veteranen mit des O'Neill roter Hand von Ulster auf den Uniformen. Auf ihrem eigenen Grund und Boden hatten sie die Besten, die Elizabeth gegen sie in den Kampf schickte, besiegt, Hunger, Elend, Kälte ertragen und sich nicht niederringen lassen. Aber da hatten sie auf ihre Art und in ihrem Land gekämpft, und jetzt nicht mehr.

Oben auf dem Hügel erschienen Reiter, die mit ihren Schwertern auf die Flüchtenden einhieben. Sie packte Grace am Arm und wollte sie zur Fähre zerren, von ebensolcher Angst gepackt wie alle rund um sie. »Die englische Kavallerie!«

Grace schüttelte den Kopf. »Iren«, erklärte sie, »die sie aufhalten wollen.«

Barbary blickte wieder hinauf und sah einen Mann unter dem Schwerthieb eines Offiziers zu Boden gehen. Es machte keinen Unterschied für die Stampede, es war nur ein Getöteter mehr, diesmal von der eigenen Seite. Laßt sie, so laßt sie doch in Ruhe. Es ist vorbei, sie können nicht mehr kämpfen, sie wollen nicht mehr kämpfen. Sie sind geschlagen. Sie sind nicht dafür geschaffen, niemand ist für so etwas geschaffen. Laßt sie in Ruhe.

Die Fähre fuhr hinüber, kam zurück, fuhr hinüber, kam zurück. Wie lange sie und Grace an diesem Ufer standen, wußte sie nicht mehr. Immer wieder versuchten sie, einem Verwundeten zu helfen, immer wieder wurden sie weggestoßen. Der Fluß war eine Barriere gegen die Engländer, die Männer stierten auf das andere Ufer wie die Verdammten in der Hölle auf frisches Wasser. Nichts, nichts konnte sie zurückhalten.

Die Männer, die jetzt den Hang herunterkamen, vielleicht von einem weiter entfernten Teil des Schlachtfelds, waren so erschöpft, daß ihnen nicht einmal zur Panik mehr Kraft blieb. Sie stellten die gleiche Frage: »Wo waren die Spanier?« Die gleichen Uniformen waren vom gleichen Schlamm verkrustet, aber diese warteten geduldig auf die Fähre, während Cull wieder am Seil arbeitete. Barbary fiel auf, daß sie Grace und sie nicht anschauten, auch einander nicht; sie waren in sich zusammengesunken, fuhren sich mit der Hand übers Gesicht wie scheue Mädchen. Ein Junge, nicht älter als Sylvestris, ging an ihr vorbei, beide Hände vors Gesicht geschlagen.

Herrgott, war es denn nicht genug, daß sie geschlagen waren? Warum mußten sie sich auch noch schämen? »Ihr habt verloren«, sagte sie impulsiv zu dem Jungen. »Das ist doch kein Verbrechen, ihr habt nur verloren.« Aber er schüttelte den Kopf, ohne die Hände vom Gesicht zu nehmen, und stellte sich zu den anderen.

Ihre Worte kamen wie ein Echo zurück: »Verloren.« In die Tragödien der einzelnen versunken, hatte sie vergessen, was ihrer aller Summe war. War Irland verloren?

Drei Stunden. Es war doch nicht möglich, die Freiheit eines ganzen Volkes in drei Stunden auszulöschen. Sie würden sich neu formieren oder was es eben war, was geschlagene Armeen taten. Doch um diese Männer wieder zu sammeln, brauchte es mehr; wenn es nicht möglich sein sollte, zerbrochene Seelen eine nach der anderen wieder zusammenzufügen, dann war Irland in drei Stunden gestorben.

Sie blickte sich hilfesuchend nach ihrer Großmutter um und sah eine gebeugte Gestalt, auf ihre Waffe gelehnt, die im Boden steckte wie eine Krücke, und ihr Kopf zitterte wie der einer uralten Frau.

Barbary rannte das Ufer entlang und den Hang hinauf, halbtoten Pferden und Reitern ausweichend, die sie anbrüllten, sie möge aus dem Weg gehen. Sie mußte O'Hagan finden. In diesem totalen Zerfall mußte sie ihren Gatten finden. Sie hängte sich an Steigbügel und Stiefel. »Habt ihr O'Hagan gesehen? Bitte, habt ihr O'Hagan gesehen?« Sie war eine Frau, und sie war nicht dabeigewesen; sie behandelten sie wie eine Fremde, die sich in die Exklusivität ihres Jammers drängen wollte. Die meisten stießen sie einfach weg, einer trat mit dem Stiefel nach ihr, daß sie in den Schlamm stürzte. Sie rappelte sich hoch und rannte dem nächsten Pferd entgegen. »Habt ihr O'Hagan gesehen?«

Da blickte sie in das Gesicht des O'Neill. Die Züge, die sie so gut kannte, waren da, aber nichts sonst. Der Mann war tot. Er atmete, er hielt die Zügel seines Pferdes und schätzte die Entfernung zur Fähre ab, aber er war tot. Könnte sie ihn zurückholen, so daß er ihr O'Hagan wieder wegnehmen würde, dann hätte sie's in diesem Augenblick getan. Jetzt, da sie die leere Hülse sah, begriff sie zum ersten Mal die Größe, die sie einst beherbergt hatte. Kein guter Mann, oft auch kein angenehmer, aber sein ganzes Intrigieren war immer nur der Zement gewesen, der in dem kolossalen Gebäude, das er aus dem Nichts geschaffen hatte, einen Stein zum anderen fügte. Daß er auf einem zu alten, zu morschen Fundament gebaut hatte, war nicht seine Schuld, es gab nichts anderes.

Während dieses Bauens war er Irland geworden, Irland hatte sich in ihm verkörpert, und jetzt waren beide tot. Er war barhäuptig, Regentropfen liefen ihm über die Nase in den Bart. Das Trockenste an ihm waren die Augen, sie starrten wie Steine in den Rest seines Lebens, in dem ihm nichts anderes mehr zu tun blieb, als es zu retten.

Der O'Donnell ritt neben ihm, der einzige lebende Mann in dieser Totenlandschaft, denn er war zornig. Er brüllte, sie hörte ihn aus der Entfernung immer noch: »Ich gehe nach Spanien, so wahr ich lebe. Ich verlange eine neue Armee und eine Erklärung von dem Scheißkerl Philipp, und wenn ich dabei draufgehe.« Sie blickte ihnen beiden den Hang hinunter nach, der O'Donnell wütete noch immer.

Noch mehr Männer strömten an ihr vorbei, dann eine hagere Gestalt, die ein Pferd führte. Er nahm sie im Vorübergehen in den anderen Arm, und sie trottete neben ihm her und wischte ihm mit den Händen den Schlamm aus dem Gesicht und stellte ihm die gleiche unzureichende Frage, wie er ihr an ihrem Hochzeitstag: »War es schlimm?«

»Nein«, erwiderte er erstaunlich ruhig, »nein, nicht so schlimm. Tausend Tote, vielleicht, aber wenn wir gewonnen hätten, wären es mehr.«

»Wo waren die Spanier?«

»Ich weiß es nicht. Vielleicht haben sie uns nicht gehört. Aber es ist egal. Sie hätten keinen Unterschied gemacht.«

»Was ist mit den Engländern? Verfolgen sie euch nicht?«

Er war immer noch ganz ruhig. »Vermutlich nicht. Sie rückten nach Norden ab, als ich sie zuletzt sah. Weißt du, wir haben sie fertiggemacht, indem wir so schnell rannten. Das ist eine ganze neue wunderbare Strategie. Wenn so viele von uns so schnell rennen, dann bringt sich der Feind selbst um, wenn er uns einholen will.«

»Hör auf. Hör auf! Was ist geschehen? O'Hagan, schau mich an!«

Er schaute sie nicht an. Er zuckte die Schultern. »Wir waren nicht darauf vorbereitet. Nicht auf die verdammten *tercios*, nicht diese baumlose kahle Ödnis, nicht die disziplinierte Kavallerie in offenem Gelände. Sie griffen an, unsere Männer wollten kämpfen – aber sie taten's nicht. Es war, wie wenn im Stoff eine Masche aufgeht. Jemand zog einen Faden heraus und ließ ihn durch die Reihen vor- und zurückrennen, und dann löste sich alles auf. Alles. Wir versuchten sie aufzuhalten, Gott steh uns bei, und töteten ein paar, aber sie trampelten uns nieder.« Er krampfte sich zusammen und würgte. Sie kniete sich neben ihn und hielt ihn. Er wischte sich den Mund. »Die ganze verdammte Welt wartet auf die Wiedergeburt Irlands, und wir haben eine Fehlgeburt.«

Sie legte seinen Arm um ihre Schultern und half ihm auf. »Komm, Lieber. Ein Fuß, ja, so, und der nächste. Ich liebe dich, ich liebe dich.« Sie brachte ihn zur Fähre hinunter, die schon abgefahren war, und Grace mit ihr. Sie stand jetzt neben der Fährmannshütte und sah dem O'Neill und dem O'Donnell nach, die das Ufer entlang von ihr fortritten. Der O'Donnell brüllte noch immer.

Jesus, laß sie mich alle einsammeln und ihnen sagen, daß sie tapfer waren und daß alles gut wird. Aber sie würden ihr nicht glauben, und es würde nicht alles gut. Wäre der Aufrechte Gott ein guter Gott, dann hätte er ihnen ihre Verzweiflung entweder durch einen Sieg genommen oder sie alle bis zum letzten Mann getötet; was er statt dessen schuf, war ein vollkommenes Gleichgewicht des Hasses, den die Erde und die Luft aufsogen, so daß mit jedem Atemzug und jedem Schritt Engländer wie Iren auf ewig vergiftet würden.

»Gibt es keine Hoffnung?«

»Keine.«

Cull brachte die Fähre für sie herüber. Auf ihrer Seite des Flusses waren nur mehr wenige, eine einzige Überfahrt genügte. Die Hügel hatten alle Männer freigegeben, hoch über ihnen im langsam schwächer werdenden Regen kreisten zwei Bussarde.

»Hallo, Cull«, sagte O'Hagan.

»Mylord.«

Sie setzten wortlos über, nichts war zu hören außer dem Rauschen des Flusses.

Nach der Landung blickte O'Hagan noch einmal zurück, dann riß er plötzlich so wild, daß sie zusammenfuhren, sein Schwert heraus und hieb damit das Seil durch. Das Floß riß sich aus der Verankerung am anderen Ufer los und wirbelte dann auf einem Strudel im Kreis herum wie ein ungeschickter Tänzer, der ganz allein zu seinem eigenen Vergnügen tanzt. Der Fluß schien jetzt ganz nackt, und obwohl Barbary für Symbolik nicht in Stimmung war, dachte sie: So viele Fähren und Brücken man später auch darüber legt, die Barriere, die er jetzt bildet, wird innerlich immer fortbestehen.

Eine aufkommende Brise trieb das ferne, langgezogene Schreien von Seemöwen zu ihnen. »Sie lachen«, sagte O'Hagan. »Mutter Gottes, hör, wie sie lachen.«

»Seemöwen sind es«, sagte sie. »Das bildest du dir ein.«

»Bei Gott, das tu' ich«, erwiderte er, »und werd's immer tun.«

Was war denn nur mit ihnen allen los? Sie waren mit dem Leben davongekommen, und statt ihrem Gott zu danken und das Weiterleben in Angriff zu nehmen, benahmen sie sich so, als wollten sie mit den Toten hinter ihnen tauschen. Sie hatten Ehre und Ritterlichkeit erfunden, Scham und Schande und beteten diese Ideen an, als wären es Realitäten. Im Alter von sieben Jahren hatte sie schon mehr von der Welt gewußt.

Aber sie würde ihn von hier fortbringen und ihn dazu bringen, daß er seines Überlebens froh war.

O'Hagan küßte Grace O'Malley die Hand. »Wir gehen nach Inishannon«, erklärte er. »Kommt Ihr mit uns, Granuaile?«

Grace schüttelte den Kopf.

»Dann lebt wohl.«

»Aber du kommst doch mit uns«, sagte Barbary. »Du kommst mit mir. Grace hat ihre Flotte in der Bucht, und der Orden ist an Bord. Du hast gesagt, du triffst mich beim Schiff, das war ausgemacht.«

Er verstand nicht. »Weib, ich verlasse ihn jetzt nicht. Keiner von uns, wir können ihn jetzt nicht verlassen. Er ist geschlagen. Siehst du nicht, daß der Mann geschlagen ist?«

»Er ist tot.« Sie packte ihn mit beiden Händen an den Ärmeln. »Er ist tot, er ist tot, er ist tot.«

»Das macht nichts. Und wenn er zur Hölle fährt, lassen wir ihn nicht allein fahren. Er braucht uns. Er braucht mich, und ich brauche dich.« Er schlang seinen Arm durch ihren, als würden sie sich nach einem Streit versöhnen. »Komm jetzt.«

»Nein.« Sie trat von ihm weg. »Nein, ich kann den Orden nicht verlassen. Ich hab's versprochen.«

»Grace kümmert sich schon um sie.«

»Nein. Es sind meine Kinder.«

»Es sind nicht wirklich deine.« Er sagte es, als sei alles ein Spiel gewesen, das jetzt ein Ende nehmen mußte.

»Doch, das sind sie. Und deine auch. Das hast du gesagt.« Ihre Stimme kippte um vor Verzweiflung. »Sie leben, und der O'Neill ist tot.«

Er blickte flußaufwärts, wo die letzten Gestalten im Nebel verschwanden. Er hatte keine Zeit für so etwas. »Hör mir zu. Es geht um meine Ehre. Er ist mein Milchbruder, und ein stärkeres Band gibt es nicht.«

»Doch, das gibt es.« Sie schrie jetzt. »Das habt ihr alles erfunden, diese Bräuche, diese Regeln, aber die sind nicht wirklich. Kinder sind das stärkste Band. Deshalb sind wir auf der Welt, damit wir uns um das Lebendige kümmern. Diese Spiele, die ihr da spielt, die sind so unwichtig. Kriege, Rituale … und immer laßt ihr dabei Kinder sterben. Ihr habt gekämpft, so gut ihr konntet, aber ihr habt verloren. Gebt es auf. Bitte, O'Hagan, bitte. Komm mit mir.« Sie zog ihn mit solcher Gewalt zur Hütte, daß er ein paar Schritte mitgerissen wurde, dann blieb er stehen und blickte zurück. Sie hob die Hände und drehte sein Gesicht zu sich. »Schau ihm nicht nach.« Die Totenstarre des O'Neill würde sich über Generationen vererben, immer trennend, ohne Ende, während die unordentliche Völkermischung auf Grace O'Malleys Schiff diesem ganzen Chaos die einzig sinnvolle Antwort entgegenstellte.

Er mußte mit ihr kommen. Sie bemühte sich, ihre Stimme zu beherrschen. »Wir haben fast unser ganzes Leben dem O'Neill gegeben, den Rest kann er uns doch lassen.« Sie würde sterben, wenn sie ihn noch einmal verlor. Er war das eine Seil, das den Saker daran hinderte, über die Klippen zu stürzen.

»Du bist meine Frau«, sagte er. »Ich will, daß du mit mir kommst.«

Ich auch, ich auch, dachte sie. Mein ganzes Leben immer bei dir zu sein ist alles, was ich will, auch wenn das heißt, gejagt zu werden; vielleicht war es sogar romantisch, vogelfrei zu sein, wenigstens konnten sie einander lieben, und wenn sie starben, würden die Menschen Legenden über sie dichten. Das war es letzten Endes wohl, was er und der O'Neill und der O'Donnell wollten: daß ihre Namen in Legenden fortlebten. Nichts war romantisch daran, zu ihren Kindern zurückzugehen und wieder die Bürde auf sich zu nehmen; Kinder sauber und satt zu erhalten, das war kein Stoff für Legenden. Als sie ihm erklärt hatte, wie wichtig Kinder waren, hatte sie es nicht selbst empfunden, die Worte traten ihr auf einen Befehl weit aus der Vergangenheit hin auf die Zunge, der älter und stärker war als sie selbst.

»O'Flaherty«, sagte er, und sie erinnerte sich an jedes einzelne Mal, wo er sie so genannt hatte. »Ich habe ihm Treue geschworen. Ich muß gehen.«

»Du hast auch mir Treue geschworen«, sagte sie.

»Also, kommst du oder nicht?«

Sie öffnete den Mund, um ja zu sagen. Mehr als alles im Leben wollte sie ja sagen. Sie sagte: »Nein.«

»Gut«, sagte er, »hör zu.« Und sie wußte, daß sie ihn verloren hatte. »Du gehst jetzt mit deinen Kindern. Sende mir Nachricht, wenn du dort ankommst, wohin du gehst. Aber in diesem Moment muß ich zu ihm.«

Er liebte sie, sosehr er konnte. Sie las es in seinem Gesicht, daß er litt. Er würde neben dem O'Neill an einem Feuer sitzen, wenn sie sich einmal auf der Flucht ausruhen konnten, und jemand würde ein Liebeslied singen, und er würde wieder leiden. Aber nicht genug.

Sie sagte: »Ich hinterlasse in der Hütte unten in der Bucht Nachricht, wohin wir segeln. Wenn der O'Neill tot ist, kommst du mir dann nach?«

»Du bist der Schlag meines Herzens«, erwiderte er, »aber du brauchst mich nicht so wie er. Du brauchst niemand. Erinnerst du dich, wie ich dir das sagte?«

Sie erinnerte sich. »Kommst du mir nach?«

»Ja.«

»Gib acht auf dich.«

»Gib acht auf dich.«

Der Schlamm in seinem Gesicht lag auf ihrem, der Schlamm von ihrem Kleid klebte auf seinem Harnisch. Dann packte er sein Pferd am Zügel und schritt davon, dem O'Neill nach. Er würde sich nicht mehr umdrehen, Warten hatte keinen Sinn.

Auf dem Ritt über das Vorland dachte sie ans Sterben. Eine verlockende Vorstellung. Sie wußte jetzt nicht mehr, warum sie nicht mit ihm gegangen war. Sie bewegte sich in die falsche

Richtung, und sie wußte nicht mehr warum. Sie spürte Cull nicht hinter sich auf dem Maultier. Sie wußte nicht, ob Grace neben ihr ritt. Die Zeit verging, und plötzlich sahen sie auf eine Bucht hinunter, wo die *Grace of God* und zwei andere Schiffe in der Flut nahe an der Küste ankerten.

»Der Wind hat sich gedreht«, bemerkte Grace.

»So?«

»Reiß dich zusammen, um Gottes Güte willen.«

»Sagst du mir den Kurs für ihn, Großmutter?«

»Das tu ich. Und jetzt riech einmal den Wind, Mädchen.«

Wie ein Hund tat sie, was man ihr befahl, und schnupperte den kalten Ostwind. Von England her. Mountjoy würde seinen Tabak bekommen. Ein *curragh* hatten sie ihnen am Strand zurückgelassen. »Wohin segeln wir?« Vielleicht überlegte er es sich noch anders.

»Hör sich einer das Frauenzimmer an. Barbary, hör', was ich sage. Wir segeln, wohin der Wind uns führt. Wir segeln gegen Westen.«

»Sag mir den Kurs, damit ich ihn aufschreiben kann und er ihn findet.«

Grace sagte ihr den Kurs, und sie schnitzte mit Graces Messer in den Balken über dem Türstock der Hütte die Richtung ein, schnitt tiefer und tiefer, bis Grace sie wegzog. »Wir versäumen die Flut.«

Sie ruderten zur *Grace of God* hinaus, wo eine lange Reihe von Köpfen das Schandeck zierte und bei ihrem Nahen in begeisterte Rufe ausbrach, obwohl ein paar Gesichter vor Seekrankheit ganz grün waren. Barbary betrachtete sie beim Hinaufklettern. Sylvestris, Priscilla, Nanno, George, Gill, Peter ... Sie zählte sie, alle da, alle im Orden fest verankert, der ihr wohl mehr bedeuten mußte als der Mann, von dem sie sich gerade getrennt hatte, sonst wäre sie nicht hier.

Andere Frauen befanden sich mit ihren Kindern an Bord, Graces Leute, alle bemühten sich um ihren so gar nicht seetüchtigen Orden, aber als sie kam, wurden die anderen weggestoßen. Priscilla torkelte ihr entgegen und kotzte ihr das Kleid voll, Gill klammerte sich an sie und fragte: »Muß ich sterben?«

Nannos rundes Gesicht war grün und eingefallen, starrte sie an mit der Hoffnungslosigkeit einer lebenden Toten.

Vielleicht fand sie später Zeit, sich mit ihrer Tragödie zu beschäftigen und an Männer zu denken, denen die Ehre wichtiger war als das wirkliche Leben; aber nicht jetzt. Sie konnte es den Männern nicht übelnehmen. Die Wirklichkeit, das waren kotzende Kinder; Kinder von Erbrochenem zu säubern war kein Vorgang, den man in Lied und Legende verherrlichen und an flackernden Feuern erzählen konnte, um den Zuhörern von vergangener Größe vorzuschwärmen. Was war schon Romantisches an einem kranken, verrotzten, heulenden Kind?

Aber das hier waren ihre Seile, fünfundzwanzig Stück davon, sechsundzwanzig mit dem Gehörnten Dick, achtundzwanzig mit Cull und Grace, um den Saker zurückzuhalten. Genug, daß sie noch eine Weile am Leben blieb. Und hinter dem Geruch nach Erbrochenem warteten andere Gerüche, nach Lanolin, nach Segeltuch, nach Connaught.

Grace war wieder *Sie* selbst und auf ihrem Schiff. Sie erteilte Befehle, Männer zogen an Seilen. Barbary erkannte alte Freunde darunter, Schabe, Kitterdy Zwei – sie waren zu sehr damit beschäftigt, den Anker hochzuziehen, um sie zu begrüßen, aber sie winkten, ihre Freunde, und sie lächelten.

Wie eine Pelikanmutter blies die *Grace of God* die Segel auf und segelte, links und rechts von den beiden kleineren Galeonen begleitet, aus der Bucht.

Sie wollte zum Heck und die Küste beobachten, nur für den Fall, daß noch in letzter Minute eine lange dünne Gestalt auftauchen und sie zurückwinken sollte, aber Gischt schäumte über das Deck und machte ihre Kinder naß. Ein letzter Blick auf die Küste, während sie alle in Graces Kabine unter dem Achterdeck hinunterstiegen, zeigte ihr, daß sie leer war.

Ihre Großmutter kam herein, das nasse Haar aus der Stirn fegend: »Hab' ich dir schon gesagt, daß ich dieses grantige Pony von dir mithabe? Er ist unten im Laderaum, dieser garstige mieselsüchtige Vierfüßler.«

»Spenser?« Noch ein Seil, nun ja, vielleicht eher ein Faden, aber sie freute sich trotzdem. »Ich hätte gedacht, ihr habt ihn längst gegessen.«

»Möglicherweise kommt das noch. Es wird eine lange Fahrt. Und wenn wir schon davon reden ...« Knurrig hob sie Dorren von der Truhe, auf der sie gesessen hatte, öffnete sie und zog eine ziemlich mitgenommene Pergamentrolle heraus. »Kannst du noch schreiben? Dann mach dich über die Kishta. Wenn Männer nicht an mich erinnern wollen, muß es eben eine Frau tun.«

Barbary war wieder lebendig, sie hatte ihre Aufgaben und Sorgen wieder. »Wohin, sagtest du, segeln wir?«

»Würdest du zuhören, anstatt die Liebeskranke zu spielen«, versetzte ihre Großmutter, »dann hättest du's verstanden. Der Wind ist richtig, und wir segeln in die Neue Welt. Ich fragte deine Sachsenkönigin, ob sie nicht mitkommt, aber die Frau hat keine Initiative. Irland ist zu klein für Menschen wie mich, ich hoffe, die Amerikas sind etwas größer.«

Endlich begriff Barbary. Die Kursanweisungen hatten ihr nichts gesagt. »Grace«, entgegnete sie, »das schaffen wir nicht. Die Amerikas sind Tausende Meilen Ozean entfernt. Raleigh hat's mir gesagt. Essen und Wasser wird uns ausgehen, wir werden sinken.«

»Ich bin mein Lebtag noch nicht gesunken, und Vorrat haben wir genug. Und was weiß Raleigh schon? War er dort?«

»Nein«, antwortete Barbary langsam. »Nein, ich glaube nicht, daß er je dort war.«

»Da hast du's. Und weil der verflixte Dick mein Kraut den Sachsen geben mußte, habe ich nichts, um meine Pfeife zu füllen, also muß ich zur Quelle. Weg mit den Zwischenhändlern. Hör auf, dir Sorgen zu machen, ja? Wenn uns die Vorräte ausgehen, können wir immer noch ein anderes Schiff anhalten und ihnen Nachschub ablotsen.«

Barbary sah ihre Großmutter an. Die Frau hatte mehr verloren als sie, aber sie schob ihren Verlust beiseite. Hier lag vielleicht die Wahrheit von Finolas Göttin. Hier war die echte Legende, die unversöhnliche, die unbestechliche Kraft weiblichen Überlebens. Wenn Grace O'Malley mit ihrem Schiff voller Piraten und Betrüger und Taschendiebe und Gimpelfänger und Erpresser nach Amerika segelte, eine Arche Noah voller Trickster, dann nahmen die Amerikas sich am besten sehr in acht.

»Warum nicht?« sagte sie.

Die Kursanweisungen standen ja im Türstock der Hütte, und sie hoffte, ihr Mann würde sie eines Tages lesen. Vielleicht.

Die *Grace of God* und ihre Flotte segelten von Irland ab vor einem Ostwind, der die See zum Hüpfen brachte wie in einem Schwarm von einer Million Makrelen – mit Kurs auf die Neue Welt.

Epilog

Betrug herrschte bis ans Ende.

Der O'Neill wurde durch den von Hungersnot entvölkerten Norden gehetzt und im März 1603 schließlich gezwungen, sich zu ergeben. Man stellte ihm Friedensbedingungen in Aussicht und lockte ihn damit nach Mellifont Abbey, wo Mountjoy ihn eine Stunde lang vor sich knien ließ. Die englischen Unterhändler wußten bereits vom Tod ihrer Königin, enthielten dem O'Neill aber dieses Wissen vor, damit er nicht angesichts des seiner Sache eher gewogenen James Stuart auf dem Thron auf besseren Bedingungen bestünde. Sie sagten es ihm nachher.

Ein paar Jahre lang versuchte er, mit den neuen Verhältnissen in Irland zurechtzukommen, aber am 14. September 1607 segelte er mit neunundneunzig Gefährten fort und starb 1616 im Alter von sechsundsechzig Jahren in Rom.

Unmittelbar nach Kinsale ging der Rote Hugh O'Donnell nach Spanien, weil er immer noch auf spanische Hilfe hoffte. Ein paar Monate später wurde er vergiftet, angeblich von einem gedungenen englischen Mörder namens Blake, den man ihm nachschickte.

Mountjoy kehrte nach England zurück und genoß eine glückliche, wenn auch kurze Verbindung mit Penelope Rich. Er starb 1606 mit dreiundvierzig Jahren.

Der legitime Graf von Desmond, der beinah sein ganzes Leben im Tower von London verbrachte, wurde wieder dahin zurückgeschickt und starb dortselbst neun Monate später und ebenso sein Cousin, der »Strohgraf«.

Tibbot, Grace O'Malleys Sohn, kämpfte in der Schlacht von Kinsale so tapfer gegen die Iren, daß er zum Ritter geschlagen und später zum ersten Viscount Mayo ernannt wurde. Er starb

1629, man sagt, Dermot O'Connor, sein Schwager, habe ihn ermordet.

Obwohl Grace O'Malley selbst zur irischen Legende wurde, haben die zeitgenössischen irischen Chronisten sie kein einziges Mal erwähnt, und nur weil sie den Engländern so die Hölle heiß machte, findet sie in den elisabethanischen Staatspapieren Erwähnung. Wann sie starb und wo sie begraben ist, bleibt ein Geheimnis.

Anmerkung der Autorin

In den letzten zwanzig Jahren von Elizabeths Herrschaft über Irland ging es so chaotisch zu, so viele verschiedene Personen und Clans spielten eine Rolle, daß ich um der größeren Klarheit willen nur einige historische Figuren herausgestellt habe, die die unterschiedlichen politischen Positionen verdeutlichen. Auch mit einigen Daten und Orten bin ich freizügig verfahren. So wurde zum Beispiel Sir John Perrot in Wirklichkeit im Jahre des Sieges über die Armada, nämlich 1588, nach England zurückberufen, und Bingham ließ die unglücklichen Bourke-Kinder in Ballinrobe hinrichten, nicht in Galway.

Und es sollen die O'Connors gewesen sein, nicht die MacSheehys, die Colonel Mackworth zu Tode schindeten. Doch bei den vielen, vielen Grausamkeiten, die in diesem grausamen Krieg begangen wurden, wird man mir, so hoffe ich, diese falsche Zuordnung um der besseren Verständlichkeit willen verzeihen.

IRELAND
NORTH CHANNEL
DONEGAL
ANTRIM
Donegal
U L S T E R
Dungannon
Lough Neagh
Armagh
DOWN
O Malley and Flaherty Territory
Killala Bay
Blacksod Bay
Achill Head
Achill Sound
Achill Island
Rockfleet
Clare Island
Clew Bay
MAYO
Croagh Patrick
Lough Mask
Inishbofin
The Twelve Bens
Lough Corrib
GALWAY
Slyne Head
Galway
Galway Bay
Aran Islands
SLIGO
C O N N A U G H T
GALWAY
River Shannon
Drogheda
IRISH SEA
MEATH
KILDARE
Dublin
L E I N S T E R
WICKLOW
Lough Derg
CLARE
TIPPERARY
Limerick
LIMERICK
M U N S T E R
Glen of Aherlow
River Shannon
WEXFORD
Buttevant
Ballyhoura Mts.
Spenser Castle
Mallow
Doneraile
WATERFORD
River Blackwater
KERRY
Dingle Bay
CORK
Youghal
Cork City
Kinsale
Old Head of Kinsale
0 10 20 30 40 50 Miles